文学賞受賞作品総覧 ノンフィクション・随筆・詩歌篇

Catalog of Prize Works

Nonfiction, Essay and Poems

Edited by
Nichigai Associates, Inc.

©2016 by Nichigai Associates, Inc.
Printed in Japan

本書はディジタルデータでご利用いただくことができます。詳細はお問い合わせください。

●編集担当● 木村 月子

刊行にあたって

　文学賞は、いつの時代もその世相を反映しながら話題となり大きな関心が寄せられるものであるが、長く継続している賞もあれば短期間で終了してしまう賞などその移り変わりも激しい。受賞情報や受賞作家の作品一覧などは、これまでも小社が「賞の事典」シリーズなどを刊行してきたが、通覧できるというツールは存在していなかった。

　本書は、昭和時代以降に国内で実施された主要な文学賞受賞作品の中から、ノンフィクション、随筆、詩歌に関わる238賞の受賞作品6,958点を収録、受賞者ごとに受賞作品を一覧できる作品目録である。昭和20年代から続く「日本エッセイストクラブ賞」（エッセイ）、「H氏賞」（詩）から、平成13(2001)年開始の「俳句四季大賞」、平成24(2012)年開始の「河野裕子短歌賞」（短歌）といった近年創設された文学賞受賞作品までを対象としており、ノンフィクション、随筆、評論、詩、短歌、俳句に関する賞を収録した。また、受賞作品が掲載された比較的入手しやすい図書の書誌データを示し、巻末に作品名索引を付すことで利用の便を図っている。

　本書が、読者のためのガイドとして、また作家研究のためのツールとして活用されることを期待する。

　2016年6月

　　　　　　　　　　　　　　　　　　　　　日外アソシエーツ

目　次

凡　例 …………………………………………………………… (6)

文学賞受賞作品総覧　ノンフィクション・随筆・詩歌篇……… 1

作品名索引…………………………………………………… 487

凡　例

1. 本書の内容

　　本書は、昭和期から2016年(平成28年)までの期間に、日本国内で実施されたノンフィクション・随筆・詩歌等小説以外のジャンルの文学賞238賞の受賞作品の目録である。

2. 収録対象

　　昭和から現代まで、ノンフィクション、随筆、評論、詩、短歌、俳句に関わる賞を収録した。

3. 記載事項・排列など

　(1) 受賞者名
　　・いずれの作品もまず受賞者名で排列した。見出しとした受賞者名は5,610件である。
　　・受賞者名にはひらがなで読みを付したが、受賞者名が民族読みの場合はカタカナで表記した。
　　・受賞者名は姓と名で分け、姓の読み・名の読みの五十音順とした。団体名はすべて姓とみなして排列した。
　　・排列にあたっては、濁音・半濁音は清音扱いとし、ヂ→シ、ヅ→スとみなした。また拗促音は直音扱いとし、長音（音引き）は無視した。

　(2) 作品番号・作品名
　　・同一受賞者の作品は作品名の読み順に排列した。作品名の冒頭には索引用の番号を付した。収録した作品数は6,958点である。

　(3) 受賞データ（回次／受賞年／部門／席次）
　　・受賞データは受賞年順に記載した。

　(4) 図書データ
　　・作品を収録した図書が刊行されている場合には、その書名、巻次、著者、出版者、出版年月、ページ数、大きさ、叢書名、定価（刊

行時)、ISBN などを記載した。
　・見出しの受賞者と図書データの著者が一致している場合、図書の著者名は省略した。
　・図書データの記載は原則刊行年月順とした。2016年5月までに刊行された5,423点を収録した。

4. 作品名索引

　　受賞作品名をその五十音順に排列し、作者名を（　）で補記した。本文における所在は作品番号で示した。

5. 参考資料

　　記載データは主に次の資料に依っている。
　　「出版年鑑」出版ニュース社
　　「増補改訂 新潮日本文学辞典」新潮社
　　「日本近代文学大事典」講談社
　　「文学賞事典」日外アソシエーツ
　　「bookplus」
　　「JAPAN/MARC」

6. 収録賞名一覧

朝日俳句新人賞
鮎川信夫賞
荒木暢夫賞
池谷信三郎賞
石橋湛山賞
伊東静雄賞
伊藤整文学賞
潮賞
円卓賞
大石りくエッセー賞
大宅壮一ノンフィクション賞
岡本弥太賞
「沖縄文芸年鑑」評論賞
奥の細道文学賞
小熊秀雄賞
大佛次郎論壇賞
尾崎秀樹記念・大衆文学研究賞
小野市詩歌文学賞
小野十三郎賞
開高健賞
開高健ノンフィクション賞
改造詩賞
柿衞賞
歌壇賞
角川源義賞
角川財団学芸賞
角川短歌賞
角川俳句賞
加美現代詩詩集大賞
加美俳句大賞（句集賞）
亀井勝一郎賞
河合隼雄学芸賞
河上肇賞

河出文化賞
河野裕子短歌賞
関西詩人協会賞
感動ノンフィクション大賞
学生援護会青年文芸賞
岸野寿美・淳子賞
北川冬彦賞
金田一京助博士記念賞
銀河・詩のいえ賞
銀河詩手帖賞
葛原妙子賞
桑原武夫学芸賞
群像新人文学賞〔評論部門〕
競輪文芸新人賞
健友館ノンフィクション大賞
現代歌人協会賞
現代歌人集会賞
現代詩加美未来賞
現代詩新人賞
現代詩女流賞
現代詩人アンソロジー賞
現代詩人賞
現代詩花椿賞
現代少年詩集秀作賞
現代少年詩集賞
現代少年詩集新人賞
現代短歌新人賞
現代短歌女流賞
現代短歌大系新人賞
現代短歌大賞
現代短歌評論賞
現代俳句協会新人賞
現代俳句協会年度作品賞

現代俳句協会評論賞
現代俳句新人賞
現代俳句女流賞
現代俳句評論賞
講談社エッセイ賞
講談社出版文化賞
講談社ノンフィクション賞
河野愛子賞
子どものための感動ノンフィクション大賞
小林秀雄賞
斎藤茂吉短歌文学賞
斎藤緑雨賞
作品五十首募集
サントリー学芸賞
ザ・ビートルズ・クラブ大賞
詩歌文学館賞
潮アジア・太平洋ノンフィクション賞
詩人会議新人賞
詩人懇話会賞
詩人タイムズ賞
「詩と思想」新人賞
司馬遼太郎賞
渋沢・クローデル賞
渋沢秀雄賞
島木赤彦文学賞
島木赤彦文学賞新人賞
島田利夫賞
週刊金曜日ルポルタージュ大賞
「週刊ポスト」「SAPIO」２１世紀国際ノンフィクション大賞
「週刊読売」ノンフィクション賞
小学館ノンフィクション大賞
新潮学芸賞
新潮ドキュメント賞
新俳句人連盟賞

新評賞
「新聞に載らない小さな事件」コンテスト
新村出賞
時間賞
ジュニア・ノンフィクション文学賞
随筆にっぽん賞
関根賞
川柳文学賞
創元推理評論賞
大衆文学研究賞
高見順賞
高見楢吉賞
高村光太郎賞
啄木賞
田中裕明賞
たまノンフィクション大賞
「短歌」愛読者賞
短歌研究賞
短歌研究新人賞
「短歌現代」歌人賞
「短歌現代」新人賞
短歌公論処女歌集賞
短歌四季大賞
短歌新聞社賞
短歌新聞社第一歌集賞
短歌新聞新人賞
第２次関根賞
蛇笏賞
地球賞
千葉随筆文学賞
中日詩賞
中日短歌大賞
中部日本詩人賞
沼空賞
壺井繁治賞

寺山修司短歌賞
東海現代詩人賞
藤村記念歴程賞
栃木県現代詩人会賞
富田砕花賞
土井晩翠賞
ドナルド・キーン日米学生日本文学
　　研究奨励賞
中城ふみ子賞
中新田俳句大賞（句集賞）
中原中也賞
中原中也賞（山口市）
ながらみ現代短歌賞
ながらみ書房出版賞
「ナンバー」スポーツノンフィクショ
　　ン新人賞
〔新潟〕日報詩壇賞
２１世紀えひめ俳句賞
日航海外紀行文学賞
新田次郎文学賞
日本ＳＦ評論賞
日本一行詩大賞・日本一行詩新人賞
日本エッセイスト・クラブ賞
日本歌人クラブ賞
日本歌人クラブ新人賞
日本歌人クラブ推薦歌集
日本歌人クラブ大賞
日本歌人クラブ評論賞
日本詩歌句大賞
日本詩人クラブ詩界賞
日本詩人クラブ賞
日本詩人クラブ新人賞
日本随筆家協会賞
日本伝統俳句協会賞
日本ノンフィクション賞
日本文芸家クラブ大賞

日本旅行記賞
年刊現代詩集新人賞
野原水嶺賞
ノンフィクション朝日ジャーナル大賞
俳句朝日賞
俳句研究賞
俳句四季大賞
俳人協会賞
俳人協会新鋭評論賞
俳人協会新人賞
俳人協会評論賞
俳人協会評論新人賞
俳壇賞
萩原朔太郎賞
馬事文化賞
晩翠賞
広島県詩人協会賞
フーコー・エッセイコンテスト
フーコー短歌賞
福岡県詩人賞
福島県短歌賞
福島県俳句賞
福田正夫賞
文芸汎論詩集賞
放哉賞
報知ドキュメント大賞
北斗賞
星野立子賞
北海道詩人協会賞
北海道新聞短歌賞
北海道新聞俳句賞
北海道ノンフィクション賞
毎日出版文化賞
毎日書評賞
前川佐美雄賞
丸山薫賞

丸山豊記念現代詩賞
三田文学新人賞〔評論部門〕
三越左千夫少年詩賞
三好達治賞
深吉野賞
無限賞
室生犀星詩人賞
山形県詩賞
山片蟠桃賞
やまなし文学賞〔研究・評論部門〕
山之口貘賞
山本七平賞
優駿エッセイ賞
横浜詩人会賞
吉田秀和賞
吉村証子記念「日本科学読物賞」
読売・日本テレビWoman's Beat大賞カネボウスペシャル２１
読売「ヒューマン・ドキュメンタリー」大賞
読売文学賞
読売・吉野作造賞
ラ・メール新人賞
ラ・メール短歌賞
ラ・メール俳句賞
歴程新鋭賞
蓮如賞
若山牧水賞
和辻哲郎文化賞
ＡＩＣＴ演劇評論賞
Ｇ氏賞
Ｈ氏賞
ＪＲＡ賞馬事文化賞
ＪＴＢ紀行文学大賞
ＪＴＢ旅行記賞

文学賞受賞作品総覧

ノンフィクション・随筆・詩歌篇

【あ】

相生垣 瓜人　あいおいがき・かじん
　0001　「明治草」
　◇蛇笏賞（第10回/昭和51年）
　　「明治草」海坂発行所　1975　271p　19cm　2500円

相子 智恵　あいこ・ちえ
　0002　「萵苣（ちしゃ）」
　◇角川俳句賞（第55回/平成21年）

相澤 啓三　あいざわ・けいぞう
　0003　「マンゴー幻想」
　◇高見順賞（第35回/平成16年度）
　　「マンゴー幻想」書肆山田　2004.4　137p　22cm　2800円　①4-87995-602-3

相沢 正一郎　あいざわ・しょういちろう
　0004　「テーブルの上のひつじ雲　テーブルの下のミルクティーという名の犬」
　◇藤村記念歴程賞（第48回/平成22年）
　　「テーブルの上のひつじ雲/テーブルの下のミルクティーという名の犬」書肆山田　2010.5　105p　22cm　2500円　①978-4-87995-796-2
　0005　「パルナッソスへの旅」
　◇H氏賞（第56回/平成18年）
　　「パルナッソスへの旅」書肆山田　2005.8　114p　22cm　2200円　①4-87995-647-3

相澤 史郎　あいざわ・しろう
　0006　「夷歌」
　◇丸山豊記念現代詩賞（第7回/平成10年）

相澤 正史　あいざわ・まさふみ
　0007　「川を渡る」
　◇福岡県詩人賞（第50回/平成26年）
　　「詩集　川を渡る」梓書院　2013.9　57p　19cm　1429円　①978-4-87035-505-7

会津 泰成　あいず・やすなり
　0008　「ヌンサヤーム」
　◇「ナンバー」スポーツノンフィクション新人賞（第10回/平成14年）

相田 謙三　あいだ・けんぞう
　0009　「あおざめた鬼の翳」
　◇晩翠賞（第17回/昭和51年）

会田 千衣子　あいだ・ちえこ
　0010　「鳥の町」
　◇室生犀星詩人賞（第3回/昭和38年）
　0011　「フェニックス」
　◇現代詩女流賞（第2回/昭和52年）

会田 綱雄　あいだ・つなお
　0012　「鹹湖」
　◇高村光太郎賞（第1回/昭和33年）
　　「鹹湖」緑書房　1957　121p　図版21cm

相原 左義長　あいはら・さぎちょう
　0013　「地金」
　◇加美俳句大賞（句集賞）（第10回/平成17年度―スウェーデン賞）
　　「地金―句集」本阿弥書店　2004.12　198p　20cm（本阿弥新俳句叢書）2900円　①4-7768-0116-7

アヴリンヌ, ナターシャ
　0014　「泡となった日本の土地」
　◇渋沢・クローデル賞（第12回/平成7年―フランス側）

蒼井 杏　あおい・あん
　0015　「空壜ながし」
　◇中城ふみ子賞（第6回/平成26年）

青井 史　あおい・ふみ
　0016　「与謝野鉄幹」
　◇日本歌人クラブ評論賞（第4回/平成18年）
　　「与謝野鉄幹―鬼に喰われた男」深夜叢書社　2005.10　508p　22cm　3800円　①4-88032-271-7

葵生川 玲　あおいかわ・れい
0017「初めての空」
◇壺井繁治賞（第28回/平成12年）
「初めての空―詩集」視点社　1999.10
98p　22cm　2000円

青木 娃耶子　あおき・あやこ
0018「金沢へ行った日」
◇優駿エッセイ賞（第9回/平成5年）

青木 恵一郎　あおき・けいいちろう
0019「日本農民運動史 全5巻」
◇毎日出版文化賞（第15回/昭和36年）

青木 重幸　あおき・しげゆき
0020「兵隊を持ったアブラムシ」
◇講談社出版文化賞（第16回/昭和60年―科学出版賞）
「兵隊を持ったアブラムシ」〔新装版〕どうぶつ社　1987.6　197p　19cm（自然誌選書）1800円　④4-88622-218-8
「兵隊を持ったアブラムシ」丸善出版　2013.10　200p　19cm　2200円　④978-4-621-08792-3

青木 茂　あおき・しげる
0021「チプサンケ 1997年」
◇週刊金曜日ルポルタージュ大賞（第3回/平成10年3月/選外期待賞）

青木 純一　あおき・じゅんいち
0022「法の執行停止―森鷗外の歴史小説」
◇群像新人文学賞〔評論部門〕（第44回/平成13年）

青木 深　あおき・しん
0023「めぐりあうものたちの群像」
◇サントリー学芸賞（第35回/平成25年度―社会・風俗部門）
「めぐりあうものたちの群像―戦後日本の米軍基地と音楽 1945‐1958」大月書店　2013.3　606p　19cm　5200円　④978-4-272-52086-2

青木 正　あおき・ただし
0024「『ひかり』で月見」
◇JTB旅行記賞（第6回/平成9年度）

青木 保　あおき・たもつ
0025「儀礼の象徴性」
◇サントリー学芸賞（第7回/昭和60年度―社会・風俗部門）
「儀礼の象徴性」岩波書店　1984.10　361p　19cm（岩波現代選書 100）1700円　④4-00-004769-8
「儀礼の象徴性」岩波書店　1998.7　361p　20cm（「特装版」岩波現代選書）2800円　④4-00-026252-1
「儀礼の象徴性」岩波書店　2006.2　377p　15cm（岩波現代文庫）1300円　④4-00-600155-X

青城 翼　あおき・つばさ
0026「青石榴」
◇短歌公論処女歌集賞（平成5年度）
「歌集 青石榴」砂子屋書房　1992.8　191p　19cm　2300円

青木 春枝　あおき・はるえ
0027「ベラフォンテも我も悲しき―島田修二の百首―」
◇日本詩歌句大賞（第3回/平成19年度/短歌部門/奨励賞）
「ベラフォンテも我も悲しき―島田修二の百首」北溟社　2006.9　211p　19cm　1800円　④4-89448-517-6

青木 晴夫　あおき・はるお
0028「ネズ・パース民話集」
◇新村出賞（第8回/平成1年）

青木 はるみ　あおき・はるみ
0029「鯨のアタマが立っていた」
◇H氏賞（第32回/昭和57年）
「鯨のアタマが立っていた―詩集」思潮社　1981.11　136p　22cm　2400円

青木 亮人　あおき・まこと
0030「その眼、俳人につき」
◇俳人協会評論賞（第29回/平成26年度―新人賞）
「その眼、俳人につき―正岡子規、高浜虚子から平成まで」邑書林　2013.9　236p　19cm　1900円　④978-4-89709-741-1
0031「「天然ノ秩序」の「連想」―正岡子規と心理学」

◇柿衞賞　（第17回/平成20年）
0032　「明治期における俳句革新「写生」の内実について」
◇俳人協会新鋭評論賞　（第1回/平成26年—大賞）

青木　昌彦　あおき・まさひこ

0033　「現代の企業」
◇サントリー学芸賞　（第7回/昭和60年度—政治・経済部門）
「現代の企業—ゲームの理論からみた法と経済」　岩波書店　1984.10　365, 21p　19cm　2900円　①4-00-000571-5
「現代の企業—ゲームの理論から見た法と経済」　岩波書店　2001.11　367, 21p　19cm　（岩波モダンクラシックス）　3600円　①4-00-026678-0

青木　幹枝　あおき・みきえ

0034　「家」
◇栃木県現代詩人会賞　（第21回）

青木　美保子　あおき・みほこ

0035　「母の繭」
◇詩人会議新人賞　（第42回/平成20年/詩部門/佳作）

青木　ゆかり　あおき・ゆかり

0036　「冬木」
◇角川短歌賞　（第5回/昭和34年）
「歌集 冬木」　短歌新聞社　2008.5　130p　15cm　（短歌新聞社文庫）　667円　①978-4-8039-1386-6

青木　由弥子　あおき・ゆみこ

0037　「わたつみ」
◇「詩と思想」新人賞　（第24回/平成27年/評論・伝記）

青倉　人士　あおくら・ひとし

0038　「履歴書」
◇新俳句人連盟賞　（第21回/平成5年/作品賞/佳作）

青戸　かいち　あおと・かいち

0039　「小さなさようなら」
◇三越左千夫少年詩賞　（第4回/平成12年/特別賞）
「小さなさようなら—青戸かいち詩集」　青戸かいち著, 永田萠絵　銀の鈴社　1999.9　95p　22cm　（ジュニア・ポエム双書 137）　1200円　①4-87786-137-8

青砥　幸介　あおと・こうすけ

0040　「不知火海考」
◇現代短歌大系新人賞　（昭和47年—入選）

青沼　ひろ子　あおぬま・ひろこ

0041　「石笛」
◇歌壇賞　（第16回/平成16年度）

青野　季吉　あおの・すえきち

0042　「青野季吉日記」
◇毎日出版文化賞　（第18回/昭和39年）
0043　「現代文学論」
◇読売文学賞　（第1回/昭和24年—文芸評論賞）
0044　「現代文学論大系 全8巻」
◇毎日出版文化賞　（第9回/昭和30年）
0045　「文学五十年」
◇毎日出版文化賞　（第12回/昭和33年）
「文学五十年」　日本図書センター　1990.1　191, 11p　22cm　（近代作家研究叢書 76）　4120円　①4-8205-9031-6

青柳　晶子　あおやぎ・あきこ

0046　「みずの炎」
◇栃木県現代詩人会賞　（第16回）
「みずの炎—青柳晶子詩集」　土曜美術社　1982.9　101p　22cm　2000円

青柳　いづみこ　あおやぎ・いづみこ

0047　「青柳瑞穂の生涯 真贋のあわいに」
◇日本エッセイスト・クラブ賞　（第49回/平成13年）
「青柳瑞穂の生涯—真贋のあわいに」　新潮社　2000.9　316p　20cm　1900円　①4-10-439901-9
「青柳瑞穂の生涯—真贋のあわいに」　平凡社　2006.11　397p　15cm　（平凡社ライブラリー）　1500円　①4-582-76594-7

0048　「翼のはえた指—評伝安川加壽子」
◇吉田秀和賞　（第9回/平成11年）
「翼のはえた指—評伝安川加壽子」　白水

社　1999.6　321p　20cm　2400円　①4-560-03741-8
「翼のはえた指―評伝安川加壽子」　白水社　2008.2　376p　18cm（白水uブックス）　1400円　①978-4-560-72093-6

0049　「六本指のゴルトベルク」
◇講談社エッセイ賞（第25回/平成21年）
「六本指のゴルトベルク」　岩波書店　2009.2　257p　20cm　2000円　①978-4-00-002594-2
「六本指のゴルトベルク」〔点字資料〕日本点字図書館（製作）　2010.2　3冊　27cm　全5400円
※原本：岩波書店　2009

青柳　悦子　あおやぎ・えつこ
0050　「言葉の国のアリス―あなたにもわかる言語学」
◇渋沢・クローデル賞（第15回/平成10年―ルイ・ヴィトン・ジャパン特別賞）
「言葉の国のアリス―あなたにもわかる言語学」　マリナ・ヤゲーロ著，青柳悦子訳　夏目書房　1997.6　334p　21cm　2800円　①4-931391-25-7

青柳　志解樹　あおやぎ・しげき
0051　「松は松」
◇俳人協会賞（第32回/平成4年度）
「句集 松は松」　牧羊社　1992.9　219p　19cm（現代俳句18人集 13）2600円　①4-8333-1390-1

青柳　静枝　あおやぎ・しずえ
0052　「打ち出の小づち」
◇日本随筆家協会賞（第15回/昭和62.5）
「夏椿」　日本随筆家協会　1987.9　240p　19cm（現代随筆選書 73）1500円　①4-88933-090-9

青柳　瑞穂　あおやぎ・みずほ
0053　「ささやかな日本発掘」
◇読売文学賞（第12回/昭和35年―評論・伝記賞）
「ささやかな日本発掘」　講談社　1990.8　229p　15cm（講談社文芸文庫―現代日本のエッセイ）780円　①4-06-196090-3

青柳　悠　あおやぎ・ゆう
0054　「あのときの老犬に」
◇現代詩人アンソロジー賞（第9回/平成11年/最優秀）
0055　「鳩の影」（詩集）
◇銀河・詩のいえ賞（第2回/平成17年）

青山　かつ子　あおやま・かつこ
0056　「さよなら三角」
◇地球賞（第20回/平成7年度）
「さよなら三角」　詩学社　1995.6　116p　22cm　①4-88312-075-9

青山　潤　あおやま・じゅん
0057　「アフリカにょろり旅」
◇講談社エッセイ賞（第23回/平成19年）
「アフリカにょろり旅」　講談社　2007.2　281p　19cm　1600円　①978-4-06-213868-0
「アフリカにょろり旅」　講談社　2009.1　338p　15cm（講談社文庫 あ108-1）600円　①978-4-06-276239-7

青山　潤三　あおやま・じゅんぞう
0058　「チョウが消えた!?」
◇吉村証子記念「日本科学読物賞」（第14回/平成6年）
「チョウが消えた!?―昆虫の研究」　原聖樹，青山潤三著　あかね書房　1993.4　62p　25×19cm　1800円　①4-251-06403-8

青山　丈　あおやま・じょう
0059　「虫送」
◇俳句朝日賞（第5回/平成15年/準賞）

青山　由美子　あおやま・ゆみこ
0060　「宿題」
◇関西詩人協会賞（第1回/平成11年―協会賞）

赤井　達郎　あかい・たつろう
0061　「京都の美術史」
◇毎日出版文化賞（第44回/平成2年）
「京都の美術史」　思文閣出版　1990.12　381, 16p　22cm　3914円　①4-7842-0572-1

赤井 良二　　あかい・りょうじ

0062　「アメリカニッポン」
◇現代詩人アンソロジー賞（第11回／平成13年／最優秀）

0063　「カタカナキャピタリズム」
◇現代詩人アンソロジー賞（第10回／平成12年／優秀）

赤座 憲久　　あかざ・のりひさ

0064　「目のみえぬ子ら」
◇毎日出版文化賞（第16回／昭和37年）

赤坂 とし子　　あかさか・としこ

0065　「桐の花」
◇福島県俳句賞（第18回／平成9年度）

0066　「冬銀河」
◇福島県俳句賞（第12回／平成2年―準賞）

赤坂 真理　　あかさか・まり

0067　「東京プリズン」
◇毎日出版文化賞（第66回／平成24年―文学・芸術部門）
◇司馬遼太郎賞（第16回／平成25年）
「東京プリズン」　河出書房新社　2012.7　441p　21cm　1800円　①978-4-309-02120-1
「東京プリズン」　河出書房新社　2014.7　533p　15cm（河出文庫）　920円　①978-4-309-41299-3

赤瀬川 原平　　あかせがわ・げんぺい

0068　「仙人の桜、俗人の桜」
◇JTB紀行文学大賞（第2回／平成5年度）
「仙人の桜、俗人の桜―にっぽん解剖紀行」　日本交通公社出版事業局　1993.6　237p　19cm　1900円　①4-533-01983-8
「仙人の桜、俗人の桜」　平凡社　2000.3　270p　15cm（平凡社ライブラリー）　1100円　①4-582-76332-4

0069　「老人力」
◇毎日出版文化賞（第53回／平成11年―特別賞）
「老人力 全一冊」　筑摩書房　2001.9　395p　15cm（ちくま文庫）　680円　①4-480-03671-7

赤塚 豊子　　あかつか・とよこ

0070　「アカツカトヨコ詩集」
◇山形県詩賞（第3回／昭和49年―特別賞）
「アカツカトヨコ詩集―1969～1972」　赤塚豊子著，永岡昭企画編集　永岡昭　1988.10　93p　21cm　1500円

あかね書房　　あかねしょぼう

0071　「子どものころ戦争があった」
◇ジュニア・ノンフィクション文学賞（第1回／昭和49年―特別賞）

赤根谷 達雄　　あかねや・たつお

0072　「日本のガット加入問題」
◇サントリー学芸賞（第15回／平成5年度―政治・経済部門）
「日本のガット加入問題―「レジーム理論」の分析視角による事例研究」　東京大学出版会　1992.12　350, 27p　21cm　7004円　①4-13-036066-3

赤野 貴子　　あかの・たかこ

0073　「やかん」(詩作品集)
◇関西詩人協会賞（第4回／平成20年―奨励賞(新人賞)）

赤羽 浩美　　あかばね・ひろみ

0074　「中川村図書館にて」
◇詩人会議新人賞（第48回／平成26年／詩部門／入選）

赤松 愛子　　あかまつ・あいこ

0075　「いざというときに」
◇日本随筆家協会賞（第37回／平成10年5月）
「二つのパスポート」　日本随筆家協会　1998.4　224p　19cm（現代名随筆叢書）　1500円　①4-88933-219-7

赤松 蕙子　　あかまつ・けいこ

0076　「白毫」
◇俳人協会賞（第15回／昭和50年度）

赤峰 ひろし　　あかみね・ひろし

0077　「百年杉」
◇深吉野賞（第12回／平成16年―佳作）

赤山 勇　あかやま・いさむ
0078　「アウシュビッツトレイン」
◇壺井繁治賞（第14回/昭和61年）

阿川 佐和子　あがわ・さわこ
0079　「ああ言えばこう食う」
◇講談社エッセイ賞（第15回/平成11年）
「ああ言えばこう食う―往復エッセイ」阿川佐和子, 檀ふみ著　集英社　1998.9　254p　20cm　1500円　①4-08-774357-8
「ああ言えばこう食う」阿川佐和子, 檀ふみ著　集英社　2001.6　270p　16cm（集英社文庫）514円　①4-08-747331-7

阿川 尚之　あがわ・なおゆき
0080　「憲法で読むアメリカ史」（上・下）
◇読売・吉野作造賞（第6回/平成17年度）
「憲法で読むアメリカ史　上」PHP研究所　2004.10　290, 23p　18cm（PHP新書）800円　①4-569-63361-7
「憲法で読むアメリカ史　下」PHP研究所　2004.11　338p　18cm（PHP新書）820円　①4-569-63775-2

阿川 弘之　あがわ・ひろゆき
0081　「志賀直哉」（上・下）
◇毎日出版文化賞（第48回/平成6年）
「志賀直哉　上」岩波書店　1994.7　460p　19cm　1800円　①4-00-002940-1
「志賀直哉　下」岩波書店　1994.7　472p　19cm　1800円　①4-00-002941-X
「志賀直哉　上」新潮社　1997.8　525p　15cm（新潮文庫）705円　①4-10-111015-8
「志賀直哉　下」新潮社　1997.8　542p　15cm（新潮文庫）705円　①4-10-111016-6
「阿川弘之全集　第14巻　評伝4」新潮社　2006.9　513p　19cm　4600円　①4-10-643424-5
「阿川弘之全集　第15巻　評伝5」新潮社　2006.10　512p　19cm　4600円　①4-10-643425-3

0082　「食味風々録」
◇読売文学賞（第53回/平成13年―随筆・紀行賞）
「食味風々録」新潮社　2001.1　277p　19cm　1700円　①4-10-300416-9
「食味風々録」新潮社　2004.4　317p　15cm（新潮文庫）476円　①4-10-111017-4
「食味風々録」中央公論新社　2015.8　309p　15cm（中公文庫）740円　①978-4-12-206156-9

秋 亜綺羅　あき・あきら
0083　「透明海岸から鳥の島まで」
◇丸山豊記念現代詩賞（第22回/平成25年）
「透明海岸から鳥の島まで」思潮社　2012.8　111p　23cm　1800円　①978-4-7837-3305-8

安芸 皎一　あき・こういち
0084　「日本の資源問題」
◇毎日出版文化賞（第6回/昭和27年）

秋尾 沙戸子　あきお・さとこ
0085　「ワシントンハイツ―GHQが東京に刻んだ戦後」
◇日本エッセイスト・クラブ賞（第58回/平成22年）
「ワシントンハイツ―GHQが東京に刻んだ戦後」新潮社　2009.7　382p　20cm　1900円　①978-4-10-437002-3
「ワシントンハイツ―GHQが東京に刻んだ戦後」新潮社　2011.8　545p　16cm（新潮文庫　あ-68-1）705円　①978-4-10-135986-1

秋尾 敏　あきお・とし
0086　「子規の近代 俳句の成立を巡って」
◇現代俳句評論賞（第11回/平成3年度）

秋川 イホ　あきかわ・いほ
0087　「まもろう スイゲンゼニタナゴ―『もの言わぬ小さき命』をまもりつづける先生と生徒と住民たちの物語」
◇子どものための感動ノンフィクション大賞（第4回/平成24年/優良作品）

秋川 久紫　あきかわ・きゅうし
0088　「花泥棒は象に乗り」
◇富田砕花賞（第18回/平成19年）

「花泥棒は象に乗り―詩集」 ミッドナイト・プレス, 星雲社 (発売) 2006.10 87p 22cm 2200円 ⓟ4-434-08433-X

秋篠 光広 あきしの・みつひろ

0089 「鳥影」
◇角川俳句賞 (第29回/昭和58年)

秋田 茂 あきた・しげる

0090 「イギリス帝国の歴史」
◇読売・吉野作造賞 (第14回/平成25年度)
「イギリス帝国の歴史―アジアから考える」 中央公論新社 2012.6 288p 18cm (中公新書 2167) 880円 ⓟ978-4-12-102167-0

阿木津 英 あきつ・えい

0091 「巌のちから」
◇短歌研究賞 (第39回/平成15年)
「巌のちから―阿木津英歌集」 短歌研究社 2007.7 214p 20cm 2667円 ⓟ978-4-86272-053-5

0092 「紫木蓮まで」
◇短歌研究新人賞 (第22回/昭和54年)
◇現代歌人集会賞 (第7回/昭和56年)
「紫木蓮まで・風舌―歌集」 短歌研究社 1980.10 242p 20cm 2000円

0093 「天の鴉片」
◇現代歌人協会賞 (第28回/昭和59年)
「天の鴉片―歌集」 不識書院 1983.12 179p 22cm 2500円

秋永 一枝 あきなが・かずえ

0094 「古今和歌集声点本の研究」
◇新村出賞 (第10回/平成3年)
「古今和歌集声点本の研究 研究篇 上」 校倉書房 1980.2 551p 22cm 14000円
「古今和歌集声点本の研究 研究篇 下」 校倉書房 1991.1 549,18p 21cm 15450円 ⓟ4-7517-2070-8

秋野 かよ子 あきの・かよこ

0095 「風のおはなし」
◇詩人会議新人賞 (第49回/平成27年―詩部門)

あきの 理絵 あきの・りえ

0096 「星の砂」
◇日本詩歌句大賞 (第8回/平成24年度/奨励賞)
「星の砂―句集」 東京四季出版 2012.3 181p 19cm (風樹叢書 69) 2200円 ⓟ978-4-8129-0705-4

秋庭 功 あきば・いさお

0097 「森広の軌跡―新渡戸稲造と片山潜」
◇北海道ノンフィクション賞 (第10回/平成2年)
「ポプラ物語」 文芸社 2004.10 113p 19cm 1200円 ⓟ4-8355-8041-9

秋葉 雄愛 あきば・かつよし

0098 「ひとりの旅」
◇日本詩歌句大賞 (第9回/平成25年度/短歌部門/特別賞)
「ひとりの旅―秋葉雄愛歌集」 ながらみ書房 2013.6 220p 20cm 2500円 ⓟ978-4-86023-839-1

秋葉 四郎 あきば・しろう

0099 「新光」
◇短歌新聞社賞 (第14回/平成19年度)
「新光―歌集」 角川書店 2006.11 233p 22cm (歩道叢書) 2381円 ⓟ4-04-621401-5

0100 「東京二十四時」
◇短歌新聞社賞 (第14回/平成19年度)
「東京二十四時―秋葉四郎歌集」 短歌新聞社 2006.8 122p 19cm (新現代歌人叢書 38) 952円 ⓟ4-8039-1300-5

0101 「茂吉 幻の歌集『萬軍』―戦争と齋藤茂吉」
◇齋藤茂吉短歌文学賞 (第24回/平成24年)
「茂吉 幻の歌集『萬軍』―戦争と斎藤茂吉」 岩波書店 2012.8 164p 20cm 2100円 ⓟ978-4-00-025311-6

秋庭 太郎 あきば・たろう

0102 「永井荷風伝」
◇読売文学賞 (第28回/昭和51年―研究・翻訳賞)

秋葉 真理子 あきば・まりこ

0103 「言葉にできなかったたくさんのありがとう」
◇フーコー・エッセイコンテスト（第1回/平成9年/入選）

秋葉 佳助 あきば・よしすけ

0104 「神様のサジ加減」
◇日本随筆家協会賞（第41回/平成12年5月）
「神様のサジ加減」 日本随筆家協会 2000.5 224p 19cm（現代名随筆叢書23）1500円 ⓘ4-88933-241-3

秋村 功 あきむら・いさお

0105 「短歌散文化の性格」
◇現代短歌評論賞（第3回/昭和33年）

秋村 宏 あきむら・ひろし

0106 「生きものたち」
◇壺井繁治賞（第40回/平成24年）
「生きものたち―秋村宏詩集」 雑草出版 2011.12 365p 22cm 1905円 ⓘ978-4-90-385411-3

秋元 藍 あきもと・あい

0107 「碑文 花の生涯」
◇大衆文学研究賞（第8回/平成6年/評論・伝記）
「碑文 花の生涯」 講談社 1993.9 282p 19cm 2000円 ⓘ4-06-206558-4

秋元 炯 あきもと・けい

0108 「血まみれの男」
◇福田正夫賞（第15回/平成13年）
「詩集 血まみれの男」 土曜美術社出版販売 2000.12 108p 21cm 2000円 ⓘ4-8120-1266-X

秋元 進一郎 あきもと・しんいちろう

0109 「マグリットの空」
◇野原水嶺賞（第10回/平成6年）

秋元 不死男 あきもと・ふじお

0110 「万座」
◇蛇笏賞（第2回/昭和43年）
「万座」 角川書店 1967 222p 20cm 800円

秋元 倫 あきもと・みち

0111 「枝の記憶」
◇現代俳句協会年度作品賞（第1回/平成12年）

秋谷 豊 あきや・ゆたか

0112 「砂漠のミイラ」
◇日本詩人クラブ賞（第21回/昭和63年）

0113 「時代の明け方」（詩集）
◇丸山薫賞（第2回/平成7年）

秋山 聰 あきやま・あきら

0114 「聖遺物崇敬の心性史」
◇サントリー学芸賞（第31回/平成21年度―社会・風俗部門）
「聖遺物崇敬の心性史―西洋中世の聖性と造形」 講談社 2009.6 262p 19cm（講談社選書メチエ）1600円 ⓘ978-4-06-258441-8

秋山 邦晴 あきやま・くにはる

0115 「エリック・サティ覚え書」
◇吉田秀和賞（第1回/平成3年）
「エリック・サティ覚え書」 青土社 1990.6 502, 54, 15p 21cm 5400円 ⓘ4-7917-5069-1
「エリック・サティ覚え書」 新装版 青土社 2005.11 502, 54, 15p 21cm 5200円 ⓘ4-7917-6214-2
「エリック・サティ覚え書」 青土社 2016.5 1冊 21cm 5200円 ⓘ978-4-7917-6925-4

秋山 佐和子 あきやま・さわこ

0116 「歌ひつくさばゆるされむかも―歌人三ヶ島葭子の生涯」
◇日本歌人クラブ評論賞（第1回/平成15年）
「歌ひつくさばゆるされむかも―歌人三ヶ島葭子の生涯」 ティビーエス・ブリタニカ 2002.8 310p 20cm 2400円 ⓘ4-484-02216-8

秋山 駿 あきやま・しゅん

0117 「小林秀雄」
◇群像新人文学賞［評論部門］（第3回/昭和35年―評論）

0118　「神経と夢想 私の『罪と罰』」
◇和辻哲郎文化賞（第16回／平成15年度／一般部門）
　「神経と夢想―私の『罪と罰』」 講談社　2003.2　442p　20cm　2800円　Ⓘ4-06-211293-0

0119　「人生の検証」
◇伊藤整文学賞（第1回／平成2年―評論）
　「人生の検証」 新潮社　1996.8　254p　15cm（新潮文庫）　400円　Ⓘ4-10-148211-X

0120　「信長」
◇毎日出版文化賞（第50回／平成8年―第1部門（文学・芸術））
　「信長」 新潮社　1999.12　567p　15cm（新潮文庫）　743円　Ⓘ4-10-148212-8

秋山 卓三　あきやま・たくぞう

0121　「早天」
◇角川俳句賞（第13回／昭和42年）

秋山 ちえ子　あきやま・ちえこ

0122　「私のみたこと聞いたこと」
◇日本エッセイスト・クラブ賞（第2回／昭和29年）

秋山 真志　あきやま・まさし

0123　「寄席の人たち 現代寄席人物列伝」
◇尾崎秀樹記念・大衆文学研究賞（第21回／平成20年／評論・伝記部門）
　「寄席の人たち―現代寄席人物列伝」 創美社, 集英社（発売）　2007.4　318p　20cm　1800円　Ⓘ978-4-420-31016-1

秋山 基夫　あきやま・もとお

0124　「家庭生活」
◇富田砕花賞（第16回／平成17年）
　「家庭生活」 思潮社　2004.9　125p　22cm　2400円　Ⓘ4-7837-1933-0

秋山 陽子　あきやま・ようこ

0125　「葦のなかで」
◇詩人会議新人賞（第34回／平成12年／詩／佳作）

秋吉 久紀夫　あきよし・くきお

0126　「現代シルクロード詩集」
◇日本詩人クラブ詩界賞（第1回／平成13年）
　「現代シルクロード詩集」 土曜美術社出版販売　2000.10　171p　19cm（世界現代詩文庫 30）　1400円　Ⓘ4-8120-1262-7

秋吉 茂　あきよし・しげる

0127　「美女とネズミと神々の島」
◇日本エッセイスト・クラブ賞（第13回／昭和40年）
　「美女とネズミと神々の島」 河出書房新社　1984.8　253p　15cm（河出文庫）　400円　Ⓘ4-309-47060-2

秋吉 良人　あきよし・よしと

0128　「サドにおける言葉と物」
◇渋沢・クローデル賞（第18回／平成13年／日本側本賞）
　「サドにおける言葉と物」 風間書房　2001.2　260p　22cm　7000円　Ⓘ4-7599-1254-1

飽浦 敏　あくうら・さとし

0129　「おもろの産土」
◇伊東静雄賞（第23回／平成24年度／奨励賞）

0130　「星昼間（ぷしいぴろーま）」
◇山之口貘賞（第20回／平成9年）

芥川 比呂志　あくたがわ・ひろし

0131　「決められた以外のせりふ」
◇日本エッセイスト・クラブ賞（第18回／昭和45年）

圷 たけお　あくつ・たけお

0132　「飛翔」
◇日本随筆家協会賞（第60回／平成21年8月）

アクロイド, ジョイス

0133　「Lessons from History」
◇山片蟠桃賞（第2回／昭和58年度）

暁方 ミセイ　あけがた・みせい

0134　「ウイルスちゃん」

◇中原中也賞（第17回／平成24年）
「ウイルスちゃん」　思潮社　2011.10　109p　19cm　2200円　①978-4-7837-3261-7

明隅　礼子　あけずみ・れいこ
0135　「星楂」
◇俳人協会新人賞（第30回／平成18年度）
「星楂―明隅礼子句集」　ふらんす堂　2006.9　180p　19cm（ふらんす堂精鋭俳句叢書―Série de la fleur）　2400円　①4-89402-861-1

安慶名　一郎　あげな・いちろう
0136　「お礼肥」
◇日本随筆家協会賞（第41回／平成12年5月）
「南の島にて」　日本随筆家協会　2000.3　224p　20cm（現代名随筆叢書 22）　1500円　①4-88933-240-5

明本　美貴　あけもと・みき
0137　「明小華」
◇詩人会議新人賞（第35回／平成13年／詩）

あざ　蓉子　あざ・ようこ
0138　「猿楽」
◇加美俳句大賞（句集賞）（第6回／平成13年―スウェーデン賞）
「句集 猿楽」　富士見書房　2000.5　225p　19cm　2800円　①4-8291-7446-3

浅井　薫　あさい・かおる
0139　「越境」
◇壺井繁治賞（第7回／昭和54年）
「浅井薫詩全景―1960-2005」　独行社　2005.8　675p　25cm

0140　「殺」
◇中日詩賞（第22回／昭和57年）
「殺―浅井薫詩集」　青磁社　1981.8　139p　22cm　2500円
「浅井薫詩全景―1960-2005」　独行社　2005.8　675p　25cm

浅井　一志　あさい・かずし
0141　「百景」
◇俳人協会賞（第48回／平成20年度）
「百景―句集」　淺井一志　2008.2　254p　20cm　2500円

浅井　陽子　あさい・ようこ
0142　「粽結ふ」
◇深吉野賞（第9回／平成13年）

朝尾　直弘　あさお・なおひろ
0143　「日本の近世 全18巻」
◇毎日出版文化賞（第48回／平成6年―特別賞）

朝霧　圭梧　あさぎり・けいご
0144　「THE CROSS OF GUNS」
◇健友館ノンフィクション大賞（第9回／平成14年／大賞）
「The cross of guns―眼を閉じた銃剣」　健友館　2003.3　270p　19cm　1600円　①4-7737-0715-1

朝倉　勇　あさくら・いさむ
0145　「鳥の歌」
◇丸山豊記念現代詩賞（第4回／平成7年）
「鳥の歌―詩集」　思潮社　1994.8　79p　22cm　2600円　①4-7837-0521-6

朝倉　和江　あさくら・かずえ
0146　「花鋏」
◇俳人協会新人賞（第3回／昭和54年度）

朝倉　尚　あさくら・ひさし
0147　「抄物の世界と禅林の文学」
◇角川源義賞（第19回／平成9年度／国文学）
「抄物の世界と禅林の文学―中華若木詩抄・湯山聯句鈔の基礎的研究」　清文堂出版　1996.12　589p　22cm　16480円　①4-7924-1332-X

浅田　杏子　あさだ・きょうこ
0148　「蟹」
◇詩人会議新人賞（第39回／平成17年／詩部門）

安里　正俊　あさと・まさとし
0149　「マッチ箱の中のマッチ棒」
◇山之口貘賞（第18回／平成7年）

「マッチ箱の中のマッチ棒―詩集」 ボーダーインク　1994.7　91p　19cm　1000円

浅沼 義則　あさぬま・よしのり
0150　「会津磐梯父子(ちちこ)旅」
◇JTB旅行記賞（第8回／平成11年／佳作）

浅野 秋穂　あさの・あきほ
0151　「狼」
◇北海道詩人協会賞（第8回／昭和46年度）

浅野 詠子　あさの・えいこ
0152　「重装備病棟の矛盾～7年目の司法精神医療～」
◇週刊金曜日ルポルタージュ大賞（第23回／平成24年／佳作）

浅野 建二　あさの・けんじ
0153　「日本のわらべ歌全集」
◇毎日出版文化賞（第47回／平成5年―特別賞）

浅野 言朗　あさの・ことあき
0154　「2(6乗)＝64/窓の分割」
◇横浜詩人会賞（第41回／平成21年）

浅野 如水　あさの・じょすい
0155　「津軽雪譜」
◇角川俳句賞（第31回／昭和60年）

浅野 富美江　あさの・ふみえ
0156　「鳩の鳴く朝」
◇短歌新聞新人賞（第7回／昭和54年）

浅野 牧子　あさの・まきこ
0157　「蔓草の海を渡って」
◇中日詩賞（第50回／平成22年―新人賞）
「蔓草の海を渡って」 ジャンクション・ハーベスト　2009.9　76p　21cm　1800円

浅野 明信　あさの・めいしん
0158　「バラのあいつ」
◇北海道詩人協会賞（第19回／昭和57年度）
「バラのあいつ―浅野明信詩集」 北海詩人社　1982.1　179p　22cm（北海詩人叢書）1500円

朝日 敏子　あさひ・としこ
0159　「夕映え」
◇「短歌現代」歌人賞（第16回／平成15年）

朝比奈 克子　あさひな・かつこ
0160　「ファンタジア」
◇年刊現代詩集新人賞（第7回／昭和61年―奨励賞）

朝吹 亮二　あさぶき・りょうじ
0161　「まばゆいばかりの」
◇鮎川信夫賞（第2回／平成23年／詩集部門）
「まばゆいばかりの」 思潮社　2010.8　139p　22cm　2600円　①978-4-7837-3206-8
0162　「**OPUS**」
◇藤村記念歴程賞（第25回／昭和62年）
「opus」 思潮社　1987.9　171p　21cm　2400円

浅見 ゆり　あさみ・ゆり
0163　「ほぼ完走、やや無謀 しまなみ海道自転車旅行記」
◇JTB旅行記賞（第11回／平成14年／佳作）

芦田 均　あしだ・ひとし
0164　「第二次世界大戦外交史」
◇毎日出版文化賞（第14回／昭和35年）
「第二次世界大戦外交史　上」 岩波書店　2015.11　525p　15cm（岩波文庫）1200円　①978-4-00-340311-2
「第二次世界大戦外交史　下」 岩波書店　2015.12　521, 15p　15cm（岩波文庫）1260円　①978-4-00-340312-9

葦乃原 光晴　あしのはら・こうせい
0165　「初恋の女性」
◇日本随筆家協会賞（第43回／平成13年5月）

「初恋の女性」 日本随筆家協会　2001.11
223p　20cm（現代名随筆叢書 39）
1500円　④4-88933-259-6

芦原 英了　あしはら・えいりょう
0166　「巴里のシャンソン」
◇毎日出版文化賞（第11回/昭和32年）

芦原 義信　あしはら・よしのぶ
0167　「街並みの美学」
◇毎日出版文化賞（第33回/昭和54年）
「街並みの美学」　岩波書店　2001.4
301, 13p　15cm（岩波現代文庫）1100
円　④4-00-600049-9
「続・街並みの美学」　岩波書店　2001.5
5, 299, 8p　15cm（岩波現代文庫）
1100円　④4-00-600053-7

小豆澤 裕子　あずきざわ・ゆうこ
0168　「思う存分」
◇現代俳句協会年度作品賞（第11回/平成22年度）

東 直子　あずま・なおこ
0169　「草かんむりの訪問者」
◇歌壇賞（第7回/平成7年）

東 浩紀　あずま・ひろき
0170　「存在論的、郵便的」
◇サントリー学芸賞（第21回/平成11年度―思想・歴史部門）
「存在論的、郵便的―ジャック・デリダについて」　新潮社　1998.10　338, 4p　19cm　2000円　④4-10-426201-3

安住 敦　あずみ・あつし
0171　「午前午後」
◇蛇笏賞（第6回/昭和47年）
「午前午後―句集」　角川書店　1972　163p　20cm　1000円
0172　「春夏秋冬帖」
◇日本エッセイスト・クラブ賞（第15回/昭和42年）
「春夏秋冬帖」　牧羊社　1975　2冊（続共）　20cm　各1100円

安住 恭子　あずみ・きょうこ
0173　「『草枕』の那美と辛亥革命」
◇和辻哲郎文化賞（第25回/平成24年度/一般部門）
「『草枕』の那美と辛亥革命」　白水社　2012.4　263, 8p　20cm　2100円　④978-4-560-08204-1

麻生 晴一郎　あそう・せいいちろう
0174　「中国の草の根を探して」
◇潮アジア・太平洋ノンフィクション賞（第1回/平成25年）
「変わる中国―「草の根」の現場を訪ねて」　潮出版社　2014.1　198p　19cm　1400円　④978-4-267-01967-8

麻生 哲彦　あそう・てつひこ
0175　「竹」
◇現代詩加美未来賞（第2回/平成4年―中新田若鮎賞）

麻生 直子　あそう・なおこ
0176　「足形のレリーフ」
◇日本詩人クラブ賞（第40回/平成19年）
「足形のレリーフ―詩集」　梧桐書院　2006.3　109p　22cm　2000円　④4-340-40111-0

麻生 秀顕　あそう・ひであき
0177　「部屋」
◇福田正夫賞（第10回/平成8年）
「部屋―麻生秀顕詩集」　土曜美術社出版販売　1996.5　79p　21cm（叢書新世代の詩人たち 22）1700円　④4-8120-0580-9

安宅 夏夫　あたか・なつお
0178　「『日本百名山』の背景―深田久弥・二つの愛」
◇尾崎秀樹記念・大衆文学研究賞（第16回/平成16年―評論・伝記）

安達 生恒　あだち・いくつね
0179　「むらの再生」
◇新評賞（第10回/昭和55年―第1部門＝農業問題（正賞））

足立 邦夫　あだち・くにお
0180　「ドイツ 傷ついた風景」

◇新潮学芸賞（第6回/平成5年）
「ドイツ 傷ついた風景」 講談社 1992.6 536p 19cm 3200円 Ⓘ4-06-205309-8
「ドイツ―傷ついた風景」 講談社 1994.10 632p 15cm（講談社文庫）940円 Ⓘ4-06-185778-9

足立 巻一　あだち・けんいち

0181 「虹滅記」
◇日本エッセイスト・クラブ賞（第30回/昭和57年）
「虹滅記」 朝日新聞社 1982.4 313p 20cm 1400円
「虹滅記」 朝日新聞社 1994.11 377p 15cm（朝日文芸文庫）860円 Ⓘ4-02-264051-0

0182 「雑歌」
◇日本詩人クラブ賞（第17回/昭和59年）
「雑歌―足立巻一詩集」 理論社 1983.8 122p 20cm 1800円

足立 幸信　あだち・こうしん

0183 「狩行俳句の現代性」
◇俳人協会評論賞（第9回/平成6年/新人賞）
「狩行俳句の現代性」 梅里書房 1994.7 344p 20cm 3200円 Ⓘ4-87227-086-X

足立 公平　あだち・こうへい

0184 「飛行絵本」
◇現代歌人協会賞（第10回/昭和41年）

安立 スハル　あだち・すはる

0185 「この梅生ずべし」
◇日本歌人クラブ推薦歌集（第11回/昭和40年）

安達 誠司　あだち・せいじ

0186 「レジーム間競争の思想史―通貨システムとデフレーションの関連、そしてアジア主義の呪縛」
◇河上肇賞（第1回/平成17年/本賞）
「脱デフレの歴史分析―「政策レジーム」転換でたどる近代日本」 藤原書店 2006.5 317p 20cm 3600円 Ⓘ4-89434-516-1

足立 訓子　あだち・のりこ

0187 「みてゐてとわれがたのめばうなづきてだきつくやうに荷物まもれり」
◇河野裕子短歌賞（第3回/平成26年―家族の歌）

足立 己幸　あだち・みゆき

0188 「栄養の世界―探検図鑑」

0189 「食塩―減塩から適塩へ」
◇毎日出版文化賞（第36回/昭和57年）
「食塩―減塩から適塩へ」 木村修一, 足立己幸編 女子栄養大学出版部 1981.11 306p 19cm（栄大選書）1200円

足立 康　あだち・やすし

0190 「宝石の文学」
◇群像新人文学賞〔評論部門〕（第1回/昭和33年―評論）
「雑記帖のアメリカ」 慶應義塾大学出版会 2001.4 388p 19cm 2500円 Ⓘ4-7664-0848-9

安立 恭彦　あだち・やすひこ

0191 「東京ぐらし」
◇角川俳句賞（第5回/昭和34年）

アタマでコンカイ！

0192 「おまえは競馬にグッドバイ」
◇優駿エッセイ賞（第24回/平成20年）

アトキンソン, デービッド

0193 「新・観光立国論」
◇山本七平賞（第24回/平成27年）
「デービッド・アトキンソン 新・観光立国論―イギリス人アナリストが提言する21世紀の「所得倍増計画」」 デービッド・アトキンソン著 東洋経済新報社 2015.6 275p 19cm 1500円 Ⓘ978-4-492-50275-4

油本 達夫　あぶらもと・たつお

0194 「渡河」
◇横浜詩人会賞（第12回/昭和55年度）

阿部 昭　あべ・あきら

0195 「千年」

阿部 綾　あべ・あや

0196　「えごの花」
◇福島県短歌賞（第19回/平成6年度―短歌賞）

阿部 岩夫　あべ・いわお

0197　「織詩・十月十日, 少女が」
◇地球賞（第11回/昭和61年度）

0198　「不羈者」
◇小熊秀雄賞（第15回/昭和57年）
◇山形県詩賞（第11回/昭和57年）

0199　「ベーゲェット氏」
◇高見順賞（第19回/昭和63年度）
「ベーゲェット氏」　思潮社　1988.10　92p　21cm　2000円　Ⓘ4-7837-0263-2

阿部 嘉昭　あべ・かしょう

0200　「換喩詩学」
◇鮎川信夫賞（第6回/平成27年/詩論集部門）
「換喩詩学」　思潮社　2014.3　407p　19cm　3800円　Ⓘ978-4-7837-1693-8
「詩と減喩―換喩詩学 2」　思潮社　2016.3　408p　19cm　3800円　Ⓘ978-4-7837-3802-2

阿部 清子　あべ・きよこ

0201　「花若荷」
◇福島県俳句賞（第30回/平成21年―新人賞）

阿部 謹也　あべ・きんや

0202　「中世を旅する人びと」
◇サントリー学芸賞（第2回/昭和55年度―思想・歴史部門）
「阿部謹也著作集　3　中世を旅する人びと」　筑摩書房　2000.1　549p　21cm　6200円　Ⓘ4-480-75153-X
「中世を旅する人びと―ヨーロッパ庶民生活点描」　筑摩書房　2008.7　339p　15cm　（ちくま学芸文庫）　1200円　Ⓘ978-4-480-09157-4

◇毎日出版文化賞（第27回/昭和48年）
「阿部昭集　第3巻」　岩波書店　1991.5　411p　19cm　4200円　Ⓘ4-00-091643-2
「千年・あの夏」　講談社　1993.5　329p　15cm　（講談社文芸文庫）　980円　Ⓘ4-06-196223-X

阿部 慧月　あべ・けいげつ

0203　「花野星」
◇北海道新聞俳句賞（第2回/昭和62年）

阿部 弘一　あべ・こういち

0204　「風景論」
◇現代詩人賞（第14回/平成8年）
「風景論―詩集」　思潮社　1995.9　101p　22cm　2678円　Ⓘ4-7837-0583-6

阿部 静枝　あべ・しずえ

0205　「冬季」
◇日本歌人クラブ推薦歌集（第3回/昭和32年）

阿部 静雄　あべ・しずお

0206　「郷國」
◇俳句朝日賞（第2回/平成12年/準賞）

0207　「雪曼陀羅」
◇角川俳句賞（第40回/平成6年）

阿部 周平　あべ・しゅうへい

0208　「父ありて」
◇日本随筆家協会賞（第10回/昭和59.11）

阿部 信一　あべ・しんいち

0209　「濃霧の里―あの子たちはいま」
◇北海道ノンフィクション賞（第1回/昭和55年）

阿部 寿美代　あべ・すみよ

0210　「ゆりかごの死」
◇大宅壮一ノンフィクション賞（第29回/平成10年）
「ゆりかごの死―乳幼児突然死症候群の光と影」　新潮社　1997.4　452p　19cm　1800円　Ⓘ4-10-417201-4

阿部 誠文　あべ・せいぶん

0211　「ソ連抑留俳句―人と作品」
◇俳人協会評論賞（第16回/平成13年）
「ソ連抑留俳句―人と作品」　花書院　2001.3　496p　19cm　2858円　Ⓘ4-938910-44-6

阿部 孝　あべ・たかし
0212　「ばら色のバラ」
◇日本エッセイスト・クラブ賞（第14回/昭和41年）

阿部 はるみ　あべ・はるみ
0213　「幻の木の実」
◇横浜詩人会賞（第46回/平成26年）
「幻の木の実」書肆山田　2013.7　86p　22cm　2400円　①978-4-87995-879-2

阿部 日奈子　あべ・ひなこ
0214　「海曜日の女たち」
◇高見順賞（第32回/平成14年）
「海曜日の女たち」書肆山田　2001.9　120p　23cm　2500円　①4-87995-521-3

0215　「植民市の地形」
◇歴程新鋭賞（第1回/平成2年）

阿部 公彦　あべ・まさひこ
0216　「文学を〈凝視する〉」
◇サントリー学芸賞（第35回/平成25年度―芸術・文学部門）
「文学を"凝視する"」岩波書店　2012.9　290, 6p　19cm　2900円　①978-4-00-024674-3

阿部 正路　あべ・まさみち
0217　「飛び立つ鳥の季節に」
◇日本歌人クラブ賞（第3回/昭和51年）

安倍 真理子　あべ・まりこ
0218　「波」
◇角川俳句賞（第54回/平成20年）

阿部 みどり女　あべ・みどりじょ
0219　「月下美人」
◇蛇笏賞（第12回/昭和53年）

阿部 恭子　あべ・やすこ
0220　「壺」
◇日本随筆家協会賞（第15回/昭和62.5）
「話の屑篭」日本随筆家協会　1987.11　289p　19cm（現代随筆選書 75）　1800円　①4-88933-093-3

阿部 良雄　あべ・よしお
0221　「シャルル・ボードレール 現代性（モデルニテ）の成立」
◇和辻哲郎文化賞（第8回/平成7年―学術部門）
「シャルル・ボードレール―現代性の成立」河出書房新社　1995.6　484, 8p　21cm　6800円　①4-309-20244-6

安倍 能成　あべ・よししげ
0222　「岩波茂雄伝」
◇読売文学賞（第9回/昭和32年―評論・伝記賞）
「岩波茂雄伝」新装版　岩波書店　2012.12　464, 21p　19cm　3200円　①978-4-00-022196-2

阿満 利麿　あま・としまろ
0223　「宗教の深層」
◇サントリー学芸賞（第8回/昭和61年度―芸術・文学部門）
「宗教の深層―聖なるものへの衝動」人文書院　1985.4　272p　20cm　1800円　①4-409-41030-X
「宗教の深層」筑摩書房　1995.1　302p　15cm（ちくま学芸文庫）　980円　①4-480-08177-1

天沢 退二郎　あまざわ・たいじろう
0224　「〈地獄〉にて」
◇高見順賞（第15回/昭和59年度）
「＜地獄＞にて―天沢退二郎詩集」思潮社　1984.8　122p　23cm　1800円

0225　「Les invisibles」
◇藤村記念歴程賞（第15回/昭和52年）

天路 悠一郎　あまじ・ゆういちろう
0226　「秩父行」
◇年刊現代詩集新人賞（第6回/昭和60年―奨励賞）
「秩父行―詩集」思潮社　1989.12　117p　20cm　2060円

天谷 直弘　あまたに・なおひろ
0227　「日米「愛憎」関係 今後の選択」
◇石橋湛山賞（第4回/昭和58年）
「Voice主要論文集」谷沢永一監修, PHP研究所編　PHP研究所　1997.12　535p　21cm　4000円　①4-569-55915-8

天野 郁夫　あまの・いくお
0228　「試験の社会史」
◇サントリー学芸賞（第6回／昭和59年度―社会・風俗部門）
「試験の社会史―近代日本の試験・教育・社会」　東京大学出版会　1983.10　326p　20cm　2000円　ⓘ4-13-053075-5
「試験の社会史―近代日本の試験・教育・社会」　増補版　平凡社　2007.2　400p　16cm（平凡社ライブラリー）　1500円　ⓘ978-4-582-76602-8

天野 忠　あまの・ただし
0229　「天野忠詩集」
◇無限賞（第2回／昭和49年）
「天野忠詩集」　思潮社　1986.7　159p　19cm（現代詩文庫 85）　780円
0230　「続天野忠詩集」
◇毎日出版文化賞（第40回／昭和61年）
「天野忠詩集　続」　編集工房ノア　1986.6　552p　22cm　7000円

天野 暢子　あまの・のぶこ
0231　「そして手斧も」
◇北海道詩人協会賞（第31回／平成6年度）
「そして手斧も―天野暢子詩集」　沖積舎　1993.8　123p　22cm　2500円

天野 洋一　あまの・よういち
0232　「ダバオ国の末裔たち」
◇日本ノンフィクション賞（第12回／昭和60年―新人賞）
「ダバオ国の末裔たち―フィリピン日系棄民」　風媒社　1990.12　267p　20cm　1730円

甘利 俊一　あまり・しゅんいち
0233　「バイオコンピュータ」
◇講談社出版文化賞（第18回／昭和62年―科学出版賞）
「バイオコンピュータ」　岩波書店　1986.3　140,6p　19cm（NEW SCIENCE AGE 17）　950円　ⓘ4-00-007667-1

余戸 義雄　あまるべ・よしお
0234　「塔の見える道」
◇福岡県詩人賞（第23回／昭和62年）

網谷 厚子　あみたに・あつこ
0235　「万里」
◇日本詩人クラブ新人賞（第12回／平成14年）
「万里」　思潮社　2001.5　92p　22cm　2200円　ⓘ4-7837-1242-5
0236　「魂魄風」
◇小熊秀雄賞（第49回／平成28年）
「魂魄風」　思潮社　2015.11　90p　22×15cm　2300円　ⓘ978-4-7837-3508-3
0237　「瑠璃行」
◇山之口貘賞（第35回／平成24年度）

雨宮 清子　あめのみや・せいこ
0238　「"ふつう"は、やらない？」
◇週刊金曜日ルポルタージュ大賞（第16回／平成17年／佳作）

雨宮 敬子　あめみや・けいこ
0239　「こころの家族」
◇日本随筆家協会賞（第39回／平成11年5月）
「こころの家族」　日本随筆家協会　1999.6　224p　20cm（現代名随筆叢書 17）　1500円　ⓘ4-88933-232-4

雨宮 雅子　あめみや・まさこ
0240　「昼顔の譜」
◇日本歌人クラブ賞（第30回／平成15年）
「昼顔の譜―雨宮雅子歌集」　柊書房　2002.7　217p　20cm　2500円　ⓘ4-89975-038-2
0241　「水の花」
◇詩歌文学館賞（第28回／平成25年／短歌）
「水の花―歌集」　角川書店，角川グループパブリッシング〔発売〕　2012.5　218p　20cm　2571円　ⓘ978-4-04-652528-4
0242　「夕星の歌」
◇短歌研究賞（第37回／平成13年）

飴本 登之　あめもと・たかゆき
0243　「地上の闇」
◇ラ・メール短歌賞（第2回／平成1年）

綾野　道江　　あやの・みちえ
　0244　「俳句における女歌」
　◇現代俳句評論賞　（第3回/昭和58年）

綾部　清隆　　あやべ・きよたか
　0245　「傾斜した縮図」
　◇北海道詩人協会賞　（第41回/平成16年度）
　　「傾斜した縮図―詩集」　林檎屋　2003.10
　　77p　21cm　1800円

綾部　健二　　あやべ・けんじ
　0246　「工程」
　◇栃木県現代詩人会賞　（第14回）
　0247　「飛行論」
　◇年刊現代詩集新人賞　（第4回/昭和58年―佳作）
　　「飛行論―綾部健二詩集」　芸風書院　1983.2　95p　19cm　（日本現代新鋭詩人叢書　第2集）　1600円

綾部　仁喜　　あやべ・じんき
　0248　「山王林だより」
　◇俳人協会評論賞　（第23回/平成20年）
　　「山王林だより」　角川SSコミュニケーションズ　2008.10　305p　20cm　（泉叢書　第110篇）　2800円　①978-4-8275-3119-0
　0249　「沈黙」
　◇俳句四季大賞　（第9回/平成21年）
　　「沈黙―句集」　ふらんす堂　2008.9　189p　19cm　（泉叢書　第107篇）　2476円　①978-4-7814-0051-8
　0250　「樸簡」
　◇俳人協会賞　（第34回/平成6年）
　　「樸簡―句集」　ふらんす堂　1995.3　179p　19cm　2100円　①4-89402-117-X

新井　章夫　　あらい・あきお
　0251　「水郷」
　◇伊東静雄賞　（第3回/平成4年）
　0252　「風土の意志」
　◇北海道詩人協会賞　（第3回/昭和41年度）

新井　喜美子　　あらい・きみこ
　0253　「花の夕張岳に魅せられた人々」
　◇北海道ノンフィクション賞　（第10回/平成2年―奨励賞）

新井　高子　　あらい・たかこ
　0254　「タマシイ・ダンス」
　◇小熊秀雄賞　（第41回/平成20年）
　　「タマシイ・ダンス」　未知谷　2007.8　189p　22cm　2000円　①978-4-89642-198-9

荒井　千佐代　　あらい・ちさよ
　0255　「系図」
　◇朝日俳句新人賞　（第3回/平成12年）
　　「系図―句集」　朝日新聞社　2002.3　187p　20cm　2600円　①4-02-330698-3

新井　千裕　　あらい・ちひろ
　0256　「復活祭のためのレクイエム」
　◇現代詩女流賞　（第10回/昭和60年）
　　「復活祭のためのレクイエム」　講談社　1986.8　212p　19cm　980円　①4-06-202956-1
　　「復活祭のためのレクイエム」　講談社　1990.7　204p　15cm　（講談社文庫）　340円　①4-06-184706-6

荒井　哲夫　　あらい・てつお
　0257　「銀河列車」
　◇島田利夫賞　（第10回/昭和62年―準入選）

新井　豊美　　あらい・とよみ
　0258　「河口まで」
　◇地球賞　（第7回/昭和57年度）
　0259　「草花丘陵」
　◇晩翠賞　（第48回/平成19年）
　　「草花丘陵」　思潮社　2007.5　103p　24cm　2400円　①978-4-7837-2197-0
　0260　「夜のくだもの」
　◇高見順賞　（第23回/平成4年度）
　　「夜のくだもの」　思潮社　1992.10　102p　21cm　2400円　①4-7837-0419-8

新井　正人　　あらい・まさと
　0261　「漁火」
　◇〔新潟〕日報詩壇賞　（第17回/昭和52年秋）

新井 由己　あらい・よしみ
0262　「芝居小屋から飛び出した人形師」
◇週刊金曜日ルポルタージュ大賞（第2回/平成9年9月/佳作）

新垣 汎子　あらがき・ひろこ
0263　「六・七日の尋ね人」
◇伊東静雄賞（第21回/平成22年度/奨励賞）

新川 明　あらかわ・あきら
0264　「新南島風土記」
◇毎日出版文化賞（第32回/昭和53年）
「新南島風土記」　大和書房　1985.5　252p　20cm（大和選書）1500円　①4-479-80016-6
「新南島風土記」　朝日新聞社　1987.11　258p　15cm（朝日文庫）480円　①4-02-260474-3
「新南島風土記」　岩波書店　2005.12　265p　15cm（岩波現代文庫）1000円　①4-00-603126-2

荒川 純子　あらかわ・じゅんこ
0265　「デパガの位置」
◇歴程新鋭賞（第11回/平成12年）
「デパガの位置」　思潮社　1999.10　127p　21cm　2200円　①4-7837-1154-2

荒川 楓谷　あらかわ・ふうこく
0266　「荒川楓谷全句集」
◇北海道新聞俳句賞（第17回/平成14年）
「荒川楓谷全句集」　えぞにう社　2001.11　351p　20cm（えぞにう叢書 第26号）3000円

荒川 洋治　あらかわ・ようじ
0267　「心理」
◇萩原朔太郎賞（第13回/平成17年）
「心理」　みすず書房　2005.5　123p　20cm　1800円　①4-622-07143-6

0268　「水駅」
◇H氏賞（第26回/昭和51年）
「水駅―荒川洋治詩集」　書紀書林　1975　71p　20cm　1500円

0269　「渡世」
◇高見順賞（第28回/平成9年度）
「渡世」　筑摩書房　1997.7　121p　19cm　1800円　①4-480-80342-4

0270　「文芸時評という感想」
◇小林秀雄賞（第5回/平成18年）
「文芸時評という感想」　四月社、木魂社（発売）2005.12　339p　20cm　3200円　①4-87746-097-7

0271　「忘れられる過去」
◇講談社エッセイ賞（第20回/平成16年）
「忘れられる過去」　みすず書房　2003.7　269p　20cm　2600円　①4-622-07053-7
「忘れられる過去」　朝日新聞出版　2011.12　298p　15cm（朝日文庫）780円　①978-4-02-264643-9

荒木 精子　あらき・せいこ
0272　「阿蘇春秋」
◇「短歌現代」歌人賞（第23回/平成22年）

荒木 力　あらき・ちから
0273　「那の津の先輩たち」
◇福岡県詩人賞（第29回/平成5年）

荒木 勇三　あらき・ゆうぞう
0274　「千匹の僕ら」
◇〔新潟〕日報詩壇賞（第1回/昭和44年春）

荒木 有希　あらき・ゆき
0275　「ウルルとエアーズロック」
◇週刊金曜日ルポルタージュ大賞（第3回/平成10年3月/佳作）

0276　「夕鶴の住む島」
◇週刊金曜日ルポルタージュ大賞（第4回/平成10年9月/佳作）

荒木田 家寿　あらきだ・いえひさ
0277　「アイヌ童話集」
◇毎日出版文化賞（第16回/昭和37年）

嵐山 光三郎　あらしやま・こうざぶろう
0278　「悪党芭蕉」
◇読売文学賞（第58回/平成18年度―評論・伝記賞）
「悪党芭蕉」　新潮社　2008.10　350p　15cm（新潮文庫）514円　①978-4-10-

141909-1

0279　「素人庖丁記」
◇講談社エッセイ賞（第4回/昭和63年）
　「素人庖丁記」　ランダムハウス講談社
　2008.1　221p　15cm（ランダムハウス
　講談社文庫）　680円　Ⓘ978-4-270-
　10153-7

0280　「芭蕉の誘惑」
◇JTB紀行文学大賞（第9回/平成12年）
　「芭蕉の誘惑―全紀行を追いかける」
　JTB　2000.4　262p　20cm　1500円
　Ⓘ4-533-03462-4
　「芭蕉紀行」　新潮社　2004.4　381p
　16cm（新潮文庫）552円　Ⓘ4-10-
　141907-8

荒畑　寒村　あらはた・かんそん

0281　「寒村自伝」
◇毎日出版文化賞（第14回/昭和35年）

荒船　健次　あらふね・けんじ

0282　「青い馬のかたち」
◇横浜詩人会賞（第6回/昭和49年度）

荒俣　宏　あらまた・ひろし

0283　「世界大博物図鑑 第2巻 魚類」
◇サントリー学芸賞（第11回/平成1年
　度―社会・風俗部門）
　「魚類」　平凡社　1989.5　531p　26cm
　（世界大博物図鑑 2）14930円　Ⓘ4-
　582-51822-2
　「世界大博物図鑑　第2巻　魚類」　新装版
　平凡社　2014.12　531p　28×20cm
　19500円　Ⓘ978-4-582-51842-9

有泉　貞夫　ありいずみ・さだお

0284　「星亨」
◇サントリー学芸賞（第5回/昭和58年
　度―思想・歴史部門）
　「星亨」　朝日新聞社　1983.3　343p
　20cm（朝日評伝選 27）1700円

有岡　利幸　ありおか・としゆき

0285　「松と日本人」
◇毎日出版文化賞（第47回/平成5年）
　「松と日本人」　人文書館　1994.4　246p
　19cm　2266円　Ⓘ4-409-54041-6

有我　祥吉　ありが・しょうきち

0286　「クレヨンの屑」
◇晩翠賞（第24回/昭和58年）
　「クレヨンの屑―詩集」　黒詩社　1983.9
　117p　22cm

有木　宏二　ありき・こうじ

0287　「ピサロ/砂の記憶―印象派の内
　なる闇」
◇吉田秀和賞（第16回/平成18年）
　「ピサロ/砂の記憶―印象派の内なる闇」
　人文書館　2005.11　480, 13p 図版24p
　22cm　8400円　Ⓘ4-903174-03-4

有澤　榠樝　ありさわ・かりん

0288　「五十一」
◇俳句研究賞（第18回/平成15年）

有田　忠郎　ありた・ただお

0289　「詩の位置」(詩評)
◇福岡県詩人賞（第3回/昭和42年）

0290　「光は灰のように」
◇詩歌文学館賞（第25回/平成22年/詩）
　「光は灰のように」　書肆山田　2009.9
　83p　22cm　2400円　Ⓘ978-4-87995-
　774-0

有馬　朗人　ありま・あきと

0291　「天為」
◇俳人協会賞（第27回/昭和62年度）
　「天為―句集」　富士見書房　1987.8
　212p　20cm（「俳句研究」句集シリー
　ズ 3）2500円　Ⓘ4-8291-7103-0

0292　「不稀」
◇日本詩歌句大賞（第2回/平成18年度/
　俳句部門）
　「不稀―有馬朗人句集」　角川書店　2004.
　9　233p　20cm　2800円　Ⓘ4-04-
　876231-1

0293　「流轉」
◇詩歌文学館賞（第28回/平成25年/俳
　句）
　「流轉―句集」　角川書店, 角川グループパ
　ブリッシング〔発売〕　2012.11　237p
　20cm　2667円　Ⓘ978-4-04-652680-9

有馬　澄雄　ありま・すみお

0294　「水俣病―20年の研究と今日の

課題」
◇毎日出版文化賞（第33回/昭和54年—特別賞）

有馬 光男　ありま・みつお

0295　「絞首刑台からの手紙 戦場を盟廻しされ戦後生活苦に喘ぎ彼が死刑台から送った愛の辞世句は…」
◇週刊金曜日ルポルタージュ大賞（第18回/平成19年/佳作）

0296　「わが昭和史・暗黒の記録—軍国、官僚主義に反抗した青春の軌跡」
◇週刊金曜日ルポルタージュ大賞（第15回/平成16年/優秀賞）

粟津 キヨ　あわず・きよ

0297　「光に向って咲け—斎藤百合の生涯」
◇毎日出版文化賞（第40回/昭和61年）
「光に向って咲け—斎藤百合の生涯」　岩波書店　1986.6　219, 6p　18cm（岩波新書）480円
「光に向って咲け—斎藤百合の生涯」　東京女子大学同窓会奉仕グループ　1987.6　3冊　26cm
※原本：岩波書店 1986 岩波新書
「光に向って咲け—斎藤百合の生涯」　岩波書店　2008.8　219, 6p　17×11cm（岩波新書）740円　①4-00-420342-2

粟津 則雄　あわず・のりお

0298　「粟津則雄著作集」（全7巻）
◇鮎川信夫賞（第1回/平成22年/特別賞）
「詩人論」　思潮社　2006.4　615p　23cm（粟津則雄著作集 第1巻）7800円　①4-7837-2337-0
「絵画論」　思潮社　2006.10　615p　23cm（粟津則雄著作集 第2巻）7800円　①4-7837-2338-7
「美術論」　思潮社　2007.2　619p　23cm（粟津則雄著作集 第3巻）7800円　①978-4-7837-2339-4
「作家論」　思潮社　2007.7　619p　23cm（粟津則雄著作集 第4巻）7800円　①978-4-7837-2340-0
「文学論」　思潮社　2007.12　617p　23cm（粟津則雄著作集 第5巻）7800円　①978-4-7837-2341-7
「音楽論」　思潮社　2008.4　622p　23cm（粟津則雄著作集 第6巻）7800円　①978-4-7837-2342-4
「芸術論」　思潮社　2009.1　617p　23cm（粟津則雄著作集 第7巻）7800円　①978-4-7837-2343-1

0299　「詩の空間」「詩人たち」
◇藤村記念歴程賞（第8回/昭和45年）
「詩の空間—評論集」　思潮社　1972　283p　20cm　1200円
「詩人たち—評論集」　思潮社　1972　294p　20cm　1200円

0300　「正岡子規」
◇亀井勝一郎賞（第14回/昭和57年）
「正岡子規」　朝日新聞社　1982.3　331p　20cm（朝日評伝選 25）1500円
「正岡子規—現代日本の評伝」　講談社　1995.9　391p　15cm（講談社文芸文庫）1200円　①4-06-196336-8

淡波 悟　あわなみ・さとる

0301　「確認のダイアローグ」
◇詩人会議新人賞（第49回/平成27年—詩部門）

阿波野 青畝　あわの・せいほ

0302　「甲子園」
◇蛇笏賞（第7回/昭和48年）
「甲子園—阿波野青畝句集」　邑書林　1997.1　107p　15cm（邑書林句集文庫）927円　①4-89709-213-2

安 克昌　あん・かつまさ

0303　「心の傷を癒すということ」
◇サントリー学芸賞（第18回/平成8年度—社会・風俗部門）
「心の傷を癒すということ—神戸…365日」　作品社　1996.4　265p　19cm　1600円　①4-87893-249-X
「心の傷を癒すということ」　角川書店　2001.12　253p　15cm（角川ソフィア文庫）600円　①4-04-363401-3
「心の傷を癒すということ—大災害精神医療の臨床報告」　増補改訂版　作品社　2011.6　443p　19cm　1900円　①978-4-86182-339-8

安西 均　あんざい・ひとし

0304　「暗喩の夏」
◇現代詩花椿賞（第1回/昭和58年）
「暗喩の夏—安西均詩集」　牧羊社　1983.

11　82p　21cm　1100円
0305　「チェーホフの猟銃」
　◇現代詩人賞（第7回/平成1年）
　　「チェーホフの猟銃―詩集」　花神社
　　1988.10　91p　19cm　2000円
　　「チェーホフの猟銃―詩集」　花神社
　　1989.3　91p　19cm　2000円　Ⓘ4-7602-1015-6

晏梛 みや子　あんだ・みやこ
0306　「狐啼く」
　◇深吉野賞（第8回/平成12年）

安藤 一郎　あんどう・いちろう
0307　「磨滅」
　◇無限賞（第1回/昭和48年）

安東 次男　あんどう・つぐお
0308　「安東次男著作集」
　◇藤村記念歴程賞（第14回/昭和51年）
　　「安東次男著作集　全8巻」　青土社
　　1975～1977　20cm
0309　「澱河歌の周辺」
　◇読売文学賞（第14回/昭和37年―評論・伝記賞）
　　「澱河歌の周辺」　新版　未來社　2003.5　276p　19cm（転換期を読む 9）2800円　Ⓘ4-624-93429-6
0310　「流」
　◇詩歌文学館賞（第12回/平成9年/現代俳句）
　　「流―安東次男句集」　ふらんす堂　1996.7　77p　16cm（ふらんす堂文庫）1000円　Ⓘ4-89402-164-1

安藤 宏　あんどう・ひろし
0311　「近代小説の表現機構」
　◇やまなし文学賞〔研究・評論部門〕（第21回/平成24年度―研究・評論部門）
　◇角川源義賞（第35回/平成25年/文学研究部門）
　　「近代小説の表現機構」　岩波書店　2012.3　415,7p　21cm　8600円　Ⓘ978-4-00-022591-5

安藤 まさみ　あんどう・まさみ
0312　「七月の猫」
　◇中日詩賞（第52回/平成24年―新人賞）
　　「七月の猫―安藤まさみ詩集」　ふらんす堂　2011.10　88p　21cm　2381円　Ⓘ978-4-7814-0408-0

安藤 元雄　あんどう・もとお
0313　「水の中の歳月」
　◇高見順賞（第11回/昭和55年度）
　　「水の中の歳月―詩集」　思潮社　1980.10　83p　23cm　2200円
0314　「めぐりの歌」
　◇萩原朔太郎賞（第7回/平成11年）
　　「めぐりの歌」　思潮社　1999.6　111p　24cm　3200円　Ⓘ4-7837-1131-3
　　「めぐりの歌」　思潮社　2000.2　111p　21cm　2400円　Ⓘ4-7837-1186-0
0315　「夜の音」
　◇現代詩花椿賞（第6回/昭和63年）
　　「夜の音」　書肆山田　1988.6　59p　27cm　2400円
0316　「わがノルマンディー」
　◇詩歌文学館賞（第19回/平成16年/詩部門）
　◇藤村記念歴程賞（第42回/平成16年）
　　「わがノルマンディー」　思潮社　2003.10　96p　24cm　2400円　Ⓘ4-7837-1378-2

安藤 礼二　あんどう・れいじ
0317　「折口信夫」
　◇角川財団学芸賞（第13回/平成27年）
　◇サントリー学芸賞〔芸術・文学部門〕（第37回/平成27年度）
　　「折口信夫」　講談社　2014.11　533p　21cm　3700円　Ⓘ978-4-06-219204-0
0318　「神々の闘争―折口信夫論」
　◇群像新人文学賞〔評論部門〕（第45回/平成14年―評論優秀作）
　　「神々の闘争 折口信夫論」　講談社　2004.12　237p　19cm　1800円　Ⓘ4-06-212690-7
0319　「光の曼陀羅 日本文学論」
　◇伊藤整文学賞（第20回/平成21年―評論部門）
　　「光の曼陀羅―日本文学論」　講談社　2016.4　687p　15cm（講談社文芸文庫）2500円　Ⓘ978-4-06-290308-0

安野 眞幸　あんの・まさき
0320　「バテレン追放令」
◇サントリー学芸賞（第11回／平成1年度―思想・歴史部門）
「バテレン追放令―16世紀の日欧対決」安野真幸著　日本エディタースクール出版部　1989.2　247p　19cm　2500円　①4-88888-146-4

安楽 健次　あんらく・けんじ
0321　「夏は夕方―五才の風」
◇現代詩加美未来賞（第15回／平成17年度―加美ロータリー賞）

【い】

李 美子　イ・ミジャ
0322　「遙かな土手」
◇福田正夫賞（第14回／平成12年）
「遙かな土手―詩集」　土曜美術社出版販売　1999.10　99p　22cm　2000円　①4-8120-1209-0

イ・ヨンスク
0323　「「国語」という思想」
◇サントリー学芸賞（第19回／平成9年度―芸術・文学部門）
「「国語」という思想―近代日本の言語認識」　イヨンスク著　岩波書店　2012.2　435,8p　15cm（岩波現代文庫）1540円　①978-4-00-600263-3

飯尾 潤　いいお・じゅん
0324　「日本の統治構造―官僚内閣制から議院内閣制へ」
◇サントリー学芸賞（第29回／平成19年度―政治・経済部門）
◇読売・吉野作造賞（第9回／平成20年）
「日本の統治構造―官僚内閣制から議院内閣制へ」　中央公論新社　2007.7　248p　18cm（中公新書）　800円　①978-4-12-101905-9

飯倉 洋一　いいくら・よういち
0325　「常盤潭北論序説―俳人の庶民教化」
◇柿衞賞（第3回／平成5年）

飯沢 耕太郎　いいざわ・こうたろう
0326　「写真美術館へようこそ」
◇サントリー学芸賞（第18回／平成8年度―芸術・文学部門）
「写真美術館へようこそ」　講談社　1996.2　235p　18cm（講談社現代新書）750円　①4-06-149287-X

飯島 章友　いいじま・あきとも
0327　「命を隠す」
◇「短歌現代」新人賞（第25回／平成22年）

飯嶋 和一　いいじま・かずいち
0328　「狗賓童子の島」
◇司馬遼太郎賞（第19回／平成27年度）
「狗賓童子の島」　小学館　2015.2　555p　19cm　2300円　①978-4-09-386344-5

飯島 耕一　いいじま・こういち
0329　「アメリカ」
◇詩歌文学館賞（第20回／平成17年／詩）
0330　「飯島耕一詩集」
◇藤村記念歴程賞（第16回／昭和53年）
「飯島耕一詩集　1」　小沢書店　1978.1　356p　22cm　3200円
「飯島耕一詩集　2」　小沢書店　1978.2　400p　22cm　3200円
0331　「ゴヤのファースト・ネームは」
◇高見順賞（第5回／昭和49年度）
「飯島耕一・詩と散文　3　ゴヤのファースト・ネームはバルザックを読む」　みすず書房　2000.12　332p　21cm　3500円　①4-622-04733-0
0332　「夜を夢想する小太陽の独言」
◇現代詩人賞（第1回／昭和58年）
「夜を夢想する小太陽の独言―詩集」　思潮社　1982.5　120p　27cm　2500円

飯島 春敬　いいじま・しゅんけい
0333　「飯島春敬全集　全12巻」
◇毎日出版文化賞（第41回／昭和62年―特別賞）
「飯島春敬全集　別巻1　随筆」　飯島春敬全集刊行会編　書芸文化新社　1984.9

349p　22cm
「飯島春敬全集　第1巻　上古・飛鳥・白鳳」　飯島春敬全集刊行会編　書芸文化新社　1984.11　202p　22cm
「飯島春敬全集　第2巻　奈良」　飯島春敬全集刊行会編　書芸文化新社　1985.1　421p 図版12枚　22cm
「飯島春敬全集　別巻2　随筆その他」　飯島春敬全集刊行会編　書芸文化新社　1985.5　593p　22cm
「飯島春敬全集　第3巻　平安　1」　飯島春敬全集刊行会編　書芸文化新社　1985.8　332p　22cm
「飯島春敬全集　第4巻　平安　2」　飯島春敬全集刊行会編　書芸文化新社　1985.10　516p　22cm
「飯島春敬全集　第5巻　平安　3」　飯島春敬全集刊行会編　書芸文化新社　1986.1　403p　22cm
「飯島春敬全集　第6巻　平安　4」　飯島春敬全集刊行会編　書芸文化新社　1986.4　361p　22cm
「飯島春敬全集　第7巻　平安　5」　飯島春敬全集刊行会編　書芸文化新社　1986.7　434p　22cm
「飯島春敬全集　第8巻　平安　6」　飯島春敬全集刊行会編　書芸文化新社　1986.9　375p 図版55枚　22cm
「飯島春敬全集　第9巻　鎌倉・室町・桃山・江戸」　飯島春敬全集刊行会編　書芸文化新社　1986.12　366p　22cm
「飯島春敬全集　第10巻　中国」　飯島春敬全集刊行会編　書芸文化新社　1987.3　343p　22cm

飯島　晴子　いいじま・はるこ

0334　「儚々」
◇蛇笏賞（第31回/平成9年）
「儚々―飯島晴子句集」　角川書店　1997.4　193p　20cm（今日の俳句叢書 1）　2718円　Ⓘ4-04-871501-1

飯島　洋一　いいじま・よういち

0335　「現代建築・アウシュヴィッツ以後」を中心として
◇サントリー学芸賞（第25回/平成15年度―芸術・文学部門）
「現代建築・アウシュヴィッツ以後」　青土社　2002.5　334p　19cm　2400円　Ⓘ4-7917-5955-9

飯塚　数人　いいずか・かずと

0336　「詩の根源へ」
◇河上肇賞（第10回/平成26年―奨励賞）

飯塚　浩二　いいずか・こうじ

0337　「世界と日本」（上・下）
◇毎日出版文化賞（第11回/昭和32年）

飯田　浅子　いいだ・あさこ

0338　「ヤマツバキ」
◇渋沢秀雄賞（第1回/昭和51年）

飯田　彩乃　いいだ・あやの

0339　「微笑みに似る」
◇歌壇賞（第27回/平成27年度）

飯田　史朗　いいだ・しろう

0340　「アフガン今」
◇新俳句人連盟賞（第30回/平成14年/作品賞）

飯田　経夫　いいだ・つねお

0341　「高い自己調整力をもつ日本経済」
◇石橋湛山賞（第1回/昭和55年）

飯田　義忠　いいだ・よしただ

0342　「朝の宿」
◇日本随筆家協会賞（第58回/平成20年8月）
「風に向かって」　日本随筆家協会　2009.6　223p　20cm（現代名随筆叢書 103）　1500円　Ⓘ978-4-88933-341-1

飯沼　鮎子　いいぬま・あゆこ

0343　「アネモネ」
◇「短歌現代」新人賞（第7回/平成4年）

0344　「サンセットレッスン」
◇ながらみ書房出版賞（第7回/平成11年）
「サンセットレッスン―飯沼鮎子歌集」　ながらみ書房　1998.3　166p　22cm　2500円

飯野　遊汀子　いいの・ゆうていし

0345　「心音」（句集）
◇北海道新聞俳句賞（第13回/平成10

年）
「心音―句集」本阿弥書店　1998.9
163p　20cm　2800円　④4-89373-350-8

家田 荘子　いえだ・しょうこ

0346　「私を抱いてそしてキスして」
◇大宅壮一ノンフィクション賞（第22回/平成3年）
「私を抱いてそしてキスして」ぶんか社　2008.8　319p　15cm（ぶんか社文庫）600円　④978-4-8211-5168-4
※『私を抱いてそしてキスして―エイズ患者と過ごした一年の壮絶記録』再編集・改題書

家永 香織　いえなが・かおり

0347　「転換期の和歌表現　院政期和歌文学の研究」
◇第2次関根賞（第8回・通算20回/平成25年度）
「転換期の和歌表現―院政期和歌文学の研究」青簡舎　2012.10　544p　22cm　13000円　④978-4-903996-59-2

家永 三郎　いえなが・さぶろう

0348　「日本文化史 全8巻」
◇毎日出版文化賞（第20回/昭和41年―特別賞）

五百旗頭 真　いおきべ・まこと

0349　「米国の日本占領政策」
◇サントリー学芸賞（第7回/昭和60年度―政治・経済部門）
「米国の日本占領政策―戦後日本の設計図　上」中央公論社　1985.2　330p　21cm（叢書国際環境）2500円　④4-12-001374-X
「米国の日本占領政策―戦後日本の設計図　下」中央公論社　1985.3　306p　21cm（叢書国際環境）2500円　④4-12-001379-0

0350　「歴史としての現代日本　五百旗頭真書評集成」
◇毎日書評賞（第7回/平成20年度）
「歴史としての現代日本―五百旗頭真書評集成」千倉書房　2008.10　320p　20cm　2400円　④978-4-8051-0889-5

井奥 行彦　いおく・ゆきひこ

0351　「しずかな日々を」
◇日本詩人クラブ賞（第36回/平成15年）
「しずかな日々を―詩集」書肆青樹社　2002.10　123p　23cm　2800円　④4-88374-091-9

0352　「友達」（「紫あげは」所収）
◇「詩と思想」新人賞（第2回/昭和56年）

筏井 嘉一　いかだい・かいち

0353　「籬雨荘雑歌」
◇日本歌人クラブ推薦歌集（第12回/昭和41年）

五十嵐 善一郎　いがらし・ぜんいちろう

0354　「落日」
◇〔新潟〕日報詩壇賞（第21回/昭和54年秋）

五十嵐 俊之　いがらし・としゆき

0355　「ドコダッテイツモト同ジ秋ノ日ダネ」
◇〔新潟〕日報詩壇賞（第13回/昭和50年秋）

五十嵐 仲　いがらし・なか

0356　「梵鐘」
◇福島県短歌賞（第26回/平成13年度―短歌賞）

いがらし のりこ

0357　「この町」
◇詩人会議新人賞（第37回/平成15年/詩/佳作）

五十嵐 秀彦　いがらし・ひでひこ

0358　「寺山修司俳句論―私の墓は、私のことば―」
◇現代俳句評論賞（第23回/平成15年）

0359　「無量」
◇北海道新聞俳句賞（第28回/平成25年）
「無量―句集」書肆アルス　2013.8　196p　20cm　2000円　④978-4-907078-

07-2

五十嵐 仁美 いがらし・ひとみ

0360 「カノン」
◇野原水嶺賞 (第24回/平成20年)

井川 京子 いかわ・きょうこ

0361 「こころの壺」
◇角川短歌賞 (第28回/昭和57年)

井川 博年 いかわ・ひろとし

0362 「幸福」
◇藤村記念歴程賞 (第44回/平成18年)
◇丸山豊記念現代詩賞 (第16回/平成19年)
「幸福」 思潮社 2006.5 127p 20cm 2000円 ①4-7837-2136-X

藺草 慶子 いぐさ・けいこ

0363 「野の琴」
◇俳人協会新人賞 (第20回/平成8年)
「野の琴—藺草慶子句集」 ふらんす堂 1995.12 178p 19cm 2300円 ①4-89402-146-3
「野の琴—藺草慶子句集」 ふらんす堂 1997.4 178p 19cm (受賞句集叢書) 2300円 ①4-89402-195-1

生田 武志 いくた・たけし

0364 「つぎ合わせの器は、ナイフで切られた果物となりえるか?」
◇群像新人文学賞〔評論部門〕 (第43回/平成12年—評論優秀作)

猪口 節子 いぐち・せつこ

0365 「杉苗」
◇深吉野賞 (第1回/平成5年)

0366 「能管」
◇俳句研究賞 (第11回/平成8年)

井口 隆史 いぐち・たかし

0367 「安部磯雄の生涯」
◇日本エッセイスト・クラブ賞 (第60回/平成24年)
「安部磯雄の生涯—質素之生活 高遠之理想」 早稲田大学出版部 2011.6 555, 9p 22cm 3000円 ①978-4-657-11006-0

井口 時男 いぐち・ときお

0368 「物語の身体—中上健次論」
◇群像新人文学賞〔評論部門〕 (第26回/昭和58年—評論)
「物語論/破局論」 論創社 1987.7 246p 20cm 2200円

0369 「柳田国男と近代文学」
◇伊藤整文学賞 (第8回/平成9年—評論)
「柳田国男と近代文学」 講談社 1996.11 285p 19cm 2400円 ①4-06-208486-4

井口 治夫 いぐち・はるお

0370 「鮎川義介と経済的国際主義」
◇サントリー学芸賞 (第34回/平成24年度—政治・経済部門)
「鮎川義介と経済的国際主義」 名古屋大学出版会 2012.2 368, 81p 21cm 6000円 ①978-4-8158-0696-5

井口 光雄 いぐち・みつお

0371 「良寛の村」
◇俳句朝日賞 (第3回/平成13年)

井口 基成 いぐち・もとなり

0372 「世界音楽全集・ピアノ編」
◇毎日出版文化賞 (第7回/昭和28年)

生野 幸吉 いくの・こうきち

0373 「生野幸吉詩集」
◇高村光太郎賞 (第9回/昭和41年)

生野 俊子 いくの・としこ

0374 「四旬節まだ」
◇角川短歌賞 (第4回/昭和33年)

以倉 紘平 いくら・こうへい

0375 「地球の水辺」
◇H氏賞 (第43回/平成5年)
「地球の水辺—詩集」 湯川書房 1992.10 64p 20cm 2000円

0376 「日の門」
◇福田正夫賞 (第1回/昭和62年)

0377 「フィリップ・マーロウの拳銃」
◇丸山薫賞 (第17回/平成22年)
「フィリップ・マーロウの拳銃—詩集」 沖積舎 2009.8 98p 22cm 2800円

いくるみ

①978-4-8060-0677-0

0378 「プシュパ・ブリシュティ」
◇現代詩人賞（第19回/平成13年）
「プシュパ・ブリシュティ―詩集」〔湯川書房〕 2000.12 73p 23cm 2500円

王生 令子 いくるみ・れいこ

0379 「捨てようとすれば途端に調子よく火のつくライター君にそっくり」
◇河野裕子短歌賞（第3回/平成26年―恋の歌・愛の歌）

池 崇一 いけ・そういち

0380 「胡蝶飛ぶ」
◇伊東静雄賞（第4回/平成5年―奨励賞）
「胡蝶飛ぶ―池崇一詩集」 舷灯社 1995.3 119p 22cm 2575円 ①4-915556-57-3

池井 昌樹 いけい・まさき

0381 「月下の一群」
◇現代詩花椿賞（第17回/平成11年）
「月下の一群」 思潮社 1999.6 139p 22cm 2800円 ①4-7837-1132-1

0382 「晴夜」
◇藤村記念歴程賞（第35回/平成9年）
「晴夜」 思潮社 1997.6 110p 22cm 2400円 ①4-7837-0656-5

0383 「童子」
◇詩歌文学館賞（第22回/平成19年/詩）
「童子」 思潮社 2006.7 136p 22cm 2600円 ①4-7837-2151-3

0384 「眠れる旅人」
◇三好達治賞（第4回/平成21年）
「眠れる旅人」 思潮社 2008.9 117p 22cm 2500円 ①978-4-7837-3072-9

0385 「明星」
◇現代詩人賞（第31回/平成25年）
「明星」 思潮社 2012.10 125p 22cm 2600円 ①978-4-7837-3326-3

池内 紀 いけうち・おさむ

0386 「恩地孝四郎一つの伝記」
◇読売文学賞（第64回/平成24年度―評論・伝記賞）
「恩地孝四郎―一つの伝記」 幻戯書房 2012.5 329p 21cm 5800円 ①978-4-901998-92-5

0387 「海山のあいだ」
◇講談社エッセイ賞（第10回/平成6年）
「海山のあいだ」 マガジンハウス 1994.5 211p 19cm（野外の手帖 2）1200円 ①4-8387-0547-6
「海山のあいだ」 角川書店 1997.6 253p 15cm（角川文庫ソフィア） 480円 ①4-04-341801-9
「海山のあいだ」 中央公論新社 2011.3 217p 15cm（中公文庫） 590円 ①978-4-12-205458-5

0388 「ゲーテさんこんばんは」
◇桑原武夫学芸賞（第5回/平成14年）
「ゲーテさんこんばんは」 集英社 2001.9 254p 20cm 1900円 ①4-08-774529-5
「ゲーテさんこんばんは」〔点字資料〕日本点字図書館（製作） 2002.8 3冊 27cm 全5400円
「ゲーテさんこんばんは」 集英社 2005.11 271p 15cm（集英社文庫）533円 ①4-08-747885-8

0389 「諷刺の文学」
◇亀井勝一郎賞（第11回/昭和54年）
「諷刺の文学」 新装版 白水社 1995.5 292p 19cm 2400円 ①4-560-04920-3

池内 恵 いけうち・さとし

0390 「イスラーム世界の論じ方」
◇サントリー学芸賞（第31回/平成21年度―思想・歴史部門）
「イスラーム世界の論じ方」 増補新版 中央公論新社 2016.5 533p 19cm 2600円 ①978-4-12-004834-0

0391 「現代アラブの社会思想―終末論とイスラーム主義」
◇大佛次郎論壇賞（第2回/平成14年）
「現代アラブの社会思想―終末論とイスラーム主義」 講談社 2002.1 251p 18cm（講談社現代新書）680円 ①4-06-149588-7

0392 「書物の運命」
◇毎日書評賞（第5回/平成18年度）
「書物の運命」 文藝春秋 2006.4 310p 20cm 1905円 ①4-16-368060-8

池内 了 いけうち・さとる

0393 「お父さんが話してくれた宇宙の

歴史」

◇吉村証子記念「日本科学読物賞」（第13回/平成5年）

「お父さんが話してくれた宇宙の歴史　1　ビッグバン」　池内了文,小野かおる絵　岩波書店　1992.4　62p　23×19cm　1200円　①4-00-115281-9

「お父さんが話してくれた宇宙の歴史　2　銀河のたんじょう」　池内了文,小野かおる絵　岩波書店　1992.5　59p　23×19cm　1200円　①4-00-115282-7

「お父さんが話してくれた宇宙の歴史　3　生きている地球」　池内了文,小野かおる絵　岩波書店　1992.6　62p　23×19cm　1200円　①4-00-115283-5

「お父さんが話してくれた宇宙の歴史　4　生命のひろがり」　池内了文,小野かおる絵　岩波書店　1992.7　62p　23×19cm　1200円　①4-00-115284-3

0394　「科学の考え方・学び方」

◇講談社出版文化賞（第28回/平成9年/科学出版賞）

「科学の考え方・学び方」　岩波書店　1996.6　212p　18cm（岩波ジュニア新書）　631円　①4-00-500272-2

池上　正子　いけがみ・まさこ

0395　「温泉王国はお熱いのがお好き」

◇千葉随筆文学賞（第2回/平成20年―佳作）

池口　功　いけぐち・いさお

0396　「冬の工事場」

◇荒木暢夫賞（第17回/昭和58年）

池澤　一郎　いけざわ・いちろう

0397　「村上霽月の転和吟について　「文人」俳句最後の光芒」

◇柿衞賞（第10回/平成13年）

池澤　夏樹　いけざわ・なつき

0398　「池澤夏樹＝個人編集　世界文学全集(第Ⅰ・Ⅱ期)」

◇毎日出版文化賞（第64回/平成22年―企画部門）

0399　「楽しい終末」

◇伊藤整文学賞（第5回/平成6年―評論）

「楽しい終末」　中央公論新社　2012.8　432p　15cm（中公文庫）　800円　①978-4-12-205675-6

0400　「母なる自然のおっぱい」

◇読売文学賞（第44回/平成4年―随筆・紀行賞）

「母なる自然のおっぱい」　池沢夏樹著　新潮社　1996.2　294p　15cm（新潮文庫）　440円　①4-10-131814-X

0401　「パレオマニア　大英博物館からの13の旅」

◇桑原武夫学芸賞（第8回/平成17年）

「パレオマニア―大英博物館からの13の旅」　集英社インターナショナル,集英社（発売）　2004.4　364p　22cm　2500円　①4-7976-7095-9

「パレオマニア―大英博物館からの13の旅」　集英社　2008.8　529p　16cm（集英社文庫）　857円　①978-4-08-746345-5

0402　「ハワイイ紀行」

◇JTB紀行文学大賞（第5回/平成8年度）

「ハワイイ紀行」　新潮社　1996.8　326p　21cm　2200円　①4-10-375304-8

「ハワイイ紀行　完全版」　池沢夏樹著　新潮社　2000.8　558p　15cm（新潮文庫）　895円　①4-10-131817-4

池沢　美明　いけざわ・よしあき

0403　「マリアエネルギー」

◇たまノンフィクション大賞（第1回/平成9年/優秀賞）

「マリアエネルギー―遠い宇宙の彼方から、時と場所と次元を超えて、聖母マリアが今、混沌の時代に愛を届ける」　たま出版　1998.4　256p　19cm　1400円　①4-88481-715-X

池田　いずみ　いけだ・いずみ

0404　「おりづる」

◇詩人会議新人賞（第36回/平成14年/詩/佳作）

池田　健太郎　いけだ・けんたろう

0405　「プーシキン伝」

◇読売文学賞（第26回/昭和49年―評論・伝記賞）

「プーシキン伝　上巻」　中央公論社　1980.4　260p　15cm（中公文庫）　340円

「プーシキン伝　下巻」　中央公論社

1980.5　255p　15cm（中公文庫）
340円

池田　作之助　いけだ・さくのすけ

0406　「蛸」
◇渋沢秀雄賞（第7回/昭和57年）

池田　順子　いけだ・じゅんこ

0407　「水たまりのなかの空」
◇日本詩人クラブ新人賞（第23回/平成25年）
「水たまりのなかの空―詩集」空とぶキリン社　2012.8　105p　21cm　1500円　①978-4-9905268-3-2

池田　伸一　いけだ・しんいち

0408　「二人の『りく女』」
◇大石りくエッセー賞（第2回/平成11年―大石りくエッセー賞（最優秀賞））

池田　純義　いけだ・すみよし

0409　「黄沙」
◇現代歌人協会賞（第22回/昭和53年）

池田　夏子　いけだ・なつこ

0410　「にいちゃんの木」
◇現代少年詩集秀作賞（第1回/平成3年）

池田　はるみ　いけだ・はるみ

0411　「ガーゼ」
◇河野愛子賞（第12回/平成14年）
0412　「白日光」
◇短歌研究新人賞（第28回/昭和60年）
0413　「妣が国大阪」
◇現代歌人集会賞（第23回/平成9年）
◇ながらみ現代短歌賞（第6回/平成10年）
「妣が国大阪―池田はるみ歌集」本阿弥書店　1997.8　169p　22cm　2500円　①4-89373-197-1

池田　美紀子　いけだ・みきこ

0414　「夏目漱石　眼は識る東西の字」
◇和辻哲郎文化賞（第26回/平成25年度／一般部門）

「夏目漱石―眼は識る東西の字」国書刊行会　2013.1　509,11p　22cm　3800円　①978-4-336-05563-7

池田　雄一　いけだ・ゆういち

0415　「原形式に抗して」
◇群像新人文学賞〔評論部門〕（第37回/平成6年―評論）

池田　淑子　いけだ・よしこ

0416　「父の『りく女』」
◇大石りくエッセー賞（第1回/平成9年―特別賞）

池田　義弘　いけだ・よしひろ

0417　「柿の朱を」
◇福島県俳句賞（第4回/昭和57年）
0418　「葉つき柚子」
◇福島県俳句賞（第3回/昭和56年―準賞）

池谷　敦子　いけたに・あつこ

0419　「ぐらべりま」
◇中日詩賞（第50回/平成22年―中日詩賞）
「ぐらべりま」日本文学館　2009.5　61p　15cm　500円　①978-4-7765-1960-7
0420　「しんしんと山桃の実は落ち」
◇伊東静雄賞（第20回/平成21年/奨励賞）

池部　ちゑ　いけべ・ちえ

0421　「おいらん草」
◇日本随筆家協会賞（第13回/昭和61.5）
「おいらん草」日本随筆家協会　1986.9　207p　19cm（現代随筆選書 67）1500円　①4-88933-081-X

池宮城　秀意　いけみやぎ・しゅうい

0422　「沖縄に生きて」
◇日本エッセイスト・クラブ賞（第19回/昭和46年）
「沖縄の戦場に生きた人たち―沖縄ジャーナリストの証言」サイマル出版会　1982.6　338p　19cm　1700円

池谷 薫　いけや・かおる
0423　「人間を撮る―ドキュメンタリー
　　　がうまれる瞬間（とき）―」
◇日本エッセイスト・クラブ賞（第57
回/平成21年）
「人間を撮る―ドキュメンタリーがう
まれる瞬間」　平凡社　2008.5　310p
20cm 1700円　Ⓘ978-4-582-82451-3

池谷 秀子　いけや・ひでこ
0424　「よぢ登る」
◇俳壇賞（第28回/平成25年度）

井越 芳子　いごし・よしこ
0425　「鳥の重さ」
◇俳人協会新人賞（第31回/平成19年
度）
「鳥の重さ―井越芳子句集」　ふらんす堂
2007.9　155p　19cm（青山叢書 第90
集―ふらんす堂精鋭俳句叢書 Série de
la neige）2400円　Ⓘ978-4-89402-969-9

伊佐 千尋　いさ・ちひろ
0426　「逆転」
◇大宅壮一ノンフィクション賞（第9回
/昭和53年）
「逆転」　新潮社　1981.7　436p　15cm
（新潮文庫）400円　Ⓘ4-10-125001-4
「逆転―アメリカ支配下・沖縄の陪審裁
判」　文藝春秋　1987.7　425p　15cm
（文春文庫）480円　Ⓘ4-16-739603-3
「逆転―アメリカ支配下・沖縄の陪審裁
判」　岩波書店　2001.10　499p　15cm
（岩波現代文庫）1200円　Ⓘ4-00-
603045-2

井坂 洋子　いさか・ようこ
0427　「嵐の前」
◇鮎川信夫賞（第2回/平成23年/詩集部
門）
「嵐の前」　思潮社　2010.10　136p
22cm 2400円　Ⓘ978-4-7837-3223-5
0428　「地上がまんべんなく明るんで」
◇高見順賞（第25回/平成6年度）
「地上がまんべんなく明るんで」　思潮社
1994.9　111p　21×15cm 2472円　Ⓘ4-
7837-0534-8
0429　「箱入豹」
◇藤村記念歴程賞（第41回/平成15年）
「箱入豹」　思潮社　2003.7　143p　22cm
2200円　Ⓘ4-7837-1371-5
0430　「GIGI」
◇H氏賞（第33回/昭和58年）
「GIGI―詩集」　思潮社　1982.11　101p
19cm（叢書・女性詩の現在 3）1500円

諫山 仁恵　いさやま・ひとえ
0431　「生きる」
◇岸野寿美・淳子賞（第1回/平成1年
度）

石 弘光　いし・ひろみつ
0432　「財政改革の論理」
◇サントリー学芸賞（第5回/昭和58年
度―政治・経済部門）
「財政改革の論理」　日本経済新聞社
1982.4　228p　20cm 1400円　Ⓘ4-532-
07394-4

石 弘之　いし・ひろゆき
0433　「地球環境報告」
◇毎日出版文化賞（第42回/昭和63年）
「地球環境報告」　岩波書店　2002.10
258p　18cm（岩波新書）780円　Ⓘ4-
00-430033-9

石井 勲　いしい・いさお
0434　「献体を志願して」
◇日本随筆家協会賞（第39回/平成11年
5月）
「わが人生に悔いなし」　日本随筆家協会
1999.8　225p　20cm（現代名随筆叢書
18）1500円　Ⓘ4-88933-234-0

石井 岳祥　いしい・がくしょう
0435　「見守られて」
◇日本随筆家協会賞（第35回/平成9年5
月）
「見守られて」　日本随筆家協会　1997.4
225p　19cm（現代随筆選書）1500円
Ⓘ4-88933-207-3

石井 謙治　いしい・けんじ
0436　「和船 全2巻」
◇毎日出版文化賞（第49回/平成7年）
「和船 1」　法政大学出版局　1995.7
413p　19cm（ものと人間の文化史 76
‐1）2987円　Ⓘ4-588-20761-X

「和船 2」法政大学出版局 1995.7 300p 19cm（ものと人間の文化史 76-2）2472円 Ⓘ4-588-20762-8

石井 進　いしい・すすむ

0437　「日本の中世 全12巻」
◇毎日出版文化賞（第57回／平成15年―企画部門（全集、講座、事典など））
「中世のかたち」中央公論新社 2002.1 326p 20cm（日本の中世 1）2400円 Ⓘ4-12-490210-7
「信心の世界、遁世者の心」大隅和雄著 中央公論新社 2002.3 294p 20cm（日本の中世 2）2400円 Ⓘ4-12-490211-5
「異郷を結ぶ商人と職人」笹本正治著 中央公論新社 2002.4 292p 20cm（日本の中世 3）2400円 Ⓘ4-12-490212-3
「女人、老人、子ども」田端泰子、細川涼一著 中央公論新社 2002.6 310p 19cm（日本の中世 4）2400円 Ⓘ4-12-490213-1
「北の平泉、南の琉球」入間田宣夫、豊見山和行著 中央公論新社 2002.8 334p 20cm（日本の中世 5）2500円 Ⓘ4-12-490214-X
「戦国乱世を生きる力」神田千里著 中央公論新社 2002.9 318p 20cm（日本の中世 11）2500円 Ⓘ4-12-490220-4
「中世文化の美と力」五味文彦、佐野みどり、松岡心平著 中央公論新社 2002.9 334p 19cm（日本の中世 7）2600円 Ⓘ4-12-490216-6
「院政と平氏、鎌倉政権」上横手雅敬、元木泰雄、勝山清次著 中央公論新社 2002.11 414p 19cm（日本の中世 8）2700円 Ⓘ4-12-490217-4
「村の戦争と平和」坂田聡、榎原雅治、稲葉継陽著 中央公論新社 2002.12 342p 19cm（日本の中世 12）2600円 Ⓘ4-12-490221-2
「モンゴル襲来の衝撃」佐伯弘次著 中央公論新社 2003.1 270p 20cm（日本の中世 9）2500円 Ⓘ4-12-490218-2
「都市と職能民の活動」網野善彦、横井清著 中央公論新社 2003.2 358p 20cm（日本の中世 6）2700円 Ⓘ4-12-490215-8
「分裂する王権と社会」村井章介著 中央公論新社 2003.5 306p 19cm（日本の中世 10）2500円 Ⓘ4-12-490219-0

石井 威望　いしい・たけもち

0438　「ヒューマンサイエンス 全5巻」
◇毎日出版文化賞（第39回／昭和60年）
「ヒューマンサイエンス 第1巻 ミクロコスモスへの挑戦」中山書店 1984.9 260p 21cm 2100円 Ⓘ4-521-37011-X
「ヒューマンサイエンス 第2巻 情報システムとしての人間」中山書店 1984.9 244p 21cm 2100円 Ⓘ4-521-37021-7
「ヒューマンサイエンス 第3巻 生命現象のダイナミズム」中山書店 1984.9 344p 21cm 2400円 Ⓘ4-521-37031-4
「ヒューマンサイエンス 第4巻 ハイテクノロジーと未来社会」中山書店 1984.10 308p 21cm 2200円 Ⓘ4-521-37041-1
「ヒューマンサイエンス 第5巻 現代文化のポテンシャル」中山書店 1984.10 304p 21cm 2200円 Ⓘ4-521-37051-9

石井 辰彦　いしい・たつひこ

0439　「七竈」
◇現代短歌大系新人賞（昭和47年）
「七竈」深夜叢書社 1982.9 160p 22cm 2600円

石井 利明　いしい・としあき

0440　「座棺土葬」
◇短歌研究新人賞（第2回／昭和34年）

石井 とし夫　いしい・としお

0441　「印旛沼素描」
◇日本伝統俳句協会賞（第1回／平成2年―協会賞）

石井 菜穂子　いしい・なおこ

0442　「政策協調の経済学」
◇サントリー学芸賞（第12回／平成2年度―政治・経済部門）
「政策協調の経済学」日本経済新聞社 1990.5 341p 19cm 2000円 Ⓘ4-532-07507-6

石井 春香　いしい・はるか

0443　「砂の川」
◇福田正夫賞（第16回／平成14年）

石井　宏　　いしい・ひろし
0444　「反音楽史―さらば、ベートーヴェン」
◇山本七平賞（第13回/平成16年）
「反音楽史―さらば、ベートーヴェン」新潮社　2004.2　343p　20cm　1900円　Ⓘ4-10-390303-1
「反音楽史―さらば、ベートーヴェン」新潮社　2010.10　486p　15cm（新潮文庫）　629円　Ⓘ978-4-10-133291-8

石井　瑞穂　　いしい・みずほ
0445　「緑のテーブル」
◇短歌研究新人賞（第41回/平成10年）

石井　道子　　いしい・みちこ
0446　「海の闇」
◇「短歌現代」新人賞（第5回/平成2年）

石井　美智子　　いしい・みちこ
0447　「その名は『現』」
◇「新聞に載らない小さな事件」コンテスト（第1回/平成16年2月/最優秀賞）

石井　洋二郎　　いしい・ようじろう
0448　「ディスタンクシオン」
◇渋沢・クローデル賞（第8回/平成3年―日本側）
「ディスタンクシオン―社会的判断力批判　1」ピエール・ブルデュー著, 石井洋二郎訳　藤原書店　1990.4　501p　21cm（ブルデューライブラリー）　6000円　Ⓘ4-938661-05-5
「ディスタンクシオン―社会的判断力批判　2」ピエール・ブルデュー著, 石井洋二郎訳　藤原書店　1990.4　492p　21cm（ブルデューライブラリー）　6000円　Ⓘ4-938661-06-3

石井　好子　　いしい・よしこ
0449　「巴里の空の下オムレツのにおいは流れる」
◇日本エッセイスト・クラブ賞（第11回/昭和38年）
「巴里の空の下オムレツのにおいは流れる」河出書房新社　2011.7　253p　15cm（河出文庫）　630円　Ⓘ978-4-309-41093-7

石井　僚一　　いしい・りょういち
0450　「父親のような雨に打たれて」
◇短歌研究新人賞（第57回/平成26年）

石岡　チイ　　いしおか・ちい
0451　「埴輪の庭」
◇栃木県現代詩人会賞（第3回）

石下　典子　　いしおろし・のりこ
0452　「うつつみ」
◇日本詩人クラブ新人賞（第25回/平成27年）
「うつつみ―詩集」歩行社　2014.5　95p　21cm　1700円　Ⓘ978-4-905147-86-2
0453　「花の裸身」
◇栃木県現代詩人会賞（第26回）
「花の裸身―石下典子詩集」竜社　1991.9　89p　22cm　1800円

石垣　りん　　いしがき・りん
0454　「表札など」
◇H氏賞（第19回/昭和44年）
「表札など―石垣りん詩集」思潮社　2008.5　126p　21cm（思潮ライブラリー　名著名詩選）　2000円　Ⓘ978-4-7837-3059-0
0455　「略歴」
◇地球賞（第4回/昭和54年度）
「略歴―石垣りん詩集」新装版　童話屋　2001.6　157p　21cm　2000円　Ⓘ4-88747-018-5

石上　正夫　　いしがみ・まさお
0456　「見すてられた島の集団自決」
◇週刊金曜日ルポルタージュ大賞（第18回/平成19年/優秀賞）

石川　逸子　　いしかわ・いつこ
0457　「狼・私たち」
◇H氏賞（第11回/昭和36年）
「狼・私たち―詩集」飯塚書店　1960　141p　18cm（現代詩集　第7）
0458　「千鳥ケ淵へ行きましたか」
◇地球賞（第11回/昭和61年度）
「定本　千鳥ケ淵へ行きましたか―石川逸子詩集」影書房　2005.7　158p　19cm　1800円　Ⓘ4-87714-335-1

いしかわ

0459 「ロンゲラップの森」
◇日本詩歌句大賞（第6回/平成22年度/詩部門/大賞）
「ロンゲラップの海―詩集」 花神社 2009.7 161p 19cm 2000円 ①978-4-7602-1943-8

石川 栄吉　いしかわ・えいきち
0460 「南太平洋物語―キャプテン・クックは何を見たか」
◇毎日出版文化賞（第38回/昭和59年）
「南太平洋物語―キャプテン・クックは何を見たか」 力富書房 1984.3 262p 20cm（リキトミブックス9）1200円 ①4-89776-009-7

石川 起観雄　いしかわ・きみお
0461 「寝惚け始末記」
◇渋沢秀雄賞（第6回/昭和56年）

石川 九楊　いしかわ・きゅうよう
0462 「書の終焉」
◇サントリー学芸賞（第12回/平成2年度―思想・歴史部門）
「書の終焉―近代書史論」 同朋舎出版 1990.7 353, 14p 19cm 2800円 ①4-8104-0850-7

0463 「日本書史」
◇毎日出版文化賞（第56回/平成14年―第1部門（文学・芸術））
「日本書史」 名古屋大学出版会 2001.9 604, 20p 30cm 15000円 ①4-8158-0405-2

石川 恭子　いしかわ・きょうこ
0464 「木犀の秋」
◇日本歌人クラブ賞（第21回/平成6年）
「木犀の秋―歌集」 花神社 1993.8 196p 22cm 2800円 ①4-7602-1257-4

石川 桂郎　いしかわ・けいろう
0465 「含羞」
◇俳人協会賞（第1回/昭和36年度）
「含羞」 琅玕洞 1956 183p 19cm（鶴叢書第7編）

0466 「俳人風狂列伝」
◇読売文学賞（第25回/昭和48年―随筆・紀行賞）
「俳人風狂列伝」 角川書店 1973 228p 20cm 1300円
「俳人風狂列伝」 角川書店 1974 228p 19cm（角川選書）680円

石川 さだ子　いしかわ・さだこ
0467 「無音界」
◇福島県俳句賞（第18回/平成9年度）

石川 悟　いしかわ・さとる
0468 「りく賛歌」
◇大石りくエッセー賞（第1回/平成9年―優秀賞）

石川 淳　いしかわ・じゅん
0469 「江戸文学掌記」
◇読売文学賞（第32回/昭和55年―評論・伝記賞）
「江戸文学掌記」 新潮社 1980.6 270p 20cm 1800円
「江戸文学掌記」 講談社 1990.12 258p 15cm（講談社文芸文庫―現代日本のエッセイ）820円 ①4-06-196106-3

石川 敬大　いしかわ・たかひろ
0470 「九月沛然として驟雨」
◇福岡県詩人賞（第42回/平成18年）
「九月、沛然として驟雨―詩集」 書肆侃侃房 2005.11 101p 23cm 1905円 ①4-902108-22-4

石川 達夫　いしかわ・たつお
0471 「マサリクとチェコの精神」
◇サントリー学芸賞（第17回/平成7年度―思想・歴史部門）
「マサリクとチェコの精神―アイデンティティと自律性を求めて」 成文社 1995.5 302p 22cm 3800円 ①4-915730-10-7

石川 直樹　いしかわ・なおき
0472 「最後の冒険家」
◇開高健ノンフィクション賞（第6回/平成20年）
「最後の冒険家」 集英社 2008.11 199p 20cm 1600円 ①978-4-08-781410-1

石川 のり子　いしかわ・のりこ
0473 「白もくれん」
◇日本随筆家協会賞（第25回/平成4年5

月）
　「白もくれん」　日本随筆家協会　1993.1
　242p　19cm（現代随筆選書 131）1600
　円　ⓘ4-88933-155-7

石川 不二子　いしかわ・ふじこ

0474　「鳩子」
◇短歌研究賞（第25回/平成1年）

0475　「牧歌」
◇現代短歌女流賞（第1回/昭和51年）

0476　「ゆきあひの空」
◇迢空賞（第43回/平成21年）
◇前川佐美雄賞（第7回/平成21年）
　「ゆきあひの空―歌集」　不識書院　2008.
　3　165p　20cm　2700円　ⓘ4-86151-
　063-5

石川 文子　いしかわ・ふみこ

0477　「枯土橋」
◇福島県俳句賞（第11回/平成1年―準
　賞）

石川 仁木　いしかわ・よしき

0478　「蟬の木」
◇「短歌現代」新人賞（第10回/平成7
　年）

石川 好　いしかわ・よしみ

0479　「ストロベリー・ロード」
◇大宅壮一ノンフィクション賞（第20
　回/平成1年）
　「ストロベリー・ロード　上」　早川書房
　1988.4　276p　19cm　1200円　ⓘ4-15-
　203350-9
　「ストロベリー・ロード　下」　早川書房
　1988.4　293p　19cm　1200円　ⓘ4-15-
　203351-7
　「ストロベリー・ロード　上」　文藝春秋
　1992.11　307p　15cm（文春文庫）450
　円　ⓘ4-16-753002-3
　「ストロベリー・ロード　下」　文藝春秋
　1992.11　334p　15cm（文春文庫）450
　円　ⓘ4-16-753003-1
　「ストロベリー・ロード」　七つ森書館
　2011.11　598p　19cm（ノンフィク
　ション・シリーズ"人間" 4）2700円
　ⓘ978-4-8228-7004-1

石倉 夏生　いしくら・なつお

0480　「印象」
◇現代俳句協会年度作品賞（第7回/平
　成18年）

石黒 清介　いしぐろ・せいすけ

0481　「雪ふりいでぬ」
◇日本歌人クラブ賞（第24回/平成9年）
　「歌集 雪ふりいでぬ」　短歌新聞社
　1996.12　193p　19cm　2000円　ⓘ4-
　8039-0856-7

石毛 拓郎　いしげ・たくろう

0482　「植物体」
◇横浜詩人会賞（第8回/昭和51年度）

0483　「笑いと身体」
◇小熊秀雄賞（第12回/昭和54年）

石坂 昌三　いしざか・しょうぞう

0484　「小津安二郎と茅ケ崎館」
◇日本エッセイスト・クラブ賞（第44
　回/平成8年）
　「小津安二郎と茅ケ崎館」　新潮社　1995.
　6　331p　19cm　1600円　ⓘ4-10-
　385602-5

石崎 博志　いしざき・ひろし

0485　「琉球語史研究」
◇金田一京助博士記念賞（第43回/平成
　27年度）
　「琉球語史研究」　好文出版　2015.3
　327p　22cm　6000円　ⓘ978-4-87220-
　180-2

石嶌 岳　いしじま・がく

0486　「嘉祥」
◇俳人協会新人賞（第30回/平成18年
　度）
　「嘉祥―句集」　富士見書房　2006.9
　173p　20cm　2800円　ⓘ4-8291-7624-5

石津 ちひろ　いしず・ちひろ

0487　「あしたのあたしはあたらしいあ
　たし」
◇三越左千夫少年詩賞（第7回/平成15
　年）
　「あしたのあたしはあたらしいあたし」
　石津ちひろ詩,大橋歩絵　理論社

石塚 友二 いしずか・ともじ
0488 「松風」
◇池谷信三郎賞（第9回/昭和17年）
「松風」 小山書店 1943 232p
「松風」 松書房 1948 199p
「松風―他四編」 角川書店 1955 108p （角川文庫）

石塚 晴通 いしずか・はるみち
0489 「『図書寮本日本書紀』研究篇」
◇新村出賞（第3回/昭和59年）
「日本書紀―図書寮本　研究篇」 汲古書院 1984.2 576p 23cm ①4-7629-3125-X

石田 あき子 いしだ・あきこ
0490 「見舞籠」
◇俳人協会賞（第10回/昭和45年度）

石田 英一郎 いしだ・えいいちろう
0491 「マヤ文明」
◇毎日出版文化賞（第21回/昭和42年）

石田 勝彦 いしだ・かつひこ
0492 「秋興」
◇俳人協会賞（第39回/平成11年）
「秋興―石田勝彦句集」 ふらんす堂 1999.9 159p 20cm （泉叢書 第83篇） 2500円　①4-89402-323-7
「秋興―石田勝彦句集」 新装版　ふらんす堂 2000.4 159p 19cm （受賞句集選書 3） 2300円　①4-89402-320-2
「秋興以後―石田勝彦句集」 ふらんす堂 2005.4 241p 19cm （泉叢書） 2476円　①4-89402-731-5

石田 郷子 いしだ・きょうこ
0493 「秋の顔」
◇俳人協会新人賞（第20回/平成8年）
「秋の顔―石田郷子句集」 ふらんす堂 1996.5 186p 19cm （21世紀俳人シリーズ 3） 2500円　①4-89402-155-2
「秋の顔―石田郷子句集」 ふらんす堂 1997.4 186p 19cm （受賞句集選書） 2300円　①4-89402-196-X

石田 雄 いしだ・たけし
0494 「日本の政治と言葉」
◇毎日出版文化賞（第44回/平成2年）
「『自由』と『福祉』」 東京大学出版会 1989.11 322p 19cm （日本の政治と、言葉 上） 2678円　①4-13-033045-4
「日本の政治と言葉 下」 「平和」と「国家」」 東京大学出版会 1989.12 292p 19cm 2678円　①4-13-033046-2

石田 つとむ いしだ・つとむ
0495 「俳句の世界は洋々と広い」
◇新俳句人連盟賞（第32回/平成16年/評論の部/佳作）

石田 比呂志 いしだ・ひろし
0496 「手花火」
◇短歌研究賞（第22回/昭和61年）

石田 瑞穂 いしだ・みずほ
0497 「まどろみの島」
◇H氏賞（第63回/平成25年）
「まどろみの島」 思潮社 2012.10 96p 18×12cm 2000円　①978-4-7837-3317-1

石田 美穂 いしだ・みほ
0498 「自由帳」
◇詩人会議新人賞（第43回/平成21年/詩部門/佳作）

石田 京 いしだ・みやこ
0499 「そこだけが磨かれた」
◇横浜詩人会賞（第4回/昭和46年度）

石橋 愛子 いしばし・あいこ
0500 「子孝行」
◇日本随筆家協会賞（第6回/昭和57年）

石橋 勇喜 いしばし・いさき
0501 「『みずき』と金木犀」
◇日本随筆家協会賞（第47回/平成15年5月）
「河口の辺り」 日本随筆家協会 2003.6 214p 20cm （現代名随筆叢書 50） 1500円　①4-88933-274-X

石橋　正孝　　いしばし・まさたか
　0502　「ウィルキー・コリンズから大西巨人へ―「探偵小説」再定義の試み」
　◇創元推理評論賞（第8回／平成13年／佳作）

石橋　林石　　いしばし・りんせき
　0503　「石工の唄」
　◇福島県俳句賞（第1回／昭和54年―準賞）

石原　あえか　　いしはら・あえか
　0504　「科学する詩人 ゲーテ」
　◇サントリー学芸賞（第32回／平成22年度―芸術・文学部門）
　　「科学する詩人ゲーテ」　慶應義塾大学出版会　2010.4　296p　19cm　2800円　ⓘ978-4-7664-1727-2

石原　昭彦　　いしはら・あきひこ
　0505　「フィルムを前に」
　◇「短歌現代」歌人賞（第15回／平成14年）

石原　舟月　　いしはら・しゅうげつ
　0506　「雨情」
　◇蛇笏賞（第15回／昭和56年）
　　「雨情―石原舟月第六句集」　東京竹頭社　1980.10　167p　21cm　3000円

石原　武　　いしはら・たけし
　0507　「軍港」
　◇横浜詩人会賞（第1回／昭和43年度）
　　「新編 石原武詩集」　土曜美術社出版販売　2013.9　248p　19cm（新・日本現代詩文庫）1400円　ⓘ978-4-8120-2089-0
　0508　「遠いうた 拾遺集」
　◇日本詩人クラブ詩界賞（第7回／平成19年）
　　「遠いうた―拾遺集」　詩画工房　2006.6　561p　19cm　3334円　ⓘ4-902839-07-5
　0509　「離れ象」
　◇日本詩人クラブ賞（第7回／昭和49年）

石原　光久　　いしはら・みつひさ
　0510　「金属プレス工場」
　◇荒木暢夫賞（第14回／昭和55年）
　0511　「プレスロボット」
　◇「短歌現代」新人賞（第1回／昭和61年）

石原　靖　　いしはら・やすし
　0512　「金子光晴の戦時期―桜本冨雄論への一考察」
　◇詩人会議新人賞（第17回／昭和58年―評論部門）

石原　八束　　いしはら・やつか
　0513　「飯田蛇笏」
　◇俳人協会評論賞（第12回／平成9年）
　　「飯田蛇笏」　角川書店　1997.2　513p　22cm　5800円　ⓘ4-04-883415-0

石原　吉郎　　いしはら・よしろう
　0514　「サンチョ・パンサの帰郷」
　◇H氏賞（第14回／昭和39年）
　　「サンチョ・パンサの帰郷―石原吉郎詩集」　思潮社　2016.2　144p　20cm（思潮ライブラリー―名著名詩選）2400円　ⓘ978-4-7837-3515-1
　　※1963年刊の再刊
　0515　「望郷と海」
　◇藤村記念歴程賞（第11回／昭和48年）
　　「望郷と海」　筑摩書房　1990.12　329p　15cm（ちくま文庫）690円　ⓘ4-480-02492-1
　　「望郷と海」　筑摩書房　1997.8　344p　15cm（ちくま学芸文庫）1100円　ⓘ4-480-08359-6
　　「望郷と海」　みすず書房　2012.6　304p　19cm（始まりの本）3000円　ⓘ978-4-622-08356-6
　　「さまざまな8・15」　中野重治ほか著　集英社　2012.7　719p　19cm（コレクション 戦争と文学 9）3600円　ⓘ978-4-08-157009-6

石丸　正　　いしまる・ただし
　0516　「柊の花」
　◇日本随筆家協会賞（第21回／平成2年5月）
　　「柊の花」　日本随筆家協会　1990.11　242p　19cm（現代随筆選書 106）1600円　ⓘ4-88933-128-X

石光 真清　いしみつ・まきよ
0517　「城下の人」「曠野の花」
◇毎日出版文化賞（第12回/昭和33年）

石村 通泰　いしむら・みちやす
0518　「水唱（みなうた）」
◇福岡県詩人賞（第15回/昭和54年）

石牟礼 道子　いしむれ・みちこ
0519　「石牟礼道子全句集 泣きなが原」
◇俳句四季大賞（第14回/平成27年）
「石牟礼道子全句集―泣きなが原」 藤原書店　2015.5　252p　19×12cm　2500円　Ⓘ978-4-86578-026-0

0520　「祖さまの草の邑」
◇現代詩花椿賞（第32回/平成26年）
「祖さまの草の邑」 思潮社　2014.7　124p　19cm　2400円　Ⓘ978-4-7837-3423-9

石母田 星人　いしもた・せいじん
0521　「濫觴」
◇加美俳句大賞（句集賞）（第10回/平成17年度―加美俳句大賞）
「濫觴―石母田星人句集」 ふらんす堂　2004.2　195p　19cm　2100円　Ⓘ4-89402-610-4

石母田 正　いしもだ・ただし
0522　「世界の歴史・日本」
◇毎日出版文化賞（第3回/昭和24年）

石本 隆一　いしもと・りゅういち
0523　「星気流」
◇日本歌人クラブ推薦歌集（第17回/昭和46年）

0524　「蓖麻の記憶」
◇短歌研究賞（第12回/昭和51年）

0525　「流灯」（歌集）
◇短歌新聞社賞（第5回/平成10年度）
「流灯―石本隆一歌集」 短歌新聞社　1997.7　166p　21cm（氷原叢書）2500円

石山 孝子　いしやま・たかこ
0526　「りく様へ」
◇大石りくエッセー賞（第2回/平成11年―特別賞）

伊集田 ヨシ　いじゅうだ・よし
0527　「自生した菜の花」
◇日本随筆家協会賞（第58回/平成20年8月）
「故郷・徳之島にて」 日本随筆家協会　2009.8　235p　20cm（現代名随筆叢書104）1500円　Ⓘ978-4-88933-342-8

石和 義之　いしわ・よしゆき
0528　「アシモフの二つの顔」
◇日本SF評論賞（第4回/平成20年/優秀賞）

井筒 俊彦　いずつ・としひこ
0529　「意識と本質」
◇読売文学賞（第35回/昭和58年―研究・翻訳賞）
「意識と本質―精神的東洋を索めて」 岩波書店　1983.1　435p　19cm　2800円
「意識と本質―精神的東洋を索めて」 岩波書店　1991.8　417p　15cm（岩波文庫）720円　Ⓘ4-00-331852-8
「意識と本質 東洋的思惟の構造的整合性を索めて」 中央公論社　1992.10　358p　21cm（井筒俊彦著作集 6）6200円　Ⓘ4-12-403052-5
「意識と本質―精神的東洋を索めて」 岩波書店　2001.10　417p　19cm（ワイド版岩波文庫）1400円　Ⓘ4-00-007200-5
「井筒俊彦全集　第6巻―1980年・1981年　意識と本質」 慶應義塾大学出版会　2014.7　479, 23p　19cm　6000円　Ⓘ978-4-7664-2076-0

0530　「イスラーム文化」
◇毎日出版文化賞（第36回/昭和57年）
「イスラーム文化―その根柢にあるもの」 岩波書店　1981.12　222p　19cm（Ishizaka lectures 4）非売品
「イスラーム文化」 中央公論社　1993.4　636p　21cm（井筒俊彦著作集 2）8200円　Ⓘ4-12-403048-7
「イスラーム文化―その根柢にあるもの」 岩波書店　1994.12　233p　19cm（ワイド版岩波文庫）900円　Ⓘ4-00-007156-4
「イスラーム文化―その根柢にあるもの」 岩波書店　2002.4　233p　15cm（岩波文庫）560円　Ⓘ4-00-331851-X
「井筒俊彦全集　第7巻　イスラーム文化

1981年‐1983年」 慶應義塾大学出版会　2014.9　664, 31p　19cm　7800円　①978-4-7664-2077-7

泉　靖一　いずみ・せいいち

0531「インカの祖先たち」
◇毎日出版文化賞（第16回/昭和37年）

0532「フィールド・ノート」
◇日本エッセイスト・クラブ賞（第16回/昭和43年）

泉　美樹　いずみ・みき

0533「いつも行く場所」
◇ザ・ビートルズ・クラブ大賞（第21回/平成23年―文学部門）

泉　美知子　いずみ・みちこ

0534「文化遺産としての中世―近代フランスの知・制度・感性に見る過去の保存」
◇渋沢・クローデル賞（第31回/平成26年度/日本側 本賞）
「文化遺産としての中世―近代フランスの知・制度・感性に見る過去の保存」三元社　2013.8　417, 120p　22cm　5000円　①978-4-88303-348-5

泉谷　明　いずみや・あきら

0535「濡れて路上いつまでもしぶき」
◇晩翠賞（第17回/昭和51年）
「泉谷明詩集」津軽書房　1981.4　501p　19cm　3800円

礒　幾造　いそ・いくぞう

0536「寡黙なる日々」
◇日本歌人クラブ推薦歌集（第16回/昭和45年）

0537「反照」
◇短歌研究賞（第9回/昭和48年）
「反照―歌集」短歌新聞社　1988.1　234p　20cm（表現叢書 第37篇）2500円

磯貝　勝太郎　いそがい・かつたろう

0538「司馬遼太郎の風音」
◇尾崎秀樹記念・大衆文学研究賞（第14回/平成13年―評論・伝記）

磯貝　碧蹄館　いそがい・へきていかん

0539「握手」
◇俳人協会賞（第6回/昭和41年度）

0540「与へられたる現在に」
◇角川俳句賞（第6回/昭和35年）

磯田　光一　いそだ・こういち

0541「永井荷風」
◇サントリー学芸賞（第1回/昭和54年度―芸術・文学部門）
「永井荷風」講談社　1989.1　388p　15cm（講談社文芸文庫）780円　①4-06-196034-2
「永井荷風 作家論 1」小沢書店　1995.3　595p　19cm（磯田光一著作集 6）4800円

0542「鹿鳴館の系譜」
◇読売文学賞（第35回/昭和58年―評論・伝記賞）
「鹿鳴館の系譜―近代日本文芸史誌」文芸春秋　1983.10　325p　20cm　1500円
「鹿鳴館の系譜―近代日本文芸史誌」講談社　1991.1　380p　15cm（講談社文芸文庫）980円　①4-06-196110-1
「思想としての東京;鹿鳴館の系譜」小沢書店　1991.4　558p　19cm（磯田光一著作集 5）4944円
「鹿鳴館の系譜―近代日本文芸史誌」埼玉福祉会　1997.10　2冊　22cm（大活字本シリーズ）3500円;3400円
※原本:文芸春秋刊

磯田　道史　いそだ・みちふみ

0543「天災から日本史を読みなおす」
◇日本エッセイスト・クラブ賞（第63回/平成27年）
「天災から日本史を読みなおす―先人に学ぶ防災」中央公論新社　2014.11　221p　18cm（中公新書）760円　①978-4-12-102295-0

0544「武士の家計簿―『加賀藩御算用者』の幕末維新」
◇新潮ドキュメント賞（第2回/平成15年）
「武士の家計簿―「加賀藩御算用者」の幕末維新」新潮社　2003.4　222p　18cm（新潮新書）680円　①4-10-610005-3

磯部　映次　いそべ・えいじ
0545　「ペン・フレンドを訪ねて」
◇日航海外紀行文学賞（第5回／昭和58年）

磯部　剛喜　いそべ・つよき
0546　「国民の創世─〈第三次世界大戦〉後における〈宇宙の戦士〉の再読」
◇日本SF評論賞（第2回／平成18年／優秀賞）

磯村　英樹　いそむら・ひでき
0547　「したたる太陽」
◇室生犀星詩人賞（第3回／昭和38年）

井田　太郎　いだ・たろう
0548　「江戸座の解体─天明から寛政期の江戸座管見」
◇柿衞賞（第14回／平成17年）

井田　真木子　いだ・まきこ
0549　「小蓮の恋人」
◇講談社ノンフィクション賞（第15回／平成5年）
「小蓮の恋人─新しい日本人としての残留孤児二世」　文藝春秋　1995.10　382p　15cm（文春文庫）530円　①4-16-755402-X
0550　「プロレス少女伝説」
◇大宅壮一ノンフィクション賞（第22回／平成3年）
「プロレス少女伝説─新しい格闘をめざす彼女たちの青春」　かのう書房　1990.10　286p　19cm（女性の世界シリーズ7）1545円
「プロレス少女伝説」　文藝春秋　1993.10　350p　15cm（文春文庫）480円　①4-16-755401-1

井田　三夫　いだ・みつお
0551　「テオフィル・ド・ヴィオー」
◇日本詩人クラブ詩界賞（第9回／平成21年）
「テオフィル・ド・ヴィオー─文学と思想」　慶應義塾大学法学研究会，慶應義塾大学出版会（発売）2008.3　843p　22cm（慶應義塾大学法学研究会叢書　別冊14）10600円　①978-4-7664-1475-2

板垣　好樹　いたがき・よしき
0552　「はらからの花」
◇新俳句人連盟賞（第6回／昭和51年）

板倉　三郎　いたくら・さぶろう
0553　「藷植える」
◇新俳句人連盟賞（第19回／平成3年─作品賞）

板倉　鞆音　いたくら・ともね
0554　「訳詩集・リンゲルナッツ詩集」
◇中日詩賞（第7回／昭和42年）

伊谷　純一郎　いたに・じゅんいちろう
0555　「高崎山のサル（日本動物記2）」
◇毎日出版文化賞（第9回／昭和30年）
「高崎山のサル」　講談社　2010.1　375p　15cm（講談社学術文庫）1200円　①978-4-06-291977-7

板橋　スミ子　いたばし・すみこ
0556　「蜘蛛」
◇栃木県現代詩人会賞（第41回）
「蜘蛛─詩集」　銅林社　2006.9　106p　22cm　2625円

板橋　のり枝　いたばし・のりえ
0557　「山の上の学校」
◇短歌研究新人賞（第14回／昭和46年）

板見　陽子　いたみ・ようこ
0558　「ダイアリー」
◇読売「ヒューマン・ドキュメンタリー」大賞（第8回／昭和62年）
「ダイアリー─車いすの青春日記」　板見陽子，レシュニックチヅ子，田嶋正枝，中条孝子，福島かずみ著　読売新聞社　1987.12　268p　19cm　1100円　①4-643-87091-5

板宮　清治　いたみや・せいじ
0559　「杖」
◇日本歌人クラブ賞（第33回／平成18年）
「杖─歌集」　短歌新聞社　2005.10　203p　20cm　2381円　①4-8039-1231-9
0560　「桃の実」
◇短歌研究賞（第21回／昭和60年）

市川 愛　いちかわ・あい
　0561　「舞踏・ほか」
　　◇東海現代詩人賞（第15回/昭和59年）
　　　「舞踏、ほか―詩集」　花神社　1984.2
　　　93p　22cm　1700円

市川 花風　いちかわ・かふう
　0562　「十二月八日」
　　◇新俳句人連盟賞（第36回/平成20年/
　　　作品の部/入選）

市川 清　いちかわ・きよし
　0563　「記憶の遠近法」
　　◇壺井繁治賞（第29回/平成13年）
　　　「記憶の遠近法―詩集」　詩人会議出版
　　　2000.7　97p　22cm　2500

市川 謙一郎　いちかわ・けんいちろう
　0564　「一日一言」北海タイムス主筆の
　　　「1日1言」夕刊
　　◇日本エッセイスト・クラブ賞（第1回
　　　/昭和28年）

市川 賢司　いちかわ・けんじ
　0565　「シベリア・午後・十時」
　　◇詩人会議新人賞（第31回/平成9年/
　　　詩）

市川 靖人　いちかわ・やすと
　0566　「ヤマトンチュー」
　　◇日本随筆家協会賞（第2回/昭和53年）

市川 葉　いちかわ・よう
　0567　「火山灰地」
　　◇現代俳句協会年度作品賞（第6回/平
　　　成17年）

市川 廉　いちかわ・れん
　0568　「勘違い」
　　◇渋沢秀雄賞（第3回/昭和53年）

市来 勉　いちき・つとむ
　0569　「檜扇の花」
　　◇福島県短歌賞（第23回/平成10年度―
　　　歌集賞）
　　　「桧扇の花―歌集」　ながらみ書房　1997.
　　　3　216p　22cm　2800円

市来 宏　いちき・ひろし
　0570　「愛馬物語」
　　◇感動ノンフィクション大賞（第2回/
　　　平成19年/大賞）
　　　「愛馬物語―クラリオンと歩む北の大地」
　　　幻冬舎　2008.1　214p　20cm　1400円
　　　①978-4-344-01441-1

一ノ瀬 正樹　いちのせ・まさき
　0571　「人格知識論の生成　ジョン・ロッ
　　　クの瞬間」
　　◇和辻哲郎文化賞（第10回/平成9年―
　　　学術部門）
　　　「人格知識論の生成―ジョン・ロックの瞬
　　　間」　東京大学出版会　1997.5　348,
　　　11p　21cm　7500円　①4-13-010081-5

一戸 隆平　いちのへ・りゅうへい
　0572　「つり」
　　◇現代詩加美未来賞（第6回/平成8年―
　　　中新田若鮎賞）

市原 琢哉　いちはら・たくや
　0573　「Long Long Long」
　　◇ザ・ビートルズ・クラブ大賞（第15
　　　回/平成17年―文学部門）

市原 千佳子　いちはら・ちかこ
　0574　「海のトンネル」
　　◇山之口貘賞（第8回/昭和60年）
　0575　「月しるべ」
　　◇丸山豊記念現代詩賞（第21回/平成24
　　　年）
　　　「月しるべ―詩集」　砂子屋書房　2011.4
　　　157p　22cm　2500円　①978-4-7904-
　　　1310-3

市堀 玉宗　いちほり・ぎょくしゅう
　0576　「雪安居」
　　◇角川俳句賞（第41回/平成7年）
　　◇加美俳句大賞（句集賞）（第3回/平成
　　　10年）
　　◇中新田俳句大賞（句集賞）（第3回/平
　　　成10年）
　　　「雪安居―句集」　ふらんす堂　1997.9
　　　206p　20cm　2400円

一丸 章　いちまる・あきら
0577　「天鼓」
◇H氏賞（第23回/昭和48年）
「一丸章全詩集」　一丸章著, 龍秀美編　海鳥社　2010.10　638p　21cm　12000円　①978-4-87415-781-7

一海 知義　いっかい・ともよし
0578　「決定版 正伝 後藤新平（全8巻・別巻1）」
◇毎日出版文化賞（第61回/平成19年—企画部門）
「決定版 正伝・後藤新平　1—前史〜1893年　医者時代」　鶴見祐輔著　藤原書店　2004.11　699p　19cm　4600円　①4-89434-420-3
「正伝・後藤新平—決定版　2　衛星局長時代—1892〜98年」　鶴見祐輔著, 一海知義校訂　藤原書店　2004.12　667p　20cm（後藤新平の全仕事）4600円　①4-89434-421-1
「正伝・後藤新平—決定版　3　台湾時代—1898〜1906年」　鶴見祐輔著, 一海知義校訂　藤原書店　2005.2　853p　20cm（後藤新平の全仕事）4600円　①4-89434-435-1
「決定版 正伝・後藤新平　4—1906〜08年　満鉄時代」　鶴見祐輔著　藤原書店　2005.4　665p　19cm　6200円　①4-89434-445-9
「正伝・後藤新平—決定版　5　第二次桂内閣時代—1908〜16年」　鶴見祐輔著, 一海知義校訂　藤原書店　2005.7　885p　20cm（後藤新平の全仕事）6200円　①4-89434-464-5
「決定版 正伝・後藤新平　6—一九一六〜一八年　後藤新平の全仕事　寺内内閣時代」　鶴見祐輔著, 一海知義校訂　藤原書店　2005.11　613p　19cm　6200円　①4-89434-481-5
「正伝・後藤新平—決定版　7　東京市長時代—1919〜23年」　鶴見祐輔著, 一海知義校訂　藤原書店　2006.3　765p　20cm（後藤新平の全仕事）6200円　①4-89434-507-2
「正伝・後藤新平—決定版　8　「政治の倫理化」時代—1923〜29年」　鶴見祐輔著, 一海知義校訂　藤原書店　2006.7　689p　20cm（後藤新平の全仕事）6200円　①4-89434-525-0
「決定版 正伝 後藤新平　別巻　後藤新平大全」　御厨貴編　藤原書店　2007.6　283p　21cm　4800円　①978-4-89434-575-1

椿 文恵　いつきしま・ふみえ
0579　「まつさをに」
◇俳壇賞（第16回/平成13年度）
「句集 火蛾の舞」　本阿弥書店　2009.2　191p　19cm（新精選作家双書）2900円　①978-4-7768-0577-9

井辻 朱美　いつじ・あけみ
0580　「水の中のフリュート」
◇短歌研究新人賞（第21回/昭和53年）

一志 治夫　いっし・はるお
0581　「狂気の左サイドバック—日の丸ニッポンはなぜ破れたか」
◇「週刊ポスト」「SAPIO」21世紀国際ノンフィクション大賞（第1回/平成6年/大賞）
◇小学館ノンフィクション大賞（第1回/平成6年—大賞）
「狂気の左サイドバック—日の丸サッカーはなぜ敗れたか」　小学館　1994.9　220p　19cm　1200円　①4-09-379481-2
「狂気の左サイドバック—日本代表チームに命をかけた男・都並敏史の物語」　小学館　1996.8　245p　16cm（小学館ライブラリー）760円　①4-09-460090-6
「狂気の左サイドバック」　新潮社　1997.10　228p　15cm（新潮文庫）400円　①4-10-142721-6

一色 八郎　いっしき・はちろう
0582　「箸の文化史—世界の箸・日本の箸」
◇毎日出版文化賞（第45回/平成3年）
「箸の文化史—世界の箸・日本の箸」　御茶の水書房　1990.12　237p　21cm　3914円　①4-275-01406-5
「箸の文化史—世界の箸・日本の箸」　改訂版　御茶の水書房　1993.1　237p　21cm　3914円　①4-275-01491-X
「箸の文化史—世界の箸・日本の箸」　新装版　御茶の水書房　1998.8　237p　23×16cm　3800円　①4-275-01731-5

一色 真理　いっしき・まこと
0583　「エス」
◇日本詩人クラブ賞（第45回/平成24年）

「エス―詩集」 土曜美術社出版販売 2011.6 101p 19cm 2000円 ①978-4-8120-1885-9

0584 「純粋病」
◇H氏賞（第30回/昭和55年）

井手 英策　いで・えいさく

0585 「経済の時代の終焉」
◇大佛次郎論壇賞（第15回/平成27年）
「経済の時代の終焉」 岩波書店 2015.1 261p 19cm （シリーズ現代経済の展望） 2500円 ①978-4-00-028731-9

井出野 浩貴　いでの・ひろたか

0586 「驢馬つれて」
◇俳人協会新人賞（第38回/平成26年度）
「句集 驢馬つれて」 ふらんす堂 2014.9 202p 19cm （知音青炎叢書） 2100円 ①978-4-7814-0703-6

糸井 寛一　いとい・かんいち

0587 「方言生活30年の変容」（上・下）
◇新村出賞（第12回/平成5年）
「方言生活30年の変容」 松田正義, 糸井寛一, 日高貢一郎著 桜楓社 1993.12冊（セット） 26cm 98000円 ①4-273-02614-7

伊藤 伊那男　いとう・いなお

0588 「銀漢」
◇俳人協会新人賞（第22回/平成10年度）
「銀漢―句集」 白鳳社 1998.7 215p 20cm 2500円

伊藤 氏貴　いとう・うじたか

0589 「他者の在処―芥川の言語論」
◇群像新人文学賞〔評論部門〕（第45回/平成14年）

伊藤 一彦　いとう・かずひこ

0590 「新月の蜜」
◇寺山修司短歌賞（第10回/平成17年）
「新月の蜜―伊藤一彦歌集」 雁書館 2004.9 162p 22cm 2940円
「呼吸する土―伊藤一彦歌集」 短歌新聞社 2007.12 120p 19cm （新現代歌人叢書 60） 952円 ①978-4-8039-1388-0

0591 「月の夜声」
◇齋藤茂吉短歌文学賞（第21回/平成21年）
「月の夜声―歌集」 本阿弥書店 2009.11 202p 20cm 2700円 ①978-4-7768-0656-1

0592 「微笑の空」
◇迢空賞（第42回/平成20年）
「微笑の空―伊藤一彦歌集」 角川書店, 角川グループパブリッシング（発売） 2007.12 225p 20cm （角川短歌叢書） 2571円 ①978-4-04-621734-9

0593 「待ち時間」
◇小野市詩歌文学賞（第5回/平成25年/短歌部門）
「待ち時間―歌集」 青磁社 2012.12 234p 20cm 2800円 ①978-4-86198-213-2

伊藤 勝行　いとう・かつゆき

0594 「未完の領分」
◇中日詩賞（第13回/昭和48年）

伊藤 邦武　いとう・くにたけ

0595 「パースの宇宙論」
◇和辻哲郎文化賞（第20回/平成19年度/学術部門）
「パースの宇宙論」 岩波書店 2006.9 255p 20cm 2800円 ①4-00-024434-5

伊藤 桂一　いとう・けいいち

0596 「ある年の年頭の所感」
◇三好達治賞（第2回/平成19年）
「ある年の年頭の所感―伊藤桂一詩集」 潮流社 2006.10 134p 22cm 2857円 ①4-88665-095-3

0597 「連翹の帯」
◇地球賞（第22回/平成9年度）
「連翹の帯―伊藤桂一詩集」 潮流社 1997.3 124p 22cm 3884円 ①4-88665-073-2

伊藤 啓子　いとう・けいこ

0598 「水音」
◇「詩と思想」新人賞（第9回/平成12年）

伊東 乾　いとう・けん

0599 「さよなら、サイレント・ネイ

いとう

伊藤
「ビー―地下鉄に乗った同級生」
◇開高健ノンフィクション賞（第4回/平成18年）
「さよなら、サイレント・ネイビー―地下鉄に乗った同級生」　集英社　2006.11　349p　20cm　1600円　④4-08-781368-1

伊東 健二　いとう・けんじ
0600　「唇の微熱」
◇新俳句人連盟賞（第36回/平成20年/作品の部/入選）

伊藤 賢三　いとう・けんぞう
0601　「水辺」
◇日本詩人クラブ賞（第14回/昭和56年）

伊藤 佐喜雄　いとう・さきお
0602　「春の鼓笛」
◇池谷信三郎賞（第9回/昭和17年）
「春の鼓笛」　鬼沢書店　1943　380p
「春の鼓笛」　大日本雄弁会講談社　1947　293p

伊東 静雄　いとう・しずお
0603　「わがひとに与ふる哀歌」
◇文芸汎論詩集賞（第2回/昭和10年下）
「伊東静雄詩集―日本詩人選　18」　伊東静雄著、林富士馬編　小沢書店　1997.3　261p　19cm　（小沢クラシックス―世界の詩）1400円　④4-7551-4078-1
「詩集 わがひとに与ふる哀歌」　日本図書センター　2000.2　160p　19cm　2200円　④4-8205-2726-6
「わがひとに與ふる哀歌―詩集」　竹林館　2003.6　70p　22cm　2300円　④4-86000-044-7
※杉田屋印刷所1935年刊の複製
「日本の詩歌　23　中原中也・伊東静雄・八木重吉」　中原中也、伊東静雄、八木重吉〔著〕　新装　中央公論新社　2003.6　431p　21cm　5300円　④4-12-570067-2
「蓮田善明/伊東静雄」　蓮田善明、伊東静雄著　新学社　2005.3　353p　15cm　（近代浪漫派文庫）1343円　④4-7868-0093-7

伊藤 淳子　いとう・じゅんこ
0604　「夏白波」
◇加美俳句大賞（句集賞）（第9回/平成16年度―加美俳句大賞）
「句集 夏白波」　富士見書房　2003.9　215p　19cm　2800円　④4-8291-7553-2

伊藤 純子　いとう・じゅんこ
0605　「失われた線路を辿って」
◇北海道ノンフィクション賞（第10回/平成2年―佳作）

伊藤 俊治　いとう・しゅんじ
0606　「ジオラマ論」
◇サントリー学芸賞（第9回/昭和62年度―芸術・文学部門）
「ジオラマ論―「博物館」から「南島」へ」　リブロポート　1986.9　286p　21cm　3500円　④4-8457-0230-4
「ジオラマ論―「博物館」から「南島」へ」　筑摩書房　1996.12　383p　15cm　（ちくま学芸文庫）1350円　④4-480-08317-0

伊藤 信吉　いとう・しんきち
0607　「監獄裏の詩人たち」
◇読売文学賞（第48回/平成8年―随筆・紀行賞）
「監獄裏の詩人たち」　新潮社　1996.10　257p　19cm　1900円　④4-10-301903-4
「伊藤信吉著作集　第4巻」　沖積舎　2003.7　578p　21cm　9000円　④4-8060-6577-3

0608　「上州おたくら―私の方言詩集」
◇丸山豊記念現代詩賞（第2回/平成5年）
「上州おたくら―私の方言詩集」　思潮社　1993.1　153p　22cm　2800円　④4-7837-0416-3
「群馬文学全集　第11巻　伊藤信吉・司修」　伊藤信吉、司修〔著〕、暮尾淳、岡田芳保編　群馬県立土屋文明記念文学館　2001.9　521p　22cm　④4-7610-0677-3
「伊藤信吉著作集　第7巻」　沖積舎　2003.10　626p　21cm　9000円　④4-8060-6580-3

0609　「萩原朔太郎」
◇読売文学賞（第28回/昭和51年―評論・伝記賞）
「伊藤信吉著作集　第2巻」　沖積舎　2001.11　583p　21cm　9000円　④4-8060-6575-7

0610　「老世紀界隈で」

◇詩歌文学館賞（第17回/平成14年/詩）
「老世紀界隈で―詩集」集英社 2001.11
125p 22cm 2700円 ⓘ4-08-774563-5
「伊藤信吉著作集 第7巻」沖積舎
2003.10 626p 21cm 9000円 ⓘ4-8060-6580-3

伊藤 眞司　いとう・しんじ

0611 「切断荷重」
◇壺井繁治賞（第30回/平成14年）
「切断荷重」三重詩話会 2001.8 129p 22cm

いとう せいこう

0612 「ボタニカル・ライフ」
◇講談社エッセイ賞（第15回/平成11年）
「ボタニカル・ライフ―植物生活」紀伊國屋書店 1999.3 273p 19cm 1800円 ⓘ4-314-00839-3
「ボタニカル・ライフ―植物生活」新潮社 2004.3 399p 15cm（新潮文庫）590円 ⓘ4-10-125014-6

伊藤 清三　いとう・せいぞう

0613 「日本の漆」
◇毎日出版文化賞（第33回/昭和54年―特別賞）

伊藤 智ゆき　いとう・ちゆき

0614 「朝鮮漢字音研究」
◇金田一京助博士記念賞（第36回/平成20年）
「朝鮮漢字音研究 資料篇」汲古書院 2007.10 235p 27cm ⓘ978-4-7629-2824-6, 978-4-7629-2825-3
「朝鮮漢字音研究 本文篇」汲古書院 2007.10 341p 27cm ⓘ978-4-7629-2823-9, 978-4-7629-2825-3

伊藤 ていじ　いとう・ていじ

0615 「日本の民家」のうち「山陽路」「高山・白川」
◇毎日出版文化賞（第13回/昭和34年）

伊藤 光彦　いとう・てるひこ

0616 「ドイツとの対話」
◇日本エッセイスト・クラブ賞（第30回/昭和57年）
「ドイツとの対話」毎日新聞社 1981.9 390p 20cm 1100円

伊東 信宏　いとう・のぶひろ

0617 「中東欧音楽の回路」
◇サントリー学芸賞（第31回/平成21年度―芸術・文学部門）
「中東欧音楽の回路―ロマ・クレズマー・20世紀の前衛」岩波書店 2009.3 217, 7p 21cm 2900円 ⓘ978-4-00-023855-7

0618 「バルトーク～民謡を「発見」した辺境の作曲家」
◇吉田秀和賞（第7回/平成9年）
「バルトーク―民謡を「発見」した辺境の作曲家」中央公論社 1997.7 204p 18cm（中公新書）660円 ⓘ4-12-101370-0

伊東 法子　いとう・のりこ

0619 「爽（さわ）やかに」
◇日本伝統俳句協会賞（第13回/平成14年/新人賞）

伊藤 秀雄　いとう・ひでお

0620 「黒岩涙香―探偵小説の元祖」
◇大衆文学研究賞（第3回/平成1年―研究・考証）
「黒岩涙香―探偵小説の元祖」三一書房 1988.12 438, 23p 19cm 3500円

伊藤 浩子　いとう・ひろこ

0621 「私は」
◇「詩と思想」新人賞（第18回/平成21年）

伊藤 比呂美　いとう・ひろみ

0622 「河原荒草」
◇高見順賞（第36回/平成17年度）
「河原荒草」思潮社 2005.10 147p 15×19cm 2000円 ⓘ4-7837-2101-7

0623 「とげ抜き 新巣鴨地蔵縁起」
◇萩原朔太郎賞（第15回/平成19年）
「とげ抜き―新巣鴨地蔵縁起」講談社 2007.6 288p 20cm 1700円 ⓘ978-4-06-213944-1

いとう

伊藤 博之　いとう・ひろゆき
0624　「西行・芭蕉の詩学」
◇やまなし文学賞〔研究・評論部門〕（第9回/平成12年度―研究・評論部門）
「西行・芭蕉の詩学」　大修館書店　2000.10　314p　21cm　4000円　①4-469-22153-8

伊藤 雅昭　いとう・まさあき
0625　「雁渡し」
◇福島県俳句賞（第30回/平成21年―俳句賞）

0626　「枇杷の花」
◇福島県俳句賞（第28回/平成19年―新人賞）

伊藤 まさ子　いとう・まさこ
0627　「三輪車」
◇日本伝統俳句協会賞（第6回/平成7年/協会賞）

伊藤 雅子　いとう・まさこ
0628　「子どもからの自立」
◇毎日出版文化賞（第29回/昭和50年）
「子どもからの自立」　新版　岩波書店　2001.5　255p　15cm（岩波現代文庫）900円　①4-00-603037-1
※『子どもからの自立―おとなの女が学ぶということ』改訂・改題書

0629　「ほしづき草」
◇日本歌人クラブ賞（第16回/平成1年）
「ほしづき草―伊藤雅子歌集」　短歌公論社　1988.10　174p　20cm（醍醐叢書第78篇）2200円
「ほしづき草―歌集」　現代短歌社　2013.8　110p　15cm（第1歌集文庫）667円　①978-4-906846-83-2

伊藤 正斉　いとう・まさなり
0630　「粘土」
◇中部日本詩人賞（第8回/昭和34年）

伊藤 雅水　いとう・まさみ
0631　「花のあとさき」
◇福島県短歌賞（第33回/平成20年度―短歌賞）

伊藤 真理子　いとう・まりこ
0632　「風鐸」
◇広島県詩人協会賞（第3回/昭和51年）

伊藤 通明　いとう・みちあき
0633　「荒神」
◇俳人協会賞（第48回/平成20年度）
「荒神―句集」　角川書店　2008.6　243p　20cm　3000円　①978-4-04-876313-4

0634　「白桃」
◇角川俳句賞（第22回/昭和51年）
◇俳人協会新人賞（第4回/昭和55年度）

伊藤 夢山　いとう・むさん
0635　「闇へどうんと島が目の前」
◇放哉賞（第10回/平成20年）

伊藤 元重　いとう・もとしげ
0636　「挑戦する流通」
◇石橋湛山賞（第16回/平成7年）
「挑戦する流通」　講談社　1994.12　254p　19cm　1500円　①4-06-207337-4

いとう ゆうこ
0637　「おひさまのパレット」
◇三越左千夫少年詩賞（第11回/平成19年）
「おひさまのパレット―いとうゆうこ詩集」　てらいんく　2006.10　87p　22cm（子ども詩のポケット 20）1200円　①4-925108-81-6

伊藤 悠子　いとう・ゆうこ
0638　「ろうそく町」
◇横浜詩人会賞（第44回/平成24年）
「ろうそく町」　思潮社　2011.9　93p　21cm　2200円　①978-4-7837-3258-7

伊藤 之雄　いとう・ゆきお
0639　「昭和天皇伝」
◇司馬遼太郎賞（第15回/平成24年）
「昭和天皇伝」　文藝春秋　2011.7　588p　19cm　2190円　①978-4-16-374180-2
「昭和天皇伝」　文藝春秋　2014.3　589p　15cm（文春文庫）1000円　①978-4-16-790064-9

伊藤 ユキ子　いとう・ゆきこ

0640　「愛占い」
◇福島県俳句賞（第27回/平成18年—俳句賞）

0641　「紀行・お茶の時間」
◇JTB紀行文学大賞（第7回/平成10年度）
「紀行・お茶の時間」　晶文社　1997.12　221p　19cm　2100円　Ⓘ4-7949-6338-6
「お茶からお茶へ、旅から旅へ—至福のティータイムをもとめて世界を歩く」　新潮社　2001.9　254p　15cm（新潮OH！文庫）　657円　Ⓘ4-10-290118-3
※『紀行・お茶の時間』改題書

伊藤 幸也　いとう・ゆきや

0642　「ピアノと女」
◇北川冬彦賞（第6回/昭和46年）

伊藤 芳博　いとう・よしひろ

0643　「どこまで行ったら嘘は嘘？」
◇福田正夫賞（第6回/平成4年）

伊藤 礼　いとう・れい

0644　「狸ビール」
◇講談社エッセイ賞（第7回/平成3年）
「狸ビール」　講談社　1991.5　238p　19cm　1500円　Ⓘ4-06-205201-6
「狸ビール」　講談社　1994.6　275p　15cm（講談社文庫）　480円　Ⓘ4-06-185686-3

伊東 廉　いとう・れん

0645　「逆光の径」
◇北海道詩人協会賞（第11回/昭和49年度）

到津 伸子　いとうず・のぶこ

0646　「不眠の都市」
◇講談社エッセイ賞（第19回/平成15年）
「不眠の都市」　講談社　2002.10　257p　19cm　2500円　Ⓘ4-06-211524-7

糸屋 和恵　いとや・かずえ

0647　「姉妹」
◇星野立子賞（第1回/平成25年/星野立子新人賞）

糸屋 鎌吉　いとや・けんきち

0648　「尺骨」
◇晩翠賞（第27回/昭和61年）
「尺骨一詩集」　芸立出版　1986.6　109p　21cm　2000円　Ⓘ4-87466-043-6

稲泉 連　いないずみ・れん

0649　「ぼくもいくさに征くのだけれど」
◇大宅壮一ノンフィクション賞（第36回/平成17年）
「ぼくもいくさに征くのだけれど—竹内浩三の詩と死」　中央公論新社　2004.7　301p　20cm　2200円　Ⓘ4-12-003554-9
「ぼくもいくさに征くのだけれど—竹内浩三の詩と死」　中央公論新社　2007.7　346p　16cm（中公文庫）　724円　Ⓘ978-4-12-204886-7

稲賀 繁美　いなが・しげみ

0650　「絵画の黄昏」
◇サントリー学芸賞（第19回/平成9年度—芸術・文学部門）
◇渋沢・クローデル賞（第14回/平成9年—ルイ・ヴィトン・ジャパン特別賞）
「絵画の黄昏—エドゥアール・マネ没後の闘争」　名古屋大学出版会　1997.1　407, 60p　21cm　4944円　Ⓘ4-8158-0300-5

0651　「絵画の東方」
◇和辻哲郎文化賞（第13回/平成12年度/一般部門）
「絵画の東方—オリエンタリズムからジャポニスムへ」　名古屋大学出版会　1999.10　407, 72p　22cm　4800円　Ⓘ4-8158-0365-X

稲垣 佳世子　いながき・かよこ

0652　「知的好奇心」
◇毎日出版文化賞（第27回/昭和48年）

稲垣 きくの　いながき・きくの

0653　「冬濤」
◇俳人協会賞（第6回/昭和41年度）

稲垣 武　いながき・たけし

0654　「「悪魔祓い」の戦後史」
◇山本七平賞（第3回/平成6年）
「「悪魔祓い」の戦後史—進歩的文化人の

いなかき

稲垣 忠彦　いながき・ただひこ

0655「アメリカ教育通信」
◇毎日出版文化賞（第31回／昭和52年）
「アメリカ教育通信―大きな国の小さな町から」増補版　評論社　1996.4　463p　19cm（評論社の教育選書 28）3900円　①4-566-05128-5

稲垣 達郎　いながき・たつろう

0656「稲垣達郎学芸文集」
◇読売文学賞（第34回／昭和57年―研究・翻訳賞）
「稲垣達郎学芸文集　1」筑摩書房　1982.1　521p　22cm　5200円
「稲垣達郎学芸文集　2」筑摩書房　1982.4　529p　22cm　5200円
「稲垣達郎学芸文集　3」筑摩書房　1982.7　595p　22cm　6000円

稲垣 良典　いながき・りょうすけ

0657「トマス・アクィナスの神学」
◇和辻哲郎文化賞（第27回／平成26年度―学術部門）
「トマス・アクィナスの神学」創文社　2013.11　426, 33p　21cm　7800円　①978-4-423-30132-6

稲川 方人　いながわ・まさと

0658「詩的間伐―対話2002-2009」
◇鮎川信夫賞（第1回／平成22年／詩論集部門）
「詩的間伐―対話2002-2009」稲川方人, 瀬尾育生著　思潮社　2009.10　388p　20cm　3500円　①978-4-7837-1654-9

0659「聖―歌章」
◇高見順賞（第38回／平成19年度）
「聖―歌章」思潮社　2007.11　121p　21cm　2400円　①978-4-7837-3028-6

0660「2000光年のコノテーション」
◇現代詩花椿賞（第9回／平成3年）
「2000光年のコノテーション」思潮社　1991.4　85p　21×15cm（書き下し現代詩叢書 2）2000円　①4-7837-0349-3

「言論と責任」文藝春秋　1994.8　375p　19cm　2000円　①4-16-349170-8
「「悪魔祓い」の戦後史―進歩的文化人の言論と責任」文藝春秋　1997.8　564p　15cm（文春文庫）629円　①4-16-736504-9

稲木 信夫　いなき・のぶお

0661「詩人中野鈴子の生涯」
◇壺井繁治賞（第26回／平成10年）
「詩人中野鈴子の生涯」光和堂　1997.11　283p　19cm　2400円　①4-87538-114-X

稲田 利徳　いなだ・としのり

0662「西行の和歌の世界」
◇角川源義賞（第27回／平成17年／文学研究部門）
「西行の和歌の世界」笠間書院　2004.2　854, 9p　22cm（笠間叢書 354）20000円　①4-305-10354-0

稲富 義明　いなとみ・よしあき

0663「かささぎ」
◇角川俳句賞（第28回／昭和57年）

稲葉 育子　いなば・いくこ

0664「砂嘴」
◇荒木暢夫賞（第4回／昭和45年）

稲葉 京子　いなば・きょうこ

0665「槐の傘」
◇現代短歌女流賞（第6回／昭和56年）
「現代短歌全集　第17巻　昭和五十五年～六十三年」阿木津英, 道浦母都子, 今野寿美, 竹山広, 稲葉京子ほか著　増補版　筑摩書房　2002.10　500p　21cm　6800円　①4-480-13837-4

0666「小さき宴」
◇角川短歌賞（第6回／昭和35年）

0667「椿の館　稲葉京子歌集」
◇詩歌文学館賞（第21回／平成18年／短歌）
◇前川佐美雄賞（第4回／平成18年）
「椿の館―稲葉京子歌集」短歌研究社　2005.9　245p　22cm（中部短歌叢書 第216篇）3000円　①4-88551-929-2

0668「白蛍」
◇短歌研究賞（第26回／平成2年）

稲葉 哲栄　いなば・てつえい

0669「めし代」
◇日本随筆家協会賞（第53回／平成18年2月）
「街中の語部たち」日本随筆家協会　2006.8　216p　20cm（現代名随筆叢書

79) 1500円 ⓘ4-88933-309-6

稲葉 なおと　いなば・なおと
0670　「遠い宮殿―幻のホテルへ」
◇JTB紀行文学大賞（第10回/平成13年/奨励賞）
　「遠い宮殿―幻のホテルへ」　新潮社　2000.11　381p　20cm　1600円　ⓘ4-10-441501-4

稲葉 範子　いなば・のりこ
0671　「綿雪」
◇「短歌現代」歌人賞（第18回/平成17年）
◇短歌新聞社第一歌集賞（第8回/平成23年）
　「綿雪―歌集」　短歌新聞社　2010.6　186p　20cm（まひる野叢書 第272篇）2381円　ⓘ978-4-8039-1490-0

稲葉 有祐　いなば・ゆうすけ
0672　「湖十系点印付嘱の諸問題―〈其角正統〉という演出」
◇柿衞賞（第23回/平成26年）

伊波 真人　いなみ・まさと
0673　「冬の星図」
◇角川短歌賞（第59回/平成25年）

井波 律子　いなみ・りつこ
0674　「トリックスター群像 中国古典小説の世界」
◇桑原武夫学芸賞（第10回/平成19年）
　「トリックスター群像―中国古典小説の世界」　筑摩書房　2007.1　227p　20cm　2200円　ⓘ978-4-480-83905-3

稲村 恒次　いなむら・つねじ
0675　「風鐸の音」
◇日本詩歌句大賞（第9回/平成25年度/短歌部門/大賞）
　「風鐸の音―歌集」　現代短歌社　2013.7　225p　20cm（花實叢書 第149篇）2381円　ⓘ978-4-906846-77-1

稲本 正　いなもと・ただし
0676　「森の形森の仕事」
◇毎日出版文化賞（第48回/平成6年―奨励賞）
　「森の形 森の仕事―お椀から建物まで 第三次木の文明へのプロローグ」　稲本正文,岡崎良一写真　世界文化社　1994.1　279p　21cm　2500円　ⓘ4-418-93517-7

乾谷 敦子　いぬいだに・あつこ
0677　「古都に燃ゆ」
◇ジュニア・ノンフィクション文学賞（第4回/昭和52年）

犬養 道子　いぬかい・みちこ
0678　「国境線上で考える」
◇毎日出版文化賞（第43回/平成1年）
　「国境線上で考える」　岩波書店　1988.11　279p　19cm　1500円　ⓘ4-00-000813-7

犬塚 堯　いぬずか・ぎょう
0679　「河畔の書」
◇現代詩人賞（第2回/昭和59年）
　「河畔の書」　思潮社　1983.8　117p　22cm　2000円
0680　「南極」
◇H氏賞（第19回/昭和44年）
　「犬塚堯全詩集」　思潮社　2007.4　658p　21cm　12000円　ⓘ978-4-7837-2335-6

稲 暁　いね・あきら
0681　「冬鷗」
◇荒木暢夫賞（第29回/平成7年）

猪野 謙二　いの・けんじ
0682　「座談会・明治文学史」
◇毎日出版文化賞（第15回/昭和36年）

猪野 睦　いの・むつし
0683　「沈黙の骨」
◇岡本弥太賞（第1回/昭和38年）
0684　「ノモンハン桜」
◇壺井繁治賞（第32回/平成16年）
　「ノモンハン桜―猪野睦詩集」　ふたば工房　2003.10　115p　22cm　1500円　ⓘ4-939150-17-8

井上 明子　いのうえ・あきこ
0685　「銀に耀ふ」
◇福島県短歌賞（第25回/平成12年度―

いのうえ

奨励賞）

井上 和雄　いのうえ・かずお
0686　「モーツァルト 心の軌跡」
◇サントリー学芸賞（第9回/昭和62年度―芸術・文学部門）
「モーツァルト 心の軌跡―弦楽四重奏が語るその生涯」 音楽之友社　1987.4　273p　19cm　1600円　④4-276-20102-0

いのうえ かつこ
0687　「貝の砂」
◇俳人協会新人賞（第16回/平成4年度）
「貝の砂―いのうえかつこ句集」 ふらんす堂　1992.9　150p　19cm　2300円

井上 寛治　いのうえ・かんじ
0688　「兄」
◇福岡県詩人賞（第35回/平成11年）
「兄―井上寛治詩集」 梓書院　1998.6　65p　21cm（梓叢書）1428円　④4-87035-104-8

井上 喜一郎　いのうえ・きいちろう
0689　「小樽は雪」
◇新俳句人連盟賞（第36回/平成20年/作品の部/佳作5位）

井上 清　いのうえ・きよし
0690　「日本女性史」
◇毎日出版文化賞（第3回/昭和24年）

井上 佳子　いのうえ・けいこ
0691　「孤高の桜」
◇潮賞（第19回/平成12年―ノンフィクション）
「孤高の桜―ハンセン病を生きた人たち」 葦書房　2000.12　185p　19cm　1500円　④4-7512-0791-1
「孤高の桜―ハンセン病を生きた人たち」 増補版　葦書房　2001.6　198p　19cm　1500円　④4-7512-0809-8

井上 敬二　いのうえ・けいじ
0692　「帰途」
◇島田利夫賞（第9回/昭和61年―準入選）

井上 章一　いのうえ・しょういち
0693　「つくられた桂離宮神話」を中心として
◇サントリー学芸賞（第8回/昭和61年度―芸術・文学部門）
「つくられた桂離宮神話」 弘文堂　1986.4　261p　19cm　1600円　④4-335-55024-3
「つくられた桂離宮神話」 講談社　1997.1　282p　15cm（講談社学術文庫）800円　④4-06-159264-5

井上 正一　いのうえ・しょういち
0694　「冬の稜線」
◇角川短歌賞（第8回/昭和37年）

井上 たかひこ　いのうえ・たかひこ
0695　「アメリカからきたなんば船」
◇子どものための感動ノンフィクション大賞（第2回/平成20年/優良作品）

井上 卓弥　いのうえ・たくや
0696　「満洲難民 三八度線に阻まれた命」
◇大宅壮一ノンフィクション賞（第47回/平成28年）
「満洲難民―三八度線に阻まれた命」 幻冬舎　2015.5　286p　19cm　1900円　④978-4-344-02766-4

井上 達夫　いのうえ・たつお
0697　「共生の作法」
◇サントリー学芸賞（第8回/昭和61年度―思想・歴史部門）
「共生の作法―会話としての正義」 創文社　1986.6　273, 9p　22cm　3800円
0698　「法という企て」
◇和辻哲郎文化賞（第17回/平成16年度/学術部門）
「法という企て」 東京大学出版会　2003.9　302p　22cm　4200円　④4-13-031173-5

井上 千津子　いのうえ・ちずこ
0699　「ヘルパー奮戦の記―お年寄りとともに」
◇毎日出版文化賞（第35回/昭和56年）
「ヘルパー奮戦の記―お年寄りとともに」

ミネルヴァ書房　1981.5　243p　19cm　（OP叢書 29）　1100円

井上　輝夫　　いのうえ・てるお
0700　「詩想の泉をもとめて」
◇日本詩人クラブ詩界賞（第12回/平成24年）
「詩想の泉をもとめて―ケンブリッジ、ニューヨーク、福江島まで」　慶應義塾大学出版会　2011.5　218p　22cm　2600円　Ⓘ978-4-7664-1802-6

井上　俊夫　　いのうえ・としお
0701　「野にかかる虹」
◇H氏賞（第7回/昭和32年）

井上　尚美　　いのうえ・なおみ
0702　「水の村 沈む目」
◇詩人会議新人賞（第46回/平成24年/詩部門）

井上　広雄　　いのうえ・ひろお
0703　「ペリカン」
◇改造詩賞（第1回/昭和4年―2等）

井上　弘美　　いのうえ・ひろみ
0704　「あをぞら」
◇俳人協会新人賞（第26回/平成14年）
「あをぞら一句集」　富士見書房　2002.7　197p　20cm　（シリーズ〈平成の俳人〉）　2800円　Ⓘ4-8291-7499-4

0705　「九月の森」
◇朝日俳句新人賞（第2回/平成11年/準賞）

0706　「玉串」
◇深吉野賞（第7回/平成11年―佳作）

井上　正也　　いのうえ・まさや
0707　「日中国交正常化の政治史」
◇サントリー学芸賞（第33回/平成23年度―政治・経済部門）
「日中国交正常化の政治史」　名古屋大学出版会　2010.12　652, 40p　21cm　8400円　Ⓘ978-4-8158-0653-8

井上　ミツ　　いのうえ・みつ
0708　「指輪」
◇日本随筆家協会賞（第18回/昭和63.11）
「私 ヘッポコ人間」　日本随筆家協会　1989.4　260p　19cm　（現代随筆選書 89）　1600円　Ⓘ4-88933-109-3

井上　雪　　いのうえ・ゆき
0709　「廓のおんな」
◇大宅壮一ノンフィクション賞（第12回/佳作）
「廓のおんな」　朝日新聞社　1980.11　225p　20cm　1200円
「廓のおんな」　朝日新聞社　1984.9　279p　15cm　（朝日文庫）　400円　Ⓘ4-02-260290-2
「廓のおんな」　北國新聞社　2013.2　316p　19cm　（名著シリーズ）　1200円　Ⓘ978-4-8330-1919-4

井上　洋子　　いのうえ・ようこ
0710　「スターライト」
◇読売「ヒューマン・ドキュメンタリー」大賞（第11回/平成2年―入選）
「ブサマカシ―若き助産婦のアフリカ熱中記」　徳永瑞子ほか著　読売新聞社　1991.2　328p　19cm　1250円　Ⓘ4-643-91004-6

井上　義夫　　いのうえ・よしお
0711　「評伝D・H・ロレンス」
◇和辻哲郎文化賞（第8回/平成7年―一般部門）
「薄明のロレンス」　小沢書店　1992.9　419, 22p　21cm　（評伝D.H.ロレンス 1）　4944円
「新しき天と地」　小沢書店　1993.10　409p　21cm　（評伝D・H・ロレンス 2）　4944円
「地霊の旅」　小沢書店　1994.10　488, 24p　21cm　（評伝D・H・ロレンス 3）　4944円

井上　敬雄　　いのうえ・よしお
0712　「倒れたコスモス夕焼けをみている」
◇放哉賞（第16回/平成26年）

井上成美伝記刊行会
いのうえしげよしでんきかんこうかい
0713　「井上成美」

◇毎日出版文化賞（第37回/昭和58年）
「井上成美」井上成美伝記刊行会　1982.10　580, 339p 図版16枚　22cm　5000円

猪木 武徳　いのき・たけのり

0714　「競争社会の二つの顔」
◇石橋湛山賞（第20回/平成11年）

0715　「経済思想」
◇サントリー学芸賞（第9回/昭和62年度—政治・経済部門）
「経済思想」岩波書店　1987.7　252p　21cm（モダン・エコノミックス 24）1900円　④4-00-004344-7

0716　「自由と秩序 競争社会の二つの顔」
◇読売・吉野作造賞（第3回/平成14年）
「自由と秩序—競争社会の二つの顔」中央公論新社　2001.7　252p　20cm（中公叢書）1700円　④4-12-003168-3
「自由と秩序—競争社会の二つの顔」中央公論新社　2015.9　290p　15cm（中公文庫）800円　④978-4-12-206170-5

0717　「文芸にあらわれた日本の近代」
◇桑原武夫学芸賞（第8回/平成17年）
「文芸にあらわれた日本の近代—社会科学と文学のあいだ」有斐閣　2004.10　221p　20cm　2000円　④4-641-16219-0

井野口 慧子　いのくち・けいこ

0718　「オレンジ」
◇広島県詩人協会賞（第1回/昭和49年）

猪口 孝　いのぐち・たかし

0719　「国際政治経済の構図」
◇サントリー学芸賞（第4回/昭和57年度—政治・経済部門）
「国際政治経済の構図—戦争と通商にみる覇権盛衰の軌跡」有斐閣　1982.7　250, 73p　18cm（有斐閣新書）900円　④4-641-09003-2

猪熊 健一　いのくま・けんいち

0720　「太平洋戦争と短歌という『制度』」
◇現代短歌評論賞（第11回/平成5年）

猪瀬 直樹　いのせ・なおき

0721　「ミカドの肖像」
◇大宅壮一ノンフィクション賞（第18回/昭和62年）
「ミカドの肖像」小学館　1986.12　606p　19cm　2000円　④4-09-394161-0
「ミカドの肖像　上」新潮社　1992.2　417p　15cm（新潮文庫）520円　④4-10-138906-3
「ミカドの肖像　下」新潮社　1992.2　410p　15cm（新潮文庫）480円　④4-10-138907-1
「ミカドの肖像」小学館　2002.5　550p　19cm（日本の近代 猪瀬直樹著作集 5）1500円　④4-09-394235-8
「ミカドの肖像」小学館　2005.4　887p　15cm（小学館文庫）933円　④4-09-402312-7

井野場 靖　いのば・やすし

0722　「砂漠」
◇短歌研究新人賞（第6回/昭和38年）

伊波 信光　いは・しんこう

0723　「十五夜の一日」
◇日本随筆家協会賞（第18回/昭和63.11）
「十五夜の一日」日本随筆家協会　1989.5　227p　20cm（現代随筆選書 90）1600円　④4-88933-110-7

茨木 和生　いばらき・かずお

0724　「往馬」
◇俳人協会賞（第41回/平成13年）
「往馬—句集」ふらんす堂　2001.6　192p　20cm　2600円　④4-89402-407-1
「往馬—第七句集」東京四季出版　2012.5　140p　16cm（俳句四季文庫）1142円　④978-4-8129-0700-9

0725　「薬喰」
◇俳句四季大賞（第13回/平成26年）
「薬喰—茨木和生句集」邑書林　2013.6　184p　20cm　3000円　④978-4-89709-732-9

0726　「西の季語物語」
◇俳人協会評論賞（第11回/平成8年）
「西の季語物語」角川書店　1996.5　235p　19cm　2200円　④4-04-883448-7

茨木 のり子　いばらぎ・のりこ

0727　「韓国現代詩選」
◇読売文学賞（第42回/平成2年—研究・

翻訳賞）
「韓国現代詩選」　花神社　1990.11　200p　21cm　2400円　Ⓘ4-7602-1108-X
「韓国現代詩選」　新装版　花神社　2004.9　203p　21cm　2500円　Ⓘ4-7602-1766-5
「茨木のり子全詩集」　茨木のり子著, 宮崎治編　花神社　2010.10　464p　21cm　8000円　Ⓘ978-4-7602-1950-6

揖斐 高　いび・たかし

0728　「江戸詩歌論」
◇読売文学賞（第50回/平成10年―研究・翻訳賞）
「江戸詩歌論」　汲古書院　1998.2　751, 35p　21cm　12000円　Ⓘ4-7629-3412-7

0729　「近世文学の境界―個我と表現の変容」
◇やまなし文学賞〔研究・評論部門〕（第18回/平成21年度―研究・評論部門）
◇角川源義賞（第32回/平成22年/文学研究部門）
「近世文学の境界―個我と表現の変容」　岩波書店　2009.2　510p　22cm　10000円　Ⓘ978-4-00-022568-7

伊吹 和子　いぶき・かずこ

0730　「われよりほかに―谷崎潤一郎最後の十二年」
◇日本エッセイスト・クラブ賞（第42回/平成6年）
「われよりほかに―谷崎潤一郎最後の十二年」　講談社　1994.2　541p　21cm　3900円　Ⓘ4-06-206447-2
「われよりほかに―谷崎潤一郎最後の十二年　上」　講談社　2001.10　361p　15cm　（講談社文芸文庫）　1400円　Ⓘ4-06-198278-8
「われよりほかに―谷崎潤一郎最後の十二年　下」　講談社　2001.11　387p　15cm　（講談社文芸文庫）　1400円　Ⓘ4-06-198279-6

井伏 鱒二　いぶせ・ますじ

0731　「早稲田の森」
◇読売文学賞（第23回/昭和46年―随筆・紀行賞）
「井伏鱒二自選全集　第10巻」　新潮社　1986.7　403p　19cm　2300円　Ⓘ4-10-644610-3

井堀 利宏　いほり・としひろ

0732　「財政赤字の正しい考え方」
◇石橋湛山賞（第22回/平成13年）
「財政赤字の正しい考え方―政府の借金はなぜ問題なのか」　東洋経済新報社　2000.8　309p　21cm　1800円　Ⓘ4-492-62054-0

今 業平　いま・なりひら

0733　「暑い夏」
◇JTB旅行記賞（第1回/平成4年度）

今井 杏太郎　いまい・きょうたろう

0734　「海鳴り星」
◇俳人協会賞（第40回/平成12年）
「海鳴り星―句集」　花神社　2000.7　178p　20cm　（花神俳人選）　2700円　Ⓘ4-7602-1597-2

今井 恭平　いまい・きょうへい

0735　「死刑囚監房のジャーナリスト　ムミア・アブ・ジャマール」
◇週刊金曜日ルポルタージュ大賞（第6回/平成11年9月/ルポルタージュ大賞）

今井 金吾　いまい・きんご

0736　「半七は実在した―半七捕物帳江戸めぐり」
◇大衆文学研究賞（第4回/平成2年―研究・考証）
「半七は実在した―「半七捕物帳」江戸めぐり」　河出書房新社　1989.9　229p　19cm　1600円　Ⓘ4-309-22167-X
「「半七捕物帳」江戸めぐり―半七は実在した」　筑摩書房　1999.3　296p　15cm　（ちくま文庫）　720円　Ⓘ4-480-03459-5

今井 恵子　いまい・けいこ

0737　「求められる現代の言葉」
◇現代短歌評論賞（第26回/平成20年）

今井 聡　いまい・さとし

0738　「茶色い瞳」
◇「短歌現代」新人賞（第24回/平成21年）

今井 肖子　いまい・しょうこ
0739　「画展にて」
◇日本伝統俳句協会賞（第14回/平成15年/新人賞）

0740　「花一日（ひとひ）」
◇日本伝統俳句協会賞（第16回/平成16年度）

今井 誉次郎　いまい・たかじろう
0741　「農村社会科カリキュラムの実践」
◇毎日出版文化賞（第4回/昭和25年）

今井 千鶴子　いまい・ちずこ
0742　「過ぎゆく」
◇俳句四季大賞（第8回/平成20年）
「過ぎゆく―句集」　角川書店, 角川グループパブリッシング（発売）　2007.6　203p　20cm　2667円　①978-4-04-651805-7

今井 照容　いまい・てるまさ
0743　「三角寛『サンカ小説』の誕生」
◇尾崎秀樹記念・大衆文学研究賞（早乙女貢基金）（第25回/平成24年/大衆文学部門）
「三角寛「サンカ小説」の誕生」　現代書館　2011.10　415p　20cm　3200円　①978-4-7684-5658-3

今井 一　いまい・はじめ
0744　「チェシチ！―うねるポーランドへ」
◇ノンフィクション朝日ジャーナル大賞（第5回/平成1年）
「チェシチ―うねるポーランドへ」　朝日新聞社　1990.10　611p　19cm　2150円　①4-02-256123-8

今井 由子　いまい・ゆうこ
0745　「庭の世界」
◇日本随筆家協会賞（第48回/平成15年9月）
「桜の花の散る如く」　今井由子, 今井享 著　日本随筆家協会　2004.6　246, 88p　20cm（現代名随筆叢書 62）1500円　①4-88933-287-1

今泉 篤男　いまいずみ・あつお
0746　「日本の彫刻 全6巻」
◇毎日出版文化賞（第6回/昭和27年）

今泉 協子　いまいずみ・きょうこ
0747　「能登の月」
◇横浜詩人会賞（第25回/平成5年度）
「今泉協子詩集」　土曜美術社出版販売　2016.5　176p　19cm（新・日本現代詩文庫）1400円　①978-4-8120-2297-9

今岡 貴江　いまおか・たかえ
0748　「てのひら」
◇詩人会議新人賞（第40回/平成18年/詩部門/佳作）

今川 美幸　いまがわ・みゆき
0749　「基督の足」
◇北海道新聞短歌賞（第4回/平成1年）

0750　「少年そして」
◇野原水嶺賞（第1回/昭和60年）

今川 洋子　いまがわ・ようこ
0751　「ボタン」
◇北川冬彦賞（第5回/昭和45年）

今瀬 一博　いませ・かずひろ
0752　「誤差」
◇俳人協会新人賞（第37回/平成25年度）
「誤差―今瀬一博句集」　ふらんす堂　2013.9　190p　19cm（ふらんす堂精鋭俳叢書―Sé rie de la lune）2400円　①978-4-7814-0615-2

今瀬 剛一　いませ・ごういち
0753　「水戸」
◇俳人協会賞（第47回/平成19年度）
「水戸―句集」　本阿弥書店　2007.9　184p　20cm（本阿弥新俳句叢書）2900円　①978-4-7768-0376-8

今田 高俊　いまだ・たかとし
0754　「自己組織性」
◇サントリー学芸賞（第8回/昭和61年度―思想・歴史部門）
「自己組織性―社会理論の復活」　創文社

1986.4　314, 15p　22cm　3500円

今辻　和典　　いまつじ・かずのり

0755　「西夏文字」
◇地球賞（第24回／平成11年度）

0756　「鳥葬の子どもたち」
◇横浜詩人会賞（第2回／昭和44年度）

今西　幹一　　いまにし・かんいち

0757　「佐藤佐太郎短歌の研究」
◇日本歌人クラブ評論賞（第6回／平成20年）
「佐藤佐太郎短歌の研究―佐藤佐太郎と昭和期の短歌」　おうふう　2007.11　516p　22cm　8000円　①978-4-273-03471-9

今西　錦司　　いまにし・きんじ

0758　「高崎山のサル（日本動物記2）」
◇毎日出版文化賞（第9回／昭和30年）

今西　孝司　　いまにし・たかし

0759　「職人暮らし二題」
◇現代詩人アンソロジー賞（第7回／平成9年―優秀）

今橋　映子　　いまはし・えいこ

0760　「異都憧憬　日本人のパリ」
◇サントリー学芸賞（第16回／平成6年度―芸術・文学部門）
◇渋沢・クローデル賞（第11回／平成6年―日本側特別賞（ルイ・ヴィトンジャパン特別賞））
「異都憧憬　日本人のパリ」　柏書房　1993.11　1冊　21cm　（ポテンティア叢書　29）　4800円　①4-7601-1017-8
「異都憧憬　日本人のパリ」　平凡社　2001.2　607p　16cm　（平凡社ライブラリー）　1700円　①4-582-76382-0

今橋　眞知子　　いまはし・まちこ

0761　「大樹」
◇日本伝統俳句協会賞（第14回／平成15年／協会賞）

今橋　理子　　いまはし・りこ

0762　「秋田蘭画の近代　小田野直武「不忍池図」を読む」
◇和辻哲郎文化賞（第22回／平成21年度／一般部門）
「秋田蘭画の近代―小田野直武「不忍池図」を読む」　東京大学出版会　2009.4　359, 33p　22cm　6500円　①978-4-13-080212-3

0763　「江戸の花鳥画」
◇サントリー学芸賞（第17回／平成7年度―芸術・文学部門）
「江戸の花鳥画―博物学をめぐる文化とその表象」　第2版　スカイドア　1996.4　484p　22cm　6800円　①4-915879-24-0

今堀　和友　　いまほり・かずとも

0764　「生命と分子」
◇毎日出版文化賞（第22回／昭和43年）

今道　友信　　いまみち・とものぶ

0765　「美の存立と生成」
◇和辻哲郎文化賞（第19回／平成18年度／学術部門）
「美の存立と生成」　ピナケス出版　2006.7　373, 33p　22cm　（ピナケス学術叢書）　7600円　①4-903505-00-6

今宮　信吾　　いまみや・しんご

0766　「この場所で」
◇現代詩人アンソロジー賞（第6回／平成8年／優秀）

今村　恵子　　いまむら・けいこ

0767　「めろんぱん」
◇俳壇賞（第24回／平成21年度）

今村　妙子　　いまむら・たえこ

0768　「貝の砂」
◇俳壇賞（第13回／平成10年度）

今村　嘉孝　　いまむら・よしたか

0769　「無音」
◇福岡県詩人賞（第25回／平成1年）

今森　光彦　　いまもり・みつひこ

0770　「世界昆虫記」
◇毎日出版文化賞（第48回／平成6年）
「世界昆虫記」　福音館書店　1994.4　333p　31×23cm　4900円　①4-8340-0179-2

井村 愛美　いむら・めぐみ

0771　「貝色の電車」
◇現代詩加美未来賞（第12回/平成14年―落鮎塾あけぼのの賞）

0772　「川の子ども」
◇現代詩加美未来賞（第4回/平成6年―中新田若鮎賞）

0773　「放か後」
◇現代詩加美未来賞（第5回/平成7年―中新田あけぼのの賞）

0774　「ろくろ首の食事」
◇現代詩加美未来賞（第7回/平成9年―中新田若鮎賞）

伊与田 茂　いよだ・しげる

0775　「藤の花」
◇日本随筆家協会賞（第38回/平成10年11月）
「断層」　日本随筆家協会　1998.12　226p　19cm（現代名随筆叢書）1500円　④4-88933-226-X

伊与部 恭子　いよべ・きょうこ

0776　「来訪者」
◇日本詩人クラブ新人賞（第20回/平成22年）
「来訪者―詩集」　柴田三吉　2009　83p　21cm　1500円

伊良波 盛男　いらは・もりお

0777　「幻の巫島」
◇山之口貘賞（第2回/昭和54年）
「幻の巫島―詩集」　矢立出版　1980.10　137p　23cm　1800円

入江 隆則　いりえ・たかのり

0778　「幻想のかなたに」
◇亀井勝一郎賞（第4回/昭和47年）

入江 秀子　いりえ・ひでこ

0779　「この命、今果てるとも―ハンセン病『最後の闘い』に挑んだ90歳」
◇週刊金曜日ルポルタージュ大賞（第19回/平成20年/優秀賞）

入江 曜子　いりえ・ようこ

0780　「我が名はエリザベス」
◇新田次郎文学賞（第8回/平成1年）
「我が名はエリザベス―満洲国皇帝の妻の生涯」　筑摩書房　1988.8　403p　19cm　1800円　④4-480-80277-0
「我が名はエリザベス―満洲国皇帝の妻の生涯」　筑摩書房　2005.10　478p　15cm（ちくま文庫）880円　④4-480-42152-1

入沢 康夫　いりざわ・やすお

0781　「アルボラーダ」
◇詩歌文学館賞（第21回/平成18年/詩）
「アルボラーダ」　書肆山田　2005.8　105p　23cm　2600円　④4-87995-649-X

0782　「季節についての試論」
◇H氏賞（第16回/昭和41年）
「入沢康夫『詩』集成―1951・1994　上巻」　青土社　1996.12　576p　21cm　9270円　④4-7917-9117-7

0783　「死者たちの群がる風景」
◇高見順賞（第13回/昭和57年度）
「死者たちの群がる風景」　河出書房新社　1982.10　101p　23cm　4800円
「死者たちの群がる風景」　河出書房新社　1983.2　101p　22cm　2400円
「入沢康夫『詩』集成―1951・1994　下巻」　青土社　1996.12　621p　21cm　9270円　④4-7917-9118-5

0784　「漂ふ舟」
◇現代詩花椿賞（第12回/平成6年）
「漂ふ舟―わが地獄くだり」　思潮社　1994.6　79p　26cm　2800円　④4-7837-0525-9
「入沢康夫『詩』集成―1951・1994　下巻」　青土社　1996.12　621p　21cm　9270円　④4-7917-9118-5

0785　「遅い宴楽」
◇萩原朔太郎賞（第10回/平成14年）
「遅い宴楽」　書肆山田　2002.6　117p　22cm　2400円　④4-87995-545-0

0786　「水辺逆旅歌」（詩集）
◇藤村記念歴程賞（第26回/昭和63年）
「入沢康夫『詩』集成―1951・1994　下巻」　青土社　1996.12　621p　21cm　9270円　④4-7917-9118-5

入田 一慧　いりた・かずえ
　0787　「花郎」
　　◇栃木県現代詩人会賞（第39回）

入矢 義高　いりや・よしたか
　0788　「禅林画賛―中世水墨画を読む」
　　◇毎日出版文化賞（第42回/昭和63年―特別賞）
　　「禅林画賛―中世水墨画を読む」 毎日新聞社　1987.10　453,44p　31cm　22000円　④4-620-80205-0

色川 大吉　いろかわ・だいきち
　0789　「ある昭和史」
　　◇毎日出版文化賞（第29回/昭和50年）
　　「ある昭和史―自分史の試み」　改版　中央公論新社　2010.12　389p　16cm（中公文庫　い41-3）857円　④978-4-12-205420-2
　　※初版：中央公論社1978年刊

岩井 礼子　いわい・あやこ
　0790　「冬の果樹園」
　　◇中日詩賞（第34回/平成6年―次賞）
　　「冬の果樹園―岩井礼子詩集」 書肆青樹社　1994.3　111p　22cm　2000円

岩井 克人　いわい・かつひと
　0791　「会社はこれからどうなるのか」
　　◇小林秀雄賞（第2回/平成15年）
　　「会社はこれからどうなるのか」 平凡社　2003.2　341p　20cm　1600円　④4-582-82977-5
　　「会社はこれからどうなるのか」 平凡社　2009.9　373p　16cm（平凡社ライブラリー）950円　④978-4-582-76677-6
　0792　「貨幣論」
　　◇サントリー学芸賞（第15回/平成5年度―政治・経済部門）
　　「貨幣論」　筑摩書房　1993.3　224,7p　19cm　1800円　④4-480-85636-6
　　「貨幣論」　筑摩書房　1998.3　237,8p　15cm（ちくま学芸文庫）840円　④4-480-08411-8

岩井 兼一　いわい・けんいち
　0793　「癒しの可能性―キリスト教と短歌」
　　◇現代短歌評論賞（第14回/平成8年/優秀賞）
　0794　「再燃する短歌滅亡論―短歌における日本語と外来語」
　　◇現代短歌評論賞（第15回/平成9年/優秀賞）
　0795　「短歌と病」
　　◇現代短歌評論賞（第16回/平成10年）

岩井 謙一　いわい・けんいち
　0796　「光弾」
　　◇現代歌人協会賞（第46回/平成14年）

岩泉 晶夫　いわいずみ・あきお
　0797　「遠い馬」
　　◇晩翠賞（第10回/昭和44年）

岩上 安身　いわかみ・やすみ
　0798　「あらかじめ裏切られた革命」
　　◇講談社ノンフィクション賞（第18回/平成8年）
　　「あらかじめ裏切られた革命」　講談社　1996.6　655p　19cm　4000円　④4-06-205076-5
　　「あらかじめ裏切られた革命」　講談社　2000.10　862p　15cm（講談社文庫）1429円　④4-06-264986-1

岩川 隆　いわかわ・たかし
　0799　「孤島の土となるとも―BC級戦犯裁判」
　　◇講談社ノンフィクション賞（第17回/平成7年）
　　「孤島の土となるとも―BC級戦犯裁判」　講談社　1995.6　830p　19cm　3500円　④4-06-207491-5

岩木 誠一郎　いわき・せいいちろう
　0800　「あなたが迷いこんでゆく街」
　　◇北海道詩人協会賞（第42回/平成17年度）
　　「あなたが迷いこんでゆく街」　ミッドナイト・プレス　2004.12　77p　21cm　1500円　④4-434-05560-7

岩城 伸子　いわき・のぶこ
　0801　「それも気のせいでありますように」
　　◇フーコー短歌賞（第3回/平成12年/大

賞）
「それも気のせいでありますように」 フーコー 2002.3 1冊（ページ付なし） 19cm 1400円 ④4-434-01822-1

岩城 宏之　いわき・ひろゆき
0802　「フィルハーモニーの風景」
◇日本エッセイスト・クラブ賞（第39回/平成3年）
「フィルハーモニーの風景」 岩波書店 2008.6 212p 18cm （岩波新書） 700円 ④4-00-430135-1

岩城 由榮　いわき・よしえ
0803　「きよき みたまよ―唱歌『ふるさと』『おぼろ月夜』の作曲者岡野貞一の生涯」
◇北海道ノンフィクション賞（第30回/平成22年―佳作）

岩倉 さやか　いわくら・さやか
0804　「俳諧のこころ 支考「虚実」論を読む」
◇柿衞賞（第13回/平成16年）
「俳諧のこころ―支考「虚実」論を読む」 ぺりかん社 2003.8 238p 20×14cm 2800円 ④4-8315-1051-3

岩佐 壯四郎　いわさ・そうしろう
0805　「抱月のベル・エポック」
◇サントリー学芸賞（第20回/平成10年度―芸術・文学部門）
「抱月のベル・エポック―明治文学者と新世紀ヨーロッパ」 大修館書店 1998.5 330p 21cm 3200円 ④4-469-22139-2

岩佐 なを　いわさ・なお
0806　「海町」
◇富田砕花賞（第24回/平成25年）
「海町」 思潮社 2013.5 123p 22cm 2400円 ④978-4-7837-3352-2
0807　「水域から」
◇年刊現代詩集新人賞（第3回/昭和57年―奨励賞）
0808　「霊岸」
◇H氏賞（第45回/平成7年）
「霊岸」 思潮社 1994.9 123p 22cm 2600円 ④4-7837-0532-1

「岩佐なを詩集」 思潮社 2005.7 158p 19cm （現代詩文庫）1165円 ④4-7837-0953-X

岩佐 美代子　いわさ・みよこ
0809　「光厳院御集全釈」
◇読売文学賞（第52回/平成12年―研究・翻訳賞）
「光厳院御集全釈」 風間書房 2000.11 209p 21cm （私家集全釈叢書 27） 6800円 ④4-7599-1227-4

岩崎 明　いわさき・あきら
0810　「一本のピン」
◇詩人会議新人賞（第43回/平成21年/詩部門/佳作）

岩崎 太郎　いわさき・たろう
0811　「眠れぬ夜」
◇日本随筆家協会賞（第7回/昭和58.5）

岩崎 徹　いわさき・とおる
0812　「馬産地80話 日高から見た日本競馬」
◇JRA賞馬事文化賞（第20回/平成18年度）
「馬産地80話―日高から見た日本競馬」 北海道大学出版会 2005.11 258p 19cm 1800円 ④4-8329-3371-X

岩崎 まさえ　いわさき・まさえ
0813　「笹の葉」
◇奥の細道文学賞（第6回/平成20年―優秀賞）

岩下 明裕　いわした・あきひろ
0814　「北方領土問題 4でも0でも、2でもなく」
◇大佛次郎論壇賞（第6回/平成18年）
「北方領土問題―4でも0でも、2でもなく」 中央公論新社 2005.12 264p 18cm （中公新書） 840円 ④4-12-101825-7

岩下 夏　いわした・なつ
0815　「さまよい雀」
◇栃木県現代詩人会賞（第38回）

岩下 尚史　いわした・ひさふみ
0816　「芸者論 神々に扮することを忘れた日本人」
◇和辻哲郎文化賞（第20回/平成19年度/一般部門）
「芸者論—神々に扮することを忘れた日本人」　雄山閣　2006.10　267p　20cm　2800円　Ⓘ4-639-01952-1
「芸者論—神々に扮することを忘れた日本人」改訂版　雄山閣　2008.5　267p　20cm　2800円　Ⓘ978-4-639-02046-2

岩瀬 達哉　いわせ・たつや
0817　「年金大崩壊」
◇講談社ノンフィクション賞（第26回/平成16年）
「年金大崩壊」　講談社　2003.9　249, 3p　20cm　1600円　Ⓘ4-06-211797-5
「完全版 年金大崩壊」　講談社　2007.12　357p　15cm（講談社文庫）590円　Ⓘ978-4-06-275910-6
0818　「年金の悲劇—老後の安心はなぜ消えたか」
◇講談社ノンフィクション賞（第26回/平成16年）
「年金の悲劇—老後の安心はなぜ消えたか」　講談社　2004.4　235p　20cm　1500円　Ⓘ4-06-212408-4

岩瀬 正雄　いわせ・まさお
0819　「炎天の楽器」
◇中部日本詩人賞（第3回/昭和29年）
0820　「空」
◇現代詩人賞（第18回/平成12年）
「空—岩瀬正雄詩集」　須永書房　1999.10　78p　22cm　2500円
0821　「わが罪 わが謝罪」
◇地球賞（第17回/平成4年度）
「わが罪わが謝罪」　須永書房　1992.4　100p　22cm　2500円

岩田 久二雄　いわた・くにお
0822　「ハチの生活」
◇毎日出版文化賞（第28回/昭和49年）

岩田 慶治　いわた・けいじ
0823　「民族探検の旅・第2集東南アジア」
◇毎日出版文化賞（第31回/昭和52年）

岩田 正　いわた・ただし
0824　「泡も一途」
◇迢空賞（第40回/平成18年）
「泡も一途—歌集」　角川書店　2005.12　210p　20cm（角川短歌叢書）2571円　Ⓘ4-04-621702-2
0825　「岩田正全歌集」
◇現代短歌大賞（第34回/平成23年）
「岩田正全歌集」　砂子屋書房　2011.6　764p　23cm　10000円　Ⓘ978-4-7904-1323-3
0826　「歌の蘇生」
◇「短歌」愛読者賞（第1回/昭和49年—評論部門）
0827　「和韻」
◇日本歌人クラブ賞（第28回/平成13年）
「和韻—岩田正歌集」　短歌研究社　2000.1　179p　20cm（続かりん百番 no.50）2500円　Ⓘ4-88551-486-X
「岩田正全歌集」　砂子屋書房　2011.6　764p　23cm　10000円　Ⓘ978-4-7904-1323-3

いわた としこ
0828　「水の位置」
◇伊東静雄賞（第25回/平成26年度—部門 奨励賞）

岩田 秀夫　いわた・ひでお
0829　「熊啄木鳥」
◇日本詩歌句大賞（第8回/平成24年度/特別賞）
「熊啄木鳥—句集」　東京四季出版　2011.8　185p　20cm（現代俳句作家シリーズ—新樹集 4）2700円　Ⓘ978-4-8129-0645-3

岩田 宏　いわた・ひろし
0830　「岩田宏全詩集」
◇藤村記念歴程賞（第5回/昭和42年）

岩田 誠　いわた・まこと
0831　「見る脳・描く脳—絵画のニューロサイエンス」
◇毎日出版文化賞（第52回/平成10年—

第3部門（自然科学））
「見る脳・描く脳―絵画のニューロサイエンス」　東京大学出版会　1997.10　190,6p　21cm　2600円　①4-13-063314-7

岩田 由美　いわた・ゆみ

0832　「怪我の子」
◇角川俳句賞（第35回/平成1年）

0833　「花束」
◇俳人協会新人賞（第34回/平成22年度）
「花束―岩田由美句集」　ふらんす堂　2010.7　205p　19cm（ふらんす堂精鋭俳句叢書/藍生文庫 36―Serie de la neige）2400円　①978-4-7814-0259-8

岩月 悟　いわつき・さとる

0834　「《無限》の地平の《彼方》へ～チェーホフのリアリズム」
◇群像新人文学賞〔評論部門〕（第50回/平成19年―評論優秀作）

岩手日報社報道部　いわてにっぽうしゃほうどうぶ

0835　「老人」
◇新評賞（第2回/昭和47年―第2部門＝老人と社会（正賞））

岩永 佐保　いわなが・さお

0836　「生きもの燦と」
◇俳句研究賞（第13回/平成10年）

岩辺 進　いわなべ・すすむ

0837　「危険な下り坂」
◇中日詩賞（第47回/平成19年―新人賞）
「危険な下り坂」　書肆山田　2006.9　75p　20×16cm　2200円　①4-87995-685-6

岩成 達也　いわなり・たつや

0838　「中型製氷器についての連続するメモ」
◇藤村記念歴程賞（第19回/昭和56年）

0839　「フレベヴリイ・ヒツポポウタムスの唄」
◇高見順賞（第20回/平成1年度）
「フレベヴリイ・ヒツポポウタムスの唄」

思潮社　1989.10　106p　23cm　2400円　①4-7837-0287-X

0840　「みどり、その日々を過ぎて。」
◇現代詩花椿賞（第27回/平成21年）
「みどり、その日々を過ぎて。」　書肆山田　2009.8　112p　23cm　2500円　①978-4-87995-771-9

岩橋 邦枝　いわはし・くにえ

0841　「評伝 野上彌生子―迷路を抜けて森へ」
◇蓮如賞（第13回/平成25年）
「評伝 野上彌生子―迷路を抜けて森へ」　新潮社　2011.9　215p　20cm　1800円　①978-4-10-357203-9

0842　「評伝 長谷川時雨」
◇新田次郎文学賞（第13回/平成6年）
「評伝 長谷川時雨」　筑摩書房　1993.9　300p　19cm　2200円　①4-480-82306-9
「評伝 長谷川時雨」　講談社　1999.11　365p　15cm（講談社文芸文庫）1300円　①4-06-197687-7

岩淵 一也　いわぶち・かずや

0843　「開花期」
◇〔新潟〕日報詩壇賞（第28回/昭和58年春）

0844　「不在」
◇〔新潟〕日報詩壇賞（第24回/昭和56年春）

岩淵 喜代子　いわぶち・きよこ

0845　「二冊の「鹿火屋」―原石鼎の憧憬」
◇俳人協会評論賞（第29回/平成26年度）
「二冊の「鹿火屋」―原石鼎の憧憬」　邑書林　2014.10　291p　19cm　2800円　①978-4-89709-769-5

0846　「螢袋に灯をともす」
◇俳句四季大賞（第1回/平成13年）
「螢袋に灯をともす一句集」　ふらんす堂　2000.3　185p　20cm　2600円　①4-89402-353-9

岩渕 欽哉　いわぶち・きんや

0847　「サバイバルゲーム」
◇小熊秀雄賞（第20回/昭和62年）

岩淵 恵　いわぶち・めぐみ
0848　「飛ぶ病院」
◇フーコー・エッセイコンテスト（第1回/平成9年/入選）
「あの人へ伝えたい」　フーコー編集部編　フーコー, 星雲社〔発売〕　1999.7　136p　19cm（フーコー「エッセイ」傑作選1）　1300円　Ⓘ4-7952-8743-0

岩本 松平　いわもと・しょうへい
0849　「百日紅」
◇渋沢秀雄賞（第1回/昭和51年）

岩本 紀子　いわもと・のりこ
0850　「母の黒髪」
◇日本随筆家協会賞（第30回/平成6年11月）
「宝のひょうたん」　日本随筆家協会　1995.5　228p　19cm（現代随筆選書153）　1600円　Ⓘ4-88933-181-6

岩森 道子　いわもり・みちこ
0851　「抱卵」
◇読売「ヒューマン・ドキュメンタリー」大賞（第15回/平成6年/入選）
「翼をもがれた天使たち」　佐藤尚爾, 佐藤栄子, 田辺郁, 岩森道子, 小島淑子, 矢吹正信著　読売新聞社　1995.2　301p　19cm　1300円　Ⓘ4-643-95004-8

巌谷 大四　いわや・だいし
0852　「明治文壇外史」
◇大衆文学研究賞（第5回/平成3年―評論・伝記）
「物語 明治文壇外史」　新人物往来社　1990.10　257p　19cm　2300円

【う】

ヴァンドゥワラ, ウィリー・F.
0853　「日本史―侍からソフト・パワーへ」
◇山片蟠桃賞（第25回/平成26年度）

宇井 純　うい・じゅん
0854　「公開自主講座・公害原論第2学期 全4巻」
◇毎日出版文化賞（第27回/昭和48年）

宇井 十間　うい・とげん
0855　「千年紀」
◇現代俳句新人賞（第27回/平成21年）
0856　「不可知について―純粋俳句論と現代」
◇現代俳句評論賞（第26回/平成18年）

ヴィークグレン, ダーヴィッド
0857　「これからの文化人類学研究のために」
◇加美現代詩集大賞（第3回/平成15年―スウェーデン現代詩詩集加美大賞）

植木 正三　うえき・しょうぞう
0858　「草地」
◇日本歌人クラブ賞（第7回/昭和55年）

植木 雅俊　うえき・まさとし
0859　「梵漢和対照・現代語訳 法華経」（上・下）
◇毎日出版文化賞（第62回/平成20年―企画部門）
「梵漢和対照・現代語訳 法華経　上」　岩波書店　2008.3　612p　21cm　5200円　Ⓘ978-4-00-024762-7
「梵漢和対照・現代語訳 法華経　下」　岩波書店　2008.3　647p　21cm　5200円　Ⓘ978-4-00-024763-4
「維摩経―梵漢和対照・現代語訳」　岩波書店　2011.8　676p　21cm　5500円　Ⓘ978-4-00-025413-7

植草 一秀　うえくさ・かずひで
0860　「現代日本経済政策論」
◇石橋湛山賞（第23回/平成14年）
「現代日本経済政策論」　岩波書店　2001.9　330p　19cm（シリーズ現代の経済）　2500円　Ⓘ4-00-026268-8

上坂 高生　うえさか・たかお
0861　「あかりのない夜」

上島 清子　うえしま・きよこ

0862　「春ごと」
◇深吉野賞（第2回/平成6年）
「春ごと―上島清子句集」　ふらんす堂　1995.9　187p　20cm　2400円

植嶋 由衣　うえしま・ゆい

0863　「いちご薄書」
◇読売「ヒューマン・ドキュメンタリー」大賞（第20回/平成11年）
「いちご薄書」　読売新聞社　2000.2　278p　20cm　1300円　①4-643-00002-3

うえじょう 晶　うえじょう・あきら

0864　「記憶の切り岸」
◇詩人会議新人賞（第48回/平成26年/詩部門/佳作）

上江洲 安克　うえず・やすかつ

0865　「うりずん戦記」
◇山之口貘賞（第32回/平成21年度）
「うりずん戦記」　琉球新報社　2008.12　151p　22cm　1200円　①978-4-89742-098-1

上田 篤　うえだ・あつし

0866　「日本人とすまい」
◇日本エッセイスト・クラブ賞（第22回/昭和49年）

0867　「流民の都市とすまい」
◇毎日出版文化賞（第39回/昭和60年）
「流民の都市とすまい」　鬟々堂出版　1985.3　483p　22cm　3500円　①4-397-50183-1

植田 和男　うえだ・かずお

0868　「国際マクロ経済学と日本経済」
◇サントリー学芸賞（第5回/昭和58年度―政治・経済部門）
「国際マクロ経済学と日本経済―開放経済体系の理論と実証」　東洋経済新報社　1983.6　214p　22cm　4500円

上田 謙二　うえだ・けんじ

0869　「父の涙」
◇日本随筆家協会賞（第17回/昭和63.5）
「父の涙」　日本随筆家協会　1989.1　260p　19cm（現代随筆選書 88）1500円　①4-88933-108-5

上田 五千石　うえだ・ごせんごく

0870　「田園」
◇俳人協会賞（第8回/昭和43年度）
「上田五千石」　花神社　1998.9　164p　19cm（花神コレクション「俳句」）2000円　①4-7602-9045-1
「上田五千石句集」　上田五千石著, 宗田安正編　芸林書房　2002.4　128p　15cm（芸林21世紀文庫）1000円　①4-7681-6206-1
「上田五千石全句集」　富士見書房　2003.9　398p　19cm　5000円　①4-8291-7542-7

植田 昭一　うえだ・しょういち

0871　「蝸牛の詩―ある障害児教育の実践」
◇潮賞（第2回/昭和58年―ノンフィクション）
「蝸牛の詩」　潮出版社　1983.11　222p　20cm　980円

上田 日差子　うえだ・ひざし

0872　「和音」
◇俳人協会新人賞（第34回/平成22年度）
「和音―上田日差子句集」　角川書店, 角川グループパブリッシング〔発売〕　2010.9　153p　20cm（角川21世紀俳句叢書）2667円　①978-4-04-652215-3

上田 文子　うえだ・ふみこ

0873　「紅茶を飲んだら」
◇詩人会議新人賞（第36回/平成14年/詩/佳作）

上田 正昭　うえだ・まさあき

0874　「日本神話」
◇毎日出版文化賞（第24回/昭和45年）
「上田正昭著作集　4　日本神話論」　角川書店　1999.3　480, 18p　21cm　8800円

上田　操　　うえだ・みさお

0875　「直面」
◇俳人協会新人賞（第9回/昭和60年度）

上田　三四二　　うえだ・みよじ

0876　「異質への情熱」
◇現代短歌評論賞（第1回/昭和29年）

0877　「この世この生」
◇読売文学賞（第36回/昭和59年―評論・伝記賞）
「この世この生―西行・良寛・明恵・道元」新潮社　1984.9　179p　20cm　1200円　①4-10-354601-8
「この世 この生―西行・良寛・明恵・道元」新潮社　1996.6　206p　15cm（新潮文庫）360円　①4-10-146211-9

0878　「佐渡玄冬」
◇短歌研究賞（第6回/昭和43年）

0879　「島木赤彦」
◇「短歌」愛読者賞（第5回/昭和53年―評論・エッセイ部門）
「島木赤彦」角川書店　1986.7　411p　19cm　2600円　①4-04-884068-1

0880　「眩暈を鎮めるもの」
◇亀井勝一郎賞（第7回）
「眩暈を鎮めるもの」講談社　1990.1　265p　15cm（講談社学術文庫）700円　①4-06-158909-1

0881　「遊行」
◇日本歌人クラブ賞（第10回/昭和58年）
「遊行―歌集」短歌研究社　1982.7　228p　20cm　2500円

0882　「湧井（わくい）」
◇迢空賞（第9回）
「昭和文学全集35」小学館　1990
「上田三四二全歌集」短歌研究社　1990.7　501p　23cm　9800円　①4-924363-30-8
「現代短歌全集　第16巻　昭和四十六年～五十四年」塚本邦雄ほか著　増補版　筑摩書房　2002.9　475p　21cm　6800円　①4-480-13836-6

①4-04-522804-7
「日本神話」新版　角川学芸出版, 角川グループパブリッシング〔発売〕2010.7　253p　15cm（角川ソフィア文庫）781円　①978-4-04-409424-9

植田　恭代　　うえた・やすよ

0883　「源氏物語の宮廷文化　後宮・雅楽・物語世界」
◇第2次関根賞（第5回・通算17回/平成22年度）
「源氏物語の宮廷文化―後宮・雅楽・物語世界」笠間書院　2009.2　445, 18p　22cm　13000円　①978-4-305-70459-7

上野　和昭　　うえの・かずあき

0884　「平曲譜本による近世京都アクセントの史的研究」
◇新村出賞（第30回/平成23年度）
「平曲譜本による近世京都アクセントの史的研究」早稲田大学出版部　2011.3　549p　22cm（早稲田大学学術叢書15）9800円　①978-4-657-11707-6

上野　邦彦　　うえの・くにひこ

0885　「虜囚」
◇詩人会議新人賞（第9回/昭和50年）

上野　修嗣　　うえの・しゅうじ

0886　「スリーパー」
◇フーコー・エッセイコンテスト（第1回/平成9年/入選）
「あの人へ伝えたい」フーコー編集部編　フーコー, 星雲社〔発売〕1999.7　136p　19cm（フーコー「エッセイ」傑作選1）1300円　①4-7952-8743-0

上野　健夫　　うえの・たけお

0887　「農婦・母」
◇現代詩加美未来賞（第16回/平成18年度―加美ロータリー賞）

上野　千鶴子　　うえの・ちづこ

0888　「近代家族の成立と終焉」
◇サントリー学芸賞（第16回/平成6年度―社会・風俗部門）
「近代家族の成立と終焉」岩波書店　1994.3　346, 5p　19cm　2200円　①4-00-002742-5

上野　照夫　　うえの・てるお

0889　「インドの美術」
◇毎日出版文化賞（第18回/昭和39年）

上野 創　うえの・はじめ

0890　「がんと向き合って」
◇日本エッセイスト・クラブ賞（第51回/平成15年）
「がんと向き合って」　晶文社　2002.7　222p　20cm　1400円　①4-7949-6536-2
「がんと向き合って」　朝日新聞社　2007.4　245p　15cm（朝日文庫）　500円　①978-4-02-261524-4

上野 誠　うえの・まこと

0891　「魂の古代学―問いつづける折口信夫」
◇角川財団学芸賞（第7回/平成21年）
「魂の古代学―問いつづける折口信夫」　新潮社　2008.8　285p　20cm（新潮選書）　1200円　①978-4-10-603614-9

上野 道雄　うえの・みちお

0892　「冬の実」
◇日本随筆家協会賞（第51回/平成17年2月）
「冬の実」　日本随筆家協会　2005.9　222p　20cm（現代名随筆叢書 72）　1500円　①4-88933-299-5

植林 真由　うえばやし・まゆ

0893　「あなたなら大丈夫」
◇フーコー・エッセイコンテスト（第1回/平成9年/入選）

上原 和　うえはら・かず

0894　「斑鳩の白い道のうえに―聖徳太子論」
◇亀井勝一郎賞（第7回/昭和50年）
「斑鳩の白い道のうえに」　朝日新聞社　1984.11　372p　15cm（朝日文庫）　480円　①4-02-260297-X
「斑鳩の白い道のうえに―聖徳太子論」　講談社　1992.5　374p　15cm（講談社学術文庫）　1000円　①4-06-159023-5

上原 紀善　うえはら・きぜん

0895　「サンサンサン」（自費出版）
◇山之口貘賞（第15回/平成4年）
「サンサンサン―詩集」　上原恵子　1992.4　152p　21cm　1000円

上原 専禄　うえはら・せんろく

0896　「歴史的省察の新対象」
◇毎日出版文化賞（第2回/昭和23年）
「新版 歴史的省察の新対象」　上原専禄著,上原弘江編　評論社　1990.4　237p　21cm（上原専禄著作集 15）　3900円　①4-566-05034-3

上原 善広　うえはら・よしひろ

0897　「日本の路地を旅する」
◇大宅壮一ノンフィクション賞（第41回/平成22年）
「日本の路地を旅する」　文藝春秋　2009.12　327p　20cm　1600円　①978-4-16-372070-8
「日本の路地を旅する」　文藝春秋　2012.6　383p　16cm（文春文庫 う29-1）　667円　①978-4-16-780196-0

上間 啓子　うえま・けいこ

0898　「大きなマル」
◇大石りくエッセー賞（第2回/平成11年―特別賞）

上前 淳一郎　うえまえ・じゅんいちろう

0899　「太平洋の生還者」
◇日本ノンフィクション賞（第3回/昭和51年）
◇大宅壮一ノンフィクション賞（第8回/昭和52年）
「太平洋の生還者」　文芸春秋　1980.8　318p　16cm（文春文庫）　360円

植松 寿樹　うえまつ・ひさき

0900　「白玉の木」
◇日本歌人クラブ推薦歌集（第11回/昭和40年）

植松 三十里　うえまつ・みどり

0901　「群青―日本海軍の礎を築いた男」
◇新田次郎文学賞（第28回/平成21年）
「群青―日本海軍の礎を築いた男」　文藝春秋　2008.5　362p　19cm　1524円　①978-4-16-326810-1
「群青―日本海軍の礎を築いた男」　文藝春秋　2010.12　425p　15cm（文春文庫）　743円　①978-4-16-780113-7

上村 和子　うえむら・かずこ

0902　「やっちゃんと お蚕さん」
◇フーコー・エッセイコンテスト（第1回/平成9年/大賞）
「あの人へ伝えたい」　フーコー編集部編　フーコー，星雲社〔発売〕　1999.7　136p　19cm（フーコー「エッセイ」傑作選1）　1300円　④4-7952-8743-0

上村 佳与　うえむら・かよ

0903　「春の潮」
◇俳句朝日賞（第4回/平成14年/準賞）

上村 希美雄　うえむら・きみお

0904　「宮崎兄弟伝 日本篇 全2巻」
◇毎日出版文化賞（第38回/昭和59年）
「宮崎兄弟伝　日本篇 上」　葦書房　1984.2　448p　20cm　3500円
「宮崎兄弟伝　日本篇 下」　葦書房　1984.6　392p　20cm　3300円

植村 恒一郎　うえむら・つねいちろう

0905　「時間の本性」
◇和辻哲郎文化賞（第15回/平成14年度/学術部門）
「時間の本性」　勁草書房　2002.1　244p　20cm　2700円　①4-326-15359-8

植村 鞆音　うえむら・ともね

0906　「直木三十五伝」
◇尾崎秀樹記念・大衆文学研究賞（第19回/平成18年/評論・伝記部門）
「直木三十五伝」　文藝春秋　2005.6　273p　20cm　1714円　①4-16-367150-1
「直木三十五伝」　文藝春秋　2008.6　324p　16cm（文春文庫）　619円　①978-4-16-771786-5

0907　「歴史の教師 植村清二」
◇日本エッセイスト・クラブ賞（第55回/平成19年）
「歴史の教師植村清二」　中央公論新社　2007.2　197p　20cm　1800円　①978-4-12-003811-2

上村 典子　うえむら・のりこ

0908　「貝母 上村典子歌集」
◇ながらみ書房出版賞（第14回/平成18年）
「貝母―上村典子歌集」　ながらみ書房　2005.8　154p　22cm（音叢書）　2500円　①4-86023-345-X

上山 しげ子　うえやま・しげこ

0909　「角を曲がるとき」
◇福岡県詩人賞（第20回/昭和59年）

上山 隆大　うえやま・たかひろ

0910　「アカデミック・キャピタリズムを超えて―アメリカの大学と科学研究の現在」
◇読売・吉野作造賞（第12回/平成23年）
「アカデミック・キャピタリズムを超えて―アメリカの大学と科学研究の現在」　NTT出版　2010.7　331, 54p　20cm　3200円　①978-4-7571-4246-6

上山 安敏　うえやま・やすとし

0911　「フロイトとユング」
◇和辻哲郎文化賞（第2回/平成1年―学術部門）
「フロイトとユング―精神分析運動とヨーロッパ知識社会」　岩波書店　1989.8　534, 33p　19cm　3800円　①4-00-002012-9
「フロイトとユング―精神分析運動とヨーロッパ知識社会」　岩波書店　2007.11　534, 33p　19cm（岩波モダンクラシックス）　4400円　①978-4-00-027150-9
「フロイトとユング―精神分析運動とヨーロッパ知識社会」　岩波書店　2014.9　492, 35p　15cm（岩波現代文庫―学術 316）　1600円　①978-4-00-600316-6

ウォーカー, ガブリエル

0912　「スノーボール・アース」
◇毎日出版文化賞（第58回/平成16年―第3部門（自然科学））
「スノーボール・アース―生命大進化をもたらした全地球凍結」　ガブリエル・ウォーカー著，川上紳一監修，渡会圭子訳　早川書房　2004.2　293p　19cm　1900円　①4-15-208550-9
「スノーボール・アース―生命大進化をもたらした全地球凍結」　ガブリエル・ウォーカー著，川上紳一監修，渡会圭子訳　早川書房　2011.10　365p　15cm（ハヤカワ・ノンフィクション文庫）　800円　①978-4-15-050375-8

魚住 昭　うおずみ・あきら
0913　「野中広務 差別と権力」
◇講談社ノンフィクション賞（第26回／平成16年）
「野中広務 差別と権力」　講談社　2004.6　361p　20cm　1800円　ⓘ4-06-212344-4
「野中広務 差別と権力」　講談社　2006.5　435p　15cm　（講談社文庫）695円　ⓘ4-06-275390-1

魚村 晋太郎　うおむら・しんたろう
0914　「銀耳」
◇現代歌人集会賞（第30回／平成16年度）
「銀耳―歌集」　砂子屋書房　2003.11　202p　20cm　3000円　ⓘ4-7904-0754-3

鵜飼 康東　うかい・やすはる
0915　「テクノクラットのなかに」
◇角川短歌賞（第20回／昭和49年）

宇喜田 けい　うきた・けい
0916　「いつか、やってくる日…。」
◇報知ドキュメント大賞（第2回／平成10年）

宇佐美 英治　うさみ・えいじ
0917　「雲と天人」（随筆集）
◇藤村記念歴程賞（第20回／昭和57年）
「雲と天人」　宇佐見英治著　岩波書店　1981.10　229p　20cm　1800円

宇佐美 孝二　うさみ・こうじ
0918　「浮かぶ箱」
◇中日詩賞（第38回／平成10年）
「浮かぶ箱―詩集」　人間社　1997.12　111p　21cm　2000円　ⓘ4-931388-05-1

宇佐美 幸　うさみ・さち
0919　「栗の実」
◇日本詩歌句大賞（第8回／平成24年度／短歌部門／奨励賞）
「栗の実―歌集」　宇佐見幸著　角川書店　2011.12　209p　20cm　（花實叢書 第144篇）　ⓘ978-4-04-652499-7

宇佐美 承　うさみ・しょう
0920　「さよなら日本」

◇大宅壮一ノンフィクション賞（第13回／昭和57年）
「さよなら日本―絵本作家・八島太郎と光子の亡命」　晶文社　1982.3　321p　20cm　ⓘ4-7949-5937-0

宇佐美 斉　うさみ・ひとし
0921　「落日論」
◇和辻哲郎文化賞（第2回／平成1年―一般部門）
「落日論」　筑摩書房　1989.6　259p　19cm　1850円　ⓘ4-480-82268-2

鵜沢 覚　うざわ・さとる
0922　「ガラス, 砂」
◇時間賞（第1回／昭和29年―作品賞）

宇沢 弘文　うざわ・ひろふみ
0923　「自動車の社会的費用」
◇毎日出版文化賞（第28回／昭和49年）

宇敷 香津美　うしき・かずみ
0924　「地域のための『お産学』 長野県のすてきなお産をめざして」
◇週刊金曜日ルポルタージュ大賞（第17回／平成18年／佳作）

牛島 敦子　うしじま・あつこ
0925　「湖畔」
◇現代詩加美未来賞（第5回／平成7年―落鮎塾若鮎賞）
0926　「無題」
◇現代詩加美未来賞（第8回／平成10年―落鮎塾あけぼの賞）

牛村 圭　うしむら・けい
0927　「『文明の裁き』をこえて」
◇山本七平賞（第10回／平成13年）
「『文明の裁き』をこえて―対日戦犯裁判読解の試み」　中央公論新社　2001.1　382p　20cm　（中公叢書）1900円　ⓘ4-12-003097-0

碓井 昭雄　うすい・あきお
0928　「司馬遼太郎とエロス」
◇尾崎秀樹記念・大衆文学研究賞（第23回／平成22年／研究・考証部門）
「司馬遼太郎とエロス―好色物語の構造

白順社　2009.6　287p　19cm　1900円
Ⓘ978-4-8344-0105-9

薄井 灌　うすい・かん
0929　「鶺鴒一冊」
◇現代詩新人賞（平成18年/詩部門/奨励賞）
「千/渇へ」　思潮社　2008.1　19×26cm　2800円　Ⓘ978-4-7837-3035-4

臼井 吉見　うすい・よしみ
0930　「明治文学全集 全99巻」
◇毎日出版文化賞（第37回/昭和58年―特別賞）

薄上 才子　うすがみ・さいこ
0931　「日溜りの場所」
◇福島県短歌賞（第13回/昭和63年度）

宇宿 一成　うすき・かずなり
0932　「固い薔薇」
◇壺井繁治賞（第38回/平成22年）
「固い薔薇―詩集」　土曜美術社出版販売　2009.11　126p　21cm　2000円　Ⓘ978-4-8120-1756-2
0933　「若い看護婦の肖像」
◇詩人会議新人賞（第36回/平成14年/詩）

宇多 喜代子　うだ・きよこ
0934　「記憶」
◇詩歌文学館賞（第27回/平成24年/俳句）
「記憶―宇多喜代子句集」　角川学芸出版,角川グループパブリッシング〔発売〕　2011.5　121p　19cm　1500円　Ⓘ978-4-04-652466-9
0935　「象」
◇蛇笏賞（第35回/平成13年）
「象―宇多喜代子句集」　角川書店　2000.7　167p　20cm（今日の俳句叢書 11）　2718円
「象―句集」　新装版　ふらんす堂　2002.6　167p　19cm　2200円　Ⓘ4-89402-481-0
「宇多喜代子俳句集成」　KADOKAWA　2014.8　302p　19cm　7000円　Ⓘ978-4-04-652861-2

内川 吉男　うちかわ・よしお
0936　「メルカトル図法」
◇晩翠賞（第28回/昭和62年）
「メルカトル図法―詩集」　火山弾の会　1986.12　128p　23cm　2000円

内川 芳美　うちかわ・よしみ
0937　「現代史資料 全45巻」
◇毎日出版文化賞（第31回/昭和52年―特別賞）

内澤 旬子　うちざわ・じゅんこ
0938　「身体のいいなり」
◇講談社エッセイ賞（第27回/平成23年）
「身体のいいなり」　朝日新聞出版　2010.12　215p　20cm　1300円　Ⓘ978-4-02-250819-5
「身体のいいなり」　朝日新聞出版　2013.8　253p　15cm（朝日文庫 う22-1）　580円　Ⓘ978-4-02-261776-7

内田 和浩　うちだ・かずひろ
0939　「河西回廊のペンフレンド」
◇JTB旅行記賞（第4回/平成7年度/佳作）

打田 早苗　うちだ・さなえ
0940　「女犯不動」
◇年刊現代詩集新人賞（第2回/昭和56年）

内田 聖子　うちだ・せいこ
0941　「雀百まで悪女に候」
◇健友館ノンフィクション大賞（第10回/平成14年/大賞）
「雀百まで悪女に候―女性解放運動の先駆者・福田英子の生涯」　健友館　2003.9　210p　19cm　1500円　Ⓘ4-7737-0810-7

内田 清之助　うちだ・せいのすけ
0942　「日本動物図鑑」
◇毎日出版文化賞（第2回/昭和23年）

内田 樹　うちだ・たつる
0943　「私家版・ユダヤ文化論」
◇小林秀雄賞（第6回/平成19年）
「私家版・ユダヤ文化論」　文藝春秋

2006.7 241p 18cm（文春新書）750円　①4-16-660519-4

内田 亨　うちだ・とおる

0944　「きつつきの路」
◇日本エッセイスト・クラブ賞（第1回/昭和28年）

内田 弘　うちだ・ひろし

0945　「街の音」
◇北海道新聞短歌賞（第24回/平成21年）
◇日本歌人クラブ賞（第37回/平成22年）
「街の音―内田弘歌集」 短歌新聞社 2009.4 214p 22cm 2381円　①978-4-8039-1447-4
「北の文学―北海道新聞文学賞、短歌賞、俳句賞作品集 2009」 北海道新聞社編 北海道新聞社 2010.1 109,5p 21cm 952円　①978-4-89453-529-9

内田 正子　うちだ・まさこ

0946　「あの人へ伝えたい」
◇フーコー・エッセイコンテスト（第1回/平成9年/特選）

内田 道雄　うちだ・みちお

0947　「内田百閒―『冥途』の周辺」
◇やまなし文学賞〔研究・評論部門〕（第6回/平成9年度―研究・評論部門〕

うちだ 優　うちだ・ゆう

0948　「寄留地」
◇小熊秀雄賞（第11回/昭和53年）

0949　「同居」
◇詩人会議新人賞（第8回/昭和49年）

内田 洋一　うちだ・よういち

0950　「野田秀樹」
◇AICT演劇評論賞（第16回/平成22年度）
「野田秀樹」 白水社 2009.11 245p 21cm（日本の演劇人）3800円　①978-4-56-009411-2

内田 洋子　うちだ・ようこ

0951　「ジーノの家 イタリア10景」
◇講談社エッセイ賞（第27回/平成23年）
◇日本エッセイスト・クラブ賞（第59回/平成23年）
「ジーノの家―イタリア10景」 文藝春秋 2011.2 283p 20cm 1571円　①978-4-16-373640-2
「ジーノの家―イタリア10景」 文藝春秋 2013.3 306p 16cm（文春文庫 う30-1）590円　①978-4-16-783849-2

内田 義彦　うちだ・よしひこ

0952　「日本資本主義の思想像」
◇毎日出版文化賞（第22回/昭和43年）
「日本資本主義の思想像」 岩波書店 1988.11 370p 21cm（内田義彦著作集 第5巻）3600円　①4-00-091385-9

内田 麟太郎　うちだ・りんたろう

0953　「ぼくたちは なく」
◇三越左千夫少年詩賞（第15回/平成23年）
「ぼくたちはなく」 内田麟太郎著, 小柏香絵 PHP研究所 2010.1 111p 22cm 1200円　①978-4-569-78018-4

内野 浅茅　うちの・あさじ

0954　「遠郭公」
◇福島県俳句賞（第6回/昭和59年―準賞）

内原 弘美　うちはら・ひろみ

0955　「野に咲く」
◇日本伝統俳句協会賞（第17回/平成17年度/新人賞）

内山 かおる　うちやま・かおる

0956　「冬の虫」
◇俳句四季大賞（第12回/平成25年/新人賞）

内山 晶太　うちやま・しょうた

0957　「風の余韻」
◇「短歌現代」新人賞（第13回/平成10年）

0958　「窓、その他」

内山 弘紀　うちやま・ひろき

0959　「今 何かを摑みかけて」
◇読売・日本テレビWoman's Beat大賞 カネボウスペシャル21（第2回／平成15年／優秀賞）
「彩・生—第2回woman's beat大賞受賞作品集」　新田順子ほか著　中央公論新社　2004.2　317p　20cm　1800円　①4-12-003499-2

0960　「熟年夫婦の特訓ステイ」
◇JTB旅行記賞（第10回／平成13年／佳作）

内山 利恵　うちやま・りえ

0961　「車窓」
◇島田利夫賞（第3回／昭和55年—準入選）

宇都宮 芳明　うつのみや・よしあき

0962　「カントと神 理性信仰・道徳・宗教」
◇和辻哲郎文化賞（第12回／平成11年度／学術部門）
「カントと神—理性信仰・道徳・宗教」　岩波書店　1998.10　389p　22cm　7000円　①4-00-002828-6

内海 彰子　うつみ・あきこ

0963　「『女王丸』牛窓に消ゆ」
◇週刊金曜日ルポルタージュ大賞（第9回／平成13年3月／佳作）

有働 薫　うどう・かおる

0964　「幻影の足」
◇現代詩花椿賞（第28回／平成22年）
「幻影の足」　思潮社　2010.5　93p　21cm　2200円　①978-4-7837-3176-4

宇野 重規　うの・しげき

0965　「政治哲学へ—現代フランスとの対話」
◇渋沢・クローデル賞（第22回／平成17年／ルイ・ヴィトン ジャパン特別賞）
「政治哲学へ—現代フランスとの対話」　東京大学出版会　2004.4　220, 14p　22cm（公共哲学叢書7）　3500円　①4-13-030133-0

0966　「トクヴィル 平等と不平等の理論家」
◇サントリー学芸賞（第29回／平成19年度—思想・歴史部門）
「トクヴィル 平等と不平等の理論家」　講談社　2007.6　202p　19cm（講談社選書メチエ）　1500円　①978-4-06-258389-3

宇野 登　うの・のぼる

0967　「子どもらが道徳を創る」
◇毎日出版文化賞（第12回／昭和33年）

宇野 雅詮　うの・まさのり

0968　「利休」
◇年刊現代詩集新人賞（第6回／昭和60年—奨励賞）

宇野 淑子　うの・よしこ

0969　「離別の四十五年—戦争とサハリンの朝鮮人」
◇潮賞（第9回／平成2年—ノンフィクション）
「離別の四十五年—戦争とサハリンの朝鮮人」　潮出版社　1990.9　227p　19cm　1200円　①4-267-01257-1

右原 厖　うはら・ぼう

0970　「それとは別に」
◇地球賞（第8回／昭和58年度）
「それとは別に—詩集 1977〜1982」　編集工房ノア　1982.8　86p　23cm　2500円
「右原厖全詩集」　編集工房ノア　2004.5　492p　22cm　8000円　①4-89271-123-3

生方 たつゑ　うぶかた・たつえ

0971　「青粧」
◇日本歌人クラブ推薦歌集（第2回／昭和31年）

0972　「野分のやうに」
◇迢空賞（第14回／昭和55年）

梅崎 春生　うめざき・はるお

0973　「幻化」
◇毎日出版文化賞（第19回/昭和40年）
「幻化」福武書店　1983.1　185p　19cm（文芸選書）1100円
「昭和文学全集　第20巻」梅崎春生、島尾敏雄、安岡章太郎、吉行淳之介著　小学館　1987.6　1061p　21cm　4000円　ⓘ4-09-568020-2
「桜島・日の果て・幻化」講談社　1989.6　397p　15cm（講談社文芸文庫）880円　ⓘ4-06-196047-4
「日常のなかの危機」大岡昇平、平野謙、佐々木基一、埴谷雄高、花田清輝編、嘉村礒多ほか著　新装版　學藝書林　2003.5　554p　19cm（全集 現代文学の発見 第5巻）4500円　ⓘ4-87517-063-7

梅崎 晴光　うめざき・はるみつ

0974　「消えた琉球競馬」
◇JRA賞馬事文化賞（第27回/平成25年度）
「消えた琉球競馬—幻の名馬「ヒコーキ」を追いかけて」ボーダーインク　2012.11　342p　19cm　1800円　ⓘ978-4-89982-233-2

梅沢 広昭　うめざわ・ひろあき

0975　「届かない住民の声—"民主的"な中部新国際空港計画」
◇週刊金曜日ルポルタージュ大賞（第2回/平成9年9月/選外期待賞）

梅田 明宏　うめだ・あきひろ

0976　「背番号「1」への途中」
◇「ナンバー」スポーツノンフィクション新人賞（第8回/平成12年）

埋田 昇二　うめた・しょうじ

0977　「花の形態」
◇東海現代詩人賞（第11回/昭和55年）
「埋田昇二全詩集」土曜美術社出版販売　2015.10　477p　22cm　6000円　ⓘ978-4-8120-2245-0

0978　「富岳百景」
◇中日詩賞（第27回/昭和62年）
「富嶽百景—詩集」思潮社　1986.11　92p　22cm　2000円
「埋田昇二詩集」土曜美術社出版販売　2006.5　191p　19cm（新・日本現代詩文庫）1400円　ⓘ4-8120-1542-1
「埋田昇二全詩集」土曜美術社出版販売　2015.10　477p　22cm　6000円　ⓘ978-4-8120-2245-0

梅田 卓夫　うめだ・たくお

0979　「額縁」
◇中日詩賞（第16回/昭和51年）

梅田 文子　うめだ・ふみこ

0980　「作文」
◇日本随筆家協会賞（第24回/平成3年11月）

梅内 美華子　うめない・みかこ

0981　「あぢさゐの夜」
◇短歌研究賞（第48回/平成24年）

0982　「エクウス」
◇葛原妙子賞（第8回/平成24年）

0983　「横断歩道（ゼブラ・ゾーン）」
◇角川短歌賞（第37回/平成3年）
「横断歩道—梅内美華子歌集§若月祭—梅内美華子歌集」雁書館　2002.12　165p　20cm（2 in 1シリーズ 6）2500円
「梅内美華子集」邑書林　2011.10　158p　19cm（セレクション歌人 2）1300円　ⓘ978-4-89709-424-3

0984　「若月祭」
◇現代短歌新人賞（第1回/平成12年）
「若月祭—梅内美華子歌集」雁書館　1999.12　215p　20cm（かりん叢書 第132篇）2700円
「横断歩道—梅内美華子歌集§若月祭—梅内美華子歌集」雁書館　2002.12　165p　20cm（2 in 1シリーズ 6）2500円
「梅内美華子集」邑書林　2011.10　158p　19cm（セレクション歌人 2）1300円　ⓘ978-4-89709-424-3

梅根 悟　うめね・さとる

0985　「世界教育史大系 全40巻」
◇毎日出版文化賞（第32回/昭和53年—特別賞）

梅原 猛　うめはら・たけし

0986　「隠された十字架」
◇毎日出版文化賞（第26回/昭和47年）
「梅原猛著作集　10　隠された十字架」集英社　1982.7　494p　20cm　2000円

「隠された十字架―法隆寺論」 44刷改版 新潮社 2003.4 602p 16cm (新潮文庫) 781円 ④4-10-124401-4

梅本 洋一　うめもと・よういち
0987 「サッシャ・ギトリ―都市・演劇・映画」
◇渋沢・クローデル賞 (第9回/平成4年―日本側)
「サッシャ・ギトリ―都市・演劇・映画」 勁草書房 1990.11 264p 19cm 2472円 ④4-326-85108-2

梅山 いつき　うめやま・いつき
0988 「アングラ演劇論―叛乱する言葉、偽りの肉体、運動する躰」
◇AICT演劇評論賞 (第18回/平成25年)
「アングラ演劇論―叛乱する言葉、偽りの肉体、運動する躰」 作品社 2012.4 257p 20cm 2200円 ④978-4-86182-378-7

浦上 昭一　うらかみ・しょういち
0989 「人生(ひとよ)を謳иしし」
◇ザ・ビートルズ・クラブ大賞 (第15回/平成17年―文学部門)

浦河 奈々　うらかわ・なな
0990 「マトリョーシカ」
◇現代短歌新人賞 (第10回/平成21年)
「マトリョーシカ―浦河奈々歌集」 短歌研究社 2009.9 173p 20cm (かりん叢書 第222篇) 2500円 ④978-4-86272-167-9

浦川 ミヨ子　うらかわ・みよこ
0991 「酸漿」
◇伊東静雄賞 (第8回/平成9年―奨励賞)

浦島 悦子　うらしま・えつこ
0992 「羽地大川は死んだ―ダムに沈む"ふるさと"と反対運動の軌跡」
◇週刊金曜日ルポルタージュ大賞 (第5回/平成11年3月/報告文学賞)
「やんばるに暮らす―オバァ・オジィの生活史 自然と人間が共生する暮らし」 ふきのとう書房, 星雲社〔発売〕 2002.7 223p 19cm 1600円 ④4-434-02197-4

浦本 昌紀　うらもと・まさのり
0993 「現代の記録・動物の世界 全6巻」
◇毎日出版文化賞 (第20回/昭和41年)

瓜生 卓造　うりゅう・たくぞう
0994 「桧原村紀聞」
◇読売文学賞 (第29回/昭和52年―随筆・紀行賞)
「檜原村紀聞―その風土と人間」 平凡社 1996.1 388p 15cm (平凡社ライブラリー 130) 1200円 ④4-582-76130-5

海野 弘　うんの・ひろし
0995 「江戸ふしぎ草子」
◇斎藤緑雨賞 (第4回/平成8年)
「江戸ふしぎ草子」 河出書房新社 1995.8 225p 19cm 1600円 ④4-309-01004-0

【え】

江上 栄子　えがみ・えいこ
0996 「春の独白」
◇日本歌人クラブ推薦歌集 (第18回/昭和47年)

江上 波夫　えがみ・なみお
0997 「騎馬民族国家」
◇毎日出版文化賞 (第22回/昭和43年)
「騎馬民族国家―日本古代史へのアプローチ」 中央公論社 1984.5 356p 16cm (中公文庫) 460円 ④4-12-201126-4
「騎馬民族国家」 平凡社 1986.2 395p 19cm (江上波夫著作集 6) 4000円 ④4-582-49206-1
「騎馬民族国家―日本古代史へのアプローチ」〔改版〕 中央公論社 1991.11 340p 18cm (中公新書 147) 880円 ④4-12-180147-4

江上 不二夫　えがみ・ふじお
0998 「生命を探る」
◇毎日出版文化賞 (第21回/昭和42年)
「生命を探る」 第2版 岩波書店 1980.2

219p　18cm　（岩波新書）　320円

江川　卓　えがわ・たく
0999　「謎とき『罪と罰』」
◇読売文学賞（第38回/昭和61年―評論・伝記賞）
「謎とき『罪と罰』」　新潮社　1986.2　298p　19cm（新潮選書）　880円　④4-10-600303-1

江川　晴　えがわ・はる
1000　「小児病棟」
◇読売「ヒューマン・ドキュメンタリー」大賞（第1回/昭和55年）
「小児病棟」　読売新聞社　1980.10　269p　20cm　980円
「小児病棟・医療少年院物語」　小学館　2016.3　429p　19cm（P+D BOOKS）650円　④978-4-09-352257-1

江川　英親　えがわ・ひでちか
1001　「狼の嘘」
◇福岡県詩人賞（第18回/昭和57年）
「狼の嘘―江川英親詩集」　Alméeの会　1981.12　70p　22cm　1500円

江口　節　えぐち・せつ
1002　「オルガン」
◇富田砕花賞（第24回/平成25年）
「オルガン―江口節詩集」　編集工房ノア　2012.8　109p　21cm　1800円　④978-4-89271-744-4
1003　「積み上げて」
◇「詩と思想」新人賞（第10回/平成13年）

江﨑　紀和子　えさき・きわこ
1004　「蛾」
◇深吉野賞（第11回/平成15年―佳作）

江﨑　マス子　えざき・ますこ
1005　「こうこいも」
◇三越左千夫少年詩賞（第16回/平成24年）
「こうこいも―対馬方言子どもの詩」　らくだ出版　2011.3　127p　19cm　1400円　④978-4-89777-493-0

江里　昭彦　えざと・あきひこ
1006　「「近代」に対する不機嫌な身振り」
◇現代俳句評論賞（第16回/平成8年度）

江島　その美　えじま・そのみ
1007　「水の残像」
◇日本詩人クラブ新人賞（第2回/平成4年）
「水の残像」　土曜美術社　1991.8　97p　21cm（21世紀詩人叢書5）　1900円　④4-88625-301-6

江代　充　えしろ・みつる
1008　「梢にて」
◇萩原朔太郎賞（第8回/平成12年）
「梢にて」　書肆山田　2000.7　131p　22cm　2500円　④4-87995-487-X
「江代充詩集」　思潮社　2015.4　158p　19cm（現代詩文庫）　1300円　④978-4-7837-0990-9
1009　「白V字セルの小径」
◇歴程新鋭賞（第7回/平成8年）
「白V字セルの小径」　書肆山田　1995.11　109p　22cm　2678円　④4-87995-369-5
「江代充詩集」　思潮社　2015.4　158p　19cm（現代詩文庫）　1300円　④978-4-7837-0990-9

江連　晴生　えずれ・はるお
1010　「「夜色楼台雪万家図」巡礼」
◇奥の細道文学賞（第1回/平成5年度―優秀賞）

江連　博　えずれ・ひろし
1011　「樹神」
◇栃木県現代詩人会賞（第5回）

枝松　茂之　えだまつ・しげゆき
1012　「明治ニュース事典 全8巻索引」
◇毎日出版文化賞（第40回/昭和61年―特別賞）
「明治ニュース事典　第1巻～第8巻、総索引」　明治ニュース事典編纂委員会、毎日コミュニケーションズ出版部編集　毎日コミュニケーションズ　1983～1986　29cm　27000円　④4-89563-105-2

越次 俱子　えつぐ・ともこ
　1013　「父に逢いたい」
　　◇感動ノンフィクション大賞（第3回/平成20年/特別賞）

えつぐ まもる
　1014　「波止場・夏」
　　◇新俳句人連盟賞（第6回/昭和51年）

江戸 雪　えど・ゆき
　1015　「椿夜」
　　◇ながらみ現代短歌賞（第10回/平成14年）
　　「椿夜―歌集」　砂子屋書房　2001.6　200p　22cm　3000円　①4-7904-0570-2
　　「江戸雪集」　邑書林　2003.12　152p　19cm（セレクション歌人 3）1300円　①4-89709-425-9

榎並 掬水　えなみ・きくみ
　1016　「移ろいのなかで」
　　◇日本詩歌句大賞（第6回/平成22年度/随筆部門/大賞）
　　「移ろいのなかで―随筆集」　ブイツーソリューション,星雲社　2009.9　285p　19cm　1500円　①978-4-434-13635-1
　1017　「今朝の一徳」
　　◇日本随筆家協会賞（第59回/平成21年2月）
　　「移ろいのなかで―随筆集」　ブイツーソリューション,星雲社（発売）　2009.9　285p　19cm　1500円　①978-4-434-13635-1

えぬ まさたか
　1018　「少年マサ鬼面に会う」
　　◇年刊現代詩集新人賞（第5回/昭和59年―奨励賞）
　1019　「ぶち猫のドジ幽閉の五日間」
　　◇年刊現代詩集新人賞（第4回/昭和58年―佳作）

NHK経済部取材班　えぬえいちけいけいざいぶしゅざいはん
　1020　「ある総合商社の挫折」
　　◇新評賞（第8回/昭和53年―第2部門＝社会問題一般（正賞））
　　「ある総合商社の挫折」　NHK取材班著　社会思想社　1993.6　216p　15cm（現代教養文庫―ベスト・ノンフィクション）480円　①4-390-11460-3

江島 新　えのしま・しん
　1021　「ルドルフの複勝を200円」
　　◇優駿エッセイ賞（第4回/昭和63年）

榎本 泰子　えのもと・やすこ
　1022　「楽人の都・上海―近代中国における西洋音楽の受容」
　　◇サントリー学芸賞（第21回/平成11年度―芸術・文学部門）
　　「楽人の都・上海―近代中国における西洋音楽の受容」　研文出版　1998.9　312p　19cm（研文選書）2800円　①4-87636-157-6

榎本 好宏　えのもと・よしひろ
　1023　「祭詩」
　　◇俳人協会賞（第49回/平成21年度）
　　「祭詩―榎本好宏句集」　ふらんす堂　2008.11　190p　20cm（リブロ・件 2）2476円　①978-4-7814-0088-4
　1024　「懐かしき子供の遊び歳時記」
　　◇俳人協会評論賞（第29回/平成26年度）
　　「懐かしき子供の遊び歳時記」　飯塚書店　2014.2　197p　19cm　1500円　①978-4-7522-2070-1

江畑 実　えばた・まこと
　1025　「血統樹林」
　　◇角川短歌賞（第29回/昭和58年）

絵鳩 恭子　えばと・きょうこ
　1026　「稲架」
　　◇日本随筆家協会賞（第22回/平成2年11月）
　　「季節は音もなく」　日本随筆家協会　1991.6　250p　19cm（現代随筆選書 110）1600円　①4-88933-132-8

江花 優子　えばな・ゆうこ
　1027　「11時間 お腹の赤ちゃんは『人』ではないのですか」
　　◇小学館ノンフィクション大賞（第13回/平成18年/優秀賞）
　　「11時間―お腹の赤ちゃんは「人」ではな

いのですか」小学館 2007.7 246p 19cm 1500円 ⓘ978-4-09-396504-0

穎原 退蔵 えはら・たいぞう

1028「江戸時代語辞典」
◇毎日出版文化賞（第63回/平成21年―企画部門）
「江戸時代語辞典」穎原退蔵著、尾形仂編　角川学芸出版　2008.11　1343p　27cm　22000円　ⓘ978-4-04-621962-6

江原 律 えはら・りつ

1029「遠い日」
◇中日詩賞（第41回/平成13年）
「遠い日―詩集」潮流社　2000.12　97p　22cm　2600円　ⓘ4-88665-082-1

海老沢 敏 えびさわ・びん

1030「ルソーと音楽」を中心として
◇サントリー学芸賞（第4回/昭和57年度―芸術・文学部門）
「ルソーと音楽」白水社　1981.10　435,5p　20cm　3200円

海老沢 泰久 えびさわ・やすひさ

1031「F1地上の夢」
◇新田次郎文学賞（第7回/昭和63年）
「F1地上の夢」朝日新聞社　1987.2　455p　19cm　1600円　ⓘ4-02-255655-2
「F1地上の夢」朝日新聞社　1993.7　528p　15cm　（朝日文芸文庫）770円　ⓘ4-02-264009-X

海老原 英子 えびはら・えいこ

1032「友への詫び状」
◇日本随筆家協会賞（第43回/平成13年5月）
「芽吹きのとき」日本随筆家協会　2001.6　228p　20cm（現代名随筆叢書 37）1500円　ⓘ4-88933-256-1

海老原 豊 えびはら・ゆたか

1033「グレッグ・イーガンとスパイラルダンスを『適切な愛』『祈りの海』『しあわせの理由』に読む境界解体の快楽」
◇日本SF評論賞（第2回/平成18年/優秀賞）

江見 渉 えみ・わたる

1034「一重帯」
◇角川俳句賞（第10回/昭和39年）

エルドリッヂ, ロバート・D.

1035「沖縄問題の起源」
◇サントリー学芸賞（第25回/平成15年度―思想・歴史部門）
「沖縄問題の起源―戦後日米関係における沖縄1945-1952」ロバート・D.エルドリッヂ著　名古屋大学出版会　2003.6　332, 32p　21cm　6800円　ⓘ4-8158-0459-1

江流馬 三郎 えるま・さぶろう

1036「縦走砂丘」
◇角川短歌賞（第18回/昭和47年）

遠藤 昭二郎 えんどう・あきじろう

1037「さらば胃袋」
◇日本文芸家クラブ大賞（第1回/平成4年―評論部門）
「さらば胃袋」七賢出版　1992.4　195p　19cm　1200円　ⓘ4-88304-046-1

遠藤 昭己 えんどう・あきみ

1038「異郷のセレナーデ」
◇伊東静雄賞（第7回/平成8年）

1039「水の誘惑」
◇伊東静雄賞（第6回/平成7年―奨励賞）

遠藤 公男 えんどう・きみお

1040「帰らぬオオワシ」
◇ジュニア・ノンフィクション文学賞（第2回/昭和50年）
「帰らぬオオワシ―猟師七兵衛の物語」偕成社　1981.6　255p　18cm（偕成社文庫）480円　ⓘ4-03-850490-5

遠藤 乾 えんどう・けん

1041「統合の終焉 EUの実像と論理」
◇読売・吉野作造賞（第15回/平成26年度）
「統合の終焉―EUの実像と論理」岩波書店　2013.4　473, 15p　20cm　3800円　ⓘ978-4-00-025899-9

遠藤 周作　えんどう・しゅうさく
　1042　「キリストの誕生」
　◇読売文学賞（第30回/昭和53年―評論・伝記賞）
　　「イエス・キリスト」　新潮社　1995.8　424p　19cm　2300円　①4-10-303514-5
　　「キリストの誕生」　改版　新潮社　2011.2　295p　15cm（新潮文庫）476円　①978-4-10-112317-2

遠藤 純子　えんどう・じゅんこ
　1043　「ななさと私抄（冬）」
　◇福島県短歌賞（第11回/昭和61年度）

遠藤 隼治　えんどう・じゅんじ
　1044　「閃の秋」
　◇福島県俳句賞（第32回/平成23年―新人賞）

遠藤 蕉魚　えんどう・しょうぎょ
　1045　「板の間」
　◇福島県俳句賞（第17回/平成8年度）

遠藤 多満　えんどう・たま
　1046　「ボーっと言って船が空に向かう」
　◇放哉賞（第12回/平成22年）

遠藤 知里　えんどう・ちさと
　1047　「広野の兵村」
　◇北海道ノンフィクション賞（第26回/平成18年―特別賞）

遠藤 時雄　えんどう・ときお
　1048　「一年」
　◇高見楢吉賞（第1回/昭和41年）

円堂 都司昭　えんどう・としあき
　1049　「シングル・ルームとテーマパーク―綾辻行人『館』論」
　◇創元推理評論賞（第6回/平成11年）

遠藤 進夫　えんどう・のぶお
　1050　「菜園」
　◇東海現代詩人賞（第13回/昭和57年）

遠藤 典子　えんどう・のりこ
　1051　「原子力損害賠償制度の研究 東京電力福島原発事故からの考察」
　◇大佛次郎論壇賞（第14回/平成26年）
　　「原子力損害賠償制度の研究―東京電力福島原発事故からの考察」　岩波書店　2013.9　356p　21cm　6200円　①978-4-00-022794-0

遠藤 由季　えんどう・ゆき
　1052　「アシンメトリー」
　◇現代短歌新人賞（第11回/平成22年度）
　　「アシンメトリー―遠藤由季歌集」　短歌研究社　2010.8　179p　20cm（かりん叢書 第232篇）2500円　①978-4-86272-217-1
　1053　「真冬の漏斗」
　◇中城ふみ子賞（第1回/平成16年）
　　「アシンメトリー―遠藤由季歌集」　短歌研究社　2010.8　179p　20cm（かりん叢書 第232篇）2500円　①978-4-86272-217-1

遠藤 由樹子　えんどう・ゆきこ
　1054　「単純なひかり」
　◇角川俳句賞（第61回/平成27年）

【 お 】

呉 世宗　オ・セジョン
　1055　「リズムと抒情の詩学」
　◇日本詩人クラブ詩界賞（第11回/平成23年）
　　「リズムと抒情の詩学―金時鐘と「短歌的抒情の否定」」　生活書院　2010.8　398p　22cm　5200円　①978-4-903690-59-9

呉 善花　オ・ソンファ
　1056　「攘夷の韓国 開国の日本」
　◇山本七平賞（第5回/平成8年）
　　「攘夷の韓国 開国の日本」　文藝春秋　1996.9　289p　19cm　1500円　①4-16-352000-7
　　「攘夷の韓国・開国の日本」　文藝春秋　1999.9　365p　15cm（文春文庫）514

円　①4-16-763301-9

及川 和子　おいかわ・かずこ

1057　「山霽」
◇福島県短歌賞（第24回/平成11年度―短歌賞）

及川 貞　おいかわ・さだ

1058　「夕焼」
◇俳人協会賞（第7回/昭和42年度）

及川 貞四郎　おいかわ・ていしろう

1059　「おだまきの花」
◇日本随筆家協会賞（第28回/平成5年11月）
「花束を持つ女」 日本随筆家協会　1994.4　222p　19cm　(現代随筆選書 144)　1600円　①4-88933-170-5

及川 均　おいかわ・ひとし

1060　「及川均詩集」
◇晩翠賞（第13回/昭和47年）
「及川均詩集―新編 鬼そして最後の皇帝へ 詩人及川均没後二十年メモリアル」 及川均〔著〕，鈴木修編著　結来社　2016.1　299p　21cm　2000円

生沼 義朗　おいぬま・よしあき

1061　「水は襤褸に」
◇日本歌人クラブ新人賞（第9回/平成15年）
「水は襤褸に―生沼義朗歌集」 ながらみ書房　2002.9　134p　20cm　2300円　①4-86023-099-X

王 柯　おう・か

1062　「東トルキスタン共和国研究」
◇サントリー学芸賞（第18回/平成8年度―思想・歴史部門）
「東トルキスタン共和国研究―中国のイスラムと民族問題」 東京大学出版会　1995.12　289, 10p　21cm　7622円　①4-13-026113-4

扇畑 忠雄　おうぎはた・ただお

1063　「扇畑忠雄著作集」
◇現代短歌大賞（第19回/平成8年）
「扇畑忠雄著作集 全8巻」 おうふう　1995～1996　21cm

1064　「冬の海」
◇短歌研究賞（第29回/平成5年）

大朝 暁子　おおあさ・あきこ

1065　「木根跡（もくこんせき）」
◇北海道新聞短歌賞（第26回/平成23年）
「木根跡―大朝暁子歌集」 ながらみ書房　2010.9　208p　22cm　(原始林叢書 第294篇)　2600円　①978-4-86023-673-1

大石 茜　おおいし・あかね

1066　「「近代的家族」の誕生―二葉幼稚園の事例から」
◇河上肇賞（第10回/平成26年）

大石 悦子　おおいし・えつこ

1067　「遊ぶ子の」
◇角川俳句賞（第30回/昭和59年）

1068　「有情」
◇俳人協会賞（第53回/平成25年度）
「有情―句集」 角川書店, 角川グループパブリッシング〔発売〕　2012.12　205p　20cm　(鶴叢書 第330篇)　2667円　①978-4-04-652685-4

1069　「群萌」
◇俳人協会新人賞（第10回/昭和61年度）
「群萌（ぐんみやう）―大石悦子句集」 富士見書房　1986.10　190p　19cm　2500円　①4-8291-7020-4

1070　「耶々」
◇日本詩歌句大賞（第1回/平成17年度/俳句部門/大賞）
◇俳句四季大賞（第5回/平成17年）
「耶々―大石悦子句集」 富士見書房　2004.9　193p　20cm　(鶴叢書 第310篇)　2800円　①4-8291-7577-X

大石 慎三郎　おおいし・しんざぶろう

1071　「将軍と側用人の政治」
◇山本七平賞（第4回/平成7年）
「将軍と側用人の政治」 講談社　1995.6　240p　18cm　(講談社現代新書―新書・江戸時代 1)　650円　①4-06-149257-8

大石 直樹　おおいし・なおき

1072　「八重山賛歌」

◇山之口貘賞（第31回/平成20年）

大石 雄鬼　おおいし・ゆうき
1073　「逃げる」
◇現代俳句協会新人賞（第14回/平成8年）

大泉 光一　おおいずみ・こういち
1074　「支倉常長 慶長遣欧使節の真相 肖像画に秘められた実像」
◇和辻哲郎文化賞（第19回/平成18年度/一般部門）
「支倉常長慶長遣欧使節の真相―肖像画に秘められた実像」　雄山閣　2005.9　271p　22cm　3600円　①4-639-01900-9

大泉 実成　おおいずみ・みつなり
1075　「説得―エホバの証人と輸血拒否事件」
◇講談社ノンフィクション賞（第11回/平成1年）
「説得―エホバの証人と輸血拒否事件」　現代書館　1988.12　318p　20cm　2000円
「説得―エホバの証人と輸血拒否事件」　講談社　1992.1　378p　15cm（講談社文庫）540円　①4-06-185066-0
「不思議な世界」　山田太一編　筑摩書房　1998.8　225p　15cm（ちくま文庫）620円　①4-480-03424-2

大出 京子　おおいで・きょうこ
1076　「晩翠橋を渡って」
◇渋沢秀雄賞（第2回/昭和52年）

大内 力　おおうち・ちから
1077　「日本資本主義の農業問題」
◇毎日出版文化賞（第2回/昭和23年）

大内 登志子　おおうち・としこ
1078　「聖狂院抄」
◇角川俳句賞（第9回/昭和38年）

大内 雅恵　おおうち・まさえ
1079　「はぐるま太鼓」
◇岸野寿美・淳子賞（第3回/平成3年度）

大内 みゆ　おおうち・みゆ
1080　「わたしの家のぴいちゃん」
◇現代詩加美未来賞（第12回/平成14年―中新田若鮎賞）

大内 与五郎　おおうち・よごろう
1081　「極光の下に」
◇現代歌人協会賞（第13回/昭和44年）

大江 武夫　おおえ・たけお
1082　「霊異の凌霄花（のうぜんかずら）」
◇日本随筆家協会賞（第57回/平成20年2月）

大江 麻衣　おおえ・まい
1083　「にせもの」
◇小熊秀雄賞（第46回/平成25年）
「にせもの―鹿は人がいないところには行かない」　紫陽社　2012.8　80p　19cm　1600円

大江 豊　おおえ・ゆたか
1084　「おめん売り」
◇詩人会議新人賞（第44回/平成22年/詩部門/佳作）

大岡 昇平　おおおか・しょうへい
1085　「小説家夏目漱石」
◇読売文学賞（第40回/昭和63年―評論・伝記賞）
「小説家 夏目漱石」　筑摩書房　1988.5　443p　19cm　2200円　①4-480-82238-0
「小説家夏目漱石」　筑摩書房　1992.6　522p　15cm（ちくま学芸文庫）1300円　①4-480-08001-5

大岡 信　おおおか・まこと
1086　「紀貫之」
◇読売文学賞（第23回/昭和46年―評論・伝記賞）
1087　「故郷の水へのメッセージ」
◇現代詩花椿賞（第7回/平成1年）
「故郷の水へのメッセージ―詩集」　花神社　1989.4　141p　22cm　2000円　①4-7602-1005-9
「大岡信詩集」　大岡信著,粟津則雄解説　芸林書房　2003.4　128p　15cm（芸林

21世紀文庫）1000円　①4-7681-6115-4
「自選 大岡信詩集」岩波書店　2016.4
425p　15cm（岩波文庫）740円
①978-4-00-312021-7

1088　「蕩児の家系」
◇藤村記念歴程賞（第7回／昭和44年）
「鮎川信夫著作集　5　文学論・芸術論」
思潮社　1974　407p　22cm　2500円
「蕩児の家系―日本現代詩の歩み」思潮
社　1975　283p　19cm　1200円
「蕩児の家系―日本現代詩の歩み」復刻
新版　思潮社　2004.7　300p　22×
14cm（思潮ライブラリー――名著名詩集
復刻）2800円　①4-7837-2330-3

1089　「春 少女に」（詩集）
◇無限賞（第7回／昭和54年）
「大岡信詩集」大岡信著, 粟津則雄解説
芸林書房　2003.4　128p　15cm（芸林
21世紀文庫）1000円　①4-7681-6115-4
「詩のガイアをもとめて」野村喜和夫著
思潮社　2009.10　249p　19cm　2800円
①978-4-7837-1655-6
「自選 大岡信詩集」岩波書店　2016.4
425p　15cm（岩波文庫）740円
①978-4-00-312021-7

大垣　千枝子　おおがき・ちえこ

1090　「朴散華」
◇日本随筆家協会賞（第23回／平成3年5月）
「朴散華」日本随筆家協会　1991.12
231p　19cm（現代随筆選書 115）1600
円　①4-88933-137-9

大掛　史子　おおがけ・ふみこ

1091　「桜鬼」
◇日本詩人クラブ賞（第41回／平成20年）
「桜鬼―大掛史子詩集」コールサック社
2007.7　125p　22cm　2000円　①978-4-903393-09-4

大柄　輝久江　おおがら・きくえ

1092　「細氷塵」
◇現代俳句協会年度作品賞（第3回／平成14年）

大河原　巌　おおかわら・いわお

1093　「牛の連作」
◇時間賞（第2回／昭和30年―作品賞）

1094　「詩人の戦争責任についての意見」
◇時間賞（第4回／昭和32年―評論賞）

大河原　惇行　おおがわら・よしゆき

1095　「雨下」
◇島木赤彦文学賞（第9回／平成19年）
「雨下―大河原惇行歌集」短歌新聞社
2006.6　122p　19cm（新現代歌人叢書
33）952円　①4-8039-1281-5

1096　「天水」
◇短歌新聞社賞（第13回／平成18年度）
「天水―歌集」短歌新聞社　2005.2
246p　20cm　2381円　①4-8039-1184-3

大木　実　おおき・みのる

1097　「柴の折戸」
◇現代詩人賞（第10回／平成4年）
「柴の折戸―詩集」思潮社　1992.5　92p
22cm　2400円　①4-7837-0368-X

大串　章　おおぐし・あきら

1098　「朝の舟」
◇俳人協会新人賞（第2回／昭和53年度）
「大串章」花神社　2002.8　153p　19cm
（花神現代俳句）2000円　①4-7602-9140-7

1099　「現代俳句の山河」
◇俳人協会評論賞（第9回／平成6年）
「現代俳句の山河―大串章評論集」本阿
弥書店　1994.11　302p　19cm　2900円
①4-89373-073-8

1100　「大地」
◇俳人協会賞（第45回／平成17年度）
「大地―句集」角川書店　2005.6　221p
20cm　2667円　①4-04-651808-1

大口　玲子　おおぐち・りょうこ

1101　「さくらあんぱん」
◇短歌研究賞（第49回／平成25年）

1102　「東北」
◇前川佐美雄賞（第1回／平成15年）
「東北―大口玲子歌集」雁書館　2002.11
183p　22cm　2800円
「大口玲子集」邑書林　2008.11　151p
19cm（セレクション歌人 5）1300円
①978-4-89709-427-4

1103　「トリサンナイタ」（歌集）
◇若山牧水賞（第17回／平成24年）

「トリサンナイター歌集」　角川書店, 角川グループパブリッシング〔発売〕　2012.6　222p　20cm　(角川短歌叢書)　2571円　Ⓘ978-4-04-621761-5
「トリサンナイター歌集」　角川書店, KADOKAWA〔発売〕　2013.7　223p　19cm　1300円　Ⓘ978-4-04-652749-3

1104　「ナショナリズムの夕立」
◇角川短歌賞（第44回/平成10年）

1105　「海量（ハイリャン）」
◇現代歌人協会賞（第43回/平成11年）
「海量―歌集」　雁書館　1998.11　178p　22cm　2600円
「大口玲子集」　邑書林　2008.11　151p　19cm（セレクション歌人 5）1300円　Ⓘ978-4-89709-427-4

1106　「ひたかみ」
◇葛原妙子賞（第2回/平成18年）
「ひたかみ―大口玲子歌集」　雁書館　2005.11　213p　22cm　3150円

大久保 和子　おおくぼ・かずこ

1107　「鷹の巣掛岩」
◇深吉野賞（第9回/平成13年―佳作）

大久保 喬樹　おおくぼ・たかき

1108　「岡倉天心」
◇和辻哲郎文化賞（第1回/昭和63年―一般部門）
「岡倉天心―驚異的な光に満ちた空虚」　小沢書店　1987.12　329p　19cm　2800円

大久保 千鶴子　おおくぼ・ちづこ

1109　「紅絹のくれなゐ」
◇島木赤彦文学賞新人賞（第8回/平成20年）

大河内 一男　おおこうち・かずお

1110　「教育学全集 全15巻」
◇毎日出版文化賞（第23回/昭和44年―特別賞）

大崎 清夏　おおさき・さやか

1111　「指差すことができない」
◇中原中也賞（第19回/平成26年）
「指差すことができない」　アナグマ社　2013.9　102p　22cm

「指差すことができない」　青土社　2014.4　93p　20cm　1600円　Ⓘ978-4-7917-6779-3

大崎 二郎　おおさき・じろう

1112　「沖縄島」
◇富田砕花賞（第4回/平成5年）
「大崎二郎全詩集」　コールサック社　2010.1　631p　21cm　5000円　Ⓘ978-4-903393-63-6

1113　「走り者」
◇小熊秀雄賞（第16回/昭和58年）
◇壺井繁治賞（第11回/昭和58年）
「大崎二郎全詩集」　コールサック社　2010.1　631p　21cm　5000円　Ⓘ978-4-903393-63-6

大崎 瀬都　おおさき・せつ

1114　「望郷」
◇角川短歌賞（第24回/昭和53年）

大崎 善生　おおさき・よしお

1115　「聖の青春」
◇新潮学芸賞（第13回/平成12年）
「聖の青春」　講談社　2000.2　333p　20cm　1700円　Ⓘ4-06-210008-8
「聖の青春」　講談社　2002.5　419p　15cm　(講談社文庫)　648円　Ⓘ4-06-273424-9
「聖の青春」　講談社　2003.4　331p　18cm　(講談社青い鳥文庫)　720円　Ⓘ4-06-148614-4
「探訪 名ノンフィクション」　後藤正治著　中央公論新社　2013.10　349p　19cm　1900円　Ⓘ978-4-12-004545-5
「聖の青春」　KADOKAWA　2015.6　421p　15cm　(角川文庫)　640円　Ⓘ978-4-04-103008-0

1116　「将棋の子」
◇講談社ノンフィクション賞（第23回/平成13年）
「将棋の子」　講談社　2001.5　301p　20cm　1700円　Ⓘ4-06-210715-5
「将棋の子」　講談社　2003.5　352p　15cm　(講談社文庫)　590円　Ⓘ4-06-273738-7

大笹 吉雄　おおささ・よしお

1117　「女優二代」
◇読売文学賞（第59回/平成19年度―評

論・伝記賞）
「女優二代―鈴木光枝と佐々木愛」 集英社　2007.5　353, 20p　19cm　2600円　①978-4-08-774836-9

1118　「日本現代演劇史 明治・大正篇」
◇サントリー学芸賞（第7回/昭和60年度―芸術・文学部門）
「日本現代演劇史 明治・大正篇」 白水社　1985.3　601, 46p　22cm　9500円　①4-560-03231-9

大澤 恒保　おおさわ・つねやす
1119　「独り信ず」
◇蓮如賞（第5回/平成10年―佳作）
「ひとりのひとを哀しむならば」 大沢恒保著　河出書房新社　1999.4　234p　19cm　1600円　①4-309-01278-7

大澤 真幸　おおさわ・まさち
1120　「自由という牢獄―責任・公共性・資本主義」
◇河合隼雄学芸賞（第3回/平成27年度）
「自由という牢獄―責任・公共性・資本主義」 岩波書店　2015.2　325p　19cm　2400円　①978-4-00-061019-3

1121　「ナショナリズムの由来」
◇毎日出版文化賞（第61回/平成19年―人文・社会部門）
「ナショナリズムの由来」 講談社　2007.6　877p　21cm　4762円　①978-4-06-213997-7

大鹿 靖明　おおしか・やすあき
1122　「メルトダウン ドキュメント福島第一原発事故」
◇講談社ノンフィクション賞（第34回/平成24年）
「メルトダウン―ドキュメント福島第一原発事故」 講談社　2012.1　366p　20cm　1600円　①978-4-06-217497-8
「メルトダウン―ドキュメント福島第一原発事故」 講談社　2013.2　653p　15cm　（講談社文庫 お116-1）　905円　①978-4-06-277460-4

大下 一真　おおした・いっしん
1123　「月食」
◇若山牧水賞（第16回/平成23年）
「月食―大下一真歌集」 砂子屋書房　2011.7　236p　20cm　（まひる野叢書　289篇）　3000円　①978-4-7904-1325-7

1124　「足下」
◇日本歌人クラブ賞（第32回/平成17年）
「足下―歌集」 不識書院　2004.7　221p　20cm　（まひる野叢書 第220篇）　3000円　①4-86151-022-8

1125　「即今」
◇寺山修司短歌賞（第14回/平成21年）
「即今―大下一真歌集」 角川書店, 角川グループパブリッシング（発売）　2008.7　191p　20cm　（角川短歌叢書）　2571円　①978-4-04-621737-0

大島 堅一　おおしま・けんいち
1126　「原発のコスト―エネルギー転換への視点」
◇大佛次郎論壇賞（第12回/平成24年）
「原発のコスト―エネルギー転換への視点」 岩波書店　2011.12　221p　18cm　（岩波新書）　760円　①978-4-00-431342-7

大島 史洋　おおしま・しよう
1127　「賞味期限」
◇短歌研究賞（第42回/平成18年）

1128　「センサーの影」
◇若山牧水賞（第14回/平成21年）
「センサーの影―大島史洋歌集」 ながらみ書房　2009.4　200p　22cm　2700円　①978-4-86023-589-5

1129　「封印」
◇日本歌人クラブ賞（第34回/平成19年）
「封印―大島史洋歌集」 角川書店　2006.3　199p　20cm　（角川短歌叢書）　2571円　①4-04-621708-1

大島 千代子　おおしま・ちよこ
1130　「ロールレタリング～手を洗う私～」
◇読売・日本テレビWoman's Beat大賞 カネボウスペシャル21（第2回/平成15年/入選）
「彩・生―第2回woman's beat大賞受賞作品集」 新田順子ほか著　中央公論新社　2004.2　317p　20cm　1800円　①4-12-003499-2

大島　史洋　おおしま・ふみひろ
1131　「ふくろう」
◇迢空賞（第50回/平成28年）
　「ふくろう―歌集」　短歌研究社　2015.3
　227p　22cm　3000円　Ⓘ978-4-86272-419-9

大島　昌宏　おおしま・まさひろ
1132　「九頭竜川」
◇新田次郎文学賞（第11回/平成4年）
　「九頭竜川」　新人物往来社　1991.8
　329p　19cm　1800円　Ⓘ4-404-01842-8

大島　雄作　おおしま・ゆうさく
1133　「青年」
◇俳句研究賞（第9回/平成6年）

大城　貞俊　おおしろ・さだとし
1134　「或いは取るに足りない小さな物語」
◇山之口貘賞（第28回/平成17年）

大城　さよみ　おおしろ・さよみ
1135　「ヘレンの水」
◇福田正夫賞（第26回/平成24年）
　「ヘレンの水―詩集」　本多企画　2012.3
　141p　22cm　2500円　Ⓘ978-4-89445-460-6

大城　鎮基　おおしろ・しげもと
1136　「初秋空」
◇現代詩人アンソロジー賞（第1回/平成3年―優秀）
1137　「星の方途」
◇東海現代詩賞（第17回/昭和61年）

大図　清隆　おおず・きよたか
1138　「光と陰」
◇日本詩歌句大賞（第4回/平成20年度/短歌部門/奨励賞）
　「光と陰―歌集」　短歌新聞社　2007.5
　207p　20cm（歌と観照叢書　第242篇）　2500円

大杉　重男　おおすぎ・しげお
1139　「「あらくれ」論」
◇群像新人文学賞〔評論部門〕（第36回/平成5年―評論）
　「小説家の起源―徳田秋声論」　講談社　2000.4　248p　19cm　2500円　Ⓘ4-06-210104-1

大隅　和雄　おおすみ・かずお
1140　「大系日本歴史と芸能　全14巻」
◇毎日出版文化賞（第46回/平成4年―特別賞）
　「大系日本歴史と芸能―音と映像と文字による　全14巻」　網野善彦〔ほか〕編　平凡社　1990～1992　22cm　Ⓘ4-582-41517-2

大瀬　孝和　おおせ・たかかず
1141　「赤い花の咲く島」
◇横浜詩人会賞（第24回/平成4年度）
1142　「夫婦像・抄」
◇山之口貘賞（第13回/平成2年）

大瀬　久男　おおせ・ひさお
1143　「三聖会談の地」
◇日本随筆家協会賞（第59回/平成21年2月）

太田　愛人　おおた・あいと
1144　「羊飼の食卓」
◇日本エッセイスト・クラブ賞（第28回/昭和55年）
　「羊飼の食卓」　中央公論社　1993.5　297p　15cm（中公文庫）　580円　Ⓘ4-12-201997-4

太田　かほり　おおた・かほり
1145　「あなたなる不器男の郷・放哉の海を訪ねて」
◇奥の細道文学賞（第2回/平成8年―優秀賞）

太田　きえ　おおた・きえ
1146　「夏怒涛」
◇福島県俳句賞（第18回/平成9年度―新人賞）

太田　清　おおた・きよし
1147　「村の恋人たち」
◇北海道詩人協会賞（第2回/昭和40年度）

太田 正一　おおた・しょういち
1148 「風光る」
◇現代歌人集会賞（第6回/昭和55年）

太田 土男　おおた・つちお
1149 「牛守」
◇俳句研究賞（第12回/平成9年）
1150 「草の花」
◇俳壇賞（第10回/平成7年）

太田 宣子　おおた・のぶこ
1151 「雨上がり世界を語るきみとゐてつづきは家族になつて聞かうか」
◇河野裕子短歌賞（第1回/平成24年/河野裕子賞/恋の歌・愛の歌）

太田 素子　おおた・もとこ
1152 「子宝と子返し─近世農村の家族生活と子育て」
◇河上肇賞（第2回/平成18年/奨励賞）
◇角川財団学芸賞（第6回/平成20年）
「子宝と子返し─近世農村の家族生活と子育て」藤原書店 2007.2 445p 20cm 3800円 ⓘ978-4-89434-561-4

大滝 和子　おおたき・かずこ
1153 「銀河を産んだように」
◇現代歌人協会賞（第39回/平成7年）
「銀河を産んだように─大滝和子歌集」砂子屋書房 1994.7 213p 20cm 2500円
「歌集 竹とヴィーナス」砂子屋書房 2007.10 185p 19cm 3000円 ⓘ978-4-7904-1033-1
1154 「人類のヴァイオリン」
◇河野愛子賞（第11回/平成13年）
「人類のヴァイオリン─歌集」砂子屋書房 2000.9 251p 20cm 3000円 ⓘ4-7904-0508-7
「歌集 竹とヴィーナス」砂子屋書房 2007.10 185p 19cm 3000円 ⓘ978-4-7904-1033-1
1155 「白球の叙事詩」
◇短歌研究新人賞（第35回/平成4年）
「歌集 竹とヴィーナス」砂子屋書房 2007.10 185p 19cm 3000円 ⓘ978-4-7904-1033-1

大滝 清雄　おおたき・きよお
1156 「ラインの神話」
◇日本詩人クラブ賞（第16回/昭和58年）
「ラインの神話─大滝清雄詩集」沖積舎 1982.7 71p 22cm

大滝 安吉　おおたき・やすきち
1157 「純白の意志 大滝安吉詩篇詩論集」
◇山形県詩賞（第14回/昭和60年─特別賞）
「純白の意志─大滝安吉詩篇詩論集」大滝安吉著, 吉野弘編　花神社 1984.3 301p 22cm 2800円
※『大滝安吉詩集』（昭和41年刊）の増補改題

大嶽 青児　おおたけ・せいじ
1158 「遠嶺」
◇俳人協会新人賞（第6回/昭和57年度）
「遠嶺─大岳青児集」大岳青児著　東京美術 1982.7 118p 18cm（現代俳句選書 44）900円 ⓘ4-8087-0090-5
1159 「笙歌（しょうか）」
◇俳人協会賞（第47回/平成19年度）
「笙歌─句集」瀝の会 2007.7 202p 20cm 2286円

大竹 武雄　おおたけ・たけお
1160 「稲の花」
◇福島県短歌賞（第8回/昭和58年度）

大竹 照子　おおたけ・てるこ
1161 「残像」
◇現代俳句協会年度作品賞（第14回/平成25年度）

大嶽 秀夫　おおたけ・ひでお
1162 「現代日本の政治権力経済権力」
◇サントリー学芸賞（第1回/昭和54年度─政治・経済部門）
「現代日本の政治権力経済権力─政治における企業・業界・財界」大岳秀夫著　増補新版　三一書房 1996.10 407p 21cm 4800円 ⓘ4-380-96299-7

大竹 文雄　おおたけ・ふみお
1163　「日本の不平等」
◇サントリー学芸賞（第27回/平成17年度—政治・経済部門）
「日本の不平等—格差社会の幻想と未来」日本経済新聞社　2005.5　306p 21cm 3200円　①4-532-13295-9
「日本の不平等—格差社会の幻想と未来」大竹文雄〔著〕,労働政策研究・研修機構調査部編　教育文化協会　2006.1　38p　30cm（JILPT「労使関係の現状と展望に関する研究」60）

大舘 勝治　おおだて・かつじ
1164　「心の蟬」（紀行文）
◇奥の細道文学賞（第4回/平成13年—佳作）

1165　「旅の花嫁」（随筆）
◇奥の細道文学賞（第5回/平成16年—優秀賞）

大谷 勲　おおたに・いさお
1166　「日系アメリカ人」
◇日本ノンフィクション賞（第6回/昭和54年—新人賞）

大谷 健　おおたに・けん
1167　「国鉄は生き残れるか」
◇新評賞（第8回/昭和53年—第1部門＝交通問題（正賞））

大谷 晃一　おおたに・こういち
1168　「続関西名作の風土」
◇日本エッセイスト・クラブ賞（第19回/昭和46年）
「大谷晃一著作集　第1巻」沖積舎　2008.6　431p　21cm 7000円　①978-4-8060-6652-1

大谷 櫻　おおたに・さくら
1169　「瓔珞」
◇日本伝統俳句協会賞（第24回/平成24年度/協会賞）

大谷 悟　おおたに・さとる
1170　「みちくさ生物哲学—フランスからよせる「こころ」のイデア論」
◇渋沢・クローデル賞（第18回/平成13年/現代フランス・エッセー賞）
「みちくさ生物哲学—フランスからよせる「こころ」のイデア論」海鳴社　2000.2　214p　20cm 1800円　①4-87525-193-9

大谷 節子　おおたに・せつこ
1171　「世阿弥の中世」
◇角川源義賞（第30回/平成20年/文学研究部門）
「世阿弥の中世」岩波書店　2007.3　348,13p　22cm 8000円　①978-4-00-023668-3

大谷 多加子　おおたに・たかこ
1172　「冬海のいろ」
◇荒木暢夫賞（第18回/昭和59年）

大谷 雅夫　おおたに・まさお
1173　「歌と詩のあいだ—和漢比較文学論攷」
◇角川源義賞（第31回/平成21年/文学研究部門）
「歌と詩のあいだ—和漢比較文学論攷」岩波書店　2008.3　393p　22cm 8800円　①978-4-00-022204-4

大谷 雅彦　おおたに・まさひこ
1174　「白き路」
◇角川短歌賞（第22回/昭和51年）
「白き路—歌集」邑書林　1995.5　212p　22cm 2300円　①4-89709-139-X

大谷 従二　おおたに・よりじ
1175　「朽ちゆく花々」
◇小熊秀雄賞（第17回/昭和59年）
「朽ちゆく花々—長篇叙事詩」鳥影社　1983.5　102p　22cm 1500円　①4-924701-63-7

大谷 良太　おおたに・りょうた
1176　「薄明行」
◇横浜詩人会賞（第38回/平成18年度）
「薄明行」詩学社　2006.2　84p　21cm 1500円　①4-88312-250-6

大津 定美　おおつ・さだよし
1177　「現代ソ連の労働市場」
◇サントリー学芸賞（第10回/昭和63年

度―政治・経済部門）
「現代ソ連の労働市場」　日本評論社　1988.4　376p　21cm　4800円　①4-535-57713-7

大津　七郎　おおつ・しちろう
1178　「老師」
◇日本随筆家協会賞（第33回/平成8年5月）
「一期一会」　日本随筆家協会　1996.6　206p　19cm（現代随筆選書）1600円　①4-88933-198-0

大津　直子　おおつ・なおこ
1179　「源氏物語の淵源」
◇第2次関根賞（第9回・通算21回/平成26年度）
「源氏物語の淵源」　おうふう　2013.2　326p　22cm　11000円　①978-4-273-03703-1

大塚　栄一　おおつか・えいいち
1180　「往友」
◇短歌研究新人賞（第9回/昭和41年）
1181　「水の音」
◇短歌新聞新人賞（第2回/昭和49年）

大塚　英志　おおつか・えいじ
1182　「『捨て子』たちの民俗学―小泉八雲と柳田國男―」
◇角川財団学芸賞（第5回/平成19年）
「『捨て子』たちの民俗学―小泉八雲と柳田國男」　角川学芸出版, 角川書店（発売）　2006.11　260p　19cm（角川選書398）1800円　①4-04-703398-7
1183　「戦後まんがの表現空間」
◇サントリー学芸賞（第16回/平成6年度―社会・風俗部門）
「戦後まんがの表現空間―記号的身体の呪縛」　法蔵館　1994.7　393p　19cm　2600円　①4-8318-7205-9

大塚　香緒里　おおつか・かおり
1184　「逝ってしまったマイ・フレンド」
◇優駿エッセイ賞（第11回/平成7年）

大塚　寅彦　おおつか・とらひこ
1185　「刺青天使」

◇短歌研究新人賞（第25回/昭和57年）
「刺青天使―歌集」　短歌研究社　1985.3　158p　22cm（中部短歌叢書　第107篇）2500円
「大塚寅彦集」　邑書林　2009.7　158p　19cm（セレクション歌人 8）1300円　①978-4-89709-430-4

大塚　久雄　おおつか・ひさお
1186　「近代欧州経済史序説」
◇毎日出版文化賞（第1回/昭和22年）
「近代欧州経済史序説」　岩波書店　1981.10　346p　21cm　2000円

大塚　布見子　おおつか・ふみこ
1187　「形見草」
◇短歌新聞社賞（第15回/平成20年度）
「形見草―歌集」　短歌新聞社　2007.11　217p　20cm（サキクサ叢書　第101篇）2381円　①978-4-8039-1370-5
1188　「散る桜」
◇短歌新聞社賞（第15回/平成20年度）
「散る桜―歌集」　角川書店, 角川グループパブリッシング（発売）　2007.10　175p　20cm（サキクサ叢書　第99篇―21世紀歌人シリーズ）2571円　①978-4-04-621827-8

大塚　正路　おおつか・まさみち
1189　「蕎麦の花」
◇福島県俳句賞（第33回/平成24年―俳句賞）

大塚　ミユキ　おおつか・みゆき
1190　「野薔薇のカルテ」
◇現代歌人集会賞（第26回/平成12年）
「野薔薇のカルテ―大塚ミユキ歌集」　短歌研究社　2000.8　178p　20cm　2500円　①4-88551-536-X

大塚　陽子　おおつか・ようこ
1191　「遠花火」
◇現代短歌女流賞（第7回/昭和57年）
1192　「酔芙蓉」
◇北海道新聞短歌賞（第7回/平成4年）

大槻　一郎　おおつき・いちろう
1193　「田植」

◇深吉野賞（第11回/平成15年—佳作）

大槻 制子　おおつき・せいこ
1194　「水色の風」
◇日本詩歌句大賞（第9回/平成25年度/俳句部門/奨励賞）
「水色の風—句集」文學の森　2012.7　181p　20cm（文學の森ベストセラーシリーズ 第5期 第13巻）2476円　①978-4-86438-077-5

大槻 弘　おおつき・ひろし
1195　「鏡」
◇福島県短歌賞（第20回/平成7年度—短歌賞）

大辻 隆弘　おおつじ・たかひろ
1196　「アララギの脊梁」
◇島木赤彦文学賞（第12回/平成22年）
◇日本歌人クラブ評論賞（第8回/平成22年）
「アララギの脊梁」青磁社　2009.2　333p　20cm（青磁社評論シリーズ 2）2667円　①978-4-86198-094-7
「緑の闇に拓く言葉」江田浩司著　万来舎　2013.8　343p　21cm　2800円　①978-4-901221-72-6
1197　「デプス」
◇寺山修司短歌賞（第8回/平成15年）
「デプス—大辻隆弘歌集」砂子屋書房　2002.8　281p　20cm　3000円　①4-7904-0645-8
1198　「抱擁韻」
◇現代歌人集会賞（第24回/平成10年）
「抱擁韻—大辻隆弘歌集」砂子屋書房　1998.1　229p　20cm　3000円
「大辻隆弘歌集」砂子屋書房　2003.12　142p　19cm（現代短歌文庫 48）1500円　①4-7904-0764-0

大坪 三郎　おおつぼ・さぶろう
1199　「海浜」
◇短歌研究新人賞（第9回/昭和41年）

大寺 龍雄　おおでら・たつお
1200　「漂泊家族」
◇作品五十首募集（第5回/昭和32年）

大友 麻楠　おおとも・まな
1201　「歩兵銃」
◇新俳句人連盟賞（第38回/平成22年/作品の部（俳句）/佳作1位）

大西 貴子　おおにし・たかこ
1202　「香林院のアロマセラピー」
◇大石りくエッセー賞（第1回/平成9年—大石りく賞（最優秀賞））

大西 民子　おおにし・たみこ
1203　「季冬日々」
◇短歌研究賞（第3回/昭和40年）
1204　「風水」
◇迢空賞（第16回/昭和57年）
「風水—大西民子歌集」沖積舎　1996.12　252p　19cm　2500円　①4-8060-1081-2
「風水—大西民子歌集」沖積舎　1996.12　252p　20cm　8000円　①4-8060-1082-0
「大西民子全歌集」大西民子著, 波濤短歌会編　現代短歌社　2013.8　695p　22cm（波濤双書）7619円　①978-4-906846-85-6
1205　「不文の掟」
◇日本歌人クラブ推薦歌集（第7回/昭和36年）
「不文の掟—歌集」現代短歌社　2012.7　122p　15cm（現代短歌社文庫）667円　①978-4-906846-12-2
「大西民子全歌集」大西民子著, 波濤短歌会編　現代短歌社　2013.8　695p　22cm（波濤双書）7619円　①978-4-906846-85-6

大西 はな　おおにし・はな
1206　「深夜警備の夫を待つと」
◇詩人会議新人賞（第49回/平成27年—詩部門）

大西 美千代　おおにし・みちよ
1207　「てのひらをあてる」
◇中日詩賞（第46回/平成18年—中日詩賞）
「詩集 てのひらをあてる」土曜美術社出版販売　2005.11　90p　21cm（21世紀詩人叢書）2000円　①4-8120-1529-4
1208　「水の物語」
◇東海現代詩人賞（第13回/昭和57年）

大西 恵　おおにし・めぐみ
1209　「福寿草」
◇新俳句人連盟賞（第36回/平成20年/作品の部/佳作3位）

大西 泰世　おおにし・やすよ
1210　「こいびとになってくださいますか」
◇加美俳句大賞（句集賞）（第1回/平成8年）
◇中新田俳句大賞（句集賞）（第1回/平成8年）
「こいびとになってくださいますか」　立風書房　1995.5　150p　21cm　2300円　①4-651-60059-X
「大西泰世句集」　砂子屋書房　2008.3　192p　21cm　2500円　①978-4-7904-1060-7

大西 裕　おおにし・ゆたか
1211　「先進国・韓国の憂鬱」
◇サントリー学芸賞（第26回/平成26年度―政治・経済部門）
「先進国・韓国の憂鬱―少子高齢化、経済格差、グローバル化」　中央公論新社　2014.4　264p　18cm（中公新書）　840円　①978-4-12-102262-2

大庭 新之助　おおにわ・しんのすけ
1212　「風化」
◇福島県短歌賞（第1回/昭和51年度）

大貫 恵美子　おおぬき・えみこ
1213　「日本人の病気観」
◇サントリー学芸賞（第8回/昭和61年度―社会・風俗部門）
「日本人の病気観―象徴人類学的考察」　岩波書店　1985.3　350p　19cm　2200円　①4-00-001651-2

大貫 喜也　おおぬき・よしや
1214　「眼・アングル」
◇北海道詩人協会賞（第1回/昭和39年度）
「大貫喜也全詩集」　土曜美術社出版販売　2014.6　350p　22cm　6000円　①978-4-8120-2120-0

大沼 保昭　おおぬま・やすあき
1215　「歴史と文明のなかの経済摩擦」
◇石橋湛山賞（第8回/昭和62年）
「倭国と極東のあいだ―歴史と文明のなかの「国際化」」　中央公論社　1988.7　272p　19cm　1800円　①4-12-001705-2

大野 芳　おおの・かおる
1216　「北針」
◇潮賞（第1回/昭和57年―ノンフィクション（特別賞））
「北針」　潮出版社　1982.8　230p　20cm　1000円
「北針」　潮出版社　1985.7　267p　15cm（潮文庫）　400円

大野 健一　おおの・けんいち
1217　「途上国のグローバリゼーション」を中心として
◇大佛次郎論壇賞（第1回/平成13年）
◇サントリー学芸賞（第23回/平成13年度―政治・経済部門）
「途上国のグローバリゼーション―自立的発展は可能か」　東洋経済新報社　2000.10　285p　19cm　1800円　①4-492-44265-0

大野 敏　おおの・さとし
1218　「遠景」
◇栃木県現代詩人会賞（第45回―新人賞）

大野 新　おおの・しん
1219　「家」
◇H氏賞（第28回/昭和53年）
「大野新全詩集」　大野新著, 苗村吉昭, 外村彰編, 以倉紘平監修　砂子屋書房　2011.6　575p　22cm　8000円　①978-4-7904-1327-1

大野 晋　おおの・すすむ
1220　「係り結びの研究」
◇読売文学賞（第45回/平成5年―研究・翻訳賞）
「係り結びの研究」　岩波書店　1993.1　380, 7p　21cm　4800円　①4-00-002805-7

大野　素郎　　おおの・そろう
1221　「素のまま」
◇日本詩歌句大賞（第8回/平成24年度/俳句部門/大賞）

大野　忠春　　おおの・ただはる
1222　「蝉の話」
◇日本随筆家協会賞（第40回/平成11年11月）
「断腸花」　日本随筆家協会　1999.11　226p　20cm（現代名随筆叢書 19）1500円　①4-88933-236-7

大野　直子　　おおの・なおこ
1223　「寡黙な家」
◇中日詩賞（第47回/平成19年―新人賞）
1224　「化け野」
◇日本詩人クラブ新人賞（第22回/平成24年）
「化け野―詩集」　澪標　2011.10　107p　22cm　2000円　①978-4-86078-187-3

大野　誠夫　　おおの・のぶお
1225　「或る無頼派の独白」
◇「短歌」愛読者賞（第3回/昭和51年―評論・エッセイ部門）
「或る無頼派の独白」　沖積舎　1982.7　283p　22cm　3800円
1226　「象形文字」「山鴫」
◇日本歌人クラブ推薦歌集（第12回/昭和41年）
1227　「水幻記」
◇現代短歌大賞（第7回/昭和59年）
「水幻記―大野誠夫歌集」　雁書館　1984.3　270p　20cm　3200円
1228　「積雪」
◇短歌研究賞（第4回/昭和41年）

大野　比呂志　　おおの・ひろし
1229　「淡墨桜」
◇随筆にっぽん賞（第1回/平成23年/優秀賞）
「木漏れ日の中を」　悠光堂　2013.2　231p　20cm　1500円　①978-4-906873-11-1

大野　裕之　　おおの・ひろゆき
1230　「チャップリンとヒトラー」
◇サントリー学芸賞〔芸術・文学部門〕（第37回/平成27年度）
「チャップリンとヒトラー――メディアとイメージの世界大戦」　岩波書店　2015.6　293,7p　19cm　2200円　①978-4-00-023886-1

大野　道夫　　おおの・みちお
1231　「思想兵・岡井隆の軌跡」
◇現代短歌評論賞（第7回/平成1年）
「短歌の社会学」　はる書房　1999.1　162p　19cm　1800円　①4-938133-73-3

大野　林火　　おおの・りんか
1232　「潺潺集」
◇蛇笏賞（第3回/昭和44年）
「現代俳句大系　第13巻　昭和39年～昭和46年」　増補　角川書店　1980.12　600p　20cm　2400円
「大野林火全句集」　明治書院　1983.10　2冊　20cm　全12000円
「俳句　2」　梅里書房　1994.1　457p　21cm（大野林火全集　第2巻）10000円　①4-87227-061-4

大庭　みな子　　おおば・みなこ
1233　「津田梅子」
◇読売文学賞（第42回/平成2年―評論・伝記賞）
「津田梅子」　朝日新聞社　1993.7　264p　15cm（朝日文芸文庫）490円　①4-02-264013-8
「津田梅子」　埼玉福祉会　1996.5　2冊　22cm（大活字本シリーズ）3399円，3296円
※原本：朝日文庫
「大庭みな子全集　第13巻」　日本経済新聞出版社　2010.5　571p　19cm　5500円　①978-4-532-17513-9

大橋　確　　おおはし・あきら
1234　「バリでパパイア」
◇JTB旅行記賞（第5回/平成8年度/佳作）

大橋　敦子　　おおはし・あつこ
1235　「勾玉」

◇現代俳句女流賞　(第5回/昭和55年)
「勾玉―句集」東京四季出版　2010.7　123p　16cm　(俳句四季文庫)　952円　①978-4-8129-0631-6

大橋　勝男　おおはし・かつお
1236　「関東地方域方言事象分布地図第一巻音声篇」「関東地方域の方言についての方言地理学的研究序説(5)」
◇金田一京助博士記念賞　(第3回/昭和50年度)

大橋　千恵子　おおはし・ちえこ
1237　「この世の秋」
◇日本歌人クラブ新人賞　(第2回/平成8年)

大橋　嶺夫　おおはし・みねお
1238　「詩的言語と俳諧の言語」
◇現代俳句評論賞　(第1回/昭和56年)

大畑　等　おおはた・ひとし
1239　「八木三日女　小論」
◇現代俳句評論賞　(第21回/平成13年)

大林　太良　おおばやし・たりょう
1240　「銀河の道　虹の架け橋」
◇毎日出版文化賞　(第53回/平成11年―第2部門(人文・社会))
「銀河の道　虹の架け橋」小学館　1999.7　813p　21cm　7600円　①4-09-626199-8

大原　鮎美　おおはら・あゆみ
1241　「次の駅まで」(詩集)
◇銀河・詩のいえ賞　(第3回/平成18年)

大原　良夫　おおはら・よしお
1242　「浅峡」
◇短歌研究新人賞　(第12回/昭和44年)

遠藤　誉　おおひなた・たえこ
1243　「不条理のかなたに」
◇読売「ヒューマン・ドキュメンタリー」大賞　(第4回/昭和58年―優秀賞)
「こぶしの花」大日方妙子〔ほか〕著　読売新聞社　1984.2　218p　20cm　980円　①4-643-73600-3

大日方　妙子　おおひなた・たえこ
1244　「こぶしの花」
◇読売「ヒューマン・ドキュメンタリー」大賞　(第4回/昭和58年―優秀賞)
「こぶしの花」読売新聞社　1984.2　218p　20cm　980円　①4-643-73600-3

大平　千枝子　おおひら・ちえこ
1245　「父阿部次郎」
◇日本エッセイスト・クラブ賞　(第10回/昭和37年)
「父　阿部次郎」増補版　東北大学出版会　1999.1　365p　19cm　(東北大学出版会叢書　3)　2200円　①4-925085-16-6

大松　達知　おおまつ・たつはる
1246　「ゆりかごのうた」
◇若山牧水賞　(第19回/平成26年)
「ゆりかごのうた―大松達知歌集」六花書林、開発社〔発売〕　2014.5　187p　19cm　(コスモス叢書)　2400円　①978-4-907891-00-8

大峯　あきら　おおみね・あきら
1247　「宇宙塵」
◇俳人協会賞　(第42回/平成14年)
「宇宙塵―句集」ふらんす堂　2001.10　221p　20cm　(ふらんす堂現代俳句叢書)　2700円　①4-89402-432-2
「句集　星雲―大峯あきら自選句集」ふらんす堂　2009.7　154p　19cm　2571円　①978-4-7814-0169-0

1248　「群生海」
◇詩歌文学館賞　(第26回/平成23年/俳句)
「群生海―大峯あきら句集」ふらんす堂　2010.9　198p　20cm　2667円　①978-4-7814-0292-5

1249　「短夜」
◇小野市詩歌文学賞　(第7回/平成27年/〔俳句部門〕)
◇蛇笏賞　(第49回/平成27年)
「短夜―句集」KADOKAWA　2014.9　181p　20cm　2700円　①978-4-04-652876-6

大村 敦志　おおむら・あつし
1250　「法源・解釈・民法学―フランス民法総論研究」
◇渋沢・クローデル賞（第13回/平成8年―日本側）
「法源・解釈・民法学―フランス民法総論研究」　有斐閣　1995.12　421, 36p　21cm　8940円　Ⓘ4-641-03839-2

大村 喜吉　おおむら・きよし
1251　「斎藤秀三郎伝」
◇毎日出版文化賞（第15回/昭和36年）

大村 幸弘　おおむら・さちひろ
1252　「鉄を生みだした帝国―ヒッタイト発掘」
◇講談社ノンフィクション賞（第3回/昭和56年）
「鉄を生みだした帝国―ヒッタイト発掘」　日本放送出版協会　1981.5　218p　19cm（NHKブックス 391）　700円

おおむら たかじ
1253　「青紙…豊之助の馬」
◇伊東静雄賞（第18回/平成19年/奨励賞）

大村 彦次郎　おおむら・ひこじろう
1254　「時代小説盛衰史」
◇尾崎秀樹記念・大衆文学研究賞（第19回/平成18年/研究・考証部門）
「時代小説盛衰史」　筑摩書房　2005.11　523, 10p　20cm　2900円　Ⓘ4-480-82357-3
1255　「文壇栄華物語」
◇新田次郎文学賞（第18回/平成11年）
「ある文芸編集者の一生」　筑摩書房　2002.9　285p　19cm　2500円　Ⓘ4-480-82350-6
「文壇栄華物語」　筑摩書房　2009.12　146p　15cm（ちくま文庫）　1400円　Ⓘ978-4-480-42657-4
「文壇さきがけ物語―ある文藝編集者の一生」　筑摩書房　2013.9　366p　15cm（ちくま文庫）　1200円　Ⓘ978-4-480-43098-1
※『ある文藝編集者の一生』改題書

大村 陽子　おおむら・ようこ
1256　「さびしい男この指とまれ」
◇歌壇賞（第2回/平成2年）

大牟羅 良　おおむら・りょう
1257　「ものいわぬ農民」
◇日本エッセイスト・クラブ賞（第6回/昭和33年）
◇毎日出版文化賞（第12回/昭和33年）

大森 久慈夫　おおもり・くじお
1258　「廻転木馬」
◇福島県俳句賞（第9回/昭和62年）

大森 健司　おおもり・けんじ
1259　「あるべきものが…」
◇日本一行詩大賞・日本一行詩新人賞（第1回/平成20年/新人賞）
「あるべきものが…―魂の一行詩」　日本一行詩協会　2007.9　216p　16cm（日本一行詩叢書 4）　1800円

大森 静佳　おおもり・しずか
1260　「硝子の駒」
◇角川短歌賞（第56回/平成22年）
「てのひらを燃やす―歌集」　角川書店, 角川グループホールディングス〔発売〕　2013.5　165p　20cm（塔21世紀叢書 第228篇）　2381円　Ⓘ978-4-04-652727-1
1261　「てのひらを燃やす」
◇現代歌人集会賞（第39回/平成25年度）
◇現代歌人協会賞（第58回/平成26年）
◇日本歌人クラブ新人賞（第20回/平成26年）
「てのひらを燃やす―歌集」　角川書店, 角川グループホールディングス〔発売〕　2013.5　165p　20cm（塔21世紀叢書 第228篇）　2381円　Ⓘ978-4-04-652727-1

大森 荘蔵　おおもり・しょうぞう
1262　「時間と自我」
◇和辻哲郎文化賞（第5回/平成4年―学術部門）
「時間と自我」　青土社　1992.3　266p　19cm　2200円　Ⓘ4-7917-5171-X

大森　晋輔　おおもり・しんすけ
1263　「ピエール・クロソウスキー　伝達のドラマトゥルギー」
◇渋沢・クローデル賞（第32回/平成27年度）
「ピエール・クロソウスキー──伝達のドラマトゥルギー」左右社　2014.10　395,99p　19cm　7000円　ⓘ978-4-86528-107-1

大森　知佳　おおもり・ちか
1264　「今、この砂浜で生きてます」
◇フーコー・エッセイコンテスト（第1回/平成9年/入選）

大森　テルヱ　おおもり・てるえ
1265　「不揃いのシルバーたち」
◇日本随筆家協会賞（第52回/平成17年8月）
「不揃いのシルバーたち」日本随筆家協会　2006.1　201p　20cm（現代名随筆叢書 74）1500円　ⓘ4-88933-303-7

大森　実　おおもり・まこと
1266　「大森実の直撃インタビュー」週刊現代48年1月3日号より連載
◇新評賞（第4回/昭和49年─第2部門＝社会問題一般（正賞））

大森　理恵　おおもり・りえ
1267　「ひとりの灯」
◇日本一行詩大賞・日本一行詩新人賞（第1回/平成20年/大賞）
「ひとりの灯─魂の一行詩」日本一行詩協会　2007.9　224p　16cm（日本一行詩叢書 3）1800円

大森　黎　おおもり・れい
1268　「大河の一滴」
◇読売「ヒューマン・ドキュメンタリー」大賞（第2回/昭和56年）
「大河の一滴」読売新聞社　1981.9　269p　20cm　980円

大屋　研一　おおや・けんいち
1269　「愛山渓」
◇奥の細道文学賞（第3回/平成10年─優秀賞）

大屋　達治　おおや・たつはる
1270　「寛海」
◇俳人協会新人賞（第23回/平成11年）
「寛海─句集」角川書店　1999.7　222p　20cm　2800円　ⓘ4-04-871789-8

大屋　正吉　おおや・まさよし
1271　「川鷺」
◇日本歌人クラブ推薦歌集（第13回/昭和42年）

大家　増三　おおや・ますぞう
1272　「アジアの砂」（歌集）
◇現代歌人協会賞（第16回/昭和47年）

大山　勝男　おおやま・かつお
1273　「泉芳朗の闘い～奄美復帰運動の父」
◇週刊金曜日ルポルタージュ大賞（第12回/平成14年9月/佳作）
1274　「教科書密輸事件～奄美教育秘史」
◇週刊金曜日ルポルタージュ大賞（第13回/平成15年3月/佳作）

大山　史朗　おおやま・しろう
1275　「山谷崖っぷち日記」
◇開高健賞（第9回/平成12年）
「山谷崖っぷち日記」ティビーエス・ブリタニカ　2000.7　184p　20cm　1300円　ⓘ4-484-00210-8
「山谷崖っぷち日記」角川書店　2002.8　213p　15cm（角川文庫）495円　ⓘ4-04-366801-5

大山　敏夫　おおやま・としお
1276　「なほ走るべし」
◇島木赤彦文学賞（第8回/平成18年）
「なほ走るべし─歌集」短歌新聞社　2005.12　232p　20cm（冬雷叢書 79篇）2381円　ⓘ4-8039-1253-X

大和田　俊之　おおわだ・としゆき
1277　「アメリカ音楽史」
◇サントリー学芸賞（第33回/平成23年度─芸術・文学部門）
「アメリカ音楽史─ミンストレル・ショウ、ブルースからヒップホップまで」講談社　2011.4　302p　19cm（講談

大和田 暢子　おおわだ・のぶこ
1278　「ハウス・グーテンベルクの夏」
◇読売・日本テレビWoman's Beat大賞　カネボウスペシャル21（第1回/平成14年/入選）
「花、咲きまっかー第1回Woman's beat大賞受賞作品集」　俣木聖子ほか著　中央公論新社　2003.2　309p　20cm　1600円　④4-12-003366-X

大湾 雅常　おおわん・まさつね
1279　「海のエチュード」
◇山之口貘賞（第4回/昭和56年）

岡 昭雄　おか・あきお
1280　「精神について」
◇福岡県詩人賞（第5回/昭和44年）

岡 潔　おか・きよし
1281　「春宵十話」
◇毎日出版文化賞（第17回/昭和38年）
「春宵十話」　光文社　2006.10　225p　15cm（光文社文庫）　476円　④4-334-74146-0
「春宵十話」　改版　KADOKAWA　2014.5　203p　15cm（角川文庫）　520円　④978-4-04-409464-5

岡 邦行　おか・くにゆき
1282　「野球に憑かれた男・日本大学野球部監督鈴木博識」
◇報知ドキュメント大賞（第3回/平成11年）
「野球に憑かれた男」　報知新聞社　2000.4　294p　19cm　1300円　④4-8319-0134-2

岡 茂雄　おか・しげお
1283　「本屋風情」
◇日本ノンフィクション賞（第1回/昭和49年）
「本屋風情」　中央公論社　1983.9　281p　16cm（中公文庫）　400円
「本屋風情」　改版　中央公論新社　2008.5　305p　15cm（中公文庫）　1429円　④978-4-12-205033-4

岡 たすく　おか・たすく
1284　「日常の問い」
◇福岡県詩人賞（第41回/平成17年）
「日常の問いー岡たすく詩集」　燎原社　2004.7　104p　21cm　1429円　④4-89818-010-8

岡 並木　おか・なみき
1285　「自動車は永遠の乗物か」
◇新評賞（第1回/昭和46年ー第1部門＝交通問題（正賞）諸君44年9月号）

岡 義武　おか・よしたけ
1286　「国際政治史」
◇毎日出版文化賞（第10回/昭和31年）
「国際政治史」　岩波書店　1993.4　311p　21cm（岡義武著作集　第7巻）　6000円　④4-00-091757-9
「国際政治史」　岩波書店　2009.9　200p　15cm（岩波現代文庫）　1300円　④978-4-00-600229-9

岡 善博　おか・よしひろ
1287　「りく女からのメッセージ」
◇大石りくエッセー賞（第1回/平成9年ー優秀賞）

岡井 隆　おかい・たかし
1288　「X―述懐スル私」
◇短歌新聞社賞（第18回/平成23年）
「X（イクス）―述懐スル私　歌集」　短歌新聞社　2010.9　240p　20cm　2381円　④978-4-8039-1497-9
1289　「ウランと白鳥」
◇詩歌文学館賞（第14回/平成11年/短歌）
「ウランと白鳥―歌集」　短歌研究社　1998.3　192p　22cm　3000円　④4-88551-369-3
「岡井隆全歌集　第4巻　1994・2003」　思潮社　2006.10　831p　21cm　9500円　④4-7837-2345-1
1290　「岡井隆コレクション」
◇現代短歌大賞（第18回/平成7年）
「岡井隆コレクション　全8巻」　思潮社　1994〜1996　20cm
1291　「岡井隆全歌集」(全4巻)
◇藤村記念歴程賞（第45回/平成19年）
「岡井隆全歌集　第1巻(1956-1972)」　思

潮社　2005.12　664p　22cm　7500円
①4-7837-2333-8
「岡井隆全歌集　第2巻(1975-1982)」　思
潮社　2006.2　2冊(別冊とも)　22cm
全7500円　①4-7837-2334-6
「岡井隆全歌集　第3巻(1985-1991)」　思
潮社　2006.5　2冊(別冊とも)　22cm
全7500円　①4-7837-2344-3
「岡井隆全歌集　第4巻(1994-2003)」　思
潮社　2006.10　831p　22cm　9500円
①4-7837-2345-1

1292　「海底」
◇「短歌」愛読者賞（第5回/昭和53年
　―作品部門）

1293　「禁忌と好色」
◇沼空賞（第17回/昭和58年）
「岡井隆短歌語彙―歌集『O』から『禁忌
と好色』まで」　川地光枝編著　思潮社
1991.3　272p　21cm　3800円　①4-
7837-1536-X
「禁忌と好色―歌集」　短歌新聞社　1994.
2　132p　15cm（短歌新聞社文庫）700
円　①4-8039-0730-7
「岡井隆全歌集　第2巻　1975‐1982」
思潮社　2006.2　511p　21cm　7500円
①4-7837-2334-6

1294　「親和力」
◇齋藤茂吉短歌文学賞（第1回/平成2
年）
「親和力―岡井隆歌集」　砂子屋書房
1989.10　289p　23cm
「岡井隆全歌集　第3巻　1985‐1991」
思潮社　2006.5　560p　21cm　7500円
①4-7837-2344-3

1295　「注解する者」
◇高見順賞（第40回/平成21年度）
「注解する者―岡井隆詩集」　思潮社
2009.7　110p　24cm　2800円　①978-4-
7837-3139-9

1296　「土地よ痛みを負え」
◇日本歌人クラブ推薦歌集（第8回/昭
和37年）
「初期の蝶/「近藤芳美をしのぶ会」前後
―岡井隆歌集」　短歌新聞社　2007.5
132p　19cm（新現代歌人叢書 50）952
円　①978-4-803913-49-1

1297　「ネフスキイ」
◇小野市詩歌文学賞（第1回/平成21年/
短歌部門）
「ネフスキイ」　書肆山田　2008.10　395p
20cm 3500円　①978-4-87995-753-5

岡固　一美　おかこ・かずみ
1298　「ルノー家の人びと」
◇ノンフィクション朝日ジャーナル大賞
（第3回/昭和62年）
「ルノー家の人びと」　朝日新聞社　1988.
4　245p　19cm（朝日ノンフィクショ
ン）1200円　①4-02-255852-0

岡崎　功　おかざき・いさお
1299　「ミノトオルの指環」
◇岡本弥太賞（第2回/昭和39年）

岡崎　英子　おかざき・えいこ
1300　「りくのようでありたい」
◇大石りくエッセー賞（第2回/平成11
年―特別賞）

岡崎　がん　おかざき・がん
1301　「トランス・アフリカン・レ
ターズ」
◇開高健賞（第6回/平成9年/奨励賞）
「トランス・アフリカン・レターズ」
ティビーエス・ブリタニカ　1997.7
207p　19cm 1300円　①4-484-97209-3

岡崎　純　おかざき・じゅん
1302　「極楽石」
◇中日詩賞（第17回/昭和52年）
「岡崎純詩集」　土曜美術社　1991.3
158p　19cm（日本現代詩文庫 45）
1030円　①4-88625-280-X

1303　「寂光」
◇日本詩人クラブ賞（第30回/平成9年）
「詩集 寂光」　土曜美術社出版販売
1996.11　124p　21cm　2060円　①4-
8120-0634-1

岡崎　清一郎　おかざき・せいいちろう
1304　「岡崎清一郎詩集」
◇藤村記念歴程賞（第9回/昭和46年）

1305　「新世界交響楽」
◇高村光太郎賞（第3回/昭和35年）
「日本現代詩大系　第12巻　戦後期　2」
大岡信編　河出書房新社　1976　499p
図　20cm　2300円
※河出書房昭和25-26年刊の復刊

1306　「肉体輝燿」
◇文芸汎論詩集賞（第7回/昭和15年）

岡崎　哲二　　おかざき・てつじ
1307　「日本の工業化と鉄鋼産業」
◇サントリー学芸賞（第15回/平成5年度―政治・経済部門）
「日本の工業化と鉄鋼産業―経済発展の比較制度分析」　東京大学出版会　1993.6　236p　21cm　4944円　①4-13-040130-0

岡﨑　友子　　おかざき・ともこ
1308　「日本語指示詞の歴史的研究」
◇金田一京助博士記念賞（第38回/平成22年度）
「日本語指示詞の歴史的研究」　岡﨑友子著　ひつじ書房　2010.2　321p　22cm　（ひつじ研究叢書 言語編 第77巻）　6600円　①978-4-89476-456-9

岡崎　久彦　　おかざき・ひさひこ
1309　「国家と情報」
◇サントリー学芸賞（第3回/昭和56年度―社会・風俗部門）
「国家と情報―日本の外交戦略を求めて」　文芸春秋　1980.12　235p　20cm　1200円
「国家と情報―日本の外交戦略を求めて」　文芸春秋　1984.8　275p　16cm　（文春文庫）　340円　①4-16-736201-5

岡崎　万寿　　おかざき・まんじゅ
1310　「青い閃光」
◇新俳句人連盟賞（第28回/平成12年/作品賞）

岡崎　良一　　おかざき・りょういち
1311　「森の形　森の仕事」
◇毎日出版文化賞（第48回/平成6年―奨励賞）
「森の形　森の仕事―お椀から建物まで　第三次木の文明へのプロローグ」　稲本正文，岡崎良一写真　世界文化社　1994.1　279p　21cm　2500円　①4-418-93517-7

岡沢　康司　　おかざわ・こうし
1312　「風の音」
◇北海道新聞俳句賞（第6回/平成3年）
「風の音―句集」　本阿弥書店　1991.8　198p　20cm　（アカシヤ叢書 第63集）　2800円

小笠原　和幸　　おがさわら・かずゆき
1313　「テネシーワルツ」
◇ながらみ書房出版賞（第3回/平成7年）
「テネシーワルツ―小笠原和幸歌集」　ながらみ書房　1994.11　154p　20cm　2300円
「小笠原和幸集」　邑書林　2003.8　143p　19cm　（セレクション歌人 11）　1300円　①4-89709-433-X

1314　「不確カナ記憶」
◇短歌研究新人賞（第27回/昭和59年）

小笠原　賢二　　おがさわら・けんじ
1315　「終焉からの問い」
◇ながらみ書房出版賞（第3回/平成7年）
「終焉からの問い―現代短歌考現学」　ながらみ書房, はる書房〔発売〕　1994.12　368p　19cm　2800円　①4-938133-53-9

小笠原　茂介　　おがさわら・しげすけ
1316　「みちのくのこいのうた」
◇晩翠賞（第23回/昭和57年）
「みちのくのこいのうた―小笠原茂介詩集」　津軽書房　1981.10　99p　22cm　1500円

小笠原　鳥類　　おがさわら・ちょうるい
1317　「素晴らしい海岸生物の観察」
◇歴程新鋭賞（第15回/平成16年）
「素晴らしい海岸生物の観察」　思潮社　2004.6　109p　22cm　2200円　①4-7837-1930-6
「小笠原鳥類詩集」　思潮社　2016.4　160p　19cm　（現代詩文庫）　1300円　①978-4-7837-1000-4

小笠原　豊樹　　おがさわら・とよき
1318　「マヤコフスキー事件」
◇読売文学賞（第65回/平成25年度―評論・伝記賞）
「マヤコフスキー事件」　河出書房新社　2013.11　326p　19cm　2800円　①978-4-309-02235-2

小笠原　克　　おがさわら・まさる
1319　「私小説論の成立をめぐって」
◇群像新人文学賞〔評論部門〕（第5回

/昭和37年―評論)

岡嶌 偉久子　おかじま・いくこ
1320　「源氏物語写本の書誌学的研究」
◇第2次関根賞（第6回・通算18回/平成23年度）
「源氏物語写本の書誌学的研究」　おうふう　2010.5　386p　21cm　12000円
①978-4-273-03603-4

岡島 弘子　おかじま・ひろこ
1321　「つゆ玉になる前のことについて」
◇地球賞（第26回/平成13年度）
「つゆ玉になる前のことについて―岡島弘子詩集」　思潮社　2001.6　109p　19cm　2000円　①4-7837-1255-7

1322　「野川」
◇小野十三郎賞（第11回/平成21年/特別奨励賞（詩集））
「野川」　思潮社　2008.7　119p　22cm　2500円　①978-4-7837-3069-9

岡田 暁生　おかだ・あけお
1323　「オペラの運命」
◇サントリー学芸賞（第23回/平成13年度―芸術・文学部門）
「オペラの運命―十九世紀を魅了した「一夜の夢」」　中央公論新社　2001.4　216p　18cm（中公新書）　740円　①4-12-101585-1

1324　「音楽の聴き方」
◇吉田秀和賞（第19回/平成21年）
「音楽の聴き方―聴く型と趣味を語る言葉」　中央公論新社　2009.6　237p　18cm（中公新書 2009）　780円　①978-4-12-102009-3

岡田 温司　おかだ・あつし
1325　「フロイトのイタリア」
◇読売文学賞（第60回/平成20年度―評論・伝記賞）
「フロイトのイタリア―旅・芸術・精神分析」　平凡社　2008.7　316p　22×16cm　3800円　①978-4-582-70279-8

1326　「モランディとその時代」
◇吉田秀和賞（第13回/平成15年）
「モランディとその時代」　人文書院　2003.9　378p　22cm　4800円　①4-409-10019-X

岡田 恵美子　おかだ・えみこ
1327　「イラン人の心」
◇日本エッセイスト・クラブ賞（第30回/昭和57年）
「イラン人の心」　日本放送出版協会　1981.6　251p　19cm（NHKブックス 393）　750円

岡田 一実　おかだ・かずみ
1328　「浮力」
◇現代俳句新人賞（第32回/平成26年）

岡田 喜代子　おかだ・きよこ
1329　「午前3時のりんご」
◇栃木県現代詩人会賞（第42回）
「午前3時のりんご―詩集」　花神社　2007.6　118p　22cm　2300円　①978-4-7602-1879-0

岡田 隆彦　おかだ・たかひこ
1330　「時に岸なし」
◇高見順賞（第16回/昭和60年度）
「時に岸なし」　思潮社　1985.8　163p　23cm　2000円

岡田 武雄　おかだ・たけお
1331　「婦命伝承」
◇福岡県詩人賞（第13回/昭和52年）

岡田 智行　おかだ・ちぎょう
1332　「神聖帝国」
◇短歌研究新人賞（第40回/平成9年）

尾形 仂　おがた・つとむ
1333　「江戸時代語辞典」
◇毎日出版文化賞（第63回/平成21年―企画部門）
「江戸時代語辞典」　潁原退蔵著,尾形仂編　角川学芸出版　2008.11　1343p　27cm　22000円　①978-4-04-621962-6

1334　「蕪村自筆句帳」
◇読売文学賞（第26回/昭和49年―研究・翻訳賞）

尾形 俊雄　おがた・としお
1335　「黄色いみずのなかの杭」
◇北海道詩人協会賞（第39回/平成14年

緒方 富雄　おがた・とみお
1336　「みんなも科学を」
◇毎日出版文化賞（第1回/昭和22年）

岡田 日郎　おかだ・にちお
1337　「連嶺」
◇俳人協会賞（第32回/平成4年度）
　「句集 連嶺」　角川書店　1992.2　240p　21cm（現代俳句叢書 3・8）　2600円　①4-04-871318-3

尾形 平八郎　おがた・へいはちろう
1338　「弱法師」
◇短歌研究新人賞（第37回/平成6年）

岡田 昌寿　おかだ・まさひさ
1339　「羚羊」
◇栃木県現代詩人会賞（第1回）

岡田 万里子　おかだ・まりこ
1340　「京舞井上流の誕生」
◇サントリー学芸賞（第35回/平成25年度―芸術・文学部門）
　「京舞井上流の誕生」　思文閣出版　2013.2　524, 20p　21cm　9000円　①978-4-7842-1672-7

岡田 ユアン　おかだ・ゆあん
1341　「明朝体」
◇「詩と思想」新人賞（第19回/平成22年）
　「トットリッチ―詩集」　土曜美術社出版販売　2012.10　93p　22cm（詩と思想新人賞叢書6）　2000円　①978-4-8120-1955-9

岡田 行雄　おかだ・ゆきお
1342　「古代悲笳」
◇角川短歌賞（第3回/昭和32年）

小門 勝二　おかど・かつじ
1343　「散人」
◇日本エッセイスト・クラブ賞（第10回/昭和37年）

岡野 絵里子　おかの・えりこ
1344　「発語」
◇日本詩人クラブ新人賞（第17回/平成19年）
　「発語」　思潮社　2006.11　99p　22cm　2200円　①4-7837-2171-8
1345　「陽の仕事」
◇日本詩人クラブ賞（第46回/平成25年）
　「陽の仕事」　思潮社　2012.10　103p　22cm　2400円　①978-4-7837-3332-4

岡村 春彦　おかの・はるひこ
1346　「自由人 佐野碩の生涯」
◇AICT演劇評論賞（第16回/平成22年）
　「自由人 佐野碩の生涯」　岩波書店　2009.6　432p　21cm　3800円　①978-4-00-023466-5

岡野 弘彦　おかの・ひろひこ
1347　「美しく愛しき日本」
◇日本歌人クラブ大賞（第4回/平成25年）
　「美しく愛（かな）しき日本―歌集」　角川書店, 角川グループパブリッシング〔発売〕　2012.4　215p　22cm　3048円　①978-4-04-652521-5
1348　「折口信夫伝 その思想と学問」
◇和辻哲郎文化賞（第14回/平成13年度／一般部門）
　「折口信夫伝―その思想と学問」　中央公論新社　2000.9　478p　20cm　3400円　①4-12-003023-7
1349　「滄浪歌」
◇迢空賞（第7回/昭和48年）
1350　「バグダッド燃ゆ」
◇現代短歌大賞（第29回/平成18年）
◇詩歌文学館賞（第22回/平成19年/短歌）
　「バグダッド燃ゆ―岡野弘彦歌集」　砂子屋書房　2006.7　236p　22cm　3000円　①4-7904-0907-4
1351　「冬の家族」
◇現代歌人協会賞（第11回/昭和42年）
　「先駆的詩歌論―詩歌は常に未来を予見する」　塚本邦雄　花曜社　1987.3　265p　21cm　3600円　①4-87346-069-7
　「冬の家族―歌集」　短歌新聞社　1997.10

    124p　15cm（短歌新聞社文庫）667円
    ①4-8039-0902-4
    「現代短歌全集　第15巻　昭和三十八年～四十五年」　山田あきほか著　増補版　筑摩書房　2002.8　602p　21cm　6800円　①4-480-13835-8

岡部 桂一郎　おかべ・けいいちろう

1352　「一点鐘」
◇詩歌文学館賞（第18回/平成15年/短歌）
◇迢空賞（第37回/平成15年）
　「一点鐘―歌集」　青磁社　2002.11　247p　22cm　3000円　①4-901529-34-X
　「岡部桂一郎全歌集―1956-2007」　青磁社　2007.10　441p　22cm　7000円
　①978-4-86198-071-8

1353　「冬」
◇短歌研究賞（第30回/平成6年）

岡部 伸　おかべ・のぶる

1354　「消えたヤルタ密約緊急電」
◇山本七平賞（第22回/平成25年）
　「消えたヤルタ密約緊急電―情報士官・小野寺信の孤独な戦い」　新潮社　2012.8　473p　20cm（新潮選書）　1800円
　①978-4-10-603714-6

岡部 博圀　おかべ・ひろくに

1355　「有明海の魚介類は『安全』というまやかし　『風評被害』おそれてダイオキシン汚染かくし」
◇週刊金曜日ルポルタージュ大賞（第10回/平成13年9月/佳作）

岡部 文夫　おかべ・ふみお

1356　「雲天」
◇迢空賞（第21回/昭和62年）

1357　「晩冬」
◇日本歌人クラブ賞（第8回/昭和56年）
　「晩冬―歌集」　短歌新聞社　1980.4　242p　20cm　2200円
　「岡部文夫全歌集」　短歌新聞社　2008.8　934p　22×16cm　8571円　①978-4-8039-1415-3

1358　「雪」「鯉」
◇短歌研究賞（第19回/昭和58年）

岡部 正孝　おかべ・まさたか

1359　「千一夜物語」
◇読売文学賞（第11回/昭和34年―研究・翻訳賞）
　「完訳 千一夜物語　1～13」　豊島与志雄, 渡辺一夫, 佐藤正彰, 岡部正孝訳　〔改版〕　岩波書店　1988.7　15cm（岩波文庫）　①4-00-327801-1

岡松 和夫　おかまつ・かずお

1360　「異郷の歌」
◇新田次郎文学賞（第5回/昭和61年）
　「異郷の歌」　文芸春秋　1985.6　202p　20cm　1100円

丘村 里美　おかむら・さとみ

1361　「あたしの家族」
◇詩人会議新人賞（第34回/平成12年/詩/ジュニア賞）

岡村 津太夫　おかむら・しんたゆう

1362　「石臼の詩」
◇広島県詩人協会賞（第1回/昭和49年）

岡村 民　おかむら・たみ

1363　「光に向って」(詩集)「五采」(詩誌)
◇詩人タイムズ賞（第1回/昭和57年）

岡本 一道　おかもと・かずみち

1364　「雨の思い出」
◇フーコー・エッセイコンテスト（第1回/平成9年/入選）

岡本 高明　おかもと・こうめい

1365　「風の縁」
◇俳人協会新人賞（第12回/昭和63年度）

岡本 定勝　おかもと・さだかつ

1366　「記憶の種子」
◇山之口貘賞（第29回/平成18年）
　「記憶の種子―岡本定勝詩集」　ボーダーインク　2006.4　119p　22cm　2000円　①4-89982-104-2

岡本 茂男　おかもと・しげお
1367 「桂離宮」
◇毎日出版文化賞（第36回/昭和57年―特別賞）
「桂離宮」　毎日新聞社　1982.8　345p　38cm　55000円

岡本 隆司　おかもと・たかし
1368 「属国と自主のあいだ」
◇サントリー学芸賞（第27回/平成17年度―政治・経済部門）
「属国と自主のあいだ―近代清韓関係と東アジアの命運」　名古屋大学出版会　2004.10　287, 24p　21cm　7500円　①4-8158-0494-X

岡本 達明　おかもと・たつあき
1369 「聞書水俣民衆史 全5巻」
◇毎日出版文化賞（第44回/平成2年―特別賞）
「村に工場が来た」　岡本達明, 松崎次夫編　草風館　1989.1　248p　21cm（聞書 水俣民衆史 2）3000円
「村の崩壊」　岡本達明, 松崎次夫編　草風館　1989.7　282p　21cm（聞書水俣民衆史 3）3090円
「合成化学工場と職工」　岡本達明, 松崎次夫編　草風館　1990.3　316p　21cm（聞書 水俣民衆史 4）3090円
「植民地は天国だった」　岡本達明, 松崎次夫編　草風館　1990.7　345p　21cm（聞書 水俣民衆史 5）3090円
「明治の村」　岡本達明, 松崎次夫編　草風館　1990.8　292p　21cm（聞書水俣民衆史 第1巻）3090円
「聞書水俣民衆史 第3巻 村の崩壊」　岡本達明, 松崎次夫編　2版　草風館　1996.6　282p　21cm　3000円　①4-88323-032-5
「聞書水俣民衆史 第2巻 村に工場が来た」　岡本達明, 松崎次夫編　2版　草風館　1996.9　248p　21cm　3000円　①4-88323-031-7
「聞書水俣民衆史 第1巻 明治の村」　岡本達明, 松崎次夫編　2版　草風館　1997.2　292p　21cm　3000円　①4-88323-030-9
「聞書水俣民衆史 第4巻 合成化学工場と職工」　岡本達明, 松崎次夫編　2版　草風館　1997.2　316p　21cm　3000円　①4-88323-033-3
「聞書水俣民衆史 第5巻　植民地は天国だった」　岡本達明, 松崎次夫編　2版　草風館　1997.2　345p　21cm　3000円　①4-88323-034-1

1370 「水俣病の科学」
◇毎日出版文化賞（第55回/平成13年―第3部門（自然科学））
「水俣病の科学」　西村肇, 岡本達明著　日本評論社　2001.6　343, 6p　21cm　3300円　①4-535-58303-X
「水俣病の科学」　西村肇, 岡本達明著　増補版　日本評論社　2006.7　375, 6p　21cm　3300円　①4-535-58455-9

岡本 太郎　おかもと・たろう
1371 「忘れられた日本」
◇毎日出版文化賞（第15回/昭和36年）
「岡本太郎の本 3 神秘日本」　みすず書房　1999.4　297p　19cm　3000円　①4-622-04258-4
「新版 沖縄文化論―忘れられた日本」　中央公論新社　2002.7　203p　19cm（中公叢書）1800円　①4-12-003296-5
「日本の最深部へ―岡本太郎の宇宙　4」　岡本太郎著, 山下裕二編　筑摩書房　2011.5　551p　15cm（ちくま学芸文庫）1600円　①978-4-480-09374-5

岡本 英敏　おかもと・ひでとし
1372 「モダニストの矜持―勝本清一郎論」
◇三田文学新人賞〔評論部門〕（第17回（2010年度））

岡本 眸　おかもと・ひとみ
1373 「朝」
◇俳人協会賞（第11回/昭和46年度）
「現代一〇〇名句集 9」　東京四季出版　2005.4　251p　21cm　2381円　①4-8129-0349-1

1374 「午後の椅子」
◇蛇笏賞（第41回/平成19年）
「午後の椅子―岡本眸句集」　ふらんす堂　2006.12　177p　20cm　2857円　①4-89402-885-9

1375 「母系」
◇現代俳句女流賞（第8回/昭和58年）
「母系―句集」　牧羊社　1984.3　171p　20cm　1600円

岡本 啓　おかもと・ひろし
1376　「グラフィティ」
◇H氏賞（第65回/平成27年）
◇中原中也賞（第20回/平成27年）
　「グラフィティ」　思潮社　2014.11　96p　21×13cm　2200円　①978-4-7837-3458-1

岡本 文良　おかもと・ふみよし
1377　「冠島のオオミズナギドリ」
◇ジュニア・ノンフィクション文学賞（第1回/昭和49年）

岡本 途也　おかもと・みちなり
1378　「難聴―それを克服するために」
◇毎日出版文化賞（第36回/昭和57年）
　「難聴―それを克服するために」　岡本途也編著, 田中美郷〔ほか〕著　真興交易医書出版部　1982.7　243p　19cm（大衆医学書シリーズ）　920円

岡本 光夫　おかもと・みつお
1379　「欅しぐれ」
◇日本随筆家協会賞（第41回/平成12年5月）
　「うたたねの夢」　日本随筆家協会　2000.6　227p　20cm（現代名随筆叢書 24）　1500円　①4-88933-242-1

岡谷 公二　おかや・こうじ
1380　「南海漂蕩 ミクロネシアに魅せられた土方久功・杉浦佐助・中島敦」
◇和辻哲郎文化賞（第21回/平成20年度/一般部門）
　「南海漂蕩―ミクロネシアに魅せられた土方久功・杉浦佐助・中島敦」　冨山房インターナショナル　2007.11　205p　20cm　2400円　①978-4-902385-51-9

岡安 信幸　おかやす・のぶゆき
1381　「山男になった日」
◇現代少年詩集新人賞（第7回/平成2年―奨励賞）

岡山 たづ子　おかやま・たづこ
1382　「一直心」
◇日本歌人クラブ賞（第2回/昭和50年）
　「岡山たづ子全歌集」　岡山たづ子著, 歌と観照社編　短歌新聞社　2006.5　466p　20cm　5714円　①4-8039-1271-8

小川 アンナ　おがわ・あんな
1383　「晩夏光幻視」
◇中日詩賞（第35回/平成7年）

小川 和夫　おがわ・かずお
1384　「ドン・ジュアン」
◇読売文学賞（第45回/平成5年―研究・翻訳賞）
　「ドン・ジュアン」　バイロン作, 小川和夫訳　研究社出版　1955　207p　18cm（研究社選書）
　「ドン・ジュアン　上」　G.G.バイロン著, 小川和夫訳　冨山房　1993.4　546p　21cm　5500円　①4-572-00850-7
　「ドン・ジュアン　下」　G.G.バイロン著, 小川和夫訳　冨山房　1993.7　554p　21cm　5500円　①4-572-00851-5

小川 和也　おがわ・かずなり
1385　「鞍馬天狗と憲法―大佛次郎の「個」と「国民」」
◇河上肇賞（第1回/平成17年/奨励賞）
　「鞍馬天狗とは何者か―大佛次郎の戦中と戦後」　藤原書店　2006.7　246p　20cm　2800円　①4-89434-526-9

1386　儒学殺人事件
◇サントリー学芸賞（第26回/平成26年度―社会・風俗部門）
　「儒学殺人事件―堀田正俊と徳川綱吉」　講談社　2014.4　382p　19cm　2800円　①978-4-06-218933-0

小川 佳世子　おがわ・かよこ
1387　「水が見ていた」
◇現代歌人集会賞（第33回/平成19年度）
　「水が見ていた―歌集」　ながらみ書房　2007.3　167p　20cm　2500円　①978-4-86023-451-5

小川 恵　おがわ・けい
1388　「銀色の月 小川国夫との日々」
◇講談社エッセイ賞（第29回/平成25年）
　「銀色の月―小川国夫との日々」　岩波書

店　2012.6　118p　20cm　1400円　①978-4-00-022594-6

小川　軽舟　おがわ・けいしゅう
1389　「近所」
◇俳人協会新人賞（第25回／平成13年）
「近所―小川軽舟句集」　富士見書房　2001.9　154p　20cm　2800円　①4-8291-7482-X

1390　「魅了する詩型―現代俳句私論」
◇俳人協会評論新人賞（第19回／平成16年）
「魅了する詩型―現代俳句私論」　富士見書房　2004.10　229p　20cm　2200円　①4-8291-7575-3
「俳句は魅了する詩型」　角川学芸出版, 角川グループパブリッシング〔発売〕　2012.5　230p　19cm　（角川俳句ライブラリー）　1700円　①978-4-04-652610-6

小川　三郎　おがわ・さぶろう
1391　「コールド・スリープ」
◇横浜詩人会賞（第43回／平成23年）
「コールドスリープ」　思潮社　2010.9　104p　19cm　2000円　①978-4-7837-3208-2

小川　さやか　おがわ・さやか
1392　「都市を生きぬくための狡知」
◇サントリー学芸賞（第33回／平成23年度―社会・風俗部門）
「都市を生きぬくための狡知―タンザニアの零細商人マチンガの民族誌」　世界思想社　2011.2　386p　21cm　5200円　①978-4-7907-1513-9

小川　勢津子　おがわ・せつこ
1393　「マカロニの穴にスパゲッティを通して」
◇横浜詩人会賞（第21回／平成1年度）

小川　剛生　おがわ・たけお
1394　「二条良基研究」
◇角川源義賞（第28回／平成18年／文学研究部門）
「二条良基研究」　笠間書院　2005.11　628, 32p 図版2p　22cm　（笠間叢書362）　14000円　①4-305-10362-1

小川　鼎三　おがわ・ていぞう
1395　「医学の歴史」
◇毎日出版文化賞（第18回／昭和39年）

小川　輝芳　おがわ・てるよし
1396　「虔十の里通信」
◇岸野寿美・淳子賞（第1回／平成1年度）

小川　南美　おがわ・なみ
1397　「余白が訴える響き―「こだましょうか」」
◇詩人会議新人賞（第49回／平成27年―評論部門）

尾川　宏　おがわ・ひろし
1398　「紙のフォルム」
◇毎日出版文化賞（第22回／昭和43年）
「紙のフォルム」　求龍堂　1989.2　157p　30cm　（求龍堂グラフィックス）　4800円　①4-7630-8903-X

小川　博三　おがわ・ひろぞう
1399　「カルル橋」
◇短歌研究賞（第11回／昭和50年）

尾川　正二　おがわ・まさつぐ
1400　「極限のなかの人間」
◇大宅壮一ノンフィクション賞（第1回／昭和45年）
「極限のなかの人間―「死の島」ニューギニア」　筑摩書房　1983.5　269p　19cm　（筑摩叢書282）　1600円
「「死の島」ニューギニア―極限のなかの人間」　新装版　光人社　2004.7　365p　15cm（光人社NF文庫）　829円　①4-7698-2188-3

小川　真理子　おがわ・まりこ
1401　「逃げ水のこゑ」
◇短歌研究新人賞（第44回／平成13年）
「母音梯形」　河出書房新社　2002.11　224p　19cm　1500円　①4-309-01509-3

小川　弥栄子　おがわ・やえこ
1402　「おまけのおまけの汽車ポッポ」
◇読売「ヒューマン・ドキュメンタリー」大賞（第13回／平成4年―入

おかわ

選)
「ちゃんめろの山里で」 山岸昭枝, 吉開若菜, 小川弥栄子, 玉置和子, 沖野智津子著　読売新聞社　1993.2　293p　19cm　1400円　⓪4-643-93010-1

小川 善照　おがわ・よしあき
1403　「我思う、ゆえに我あり」
◇小学館ノンフィクション大賞（第15回/平成20年/優秀賞）
「我思うゆえに我あり―死刑囚・山地悠紀夫の二度の殺人」　小学館　2009.10　335p　19cm　1800円　⓪978-4-09-389722-8

小川 与次郎　おがわ・よじろう
1404　「ツギ之助か, ツグ之助か―長岡藩総督, 河井継之助をめぐる旅」
◇日本旅行記賞（第15回/昭和63年）

岡和田 晃　おかわだ・あきら
1405　「『世界内戦』とわずかな希望―伊藤計劃『虐殺器官』へ向き合うために」
◇日本SF評論賞（第5回/平成21年/優秀賞）
「『世界内戦』とわずかな希望―伊藤計劃・SF・現代文学」　アトリエサード, 書苑新社〔発売〕　2013.11　319p　19cm　(TH SERIES ADVANCED)　2800円　⓪978-4-88375-161-7

隠岐 さや香　おき・さやか
1406　「科学アカデミーと「有用な科学」」
◇サントリー学芸賞（第33回/平成23年度―思想・歴史部門）
「科学アカデミーと「有用な科学」―フォントネルの夢からコンドルセのユートピアへ」　名古屋大学出版会　2011.2　384, 135p　21cm　7400円　⓪978-4-8158-0661-3

小木 新造　おぎ・しんぞう
1407　「東京時代」
◇毎日出版文化賞（第34回/昭和55年）
「東京時代―江戸と東京の間で」　日本放送出版協会　1980.8　232p　19cm　(NHKブックス 371)　750円
「東京時代―江戸と東京の間で」　講談社

2006.6　275p　15cm　(講談社学術文庫)　960円　⓪4-06-159765-5

おぎ ぜんた
1408　「ノー！」
◇詩人会議新人賞（第40回/平成18年/詩部門）

沖 ななも　おき・ななも
1409　「衣裳哲学」
◇現代歌人協会賞（第27回/昭和58年）
「衣裳哲学―歌集」　不識書院　1982.6　175p　22cm　(個性叢書 第57篇)　2500円

沖 正子　おき・まさこ
1410　「伏流水」
◇新俳句人連盟賞（第28回/平成12年/作品賞）

沖田 佐久子　おきた・さくこ
1411　「冬の虹」
◇角川俳句賞（第2回/昭和31年）

荻野 進一　おぎの・しんいち
1412　「古代さきたま紀行」
◇奥の細道文学賞（第2回/平成8年―佳作）

沖野 智津子　おきの・ちずこ
1413　「ダウン・タウンへ」
◇読売「ヒューマン・ドキュメンタリー」大賞（第13回/平成4年―入選）
「ちゃんめろの山里で」　山岸昭枝, 吉開若菜, 小川弥栄子, 玉置和子, 沖野智津子著　読売新聞社　1993.2　293p　19cm　1400円　⓪4-643-93010-1

荻原 欣子　おぎわら・きんこ
1414　「流年」
◇日本歌人クラブ推薦歌集（第14回/昭和43年）

荻原 恵子　おぎわら・けいこ
1415　「花冷え」
◇読売「ヒューマン・ドキュメンタリー」大賞（第6回/昭和60年）

「脳死をこえて」 藤村志保〔ほか〕著 読売新聞社 1985.11 270p 20cm 1100円 ①4-643-74180-5

荻原 裕幸　おぎわら・ひろゆき
1416 「青年霊歌」
◇短歌研究新人賞（第30回/昭和62年）

荻原 鹿声　おぎわら・ろくせい
1417 「埋み火」
◇川柳文学賞（第5回/平成24年）
「埋み火―川柳句集」 柳都川柳社 2011.1 190p 19cm 1700円

奥 武則　おく・たけのり
1418 「ジョン・レディ・ブラック―近代日本ジャーナリズムの先駆者」
◇やまなし文学賞〔研究・評論部門〕（第23回/平成26年度―研究・評論部門）
「ジョン・レディ・ブラック―近代日本ジャーナリズムの先駆者」 岩波書店 2014.10 319,9p 21cm 6800円 ①978-4-00-025998-9

奥坂 まや　おくさか・まや
1419 「列柱」
◇俳人協会新人賞（第18回/平成6年）
「列柱」 花神社 1994.7 182p 20cm 2500円 ①4-7602-1321-X

奥田 統己　おくだ・おさみ
1420 「アイヌ語静内方言文脈つき語彙集」
◇金田一京助博士記念賞（第28回/平成12年）
「アイヌ語静内方言文脈つき語彙集」 札幌学院大学人文学部 1999.3 179p 30cm

奥田 静夫　おくだ・しずお
1421 「魂を燃焼し尽くした男―松本十郎の生涯」
◇北海道ノンフィクション賞（第26回/平成18年―大賞）

おくだ 菜摘　おくだ・なつみ
1422 「春の鐘」
◇新俳句人連盟賞（第37回/平成21年/作品の部/佳作4位）

奥田 春美　おくだ・はるみ
1423 「かめれおんの時間」
◇現代詩花椿賞（第26回/平成20年）
「かめれおんの時間」 思潮社 2008.6 94p 21cm 2200円 ①978-4-7837-3066-8

奥田 亡羊　おくだ・ぼうよう
1424 「亡羊」
◇現代歌人協会賞（第52回/平成20年）
「亡羊―奥田亡羊歌集」 短歌研究社 2007.6 225p 20cm 2667円 ①978-4-86272-038-2

1425 「麦と砲弾」
◇短歌研究新人賞（第48回/平成17年）

奥田 昌美　おくだ・まさみ
1426 「ディスポの看護婦にはなりたくない」
◇読売「ヒューマン・ドキュメンタリー」大賞（第14回/平成5年―優秀賞）
「ばいばい、フヒタ」 藤田直子, 奥田昌美, 藤本仁美, 越宮照代, 田中美奈子著 読売新聞社 1994.2 297p 19cm 1300円 ①4-643-94003-4

奥田 祐士　おくだ・ゆうじ
1427 「シービスケット―あるアメリカ競走馬の伝説」
◇馬事文化賞（第17回/平成15年度）
「シービスケット―あるアメリカ競走馬の伝説」 ローラ・ヒレンブランド著, 奥田祐士訳 ソニー・マガジンズ 2003.7 521p 20cm 1800円 ①4-7897-2074-8
「シービスケット―あるアメリカ競走馬の伝説」 ローラ・ヒレンブランド著, 奥田祐士訳 ソニー・マガジンズ 2005.1 566p 15cm （ヴィレッジブックス） 950円 ①4-7897-2456-5

奥平 麻里子　おくだいら・まりこ
1428 「ジャングル・ジム」
◇現代詩加美未来賞（第6回/平成8年―中新田あけぼの賞）

奥名 春江　おくな・はるえ
1429　「寒木」
◇角川俳句賞（第38回/平成4年）

奥中 康人　おくなか・やすと
1430　「国家と音楽」
◇サントリー学芸賞（第30回/平成20年度─芸術・文学部門）
「国家と音楽─伊澤修二がめざした日本近代」春秋社　2008.3　239,24p　19cm 2500円　Ⓒ978-4-393-93023-6

奥野 修司　おくの・しゅうじ
1431　「ナツコ 沖縄密貿易の女王」
◇講談社ノンフィクション賞（第27回/平成17年）
◇大宅壮一ノンフィクション賞（第37回/平成18年）
「ナツコ─沖縄密貿易の女王」文藝春秋　2005.4　405p　20cm 2143円　Ⓒ4-16-366920-5
「ナツコ─沖縄密貿易の女王」文藝春秋　2007.10　459p　16cm（文春文庫）752円　Ⓒ978-4-16-771747-6

奥野 正男　おくの・まさお
1432　「神々の汚れた手 旧石器捏造・誰も書かなかった真相」
◇毎日出版文化賞（第58回/平成16年─第2部門（人文・社会））
「神々の汚れた手─旧石器捏造・誰も書かなかった真相 文化庁・歴博関係学者の責任を告発する」梓書院　2004.6　372p　21cm 2000円　Ⓒ4-87035-221-4

奥原 盛雄　おくはら・もりお
1433　「ゆくゆくものは戸をあけて」
◇横浜詩人会賞（第32回/平成12年度）
「ゆくゆくものは戸をあけて」書肆山田　2000.3　143p　21cm 3000円　Ⓒ4-87995-479-9

小熊 英二　おぐま・えいじ
1434　「1968」（上・下）
◇角川財団学芸賞（第8回/平成22年）
「1968　上　若者たちの叛乱とその背景」新曜社　2009.7　1091p　22cm 6800円　Ⓒ978-4-7885-1163-7
「1968　下　叛乱の終焉とその遺産」新曜社　2009.7　1011p　22cm 6800円　Ⓒ978-4-7885-1164-4

1435　「単一民族神話の起源」
◇サントリー学芸賞（第18回/平成8年度─社会・風俗部門）
「単一民族神話の起源─「日本人」の自画像の系譜」新曜社　1995.7　450p　19cm 3914円　Ⓒ4-7885-0528-2

1436　「〈民主〉と〈愛国〉」
◇大佛次郎論壇賞（第3回/平成15年）
◇毎日出版文化賞（第57回/平成15年─第2部門（人文、社会））
「"民主"と"愛国"─戦後日本のナショナリズムと公共性」新曜社　2002.10　966p　21cm 6300円　Ⓒ4-7885-0819-2

小熊 英二　おぐま・えいじ
1437　「生きて帰ってきた男─ある日本兵の戦争と戦後」
◇小林秀雄賞（第14回/平成27年）
「生きて帰ってきた男─ある日本兵の戦争と戦後」岩波書店　2015.6　389p　18cm（岩波新書）940円　Ⓒ978-4-00-431549-0

小熊 一人　おぐま・かずんど
1438　「海漂林」
◇角川俳句賞（第23回/昭和52年）

小熊 秀雄　おぐま・ひでお
1439　「小熊秀雄全集 全5巻」
◇毎日出版文化賞（第32回/昭和53年─特別賞）
「新版 小熊秀雄全集　第1巻」創樹社　1990.11　549p　19cm 5000円
「新版 小熊秀雄全集　第2巻」創樹社　1990.12　496p　19cm 5000円
「新版 小熊秀雄全集　第3巻」創樹社　1991.2　542p　19cm 5000円
「新版 小熊秀雄全集　第4巻」創樹社　1991.4　493p　19cm 5000円
「新版 小熊秀雄全集　第5巻」創樹社　1991.11　701p　19cm 7000円

小熊 捍　おぐま・まもる
1440　「桃栗三年」
◇日本エッセイスト・クラブ賞（第5回/昭和32年）

奥村 里　おくむら・さと
1441　「授りて」
◇日本伝統俳句協会賞（第16回/平成16年度/新人賞）

奥村 せいち　おくむら・せいち
1442　「紀行「お伊勢まいり」」
◇奥の細道文学賞（第2回/平成8年―佳作）

奥村 洋彦　おくむら・ひろひこ
1443　「現代日本経済論」
◇石橋湛山賞（第21回/平成12年）
「現代日本経済論―「バブル経済」の発生と崩壊」　東洋経済新報社　1999.5　297p　21cm　2800円　①4-492-39309-9

奥本 大三郎　おくもと・だいさぶろう
1444　「楽しき熱帯」
◇サントリー学芸賞（第17回/平成7年度―社会・風俗部門）
「楽しき熱帯」　集英社　1995.7　235p　19cm　1500円　①4-08-774149-4
「楽しき熱帯」　集英社　2000.8　263p　15cm（集英社文庫）552円　①4-08-747232-9
「楽しき熱帯」　講談社　2011.3　251p　15cm（講談社学術文庫）880円　①978-4-06-292041-4

1445　「斑猫の宿」
◇JTB紀行文学大賞（第10回/平成13年）
「斑猫の宿」　JTB　2001.1　255p　20cm　1600円　①4-533-03680-5
「斑猫の宿」　中央公論新社　2011.11　305p　15cm（中公文庫）705円　①978-4-12-205565-0

1446　「虫の宇宙誌」
◇読売文学賞（第33回/昭和56年―随筆・紀行賞）
「虫の宇宙誌」　青土社　1981.7　350p　20cm　1900円
「虫の宇宙誌」　集英社　1984.6　392p　16cm（集英社文庫）460円　①4-08-750765-3
「虫の宇宙誌」　新装版　青土社　1989.8　350p　20cm　1900円　①4-7917-5030-6

奥山 和子　おくやま・かずこ
1447　「硝子壜」
◇現代俳句新人賞（第22回/平成16年）

小倉 金之助　おぐら・きんのすけ
1448　「近代日本の数学」
◇毎日出版文化賞（第10回/昭和31年）

小倉 孝誠　おぐら・こうせい
1449　「挿絵入新聞「イリュストラシオン」にたどる19世紀フランス夢と創造」
◇渋沢・クローデル賞（第12回/平成7年―日本側特別賞（ルイ・ヴィトンジャパン特別賞））
「19世紀フランス夢と創造―挿絵入新聞『イリュストラシオン』にたどる」　人文書院　1995.2　318p　22cm　3296円　①4-409-51033-9

小倉 孝保　おぐら・たかやす
1450　「柔の恩人　『女子柔道の母』ラスティ・カノコギが夢見た世界」
◇小学館ノンフィクション大賞（第18回/平成23年/大賞）
「柔の恩人―「女子柔道の母」ラスティ・カノコギが夢見た世界」　小学館　2012.5　238p　20cm　1600円　①978-4-09-389741-9

小倉 保子　おぐら・やすこ
1451　「藺草田の四季」
◇荒木暢夫賞（第10回/昭和51年）

小栗 康之　おぐり・やすゆき
1452　「人間オグリの馬遍歴」
◇優駿エッセイ賞（第8回/平成4年）

小黒 世茂　おぐろ・よも
1453　「隠国」
◇歌壇賞（第10回/平成10年度）
「隠国―歌集」　本阿弥書店　1999.11　232p　22cm　2700円　①4-89373-442-3
「小黒世茂歌集」　砂子屋書房　2012.5　156p　19cm（現代短歌文庫 106）1600円　①978-4-7904-1398-1

桶谷 秀昭　おけたに・ひであき

1454　「伊藤整」
◇伊藤整文学賞（第6回/平成7年―評論）
「伊藤整」　新潮社　1994.4　355p　19cm　2200円　ⓘ4-10-348902-2

1455　「昭和精神史」
◇毎日出版文化賞（第46回/平成4年）
「昭和精神史」　文藝春秋　1992.6　677p　19cm　3500円　ⓘ4-16-346560-X
「昭和精神史」　文藝春秋　1996.4　731p　15cm（文春文庫）　1200円　ⓘ4-16-724204-2
「神やぶれたまはず―昭和二十年八月十五日正午」　長谷川三千子著　中央公論新社　2013.7　305p　19cm　1800円　ⓘ978-4-12-004517-2

小崎 愛子　おざき・あいこ

1456　「りくという名の母」
◇大石りくエッセー賞（第2回/平成11年―優秀賞）

尾崎 朗子　おざき・あきこ

1457　「タイガーリリー」
◇現代短歌新人賞（第16回/平成27年度）
「タイガーリリー―尾崎朗子歌集」　尾崎朗子著　ながらみ書房　2015.8　159p　20cm（かりん叢書 第297篇）　2400円　ⓘ978-4-86023-959-6

松田 さえこ　おざき・さえこ

1458　「さるびあ街」
◇日本歌人クラブ推薦歌集（第4回/昭和33年）
「現代短歌全集　第13巻　昭和31～33年」　生方たつゑ〔ほか〕著　筑摩書房　1980.11　417p　23cm　3600円
「さるびあ街」　尾崎左永子著　沖積舎　1989.2　170p　21cm　3000円　ⓘ4-8060-1026-X
「現代短歌全集　第13巻　昭和三十一年～三十三年」　生方たつゑほか著　筑摩書房　2002.5　417p　21cm　6200円　ⓘ4-480-13833-1

尾崎 左永子　おざき・さえこ

1459　「源氏の恋文」
◇日本エッセイスト・クラブ賞（第32回/昭和59年）
「源氏の恋文」　求龍堂　1984.7　290p　22cm　2200円　ⓘ4-7630-8404-6
「源氏の恋文」　文藝春秋　1987.7　273p　15cm（文春文庫）　400円　ⓘ4-16-744901-3
「源氏の花を訪ねて―入江泰吉写真集」　入江泰吉写真, 尾崎左永子文　求龍堂　1987.12　119p　30×23cm（求龍堂グラフィックス）　4800円　ⓘ4-7630-8720-7

1460　「佐太郎秀歌私見」
◇日本歌人クラブ大賞（第6回/平成27年）
「佐太郎秀歌私見」　Kadokawa　2014.10　243p　20cm　2200円　ⓘ978-4-04-652879-7

1461　「夕霧峠」
◇迢空賞（第33回/平成11年）
「夕霧峠―尾崎左永子歌集」　砂子屋書房　1998.11　253p　23cm　3000円
「尾崎左永子歌集　続」　砂子屋書房　2006.8　194p　19cm（現代短歌文庫 61）　2000円　ⓘ4-7904-0917-1

尾崎 俊介　おざき・しゅんすけ

1462　「S先生のこと」
◇日本エッセイスト・クラブ賞（第61回/平成25年）
「S先生のこと」　新宿書房　2013.2　285p　20cm　2400円　ⓘ978-4-88008-437-4

尾崎 千佳　おざき・ちか

1463　「宗因顕彰とその時代 西山宗因年譜考」
◇柿衞賞（第9回/平成12年）

小崎 碇之介　おざき・ていのすけ

1464　「海の中を流るる河」
◇作品五十首募集（第4回/昭和31年）

尾崎 秀樹　おざき・ほつき

1465　「大衆文学の歴史」
◇大衆文学研究賞（第3回/平成1年―特別賞）
「大衆文学の歴史」　講談社　1989.3　2冊　19cm　9800円　ⓘ4-06-999202-2

尾崎 まゆみ　おざき・まゆみ

1466　「微熱海域」
◇短歌研究新人賞（第34回/平成3年）
　「微熱海域―歌集」　書肆季節社　1993.2　134p　20cm（玲瓏叢書 第13篇）2300円

長田 清子　おさだ・せいこ

1467　「夏の終わり」
◇〔新潟〕日報詩壇賞（第32回/昭和60年春）

長田 典子　おさだ・のりこ

1468　「おりこうさんのキャシィ」
◇横浜詩人会賞（第34回/平成14年度）
　「おりこうさんのキャシィ」　書肆山田　2001.11　133p　21cm　2200円　Ⓘ4-87995-531-0

長田 弘　おさだ・ひろし

1469　「記憶のつくり方」
◇桑原武夫学芸賞（第1回/平成10年）
　「記憶のつくり方」　晶文社　1998.1　121p　21cm　1800円　Ⓘ4-7949-3531-5
　「すべてきみに宛てた手紙」　晶文社　2001.4　137p　21cm　1800円　Ⓘ4-7949-6484-6
　「記憶のつくり方 詩集」　朝日新聞出版　2012.3　134p　15cm（朝日文庫）680円　Ⓘ978-4-02-264656-9
　「長田弘全詩集」　みすず書房　2015.4　656, 7p　21cm　6000円　Ⓘ978-4-622-07913-2

1470　「心の中にもっている問題」
◇富田砕花賞（第1回/平成2年）
　「心の中にもっている問題―詩人の父から子どもたちへの45篇の詩」　晶文社　1990.3　173p　21cm　1600円　Ⓘ4-7949-3529-3
　「長田弘全詩集」　みすず書房　2015.4　656, 7p　21cm　6000円　Ⓘ978-4-622-07913-2

1471　「幸いなるかな本を読む人」
◇詩歌文学館賞（第24回/平成21年/詩）
　「幸いなるかな本を読む人―詩集」　毎日新聞社　2008.7　109p　22cm　1900円　Ⓘ978-4-620-31893-6

1472　「世界はうつくしいと」
◇三好達治賞（第5回/平成21年度）
　「世界はうつくしいと―詩集」　みすず書房　2009.4　98p　22cm　1800円　Ⓘ978-4-622-07466-3

1473　「私の二十世紀書店」
◇毎日出版文化賞（第36回/昭和57年）
　「私の二十世紀書店」　中央公論社　1982.3　243p　18cm（中公新書）480円
　「定本 私の二十世紀書店」　みすず書房　1999.10　274p　19cm　2500円　Ⓘ4-622-04509-5

長田 雅道　おさだ・まさみち

1474　「港のある町」
◇短歌新聞新人賞（第1回/昭和48年）
　「港のある町―長田雅道歌集」　短歌新聞社　1982.1　124p　19cm（群山叢書 第102篇）

長部 日出雄　おさべ・ひでお

1475　「桜桃とキリスト もう一つの太宰治伝」
◇和辻哲郎文化賞（第15回/平成14年度/一般部門）
　「桜桃とキリスト―もう一つの太宰治伝」　文藝春秋　2002.3　535p　19cm　2190円　Ⓘ4-16-320530-6
　「桜桃とキリスト―もう一つの太宰治伝」　文藝春秋　2005.3　638p　15cm（文春文庫）905円　Ⓘ4-16-735006-8

1476　「見知らぬ戦場」
◇新田次郎文学賞（第6回/昭和62年）
　「見知らぬ戦場」　文藝春秋　1986.8　251p　19cm　1200円　Ⓘ4-16-309160-2

大仏 次郎　おさらぎ・じろう

1477　「天皇の世紀 全10巻」
◇毎日出版文化賞（第28回/昭和49年）
　「天皇の世紀 1～10」　大佛次郎著　普及版　朝日新聞社　2005～1006　19cm　Ⓘ4-02-250151-0
　「天皇の世紀 1～10」　大佛次郎著　文藝春秋　2010.1～12　15cm（文春文庫）　Ⓘ978-4-16-777339-7

小沢 昭一　おざわ・しょういち

1478　「日本の放浪芸」
◇尾崎秀樹記念・大衆文学研究賞（第18回/平成17年/研究・考証部門）
　「日本の放浪芸」　白水社　2004.6　574, 28p　22cm　7800円　Ⓘ4-560-03585-7

1479 「ものがたり 芸能と社会」
◇新潮学芸賞（第12回/平成11年）
「ものがたり 芸能と社会」 白水社 1998.11 375, 43p 22cm 5500円 Ⓘ4-560-03988-7
「民衆史の遺産 第4巻 芸能漂泊民」 谷川健一, 大和岩雄編 大和書房 2013.9 701p 19cm 6000円 Ⓘ978-4-479-86104-1

小澤 征爾　おざわ・せいじ
1480 「小澤征爾さんと、音楽について話をする」
◇小林秀雄賞（第11回/平成24年）
「小澤征爾さんと、音楽について話をする」 小澤征爾, 村上春樹著 新潮社 2011.11 375p 20cm 1600円 Ⓘ978-4-10-353428-0
「小澤征爾さんと、音楽について話をする」 小澤征爾, 村上春樹著 新潮社 2014.7 467p 16cm（新潮文庫 む-5-34）710円 Ⓘ978-4-10-100166-1

小沢 隆明　おざわ・たかあき
1481 「湖国・如幻」
◇JTB旅行記賞（第2回/平成5年度）
「旅・まほろし」 ルネッサンスブックス, 幻冬舎ルネッサンス〔発売〕 2006.9 154p 19cm 1300円 Ⓘ4-7790-0089-0

小沢 信男　おざわ・のぶお
1482 「裸の大将一代記—山下清の見た夢」
◇桑原武夫学芸賞（第4回/平成13年）
「裸の大将一代記—山下清の見た夢」 筑摩書房 2000.2 349p 20cm 2200円 Ⓘ4-480-88508-0
「裸の大将一代記—山下清の見た夢」 筑摩書房 2008.4 435p 15cm（ちくま文庫）820円 Ⓘ978-4-480-42434-1

小沢 正邦　おざわ・まさくに
1483 「『も』『かも』の歌の試行—小池光歌集『草の庭』をめぐって」
◇現代短歌評論賞（第17回/平成11年）
「小池光歌集 続」 小池光著 砂子屋書房 2001.6 215p 19cm（現代短歌文庫 35）2000円 Ⓘ4-7904-0578-8

小沢 美智恵　おざわ・みちえ
1484 「嘆きよ、僕をつらぬけ」
◇蓮如賞（第2回/平成7年—優秀作）
「嘆きよ、僕をつらぬけ」 河出書房新社 1996.1 154p 19cm 1300円 Ⓘ4-309-01038-5

小沢 実　おざわ・みのる
1485 「瞬間」
◇読売文学賞（第57回/平成17年—評論・伝記賞）
「瞬間—小沢実句集」 角川書店 2005.6 193p 19cm（沢俳句叢書）3000円 Ⓘ4-04-876249-4
「小澤實集」 小澤實著 邑書林 2005.6 139p 19cm（セレクション俳人 5§澤俳句叢書 5§第3篇）1300円 Ⓘ4-89709-404-6

1486 「俳句のはじまる場所」
◇俳人協会評論賞（第22回/平成19年）
「俳句のはじまる場所—実力俳人への道」 角川学芸出版, 角川グループパブリッシング（発売）2007.7 285p 19cm（角川選書 410）1600円 Ⓘ978-4-04-703410-5

1487 「立像」
◇俳人協会新人賞（第21回/平成9年）
「立像」 角川書店 1998 200p 19cm（現代俊英俳句叢書 3）2524円 Ⓘ4-04-871569-0
「小澤實集」 邑書林 2005.6 139p 19cm（セレクション俳人 5§澤俳句叢書 5§第3篇）1300円 Ⓘ4-89709-404-6

小塩 節　おしお・たかし
1488 「木々を渡る風」
◇日本エッセイスト・クラブ賞（第47回/平成11年）
「木々を渡る風」 新潮社 1998.4 237p 19cm 1700円 Ⓘ4-10-422601-7
「木々を渡る風」 新潮社 2002.5 315p 16cm（新潮文庫）590円 Ⓘ4-10-123231-8

小塩 卓哉　おしお・たくや
1489 「緩みゆく短歌形式—同時代を歌う方法の推移」
◇現代短歌評論賞（第10回/平成4年）

押川 典昭　おしかわ・のりあき
1490　プラムディヤ・アナンタ・トゥール「人間の大地」4部作（「プラムディヤ選集2～7」）
◇読売文学賞（第59回／平成19年度―研究・翻訳賞）

押久保 千鶴子　おしくぼ・ちずこ
1491　「夏の山に」
◇日本随筆家協会賞（第51回／平成17年2月）
「桜巡り」　日本随筆家協会　2009.8　195p　20cm（現代名随筆叢書 106）1500円　978-4-88933-344-2

忍澤 勉　おしざわ・つとむ
1492　「『惑星ソラリス』理解のために―『ソラリス』はどう伝わったのか」
◇日本SF評論賞（第7回／平成23年／選考委員特別賞）

押田 ゆき子　おしだ・ゆきこ
1493　「合わせ鏡」
◇日本随筆家協会賞（第4回／昭和55年）
「合わせ鏡」　日本随筆家協会　1980.6　280p　20cm（現代随筆選書 16）1500円

押野 裕　おしの・ひろし
1494　「雲の座」
◇俳人協会新人賞（第35回／平成23年度）
「雲の座―押野裕句集」　ふらんす堂　2011.8　213p　19cm（ふらんす堂精鋭俳句叢書・澤俳句叢書 第9篇―Serie de la lune）2400円　978-4-7814-0369-4

小津 はるみ　おず・はるみ
1495　「水の向う」
◇ラ・メール俳句賞（第1回／昭和63年）

尾堤 輝義　おずつみ・てるよし
1496　「鋼の水」
◇現代俳句協会年度作品賞（第1回／平成12年）

尾世川 正明　おせがわ・まさあき
1497　「フラクタルな回転運動と彼の信念」
◇富田砕花賞（第25回／平成26年）
「詩集 フラクタルな回転運動と彼の信念」　土曜美術社出版販売　2013.9　111p　21cm　2000円　978-4-8120-2071-5

小田 鮎子　おだ・あゆこ
1498　「迷路」
◇「短歌現代」新人賞（第26回／平成23年）

小田 幸子　おだ・さちこ
1499　「薔薇窓」（句集）
◇北海道新聞俳句賞（第15回／平成12年）
「薔薇窓―句集」　広軌発行所　2000.7　197p　20cm（広軌叢書）2500円

織田 三乗　おだ・さんじょう
1500　「中ぶる自転車」
◇詩人会議新人賞（第1回／昭和42年）

小田 周行　おだ・ひろゆき
1501　「その名に魅せられて―金湯・銀湯」
◇日本旅行記賞（第16回／平成1年―佳作）

尾田 みどり　おだ・みどり
1502　「おりづる、空に舞え」
◇報知ドキュメント大賞（第3回／平成11年／優秀作）

小田 涼　おだ・りょう
1503　「認知と指示 定冠詞の意味論」
◇渋沢・クローデル賞（第29回／平成24年度／日本側 本賞）
「認知と指示―定冠詞の意味論」　京都大学学術出版会　2012.2　364p　22cm　4000円　978-4-87698-589-0

尾高 亨　おだか・とおる
1504　「死は誰のものか」
◇週刊金曜日ルポルタージュ大賞（第7回／平成12年3月／佳作）

小高 真由美　おだか・まゆみ
1505　「『夜遊び』議員の辞職を求めた長い道のり」
◇週刊金曜日ルポルタージュ大賞（第18回/平成19年/佳作）

小田切 敬子　おだぎり・けいこ
1506　「流木」
◇壺井繁治賞（第10回/昭和57年）
「流木―小田切敬子詩集」青磁社　1981.7　173p　18cm　1500円
「小田切敬子詩選集一五二篇」コールサック社　2014.12　254p　19cm（コールサック詩文庫）1500円　Ⓘ978-4-86435-182-9

小田切 進　おだぎり・すすむ
1507　「現代日本文芸総覧 全4巻」
◇毎日出版文化賞（第27回/昭和48年―特別賞）
「現代日本文芸総覧」増補改訂　明治文献資料刊行会　1992.12　4冊　22cm　全59800円

小田切 秀雄　おだぎり・ひでお
1508　「私の見た昭和の思想と文学の五十年」（上・下）
◇毎日出版文化賞（第42回/昭和63年）
「私の見た昭和の思想と文学の五十年　上」集英社　1988.3　430p　21cm　3800円　Ⓘ4-08-772636-3
「私の見た昭和の思想と文学の五十年　下」集英社　1988.4　393, 28p　23cm　3800円　Ⓘ4-08-772637-1
「小田切秀雄全集　第16巻　私の見た昭和の思想と文学の五十年　上」小田切秀雄著, 小田切秀雄全集編集委員会編　勉誠出版　2000.11　477p　22cm　Ⓘ4-585-05051-5

落合 けい子　おちあい・けいこ
1509　「じゃがいもの歌」
◇「短歌現代」新人賞（第4回/平成1年）
「じゃがいもの歌―落合けい子歌集」短歌新聞社　1990.7　184p　20cm　2000円

落合 洋子　おちあい・ようこ
1510　「天職」
◇読売・日本テレビWoman's Beat大賞カネボウスペシャル21（第2回/平成15年/入選）
「彩・生―第2回woman's beat大賞受賞作品集」新井順子ほか著　中央公論新社　2004.2　317p　20cm　1800円　Ⓘ4-12-003499-2

尾辻 克彦　おつじ・かつひこ
1511　「東京路上探険記」
◇講談社エッセイ賞（第3回）
「東京路上探険記」尾辻克彦文, 赤瀬川原平絵　新潮社　1986.7　251p　21cm　1900円　Ⓘ4-10-361102-2
「東京路上探検記」新潮社　1989　355p（新潮文庫）

小貫 信子　おぬき・のぶこ
1512　「生業」
◇福島県短歌賞（第34回/平成21年度―短歌賞）

小根山 トシ　おねやま・とし
1513　「グチの秋」
◇〔新潟〕日報詩壇賞（第2回/昭和44年秋）

小野 一光　おの・いっこう
1514　「殺人犯との対話」
◇大宅壮一ノンフィクション賞（第47回/平成28年）
「殺人犯との対話」文藝春秋　2015.11　319p　19cm　1450円　Ⓘ978-4-16-390367-5

小野 絵里華　おの・えりか
1515　「詩にみる〈日本身体〉の変容―萩原朔太郎を中心に」
◇詩人会議新人賞（第42回/平成20年/評論部門）

小野 かおる　おの・かおる
1516　「お父さんが話してくれた宇宙の歴史」
◇吉村証子記念「日本科学読物賞」（第13回/平成5年）
「お父さんが話してくれた宇宙の歴史　1　ビッグバン」池内了文, 小野かおる絵　岩波書店　1992.4　62p　23×19cm　1200円　Ⓘ4-00-115281-9

「お父さんが話してくれた宇宙の歴史　2　銀河のたんじょう」　池内了文，小野かおる絵　岩波書店　1992.5　59p　23×19cm　1200円　Ⓘ4-00-115282-7

「お父さんが話してくれた宇宙の歴史　3　生きている地球」　池内了文，小野かおる絵　岩波書店　1992.6　62p　23×19cm　1200円　Ⓘ4-00-115283-5

「お父さんが話してくれた宇宙の歴史　4　生命のひろがり」　池内了文，小野かおる絵　岩波書店　1992.7　62p　23×19cm　1200円　Ⓘ4-00-115284-3

「親子で読もう宇宙の歴史」　池内了文，小野かおる絵　岩波書店　2012.8　248p　19×16cm　2800円　Ⓘ978-4-00-005085-2

小野　公子　おの・きみこ

1517　「心の故郷」
◇日本随筆家協会賞（第38回/平成10年11月）
「遠景より」　日本随筆家協会　1999.3　225p　19cm（現代名随筆叢書）　1500円　Ⓘ4-88933-229-4

小野　清美　おの・きよみ

1518　「テクノクラートの世界とナチズム」
◇和辻哲郎文化賞（第9回/平成8年—学術部門）
「テクノクラートの世界とナチズム—「近代超克」のユートピア」　ミネルヴァ書房　1996.7　410, 42p　21cm（MINERVA西洋史ライブラリー 17）　4944円　Ⓘ4-623-02652-3

おの　さとし

1519　「Å（オングストローム）」
◇北海道詩人協会賞（第49回/平成24年度）

小野　茂樹　おの・しげき

1520　「羊雲離散」
◇現代歌人協会賞（第13回/昭和44年）
「現代短歌全集　第15巻　昭和38年〜45年」　山田あき〔ほか〕著　筑摩書房　1981.4　602p　23cm　4300円
「第一歌集の世界—青春歌のかがやき」　ながらみ書房編　ながらみ書房, 白鳳社〔発売〕　1989.4　312p　19cm　2266円　Ⓘ4-8262-5002-9

「現代短歌全集　第15巻　昭和三十八年〜四十五年」　山田あきほか著　増補版　筑摩書房　2002.8　602p　21cm　6800円　Ⓘ4-480-13835-8

小野　静枝　おの・しずえ

1521　「それから，それから」（詩集）
◇銀河詩手帖賞（第7回/昭和62年）
「それから・それから—小野静枝詩集」　らくだ詩社　1987.3　88p　22cm　1500円

小野　淳子　おの・じゅんこ

1522　「朴葉鮓」
◇深吉野賞（第4回/平成8年）

小野　順子　おの・じゅんこ

1523　「氷の棘」
◇感動ノンフィクション大賞（第2回/平成19年/特別賞）
「オモニ—在日朝鮮人の妻として生きた母」　幻冬舎　2008.1　156p　20cm　1300円　Ⓘ978-4-344-01442-8

小野　ちとせ　おの・ちとせ

1524　「木という字には」
◇「詩と思想」新人賞（第20回/平成23年）

小野　弘子　おの・ひろこ

1525　「父・矢代東村」
◇日本歌人クラブ評論賞（第11回/平成25年）
「父矢代東村—近代短歌史の一側面」　短歌新聞社, 現代短歌社〔発売〕　2012.4　422p　20cm　3333円　Ⓘ978-4-906846-02-3

斧　二三夫　おの・ふみお

1526　「アイヌの戦い」
◇北海道ノンフィクション賞（第3回/昭和58年—佳作）

小野　雅子　おの・まさこ

1527　「花筐」
◇ながらみ書房出版賞（第1回/平成5年）
「花筐—小野雅子歌集」　ながらみ書房　1992.5　177p　19cm（地中海叢書　第

471篇）2500円

小野　正之　おの・まさゆき
1528　「神様のメッセージ」
◇報知ドキュメント大賞（第5回/平成13年/優秀作）

小野　裕三　おの・ゆうぞう
1529　「西東三鬼試論―日本語の『くらやみ』をめぐって」
◇現代俳句評論賞（第22回/平成14年）

小野　連司　おの・れんじ
1530　「鰻屋闇物語」
◇小熊秀雄賞（第4回/昭和46年）

尾上　尚子　おのえ・たかこ
1531　「シオンがさいた」
◇三越左千夫少年詩賞（第5回/平成13年）
「シオンがさいた」尾上尚子作、渡辺有一絵　リーブル　2000.11　101p　19cm　952円　④4-947581-25-5
「尾上尚子詩集」いしずえ　2004.7　150, 10p　19cm（現代児童文学詩人文庫 6）1200円　④4-900747-86-6

小野川　秀美　おのかわ・ひでみ
1532　「宮崎滔天全集 全5巻」
◇毎日出版文化賞（第31回/昭和52年―特別賞）

小埜寺　禮子　おのでら・れいこ
1533　「大石りくさんへ」
◇大石りくエッセー賞（第1回/平成9年―優秀賞）

尾花　仙朔　おばな・せんさく
1534　「有明まで」
◇日本詩人クラブ賞（第38回/平成17年）
「有明まで」思潮社　2004.7　124p　22cm　2600円　④4-7837-1936-5
1535　「縮図」
◇晩翠賞（第25回/昭和59年）
「尾花仙朔詩集」土曜美術社出版販売　1999.4　149p　19cm（日本現代詩文庫・第二期 13）1400円　④4-8120-1184-1
「尾花仙朔詩集」思潮社　2014.8　157p　19cm（現代詩文庫）1300円　①978-4-7837-0985-5
1536　「晩鐘」
◇現代詩人賞（第34回/平成28年）
「晩鐘」思潮社　2015.9　130p　22×16cm　2800円　①978-4-7837-3502-1
1537　「黄泉草子形見祭文（よみそうしかたみさいもん）」
◇地球賞（第23回/平成10年度）
「黄泉草子形見祭文―詩集」湯川書房　1997.8　125p　22cm　2600円
「尾花仙朔詩集」土曜美術社出版販売　1999.4　149p　19cm（日本現代詩文庫・第二期 13）1400円　④4-8120-1184-1
「尾花仙朔詩集」思潮社　2014.8　157p　19cm（現代詩文庫）1300円　①978-4-7837-0985-5

小原　琢葉　おはら・たくよう
1538　「永日」
◇俳句四季大賞（第4回/平成16年）
「永日―句集」角川書店　2003.7　169p　20cm　④4-04-876182-X
1539　「滾滾」
◇俳人協会賞（第36回/平成8年）
「滾滾―句集」角川書店　1996.7　229p　20cm　2900円　④4-04-871601-8
1540　「平心」
◇詩歌文学館賞（第22回/平成19年/俳句）
「平心―句集」角川書店　2006.5　205p　20cm　2762円　④4-04-651673-9

小原　武雄　おばら・たけお
1541　「汚辱の日」
◇啄木賞（第1回/昭和22年―次席）

小原　祥子　おはら・としこ
1542　「北の四季」
◇野原水嶺賞（第3回/昭和62年）

小原　麻衣子　おはら・まいこ
1543　「冬の空」
◇「短歌現代」新人賞（第2回/昭和62年）

帯川 千　おびかわ・せん
1544　「マルメロの香り」
◇日本詩歌句大賞（第8回/平成24年度/短歌部門/大賞）
「マルメロの香り―歌集」　短歌新聞社　2011.4　236p　20cm（花實叢書 第139篇）　2381円　Ⓘ978-4-8039-1535-8

五十殿 利治　おむか・としはる
1545　「大正期新興美術運動の研究」
◇毎日出版文化賞（第49回/平成7年―奨励賞）
「大正期新興美術運動の研究」　スカイドア　1995.3　883p　22cm　11650円　Ⓘ4-915879-21-6
「大正期新興美術運動の研究」　改訂版　スカイドア　1998.6　885p　21cm　11000円　Ⓘ4-915879-39-9

オームス, ヘルマン
1546　「徳川イデオロギー」
◇和辻哲郎文化賞（第4回/平成3年―学術部門）
「徳川イデオロギー」　ヘルマン・オームス著, 黒住真, 清水正之, 豊沢一, 頼住光子共訳　ぺりかん社　1990.10　394, 19, 16p　21cm　5800円　Ⓘ4-8315-0496-3

重田 園江　おもだ・そのえ
1547　「連帯の哲学 Ⅰ―フランス社会連帯主義」
◇渋沢・クローデル賞（第28回/平成23年度/本賞）
「連帯の哲学 1　フランス社会連帯主義」　勁草書房　2010.10　255, 27p　20cm　2900円　Ⓘ978-4-326-35154-1

表 章　おもて・あきら
1548　「喜多流の成立と展開」
◇角川源義賞（第17回/平成7年度/国文学）
「喜多流の成立と展開」　平凡社　1994.8　894p　22cm　20000円　Ⓘ4-582-24606-0

尾本 恵市　おもと・けいいち
1549　「ヒトの発見」
◇講談社出版文化賞（第19回/昭和63年―科学出版賞）
「ヒトの発見―分子で探るわれわれのルーツ」　読売新聞社　1987.4　227p　19cm（読売科学選書 14―ライフ・サイエンス・シリーズ）　1200円　Ⓘ4-643-87018-4

小山 正孝　おやま・まさたか
1550　「十二月感泣集」
◇丸山薫賞（第7回/平成12年）
「十二月感泣集―詩集」　潮流社　1999.8　95p　24cm　3800円　Ⓘ4-88665-081-3

小山田 正　おやまだ・ただし
1551　「動乱の原油航路―あるタンカー船長の悲哀」
◇「週刊読売」ノンフィクション賞（第3回/昭和54年）

オリガス, ジャン・ジャック
1552　「物と眼 明治文学論集」
◇やまなし文学賞〔研究・評論部門〕（第12回/平成15年度―研究・評論部門）
「物と眼―明治文学論集」　ジャン＝ジャック・オリガス著　岩波書店　2003.9　239p　19cm　2400円　Ⓘ4-00-025294-1

織口 ノボル　おりくち・のぼる
1553　「サルサ・ガムテープ」
◇報知ドキュメント大賞（第1回/平成9年）

織本 瑞子　おりもと・みずこ
1554　「犬と旅した遙かな国」
◇日本旅行記賞（第18回/平成3年）
「犬と旅した遥かな国―スペイン・ポルトガル」　日本交通公社出版事業局　1992.8　245p　19cm　1400円　Ⓘ4-533-01920-X
「犬と旅した遙かな国―スペイン・ポルトガル」　中央公論社　1998.5　323p　15cm（中公文庫）　686円　Ⓘ4-12-203141-9

恩田 光基　おんだ・こうき
1555　「石のつばさ」
◇現代詩加美未来賞（第9回/平成11年―中新田若鮎賞）

隠田 友子　おんだ・ともこ
1556　「光と影―ソル・イ・ソンブラ」
◇日本旅行記賞（第16回/平成1年）

【か】

カー, アレックス
1557　「美しき日本の残像」
◇新潮学芸賞（第7回/平成6年）
「美しき日本の残像」　新潮社　1993.7
264p　19cm　1500円　Ⓓ4-10-526201-7
「美しき日本の残像」　アレックス・カー
著　朝日新聞社　2000.10　307p　15cm
（朝日文庫）　680円　Ⓓ4-02-264240-8

櫂 未知子　かい・みちこ
1558　「季語の底力」
◇俳人協会評論新人賞（第18回/平成15年）
「季語の底力」　日本放送出版協会　2003.
5　216p　18cm（生活人新書）　680円
Ⓓ4-14-088069-4
1559　「貴族」
◇加美俳句大賞（句集賞）（第2回/平成9年）
◇中新田俳句大賞（句集賞）（第2回/平成9年）
「貴族―櫂未知子句集」　邑書林　1996.8
151p　22cm　2600円　Ⓓ4-89709-200-0

甲斐 由起子　かい・ゆきこ
1560　「雪華」
◇俳人協会新人賞（第36回/平成24年度）
「雪華―甲斐由起子句集」　ふらんす堂
2012.7　173p　19cm（ふらんす堂精鋭俳句叢書―Série de la neige）　2400円
Ⓓ978-4-7814-0477-6

海後 宗臣　かいご・ときおみ
1561　「教育学事典 全6巻」
◇毎日出版文化賞（第11回/昭和32年）
1562　「教育学全集 全15巻」
◇毎日出版文化賞（第23回/昭和44年―特別賞）

海古 渡　かいこ・わたる
1563　「スカラベ紀行」
◇日本旅行記賞（第7回/昭和55年）

開高 健　かいこう・たけし
1564　「輝ける闇」
◇毎日出版文化賞（第22回/昭和43年）
「輝ける闇」　新潮社　1982.10　294p
15cm（新潮文庫）　360円　Ⓓ4-10-112809-X
「輝ける闇」　新潮社　1987.7　257p
20cm　1200円　Ⓓ4-10-304906-5
「昭和文学全集　22」　中村真一郎, 井上光晴, 開高健, 北杜夫, 三浦朱門著　小学館　1988.7　1097p　21cm　4000円
Ⓓ4-09-568022-9
「輝ける闇・新しい天体」　新潮社　1992.
5　528p　19cm（開高健全集 第6巻）
4500円　Ⓓ4-10-645206-5

海津 八三　かいず・はちぞう
1565　「心理学事典」
◇毎日出版文化賞（第12回/昭和33年）
「心理学事典」　新版　平凡社　1981.11
980p　27cm　12000円

貝塚 茂樹　かいずか・しげき
1566　「諸子百家」
◇毎日出版文化賞（第16回/昭和37年）
「諸子 百家 争鳴」　貝塚茂樹, 小川環樹, 森三樹三郎, 金谷治著　中央公論新社
2007.12　295p　18cm（中公クラシックス・コメンタリィ）　2200円　Ⓓ978-4-12-003894-5

貝塚 津音魚　かいずか・つねお
1567　「魂の緒」
◇栃木県現代詩人会賞（第44回―新人賞）
「詩集 魂の緒」　コールサック社　2009.8
127p　22×16cm　2000円　Ⓓ978-4-903393-51-3

貝瀬 千里　かいせ・ちさと
1568　「岡本太郎の仮面」
◇河上肇賞（第5回/平成21年/奨励賞）

開沼 博　かいぬま・ひろし
1569　「「フクシマ」論」

◇毎日出版文化賞（第65回／平成23年—人文・社会部門）
「「フクシマ」論—原子力ムラはなぜ生まれたのか」青土社　2011.6　403, 9p 19cm 2200円　ⓘ978-4-7917-6610-9

海沼 松世　かいぬま・まつよ
1570「空の入り口」
◇三越左千夫少年詩賞（第9回／平成17年）
「空の入り口—海沼松世詩集」海沼松世詩, 大井さちこ絵　らくだ出版　2004.11　79p 21cm 1400円　ⓘ4-89777-422-5

戒能 通孝　かいのう・みちたか
1571「入会の研究」
◇毎日出版文化賞（第1回／昭和22年）

貝原 昭　かいばら・あきら
1572「日の哀しみ」
◇伊東静雄賞（第5回／平成6年）

海部 宣男　かいふ・のりお
1573「世界を知る101冊—科学から何が見えるか」
◇毎日書評賞（第10回／平成23年度）
「世界を知る101冊—科学から何が見えるか」岩波書店　2011.6　251p 20cm 2000円　ⓘ978-4-00-006278-7

カウマイヤー 香代子　かうまいやー・かよこ
1574「自分を信じて」
◇読売・日本テレビWoman's Beat大賞カネボウスペシャル21（第3回／平成16年／入選）
「溺れる人—第3回woman's beat大賞受賞作品集」藤崎麻里, 八木沼笙子, 高橋和子, 竹内みや子, カウマイヤー・香代子著　中央公論新社　2005.2　270p 20cm 1800円　ⓘ4-12-003612-X

香川 進　かがわ・すすむ
1575「香川進全歌集」
◇現代短歌大賞（第15回／平成4年）
「香川進全歌集」香川進全歌集編纂委員会編　短歌新聞社　1991.7　775p 22cm（地中海叢書　第500篇）12000円　ⓘ4-8039-0643-2

「香川進全歌集　2」香川進著, 香川進遺歌集刊行委員会編　短歌新聞社　2004.10　299p 22cm（地中海叢書　第777篇）4762円　ⓘ4-8039-1175-4
1576「湾」
◇日本歌人クラブ推薦歌集（第4回／昭和33年）

香川 ヒサ　かがわ・ひさ
1577「ジュラルミンの都市樹」
◇角川短歌賞（第34回／昭和63年）
1578「テクネー」
◇現代歌人集会賞（第16回／平成2年）
「テクネー—歌集」角川書店　1990.3　193p 22cm 2500円　ⓘ4-04-871285-3
1579「Perspective」
◇若山牧水賞（第12回／平成19年）
「Perspective—香川ヒサ歌集」再版　柊書房　2007.12　199p 22cm 2857円　ⓘ978-4-89975-173-1
1580「マテシス」
◇河野愛子賞（第3回／平成5年）

香川 弘夫　かがわ・ひろお
1581「わが津軽街道」
◇晩翠賞（第18回／昭和52年）

香川 紘子　かがわ・ひろこ
1582「DNAのパスポート」
◇丸山薫賞（第4回／平成9年）
「DNAのパスポート—詩集」あざみ書房　1996.7　83p 22cm 2000円
「詩集 DNAのパスポート」あざみ書房　1996.7　83p 21cm 2000円
「香川紘子詩集」土曜美術社出版販売　2008.8　161p 19cm（新・日本現代詩文庫）1400円　ⓘ978-4-8120-1675-6

香川 不二子　かがわ・ふじこ
1583「ブレストかけて」
◇荒木暢夫賞（第20回／昭和61年）

垣花 恵子　かきはな・けいこ
1584「予感」
◇詩人会議新人賞（第22回／昭和63年—詩部門）

柿本 多映　かきもと・たえ

1585 「仮生」
◇詩歌文学館賞（第29回/平成26年/俳句）
◇俳句四季大賞（第13回/平成26年）
「仮生―句集」現代俳句協会　2013.9　186p　20cm（現代俳句コレクション3）　2000円

鍵和田 秞子　かぎわだ・ゆうこ

1586 「胡蝶」
◇俳人協会賞（第45回/平成17年度）
「胡蝶―句集」角川書店　2005.8　181p　20cm　2700円　Ⓓ4-04-876253-2

1587 「未来図」
◇俳人協会新人賞（第1回/昭和52年度）
「未来図―鍵和田〔ユウ〕子句集」鍵和田〔ユウ〕子著　邑書林　2000.9　110p　15cm（邑書林句集文庫）　900円　Ⓓ4-89709-342-2
「季語別鍵和田秞子句集」ふらんす堂　2004.11　223p　19cm　2600円　Ⓓ4-89402-695-3

角地 幸男　かくち・ゆきお

1588 「明治天皇」(上・下)
◇毎日出版文化賞（第56回/平成14年―第2部門（人文・社会））
「明治天皇　上巻」ドナルド・キーン著，角地幸男訳　新潮社　2001.10　566p　21cm　3200円　Ⓓ4-10-331704-3
「明治天皇　下巻」ドナルド・キーン著，角地幸男訳　新潮社　2001.10　582p　21cm　3200円　Ⓓ4-10-331705-1
「明治天皇　1」ドナルド・キーン著，角地幸男訳　新潮社　2007.3　471p　15cm（新潮文庫）　667円　Ⓓ978-4-10-131351-1
「明治天皇　2」ドナルド・キーン著，角地幸男訳　新潮社　2007.3　490p　15cm（新潮文庫）　705円　Ⓓ978-4-10-131352-8
「明治天皇　3」ドナルド・キーン著，角地幸男訳　新潮社　2007.4　504p　15cm（新潮文庫）　705円　Ⓓ978-4-10-131353-5
「明治天皇　4」ドナルド・キーン著，角地幸男訳　新潮社　2007.5　501p　15cm（新潮文庫）　705円　Ⓓ978-4-10-131354-2
「明治天皇　上　嘉永五年‐明治七年」ドナルド・キーン著　新潮社　2015.7　413p　21cm（ドナルド・キーン著作集 第12巻）　3000円　Ⓓ978-4-10-647112-4
「ドナルド・キーン著作集　第13巻　中　明治天皇」ドナルド・キーン著　新潮社　2015.11　421p　21cm　3000円　Ⓓ978-4-10-647113-1

角幡 唯介　かくはた・ゆうすけ

1589 「アグルーカの行方」
◇講談社ノンフィクション賞（第35回/平成25年）
「アグルーカの行方―129人全員死亡、フランクリン隊が見た北極」集英社　2012.9　406p　19cm　1800円　Ⓓ978-4-08-781506-1

1590 「空白の五マイル　人跡未踏のチベット・ツアンポー峡谷単独行」
◇開高健ノンフィクション賞（第8回/平成22年）
◇大宅壮一ノンフィクション賞（第42回/平成23年）
「空白の五マイル―チベット、世界最大のツアンポー峡谷に挑む」集英社　2010.11　307p　20cm　1600円　Ⓓ978-4-08-781470-5
※受賞作「空白の五マイル　人跡未踏のチベット・ツアンポー峡谷単独行」を改題
「空白の五マイル―チベット、世界最大のツアンポー峡谷に挑む」集英社　2012.9　318p　16cm（集英社文庫 か60-1）　600円　Ⓓ978-4-08-746882-3

1591 「雪男は向こうからやって来た」
◇新田次郎文学賞（第31回/平成24年）
「雪男は向こうからやって来た」集英社　2011.8　338p　19cm　1600円　Ⓓ978-4-08-781476-7
「雪男は向こうからやって来た」集英社　2013.11　358p　15cm（集英社文庫）　620円　Ⓓ978-4-08-745140-5

角免 栄児　かくめん・えいじ

1592 「白南風」
◇俳句研究賞（第2回/昭和62年）

加倉井 秋を　かくらい・あきお

1593 「風祝」
◇俳人協会賞（第24回/昭和59年度）

筧 槙二　かけい・しんじ

1594　「怖い瞳」
◇日本詩人クラブ賞（第22回/平成1年）
「怖い瞳―詩集」　筧槙二著　石文館　1988.11　144p　22cm　2000円　Ⓘ4-915706-08-7

1595　「ビルマ戦記」
◇壺井繁治賞（第18回/平成2年）
「ビルマ戦記―詩集」　筧槙二著　山脈文庫　1989.12　137p　21cm　2000円　Ⓘ4-946420-15-0

掛井 広通　かけい・ひろみち

1596　「孤島」
◇朝日俳句新人賞（第9回/平成18年）
「孤島―掛井広通句集」　ふらんす堂　2007.9　181p　19cm（ふらんす堂精鋭俳句叢書―Série de la lune）　2400円　Ⓘ978-4-89402-950-7

梯 久美子　かけはし・くみこ

1597　「散るぞ悲しき―硫黄島総指揮官・栗林忠道」
◇大宅壮一ノンフィクション賞（第37回/平成18年）
「散るぞ悲しき―硫黄島総指揮官・栗林忠道」　新潮社　2005.7　244p　20cm　1500円　Ⓘ4-10-477401-4
「散るぞ悲しき―硫黄島総指揮官・栗林忠道」　新潮社　2008.8　302p　16cm（新潮文庫）　476円　Ⓘ978-4-10-135281-7

掛布 知伸　かけふ・とものぶ

1598　「裏町どしらそふぁみれど」
◇年刊現代詩集新人賞（第3回/昭和57年―奨励賞）

1599　「不良志願」
◇年刊現代詩集新人賞（第2回/昭和56年―奨励賞）

景山 民夫　かげやま・たみお

1600　「ONE FINE MESS」
◇講談社エッセイ賞（第2回）
「One fine mess―世間はスラップスティック」　マガジンハウス　1986.3　239p　21cm（Brutus books）　1200円
「ONE FINE MESS―世界はスラップスティック」　新潮社　1988.10　305p　15cm（新潮文庫）　400円　Ⓘ4-10-110211-2

影山 太郎　かげやま・たろう

1601　「文法と語形成」
◇金田一京助博士記念賞（第22回/平成6年度）
「文法と語形成」　ひつじ書房　1993.10　395p　21cm（日本語研究叢書　第2期　第4巻）　5000円　Ⓘ4-938669-19-6

加古 里子　かこ・さとし

1602　「遊びの四季」
◇日本エッセイスト・クラブ賞（第23回/昭和50年）

加古 宗也　かこ・そうや

1603　「花の雨」
◇日本詩歌句大賞（第6回/平成22年度/俳句部門/大賞）
「花の雨―句集」　角川書店, 角川グループパブリッシング〔発売〕　2009.3　181p　20cm　2667円　Ⓘ978-4-04-652106-4

鹿児島 寿蔵　かごしま・じゅぞう

1604　「故郷の灯」
◇迢空賞（第2回/昭和43年）

1605　「とよたま」
◇日本歌人クラブ推薦歌集（第10回/昭和39年）

笠井 朱実　かさい・あけみ

1606　「草色気流」
◇現代歌人集会賞（第36回/平成22年度）
「草色気流―笠井朱実歌集」　砂子屋書房　2010.6　207p　20cm（音叢書）　3000円　Ⓘ978-4-7904-1252-6

葛西 文子　かさい・ふみこ

1607　「不安の海の中で～JCO臨界事故と中絶の記録」
◇報知ドキュメント大賞（第5回/平成13年/優秀作）
「あの日に戻れたら」　那珂書房　2003.6　261p　19cm（シリーズ臨界事故のムラから　3）　1600円　Ⓘ4-931442-32-3

風越 みなと　かざこし・みなと
　1608　「行きかふ年」
　◇奥の細道文学賞（第7回/平成25年—奥の細道文学賞）
　「ドナルド・キーン『おくのほそ道』を語る—第七回奥の細道文学賞受賞作品集」草加市自治文化部文化観光課編　草加市　2014.2　239p　15cm（草加文庫15）700円

　1609　「輝ける貧しき旅に」（紀行文）
　◇奥の細道文学賞（第5回/平成16年—佳作）

笠谷 茂　かさたに・しげる
　1610　「大石りくへのメッセージ」
　◇大石りくエッセー賞（第1回/平成9年—特別賞）

笠原 なおみ　かさはら・なおみ
　1611　「作庭の記」
　◇フーコー・エッセイコンテスト（第1回/平成9年/特選）

風間 伸次郎　かざま・しんじろう
　1612　「ウデヘ語テキスト 4」
　◇金田一京助博士記念賞（第37回/平成21年）
　「ウデヘ語テキスト　4」東京外国語大学　2008　26cm（ツングース言語文化論集 42）

　1613　「ウルチャ口承文芸原文集 4」
　◇金田一京助博士記念賞（第37回/平成21年）
　「ウルチャ語口承文芸原文集　4」東京外国語大学　2008　26cm（ツングース言語文化論集 43）

　1614　「エウェン語テキスト 2」
　◇金田一京助博士記念賞（第37回/平成21年）
　「エウェン語テキスト　2」東京外国語大学　2009　26cm（ツングース言語文化論集 45/A）

　1615　「エウェン語テキスト 2（B）」
　◇金田一京助博士記念賞（第37回/平成21年）
　「エウェン語テキスト　2（B）」北海道大学大学院文学研究科　2008　26cm（ツングース言語文化論集 45/B）

　1616　「ナーナイの民話と伝説 11」
　◇金田一京助博士記念賞（第37回/平成21年）
　「ナーナイの民話と伝説11」北海道大学大学院文学研究科　2008　26cm（ツングース言語文化論集 40）

笠間 由紀子　かさま・ゆきこ
　1617　「二月」
　◇ラ・メール新人賞（第3回/昭和61年）

笠松 久子　かさまつ・ひさこ
　1618　「樫」
　◇北海道新聞俳句賞（第4回/平成1年）

風丸 良彦　かざまる・よしひこ
　1619　「カーヴァーが死んだことなんてだあれも知らなかった—極小主義者たちの午後」
　◇群像新人文学賞〔評論部門〕（第33回/平成2年—評論）
　「カーヴァーが死んだことなんてだあれも知らなかった—極小主義者たちの午後」講談社　1992.6　188p　19cm　1400円　④4-06-205845-6

笠谷 和比古　かさや・かずひこ
　1620　「主君「押込（おしこめ）」の構造」
　◇サントリー学芸賞（第10回/昭和63年度—思想・歴史部門）
　「主君「押込」の構造—近世大名と家臣団」平凡社　1988.5　279p　19cm（平凡社選書 119）2000円　④4-582-84119-8
　「主君「押込」の構造—近世大名と家臣団」講談社　2006.10　314p　15cm（講談社学術文庫）1000円　④4-06-159785-X

風山 瑕生　かざやま・かせい
　1621　「大地の一隅」
　◇H氏賞（第12回/昭和37年）

カザン, エリア
　1622　「エリア・カザン自伝」（上・下）
　◇毎日出版文化賞（第53回/平成11年—第1部門（文学・芸術））
　「エリア・カザン自伝　上」エリア・カザン著，佐々田英則，村川英訳　朝日新

聞社　1999.4　581p　21cm　5000円　Ⓓ4-02-257122-5

樫井 礼子　かしい・れいこ
1623　「海辺日常」
◇「短歌現代」新人賞　(第8回/平成5年)

梶田 孝道　かじた・たかみち
1624　「エスニシティと社会変動」
◇サントリー学芸賞　(第10回/昭和63年度―社会・風俗部門)
「エスニシティと社会変動」　有信堂高文社　1988.7　320, 11p　21cm　4200円

樫田 秀樹　かしだ・ひでき
1625　「雲外蒼天―ハンセン病の壁を超えて」
◇週刊金曜日ルポルタージュ大賞　(第1回/平成9年3月/報告文学賞)
1626　「自分に嘘はつかない―普通学級を選んだ私」
◇週刊金曜日ルポルタージュ大賞　(第3回/平成10年3月/佳作)

鹿島 茂　かしま・しげる
1627　「子供より古書が大事と思いたい」
◇講談社エッセイ賞　(第12回/平成8年)
「子供より古書が大事と思いたい」　青土社　1996.3　250p　19cm　2200円　Ⓓ4-7917-5437-9
「子供より古書が大事と思いたい」　文藝春秋　1999.11　259p　15cm　(文春文庫)　581円　Ⓓ4-16-759002-6
1628　「成功する読書日記」
◇毎日書評賞　(第2回/平成15年度)
「成功する読書日記」　文藝春秋　2002.10　228p　19cm　1429円　Ⓓ4-16-359010-2
1629　「馬車が買いたい！」
◇サントリー学芸賞　(第13回/平成3年度―芸術・文学部門)
「馬車が買いたい！―19世紀パリ・イマジネール」　白水社　1990.7　248p　21cm　2700円　Ⓓ4-560-02854-0
「馬車が買いたい！」　新版　白水社　2009.6　292, 4p　21cm　3200円　Ⓓ978-4-560-08000-9
1630　「パリ風俗」
◇読売文学賞　(第51回/平成11年―評論・伝記賞)
「職業別 パリ風俗」　白水社　1999.6　257, 3p　21cm　2200円　Ⓓ4-560-02818-4
「職業別パリ風俗」　新装復刊　白水社　2012.5　257, 3p　21cm　3400円　Ⓓ978-4-560-08225-6

加島 祥造　かじま・しょうぞう
1631　「潮の庭から」
◇丸山豊記念現代詩賞　(第3回/平成6年)
「潮の庭から」　加島祥造, 新川和江著　花神社　1993.7　121p　21cm　2400円　Ⓓ4-7602-1266-3
「新川和江全詩集」　新川和江著　花神社　2000.4　748p　23cm　15000円　Ⓓ4-7602-1580-8
「加島祥造詩集」　思潮社　2003.4　158p　19cm　(現代詩文庫)　1165円　Ⓓ4-7837-0944-0
「続続・新川和江詩集」　新川和江著　思潮社　2015.4　158p　19×13cm　(現代詩文庫)　1300円　Ⓓ978-4-7837-0988-6

柏木 恵美子　かしわぎ・えみこ
1632　「幻魚記」
◇福岡県詩人賞　(第34回/平成10年)
「幻魚記―詩集」　書肆青樹社　1997.5　109p　22cm　2200円
「柏木恵美子詩集」　土曜美術社出版販売　2013.8　174p　19cm　(新・日本現代詩文庫)　1400円　Ⓓ978-4-8120-2081-4
1633　「花のなかの先生」
◇現代少年詩集新人賞　(第3回/昭和61年―奨励賞)
「花のなかの先生―柏木恵美子詩集」　柏木恵美子著, 武田淑子絵　教育出版センター　1993.11　95p　21cm　(ジュニア・ポエム双書 93)　1200円　Ⓓ4-7632-4299-7
「詩魂に寄せる―エッセイ集」　書肆青樹社　2004.10　287p　20cm　3000円　Ⓓ4-88374-129-X
「柏木恵美子詩集」　土曜美術社出版販売　2013.8　174p　19cm　(新・日本現代詩文庫)　1400円　Ⓓ978-4-8120-2081-4

柏木 茂　かしわぎ・しげる
1634　「父帰る」
◇現代短歌大系新人賞　(昭和47年―入

柏木 義雄　かしわぎ・よしお

1635　「客地黄落」
◇丸山薫賞（第12回/平成17年）
「客地黄落」　思潮社　2005.3　117p　22cm　2400円　Ⓘ4-7837-1968-3

1636　「相聞」
◇中日詩賞（第12回/昭和47年）
「柏木義雄詩集―「相聞」など」　芸風書院　1982.9　97p　22cm（日本現代詩人叢書　第48集）　1800円

柏倉 清子　かしわくら・せいこ

1637　「冬解雫」
◇福島県俳句賞（第34回/平成25年―新人賞）

柏崎 驍二　かしわざき・きょうじ

1638　「息」
◇短歌研究賞（第47回/平成23年）

1639　「百たびの雪」
◇詩歌文学館賞（第26回/平成23年/短歌）
「百たびの雪―柏崎驍二歌集」　柊書房　2010.9　215p　20cm（コスモス叢書　第948篇）　2381円　Ⓘ978-4-89975-248-6

1640　「北窓集」
◇齋藤茂吉短歌文学賞（第27回/平成27年）
「北窓集―柏崎驍二歌集」　短歌研究社　2015.9　187p　19cm（コスモス叢書）　2500円　Ⓘ978-4-86272-449-6

柏柳 明子　かしわやなぎ・あきこ

1641　「銀河系」
◇現代俳句新人賞（第30回/平成24年度）

梶原 さい子　かじわら・さいこ

1642　「短歌の口語化がもたらしたもの―歌の『印象』からの考察」
◇現代短歌評論賞（第29回/平成23年）

1643　「リアス　椿」（歌集）
◇葛原妙子賞（第11回/平成27年）
「リアス　椿―歌集」　砂子屋書房　2014.5　202p　20cm（塔21世紀叢書　第250篇）　2300円　Ⓘ978-4-7904-1512-1

春日 いづみ　かすが・いづみ

1644　「問答雲」
◇日本歌人クラブ新人賞（第12回/平成18年）
「問答雲―春日いづみ歌集」　角川書店　2005.12　208p　20cm　2571円　Ⓘ4-04-651640-2

春日 直樹　かすが・なおき

1645　「太平洋のラスプーチン」
◇サントリー学芸賞（第23回/平成13年度―社会・風俗部門）
「太平洋のラスプーチン―ヴィチ・カンバニ運動の歴史人類学」　世界思想社　2001.2　488p　21cm　4200円　Ⓘ4-7907-0860-8

春日 真木子　かすが・まきこ

1646　「火中蓮」
◇日本歌人クラブ賞（第7回/昭和55年）
「歌集　火中蓮」　短歌新聞社　2003.2　118p　15cm（短歌新聞社文庫）　667円　Ⓘ4-8039-1120-7
「火の辺虹の辺―春日真木子歌集」　短歌新聞社　2005.12　134p　19cm（新現代歌人叢書）　952円　Ⓘ4-8039-1251-3

1647　「竹酔日」
◇短歌研究賞（第41回/平成17年）

春日井 建　かすがい・けん

1648　「高原抄」
◇短歌研究賞（第34回/平成10年）

1649　「友の書」
◇迢空賞（第34回/平成12年）
◇日本歌人クラブ賞（第27回/平成12年）
「友の書―春日井建歌集」　雁書館　1999.11　223p　22cm（短歌叢書174）　3000円
「春日井建歌集」　短歌研究社　2003.5　180p　15cm（短歌研究文庫18）　1905円　Ⓘ4-88551-720-6
「春日井建歌集」　砂子屋書房　2004.6　163p　19cm（現代短歌文庫）　1600円　Ⓘ4-7904-0791-8

1650　「白雨」
◇短歌研究賞（第34回/平成10年）
「春日井建歌集」　砂子屋書房　2004.6　163p　19cm（現代短歌文庫）　1600円

①4-7904-0791-8
「続・春日井建歌集」 国文社 2004.12 158p 19cm（現代歌人文庫） 1500円 ①4-7720-0435-1
「春日井建全歌集」 砂子屋書房 2010.5 550p 23cm 8000円 ①978-4-7904-1235-9

1651 「白雨」
◇迢空賞（第34回/平成12年）
◇日本歌人クラブ賞（第27回/平成12年）
「白雨―歌集」 短歌研究社 1999.9 205p 22cm（中部短歌叢書 第175篇） 3000円 ①4-88551-474-6
「春日井建歌集」 短歌研究社 2003.5 180p 15cm（短歌研究文庫 18） 1905円 ①4-88551-720-6

上総 和子 かずさ・かずこ
1652 「水明り越ゆ」
◇荒木暢夫賞（第12回/昭和53年）

万葉 太郎 かずは・たろう
1653 「壊滅地帯」
◇新俳句人連盟賞（第39回/平成23年/作品の部（俳句）/入選）
「骨の欠けらの雪が降る―第二句集」 万葉太郎著、田口十糸子 万葉太郎発行 2012.12 328p 19cm 1000円

1654 「河鹿」
◇新俳句人連盟賞（第32回/平成16年/作品の部/佳作4位）

1655 「派遣村」
◇新俳句人連盟賞（第37回/平成21年/作品の部/佳作2位）

粕谷 栄市 かすや・えいいち
1656 「悪霊」（詩集）
◇藤村記念歴程賞（第27回/平成1年）
「悪霊―詩集」 思潮社 1989.8 110p 23cm 2400円 ①4-7837-0283-7
「続・粕谷栄市詩集」 思潮社 2003.7 160p 19cm（現代詩文庫） 1165円 ①4-7837-0948-3

1657 「化体」
◇詩歌文学館賞（第15回/平成12年/現代詩）
「化体」 思潮社 1999.11 103p 22cm 2400円 ①4-7837-1174-7

「続・粕谷栄市詩集」 思潮社 2003.7 160p 19cm（現代詩文庫） 1165円 ①4-7837-0948-3

1658 「世界の構造」
◇高見順賞（第2回/昭和46年度）

1659 「遠い川」
◇三好達治賞（第6回/平成22年度）
「遠い川」 思潮社 2010.10 89p 27cm 2800円 ①978-4-7837-3218-1

粕谷 宏紀 かすや・ひろき
1660 「石川雅望研究」
◇角川源義賞（第8回/昭和61年―国文学）
「石川雅望研究」 角川書店 1985.4 360p 22cm 14000円 ①4-04-865038-6

加瀬 かつみ かせ・かつみ
1661 「神馬」
◇北川冬彦賞（第7回/昭和47年）

加瀬 雅子 かせ・まさこ
1662 「吉田さんの話」
◇〔新潟〕日報詩壇賞（第23回/昭和55年秋）

風野 旅人 かぜの・たびと
1663 「新居浜にて」
◇JTB旅行記賞（第4回/平成7年度/佳作）

賀曽利 隆 かそり・たかし
1664 「世界を駆けるゾ！20代編」
◇JTB紀行文学大賞（第8回/平成11年/奨励賞）
「世界を駆けるゾ！ 20代編」 フィールド出版 1999.2 292p 19cm 1400円 ①4-938853-00-0
「なぜ私はこの仕事を選んだのか」 岩波書店編集部編 岩波書店 2001.8 248p 18cm（岩波ジュニア新書） 740円 ①4-00-500380-X

賀曽利 洋子 かそり・ようこ
1665 「赤ちゃんシベリア→サハラを行く」
◇日航海外紀行文学賞（第1回/昭和54年）

片岡 健　かたおか・けん
1666　「この壮大なる茶番 和歌山カレー事件『再調査』報告プロローグ」
◇週刊金曜日ルポルタージュ大賞（第19回/平成20年/佳作）

片岡 剛士　かたおか・ごうし
1667　「我が国の経済政策はどこに向かうのか—「失われた10年」以降の日本経済」
◇河上肇賞（第4回/平成20年/本賞）
「日本の「失われた20年」—デフレを超える経済政策に向けて」藤原書店　2010.2　410p　20cm　4600円　⑪978-4-89434-729-8

片岡 直子　かたおか・なおこ
1668　「産後思春期症候群」
◇H氏賞（第46回/平成8年）
「産後思春期症候群」書肆山田　1995.6　161p　19cm　1400円　⑪4-87995-355-5

片岡 文雄　かたおか・ふみお
1669　「帰郷手帖」
◇小熊秀雄賞（第9回/昭和51年）
「片岡文雄詩集」思潮社　1988.6　159p　19cm（現代詩文庫 93）780円　⑪4-7837-0847-9
1670　「漂う岸」
◇地球賞（第13回/昭和63年度）
「漂う岸—詩集」土佐出版社　1988.6　139p　21cm　1400円　⑪4-924795-06-2
1671　「流れる家」
◇現代詩人賞（第16回/平成10年）
「流れる家」思潮社　1997.11　124p　22cm　2600円　⑪4-7837-0698-0

片岡 弥吉　かたおか・やきち
1672　「浦上四番崩れ」
◇日本エッセイスト・クラブ賞（第12回/昭和39年）
「浦上四番崩れ—明治政府のキリシタン弾圧」筑摩書房　1991.6　245p　15cm（ちくま文庫）540円　⑪4-480-02535-9

片桐 英彦　かたぎり・ひでひこ
1673　「ただ今診察中」
◇福岡県詩人賞（第46回/平成22年）
「ただ今診察中—片桐英彦詩集」ふらんす堂　2009.8　72p　21cm　1429円　⑪978-4-7814-0184-3

片瀬 博子　かたせ・ひろこ
1674　「やなぎにわれらの琴を」
◇福岡県詩人賞（第16回/昭和55年）
「片瀬博子詩集 1957・1997」片瀬博子著, 高橋睦郎編　書肆山田　1997.12　371p　21cm　7500円　⑪4-87995-426-8

形の科学会　かたちのかがくかい
1675　「形の科学百科事典」
◇毎日出版文化賞（第59回/平成17年—企画部門）
「形の科学百科事典」朝倉書店　2004.8　903p　26cm　35000円　⑪4-254-10170-8
「形の科学百科事典」新装版　朝倉書店　2013.4　903p　26cm　26000円　⑪978-4-254-10264-2

片野 ゆか　かたの・ゆか
1676　「愛犬王 平岩米吉伝」
◇小学館ノンフィクション大賞（第12回/平成17年/大賞）
「愛犬王 平岩米吉伝」小学館　2006.4　335p　20cm　1600円　⑪4-09-389703-4

片羽 登呂平　かたは・とろへい
1677　「片羽登呂平詩集」
◇壺井繁治賞（第19回/平成3年）
「片羽登呂平詩集」青磁社　1990.11　657p　22cm　12360円

片山 貞美　かたやま・さだみ
1678　「鳶鳴けり」
◇日本歌人クラブ賞（第15回/昭和63年）
1679　「汭丘歌編」
◇「短歌」愛読者賞（第2回/昭和50年—作品部門）

片山 広子　かたやま・ひろこ
1680　「燈火節」
◇日本エッセイスト・クラブ賞（第3回/昭和30年）
「燈火節—随筆+小説集」片山広子, 松村みね子著　月曜社　2004.11　802p　21cm　5800円　⑪4-901477-13-7

「新編 燈火節」 片山廣子著 月曜社 2007.12 300p 19cm 1600円 ①978-4-901477-38-3

片山 杜秀　かたやま・もりひで

1681　「音盤考現学・音盤博物誌」
◇サントリー学芸賞（第30回/平成20年度―社会・風俗部門）
◇吉田秀和賞（第18回/平成20年）

1682　「未完のファシズム―「持たざる国」日本の運命」
◇司馬遼太郎賞（第14回/平成23年）
「未完のファシズム―「持たざる国」日本の運命」 新潮社 2012.5 346p 19cm（新潮選書） 1500円 ①978-4-10-603705-4

片山 泰久　かたやま・やすひさ

1683　「量子力学の世界」
◇毎日出版文化賞（第21回/昭和42年）

片山 由美子　かたやま・ゆみこ

1684　「一夜」
◇俳句研究賞（第5回/平成2年）

1685　「現代俳句との対話」
◇俳人協会評論賞（第8回/平成5年/新人賞）
「現代俳句との対話」 本阿弥書店 1993.3 236p 19cm 2500円 ①4-89373-064-9

1686　「香雨」
◇俳人協会賞（第52回/平成24年度）
「香雨―片山由美子句集」 ふらんす堂 2012.7 227p 20cm 2700円 ①978-4-7814-0491-2

1687　「俳句を読むということ」
◇俳人協会評論賞（第21回/平成18年）
「俳句を読むということ―片山由美子評論集」 角川書店 2006.9 350p 20cm 2381円 ①4-04-621521-6

勝倉 美智子　かつくら・みちこ

1688　「らせん階段」
◇日本歌人クラブ新人賞（第4回/平成10年）
「らせん階段―勝倉美智子歌集」 本阿弥書店 1997.4 194p 22cm（コスモス叢書 528篇）2700円 ①4-89373-169-6

勝田 守一　かつた・もりかず

1689　「お母さんから先生への百の質問 正・続」
◇毎日出版文化賞（第10回/昭和31年）

1690　「勝田守一著作集 全7巻」
◇毎日出版文化賞（第28回/昭和49年―特別賞）

合浦 千鶴子　がっぽ・ちずこ

1691　「雪のラストカード」
◇野原水嶺賞（第5回/平成1年）

勝又 民樹　かつまた・たみき

1692　「日傘来る」
◇俳壇賞（第24回/平成21年度）

勝又 浩　かつまた・ひろし

1693　「私小説千年史 日記文学から近代文学まで」
◇和辻哲郎文化賞（第28回/平成27年度/一般部門）
「私小説千年史―日記文学から近代文学まで」 勉誠出版 2015.1 237, 6p 19cm 2400円 ①978-4-585-29082-7

1694　「中島敦の遍歴」
◇やまなし文学賞〔研究・評論部門〕（第13回/平成16年度―研究・評論部門）
「中島敦の遍歴」 筑摩書房 2004.10 204p 19cm 2200円 ①4-480-82356-5

1695　「我を求めて―中島敦による私小説論の試み」
◇群像新人文学賞〔評論部門〕（第17回/昭和49年―評論）

勝見 洋一　かつみ・よういち

1696　「中国料理の迷宮」
◇サントリー学芸賞（第22回/平成12年度―社会・風俗部門）
「中国料理の迷宮」 講談社 2000.5 263p 18cm（講談社現代新書）700円 ①4-06-149502-X
「中国料理の迷宮」 朝日新聞出版 2009.7 295p 15cm（朝日文庫）660円 ①978-4-02-261631-9

勝本 清一郎　かつもと・せいいちろう
　1697　「座談会・明治文学史」
　　◇毎日出版文化賞（第15回/昭和36年）

葛山 朝三　かつやま・ともぞう
　1698　「仙丈岳とスーパー林道」
　　◇渋沢秀雄賞（第3回/昭和53年）

桂 信子　かつら・のぶこ
　1699　「樹影」
　　◇蛇笏賞（第26回/平成4年）
　　　「桂信子集―草色」　三一書房　1990.5
　　　186p　19cm（俳句の現在 4）1860円
　　　①4-380-90550-0
　　　「樹影―桂信子句集」　立風書房　1991.12
　　　252p　19cm　2900円　①4-651-60050-6
　　　「桂信子全句集」　桂信子著, 宇多喜代子
　　　編　ふらんす堂　2007.10　649p　24×
　　　17cm　11429円　①978-4-89402-962-0
　1700　「新緑」
　　◇現代俳句女流賞（第1回/昭和51年）
　　　「桂信子句集」　立風書房　1983.6　412,
　　　8p　20cm　6800円
　　　「桂信子集―草色」　三一書房　1990.5
　　　186p　19cm（俳句の現在 4）1860円
　　　①4-380-90550-0
　　　「桂信子全句集」　桂信子著, 宇多喜代子
　　　編　ふらんす堂　2007.10　649p　24×
　　　17cm　11429円　①978-4-89402-962-0

桂 ユキ子　かつら・ゆきこ
　1701　「女ひとり原始部落に入る」
　　◇毎日出版文化賞（第17回/昭和38年）

勝連 敏男　かつれ・としお
　1702　「勝連敏男詩集1961～1978」
　　◇山之口貘賞（第3回/昭和55年）

勝連 繁雄　かつれん・しげお
　1703　「火祭り」
　　◇山之口貘賞（第25回/平成14年）
　　　「火祭り―詩集」　ボーダーインク　2002.
　　　4　149p　20cm　2000円　①4-89982-
　　　025-9
　　　「勝連繁雄詩集」　脈発行所　2008.11
　　　231p　19cm（新選・沖縄現代詩文庫
　　　3）1200円　①978-4-9903267-3-9

角 光雄　かど・みつお
　1704　「俳人青木月斗」
　　◇俳人協会評論賞（第24回/平成21年）
　　　「俳人青木月斗」　角川学芸出版, 角川グ
　　　ループパブリッシング（発売）　2009.10
　　　241p　19cm　2800円　①978-4-04-
　　　621379-2

門 玲子　かど・れいこ
　1705　「江戸女流文学の発見―光ある身
　　　こそくるしき思ひなれ」
　　◇毎日出版文化賞（第52回/平成10年―
　　　第2部門（人文・社会））
　　　「江戸女流文学の発見―光ある身こそく
　　　るしき思ひなれ」　藤原書店　1998.3
　　　376p　19cm　3800円　①4-89434-097-6
　　　「江戸女流文学の発見―光ある身こそく
　　　るしき思ひなれ」　新版　藤原書店
　　　2006.3　376p　20cm　3800円　①4-
　　　89434-508-0

加藤 昭　かとう・あきら
　1706　「闇の男 野坂参三の百年」
　　◇大宅壮一ノンフィクション賞（第25
　　　回/平成6年）
　　　「闇の男―野坂参三の百年」　小林峻一,
　　　加藤昭著　文藝春秋　1993.10　254p
　　　19cm　1600円　①4-16-347980-5

加藤 郁乎　かとう・いくや
　1707　「加藤郁乎俳句集成」
　　◇21世紀えひめ俳句賞（第1回/平成14
　　　年―富沢赤黄男賞）
　　　「加藤郁乎俳句集成」　沖積舎　2000.10
　　　813p　21cm　20000円　①4-8060-1572-5
　1708　「形而情学」
　　◇室生犀星詩人賞（第6回/昭和41年）
　　　「加藤郁乎俳句集成」　沖積舎　2000.10
　　　813p　21cm　20000円　①4-8060-1572-5

加藤 エイ　かとう・えい
　1709　「義父を語れば、馬がいる」
　　◇優駿エッセイ賞（第13回/平成9年）

加藤 克巳　かとう・かつみ
　1710　「加藤克巳全歌集」
　　◇現代短歌大賞（第9回/昭和61年）
　1711　「球体」

◇沼空賞 （第4回/昭和45年）
「球体―歌集」 短歌新聞社 1993.5
136p 15cm （短歌新聞社文庫） 700円
ⓘ4-8039-0696-3

加藤 かな文　かとう・かなぶん
1712 「家」
◇俳人協会新人賞 （第33回/平成21年度）
「家―加藤かな文句集」 ふらんす堂 2009.8 167p 19cm （ふらんす堂精鋭俳句叢書＝Série de la lune） 2400円
ⓘ978-4-7814-0168-3

加藤 恭子　かとう・きょうこ
1713 「日本を愛した科学者」
◇日本エッセイスト・クラブ賞 （第43回/平成7年）
「日本を愛した科学者―スタンレー・ベネットの生涯」 ジャパンタイムズ 1994.11 328p 19cm 2000円 ⓘ4-7890-0757-X

加藤 憲曠　かとう・けんこう
1714 「鮫角灯台」
◇角川俳句賞 （第24回/昭和53年）
「鮫角燈台―句集」 角川書店 1981.10 218p 20cm 2500円

加藤 弘一　かとう・こういち
1715 「コスモスの知慧」
◇群像新人文学賞〔評論部門〕（第25回/昭和57年―評論）
「石川淳 コスモスの知慧」 筑摩書房 1994.3 221p 19cm 2500円 ⓘ4-480-82310-7

加藤 思何理　かとう・しかり
1716 「少年は洪水を待ち望む」
◇「詩と思想」新人賞 （第17回/平成20年）

加藤 重広　かとう・しげひろ
1717 「日本語修飾構造の語用論的研究」
◇新村出賞 （第22回/平成15年）
「日本語修飾構造の語用論的研究」 ひつじ書房 2003.2 556p 22cm （ひつじ研究叢書 言語編 第29巻） 8000円 ⓘ4-89476-181-5

加藤 シヅエ　かとう・しずえ
1718 「百歳人 加藤シヅエ 生きる」
◇日本エッセイスト・クラブ賞 （第45回/平成9年/特別賞）
「百歳人 加藤シヅエ 生きる」 日本放送出版協会 1997.2 206p 19cm 1442円 ⓘ4-14-005270-8

加藤 静夫　かとう・しずお
1719 「百人力」
◇角川俳句賞 （第48回/平成14年）

加藤 静子　かとう・しずこ
1720 「王朝歴史物語の生成と方法」
◇関根賞 （第11回/平成15年度）
「王朝歴史物語の生成と方法」 風間書房 2003.11 568p 22cm 17000円 ⓘ4-7599-1393-9

加藤 楸邨　かとう・しゅうそん
1721 「まぼろしの鹿」
◇蛇笏賞 （第2回/昭和43年）
「わがこころの加藤楸邨」 石寒太著 紅書房 1998.1 381p 19cm 3000円 ⓘ4-89381-115-0
「加藤楸邨句集」 加藤楸邨著, 復本一郎編 芸林書房 2004.7 128p 15cm （芸林21世紀文庫） 1000円 ⓘ4-7681-6220-7
「加藤楸邨全句集」 寒雷俳句会 2010.10 889p 23cm

加藤 譲二　かとう・じょうじ
1722 「マンションラッシュ宴のあと」
◇週刊金曜日ルポルタージュ大賞 （第11回/平成14年3月/佳作）

加藤 治郎　かとう・じろう
1723 「昏睡のパラダイス」
◇寺山修司短歌賞 （第4回/平成11年）
「昏睡のパラダイス―加藤治郎歌集」 砂子屋書房 1998.6 209p 22cm 3000円
「加藤治郎歌集」 砂子屋書房 2004.4 154p 19cm （現代短歌文庫 52） 1600円 ⓘ4-7904-0782-9

1724 「サニー・サイド・アップ」
◇現代歌人協会賞 （第32回/昭和63年）

1725 「しんきろう」
◇中日短歌大賞 （第3回/平成24年）

「しんきろう―歌集」 砂子屋書房 2012.
4 196p 22cm 3000円 ⓓ978-4-7904-
1388-2
1726 「スモールトーク」
◇短歌研究新人賞（第29回/昭和61年）

加藤 創太 かとう・そうた
1727 「日本経済の罠」
◇大佛次郎論壇賞（第1回/平成13年―
奨励賞）
「日本経済の罠―なぜ日本は長期低迷を
抜け出せないのか」 小林慶一郎、加藤
創太著 日本経済新聞社 2001.3
435p 19cm 2000円 ⓓ4-532-14856-1
「日本経済の罠」 小林慶一郎、加藤創太
著 増補版 日本経済新聞出版社
2009.2 589p 15cm（日経ビジネス人
文庫） 952円 ⓓ978-4-532-19483-3

加藤 孝男 かとう・たかお
1728 「言葉の権力への挑戦」
◇現代短歌評論賞（第6回/昭和63年）

加藤 喬 かとう・たかし
1729 「LT」
◇開高健賞（第3回/平成6年/奨励賞）
「LT―ある"日本製"米軍将校の青春」
ティビーエス・ブリタニカ 1994.5
263p 19cm 1300円 ⓓ4-484-94209-7

加藤 千香子 かとう・ちかこ
1730 「かみさま I」
◇現代詩加美未来賞（第5回/平成7年―
中新田縄文賞）

加藤 徹 かとう・とおる
1731 「京劇」
◇サントリー学芸賞（第24回/平成14年
度―芸術・文学部門）
「京劇―「政治の国」の俳優群像」 中央
公論新社 2001.12 358p 19cm（中
公叢書） 1850円 ⓓ4-12-003224-8

加藤 尚武 かとう・なおたけ
1732 「哲学の使命―ヘーゲル哲学の精
神と世界」
◇和辻哲郎文化賞（第6回/平成5年―学
術部門）
「哲学の使命―ヘーゲル哲学の精神と世

界」 未来社 1992.10 332p 19cm
3296円 ⓓ4-624-01113-9

加藤 典洋 かとう・のりひろ
1733 「言語表現法講義―三島由紀夫
私記」
◇新潮学芸賞（第10回/平成9年）
「言語表現法講義」 岩波書店 1996.10
257p 21cm（岩波テキストブックス）
2163円 ⓓ4-00-026003-0
1734 「小説の未来」
◇桑原武夫学芸賞（第7回/平成16年）
「小説の未来」 朝日新聞社 2004.1
366p 20cm 1800円 ⓓ4-02-257894-7
1735 「テクストから遠く離れて」
◇桑原武夫学芸賞（第7回/平成16年）
「テクストから遠く離れて」 講談社
2004.1 326p 20cm 1800円 ⓓ4-06-
212207-3
1736 「敗戦後論」
◇伊藤整文学賞（第9回/平成10年―評
論）
「敗戦後論」 講談社 1997.8 325p 20
×14cm 2500円 ⓓ4-06-208699-9
「敗戦後論」 筑摩書房 2005.12 362p
15cm（ちくま文庫） 950円 ⓓ4-480-
42156-4
「敗戦後論」 再刊 筑摩書房 2015.7
381p 15cm（ちくま学芸文庫） 1200
円 ⓓ978-4-480-09682-1

加藤 則芳 かとう・のりよし
1737 「ジョン・ミューア・トレイルを
行く バッグパッキング340キロ」
◇JTB紀行文学大賞（第8回/平成11年）
「ジョン・ミューア・トレイルを行く―
バックパッキング340キロ」 平凡社
1999.7 381p 20cm 2200円 ⓓ4-582-
82936-8

加藤 八郎 かとう・はちろう
1738 「稜線」
◇高見楯吉賞（第3回/昭和43年）

加藤 英彦 かとう・ひでひこ
1739 「スサノオの泣き虫」
◇日本歌人クラブ新人賞（第13回/平成
19年）
「スサノオの泣き虫―加藤英彦歌集」 な

がらみ書房　2006.9　224p　22cm
2700円　①4-86023-396-4

加藤　文男　かとう・ふみお
1740　「南部めくら暦」
◇小熊秀雄賞（第21回/昭和63年）
「南部めくら暦―加藤文男詩集」　花神社
1987.12　147p　22cm　2500円

1741　「労使関係論」
◇晩翠賞（第29回/昭和63年）
「労使関係論―詩集」　花神社　1987.12
156p　22cm　2500円

加藤　正明　かとう・まさあき
1742　「草のある空」
◇角川短歌賞（第3回/昭和32年）

加藤　雅彦　かとう・まさひこ
1743　「ドナウ河紀行」
◇日本エッセイスト・クラブ賞（第40回/平成4年）
「ドナウ河紀行―東欧・中欧の歴史と文化」　岩波書店　1991.10　220,9p
18cm（岩波新書 189）　580円　①4-00-430189-0

加藤　万知　かとう・まち
1744　「サカナ」
◇詩人会議新人賞（第41回/平成19年/詩部門）

加藤　幹郎　かとう・みきろう
1745　「映画とは何か」
◇吉田秀和賞（第11回/平成13年）
「映画とは何か」　みすず書房　2001.3
262, 19p　20cm　3200円　①4-622-04264-9
「映画とは何か―映画学講義」　文遊社
2015.2　305p　19cm　3000円　①978-4-89257-110-7
※『映画とは何か』改訂・改題書

加藤　三七子　かとう・みなこ
1746　「朧銀集」
◇俳人協会賞（第38回/平成10年度）
「朧銀集―句集」　花神社　1997.10
208p　20cm（花神俳人選）　2700円
①4-7602-1480-1

加藤　康男　かとう・やすお
1747　「謎解き「張作霖爆殺事件」」
◇山本七平賞（第20回/平成23年/奨励賞）
「謎解き「張作霖爆殺事件」」　PHP研究所　2011.5　252p　18cm（PHP新書 734）　720円　①978-4-569-79669-7

加藤　陽子　かとう・ようこ
1748　「それでも、日本人は『戦争』を選んだ」
◇小林秀雄賞（第9回/平成22年）
「それでも、日本人は「戦争」を選んだ」
朝日出版社　2009.7　414p　19cm
1700円　①978-4-255-00485-3

加藤　淑子　かとう・よしこ
1749　「加藤淑子著作集」（全4巻）
◇日本歌人クラブ大賞（第1回/平成22年）
「加藤淑子著作集　1　斎藤茂吉と医学」
みすず書房　2009.9　300p　20cm
5000円　①978-4-622-08221-7
「加藤淑子著作集　2　山口茂吉―斎藤茂吉の周辺」　みすず書房　2009.9　411p
20cm　5000円　①978-4-622-08222-4
「加藤淑子著作集　3　斎藤茂吉の十五年戦争」　みすず書房　2009.9　334p
20cm　5000円　①978-4-622-08223-1
「加藤淑子著作集　4　游塵―歌集」　みすず書房　2009.9　393p　20cm　5000円
①978-4-622-08224-8

角岡　伸彦　かどおか・のぶひこ
1750　「カニは横に歩く　自立障害者たちの半世紀」
◇講談社ノンフィクション賞（第33回/平成23年）
「カニは横に歩く―自立障害者たちの半世紀」　講談社　2010.9　505p　20cm
2200円　①978-4-06-216408-5
「カニは横に歩く―自立障害者たちの半世紀」〔点字資料〕　日本点字図書館（点字版印刷・製本）　2013.12　8冊　27cm

1751　「ゆめいらんかね―やしきたかじん伝」
◇小学館ノンフィクション大賞（第21回/平成26年/優秀賞）
「ゆめいらんかね　やしきたかじん伝」　小学館　2014.9　274p　1400円　①978-4-

かとかわ　　　　　　　　　　　　　　　　　　　　　　　　1752〜1767

09-389752-5

角川 源義　かどかわ・げんよし
1752「雉子の声」
◇日本エッセイスト・クラブ賞（第20回/昭和47年）
「随筆・初期作品」角川書店　1988.10　641p　21cm（角川源義全集 第5巻）6000円　①4-04-561905-4

角川 照子　かどかわ・てるこ
1753「花行脚」
◇現代俳句女流賞（第11回/昭和61年）
「花行脚」角川書店　1986.8　198p　19cm（現代俳句叢書 2 - 9）2500円　①4-04-871219-5
「角川照子」花神社　1999.9　194p　19cm（花神俳句館）2200円　①4-7602-9058-3

角川 春樹　かどかわ・はるき
1754「信長の首」
◇俳人協会新人賞（第6回/昭和57年度）
「信長の首―句集」牧羊社　1982.9　238p　20cm（河叢書 70）2000円

1755「花咲爺」
◇蛇笏賞（第24回/平成2年）
「句集 花咲爺」富士見書房　1989.7　289p　19cm　2600円　①4-8291-7081-6

門田 照子　かどた・てるこ
1756「火炎忌」
◇伊東静雄賞（第11回/平成12年/奨励賞）

1757「抱擁」
◇福岡県詩人賞（第33回/平成9年）
「抱擁―詩集」書肆青樹社　1996.11　98p　19cm　2000円
「門田照子詩集」土曜美術社出版　2009.1　182p　19cm（新・日本現代詩文庫）1400円　①978-4-8120-1713-5

門田 隆将　かどた・りゅうしょう
1758「この命, 義に捧ぐ―台湾を救った陸軍中将根本博の奇跡」
◇山本七平賞（第19回/平成22年）
「この命、義に捧ぐ―台湾を救った陸軍中将根本博の奇跡」集英社　2010.4　298p　20cm　1600円　①978-4-08-780541-3
「この命、義に捧ぐ―台湾を救った陸軍中将根本博の奇跡」KADOKAWA　2013.10　389p　15cm（角川文庫 か63-1）680円　①978-4-04-101035-8

ガードナー, ケネス
1759「大英図書館蔵日本古版本目録」
◇山片蟠桃賞（第13回/平成6年度）

金井 喜久子　かない・きくこ
1760「琉球の民謡」
◇毎日出版文化賞（第9回/昭和30年）
「琉球の民謡」復刻版　音楽之友社　2006.3　82p　26cm　2400円　①4-276-13373-4

金井 恵美　かない・けいび
1761「都会の果て、秘境の外れ―無印辺境に来てみれば」
◇JTB旅行記賞（第9回/平成12年）

金井 健一　かない・けんいち
1762「叔父」
◇〔新潟〕日報詩壇賞（第15回/昭和51年秋）

1763「母」
◇〔新潟〕日報詩壇賞（第12回/昭和49年秋）

金井 直　かない・ただし
1764「飢渇」私家版
◇H氏賞（第7回/昭和32年）

1765「無実の歌」
◇高村光太郎賞（第6回/昭和38年）

金井 広　かない・ひろし
1766「人間でよかった」
◇壺井繁治賞（第23回/平成7年）
「人間でよかった―金井広詩集」詩人会議出版　1994.11　82p　22cm　2500円

金井 雄二　かない・ゆうじ
1767「今、ぼくが死んだら」
◇丸山豊記念現代詩賞（第12回/平成15年）
「今、ぼくが死んだら」思潮社　2002.10　81p　21cm　2000円　①4-7837-1328-6

1768 「動きはじめた小さな窓から」
◇福田正夫賞（第8回/平成6年）
「動きはじめた小さな窓から―詩集」 ふらんす堂 1993.6 57p 17cm 1500円 ⓣ4-89402-061-0

1769 「外野席」
◇横浜詩人会賞（第30回/平成10年度）
「外野席―詩集」 ふらんす堂 1997.7 87p 22cm 2300円 ⓣ4-89402-201-X

金石 淳彦　かないし・あつひこ
1770 「金石淳彦歌集」
◇日本歌人クラブ推薦歌集（第7回/昭和36年）

鼎 元亨　かなえ・もとゆき
1771 「ナガサキ生まれのミュータント―ペリー・ローダンシリーズにおける日本語固有名詞に関する論考 および 命名者は長崎におけるオランダ人捕虜被爆者であったとする仮説」
◇日本SF評論賞（第1回/平成17年/選考委員特別賞）

金尾 恵子　かなお・けいこ
1772 「干潟のカニ・シオマネキ―大きなはさみのなぞ」
◇毎日出版文化賞（第41回/昭和62年）
「大きなはさみのなぞ―干潟のカニ・シオマネキ」 武田正倫著, 金尾恵子絵 文研出版 1986.10 78p 23×20cm （文研科学の読み物） 950円
「大きなはさみのなぞ―干潟のカニ・シオマネキ」 武田正倫著, 金尾恵子絵 文研出版 2004.1 78p 23cm （文研科学の読み物） 1200円 ⓣ978-4-580-81384-7

金尾 律子　かなお・りつこ
1773 「落し文」
◇野原水嶺賞（第28回/平成24年）

金沢 憲仁　かなざわ・のりひと
1774 「あの日から」
◇福島県短歌賞（第37回/平成24年度―短歌賞）

1775 「記念樹」
◇「短歌現代」新人賞（第11回/平成8年）

1776 「くにたちの」
◇福島県短歌賞（第23回/平成10年度―短歌賞）

金関 寿夫　かなせき・ひさお
1777 「現代芸術のエポック・エロイク」
◇読売文学賞（第43回/平成3年―随筆・紀行賞）
「現代芸術のエポック・エロイク―パリのガートルード・スタイン」 青土社 1991.7 350p 19cm 2400円 ⓣ4-7917-5139-6

金田 弘　かなだ・ひろし
1778 「虎擲龍拏」
◇富田砕花賞（第20回/平成21年）
「虎擲龍拏」 書肆山田 2009.3 68p 21cm 2800円 ⓣ978-4-87995-759-7

金田 房子　かなた・ふさこ
1779 「西行・兼好の伝説と芭蕉の画賛句」
◇奥の細道文学賞（第7回/平成25年―ドナルド・キーン賞）
「ドナルド・キーン『おくのほそ道』を語る―第七回奥の細道文学賞受賞作品集」 草加市自治文化部文化観光課編 草加市 2014.2 239p 15cm （草加文庫 15） 700円

金堀 則夫　かなほり・のりお
1780 「畦放」
◇日本詩人クラブ賞（第47回/平成26年）
「畦放」 思潮社 2013.9 95p 21cm 2200円 ⓣ978-4-7837-3380-5

金森 敦子　かなもり・あつこ
1781 「江戸の女俳諧師「奥の細道」を行く」
◇日本エッセイスト・クラブ賞（第47回/平成11年）
「江戸の女俳諧師「奥の細道」を行く―諸九尼の生涯」 晶文社 1998.8 284p 20cm 1900円 ⓣ4-7949-6365-3
「江戸の女俳諧師「奥の細道」を行く―諸九尼の生涯」 角川学芸出版, 角川グループパブリッシング〔発売〕 2008.9

かなもり　　　　　　　　　　　　　　　　　　　　　　　　　　　　　　　　　　　　　1782〜1795

302p　15cm　（角川ソフィア文庫）743円　Ⓘ978-4-04-401005-8

金森　修　かなもり・おさむ

1782　「サイエンス・ウォーズ」
◇サントリー学芸賞（第22回/平成12年度―思想・歴史部門）
「サイエンス・ウォーズ」　東京大学出版会　2000.6　457, 33p　19cm　3800円　Ⓘ4-13-010085-8
「サイエンス・ウォーズ」　新装版　東京大学出版会　2014.12　480, 33p　19cm　3800円　Ⓘ978-4-13-010128-8

1783　「フランス科学認識論の系譜―カンギレム, ダゴニエ, フーコー」
◇渋沢・クローデル賞（第12回/平成7年―日本側）
「フランス科学認識論の系譜―カンギレム、ダゴニエ、フーコー」　勁草書房　1994.6　321, 7p　19cm　3090円　Ⓘ4-326-15295-8

金森　久雄　かなもり・ひさお

1784　「男の選択」
◇日本エッセイスト・クラブ賞（第35回/昭和62年）
「男の選択」　日本経済新聞社　1987.1　214p　19cm　1000円　Ⓘ4-532-09436-4

金森　三千雄　かなもり・みちお

1785　「あの日」
◇現代少年詩集新人賞（第2回/昭和60年―奨励賞）

金谷　信夫　かなや・のぶお

1786　「悪友」
◇北海道新聞俳句賞（第1回/昭和61年）
「悪友―句集」　壺俳句会　1986.8　182p　19cm　1500円

蟹江　緋沙　かにえ・ひさ

1787　「友情の反乱」
◇読売「ヒューマン・ドキュメンタリー」大賞（第10回/平成1年―優秀賞）
「光れ隻眼0.06」　鈴木月美ほか著　読売新聞社　1989.12　251p　19cm　1200円　Ⓘ4-643-89084-3

カニエ・ナハ

1788　「用意された食卓」
◇中原中也賞（第21回/平成28年）
「用意された食卓」　カニエナハ著　青土社　2016.4　99p　19cm　1600円　Ⓘ978-4-7917-6919-3

金子　敦　かねこ・あつし

1789　「砂糖壺」
◇俳壇賞（第11回/平成8年）
「砂糖壺―金子敦句集」　本阿弥書店　2004.4　187p　20cm　2600円　Ⓘ4-7768-0029-2

金子　鋭一　かねこ・えいいち

1790　「蟬」
◇〔新潟〕日報詩壇賞（第10回/昭和48年秋）

金子　幸代　かねこ・さちよ

1791　「鷗外と近代劇」
◇やまなし文学賞〔研究・評論部門〕（第20回/平成23年度―研究・評論部門）
「鷗外と近代劇」　大東出版社　2011.3　467, 20p　19cm　4500円　Ⓘ978-4-500-00737-0

兼子　仁　かねこ・じん

1792　「国民の教育権」
◇毎日出版文化賞（第26回/昭和47年）

兼子　澄江　かねこ・すみえ

1793　「英世の川」
◇福島県俳句賞（第25回/平成16年―新人賞）

金子　たんま　かねこ・たんま

1794　「三月の川辺」
◇現代詩加美未来賞（第13回/平成15年―中新田ロータリー賞）

金子　務　かねこ・つとむ

1795　「アインシュタイン・ショック」
◇サントリー学芸賞（第3回/昭和56年度―社会・風俗部門）
「アインシュタイン・ショック」　河出書房新社　1981.7　2冊　20cm　各1800円

「大正日本を揺がせた四十三日間」〔新装版〕 河出書房新社 1991.4 278p 19cm（アインシュタイン・ショック 1）1800円 ①4-309-22196-3
「日本の文化と思想への衝撃」〔新装版〕 河出書房新社 1991.4 318, 14p 19cm（アインシュタイン・ショック 2）1800円 ①4-309-22197-1
「アインシュタイン・ショック 1 大正日本を揺がせた四十三日間」 岩波書店 2005.2 485, 10p 15cm（岩波現代文庫）1300円 ①4-00-603108-4
「アインシュタイン・ショック 2 日本の文化と思想への衝撃」 岩波書店 2005.3 531, 12p 15cm（岩波現代文庫）1300円 ①4-00-603109-2

金子 兜太　かねこ・とうた

1796 「東国抄」
◇蛇笏賞（第36回/平成14年）
「東国抄―句集」 花神社 2001.3 233p 20cm 2800円 ①4-7602-1626-X
「金子兜太集 第1巻」 筑摩書房 2002.4 502p 22cm 6500円 ①4-480-70541-4
「金子兜太の100句を読む」 酒井弘司著 飯塚書店 2004.7 211p 19cm 1886円 ①4-7522-2043-1
「俳句・彼方への現在―林桂評論集」 林桂著 詩学社 2005.1 411p 20cm 2500円 ①4-88312-238-7

1797 「日常」
◇小野市詩歌文学賞（第2回/平成22年/俳句部門）
「日常―句集」 ふらんす堂 2009.6 229p 20cm 2667円 ①978-4-7814-0134-8

1798 「両神」
◇詩歌文学館賞（第11回/平成8年/現代俳句）
「両神」 立風書房 1995.12 198p 19cm 2700円 ①4-651-60062-X
「金子兜太の100句を読む」 酒井弘司著 飯塚書店 2004.7 211p 19cm 1886円 ①4-7522-2043-1
「俳句・彼方への現在―林桂評論集」 林桂著 詩学社 2005.1 411p 20cm 2500円 ①4-88312-238-7

金子 のぼる　かねこ・のぼる

1799 「佐渡の冬」
◇角川俳句賞（第25回/昭和54年）

金子 秀夫　かねこ・ひでお

1800 「内臓空間」
◇横浜詩人会賞（第4回/昭和46年度）
「金子秀夫詩集」 土曜美術社出版販売 1993.2 157p 19cm（日本現代詩文庫 73）1300円 ①4-8120-0411-X

金子 皆子　かねこ・みなこ

1801 「花恋」
◇日本詩歌句大賞（第1回/平成17年度/俳句部門/大賞）
「花恋―金子皆子句集 1」 角川書店 2004.12 170p 22cm ①4-04-876232-X

金子 遊　かねこ・ゆう

1802 「弧状の島々―ソクーロフとネフスキー」
◇三田文学新人賞〔評論部門〕（第18回（創刊一〇〇年記念 2011年度））

金田 章宏　かねだ・あきひろ

1803 「八丈方言動詞の基礎研究」
◇金田一京助博士記念賞（第30回/平成14年）
「八丈方言動詞の基礎研究」 笠間書院 2001.9 545p 22cm 15000円 ①4-305-70232-0

金田 久璋　かねだ・ひさあき

1804 「言問いとことほぎ」
◇中日詩賞（第45回/平成17年―新人賞）
「言問いとことほぎ」 思潮社 2004.10 155p 21cm 2600円 ①4-7837-1941-1

金箱 戈止夫　かねばこ・かしお

1805 「梨（なし）の花」（句集）
◇北海道新聞俳句賞（第20回/平成17年）

金丸 桝一　かねまる・ますかず

1806 「日の浦曲・抄」
◇地球賞（第3回/昭和53年度）
「金丸桝一詩集」 本多企画 1994.8 326p 22cm 3500円
「金丸桝一詩集」 金丸桝一著, 清岡卓行, みえのふみあき解説, 小海永二, 伊藤桂

一監修　土曜美術社出版販売　2000.4
　158p　19cm（日本現代詩文庫 103）
　1400円　①4-8120-1232-5
「日の浦曲・抄」新訂版　鉱脈社　2000.
　7　128p　19cm　1500円

加野 ヒロ子　かの・ひろこ
1807　「142号室」
◇読売「ヒューマン・ドキュメンタリー」大賞（第3回/昭和57年―優秀賞）
「母ちゃんの黄色いトラック」深貝裕子〔ほか〕著　読売新聞社　1982.12
223p　20cm　980円

叶 芳和　かのう・よしかず
1808　「農業革命を展望する」
◇石橋湛山賞（第2回/昭和56年）

叶内 拓哉　かのうち・たくや
1809　「落としたのはだれ？」
◇吉村証子記念「日本科学読物賞」（第15回/平成7年）
「落としたのはだれ？」高田勝文, 叶内拓哉写真　福音館書店　1994.11　36p　31×23cm（かがくのほん）1300円　①4-8340-1260-3

蒲倉 琴子　かばくら・ことこ
1810　「吉備の旅」
◇福島県俳句賞（第29回/平成20年―新人賞）
1811　「樹下の二人」
◇福島県俳句賞（第32回/平成23年―俳句賞）

河北新報社報道部　かほくしんぽうしゃほうどうぶ
1812　「植物人間」
◇新評賞（第4回/昭和49年―第1部門＝交通問題（正賞）河北新報48年4月12日号より18回連載）

鎌倉時代語研究会　かまくらじだいごけんきゅうかい
1813　「鎌倉時代語研究」
◇新村出賞（第6回/昭和62年）
「鎌倉時代語研究　第3輯」広島大学文学部国語学研究室　1980.3　512p　25cm
「鎌倉時代語研究　第4輯」武蔵野書院　1981.5　356p　22cm　8000円
「鎌倉時代語研究―第5輯」武蔵野書院　1982.5　423p　22cm　9000円
「鎌倉時代語研究　第6輯」武蔵野書院　1983.5　415p　22cm　9000円
「鎌倉時代語研究　第7輯」武蔵野書院　1984.5　425p　22cm　12000円
「鎌倉時代語研究　第8輯」武蔵野書院　1985.5　456p　22cm　14000円
「鎌倉時代語研究　第9輯」武蔵野書院　1986.5　367p　21cm　10000円
「鎌倉時代語研究　第10輯」武蔵野書院　1987.5　429p　21cm　10000円　①4-8386-0096-8
「鎌倉時代語研究　第1輯」復刻　武蔵野書院　1991.3　324p　22cm　①4-8386-0118-2
※原本：広島大学文学部国語学研究室昭和53年刊
「鎌倉時代語研究　第2輯」復刻　武蔵野書院　1991.3　437p　22cm　①4-8386-0119-0
※原本：広島大学文学部国語学研究室昭和54年刊
「鎌倉時代語研究　第3輯」復刻　武蔵野書院　1991.3　512p　22cm　①4-8386-0120-4
※原本：広島大学文学部国語学研究室昭和55年刊

鎌田 文子　かまた・あやこ
1814　「ゆり椅子のあなたに」
◇野原水嶺賞（第9回/平成5年）

鎌田 喜八　かまた・きはち
1815　「エスキス」
◇晩翠賞（第1回/昭和35年）

鎌田 恭輔　かまた・きょうすけ
1816　「子子」
◇俳壇賞（第2回/昭和62年度）

鎌田 さち子　かまた・さちこ
1817　「ぼくの旅」
◇年刊現代詩集新人賞（第8回/昭和62年―奨励賞）

鎌田 慧　かまた・さとし
1818　「逃げる民」
◇新評賞（第7回/昭和52年—第2部門＝社会問題一般（正賞））

1819　「反骨—鈴木東民の生涯」
◇新田次郎文学賞（第9回/平成2年）
「反骨—鈴木東民の生涯」　講談社　1989.6　402p　19cm　1600円　⑪4-06-203814-5
「反骨—鈴木東民の生涯」　講談社　1992.10　426p　15cm　（講談社文庫）　600円　⑪4-06-185251-5
「反骨—鈴木東民の生涯　上」　埼玉福祉会　2012.12　233p　21cm　（大活字本シリーズ）　2800円　⑪978-4-88419-827-5
※底本：講談社文庫「反骨」
「反骨—鈴木東民の生涯　中」　埼玉福祉会　2012.12　263p　21cm　（大活字本シリーズ）　2900円　⑪978-4-88419-828-2
※底本：講談社文庫「反骨」
「反骨—鈴木東民の生涯　下」　埼玉福祉会　2012.12　387p　21cm　（大活字本シリーズ）　3300円　⑪978-4-88419-829-9
※底本：講談社文庫「反骨」

1820　「六ケ所村の記録」（上・下）
◇毎日出版文化賞（第45回/平成3年）
「六ヶ所村の記録　上」　岩波書店　1991.3　270p　19cm　1700円　⑪4-00-002576-7
「六ヶ所村の記録　下」　岩波書店　1991.4　303p　19cm　1800円　⑪4-00-002577-5
「六ヶ所村の記録—核燃料サイクル基地の素顔」　講談社　1997.5　609p　15cm　（講談社文庫）　819円　⑪4-06-263506-2
「六ヶ所村の記録　上—核燃料サイクル基地の素顔」　岩波書店　2011.11　268,15p　15cm　（岩波現代文庫）　1080円　⑪978-4-00-603232-6
「六ヶ所村の記録　下—核燃料サイクル基地の素顔」　岩波書店　2011.11　345,31p　15cm　（岩波現代文庫）　1360円　⑪978-4-00-603233-3

鎌田 哲哉　かまた・てつや
1821　「丸山真男論」
◇群像新人文学賞〔評論部門〕（第41回/平成10年—評論）

鎌田 宏　かまた・ひろし
1822　「新聞の来ない日」
◇日本随筆家協会賞（第29回/平成6年5月）
「海鳴り」　日本随筆家協会　1994.9　197p　14cm　（現代随筆選書150）　1600円　⑪4-88933-177-8

蒲池 美鶴　かまち・みつる
1823　「シェイクスピアのアナモルフォーズ」
◇サントリー学芸賞（第22回/平成12年度—芸術・文学部門）
「シェイクスピアのアナモルフォーズ」　研究社出版　1999.11　292p　21cm　4000円　⑪4-327-47193-3

上 笙一郎　かみ・しょういちろう
1824　「日本童謡事典」
◇三越左千夫少年詩賞（第10回/平成18年/特別賞）
「日本童謡事典」　東京堂出版　2005.9　463p　23cm　4800円　⑪4-490-10673-4

1825　「日本の幼稚園」
◇毎日出版文化賞（第20回/昭和41年）
「日本の幼稚園—子どもにとって真の幸福とは　幼児教育の歴史」　上笙一郎、山崎朋子著　光文社　1985.12　462p　16cm　（光文社文庫）　600円　⑪4-334-70273-2
「日本の幼稚園—幼児教育の歴史」　上笙一郎、山崎朋子著　筑摩書房　1994.1　492p　15cm　（ちくま学芸文庫）　1450円　⑪4-480-08107-0

神内 八重　かみうち・やえ
1826　「柘榴の記憶」
◇中日詩賞（第50回/平成22年—新人賞）
「柘榴の記憶」　幻冬舎ルネッサンス　2009.10　73p　19cm　1200円　⑪978-4-7790-0484-1

神尾 久美子　かみお・くみこ
1827　「桐の木」
◇現代俳句女流賞（第3回/昭和53年）

上垣外 憲一　かみがいと・けんいち
1828　「雨森芳洲」
◇サントリー学芸賞（第12回/平成2年度—社会・風俗部門）
「雨森芳洲—元禄享保の国際人」　中央公

論社　1989.10　224p　18cm（中公新
書 945）560円　①4-12-100945-2
「雨森芳洲—元禄享保の国際人」　講談社
2005.2　248p　15cm　（講談社学術文
庫）880円　①4-06-159696-9

神川　信彦　かみかわ・のぶひこ
1829　「グラッドストン」（上・下）
◇毎日出版文化賞（第21回/昭和42年）
「グラッドストン—政治における使命感」
神川信彦著, 君塚直隆解題　復刊　吉田
書店　2011.10　489p　19cm　4000円
①978-4-905497-02-8

神蔵　器　かみくら・うつわ
1830　「貴椿」
◇俳人協会賞（第41回/平成13年）
「貴椿—神蔵器句集」朝日新聞社　2001.
8　217p　20cm　2800円　①4-02-
330674-6

1831　「氷輪」
◇俳句四季大賞（第10回/平成22年）
「氷輪—句集」角川書店　2009.8　217p
20cm　2667円　①978-4-04-652163-7

上滝　和洋　かみたき・かずひろ
1832　「月曜日の席」
◇日本随筆家協会賞（第33回/平成8年5
月）
「月曜日の席」日本随筆家協会　1996.9
218p　19cm（現代随筆選書）1600円
①4-88933-203-0

上手　宰　かみて・おさむ
1833　「初期『荒地』の思想について」
◇詩人会議新人賞（第10回/昭和51年—
評論部門）
1834　「星の火事」
◇壷井繁治賞（第8回/昭和55年）

神野　孝子　かみの・たかこ
1835　「花房の翳」
◇短歌研究新人賞（第17回/昭和49年）

上山　春平　かみのやま・しゅんぺい
1836　「明治維新の分析視点」
◇毎日出版文化賞（第22回/昭和43年）

神谷　由里　かみや・ゆり
1837　「朝空に」
◇「短歌現代」歌人賞（第12回/平成11
年）

神山　睦美　かみやま・むつみ
1838　「小林秀雄の昭和」
◇鮎川信夫賞（第2回/平成23年/詩論集
部門）
「小林秀雄の昭和」思潮社　2010.10
278, 10p　20cm　3000円　①978-4-
7837-1662-4

禿　慶子　かむろ・けいこ
1839　「彼岸人」
◇横浜詩人会賞（第14回/昭和57年度）
「彼岸人—禿慶子詩集」勁草出版サービ
スセンター　1981.8　69p　22cm
2000円

亀井　克之　かめい・かつゆき
1840　「フランス企業の経営戦略とリス
クマネジメント」
◇渋沢・クローデル賞（第19回/平成14
年/ルイ・ヴィトン・ジャパン特別
賞）
「フランス企業の経営戦略とリスクマネ
ジメント」法律文化社　1998.9　312p
21cm　4800円　①4-589-02087-4
「フランス企業の経営戦略とリスクマネ
ジメント」新版　法律文化社　2001.9
544p　22cm　8400円　①4-589-02518-3

亀井　雉子男　かめい・きじお
1841　「鯨の骨」
◇俳壇賞（第25回/平成22年度）

亀井　俊介　かめい・しゅんすけ
1842　「有島武郎 世間に対して真剣勝負
をし続けて」
◇和辻哲郎文化賞（第27回/平成26年度
——一般部門）
「有島武郎—世間に対して真剣勝負をし
続けて」ミネルヴァ書房　2013.11
287, 11p　19cm（ミネルヴァ日本評伝
選）3200円　①978-4-623-06698-8

1843　「サーカスが来た」
◇日本エッセイスト・クラブ賞（第25

回/昭和52年）
　　「サーカスが来た！―アメリカ大衆文化
　　　覚書」　文芸春秋　1980.9　326p　16cm
　　　（文春文庫）360円
　　「サーカスが来た！―アメリカ大衆文化
　　　覚書」　岩波書店　1992.2　353,4p
　　　16cm（同時代ライブラリー 94）980円
　　　④4-00-260094-7
　　「サーカスが来た！―アメリカ大衆文化
　　　覚書」　平凡社　2013.5　375p　16cm
　　　（平凡社ライブラリー）1700円　④978-
　　　4-582-76786-5

亀井　秀雄　かめい・ひでお
1844　「朝天虹（ちょうてんにじ）ヲ吐ク
　　　志賀重昂『在札幌農学校第弐年期
　　　中日記』」
◇やまなし文学賞〔研究・評論部門〕
　　（第7回/平成10年度―研究・評論部
　　門）
　　「朝天虹ヲ吐ク―志賀重昂『在札幌農学校
　　　第弐年期中日記』」　亀井秀雄, 松木博編
　　　著　北海道大学図書刊行会　1998.6
　　　461p　21cm　7500円　④4-8329-5961-1

亀井　宏　かめい・ひろし
1845　「ガダルカナル戦記」
◇講談社ノンフィクション賞（第2回）
　　「ガダルカナル戦記」　光人社　1980.3
　　　3冊
　　「ガダルカナル戦記　1〜4」　講談社
　　　2015.6〜7　15cm（講談社文庫）

亀井　真理子　かめい・まりこ
1846　「よみがえる山」
◇日本旅行記賞（第1回/昭和49年）

亀和田　武　かめわだ・たけし
1847　「どうして僕はきょうも競馬場に」
◇JRA賞馬事文化賞（第22回/平成20年
　　度）
　　「どうして僕はきょうも競馬場に」　本の
　　　雑誌社　2008.5　253p　19cm　1600円
　　　④978-4-86011-082-6

鴨　武彦　かも・たけひこ
1848　「国際安全保障の構想」
◇石橋湛山賞（第12回/平成3年）
　　「国際安全保障の構想」　岩波書店　1990.
　　　12　363p　21cm　4200円　④4-00-
　　　000831-5

蒲生　直英　がもう・なおひで
1849　「山のある町」
◇福田正夫賞（第3回/平成1年―特別
　　賞）
　　「山のある町―蒲生直英詩集」　石笛の会
　　　1986.12　125p　22cm　2000円

萱野　茂　かやの・しげる
1850　「萱野茂のアイヌ神話集成（全10
　　　巻）」
◇毎日出版文化賞（第52回/平成10年―
　　企画部門）
　　「萱野茂のアイヌ神話集成　第1巻〜第10
　　　巻」　ビクターエンタテインメント（発
　　　売）　1998.3　22cm　④4-89404-452-8

萱場　利通　かやば・としみち
1851　「コムカラ峠〜雲に架ける小さ
　　　な橋〜」
◇北海道ノンフィクション賞（第23回/
　　平成15年―大賞）

唐木　幸子　からき・さちこ
1852　「小さな小さなあなたを産んで」
◇読売「ヒューマン・ドキュメンタ
　　リー」大賞（第19回/平成10年/入
　　選）
　　「小さな小さなあなたを産んで」　唐木幸
　　　子, 高橋靖子, 斉藤紀子, 杉山保子, 田子
　　　文章著　読売新聞社　1999.2　301p
　　　19cm　1300円　④4-643-99002-3

唐木　順三　からき・じゅんぞう
1853　「中世の文学」
◇読売文学賞（第7回/昭和30年―文芸
　　評論賞）
　　「唐木順三ライブラリー　3　中世の文学
　　　無常」　唐木順三著, 粕谷一希解説　中
　　　央公論新社　2013.9　573p　19cm（中
　　　公選書）2800円　④978-4-12-110016-0

唐沢　南海子　からさわ・なみこ
1854　「春の樟」
◇俳壇賞（第27回/平成24年度）

柄谷　行人　からたに・こうじん
1855　「〈意識〉と〈自然〉―漱石試論」

からつ

◇群像新人文学賞〔評論部門〕（第12回/昭和44年—評論）
「畏怖する人間」 トレヴィル, リブロポート〔発売〕 1987.7 355p 19cm 1600円 ①4-8457-0281-9
「畏怖する人間」 講談社 1990.10 398p 15cm（講談社文芸文庫）980円 ①4-06-196099-7
「道草」 小森陽一, 芹沢光興編 桜楓社 1991.6 339p 21cm（漱石作品論集成第11巻）4500円 ①4-273-02420-9

1856 「坂口安吾と中上健次」
◇伊藤整文学賞（第7回/平成8年—評論）
「坂口安吾と中上健次」 太田出版 1996.2 308p 19cm（批評空間叢書 9）2060円 ①4-87233-265-2
「坂口安吾と中上健次」 講談社 2006.9 412p 15cm（講談社文芸文庫）1400円 ①4-06-198452-7

1857 「マルクスその可能性の中心」
◇亀井勝一郎賞（第10回/昭和53年）
「マルクスその可能性の中心」 講談社 1978.7 198p 20cm 1000円
「マルクスその可能性の中心」 講談社 1985.7 239p 15cm（講談社文庫）380円 ①4-06-183544-0
「マルクスその可能性の中心」 講談社 1990.7 254p 15cm（講談社学術文庫）720円 ①4-06-158931-8

唐津　一　からつ・はじめ

1858 「デフレ繁栄論—日本を強くする逆転の発想」
◇山本七平賞（第4回/平成7年）
「デフレ繁栄論—日本を強くする逆転の発想」 PHP研究所 1995.9 190p 19cm 1000円 ①4-569-54828-8

唐橋　秀子　からはし・ひでこ

1859 「栗ふたつ」
◇福島県俳句賞（第13回/平成3年）

雁部　貞夫　かりべ・さだお

1860 「ゼウスの左足」
◇島木赤彦文学賞（第13回/平成23年）
「ゼウスの左足—雁部貞夫歌集」 角川書店 2010.3 260p 20cm（21世紀歌人シリーズ）2571円 ①978-4-04-621853-7

雁屋　颯子　かりや・そうこ

1861 「Windy day」
◇詩人会議新人賞（第35回/平成13年/詩/佳作）

苅谷　剛彦　かりや・たけひこ

1862 「階層化日本と教育危機」
◇大佛次郎論壇賞（第1回/平成13年—奨励賞）
「階層化日本と教育危機—不平等再生産から意欲格差社会へ」 有信堂高文社 2001.7 237, 8p 21cm 3800円 ①4-8420-8525-8

1863 「教育の世紀」を中心として
◇サントリー学芸賞（第27回/平成17年度—思想・歴史部門）
「教育の世紀—学び、教える思想」 弘文堂 2004.12 380p 19cm（シリーズ生きる思想 7）2500円 ①4-335-00059-6
「増補 教育の世紀—大衆教育社会の源流」 筑摩書房 2014.3 361p 15cm（ちくま学芸文庫）1300円 ①978-4-480-09599-2

苅部　直　かるべ・ただし

1864 「鏡のなかの薄明」
◇毎日書評賞（第9回/平成22年度）
「鏡のなかの薄明」 幻戯書房 2010.10 269p 20cm 2900円 ①978-4-901998-59-8

1865 「丸山眞男」を中心として
◇サントリー学芸賞（第28回/平成18年度—思想・歴史部門）

軽部　やす子　かるべ・やすこ

1866 「山茶花梅雨」
◇日本随筆家協会賞（第46回/平成14年11月）
「山茶花梅雨」 日本随筆家協会 2003.6 224p 20cm（現代名随筆叢書 48）1500円 ①4-88933-272-3

枯木　虎夫　かれき・とらお

1867 「鷺」
◇小熊秀雄賞（第1回/昭和43年）

彼末　れい子　かれすえ・れいこ

1868 「指さす人」
◇壺井繁治賞（第26回/平成10年）

「指さす人―彼末れい子詩集」 風来舎
1997.10 98p 19cm 1500円 ⓘ4-
89301-982-1

河 草之介 かわ・そうのすけ

1869 「円周率」(私家版)
◇北海道新聞俳句賞（第10回/平成7年）

1870 「家族」
◇現代俳句協会新人賞（第12回/平成6年）

河合 香織 かわい・かおり

1871 「ウスケボーイズ―日本ワインの革命児たち」
◇小学館ノンフィクション大賞（第16回/平成21年/大賞）
「ウスケボーイズ―日本ワインの革命児たち」 小学館 2010.5 226p 1600円 ⓘ978-4-09-389724-2

河合 紗良 かわい・さら

1872 「愛と別れ」
◇室生犀星詩人賞（第7回/昭和42年）

川合 茂美 かわい・しげみ

1873 「場外乱闘！ エクセル田無！」
◇優駿エッセイ賞（第22回/平成18年）

河合 祥一郎 かわい・しょういちろう

1874 「ハムレットは太っていた！」
◇サントリー学芸賞（第23回/平成13年度―芸術・文学部門）
「ハムレットは太っていた！」 白水社 2001.7 256, 57p 19cm 2800円 ⓘ4-560-04722-7

河合 照子 かわい・てるこ

1875 「日向」
◇俳句研究賞（第3回/昭和63年）

河合 俊郎 かわい・としろう

1876 「漁火」
◇中部日本詩人賞（第5回/昭和31年）

河合 隼雄 かわい・はやお

1877 「明恵夢を生きる」
◇新潮学芸賞（第1回/昭和63年）

「明恵 夢を生きる」 京都松柏社, 法藏館〔発売〕 1987.4 311, 7p 19cm 2000円 ⓘ4-8318-7163-X
「明恵 夢を生きる」 講談社 1995.10 391p 15cm （講談社プラスアルファ文庫） 880円 ⓘ4-06-256118-2

河合 雅雄 かわい・まさお

1878 「人間の由来」(上・下)
◇毎日出版文化賞（第46回/平成4年）
「人間の由来 上」 小学館 1992.3 413p 21cm 4800円 ⓘ4-09-387068-3
「人間の由来 下」 小学館 1992.3 438p 21cm 4800円 ⓘ4-09-387069-1
「人間の由来 上」 改訂版 小学館 1997.9 430p 21cm （河合雅雄著作集 5） 4848円 ⓘ4-09-677005-1
「人間の由来 下」 改訂版 小学館 1997.11 458p 21cm （河合雅雄著作集 6） 4848円 ⓘ4-09-677006-X

川内 有緒 かわうち・ありお

1879 「バウルを探して―地球の片隅に伝わる秘密の歌」
◇新田次郎文学賞（第33回/平成26年）
「バウルを探して―地球の片隅に伝わる秘密の歌」 幻冬舎 2013.2 294p 19cm 1500円 ⓘ978-4-344-02330-7

河内 静魚 かわうち・せいぎょ

1880 「栞ひも」
◇朝日俳句新人賞（第4回/平成13年/準賞）

川上 明日夫 かわかみ・あすお

1881 「蜻蛉座」
◇中日詩賞（第39回/平成11年）
「蜻蛉座」 土曜美術社出版販売 1998.9 67p 22cm （21世紀詩人叢書 39） 1900円 ⓘ4-8120-0723-2
「アンソロジー 川上明日夫」 土曜美術社出版販売 2001.11 161p 21cm （現代詩の10人） 2500円 ⓘ4-8120-1306-2
「川上明日夫詩集」 思潮社 2011.6 158p 19cm （現代詩文庫） 1165円 ⓘ978-4-7837-0969-5

1882 「夕陽魂」
◇富田砕花賞（第16回/平成17年）
「夕陽魂」 思潮社 2004.10 85p 24cm 2200円 ⓘ4-7837-1942-X

河上 徹太郎　かわかみ・てつたろう

1883　「私の詩と真実」
◇読売文学賞（第5回/昭和28年―文芸評論賞）
「私の詩と真実」福武書店　1983.1　205p　19cm（文芸選書）　1200円
「昭和文学全集　9」小林秀雄, 河上徹太郎, 中村光夫, 山本健吉著　小学館　1987.11　1134p　21cm　4000円　Ⓟ4-09-568009-1
「私の詩と真実」講談社　2007.6　210p　15cm（講談社文芸文庫）1200円　Ⓟ978-4-06-198480-6

河上 肇　かわかみ・はじめ

1884　「自叙伝」
◇毎日出版文化賞（第1回/昭和22年）
「自叙伝　上」岩波書店　1989.1　499p　21cm　3200円　Ⓟ4-00-002658-5
「自叙伝　中」岩波書店　1989.2　459p　21cm　3000円　Ⓟ4-00-002659-3
「自叙伝　下」岩波書店　1989.3　480p　21cm　3200円　Ⓟ4-00-002660-7
「自叙伝　1」河上肇〔著〕, 杉原四郎, 一海知義編　岩波書店　1996.10　385p　15cm（岩波文庫）670円　Ⓟ4-00-331322-4
「自叙伝　2」河上肇〔著〕, 杉原四郎, 一海知義編　岩波書店　1996.11　366p　15cm（岩波文庫）670円　Ⓟ4-00-331323-2
「自叙伝　3」河上肇著, 杉原四郎, 一海知義編　岩波書店　1996.12　401p　15cm（岩波文庫）670円　Ⓟ4-00-331324-0
「自叙伝　4」河上肇〔著〕, 杉原四郎, 一海知義編　岩波書店　1997.3　385p　15cm（岩波文庫）670円　Ⓟ4-00-331325-9

かわかみ まさと

1885　「与那覇湾―ふたたびの海よ―」
◇山之口貘賞（第37回/平成26年度）
「与那覇湾―ふたたびの海よ　かわかみまさと詩集」あすら舎　2014.2　133p　21cm　2000円　Ⓟ978-4-9906511-5-2

川上 未映子　かわかみ・みえこ

1886　「先端で、さすわ さされるわ そらええわ」
◇中原中也賞（第14回/平成21年）
「先端で、さすわ さされるわ そらええわ」青土社　2008.1　155p　19cm　1300円　Ⓟ978-4-7917-6389-4

1887　「水瓶」
◇高見順賞（第43回/平成24年）
「水瓶」青土社　2012.10　173p　20cm　1300円　Ⓟ978-4-7917-6668-0

川口 明子　かわぐち・あきこ

1888　「心の闇と星のしづく」
◇優駿エッセイ賞（第3回/昭和62年）

川口 晴美　かわぐち・はるみ

1889　「Tiger is here.」
◇高見順賞（第48回/平成27年）
「Tiger is here.」思潮社　2015.7　125p　19cm　2500円　Ⓟ978-4-7837-3477-2

川口 昌男　かわぐち・まさお

1890　「海の群列」
◇小熊秀雄賞（第6回/昭和48年）

川口 ますみ　かわぐち・ますみ

1891　「赤い雪」
◇新俳句人連盟賞（第32回/平成16年/作品の部/佳作2位）

1892　「春暁に」
◇新俳句人連盟賞（第34回/平成18年/作品の部/佳作3位）

1893　「繋ぐ」
◇新俳句人連盟賞（第33回/平成17年/作品の部/佳作1位）

川口 真理　かわぐち・まり

1894　「水の匂ひ」
◇俳壇賞（第19回/平成16年度）

川口 泰子　かわぐち・やすこ

1895　「しご」
◇年刊現代詩集新人賞（第5回/昭和59年―奨励賞）

川口 有美子　かわぐち・ゆみこ

1896　「逝かない身体―ALS的日常を生きる」
◇大宅壮一ノンフィクション賞（第41回/平成22年）
「逝かない身体―ALS的日常を生きる」

医学書院　2009.12　265p　21cm（シリーズケアをひらく）2000円　ⓘ978-4-260-01003-0
1897　「生存の技法―ALSの人工呼吸療法を巡る葛藤」
◇河上肇賞（第9回/平成25年/奨励賞）

川口　和弓　かわぐち・わゆみ
1898　「冬のポスト」
◇荒木暢夫賞（第3回/昭和44年）

川越　歌澄　かわごえ・かすみ
1899　「雲の峰」
◇北斗賞（第1回/平成22年）
「雲の峰―句集」　文學の森　2011.5　99p　19cm　1714円　ⓘ978-4-86173-203-4

川﨑　秋光　かわさき・あきみつ
1900　「「喪失」の系譜―江藤淳の変遷と現代文学の「喪失感」」
◇三田文学新人賞〔評論部門〕（第19回（2013年度）―佳作）

川崎　けい子　かわさき・けいこ
1901　「アフガニスタン潜入記」
◇週刊金曜日ルポルタージュ大賞（第8回/平成12年9月/佳作）

川崎　賢子　かわさき・けんこ
1902　「彼等の昭和」
◇サントリー学芸賞（第17回/平成7年度―芸術・文学部門）
「彼等の昭和―長谷川海太郎・潾二郎・濬・四郎」　白水社　1994.12　330p　19cm　2800円　ⓘ4-560-04337-X

川崎　展宏　かわさき・てんこう
1903　「秋」
◇詩歌文学館賞（第13回/平成10年/現代俳句）
「季語別川崎展宏句集」　ふらんす堂　2000.6　174p　19cm　2200円　ⓘ4-89402-313-X
「冬―川崎展宏句集」　ふらんす堂　2003.5　163p　19cm　2600円　ⓘ4-89402-546-9
「春―川崎展宏全句集」　ふらんす堂　2012.10　497p　21cm　10000円　ⓘ978-4-7814-0511-7

1904　「俳句初心」
◇俳人協会評論賞（第13回/平成10年度）
「俳句初心」　角川書店　1997.12　245p　19cm　2500円　ⓘ4-04-884114-9

川崎　洋　かわさき・ひろし
1905　「かがやく日本語の悪態」
◇藤村記念歴程賞（第36回/平成10年）
「かがやく日本語の悪態」　草思社　1997.5　213, 9p　19cm　1600円　ⓘ4-7942-0755-7
「かがやく日本語の悪態」　新潮社　2003.6　279p　15cm（新潮文庫）514円　ⓘ4-10-101621-6

1906　「食物小屋」
◇無限賞（第8回/昭和55年）
「食物小屋―詩集」　思潮社　1980.10　108p　22cm　2200円
「新選　川崎洋詩集」　思潮社　1987.6　144p　19cm（新選　現代詩文庫 123）780円　ⓘ4-7837-0835-5

1907　「日本方言詩集」
◇藤村記念歴程賞（第36回/平成10年）
「日本方言詩集」　思潮社　1998.7　223p　19cm　2800円　ⓘ4-7837-1079-1

1908　「ビスケットの空カン」
◇高見順賞（第17回/昭和61年度）
「ビスケットの空カン―詩集」　花神社　1986.5　100p　22cm　2000円
「新選　川崎洋詩集」　思潮社　1987.6　144p　19cm（新選　現代詩文庫 123）780円　ⓘ4-7837-0835-5
「ただごとの世界―詩集『ビスケットの空カン』より　時空を越えて」　川崎洋〔詩〕, 和田美佐文写・写真　〔和田美佐保〕〔2005〕43枚　19×22cm

河路　由佳　かわじ・ゆか
1909　「短歌と神との接点」
◇現代短歌評論賞（第15回/平成9年/優秀賞）

川下　喜人　かわした・よしと
1910　「赤とんぼ」
◇現代詩人アンソロジー賞（第8回/平成10年/優秀）

川嶋 一美 かわしま・かずみ
- 1911 「上映中」
  - ◇俳壇賞（第21回/平成18年度）

川島 完 かわしま・かん
- 1912 「ゴドー氏の村」
  - ◇日本詩人クラブ賞（第39回/平成18年）
  - 「ゴドー氏の村」日本未来派 2005.12 113p 19cm（日本未来派叢書VIII）1700円
- 1913 「ピエタの夜」
  - ◇富田砕花賞（第11回/平成12年）

川島 喜代詩 かわしま・きよし
- 1914 「波動」
  - ◇現代歌人協会賞（第14回/昭和45年）
- 1915 「冬街」
  - ◇短歌研究賞（第17回/昭和56年）

川嶋 周一 かわしま・しゅういち
- 1916 「独仏関係と戦後ヨーロッパ国際秩序 ドゴール外交とヨーロッパの構築 1959-1963」
  - ◇渋沢・クローデル賞（第25回/平成20年/本賞）
  - 「独仏関係と戦後ヨーロッパ国際秩序―ドゴール外交とヨーロッパの構築1958-1969」創文社 2007.1 259, 88p 22cm 6500円 ④978-4-423-71069-2

川島 真 かわしま・しん
- 1917 「中国近代外交の形成」
  - ◇サントリー学芸賞（第26回/平成16年度―政治・経済部門）
  - 「中国近代外交の形成」名古屋大学出版会 2004.2 661, 32p 21cm 7000円 ④4-8158-0476-1

川島 晴夫 かわしま・はるお
- 1918 「懈怠者Ar」
  - ◇現代短歌大系新人賞（昭和47年―入選）

河島 英昭 かわしま・ひであき
- 1919 「イタリア・ユダヤ人の風景」
  - ◇読売文学賞（第57回/平成17年―随筆・紀行賞）
  - 「イタリア・ユダヤ人の風景」岩波書店 2004.12 373p 19cm 3600円 ④4-00-022145-0

川島 洋 かわしま・ひろし
- 1920 「棒を捨てた男の話」
  - ◇年刊現代詩集新人賞（第5回/昭和59年―奨励賞）

川島 睦子 かわしま・むつこ
- 1921 「骨と灰」
  - ◇詩人会議新人賞（第47回/平成25年/詩部門/佳作）

川嶋 康男 かわしま・やすお
- 1922 「幻華―小樽花魁道中始末記」
  - ◇北海道ノンフィクション賞（第5回/昭和60年―佳作）

河津 聖恵 かわず・きよえ
- 1923 「アリア、この夜の裸体のために」
  - ◇H氏賞（第53回/平成15年）
  - 「アリア、この夜の裸体のために―河津聖恵詩集」ふらんす堂 2002.8 78p 23×15cm（現代詩人叢書）2600円 ④4-89402-492-6
  - 「河津聖恵詩集」思潮社 2006.2 160p 19cm（現代詩文庫）1165円 ④4-7837-0958-0
- 1924 「夏の終わり」
  - ◇歴程新鋭賞（第9回/平成10年）
  - 「河津聖恵詩集」思潮社 2006.2 160p 19cm（現代詩文庫）1165円 ④4-7837-0958-0
- 1925 「連詩・悪母島の魔術師（マジシャン）」
  - ◇藤村記念歴程賞（第51回/平成25年）
  - 「連詩・悪母島の魔術師（マジシャン）」新藤涼子, 河津聖恵, 三角みづ紀著 思潮社 2013.4 106p 21cm 2000円 ④978-4-7837-3351-5

川杉 敏夫 かわすぎ・としお
- 1926 「芳香族」
  - ◇地球賞（第18回/平成5年度）

川添 登 かわぞえ・のぼる
- 1927 「民と神の住まい」

◇毎日出版文化賞（第14回/昭和35年）

川添 房江　かわぞえ・ふさえ
1928「源氏物語の喩と王権」
◇関根賞（第1回/平成5年度）
「源氏物語の喩と王権」 河添房江著　有精堂出版　1992.11　391, 16p　21cm　8000円　④4-640-31036-6

川田 絢音　かわた・あやね
1929「雁の世」
◇萩原朔太郎賞（第23回/平成27年）
「雁の世」 思潮社　2015.5　79p　21cm　2200円　④978-4-7837-3465-9

川田 宇一郎　かわだ・ういちろう
1930「由美ちゃんとユミヨシさん─庄司薫と村上春樹の『小さき母』」
◇群像新人文学賞〔評論部門〕（第39回/平成8年─評論）

川田 京子　かわだ・きょうこ
1931「マドモアゼルKに」
◇栃木県現代詩人会賞（第5回）

川田 順造　かわだ・じゅんぞう
1932「曠野から」
◇日本エッセイスト・クラブ賞（第22回/昭和49年）
1933「口頭伝承論」
◇毎日出版文化賞（第46回/平成4年）
「口頭伝承論」 河出書房新社　1992.6　511, 28p　21cm　5900円　④4-309-23023-7
「口頭伝承論　上」 平凡社　2001.4　446p　16cm（平凡社ライブラリー）1600円　④4-582-76389-8
「口頭伝承論　下」 平凡社　2001.5　422p　16cm（平凡社ライブラリー）1600円　④4-582-76393-6
1934「声」（評論集）
◇藤村記念歴程賞（第26回/昭和63年）
「声」 筑摩書房　1988.2　259p　19cm　1600円　④4-480-85411-8
「聲」 筑摩書房　1998.10　313p　15cm（ちくま学芸文庫）1050円　④4-480-08444-4

河田 忠　かわた・ただし
1935「負の領域」
◇中日詩賞（第32回/平成4年）

川田 稔　かわだ・みのる
1936「昭和陸軍の軌跡」
◇山本七平賞（第21回/平成24年）
「昭和陸軍の軌跡─永田鉄山の構想とその分岐」 中央公論新社　2011.12　343p　18cm（中公新書 2144）940円　④978-4-12-102144-1

川田 靖子　かわだ・やすこ
1937「北方沙漠」
◇小熊秀雄賞（第5回/昭和47年）

河竹 登志夫　かわたけ・としお
1938「作者の家」
◇毎日出版文化賞（第34回/昭和55年）
◇読売文学賞（第32回/昭和55年─評論・伝記賞）
「作者の家─黙阿弥以後の人びと」 講談社　1980.8　432p　22cm　3500円
「作者の家─黙阿弥以後の人びと」 講談社　1984.10　2冊　15cm（講談社文庫）400円, 480円　④4-06-183346-4
「作者の家─黙阿弥以後の人びと」 悠思社　1991.10　411p　21cm　4800円　④4-946424-06-7
「作者の家　第1部─黙阿弥以後の人びと」 岩波書店　2001.12　294p　15cm（岩波現代文庫）1000円　④4-00-602046-5
「作者の家　第2部─黙阿弥以後の人びと」 岩波書店　2001.12　417p　15cm（岩波現代文庫）1100円　④4-00-602047-3

河内 淳　かわち・じゅん
1939「永遠なるものパドック」
◇優駿エッセイ賞（第5回/平成1年）

川地 雅世　かわち・まさよ
1940「春のじかん」
◇現代詩加美未来賞（第2回/平成4年─落鮎塾若鮎賞）

川出 良枝　かわで・よしえ
1941「貴族の徳, 商業の精神─モンテスキューと専制批判の系譜」

◇渋沢・クローデル賞（第14回/平成9年—日本側）
「貴族の徳、商業の精神—モンテスキューと専制批判の系譜」東京大学出版会 1996.7 319, 27p 21cm 6180円 ①4-13-036087-6

河出書房新社　かわでしょぼうしんしゃ
1942　「日本歴史大辞典 全20巻」
◇毎日出版文化賞（第14回/昭和35年—特別賞）

河東 仁　かわとう・まさし
1943　「日本の夢信仰」
◇サントリー学芸賞（第24回/平成14年度—社会・風俗部門）
「日本の夢信仰—宗教学から見た日本精神史」玉川大学出版部 2002.2 582p 21cm 7800円 ①4-472-40264-5

川中子 義勝　かわなご・よしかつ
1944　「神への問い」
◇日本詩人クラブ詩界賞（第10回/平成22年）
「神への問い—ドイツ詩における神義論的問いの由来と行方」ベルンハルト・ガイェック著, 川中子義勝編訳　土曜美術社出版販売 2009.7 281p 20cm 2800円 ①978-4-8120-1736-4

河西 新太郎　かわにし・しんたろう
1945　「日本詩人」(詩誌) 100号発行
◇詩人タイムズ賞（第4回/昭和60年）

川西 政明　かわにし・まさあき
1946　「武田泰淳伝」
◇伊藤整文学賞（第17回/平成18年—評論部門）
「武田泰淳伝」講談社 2005.12 515p 21cm 2800円 ①4-06-213238-9

かわにし 雄策　かわにし・ゆうさく
1947　「軍手の創」
◇新俳句人連盟賞（第35回/平成19年/作品の部/佳作1位）

1948　「青山」
◇新俳句人連盟賞（第33回/平成17年/作品の部/佳作3位）

1949　「暖流の幅」
◇新俳句人連盟賞（第37回/平成21年/作品の部/入選）

1950　「昔の戦火」
◇新俳句人連盟賞（第34回/平成18年/作品の部/佳作1位）

川野 里子　かわの・さとこ
1951　「王者の道」
◇若山牧水賞（第15回/平成22年）
「王者の道—川野里子歌集」角川書店, 角川グループパブリッシング〔発売〕2010.8 176p 20cm（角川短歌叢書—かりん叢書 第234篇）2571円 ①978-4-04-621751-6

1952　「幻想の重量—葛原妙子の戦後短歌」
◇葛原妙子賞（第6回/平成22年）
「幻想の重量—葛原妙子の戦後短歌」本阿弥書店 2009.6 461p 20cm 3800円 ①978-4-7768-0580-9

1953　「太陽の壺」
◇河野愛子賞（第13回/平成15年）
「太陽の壺—川野里子歌集」砂子屋書房 2002.12 189p 20cm（かりん叢書 159篇）3000円 ①4-7904-0686-5

河野 裕子　かわの・ゆうこ
1954　「葦舟」
◇小野市詩歌文学賞（第2回/平成22年/短歌部門）
「葦舟—河野裕子歌集」角川書店, 角川グループパブリッシング〔発売〕2009.12 209p 20cm（角川短歌叢書/塔21世紀叢書 第153篇）2571円 ①978-4-04-621750-9

1955　「歩く」
◇若山牧水賞（第6回/平成13年）
「歩く—河野裕子歌集」青磁社 2001.10 229p 22cm 3000円 ①4-901529-00-5
「続 河野裕子歌集」砂子屋書房 2008.11 176p 19cm（現代短歌文庫）1700円 ①978-4-7904-1129-1

1956　「桜花の記憶」
◇角川短歌賞（第15回/昭和44年）
「河野裕子読本—角川『短歌』ベストセレクション」『短歌』編集部編　角川学芸出版, 角川グループパブリッシング〔発売〕2011.7 310p 19cm 1800円

Ⓘ978-4-04-621417-1
「桜花の記憶―河野裕子エッセイ・コレクション」　中央公論新社　2012.5　269p　19cm　1500円　Ⓘ978-4-12-004378-9

1957　「桜森」
◇現代短歌女流賞（第5回/昭和55年）
　「桜森―歌集」　蒼土舎　1980.8　225p　20cm　2500円　Ⓘ4-88564-021-0
　「桜森―歌集」　蒼土舎　1981.5　227p　19cm　1600円　Ⓘ4-88564-026-1
　「桜森」　新装版　ショパン　2011.1　230p　19cm　1800円　Ⓘ978-4-88364-308-0

1958　「蟬声」
◇日本一行詩大賞・日本一行詩新人賞（第5回/平成24年/大賞）
　「蟬声―河野裕子歌集」　青磁社　2011.6　197p　22cm（塔21世紀叢書　第190篇）　2667円　Ⓘ978-4-86198-177-7

1959　「体力」
◇河野愛子賞（第8回/平成10年）
　「体力―河野裕子歌集」　本阿弥書店　1997.8　213p　22cm　2700円　Ⓘ4-89373-205-6
　「体力―河野裕子歌集 和英対訳」　河野裕子著, 結城文, アメリア・フィールデン訳　SS-project　2004.4　179p　21cm　1700円

1960　「ひるがほ」
◇現代歌人協会賞（第21回/昭和52年）

1961　「母系」
◇齋藤茂吉短歌文学賞（第20回/平成20年）
◇迢空賞（第43回/平成21年）
　「母系―河野裕子歌集」　青磁社　2008.11　184p　22cm（塔21世紀叢書　第130篇）　3000円　Ⓘ978-4-86198-107-4

1962　「耳掻き」
◇短歌研究賞（第33回/平成9年）

河野　与一　かわの・よいち

1963　「プルターク英雄伝」
◇読売文学賞（第8回/昭和31年―文学研究・翻訳）

川端　進　かわばた・すすむ

1964　「釣人知らず」
◇横浜詩人会賞（第35回/平成15年度）

川端　隆之　かわばた・たかゆき

1965　「ポップフライもしくは凡庸な打球について」
◇歴程新鋭賞（第10回/平成11年）
　「Pop fly」　思潮社　1998.10　140p　21cm　Ⓘ4-7837-1067-8

川端　康成　かわばた・やすなり

1966　「眠れる美女」
◇毎日出版文化賞（第16回/昭和37年）
　「川端康成」　新学社　2005.8　327p　15cm（新学社近代浪漫派文庫）　1305円　Ⓘ4-7868-0090-2
　「眠れる美女」　プチグラパブリッシング　2008.6　157p　19×13cm（少女の文学）　1500円　Ⓘ978-4-903267-70-8
　「眠れる美女」　改版　新潮社　2010.1　248p　15cm（新潮文庫）　400円　Ⓘ978-4-10-100120-3

河原　朝子　かわはら・あさこ

1967　「まなざし」
◇福島県俳句賞（第34回/平成25年―俳句賞）

川原　茂雄　かわはら・しげお

1968　「原子力ムラと学校―教育という名のプロパガンダ」
◇週刊金曜日ルポルタージュ大賞（第24回/平成25年/選外期待賞）

河原　有伽　かわはら・ゆか

1969　「社長と呼ばないで」
◇読売・日本テレビWoman's Beat大賞カネボウスペシャル21（第1回/平成14年/入選）
　「花、咲きまっか―第1回Woman's beat大賞受賞作品集」　俣木聖子ほか著　中央公論新社　2003.2　309p　20cm　1600円　Ⓘ4-12-003366-X

川平　敏文　かわひら・としふみ

1970　「兼好伝と芭蕉」
◇柿衞賞（第7回/平成10年）

1971　「徒然草の十七世紀 近世文芸思潮の形成」
◇やまなし文学賞〔研究・評論部門〕（第24回/平成27年度）

「徒然草の十七世紀―近世文芸思潮の形成」 岩波書店 2015.2 455, 15p 21cm 12800円 ①978-4-00-023901-1

川平 ひとし　かわひら・ひとし

1972　「中世和歌論」
◇角川源義賞（第26回/平成16年/文学研究部門）
「中世和歌論」 笠間書院 2003.3 902, 25p 22cm 18000円 ①4-305-70258-4
「中世和歌論」 限定200部復刊 笠間書院 2008.4 902, 25p 21cm 18000円 ①978-4-305-70378-1

川辺 きぬ子　かわべ・きぬこ

1973　「しこづま抄」
◇角川俳句賞（第7回/昭和36年）

河邉 由紀恵　かわべ・ゆきえ

1974　「桃の湯」
◇日本詩歌句大賞（第8回/平成24年度/詩部門/奨励賞）
「桃の湯」 思潮社 2011.5 93p 22cm 2400円 ①978-4-7837-3244-0

川辺 義洋　かわべ・よしひろ

1975　「悪霊」
◇島田利夫賞（第9回/昭和61年―準入選）

河村 瑛子　かわむら・えいこ

1976　「古俳諧の異国観―南蛮・黒船・いぎりす・おらんだ考」
◇柿衞賞（第24回/平成27年）

河村 清明　かわむら・きよあき

1977　「500円の指定席券」
◇優駿エッセイ賞（第12回/平成8年）

河村 敬子　かわむら・けいこ

1978　「もくれんの舟」
◇中日詩賞（第42回/平成14年）
「もくれんの舟」 思潮社 2001.8 95p 21cm 2000円 ①4-7837-1260-3

河村 静香　かわむら・しずか

1979　「海鳴り」
◇角川俳句賞（第32回/昭和61年）

川村 二郎　かわむら・じろう

1980　「アレゴリーの織物」
◇伊藤整文学賞（第3回/平成4年―評論）
「アレゴリーの織物」 講談社 1991.10 349p 19cm 2900円 ①4-06-205537-6
「アレゴリーの織物」 講談社 2012.3 386p 15cm（講談社文芸文庫）1700円 ①978-4-06-290154-3

1981　「内田百閒論」
◇読売文学賞（第35回/昭和58年―評論・伝記賞）
「内田百閒論―無意味の涙」 福武書店 1983.10 226p 20cm 1300円 ①4-8288-2080-9

1982　「限界の文学」
◇亀井勝一郎賞（第1回/昭和44年）

河村 透　かわむら・とおる

1983　「日野先生」
◇日本随筆家協会賞（第52回/平成17年8月）
「昭和っ子」 日本随筆家協会 2006.4 212p 20cm（現代名随筆叢書 77）1500円 ①4-88933-307-X

河村 啓子　かわむら・ひろこ

1984　「逢いに行く」
◇川柳文学賞（第3回/平成22年）
「逢いに行く―河村啓子川柳句集」 新葉館出版 2009.9 113p 15×15cm（川柳マガジンコレクション 7）1000円 ①978-4-86044-377-1

河邨 文一郎　かわむら・ぶんいちろう

1985　「シベリア」
◇日本詩人クラブ賞（第31回/平成10年）
「シベリア」 思潮社 1997.12 139p 21cm 2600円 ①4-7837-1059-7

河村 幹夫　かわむら・みきお

1986　「シャーロック・ホームズの履歴書」
◇日本エッセイスト・クラブ賞（第37回/平成1年）
「シャーロック・ホームズの履歴書」 講談社 1989.4 206p 18cm（講談社現代新書 944）540円 ①4-06-148944-5

川村　湊　　かわむら・みなと
　1987　「牛頭天王と蘇民将来伝説」
　◇読売文学賞（第59回/平成19年度―随筆・紀行賞）
　　「牛頭天王と蘇民将来伝説―消された異神たち」　作品社　2007.9　399p　19cm　2800円　①978-4-86182-144-8
　1988　「異様（ことやう）なるものをめぐって―徒然草論」
　◇群像新人文学賞〔評論部門〕（第23回/昭和55年―評論（優秀作））
　　「川村湊自撰集　1巻　古典・近世文学編」作品社　2015.1　393p　19cm　2800円　①978-4-86182-514-9
　1989　「補陀落　観音信仰への旅」
　◇伊藤整文学賞（第15回/平成16年―評論）

川本　皓嗣　　かわもと・こうじ
　1990　「日本詩歌の伝統」
　◇サントリー学芸賞（第14回/平成4年度―芸術・文学部門）
　　「日本詩歌の伝統―七と五の詩学」　岩波書店　1991.11　357p　19cm　3900円　①4-00-001688-1

河本　佐恵子　　かわもと・さえこ
　1991　「手紙は私を運べない」
　◇福岡県詩人賞（第32回/平成8年）
　　「手紙はわたしを運べない―河本佐恵子詩集」　本多企画　1995.12　128p　21cm　2000円　①4-89445-001-1

川本　三郎　　かわもと・さぶろう
　1992　「荷風と東京」
　◇読売文学賞（第48回/平成8年―評論・伝記賞）
　　「荷風と東京―『断腸亭日乗』私註」　都市出版　1996.9　606p　21cm　3200円　①4-924831-38-7
　　「荷風と東京　上―『断腸亭日乗』私註」　岩波書店　2009.10　335p　15cm（岩波現代文庫）　1000円　①978-4-00-602153-5
　　「荷風と東京　下―『断腸亭日乗』私註」　岩波書店　2009.10　330, 21p　15cm（岩波現代文庫）　1000円　①978-4-00-602154-2
　1993　「大正幻影」
　◇サントリー学芸賞（第13回/平成3年度―社会・風俗部門）
　　「大正幻影」　新潮社　1990.10　261p　19cm　1500円　①4-10-377601-3
　　「大正幻影」　筑摩書房　1997.5　334p　15cm（ちくま文庫）　860円　①4-480-03266-5
　　「大正幻影」　岩波書店　2008.4　349p　15cm（岩波現代文庫）　1000円　①978-4-00-602133-7
　1994　「白秋望景」
　◇伊藤整文学賞（第23回/平成24年―評論部門）
　　「白秋望景」　新書館　2012.2　433p　21cm　2800円　①978-4-403-21105-8
　1995　「林芙美子の昭和」
　◇桑原武夫学芸賞（第6回/平成15年）
　◇毎日出版文化賞（第57回/平成15年―第1部門（文学, 芸術））
　　「林芙美子の昭和」　新書館　2003.2　427p　22cm　2800円　①4-403-21082-1

川本　千栄　　かわもと・ちえ
　1996　「青い猫」
　◇現代歌人集会賞（第32回/平成18年度）
　　「青い猫―川本千栄歌集」　砂子屋書房　2005.12　195p　22cm（塔21世紀叢書第67篇）　3000円　①4-7904-0881-7
　1997　「時間を超える視線」
　◇現代短歌評論賞（第20回/平成14年）

河盛　好蔵　　かわもり・よしぞう
　1998　「藤村のパリ」
　◇読売文学賞（第49回/平成9年―随筆・紀行賞）
　　「藤村のパリ」　新潮社　1997.5　351p　19cm　3200円　①4-10-306005-0
　　「藤村のパリ」　新潮社　2000.9　399p　15cm（新潮文庫）　552円　①4-10-102604-1
　　「断片と線」　清岡卓行著　講談社　2006.11　221p　19cm　1900円　①4-06-213696-1
　1999　「フランス文壇史」
　◇読売文学賞（第13回/昭和36年―研究・翻訳賞）

姜 素美　カン・ソミ
2000　「異国の歳輪」
◇週刊金曜日ルポルタージュ大賞（第15回/平成16年/佳作）

姜 誠　カン・ソン
2001　「越境人たち 六月の祭」
◇開高健ノンフィクション賞（第1回/平成15年/優秀作）
「越境人たち六月の祭り」 集英社　2003.12　268p　20cm　1700円　①4-08-781303-7

ガンガーラ 田津美　がんがーら・たつみ
2002　「外食流民はクレームを叫ぶ─大手外食産業お客様相談室実録」
◇週刊金曜日ルポルタージュ大賞（第24回/平成25年/佳作）

菅家 誠　かんけ・まこと
2003　「川の畔の工場にて」
◇福島県短歌賞（第7回/昭和57年度）

神坂 春美　かんさか・はるみ
2004　「モクセイの咲くとき」
◇日本随筆家協会賞（第1回/昭和52年）

神崎 崇　かんざき・たかし
2005　「落花」
◇年刊現代詩集新人賞（第4回/昭和58年─佳作）

神田 あき子　かんだ・あきこ
2006　「風音」
◇「短歌現代」歌人賞（第13回/平成12年）

神田 哲男　かんだ・てつお
2007　「利助つるいも」
◇フーコー・エッセイコンテスト（第1回/平成9年/特選）

神田 憲行　かんだ・のりゆき
2008　「サイゴン日本語学校始末記」
◇潮賞（第13回/平成6年─ノンフィクション）
「サイゴン日本語学校始末記」 潮出版社　1994.10　242p　19cm　1300円　①4-267-01363-2

神田 ひろみ　かんだ・ひろみ
2009　「加藤楸邨─その父と『内部生命論』」
◇現代俳句評論賞（第31回/平成23年度）

神南 葉子　かんな・ようこ
2010　「「だいのさか」と流行歌謡─ある盆踊り唄の変遷過程」
◇ドナルド・キーン日米学生日本文学研究奨励賞（第3回/平成11年─四大部）

かんなみ やすこ
2011　「日比谷公園」
◇現代詩人アンソロジー賞（第5回/平成7年/優秀）

菅野 昭正　かんの・あきまさ
2012　「ステファヌ・マラルメ」
◇読売文学賞（第37回/昭和60年─研究・翻訳賞）
「ステファヌ・マラルメ」 中央公論社　1985.10　657,44p　22cm　12000円　①4-12-001431-2
2013　「永井荷風巡歴」
◇やまなし文学賞〔研究・評論部門〕（第5回/平成8年度─研究・評論部門）
「永井荷風巡歴」 岩波書店　1996.9　307,6p　20cm　2300円　①4-00-001545-1
「永井荷風巡歴」 岩波書店　2009.4　357,7p　15cm（岩波現代文庫）1000円　①978-4-00-602143-6

菅野 覚明　かんの・かくみょう
2014　「神道の逆襲」
◇サントリー学芸賞（第23回/平成13年度─思想・歴史部門）
「神道の逆襲」 講談社　2001.6　281p　18cm（講談社現代新書）720円　①4-06-149560-7

菅野 拓也　かんの・たくや
2015　「緩やかな季節」

◇横浜詩人会賞（第2回/昭和44年度）

菅野　忠夫　かんの・ただお
2016　「ゆつくりと」
◇俳壇賞（第22回/平成19年度）

菅野　仁　かんの・ひとし
2017　「湿った黒い土について」
◇山形県詩賞（第4回/昭和50年―特別賞）

菅野　正人　かんの・まさと
2018　「思い出さがし」
◇日本随筆家協会賞（第39回/平成11年5月）
「思い出さがし」　日本随筆家協会　1999.5　228p　20cm（現代名随筆叢書 16）1500円　①4-88933-230-8

神野藤　昭夫　かんのとう・あきお
2019　「散逸した物語世界と物語史」
◇角川源義賞（第21回/平成11年/国文学）
「散逸した物語世界と物語史」　若草書房　1998.2　636p　22cm（中古文学研究叢書 6）13000円　①4-948755-22-2

神庭　泰　かんば・やすし
2020　「黙示録」
◇年刊現代詩集新人賞（第6回/昭和60年）

神林　毅彦　かんばやし・たけひこ
2021　「フィリピン発"ジャパンマネーによる環境破壊"」
◇週刊金曜日ルポルタージュ大賞（第14回/平成15年9月/佳作）

上林　猷夫　かんばやし・みちお
2022　「都市幻想」
◇H氏賞（第3回/昭和28年）

【き】

木内　彰志　きうち・しょうし
2023　「春の雁」
◇角川俳句賞（第30回/昭和59年）
「春の雁」　東京美術　1985.4　141p　19cm（現代俳句新鋭集）1500円　①4-8087-0270-3

木内　怜子　きうち・れいこ
2024　「繭」
◇俳人協会新人賞（第8回/昭和59年度）
「繭―木内怜子集」　東京美術　1984.2　116p　17cm（現代俳句選書 Ⅱ・25）900円

紀川　しのろ　きかわ・しのろ
2025　「カサブランカ」
◇日本随筆家協会賞（第57回/平成20年2月）
「カサブランカ―随筆集」　日本随筆家協会　2008.8　226p　20cm（現代名随筆叢書 98）1500円　①978-4-88933-336-7

木川　陽子　きかわ・ようこ
2026　「天井」
◇広島県詩人協会賞（第2回/昭和50年）
2027　「花まぼろし」
◇広島県詩人協会賞（第3回/昭和51年）

菊田　守　きくた・まもる
2028　「かなかな」
◇丸山薫賞（第1回/平成6年）
「かなかな―詩集」　花神社　1993.10　86p　22cm　2200円　①4-7602-1285-X
「新編 菊田守詩集」　土曜美術社出版販売　2002.10　178p　19cm（新・日本現代詩文庫 8）1400円　①4-8120-1344-5
「菊田守詩集」　砂子屋書房　2013.9　221p　19cm（現代詩人文庫 15）2200円　①978-4-7904-1483-4
2029　「啄木鳥」
◇時間賞（第5回/昭和33年―新人賞）

キクチ アヤコ
2030 「コス・プレ」
◇フーコー短歌賞（第4回/平成13年/グランプリ）
「コス・プレ―歌集」 新風舎 2002.6 86p 19cm（詩歌句双書）1300円 ⓘ4-7974-2187-8

菊池 一雄 きくち・かずお
2031 「ロダン」
◇毎日出版文化賞（第4回/昭和25年）
「ロダン」 中央公論美術出版 1985.11 172p 図版10枚 20cm ⓘ4-8055-0817-5

菊池 きみ きくち・きみ
2032 「野良になった猫」
◇日本随筆家協会賞（第32回/平成7年11月）
「野良になった猫」 日本随筆家協会 1996.4 228p 19cm（現代随筆選書）1600円 ⓘ4-88933-195-6

菊池 庫郎 きくち・くらろう
2033 「菊池庫郎全歌集」
◇日本歌人クラブ推薦歌集（第9回/昭和38年）

菊池 興安 きくち・こうあん
2034 「父母の絶叫」
◇日本随筆家協会賞（第36回/平成9年11月）
「事件捜査のこぼれ話」 日本随筆家協会 1998.4 227p 19cm（現代名随筆叢書）1500円 ⓘ4-88933-217-0

菊地 忠雄 きくち・ただお
2035 「報道写真初体験」
◇日本随筆家協会賞（第9回/昭和59.5）

菊地 貞三 きくち・ていぞう
2036 「いつものように」
◇日本詩人クラブ賞（第28回/平成7年）
「いつものように―詩集」 花神社 1994.6 85p 21cm 2200円 ⓘ4-7602-1309-0
2037 「ここに薔薇あらば」
◇晩翠賞（第26回/昭和60年）
「ここに薔薇あらば―菊地貞三詩集」 花神社 1985.7 83p 22cm 1700円

菊池 敏子 きくち・としこ
2038 「紙の刃」
◇現代詩女流賞（第8回/昭和58年）

菊地 友則 きくち・とものり
2039 「親馬鹿サッカー奮戦記」
◇北海道ノンフィクション賞（第20回/平成12年―大賞）

菊池 誠 きくち・まこと
2040 「情報人間の時代」
◇日本エッセイスト・クラブ賞（第18回/昭和45年）
2041 「トランジスタ」
◇毎日出版文化賞（第13回/昭和34年）

菊池 仁 きくち・めぐみ
2042 「ぼくらの時代には貸本屋があった―戦後大衆小説考」
◇尾崎秀樹記念・大衆文学研究賞（第22回/平成21年/評論・伝記）
「ぼくらの時代には貸本屋があった―戦後大衆小説考」 新人物往来社 2008.8 371p 20cm 2800円 ⓘ978-4-404-03566-0

菊地 康人 きくち・やすと
2043 「敬語」
◇金田一京助博士記念賞（第23回/平成7年度）
「敬語」 角川書店 1994.6 392, 6p 19cm 2400円 ⓘ4-04-883366-9
「敬語」 講談社 1997.2 483p 15cm（講談社学術文庫）1205円 ⓘ4-06-159268-8

菊地 由夏 きくち・ゆか
2044 「生きてるって楽しいよ」
◇読売「ヒューマン・ドキュメンタリー」大賞（第16回/平成7年/入選）
「生きのびて」 松本悦子, 斎藤郁夫, 菊地由夏, 野口良子, 松岡香著 読売新聞社 1996.2 300p 19cm 1300円 ⓘ4-643-96003-5

菊池 裕　きくち・ゆたか
2045　「アンダーグラウンド」
◇ながらみ書房出版賞（第13回/平成17年）
「アンダーグラウンド―菊池裕歌集」　ながらみ書房　2004.8　2500円

菊地 隆三　きくち・りゅうぞう
2046　「転」
◇山形県詩賞（第10回/昭和56年）
「転―菊地隆三詩集」　季刊恒星社　1980.12　173p　22cm　3000円
2047　「夕焼け 小焼け」
◇丸山薫賞（第8回/平成13年）
「夕焼け小焼け」　書肆山田　2000.5　118p　22cm　2500円　①4-87995-485-3

菊永 謙　きくなが・ゆずる
2048　「台風」
◇現代少年詩集新人賞（第4回/昭和62年―奨励賞）
2049　「原っぱの虹」
◇三越左千夫少年詩賞（第8回/平成16年）
「原っぱの虹―菊永謙詩集」　菊永謙詩, 八島正明, 大井さちこ絵　いしずえ　2003.11　127p　21×16cm（こども詩の森）1000円　①4-86131-000-8
「菊永謙詩集」　菊永謙著, 現代児童文学詩人文庫編集委員会編　いしずえ　2004.3　198, 10p　19cm（現代児童文学詩人文庫 7）1200円　①4-900747-87-4

木坂 涼　きさか・りょう
2050　「ツッツッと」
◇現代詩花椿賞（第5回/昭和62年）
「ツッツッと―木坂涼詩集」　沖積舎　1995.11　93p　22×14cm　1800円　①4-8060-0591-6

木沢 豊　きざわ・ゆたか
2051　「森羅通信」
◇東海現代詩人賞（第9回/昭和53年）

岸 恵子　きし・けいこ
2052　「ベラルーシの林檎」
◇日本エッセイスト・クラブ賞（第42回/平成6年）
「ベラルーシの林檎」　朝日新聞社　1993.11　302p　19cm　1400円　①4-02-256673-6
「ベラルーシの林檎」　朝日新聞社　1996.7　318p　15cm（朝日文芸文庫）500円　①4-02-264114-2

喜志 哲雄　きし・てつお
2053　「劇作家ハロルド・ピンター」
◇AICT演劇評論賞（第16回/平成23年/特別賞）
「劇作家ハロルド・ピンター」　研究社　2010.3　520p　20cm　5600円　①978-4-327-47221-4

岸田 雅魚　きしだ・がぎょ
2054　「佐渡行」
◇角川俳句賞（第3回/昭和32年）
「俳人協会賞作品集」　俳人協会編　永田書房　1982.1　375p　22cm　3500円
2055　「筍流し」
◇俳人協会賞（第12回/昭和47年度）
「現代俳句集成　第15巻　昭和 11」　山本健吉〔ほか〕編集　松村蒼石他著　河出書房新社　1981.10　372p　20cm　2900円

岸田 今日子　きしだ・きょうこ
2056　「妄想の森」
◇日本エッセイスト・クラブ賞（第46回/平成10年）
「妄想の森」　文藝春秋　1997.10　252p　19cm　1762円　①4-16-353440-7

岸田 鉄也　きしだ・てつや
2057　「こちら川口地域新聞」
◇潮賞（第15回/平成8年―ノンフィクション）
「こちら川口地域新聞」　潮出版社　1996.11　214p　19cm　1400円　①4-267-01431-0

岸田 将幸　きしだ・まさゆき
2058　「〈孤絶―角〉」
◇高見順賞（第40回/平成21年度）
「孤絶―角」　思潮社　2009.10　79p　19cm　2000円　①978-4-7837-3157-3

岸田　祐子　きしだ・ゆうこ
2059　「君と」
◇日本伝統俳句協会賞（第20回/平成20年度/新人賞）

来嶋　靖生　きじま・やすお
2060　「おのづから」
◇短歌研究賞（第32回/平成8年）
2061　「大正歌壇史私稿」
◇日本歌人クラブ評論賞（第7回/平成21年）
「大正歌壇史私稿」　ゆまに書房　2008.4　266p　20cm　2500円　①978-4-8433-2831-6
2062　「雷」
◇日本歌人クラブ賞（第13回/昭和61年）
「歩―来嶋靖生歌集」　短歌新聞社　2007.9　128p　19cm（新現代歌人叢書）　952円　①978-4-8039-1368-2

岸本　佐知子　きしもと・さちこ
2063　「ねにもつタイプ」
◇講談社エッセイ賞（第23回/平成19年）
「ねにもつタイプ」　筑摩書房　2007.1　206p　20cm　1500円　①978-4-480-81484-5
「ねにもつタイプ」　筑摩書房　2010.1　227p　15cm（ちくま文庫 き30-1）　600円　①978-4-480-42673-4

岸本　節子　きしもと・せつこ
2064　「春の距離」
◇短歌公論処女歌集賞（平成6年度）
「春の距離―歌集」　ながらみ書房　1993.3　252p　22cm（醍醐叢書 第113篇）　2500円

岸本　尚毅　きしもと・なおき
2065　「舜」
◇俳人協会新人賞（第16回/平成4年度）
「句集 舜」　花神社　1992.5　253p　19cm　2600円　④4-7602-1205-1
2066　「高浜虚子　俳句の力」
◇俳人協会評論賞（第26回/平成23年度）
「高浜虚子俳句の力」　三省堂　2010.11　265p　19cm　1600円　①978-4-385-36505-3
2067　「俳句の力学」
◇俳人協会評論賞（第23回/平成20年/俳人協会評論新人賞）
「俳句の力学」　ウエップ、三樹書房（発売）　2008.9　221p　20cm　2000円　①978-4-902186-67-3

岸本　マチ子　きしもと・まちこ
2068　「黒風」
◇山之口貘賞（第1回/昭和53年）
「岸本マチ子詩集」　土曜美術社　1990.11　158p　19cm（日本現代詩文庫 41）　1030円　④4-88625-259-1
2069　「コザ中の町ブルース」
◇小熊秀雄賞（第17回/昭和59年）
「コザ中の町ブルース―岸本マチ子詩集」　花神社　1983.11　86p　22cm　1500円
「岸本マチ子詩集」　土曜美術社　1990.11　158p　19cm（日本現代詩文庫 41）　1030円　④4-88625-259-1
2070　「サンバ」
◇地球賞（第10回/昭和60年度）

岸本　由香　きしもと・ゆか
2071　「鶴鳴く」
◇現代俳句新人賞（第26回/平成20年）

岸本　由紀　きしもと・ゆき
2072　「光りて眠れ」
◇角川短歌賞（第39回/平成5年）

木附　千晶　きずき・ちあき
2073　「オウムの子どもに対する一時保護を検証する―改めて問われる日本社会の有り様」
◇週刊金曜日ルポルタージュ大賞（第12回/平成14年9月/佳作）

喜多　昭夫　きた・あきお
2074　「母性のありか」
◇現代短歌評論賞（第4回/昭和61年）
「うたの源泉―詩歌論集」　沖積舎　2010.6　283p　19cm　2500円　①978-4-8060-4746-9

北　一平　きた・いっぺい
2075　「詩集・魚」

◇日本詩人クラブ賞（第2回/昭和44年）

北 健一　きた・けんいち
2076　「海の学校『えひめ丸』指導教員たちの航跡」
◇週刊金曜日ルポルタージュ大賞（第13回/平成15年3月/優秀賞）

木田 千女　きだ・せんにょ
2077　「お閻魔」
◇日本詩歌句大賞（第4回/平成20年度/俳句部門/特別賞）
「お閻魔一句集」　角川書店　2008.3　203p　20cm　2667円　Ⓘ978-4-04-621890-2
2078　「千女随筆集」
◇日本詩歌句大賞（第9回/平成25年度/随筆部門/大賞）
「千女随筆集」　文學の森　2012.8　167p　19cm　1238円　Ⓘ978-4-86173-996-5
2079　「老々介護」
◇新俳句人連盟賞（第40回/平成24年/作品の部（俳句）/佳作2位）

きだ みのる
2080　「気違い部落周游紀行」
◇毎日出版文化賞（第2回/昭和23年）
「気違い部落周游紀行」　冨山房　1981.1　250p　18cm（冨山房百科文庫）　750円　Ⓘ4-572-00131-6

北 康利　きた・やすとし
2081　「白洲次郎 占領を背負った男」
◇山本七平賞（第14回/平成17年）
「白洲次郎占領を背負った男」　講談社　2005.8　405p　20cm　1800円　Ⓘ4-06-212967-1
「白洲次郎占領を背負った男　上」　講談社　2008.12　254p　15cm（講談社文庫）　495円　Ⓘ978-4-06-276219-9
「白洲次郎占領を背負った男　下」　講談社　2008.12　252p　15cm（講談社文庫）　495円　Ⓘ978-4-06-276260-1

北大路 翼　きたおおじ・つばさ
2082　「天使の涎」
◇田中裕明賞（第7回/平成28年）
「天使の涎」　邑書林　2015.4　171p　19cm　1389円　Ⓘ978-4-89709-777-0

北岡 淳子　きたおか・じゅんこ
2083　「生姜湯」
◇日本詩人クラブ新人賞（第3回/平成5年）
2084　「鳥まばたけば」
◇日本詩人クラブ賞（第44回/平成23年）
「鳥まばたけば―北岡淳子詩集」　土曜美術社出版販売　2010.11　92p　22cm　2500円　Ⓘ978-4-8120-1834-7

北岡 伸一　きたおか・しんいち
2085　「清沢洌」
◇サントリー学芸賞（第9回/昭和62年度―政治・経済部門）
「清沢洌―日米関係への洞察」　中央公論社　1987.1　201p　18cm（中公新書828）　520円　Ⓘ4-12-100828-6
「清沢洌―外交評論の運命」　増補版　中央公論新社　2004.7　260p　18cm（中公新書）　840円　Ⓘ4-12-190828-7

北川 朱実　きたがわ・あけみ
2086　「神の人事」
◇中日詩賞（第37回/平成9年）
「神の人事」　詩学社　1996.10　98p　22cm　2400円　Ⓘ4-88312-092-9
2087　「ラムネの瓶、錆びた炭酸ガスのばくはつ」
◇詩歌文学館賞（第29回/平成26年/詩）
「ラムネの瓶、錆びた炭酸ガスのばくはつ」　思潮社　2013.9　88p　22cm　2400円　Ⓘ978-4-7837-3382-9

北河 大次郎　きたがわ・だいじろう
2088　「近代都市パリの誕生」
◇サントリー学芸賞（第32回/平成22年度―芸術・文学部門）
「近代都市パリの誕生―鉄道・メトロ時代の熱狂」　河出書房新社　2010.6　243p　19cm（河出ブックス）　1300円　Ⓘ978-4-309-62417-4

北川 多紀　きたがわ・たき
2089　「横光利一さんと私の子」
◇北川冬彦賞（第6回/昭和46年）
2090　「ヨーロッパ見聞」
◇北川冬彦賞（第2回/昭和42年―論文）

北川　透　きたがわ・とおる

2091　「詩論の現在」
◇小野十三郎賞（第3回/平成13年）
　「詩的90年代の彼方へ——戦争詩の方法　評論集」　思潮社　2000.2　259p　20cm（詩論の現在 1）2900円　①4-7837-1590-4
　「詩の近代を超えるもの——透谷・朔太郎・中也など　評論集」　思潮社　2000.9　281p　20cm（詩論の現在 2）2900円　①4-7837-1596-3
　「詩的スクランブルへ——言葉に望みを託すということ　評論集」　思潮社　2001.4　287p　20cm（詩論の現在 3）2900円　①4-7837-1600-5

2092　「溶ける、目覚まし時計」
◇高見順賞（第38回/平成19年度）
　「溶ける、目覚まし時計」　思潮社　2007.7　143p　23cm　2800円　①978-4-7837-3013-2

2093　「中原中也論集成」
◇藤村記念歴程賞（第46回/平成20年）
　「中原中也論集成」　思潮社　2007.10　748p　20cm　6800円　①978-4-7837-1638-9

北川　典子　きたがわ・のりこ

2094　「こんぶ干す女（ひと）」
◇現代詩加美未来賞（第14回/平成16年度—加美ロータリー賞）

北川　冬彦　きたがわ・ふゆひこ

2095　「いやらしい神」
◇文芸汎論詩集賞（第3回/昭和11年）
　「北川冬彦詩集」　鶴岡善久編　沖積舎　2000.9　273p　21cm　2500円　①4-8060-0625-4
　「日本の詩歌　25　北川冬彦・安西冬衛・北園克衛・春山行夫・竹中郁」　北川冬彦〔ほか著〕　新装　中央公論新社　2003.6　425p　21cm　5300円　①4-12-570069-9
　「現代世界の暴力と詩人」　竹田日出夫著　武蔵野大学　2005.1　219p　21cm（武蔵野大学シリーズ 1）2500円　①4-9902353-0-4

北川　桃雄　きたがわ・ももお

2096　「室生寺」
◇毎日出版文化賞（第9回/昭和30年）

北小路　健　きたこうじ・けん

2097　「木曽路・文献の旅」
◇毎日出版文化賞（第24回/昭和45年）

2098　「古文書の面白さ」
◇日本エッセイスト・クラブ賞（第33回/昭和60年）
　「古文書の面白さ」　新潮社　1984.11　269p　20cm（新潮選書）880円　①4-10-600276-0

北沢　郁子　きたざわ・いくこ

2099　「塵沙」
◇現代短歌女流賞（第9回/昭和59年）
　「塵沙—歌集」　不識書院　1984.11　203p　19cm　2500円

2100　「その人を知らず」
◇日本歌人クラブ推薦歌集（第3回/昭和32年）

北澤　憲昭　きたざわ・のりあき

2101　「眼の神殿」
◇サントリー学芸賞（第12回/平成2年度—芸術・文学部門）
　「眼の神殿—「美術」受容史ノート」　北沢憲昭著　美術出版社　1989.9　338p　21cm　2900円　①4-568-20131-4
　「眼の神殿—「美術」受容史ノート」　ブリュッケ, 星雲社〔発売〕　2010.2　393p　19cm　3800円　①978-4-434-14170-6

北島　行徳　きたじま・ゆきのり

2102　「無敵のハンディキャップ—障害者がプロレスラーになった日」
◇講談社ノンフィクション賞（第20回/平成10年）
　「無敵のハンディキャップ—障害者が「プロレスラー」になった日」　文藝春秋　1997.12　317p　19cm　1524円　①4-16-353630-2
　「無敵のハンディキャップ—障害者が「プロレスラー」になった日」　文藝春秋　1999.6　365p　15cm（文春文庫）514円　①4-16-762801-5

北園　克衛　きたその・かつえ

2103　「固い卵」
◇文芸汎論詩集賞（第8回/昭和16年）
　「北園克衛全詩集」　沖積舎　1983.4

881p　22cm　18000円
「日本の詩歌　25　北川冬彦・安西冬衛・北園克衛・春山行夫・竹中郁」　北川冬彦〔ほか著〕　新装　中央公論新社　2003.6　425p　21cm　5300円　ⓘ4-12-570069-9

喜谷　繁暉　きたに・しげき
2104　「仏陀」
◇時間賞　（第4回/昭和32年―新人賞（3位））

北野　いなほ　きたの・いなほ
2105　「ホームランに夢をのせて」
◇北海道ノンフィクション賞　（第31回/平成23年―特別賞）

北野　平八　きたの・へいはち
2106　「水湊」
◇俳句研究賞　（第1回/昭和61年）

北畑　光男　きたはた・みつお
2107　「北の蜻蛉」
◇丸山薫賞　（第19回/平成24年）
「北の蜻蛉―詩集」　花神社　2011.11　87p　22cm　2000円　ⓘ978-4-7602-1989-6
2108　「救沢（すくいざわ）まで」
◇富田砕花賞　（第3回/平成4年）
「救沢まで」　土曜美術社　1991.12　96p　21cm　（21世紀詩人叢書 8）1900円　ⓘ4-88625-314-8

北原　千代　きたはら・ちよ
2109　「軍手」
◇関西詩人協会賞　（第3回/平成17年―佳作）

北見　治一　きたみ・はるかず
2110　「回想の文学座」
◇日本エッセイスト・クラブ賞　（第36回/昭和63年）
「回想の文学座」　中央公論社　1987.8　247p　18cm　（中公新書 849）600円　ⓘ4-12-100849-9

北見　幸雄　きたみ・ゆきお
2111　「藁の匂い」
◇栃木県現代詩人会賞　（第24回）
「藁の匂い―北見幸雄詩集」　檸檬社、近代文芸社〔発売〕　1989.10　60p　19cm　1000円　ⓘ4-7733-0048-5

北村　保　きたむら・たもつ
2112　「伊賀の奥」
◇俳人協会新人賞　（第21回/平成9年）
「伊賀の奥」　角川書店　1997.6　249p　2900円　ⓘ4-04-871647-6
2113　「寒鯉」
◇角川俳句賞　（第36回/平成2年）

北村　太郎　きたむら・たろう
2114　「眠りの祈り」
◇無限賞　（第4回/昭和51年）
「全詩」　思潮社　1990.4　657p　21cm　（北村太郎の仕事 1）7800円　ⓘ4-7837-2290-0
「続・北村太郎詩集」　思潮社　1994.4　160p　19cm　（現代詩文庫 118）1200円　ⓘ4-7837-0885-1
「北村太郎の全詩篇」　北村太郎著, 北村太郎の全詩篇刊行委員会編　飛鳥新社　2012.11　925p　22cm
2115　「笑いの成功」（詩集）
◇藤村記念歴程賞　（第24回/昭和61年）
「全詩」　思潮社　1990.4　657p　21cm　（北村太郎の仕事 1）7800円　ⓘ4-7837-2290-0
「続・北村太郎詩集」　思潮社　1994.4　160p　19cm　（現代詩文庫 118）1200円　ⓘ4-7837-0885-1
「北村太郎の全詩篇」　北村太郎著, 北村太郎の全詩篇刊行委員会編　飛鳥新社　2012.11　925p　22cm

北村　蔦子　きたむら・つたこ
2116　「息子」
◇現代少年詩集秀作賞　（第1回/平成3年）

北村　寿子　きたむら・としこ
2117　「身辺抄」
◇福島県俳句賞　（第16回/平成7年度―新人賞）
2118　「身辺抄」
◇福島県俳句賞　（第19回/平成10年）

北村 真 きたむら・まこと
2119 「風食」
◇詩人会議新人賞（第23回/平成1年―詩部門）

北村 守 きたむら・まもる
2120 「まんじゅしゃげ電車」
◇東海現代詩人賞（第1回/昭和45年）

喜多村 緑郎 きたむら・ろくろう
2121 「喜多村緑郎日記」
◇毎日出版文化賞（第16回/昭和37年）
「新派名優喜多村緑郎日記　第1巻―新派の復活　昭和5年～7年」　喜多村緑郎著，紅野謙介，森井マスミ編　八木書店　2010.7　576p　21cm　16000円　①978-4-8406-9421-6
「新派名優喜多村緑郎日記　第2巻　昭和8年～10年新派の躍進」　喜多村緑郎著，紅野謙介，森井マスミ編　八木書店　2010.11　541p　21cm　16000円　①978-4-8406-9422-3
「新派名優喜多村緑郎日記　第3巻―新派創立五十周年　昭和11・12年・索引」　喜多村緑郎著，紅野謙介，森井マスミ編　八木書店　2011.3　372, 54, 71p　21cm　16000円　①978-4-8406-9423-0

北森 彩子 きたもり・あやこ
2122 「城へゆく道」
◇晩翠賞（第14回/昭和48年）

北山 悦史 きたやま・えつし
2123 「心気功」
◇日本文芸家クラブ大賞（第2回/平成5年―エッセイ部門）

木津川 昭夫 きつかわ・あきお
2124 「竹の異界」
◇日本詩人クラブ賞（第32回/平成11年）
「竹の異界―木津川昭夫詩集」　砂子屋書房　1998.10　119p　22cm　3000円
2125 「掌の上の小さい国」
◇富田砕花賞（第13回/平成14年）
「掌の上の小さい国」　思潮社　2002.1　122p　22cm　2400円　①4-7837-1295-6
2126 「迷路の闇」
◇小熊秀雄賞（第30回/平成9年）
「迷路の闇―詩集」　砂子屋書房　1996.12　119p　22cm　2913円

木附沢 麦青 きつけざわ・ばくせい
2127 「陸奥の冬」
◇角川俳句賞（第12回/昭和41年）

橘高 浩気 きつたか・こうき
2128 「この道を歩く」
◇感動ノンフィクション大賞（第1回/平成18年/特別賞）

木戸 京子 きど・きょうこ
2129 「春の日差し」
◇「短歌現代」新人賞（第16回/平成13年）

木戸 幸一 きど・こういち
2130 「木戸幸一日記」（上・下）
◇毎日出版文化賞（第20回/昭和41年）
「木戸幸一日記―東京裁判期」　木戸日記研究会編集校訂　東京大学出版会　1980.7　502p　22cm　4800円

城戸 朱理 きど・しゅり
2131 「漂流物」
◇現代詩花椿賞（第30回/平成24年）
「漂流物」　思潮社　2012.6　156p　20cm　2800円　①978-4-7837-3302-7
2132 「不来方抄」
◇歴程新鋭賞（第5回/平成6年）
「不来方抄」　思潮社　1994.5　105p　22cm　2600円　①4-7837-0509-7
「城戸朱理詩集」　思潮社　1996.9　162p　19cm（現代詩文庫）　1200円　①4-7837-0909-2

城戸 久枝 きど・ひさえ
2133 「あの戦争から遠く離れて　私につながる歴史をたどる旅」
◇大宅壯一ノンフィクション賞（第39回/平成20年）
◇講談社ノンフィクション賞（第30回/平成20年）
「あの戦争から遠く離れて―私につながる歴史をたどる旅」　情報センター出版局　2007.9　458p　20cm　1600円　①978-4-7958-4742-2

鬼頭 文子　きとう・ふみこ
　2134　「つばな野」
　◇角川俳句賞（第1回/昭和30年）

木戸日記研究会
　　きどにっきけんきゅうかい
　2135　「木戸幸一日記」（上・下）
　◇毎日出版文化賞（第20回/昭和41年）
　　「木戸幸一日記―東京裁判期」　東京大学
　　　出版会　1980.7　502p　22cm　4800円

絹川 早苗　きぬかわ・さなえ
　2136　「マダム・ハッセー」
　◇横浜詩人会賞（第15回/昭和58年度）

衣更着 信　きぬさらぎ・しん
　2137　「庚甲その他の詩」
　◇地球賞（第1回/昭和51年度）

木下 広居　きのした・こうきょ
　2138　「イギリスの議会」
　◇日本エッセイスト・クラブ賞（第3回/昭和30年）

木下 順二　きのした・じゅんじ
　2139　「ぜんぶ馬の話」
　◇読売文学賞（第36回/昭和59年―随筆・紀行賞）
　　「ぜんぶ馬の話」　文芸春秋　1985.2
　　　318p　20cm　1700円
　　「ぜんぶ馬の話」　文藝春秋　1991.8
　　　314p　15cm（文春文庫）　420円　ⓘ4-16-725702-5
　2140　「ドラマの世界」
　◇毎日出版文化賞（第13回/昭和34年）
　　「木下順二集　14　ドラマの世界」　岩波書店　2001.6　327p　19cm　3800円　ⓘ4-00-091364-6
　2141　「無限軌道」
　◇毎日出版文化賞（第20回/昭和41年）
　　「暗い火花;無限軌道」　岩波書店　1988.10　342p　21cm（木下順二集 9）　3600円　ⓘ4-00-091359-X

木下 草風　きのした・そうふう
　2142　「一本の向日葵と海を見ている」
　◇放哉賞（第11回/平成21年）

木下 直之　きのした・なおゆき
　2143　「美術という見世物」
　◇サントリー学芸賞（第15回/平成5年度―芸術・文学部門）
　　「美術という見世物―油絵茶屋の時代」
　　　平凡社　1993.6　288p　21cm（イメージ・リーディング叢書）2700円　ⓘ4-582-28471-X
　　「美術という見世物―油絵茶屋の時代」
　　　筑摩書房　1999.6　401p　15cm（ちくま学芸文庫）1300円　ⓘ4-480-08495-9
　　「美術という見世物―油絵茶屋の時代」
　　　講談社　2010.11　344p　15cm（講談社学術文庫）1100円　ⓘ978-4-06-292021-6

木下 夕爾　きのした・ゆうじ
　2144　「田舎の食卓」
　◇文芸汎論詩集賞（第6回/昭和14年）

木下 幸江　きのした・ゆきえ
　2145　「風」
　◇年刊現代詩新人賞（第1回/昭和54年―奨励賞）

木原 佳子　きはら・よしこ
　2146　「お伽話」
　◇日本伝統俳句協会賞（第18回/平成18年度/新人賞）

儀間 比呂志　ぎま・ひろし
　2147　「ふなひき太良」
　◇毎日出版文化賞（第25回/昭和46年）
　　「ふなひき太良―沖縄の絵本」　岩崎書店　1980.1　1冊　29cm（創作絵本2）1400円　ⓘ4-265-90902-7

木俣 修　きまた・おさむ
　2148　「雪前雪後」
　◇現代短歌大賞（第5回/昭和57年）
　　「雪前雪後―木俣修歌集」　短歌新聞社　1981.7　273p　22cm　3500円
　　「木俣修全歌集」　明治書院　1985.10　1335p　22cm　18000円
　　「雪前雪後―歌集」　短歌新聞社　1992.12　140p　15cm（短歌新聞社文庫）700円　ⓘ4-8039-0655-6

君島 夜詩 きみしま・よし
 2149 「生きの足跡」
  ◇日本歌人クラブ賞（第12回/昭和60年）

金 時鐘 キム・シジョン
 2150 「在日のはざまで」
  ◇毎日出版文化賞（第40回/昭和61年）
   「「在日」のはざまで」 立風書房 1986.5 490p 19cm 2000円 ④4-651-70029-2
   「「在日」のはざまで」 平凡社 2001.3 476p 16cm（平凡社ライブラリー） 1500円 ④4-582-76387-1
 2151 「失くした季節」
  ◇高見順賞（第41回/平成22年）
   「失くした季節―金時鐘四時詩集」 藤原書店 2010.2 181p 20cm 2500円 ④978-4-89434-728-1
 2152 「野原の詩」
  ◇小熊秀雄賞（第25回/平成4年―特別賞）

キム・ファン
 2153 「サクラ―日本から韓国へ渡ったゾウたちの物語」
  ◇子どものための感動ノンフィクション大賞（第1回/平成18年/最優秀作品）
   「サクラ―日本から韓国へ渡ったゾウたちの物語」 学習研究社 2007.3 129p 22cm（動物感動ノンフィクション） 1200円 ④978-4-05-202526-6

木村 章 きむら・あきら
 2154 「泣き言、詫び言、独り言」
  ◇フーコー・エッセイコンテスト（第1回/平成9年/入選）

木村 幹 きむら・かん
 2155 「韓国における「権威主義的」体制の成立」
  ◇サントリー学芸賞（第25回/平成15年度―政治・経済部門）
   「韓国における「権威主義的」体制の成立―李承晩政権の崩壊まで」 ミネルヴァ書房 2003.6 296p 21cm（MINERVA人文・社会科学叢書） 4800円 ④4-623-03757-6

 2156 「日韓歴史認識問題とは何か」
  ◇読売・吉野作造賞（第16回/平成27年度）
   「日韓歴史認識問題とは何か―歴史教科書・「慰安婦」・ポピュリズム」 ミネルヴァ書房 2014.10 272, 6p 20cm（叢書・知を究める 4） 2800円 ④978-4-623-07175-3

木村 恭子 きむら・きょうこ
 2157 「石鰈」
  ◇広島県詩人協会賞（第4回/昭和52年）

木村 恵子 きむら・けいこ
 2158 「青春の軌跡」
  ◇横浜詩人会賞（第9回/昭和52年度）

きむら けん
 2159 「鉛筆部隊の子どもたち―書いて、歌って、戦った」
  ◇子どものための感動ノンフィクション大賞（第3回/平成22年/優良作品）

木村 健治 きむら・けんじ
 2160 「鍵無くしている鍵の穴の冷たさ」
  ◇放哉賞（第1回/平成11年）

木村 公一 きむら・こういち
 2161 「ブルペンから見える風景」
  ◇「ナンバー」スポーツノンフィクション新人賞（第3回/平成7年）
   「Sports Graphic Numberベスト・セレクション 2」 スポーツ・グラフィックナンバー編 文藝春秋 2003.5 381p 15cm（文春文庫PLUS） 629円 ④4-16-766052-0
   「裏方―物言わぬ主役たち プロ野球職人伝説」 角川書店 2004.10 285p 19cm 1500円 ④4-04-883905-5
   「裏方―プロ野球職人伝説」 角川書店, 角川グループパブリッシング〔発売〕 2008.3 361p 15cm（角川文庫） 590円 ④978-4-04-387901-4

木村 早苗 きむら・さなえ
 2162 「銀色に海の膨らむ」（歌集）
  ◇島木赤彦文学賞新人賞（第11回/平成23年）
   「銀色に海の膨らむ―木村早苗歌集」 本

木村　重信　きむら・しげのぶ
2163　「カラハリ砂漠」
◇毎日出版文化賞（第20回/昭和41年）
「木村重信著作集　第3巻　美術探検」思文閣出版　2000.8　494p　21cm　9500円　④4-7842-1049-0

阿弥書店　2010.3　188p　19cm　2500円　①978-4-7768-0678-3

木村　しづ子　きむら・しずこ
2164　「柿の木の下で」
◇日本随筆家協会賞（第44回/平成13年11月）
「柿の木の下で」　日本随筆家協会　2002.3　223p　20cm（現代名随筆叢書 41）1500円　①4-88933-262-6

木村　修一　きむら・しゅういち
2165　「食塩―減塩から適塩へ」
◇毎日出版文化賞（第36回/昭和57年）
「食塩―減塩から適塩へ」　木村修一, 足立己幸編　女子栄養大学出版部　1981.11　306p　19cm（栄大選書）1200円

木村　尚三郎　きむら・しょうざぶろう
2166　「ヨーロッパとの対話」
◇日本エッセイスト・クラブ賞（第23回/昭和50年）
「ヨーロッパとの対話」　角川書店　1980.1　216p　15cm（角川文庫）260円

木村　セツ子　きむら・せつこ
2167　「ジグソーパズル」
◇福島県短歌賞（第24回/平成11年度―奨励賞）

木村　孝　きむら・たかし
2168　「五月の夜」（詩集）
◇日本詩人クラブ賞（第1回/昭和43年）
「木村孝全詩集」　花神社　2010.12　466p　22cm　9500円　①978-4-7602-1976-6

木村　琢磨　きむら・たくまろ
2169　「財政法理論の展開とその環境―モーリス・オーリウの公法総論研究」
◇渋沢・クローデル賞（第21回/平成16年/日本側本賞）
「財政法理論の展開とその環境―モーリス・オーリウの公法総論研究」　有斐閣　2004.2　376, 9p　22cm　8500円　④4-641-12949-5

木村　宙平　きむら・ちゅうへい
2170　「堕された嵐」
◇現代詩人アンソロジー賞（第3回/平成5年/優秀）

木村　照子　きむら・てるこ
2171　「冬麗」
◇北海道新聞俳句賞（第9回/平成6年）
「冬麗」　東京四季出版　1993.11　170p　20cm（秀逸俳人叢書 4）2600円　①4-87621-649-5

季村　敏夫　きむら・としお
2172　「山上の蜘蛛」
◇小野十三郎賞（第12回/平成22年/小野十三郎賞特別賞（詩評論書）
「山上の蜘蛛―神戸モダニズムと海港都市ノート」　みずのわ出版　2009.9　403p　22cm　2500円　①978-4-944173-71-6

2173　「ノミトビヒヨシマルの独言」
◇現代詩花椿賞（第29回/平成23年）
「ノミトビヒヨシマルの独言」　書肆山田　2011.1　181p　22cm　2600円　①978-4-87995-812-9

木村　友彦　きむら・ともひこ
2174　「不可能性としての〈批評〉―批評家　中村光夫の位置」
◇群像新人文学賞〔評論部門〕（第56回/平成25年―評論優秀作）

木村　信子　きむら・のぶこ
2175　「てがみって てのかみさま」
◇現代少年詩歌賞（第3回/平成2年）
「てがみっててのかみさま？」　木村信子詩, こばやしのりこ絵　かど創房　1990.5　89p　23cm（かど創房創作文学シリーズ詩歌 23）1300円　④4-87598-029-9

木村　治美　きむら・はるみ
2176　「黄昏のロンドンから」
◇大宅壮一ノンフィクション賞（第8回

/昭和52年）
「黄昏のロンドンから」 文芸春秋 1980.
1 253p 16cm（文春文庫）260円
「黄昏のロンドンから」 埼玉福祉会
1984.10 2冊 22cm（大活字本シリーズ）3300円, 3000円

木村 秀樹　きむら・ひでき
2177 「日本版レコードジャケット写真の検証」
◇ザ・ビートルズ・クラブ大賞（第13回/平成15年—研究・評論部門）
2178 「ビートルズが"あなたの街にやってくる"〜およびビートルズメンバーの来日検証〜」
◇ザ・ビートルズ・クラブ大賞（第21回/平成23年—研究・評論部門）

木村 裕主　きむら・ひろし
2179 「ムッソリーニを逮捕せよ」
◇講談社ノンフィクション賞（第12回/平成2年）
「ムッソリーニを逮捕せよ」 新潮社 1989.11 289p 19cm 1500円 ①4-10-374901-6
「ムッソリーニを逮捕せよ」 講談社 1993.7 341p 15cm（講談社文庫）560円 ①4-06-185428-3

木村 敏　きむら・びん
2180 「精神医学から臨床哲学へ」
◇毎日出版文化賞（第64回/平成22年—自然科学部門）
「精神医学から臨床哲学へ」 ミネルヴァ書房 2010.4 348, 16p 19cm（シリーズ「自伝」my life my world）2800円 ①978-4-623-05751-1
2181 「臨床哲学論文集」
◇和辻哲郎文化賞（第15回/平成14年度/学術部門）
「臨床哲学論文集」 弘文堂 2001.10 457p 22cm（木村敏著作集 第7巻）6500円 ①4-335-61027-0

木村 富美子　きむら・ふみこ
2182 「ランドセル」
◇日本随筆家協会賞（第26回/平成4年11月）
「巣だちの季節」 日本随筆家協会 1993.

4 226p 19cm（現代随筆選書 134）1600円 ①4-88933-158-1

木村 雅子　きむら・まさこ
2183 「星のかけら」
◇短歌新聞社第一歌集賞（第4回/平成19年）
「星のかけら—歌集」 短歌新聞社 2006.12 225p 20cm（潮音叢書）2381円 ①4-8039-1310-2

木村 美紀子　きむら・みきこ
2184 「白い布」
◇現代詩加美未来賞（第2回/平成4年—中新田あけぼの賞）

木村 迪夫　きむら・みちお
2185 「いろはにほへとちりぬるを」
◇現代詩人賞（第21回/平成15年）
「いろはにほへとちりぬるを」 書肆山田 2002.10 104p 23cm 2500円 ①4-87995-553-1
2186 「光る朝」
◇丸山薫賞（第16回/平成21年）
「光る朝」 書肆山田 2008.10 146p 23cm 2600円 ①978-4-87995-750-4
2187 「わが八月十五日」
◇山形県詩賞（第8回/昭和54年）

木村 八重子　きむら・やえこ
2188 「近世子どもの絵本集・江戸篇上方篇」
◇毎日出版文化賞（第39回/昭和60年—特別賞）
「近世子どもの絵本集」 鈴木重三, 木村八重子編 岩波書店 1993.2 2冊（セット） 22×31cm 35000円 ①4-00-009816-0

木村 李花子　きむら・りかこ
2189 「野生馬を追う」
◇JRA賞馬事文化賞（第21回/平成19年度）
「野生馬を追う—ウマのフィールド・サイエンス」 東京大学出版会 2007.8 194, 4p 22cm 2800円 ①978-4-13-066158-4

喜安 幸夫　きやす・ゆきお
2190　「台湾の歴史」
◇日本文芸家クラブ大賞（第7回/平成10年—エッセイ・ノンフィクション部門）
「台湾の歴史—古代から李登輝体制まで」
原書房　1997.6　344p　19cm　2500円
①4-562-02931-5

共同通信社社会部
きょうどうつうしんしゃしゃかいぶ
2191　「父よ母よ」
◇新評賞（第9回/昭和54年—第2部門=社会問題一般（正賞））

清岡 卓行　きよおか・たかゆき
2192　「一瞬」
◇現代詩花椿賞（第20回/平成14年）
「一瞬」　思潮社　2002.8　143p　23cm　2800円　①4-7837-1321-9
「一瞬」〔点字資料〕　日本点字図書館（製作）　2004.4　111p　27cm　1800円
2193　「芸術的な握手」
◇読売文学賞（第30回/昭和53年—随筆・紀行賞）
「芸術的な握手—中国旅行の回想」　文芸春秋　1978.7　358p　22cm　2500円
2194　「初冬の中国で」
◇現代詩人賞（第3回）
「初冬の中国で—詩集」　青土社　1984.9　127p　21cm　1900円
「昭和文学全集　35」　小学館　1990
2195　「通り過ぎる女たち」
◇藤村記念歴程賞（第34回/平成8年）
「通り過ぎる女たち」　思潮社　1995.11　149p　23×16cm　3200円　①4-7837-0589-5
2196　「パリの5月に」
◇詩歌文学館賞（第7回）
「パリの五月に」　思潮社　1991　189p

清崎 進一　きよさき・しんいち
2197　「春の光」
◇詩人会議新人賞（第33回/平成11年/詩/佳作）

清崎 敏郎　きよさき・としお
2198　「凡」
◇俳人協会賞（第37回/平成9年）
「凡一句集」　ふらんす堂　1997.7　202p　20cm　（若葉叢書　第400集）　2667円
①4-89402-199-4

清岳 こう　きよたけ・こう
2199　「海をすする」
◇「詩と思想」新人賞（第8回/平成11年）
2200　「天南星の食卓から」
◇富田砕花賞（第10回/平成11年）
「天南星の食卓から」　土曜美術社出版販売　1998.12　94p　22cm　（21世紀詩人叢書　41）　1900円　①4-8120-0749-6

清武 英利　きよたけ・ひでとし
2201　「切り捨てSONY　リストラ部屋は何を奪った」
◇大宅壮一ノンフィクション賞（第47回/平成28年）
「切り捨てSONY—リストラ部屋は何を奪ったか」　講談社　2015.4　270p　19cm　1600円　①978-4-06-219459-4
2202　「しんがり　山一證券　最後の12人」
◇講談社ノンフィクション賞（第36回/平成26年）
「しんがり—山一證券最後の12人」　講談社　2013.11　356p　20cm　1800円
①978-4-06-218644-5

清原 康正　きよはら・やすまさ
2203　「中山義秀の生涯」
◇大衆文学研究賞（第7回/平成5年/評論・伝記）
「中山義秀の生涯」　新人物往来社　1993.5　213p　19cm　1300円　①4-404-02024-1

吉良 保子　きら・やすこ
2204　「低き椅子」
◇荒木暢夫賞（第2回/昭和43年）

切替 英雄　きりかえ・ひでお
2205　「アイメ神謡集」
◇金田一京助博士記念賞（第18回/平成2年度）

きりしま 2206〜2214

桐島 洋子 きりしま・ようこ
2206 「淋しいアメリカ人」
◇大宅壮一ノンフィクション賞（第3回/昭和47年）
「淋しいアメリカ人」 文芸春秋 1980.10 249p 20cm 950円

切通 理作 きりどおし・りさく
2207 「宮崎駿の＜世界＞」
◇サントリー学芸賞（第24回/平成14年度—社会・風俗部門）
「宮崎駿の"世界"」 筑摩書房 2001.8 334p 18cm（ちくま新書）940円 Ⓘ4-480-05908-3
「宮崎駿の「世界」」増補決定版 筑摩書房 2008.10 619p 15cm（ちくま文庫）1100円 Ⓘ978-4-480-42488-4

桐原 祐子 きりはら・ゆうこ
2208 「冷蔵庫」
◇日本随筆家協会賞（第9回/昭和59.5）

金 思燁 きん・しよう
2209 「日本の万葉集」
◇山片蟠桃賞（第4回/昭和60年度）

キーン, ドナルド
2210 「百代の過客」
◇読売文学賞（第36回/昭和59年—評論・伝記賞）
「百代の過客—日記にみる日本人 上」 ドナルド・キーン著, 金関寿夫訳 朝日新聞社 1984.7 257p 19cm（朝日選書 259）960円 Ⓘ4-02-259359-8
「百代の過客—日記にみる日本人 下」 ドナルド・キーン著, 金関寿夫訳 朝日新聞社 1984.8 285, 15p 19cm（朝日選書 260）1000円 Ⓘ4-02-259360-1
「百代の過客—日記にみる日本人」 ドナルド・キーン著, 金関寿夫訳 朝日新聞社 1984.12 541, 15p 20cm 3500円 Ⓘ4-02-255277-8
「百代の過客—日記にみる日本人」 ドナルド・キーン著, 金関寿夫訳 講談社 2011.10 632p 15cm（講談社学術文庫）1700円 Ⓘ978-4-06-292078-0
「ドナルド・キーン著作集 第2巻 百代の過客」 ドナルド・キーン著 新潮社 2012.2 444p 21cm 3000円 Ⓘ978-4-10-647102-5

2211 「明治天皇」（上・下）
◇毎日出版文化賞（第56回/平成14年—第2部門（人文・社会））
「明治天皇 上巻」 ドナルド・キーン著, 角地幸男訳 新潮社 2001.10 566p 21cm 3200円 Ⓘ4-10-331704-3
「明治天皇 下巻」 ドナルド・キーン著, 角地幸男訳 新潮社 2001.10 582p 21cm 3200円 Ⓘ4-10-331705-1
「明治天皇 1」 ドナルド・キーン著, 角地幸男訳 新潮社 2007.3 471p 15cm（新潮文庫）667円 Ⓘ978-4-10-131351-1
「明治天皇 2」 ドナルド・キーン著, 角地幸男訳 新潮社 2007.3 490p 15cm（新潮文庫）705円 Ⓘ978-4-10-131352-8
「明治天皇 3」 ドナルド・キーン著, 角地幸男訳 新潮社 2007.4 504p 15cm（新潮文庫）705円 Ⓘ978-4-10-131353-5
「明治天皇 4」 ドナルド・キーン著, 角地幸男訳 新潮社 2007.5 501p 15cm（新潮文庫）705円 Ⓘ978-4-10-131354-2
「明治天皇 上 嘉永五年-明治七年」 ドナルド・キーン著 新潮社 2015.7 413p 21cm（ドナルド・キーン著作集 第12巻）3000円 Ⓘ978-4-10-647112-4
「ドナルド・キーン著作集 第13巻 中 明治天皇」 ドナルド・キーン著 新潮社 2015.11 421p 21cm 3000円 Ⓘ978-4-10-647113-1

金 文京 きん・ぶんきょう
2212 「漢文と東アジア—訓読の文化圏」
◇角川財団学芸賞（第9回/平成23年）
「漢文と東アジア—訓読の文化圏」 岩波書店 2010.8 233, 10p 18cm（岩波新書 新赤版1262）800円 Ⓘ978-4-00-431262-8

金水 敏 きんすい・さとし
2213 「日本語存在表現の歴史」
◇新村出賞（第25回/平成18年）
「日本語存在表現の歴史」 ひつじ書房 2006.2 327p 21cm（日本語研究叢書 第2期 第3巻）5000円 Ⓘ4-89476-265-X

金田一 京助 きんだいち・きょうすけ
2214 「アイヌ童話集」

◇毎日出版文化賞（第16回/昭和37年）
「アイヌ童話集」 金田一京助，荒木田家寿〔著〕 講談社 1981.7 237p 15cm（講談社文庫） 320円

金田一 春彦 きんだいち・はるひこ

2215 「十五夜お月さん―本居長世 人と作品」
◇毎日出版文化賞（第37回/昭和58年）
「十五夜お月さん―本居長世人と作品」 三省堂 1982.12 519, 47p 22cm 6400円
「十五夜お月さん―本居長世人と作品」 三省堂 1983.3 519, 47p 22cm 2500円

金原 以苗 きんばら・いなえ

2216 「SURF RESCUE」
◇「ナンバー」スポーツノンフィクション新人賞（第2回/平成6年）

金原 知典 きんばら・とものり

2217 「白色」
◇俳人協会新人賞（第33回/平成21年度）
「白色―金原知典句集」 ふらんす堂 2009.6 186p 19cm（ふらんす堂精鋭俳句叢書―Série de la lune） 2400円 ①978-4-7814-0159-1

【く】

久我 なつみ くが・なつみ

2218 「日本を愛したティファニー」
◇日本エッセイスト・クラブ賞（第53回/平成17年）
「日本を愛したティファニー」 河出書房新社 2004.10 229p 20cm 1800円 ①4-309-01679-0

2219 「フェノロサと魔女の町」
◇蓮如賞（第5回/平成10年）
「フェノロサと魔女の町」 河出書房新社 1999.4 218p 19cm 1600円 ①4-309-01277-9

久貝 清次 くがい・せいじ

2220 「おかあさん」
◇山之口貘賞（第28回/平成17年）

久木田 真紀 くきた・まき

2221 「時間（クロノス）の矢に始めはあるか」
◇短歌研究新人賞（第32回/平成1年）

久々湊 盈子 くくみなと・えいこ

2222 「あらばしり」
◇河野愛子賞（第11回/平成13年）
「あらばしり―歌集」 砂子屋書房 2000.11 168p 22cm（「個性」叢書 第260篇） 3000円 ①4-7904-0531-1

日下 公人 くさか・きみんど

2223 「新・文化産業論」
◇サントリー学芸賞（第1回/昭和54年度―社会・風俗部門）
「新・文化産業論」 PHP研究所 1987.11 231p 15cm（PHP文庫） 450円 ①4-569-26128-0

日下 淳 くさか・じゅん

2224 「神の親指」（歌集）
◇北海道新聞短歌賞（第23回/平成20年）
「歌集 神の親指」 砂子屋書房 2007.10 199p 21cm 3000円 ①978-4-7904-1045-4

草倉 哲夫 くさくら・てつお

2225 「幻の詩集 西原正春の青春と詩」
◇壺井繁治賞（第39回/平成23年/詩人論賞）
「西原正春の青春と詩―幻の詩集」 西原正春著,草倉哲夫編著 朝倉書林 2010.10 137p 21cm 500円
「西原正春の青春と詩―幻の詩集」 西原正春著,草倉哲夫編著 増補改訂版 朝倉書林 2011.8 221p 21cm 1000円

草野 貴代子 くさの・きよこ

2226 「みわたせば」
◇福島県俳句賞（第19回/平成10年―新人賞）

草野 心平　くさの・しんぺい
2227　「わが光太郎」
◇読売文学賞（第21回/昭和44年—評論・伝記賞）
「わが光太郎」　講談社　1990.9　440p　15cm（講談社文芸文庫—現代日本のエッセイ）980円　①4-06-196096-2

草野 天平　くさの・てんぺい
2228　「定本草野天平詩集」
◇高村光太郎賞（第2回/昭和34年）

草野 信子　くさの・のぶこ
2229　「旧国道にて」
◇詩人会議新人賞（第16回/昭和57年—詩部門）
2230　「戦場の林檎」
◇日本詩人クラブ新人賞（第6回/平成8年）
「戦場の林檎」　ジャンクションハーベスト　1995.4　93p　21cm　1200円
2231　「地上で」
◇中日詩賞（第44回/平成16年—中日詩賞）
2232　「冬の動物園」
◇壺井繁治賞（第13回/昭和60年）
「冬の動物園—詩集」　視点社　1984.1　93p　21cm　1600円

草野 理恵子　くさの・りえこ
2233　「パリンプセスト」
◇横浜詩人会賞（第47回/平成27年）
「詩集 パリンプセスト」　土曜美術社出版販売　2014.9　109p　21cm（100人の詩人・100冊の詩集）2000円　①978-4-8120-2163-7
2234　「湖の凍らない場所」
◇詩人会議新人賞（第46回/平成24年/詩部門）

草間 真一　くさま・しんいち
2235　「オラドゥルへの旅」
◇福田正夫賞（第5回/平成3年）
2236　「僕らの足」
◇詩人会議新人賞（第21回/昭和62年—詩部門）

草間 時彦　くさま・ときひこ
2237　「瀧の音」
◇蛇笏賞（第37回/平成15年）
「瀧の音—句集」　永田書房　2002.5　211p　20cm　2500円　①4-8161-0690-1
2238　「盆点前」
◇詩歌文学館賞（第14回/平成11年/俳句）
「盆点前—句集」　永田書房　1998.2　204p　20cm　2381円　①4-8161-0652-9

草森 紳一　くさもり・しんいち
2239　「江戸のデザイン」
◇毎日出版文化賞（第27回/昭和48年）

串田 嘉男　くしだ・よしお
2240　「地震予報に挑む」
◇講談社出版文化賞（第32回/平成13年/科学出版賞）
「地震予報に挑む」　PHP研究所　2000.9　254p　18cm（PHP新書）740円　①4-569-61258-X

楠田 立身　くすだ・たつみ
2241　「白雁」
◇日本歌人クラブ賞（第42回/平成27年）
「白雁—歌集」　ながらみ書房　2014.11　157p　20cm（象文庫　第14輯）2400円　①978-4-86023-920-6

楠 誓英　くすのき・せいえい
2242　「青昏抄」
◇現代歌人集会賞（第40回/平成26年）
「青昏抄—歌集」　現代短歌社　2014.7　142p　20cm　1852円　①978-4-86534-033-4
2243　「葉風」
◇「短歌現代」新人賞（第22回/平成19年）

葛原 妙子　くずはら・たえこ
2244　「朱霊」
◇迢空賞（第5回/昭和46年）
「朱霊—葛原妙子歌集」　白玉書房　1970.10　321p　20cm
2245　「葡萄木立」
◇日本歌人クラブ推薦歌集（第10回/昭

和39年）
「葡萄木立」 白玉書房 1963 252p 図版 20cm

葛原 りょう　くずはら・りょう

2246　「鉱石」
◇詩人会議新人賞（第41回／平成19年／詩部門／佳作）
「魂の場所—葛原りょう詩集」 コールサック社 2007.11 189p 21cm 2000円　①978-4-903393-20-9

楠見 朋彦　くすみ・ともひこ

2247　「塚本邦雄の青春」
◇前川佐美雄賞（第8回／平成22年）
「塚本邦雄の青春」 ウェッジ 2009.2 362p 16cm（ウェッジ文庫 く016-1）800円　①978-4-86310-041-1

楠元 六男　くすもと・むつお

2248　「芭蕉、その後」
◇角川源義賞（第29回／平成19年／文学研究部門）
「芭蕉、その後」 竹林舎 2006.10 518p 22cm 14000円　①4-902084-11-2

楠本 義雄　くすもと・よしお

2249　「奥能勢」
◇新俳句人連盟賞（第33回／平成17年／作品の部／佳作4位）

久高 幸子　くだか・さちこ

2250　「「空ぞ忘れぬ」〈わたしの式子内親王抄〉」
◇奥の細道文学賞（第2回／平成8年—優秀賞）

久谷 雉　くたに・きじ

2251　「昼も夜も」
◇中原中也賞（第9回／平成16年）
「昼も夜も」 ミッドナイト・プレス 2003.11 88p 19cm（Midnight press original poems 7）1500円　①4-434-03712-9

工藤 晶人　くどう・あきひと

2252　「地中海帝国の片影」
◇サントリー学芸賞（第35回／平成25年度—思想・歴史部門）
「地中海帝国の片影—フランス領アルジェリアの19世紀」 東京大学出版会 2013.3 302, 129p 21cm 7800円　①978-4-13-026144-9

工藤 克巳　くどう・かつみ

2253　「霜夜しんしん」
◇俳壇賞（第4回／平成1年度）

工藤 重信　くどう・しげのぶ

2254　「伴奏」
◇学生援護会青年文芸賞（第2回／佳作）

工藤 しま　くどう・しま

2255　「黒松内つくし園遺稿集 漣（さざなみ）日記」
◇北海道ノンフィクション賞（第4回／昭和59年—特別賞）

工藤 久代　くどう・ひさよ

2256　「ワルシャワ猫物語」
◇日本ノンフィクション賞（第10回／昭和58年）
「ワルシャワ猫物語」 文芸春秋 1983.5 241p 20cm 1000円
「ワルシャワ猫物語」 文藝春秋 1986.7 250p 15cm（文春文庫）340円　①4-16-738702-6

工藤 大輝　くどう・ひろき

2257　「ランドセルの苦情」
◇現代詩加美未来賞（第16回／平成18年度—加美若鮎賞）

工藤 博司　くどう・ひろし

2258　「昭和考」
◇新俳句人連盟賞（第18回／平成2年—作品賞）

2259　「東北」
◇新俳句人連盟賞（第22回／平成6年／作品）

工藤 真由美　くどう・まゆみ

2260　「現代日本語ムード・テンス・アスペクト論」
◇新村出賞（第33回／平成26年度）
「現代日本語ムード・テンス・アスペクト

工藤 美代子　くどう・みよこ

2261　「工藤写真館の昭和」
◇講談社ノンフィクション賞（第13回/平成3年）
「工藤写真館の昭和」　朝日新聞社　1990.10　334p　19cm　2350円　①4-02-256190-4
「工藤写真館の昭和」　講談社　1994.3　378p　15cm（講談社文庫）620円　①4-06-185614-6
「工藤写真館の昭和」　ランダムハウス講談社　2007.12　415p　15cm（ランダムハウス講談社文庫）900円　①978-4-270-10146-9

工藤 幸雄　くどう・ゆきお

2262　「ブルーノ・シュルツ全集」
◇読売文学賞（第50回/平成10年—研究・翻訳賞）
「ブルーノ・シュルツ全集」　ブルーノ・シュルツ著,工藤幸雄訳　新潮社　1998.9　2冊（セット）　19cm　17000円　①4-10-537001-4

くにさだ きみ

2263　「壁の日録」
◇富田砕花賞（第15回/平成16年）
「壁の日録—詩集」　土曜美術社出版販売　2004.5　123p　22cm　2000円　①4-8120-1437-9

2264　「ミッドウェーのラブホテル」
◇壺井繁治賞（第15回/昭和62年）
「ミッドウェーのラブホテル」　視点社　1986.3　117p　21cm　1700円

国弘 三恵　くにひろ・みえ

2265　「花信」
◇ノンフィクション朝日ジャーナル大賞（第7回/平成3年—肖像）
「花信—卑弥呼のルーツ」　日本図書刊行会,近代文芸社〔発売〕　1997.3　225p　19cm　1456円　①4-89039-305-6

国峰 照子　くにみね・てるこ

2266　「浮遊家族」
◇ラ・メール新人賞（第4回/昭和62年）

国本 憲明　くにもと・のりあき

2267　「二つの祖国」
◇読売「ヒューマン・ドキュメンタリー」大賞（第15回/平成6年/奨励賞）

榎原 聡　くぬぎはら・さとし

2268　「光響」
◇現代歌人集会賞（第15回/平成1年）

久野 陽子　くの・ようこ

2269　「イセのマトヤのヒヨリヤマ」（随筆）
◇奥の細道文学賞（第5回/平成16年—佳作）

久保 明恵　くぼ・あきえ

2270　「太宰治『皮膚と心』のレトリック—方法としての身体」
◇ドナルド・キーン日米学生日本文学研究奨励賞（第11回/平成19年—4年制大学の部）

久保 亮五　くぼ・りょうご

2271　物理学集書「ゴム弾性」「液体理論」「真空管の物理」の3冊
◇毎日出版文化賞（第1回/昭和22年）
「ゴム弾性」　復刻版　裳華房　1996.6　163p　21cm　2575円　①4-7853-2807-X

久保井 信夫　くぼい・のぶお

2272　「薔薇園」
◇日本歌人クラブ推薦歌集（第15回/昭和44年）

窪薗 晴夫　くぼぞの・はるお

2273　「語形成と音韻構造」
◇金田一京助博士記念賞（第25回/平成9年度）
「語形成と音韻構造」　くろしお出版　1995.5　284p　21cm（日英語対照研究シリーズ　3）4650円　①4-87424-099-2

久保田 耕平　くぼた・こうへい

2274　「二十一世紀の『私』」
◇現代俳句協会評論賞（第17回/平成10年）

窪田 章一郎　くぼた・しょういちろう

2275　「窪田章一郎全歌集」
◇現代短歌大賞（第11回/昭和63年）
　「窪田章一郎全歌集」　短歌新聞社　1987.8　690p　22cm　7000円

2276　「素心臘梅」
◇迢空賞（第14回/昭和55年）
　「素心臘梅―歌集」　短歌新聞社　1993.4　142p　15cm（短歌新聞社文庫）700円　⓵4-8039-0690-4

2277　「定型の土俵」
◇詩歌文学館賞（第10回/平成7年/短歌）
◇短歌新聞社賞（第2回/平成7年度）
　「定型の土俵―歌集」　砂子屋書房　1994.8　288p　23cm（まひる野叢書 第132篇）3398円

2278　「薔薇の苗」
◇日本歌人クラブ推薦歌集（第19回/昭和48年）
　「薔薇の苗―歌集」　新星書房　1972　254p　20cm（まひる野叢書 第31編）1500円

久保田 哲子　くぼた・てつこ

2279　「青韻」（句集）
◇北海道新聞俳句賞（第23回/平成20年）

久保田 登　くぼた・のぼる

2280　「シベリア紀行」
◇短歌新聞新人賞（第3回/昭和50年）

窪田 順生　くぼた・まさき

2281　「14階段 検証 新潟少女9年2ヵ月監禁事件」
◇小学館ノンフィクション大賞（第12回/平成17年/優秀賞）
　「14階段―検証新潟少女9年2ヵ月監禁事件」　小学館　2006.4　215p　20cm　1500円　⓵4-09-389702-6

久保田 将照　くぼた・まさてる

2282　「私の競馬昔物語」
◇優駿エッセイ賞（第7回/平成3年）

久保田 穣　くぼた・ゆたか

2283　「栗生楽泉園の詩人たち―その詩と生活」
◇小野十三郎賞（第9回/平成19年/小野十三郎賞特別賞）
　「栗生楽泉園の詩人たち―その詩と生活」　久保田穣著, ノイエス朝日企画編集部編　ノイエス朝日　2007.6　300p　19cm　3500円

2284　「サン・ジュアンの木」
◇壺井繁治賞（第35回/平成19年）
　「サン・ジュアンの木―詩集」　紙鳶社　2006.7　98p　21cm　1800円　⓵4-915883-75-5

久保山 敦子　くぼやま・あつこ

2285　「火口」
◇朝日俳句新人賞（第8回/平成17年）

久真 八志　くま・やつし

2286　「相聞の社会性―結婚を接点として」
◇現代短歌評論賞（第31回/平成25年）

熊井 三郎　くまい・さぶろう

2287　「誰かいますか」
◇壺井繁治賞（第42回/平成26年）
　「誰かいますか―熊井三郎詩集」　詩人会議出版　2013.12　141p　22cm　1500円

熊岡 悠子　くまおか・ゆうこ

2288　「茅渟の地車（だんじり）」
◇歌壇賞（第15回/平成15年度）

熊谷 優利枝　くまがい・ゆりえ

2289　「さだすぎ果てて」
◇日本随筆家協会賞（第16回/昭和62.11）
　「朝霧の中で」　日本随筆家協会　1988.8　227p　19cm（現代随筆選書 81）1500円　⓵4-88933-101-8

熊谷 ユリヤ　くまがい・ゆりや

2290　「声の記憶を辿りながら」
◇北海道詩人協会賞（第48回/平成23年度）
　「声の記憶を辿りながら」　思潮社　2010.6　101p　23×15cm　2400円　⓵978-4-

7837-3181-8

熊谷 晋一郎　くまがや・しんいちろう
2291 「リハビリの夜」
◇新潮ドキュメント賞（第9回/平成22年）
「リハビリの夜」　医学書院　2009.12　255p　21cm（シリーズケアをひらく）2000円　①978-4-260-01004-7

熊谷 とき子　くまがや・ときこ
2292 「草」
◇日本歌人クラブ推薦歌集（第11回/昭和40年）

熊崎 博一　くまざき・ひろかず
2293 「失ったもの」
◇現代詩加美未来賞（第7回/平成9年—中新田あけぼの賞）

熊沢 佳子　くまざわ・よしこ
2294 「三河での日々」
◇優駿エッセイ賞（第6回/平成2年）

熊野 正平　くまの・しょうへい
2295 「熊野中国語大辞典・新装版」
◇毎日出版文化賞（第39回/昭和60年—特別賞）
「熊野中国語大辞典」　三省堂　1984.10　14, 1191, 75p　27cm　20000円　①4-385-12171-0
「熊野中国語大辞典」　三省堂　1990.12　14, 1191, 75p　27cm　①4-385-12169-9

隈部 英雄　くまべ・ひでお
2296 「結核の正しい知識」
◇毎日出版文化賞（第3回/昭和24年）

熊本日日新聞社社会部　くまもとにちにちしんぶんしゃしゃかいぶ
2297 「あすの都市交通」
◇新評賞（第6回/昭和51年—第1部門＝交通問題（正賞））

粂 和彦　くめ・かずひこ
2298 「時間の分子生物学」
◇講談社出版文化賞（第35回/平成16年/科学出版賞）
「時間の分子生物学—時計と睡眠の遺伝子」　講談社　2003.10　205p　18cm（講談社現代新書）700円　①4-06-149689-1

倉内 佐知子　くらうち・さちこ
2299 「新懐胎抄」
◇小熊秀雄賞（第29回/平成8年）
「新懐胎抄」　書肆山田　1995.6　80p　27cm　2884円

2300 「恋母記」
◇北海道詩人協会賞（第15回/昭和53年度）

グラヴロー, ジャック
2301 「日本—ヒロヒトの時代」
◇渋沢・クローデル賞（第6回/平成1年—フランス側）

倉沢 愛子　くらさわ・あいこ
2302 「日本占領下のジャワ農村の変容」
◇サントリー学芸賞（第14回/平成4年度—社会・風俗部門）
「日本占領下のジャワ農村の変容」　草思社　1992.6　714, 12p　21cm　8800円　①4-7942-0460-4

倉沢 寿子　くらさわ・ひさこ
2303 「文字のゆくへ」
◇「短歌現代」歌人賞（第19回/平成18年）

暮しの手帖社　くらしのてちょうしゃ
2304 「からだの読本 全2巻」
◇毎日出版文化賞（第25回/昭和46年）

倉島 久子　くらしま・ひさこ
2305 「蒸発」
◇日本随筆家協会賞（第17回/昭和63.5）
「私の時間」　日本随筆家協会　1992.2　242p　19cm（現代随筆選書 119）1600円　①4-88933-142-5

倉田 徹　くらた・とおる
2306 「中国返還後の香港」
◇サントリー学芸賞（第32回/平成22年

度―政治・経済部門）
「中国返還後の香港―「小さな冷戦」と一国二制度の展開」 名古屋大学出版会 2009.11 390,7p 21cm 5700円 ①978-4-8158-0624-8

倉地 宏光 くらち・ひろみつ

2307 「きみの国」
◇中部日本詩人賞（第7回/昭和33年）

倉地 与年子 くらち・よねこ

2308 「乾燥季」
◇現代歌人協会賞（第6回/昭和37年）
「乾燥季―歌集」 やしま書房 1961 261p 19cm

2309 「素心蘭」
◇日本歌人クラブ賞（第18回/平成3年）
「素心蘭―歌集」 短歌新聞社 1990.11 198p 20cm 2500円

倉橋 健一 くらはし・けんいち

2310 「化身」
◇地球賞（第31回/平成18年度）
「化身」 思潮社 2006.7 111p 21cm 2400円 ④4-7837-2147-5

倉橋 羊村 くらはし・ようそん

2311 「打坐」
◇日本詩歌句大賞（第2回/平成18年度/俳句部門）
「打坐―句集」 角川書店 2005.12 200p 20cm 2667円 ④4-04-651821-9

倉林 美千子 くらばやし・みちこ

2312 「風遠く」
◇島木赤彦文学賞（第14回/平成24年）

蔵原 伸二郎 くらはら・しんじろう

2313 「戦闘機」
◇詩人懇話会賞（第4回/昭和18年）

倉原 ヒロ くらはら・ひろ

2314 「肉塊」
◇詩人会議新人賞（第45回/平成23年/詩部門/佳作）

倉元 優子 くらもと・ゆうこ

2315 「「心中宵庚申」考―そのイメージ追求を軸に」
◇ドナルド・キーン日米学生日本文学研究奨励賞（第4回/平成12年―四大部）

倉本 侑未子 くらもと・ゆみこ

2316 「真夜中のパルス」
◇日本詩人クラブ新人賞（第20回/平成22年）
「真夜中のパルス―倉本侑未子詩集」 砂子屋書房 2009.10 107p 22cm 2500円 ①978-4-7904-1181-9

栗木 京子 くりき・きょうこ

2317 「綺羅」
◇河野愛子賞（第5回/平成7年）
「綺羅―栗木京子歌集」 河出書房新社 1994.4 181p 19cm 1500円 ①4-309-00905-0

2318 「けむり水晶」
◇迢空賞（第41回/平成19年）

2319 「水仙の章」
◇齋藤茂吉短歌文学賞（第25回/平成25年）
◇前川佐美雄賞（第12回/平成26年）
「水仙の章―栗木京子歌集」 砂子屋書房 2013.5 187p 20cm（塔21世紀叢書 第230篇） 3000円 ①978-4-7904-1450-6

2320 「夏のうしろ」
◇若山牧水賞（第8回/平成15年）
「夏のうしろ―栗木京子歌集」 短歌研究社 2003.7 177p 19cm（塔21世紀叢書 第38篇） 2500円 ④4-88551-775-3

2321 「北限」
◇短歌研究賞（第38回/平成14年）

2322 「水惑星」
◇現代歌人集会賞（第11回/昭和60年）

栗城 永好 くりき・ながよし

2323 「樹の海」
◇福島県短歌賞（第31回/平成18年度―歌集賞）
「樹の海―歌集」 短歌研究社 2005.4 197p 22cm（沃野叢書 第275篇） 2857円 ④4-88551-896-2

栗田 靖　くりた・きよし
2324 「河東碧梧桐の基礎的研究」
◇俳人協会評論賞（第15回/平成12年）
　「河東碧梧桐の基礎的研究」　翰林書房　2000.2　750p　22cm　16000円　①4-87737-088-9

栗田 啓子　くりた・けいこ
2325 「エンジニア・エコノミスト―フランス公共経済学の成立」
◇渋沢・クローデル賞（第10回/平成5年―日本側特別賞）
　「エンジニア・エコノミスト―フランス公共経済学の成立」　東京大学出版会　1992.12　305p　21cm　7004円　①4-13-046046-3

栗田 やすし　くりた・やすし
2326 「海光」
◇俳人協会賞（第49回/平成21年度）

栗林 圭魚　くりばやし・けいぎょ
2327 「知られざる虚子」
◇俳人協会評論賞（第23回/平成20年）
　「知られざる虚子」　角川学芸出版, 角川グループパブリッシング（発売）　2008.4　275p　19cm　2476円　①978-4-04-621060-9

栗原 敦　くりはら・あつし
2328 「宮沢賢治 透明な軌道の上から」
◇やまなし文学賞〔研究・評論部門〕（第1回/平成4年度―研究・評論部門）
　「宮沢賢治―透明な軌道の上から」　新宿書房　1992.8　474p　19cm　5200円　①4-88008-168-X

栗原 曉　くりはら・さとみ
2329 「いちじく」
◇日本随筆家協会賞（第59回/平成21年2月）
◇日本詩歌句大賞（第6回/平成22年度/随筆部門/選者特別賞）
　「いちじく」　日本随筆家協会　2009　259p

栗山 政子　くりやま・まさこ
2330 「素顔」
◇俳壇賞（第17回/平成14年度）

栗山 佳子　くりやま・よしこ
2331 「ギーコの青春」
◇北海道ノンフィクション賞（第25回/平成17年―佳作）

栗生 守　くりゅう・まもる
2332 「枯れ逝く人 ドキュメント介護」
◇健友館ノンフィクション大賞（第1回/平成11年/大賞）
　「枯れ逝く人―ドキュメント・介護/愛と哀しみの記録」　健友館　2000.6　201p　19cm　1200円　①4-7737-0464-0

呉 茂一　くれ・しげいち
2333 「イーリアス」
◇読売文学賞（第10回/昭和33年―研究・翻訳賞）
　「イーリアス　中」ホメーロス〔著〕, 呉茂一訳　一穂社　2004.12　387p　21cm（名著/古典籍文庫）　4800円　①4-86181-032-9

暮尾 淳　くれお・じゅん
2334 「地球（jidama）の上で」
◇丸山薫賞（第20回/平成25年）
　「地球の上で―詩集」　青娥書房　2013.2　134p　21cm　2000円　①978-4-7906-0307-8

暮山 悟郎　くれやま・ごろう
2335 「刑務所―禁断の一六〇冊」
◇週刊金曜日ルポルタージュ大賞（第1回/平成9年3月/佳作）

黒岩 隆　くろいわ・たかし
2336 「海の領分」
◇日本詩歌句大賞（第2回/平成18年度/詩部門）
　「海の領分」　書肆山田　2005.8　81p　22cm　2000円　①4-87995-645-7

黒岩 比佐子　くろいわ・ひさこ
2337 「『食道楽』の人 村井弦斎」
◇サントリー学芸賞（第26回/平成16年度―社会・風俗部門）
　「『食道楽』の人 村井弦斎」　岩波書店

2004.6　247, 9p　19cm　4200円　Ⓘ4-00-023394-7

2338　「パンとペン 社会主義者・堺利彦と『売文社』の闘い」
◇読売文学賞（第62回/平成22年度―評論・伝記賞）
「パンとペン―社会主義者・堺利彦と「売文社」の闘い」　講談社　2013.10　634p　15cm（講談社文庫）1010円　Ⓘ978-4-06-277661-5

2339　「編集者国木田独歩の時代」
◇角川財団学芸賞（第6回/平成20年）
「編集者国木田独歩の時代」　角川学芸出版, 角川グループパブリッシング（発売）　2007.12　346, 4p　19cm（角川選書　417）1700円　Ⓘ978-4-04-703417-4

黒川 明子　くろかわ・あきこ

2340　「自然が教えてくれる」
◇現代詩人アンソロジー賞（第12回/平成14年）

黒川 鍾信　くろかわ・あつのぶ

2341　「神楽坂ホン書き旅館」
◇日本エッセイスト・クラブ賞（第51回/平成15年）
「神楽坂ホン書き旅館」　日本放送出版協会　2002.5　298p　20cm　1700円　Ⓘ4-14-080694-X
「神楽坂ホン書き旅館」　新潮社　2007.11　416p　15cm（新潮文庫）590円　Ⓘ978-4-10-133151-5

黒川 祥子　くろかわ・しょうこ

2342　「壁になった少女 虐待―子どもたちのその後」
◇開高健ノンフィクション賞（第11回/平成25年）
「誕生日を知らない女の子―虐待―その後の子どもたち」　集英社　2013.11　293p　20cm　1600円　Ⓘ978-4-08-781541-2
※受賞作「壁になった少女 虐待―子どもたちのその後」を改題

黒川 創　くろかわ・そう

2343　「国境完全版」
◇伊藤整文学賞（第25回/平成26年―評論部門）
「国境」完全版　河出書房新社　2013.10　427p　19cm　3600円　Ⓘ978-4-309-02217-8

黒川 洋一　くろかわ・よういち

2344　「中国文学歳時記 全7巻」
◇毎日出版文化賞（第43回/平成1年―特別賞）
「中国文学歳時記　春 上」　黒川洋一, 入谷仙介, 山本和義, 横山弘, 深沢一幸編　同朋舎出版　1988.11　271, 3p　21cm　2500円　Ⓘ4-8104-0658-X
「中国文学歳時記　春 下」　同朋舎出版　1988.12　336, 4p　22cm　2800円　Ⓘ4-8104-0659-8
「中国文学歳時記　冬」　黒川洋一, 入谷仙介, 山本和義, 横山弘, 深沢一幸編　同朋舎出版　1989.1　311, 3p　21cm　2500円　Ⓘ4-8104-0663-6
「中国文学歳時記　夏」　黒川洋一, 入谷仙介, 山本和義, 横山弘, 深沢一幸編　同朋舎出版　1989.2　342, 4p　21cm　2800円　Ⓘ4-8104-0660-1
「中国文学歳時記　秋 上」　同朋舎出版　1989.3　265, 3p　22cm　2500円　Ⓘ4-8104-0661-X
「中国文学歳時記　秋 下」　黒川洋一, 入谷仙介, 山本和義, 横山弘, 深沢一幸編　同朋舎出版　1989.4　283, 3p　21cm　2575円　Ⓘ4-8104-0662-8
「中国文学歳時記　別巻」　同朋舎出版　1989.7　177, 69p　22cm　2575円　Ⓘ4-8104-0664-4

黒川 利一　くろかわ・りいち

2345　「メメント・モリ ―死を想え―」
◇川柳文学賞（第4回/平成23年）
「句集 メメント・モリ―死を想え」　オフィスエム　2010.11　131p　19×12cm　2000円　Ⓘ978-4-904570-29-6

黒木 三千代　くろき・みちよ

2346　「貴妃の脂」
◇短歌研究新人賞（第30回/昭和62年）
「貴妃の脂―歌集」　砂子屋書房　1989.6　195p　22cm　2300円

2347　「クウェート」
◇ながらみ現代短歌賞（第3回/平成7年）
「クウェート―黒木三千代歌集」　本阿弥書店　1994.3　139p　22cm（ニューウェイブ女性歌集叢書　5）2500円

黒木　野雨　くろき・やう
2348　「北陲羈旅」
◇角川俳句賞（第21回/昭和50年）

黒木　由紀子　くろき・ゆきこ
2349　「理玖になれなかった母より」
◇大石りくエッセー賞（第2回/平成11年—優秀賞）

黒崎　輝　くろさき・あきら
2350　「核兵器と日米関係」
◇サントリー学芸賞（第28回/平成18年度—政治・経済部門）
「核兵器と日米関係—アメリカの核不拡散外交と日本の選択1960-1976」　有志舎　2006.3　307p　21cm（フロンティア現代史）4800円　①4-903426-01-7

黒崎　渓水　くろさき・けいすい
2351　「空いたままの指定席が春を乗せている」
◇放哉賞（第7回/平成17年）

黒澤　彦治　くろさわ・ひこじ
2352　「月山への遠い道」（紀行文）
◇奥の細道文学賞（第4回/平成13年—佳作）

黒瀬　珂瀾　くろせ・からん
2353　「黒耀宮」
◇ながらみ書房出版賞（第11回/平成15年）
「黒耀宮—黒瀬珂瀾歌集」　再版　ながらみ書房　2003.5　158p　20cm（中部短歌叢書 第199篇）2500円　①4-86023-091-4
2354　「蓮喰ひ人の日記」
◇前川佐美雄賞（第14回/平成28年）
「蓮喰ひ人の日記—歌集」　短歌研究社　2015.8　217p　20cm　2800円　①978-4-86272-424-3

黒瀬　長生　くろせ・ちょうせい
2355　「次の楽しみ」
◇日本詩歌句大賞（第7回/平成23年/随筆部門/大賞）
「次の楽しみ—随筆」　文芸社　2010.10　222p　19cm　1400円　①978-4-286-09494-6

2356　「私の名前」
◇日本随筆家協会賞（第50回/平成16年9月）
「小さな親切」　日本随筆家協会　2004.10　226p　20cm（現代名随筆叢書 67）1500円　①4-88933-293-6

黒田　明伸　くろだ・あきのぶ
2357　「中華帝国の構造と世界経済」
◇サントリー学芸賞（第16回/平成6年度—政治・経済部門）
「中華帝国の構造と世界経済」　名古屋大学出版会　1994.2　337, 12p　22cm　6180円　①4-8158-0223-8

黒田　三郎　くろだ・さぶろう
2358　「ひとりの女に」
◇H氏賞（第5回/昭和30年）
「全詩集」　思潮社　1989.2　630p　21cm（黒田三郎著作集 1）6800円　①4-7837-2277-3
「黒田三郎詩集」　黒田三郎著, 朝倉勇編　芸林書房　2002.4　128p　15cm（芸林21世紀文庫）1000円　①4-7681-6103-0
「青春の屈折　下巻」　大岡昇平, 平野謙, 佐々木基一, 埴谷雄高, 花田清輝責任編集　新装版　學藝書林　2005.4　620p　19cm（全集 現代文学の発見 第15巻）4500円　①4-87517-073-4

黒田　末寿　くろだ・すえひさ
2359　「ピグミーチンパンジー」
◇読売文学賞（第34回/昭和57年—随筆・紀行賞）
「ピグミーチンパンジー—未知の類人猿」　筑摩書房　1982.2　234p　19cm（ちくまぶっくす 40）950円
「ピグミーチンパンジー—未知の類人猿」　筑摩書房　1991.5　247p　19cm（筑摩叢書 353）1750円　①4-480-01353-9
「ピグミーチンパンジー—未知の類人猿」　新版　以文社　1999.12　249p　19cm（以文叢書）2600円　①4-7531-0211-4

黒田　瞳　くろだ・ひとみ
2360　「水のゆくへ」
◇現代歌人集会賞（第37回/平成23年度）
「水のゆくへ—黒田瞳歌集」　砂子屋書房　2010.12　217p　22cm　3000円　①978-

4-7904-1308-0

黒田 杏子　くろだ・ももこ

2361　「一木一草」
◇俳人協会賞（第35回/平成7年）
　「一木一草―黒田杏子句集」花神社
　1995.1　266p　20cm　3000円　①4-7602-1333-3

2362　「木の椅子」
◇現代俳句女流賞（第6回/昭和56年）
◇俳人協会新人賞（第5回/昭和56年度）
　「句集 木の椅子」〔新装版〕牧羊社
　1990.10　101p　21cm　1900円　①4-8333-0687-5

2363　「日光月光」
◇蛇笏賞（第45回/平成23年）
　「日光月光―黒田杏子句集」角川学芸出版, 角川グループパブリッシング〔発売〕　2010.11　302p　20cm　2857円　①978-4-04-652344-0

黒田 雪子　くろだ・ゆきこ

2364　「星と切符」
◇短歌研究新人賞（第46回/平成15年）

黒田 喜夫　くろだ・よしお

2365　「不安と遊撃」
◇H氏賞（第10回/昭和35年）

黒野 美智子　くろの・みちこ

2366　「南から来た人々」
◇「週刊読売」ノンフィクション賞（第4回/昭和55年）

黒羽 英二　くろは・えいじ

2367　「沖縄最終戦場地獄巡礼行」
◇現代詩人アンソロジー賞（第2回/平成4年―優秀）

2368　「須臾の間に」
◇小熊秀雄賞（第37回/平成16年）
　「須臾の間に―詩集」詩画工房　2003.11
　121p　22cm　2000円　①4-916041-88-7

黒羽 由紀子　くろは・ゆきこ

2369　「夕日を濯ぐ」
◇福田正夫賞（第9回/平成7年）
　「夕日を濯ぐ―詩集」国文社　1995.7
　92p　22cm　2369円

玄原 冬子　くろはら・ふゆこ

2370　「こんぺいとう」
◇詩人会議新人賞（第42回/平成20年/詩部門/佳作）

黒部 節子　くろべ・せつこ

2371　「いまは誰もいません」
◇中日詩賞（第15回/昭和50年）

2372　「北向きの家」
◇晩翠賞（第38回/平成9年）
　「北向きの家」夢人館　1996.10　93p
　21cm（ゆめひと詩篇 4）1800円

2373　「まぼろし戸」
◇日本詩人クラブ賞（第20回/昭和62年）
　「まぼろし戸―詩集」花神社　1986.12
　92p　19×19cm　2000円

黒柳 徹子　くろやなぎ・てつこ

2374　「窓ぎわのトットちゃん」
◇新評賞（第12回/昭和57年―第2部門＝社会問題一般（正賞））
　「窓ぎわのトットちゃん」黒柳徹子著, いわさきちひろ絵　講談社　1991.6
　356p　18cm（講談社 青い鳥文庫 155‐1）590円　①4-06-147351-4
　「窓ぎわのトットちゃん」新装版　講談社　2006.10　294p　19cm　1200円　①4-06-213652-X
　「窓ぎわのトットちゃん」新組版　講談社　2015.8　377p　15cm（講談社文庫）760円　①978-4-06-293212-7

畔柳 二美　くろやなぎ・ふみ

2375　「姉妹」
◇毎日出版文化賞（第8回/昭和29年）
　「北海道文学全集 第17巻 女流の開展」
　畔柳二美〔ほか〕著　立風書房　1981.5
　328p　22cm　3500円

黒藪 哲哉　くろやぶ・てつや

2376　「ある新聞奨学生の死」
◇週刊金曜日ルポルタージュ大賞（第3回/平成10年3月/報告文学賞）

2377　「説教ゲーム」
◇ノンフィクション朝日ジャーナル大賞（第7回/平成3年―旅・異文化）

桑瀬 章二郎　くわせ・しょうじろう
2378　「フランスにおけるルソーの「告白」」（仏文）
◇渋沢・クローデル賞（第21回/平成16年/ルイ・ヴィトン・ジャパン特別賞）

桑原 視草　くわばら・しそう
2379　「出雲俳壇の人々」
◇俳人協会評論賞（第2回/昭和56年度）

桑原 武夫　くわばら・たけお
2380　「ルソー研究」
◇毎日出版文化賞（第5回/昭和26年）

桑原 立生　くわはら・たつお
2381　「寒の水」
◇角川俳句賞（第47回/平成13年）
　「寒の水―句集」　北溟社　2013.7　193p　20cm　2700円　①978-4-89448-693-5

桑原 正紀　くわばら・まさき
2382　「棄老病棟」
◇短歌研究賞（第45回/平成21年）

桑原 万寿太郎　くわばら・ますたろう
2383　「動物と太陽とコンパス」
◇毎日出版文化賞（第17回/昭和38年）

桑原 憂太郎　くわはら・ゆうたろう
2384　「ドント・ルック・バック」
◇北海道新聞短歌賞（第29回/平成26年）
　「ドント・ルック・バック―歌集」　桑原憂太郎〔著〕　デザインエッグ〔2014〕155p　22cm　①978-4-86543-074-5

桑村 哲生　くわむら・てつお
2385　「性転換する魚たち」
◇講談社出版文化賞（第36回/平成17年度/科学出版賞）
　「性転換する魚たち―サンゴ礁の海から」　岩波書店　2004.9　205p　18cm　（岩波新書）　780円　①4-00-430909-3

郡司 正勝　ぐんじ・まさかつ
2386　「刪定集（さんていしゅう）」

◇和辻哲郎文化賞（第5回/平成4年―一般部門）
　「かぶき門」　白水社　1990.11　376p　19cm　（郡司正勝刪定集 第1巻）　4500円　①4-560-03261-0
　「傾奇の形」　白水社　1991.2　388p　19cm　（郡司正勝刪定集 第2巻）　4500円　①4-560-03262-9
　「幻容の道」　白水社　1991.4　388p　19cm　（郡司正勝刪定集 第3巻）　4500円　①4-560-03263-7
　「変身の唱」　白水社　1991.6　380p　19cm　（郡司正勝刪定集 第4巻）　4500円　①4-560-03264-5
　「戯世の文」　白水社　1991.9　380p　19cm　（郡司正勝刪定集 第5巻）　4500円　①4-560-03265-3
　「風流の象・総索引」　白水社　1992.3　309, 103p　19cm　（郡司正勝刪定集 第6巻）　6500円　①4-560-03266-1

【け】

玄田 有史　げんだ・ゆうじ
2387　「仕事のなかの曖昧な不安」
◇サントリー学芸賞（第24回/平成14年度―政治・経済部門）
　「仕事のなかの曖昧な不安―揺れる若年の現在」　中央公論新社　2001.12　254p　19cm　1900円　①4-12-003217-5
　「仕事のなかの曖昧な不安―揺れる若年の現在」　中央公論新社　2005.3　277p　15cm　（中公文庫）　590円　①4-12-204505-3

現代彫刻懇談会　げんだいちょうこくこんだんかい
2388　「世界の広場と彫刻」
◇毎日出版文化賞（第37回/昭和58年―特別賞）
　「世界の広場と彫刻」　現代彫刻懇談会編集, 村井修撮影　中央公論社　1983.8　275p　29cm　25000円

ゲンダーヌ, ダーヒンニェニ
2389　「ゲンダーヌ―ある北方少数民族のドラマ」
◇毎日出版文化賞（第32回/昭和53年）

「ゲンダーヌ―ある北方少数民族のドラマ」　田中了, ダーヒンニェニ・ゲンダーヌ著　現代史出版会, 徳間書店〔発売〕　1993.11　303p　19cm　1800円　①4-19-801474-4

見目 誠　けんもく・まこと
2390　「呪われた詩人 尾崎放哉」
◇俳人協会評論賞（第12回/平成9年/新人賞）
「呪われた詩人 尾崎放哉」　春秋社　1996.4　230p　19cm　2575円　①4-393-44136-2

【こ】

胡 潔　こ・けつ
2391　「平安貴族の婚姻慣習と源氏物語」
◇関根賞（第9回/平成13年度）
「平安貴族の婚姻慣習と源氏物語」　風間書房　2001.8　457p　22cm　13000円　①4-7599-1272-X

小網 恵子　こあみ・けいこ
2392　「浅い緑、深い緑」
◇福田正夫賞（第20回/平成18年）
「浅い緑、深い緑」　水仁舎　2006.4　49p　20cm　1500円
2393　「耳の島」（詩集）
◇加美現代詩詩集大賞（第3回/平成15年―いのちの詩集賞）

小池 亮夫　こいけ・あきお
2394　「小池亮夫詩集」
◇中日詩賞（第6回/昭和41年）

小池 和男　こいけ・かずお
2395　「日本産業社会の「神話」―経済自虐史観をただす」
◇読売・吉野作造賞（第10回/平成21年度）
「日本産業社会の「神話」―経済自虐史観をただす」　日本経済新聞出版社　2009.2　278p　20cm　1800円　①978-4-532-31435-4
2396　「労働者の経営参加」を中心として
◇サントリー学芸賞（第1回/昭和54年度―政治・経済部門）

小池 かつ　こいけ・かつ
2397　「唐黍の花」
◇福島県短歌賞（第2回/昭和52年度）

小池 滋　こいけ・しげる
2398　「英国鉄道物語」
◇毎日出版文化賞（第34回/昭和55年）
「英国鉄道物語」　新版　晶文社　2006.7　308, 6p　19cm　2600円　①4-7949-6690-3

小池 光　こいけ・ひかる
2399　「うたの動物記」
◇日本エッセイスト・クラブ賞（第60回/平成24年）
「うたの動物記」　日本経済新聞出版社　2011.7　217, 4p　20cm　2700円　①978-4-532-16798-1
2400　「思川の岸辺」
◇読売文学賞（第67回/平成27年度/詩歌俳句賞）
「思川の岸辺―小池光歌集」　角川文化振興財団, KADOKAWA〔発売〕　2015.9　333p　19cm（角川短歌叢書）3000円　①978-4-04-876339-4
2401　「草の庭」
◇寺山修司短歌賞（第1回/平成8年）
「草の庭―小池光歌集」　砂子屋書房　1995.12　367p　20cm　2912円
2402　「滴滴集」
◇齋藤茂吉短歌文学賞（第16回/平成16年）
「滴滴集―短歌」　短歌研究社　2004.11　214p　22cm　3000円　①4-88551-876-8
「小池光歌集　続々」　砂子屋書房　2008.3　196p　19cm（現代短歌文庫 65）2000円　①978-4-7904-1066-9
2403　「滴滴集6」「荷風私鈔」
◇短歌研究賞（第40回/平成16年）
2404　「時のめぐりに」
◇迢空賞（第39回/平成17年）
「時のめぐりに―歌集」　本阿弥書店　2004.12　273p　20cm　3000円　①4-7768-0118-3
「小池光歌集　続々」　砂子屋書房　2008.

3 196p 19cm（現代短歌文庫 65）
2000円　①978-4-7904-1066-9

2405　「バルサの翼」
◇現代歌人協会賞（第23回/昭和54年）

2406　「茂吉を読む 五十代五歌集」
◇前川佐美雄賞（第2回/平成16年）
「茂吉を読む―五十代五歌集」　五柳書院
2003.6　261p　20cm（五柳叢書）2300
円　①4-901646-00-1

2407　「山鳩集」
◇小野市詩歌文学賞（第3回/平成23年/短歌部門）
「山鳩集―小池光歌集」　砂子屋書房
2010.6　373p　20cm 3000円　①978-4-7904-1272-4

小池 昌代　こいけ・まさよ

2408　「永遠に来ないバス」
◇現代詩花椿賞（第15回/平成9年）
「永遠に来ないバス」　思潮社　1997.3
96p　21cm 2472円　①4-7837-0645-X

2409　「屋上への誘惑」
◇講談社エッセイ賞（第17回/平成13年）
「屋上への誘惑」　岩波書店　2001.3
209p　18cm 1500円　①4-00-022368-2
「屋上への誘惑」　光文社　2008.1　218p
15cm（光文社文庫）476円　①978-4-334-74368-0

2410　「コルカタ」
◇萩原朔太郎賞（第18回/平成22年）
「コルカタ」　思潮社　2010.3　125p
22cm 2000円　①978-4-7837-3173-3

2411　「ババ、バサラ、サラバ」（詩集）
◇小野十三郎賞（第10回/平成20年/小野十三郎賞）
「ババ、バサラ、サラバ」　本阿弥書店
2008.1　131p　22cm 2500円　①978-4-7768-0453-6

2412　「浮力」
◇ラ・メール新人賞（第6回/平成1年）

2413　「もっとも官能的な部屋」
◇高見順賞（第30回/平成12年）
「もっとも官能的な部屋」　書肆山田
1999.6　133p　19cm 2500円　①4-87995-458-6

小石 薫　こいし・かおる

2414　「木枯しの道」
◇現代歌人集会賞（第17回/平成3年）

小泉 周二　こいずみ・しゅうじ

2415　「犬」
◇現代少年詩集新人賞（第6回/平成1年）

2416　「太陽へ」
◇三越左千夫少年詩賞（第2回/平成10年）
「太陽へ―小泉周二詩集」　小泉周二詩,
佐藤平八絵　教育出版センター　1997.11　95p　21cm（ジュニア・ポエム双書）1200円　①4-7632-4347-0

小泉 誠志　こいずみ・せいし

2417　「母の目蓋」
◇日本随筆家協会賞（第55回/平成19年2月）
「母の目蓋」　日本随筆家協会　2007.5
220p　20cm（現代名随筆叢書 87）
1500円　①978-4-88933-321-3

小泉 史昭　こいずみ・ふみあき

2418　「ミラクル・ボイス」
◇短歌研究新人賞（第36回/平成5年）
「ミラクル・ボイス―小泉史昭歌集」　砂子屋書房　1996.9　228p　22cm 2912円

小泉 文夫　こいずみ・ふみお

2419　「民族音楽研究ノート」を中心として
◇サントリー学芸賞（第2回/昭和55年度―芸術・文学部門）

小市 巳世司　こいち・みよし

2420　「四月歌」
◇短歌研究賞（第27回/平成3年）

2421　「狭き蔭に」
◇短歌新聞社賞（第11回/平成16年）
「狭き蔭に―歌集」　短歌新聞社　2003.4
209p　20cm 2381円　①4-8039-1127-4

小出 千恵　こいで・ちえ

2422　「『仁勢物語』における「浮世」観」
◇ドナルド・キーン日米学生日本文学研

小出 ふみ子　こいで・ふみこ
2423　「花詩集」
◇中日本詩人賞（第4回/昭和30年）
　「花詩集」新詩人社　1955　149p　22cm

郷 武夫　ごう・たけお
2424　「背広の坑夫」
◇詩人会議新人賞（第11回/昭和52年—詩部門）

高 千夏子　こう・ちかこ
2425　「真中」
◇角川俳句賞（第43回/平成9年）
　「眞中—句集」角川書店　2001.8　235p　20cm　2800円　①4-04-871943-2

興儀 秀武　こうぎ・ひでたけ
2426　「"沖縄学"の誕生」
◇「沖縄文芸年鑑」評論賞（第4回/平成9年）

香西 泰　こうさい・ゆたか
2427　「日本経済展望」への寄与を中心として
◇サントリー学芸賞（第2回/昭和55年度—政治・経済部門）
　「日本経済展望」香西泰, 荻野由太郎著　日本評論社　1980.6　304p　22cm　2600円

神坂 次郎　こうさか・じろう
2428　「縛られた巨人—南方熊楠の生涯」
◇大衆文学研究賞（第1回/昭和62年—評論・伝記）
　「縛られた巨人—南方熊楠の生涯」新潮社　1987.6　389p　19cm　1500円　①4-10-358402-5
　「縛られた巨人—南方熊楠の生涯」新潮社　1991.12　502p　15cm（新潮文庫）520円　①4-10-120912-X

神品 芳夫　こうしな・よしお
2429　「自然詩の系譜」
◇日本詩人クラブ詩界賞（第5回/平成17年）
　「自然詩の系譜—20世紀ドイツ詩の水脈」みすず書房　2004.6　434, 21p　22cm　8000円　①4-622-07098-7

神津 不可思　こうず・ふかし
2430　「獅子の伝説」「死海」
◇横浜詩人会賞（第20回/昭和63年度）

上月 大輔　こうずき・だいすけ
2431　「風花の視野」
◇新俳句人連盟賞（第32回/平成16年/作品の部/佳作5位）

高祖 保　こうそ・たもつ
2432　「雪」
◇文芸汎論詩集賞（第9回/昭和17年）
　「高祖保詩集」思潮社　1988.12　160p　19cm（現代詩文庫 1033）780円　①4-7837-0851-7

合田 彩　ごうだ・あや
2433　「逃—異端の画家・曹勇の中国大脱出」
◇講談社ノンフィクション賞（第17回/平成7年）
　「逃（TAO）—異端の画家・曹勇の中国大脱出」文藝春秋　1995.3　470p　19cm　1900円　①4-16-350040-5

幸田 和俊　こうだ・かずとし
2434　「空想する耳」
◇栃木県現代詩人会賞（第23回）
　「空想する耳—詩集」竜詩社　1989.5　80p　22cm　1200円

合田 一道　ごうた・かずみち
2435　「定山坊行不明の謎」
◇北海道ノンフィクション賞（第1回/昭和55年）

甲田 四郎　こうだ・しろう
2436　「大手が来る」
◇小熊秀雄賞（第23回/平成2年）
　「大手が来る—甲田四郎詩集」潮流出版社　1989.7　96p　19cm　2060円　①4-88525-197-4
2437　「陣場金次郎洋品店の夏」
◇小野十三郎賞（第4回/平成14年）

「陣場金次郎洋品店の夏―詩集」 ワニ・プロダクション 2001.6 105p 21cm 1600円 ①4-89822-206-4

2438 「送信」
◇現代詩人賞（第32回/平成26年）
「送信―詩集」 ワニ・プロダクション 2013.9 106p 21cm 2000円

閤田 真太郎 ごうだ・しんたろう

2439 「十三番目の男」
◇富田砕花賞（第21回/平成22年）
「十三番目の男―閤田真太郎詩集」 砂子屋書房 2010.1 141p 22cm 2500円 ①978-4-7904-1222-9

高知新聞社 こうちしんぶんしゃ

2440 「解放への闘い」
◇新評賞（第7回/昭和52年―第2部門＝社会問題一般（正賞））

神門 善久 ごうど・よしひさ

2441 「日本の食と農」
◇サントリー学芸賞（第28回/平成18年度―政治・経済部門）
「日本の食と農―危機の本質」 NTT出版 2006.6 309p 19cm（日本の「現代」8）2400円 ①4-7571-4099-1

河野 愛子 こうの・あいこ

2442 「黒羅」
◇現代短歌女流賞（第8回/昭和58年）

2443 「リリヤンの笠飾」
◇短歌研究賞（第18回/昭和57年）

紅野 謙介 こうの・けんすけ

2444 「検閲と文学 1920年代の攻防」
◇やまなし文学賞〔研究・評論部門〕（第18回/平成21年度―研究・評論部門）
「検閲と文学―1920年代の攻防」 河出書房新社 2009.10 219p 19cm（河出ブックス）1200円 ①978-4-309-62404-4

河野 啓 こうの・さとし

2445 「ズリ山と市長選 過ぎてゆく夕張」
◇週刊金曜日ルポルタージュ大賞（第22回/平成23年/佳作）

2446 「北緯43度の雪」
◇小学館ノンフィクション大賞（第18回/平成23年/優秀賞）
「北緯43度の雪―もうひとつの中国とオリンピック」 小学館 2012.1 239p 20cm 1600円 ①978-4-09-389740-2

河野 小百合 こうの・さゆり

2447 「私をジャムにしたなら」
◇歌壇賞（第6回/平成6年）
「私をジャムにしたなら―河野小百合歌集」 本阿弥書店 1996.9 191p 22cm（みぎわ叢書 第16篇）2800円 ①4-89373-111-4

河野 多恵子 こうの・たえこ

2448 「谷崎文学と肯定の欲望」
◇読売文学賞（第28回/昭和51年―評論・伝記賞）
「谷崎文学と肯定の欲望」 中央公論社 1980.11 311p 16cm（中公文庫）420円

河野 美砂子 こうの・みさこ

2449 「無言歌」
◇現代短歌新人賞（第5回/平成16年）
「無言歌―歌集」 砂子屋書房 2004.8 195p 22cm（塔21世紀叢書 第57篇）3000円 ①4-7904-0789-6

2450 「夢と数」
◇角川短歌賞（第41回/平成7年）

河野 優司 こうの・ゆうじ

2451 「12年目の記憶」
◇週刊金曜日ルポルタージュ大賞（第16回/平成17年/佳作）

河野 由美子 こうの・ゆみこ

2452 「志保ちゃん」
◇日本随筆家協会賞（第7回/昭和58.5）
「志保ちゃん」 日本随筆家協会 1984.4 196p 20cm（現代随筆選書 44）1400円 ①4-88933-053-4

郷原 宏 ごうはら・ひろし

2453 「カナンまで」
◇H氏賞（第24回/昭和49年）

「郷原宏詩集」 土曜美術社出版販売 2013.5 157p 19cm (新・日本現代詩文庫) 1400円 ①978-4-8120-2051-7

2454 「詩人の妻」
◇サントリー学芸賞 (第5回/昭和58年度—芸術・文学部門)
「詩人の妻—高村智恵子ノート」 未来社 1983.2 242p 20cm 1600円

河本 真理 こうもと・まり

2455 「切断の時代」
◇サントリー学芸賞 (第29回/平成19年度—芸術・文学部門)
◇渋沢・クローデル賞 (第24回/平成19年/ルイ・ヴィトン ジャパン特別賞)
「切断の時代—20世紀におけるコラージュの美学と歴史」 ブリュッケ 2007.1 667p 22cm 8000円 ①978-4-434-10162-5

神山 典士 こうやま・のりお

2456 「ライオンの夢—コンデ・コマ=前田光世伝」
◇「週刊ポスト」「SAPIO」21世紀国際ノンフィクション大賞 (第3回/平成8年/優秀賞)
◇小学館ノンフィクション大賞 (第3回/平成8年—優秀賞)
「ライオンの夢—コンデ・コマ=前田光世伝」 小学館 1997.5 253p 20cm 1500円 ①4-09-379213-5

高良 留美子 こうら・るみこ

2457 「風の夜」
◇丸山豊記念現代詩賞 (第9回/平成12年)
「風の夜—詩集」 思潮社 1999.6 159p 24cm 2800円 ①4-7837-1135-6

2458 「仮面の声」
◇現代詩人賞 (第6回/昭和63年)
「仮面の声」 土曜美術社 1987.6 140p 23×15cm 2800円 ①4-88625-147-1

2459 「場所」
◇H氏賞 (第13回/昭和38年)

古賀 ウタ子 こが・うたこ

2460 「たおやかに風の中」
◇潮賞 (第9回/平成2年—ノンフィクション)
「母の歩いた道—たおやかに風の中」 潮出版社 1990.9 202p 19cm 1100円 ①4-267-01255-5
※『たおやかに風の中』改題書

古賀 忠昭 こが・ただあき

2461 「血のたらちね」
◇丸山豊記念現代詩賞 (第17回/平成20年)
「血のたらちね」 書肆山田 2007.10 109p 23cm 2200円 ①978-4-87995-722-1

2462 「泥家族」
◇福岡県詩人賞 (第8回/昭和47年)

古閑 忠通 こが・ただみち

2463 「春雷」
◇「短歌現代」新人賞 (第17回/平成14年)

古賀 信夫 こが・のぶお

2464 「札所紀行『閻魔の笑い』」
◇JTB旅行記賞 (第5回/平成8年度)

古賀 博文 こが・ひろふみ

2465 「王墓の春」
◇福岡県詩人賞 (第47回/平成23年)

古賀 正之 こが・まさゆき

2466 「前略 九〇歳を迎えた母上様—老人保健施設の実態」
◇週刊金曜日ルポルタージュ大賞 (第7回/平成12年3月/佳作)

古賀 まり子 こが・まりこ

2467 「竪琴」
◇俳人協会賞 (第21回/昭和56年度)
「古賀まり子作品集」 本阿弥書店 1990.1 407p 19cm 5000円 ①4-89373-027-4

国斗 純 こくと・じゅん

2468 「オマージュ」(詩)
◇ザ・ビートルズ・クラブ大賞 (第10回/平成12年—文学部門)

こくふ

国分 衣麻 こくぶ・いま
2469 「ナースの日々」
◇福島県俳句賞（第34回/平成25年—俳句賞）

国分 一太郎 こくぶん・いちたろう
2470 「お母さんから先生への百の質問 正・続」
◇毎日出版文化賞（第10回/昭和31年）

国分 拓 こくぶん・ひろむ
2471 「ヤノマミ」
◇大宅壮一ノンフィクション賞（第42回/平成23年）
「ヤノマミ」 日本放送出版協会 2010.3 315p 20cm 1700円 ①978-4-14-081409-3
「ヤノマミ」 新潮社 2013.11 375p 16cm（新潮文庫 こ-59-1）710円 ①978-4-10-128191-9

国分 良成 こくぶん・りょうせい
2472 「現代中国の政治と官僚制」を中心として
◇サントリー学芸賞（第26回/平成16年度—政治・経済部門）
「現代中国の政治と官僚制」 慶應義塾大学出版会 2004.1 266,11p 21cm 3400円 ①4-7664-1054-8

小暮 政次 こぐれ・まさじ
2473 「暫紅新集」
◇斎藤茂吉短歌文学賞（第7回/平成8年）
◇短歌新聞社賞（第3回/平成8年度）
「歌集 暫紅新集」 短歌新聞社 1995.7 271p 19cm 2500円 ①4-8039-0781-1
2474 「春天の樹」
◇日本歌人クラブ推薦歌集（第5回/昭和34年）
「春天の樹—歌集」 白玉書房 1958 232p 図版 19cm

苔口 万寿子 こけぐち・ますこ
2475 「紅蓮華」
◇日本歌人クラブ賞（第11回/昭和59年）

孤源 和之 こげん・かずゆき
2476 「川について」
◇〔新潟〕日報詩壇賞（第5回/昭和46年春）

呉座 勇一 ござ・ゆういち
2477 戦争の日本中世史—「下剋上」は本当にあったのか」
◇角川財団学芸賞（第12回/平成26年）
「戦争の日本中世史—「下剋上」は本当にあったのか」 新潮社 2014.1 335p 19cm（新潮選書）1500円 ①978-4-10-603739-9

小坂 太郎 こさか・たろう
2478 「北の儀式」
◇小熊秀雄賞（第7回/昭和49年）

小坂井 澄 こさかい・すみ
2479 「これはあなたの母」
◇大宅壮一ノンフィクション賞（第14回/昭和58年）
「これはあなたの母—沢田美喜と混血孤児たち」 集英社 1982.2 286p 20cm 980円
「これはあなたの母—沢田美喜と混血孤児たち」 集英社 1988.7 315p 15cm（集英社文庫）460円 ①4-08-749353-8

こしの ゆみこ
2480 「蝶の爪」
◇現代俳句協会年度作品賞（第5回/平成16年）
2481 「平気」
◇現代俳句協会新人賞（第16回/平成10年）

小柴 温子 こしば・あつこ
2482 「たらちね」
◇日本随筆家協会賞（第20回/平成1年11月）

小柴 節子 こしば・せつこ
2483 「誕生」
◇北海道詩人協会賞（第23回/昭和61年度）

小島　熱子　こじま・あつこ
　2484　「春の卵」
　　◇日本歌人クラブ新人賞（第7回/平成13年）
　　　「春の卵―小島熱子歌集」　短歌研究社　2000.9　224p　22cm　（運河叢書）　2500円　①4-88551-533-5

小島　健　こじま・けん
　2485　「爽」
　　◇俳人協会新人賞（第19回/平成7年）
　　　「爽―句集」　角川書店　1995.9　180p　20cm　（現代俊英俳句叢書 第5巻）　2600円　①4-04-871571-2

児島　孝顕　こじま・こうけん
　2486　「島」
　　◇短歌研究新人賞（第7回/昭和39年）

小島　慎司　こじま・しんじ
　2487　「制度と自由―モーリス・オーリウによる修道会教育規制法律批判をめぐって」
　　◇渋沢・クローデル賞（第30回/平成25年度/ルイ・ヴィトン ジャパン特別賞）
　　　「制度と自由―モーリス・オーリウによる修道会教育規制法律批判をめぐって」　岩波書店　2013.3　318p　22cm　6900円　①978-4-00-025886-9

小島　淑子　こじま・としこ
　2488　「群れなす星とともに」
　　◇読売「ヒューマン・ドキュメンタリー」大賞（第15回/平成6年/入選）
　　　「翼をもがれた天使たち」　佐藤尚爾, 佐藤栄子, 田辺加郁, 岩森道子, 小島淑子, 矢吹正信著　読売新聞社　1995.2　301p　19cm　1300円　①4-643-95004-8

小島　なお　こじま・なお
　2489　「乱反射」
　　◇角川短歌賞（第50回/平成16年）
　　◇現代短歌新人賞（第8回/平成19年）
　　　「乱反射―歌集」　角川書店, 角川グループパブリッシング（発売）　2007.7　175p　20cm　1905円　①978-4-04-621773-8

児島　襄　こじま・のぼる
　2490　「太平洋戦争」（上・下）
　　◇毎日出版文化賞（第20回/昭和41年）

小島　祐馬　こじま・ゆうま
　2491　「中国の革命思想」
　　◇毎日出版文化賞（第4回/昭和25年）

小島　ゆかり　こじま・ゆかり
　2492　「希望」
　　◇若山牧水賞（第5回/平成12年）
　2493　「純白光 短歌日記2012」
　　◇小野市詩歌文学賞（第6回/平成26年/短歌部門）
　　◇日本一行詩大賞・日本一行詩新人賞（第7回/平成26年―大賞）
　　　「純白光―短歌日記2012」　ふらんす堂　2013.7　382p　17cm　（コスモス叢書 第1035篇）　2000円　①978-4-7814-0569-8
　2494　「泥と青葉」
　　◇齋藤茂吉短歌文学賞（第26回/平成26年）
　　　「泥と青葉―歌集」　青磁社　2014.3　205p　20cm　（コスモス叢書 第1048篇）　2600円　①978-4-86198-265-1
　2495　「ヘブライ暦」
　　◇河野愛子賞（第7回/平成9年）
　　　「ヘブライ暦―小島ゆかり歌集」　短歌新聞社　1996.6　112p　20cm　（現代女流短歌全集 14）　1800円　①4-8039-0839-7
　2496　「憂春」
　　◇迢空賞（第40回/平成18年）
　　　「憂春―小島ゆかり歌集」　角川書店　2005.12　223p　20cm　（角川短歌叢書/コスモス叢書 第792篇）　2571円　①4-04-621701-4

小島　亮一　こじま・りょういち
　2497　「ヨーロッパ手帖」
　　◇日本エッセイスト・クラブ賞（第10回/昭和37年）

小嶋　和香代　こじま・わかよ
　2498　「八月の子守唄」
　　◇島田利夫賞（第1回/昭和53年）

古庄 ゆき子　こしょう・ゆきこ
2499　「ここに生きる」
◇日本エッセイスト・クラブ賞（第51回/平成15年）
「ここに生きる―村の家・村の暮らし」ドメス出版　2002.8　206p　20cm　1700円　ⓒ4-8107-0578-1

小杉 茂樹　こすぎ・しげき
2500　「麦の花」
◇G氏賞（第1回）

小杉 泰　こすぎ・やすし
2501　「現代中東とイスラーム政治」
◇サントリー学芸賞（第16回/平成6年度―思想・歴史部門）
「現代中東とイスラーム政治」昭和堂　1994.1　347,33p　22cm　3600円　ⓒ4-8122-9401-0

小杉山 基昭　こすぎやま・もとあき
2502　「カシオペア旅行」
◇日本詩歌句大賞（第8回/平成24年度/随筆評論部門/奨励賞）
「カシオペア旅行――名誉教授のミセラニー」文芸書房　2012.1　285p　20cm　1300円　ⓒ978-4-89477-393-6

小菅 信子　こすげ・のぶこ
2503　「戦後和解」
◇石橋湛山賞（第27回/平成18年）
「戦後和解―日本は「過去」から解き放たれるのか」中央公論新社　2005.7　222p　18cm（中公新書）740円　ⓒ4-12-101804-4

小菅 みちる　こすげ・みちる
2504　「三人姉妹―自分らしく生きること」
◇読売「ヒューマン・ドキュメンタリー」大賞（第17回/平成8年/入選）
「三人姉妹―自分らしく生きること」小菅みちる、沢あづみ、松沢倫子、野上員行、辻村久枝著　読売新聞社　1997.2　245p　19cm　1300円　ⓒ4-643-97011-1

小関 智弘　こせき・ともひろ
2505　「大森界隈職人往来」
◇日本ノンフィクション賞（第8回/昭和56年）
「大森界隈職人往来」朝日新聞社　1981.4　236p　20cm　1200円
「大森界隈職人往来」朝日新聞社　1984.8　276p　15cm（朝日文庫）400円　ⓒ4-02-260287-2
「大森界隈職人往来」岩波書店　1996.10　281p　16cm（同時代ライブラリー283）1133円　ⓒ4-00-260283-4
「大森界隈職人往来」岩波書店　2002.8　315p　15cm（岩波現代文庫 社会）1000円　ⓒ4-00-603066-5

小関 秀夫　こせき・ひでお
2506　「秋穂積」
◇現代少年詩集新人賞（第5回/昭和63年―奨励賞）

小関 祐子　こせき・ゆうこ
2507　「北方果樹」
◇ながらみ書房出版賞（第2回/平成6年）
「北方果樹―歌集」ながらみ書房　1993.1　147p　22cm（かりん叢書 第64篇）2500円

小高 賢　こだか・けん
2508　「秋の茱萸坂 小高賢歌集」
◇寺山修司短歌賞（第20回/平成27年）
「秋の茱萸坂―小高賢歌集」砂子屋書房　2014.11　260p　19cm（かりん叢書）3000円　ⓒ978-4-7904-1530-5
2509　「本所両国」
◇若山牧水賞（第5回/平成12年）
「本所両国―小高賢歌集」雁書館　2000.6　198p　22cm（かりん叢書 第136篇）3000円

こたき こなみ
2510　「星の灰」
◇小熊秀雄賞（第34回/平成13年）

小谷 賢　こたに・けん
2511　「日本軍のインテリジェンス なぜ情報が活かされないのか」
◇山本七平賞（第16回/平成19年/奨励賞）
「日本軍のインテリジェンス―なぜ情報

が活かされないのか」 講談社 2007.4
248p 19cm（講談社選書メチエ 386）
1600円 ①978-4-06-258386-2

小谷 心太郎 こたに・しんたろう

2512 「宝珠」
◇日本歌人クラブ賞（第4回/昭和52年）

小谷 奈央 こだに・なお

2513 「花を踏む」
◇歌壇賞（第26回/平成26年度）

小谷 陽子 こたに・ようこ

2514 「ふたごもり」
◇現代歌人集会賞（第29回/平成15年）
「ふたごもり―小谷陽子歌集」 砂子屋書房 2003.8 263p 22cm（ヤママユ叢書 第60篇） 3000円 ①4-7904-0725-X

児玉 隆也 こだま・たかや

2515 「一銭五厘たちの横丁」
◇日本エッセイスト・クラブ賞（第23回/昭和50年）
「一銭五厘たちの横丁」 児玉隆也著, 桑原甲子雄写真 岩波書店 2000.4 258p 15cm（岩波現代文庫） 1000円 ①4-00-603012-6

児玉 輝代 こだま・てるよ

2516 「段戸山村」
◇角川俳句賞（第23回/昭和52年）

小玉 春歌 こだま・はるか

2517 「さよならの季節に」
◇中城ふみ子賞（第2回/平成18年）

児玉 洋子 こだま・ようこ

2518 「いとしき者たち」
◇日本随筆家協会賞（第35回/平成9年5月）
「いとしき者たち」 日本随筆家協会 1997.6 228p 19cm（現代随筆選書） 1500円 ①4-88933-209-X

東風谷 利男 こちや・としお

2519 「沼の道」
◇日本詩歌句大賞（第8回/平成24年度/短歌部門/奨励賞）

こっこ

2520 「道、はるかに遠く」
◇千葉随筆文学賞（第5回/平成22年度）

後藤 綾子 ごとう・あやこ

2521 「片々」
◇角川俳句賞（第26回/昭和55年）

後藤 一夫 ごとう・かずお

2522 「終章」
◇中日詩賞（第1回/昭和36年）

後藤 兼志 ごとう・けんじ

2523 「春障子」
◇深吉野賞（第2回/平成6年―佳作）
「後藤兼志全句集」 「鴻」はなのき句会 2014.10 143p 15cm 1200円 ①978-4-9906036-1-8

2524 「春は吉野の」
◇深吉野賞（第3回/平成7年―佳作）
「後藤兼志全句集」 「鴻」はなのき句会 2014.10 143p 15cm 1200円 ①978-4-9906036-1-8

後藤 軒太郎 ごとう・けんたろう

2525 「潮騒」（句文集）
◇北海道新聞俳句賞（第18回/平成15年）
「潮騒―俳句・随想・評論」 舷燈俳句会 2002.10 256p 21cm（舷燈叢書） 2000円

五島 茂 ごとう・しげる

2526 「展く」「遠き日の霧」「無明長夜」
◇現代短歌大賞（第4回/昭和56年）
「遠き日の霧―歌集」 白玉書房 1980.6 315p 20cm（立春叢書 第53篇） 3500円
「無明長夜―五島茂歌集」 石川書房 1980.11 320p 20cm（立春叢書 第55篇） 3500円

後藤 蕉村 ごとう・しょうそん

2527 「戦傷（いくさきず）」
◇新俳句人連盟賞（第34回/平成18年/作品の部/入選）

ことう

五島 高資　ごとう・たかとし
2528　「対馬暖流」
◇現代俳句協会新人賞（第13回/平成7年）

2529　「欲望の世紀と俳句」
◇現代俳句評論賞（第19回/平成12年）

後藤 たづる　ごとう・たづる
2530　「厳冬」
◇日本随筆家協会賞（第11回/昭和60.5）

後藤 直二　ごとう・なおじ
2531　「竹の時間」
◇短歌新聞社賞（第17回/平成22年）
「竹の時間」　短歌新聞社　2009

湖東 紀子　ことう・のりこ
2532　「庭」
◇日本伝統俳句協会賞（第12回/平成13年/新人賞）

後藤 秀機　ごとう・ひでき
2533　「天才と異才の日本科学史―開国からノーベル賞まで、150年の軌跡」
◇日本エッセイスト・クラブ賞（第62回/平成26年）
「天才と異才の日本科学史―開国からノーベル賞まで、150年の軌跡」　ミネルヴァ書房　2013.9　396,8p　19cm　2500円　Ⓘ978-4-623-06682-7

後藤 比奈夫　ごとう・ひなお
2534　「沙羅紅葉」
◇俳句四季大賞（第2回/平成14年）
「沙羅紅葉―句集」　ふらんす堂　2001.6　232p　20cm（ふらんす堂現代俳句叢書）2700円　Ⓘ4-89402-409-8

2535　「めんない千鳥」
◇蛇笏賞（第40回/平成18年）
「めんない千鳥―句集」　ふらんす堂　2005.11　241p　20cm　2857円　Ⓘ4-89402-770-2

後藤 正治　ごとう・まさはる
2536　「空白の軌跡」
◇潮賞（第4回/昭和60年―ノンフィクション）
「空白の軌跡―心臓移植に賭けた男たち」　講談社　1991.2　242p　15cm（講談社文庫）420円　Ⓘ4-06-184852-6

2537　「清冽 詩人茨木のり子の肖像」
◇桑原武夫学芸賞（第14回/平成23年）
「清冽―詩人茨木のり子の肖像」　中央公論新社　2010.11　270p　20cm　1900円　Ⓘ978-4-12-004096-2

2538　「遠いリング」
◇講談社ノンフィクション賞（第12回/平成2年）
「遠いリング」　岩波書店　2002.2　542p　15cm（岩波現代文庫　社会）1200円　Ⓘ4-00-603053-3

2539　「リターンマッチ」
◇大宅壮一ノンフィクション賞（第26回/平成7年）
「リターンマッチ」　文藝春秋　1994.11　329p　19cm　1700円　Ⓘ4-16-349640-8
「後藤正治ノンフィクション集　第4巻」　ブレーンセンター　2010.4　693p　15cm　2400円　Ⓘ978-4-8339-0254-0

後藤 勝　ごとう・まさる
2540　「カンボジア―歴史の犠牲者たち」
◇週刊金曜日ルポルタージュ大賞（第15回/平成16年/佳作）

古藤 みづ絵　ことう・みずえ
2541　「遠望」
◇日本詩歌句大賞（第3回/平成19年度/俳句部門/奨励賞）
「遠望―古藤みづ絵句集」　北溟社　2006.3　206p　20cm　2800円　Ⓘ4-89448-498-6

後藤 杜三　ごとう・もりぞう
2542　「わが久保田万太郎」
◇大宅壮一ノンフィクション賞（第5回/昭和49年）

後藤 由紀恵　ごとう・ゆきえ
2543　「冷えゆく耳」
◇現代短歌新人賞（第6回/平成17年）
「冷えゆく耳―後藤由紀恵歌集」　ながらみ書房　2004.12　249p　20cm（まひる野叢書　第224篇）2600円　Ⓘ4-

86023-281-X

後藤 亮　ごとう・りょう

2544　「正宗白鳥」
◇読売文学賞（第18回/昭和41年—評論・伝記賞）
「正宗白鳥—文学と生涯」　日本図書センター　1993.6　360, 10p　22cm　(近代作家研究叢書 145)　7725円　①4-8205-9249-1, 4-8205-9239-4

ゴトリーブ，ジョルジュ

2545　「日本の小説の1世紀」
◇渋沢・クローデル賞（第13回/平成8年—フランス側）

小長谷 清実　こながや・きよみ

2546　「小航海26」
◇H氏賞（第27回/昭和52年）
「小航海26—詩集」　れんが書房新社　1977.4　111p　22cm　1500円

2547　「脱けがら狩り」
◇高見順賞（第21回/平成2年度）
「脱けがら狩り—小長谷清美詩集」　思潮社　1989.12　113p　21cm　2200円　①4-7837-0300-0

2548　「わが友、泥ん人」
◇現代詩人賞（第25回/平成19年）
「わが友、泥ん人」　書肆山田　2006.8　110p　21cm　2500円　①4-87995-678-3

小西 健二郎　こにし・けんじろう

2549　「学級革命」
◇毎日出版文化賞（第10回/昭和31年）
「学級革命—子どもに学ぶ教師の記録」　国土社　1992.6　373p　19cm　(現代教育101選 43)　3200円　①4-337-65943-9

小西 聖子　こにし・たかこ

2550　「ココロ医者、ホンを診る—本のカルテ10年分から」
◇毎日書評賞（第8回/平成21年度）
「ココロ医者、ホンを診る—本のカルテ10年分から」　武蔵野大学出版会　2009.10　246p　19cm　1900円　①978-4-903281-13-1

古波蔵 保好　こはくら・やすよし

2551　「沖縄物語」
◇日本エッセイスト・クラブ賞（第29回/昭和56年）
「沖縄物語」　新潮社　1981.4　248p　20cm　980円

小橋 扶沙世　こばし・ふさよ

2552　「風宮」
◇ながらみ書房出版賞（第2回/平成6年）
「風宮」　ながらみ書房　1993.3　210p　(日月叢書)　2500円

木幡 八重子　こはた・やえこ

2553　「暖愛光」
◇福島県俳句賞（第32回/平成23年—新人賞）

小林 あゆみ　こばやし・あゆみ

2554　「あれもサイン、これもサイン」
◇優駿エッセイ賞（第18回/平成14年）

小林 勇　こばやし・いさむ

2555　「遠いあし音」
◇日本エッセイスト・クラブ賞（第4回/昭和31年）
「遠いあし音・人はさびしき—人物回想」　筑摩書房　1987.11　345p　19cm　(筑摩叢書 317)　1800円　①4-480-01317-2

小林 エミル　こばやし・えみる

2556　「反戦記者父と女子挺身隊員の記録」
◇週刊金曜日ルポルタージュ大賞（第16回/平成17年/優秀賞）

小林 万年青　こばやし・おもと

2557　「絵蠟燭」
◇新俳句人連盟賞（第40回/平成24年/作品の部(俳句)/佳作1位）

小林 和男　こばやし・かずお

2558　「エルミタージュの緞帳」
◇日本エッセイスト・クラブ賞（第46回/平成10年）
「エルミタージュの緞帳—モスクワ特派

員物語」 日本放送出版協会　1997.9　262p　19cm　1400円　①4-14-080334-7
「モスクワ特派員物語 エルミタージュの縦帳」 日本放送出版協会　2001.8　317p　16cm（NHKライブラリー）970円　①4-14-084140-0

小林 一輔　こばやし・かずすけ
2559　「コンクリートが危ない」
◇講談社出版文化賞（第31回/平成12年/科学出版賞）
「コンクリートが危ない」 岩波書店　1999.5　230p　18cm（岩波新書）700円　①4-00-430616-7

小林 和彦　こばやし・かずひこ
2560　「ネパール浪漫釣行」
◇JTB旅行記賞（第7回/平成10年度）

小林 和之　こばやし・かずゆき
2561　「夕ぐれの雪」
◇〔新潟〕日報詩壇賞（第9回/昭和48年春）

小林 慶一郎　こばやし・けいいちろう
2562　「日本経済の罠」
◇大佛次郎論壇賞（第1回/平成13年―奨励賞）
「日本経済の罠―なぜ日本は長期低迷を抜け出せないのか」 小林慶一郎, 加藤創太著　日本経済新聞社　2001.3　435p　19cm　2000円　①4-532-14856-1
「日本経済の罠」 小林慶一郎, 加藤創太著　増補版　日本経済新聞出版社　2009.2　589p　15cm（日経ビジネス人文庫）952円　①978-4-532-19483-3

小林 孔　こばやし・こう
2563　「『奥の細道』の展開―曽良本墨訂前後」
◇柿衞賞（第8回/平成11年）

小林 広一　こばやし・こういち
2564　「斎藤緑雨論」
◇群像新人文学賞〔評論部門〕（第24回/昭和56年―評論）

小林 康治　こばやし・こうじ
2565　「玄霜」
◇俳人協会賞（第3回/昭和38年度）
「現代俳句集成　第13巻　昭和 9」 山本健吉〔ほか〕編集　橋本多佳子他著　河出書房新社　1982.7　382p　20cm　2900円

小林 小夜子　こばやし・さよこ
2566　「卵宇宙」
◇北海道詩人協会賞（第34回/平成9年度）
「卵宇宙―詩集」 緑鯨社　1996.9　115p　24cm　2000円

小林 峻一　こばやし・しゅんいち
2567　「闇の男 野坂参三の百年」
◇大宅壮一ノンフィクション賞（第25回/平成6年）
「闇の男―野坂参三の百年」 小林峻一, 加藤昭著　文藝春秋　1993.10　254p　19cm　1600円　①4-16-347980-5

小林 信也　こばやし・しんや
2568　「千里丘陵」
◇歌壇賞（第12回/平成12年度）
「千里丘陵―歌集」 本阿弥書店　2003.7　195p　22cm　2800円　①4-89373-852-6

小林 祐道　こばやし・すけみち
2569　「りく女に学ぶ」
◇大石りくエッセー賞（第2回/平成11年―特別賞）

小林 太市郎　こばやし・たいちろう
2570　「大和絵史論」
◇毎日出版文化賞（第1回/昭和22年）

小林 高雄　こばやし・たかお
2571　「暗き操舵室」
◇荒木暢夫賞（第21回/昭和62年）

小林 隆　こばやし・たかし
2572　「方言学的日本語史の方法」
◇新村出賞（第23回/平成16年）
「方言学的日本語史の方法」 ひつじ書房　2004.2　737p　22cm（ひつじ研究叢書 言語編 第32巻）18400円　①4-89476-200-5

小林　忠　こばやし・ただし
2573　「江戸絵画史論」
◇サントリー学芸賞（第5回/昭和58年度―芸術・文学部門）
「江戸絵画史論」　瑠璃書房　1983.4　430p 図版36枚　22cm 6800円

小林　千草　こばやし・ちぐさ
2574　「中世文献の表現論的研究」
◇新村出賞（第21回/平成14年）
「中世文献の表現論的研究」　武蔵野書院　2001.10　689p　22cm 18000円　④4-8386-0198-0

小林　千史　こばやし・ちふみ
2575　「山の光」
◇深吉野賞（第8回/平成12年―佳作）

小林　常浩　こばやし・つねひろ
2576　「騎手の卵を作る法」
◇優駿エッセイ賞（第15回/平成11年）

小林　照幸　こばやし・てるゆき
2577　「朱鷺の遺言」
◇大宅壮一ノンフィクション賞（第30回/平成11年）
「朱鷺の遺言」　中央公論社　1998.4　349p　20cm 2200円　④4-12-002780-5
「朱鷺の遺言」　中央公論新社　2002.3　415p　16cm（中公文庫）895円　④4-12-203992-4

小林　登茂子　こばやし・ともこ
2578　「シルクロード詩篇」
◇日本詩歌句大賞（第3回/平成19年度/詩部門/奨励賞）
「シルクロード詩篇―詩集」　北溟社　2007.5　125p　18cm（シリーズ詩の現在 4）1800円　④978-4-89448-542-6

小林　秀雄　こばやし・ひでお
2579　「ゴッホの手紙」
◇読売文学賞（第4回/昭和27年―文芸評論賞）
「ゴッホの手紙」〔改版〕　角川書店　1989.6　225p　15cm（角川文庫）440円　④4-04-114106-0
「小林秀雄全作品　20　ゴッホの手紙」　新潮社　2004.5　209p　19cm 1600円　④4-10-643560-8

小林　弘忠　こばやし・ひろただ
2580　「逃亡「油山事件」戦犯告白録」
◇日本エッセイスト・クラブ賞（第54回/平成18年）
「逃亡―「油山事件」戦犯告白録」　毎日新聞社　2006.3　239p　20cm 1800円　④4-620-31764-0

小林　雅子　こばやし・まさこ
2581　「電車ウサギ」
◇現代少年詩集秀作賞（第2回/平成4年）

小林　昌子　こばやし・まさこ
2582　「岩魚」
◇栃木県現代詩人会賞（第25回）
「岩魚―詩集」　竜詩社　1991.2　74p　22cm 1300円

小林　正人　こばやし・まさと
2583　「Texts and Grammar of Malto」
◇新村出賞（第31回/平成24年度）
「Texts and grammar of Malto」　Masato Kobayashi　Kotoba Systems　2012　465p　23cm（Text and analysis of Indian languages series 1）　④978-4-99-063220-5

小林　幹也　こばやし・みきや
2584　「塚本邦雄と三島事件―身体表現に向かう時代のなかで」
◇現代短歌評論賞（第18回/平成12年）

小林　道夫　こばやし・みちお
2585　「デカルト哲学とその射程」
◇和辻哲郎文化賞（第13回/平成12年度/学術部門）
「デカルト哲学とその射程」　弘文堂　2000.5　383p　22cm 5800円　④4-335-15045-8
「デカルト哲学とその射程」　オンデマンド版　弘文堂　2014.3　383p　21cm 6800円　④978-4-335-15054-8

小林　峯夫　こばやし・みねお
2586　「五六川」

◇中日短歌大賞（第4回/平成25年）
「五六川―小林峯夫歌集」 ながらみ書房 2013.2 219p 22cm （まひる野叢書 第306篇） 2600円 ①978-4-86023-826-1

小林 佑三　こばやし・ゆうぞう
2587 「山に許しを求めて―エベレスト登頂への道のり」
◇子どものための感動ノンフィクション大賞（第4回/平成24年/優良作品）

小林 行雄　こばやし・ゆきお
2588 「装飾古墳」
◇毎日出版文化賞（第19回/昭和40年）

小林 幸子　こばやし・ゆきこ
2589 「場所の記憶」
◇葛原妙子賞（第5回/平成21年）
「場所の記憶―小林幸子歌集」 砂子屋書房 2008.12 205p 20cm （塔叢書129篇） 3000円 ①978-4-7904-1132-1

小林 陽子　こばやし・ようこ
2590 「焼く」
◇伊東静雄賞（第10回/平成11年）

小林 芳規　こばやし・よしのり
2591 「角筆文献の国語学的研究」
◇角川源義賞（第10回/昭和63年―国文学）
「角筆文献の国語学的研究」 汲古書院 1987.7 2冊 27cm 全48000円

小林 頼子　こばやし・よりこ
2592 「フェルメールの世界―17世紀オランダ風俗画家の軌跡」
◇吉田秀和賞（第10回/平成12年）
「フェルメールの世界―17世紀オランダ風俗画家の軌跡」 日本放送出版協会 1999.10 278p 19cm （NHKブックス） 1160円 ①4-14-001870-4

小日向 みちぞう　こひなた・みちぞう
2593 「残照」
◇詩人会議新人賞（第33回/平成11年/詩/佳作）

小檜山 繁子　こひやま・しげこ
2594 「坐臥流転」
◇小野市詩歌文学賞（第4回/平成24年/俳句部門）
「坐臥流転―小檜山繁子句集」 角川書店, 角川グループパブリッシング〔発売〕 2011.12 211p 20cm 2667円 ①978-4-04-652134-7

小平田 史穂　こひらた・しほ
2595 「工房の四季」
◇日本伝統俳句協会賞（第9回/平成10年―協会賞）
2596 「正体不明の子守唄」
◇ザ・ビートルズ・クラブ大賞（第15回/平成17年―文学部門）

小堀 桂一郎　こぼり・けいいちろう
2597 「宰相鈴木貫太郎」
◇大宅壮一ノンフィクション賞（第14回/昭和58年）
「宰相鈴木貫太郎」 文芸春秋 1982.8 326p 20cm 1300円
「宰相 鈴木貫太郎」 文藝春秋 1987.8 333p 15cm （文春文庫） 420円 ①4-16-745201-4
2598 「若き日の森鷗外」
◇読売文学賞（第21回/昭和44年―研究・翻訳賞）

小堀 紀子　こぼり・のりこ
2599 「姨捨山」
◇俳句朝日賞（第4回/平成14年）

小堀 隆司　こぼり・りゅうじ
2600 「風を裁く。」
◇「ナンバー」スポーツノンフィクション新人賞（第11回/平成15年）

駒木根 慧　こまぎね・さとし
2601 「私の四季」
◇福島県俳句賞（第19回/平成10年―新人賞）

駒木根 淳子　こまきね・じゅんこ
2602 「揺れやまず」
◇朝日俳句新人賞（第4回/平成13年/準

駒込 毅 こまごめ・たけし

2603 「魚の泪」
◇山形県詩賞（第15回/昭和61年）

駒田 晶子 こまだ・あきこ

2604 「銀河の水 駒田晶子歌集」
◇現代歌人協会賞（第53回/平成21年）
◇ながらみ書房出版賞（第17回/平成21年）
「銀河の水―駒田晶子歌集」 ながらみ書房　2008.12　193p　22cm　2600円　①978-4-86023-578-9

2605 「夏の読点」
◇角川短歌賞（第49回/平成15年）

駒谷 茂勝 こまたに・しげかつ

2606 「冬の鍵」
◇山形県詩賞（第3回/昭和49年）

小馬谷 秀吉 こまたに・ひでよし

2607 「ある追跡記―前進座事件」
◇北海道ノンフィクション賞（第12回/平成4年）

小町 よしこ こまち・よしこ

2608 「赤とんぼ」
◇伊東静雄賞（第13回/平成14年/奨励賞）

小松 昶 こまつ・あきら

2609 「麻酔科日誌」
◇「短歌現代」歌人賞（第17回/平成16年）

小松 瑛子 こまつ・えいこ

2610 「朱の棺」
◇北海道詩人協会賞（第6回/昭和44年度）

小松 永日 こまつ・えいじつ

2611 「麻酔科医の歌」
◇荒木暢夫賞（第23回/平成1年）

小松 静江 こまつ・しずえ

2612 「さみしい桃太郎」
◇現代少年詩集賞（第2回/平成1年）
「さみしい桃太郎―小松静江詩集」 小松静江　1989.4　62p　21cm　800円

小松 真一 こまつ・しんいち

2613 「虜人日記」
◇毎日出版文化賞（第29回/昭和50年）
「虜人日記」 筑摩書房　2004.11　392p　15cm　（ちくま学芸文庫）　1300円　①4-480-08883-0

小松 恒夫 こまつ・つねお

2614 「百姓入門記」
◇日本エッセイスト・クラブ賞（第28回/昭和55年）
「百姓入門記」 朝日新聞社　1988.3　262p　15cm　（朝日文庫）　480円　①4-02-260482-4

小松 菜生子 こまつ・なおこ

2615 「お蚕讃」
◇千葉随筆文学賞（第9回/平成26年度）

小松 弘愛 こまつ・ひろよし

2616 「嘔吐」
◇年刊現代詩集新人賞（第1回/昭和54年―奨励賞）

2617 「狂泉物語」
◇H氏賞（第31回/昭和56年）

2618 「どこか偽者めいた」
◇日本詩人クラブ賞（第29回/平成8年）
「どこか偽者めいた」 花神社　1995.11　93p　2200円　①4-7602-1382-1

2619 「鳥」
◇年刊現代詩集新人賞（第2回/昭和56年―奨励賞）

駒走 鷹志 こまばしり・たかし

2620 「青い蝦夷」
◇角川俳句賞（第32回/昭和61年）

駒村 吉重 こまむら・きちえ

2621 「煙る鯨影」
◇小学館ノンフィクション大賞（第14回/平成19年/大賞）
「煙る鯨影」 小学館　2008.2　261p　20cm　1400円　①978-4-09-379781-8

こみ

2622 「ダッカへ帰る日―故郷を見失ったベンガル人」
◇開高健ノンフィクション賞（第1回/平成15年／優秀作）
「ダッカへ帰る日―故郷を見失ったベンガル人」 集英社　2003.12　247p　20cm　1600円　ⓘ4-08-781300-2

五味 文彦　ごみ・ふみひこ

2623 「中世のことばと絵」を中心として
◇サントリー学芸賞（第13回/平成3年度―芸術・文学部門）
「中世のことばと絵―絵巻は訴える」 中央公論社　1990.11　192p　18cm（中公新書 995）　580円　ⓘ4-12-100995-9

五味渕 典嗣　ごみぶち・のりつぐ

2624 「谷崎潤一郎―散文家の執念」
◇三田文学新人賞〔評論部門〕（第3回（1996年度）―佳作）

小室 善弘　こむろ・よしひろ

2625 「漱石俳句評釈」
◇俳人協会評論賞（第3回/昭和58年度）

米須 盛祐　こめす・せいゆう

2626 「ウナザーレーィ」（詩集）
◇山之口貘賞（第37回/平成26年度）
「ウナザーレーィ―詩集」 沖縄自分史センター　2014.2　93p　19cm　1000円　ⓘ978-4-87215-839-7

米田 靖子　こめだ・やすこ

2627 「水ぢから」
◇歌壇賞（第17回/平成17年度）
「水ぢから―歌集」 本阿弥書店　2009.5　215p　20cm（コスモス叢書 第889篇）　2600円　ⓘ978-4-7768-0599-1

薦田 愛　こもだ・めぐみ

2628 「苧環論」
◇歴程新鋭賞（第1回/平成2年）

小森 香子　こもり・きょうこ

2629 「生きるとは」
◇壺井繁治賞（第37回/平成21年）
「生きるとは―小森香子詩集」 詩人会議出版　2008.7　93p　21cm　1500円

小守 有里　こもり・ゆり

2630 「こいびと」
◇現代短歌新人賞（第2回/平成13年）

2631 「素足のジュピター」
◇角川短歌賞（第42回/平成8年）

子安 美知子　こやす・みちこ

2632 「ミュンヘンの小学生」
◇毎日出版文化賞（第30回/昭和51年）

小柳 なほみ　こやなぎ・なほみ

2633 「野辺の花火」
◇千葉随筆文学賞（第4回/平成21年度）

小柳 玲子　こやなぎ・れいこ

2634 「叔母さんの家」
◇地球賞（第6回/昭和56年度）
「叔母さんの家―小柳玲子詩集」 駒込書房　1980.11　88p　22cm　2000円

2635 「黄泉のうさぎ」
◇日本詩人クラブ賞（第23回/平成2年）
「黄泉のうさぎ」 花神社　1989.10　115p　22cm　2000円　ⓘ4-7602-1031-8

2636 「夜の小さな標」
◇現代詩人賞（第26回/平成20年）
「夜の小さな標―詩集」 花神社　2007.5　90p　22cm　2000円　ⓘ978-4-7602-1877-6

小谷野 敦　こやの・あつし

2637 「聖母のいない国」
◇サントリー学芸賞（第24回/平成14年度―芸術・文学部門）
「聖母のいない国」 青土社　2002.5　247,3p　19cm　1900円　ⓘ4-7917-5962-1
「聖母のいない国―The North American Novel」 河出書房新社　2008.6　297p　15cm（河出文庫）　760円　ⓘ978-4-309-40906-1

小山 そのえ　こやま・そのえ

2638 「年々の翠」
◇角川短歌賞（第14回/昭和43年）

コリン・コバヤシ
2639 「ゲランドの塩物語―未来の生態系のために」
◇渋沢・クローデル賞（第19回/平成14年/現代フランス・エッセー賞）
「ゲランドの塩物語―未来の生態系のために」岩波書店 2001.5 200,3p 18cm（岩波新書）700円 ④4-00-430730-9

是永 駿　これなが・しゅん
2640 「芒克（マンク）詩集」
◇藤村記念歴程賞（第29回/平成3年）
「芒克詩集」芒克著,是永駿訳 書肆山田 1990.10 292p 21cm 3605円

衣川 次郎　ころもがわ・じろう
2641 「原爆ドーム」
◇新俳句人連盟賞（第37回/平成21年/作品の部/佳作3位）

今 榮藏　こん・えいぞう
2642 「初期俳諧から芭蕉時代へ」
◇角川源義賞（第25回/平成15年/文学研究部門）
「初期俳諧から芭蕉時代へ」笠間書院 2002.10 444p 22cm（笠間叢書 345）12500円 ④4-305-10345-1

近 恵　こん・けい
2643 「ためらい」
◇現代俳句新人賞（第31回/平成25年度）

権左 武志　ごんざ・たけし
2644 「ヘーゲルにおける理性・国家・歴史」
◇和辻哲郎文化賞（第23回/平成22年度/学術部門）
「ヘーゲルにおける理性・国家・歴史」岩波書店 2010.2 393p 22cm 8000円 ④978-4-00-024712-2

権田 萬治　ごんだ・まんじ
2645 「松本清張 時代の闇を見つめた作家」
◇尾崎秀樹記念・大衆文学研究賞（第23回/平成22年/評論・伝記部門）
「松本清張 時代の闇を見つめた作家」文藝春秋 2009.11 271p 19cm 1524円 ④978-4-16-371910-8

近藤 明美　こんどう・あけみ
2646 「大和田盛衰記」
◇北海道ノンフィクション賞（第11回/平成3年―佳作）

近藤 東　こんどう・あずま
2647 「万国旗」
◇文芸汎論詩集賞（第8回/昭和16年）
「近藤東全集」中野嘉一,山田野理夫編 宝文館出版 1987.12 562p 22cm 12000円 ④4-8320-1319-X

2648 「レエニンの月夜」
◇改造詩賞（第1回/昭和4年―1等）

近藤 栄治　こんどう・えいじ
2649 「高柳重信―俳句とロマネスク」
◇現代俳句評論賞（第30回/平成22年度）

近藤 和正　こんどう・かずまさ
2650 「人工血管（シヤントー）の音」
◇荒木暢夫賞（第9回/昭和50年）

近藤 かすみ　こんどう・かすみ
2651 「雲ヶ畑まで」
◇現代歌人集会賞（第38回/平成24年度）
「雲ヶ畑まで―近藤かすみ歌集」六花書林,開発社〔発売〕2012.8 150p 19cm 2300円 ④978-4-903480-72-5

近藤 起久子　こんどう・きくこ
2652 「レッスン」
◇中日詩賞（第46回/平成18年―新人賞）

近藤 啓太郎　こんどう・けいたろう
2653 「奥村土牛」
◇読売文学賞（第39回/昭和62年―随筆・紀行賞）
「奥村土牛」岩波書店 1987.3 213p 21cm 3200円 ④4-00-000241-4

近藤 紘一　こんどう・こういち
2654 「サイゴンから来た妻と娘」

◇大宅壮一ノンフィクション賞（第10回/昭和54年）
「サイゴンから来た妻と娘」 文芸春秋 1981 272p（文春文庫）
「サイゴンから来た妻と娘」 小学館 2013.8 330p 15cm（小学館文庫）619円 ⓘ978-4-09-408849-6

近藤 宗平　こんどう・そうへい
2655 「人は放射線になぜ弱いか」
◇講談社出版文化賞（第17回/昭和61年—科学出版賞）
「人は放射線になぜ弱いか—弱くて強い生命の秘密」 講談社 1985.12 222,10p 18cm（ブルーバックス）600円 ⓘ4-06-132634-1
「人は放射線になぜ弱いか—放射線恐怖症をやわらげる」 改訂新版 講談社 1991.3 241,12p 18cm（ブルーバックス B‐860）720円 ⓘ4-06-132860-3
「人は放射線になぜ弱いか—少しの放射線は心配無用」 第3版 講談社 1998.12 268p 18cm（ブルーバックス）980円 ⓘ4-06-257238-9
「のこすことば—明日へ、未来へ」 福井県三方町編 ティビーエス・ブリタニカ 2003.4 189p 18cm 1143円 ⓘ4-484-03208-2

近藤 武　こんどう・たけし
2656 「欠陥車に乗る欠陥者」
◇新評賞（第1回/昭和46年—第1部門＝交通問題（正賞））

近藤 菜穂子　こんどう・なほこ
2657 「青春を過ぎてこそ」（エッセイ）
◇ザ・ビートルズ・クラブ大賞（第3回/平成5年—文学部門）

近藤 飛佐夫　こんどう・ひさお
2658 「行路往来」
◇荒木暢夫賞（第22回/昭和63年）

近藤 史人　こんどう・ふみと
2659 「藤田嗣治『異邦人』の生涯」
◇大宅壮一ノンフィクション賞（第34回/平成15年）
「藤田嗣治「異邦人」の生涯」 講談社 2002.11 317p 20cm 2000円 ⓘ4-06-210143-2
「藤田嗣治「異邦人」の生涯」 講談社 2006.1 425p 15cm（講談社文庫）695円 ⓘ4-06-275292-1

近藤 摩耶　こんどう・まや
2660 「新世界・光と影—オリジナルフォトグラフ」（詩集）
◇銀河・詩のいえ賞（第1回/平成16年）
2661 「緑地帯曜日」
◇現代詩人アンソロジー賞（第7回/平成9年—最優秀）
「緑地帯曜日—近藤摩耶詩集」 銀河書房 1997.10 117p 22cm 2000円

近藤 達子　こんどう・みちこ
2662 「キホーテの海馬」
◇短歌研究新人賞（第38回/平成7年）

近藤 康男　こんどう・やすお
2663 「日本の農業」
◇毎日出版文化賞（第9回/昭和30年）
2664 「農地改革の諸問題」
◇毎日出版文化賞（第6回/昭和27年）

近藤 泰弘　こんどう・やすひろ
2665 「日本語記述文法の理論」
◇金田一京助博士記念賞（第28回/平成12年）
「日本語記述文法の理論」 ひつじ書房 2000.2 651p 22cm（ひつじ研究叢書 言語編 第19巻）19000円 ⓘ4-89476-122-X

権藤 義隆　ごんどう・よしたか
2666 「罌粟坊主」
◇新俳句人連盟賞（第38回/平成22年/作品の部（俳句）/入選）

近藤 芳美　こんどう・よしみ
2667 「営為」
◇現代短歌大賞（第14回/平成3年）
2668 「希求」
◇斎藤茂吉短歌文学賞（第6回/平成7年）
「希求—近藤芳美歌集」 砂子屋書房 1994.8 280p 20cm
2669 「黒豹」

◇沼空賞（第3回/昭和44年）
「黒豹―歌集」 短歌研究社 1968 281p 20cm 1500円

紺野 馨　こんの・かおる
2670　「哀しき主（ヘル）―小林秀雄と歴史」
◇群像新人文学賞〔評論部門〕（第37回/平成6年―評論）

今野 金哉　こんの・きんや
2671　「九十九里浜」
◇福島県短歌賞（第22回/平成9年度―短歌賞）

2672　「比翼塚」
◇福島県短歌賞（第32回/平成19年度―短歌賞）

今野 真二　こんの・しんじ
2673　「仮名表記論攷」
◇金田一京助博士記念賞（第30回/平成14年）
「仮名表記論攷」 清文堂出版 2001.1 666p 22cm 15500円 ①4-7924-1349-4

今野 寿美　こんの・すみ
2674　「かへり水」
◇日本歌人クラブ賞（第37回/平成22年）
「かへり水―今野寿美歌集」 角川書店, 角川グループパブリッシング〔発売〕 2009.9 198p 20cm（角川短歌叢書）2571円 ①978-4-04-621745-5

2675　「午後の章」
◇角川短歌賞（第25回/昭和54年）

2676　「世紀末の桃」
◇現代短歌女流賞（第13回/昭和63年）

2677　「龍笛」
◇葛原妙子賞（第1回/平成17年）
「龍笛―歌集」 砂子屋書房 2004.6 222p 20cm（りとむコレクション 45）2800円 ①4-7904-0784-5

近野 十志夫　こんの・としお
2678　「野性の戦列」
◇壺井繁治賞（第12回/昭和59年）

今野 晴貴　こんの・はるき
2679　「ブラック企業 日本を食いつぶす妖怪」
◇大佛次郎論壇賞（第13回/平成25年）
「ブラック企業―日本を食いつぶす妖怪」 文藝春秋 2012.11 245p 18cm（文春新書）770円 ①978-4-16-660887-4

紺野 万里　こんの・まり
2680　「星状六花」
◇現代歌人集会賞（第34回/平成20年度）
「星状六花―紺野万里歌集」 短歌研究社 2008.8 220p 22cm 2381円 ①978-4-86272-116-7

2681　「冥王に逢ふ―返歌」
◇短歌研究新人賞（第43回/平成12年）

【 さ 】

三枝 昂之　さいぐさ・たかゆき
2682　「甲州百目」
◇寺山修司短歌賞（第3回/平成10年）
「甲州百目―三枝昂之歌集」 再版 砂子屋書房 1998.10 285p 20cm 3000円

2683　「昭和短歌の精神史」
◇齋藤茂吉短歌文学賞（第17回/平成17年）
◇やまなし文学賞〔研究・評論部門〕（第14回/平成17年度―研究・評論部門）
◇角川財団学芸賞（第4回/平成18年）
◇日本歌人クラブ評論賞（第4回/平成18年）
「昭和短歌の精神史」 三枝昂之著 角川学芸出版, 角川グループパブリッシング〔発売〕 2012.3 543p 15cm（角川ソフィア文庫）1300円 ①978-4-04-405404-5

2684　「啄木―ふるさとの空遠みかも」
◇現代短歌大賞（第32回/平成21年）
「啄木―ふるさとの空遠みかも」 本阿弥書店 2009.9 383p 20cm 2800円 ①978-4-7768-0622-6

2685　「農鳥」

◇若山牧水賞（第7回/平成14年）

2686 「水の覇権」
◇現代歌人協会賞（第22回/昭和53年）

最相 葉月　さいしょう・はづき

2687 「絶対音感」
◇「週刊ポスト」「SAPIO」21世紀国際ノンフィクション大賞（第4回/平成9年）
◇小学館ノンフィクション大賞（第4回/平成9年）
「絶対音感」小学館　1998.3　337p　19cm 1600円　Ⓘ4-09-379217-8
「絶対音感」新潮社　2006.5　430p　15cm（新潮文庫）590円　Ⓘ4-10-148223-3

2688 「星新一 一〇〇一話をつくった人」
◇講談社ノンフィクション賞（第29回/平成19年）

西條 八束　さいじょう・やつか

2689 「父・西條八十の横顔」
◇日本詩人クラブ詩界賞（第12回/平成24年/特別賞）
「父・西條八十の横顔」西條八束著，西條八峯編　風媒社　2011.7　308p　21cm 2200円　Ⓘ978-4-8331-3159-9

斎藤 明　さいとう・あきら

2690 「転換期の安保」への寄与を中心として
◇サントリー学芸賞（第1回/昭和54年度―政治・経済部門）

齋藤 朝比古　さいとう・あさひこ

2691 「懸垂」
◇俳句研究賞（第21回/平成18年）

斉藤 郁夫　さいとう・いくお

2692 「神様はいる」
◇読売「ヒューマン・ドキュメンタリー」大賞（第16回/平成7年/優秀賞）
「生きのびて」松本悦子，斎藤郁夫，菊地由夏，野口良子，松岡香著　読売新聞社　1996.2　300p　19cm 1300円　Ⓘ4-643-96003-5

斎藤 梅子　さいとう・うめこ

2693 「藍甕（あいがめ）」
◇現代俳句女流賞（第10回/昭和60年）
「藍甕―句集」牧羊社　1985.4　249p　20cm（草苑作家シリーズ 第22集）2500円
「句集 定本藍甕」牧羊社　1992.9　112p　19cm 1800円　Ⓘ4-8333-1537-8
「藍甕―句集」ウエップ　2003.11　121p　19cm（ウエップ俳句新書）1000円　Ⓘ4-89522-368-X

齊藤 英子　さいとう・えいこ

2694 「一生（ひとよ）のうちの」
◇福島県短歌賞（第34回/平成21年度―短歌賞）

斎藤 恵美子　さいとう・えみこ

2695 「ラジオと背中」
◇地球賞（第32回/平成19年度）
「ラジオと背中」齋藤恵美子著　思潮社　2007.5　143p　21cm 2400円　Ⓘ978-4-7837-2193-2

斎藤 修　さいとう・おさむ

2696 「プロト工業化の時代」
◇サントリー学芸賞（第8回/昭和61年度―政治・経済部門）
「プロト工業化の時代―西欧と日本の比較史」日本評論社　1985.10　322p　22cm 3000円　Ⓘ4-535-57569-X
「プロト工業化の時代―西欧と日本の比較史」岩波書店　2013.11　323, 26p　15cm（岩波現代文庫）1300円　Ⓘ978-4-00-600301-2

斎藤 夏風　さいとう・かふう

2697 「辻俳諧」
◇俳人協会賞（第50回/平成22年度）
「辻俳諧―句集」ふらんす堂　2010.9　239p　20cm 2667円　Ⓘ978-4-7814-0294-9

斎藤 邦男　さいとう・くにお

2698 「幼獣図譜」
◇北海道詩人協会賞（第27回/平成2年度）

斎藤　恵子　　さいとう・けいこ
2699　「無月となのはな」
◇日本詩人クラブ新人賞（第19回／平成21年）
◇晩翠賞（第50回／平成21年）
　「無月となのはな」　思潮社　2008.7　95p　22cm　2200円　①978-4-7837-3068-2

斎藤　玄　　さいとう・げん
2700　「雁道」
◇蛇笏賞（第14回／昭和55年）

斎藤　健一　　さいとう・けんいち
2701　「鉄道踏切」
◇〔新潟〕日報詩壇賞（第11回／昭和49年春）
2702　「八月の子供」
◇〔新潟〕日報詩壇賞（第31回／昭和59年秋）

斎藤　健次　　さいとう・けんじ
2703　「まぐろ土佐船　にわかコック奮戦記」
◇小学館ノンフィクション大賞（第7回／平成12年／大賞）
　「まぐろ土佐船」　小学館　2000.12　251p　20cm　1500円　①4-09-379220-8
　「まぐろ土佐船」　小学館　2003.10　294p　15cm（小学館文庫）571円　①4-09-408017-1

斎藤　耕心　　さいとう・こうしん
2704　「春の水」
◇福島県俳句賞（第31回／平成22年─俳句賞）

西東　三鬼　　さいとう・さんき
2705　「変身」
◇俳人協会賞（第2回／昭和37年度）
　「西東三鬼句集」　西東三鬼著，橋本真理解説　芸林書房　2003.10　128p　15cm（芸林21世紀文庫）1000円　①4-7681-6219-3

斉藤　ジュン　　さいとう・じゅん
2706　「'90年」
◇現代詩人アンソロジー賞（第4回／平成6年／最優秀）

斎藤　俊一　　さいとう・しゅんいち
2707　「通過して行った」
◇〔新潟〕日報詩壇賞（第8回／昭和47年秋）
2708　「埠頭にて」
◇〔新潟〕日報詩壇賞（第7回／昭和47年春）

斎藤　淳子　　さいとう・じゅんこ
2709　「エンゼルトランペット」
◇日本随筆家協会賞（第42回／平成12年11月）
　「寒椿」　日本随筆家協会　2001.2　225p　20cm（現代名随筆叢書 32）1500円　①4-88933-251-0

斎藤　純子　　さいとう・じゅんこ
2710　「風媒花」
◇野原水嶺賞（第26回／平成22年）
◇北海道新聞短歌賞（第29回／平成26年）
　「風媒花─歌集」　斉藤純子著　［斉藤純子］　2014.3　239p　20cm　2500円

斎藤　真一　　さいとう・しんいち
2711　「瞽女」
◇日本エッセイスト・クラブ賞（第21回／昭和48年）

斉藤　新一　　さいとう・しんいち
2712　「逃げそびれた靴音」
◇栃木県現代詩人会賞（第22回）

齋藤　愼爾　　さいとう・しんじ
2713　「周五郎伝　虚空巡礼」
◇やまなし文学賞〔研究・評論部門〕（第22回／平成25年度─研究・評論部門）
　「周五郎伝─虚空巡礼」　白水社　2013.6　559, 9p　19cm　3400円　①978-4-560-08270-6

斎藤　すみ子　　さいとう・すみこ
2714　「劫初の胎」
◇現代歌人集会賞（第1回／昭和50年）
　「劫初の胎─歌集」　白玉書房　1975　188p　20cm（核ぐるーぷ叢書 第6篇）2000円

斎藤 礎英　さいとう・そえい
2715 「逆説について」
◇群像新人文学賞〔評論部門〕（第40回/平成9年―評論）

齋藤 孝　さいとう・たかし
2716 「声に出して読みたい日本語」
◇毎日出版文化賞（第56回/平成14年―特別賞）
「声に出して読みたい日本語 1」草思社　2011.2　226p　15cm（草思社文庫）570円　①978-4-7942-1799-8
「声に出して読みたい日本語 2」草思社　2011.2　253p　15cm（草思社文庫）570円　①978-4-7942-1800-1
「声に出して読みたい日本語 3」草思社　2015.4　222p　15cm（草思社文庫）680円　①978-4-7942-2122-3

2717 「身体感覚を取り戻す―腰・ハラ文化の再生」
◇新潮学芸賞（第14回/平成13年）
「身体感覚を取り戻す―腰・ハラ文化の再生」日本放送出版協会　2000.8　248p　19cm（NHKブックス）970円　①4-14-001893-3

斎藤 環　さいとう・たまき
2718 「世界が土曜の夜の夢なら―ヤンキーと精神分析」
◇角川財団学芸賞（第11回/平成25年）
「世界が土曜の夜の夢なら―ヤンキーと精神分析」角川書店,角川グループパブリッシング〔発売〕　2012.6　253p　20cm　1700円　①978-4-04-110116-2

斎藤 偕子　さいとう・ともこ
2719 「19世紀アメリカのポピュラー・シアター―国民的アイデンティティの形成」
◇AICT演劇評論賞（第16回/平成23年/特別賞）
「19世紀アメリカのポピュラー・シアター―国民的アイデンティティの形成」論創社　2010.12　419p　20cm（叢書「演劇論の現在」）3600円　①978-4-8460-0957-1

斎藤 なつみ　さいとう・なつみ
2720 「私のいた場所」
◇福田正夫賞（第22回/平成20年）
◇中日詩賞（第49回/平成21年―新人賞）
「私のいた場所―詩集」砂子屋書房　2008.7　107p　21cm　2500円　①978-4-7904-1107-9

斉藤 紀子　さいとう・のりこ
2721 「翼を広げて」
◇読売「ヒューマン・ドキュメンタリー」大賞（第19回/平成10年/入選）

斉藤 秀世　さいとう・ひでよ
2722 「幸せを、ありがとう」
◇北海道ノンフィクション賞（第28回/平成20年―準大賞）

斎藤 博子　さいとう・ひろこ
2723 「彼女の名はラビット」
◇日本随筆家協会賞（第9回/昭和59.5）

斎藤 熙子　さいとう・ひろこ
2724 「赤染衛門とその周辺」
◇関根賞（第7回/平成11年度）
「赤染衛門とその周辺」笠間書院　1999.3　407p　22cm（笠間叢書 320）13000円　①4-305-10320-6

斉藤 広志　さいとう・ひろし
2725 「外国人になった日本人」
◇日本エッセイスト・クラブ賞（第27回/昭和54年）

斎藤 紘二　さいとう・ひろじ
2726 「直立歩行」
◇小熊秀雄賞（第40回/平成19年）
「直立歩行―斎藤紘二詩集」思潮社　2006.5　96p　22cm　2200円　①4-7837-2133-5

斎藤 史　さいとう・ふみ
2727 「うたのゆくへ」
◇日本歌人クラブ推薦歌集（第1回/昭和30年）
「うたのゆくへ―歌集」長谷川書房　1953　205p　19cm
2728 「斎藤史全歌集 1928-1993」

◇現代短歌大賞（第20回／平成9年）
「斎藤史全歌集 1928-1993」 大和書房 1997.5 926p 21cm 12000円 Ⓟ4-479-88027-5

2729　「秋天瑠璃」
◇齋藤茂吉短歌文学賞（第5回／平成6年）
◇詩歌文学館賞（第9回／平成6年／短歌）
「秋天瑠璃」 不識書院 1993.9 210p 22cm 3000円

2730　「ひたくれなゐ」
◇迢空賞（第11回／昭和52年）
「ひたくれなゐ」 不識書院 1976 293p 22cm（原型叢書 第15編） 3000円

斎藤 文一　さいとう・ぶんいち

2731　「宮沢賢治とその展開—氷窒素の世界」（評論）
◇藤村記念歴程賞（第15回／昭和52年）
「宮沢賢治とその展開—氷窒素の世界」 国文社 1977.1 332p 図 22cm 2800円

齊藤 誠　さいとう・まこと

2732　「原発危機の経済学—社会科学者として考えたこと」
◇石橋湛山賞（第33回／平成24年）
「原発危機の経済学—社会科学者として考えたこと」 日本評論社 2011.10 286p 19cm 1900円　Ⓟ978-4-535-55687-4

齊藤 昌子　さいとう・まさこ

2733　「紅の花」
◇栃木県現代詩人会賞（第47回—新人賞）

斎藤 昌哉　さいとう・まさや

2734　「合掌」
◇朝日俳句新人賞（第10回／平成19年）

2735　「明暗」
◇朝日俳句新人賞（第2回／平成11年／準賞）

斉藤 征義　さいとう・まさよし

2736　「コスモス海岸」
◇北海道詩人協会賞（第36回／平成11年度）
「コスモス海岸」 土曜美術社出版販売 1998.11 91p 22cm（21世紀詩人叢書） 1900円　Ⓟ4-8120-0736-4

齋藤 希史　さいとう・まれし

2737　「漢文スタイル」
◇やまなし文学賞〔研究・評論部門〕（第19回／平成22年度—研究・評論部門）
「漢文スタイル」 羽鳥書店 2010.4 291, 5p 19cm 2600円　Ⓟ978-4-904702-09-3

2738　「漢文脈の近代」
◇サントリー学芸賞（第27回／平成17年度—芸術・文学部門）
「漢文脈の近代—清末＝明治の文学圏」 名古屋大学出版会 2005.2 314, 8p 22cm 5500円　Ⓟ4-8158-0510-5

斉藤 道雄　さいとう・みちお

2739　「悩む力 べてるの家の人びと」
◇講談社ノンフィクション賞（第24回／平成14年）
「悩む力—べてるの家の人びと」 みすず書房 2002.4 241p 20cm 1800円　Ⓟ4-622-03971-0

斎藤 美奈子　さいとう・みなこ

2740　「文章読本さん江」
◇小林秀雄賞（第1回／平成14年）
「文章読本さん江」 筑摩書房 2002.2 261p 20cm 1700円　Ⓟ4-480-81437-X
「文章読本さん江」〔点字資料〕 日本点字図書館（製作） 2003.11 5冊 27cm 全9000円
「文章読本さん江」 筑摩書房 2007.12 366p 15cm（ちくま文庫） 780円　Ⓟ978-4-480-42403-7

斉藤 美和子　さいとう・みわこ

2741　「川あかり」
◇高見楯吉賞（第5回／昭和45年）

斎藤 庸一　さいとう・よういち

2742　「雪のはての火」
◇晩翠賞（第3回／昭和37年）

齋藤 芳生　さいとう・よしき

2743　「桃花水を待つ」
◇角川短歌賞（第53回／平成19年）

◇日本歌人クラブ新人賞（第17回/平成23年）
◇福島県短歌賞（第36回/平成23年度―歌集賞）
「桃花水を待つ―歌集」 角川書店, 角川グループパブリッシング〔発売〕 2010.10　217p　20cm 2571円　①978-4-04-652333-4

斎藤 喜博　さいとう・よしひろ
2744　「斎藤喜博全集 全15巻別巻2」
◇毎日出版文化賞（第25回/昭和46年）

斎藤 林太郎　さいとう・りんたろう
2745　「斎藤林太郎詩集」私家版
◇壺井繁治賞（第16回/昭和63年）
「斎藤林太郎詩集」　丹野茂　1987.1　380p　22cm 3500円

斉藤 礼子　さいとう・れいこ
2746　「文字」
◇伊東静雄賞（第17回/平成18年）

最果 タヒ　さいはて・たひ
2747　「グッドモーニング」
◇中原中也賞（第13回/平成20年）
「グッドモーニング」　思潮社　2007.10　94p　19cm 2000円　①978-4-7837-3025-5

2748　「死んでしまう系のぼくらに」
◇現代詩花椿賞（第33回/平成27年）
「死んでしまう系のぼくらに」　リトルモア　2014.9　95p　19cm 1200円　①978-4-89815-389-5

在間 洋子　ざいま・ようこ
2749　「宴」
◇伊東静雄賞（第21回/平成22年度/奨励賞）

佐伯 啓思　さえき・けいし
2750　「隠された思考」
◇サントリー学芸賞（第7回/昭和60年度―思想・歴史部門）
「隠された思考―市場経済のメタフィジックス」　筑摩書房　1985.6　276p　20cm 1900円
「隠された思考―市場経済のメタフィジックス」　筑摩書房　1993.3　312p　15cm（ちくま学芸文庫）960円　①4-480-08050-3

佐伯 紺　さえき・こん
2751　「あしたのこと」
◇歌壇賞（第25回/平成25年度）

佐伯 順子　さえき・じゅんこ
2752　「「色」と「愛」の比較文化史」
◇サントリー学芸賞（第20回/平成10年度―芸術・文学部門）
「「色」と「愛」の比較文化史」　岩波書店　1998.1　389, 7p　19cm 4000円　①4-00-002781-6
「「色」と「愛」の比較文化史」　岩波書店　2010.12　396, 7p　19cm（岩波人文書セレクション）3000円　①978-4-00-028432-5

佐伯 彰一　さえき・しょういち
2753　「物語芸術論」
◇読売文学賞（第31回/昭和54年―評論・伝記賞）
「物語芸術論―谷崎・芥川・三島」　中央公論社　1993.9　304p　15cm（中公文庫）580円　①4-12-202032-8

佐伯 真一　さえき・しんいち
2754　「戦場の精神史―武士道という幻影―」
◇角川財団学芸賞（第3回/平成17年）
「戦場の精神史―武士道という幻影」　日本放送出版協会　2004.5　289p　19cm（NHKブックス）1120円　①4-14-001998-0

佐伯 多美子　さえき・たみこ
2755　「果て」
◇横浜詩人会賞（第35回/平成15年度）
「果て」　思潮社　2003.4　104p　21cm 2200円　①4-7837-1349-9

佐伯 裕子　さえき・ゆうこ
2756　「流れ」
◇日本歌人クラブ賞（第41回/平成26年）
「流れ―歌集」　短歌研究社　2013.2　158p　22cm 3000円　①978-4-86272-258-4

2757
「未完の手紙」
◇河野愛子賞（第2回/平成4年）
「未完の手紙」 ながらみ書房 1991.7 194p 21cm 2500円

佐伯 律子　さえき・りつこ
2758
「冬オリオン」
◇福島県俳句賞（第30回/平成21年─新人賞）

三枝 博音　さえぐさ・ひろと
2759
「三枝博音著作集 全12巻」
◇毎日出版文化賞（第28回/昭和49年─特別賞）
2760
「日本の唯物論者」
◇毎日出版文化賞（第10回/昭和31年）

早乙女 貢　さおとめ・みつぐ
2761
「わが師・山本周五郎」
◇大衆文学研究賞（第16回/平成15年/特別賞）
「わが師山本周五郎」 第三文明社 2003.6 247p 20cm 1400円 ①4-476-03253-2
「わが師山本周五郎」 集英社 2009.7 263p 15cm（集英社文庫）495円 ①978-4-08-746462-7

坂 多瑩子　さか・たえこ
2762
「どんなねむりを」
◇横浜詩人会賞（第36回/平成16年度）

嵯峨 直樹　さが・なおき
2763
「ペイルグレーの海と空」
◇短歌研究新人賞（第47回/平成16年）

嵯峨 信之　さが・のぶゆき
2764
「小詩無辺」
◇現代詩人賞（第13回/平成7年）
「小詩無辺」 詩学社 1995.4 105p 20cm 2500円 ①4-88312-065-1
2765
「土地の名─人間の名」
◇現代詩花椿賞（第4回/昭和61年）
「土地の名〜人間の名─詩集」 詩学社 1986.6 165p 18cm 2000円

酒井 和男　さかい・かずお
2766
「逆立ち」
◇島田利夫賞（第4回/昭和56年）

酒井 一吉　さかい・かずよし
2767
「鬼の舞」
◇小熊秀雄賞（第44回/平成23年）
「酒井一吉詩集─鬼の舞」 能登印刷出版部 2010.8 119p 21cm（新・北陸現代詩人シリーズ）1800円 ①978-4-89010-540-3

酒井 邦嘉　さかい・くによし
2768
「言語の脳科学─脳はどのようにことばを生みだすか」
◇毎日出版文化賞（第56回/平成14年─第3部門（自然科学））
「言語の脳科学─脳はどのようにことばを生みだすか」 中央公論新社 2002.7 340p 18cm（中公新書）900円 ①4-12-101647-5

酒井 憲二　さかい・けんじ
2769
「甲陽軍鑑大成 全4巻」
◇新村出賞（第14回/平成7年）
◇やまなし文学賞〔研究・評論部門〕（第4回/平成7年度─研究・評論部門）
「甲陽軍鑑大成　第1巻（本文篇上）」 汲古書院 1994.4 587p 22cm 15000円 ①4-7629-3298-1
「甲陽軍鑑大成　第2巻（本文篇 下）」 汲古書院 1994.8 570p 21cm 15000円 ①4-7629-3299-X
「甲陽軍鑑大成　第3巻（索引篇）」 汲古書院 1994.12 1050p 21cm 19000円 ①4-7629-3328-7
「甲陽軍鑑大成　第4巻（研究篇）」 汲古書院 1995.1 420, 18p 22cm 11000円 ①4-7629-3329-5

坂井 修一　さかい・しゅういち
2770
「アメリカ」
◇若山牧水賞（第11回/平成18年）
「アメリカ─坂井修一歌集」 角川書店 2006.9 197p 20cm（角川短歌叢書/かりん叢書 第194篇）2571円 ①4-04-621716-2
2771
「亀のピカソ 短歌日記2013」
◇小野市詩歌文学賞（第7回/平成27年/

〔短歌部門〕）
「亀のピカソ―短歌日記2013」 ふらんす堂 2014.6 1冊 17cm 2000円 ①978-4-7814-0674-9

2772 「斎藤茂吉から塚本邦雄へ」
◇日本歌人クラブ評論賞（第5回/平成19年）
「斎藤茂吉から塚本邦雄へ」 五柳書院 2006.12 214p 20cm（五柳叢書） 2000円 ①4-901646-10-9

2773 「ジャックの種子」
◇寺山修司短歌賞（第5回/平成12年）
「ジャックの種子―歌集」 短歌研究社 1999.7 178p 22cm（かりん叢書 第127篇）3000円 ①4-88551-459-2

2774 「望楼の春」
◇迢空賞（第44回/平成22年）
「望楼の春―坂井修一歌集」 角川書店, 角川グループパブリッシング〔発売〕 2009.7 175p 20cm（かりん叢書 第214篇）2571円 ①978-4-04-652167-5

2775 「ラビュリントスの日々」
◇現代歌人協会賞（第31回/昭和62年）
「ラビュリントスの日々―歌集」 砂子屋書房 1987.7 175p 22cm（かりん叢書 21）2300円

酒井 順子　さかい・じゅんこ

2776 「負け犬の遠吠え」
◇講談社エッセイ賞（第20回/平成16年）
「負け犬の遠吠え」 講談社 2003.10 277p 20cm 1400円 ①4-06-212118-2
「負け犬の遠吠え」 講談社 2006.10 349p 15cm（講談社文庫）571円 ①4-06-275530-0

堺 誠一郎　さかい・せいいちろう

2777 「曠野の記録」
◇池谷信三郎賞（第9回/昭和17年）
「孤独のたたかい」 大岡昇平, 平野謙, 佐々木基一, 埴谷雄高, 花田清輝責任編集, 八木岡英治解説 新装版 學藝書林 2005.8 725p 19cm（全集 現代文学の発見 別巻）4500円 ①4-87517-075-0

サカイ, セシル

2778 「日本の大衆文学」
◇大衆文学研究賞（第11回/平成9年/研究・考証）
「日本の大衆文学」 セシル・サカイ著, 朝比奈弘治訳 平凡社 1997.2 341p 19cm（フランス・ジャポノロジー叢書）2884円 ①4-582-70332-1

境 節　さかい・せつ

2779 「薔薇のはなびら」
◇富田砕花賞（第17回/平成18年）
「薔薇のはなびら」 思潮社 2006.6 104p 22cm 2200円 ①4-7837-2132-7

酒井 隆史　さかい・たかし

2780 「通天閣」
◇サントリー学芸賞（第34回/平成24年度―社会・風俗部門）
「通天閣―新・日本資本主義発達史」 青土社 2011.12 734, 6p 19cm 3600円 ①978-4-7917-6628-4

酒井 健　さかい・たけし

2781 「ゴシックとは何か」
◇サントリー学芸賞（第22回/平成12年度―思想・歴史部門）
「ゴシックとは何か―大聖堂の精神史」 講談社 2000.1 241p 18cm（講談社現代新書）680円 ①4-06-149487-2
「ゴシックとは何か―大聖堂の精神史」 筑摩書房 2006.5 314p 15cm（ちくま学芸文庫）900円 ①4-480-08980-2

境 忠一　さかい・ただいち

2782 「ものたちの言葉」
◇福岡県詩人賞（第8回/昭和47年）

酒井 忠康　さかい・ただやす

2783 「開化の浮世絵師 清親」
◇サントリー学芸賞（第1回/昭和54年度―芸術・文学部門）
「開化の浮世絵師・清親」 平凡社 2008.6 300p 16×11cm（平凡社ライブラリー）1500円 ①978-4-582-76642-4

坂井 信夫　さかい・のぶお

2784 「エピタフ」
◇東海現代詩人賞（第19回/昭和63年）
「エピタフ―坂井信夫詩集」 漉林書房 1988.4 104p 21cm 1500円

2785 「冥府の蛇」

◇小熊秀雄賞（第28回/平成7年）
「21世紀詩人叢書 19 冥府の蛇」 土曜美術社出版販売 1994.8 104p 21cm 1900円 ④4-8120-0493-4

坂井 のぶこ　さかい・のぶこ

2786 「鳥の足につれていかれそうになった夜」
◇「詩と思想」新人賞（第5回/昭和59年）

酒井 寛　さかい・ひろし

2787 「花森安治の仕事」
◇日本エッセイスト・クラブ賞（第37回/平成1年）
「花森安治の仕事」 朝日新聞社 1988.11 254p 19cm 1600円 ④4-02-255893-8
「花森安治の仕事」 朝日新聞社 1992.4 225p 15cm（朝日文庫） 480円 ④4-02-260699-1
「花森安治の仕事」 埼玉福祉会 1999.10 389p 22cm（大活字本シリーズ） 3600円
※原本：朝日文庫
「花森安治の仕事」 暮しの手帖社 2011.9 278p 19cm 1400円 ④978-4-7660-0172-3

酒井 牧子　さかい・まきこ

2788 「ドキドキ中国一人旅―南寧まで」
◇JTB旅行記賞（第1回/平成4年度―佳作）

坂井 光代　さかい・みつよ

2789 「生きゆく」
◇日本伝統俳句協会賞（第13回/平成14年/協会賞）

酒井 佑子　さかい・ゆうこ

2790 「矩形の空」
◇葛原妙子賞（第3回/平成19年）
「矩形の空―酒井佑子歌集」 砂子屋書房 2006.9 205p 22cm 3000円 ④4-7904-0916-3

榮 猿丸　さかえ・さるまる

2791 「点滅」
◇田中裕明賞（第5回/平成26年）
「点滅―榮猿丸句集」 ふらんす堂 2013.12 186p 20cm（澤俳句叢書 第15篇） 2500円 ④978-4-7814-0639-8

寒河江 真之助　さがえ・しんのすけ

2792 「鞭を持たない馭者」
◇晩翠賞（第4回/昭和38年）

坂上 富志子　さかがみ・ふじこ

2793 「まみの選択」
◇読売「ヒューマン・ドキュメンタリー」大賞（第11回/平成2年―入選）
「ブサマカシ―若き助産婦のアフリカ熱中記」 德永瑞子ほか著 読売新聞社 1991.2 328p 19cm 1250円 ④4-643-91004-6

坂口 周　さかぐち・しゅう

2794 「運動する写生―映画の時代の子規」
◇群像新人文学賞〔評論部門〕（第57回/平成26年―評論優秀作）

坂口 沢　さかぐち・たく

2795 「韻律私考」
◇新俳句人連盟賞（第21回/平成5年/評論賞/努力賞）

坂口 直美　さかぐち・なおみ

2796 「月経」
◇詩人会議新人賞（第12回/昭和53年）

坂口 みさこ　さかぐち・みさこ

2797 「セルフクライシス」
◇フーコー短歌賞（第5回/平成14年/大賞）
「セルフクライシス」 新風舎 2004.6 128p 19cm 1300円 ④4-7974-3493-7

坂倉 裕治　さかくら・ゆうじ

2798 「ルソーの教育思想―利己的情念の問題をめぐって」
◇渋沢・クローデル賞（第16回/平成11年/日本側本賞）
「ルソーの教育思想―利己的情念の問題をめぐって」 風間書房 1998.10 344p 22cm 13000円 ④4-7599-1104-9

逆瀬川 とみ子　さかせがわ・とみこ
2799　「蛾」
◇時間賞　（第5回/昭和33年―新人賞）

阪田 貞之　さかた・さだゆき
2800　「列車ダイヤの話」
◇日本エッセイスト・クラブ賞（第13回/昭和40年）

坂田 信雄　さかた・のぶお
2801　「寒岬」
◇日本歌人クラブ賞（第16回/平成1年）
「寒岬―歌集」不識書院　1988.3　228p　20cm　2500円

阪田 寛夫　さかた・ひろお
2802　「わが小林一三―清く正しく美しく」
◇毎日出版文化賞（第38回/昭和59年）
「わが小林一三―清く正しく美しく」河出書房新社　1983.10　397p　20cm　1800円
「わが小林一三―清く正しく美しく」河出書房新社　1991.2　453p　15cm（河出文庫）880円　①4-309-40299-2

坂田 正晴　さかた・まさはる
2803　「車椅子雑唱」
◇新俳句人連盟賞（第20回/平成4年―作品賞）

坂田 満　さかた・みつる
2804　「盆地の空」
◇壺井繁治賞（第24回/平成8年）
「盆地の空―返田満詩集」詩人会議出版　1995.11　62p　21cm　1200円

坂出 裕子　さかで・ひろこ
2805　「持続の志―岡部文夫論」
◇現代短歌評論賞（第7回/平成1年）
2806　「日高川水游」
◇現代歌人集会賞（第24回/平成10年）
「日高川水游―歌集」柊書房　1998.7　246p　20cm（地中海叢書　第567篇）2700円　①4-939005-07-0

阪西 敦子　さかにし・あつこ
2807　「Go, Hitch, Go！」
◇日本伝統俳句協会賞（第21回/平成21年度/新人賞）

嵯峨根 鈴子　さがね・すずこ
2808　「玉手箱」
◇俳句朝日賞（第6回/平成16年/準賞）

坂野 信彦　さかの・のぶひこ
2809　「銀河系」
◇現代歌人集会賞（第8回/昭和57年）

坂部 恵　さかべ・めぐみ
2810　「和辻哲郎」
◇サントリー学芸賞（第8回/昭和61年度―思想・歴史部門）
「和辻哲郎」岩波書店　1986.3　287p　19cm（20世紀思想家文庫 17）1500円　①4-00-004417-6
「和辻哲郎―異文化共生の形」岩波書店　2000.12　277p　15cm（岩波現代文庫）1000円　①4-00-600036-7

坂巻 純子　さかまき・すみこ
2811　「花呪文」
◇俳人協会新人賞（第8回/昭和59年度）
「花呪文―坂巻純子句集」卯辰山文庫　1984.7　259p　20cm　2500円

酒見 直子　さかみ・なおこ
2812　「空へ落ちる」
◇中日詩賞（第53回/平成25年―新人賞）
「空へ落ちる―酒見直子詩集」洪水企画　2012.11　93p　19cm　1600円　①978-4-902616-51-4

坂本 一登　さかもと・かずと
2813　「伊藤博文と明治国家形成」
◇サントリー学芸賞（第14回/平成4年度―思想・歴史部門）
「伊藤博文と明治国家形成―「宮中」の制度化と立憲制の導入」吉川弘文館　1991.12　310,4p　21cm　5600円　①4-642-03630-X
「伊藤博文と明治国家形成―「宮中」の制度化と立憲制の導入」講談社　2012.3　423p　15cm（講談社学術文庫）1250

円　①978-4-06-292101-5

坂元 一哉　さかもと・かずや
2814「日米同盟の絆」
◇サントリー学芸賞（第22回/平成12年度―政治・経済部門）
「日米同盟の絆―安保条約と相互性の模索」　有斐閣　2000.5　316p　19cm　2600円　①4-641-04976-9

坂本 京子　さかもと・きょうこ
2815「ちり紙交換回収日」詩と思想22号
◇「詩と思想」新人賞（第4回/昭和58年）

2816「虹」
◇現代少年詩集新人賞（第3回/昭和61年）

坂本 玄々　さかもと・げんげん
2817「沖は弯曲」
◇福島県俳句賞（第2回/昭和55年）

坂本 孝一　さかもと・こういち
2818「古里珊内村へ」
◇北海道詩人協会賞（第41回/平成16年度）

坂本 多加雄　さかもと・たかお
2819「市場・道徳・秩序」
◇サントリー学芸賞（第13回/平成3年度―思想・歴史部門）
「市場・道徳・秩序」　創文社　1991.6　298, 25p　21cm　4326円　①4-423-73051-0
「市場・道徳・秩序」　筑摩書房　2007.7　454p　15cm（ちくま学芸文庫）　1500円　①978-4-480-09085-0

阪本 高士　さかもと・たかし
2820「第三の男」
◇川柳文学賞（第6回/平成25年―正賞）
「第三の男―阪本高士川柳句集」　新葉館出版　2012.3　235p　19cm　1200円　①978-4-86044-456-3

坂本 達哉　さかもと・たつや
2821「ヒュームの文明社会」
◇サントリー学芸賞（第18回/平成8年度―思想・歴史部門）
「ヒュームの文明社会―勤労・知識・自由」　創文社　1995.12　378, 34p　21cm　5974円　①4-423-85081-8

坂本 つや子　さかもと・つやこ
2822「黄土の風」
◇小熊秀雄賞（第24回/平成3年）
「黄土の風」　花神社　1990.8　123p　21cm　2000円　①4-7602-1095-4
「坂本つや子詩集」　土曜美術社出版販売　2010.10　157p　19cm（新・日本現代詩文庫）　1400円　①978-4-8120-1829-3

坂本 登美　さかもと・とみ
2823「サンクチュアリ＝聖域」
◇年刊現代詩集新人賞（第4回/昭和58年―佳作）

坂本 正博　さかもと・まさひろ
2824「金子光晴『寂しさの歌』の継承―金井直・阿部謹也への系譜」
◇日本詩人クラブ詩界賞（第14回/平成26年）
「金子光晴『寂しさの歌』の継承―金井直・阿部謹也への系譜」　国文社　2013.2　316p　20cm　2700円　①978-4-7720-0971-3

坂本 稔　さかもと・みのる
2825「鋼の花束」
◇岡本弥太賞（第2回/昭和39年）

坂本 宮尾　さかもと・みやお
2826「杉田久女」
◇俳人協会評論賞（第18回/平成15年）
「杉田久女」　富士見書房　2003.5　269p　20cm　2400円　①4-8291-7532-X
「杉田久女―美と格調の俳人」　角川学芸出版, 角川グループパブリッシング〔発売〕　2008.10　281p　19cm（角川選書）　1600円　①978-4-04-703435-8

坂本 義和　さかもと・よしかず
2827「平和・開発・人権」
◇毎日出版文化賞（第30回/昭和51年）
◇石橋湛山賞（第10回/平成1年）

阪森　郁代　さかもり・いくよ
2828　「野の異類」
◇角川短歌賞（第30回/昭和59年）

佐柄　郁子　さがら・いくこ
2829　「木枯らしの果て」
◇荒木暢夫賞（第30回/平成8年）

相良　蒼生夫　さがら・そぶお
2830　「ゑるとのたいわ」
◇横浜詩人会賞（第17回/昭和60年度）
「ゑるとのたいわ」　勁草出版サービスセンター　1984.7　75p　22cm　1800円

相良　平八郎　さがら・へいはちろう
2831　「地霊遊行」
◇日本詩人クラブ賞（第25回/平成4年）

相良　守次　さがら・もりつぐ
2832　「心理学事典」
◇毎日出版文化賞（第12回/昭和33年）

佐川　亜紀　さがわ・あき
2833　「押し花」
◇日本詩人クラブ賞（第46回/平成25年）
「押し花―佐川亜紀詩集」　土曜美術社出版販売　2012.10　110p　22cm　2000円　①978-4-8120-1979-5
2834　「在日コリアン詩選集 1916～04年」
◇地球賞（第30回/平成17年度）
「在日コリアン詩選集―一九一六年～二〇〇四年」　森田進, 佐川亜紀編　土曜美術社出版販売　2005.5　506p　21cm　3620円　①4-8120-1481-6
2835　「死者を再び孕む夢」
◇横浜詩人会賞（第23回/平成3年度）
◇小熊秀雄賞（第25回/平成4年）
「死者を再び孕む夢―佐川亜紀詩集」　詩学社　1992.8　100p　22cm　2575円　①4-88312-001-5

鷺　只雄　さぎ・ただお
2836　「評伝 壺井栄」
◇やまなし文学賞〔研究・評論部門〕（第21回/平成24年度―研究・評論部門）
「【評伝】壺井栄」　翰林書房　2012.5　470p　22cm　8000円　①978-4-87737-334-4

さき　登紀子　さき・ときこ
2837　「どこにもない系図」
◇福岡県詩人賞（第41回/平成17年）
「どこにもない系図」　詩学社　2004.10　127p　19cm　（詩学選詩集 3）　1200円　①4-88312-239-5

佐木　隆三　さき・りゅうぞう
2838　「身分帳」
◇伊藤整文学賞（第2回/平成3年）
「身分帳」　講談社　1990.6　359p　19cm　1600円　①4-06-204956-2
「身分帳」　講談社　1993.6　411p　15cm　（講談社文庫）　580円　①4-06-185411-9

崎村　久邦　さきむら・ひさくに
2839　「饑餓と毒」（詩集）
◇福岡県詩人賞（第1回/昭和40年）
「饑餓と毒―詩集」　思潮社　1965　80p　19cm　500円

佐久間　慶子　さくま・けいこ
2840　「私が生きた朝鮮 一九二二年植民地朝鮮に生まれる」
◇週刊金曜日ルポルタージュ大賞（第6回/平成11年9月/報告文学賞）

佐久間　慧子　さくま・けいこ
2841　「無伴奏」
◇俳人協会新人賞（第10回/昭和61年度）

佐久間　隆史　さくま・たかし
2842　「「黒塚」の梟」
◇横浜詩人会賞（第11回/昭和54年度）
「「黒塚」の梟―佐久間隆史詩集」　詩学社　1978.10　89p　27cm　2500円

佐久間　章孔　さくま・のりよし
2843　「私小説8（曲馬団異聞）」
◇短歌研究新人賞（第31回/昭和63年）

桜井 英治　さくらい・えいじ
2844　「贈与の歴史学―儀礼と経済のあいだ」
◇角川財団学芸賞（第10回/平成24年）
「贈与の歴史学―儀礼と経済のあいだ」中央公論新社　2011.11　232p　18cm（中公新書 2139）800円　Ⓡ978-4-12-102139-7

桜井 勝美　さくらい・かつみ
2845　「葱の精神性」
◇北川冬彦賞（第1回/昭和41年―詩）
2846　「ボタンについて」
◇H氏賞（第4回/昭和29年）

桜井 健司　さくらい・けんじ
2847　「融風区域」
◇日本詩歌句大賞（第1回/平成17年度/短歌部門）
「融風区域―歌集」ながらみ書房　2004.7　179p　22cm（音叢書）2600円　Ⓡ4-86023-254-2

桜井 さざえ　さくらい・さざえ
2848　「海の伝説」
◇日本詩歌句大賞（第5回/平成21年度/詩部門/大賞）
◇横浜詩人会賞（第41回/平成21年）
「海の伝説―詩集」土曜美術社出版販売　2008.12　169p　22cm　2500円　Ⓡ978-4-8120-1711-1

桜井 登世子　さくらい・とよこ
2849　「夏の落葉」
◇ながらみ現代短歌賞（第1回/平成5年）
「桜井登世子歌集」砂子屋書房　2013.9　173p　19cm（現代短歌文庫 119）1800円　Ⓡ978-4-7904-1482-7

桜井 信夫　さくらい・のぶお
2850　「ハテルマシキナ」
◇三越左千夫少年詩賞（第3回/平成11年/特別賞）
「ハテルマシキナ―よみがえりの島・波照間 少年長編叙事詩」桜井信夫著, 津田櫓冬画　かど創房　1998.8　183p　22cm　1800円　Ⓡ4-87598-048-5

櫻井 よしこ　さくらい・よしこ
2851　「エイズ犯罪 血友病患者の悲劇」
◇大宅壮一ノンフィクション賞（第26回/平成7年）
「エイズ犯罪 血友病患者の悲劇」中央公論社　1994.8　283p　19cm　1500円　Ⓡ4-12-002345-1
「エイズ犯罪 血友病患者の悲劇」中央公論社　1998.8　342p　15cm（中公文庫）648円　Ⓡ4-12-203214-8

桜川 郁　さくらがわ・いく
2852　「曼陀羅薄荷考」
◇北海道ノンフィクション賞（第9回/平成1年―奨励賞）

佐合 五十鈴　さごう・いすず
2853　「仮の場所から」
◇小熊秀雄賞（第14回/昭和56年）
「仮の場所から―詩集」不動工房　1980.9　103p　22cm　1500円
2854　「繭」
◇中日詩賞（第25回/昭和60年）
「繭―佐合五十鈴詩集」不動工房　1984.8　83p　22cm　1300円　Ⓡ4-89234-029-4

砂古口 聡　さごぐち・さとし
2855　「藍に寄す」
◇荒木暢夫賞（第15回/昭和56年）

迫野 虔徳　さこの・ふみのり
2856　「文献方言史研究」
◇新村出賞（第17回/平成10年）
「文献方言史研究」清文堂出版　1998.2　404p　22cm　9000円　Ⓡ4-7924-1338-9

佐々 学　さざ・まなぶ
2857　「日本の風土病」
◇毎日出版文化賞（第14回/昭和35年）

佐々 涼子　ささ・りょうこ
2858　「エンジェルフライト―国際霊柩送還士」
◇開高健ノンフィクション賞（第10回/平成24年）
「エンジェルフライト―国際霊柩送還士」集英社　2012.11　279p　20cm　1500円

笹尾　佳代　ささお・かよ
2859　「『美人写真』のドラマトゥルギー—『にごりえ』における〈声〉の機能」
◇ドナルド・キーン日米学生日本文学研究奨励賞　（第8回／平成16年—4年制大学の部）

篠尾　美恵子　ささお・みえこ
2860　「五季」
◇日本歌人クラブ推薦歌集　（第6回／昭和35年）

笹川　幸震　ささかわ・こうしん
2861　「ミニSL"トテッポ"の光と影—異色の私鉄・十勝鉄道裏面史」
◇北海道ノンフィクション賞　（第6回／昭和61年）

佐々木　朝子　ささき・あさこ
2862　「砂の声」
◇日本詩人クラブ新人賞　（第11回／平成13年）
「砂の声—佐々木朝子詩集」　樹海社　2000.3　83p　22cm　1905円

ささき　あゆみ
2863　「雲の輪郭」
◇野原水嶺賞　（第21回／平成17年）

佐々木　勇　ささき・いさむ
2864　「平安鎌倉時代における日本漢音の研究　研究篇・資料篇」
◇新村出賞　（第28回／平成21年）
「平安鎌倉時代における日本漢音の研究　研究篇」　汲古書院　2009.1　1044p　22cm　①978-4-7629-3567-1
「平安鎌倉時代における日本漢音の研究　資料篇」　汲古書院　2009.1　685p　22cm　①978-4-7629-3568-8

佐々木　薫　ささき・かおる
2865　「潮風の吹く街で」
◇山之口貘賞　（第11回／昭和63年）
「潮風の吹く街で—詩集」　海風社　1988.4　171p　22cm　（南島叢書　53）　1800円　①4-87616-163-1

笹木　一重　ささき・かずえ
2866　「ちりん」（詩集）
◇銀河・詩のいえ賞　（第3回／平成18年）
2867　「四人姉妹」
◇現代詩人アンソロジー賞　（第8回／平成10年／優秀）

佐々木　健一　ささき・けんいち
2868　「辞書になった男—ケンボー先生と山田先生」
◇日本エッセイスト・クラブ賞　（第62回／平成26年）
「辞書になった男—ケンボー先生と山田先生」　文藝春秋　2014.2　347p　20cm　1800円　①978-4-16-390015-5
2869　「せりふの構造」
◇サントリー学芸賞　（第5回／昭和58年度—芸術・文学部門）
「せりふの構造」　筑摩書房　1982.9　262p　20cm　2200円
「せりふの構造」　講談社　1994.3　329p　15cm　（講談社学術文庫）　940円　①4-06-159118-5

佐々木　城　ささき・じょう
2870　「一行詩三題」
◇銀河・詩のいえ賞　（第4回／平成19年）

佐々木　勢津子　ささき・せつこ
2871　「蜘蛛の糸」
◇福島県短歌賞　（第17回／平成4年度）

佐々木　毅　ささき・たけし
2872　「プラトンの呪縛」
◇和辻哲郎文化賞　（第11回／平成10年度／学術部門）

佐々木　たづ　ささき・たづ
2873　「ロバータさあ歩きましょう」
◇日本エッセイスト・クラブ賞　（第13回／昭和40年）
「ロバータさあ歩きましょう」　旺文社　1980.3　277p　16cm　（旺文社文庫）　380円
「ロバータさあ歩きましょう」　旺文社　1990.3　276p　15cm　（必読名作シリー

ズ） 520円　Ⓓ4-01-066036-8
「ロバータさあ歩きましょう」 大空社　1998.10　235p　22cm（盲人たちの自叙伝 56）　Ⓓ4-7568-0440-3
※朝日新聞社昭和39年刊の複製

佐々木 力　ささき・ちから
2874　「近代学問理念の誕生」
◇サントリー学芸賞（第15回/平成5年度―思想・歴史部門）
「近代学問理念の誕生」 岩波書店　1992.10　517,22p　21cm　6000円　Ⓓ4-00-002733-6

佐々木 祝雄　ささき・ときお
2875　**「38度線」**
◇日本エッセイスト・クラブ賞（第6回/昭和33年）
「三十八度線」 中央公論社　1983.7　207p　16cm（中公文庫）320円

佐々木 時子　ささき・ときこ
2876　「百歳の藍」
◇日本随筆家協会賞（第30回/平成6年11月）
「束の間の来客」 日本随筆家協会　1995.6　241p　19cm（現代随筆選書 156）1600円　Ⓓ4-88933-185-9

佐々木 信恵　ささき・のぶえ
2877　「啄木を愛した女たち―釧路時代の石川啄木」
◇北海道ノンフィクション賞（第30回/平成22年―大賞）
「啄木を愛した女たち―釧路時代の石川啄木」 太陽　2010.6　124p　15cm（くま文庫 59）476円　Ⓓ978-4-88642-263-7

佐々木 遥　ささき・はるか
2878　「ほんとうの夢は誰にも言いません正しいだけの空の青にも」
◇河野裕子短歌賞（第3回/平成26年―青春の歌）

佐々木 フミ子　ささき・ふみこ
2879　「日々は過ぐ」
◇「短歌現代」歌人賞（第20回/平成19年）

佐々木 麻由　ささき・まゆ
2880　「東京」
◇現代詩加美未来賞（第3回/平成5年―中新田あけぼの賞）

佐々木 幹郎　ささき・みきろう
2881　「アジア海道紀行」
◇読売文学賞（第54回/平成14年―随筆・紀行賞）
「アジア海道紀行―海は都市である」 みすず書房　2002.6　263p　19cm　2700円　Ⓓ4-622-04859-0
2882　「明日」
◇萩原朔太郎賞（第20回/平成24年）
「明日」 思潮社　2011.10　106p　22cm　2800円　Ⓓ978-4-7837-3281-5
2883　「中原中也」
◇サントリー学芸賞（第10回/昭和63年度―芸術・文学部門）
「中原中也」 筑摩書房　1988.4　294p　19cm（近代日本詩人選 16）1800円　Ⓓ4-480-13916-8
「中原中也」 筑摩書房　1994.11　305p　15cm（ちくま学芸文庫）1000円　Ⓓ4-480-08162-3
2884　「蜂蜜採り」
◇高見順賞（第22回/平成3年度）
「蜂蜜採り」 書肆山田　1991.10　79p　19cm　2060円

佐々木 農　ささき・みのり
2885　「幻の木製戦闘機キ〜106」
◇北海道ノンフィクション賞（第7回/昭和62年―奨励賞）

佐々木 実　ささき・みのる
2886　「市場と権力―「改革」に憑かれた経済学者の肖像」
◇新潮ドキュメント賞（第12回/平成25年）
◇大宅壮一ノンフィクション賞（第45回/平成26年/書籍部門）
「市場と権力―「改革」に憑かれた経済学者の肖像」 講談社　2013.4　334p　20cm　1900円　Ⓓ978-4-06-218423-6

佐々木 安美　ささき・やすみ
2887　「新しい浮子 古い浮子」

◇丸山豊記念現代詩賞（第20回/平成23年）
「新しい浮子 古い浮子」 栗売社 2010.11 109p 19cm 2000円

2888 「さるやんまだ」
◇H氏賞（第37回/昭和62年）
「さるやんまだ―佐々木安美詩集」 遠い社 1987.4 74p 16cm 1000円

佐佐木 幸綱 ささき・ゆきつな

2889 「群黎」
◇現代歌人協会賞（第15回/昭和46年）
「群黎 1」 青土社 1970.10 195p 21cm
「群黎 2」 青土社 1970.10 116p 21cm
「歌集 群黎」 短歌新聞社 2005.1 134p 15cm（短歌新聞社文庫）667円 ⓘ4-8039-1185-1

2890 「滝の時間」
◇迢空賞（第28回/平成6年）
「滝の時間」 ながらみ書房 1993.12 182p 22cm 2500円
「佐佐木幸綱作品集」 本阿弥書店 1996.9 467p 22cm 7000円 ⓘ4-89373-112-2

2891 「旅人」
◇若山牧水賞（第2回/平成9年）
「旅人―佐佐木幸綱歌集」 ながらみ書房 1997.9 264p 22cm 3000円

2892 「呑牛」
◇斎藤茂吉短歌文学賞（第10回/平成11年）
「呑牛―佐佐木幸綱歌集」 本阿弥書店 1998.6 264p 22cm 3200円 ⓘ4-89373-300-1
「佐佐木幸綱の世界 15 歌集篇」 佐佐木幸綱著,『佐佐木幸綱の世界』刊行委員会編 河出書房新社 1999.10 292p 20cm 3500円 ⓘ4-309-70385-2
「佐佐木幸綱歌集」 砂子屋書房 2011.9 158p 19cm（現代短歌文庫 100）1600円 ⓘ978-4-7904-1351-6

2893 「はじめての雪」
◇現代短歌大賞（第27回/平成16年）
「はじめての雪―歌集」 短歌研究社 2003.11 229p 20cm 3000円 ⓘ4-88551-802-4
「佐佐木幸綱歌集」 砂子屋書房 2011.9 158p 19cm（現代短歌文庫 100）1600円 ⓘ978-4-7904-1351-6

佐々木 洋一 ささき・よういち

2894 「キムラ」
◇壺井繁治賞（第27回/平成11年）
「キムラ―詩集」 土曜美術社出版販売 1998.11 88p 22cm 2000円 ⓘ4-8120-0734-8

2895 「星々」
◇晩翠賞（第22回/昭和56年）
「星々―詩集」 青磁社 1980.10 61p 19cm 1000円

佐々木 良子 ささき・りょうこ

2896 「描きかけの雨」
◇野原水嶺賞（第14回/平成10年）

佐々木 六戈 ささき・ろくか

2897 「百回忌」
◇角川短歌賞（第46回/平成12年）

佐々倉 洋一 ささくら・よういち

2898 「心の咎」
◇日本随筆家協会賞（第40回/平成11年11月）
「心の咎」 日本随筆家協会 1999.12 224p 20cm（現代名随筆叢書 20）1500円 ⓘ4-88933-237-5

笹沢 美明 ささざわ・よしあき

2899 「海市帖」
◇文芸汎論詩集賞（第10回/昭和18年）

佐々田 英則 ささだ・ひでのり

2900 「エリア・カザン自伝」（上・下）
◇毎日出版文化賞（第53回/平成11年―第1部門（文学・芸術））
「エリア・カザン自伝 上」 エリア・カザン著,佐々田英則,村川英訳 朝日新聞社 1999.4 581p 21cm 5000円 ⓘ4-02-257122-5
「エリア・カザン自伝 下」 エリア・カザン著,佐々田英則,村川英訳 朝日新聞社 1999.4 558,22p 21cm 5000円 ⓘ4-02-257123-3

笹原 宏之 ささはら・ひろゆき

2901 「国字の位相と展開」

◇金田一京助博士記念賞（第35回/平成19年）
「国字の位相と展開」　三省堂　2007.3
885, 46p　22cm　9800円　Ⓘ978-4-385-36263-2

笹本 正樹　ささもと・まさき
2902　「ドルフィンの愛」
◇現代詩人アンソロジー賞（第10回/平成12年/最優秀）

佐相 憲一　さそう・けんいち
2903　「愛、ゴマフアザラ詩」
◇小熊秀雄賞（第36回/平成15年）
「愛、ゴマフアザラ詩―詩集」　土曜美術社出版販売　2002.7　125p　22cm　2000円　Ⓘ4-8120-1341-0

佐多 稲子　さた・いねこ
2904　「月の宴」
◇読売文学賞（第37回/昭和60年―随筆・紀行賞）
「月の宴」　講談社　1985.10　217p　20cm　1600円　Ⓘ4-06-202361-X
「月の宴」　講談社　1991.6　251p　15cm　（講談社文芸文庫―現代日本のエッセイ）　880円　Ⓘ4-06-196135-7

佐竹 昭広　さたけ・あきひろ
2905　「万葉集抜書」
◇角川源義賞（第3回/昭和56年―国文学）
「万葉集抜書」　岩波書店　1980.5　277p　22cm　2800円
「万葉集抜書」　岩波書店　2000.12　339p　15cm（岩波現代文庫）　1200円　Ⓘ4-00-600034-0

貞久 秀紀　さだひさ・ひでみち
2906　「空気集め」
◇H氏賞（第48回/平成10年）
「空気集め」　思潮社　1997.8　75p　21cm　2200円　Ⓘ4-7837-0669-7

サックス, オリバー
2907　「手話の世界へ」
◇毎日出版文化賞（第50回/平成8年―第3部門（自然科学））
「手話の世界へ」　オリバー・サックス著、佐野正信訳　晶文社　1996.2　284, 12p　19cm（サックス・コレクション）　2100円　Ⓘ4-7949-2525-5

薩摩 忠　さつま・ただし
2908　「海の誘惑」
◇室生犀星詩人賞（第4回/昭和39年）

佐土井 智津子　さどい・ちずこ
2909　「月」
◇日本伝統俳句協会賞（第17回/平成17年度）

佐藤 郁良　さとう・いくら
2910　「海図」
◇俳人協会新人賞（第31回/平成19年度）
「海図―佐藤郁良句集」　ふらんす堂　2007.7　181p　23cm　2667円　Ⓘ978-4-89402-909-5

佐藤 功　さとう・いさお
2911　「警察」
◇毎日出版文化賞（第12回/昭和33年）

佐藤 羽美　さとう・うみ
2912　「ここは夏月夏曜日」
◇歌壇賞（第20回/平成20年度）

佐藤 栄子　さとう・えいこ
2913　「翼をもがれた天使たち」
◇読売「ヒューマン・ドキュメンタリー」大賞（第15回/平成6年/入選）
「翼をもがれた天使たち」　佐藤尚爾、佐藤栄子、田辺郁、岩森道子、小島淑子、矢吹正信著　読売新聞社　1995.2　301p　19cm　1300円　Ⓘ4-643-95004-8

佐藤 栄作　さとう・えいさく
2914　「白い雲と鉄条網」
◇壺井繁治賞（第12回/昭和59年）

佐藤 鬼房　さとう・おにふさ
2915　「瀬頭（せがしら）」
◇蛇笏賞（第27回/平成5年）
「句集 瀬頭」　紅書房　1992.7　126p　21cm（小熊座叢書 第19）　2800円

佐藤 和枝　さとう・かずえ
2916　「龍の玉」
◇俳句研究賞（第2回/昭和62年）
「竜の玉―句集」富士見書房　1988.11　177p　20cm（「俳句研究」句集シリーズ 13）2500円　①4-8291-7113-8

佐藤 一英　さとう・かずひで
2917　「空海頌」
◇詩人懇話会賞（第1回/昭和13年）

佐藤 和也　さとう・かずや
2918　「雲間からの光」
◇優駿エッセイ賞（第26回/平成22年）

佐藤 香代子　さとう・かよこ
2919　「あこがれて，大学」
◇岸野寿美・淳子賞（第2回/平成2年度）

佐藤 きよみ　さとう・きよみ
2920　「カウンセリング室」
◇短歌研究新人賞（第35回/平成4年）

佐藤 公咸　さとう・こうかん
2921　「遠い稜線」
◇たまノンフィクション大賞（第1回/平成9年/佳作）

佐藤 康二　さとう・こうじ
2922　「三月の火」
◇詩人会議新人賞（第47回/平成25年/詩部門/佳作）

佐藤 貞明　さとう・さだあき
2923　「あいおいの季」
◇福島県短歌賞（第27回/平成14年度―奨励賞）

佐藤 佐太郎　さとう・さたろう
2924　「佐藤佐太郎全歌集」
◇現代短歌大賞（第1回/昭和53年）
「佐藤佐太郎全歌集」講談社　1977.11　779p 図 肖像　23cm　7000円
「佐藤佐太郎全歌集」現代短歌社　2016. 3　824p　15cm（現代短歌社文庫）2315円　①978-4-86534-141-6
2925　「星宿」
◇沼空賞（第18回/昭和59年）
「星宿―歌集」岩波書店　1983.8　203p　22cm　2500円
「星宿―歌集」短歌新聞社　1996.3　116p　15cm（短歌新聞社文庫）700円　①4-8039-0824-9

佐藤 幸子　さとう・さちこ
2926　「姑の気くばり」
◇日本随筆家協会賞（第34回/平成8年11月）
「歳月を超えて」日本随筆家協会　1996.11　225p　19cm（現代随筆選書）1600円　①4-88933-204-9

佐藤 志満　さとう・しま
2927　「鹿島海岸」
◇短歌研究賞（第1回/昭和38年）
2928　「身辺」（歌集）
◇短歌新聞社賞（第1回/平成6年度）
「身辺―歌集」短歌新聞社　1993.7　185p　20cm　2500円　①4-8039-0705-6
「身辺―歌集」短歌新聞社　1997.12　130p　15cm（短歌新聞社文庫）667円　①4-8039-0913-X
「佐藤志満全歌集」短歌新聞社　2001.10　579p　21cm　6190円　①4-8039-1066-9
2929　「水辺」
◇日本歌人クラブ推薦歌集（第10回/昭和39年）
「佐藤志満全歌集」短歌新聞社　2001.10　579p　21cm　6190円　①4-8039-1066-9

佐藤 尚爾　さとう・しょうじ
2930　「翼をもがれた天使たち」
◇読売「ヒューマン・ドキュメンタリー」大賞（第15回/平成6年/入選）
「翼をもがれた天使たち」佐藤尚爾，佐藤栄子，田辺郁，岩森道子，小島淑子，矢吹正信著　読売新聞社　1995.2　301p　19cm　1300円　①4-643-95004-8

佐藤 尚輔　さとう・しょうすけ
2931　「夢の半ば」（句集）
◇北海道新聞俳句賞（第22回/平成19年

　　　　―佳作）
　　「夢の半ば―句集」 文學の森 2007.4
　　227p 23cm（平成俳人群像 第2期 第
　　15巻）2667円 ①978-4-86173-564-6

佐藤 次郎 さとう・じろう
2932 「砂の王メイセイオペラ」
◇馬事文化賞（第14回/平成12年度）
　　「砂の王メイセイオペラ」 新潮社 2000.
　　8 293p 20cm 1600円 ①4-10-
　　439201-4

佐藤 信 さとう・しん
2933 「鈴木茂三郎―二大政党制のつく
　　りかた」
◇河上肇賞（第5回/平成21年/奨励賞）

佐藤 精一 さとう・せいいち
2934 「月光」
◇北川冬彦賞（第5回/昭和45年）

佐藤 誠二 さとう・せいじ
2935 「島においでよ」
◇詩人会議新人賞（第44回/平成22年/
　　詩部門/入選）
　　「島においでよ―佐藤誠二詩集」 詩人会
　　議出版 2013.10 109p 21cm 1800円

佐藤 平 さとう・たいら
2936 「石の影」
◇短歌新聞新人賞（第8回/昭和55年）

佐藤 貴典 さとう・たかのり
2937 「我が家のショーンコネリー」
◇「新聞に載らない小さな事件」コンテ
　　スト（第2回/平成16年8月/最優秀
　　賞）

佐藤 卓己 さとう・たくみ
2938 「「キング」の時代」
◇サントリー学芸賞（第25回/平成15年
　　度―社会・風俗部門）
　　「『キング』の時代―国民大衆雑誌の公共
　　性」 岩波書店 2012.5 462p 21cm
　　4200円 ①4-00-022517-0

佐藤 忠広 さとう・ただひろ
2939 「僕、死ぬんですかね」

◇報知ドキュメント大賞（第5回/平成
　　13年）

佐藤 達夫 さとう・たつお
2940 「植物誌」
◇日本エッセイスト・クラブ賞（第15
　　回/昭和42年）
　　「植物誌」 雪華社 1982.3 221p 21cm
　　1600円 ①4-7928-0179-6

佐藤 辰三 さとう・たつぞう
2941 「桂離宮」
◇毎日出版文化賞（第7回/昭和28年）
2942 「修学院離宮」
◇毎日出版文化賞（第11回/昭和32年）

佐藤 球子 さとう・たまこ
2943 「記憶絵本」
◇千葉随筆文学賞（第4回/平成21年度）

佐藤 智恵 さとう・ちえ
2944 「風があるいて春を充電する」
◇放哉賞（第13回/平成23年）

佐藤 経雄 さとう・つねお
2945 「浮上する家」
◇山形県詩賞（第6回/昭和52年）

佐藤 恒雄 さとう・つねお
2946 「藤原定家研究」
◇角川源義賞（第24回/平成14年/国文
　　学）
　　「藤原定家研究」 風間書房 2001.5
　　726p 22cm 21000円 ①4-7599-1266-5

佐藤 輝夫 さとう・てるお
2947 「ヴィヨン詩研究」
◇読売文学賞（第5回/昭和28年―文学
　　研究賞）

佐藤 輝子 さとう・てるこ
2948 「風立つ」
◇福島県短歌賞（第1回/昭和51年度）

佐藤 道信 さとう・どうしん
2949 「明治国家と近代美術」

◇サントリー学芸賞（第21回/平成11年度—芸術・文学部門）
「明治国家と近代美術—美の政治学」 吉川弘文館 1999.4 334, 9p 21cm 7500円 ⓘ4-642-03685-7

佐藤 豊子　さとう・とよこ
2950 「苔の花」
◇福島県俳句賞（第25回/平成16年—新人賞）

佐藤 南山寺　さとう・なんざんじ
2951 「虹仰ぐ」
◇角川俳句賞（第16回/昭和45年）

佐藤 伸宏　さとう・のぶひろ
2952 「日本近代象徴詩の研究」
◇日本詩人クラブ詩界賞（第6回/平成18年）
「日本近代象徴詩の研究」 翰林書房 2005.10 383p 22cm 8000円 ⓘ4-87737-214-8

佐藤 のり子　さとう・のりこ
2953 「未完成アレルギーっ子行進曲」
◇健友館ノンフィクション大賞（第8回/平成14年/大賞）
「未完成アレルギーっ子行進曲—アレルギーなんかへっちゃらや！」 健友館 2002.7 268p 19cm 1400円 ⓘ4-7737-0668-6

佐藤 光　さとう・ひかり
2954 「柳宗悦とウィリアム・ブレイク 環流する「肯定の思想」」
◇和辻哲郎文化賞（第28回/平成27年度/学術部門）
「柳宗悦とウィリアム・ブレイク—環流する「肯定の思想」」 東京大学出版会 2015.1 484, 153p 21cm 12000円 ⓘ978-4-13-086048-2

佐藤 秀昭　さとう・ひであき
2955 「毛越寺二十日夜祭」
◇晩翠賞（第15回/昭和49年）

佐藤 秀子　さとう・ひでこ
2956 「出発（たびだち）」
◇新俳人連盟賞（第31回/平成15年/作品賞）

佐藤 弘子　さとう・ひろこ
2957 「青き蜥蜴」
◇福島県俳句賞（第25回/平成16年—俳句賞）

佐藤 博　さとう・ひろし
2958 「夜の歌」
◇高見楢吉賞（第2回/昭和42年）

佐藤 博信　さとう・ひろのぶ
2959 「俗名の詩集」
◇小熊秀雄賞（第27回/平成6年）

佐藤 弘美　さとう・ひろみ
2960 「脆き足もと」
◇荒木暢夫賞（第16回/昭和57年）

佐藤 博美　さとう・ひろみ
2961 「冬の花火」
◇朝日俳句新人賞（第2回/平成11年/準賞）

佐藤 二三江　さとう・ふみえ
2962 「私だけの母の日」
◇日本随筆家協会賞（第32回/平成7年11月）
「雨あがり」 日本随筆家協会 1996.4 210p 19cm （現代随筆選書） 1600円 ⓘ4-88933-194-8

佐藤 文夫　さとう・ふみお
2963 「ブルースマーチ」
◇壺井繁治賞（第2回/昭和49年）
「ブルースマーチ—詩集」 秋津書店 1973 157p 17cm 700円

佐藤 文一　さとう・ぶんいち
2964 「峡のふる里」
◇福島県短歌賞（第22回/平成9年度—短歌賞）

佐藤 正彰　さとう・まさあき
2965 「ボードレール雑話」
◇読売文学賞（第26回/昭和49年—研究・翻訳賞）

佐藤 正明　さとう・まさあき
2966 「ホンダ神話 教祖のなき後で」
◇大宅壮一ノンフィクション賞（第27回／平成8年）
　「ホンダ神話―教祖のなき後で」 文藝春秋　1995.4　596p　19cm　2200円　Ⓘ4-16-350120-7
　「ホンダ神話―教祖のなき後で」 文藝春秋　2000.3　680p　15cm（文春文庫）　829円　Ⓘ4-16-763901-7

佐藤 正二　さとう・まさじ
2967 「米寿万歳」
◇福島県短歌賞（第37回／平成24年度―短歌賞）

佐藤 雅美　さとう・まさみ
2968 「大君の通貨―幕末『円ドル戦争』」
◇新田次郎文学賞（第4回／昭和60年）
　「大君の通貨―幕末『円ドル』戦争」 講談社　1984.9　276p　20cm　1100円　Ⓘ4-06-201388-6
　「大君の通貨―幕末『円ドル』戦争」 改訂版 文藝春秋　2000.4　269p　19cm　1524円　Ⓘ4-16-319120-8
　「大君の通貨―幕末『円ドル』戦争」 文藝春秋　2003.3　307p　15cm（文春文庫）　514円　Ⓘ4-16-762707-8

佐藤 優　さとう・まさる
2969 「国家の罠」
◇毎日出版文化賞（第59回／平成17年―特別賞）
　「国家の罠―外務省のラスプーチンと呼ばれて」 新潮社　2005.3　398p　19cm　1600円　Ⓘ4-10-475201-0
　「国家の罠―外務省のラスプーチンと呼ばれて」 新潮社　2007.11　550p　15cm（新潮文庫）　705円　Ⓘ978-4-10-133171-3
2970 「自壊する帝国」
◇新潮ドキュメント賞（第5回／平成18年）
◇大宅壮一ノンフィクション賞（第38回／平成19年）
　「自壊する帝国」 新潮社　2006.5　414p　20cm　1600円　Ⓘ4-10-475202-9
　「自壊する帝国」 新潮社　2008.11　603p　16cm（新潮文庫）　781円　Ⓘ978-4-10-133172-0

佐藤 道子　さとう・みちこ
2971 「議会お茶出し物語」
◇北海道ノンフィクション賞（第19回／平成11年―大賞）

佐藤 通雅　さとう・みちまさ
2972 「強霜」
◇詩歌文学館賞（第27回／平成24年／短歌）
　「強霜―佐藤通雅歌集」 砂子屋書房　2011.9　244p　20cm　3000円　Ⓘ978-4-7904-1342-4

佐藤 モニカ　さとう・もにか
2973 「マジックアワー」
◇歌壇賞（第22回／平成22年度）

佐藤 康邦　さとう・やすくに
2974 「カント『判断力批判』と現代―目的論の新たな可能性を求めて―」
◇和辻哲郎文化賞（第18回／平成17年度／学術部門）
　「カント『判断力批判』と現代―目的論の新たな可能性を求めて」 岩波書店　2005.2　321, 10p　22cm　6200円　Ⓘ4-00-022444-1

佐藤 康智　さとう・やすとも
2975 「『奇跡』の一角」
◇群像新人文学賞〔評論部門〕（第46回／平成15年）

佐藤 悠樹　さとう・ゆうき
2976 「友達」
◇現代詩加美未来賞（第13回／平成15年―加美若鮎賞）

佐藤 弓生　さとう・ゆみお
2977 「眼鏡屋は夕ぐれのため」
◇角川短歌賞（第47回／平成13年）
　「眼鏡屋は夕ぐれのため―佐藤弓生歌集」 角川書店　2006.10　131p　20cm（21世紀歌人シリーズ）　1905円　Ⓘ4-04-621816-9

佐藤 洋子　さとう・ようこ
2978　「(海)子、ニライカナイのうたを織った」
◇山之口貘賞（第25回/平成14年）

佐藤 美文　さとう・よしふみ
2979　「風」
◇川柳文学賞（第2回/平成21年）
「風―佐藤美文句集」　新葉館出版　2008.10　153p　20cm　1905円　①978-4-86044-349-8

里見 弴　さとみ・とん
2980　「五代の民」
◇読売文学賞（第22回/昭和45年―随筆・紀行賞）
「五代の民」　読売新聞社　1970　349p　20cm　800円
「昭和文学全集　3」　志賀直哉ほか著　小学館　1989.1　1081p　21cm　4000円　①4-09-568003-2

里見 佳保　さとみ・よしほ
2981　「リカ先生の夏」
◇日本歌人クラブ新人賞（第11回/平成17年）

里柳 沙季　さとやなぎ・さき
2982　「子供時代」
◇日本随筆家協会賞（第44回/平成13年11月）
「見えない糸」　日本随筆家協会　2002.8　226p　20cm　（現代名随筆叢書　44）　1500円　①4-88933-266-9

真田 信治　さなだ・しんじ
2983　「地域言語の社会言語学的研究」
◇金田一京助博士記念賞（第18回/平成2年度）
「地域言語の社会言語学的研究」　和泉書院　1990.2　424p　21cm　（研究叢書　84）　13390円　①4-87088-374-0

佐貫 亦男　さぬき・またお
2984　「引力とのたたかい―とぶ」
◇日本エッセイスト・クラブ賞（第17回/昭和44年）

佐野 貴美子　さの・きみこ
2985　「眼花」
◇日本歌人クラブ推薦歌集（第19回/昭和48年）

佐野 金之助　さの・きんのすけ
2986　「活力の造型」
◇群像新人文学賞〔評論部門〕（第2回/昭和34年―評論）

佐野 眞一　さの・しんいち
2987　「甘粕正彦　乱心の曠野」
◇講談社ノンフィクション賞（第31回/平成21年）
「甘粕正彦　乱心の曠野」　新潮社　2008.5　475p　20cm　1900円　①978-4-10-436904-1
2988　「旅する巨人」
◇大宅壮一ノンフィクション賞（第28回/平成9年）
「旅する巨人―宮本常一と渋沢敬三」　文藝春秋　1996.11　390,7p　19cm　1800円　①4-16-352310-3
「旅する巨人―宮本常一と渋沢敬三」　文藝春秋　2009.4　516,6p　15cm　（文春文庫）　876円　①978-4-16-734008-7

佐野 正信　さの・まさのぶ
2989　「手話の世界へ」
◇毎日出版文化賞（第50回/平成8年―第3部門（自然科学））
「手話の世界へ」　オリバー・サックス著，佐野正信訳　晶文社　1996.2　284,12p　19cm　（サックス・コレクション）　2100円　①4-7949-2525-5

佐野 美智　さの・みち
2990　「棹歌」
◇現代俳句女流賞（第9回/昭和59年）
「棹歌」　牧羊社　1984.4　108p　21cm　（現代俳句女流シリーズ　V・17）　1700円

佐野 雪　さの・ゆき
2991　「逢魔が時」
◇〔新潟〕日報詩壇賞（第18回/昭和53年春）

佐野 洋子　さの・ようこ
2992「神も仏もありませぬ」
◇小林秀雄賞（第3回/平成16年）
「神も仏もありませぬ」筑摩書房　2003.11　186p　20cm　1300円　Ⓘ4-480-81458-2

佐波 洋子　さば・ようこ
2993「時のむこうへ」
◇日本歌人クラブ賞（第40回/平成25年）
「時のむこうへ―佐波洋子歌集」角川書店, 角川グループパブリッシング〔発売〕　2012.8　199p　20cm（21世紀歌人シリーズ/かりん叢書 第257篇）2571円　Ⓘ978-4-04-621863-6

佐橋 慶女　さはし・けいじょ
2994「おじいさんの台所」
◇日本エッセイスト・クラブ賞（第32回/昭和59年）
「おじいさんの台所―父・83歳からのひとり暮らし特訓」文芸春秋　1984.4　310p　20cm　1000円
「おじいさんの台所―父・83歳からのひとり暮らし特訓」文藝春秋　1987.6　318p　21cm（文春文庫）380円　Ⓘ4-16-735903-0

佐原 怜　さはら・れい
2995「大手拓次論―詩の根源と『幽霊的』な詩について」
◇現代詩新人賞（平成18年/評論部門/奨励賞）

佐飛 通俊　さび・みちとし
2996「静かなるシステム」
◇群像新人文学賞〔評論部門〕（第34回/平成3年―評論）

佐宮 圭　さみや・けい
2997「鶴田錦史伝 大正、昭和、平成を駆け抜けた男装の天才琵琶師の生涯」
◇小学館ノンフィクション大賞（第17回/平成22年/優秀賞）
「さわり」小学館　2011.11　277p　20cm　1600円　Ⓘ978-4-09-388215-6
※受賞作「鶴田錦史伝 大正、昭和、平成を駆け抜けた男装の天才琵琶師の生涯」を改題

佐山 和夫　さやま・かずお
2998「史上最高の投手はだれか」
◇潮賞（第3回/昭和59年―ノンフィクション）
「史上最高の投手はだれか」潮出版社　1984.9　246p　20cm　1000円
「史上最高の投手はだれか」潮出版社　1985.7　265p　15cm（潮文庫）400円

佐山 啓　さやま・さとし
2999「俺とあいつ」（毛越寺）
◇関西詩人協会賞（第3回/平成17年―協会賞）

沙羅 みなみ　さら・みなみ
3000「日時計」
◇現代歌人集会賞（第40回/平成26年）
「日時計―歌集」青磁社　2014.1　233p　20cm　2500円　Ⓘ978-4-86198-252-1

沢 あづみ　さわ・あずみ
3001「三人姉妹―自分らしく生きること」
◇読売「ヒューマン・ドキュメンタリー」大賞（第17回/平成8年/入選）
「三人姉妹―自分らしく生きること」小菅みちる, 沢あづみ, 松沢倫子, 野上貝行, 辻村久枝著　読売新聞社　1997.2　245p　19cm　1300円　Ⓘ4-643-97011-1

澤 和江　さわ・かずえ
3002「月下美人」
◇随筆にっぽん賞（第3回/平成25年/随筆にっぽん大賞）

澤 淳一　さわ・じゅんいち
3003「パチンコ別れ旅」
◇JTB旅行記賞（第6回/平成9年度/佳作）

沢木 欣一　さわき・きんいち
3004「眼前」
◇詩歌文学館賞（第10回/平成7年/俳句）

「眼前―句集」 角川書店 1994.5 217p 20cm（現代俳句叢書）2600円 ⓘ4-04-871222-5

3005 「昭和俳句の青春」
◇俳人協会評論賞（第10回/平成7年）
「昭和俳句の青春」 角川書店 1995.5 231p 19cm 2200円 ⓘ4-04-883404-5

3006 「白鳥」
◇蛇笏賞（第30回/平成8年）
「白鳥―句集」 角川書店 1995.12 206p 20cm 2600円 ⓘ4-04-871585-2

沢木 耕太郎　さわき・こうたろう

3007 「一瞬の夏」
◇新田次郎文学賞（第1回/昭和57年）
「一瞬の夏」 新潮社 1984.5 2冊 15cm（新潮文庫）各360円 ⓘ4-10-123502-3
「一瞬の夏」〔新装版〕 新潮社 1994.7 572p 20cm 2500円 ⓘ4-10-327509-X

3008 「キャパの十字架」
◇司馬遼太郎賞（第17回/平成26年）
「キャパの十字架」 文藝春秋 2013.2 335p 19cm 1500円 ⓘ978-4-16-376070-4
「キャパの十字架」 文藝春秋 2015.12 396p 15cm（文春文庫）740円 ⓘ978-4-16-790516-3

3009 「深夜特急 第三便 飛光よ、飛光よ」
◇JTB紀行文学大賞（第2回/平成5年度）
「深夜特急 第3便 飛光よ、飛光よ」 新潮社 1992.10 341p 19cm 1400円 ⓘ4-10-327507-3

3010 「テロルの決算」
◇大宅壮一ノンフィクション賞（第10回/昭和54年）
「テロルの決算」 文芸春秋 1978.9 324p 20cm 980円
「テロルの決算」 新装版 文藝春秋 2008.11 373p 15cm（文春文庫）638円 ⓘ978-4-16-720914-8

3011 「凍」
◇講談社ノンフィクション賞（第28回/平成18年）
「凍」 新潮社 2005.9 300p 20cm 1600円 ⓘ4-10-327512-X
「凍」 新潮社 2008.11 366p 16cm（新潮文庫）552円 ⓘ978-4-10-123517-2

3012 「バーボン・ストリート」
◇講談社エッセイ賞（第1回/昭和60年）
「バーボン・ストリート」 新潮社 1984.10 251p 20cm 1000円 ⓘ4-10-327504-9
「バーボン・ストリート」 新潮社 1989.5 264p 15cm（新潮文庫）320円 ⓘ4-10-123504-X

沢口 たまみ　さわぐち・たまみ

3013 「虫のつぶやき聞こえたよ」
◇日本エッセイスト・クラブ賞（第38回/平成2年）
「虫のつぶやき聞こえたよ」 白水社 1989.10 174p 19cm 1400円 ⓘ4-560-04912-2
「虫のつぶやき聞こえたよ」 白水社 1994.9 176p 18cm（白水Uブックス 1029）880円 ⓘ4-560-07329-5

沢崎 順之助　さわさき・じゅんのすけ

3014 「パターソン」
◇読売文学賞（第46回/平成6年―研究・翻訳賞）
「パターソン」 ウィリアム・カーロス・ウィリアムズ著, 沢崎順之助訳 思潮社 1994.10 429p 24×16cm 5800円 ⓘ4-7837-2841-0

沢田 英史　さわだ・えいし

3015 「異客」
◇角川短歌賞（第43回/平成9年）
◇現代歌人集会賞（第25回/平成11年）
「異客―歌集」 柊書房 1999.7 182p 20cm（ボトナム叢書 第379篇）2500円 ⓘ4-939005-43-7
「沢田英史集」 邑書林 2004.5 148p 19cm（セレクション歌人 15）1300円 ⓘ4-89709-437-2

澤田 和弥　さわだ・かずや

3016 「寺山修二「五月の鷹」考補遺」
◇俳人協会新鋭評論賞（第1回/平成26年―準大賞）

沢田 慶輔　さわだ・けいすけ

3017 「教育学事典 全6巻」
◇毎日出版文化賞（第11回/昭和32年）

さわだ さちこ

3018 「ねこたちの夜」
◇三越左千夫少年詩賞（第17回/平成25年）
「ねこたちの夜」 出版ワークス, 河出書房新社〔発売〕 2013.12 61p 19cm 1350円 ①978-4-309-92009-2

澤田 瞳子　さわだ・とうこ

3019 「満つる月の如し 仏師・定朝」
◇新田次郎文学賞（第32回/平成25年）
「満つる月の如し―仏師・定朝」 徳間書店 2012.3 382p 19cm 1900円 ①978-4-19-863362-2
「満つる月の如し―仏師・定朝」 徳間書店 2014.10 476p 15cm（徳間文庫さ31-7）710円 ①978-4-19-893899-4

沢田 敏子　さわだ・としこ

3020 「坂をのぼる女の話」
◇詩人会議新人賞（第4回/昭和45年）

3021 「市井の包み」
◇小熊秀雄賞（第10回/昭和52年）

3022 「女人説話」
◇東海現代詩人賞（第3回/昭和47年）

3023 「未了」
◇中日詩賞（第21回/昭和56年）

沢田 允茂　さわだ・のぶしげ

3024 「少年少女のための論理学」
◇毎日出版文化賞（第13回/昭和34年）

沢田 欣子　さわだ・よしこ

3025 「米作りプロ」
◇ノンフィクション朝日ジャーナル大賞（第3回/昭和62年）
「ブラウンハット―オーストラリアの大型米づくり」 勁草書房 1989.2 192p 19cm 1700円 ①4-326-65101-6

沢地 久枝　さわち・ひさえ

3026 「火はわが胸中にあり―忘れられた近衛兵士の叛乱・竹橋事件」
◇日本ノンフィクション賞（第5回/昭和53年）
「火はわが胸中にあり―忘れられた近衛兵士の叛乱―竹橋事件」 角川書店 1980.5 355p 15cm（角川文庫）380円
「火はわが胸中にあり―忘れられた近衛兵士の叛乱 竹橋事件」 文藝春秋 1987.3 366p 15cm（文春文庫）420円 ①4-16-723908-6
「火はわが胸中にあり―忘れられた近衛兵士の叛乱 竹橋事件」 澤地久枝著 岩波書店 2008.9 377p 15cm（岩波現代文庫）1100円 ①978-4-00-603173-2

沢野 紀美子　さわの・きみこ

3027 「冬の桜」
◇晩翠賞（第14回/昭和48年）

澤邊 裕栄子　さわべ・ゆえこ

3028 「帰宅した頬に涙の跡があり汗というから汗にしておく」
◇河野裕子短歌賞（第2回/平成25年/河野裕子賞/家族の歌）

澤邊 稜　さわべ・りょう

3029 「恥ずかしいくらい手を振る母がいてバンクーバーへ僕は旅立つ」
◇河野裕子短歌賞（第1回/平成24年/河野裕子賞/青春の歌）

沢村 貞子　さわむら・さだこ

3030 「私の浅草」
◇日本エッセイスト・クラブ賞（第25回/昭和52年）
「私の浅草」 埼玉福祉会 1983.10 237p 31cm（Large print booksシリーズ）4900円
※原本：暮しの手帖社刊
「私の浅草」 新潮社 1987.11 292p 15cm（新潮文庫）360円 ①4-10-129102-0
「私の浅草」 暮しの手帖社 1996.10 242p 19cm 1456円 ①4-7660-0057-9
「私の浅草」 暮しの手帖社 2010.11 261p 19cm（暮しの手帖エッセイライブラリー 1）1400円 ①978-4-7660-0167-9

沢村 俊輔　さわむら・しゅんすけ

3031 「ブリキのバケツ」
◇日本詩歌句大賞（第7回/平成23年度/奨励賞）
「ブリキのバケツ―詩集」 土曜美術社出版販売 2010.6 99p 20cm 1905円 ①978-4-8120-1808-8

澤村 斉美　さわむら・まさみ
　3032　「夏鴉」
　◇現代歌人集会賞（第34回/平成20年度）
　3033　「夏鴉」
　◇現代短歌新人賞（第9回/平成20年）
　「夏鴉―澤村斉美歌集」砂子屋書房 2008.8　201p　22cm（塔21世紀叢書 第103篇）3000円　①978-4-7904-1112-3
　3034　「黙秘の庭」
　◇角川短歌賞（第52回/平成18年）

澤村 まりこ　さわむら・まりこ
　3035　「昔の私みたいな人へ」
　◇フーコー・エッセイコンテスト（第1回/平成9年/入選）

沢村 光博　さわむら・みつひろ
　3036　「世界のどこかで天使がなく」
　◇時間賞（第3回/昭和31年―作品賞）
　3037　「火の分析」
　◇H氏賞（第15回/昭和40年）
　「火の分析―詩集」思潮社　1964　101p　22cm　600円

佐原 琴　さわら・こと
　3038　「キツネノカミソリ」
　◇福島県俳句賞（第2回/昭和55年）

佐原 雄二　さわら・ゆうじ
　3039　「さかなの食事」
　◇毎日出版文化賞（第33回/昭和54年）

椹木 啓子　さわらぎ・けいこ
　3040　「仲秋」
　◇俳壇賞（第1回/昭和61年度）

椹木 野衣　さわらぎ・のい
　3041　「後美術論」
　◇吉田秀和賞（第25回/平成27年度）
　「後美術論」美術出版社　2015.3　616,12p　19cm（BT BOOKS）4800円　①978-4-568-20266-3

山海 清二　さんかい・せいじ
　3042　「黒っぽい風景」
　◇東海現代詩人賞（第10回/昭和54年）

三条 嘉子　さんじょう・よしこ
　3043　「天使のいたずら」
　◇日本随筆家協会賞（第33回/平成8年5月）
　「天使のいたずら」三条嘉子, 田桐善次郎著　日本随筆家協会　1996.8　218p　19cm（現代随筆選書）1600円　①4-88933-200-7

三宮 麻由子　さんのみや・まゆこ
　3044　「そっと耳を澄ませば」
　◇日本エッセイスト・クラブ賞（第49回/平成13年）
　「そっと耳を澄ませば」日本放送出版協会　2001.2　242p　20cm　1500円　①4-14-080582-X
　「そっと耳を澄ませば」日本放送出版協会　2004.9　242p　16cm（NHKライブラリー）870円　①4-14-084187-7
　「そっと耳を澄ませば」集英社　2007.3　271p　15cm（集英社文庫）533円　①978-4-08-746139-8

三瓶 弘次　さんぺい・ひろつぐ
　3045　「桐の一葉」
　◇福島県短歌賞（第36回/平成23年度―短歌賞）

三本木 昇　さんぽんぎ・のぼる
　3046　「むらさき橋」
　◇栃木県現代詩人会賞（第40回）
　「むらさき橋―三本木昇詩集」書肆青樹社　2005.11　111p　22cm　2400円　①4-88374-162-1

【し】

椎名 亮輔　しいな・りょうすけ
　3047　「デオダ・ド・セヴラック―南仏の風、郷愁の音画」
　◇吉田秀和賞（第21回/平成23年度）
　「デオダ・ド・セヴラック―南仏の風、郷愁の音画」アルテスパブリッシング　2011.9　188, 50p　21cm（叢書ビブリオムジカ）2400円　①978-4-903951-46-

1

シェアード, ポール

3048 「メインバンク資本主義の危機」
◇サントリー学芸賞（第20回/平成10年度—政治・経済部門）
「メインバンク資本主義の危機—ビッグバンで変わる日本型経営」 ポール・シェアード著 東洋経済新報社 1997.7 313, 8p 19cm 1600円 ⓘ4-492-39248-3

ジェラール, フレデリック

3049 「明恵上人—鎌倉時代・華厳宗の一僧」
◇渋沢・クローデル賞（第9回/平成4年—フランス側）

ジェーン・スー

3050 「貴様いつまで女子でいるつもりだ問題」
◇講談社エッセイ賞（第31回/平成27年）
「貴様いつまで女子でいるつもりだ問題」 幻冬舎 2014.7 254p 19cm 1300円 ⓘ978-4-344-02604-9
「貴様いつまで女子でいるつもりだ問題」 幻冬舎 2016.4 298p 15cm（幻冬舎文庫）580円 ⓘ978-4-344-42464-7

塩浦 林也　しおうら・りんや

3051 「鷲尾雨工の生涯」
◇大衆文学研究賞（第6回/平成4年—研究・考証）
「鷲尾雨工の生涯」 恒文社 1992.4 653p 21cm 9800円 ⓘ4-7704-0746-7

塩川 徹也　しおかわ・てつや

3052 「パスカル考」
◇渋沢・クローデル賞（第3回/昭和61年—日本側特別賞）
◇和辻哲郎文化賞（第16回/平成15年度/学術部門）
「パスカル考」 岩波書店 2003.2 357, 15p 22cm 6500円 ⓘ4-00-024417-5

塩沢 由典　しおざわ・よしのり

3053 「市場の秩序学」
◇サントリー学芸賞（第13回/平成3年度—政治・経済部門）
「市場の秩序学—反均衡から複雑系へ」 筑摩書房 1990.9 333, 8p 19cm 2880円 ⓘ4-480-85555-6
「市場の秩序学」 筑摩書房 1998.4 396, 8p 15cm（ちくま学芸文庫）1100円 ⓘ4-480-08417-7

塩田 潮　しおた・うしお

3054 「霞が関が震えた日」
◇講談社ノンフィクション賞（第5回/昭和58年）
「霞が関が震えた日—通貨戦争の12日間」 サイマル出版会 1983.1 277p 19cm 1300円 ⓘ4-377-30586-7
「霞が関が震えた日」 講談社 1993.2 320p 15cm（講談社文庫）500円 ⓘ4-06-185332-5

塩谷 賛　しおたに・さん

3055 「幸田露伴」
◇読売文学賞（第20回/昭和43年—評論・伝記賞）

塩野 とみ子　しおの・とみこ

3056 「桃を食べる」
◇福田正夫賞（第27回/平成25年）
「桃を食べる—詩集」 土曜美術社出版販売 2012.8 107p 22cm 1800円 ⓘ978-4-8120-1952-8

塩野 七生　しおの・ななみ

3057 「海の都の物語」
◇サントリー学芸賞（第3回/昭和56年度—思想・歴史部門）
「海の都の物語—ヴェネツィア共和国の一千年」 中央公論社 1980.10 392p 21cm 1800円
「海の都の物語—ヴェネツィア共和国の一千年 続」 中央公論社 1981.11 460p 21cm 2200円
「海の都の物語—ヴェネツィア共和国の一千年 上」 中央公論社 1989.8 521p 15cm（中公文庫）680円 ⓘ4-12-201634-7
「海の都の物語—ヴェネツィア共和国の一千年 下」 中央公論社 1989.8 607p 15cm（中公文庫）760円 ⓘ4-12-201635-5
「海の都の物語—ヴェネツィア共和国の一千年 上」 新潮社 2001.8 414p

19cm（塩野七生ルネサンス著作集 4）
1900円　ⓘ4-10-646504-3
「海の都の物語―ヴェネツィア共和国の一千年　下」　新潮社　2001.8　453p　19cm（塩野七生ルネサンス著作集 5）2000円　ⓘ4-10-646505-1
「海の都の物語　1―ヴェネツィア共和国の一千年」　新潮社　2009.6　235p　15cm（新潮文庫）400円　ⓘ978-4-10-118132-5
「海の都の物語　2―ヴェネツィア共和国の一千年」　新潮社　2009.6　169p　15cm（新潮文庫）362円　ⓘ978-4-10-118133-2
「海の都の物語　3―ヴェネツィア共和国の一千年」　新潮社　2009.6　219p　15cm（新潮文庫）400円　ⓘ978-4-10-118134-9
「海の都の物語　4―ヴェネツィア共和国の一千年」　新潮社　2009.7　236p　15cm（新潮文庫）400円　ⓘ978-4-10-118135-6
「海の都の物語　5―ヴェネツィア共和国の一千年」　新潮社　2009.7　251p　15cm（新潮文庫）400円　ⓘ978-4-10-118136-3
「海の都の物語　6―ヴェネツィア共和国の一千年」　新潮社　2009.7　254p　15cm（新潮文庫）400円　ⓘ978-4-10-118137-0

3058　「チェーザレ・ボルジア あるいは優雅なる冷酷」
◇毎日出版文化賞（第24回/昭和45年）
「チェーザレ・ボルジアあるいは優雅なる冷酷」　新潮社　2001.7　298,6p　19cm（塩野七生ルネサンス著作集 3）1700円　ⓘ4-10-646503-5
「チェーザレ・ボルジアあるいは優雅なる冷酷」　改版　新潮社　2013.2　413,7p　15cm（新潮文庫）550円　ⓘ978-4-10-118102-8

3059　「ローマ人の物語1 ローマは一日にして成らず」
◇新潮学芸賞（第6回/平成5年）
「ローマ人の物語　1　ローマは一日にして成らず」　新潮社　1992.7　271,5p　21cm　2200円　ⓘ4-10-309610-1
「ローマ人の物語　1　ローマは一日にして成らず」　新潮社　2002.6　197p　15cm（新潮文庫）400円　ⓘ4-10-118151-9
「ローマ人の物語　2　ローマは一日にして成らず」　新潮社　2002.6　209p

15cm（新潮文庫）438円　ⓘ4-10-118152-7

塩原　恒子　しおばら・つねこ
3060　「鳥居峠にて」
◇日本随筆家協会賞（第32回/平成7年11月）
「鳥居峠にて」　日本随筆家協会　1996.6　223p　19cm（現代随筆選書）1600円　ⓘ4-88933-197-2

志賀　かう子　しが・こうこ
3061　「祖母，わたしの明治」
◇日本エッセイスト・クラブ賞（第31回/昭和58年）
「祖母，わたしの明治」　北上書房　1982.12　260p　21cm　1500円
「祖母、わたしの明治」　河出書房新社　1985.9　232p　15cm（河出文庫）480円　ⓘ4-309-40128-7

四賀　光子　しが・みつこ
3062　「四賀光子全歌集」
◇日本歌人クラブ推薦歌集（第8回/昭和37年）

式守　漱子　しきもり・そうこ
3063　「ウインズのある村」
◇優駿エッセイ賞（第21回/平成17年）

重清　良吉　しげきよ・りょうきち
3064　「草の上」
◇三越左千夫少年詩賞（第1回/平成9年/特別賞）
「草の上―重清良吉詩集」　重清良吉著，高田三郎絵　教育出版センター　1996.7　109p　21cm（ジュニア・ポエム双書）1200円　ⓘ4-7632-4337-3

茂見　義勝　しげみ・よしかつ
3065　「四人の兵士」
◇渋沢秀雄賞（第4回/昭和54年）

重本　恵津子　しげもと・えつこ
3066　「評伝 花咲ける孤独―詩人・尾崎喜八 人と時代」
◇潮賞（第14回/平成7年―ノンフィクション）

「花咲ける孤独―評伝・尾崎喜八」 潮出版社 1995.10 249p 19cm 1500円 ①4-267-01388-8

茂山 忠茂 しげやま・ただしげ
3067 「不安定な車輪」
◇壺井繁治賞（第25回/平成9年）
「詩集 不安定な車輪」 南方新社 1996.12 110p 21cm 1800円 ①4-931376-05-3

志治 美世子 しじ・みよこ
3068 「ねじれ 医療の光と影を越えて」
◇開高健ノンフィクション賞（第5回/平成19年）
「ねじれ―医療の光と影を越えて」 集英社 2008.5 285p 20cm 1600円 ①978-4-08-781393-7

宍戸 ひろゆき ししど・ひろゆき
3069 「凍土を掘る」
◇詩人会議新人賞（第37回/平成15年/詩/佳作）

舌間 信夫 したま・のぶお
3070 「哀しみに満ちた村」
◇福岡県詩人賞（第26回/平成2年）
「哀しみに満ちた村―詩集」 花神社 1989.10 103p 22cm 2000円 ①4-7602-1033-4

下町 あきら したまち・あきら
3071 「寄港する夫に届ける子の写真ばんそうこうの訳を書き足す」
◇河野裕子短歌賞（第1回/平成24年/河野裕子賞/家族の歌）

七字 英輔 しちじ・えいすけ
3072 「ルーマニア演劇に魅せられて」
◇AICT演劇評論賞（第19回/平成26年）
「ルーマニア演劇に魅せられて―シビウ国際演劇祭への旅」 せりか書房 2013.3 301p 20cm 2800円 ①978-4-7967-0321-5

実業之日本社 じつぎょうのにほんしゃ
3073 「『少女の友』創刊100周年記念号」
◇尾崎秀樹記念・大衆文学研究賞（第22回/平成21年/研究・考証部門）
「『少女の友』創刊100周年記念号―明治・大正・昭和ベストセレクション」 実業之日本社編, 遠藤寛子, 内田静枝監修 実業之日本社 2009.3 374p 21cm 3800円 ①978-4-408-10756-1

品田 悦一 しなだ・よしかず
3074 「斎藤茂吉―あかあかと一本の道とほりたり」
◇齋藤茂吉短歌文学賞（第22回/平成22年）
◇日本歌人クラブ評論賞（第9回/平成23年）
「斎藤茂吉―あかあかと一本の道とほりたり」 ミネルヴァ書房 2010.6 345, 4p 20cm（ミネルヴァ日本評伝選）3000円 ①978-4-623-05782-5
3075 「斎藤茂吉 異形の短歌」
◇やまなし文学賞〔研究・評論部門〕（第23回/平成26年度―研究・評論部門）
「斎藤茂吉 異形の短歌」 新潮社 2014.2 254p 19cm（新潮選書）1300円 ①978-4-10-603741-2

信濃教育会 しなのきょういくかい
3076 「一茶全集 全8巻別巻1」
◇毎日出版文化賞（第34回/昭和55年―特別賞）

信濃毎日新聞文化部 しなのまいにちしんぶんぶんかぶ
3077 「信州の土」
◇新評賞（第11回/昭和56年―第1部門＝農業問題（正賞））

志野 暁子 しの・あきこ
3078 「花首」
◇角川短歌賞（第27回/昭和56年）

篠 弘 しの・ひろし
3079 「凱旋門」
◇詩歌文学館賞（第15回/平成12年/短歌）
「凱旋門―篠弘歌集」 砂子屋書房 1999.12 218p 23cm（まひる野叢書 第175編）3150円 ①4-7904-0469-2
3080 「近代短歌論争史 明治・大正編」

「近代短歌論争史 昭和編」
◇現代短歌大賞（第5回/昭和57年）
　「近代短歌論争史　明治大正編」角川書店　1976　540p　22cm　7800円

3081　「至福の旅びと」
◇迢空賞（第29回/平成7年）
　「至福の旅びと―篠弘歌集」砂子屋書房　1994.12　222p　23cm（まひる野叢書第136編）2913円

3082　「残すべき歌論―二十世紀の短歌論」
◇齋藤茂吉短歌文学賞（第23回/平成23年）
　「残すべき歌論―二十世紀の短歌論」角川書店，角川グループパブリッシング〔発売〕　2011.3　583p　22cm　10000円　①978-4-04-653226-8

3083　「花の渦」
◇短歌研究賞（第16回/昭和55年）

篠崎　勝己　しのざき・かつみ
3084　「化祭」
◇栃木県現代詩人会賞（第10回）

篠崎　京子　しのざき・きょうこ
3085　「熱のある夢」
◇栃木県現代詩人会賞（第16回）
　「熱のある夢―篠崎京子詩集」沖積舎　1982.8　48p　21cm　1500円

篠田　勝英　しのだ・かつひで
3086　「薔薇物語」
◇読売文学賞（第48回/平成8年―研究・翻訳賞）
　「薔薇物語」ギョーム・ド・ロリス，ジャン・ド・マン作，篠田勝英訳　平凡社　1996.6　699p　21cm　9880円　①4-582-33319-2

信多　純一　しのだ・じゅんいち
3087　「近松の世界」
◇角川源義賞（第14回/平成4年度―国文学）
　「近松の世界」平凡社　1991.7　565p　22cm　8800円

3088　「のろまそろま狂言集成」
◇毎日出版文化賞（第29回/昭和50年―特別賞）
　「のろまそろま狂言集成―道化人形とその系譜」編著：信多純一，斎藤清二郎　大学堂書店　1974　642p　図17枚　27cm　35000円

篠田　桃紅　しのだ・とうこう
3089　「墨いろ」
◇日本エッセイスト・クラブ賞（第27回/昭和54年）
　「墨いろ」PHP研究所　1986.3　212p　15cm（PHP文庫）350円　①4-569-26065-9

篠田　英朗　しのだ・ひであき
3090　「「国家主権」という思想」
◇サントリー学芸賞（第34回/平成24年度―思想・歴史部門）
　「「国家主権」という思想―国際立憲主義への軌跡」勁草書房　2012.5　346p　19cm　3300円　①978-4-326-35160-2

3091　「平和構築と法の支配」
◇大佛次郎論壇賞（第3回/平成15年）
　「平和構築と法の支配―国際平和活動の理論的・機能的分析」創文社　2003.10　255p　19cm　3800円　①4-423-71056-0

篠原　和子　しのはら・かずこ
3092　「人間を脱ぐと海がよく光る」
◇放哉賞（第3回/平成13年）

篠原　霧子　しのはら・きりこ
3093　「白炎」
◇日本一行詩大賞・日本一行詩新人賞（第1回/平成20年/新人賞）
　「白炎―篠原霧子歌集」洋々社　2007.3　183p　20cm（月光叢書6）2000円　①978-4-89674-838-3

篠原　一　しのはら・はじめ
3094　「市民参加」
◇毎日出版文化賞（第31回/昭和52年）

信夫　清三郎　しのぶ・せいざぶろう
3095　「大正政治史」
◇毎日出版文化賞（第6回/昭和27年）

柴　英美子　しば・えみこ
3096　「秋序」

◇角川短歌賞（第11回/昭和40年）

柴 善之助　しば・ぜんのすけ

3097　「揚げる」
◇ながらみ書房出版賞（第10回/平成14年）
「揚げる―柴善之助歌集」　ながらみ書房　2001.5　197p　20cm　2500円　①4-86023-009-4

芝 憲子　しば・のりこ

3098　「沖縄の反核イモ」
◇壺井繁治賞（第15回/昭和62年）
「沖縄の反核イモ―芝憲子エッセイ集」　青磁社　1986.9　248p　19cm　1500円

3099　「海岸線」
◇山之口貘賞（第3回/昭和55年）
「海岸線―芝憲子詩集」　青磁社　1979.9　96p　20cm　1300円

司馬 遼太郎　しば・りょうたろう

3100　「ロシアについて」
◇読売文学賞（第38回/昭和61年―随筆・紀行賞）
「ロシアについて―北方の原形」　文藝春秋　1986.6　251p　19cm　1200円　①4-16-339410-9
「ロシアについて―北方の原形」　文藝春秋　1989.6　259p　15cm　（文春文庫）　380円　①4-16-710558-6
「司馬遼太郎全集　53　アメリカ素描§ロシアについて」　文藝春秋　1998.12　541p　20cm　3429円　①4-16-510530-9

柴崎 佐田男　しばざき・さだお

3101　「窯守の唄」
◇角川俳句賞（第7回/昭和36年）

柴田 恭子　しばた・きょうこ

3102　「母不敬」
◇中日詩賞（第48回/平成20年―中日詩賞）

柴田 佐知子　しばた・さちこ

3103　「己が部屋」
◇俳壇賞（第7回/平成4年度）

3104　「母郷」
◇俳人協会新人賞（第22回/平成10年度）

柴田 三吉　しばた・さんきち

3105　「角度」
◇日本詩人クラブ賞（第48回/平成27年）

3106　「さかさの木」
◇壺井繁治賞（第22回/平成6年）
◇日本詩人クラブ新人賞（第4回/平成6年）
「さかさの木」　ジャンクションハーベスト　1993.7　76p　22cm　1000円

3107　「登攀」
◇詩人会議新人賞（第14回/昭和55年）

3108　「わたしを調律する」
◇地球賞（第23回/平成10年度）

柴田 千秋　しばた・ちあき

3109　「博物館」
◇ラ・メール新人賞（第5回/昭和63年）

柴田 千晶　しばた・ちあき

3110　「セラフィタ氏」
◇横浜詩人会賞（第40回/平成20年度）
「セラフィタ氏」　思潮社　2008.2　85p　22×14cm　2400円　①978-4-7837-3053-8

柴田 奈美　しばた・なみ

3111　「正岡子規と俳句分類」
◇俳人協会評論賞（第17回/平成14年）
「正岡子規と俳句分類」　思文閣出版　2001.12　563p　27cm　18000円　①4-7842-1097-0

柴田 典昭　しばた・のりあき

3112　「樹下逍遙」
◇日本歌人クラブ新人賞（第5回/平成11年）
「樹下逍遙―歌集」　砂子屋書房　1998.11　202p　22cm　（まひる野叢書 163篇）　3000円

3113　「大衆化時代の短歌の可能性」
◇現代短歌評論賞（第9回/平成3年）

柴田 白葉女　しばた・はくようじょ

3114　「月の笛」

しはた

柴田 八十一　しばた・はちじゅういち
3115　「天の川」
◇朝日俳句新人賞（第3回/平成12年/準賞）

柴田 裕巳　しばた・ひろみ
3116　「落ち葉の季節」
◇随筆にっぽん賞（第3回/平成25年/随筆にっぽん賞）

柴田 基典　しばた・もとのり
3117　「無限氏」
◇福岡県詩人賞（第17回/昭和56年）
「無限氏―柴田基典詩集」　葦書房　1980.8　85p　21cm　1700円

柴田 元幸　しばた・もとゆき
3118　「アメリカン・ナルシス」
◇サントリー学芸賞（第27回/平成17年度―芸術・文学部門）
「アメリカン・ナルシス―メルヴィルからミルハウザーまで」　東京大学出版会　2005.5　233p　21cm（アメリカ太平洋研究叢書）3200円　①4-13-080104-X
3119　「生半可な学者」
◇講談社エッセイ賞（第8回/平成4年）
「生半可な学者」　白水社　1992.6　201p　19cm　1600円　①4-560-04290-X
「生半可な学者―エッセイの小径」　白水社　1996.3　201p　18cm（白水Uブックス）880円　①4-560-07333-3

柴田 亮子　しばた・りょうこ
3120　「かんころもちの島で」
◇読売「ヒューマン・ドキュメンタリー」大賞（第5回/昭和59年―優秀賞）
「かんころもちの島で」　読売新聞社　1984.11　214p　20cm　980円　①4-643-73870-7

野上 照代　しばた・りょうこ
3121　「父へのレクイエム」
◇読売「ヒューマン・ドキュメンタリー」大賞（第5回/昭和59年―優秀賞）
「かんころもちの島で」　柴田亮子〔ほか〕著　読売新聞社　1984.11　214p　20cm　980円　①4-643-73870-7

芝谷 幸子　しばたに・さちこ
3122　「山の祝灯」
◇日本歌人クラブ賞（第25回/平成10年）
「山の祝灯―歌集」　短歌新聞社　1997.12　219p　20cm（ポトナム叢書 第367篇）2500円

柴谷 武之祐　しばたに・たけのすけ
3123　「さびさび唄」
◇日本歌人クラブ推薦歌集（第4回/昭和33年）
「現代短歌全集 第13巻 昭和31～33年」生方たつゑ〔ほか〕著　筑摩書房　1980.11　417p　23cm　3600円
「現代短歌全集 第13巻 昭和三十一年～三十三年」生方たつゑほか著　筑摩書房　2002.6　417p　21cm　6200円　①4-480-13833-1
「柴谷武之祐全歌集」　ながらみ書房　2005.5　516p　22cm　7143円　①4-86023-252-6

渋川 京子　しぶかわ・きょうこ
3124　「手にのせて」
◇現代俳句協会新人賞（第15回/平成9年）

渋沢 孝輔　しぶさわ・たかすけ
3125　「廻廊」
◇高見順賞（第10回/昭和54年度）
「廻廊―詩集」　思潮社　1979.10　111p　23cm　2400円
3126　「蒲原有明論」
◇亀井勝一郎賞（第12回/昭和55年）
「蒲原有明論―近代詩の宿命と遺産」　中央公論社　1980.8　396p　20cm　2200円
3127　「行き方知れず抄」
◇萩原朔太郎賞（第5回/平成9年）
「行き方知れず抄」　思潮社　1997.6　126p　23cm　2600円　①4-7837-0654-9
3128　「われアルカディアにもあり」
◇藤村記念歴程賞（第12回/昭和49年）
「われアルカディアにもあり」　青土社　1974　84p　22cm　1400円

渋田 耕一　しぶた・こういち
3129　「石の章」
◇横浜詩人会賞（第13回/昭和56年度）

澁谷 浩一　しぶや・こういち
3130　「万馬券親子」
◇優駿エッセイ賞（第28回/平成24年）

渋谷 卓男　しぶや・たくお
3131　「雨音」(詩集)
◇福田正夫賞（第25回/平成23年）
　「雨音」　ジャンクション・ハーベスト
　2010.6　2000円
3132　「朝鮮鮒」
◇小野十三郎賞（第6回/平成16年）

澁谷 道　しぶや・みち
3133　「澁谷道俳句集成」
◇蛇笏賞（第46回/平成24年）
　「澁谷道俳句集成」　沖積舎　2011.11
　630p　22cm　①978-4-8060-1668-7

柴生田 稔　しぼうた・みのる
3134　「斎藤茂吉伝」「続斎藤茂吉伝」
◇読売文学賞（第33回/昭和56年—研究・翻訳賞）
　「斎藤茂吉伝」　新潮社　1979.6　407p
　20cm　1900円
　「斎藤茂吉伝　続」　新潮社　1981.11
　451p　20cm　2300円
3135　「麦の庭」
◇日本歌人クラブ推薦歌集（第6回/昭和35年）
　「麦の庭―歌集」　白玉書房　1959　249p
　19cm

島 一春　しま・かずはる
3136　「のさりの山河」
◇日本文芸家クラブ大賞（第6回/平成9年—エッセイ部門）
　「のさりの山河」　熊本日日新聞社　1996.7　159p　19cm（シリーズ・私を語る）
　1165円　①4-905884-76-4

志摩 みどり　しま・みどり
3137　「花万朶」
◇福島県俳句賞（第4回/昭和57年—準賞）

嶋岡 晨　しまおか・あきら
3138　「永久運動」
◇岡本弥太賞（第3回/昭和40年）
　「永久運動」　思潮社　1964　128p
　20cm　600円
3139　「乾杯」
◇小熊秀雄賞（第32回/平成11年）
　「乾杯―嶋岡晨詩集」　港の人　1998.12
　78p　20cm　1000円　①4-89629-018-6
3140　「終点オクシモロン」
◇富田砕花賞（第23回/平成24年）
　「終点オクシモロン―詩集」　洪水企画，草場書房〔発売〕　2012.5　167p
　22cm　2200円　①978-4-902616-48-4

島崎 栄一　しまざき・えいいち
3141　「苔桃」(歌集)
◇島木赤彦文学賞（第17回/平成27年）
　「苔桃―歌集」　島崎榮一著　現代短歌社
　2014.7　204p　22cm（鮒叢書　第86篇）
　2777円

島﨑 輝雄　しまざき・てるお
3142　「クニオとベニマシコ」
◇随筆にっぽん賞（第1回/平成23年/審査員賞）

島津 忠夫　しまず・ただお
3143　「島津忠夫著作集」(全15巻)
◇現代短歌大賞（第31回/平成20年）
　「島津忠夫著作集　第1巻　文学史」　和泉書院　2003.2　408p　22cm　10000円
　①4-7576-0198-0
　「島津忠夫著作集　第2巻　連歌」　和泉書院　2003.6　461p　22cm　12000円
　①4-7576-0221-9
　「島津忠夫著作集　第3巻　連歌史」　和泉書院　2003.11　354p　22cm　9000円
　①4-7576-0238-3
　「島津忠夫著作集　第4巻　心敬と宗祇」
　和泉書院　2004.5　420p　22cm　12000円　①4-7576-0258-7
　「島津忠夫著作集　第5巻　連歌・俳諧―資料と研究」　和泉書院　2004.10
　336p　22cm　9000円　①4-7576-0279-0
　「島津忠夫著作集　第6巻　天満宮連歌史」　和泉書院　2005.1　289p　22cm
　9000円　①4-7576-0294-4

「島津忠夫著作集　第7巻　和歌史　上」
和泉書院　2005.6　514p　22cm　14000
円　ⓘ4-7576-0329-0
「島津忠夫著作集　第8巻　和歌史　下」
和泉書院　2005.12　513p　22cm
14000円　ⓘ4-7576-0340-1
「島津忠夫著作集　第9巻　近代短歌史」
和泉書院　2006.6　573p　22cm　14500
円　ⓘ4-7576-0377-0
「島津忠夫著作集　第10巻　物語」　和泉書院　2006.10　485p　22cm　13000円
ⓘ4-7576-0388-6
「島津忠夫著作集　第11巻　芸能史」　和泉書院　2007.3　734p　22cm　15000円
ⓘ978-4-7576-0401-8
「島津忠夫著作集　第12巻　現代短歌論」
和泉書院　2007.7　518p　22cm　14000
円　ⓘ978-4-7576-0420-9
「島津忠夫著作集　第13巻　作品—短歌・連歌・随想」和泉書院　2007.9　291p
22cm　8000円　ⓘ978-4-7576-0427-8
「島津忠夫著作集　第14巻　国文学の世界」　和泉書院　2008.2　443p　22cm
12000円　ⓘ978-4-7576-0448-3
「島津忠夫著作集　第15巻　拾遺・索引」
和泉書院　2009.3　390p　22cm　12500
円　ⓘ978-4-7576-0502-2

3144　「和歌文学史の研究　和歌編・短歌編」
◇角川源義賞（第20回/平成10年度/国文学）
「和歌文学史の研究　和歌編」　角川書店
1997.6　817p　21cm　32000円　ⓘ4-04-864017-8
「和歌文学史の研究　短歌編」　角川書店
1997.9　270p　22cm　ⓘ4-04-864018-6

島瀬　信博　しませ・のぶひろ

3145　「鳥はどこでなくのか」
◇現代短歌評論賞（第8回/平成2年）

島田　明宏　しまだ・あきひろ

3146　「消えた天才騎手　最年少ダービージョッキー・前田長吉の奇跡」
◇JRA賞馬事文化賞（第25回/平成23年度）
「消えた天才騎手—最年少ダービージョッキー・前田長吉の奇跡」白夜書房　2011.4　240p　18cm（競馬王新書043）952円　ⓘ978-4-86191-730-1

島田　勇　しまだ・いさむ

3147　「現代の乞食」
◇横浜詩人会賞（第7回/昭和50年度）
「現代の乞食—島田勇詩集」土曜美術社
1974　150p　22cm　1200円

島田　謹二　しまだ・きんじ

3148　「アメリカにおける秋山真之」
◇日本エッセイスト・クラブ賞（第18回/昭和45年）
「アメリカにおける秋山真之　上巻」朝日新聞社　2003.6　353p　19cm（朝日選書52）2860円　ⓘ4-925219-61-8
「アメリカにおける秋山真之　下巻」朝日新聞社　2003.6　362p　19cm（朝日選書53）2970円　ⓘ4-925219-62-6
「アメリカにおける秋山真之　上　米国海軍の内懐に」朝日新聞出版　2009.11
418p　15cm（朝日文庫）800円
ⓘ978-4-02-261647-0
「アメリカにおける秋山真之　中　米西戦争を観る」朝日新聞出版　2009.12
441p　15cm（朝日文庫）840円
ⓘ978-4-02-261648-7
「アメリカにおける秋山真之　下　日露開戦に備えて」朝日新聞出版　2009.12
407p　15cm（朝日文庫）800円
ⓘ978-4-02-261649-4

島田　浩治　しまだ・こうじ

3149　「遥かなるナイルの旅」
◇日本旅行記賞（第4回/昭和52年）

島田　修二　しまだ・しゅうじ

3150　「草木国土」
◇詩歌文学館賞（第11回/平成8年/現代短歌）
「草木国土—歌集」花神社　1995.11
355p　20cm（青藍叢書　第9編）3500円
ⓘ4-7602-1385-6

3151　「渚の日日」
◇「短歌」愛読者賞（第6回/昭和54年—作品部門）
◇迢空賞（第18回/昭和59年）
「渚の日日—島田修二歌集」花神社
1983.9　289p　20cm（コスモス叢書　第122篇）3000円

3152　「花火の星」
◇日本歌人クラブ推薦歌集（第10回/昭和39年）

島田 修三　しまだ・しゅうぞう

3153　「シジフォスの朝」
◇寺山修司短歌賞（第7回/平成14年）
「シジフォスの朝―島田修三歌集」　砂子屋書房　2001.12　248p　22cm（まひる野叢書 第193篇）3000円　①4-7904-0612-1

3154　「東洋の秋」
◇前川佐美雄賞（第6回/平成20年）
「東洋の秋―歌集」　ながらみ書房　2007.12　257p　22cm（まひる野叢書 第247篇）3000円　①978-4-86023-514-7

3155　「蓬萊断想録」
◇中日短歌大賞（第1回/平成22年）
◇若山牧水賞（第15回/平成22年）
◇迢空賞（第45回/平成23年）
「蓬萊断想録―歌集」　短歌研究社　2010.7　205p　22cm（まひる野叢書 第275篇）3000円　①978-4-86272-202-7

嶌田 岳人　しまだ・たけと

3156　「ものいふ道具」
◇俳句四季大賞（第12回/平成25年/新人賞）

島田 奈都子　しまだ・なつこ

3157　「むら」
◇詩人会議新人賞（第46回/平成24年/詩部門/入選）

島田 晴雄　しまだ・はるお

3158　「ヒューマンウェアの経済学」
◇サントリー学芸賞（第11回/平成1年度―政治・経済部門）
「ヒューマンウェアの経済学―アメリカのなかの日本企業」　岩波書店　1988.10　287p　19cm　1600円　①4-00-001905-8

島田 幸典　しまだ・ゆきのり

3159　「駅程」
◇寺山修司短歌賞（第21回/平成28年）
◇日本歌人クラブ賞（第43回/平成28年）
「駅程―島田幸典歌集」　砂子屋書房　2015.10　265p　19cm　3000円　①978-4-7904-1568-8

3160　「no news」
◇現代歌人協会賞（第47回/平成15年）

「NO news―島田幸典歌集」　砂子屋書房　2002.8　222p　20cm　3000円　①4-7904-0659-8

嶋田 義仁　しまだ・よしひと

3161　「稲作文化の世界観 「古事記」神代神話を読む」
◇和辻哲郎文化賞（第11回/平成10年度/一般部門）
「稲作文化の世界観―『古事記』神代神話を読む」　平凡社　1998.3　354p　20cm（平凡社選書 175）2400円　①4-582-84175-9

島村 章子　しまむら・あきこ

3162　「春の僧主」
◇野原水嶺賞（第22回/平成18年）

島村 喜久治　しまむら・きくじ

3163　「院長日記」
◇日本エッセイスト・クラブ賞（第2回/昭和29年）

島村 菜津　しまむら・なつ

3164　「エクソシストとの対話」
◇「週刊ポスト」「SAPIO」21世紀国際ノンフィクション大賞（第5回/平成10年/優秀賞）
◇小学館ノンフィクション大賞（第5回/平成10年―優秀賞）
「エクソシストとの対話」　小学館　1999.6　267p　19cm　1500円　①4-09-379219-4
「エクソシストとの対話」　講談社　2012.2　347p　15cm（講談社文庫）724円　①978-4-06-277159-7

島村 英紀　しまむら・ひでき

3165　「地球の腹と胸の内」
◇講談社出版文化賞（第20回/平成1年―科学出版賞）
「地球の腹と胸の内―地震研究の最前線と冒険譚」　情報センター出版局　1988.12　262p　19cm　1300円　①4-7958-0892-9

島村 木綿子　しまむら・ゆうこ

3166　「森のたまご」
◇三越左千夫少年詩賞（第6回/平成14年）

しみず

「森のたまご―島村木綿子詩集」 銀の鈴社 2001.4 87p 22cm（ジュニアポエム双書 148）1200円 ①4-87786-148-3

清水 潔　しみず・きよし
3167　「殺人犯はそこにいる」
◇新潮ドキュメント賞（第13回/平成26年）

清水 啓子　しみず・けいこ
3168　「羽衣」
◇日本随筆家協会賞（第45回/平成14年5月）
「花の命」 日本随筆家協会 2002.10 227p 20cm（現代名随筆叢書 46）1500円 ①4-88933-268-5

清水 径子　しみず・けいこ
3169　「雨の樹」
◇詩歌文学館賞（第17回/平成14年/俳句）
「雨の樹―清水径子句集」 角川書店 2001.12 136p 22cm 3000円 ①4-04-871965-3
「清水径子全句集」 清水径子全句集刊行会 2005.2 258p 20cm 5800円

清水 恵子　しみず・けいこ
3170　「あびて あびて」
◇日本詩人クラブ新人賞（第5回/平成7年）
「あびてあびて」 思潮社 1994.10 103p 22cm 2400円 ①4-7837-0539-9

清水 耕一　しみず・こういち
3171　「寝ぼけてでんしゃに」
◇現代詩加美未来賞（第12回/平成14年―中新田縄文賞）

清水 廣一郎　しみず・こういちろう
3172　「中世イタリア商人の世界」
◇サントリー学芸賞（第4回/昭和57年度―思想・歴史部門）
「中世イタリア商人の世界―ルネサンス前夜の年代記」 清水広一郎著 平凡社 1982.2 236p 21cm 1800円
「中世イタリア商人の世界―ルネサンス前夜の年代記」 清水広一郎著 平凡社 1993.6 309p 16cm （平凡社ライブラリー 7）1200円 ①4-582-76007-4

清水 候鳥　しみず・こうちょう
3173　「「利根川図志」吟行」
◇奥の細道文学賞（第1回/平成5年度）

清水 茂　しみず・しげる
3174　「水底の寂かさ」
◇日本詩人クラブ賞（第42回/平成21年）
「水底の寂（しず）かさ」 舷燈社 2008.11 143p 19cm 2000円 ①978-4-87782-086-2

清水 俊二　しみず・しゅんじ
3175　「映画字幕五十年」
◇日本エッセイスト・クラブ賞（第33回/昭和60年）
「映画字幕五十年」 早川書房 1985.4 360p 20cm 1500円 ①4-15-203282-0
「映画字幕（スーパー）五十年」 早川書房 1987.3 398p 15cm（ハヤカワ文庫 NF）540円 ①4-15-050131-9

清水 孝純　しみず・たかよし
3176　「笑いのユートピア―『吾輩は猫である』の世界」
◇やまなし文学賞〔研究・評論部門〕（第11回/平成14年度―研究・評論部門）
「笑いのユートピア―『吾輩は猫である』の世界」 翰林書房 2002.10 427p 21cm 6000円 ①4-87737-159-1

清水 哲男　しみず・てつお
3177　「黄燐と投げ縄」
◇三好達治賞（第1回/平成18年）
3178　「水甕座の水」
◇H氏賞（第25回/昭和50年）
3179　「夕陽に赤い帆」
◇萩原朔太郎賞（第2回/平成6年）
◇晩翠賞（第35回/平成6年）
「夕陽に赤い帆―清水哲男詩集」 思潮社 1994.4 122p 21cm 2400円 ①4-7837-0507-0

清水 徹　しみず・とおる
3180　「書物について―その形而下学と

形而上学」
◇藤村記念歴程賞（第39回/平成13年）
◇読売文学賞（第53回/平成13年―研究・翻訳賞）
「書物について―その形而下学と形而上学」　岩波書店　2001.7　382p　21cm　4600円　ⓘ4-00-023359-9

清水 一　しみず・はじめ

3181　「すまいの四季」
◇日本エッセイスト・クラブ賞（第4回/昭和31年）

清水 ひさ子　しみず・ひさこ

3182　「春帰家」（随筆）
◇奥の細道文学賞（第5回/平成16年―奥の細道文学賞）

3183　「そぞろ神の木偶廻し」（紀行文）
◇奥の細道文学賞（第4回/平成13年―佳作）

清水 ひさし　しみず・ひさし

3184　「かなぶん」
◇三越左千夫少年詩賞（第18回/平成26年）
「かなぶん―清水ひさし詩集」　四季の森社　2013.12　175p　21cm　1400円　ⓘ978-4-905036-06-7

清水 婦久子　しみず・ふくこ

3185　「源氏物語の風景と和歌」
◇関根賞（第5回/平成9年度）
「源氏物語の風景と和歌」　和泉書院　1997.9　479p　21cm（研究叢書）13000円　ⓘ4-87088-880-7
「源氏物語の風景と和歌」　増補版　和泉書院　2008.4　566p　21cm　15000円　ⓘ978-4-7576-0468-1

清水 房雄　しみず・ふさお

3186　「已哉微吟」
◇詩歌文学館賞（第23回/平成20年/短歌）
「已哉微吟―清水房雄歌集」　角川書店, 角川グループパブリッシング（発売）2007.3　219p　20cm（角川短歌叢書）2571円　ⓘ978-4-04-621723-3

3187　「一去集」
◇現代歌人協会賞（第8回/昭和39年）
「一去集―歌集」　短歌新聞社　1998.4　136p　15cm（短歌新聞社文庫）667円　ⓘ4-8039-0931-8

3188　「斎藤茂吉と土屋文明」
◇現代短歌大賞（第22回/平成11年）
「斎藤茂吉と土屋文明―その場合場合」　明治書院　1999.3　415p　22cm　8000円　ⓘ4-625-41118-1

3189　「絑間抄」
◇日本歌人クラブ賞（第17回/平成2年）

3190　「獨孤意尚吟」
◇斎藤茂吉短歌文学賞（第15回/平成16年）

3191　「春の土」
◇短歌研究賞（第13回/昭和52年）

3192　「旻天何人吟」
◇迢空賞（第32回/平成10年）
「旻天何人吟」　不識書院　1997.7　215p　20cm　3000円　ⓘ4-938289-03-2

3193　「老耄章句」
◇現代短歌大賞（第22回/平成11年）
「老耄章句―歌集」　不識書院　1999.9　205p　20cm　3000円　ⓘ4-938289-41-5

清水 マサ　しみず・まさ

3194　「鬼火」
◇壺井繁治賞（第39回/平成23年）
「鬼火―詩集」　詩人会議出版　2010.12　126p　22cm　2000円

清水 まち子　しみず・まちこ

3195　「迎え坂」
◇読売「ヒューマン・ドキュメンタリー」大賞（第6回/昭和60年）
「脳死をこえて」　藤村志保〔ほか〕著　読売新聞社　1985.11　270p　20cm　1100円　ⓘ4-643-74180-5

清水 道子　しみず・みちこ

3196　「花搖（かよう）」（句集）
◇北海道新聞俳句賞（第21回/平成18年）

清水 靖子　しみず・やすこ

3197　「日商岩井が汚染したマタネコ・クリーク―熱帯雨林破壊とヒ素汚染―」

清水 良郎　しみず・よしろう

3198　「風のにほひ」
◇角川俳句賞（第59回/平成25年）

志村 恭吾　しむら・きょうご

3199　「非情のバンク」
◇競輪文芸新人賞（第2回/小説（優秀作））

志村 ふくみ　しむら・ふくみ

3200　「語りかける花」
◇日本エッセイスト・クラブ賞（第41回/平成5年）
「語りかける花」　人文書院　1992.9　239p　21cm　2781円　①4-409-16058-3
「語りかける花　上」　埼玉福祉会　2003.11　205p　21cm（大活字本シリーズ）2700円　①4-88419-233-8
※原本：人文書院刊
「語りかける花　下」　埼玉福祉会　2003.11　241p　21cm（大活字本シリーズ）2800円　①4-88419-234-6
※原本：人文書院刊
「語りかける花」　筑摩書房　2007.11　292p　15cm（ちくま文庫）860円　①978-4-480-42396-2

志村 三代子　しむら・みよこ

3201　「映画人・菊池寛」
◇河上肇賞（第7回/平成23年）
「映画人・菊池寛」　藤原書店　2013.8　372p　20cm　2800円　①978-4-89434-932-2

下川 敬明　しもかわ・ひろあき

3202　「サーフィン―水平線の彼方へ ヘラクレイトスと共に」
◇伊東静雄賞（第18回/平成19年/奨励賞）

3203　「鎮魂歌（レクイエム）」
◇日本詩歌句大賞（第8回/平成24年度/詩部門/大賞）
「鎮魂歌（レクイエム）―下川敬明詩集」　土曜美術社出版販売　2012.3　108p　22cm　2000円　①978-4-8120-1948-1

下坂 速穂　しもさか・すみほ

3204　「眼光」
◇俳人協会新人賞（第36回/平成24年度）
「眼光―下坂速穂句集」　ふらんす堂　2012.8　206p　19cm（ふらんす堂精鋭俳句叢書―Série de la fleur）2400円　①978-4-7814-0489-9

3205　「月齢」
◇俳壇賞（第18回/平成15年度）

下沢 風子　しもざわ・ふうこ

3206　「光の翼」
◇北海道新聞短歌賞（第28回/平成25年）

下地 ヒロユキ　しもじ・ひろゆき

3207　「それについて」
◇山之口貘賞（第34回/平成23年度）
「それについて―詩集」　古仙文庫　2010.9　117p　21cm　1500円

下嶋 哲朗　しもじま・てつろう

3208　「アメリカ国家反逆罪」
◇講談社ノンフィクション賞（第16回/平成6年）
「アメリカ国家反逆罪」　講談社　1993.11　384p　19cm　1800円　①4-06-206120-1

下條 信輔　しもじょう・しんすけ

3209　「<意識>とは何だろうか」を中心として
◇サントリー学芸賞（第21回/平成11年度―思想・歴史部門）
「意識」とは何だろうか―脳の来歴、知覚の錯誤」　下条信輔著　講談社　1999.2　262p　18cm（講談社現代新書）680円　①4-06-149439-2

下条 ひとみ　しもじょう・ひとみ

3210　「積もった雪の上で」
◇〔新潟〕日報詩壇賞（第16回/昭和52年春）

霜多 正次　しもた・せいじ

3211　「沖縄島」
◇毎日出版文化賞（第11回/昭和32年）
「霜多正次全集　1」　霜多正次全集刊行

委員会, 沖積舎〔発売〕 1997.6 922p 21cm 10000円 ⓘ4-8060-9507-9

下中 弥三郎 しもなか・やさぶろう
3212 「世界大百科事典 全32巻」
◇毎日出版文化賞（第13回/昭和34年—特別賞）

下林 昭司 しもばやし・しょうじ
3213 「キャラコの草履」
◇現代詩人アンソロジー賞（第8回/平成10年/最優秀）

下村 ひろし しもむら・ひろし
3214 「西陣集」
◇俳人協会賞（第17回/昭和52年度）

下山 光雄 しもやま・みつお
3215 「羊蹄山麓」
◇北海道ノンフィクション賞（第33回/平成25年—佳作）

姜 克実 ジャン・クーシー
3216 「石橋湛山の思想的研究」
◇石橋湛山賞（第14回/平成5年）

ジャンセン, マリウス
3217 「坂本龍馬と明治維新」
◇山片蟠桃賞（第11回/平成4年度）
「坂本竜馬と明治維新」 マリアス・B.ジャンセン著, 平尾道雄, 浜田亀吉訳 新版 時事通信社 1989.7 400p 19cm 1236円 ⓘ4-7887-0002-6
「坂本龍馬と明治維新」 マリアス・B.ジャンセン著, 平尾道雄, 浜田亀吉訳 新装版 時事通信出版局, 時事通信社〔発売〕 2009.12 480p 19cm 2200円 ⓘ978-4-7887-0980-5

十月会 じゅうがつかい
3218 「十月会作品」
◇日本歌人クラブ推薦歌集（第5回/昭和34年）

週刊Gallop編集部 しゅうかんぎゃろっぷへんしゅうぶ
3219 「週刊100名馬」
◇馬事文化賞（第16回/平成14年度）
「週刊100名馬—Gallop Selection—平成を彩った名馬たち v.1〜v.100」 産業経済新聞社 2000.5〜2002.4 28cm

朱牟田 夏雄 しゅむた・なつお
3220 「紳士トリストラム・シャンディの生涯と意見」
◇読売文学賞（第18回/昭和41年—研究・翻訳賞）

シュリンク, ベルンハルト
3221 「朗読者」
◇毎日出版文化賞（第54回/平成12年—特別賞）
「朗読者」 ベルンハルト・シュリンク著, 松永美穂訳 新潮社 2000.4 213p 19cm（新潮クレスト・ブックス） 1800円 ⓘ4-10-590018-8
「朗読者」 ベルンハルト・シュリンク著, 松永美穂訳 新潮社 2003.6 258p 15cm（新潮文庫） 514円 ⓘ4-10-200711-3

城 侑 じょう・すすむ
3222 「豚の胃と腸の料理」
◇壺井繁治賞（第3回/昭和50年）
「豚の胃と腸の料理—詩集」 八坂書房 1974 132p 20cm 1300円

城 千枝 じょう・ちえ
3223 「羊歯の化石と学徒兵」
◇伊東静雄賞（第8回/平成9年—奨励賞）

将基面 貴巳 しょうぎめん・たかし
3224 「ヨーロッパ政治思想の誕生」
◇サントリー学芸賞（第35回/平成25年度—思想・歴史部門）
「ヨーロッパ政治思想の誕生」 名古屋大学出版会 2013.8 262, 56p 21cm 5500円 ⓘ978-4-8158-0738-2

城崎 哲 じょうざき・てつ
3225 「カリスマ装蹄師 西内荘の競馬技術」
◇JRA賞馬事文化賞（第21回/平成19年度）
「カリスマ装蹄師西内荘の競馬技術—空飛ぶ蹄鉄をいかにデザインするか」 白

夜書房　2007.5　190p　18cm（競馬王新書 1）　900円　①978-4-86191-268-9

東海林 さだお　しょうじ・さだお

3226「ブタの丸かじり」
◇講談社エッセイ賞（第11回/平成7年）
「ブタの丸かじり」　朝日新聞社　1995.2　217p　19cm（丸かじりシリーズ 10）　950円　①4-02-256826-7
「ブタの丸かじり」　文藝春秋　2000.9　243p　15cm（文春文庫）　486円　①4-16-717745-5

庄司 直人　しょうじ・なおと

3227「庄司直人詩集」
◇晩翠賞（第19回/昭和53年）

庄司 晴彦　しょうじ・はるひこ

3228「早春のチトラル─辺境へのビジネス特急」
◇日航海外紀行文学賞（第2回/昭和55年）

城島 久子　じょうじ・まひさこ

3229「蜂場の譜」
◇短歌研究新人賞（第19回/昭和51年）

城島 充　じょうじま・みつる

3230「武蔵野のローレライ」
◇「ナンバー」スポーツノンフィクション新人賞（第7回/平成11年）

庄野 英二　しょうの・えいじ

3231「ロッテルダムの灯」
◇日本エッセイスト・クラブ賞（第9回/昭和36年）
「ロッテルダムの灯」　講談社　2013.7　214p　15cm（講談社文芸文庫）　1200円　①978-4-06-290199-4

情野 晴一　じょうの・せいいち

3232「子供の見る眼」
◇現代詩加美未来賞（第15回/平成17年度─加美縄文賞）

称原 雅子　しょうばら・まさこ

3233「不思議な関係」
◇日本随筆家協会賞（第36回/平成9年

11月）
「不思議な関係」　日本随筆家協会　1998.3　217p　19cm（現代名随筆叢書）　1500円　①4-88933-216-2

菖蒲 あや　しょうぶ・あや

3234「路地」
◇俳人協会賞（第7回/昭和42年度）
「路地─句集」　新装版　梅里書房　1993.12　122p　19cm　1456円　①4-87227-083-5

白井 明大　しらい・あきひろ

3235「生きようと生きるほうへ」
◇丸山豊記念現代詩賞（第25回/平成28年）
「生きようと生きるほうへ」　思潮社　2015.7　127p　19cm　2500円　①978-4-7837-3454-3

白井 浩司　しらい・こうじ

3236「アルベール・カミュ その光と影」
◇読売文学賞（第29回/昭和52年─研究・翻訳賞）

白井 聡　しらい・さとし

3237「永続敗戦論─戦後日本の核心」
◇石橋湛山賞（第35回/平成26年）
◇角川財団学芸賞（第12回/平成26年）
「永続敗戦論─戦後日本の核心」　太田出版　2013.3　221p　19cm（atプラス叢書）　1700円　①978-4-7783-1359-3

白井 知子　しらい・ともこ

3238「あやうい微笑」
◇日本詩人クラブ新人賞（第10回/平成12年）
「あやうい微笑」　思潮社　1999.11　91p　22cm　2200円　①4-7837-1165-8

白石 かずこ　しらいし・かずこ

3239「現れるものたちをして」
◇高見順賞（第27回/平成8年度）
「現れるものたちをして」　書肆山田　1996.11　103p　23cm　3296円　①4-87995-392-X

3240「一艘のカヌー，未来へ戻る」
◇無限賞（第6回/昭和53年）

3241 「砂族」
◇藤村記念歴程賞（第21回/昭和58年）
　「砂族」　書肆山田　1984.9　117p　21cm　1600円

3242 「詩の風景」「詩人の肖像」
◇読売文学賞（第60回/平成20年度─随筆・紀行賞）

3243 「聖なる淫者の季節」
◇H氏賞（第21回/昭和46年）
　「聖なる淫者の季節」　思潮社　1970　103p　21cm　1200円

3244 「浮遊する母、都市」
◇土井晩翠賞（第44回/平成15年）
　「浮遊する母、都市」　書肆山田　2003.1　133p　23cm　2600円　④4-87995-563-9

白石 小瓶　しらいし・しょうへい

3245 「見とどける者」
◇詩人会議新人賞（第47回/平成25年/詩部門/入選）

白石 昂　しらいし・たかし

3246 「冬山」
◇日本歌人クラブ賞（第18回/平成3年）
　「冬山─白石昂歌集」　角川書店　1990.11　207p　19cm（長流叢書 第48篇）　2600円　④4-04-871307-8

白石 隆　しらいし・たかし

3247 「インドネシア 国家と政治」
◇サントリー学芸賞（第14回/平成4年度─政治・経済部門）
　「インドネシア─国家と政治」　リブロポート　1992.3　309p　19cm　1957円　④4-8457-0702-0

3248 「海の帝国」
◇読売・吉野作造賞（第1回/平成12年）
　「海の帝国─アジアをどう考えるか」　中央公論新社　2000.9　218p　18cm（中公新書）　680円　④4-12-101551-7

白石 司子　しらいし・つかこ

3249 「赤黄男と三鬼」
◇現代俳句評論賞（第24回/平成16年）

白石 真佐子　しらいし・まさこ

3250 「春を待つ枝」

◇「短歌現代」新人賞（第18回/平成15年）

白石 美雪　しらいし・みゆき

3251 「ジョン・ケージ 混沌ではなくアナーキー」
◇吉田秀和賞（第20回/平成22年度）
　「ジョン・ケージ─混沌ではなくアナーキー」　武蔵野美術大学出版局　2009.10　319p　22cm　3200円　④978-4-901631-89-1

白川 松子　しらかわ・まつこ

3252 「キリンの涙」
◇現代詩加美未来賞（第16回/平成18年度─加美縄文賞）

白洲 正子　しらす・まさこ

3253 「かくれ里」
◇読売文学賞（第24回/昭和47年─随筆・紀行賞）
　「かくれ里」　講談社　1991.4　341p　15cm（講談社文芸文庫─現代日本のエッセイ）　980円　④4-06-196122-5
　「白洲正子全集　第5巻　かくれ里・ものを創る・エッセイ1971-1973」　新潮社　2001.11　448p　21cm　5700円　④4-10-646605-8
　「かくれ里」　愛蔵版　新潮社　2010.9　349p　21cm　3000円　④978-4-10-310719-4

3254 「能面」
◇読売文学賞（第15回/昭和38年─研究・翻訳賞）
　「白洲正子全集　第3巻」　新潮社　2001.9　589p　21cm　5700円　④4-10-646603-1

白滝 まゆみ　しらたき・まゆみ

3255 「BIRD LIVES ──鳥は生きている」
◇歌壇賞（第1回/平成1年）

白鳥 創　しらとり・そう

3256 「じかん」
◇現代詩加美未来賞（第1回/平成3年─落鮎塾若鮎賞）

白根 厚子　しらね・あつこ

3257 「ちょうちんあんこう」

◇現代少年詩集新人賞（第2回/昭和60年）
3258「電話からの花束」
◇現代少年詩集秀作賞（第2回/平成4年）

シラネ, ハルオ
3259「芭蕉の風景 文化の記憶」
◇21世紀えひめ俳句賞（第1回/平成14年—石田波郷賞）
「芭蕉の風景 文化の記憶」 ハルオ・シラネ著, 衣笠正晃訳　角川書店　2001.5　214p　19cm（角川叢書）2500円　Ⓟ4-04-702115-6
3260「夢の浮橋—『源氏物語』の詩学」
◇角川源義賞（第15回/平成5年度/国文学）
「夢の浮橋—『源氏物語』の詩学」 ハルオ・シラネ著, 鈴木登美, 北村結花訳　中央公論社　1992.2　385p　19cm　3800円　Ⓟ4-12-002088-6

白幡 洋三郎　しらはた・ようざぶろう
3261「プラントハンター」
◇毎日出版文化賞（第48回/平成6年—奨励賞）
「プラントハンター—ヨーロッパの植物熱と日本」 講談社　1994.2　286p　19cm（講談社選書メチエ 6）1500円　Ⓟ4-06-258006-3
「プラントハンター」 講談社　2005.11　306p　15cm（講談社学術文庫）1050円　Ⓟ4-06-159735-3

白濱 一羊　しらはま・いちよう
3262「喝采」
◇俳人協会新人賞（第31回/平成19年度）
「喝采—白濱一羊句集」 ふらんす堂　2007.9　186p　19cm（ふらんす堂精鋭俳句叢書—Série de la lune）2400円　Ⓟ978-4-89402-947-7

白岩 憲次　しろいわ・けんじ
3263「泥の勲章」
◇福島県俳句賞（第31回/平成22年—新人賞）

城内 康伸　しろうち・やすのぶ
3264「朝鮮の海へ—日本特別掃海隊の軌跡」
◇小学館ノンフィクション大賞（第20回/平成25年/優秀賞）

白崎 秀雄　しろさき・ひでお
3265「真贋」
◇日本エッセイスト・クラブ賞（第14回/昭和41年）

城山 記井子　しろやま・きいこ
3266「桜南風（まじ）に吹かれて」
◇日本随筆家協会賞（第26回/平成4年11月）
「名残の雪」 日本随筆家協会　1993.4　242p　19cm（現代随筆選書 133）1600円　Ⓟ4-88933-157-3

神 栄作　じん・えいさく
3267「二人連れ」
◇優駿エッセイ賞（第23回/平成19年）

辛 鐘生　しん・しょうせい
3268「パンチョッパリのうた」
◇詩人会議新人賞（第6回/昭和47年）

陳岡 めぐみ　じんがおか・めぐみ
3269「市場のための紙上美術館—19世紀フランス, 画商たちの複製イメージ戦略」
◇渋沢・クローデル賞（第27回/平成22年度/ルイ・ヴィトン ジャパン特別賞）
「市場のための紙上美術館—19世紀フランス、画商たちの複製イメージ戦略」 三元社　2009.6　347, 51p　22cm　4000円　Ⓟ978-4-88303-244-0

新川 和江　しんかわ・かずえ
3270「潮の庭から」
◇丸山豊記念現代詩賞（第3回/平成6年）
「潮の庭から」 加島祥造, 新川和江著　花神社　1993.7　121p　21cm　2400円　Ⓟ4-7602-1266-3
3271「記憶する水」
◇現代詩花椿賞（第25回/平成19年）

◇丸山薫賞 （第15回／平成20年）
「記憶する水」 思潮社 2007.5 137p 24cm 2600円 ⓘ978-4-7837-3002-6

3272 「けさの陽に」
◇詩歌文学館賞 （第13回／平成10年／現代詩）
「けさの陽に―新川和江詩集」 花神社 1997.6 128p 25cm 2600円

3273 「はたはたと頁がめくれ…」
◇藤村記念歴程賞 （第37回／平成11年）
「はたはたと頁がめくれ…―新川和江詩集」 花神社 1999.4 107p 22cm 2300円 ⓘ4-7602-1541-7
「新川和江全詩集」 花神社 2000.4 748p 23cm 15000円 ⓘ4-7602-1580-8

3274 「ひきわり麦抄」
◇現代詩人賞 （第5回／昭和62年）
「新川和江文庫 4 つるのアケビの日記／夢のうちそと／ひきわり麦抄／詩集未収録詩篇」 花神社 1989.6 133p 19cm 1230円 ⓘ4-7602-1059-8

3275 「ローマの秋・その他」
◇室生犀星詩人賞 （第5回／昭和40年）
「新川和江文庫 2 ひとつの夏たくさんの夏／ローマの秋・その他／比喩でなく」 花神社 1988.12 120p 19cm 1200円

新川 克之 しんかわ・かつゆき

3276 「熱情ソナタ」
◇角川短歌賞 （第24回／昭和53年）

新宮 一成 しんぐう・かずしげ

3277 「夢分析」を中心として
◇サントリー学芸賞 （第22回／平成12年度―思想・歴史部門）
「夢分析」 岩波書店 2000.1 247p 18cm （岩波新書） 700円 ⓘ4-00-430653-1

神西 清 じんざい・きよし

3278 「チェーホフ戯曲集」
◇毎日出版文化賞 （第12回／昭和33年）

晋樹 隆彦 しんじゅ・たかひこ

3279 「浸蝕」
◇若山牧水賞 （第18回／平成25年）
「浸蝕―晋樹隆彦歌集」 本阿弥書店 2013.8 201p 20cm 2500円 ⓘ978-4-7768-1024-7

新城 兵一 しんじょう・たけかず

3280 「草たち、そして冥界」
◇山之口貘賞 （第34回／平成23年度）
「草たち、そして冥界―新城兵一詩集」 あすら舎 2010.7 134p 24cm 1800円 ⓘ978-4-9903517-3-1

新庄 哲夫 しんじょう・てつお

3281 「ある翻訳家の雑記帖」
◇大衆文学研究賞 （第7回／平成5年／研究・考証）
「ある翻訳家の雑記帖」 河出書房新社 1992.10 432p 19cm 3500円 ⓘ4-309-00785-6

新青年研究会 しんせいねんけんきゅうかい

3282 「新青年読本」
◇大衆文学研究賞 （第2回／昭和63年―研究・考証）
「新青年読本―昭和グラフィティ」 作品社 1988.2 336p 21cm 2800円 ⓘ4-87893-135-3

新谷 昌宏 しんたに・まさひろ

3283 「ニューロン人間」
◇渋沢・クローデル賞 （第7回／平成2年―日本側）
「ニューロン人間」 J.P.シャンジュー著, 新谷昌宏訳 みすず書房 1989.4 423, 35p 19cm 3605円 ⓘ4-622-03932-X
「ニューロン人間」 ジャン＝ピエール・シャンジュー著, 新谷昌宏訳 新装版 みすず書房 2002.9 423, 35p 19cm 4000円 ⓘ4-622-07011-1

新潮社 しんちょうしゃ

3284 「新潮日本古典集成 全82巻」
◇毎日出版文化賞 （第43回／平成1年―特別賞）

進藤 剛至 しんどう・つよし

3285 「あるがままに」
◇日本伝統俳句協会賞 （第25回／平成25年／新人賞）

しんとう

進藤 洋介　しんどう・ようすけ
 3286　「『ジュラシック・パーク』のフラクタル」
 ◇日本SF評論賞（第9回/平成25年/奨励賞）

新藤 涼子　しんどう・りょうこ
 3287　「薔薇色のカモメ」
 ◇丸山薫賞（第14回/平成19年）
 「薔薇色のカモメ」思潮社　2006.10　127p　22cm　2600円　④4-7837-2175-0
 3288　「薔薇ふみ」
 ◇高見順賞（第16回/昭和60年度）
 「薔薇ふみ―新藤涼子詩集」新藤涼子著　思潮社　1985.11　121p　21cm（ラ・メール選書2）1800円
 3289　「連詩・悪母島の魔術師（マジシャン）」
 ◇藤村記念歴程賞（第51回/平成25年）
 「連詩・悪母島の魔術師（マジシャン）」新藤涼子, 河津聖恵, 三角みづ紀著　思潮社　2013.4　106p　21cm　2000円　①978-4-7837-3351-5

陣内 秀信　じんない・ひでのぶ
 3290　「東京の空間人類学」
 ◇サントリー学芸賞（第7回/昭和60年度―社会・風俗部門）
 「東京の空間人類学」筑摩書房　1985.4　306p　20cm　1800円
 「東京の空間人類学」筑摩書房　1992.11　332p　15cm（ちくま学芸文庫）900円　①4-480-08025-2

眞並 恭介　しんなみ・きょうすけ
 3291　「牛と土 福島、3.11その後。」
 ◇講談社ノンフィクション賞（第37回/平成27年）
 「牛と土―福島、3.11その後。」集英社　2015.3　269p　19cm　1500円　①978-4-08-781567-2

神野 直彦　じんの・なおひこ
 3292　「地域再生の経済学―豊かさを問い直す」
 ◇石橋湛山賞（第24回/平成15年）
 「地域再生の経済学―豊かさを問い直す」中央公論新社　2002.9　191p　18cm（中公新書）680円　④4-12-101657-2

神保 千惠子　じんぼ・ちえこ
 3293　「右手」
 ◇俳句朝日賞（第8回/平成18年）

新保 千代子　しんぽ・ちよこ
 3294　「室生犀星」
 ◇日本エッセイスト・クラブ賞（第11回/昭和38年）

新間 達子　しんま・たつこ
 3295　「7歳の先行馬」
 ◇優駿エッセイ賞（第8回/平成4年）

新村 拓　しんむら・たく
 3296　「老いと看取りの社会史」を中心として
 ◇サントリー学芸賞（第14回/平成4年度―思想・歴史部門）
 「老いと看取りの社会史」法政大学出版局　1991.9　251,5p　19cm　2472円　①4-588-31204-9

【す】

葉 紀甫　すえ・のりほ
 3297　「葉紀甫漢詩詞集1, 2」（私家版）
 ◇藤村記念歴程賞（第31回/平成5年）

末井 昭　すえい・あきら
 3298　「自殺」
 ◇講談社エッセイ賞（第30回/平成26年）
 「自殺」朝日出版社　2013.11　357p　19cm　1600円　①978-4-255-00750-2

末木 文美士　すえき・ふみひこ
 3299　「仏教の事典」
 ◇毎日出版文化賞（第68回/平成26年―企画部門）
 「仏教の事典」末木文美士, 下田正弘, 堀内伸二編　朝倉書店　2014.4　561p　21cm　8800円　①978-4-254-50017-2

末永 逸 すえなが・いつ

3300「とおいまひる」
◇詩人会議新人賞(第45回/平成23年/詩部門/入選)

末永 照和 すえなが・てるかず

3301「評伝 ジャン・デュビュッフェ アール・ブリュットの探求者」
◇吉田秀和賞(第23回/平成25年度)
「評伝 ジャン・デュビュッフェ—アール・ブリュットの探求者」 青土社 2012.11 366,6p 22cm 2800円 ⓘ978-4-7917-6640-6

末永 直海 すえなが・なおみ

3302「薔薇(ばら)の鬼ごっこ」
◇蓮如賞(第3回/平成8年—優秀作)
「薔薇の鬼ごっこ」 河出書房新社 1997.1 182p 19cm 1030円 ⓘ4-309-01116-0
「薔薇の鬼ごっこ」 河出書房新社 1999.7 209p 15cm(河出文庫) 540円 ⓘ4-309-40587-8

末延 芳晴 すえのぶ・よしはる

3303「正岡子規、従軍す」
◇和辻哲郎文化賞(第24回/平成23年度/一般部門)
「正岡子規、従軍す」 平凡社 2011.5 351p 20cm 2600円 ⓘ978-4-582-83515-1

末弘 厳太郎 すえひろ・げんたろう

3304「日本労働組合運動史」
◇毎日出版文化賞(第5回/昭和26年)

末広 由紀 すえひろ・ゆき

3305「再会」
◇日本随筆家協会賞(第36回/平成9年11月)
「再会」 日本随筆家協会 1998.1 227p 19cm(現代名随筆叢書) 1500円 ⓘ4-88933-215-2

須賀 敦子 すが・あつこ

3306「ミラノ 霧の風景」
◇講談社エッセイ賞(第7回/平成3年)
「ミラノ 霧の風景」 白水社 1990.12 216p 19cm 1700円 ⓘ4-560-04179-2
「ミラノ 霧の風景」 白水社 1994.9 218p 18cm(白水Uブックス 1028) 880円 ⓘ4-560-07328-7
「須賀敦子全集 第1巻 ミラノ霧の風景・コルシア書店の仲間たち・旅のあいまに」 河出書房新社 2000.3 423p 19cm 4800円 ⓘ4-309-62111-2
「ミラノ 霧の風景—須賀敦子コレクション」 白水社 2001.11 222p 18cm(白水Uブックス—エッセイの小径) 870円 ⓘ4-560-07350-7
「須賀敦子全集 第1巻 ミラノ 霧の風景、コルシア書店の仲間たち、旅のあいまに」 河出書房新社 2006.10 453p 15cm(河出文庫) 950円 ⓘ4-309-42051-6

須賀 一恵 すが・かずえ

3307「良夜」
◇俳壇賞(第4回/平成1年度)

管 啓次郎 すが・けいじろう

3308「斜線の旅」
◇読売文学賞(第62回/平成22年度—随筆・紀行賞)
「斜線の旅」 インスクリプト 2009.12 275p 19cm 2400円 ⓘ978-4-900997-28-8

菅 忠淳 すが・ただあつ

3309「ジャスパーは呻く—インデギルガ号遭難の顛末」
◇北海道ノンフィクション賞(第2回/昭和57年)

須賀 千鶴子 すが・ちづこ

3310「八月の小さな旅」
◇現代詩人アンソロジー賞(第10回/平成12年/優秀)

菅野 蚊家子 すがの・かやこ

3311「自転始まる」
◇福島県俳句賞(第5回/昭和58年—準賞)

菅原 関也 すがわら・せきや

3312「立春」
◇角川俳句賞(第29回/昭和58年)

菅原 武志　すがわら・たけし
3313　「心の天秤」
◇優駿エッセイ賞（第17回／平成13年）

菅原 優子　すがわら・ゆうこ
3314　「空のなみだ」
◇三越左千夫少年詩賞（第1回／平成9年）
「空のなみだ」　菅原優子詩, 早川司寿乃絵　きじばと舎　1996.5　101p　19cm　950円　①4-947581-12-3

3315　「桃の木の冬」
◇現代少年詩集新人賞（第4回／昭和62年―奨励賞）

杉浦 圭祐　すぎうら・けいすけ
3316　「滝」
◇現代俳句新人賞（第19回／平成13年）

杉浦 明平　すぎうら・みんぺい
3317　「小説渡辺華山」（上・下）
◇毎日出版文化賞（第26回／昭和47年）

杉浦 盛雄　すぎうら・もりお
3318　「白い耕地」
◇中日詩賞（第3回／昭和38年）

杉田 英明　すぎた・ひであき
3319　「事物の声 絵画の詩」
◇サントリー学芸賞（第15回／平成5年度―芸術・文学部門）
「事物の声 絵画の詩―アラブ・ペルシア文学とイスラム美術」　平凡社　1993.5　532p　22×17cm　6200円　①4-582-33311-7

杉田 弘子　すぎた・ひろこ
3320　「漱石の『猫』とニーチェ 稀代の哲学者に震撼した近代日本の知性たち」
◇和辻哲郎文化賞（第23回／平成22年度／一般部門）
「漱石の『猫』とニーチェ―稀代の哲学者に震撼した近代日本の知性たち」　白水社　2010.2　407,16p　20cm　3200円　①978-4-560-08044-3

杉谷 昭人　すぎたに・あきと
3321　「霊山 OYAMA」
◇壺井繁治賞（第36回／平成20年）
「霊山―杉谷昭人詩集」　鉱脈社　2007.9　139p　20cm　1800円　①978-4-86061-230-6

3322　「人間の生活」
◇H氏賞（第41回／平成3年）

3323　「農場」（詩集）
◇小野十三郎賞（第16回／平成26年―小野十三郎賞）
「農場―杉谷昭人詩集」　鉱脈社　2013.9　95p　20cm　1800円　①978-4-86061-505-5

杉野 一博　すぎの・かつひろ
3324　「肋木」
◇北海道新聞俳句賞（第29回／平成26年）
「肋木―句集」　現代俳句協会　2013.8　167p　19cm　（現代俳句コレクション 6）　1500円

杉野 久男　すぎの・ひさお
3325　「十姉妹」
◇日本随筆家協会賞（第24回／平成3年11月）
「十姉妹」　日本随筆家協会　1992.10　221p　19cm　（現代随筆選書 124）　1600円　①4-88933-147-6

杉橋 陽一　すぎはし・よういち
3326　「剝落する青空」
◇俳人協会評論賞（第7回／平成3年度）
「剝落する青空―細見綾子論」　白鳳社　1991.8　246p　19cm　2000円　①4-8262-0069-2

杉原 薫　すぎはら・かおる
3327　「アジア間貿易の形成と構造」
◇サントリー学芸賞（第18回／平成8年度―政治・経済部門）
「アジア間貿易の形成と構造」　ミネルヴァ書房　1996.2　410p　21cm　（MINERVA人文・社会科学叢書 4）　6695円　①4-623-02565-9

杉原 荘介　すぎはら・そうすけ
3328　「日本の考古学 全7巻」

◇毎日出版文化賞（第21回/昭和42年）

杉村 栄子　すぎむら・えいこ
3329　「りく女の光と影」
◇大石りくエッセー賞（第1回/平成9年—特別賞）

杉本 栄一　すぎもと・えいいち
3330　「近代経済学史」
◇毎日出版文化賞（第7回/昭和28年）
「近代経済学史」 岩波書店　2005.6　322, 9p　19cm（岩波全書セレクション）　2800円　Ⓘ4-00-021871-9

杉本 一男　すぎもと・かずお
3331　「消せない坑への道」
◇壺井繁治賞（第34回/平成18年）

杉本 員博　すぎもと・かずひろ
3332　「山寺や石にしみつく蟬の声」
◇奥の細道文学賞（第6回/平成20年—佳作）

杉本 徹　すぎもと・とおる
3333　「ステーション・エデン」
◇歴程新鋭賞（第20回/平成21年）
「ステーション・エデン」 思潮社　2009.6　91p　22cm　2400円　Ⓘ978-4-7837-3131-3

杉本 登志子　すぎもと・としこ
3334　「父と、来た」
◇たまノンフィクション大賞（第2回/平成10年/佳作）

杉本 信行　すぎもと・のぶゆき
3335　「大地の咆哮」
◇山本七平賞（第15回/平成18年/特別賞）
「大地の咆哮—元上海総領事が見た中国」 PHP研究所　2006.7　356p　20cm　1700円　Ⓘ4-569-65234-4
「大地の咆哮—元上海総領事が見た中国」 PHP研究所　2007.9　410p　15cm（PHP文庫）　743円　Ⓘ978-4-569-66911-3

杉本 秀太郎　すぎもと・ひでたろう
3336　「徒然草」
◇読売文学賞（第39回/昭和62年—随筆・紀行賞）
「徒然草」 岩波書店　1987.11　191p　19cm（古典を読む 25）　1700円　Ⓘ4-00-004475-3
「徒然草」 岩波書店　1996.1　191p　16cm（同時代ライブラリー 250—古典を読む）　900円　Ⓘ4-00-260250-8

3337　「洛中生息」
◇日本エッセイスト・クラブ賞（第25回/昭和52年）
「新編 洛中生息」 筑摩書房　1987.12　293p　15cm（ちくま文庫）　540円　Ⓘ4-480-02183-3
「京住記 徒然草 洛中生息」 筑摩書房　1996.4　388p　19cm（杉本秀太郎文粋 2）　4200円　Ⓘ4-480-70322-5

杉本 真維子　すぎもと・まいこ
3338　「裾花」
◇高見順賞（第45回/平成26年）
「裾花」 思潮社　2014.10　109p　21×14cm　2400円　Ⓘ978-4-7837-3445-1

3339　「袖口の動物」
◇H氏賞（第58回/平成20年）
「袖口の動物」 思潮社　2007.10　95p　21×13cm（新しい詩人 9）　1900円　Ⓘ978-4-7837-3030-9

杉本 深由起　すぎもと・みゆき
3340　「漢字のかんじ」
◇三越左千夫少年詩賞（第14回/平成22年）
「漢字のかんじ—杉本深由起詩集」 杉本深由起著, 太田大八絵　銀の鈴社　2009.12　79p　22cm（ジュニア・ポエム双書 200）　1200円　Ⓘ978-4-87786-200-8

杉山 二郎　すぎやま・じろう
3341　「大仏建立」
◇毎日出版文化賞（第23回/昭和44年）
「大仏建立」〔新装版〕 學生社　1986.7　242p　19cm　1600円
「大仏建立」 新装版　學生社　1999.11　242p　19cm　2400円　Ⓘ4-311-20230-X

杉山 隆男　すぎやま・たかお

3342　「兵士に聞け」
◇新潮学芸賞（第9回/平成8年）
「兵士に聞け」　新潮社　1995.7　542p　19cm　2000円　Ⓘ4-10-406201-4
「兵士に聞け」　新潮社　1998.8　666p　15cm（新潮文庫）819円　Ⓘ4-10-119013-5
「兵士に聞け」　小学館　2007.7　790p　15cm（小学館文庫）790円　Ⓘ978-4-09-408187-9

3343　「メディアの興亡」
◇大宅壮一ノンフィクション賞（第17回/昭和61年）
「メディアの興亡　上」　文藝春秋　1998.3　398p　15cm（文春文庫）533円　Ⓘ4-16-750401-4
「メディアの興亡　下」　文藝春秋　1998.3　439p　15cm（文春文庫）552円　Ⓘ4-16-750402-2

杉山 春　すぎやま・はる

3344　「伊織ちゃんはなぜ死んだか」
◇小学館ノンフィクション大賞（第11回/平成16年/大賞）
「ネグレクト―育児放棄 真奈ちゃんはなぜ死んだか」　小学館　2004.11　253p　20cm　1300円　Ⓘ4-09-389584-8

杉山 平一　すぎやま・へいいち

3345　「希望」
◇現代詩人賞（第30回/平成24年）
「希望―杉山平一詩集」　編集工房ノア　2011.11　149p　19cm　1800円　Ⓘ978-4-89271-192-3

3346　「戦後関西詩壇回想」
◇小野十三郎賞（第5回/平成15年/特別賞）
「戦後関西詩壇回想」　思潮社　2003.2　271p　20cm　2600円　Ⓘ4-7837-1614-5

3347　「夜学生」
◇文芸汎論詩集賞（第10回/昭和18年）
「夜學生―杉山平一詩集」　竹林館　2007.12　99p　15cm　800円　Ⓘ978-4-86000-139-1

杉山 正明　すぎやま・まさあき

3348　「クビライの挑戦」
◇サントリー学芸賞（第17回/平成7年度―思想・歴史部門）
「クビライの挑戦―モンゴル海上帝国への道」　朝日新聞社　1995.4　270p　19cm（朝日選書525）1500円　Ⓘ4-02-259625-2
「クビライの挑戦―モンゴルによる世界史の大転回」　講談社　2010.8　299p　15cm（講談社学術文庫）1000円　Ⓘ978-4-06-292009-4

杉山 正樹　すぎやま・まさき

3349　「寺山修司・遊戯の人」
◇新田次郎文学賞（第20回/平成13年）
「寺山修司・遊戯の人」　新潮社　2000.11　302p　19cm　1600円　Ⓘ4-10-441401-8
「寺山修司・遊戯の人」　河出書房新社　2006.7　333p　15cm（河出文庫）920円　Ⓘ4-309-40804-4

杉山 保子　すぎやま・やすこ

3350　「輝ける日」
◇読売「ヒューマン・ドキュメンタリー」大賞（第19回/平成10年/入選）
「小さな小さなあなたを産んで」　唐木幸子, 高橋靖子, 斉藤紀子, 杉山保子, 田子文章著　読売新聞社　1999.2　301p　19cm　1300円　Ⓘ4-643-99002-3

村主 次郎　すくり・じろう

3351　「ローカル航空（エア）ショーの裏方達」
◇日航海外紀行文学賞（第6回/昭和59年）

菅野 盾樹　すげの・たてき

3352　「我、ものに遭う」
◇サントリー学芸賞（第6回/昭和59年度―思想・歴史部門）
「我、ものに遭う―世に住むことの解釈学」　新曜社　1983.6　366, 17p　22cm　3500円

資延 勲　すけのぶ・いさお

3353　「小田富弥さしえ画集」
◇大衆文学研究賞（第8回/平成6年/特別賞）
「小田富弥さし絵画集」　資延勲　1994.1　215p　31cm　非売品

筋原 章博　すじはら・あきひろ
　3354　「スリランカでの一日『総裁』体験記」
　◇JTB旅行記賞（第10回/平成13年）

鐸 静枝　すず・しずえ
　3355　「流紋」
　◇日本歌人クラブ賞（第2回/昭和50年）

鈴江 幸太郎　すずえ・こうたろう
　3356　「夜の岬」
　◇日本歌人クラブ推薦歌集（第16回/昭和45年）
　　「夜の岬—歌集」　初音書房　1969　243p　図版　19cm（林泉叢書 第25篇）900円

鈴木 映　すずき・あきら
　3357　「舞鶴港」
　◇新俳句人連盟賞（第23回/平成7年/作品）

鈴木 明　すずき・あきら
　3358　「『南京大虐殺』のまぼろし」
　◇大宅壮一ノンフィクション賞（第4回/昭和48年）
　　「新「南京大虐殺」のまぼろし」　飛鳥新社　1999.6　509p　20cm　1900円　①4-87031-368-5
　　「南京大虐殺」のまぼろし」　改訂版　ワック　2006.6　323p　18cm（WAC BUNKO）933円　①4-89831-546-1

鈴木 明日香　すずき・あすか
　3359　「少年美と男色における美意識について—『男色大鑑』巻三一四「薬はきかぬ房枕」を通して」
　◇ドナルド・キーン日米学生日本文学研究奨励賞（第12回/平成20年—短期大学の部）

鈴木 厚子　すずき・あつこ
　3360　「鹿笛」
　◇俳句研究賞（第14回/平成11年）
　　「鹿笛—句集」　富士見書房　2000.9　225p　20cm　2800円　①4-8291-7460-9

鈴木 亜斗武　すずき・あとむ
　3361　「あとむ」
　◇日本詩歌句大賞（第9回/平成25年度/俳句部門/特別賞）
　　「あとむ—句集」　鈴木亜斗武発行　2012.11　62p　19cm（春嶺叢書 第129集）

すずき いさむ
　3362　「むらは今」
　◇「短歌現代」歌人賞（第21回/平成20年）

鈴木 栄子　すずき・えいこ
　3363　「鳥獣戯画」
　◇角川俳句賞（第18回/昭和47年）
　◇俳人協会新人賞（第2回/昭和53年度）
　　「鳥獣戯画—句集」　牧羊社　1978.2　175p　20cm（現代俳句選集 14）2000円

鈴木 恵美子　すずき・えみこ
　3364　「季の間（あはひ）に」
　◇福島県短歌賞（第29回/平成16年度—短歌賞）

鈴木 蚊都夫　すずき・かづお
　3365　「対話と寓意がある風景」
　◇現代俳句評論賞（第3回/昭和58年）
　　「対話と寓意がある風景—評論集」　本阿弥書店　1990.4　312p　20cm　2800円　①4-89373-026-6

鈴木 一人　すずき・かずと
　3366　「宇宙開発と国際政治」
　◇サントリー学芸賞（第34回/平成24年度—政治・経済部門）
　　「宇宙開発と国際政治」　岩波書店　2011.3　300p　21cm　4000円　①978-4-00-022217-4

鈴木 加成太　すずき・かなた
　3367　「革靴とスニーカー」
　◇角川短歌賞（第61回/平成27年）

鈴木 喜一　すずき・きいち
　3368　「語りかける風景」
　◇JTB旅行記賞（第2回/平成5年度/佳作）

鈴木 虚峰　すずき・きょほう
3369 「肘ゑくぼ」
◇福島県俳句賞（第14回/平成4年—準賞）

鈴木 幸輔　すずき・こうすけ
3370 「長風」
◇日本歌人クラブ推薦歌集（第1回/昭和30年）
「長風—歌集」　短歌新聞社　1993.6　118p　15cm（短歌新聞社文庫）700円　①4-8039-0703-X

鈴木 砂紅　すずき・さこう
3371 「あおによし」
◇現代俳句協会年度作品賞（第9回/平成20年）

鈴木 貞雄　すずき・さだお
3372 「麗月」
◇俳人協会新人賞（第14回/平成2年度）

鈴木 禎宏　すずき・さだひろ
3373 「バーナード・リーチの生涯と芸術」
◇サントリー学芸賞（第28回/平成18年度—芸術・文学部門）

鈴木 重三　すずき・しげぞう
3374 「近世子どもの絵本集・江戸篇上方篇」
◇毎日出版文化賞（第39回/昭和60年—特別賞）

鈴木 静夫　すずき・しずお
3375 「物語 フィリピンの歴史」
◇山本七平賞（第6回/平成10年/推薦賞）
「物語 フィリピンの歴史—「盗まれた楽園」と抵抗の500年」　中央公論社　1997.6　318p　18cm（中公新書）840円　①4-12-101367-0

鈴木 順子　すずき・じゅんこ
3376 「シモーヌ・ヴェイユ晩年における犠牲の観念をめぐって」
◇河上肇賞（第5回/平成21年/本賞）

鈴木 俊輔　すずき・しゅんすけ
3377 「共生波動」
◇たまノンフィクション大賞（第1回/平成9年/佳作）

鈴木 諄三　すずき・じゅんぞう
3378 「海馬逍遙」
◇短歌四季大賞（第1回/平成13年）
「海馬逍遙—鈴木諄三歌集」　短歌新聞社　2000.2　216p　22cm（創生叢書 第115篇）2500円

鈴木 東海子　すずき・しょうこ
3379 「桜まいり」
◇詩歌文学館賞（第31回/平成28年）
「桜まいり」　書肆山田　2015.8　93p　20cm　2400円　①978-4-87995-920-1

鈴木 召平　すずき・しょうへい
3380 「北埠頭シリーズ」
◇福岡県詩人賞（第10回/昭和49年）

鈴木 次郎　すずき・じろう
3381 「オキナワ的な，あまりに，オキナワ的な—東峰夫の〈方法〉」
◇「沖縄文芸年鑑」評論賞（第5回/平成10年）

鈴木 志郎康　すずき・しろうやす
3382 「罐製同棲又は陥穽への逃亡」
◇H氏賞（第18回/昭和43年）
3383 「胡桃ポインタ」
◇高見順賞（第32回/平成14年）
「胡桃ポインタ—鈴木志郎康詩集」　書肆山田　2001.9　127p　23cm　3000円　①4-87995-524-8
3384 「声の生地」
◇萩原朔太郎賞（第16回/平成20年）
「声の生地」　書肆山田　2008.4　180p　23cm　2800円　①978-4-87995-734-4
3385 「ペチャブル詩人」
◇丸山豊記念現代詩賞（第23回/平成26年）
「ペチャブル詩人」　書肆山田　2013.7　163p　22cm　2800円　①978-4-87995-878-5

鈴木 信太郎　すずき・しんたろう
3386　「スタンダード和仏辞典」
◇毎日出版文化賞（第25回/昭和46年）

3387　「ステファヌ・マラルメ詩集考」
◇読売文学賞（第3回/昭和26年―文学研究賞）
「ステファヌ・マラルメ詩集考」　三笠書房　1948-1951　2冊　21cm

鈴木 素直　すずき・すなお
3388　「馬喰者の話」
◇年刊現代詩集新人賞（第7回/昭和61年）
「馬喰者の話―詩集」　本多企画　1999.10　114p　19cm　2000円　①4-89445-056-9

鈴木 台蔵　すずき・たいぞう
3389　「夕雲雀」
◇福島県俳句賞（第16回/平成7年度―新人賞）

鈴木 鷹夫　すずき・たかお
3390　「千年」
◇俳人協会賞（第44回/平成16年）
「鈴木鷹夫句集」　ふらんす堂　1999.6　102p　19cm（現代俳句文庫 47）1200円　①4-89402-291-5

鈴木 竹志　すずき・たけし
3391　「孤独なる歌人たち」
◇中日短歌大賞（第2回/平成23年）
「孤独なる歌人たち―現代女性歌人論」　六花書林, 開発社〔発売〕　2011.5　206p　20cm（コスモス叢書　第967篇）2500円　①978-4-903480-56-5

鈴木 忠次　すずき・ちゅうじ
3392　「老に来る夏」
◇角川短歌賞（第9回/昭和38年）

鈴木 哲雄　すずき・てつお
3393　「蟬の松明」
◇中日賞（第33回/平成5年）
「蟬の松明―詩集」　環の会　1992.12　117p　22cm　2000円

鈴木 亨　すずき・とおる
3394　「火の家」
◇丸山薫賞（第5回/平成10年）
「火の家―詩集」　花神社　1997.6　141p　22cm　2500円　①4-7602-1452-6

鈴木 豊志夫　すずき・としお
3395　「噂の耳」
◇年刊現代詩集新人賞（第2回/昭和56年）

鈴木 俊子　すずき・としこ
3396　「誰も書かなかったソ連」
◇大宅壮一ノンフィクション賞（第2回/昭和46年）
「誰も書かなかったソ連」　文芸春秋　1979.4　252p　16cm（文春文庫）260円

鈴木 敦秋　すずき・のぶあき
3397　「明香（あきか）ちゃんの心臓〈検証〉東京女子医大病院事件」
◇講談社ノンフィクション賞（第29回/平成19年）
「明香ちゃんの心臓―〈検証〉東京女子医大病院事件」　講談社　2007.4　303p　20cm　1700円　①978-4-06-213322-7

鈴木 漠　すずき・ばく
3398　「投影風雅」
◇日本詩人クラブ賞（第14回/昭和56年）

鈴木 元　すずき・はじめ
3399　「連歌と和歌注釈書」
◇柿衞賞（第6回/平成9年）

鈴木 初江　すずき・はつえ
3400　「また あした」
◇三越左千夫少年詩賞（第15回/平成23年）
「またあした―詩の本」　鈴木初江詩, 上條滝子絵　リーブル　2010.12　101p　19cm　952円　①978-4-947581-62-4

鈴木 治子　すずき・はるこ
3401　「五季」
◇日本歌人クラブ推薦歌集（第6回/昭

和35年)
「五季―歌集」 古今社 1959 199p 19cm (古今叢書 第10編)

鈴木 英夫　すずき・ひでお
3402 「柊二よ」
◇短歌研究賞 (第24回/昭和63年)

3403 「忍冬文」
◇日本歌人クラブ賞 (第5回/昭和53年)
「忍冬文―歌集」 柏葉書院 1977.3 158p 図 22cm (コスモス叢書 第102篇) 2500円

鈴木 日出男　すずき・ひでお
3404 「古代和歌史論」
◇角川源義賞 (第13回/平成3年度―国文学)
「古代和歌史論」 東京大学出版会 1990.10 931p 21cm 18540円 ⓘ4-13-080057-4

鈴木 紘子　すずき・ひろこ
3405 「馬鈴薯の花」
◇北海道ノンフィクション賞 (第11回/平成3年―佳作)

鈴木 博　すずき・ひろし
3406 「熱帯の風と人と」
◇日本エッセイスト・クラブ賞 (第41回/平成5年)
「熱帯の風と人と―医動物のフィールドから」 新宿書房 1992.9 302p 20×16cm 2400円 ⓘ4-88008-170-1

鈴木 洋史　すずき・ひろし
3407 「百年目の帰郷」
◇「週刊ポスト」「SAPIO」21世紀国際ノンフィクション大賞 (第5回/平成10年/大賞)
◇小学館ノンフィクション大賞 (第5回/平成10年―大賞)
「百年目の帰郷」 小学館 1999.6 266p 19cm 1500円 ⓘ4-09-379218-6
「百年目の帰郷―王貞治と父・仕福」 小学館 2003.1 318p 15cm (小学館文庫) 600円 ⓘ4-09-405341-7

鈴木 博太　すずき・ひろた
3408 「ハッピーアイランド」

◇短歌研究新人賞 (第55回/平成24年)

鈴木 博之　すずき・ひろゆき
3409 「東京の「地霊(ゲニウス・ロキ)」」を中心として
◇サントリー学芸賞 (第12回/平成2年度―芸術・文学部門)
「東京の地霊」 筑摩書房 2009.2 300p 15cm (ちくま学芸文庫) 1100円 ⓘ978-4-480-09201-4

3410 「待つ」
◇日本随筆家協会賞 (第56回/平成19年8月)
「ちょっぴりいい話」 日本随筆家協会 2007.12 202p 20cm (現代名随筆叢書 94) 1500円 ⓘ978-4-88933-329-9

鈴木 裕之　すずき・ひろゆき
3411 「ストリートの歌―現代アフリカの若者文化」
◇渋沢・クローデル賞 (第17回/平成12年/現代フランス・エッセー賞)
「ストリートの歌―現代アフリカの若者文化」 世界思想社 2000.3 238p 20cm 1900円 ⓘ4-7907-0807-1

鈴木 文子　すずき・ふみこ
3412 「女にさよなら」
◇壺井繁治賞 (第20回/平成4年)
「女にさよなら―鈴木文子詩集」 オリジン出版センター 1991.9 95p 22cm 2060円

鈴木 正枝　すずき・まさえ
3413 「キャベツのくに」
◇横浜詩人会賞 (第42回/平成22年)

鈴木 正治　すずき・まさじ
3414 「奢る雷」
◇角川俳句賞 (第8回/昭和37年)

鈴木 真砂女　すずき・まさじょ
3415 「紫木蓮」
◇蛇笏賞 (第33回/平成11年)
「紫木蓮―句集」 角川書店 1998.11 253p 20cm 2400円 ⓘ4-04-884121-1

3416 「夕螢」
◇俳人協会賞 (第16回/昭和51年度)

鈴木 萬里代　すずき・まりよ
　3417 「さぶ」
　　◇日本随筆家協会賞（第52回/平成17年
　　　8月）
　　「隣のグミの木」日本随筆家協会　2006.
　　　1　221p　20cm　（現代名随筆叢書 75）
　　　1500円　①4-88933-304-5

鈴木 操　すずき・みさお
　3418 「階」
　　◇年刊現代詩集新人賞（第6回/昭和60
　　　年）
　3419 「ひがん花幻想」
　　◇年刊現代詩集新人賞（第2回/昭和56
　　　年―奨励賞）

鈴木 美智子　すずき・みちこ
　3420 「あしおと」
　　◇現代少年詩集新人賞（第3回/昭和61
　　　年―奨励賞）

鈴木 光彦　すずき・みつひこ
　3421 「黄冠（こうかん）」
　　◇北海道新聞俳句賞（第8回/平成5年）
　　「黄冠―句集」氷原帯俳句会　1992.12
　　　206p　20cm　（氷原帯叢書 第49集）
　　　2500円

鈴木 満　すずき・みつる
　3422 「翅」
　　◇日本詩人クラブ賞（第20回/昭和62
　　　年）
　　「翅―鈴木満詩集」国文社　1986.8
　　　101p　22cm　2000円
　　「鈴木満詩集」土曜美術社出版販売
　　　2006.12　177p　19cm（新・日本現代
　　　詩文庫）　1400円　①4-8120-1593-6

鈴木 みのり　すずき・みのり
　3423 「大石りく様へ」
　　◇大石りくエッセー賞（第2回/平成11
　　　年―優秀賞）

鈴木 六林男　すずき・むりお
　3424 「雨の時代」
　　◇蛇笏賞（第29回/平成7年）
　　「雨の時代」東京四季出版　1994.5
　　　308p　19cm　3000円　①4-87621-689-4

鈴木 やえ　すずき・やえ
　3425 「P-5インマイライフ」
　　◇読売・日本テレビWoman's Beat大賞
　　　カネボウスペシャル21（第1回/平
　　　成14年/優秀賞・読者賞）
　　「花、咲きまっか―第1回Woman's beat
　　　大賞受賞作品集」俣木聖子ほか著　中
　　　央公論新社　2003.2　309p　20cm
　　　1600円　①4-12-003366-X

鈴木 八重子　すずき・やえこ
　3426 「帯」
　　◇年刊現代詩集新人賞（第8回/昭和62
　　　年―奨励賞）
　3427 「種子がまだ埋もれているような」（詩集）
　　◇加美現代詩詩集大賞（第6回/平成18
　　　年度―いのちの詩賞）
　　「種子がまだ埋もれているような―詩集」
　　　土曜美術社出版販売　2005.5　87p
　　　22cm　2000円　①4-8120-1487-5

鈴木 八駛郎　すずき・やしろう
　3428 「在地」
　　◇北海道新聞俳句賞（第27回/平成24
　　　年）

鈴木 康文　すずき・やすふみ
　3429 「米寿」
　　◇日本歌人クラブ賞（第11回/昭和59
　　　年）

鈴木 由紀子　すずき・ゆきこ
　3430 「闇は我を阻まず―山本覚馬伝」
　　◇「週刊ポスト」「SAPIO」21世紀国際
　　　ノンフィクション大賞（第4回/平
　　　成9年/優秀賞）
　　◇小学館ノンフィクション大賞（第4回
　　　/平成9年―優秀賞）
　　「闇はわれを阻まず―山本覚馬伝」小学
　　　館　1998.1　249p　19cm　1500円　①4-
　　　09-379215-1

鈴木 有美子　すずき・ゆみこ
　3431 「細胞律」
　　◇日本詩人クラブ新人賞（第7回/平成9
　　　年）
　　「細胞律」思潮社　1996.6　93p　22cm

2472円 ①4-7837-0608-5
3432 「水の地図」
◇地球賞（第28回/平成15年度）
　「水の地図」 思潮社　2003.4　95p
　21cm 2200円　①4-7837-1353-7

鈴木 ユリイカ　すずき・ゆりいか
3433 「生きている貝」
◇ラ・メール新人賞（第1回/昭和59年）
3434 「Mobile・愛」
◇H氏賞（第36回/昭和61年）
　「Mobile・愛―鈴木ユリイカ詩集」 思潮社　1985.5　157p　21cm（ラ・メール選書1）1800円

涼野 海音　すずの・うみね
3435 「一番線」
◇北斗賞（第4回/平成25年）
　「一番線―句集」 文學の森　2014.7　83p　19cm 1667円　①978-4-86438-336-3

進 一男　すすむ・かずお
3436 「童女記」
◇山之口貘賞（第12回/平成1年）
　「定本童女記―進一男詩集」 沖積舎　2001.5　78p　22cm 3000円　①4-8060-0635-1

鈴村 和成　すずむら・かずなり
3437 「ランボーとアフリカの8枚の写真」
◇藤村記念歴程賞（第47回/平成21年）
　「ランボーとアフリカの8枚の写真」 河出書房新社　2008.12　285p　20cm 2500円　①978-4-309-01890-4

須田 紅楓　すだ・こうふう
3438 「清掃工場から」
◇新俳句人連盟賞（第26回/平成10年/作品）

須田 栄　すだ・さかえ
3439 「千夜一夜」
◇日本エッセイスト・クラブ賞（第2回/昭和29年）

周田 幹雄　すだ・みきお
3440 「壁」
◇北川冬彦賞（第4回/昭和44年）

須田 洋子　すだ・ようこ
3441 「天国へ行ける靴」
◇日本随筆家協会賞（第34回/平成8年11月）
　「天国へ行ける靴」 日本随筆家協会　1997.1　225p　19cm（現代随筆選書）1600円　①4-88933-206-5

須藤 常央　すどう・つねお
3442 「富士遠近」
◇角川俳句賞（第45回/平成11年）

須藤 みか　すどう・みか
3443 「エンブリオロジスト―いのちの素を生み出す人たち」
◇小学館ノンフィクション大賞（第16回/平成21年/大賞）
　「エンブリオロジスト―受精卵を育む人たち」 小学館　2010.1　206p　20cm 1500円　①978-4-09-389723-5

須藤 洋平　すとう・ようへい
3444 「あなたが最期の最期まで生きようと、むき出しで立ち向かったから」
◇詩歌文学館賞（第27回/平成24年/詩）
　「あなたが最期の最期まで生きようと、むき出しで立ち向かったから」 河出書房新社　2011.12　67p　20cm 1400円　①978-4-309-02077-8
3445 「みちのく鉄砲店」
◇中原中也賞（第12回/平成19年）
　「みちのく鉄砲店」 青土社　2007.4　75p　19cm 1400円　①978-4-7917-2095-8

須藤 若江　すどう・わかえ
3446 「忍冬文」
◇日本歌人クラブ賞（第15回/昭和63年）
　「忍冬文―須藤若江歌集」 短歌研究社　1987.11　185p　20cm（礁叢書 第3篇）2500円

須永 紀子　すなが・のりこ
3447 「空の庭、時の径」
◇詩歌文学館賞（第26回/平成23年/詩）

「空の庭、時の径」 書肆山田　2010.4
67p　22cm　2200円　①978-4-87995-
788-7

砂原　庸介　すなはら・ようすけ
3448「大阪」
◇サントリー学芸賞（第35回/平成25年
度―政治・経済部門）
「大阪―大都市は国家を超えるか」 中央
公論新社　2012.11　254p　18cm（中
公新書）840円　①978-4-12-102191-5

簾内　敬司　すのうち・けいじ
3449「菅江真澄 みちのく漂流」
◇日本エッセイスト・クラブ賞（第49
回/平成13年）
「菅江真澄みちのく漂流」 岩波書店
2001.1　226p　20cm　2300円　①4-00-
001069-7

角　和　すみ・かず
3450「杣人」
◇深吉野賞（第1回/平成5年―佳作）

隅　さだ子　すみ・さだこ
3451「嘘とエアーポケット」
◇荒木暢夫賞（第26回/平成4年）

すみ　さちこ
3452「透きてくずれず」
◇横浜詩人会賞（第21回/平成1年度）

角　千鶴　すみ・ちづる
3453「文庫本」
◇日本随筆家協会賞（第27回/平成5年5
月）
「ゆうすげの詩」 日本随筆家協会　1993.
12　228p　19cm（現代随筆選書 140）
1600円　①4-88933-165-4

皇　邦子　すめらぎ・くにこ
3454「冬の花火」
◇短歌新聞社第一歌集賞（第2回/平成
17年）
「冬の花火―歌集」 短歌新聞社　2003
279p　22cm

【 せ 】

セイズレ, エリック
3455「戦後日本の君主制と民主主義」
◇渋沢・クローデル賞（第8回/平成3年
―フランス側）

瀬尾　育生　せお・いくお
3456「詩的間伐―対話2002-2009」
◇鮎川信夫賞（第1回/平成22年/詩論集
部門）
「詩的間伐―対話2002-2009」 稲川方人,
瀬尾育生著　思潮社　2009.10　388p
20cm　3500円　①978-4-7837-1654-9
3457「戦争詩論 1910-1945」
◇やまなし文学賞〔研究・評論部門〕
（第15回/平成18年度―研究・評論
部門）
「戦争詩論 1910‐1945」 平凡社　2006.7
339p　19cm　3400円　①4-582-34605-7
3458「DEEP PURPLE」
◇高見順賞（第26回/平成7年度）
「Deep purple―瀬尾育生詩集」 思潮社
1995.10　95p　22cm　2678円　①4-
7837-0543-7

瀬川　千秋　せがわ・ちあき
3459「闘蟋（とうしつ）」
◇サントリー学芸賞（第25回/平成15年
度―社会・風俗部門）
「闘蟋―中国のコオロギ文化」 大修館書
店　2002.10　255p　19cm（あじあ
ブックス）1800円　①4-469-23185-1

関　悦史　せき・えつし
3460「六十億本の回転する曲がつた棒」
◇田中裕明賞（第3回/平成24年）
「六十億本の回転する曲がつた棒―句集」
邑書林　2011.12　133p　22cm（新撰
俳句叢書 1）2000円　①978-4-89709-
694-0

セギ, クリスチャンヌ
3461「明治期における日本新聞史」

◇渋沢・クローデル賞（第11回/平成6年―フランス側）

関 貞美 せき・さだみ
3462 「借耕牛の道」
◇荒木暢夫賞（第11回/昭和52年）

関 春翠 せき・しゅんすい
3463 「内角の和」
◇福島県俳句賞（第28回/平成19年―新人賞）

瀬木 草子 せぎ・そうこ
3464 「風と競いし」
◇短歌公論処女歌集賞（平成3年度）
「風と競いし―瀬木草子歌集」 短歌公論社 1990.9 189p 20cm 2500円

関 千枝子 せき・ちえこ
3465 「広島第二県女二年西組」
◇日本エッセイスト・クラブ賞（第33回/昭和60年）
「広島第二県女二年西組―原爆で死んだ級友たち」 筑摩書房 1985.2 227p 20cm 1200円
「広島第二県女二年西組―原爆で死んだ級友たち」 筑摩書房 1988.6 292p 15cm（ちくま文庫）440円 ①4-480-02241-4
「広島第二県女二年西組―原爆で死んだ級友たち」 埼玉福祉会 1999.5 2冊 22cm（大活字本シリーズ）3400円;3200円
※原本:ちくま文庫
「原爆地獄 The Atomic Bomb Inferno―ヒロシマ 生き証人の語り描く一人ひとりの生と死 日本語/英語版」 河勝重美編 コールサック社 2015.4 256p 19×26cm 2000円 ①978-4-86435-191-1

関 朝之 せき・ともゆき
3466 「声をなくした『紙芝居屋さん』への贈りもの」
◇子どものための感動ノンフィクション大賞（第1回/平成18年/優良作品）
「声をなくした紙しばい屋さん」 関朝之作,吉川聡子絵 PHP研究所 2008.8 135p 22cm 1300円 ①978-4-569-68900-5

関 肇 せき・はじめ
3467 「新聞小説の時代―メディア・読者・メロドラマ」
◇尾崎秀樹記念・大衆文学研究賞（第21回/平成20年/研究・考証部門）
◇やまなし文学賞〔研究・評論部門〕（第17回/平成20年度―研究・評論部門）
「新聞小説の時代―メディア・読者・メロドラマ」 新曜社 2007.12 364p 21cm 3600円 ①978-4-7885-1079-1

関 富士子 せき・ふじこ
3468 「植物地誌」
◇日本詩歌句大賞（第1回/平成17年度/詩部門）
「植物地誌―関富士子詩集」 七月堂 2004.9 74p 21cm 1000円 ①4-87944-069-8

石平 せき・へい
3469 「なぜ中国から離れると日本はうまくいくのか」
◇山本七平賞（第23回/平成26年）
「なぜ中国から離れると日本はうまくいくのか」 PHP研究所 2013.12 212p 18cm（PHP新書）760円 ①978-4-569-81621-0

関 満博 せき・みつひろ
3470 「空洞化を超えて」を中心として
◇サントリー学芸賞（第19回/平成9年度―政治・経済部門）
「空洞化を超えて―技術と地域の再構築」 日本経済新聞社 1997.1 258p 20cm 2060円 ①4-532-14546-5
「現場発 ニッポン空洞化を超えて」 日本経済新聞社 2003.5 302p 15cm（日経ビジネス人文庫）743円 ①4-532-19180-7

関 容子 せき・ようこ
3471 「芸づくし忠臣蔵」
◇読売文学賞（第51回/平成11年―随筆・紀行賞）
「芸づくし忠臣蔵」 文藝春秋 2002.10 385p 15cm（文春文庫）657円 ①4-16-745703-2

3472 「日本の鶯」

◇日本エッセイスト・クラブ賞（第29回/昭和56年）
　「日本の鶯―堀口大學聞書き」　講談社　1984.7　349p　15cm（講談社文庫）480円　Ⓘ4-06-183319-7
　「日本の鶯―堀口大學聞書き」　岩波書店　2010.12　413p　15cm（岩波現代文庫）1220円　Ⓘ978-4-00-602181-8

3473　「花の脇役」
◇講談社エッセイ賞（第12回/平成8年）
　「花の脇役」　新潮社　1996.3　225p　19cm　1600円　Ⓘ4-10-410901-0
　「花の脇役」　新潮社　2002.4　284p　15cm（新潮文庫）438円　Ⓘ4-10-121231-7

3474　「堀口大學聞き書き」
◇「短歌」愛読者賞（第6回/昭和54年―評論・エッセイ部門）

関　竜司　せき・りゅうじ
3475　「玲音の予感―『serial experiments lain』の描く未来」
◇日本SF評論賞（第6回/平成22年/優秀賞）

関　礼子　せき・れいこ
3476　「語る女たちの時代――一葉と明治女性表現」
◇やまなし文学賞〔研究・評論部門〕（第6回/平成9年度―研究・評論部門）
　「語る女たちの時代――一葉と明治女性表現」　新曜社　1997.4　387p　19cm　3800円　Ⓘ4-7885-0583-5

関岡　英之　せきおか・ひでゆき
3477　「汝自身のために泣け」
◇蓮如賞（第7回/平成13年）
　「なんじ自身のために泣け」　河出書房新社　2002.3　190p　20cm　1600円　Ⓘ4-309-01458-5

関川　夏央　せきかわ・なつお
3478　「海峡を越えたホームラン」
◇講談社ノンフィクション賞（第7回/昭和60年）
　「海峡を越えたホームラン―祖国という名の異文化」　双葉社　1997.1　390p　15cm（双葉文庫―POCHE FUTABA）680円　Ⓘ4-575-71096-2

3479　「昭和が明るかった頃」
◇講談社エッセイ賞（第19回/平成15年）
　「昭和が明るかった頃」　文藝春秋　2002.11　382p　20cm　1900円　Ⓘ4-16-359170-2
　「昭和が明るかった頃」　文藝春秋　2004.11　463p　16cm（文春文庫）724円　Ⓘ4-16-751910-0

3480　「二葉亭四迷の明治四十一年」
◇司馬遼太郎賞（第4回/平成13年）
　「二葉亭四迷の明治四十一年」　文藝春秋　2003.7　334p　16cm（文春文庫）590円　Ⓘ4-16-751908-9

関口　篤　せきぐち・あつし
3481　「梨花をうつ」
◇室生犀星詩人賞（第7回/昭和42年）
　「関口篤詩集」　思潮社　1987.11　159p　19cm（現代詩文庫 88）780円　Ⓘ4-7837-0841-X

関口　祥子　せきぐち・しょうこ
3482　「雉子の尾」
◇俳壇賞（第6回/平成3年度）
　「句集 火の鼓動」　牧羊社　1992.4　176p　19cm　2700円　Ⓘ4-8333-1513-0

関口　すみ子　せきぐち・すみこ
3483　「御一新とジェンダー」
◇サントリー学芸賞（第27回/平成17年度―思想・歴史部門）
　「御一新とジェンダー――荻生徂徠から教育勅語まで」　東京大学出版会　2005.3　374, 13p　21cm　6200円　Ⓘ4-13-036223-2

関口　裕昭　せきぐち・ひろあき
3484　「評伝 パウル・ツェラン」（詩評論書）
◇小野十三郎賞（第10回/平成20年/小野十三郎賞第10回記念特別賞）
　「評伝 パウル・ツェラン」　慶應義塾大学出版会　2007.10　479, 20p　20cm　4600円　Ⓘ978-4-7664-1399-1

関口　安義　せきぐち・やすよし
3485　「芥川龍之介とその時代」

◇やまなし文学賞〔研究・評論部門〕（第8回/平成11年度—研究・評論部門）
「芥川龍之介とその時代」 筑摩書房 1999.3 740p 21cm 6500円 ⓘ4-480-82338-7

関根 清三　せきね・せいぞう

3486 「旧約における超越と象徴—解釈学的経験の系譜」
◇和辻哲郎文化賞（第7回/平成6年—学術部門）
「旧約における超越と象徴—解釈学的経験の系譜」 東京大学出版会 1994.3 514, 65p 21cm 8858円 ⓘ4-13-016016-8

関場 誓子　せきば・ちかこ

3487 「超大国の回転木馬」
◇サントリー学芸賞（第10回/昭和63年度—政治・経済部門）
「超大国の回転木馬—米ソ核交渉の6000日」 サイマル出版会 1988.4 313p 19cm 1500円 ⓘ4-377-30781-9

関山 和夫　せきやま・かずお

3488 「説教と話芸」
◇日本エッセイスト・クラブ賞（第12回/昭和39年）

瀬崎 圭二　せざき・けいじ

3489 「『読者』とのコミュニケーション/作者の介入—谷崎潤一郎大正期の〈語り〉」
◇ドナルド・キーン日米学生日本文学研究奨励賞（第2回/平成10年—四大部）

摂待 美佐子　せったい・みさこ

3490 「お母ちゃんへ」
◇フーコー・エッセイコンテスト（第1回/平成9年/特選）

摂津 よしこ　せっつ・よしこ

3491 「夏鴨」
◇角川俳句賞（第26回/昭和55年）

瀬戸 哲郎　せと・てつろう

3492 「螢を放つ」
◇北海道詩人協会賞（第7回/昭和45年度）

瀬戸 正人　せと・まさと

3493 「トオイと正人」
◇新潮学芸賞（第12回/平成11年）
「トオイと正人」 朝日新聞社 1998.9 208p 20cm 1800円 ⓘ4-02-257265-5
「アジア家族物語—トオイと正人」 角川書店 2002.10 231p 15cm （角川文庫—角川ソフィア文庫） 667円 ⓘ4-04-367601-8

瀬戸 優理子　せと・ゆりこ

3494 「微熱」
◇現代俳句新人賞（第33回/平成27年）

瀬沼 茂樹　せぬま・しげき

3495 「日本文壇史」
◇読売文学賞（第30回/昭和53年—研究・翻訳賞）
「日本文壇史 19—回想の文学 白樺派の若人たち」 講談社 1997.12 364, 32p 15cm （講談社文芸文庫） 1200円 ⓘ4-06-197594-3
「日本文壇史 20 漱石門下の文人たち」 講談社 1998.2 309, 28p 15cm （講談社文芸文庫） 1100円 ⓘ4-06-197604-4
「日本文壇史 21 『新しき女』の群」 講談社 1998.4 328, 33p 16cm （講談社文芸文庫—回想の文学） 1100円 ⓘ4-06-197611-7
「日本文壇史 22 明治文壇の残照」 講談社 1998.6 313, 33p 15cm （講談社文芸文庫—回想の文学） 1100円 ⓘ4-06-197618-4
「日本文壇史 23 大正文学の擡頭」 講談社 1998.8 306p 15cm （講談社文芸文庫—回想の文学） 1100円 ⓘ4-06-197628-1
「日本文壇史 24—回想の文学 明治人 漱石の死」 講談社 1998.10 328, 32p 15cm （講談社文芸文庫） 1100円 ⓘ4-06-197637-0

瀬野 とし　せの・とし

3496 「なみだみち」
◇壺井繁治賞（第9回/昭和56年）

瀬間 陽子　せま・ようこ
3497　「父の箸」
◇現代俳句新人賞（第18回/平成12年）

瀬谷 耕作　せや・こうさく
3498　「稲虫送り歌」
◇地球賞（第5回/昭和55年度）

3499　「奥州浅川騒動」
◇日本詩人クラブ賞（第19回/昭和61年）

瀬谷 よしの　せや・よしの
3500　「農地解放」
◇福島県短歌賞（第18回/平成5年度）

鮮 一孝　せん・いっこう
3501　「竹の声を聴く」
◇詩人会議新人賞（第42回/平成20年/詩部門）

仙 とよえ　せん・とよえ
3502　「麦茶」
◇新俳句人連盟賞（第33回/平成17年/作品の部/佳作2位）

千街 晶之　せんがい・あきゆき
3503　「終わらない伝言ゲーム」
◇創元推理評論賞（第2回/平成7年）

仙石 英司　せんごく・えいじ
3504　「重き扉を開けて─日系ブラジル人と日本人労働者の現状」
◇週刊金曜日ルポルタージュ大賞（第7回/平成12年3月/佳作）

千石 英世　せんごく・ひでよ
3505　「ファルスの複層─小島信夫論」
◇群像新人文学賞〔評論部門〕（第26回/昭和58年―評論）
「小島信夫─ファルスの複層」　小沢書店　1988.4　219p　19cm　2000円

扇田 昭彦　せんだ・あきひこ
3506　「井上ひさしの劇世界」
◇AICT演劇評論賞（第18回/平成25年）
「井上ひさしの劇世界」　国書刊行会　2012.8　458,46p　19cm　3000円　①978-4-336-05495-1

千田 一路　せんだ・いちろ
3507　「海女の島」
◇角川俳句賞（第31回/昭和60年）

【 そ 】

徐 京植　ソ・キョンシク
3508　「子どもの涙」
◇日本エッセイスト・クラブ賞（第43回/平成7年）
「子どもの涙─ある在日朝鮮人の読書遍歴」　柏書房　1995.3　190p　19cm　2000円　①4-7601-1139-5
「子どもの涙─ある在日朝鮮人の読書遍歴」　小学館　1998.1　203p　15cm　（小学館文庫）　495円　①4-09-402131-0

宗 左近　そう・さこん
3509　「藤の花」
◇詩歌文学館賞（第10回/平成7年/現代詩）
「藤の花」　思潮社　1994.6　150p　21cm　2800円　①4-7837-0516-X

3510　「炎える母」
◇藤村記念歴程賞（第6回/昭和43年）
「長篇詩 炎える母」　日本図書センター　2006.1　350p　19cm　2800円　①4-284-70002-2
「炎える母（抄）§響灘§日本美のふるさと§故郷の名」　北九州市立文学館　2014.3　299p　15cm　（北九州市立文学館文庫 8）

宗 昇　そう・のぼる
3511　「くにざかいの歌」
◇日本詩人クラブ賞（第24回/平成3年）
「くにざかいの歌─宗昇詩集」　詩学社　1990.12　179p　21cm　4120円

相場 きぬ子　そうば・きぬこ
3512　「分譲ヒマラヤ杉」
◇「詩と思想」新人賞（第3回/昭和57

相馬 一成　そうま・かずなり
3513　「王留根の根は絶えた―山西省の毒ガス戦」
◇週刊金曜日ルポルタージュ大賞（第4回/平成10年9月/選外期待賞）

相馬 遷子　そうま・せんし
3514　「雪嶺」
◇俳人協会賞（第9回/昭和44年度）
「現代一〇〇名句集 8」東京四季出版 2005.3　321p　21cm　2381円　①4-8129-0348-3

相馬 庸郎　そうま・つねお
3515　「深沢七郎 この面妖なる魅力」
◇やまなし文学賞〔研究・評論部門〕（第9回/平成12年度―研究・評論部門）
「深沢七郎―この面妖なる魅力」　勉誠出版　2000.7　311p　19cm（遊学叢書8）2800円　①4-585-04068-4

相馬 勝　そうま・まさる
3516　「中国共産党に消された人々」
◇小学館ノンフィクション大賞（第8回/平成13年/優秀賞）
「中国共産党に消された人々」　小学館　2002.4　239p　20cm　1400円　①4-09-389534-1

添田 馨　そえだ・かおる
3517　「語族」（詩集）
◇小野十三郎賞（第7回/平成17年/小野十三郎賞）
「語族」　思潮社　2004.7　94p　22cm　2000円　①4-7837-1934-9

添田 建治郎　そえだ・けんじろう
3518　「日本語アクセント史の諸問題」
◇新村出賞（第15回/平成8年）
「日本語アクセント史の諸問題」　武蔵野書院　1996.5　350p　21cm　13000円　①4-8386-0160-3

添田 知道　そえだ・ともみち
3519　「演歌の明治大正史」
◇毎日出版文化賞（第18回/昭和39年）
「添田唖蝉坊・添田知道著作集 4 演歌の明治大正史」　添田知道著　刀水書房　1982.11　333p　20cm　3200円

添田 理恵子　そえだ・りえこ
3520　「楽園喪失者の行方―村上春樹「ノルウェイの森」
◇ドナルド・キーン日米学生日本文学研究奨励賞（第4回/平成12年―短大部）

曽我部 司　そがべ・つかさ
3521　「ホッケー'69」
◇開高健賞（第9回/平成12年/奨励賞）
「ホッケー69―チェコと政治とスポーツと」　ティビーエス・ブリタニカ　2000.7　253p　20cm　1700円　①4-484-00211-6

曽田 範宗　そだ・のりむね
3522　「摩擦の話」
◇毎日出版文化賞（第25回/昭和46年）

袖井 林二郎　そでい・りんじろう
3523　「マッカーサーの二千日」
◇毎日出版文化賞（第28回/昭和49年）
◇大宅壮一ノンフィクション賞（第6回/昭和50年）
「マッカーサーの二千日」　中央公論新社　2001.9　385p　21cm（Chuko on demand books）3600円　①4-12-550182-3
「マッカーサーの二千日」　改版　中央公論新社　2004.7　446p　15cm（中公文庫）1238円　①4-12-204397-2
「マッカーサーの二千日」　改版　中央公論新社　2015.7　452p　15cm（中公文庫）1300円　①978-4-12-206143-9

袖岡 華子　そでおか・はなこ
3524　「黄昏流る」
◇ラ・メール短歌賞（第1回/昭和62年）

外崎 ひとみ　そとざき・ひとみ
3525　「ほのかたらい」（詩集）
◇加美現代詩詩集大賞（第4回/平成16年度―いのちの詩賞）
「ほのかたらい―詩集」　北の街社　2003.8　88p　20cm　1429円　①4-87373-126-

曽根 英二　そね・えいじ

3526　「限界集落 吾の村なれば」
◇毎日出版文化賞（第64回/平成22年—人文・社会部門）
「限界集落—吾の村なれば」日本経済新聞出版社　2010.4　358p　19cm　1900円　①978-4-532-16739-4

苑 翠子　その・すいこ

3527　「フラノの沓」
◇角川短歌賞（第10回/昭和39年）

園田 英弘　そのだ・ひでひろ

3528　「西洋化の構造」
◇サントリー学芸賞（第16回/平成6年度—思想・歴史部門）
「西洋化の構造—黒船・武士・国家」思文閣出版　1993.10　350, 11p　22cm　7725円　①4-7842-0801-1

園田 理恵　そのだ・りえ

3529　「テロリストより愛をこめて」
◇フーコー・エッセイコンテスト（第1回/平成9年/入選）

ゾペティ, デビット

3530　「旅日記」
◇日本エッセイスト・クラブ賞（第50回/平成14年）
「旅日記」デビット・ゾペティ著　集英社　2001.8　224p　20cm　1600円　①4-08-775292-5

曽宮 一念　そみや・いちねん

3531　「海辺の熔岩」
◇日本エッセイスト・クラブ賞（第7回/昭和34年）
「榛の畦みち 海辺の熔岩」講談社　1995.4　293p　15cm（講談社文芸文庫—現代日本のエッセイ）980円　①4-06-196317-1

染野 太朗　そめの・たろう

3532　「あの日の海」
◇日本歌人クラブ新人賞（第18回/平成24年）
「あの日の海—歌集」本阿弥書店　2011.2　231p　22cm（まひる野叢書 第282篇）2800円　①978-4-7768-0770-4

染谷 信次　そめや・しんじ

3533　「陋巷」
◇高見楯吉賞（第4回/昭和44年）

征矢 泰子　そや・やすこ

3534　「すこしゆっくり」
◇現代詩女流賞（第9回/昭和59年）
「征矢泰子詩集」思潮社　2003.12　158p　19cm（現代詩文庫）1165円　①4-7837-0950-5

そらしといろ

3535　「フラット」
◇歴程新鋭賞（第24回/平成25年）
「フラット」思潮社　2013.7　107p　21cm　2200円　①978-4-7837-3362-1

そらやま たろう

3536　「海と風」
◇栃木県現代詩人会賞（第7回）

3537　「詩人偽証」
◇年刊現代詩集新人賞（第3回/昭和57年）

成 恵卿　ソン・ヘギョン

3538　「西洋の夢幻能—イェイツとパウンド」
◇サントリー学芸賞（第22回/平成12年度—芸術・文学部門）
「西洋の夢幻能—イェイツとパウンド」河出書房新社　1999.9　299, 3p　20cm　2900円　①4-309-01308-2

宋 敏鎬　ソン・ミンホ

3539　「ブルックリン」
◇中原中也賞（山口市）（第3回/平成10年）
「ブルックリン」青土社　1998.4　1冊　19cm　1600円　①4-7917-2087-3

3540　「真心を差し出されてその包装を開いてゆく処」
◇小野十三郎賞（第14回/平成24年/小野十三郎賞（詩集））
「真心を差し出されてその包装を開いてゆく処—宋敏鎬詩集」青土社　2011.7

109p 22cm 1800円 ⓘ978-4-7917-6517-1

【た】

田井 安曇　たい・あずみ
　3541　「経過一束」
　◇短歌研究賞（第20回/昭和59年）
　3542　「千年紀地上」
　◇詩歌文学館賞（第25回/平成22年/短歌）
　「千年紀地上―田井安曇歌集」角川書店，角川グループパブリッシング〔発売〕2009.1 159p 20cm（角川短歌叢書）2571円 ⓘ978-4-04-621739-4

田井 伸子　たい・のぶこ
　3543　「ほんとうのこと いうけど」
　◇現代詩人アンソロジー賞（第7回/平成9年―優秀）

田井 三重子　たい・みえこ
　3544　「寒鰤の来る夜」
　◇日本一行詩大賞・日本一行詩新人賞（第5回/平成24年/大賞）
　「寒鰤の来る夜」文學の森 2011.8 171p 20cm（河叢書 第270篇）2476円 ⓘ978-4-86173-458-8

大道寺 将司　だいどうじ・まさし
　3545　「棺一基 大道寺将司全句集」
　◇日本一行詩大賞・日本一行詩新人賞（第6回/平成25年/大賞）
　「棺一基―大道寺将司全句集」太田出版 2012.4 231p 20cm 2000円 ⓘ978-4-7783-1306-5

対中 いずみ　たいなか・いずみ
　3546　「螢童子」
　◇俳句研究賞（第20回/平成17年）

太平出版社　たいへいしゅっぱんしゃ
　3547　「シリーズ・戦争の証言 全20巻」
　◇毎日出版文化賞（第32回/昭和53年―特別賞）

田岡 良一　たおか・りょういち
　3548　「大津事件の再評価」
　◇毎日出版文化賞（第31回/昭和52年）
　「大津事件の再評価」新版 有斐閣 1983.2 295p 22cm 3800円 ⓘ4-641-02949-0

髙 昭宏　たか・あきひろ
　3549　「北海」(歌集)
　◇北海道新聞短歌賞（第13回/平成10年）

多賀 たかこ　たが・たかこ
　3550　「はいすくーる落書」
　◇ノンフィクション朝日ジャーナル大賞（第1回/昭和60年）
　「はいすくーる落書」朝日新聞社 1986.2 254p 19cm（朝日ノンフィクション）1000円 ⓘ4-02-255447-9
　「はいすくーる落書」朝日新聞社 1988.12 299p 15cm（朝日文庫）460円 ⓘ4-02-260532-4

髙 典子　たか・のりこ
　3551　「献水」
　◇詩人会議新人賞（第43回/平成21年/詩部門/入選）

高井 俊宏　たかい・としひろ
　3552　「お母さんとぼく」
　◇詩人会議新人賞（第35回/平成13年/詩/ジュニア賞）
　3553　「父」
　◇詩人会議新人賞（第38回/平成16年/詩/佳作）

互 盛央　たがい・もりお
　3554　「言語起源論の系譜」
　◇サントリー学芸賞（第26回/平成26年度―芸術・文学部門）
　「言語起源論の系譜」講談社 2014.5 430p 19cm 2300円 ⓘ978-4-06-218975-0
　3555　「フェルディナン・ド・ソシュール―〈言語学〉の孤独，『一般言語学』の夢」
　◇和辻哲郎文化賞（第22回/平成21年度/学術部門）

◇渋沢・クローデル賞（第27回/平成22年度/日本側 本賞）
「フェルディナン・ド・ソシュール―〈言語学〉の孤独、「一般言語学」の夢」 作品社 2009.7 603、56p 22cm 6000円 ⓘ978-4-86182-243-8

高石 正八　たかいし・しょうはち

3556 「靴下」
◇日本随筆家協会賞（第25回/平成4年5月）

高内 壮介　たかうち・そうすけ

3557 「湯川秀樹論」
◇藤村記念歴程賞（第12回/昭和49年）
「湯川秀樹論」 第三文明社 1993.7 374p 19cm 2800円 ⓘ4-476-03182-X

高浦 銘子　たかうら・めいこ

3558 「臘梅」
◇ラ・メール俳句賞（第2回/平成2年）

高尾 義一　たかお・よしかず

3559 「金融デフレ」を中心として
◇サントリー学芸賞（第20回/平成10年度―政治・経済部門）
「金融デフレ」 東洋経済新報社 1998.3 285p 19cm 1600円 ⓘ4-492-65212-4

高岡 修　たかおか・おさむ

3560 「犀」
◇晩翠賞（第46回/平成17年）
「犀」 思潮社 2004.9 109p 24cm 2200円 ⓘ4-7837-1944-6
「高岡修詩集」 思潮社 2008.9 158p 19cm（現代詩文庫 190） 1165円 ⓘ978-4-7837-0967-1

3561 「蝶の系譜―言語の変容にみるもうひとつの現代俳句史」
◇現代俳句評論賞（第27回/平成19年）

高貝 弘也　たかがい・ひろや

3562 「再生する光」
◇現代詩花椿賞（第19回/平成13年）
「再生する光」 思潮社 2001.8 1冊（ページ付なし） 21cm 2400円 ⓘ4-7837-1258-1

3563 「子葉声韻」
◇高見順賞（第39回/平成20年度）
「子葉声韻」 思潮社 2008.10 23cm 2400円 ⓘ978-4-7837-3087-3

3564 「生の谺」
◇歴程新鋭賞（第6回/平成7年）
「生の谺」 思潮社 1994.9 2冊 21cm 全2800円 ⓘ4-7837-0535-6

3565 「半世記」
◇地球賞（第29回/平成16年度）

3566 「露光」
◇藤村記念歴程賞（第48回/平成22年）
「露光」 書肆山田 2010.7 1冊（ページ付なし） 20cm（Le livre de luciole 72） 2500円 ⓘ978-4-87995-801-3

高垣 憲正　たかがき・のりまさ

3567 「春の謎」
◇現代詩人賞（第29回/平成23年）
「春の謎―高垣憲正詩集」 土曜美術社出版販売 2010.11 122p 22cm 2500円 ⓘ978-4-8120-1841-5

高木 秋尾　たかぎ・あきお

3568 「けもの水」
◇晩翠賞（第16回/昭和50年）

高木 和子　たかぎ・かずこ

3569 「無人駅の窓口は 風の音売ります」
◇放哉賞（第6回/平成16年）

高木 貞敬　たかぎ・さだたか

3570 「記憶のメカニズム」
◇毎日出版文化賞（第30回/昭和51年）

高木 健夫　たかぎ・たけお

3571 「新聞小説史年表」
◇毎日出版文化賞（第41回/昭和62年―特別賞）
「新聞小説史年表」 国書刊行会 1987.5 389p 27cm 12000円
「新聞小説史年表」 新装版 国書刊行会 1996.1 389p 26cm 12000円 ⓘ4-336-02030-2

高木 徹　たかぎ・とおる

3572 「大仏破壊」
◇大宅壮一ノンフィクション賞（第36

回/平成17年)
「大仏破壊―バーミアン遺跡はなぜ破壊されたのか」 文藝春秋 2004.12 341p 20cm 1571円 ⓣ978-4-16-366600-1
「大仏破壊―ビンラディン、9・11へのプレリュード」 文藝春秋 2007.4 405p 16cm(文春文庫) 695円 ⓣ978-4-16-771721-6

3573 「ドキュメント戦争広告代理店 情報操作とボスニア紛争」
◇講談社ノンフィクション賞(第24回/平成14年)
◇新潮ドキュメント賞(第1回/平成14年)
「ドキュメント戦争広告代理店―情報操作とボスニア紛争」 講談社 2002.6 319p 20cm 1800円 ⓣ4-06-210860-7
「ドキュメント 戦争広告代理店―情報操作とボスニア紛争」 講談社 2005.6 405p 15cm(講談社文庫) 619円 ⓣ4-06-275096-1

髙木 敏次 たかぎ・としつぐ

3574 「傍らの男」
◇H氏賞(第61回/平成23年)
「傍らの男」 高木敏次著 思潮社 2010.7 87p 20cm 2200円 ⓣ978-4-7837-3188-7

鷹城 宏 たかき・ひろし

3575 「あやかしの贄―京極ミステリーのルネッサンス」
◇創元推理評論賞(第3回/平成8年)

高木 瓔子 たかぎ・ようこ

3576 「山の相」
◇俳壇賞(第21回/平成18年度)

高木 佳子 たかぎ・よしこ

3577 「片翅の蝶」
◇「短歌現代」新人賞(第20回/平成17年)
◇短歌新聞社第一歌集賞(第5回/平成20年)
◇日本歌人クラブ新人賞(第14回/平成20年)
◇福島県短歌賞(第33回/平成20年度―歌集賞)
「片翅の蝶―歌集」 短歌新聞社 2007.9 156p 22cm 2381円 ⓣ978-4-8039-1371-2

3578 「青雨記」
◇現代短歌新人賞(第13回/平成24年度)
「青雨記―歌集」 いりの舎 2012.7 202p 20cm 2000円 ⓣ978-4-906754-02-1

高木 凛 たかぎ・りん

3579 「沖縄独立を夢見た伝説の女傑 照屋敏子」
◇小学館ノンフィクション大賞(第14回/平成19年/大賞)
「沖縄独立を夢見た伝説の女傑照屋敏子」 小学館 2007.12 255p 20cm 1500円 ⓣ978-4-09-379780-1

高倉 和子 たかくら・かずこ

3580 「決心」
◇朝日俳句新人賞(第5回/平成14年)

高倉 レイ たかくら・れい

3581 「薔薇を焚く」
◇現代歌人集会賞(第12回/昭和61年)
「薔薇を焚く―詩集」 桜庭英子著 書肆青樹社 2003.3 111p 22cm 2400円 ⓣ4-88374-107-9

高崎 乃理子 たかさき・のりこ

3582 「太古のばんさん会」
◇現代少年詩集新人賞(第1回/昭和59年―奨励賞)

高沢 圭一 たかさわ・けいいち

3583 「画になる女」
◇日本随筆家協会賞(第1回/昭和52年)

高沢 皓司 たかざわ・こうじ

3584 「宿命―『よど号』亡命者たちの秘密工作」
◇講談社ノンフィクション賞(第21回/平成11年)
「宿命―「よど号」亡命者たちの秘密工作」 新潮社 1998.8 527p 20cm 2300円 ⓣ4-10-425401-0
「宿命―「よど号」亡命者たちの秘密工作」 新潮社 2000.8 685p 15cm(新潮文庫) 857円 ⓣ4-10-135531-2

鷹沢 のり子　たかざわ・のりこ
3585　「老いゆくふたり」
◇週刊金曜日ルポルタージュ大賞（第1回/平成9年3月/準佳作）

高階 絵里加　たかしな・えりか
3586　「異界の海―芳翠・清輝・天心における西洋」
◇渋沢・クローデル賞（第18回/平成13年/ルイ・ヴィトン・ジャパン特別賞）
「異界の海―芳翠・清輝・天心における西洋」三好企画　2000.12　315p　22cm　3800円　ⓘ4-938740-37-0
「異界の海―芳翠・清輝・天心における西洋」改訂版　三好企画　2006.1　315p　21cm　1800円　ⓘ4-938740-62-1

高階 杞一　たかしな・きいち
3587　「いつか別れの日のために」
◇三好達治賞（第8回/平成24年度）
「いつか別れの日のために―詩集」澪標　2012.5　87p　22cm　1500円　ⓘ978-4-86078-203-0
3588　「キリンの洗濯」
◇H氏賞（第40回/平成2年）
「キリンの洗濯―詩集」あざみ書房　1990.4　125p　22cm　1500円
3589　「空への質問」
◇三越左千夫少年詩賞（第4回/平成12年）
「空への質問―高階杞一詩集」高階杞一詩, おーなり由子画, 水内喜久雄編　大日本図書　1999.11　91p　19cm（詩を読もう！）1200円　ⓘ4-477-01056-7
3590　「千鶴さんの脚」
◇丸山薫賞（第21回/平成26年）
「千鶴さんの脚―高階杞一詩集」高階杞一著, 四元康祐写真　澪標　2014.3　93p　21cm　1500円　ⓘ978-4-86078-265-8

高嶋 健一　たかしま・けんいち
3591　「草の快楽」
◇日本歌人クラブ賞（第10回/昭和58年）
3592　「存命」
◇短歌新聞社賞（第10回/平成15年）
「存命―歌集」短歌研究社　2002.7　235p　20cm（水甕叢書 第735篇）2800円　ⓘ4-88551-684-6
3593　「日常」
◇短歌研究賞（第36回/平成12年）

高島 俊男　たかしま・としお
3594　「水滸伝と日本人―江戸から昭和まで」
◇大衆文学研究賞（第5回/平成3年―研究・考証）
「水滸伝と日本人―江戸から昭和まで」大修館書店　1991.2　414p　19cm　2800円　ⓘ4-469-23076-6
3595　「漱石の夏やすみ」
◇読売文学賞（第52回/平成12年―随筆・紀行賞）
「漱石の夏やすみ」筑摩書房　2007.6　266p　15cm（ちくま文庫）780円　ⓘ978-4-480-42343-6
3596　「本が好き、悪口言うのはもっと好き」
◇講談社エッセイ賞（第11回/平成7年）
「本が好き、悪口言うのはもっと好き」大和書房　1995.2　253p　19cm　2400円　ⓘ4-479-39033-2
「本が好き、悪口言うのはもっと好き」文藝春秋　1998.3　319p　15cm（文春文庫）476円　ⓘ4-16-759801-9

髙嶋 英夫　たかしま・ひでお
3597　「白い馬がいる川のほとりで」
◇詩人会議新人賞（第48回/平成26年/詩部門/佳作）

高島 裕　たかしま・ゆたか
3598　「旧制度（アンシャンレジーム）」
◇ながらみ書房出版賞（第8回/平成12年）
「旧制度―高島裕歌集」ながらみ書房　1999.7　205p　20cm　2600円　ⓘ4-931201-05-9
「高島裕集」邑書林　2004.10　146p　19cm（セレクション歌人 17）1300円　ⓘ4-89709-439-9
3599　「饕餮の家」
◇寺山修司短歌賞（第18回/平成25年）
「饕餮の家―高島裕歌集」Toy　2012.10　189p　20cm　2500円　ⓘ978-4-907111-00-7

高瀬 一誌　たかせ・かずし
3600　「喝采」
◇短歌公論処女歌集賞（昭和60年度）
「高瀬一誌全歌集—1950-2001」　短歌人会　2005.12　569p　22cm　5000円
「高瀬一誌全歌集」　新装版　六花書林、開発社〔発売〕　2015.12　478p　19cm　3300円　ⓘ978-4-907891-23-7

髙勢 祥子　たかせ・さちこ
3601　「火粉」
◇北斗賞（第3回/平成24年）

高瀬 美代子　たかせ・みよこ
3602　「仲直り」
◇現代少年詩集秀作賞（第2回/平成4年）

高田 郁　たかだ・かおる
3603　「金婚式にワルツを」
◇JTB旅行記賞（第11回/平成14年）

高田 京子　たかだ・きょうこ
3604　「四国遍路を歩いてみれば」
◇JTB旅行記賞（第3回/平成6年度）

高田 真　たかだ・しん
3605　「花族」
◇日本詩歌句大賞（第9回/平成25年度/詩部門/奨励賞）
「花族　詩集」　RUE書房　2012　1000円

高田 誠二　たかだ・せいじ
3606　「単位の進化」
◇毎日出版文化賞（第24回/昭和45年）
「単位の進化—原始単位から原子単位へ」　講談社　2007.8　263p　15cm（講談社学術文庫）　900円　ⓘ978-4-06-159831-7

高田 知波　たかだ・ちなみ
3607　「姓と性　近代文学における名前とジェンダー」
◇やまなし文学賞〔研究・評論部門〕（第22回/平成25年度—研究・評論部門）
「姓と性—近代文学における名前とジェンダー」　翰林書房　2013.9　358p　22cm　3800円　ⓘ978-4-87737-355-9

高田 敏子　たかだ・としこ
3608　「藤」
◇室生犀星詩人賞（第7回/昭和42年）
「藤—高田敏子詩集」　沖積舎　1984.6　107p　21cm（現代女流自選詩集叢書9）　700円

高田 宏　たかだ・ひろし
3609　「木に会う」
◇読売文学賞（第41回/平成1年—随筆・紀行賞）
「木に会う」　新潮社　1993.9　240p　15cm（新潮文庫）　360円　ⓘ4-10-133302-5
3610　「言葉の海へ」
◇亀井勝一郎賞（第10回/昭和53年）
「言葉の海へ」　岩波書店　1998.4　299p　16cm（同時代ライブラリー）　1200円　ⓘ4-00-260341-5
「言葉の海へ」　洋泉社　2007.10　317p　18cm（洋泉社MC新書）　1700円　ⓘ978-4-86248-166-5

髙田 正子　たかた・まさこ
3611　「青麗」
◇星野立子賞（第3回/平成27年）
「青麗—句集」　KADOKAWA　2014.11　229p　20cm（藍生文庫 48）　2700円　ⓘ978-4-04-652894-0
3612　「花実」
◇俳人協会新人賞（第29回/平成17年度）
「花実—高田正子句集」　ふらんす堂　2005.9　183p　19cm（ふらんす堂精鋭俳句叢書/藍生文庫 19—Série de la neige）　2400円　ⓘ4-89402-766-6

高田 勝　たかだ・まさる
3613　「落としたのはだれ？」
◇吉村証子記念「日本科学読物賞」（第15回/平成7年）
「落としたのはだれ？」　高田勝文, 叶内拓哉写真　福音館書店　1994.11　36p　31×23cm（かがくのほん）　1300円　ⓘ4-8340-1260-3

高田 衛　たかだ・まもる
3614　「女と蛇—表徴の江戸文学誌」
◇やまなし文学賞〔研究・評論部門〕

（第8回/平成11年度―研究・評論部門）
「女と蛇―表徴の江戸文学誌」　筑摩書房　1999.1　337p　22cm　4800円　①4-480-82335-2

高田　三枝子　たかだ・みえこ

3615　「日本語の語頭閉鎖音の研究」
◇金田一京助博士記念賞（第40回/平成24年度）
「日本語の語頭閉鎖音の研究―VOTの共時的分布と通時的変化」　くろしお出版　2011.1　262p　21cm　3800円　①978-4-87424-501-9

高田　流子　たかだ・りゅうこ

3616　「月光浴」
◇ながらみ書房出版賞（第4回/平成8年）
「月光浴―歌集」　ながらみ書房　1995.11　169p　22cm　2500円

高田　弄山　たかだ・ろうさん

3617　「波からころがる陽に足跡がはずむ」
◇放哉賞（第5回/平成15年）

高塚　かず子　たかつか・かずこ

3618　「生きる水」
◇H氏賞（第44回/平成6年）
「生きる水―高塚かず子詩集」　思潮社　1993.12　109p　21cm　2600円　①4-7837-0492-9

3619　「水」（ほか）
◇ラ・メール新人賞（第9回/平成4年）

高槻　真樹　たかつき・まき

3620　「文字のないSF―スフェークを探して」
◇日本SF評論賞（第5回/平成21年/選考委員特別賞）

高辻　郷子　たかつじ・きょうし

3621　「農の座標」
◇北海道新聞短歌賞（第8回/平成5年）
「農の座標―歌集」　ながらみ書房　1992.10　161p　20cm　2500円

高鶴　礼子　たかつる・れいこ

3622　「セミパラチンクスの少年」
◇詩人会議新人賞（第34回/平成12年/詩）

たかとう　匡子　たかとう・まさこ

3623　「学校」（詩集）
◇小野十三郎賞（第8回/平成18年/小野十三郎賞）
「学校」　思潮社　2005.9　99p　24cm　2400円　①4-7837-1994-2

3624　「私の夏は」
◇年刊現代詩集新人賞（第2回/昭和56年―奨励賞）

高取　美保子　たかとり・みほこ

3625　「千年の家」
◇福岡県詩人賞（第42回/平成18年）
「千年の家―詩集」　鷹取美保子著　本多企画　2005.6　125p　21cm　2000円　①4-89445-116-6

高野　岩夫　たかの・いわお

3626　「花ずおう」
◇福島県俳句賞（第14回/平成4年―準賞）

高野　公彦　たかの・きみひこ

3627　「河骨川」
◇小野市詩歌文学賞（第5回/平成25年/短歌部門）
「河骨川―高野公彦歌集」　砂子屋書房　2012.7　244p　20cm（コスモス叢書　第1108番）　3000円　①978-4-7904-1400-1

3628　「ぎんやんま」
◇短歌研究賞（第18回/昭和57年）

3629　「水苑」
◇詩歌文学館賞（第16回/平成13年/短歌）
◇迢空賞（第35回/平成13年）
「水苑―高野公彦歌集」　砂子屋書房　2000.12　341p　20cm（コスモス叢書　第652篇）　3000円　①4-7904-0536-2
「高野公彦歌集」　短歌研究社　2003.9　190p　15cm（短歌研究文庫 20）　1905円　①4-88551-786-9

3630　「天泣」
◇若山牧水賞（第1回/平成8年）

「天泣―高野公彦歌集」 短歌研究社 1996.10 187p 20cm 2900円 ①4-88551-245-X

高野　公一　たかの・こういち
3631　「天空の越後路…芭蕉は「荒海」を見たか」
◇現代俳句評論賞（第35回/平成27年度）

高野　太郎　たかの・たろう
3632　「水しぶき」
◇現代詩加美未来賞（第13回/平成15年―みやぎ少年未来賞）

高坪　利彦　たかの・としひこ
3633　「近世の朝廷と宗教」
◇角川源義賞（第37回/平成27年/歴史）
「近世の朝廷と宗教」　吉川弘文館　2014.2　477,7p　21cm　11000円　①978-4-642-03461-6

高野　秀行　たかの・ひでゆき
3634　「謎の独立国家ソマリランド」
◇講談社ノンフィクション賞（第35回/平成25年）
「謎の独立国家ソマリランド―そして海賊国家プントランドと戦国南部ソマリア」　本の雑誌社　2013.2　509p　20cm　2200円　①978-4-86011-238-7

高野　文生　たかの・ふみお
3635　「闇に出会う旅」（随筆）
◇奥の細道文学賞（第4回/平成13年―優秀賞）

高野　ムツオ　たかの・むつお
3636　「萬の翅」
◇小野市詩歌文学賞（第6回/平成26年/俳句部門）
◇蛇笏賞（第48回/平成26年）

高野　裕子　たかの・ゆうこ
3637　「時計草」
◇福島県俳句賞（第33回/平成24年―新人賞）

高野　義裕　たかの・よしひろ
3638　「ハイエナ」
◇福岡県詩人賞（第9回/昭和48年）

鷹羽　狩行　たかは・しゅぎょう
3639　「十五峯」
◇詩歌文学館賞（第23回/平成20年/俳句）
◇蛇笏賞（第42回/平成20年）
「十五峯―鷹羽狩行句集」　ふらんす堂　2007.7　230p　20cm　2667円　①978-4-89402-930-9
3640　「誕生」
◇俳人協会賞（第5回/昭和40年度）
「定本誕生」　牧羊社　1982.4　205p　20cm　2000円

高萩　あや子　たかはぎ・あやこ
3641　「野中の一樹」
◇福島県短歌賞（第25回/平成12年度―短歌賞）

高橋　昭雄　たかはし・あきお
3642　「たった一つのリンゴ」
◇子どものための感動ノンフィクション大賞（第1回/平成18年/優良作品）

高橋　明子　たかはし・あきこ
3643　「水瓶の母」
◇北海道詩人協会賞（第17回/昭和55年度）

高橋　勇夫　たかはし・いさお
3644　「帰属と彷徨―芥川龍之介論」
◇群像新人文学賞〔評論部門〕（第30回/昭和62年―評論）
「詭弁的精神の系譜―芥川、荷風、太宰、保田らの文学の更生術」　彩流社　2007.12　313p　19cm　2800円　①978-4-7791-1308-6

高橋　栄子　たかはし・えいこ
3645　「祭髪」
◇福島県俳句賞（第5回/昭和58年）

高橋　英司　たかはし・えいじ
3646　「出発」

◇山形県詩賞（第7回/昭和53年）

高橋　悦子　　たかはし・えつこ
3647　「シュトラウス晴れ」
◇現代俳句協会年度作品賞（第9回/平成20年）

髙橋　修　　たかはし・おさむ
3648　「明治の翻訳ディスクール　坪内逍遙・森田思軒・若松賤子」
◇やまなし文学賞〔研究・評論部門〕（第24回/平成27年度）
「明治の翻訳ディスクール―坪内逍遙・森田思軒・若松賤子」　高橋修著　ひつじ書房　2015.2　377p　21cm（ひつじ研究叢書 文学編 7）　4600円　Ⓘ978-4-89476-729-4

高橋　一子　　たかはし・かずこ
3649　「故郷の牛乳」
◇短歌研究新人賞（第16回/昭和48年）

高橋　和子　　たかはし・かずこ
3650　「人生どんとこい」
◇読売・日本テレビWoman's Beat大賞 カネボウスペシャル21（第3回/平成16年/入選）
「溺れる人―第3回woman's beat大賞受賞作品集」　藤崎麻里, 八木沼笙子, 高橋和子, 竹内みや子, カウマイヤー・香代子著　中央公論新社　2005.2　270p　20cm　1800円　Ⓘ4-12-003612-X

3651　「ゼロの季節」
◇年刊現代詩集新人賞（第1回/昭和54年―奨励賞）

高橋　和巳　　たかはし・かずみ
3652　「邪宗門」
◇河出文化賞（第2回）
「邪宗門　上」　河出書房新社　1966　317p
「邪宗門　下」　河出書房新社　1966　322p
「高橋和巳作品集　第4」　河出書房新社　1970　659p
「邪宗門」2冊　講談社　1971（現代文学秀作シリーズ）
「高橋和巳全集　7, 8」　河出書房新社　1977（昭和52年）

高橋　兼吉　　たかはし・かねよし
3653　「真珠婚」
◇晩翠賞（第11回/昭和45年）

高橋　揆一郎　　たかはし・きいちろう
3654　「友子」
◇新田次郎文学賞（第11回/平成4年）
「友子」　河出書房新社　1991.3　198p　19cm　1700円　Ⓘ4-309-00675-2

高橋　喜久晴　　たかはし・きくはる
3655　「流謫の思想」
◇中日詩賞（第43回/平成15年）
「流謫の思想―詩集」　書肆青樹社　2003.2　81p　21cm　2400円　Ⓘ4-88374-103-6

高橋　喜平　　たかはし・きへい
3656　「雪国動物記」
◇日本エッセイスト・クラブ賞（第8回/昭和35年）
「雪国動物記」　PHP研究所　1991.12　200p　15cm（PHP文庫）　440円　Ⓘ4-569-56434-8

たかはし　けいこ
3657　「参観日」
◇現代少年詩集新人賞（第5回/昭和63年）
3658　「とうちゃん」
◇三越左千夫少年詩賞（第2回/平成10年）
「とうちゃん―たかはしけいこ詩集」　たかはしけいこ詩, 織茂恭子絵　教育出版センター　1997.3　85p　22cm（ジュニア・ポエム双書 122）　1200円　Ⓘ4-7632-4341-1

高橋　啓介　　たかはし・けいすけ
3659　「現実感喪失の危機― 離人症的短歌」
◇現代短歌評論賞（第24回/平成18年）

高橋　憲一　　たかはし・けんいち
3660　「ガリレオの迷宮」
◇毎日出版文化賞（第60回/平成18年―自然科学部門）
「ガリレオの迷宮―自然は数学の言語で

書かれているか？」共立出版　2006.5
542p　21cm　9000円　①4-320-00569-4

高橋　甲四郎　たかはし・こうしろう
3661　「秋の気配」
◇日本随筆家協会賞（第54回/平成18年8月）
「バルビゾンの道」日本随筆家協会
2007.1　219p　20cm（現代名随筆叢書85）1500円　①978-4-88933-319-0

高橋　三郎　たかはし・さぶろう
3662　「豆腐」
◇日本随筆家協会賞（第14回/昭和61.11）

高橋　順子　たかはし・じゅんこ
3663　「海へ」
◇藤村記念歴程賞（第52回/平成26年）
◇三好達治賞（第10回/平成26年度）
「海へ」書肆山田　2014.7　122p　22cm　2400円　①978-4-87995-899-0
3664　「幸福な葉っぱ」
◇現代詩花椿賞（第8回/平成2年）
「幸福な葉っぱ」書肆山田　1990.7
113p　19cm　2200円
3665　「花まいらせず」
◇現代詩女流賞（第11回/昭和61年）
3666　「貧乏な椅子」
◇丸山豊記念現代詩賞（第10回/平成13年）
「貧乏な椅子」花神社　2000.1　107p
22cm　2200円　①4-7602-1579-4

高橋　渉二　たかはし・しょうじ
3667　「群島渡り」
◇山之口貘賞（第5回/昭和57年）

高橋　磧一　たかはし・しんいち
3668　「世界の歴史・日本」
◇毎日出版文化賞（第3回/昭和24年）
3669　「日本の国ができるまで」
◇毎日出版文化賞（第4回/昭和25年）

高橋　新吉　たかはし・しんきち
3670　「空洞」
◇日本詩人クラブ賞（第15回）

「空洞—詩集」立風書房　1981.2　143p
23cm　2500円
3671　「高橋新吉全集」
◇藤村記念歴程賞（第23回/昭和60年）
「高橋新吉全集　2」青土社　1982.3
747p　23cm　9000円
「高橋新吉全集　3」青土社　1982.5
556p　23cm　9000円
「高橋新吉全集　1」青土社　1982.7
741p　23cm　9000円
「高橋新吉全集　4」青土社　1982.8
743p　23cm　9000円

高橋　忠治　たかはし・ただはる
3672　「しゃくりしゃっくり」
◇現代少年詩集秀作賞（第2回/平成4年）

高橋　千劔破　たかはし・ちはや
3673　「花鳥風月の日本史」
◇大衆文学研究賞（第14回/平成13年/研究・考証）
「花鳥風月の日本史」黙出版　2000.12
450p　20cm　2800円　①4-900682-55-1
「花鳥風月の日本史」河出書房新社
2011.6　421,6p　15cm（河出文庫）
1200円　①978-4-309-41086-9

高橋　遙火　たかはし・ていか
3674　「忘筌（ぼうせん）」（句集）
◇北海道新聞俳句賞（第11回/平成8年）
「忘筌—句集」にれ発行所　1996.7
187p　19cm（にれ叢書　第47集）
2000円

高橋　輝雄　たかはし・てるお
3675　「おやじ」
◇年刊現代詩集新人賞（第8回/昭和62年—奨励賞）

高橋　敏夫　たかはし・としお
3676　「藤沢周平　負を生きる物語」
◇尾崎秀樹記念・大衆文学研究賞（第15回/平成14年—評論・伝記）
「藤沢周平—負を生きる物語」集英社
2002.1　238p　18cm（集英社新書）
680円　①4-08-720125-2

髙橋 敏子　たかはし・としこ
3677　「琴柱」
◇日本詩歌句大賞（第9回/平成25年度/短歌部門/奨励賞）
「琴柱―歌集」　髙橋延雄発行　2012.11　254p　20cm（花實叢書　第147篇）2381円

高橋 俊彦　たかはし・としひこ
3678　「不況を乗り越えて」
◇福島県短歌賞（第23回/平成10年度―短歌賞）

たかはし とみお
3679　「名まえ」
◇〔新潟〕日報詩壇賞（第6回/昭和46年秋）
3680　「眠り」
◇〔新潟〕日報詩壇賞（第3回/昭和45年春）

高橋 とも子　たかはし・ともこ
3681　「夏炉」
◇朝日俳句新人賞（第6回/平成15年）

高橋 智子　たかはし・ともこ
3682　「真中」
◇俳句朝日賞（第5回/平成15年）

高橋 直人　たかはし・なおと
3683　「ボクシング中毒者（ジャンキー）」
◇「ナンバー」スポーツノンフィクション新人賞（第1回/平成5年）
「Sports Graphic Number ベスト・セレクション　1」　スポーツ・グラフィックナンバー編　文藝春秋　1998.3　315p　21cm　1619円　④4-16-353890-9
「Sports Graphic Number ベスト・セレクション　1」　スポーツ・グラフィック・ナンバー編　文藝春秋　2003.4　365p　15cm（文春文庫PLUS）619円　④4-16-766801-7

高橋 波　たかはし・なみ
3684　「冬の蝶」
◇日本詩人クラブ賞（第8回/昭和50年）

高橋 成子　たかはし・なるこ
3685　「大き手の平」
◇福島県短歌賞（第28回/平成15年度―短歌賞）

高橋 修宏　たかはし・のぶひろ
3686　「亜細亜」
◇現代俳句新人賞（第23回/平成17年）
3687　「鈴木六林男―その戦争俳句の展開」
◇現代俳句評論賞（第22回/平成14年）
3688　「微熱抄」
◇現代俳句協会年度作品賞（第2回/平成13年）

高橋 則子　たかはし・のりこ
3689　「水の上まで」
◇角川短歌賞（第35回/平成1年）
「水の上まで―歌集」　角川書店　1991.4　171p　22cm　2700円　④4-04-871340-X

高橋 秀明　たかはし・ひであき
3690　「言葉の河」
◇小野十三郎賞（第2回/平成12年）
「言葉の河―高橋秀明詩集」　共同文化社　1999.7　77p　26cm　3429円　④4-87739-030-8

高橋 英夫　たかはし・ひでお
3691　「音楽が聞える―詩人たちの楽興のとき」
◇やまなし文学賞〔研究・評論部門〕（第16回/平成19年度―研究・評論部門）
「音楽が聞える―詩人たちの楽興のとき」　筑摩書房　2007.11　284p　19cm　2500円　④978-4-480-82362-5
3692　「志賀直哉」
◇読売文学賞（第33回/昭和56年―評論・伝記賞）
「志賀直哉―近代と神話」　文芸春秋　1981.7　298p　20cm　2300円
3693　「時空蒼茫」
◇藤村記念歴程賞（第44回/平成18年）
「時空蒼茫」　講談社　2005.10　403p　20cm　2300円　④4-06-213145-5
3694　「母なるもの―近代文学と音楽の

場所」
◇伊藤整文学賞（第21回/平成22年―評論部門）
「母なるもの―近代文学と音楽の場所」　文藝春秋　2009.5　277p　19cm　1714円　ⓘ978-4-16-371440-0

3695　「批評の精神」
◇亀井勝一郎賞（第3回/昭和46年）
「批評の精神」　講談社　2004.9　380p　15cm（講談社文芸文庫）1500円　ⓘ4-06-198382-2

高橋　秀実　たかはし・ひでみね
3696　「ご先祖様はどちら様」
◇小林秀雄賞（第10回/平成23年）
「ご先祖様はどちら様」　新潮社　2011.4　228p　20cm　1400円　ⓘ978-4-10-473803-8

高橋　秀郎　たかはし・ひでろう
3697　「歴史」
◇北海道詩人協会賞（第21回/昭和59年度）
「歴史―高橋秀郎詩集」　茜クラブ　1983.7　125p　25cm　3000円

高橋　裕子　たかはし・ひろこ
3698　「イギリス美術」
◇サントリー学芸賞（第20回/平成10年度―芸術・文学部門）
「イギリス美術」　岩波書店　1998.4　245, 11p　18cm（岩波新書）740円　ⓘ4-00-430555-1

高橋　富里　たかはし・ふうり
3699　「点字日記」
◇俳句研究賞（第6回/平成3年）

高橋　文　たかはし・ふみ
3700　「貴方へ」
◇フーコー・エッセイコンテスト（第1回/平成9年/入選）

高橋　冨美子　たかはし・ふみこ
3701　「子盗り」
◇富田砕花賞（第23回/平成24年）
「子盗り」　思潮社　2012.3　109p　22cm　2400円　ⓘ978-4-7837-3290-7

高橋　正義　たかはし・まさよし
3702　「都市生命」
◇東海現代詩人賞（第15回/昭和59年）

高橋　睦郎　たかはし・むつお
3703　「姉の島」
◇詩歌文学館賞（第11回/平成8年/現代詩）
「姉の島―宗像神話による家族史の試み」　集英社　1995.8　110p　23×15cm　4000円　ⓘ4-08-774155-9

3704　「兎の庭」
◇高見順賞（第18回/昭和62年度）
「兎の庭」　書肆山田　1987.9　101p　24cm　3500円

3705　「永遠まで」
◇現代詩人賞（第28回/平成22年）
「永遠まで」　思潮社　2009.7　130p　22cm　2800円　ⓘ978-4-7837-3135-1

3706　「王国の構造」
◇藤村記念歴程賞（第20回/昭和57年）
「王国の構造―詩集」　小沢書店　1982.2　164p　18cm　2500円

3707　「旅の絵」
◇現代詩花椿賞（第11回/平成5年）
「旅の絵―高橋睦郎詩集」　書肆山田　1992.10　99p　18cm　4500円

3708　「遊行」
◇日本詩歌句大賞（第3回/平成19年度/俳句部門/大賞）
「遊行―句集」　星谷書屋　2006.6　p267　21cm

3709　「和音羅読―詩人が読むラテン文学」
◇鮎川信夫賞（第5回/平成26年/詩論集部門）
「和音羅読―詩人が読むラテン文学」　幻戯書房　2013.8　405, 6p　19cm　3800円　ⓘ978-4-86488-028-2
「和音羅読―詩人が読むラテン文学」　新装版　幻戯書房　2016.5　405, 6p　19cm　3800円　ⓘ978-4-86488-096-1

高橋　元吉　たかはし・もとよし
3710　「高橋元吉詩集」
◇高村光太郎賞（第6回/昭和38年）

高橋 百代　たかはし・ももよ
3711　「春の鱗」
◇「短歌現代」歌人賞（第11回/平成10年）

高橋 靖子　たかはし・やすこ
3712　「家族の回転扉」
◇読売「ヒューマン・ドキュメンタリー」大賞（第19回/平成10年）
「小さな小さなあなたを産んで」 唐木幸子, 高橋靖子, 斉藤紀子, 杉山保子, 田子文章著　読売新聞社　1999.2　301p　19cm　1300円　④4-643-99002-3

髙橋 郁子　たかはし・ゆうこ
3713　「忘れ形見」
◇優駿エッセイ賞（第29回/平成25年）

高橋 幸春　たかはし・ゆきはる
3714　「蒼氓の大地」
◇講談社ノンフィクション賞（第13回/平成3年）
「蒼氓の大地」　講談社　1990.11　410p　19cm　1600円　④4-06-204966-X
「蒼氓の大地」　講談社　1994.3　455p　15cm（講談社文庫）680円　④4-06-185623-5
3715　「幻の楽園」
◇潮賞（第6回/昭和62年―ノンフィクション）
「カリブ海の「楽園」―ドミニカ移住30年の軌跡」　潮出版社　1987.9　236p　19cm　1200円　④4-267-01167-2
※『幻の楽園』改題書

髙橋 洋一　たかはし・よういち
3716　「さらば財務省！官僚すべてを敵にした男の告白」
◇山本七平賞（第17回/平成20年）
「さらば財務省！―官僚すべてを敵にした男の告白」　講談社　2008.3　282p　20cm　1700円　④978-4-06-214594-7

高橋 義孝　たかはし・よしたか
3717　「森鷗外」
◇読売文学賞（第6回/昭和29年―文芸評論賞）
「森鷗外」　新潮社　1985.11　387p　22cm　3500円　④4-10-312303-6

高橋 曉吉　たかはし・りょうきち
3718　「四照花（やまぼうし）」
◇日本歌人クラブ推薦歌集（第18回/昭和47年）

高畑 浩平　たかはた・こうへい
3719　「父の故郷」
◇角川俳句賞（第46回/平成12年）

高浜 礼子　たかはま・れいこ
3720　「輝いて」
◇日本伝統俳句協会賞（第4回/平成5年―新人賞）

高原 英理　たかはら・えり
3721　「語りの自己現場」
◇群像新人文学賞〔評論部門〕（第39回/平成8年―評論）

高平 佳典　たかひら・よしのり
3722　「平和行進」
◇新俳句人連盟賞（第35回/平成19年/作品の部/佳作4位）

高松 秀明　たかまつ・ひであき
3723　「宙に風花」
◇日本歌人クラブ賞（第23回/平成8年）
「宙に風花―歌集」　短歌新聞社　1995.6　214p　22cm（歌と観照叢書 第190篇）2500円

高松 雄一　たかまつ・ゆういち
3724　「イギリス近代詩法」
◇読売文学賞（第54回/平成14年―研究・翻訳賞）
「イギリス近代詩法」　研究社　2001.11　436p　19cm　5200円　④4-327-48140-8

高三 啓輔　たかみ・けいすけ
3725　「鵠沼・東屋旅館物語」
◇大衆文学研究賞（第12回/平成10年/研究・考証）
「鵠沼・東屋旅館物語」　博文館新社　1997.11　268p　19cm　2500円　④4-89177-964-0

高見 順　たかみ・じゅん

3726　「昭和文学盛衰史 1, 2」
◇毎日出版文化賞（第13回/昭和34年）
「昭和文学盛衰史　上」　福武書房　1983.3　327p　19cm（文芸選書）1500円　Ⓘ4-8288-2037-X
「昭和文学盛衰史　下」　福武書店　1983.3　327p　19cm（文芸選書）1500円　Ⓘ4-8288-2048-5
「昭和文学盛衰史」　文藝春秋　1987.8　614p　15cm（文春文庫）640円　Ⓘ4-16-724904-9

高峰 秀子　たかみね・ひでこ

3727　「わたしの渡世日記」
◇日本エッセイスト・クラブ賞（第24回/昭和51年）
「わたしの渡世日記」　朝日新聞社　1980.9　2冊　15cm　400円, 420円
「わたしの渡世日記」　埼玉福祉会　1985.10　4冊　22cm（大活字本シリーズ）各3300円
※原本：朝日新聞社刊
「わたしの渡世日記　上」　文藝春秋　1998.3　367p　15cm（文春文庫）667円　Ⓘ4-16-758702-5
「わたしの渡世日記　下」　文藝春秋　1998.3　396p　15cm（文春文庫）667円　Ⓘ4-16-758703-3
「わたしの渡世日記　上」　新潮社　2012.1　367p　15cm（新潮文庫）630円　Ⓘ978-4-10-136981-5
「わたしの渡世日記　下」　新潮社　2012.1　404p　15cm（新潮文庫）670円　Ⓘ978-4-10-136982-2

高村 学人　たかむら・がくと

3728　「アソシアシオンへの自由―〈共和国〉の論理」
◇渋沢・クローデル賞（第25回/平成20年/ルイ・ヴィトン ジャパン特別賞）
「アソシアシオンへの自由―〈共和国〉の論理」　勁草書房　2007.2　362p　22cm　4200円　Ⓘ978-4-326-40241-0

高村 昌憲　たかむら・まさのり

3729　「現代詩の社会性―アラン再考」
◇詩人会議新人賞（第32回/平成10年/評論）

高森 敏夫　たかもり・としお

3730　「考える子供たち」
◇毎日出版文化賞（第3回/昭和24年）
「定本・考える子供たち」　明治図書出版　1982.6　226p　19cm（明治図書選書29）2000円　Ⓘ4-18-092806-X

高安 国世　たかやす・くによ

3731　「街上」
◇日本歌人クラブ推薦歌集（第9回/昭和38年）
「現代短歌全集　第14巻　昭和三十四年～三十七年」　五味保義ほか著　増補版　筑摩書房　2002.7　427p　21cm　6200円　Ⓘ4-480-13834-X

3732　「光の春」
◇現代短歌大賞（第7回/昭和59年）

高柳 克弘　たかやなぎ・かつひろ

3733　「息吹」
◇俳句研究賞（第19回/平成16年）

3734　「未踏」
◇田中裕明賞（第1回/平成22年）
「未踏―高柳克弘句集」　ふらんす堂　2009.6　207p　19cm　2286円　Ⓘ978-4-7814-0165-2

3735　「凛然たる青春」
◇俳人協会評論賞（第22回/平成19年/俳人協会評論新人賞）
「凛然たる青春―若き俳人たちの肖像」　富士見書房　2007.10　239p　20cm　2600円　Ⓘ978-4-8291-7659-7

高柳 先男　たかやなぎ・さきお

3736　「ヨーロッパの精神と現実」
◇毎日出版文化賞（第42回/昭和63年）
「ヨーロッパの精神と現実」　勁草書房　1987.9　245, 21p　21cm　2900円　Ⓘ4-326-30054-X

高柳 誠　たかやなぎ・まこと

3737　「月光の遠近法」
◇藤村記念歴程賞（第35回/平成9年）
「月光の遠近法」　書肆山田　1997.7　60p　20cm　2700円　Ⓘ4-87995-407-1

3738　「触感の解析学」
◇藤村記念歴程賞（第35回/平成9年）
「触感の解析学」　書肆山田　1997.7　60p

20cm 2700円 ①4-87995-408-X
3739 「星間の採譜術」
◇藤村記念歴程賞（第35回/平成9年）
「星間の採譜術」 書肆山田 1997.7 58p 20cm 2700円 ①4-87995-409-8
3740 「都市の肖像」
◇高見順賞（第19回/昭和63年度）
「都市の肖像」 書肆山田 1989.1 77p 23cm 1800円
3741 「卵宇宙/水晶宮/博物誌」
◇H氏賞（第33回/昭和58年）

高山 博　たかやま・ひろし
3742 「中世地中海世界とシチリア王国」
◇サントリー学芸賞（第15回/平成5年度—思想・歴史部門）
「中世地中海世界とシチリア王国」 東京大学出版会 1993.2 373, 140, 28p 21cm 12360円 ①4-13-026106-1

高山 文彦　たかやま・ふみひこ
3743 「火花」
◇大宅壮一ノンフィクション賞（第31回/平成12年）
◇講談社ノンフィクション賞（第22回/平成12年）
「火花—北条民雄の生涯」 飛鳥新社 1999.8 398p 20cm 1900円 ①4-87031-373-1
「火花—北条民雄の生涯」 角川書店 2003.6 397p 15cm（角川文庫）857円 ①4-04-370801-7

髙山 裕二　たかやま・ゆうじ
3744 「トクヴィルの憂鬱」
◇サントリー学芸賞（第34回/平成24年度—思想・歴史部門）
◇渋沢・クローデル賞（第29回/平成24年度/ルイ・ヴィトン ジャパン特別賞）
「トクヴィルの憂鬱—フランス・ロマン主義と"世代"の誕生」 高山裕二著 白水社 2012.1 329, 5p 19cm 2600円 ①978-4-560-08173-0

高山 利三郎　たかやま・りさぶろう
3745 「雲夢」
◇栃木県現代詩人会賞（第6回）

高山 れおな　たかやま・れおな
3746 「ウルトラ」
◇加美俳句大賞（句集賞）（第4回/平成11年—スウェーデン賞）
「句集 ウルトラ」 沖積舎 1998.10 193p 21cm 3000円 ①4-8060-1570-9
「ウルトラ—句集」 沖積舎 2008.10 198p 21cm 3000円 ①978-4-8060-1645-8
3747 「荒東雑詩」
◇加美俳句大賞（句集賞）（第11回/平成18年度—加美俳句大賞）
「荒東雑詩—高山れおな句集」 沖積舎 2005.8 129p 23×16cm 3000円 ①4-8060-1627-6

高良 勉　たから・べん
3748 「岬」
◇山之口貘賞（第7回/昭和59年）
「岬—高良勉詩集」 海風社 1984.4 154p 22cm（南島叢書 16）2000円

宝 譲　たから・ゆずる
3749 「冬の雨」
◇晩翠賞（第7回/昭和41年）

財部 鳥子　たからべ・とりこ
3750 「いつも見る死」
◇円卓賞（第2回/昭和40年）
3751 「烏有の人」
◇萩原朔太郎賞（第6回/平成10年）
「烏有の人—財部鳥子詩集」 思潮社 1998.6 91p 21cm 2400円 ①4-7837-1073-2
3752 「西游記」
◇地球賞（第9回/昭和59年度）
3753 「中庭幻灯片」
◇現代詩花椿賞（第10回/平成4年）
「中庭幻灯片—詩集」 思潮社 1992.1 88p 22cm 2400円
3754 「氷菓とカンタータ」
◇高見順賞（第46回/平成27年）
「氷菓とカンタータ」 書肆山田 2015.10 149p 22cm 2600円 ①978-4-87995-925-6
3755 「モノクロ・クロノス」
◇詩歌文学館賞（第18回/平成15年/詩）
「モノクロ・クロノス」 思潮社 2002.10

滝 いく子　たき・いくこ
3756　「あなたがおおきくなったとき」
◇壺井繁治賞（第5回/昭和52年）
　90p　21cm　2200円　①4-7837-1333-2

滝 勝子　たき・かつこ
3757　「渡る」
◇福岡県詩人賞（第7回/昭和46年）

瀧 克則　たき・かつのり
3758　「墓を数えた日」
◇小野十三郎賞（第1回/平成11年）
「墓を数えた日」書肆山田　1997.11
90p　20cm　2500円　①4-87995-422-5

滝 春一　たき・しゅんいち
3759　「花石榴」
◇蛇笏賞（第16回/昭和57年）
「花石榴―滝春一句集」風神社　1981.12
238p　19cm　2300円

滝 葉子　たき・ようこ
3760　「陽のかげった牧場」
◇栃木県現代詩人会賞（第12回）
「陽のかげった牧場―詩集」地球社
1978.10　109p　22cm　2000円

瀧井 一博　たきい・かずひろ
3761　「伊藤博文」
◇サントリー学芸賞（第32回/平成22年度―政治・経済部門）
「伊藤博文―知の政治家」中央公論新社
2010.4　376p　18cm（中公新書）940円　①978-4-12-102051-2

3762　「文明史のなかの明治憲法」
◇角川財団学芸賞（第2回/平成16年）
「文明史のなかの明治憲法―この国のかたちと西洋体験」講談社　2003.12
230p　19cm（講談社選書メチエ286）
1500円　①4-06-258286-4

3763　「文明史のなかの明治憲法―この国のかたちと西洋体験」
◇大佛次郎論壇賞（第4回/平成16年）

滝川 ふみ子　たきがわ・ふみこ
3764　「小正月」
◇深吉野賞（第4回/平成8年―佳作）

滝川 幸辰　たきかわ・ゆきとき
3765　「刑法講話」
◇毎日出版文化賞（第5回/昭和26年）
「新版 刑法講話」第2版　日本評論社
1987.1　290p　19cm　2200円　①4-535-57637-8

滝口 英子　たきぐち・えいこ
3766　「婦負野」
◇日本歌人クラブ推薦歌集（第16回/昭和45年）

滝口 雅子　たきぐち・まさこ
3767　「青い馬」「鋼鉄の足」
◇室生犀星詩人賞（第1回/昭和35年）

滝澤 克彦　たきざわ・かつひこ
3768　「越境する宗教 モンゴルの福音派」
◇サントリー学芸賞〔社会・風俗部門〕（第37回/平成27年度）
「越境する宗教 モンゴルの福音派―ポスト社会主義モンゴルにおける宗教復興と福音派キリスト教の台頭」新泉社
2015.3　283p　19cm（東北アジア研究専書）2600円　①978-4-7877-1501-2

滝沢 荘一　たきざわ・そういち
3769　「名優・滝沢修と激動昭和」
◇日本エッセイスト・クラブ賞（第53回/平成17年）
「名優・滝沢修と激動昭和」新風舎
2004.10　195p　15cm（新風舎文庫）
562円　①4-7974-9471-9

滝沢 勇一　たきざわ・ゆういち
3770　「黒い本」
◇フーコー短歌賞（第6回/平成15年/大賞）
「黒い本」新風舎　2004.6　1冊（ページ付なし）　19cm　1300円　①4-7974-4176-3
「黒い本」文芸社　2009.10　1冊（ページ付なし）　19cm　1000円　①978-4-286-07615-7
※新風舎2004年刊の増訂

滝沢 亘　たきざわ・わたる
3771　「白鳥の歌」
◇日本歌人クラブ推薦歌集（第9回／昭和38年）
「滝沢亘歌集」国文社　1987.9　211p　19cm（現代歌人文庫 12）980円
「白鳥の歌―瀧澤亘歌集」瀧澤亘著　石川書房　1999.3　140p　16cm　1000円

滝下 恵子　たきした・けいこ
3772　「終のワインを」
◇ながらみ書房出版賞（第19回／平成23年）
「終のワインを―滝下恵子歌集」ながらみ書房　2010.5　171p　22cm（象文庫第10輯）2500円　①978-4-86023-660-1

田口 綾子　たぐち・あやこ
3773　「冬の火」
◇短歌研究新人賞（第51回／平成20年）

田口 犬男　たぐち・いぬお
3774　「モー将軍」
◇高見順賞（第31回／平成13年）
「モー将軍」思潮社　2000.10　93p　20cm　2200円　①4-7837-1223-9

田口 映　たぐち・えい
3775　「夕暮れ」
◇詩人会議新人賞（第17回／昭和58年―詩部門）

田口 佐紀子　たぐち・さきこ
3776　「隣居（リンジュイ）―お隣さん」
◇潮アジア・太平洋ノンフィクション賞（第1回／平成25年―第2回（平26年））
「隣居―私と「あの女」が見た中国」潮出版社　2014.11　189p　19cm　1400円　①978-4-267-01994-4

田口 卓臣　たぐち・たくみ
3777　「ディドロ 限界の思考―小説に関する試論―」
◇渋沢・クローデル賞（第27回／平成22年度／特別賞）
「ディドロ限界の思考―小説に関する試論」風間書房　2009.11　300p　22cm　7500円　①978-4-7599-1761-1

田口 紅子　たぐち・べにこ
3778　「囮鮎」
◇俳壇賞（第3回／昭和63年度）

田口 兵　たぐち・まもる
3779　「やさしさを」
◇日本随筆家協会賞（第45回／平成14年5月）
「やさしさを」日本随筆家協会　2002.6　223p　20cm（現代名随筆叢書 43）1500円　①4-88933-264-2

田口 義弘　たぐち・よしひろ
3780　「遠日点」
◇日本詩人クラブ賞（第33回／平成12年）
「遠日点―詩集」小沢書店　1999.9　224p　21cm　3000円　①4 7551-0391-6

田口 善弘　たぐち・よしひろ
3781　「砂時計の七不思議粉粒体の動力学」
◇講談社出版文化賞（第27回／平成8年／科学出版賞）
「砂時計の七不思議―粉粒体の動力学」中央公論社　1995.10　198p　18cm（中公新書）680円　①4-12-101268-2

田口 龍造　たぐち・りゅうぞう
3782　「汲み取り始末記」
◇日本随筆家協会賞（第2回／昭和53年）

田久保 英夫　たくぼ・ひでお
3783　「髪の環」
◇毎日出版文化賞（第30回／昭和51年）
「昭和文学全集　24」辻邦生, 小川国夫, 加賀乙彦, 高橋和巳, 倉橋由美子, 田久保英夫, 黒井千次著　小学館　1988.8　1174p　21cm　4000円　①4-09-568024-5
「深い河・辻火―田久保英夫作品集」講談社　2004.8　287p　15cm（講談社文芸文庫）1300円　①4-06-198379-2
「現代小説クロニクル 1975～1979」日本文藝家協会編　講談社　2014.10　347p　15cm（講談社文芸文庫）1700円　①978-4-06-290245-8

詫間 孝　たくま・こう
3784　「南十字星の下に」
◇荒木暢夫賞（第13回／昭和54年）

武井 綾子　たけい・あやこ
3785　「冬の菫」
◇荒木暢夫賞（第31回／平成9年）

竹居 巨秋　たけい・きょしゅう
3786　「さくら鮎」
◇深吉野賞（第3回／平成7年）

武井 弘一　たけい・こういち
3787　「江戸日本の転換点―水田の激増は何をもたらしたか」
◇河合隼雄学芸賞（第4回／平成28年度）
「江戸日本の転換点―水田の激増は何をもたらしたか」　NHK出版　2015.4　276p　19cm　（NHK BOOKS）1400円　①978-4-14-091230-0

竹内 一郎　たけうち・いちろう
3788　「手塚治虫＝ストーリーマンガの起源」
◇サントリー学芸賞（第28回／平成18年度―芸術・文学部門）
「手塚治虫＝ストーリーマンガの起源」　講談社　2006.2　262p　19cm（講談社選書メチエ）1600円　①4-06-258354-2

竹内 和夫　たけうち・かずお
3789　「トルコ語辞典」
◇新村出賞（第6回／昭和62年）
「トルコ語辞典」　大学書林　1987.7　529p　22cm　15000円
「トルコ語辞典」　改訂増補版　大学書林　1996.10　812p　22cm　30900円　①4-475-00134-X

武内 佳代　たけうち・かよ
3790　「三島由紀夫『暁の寺』、その戦後物語―覗き見にみるダブルメタファー」
◇ドナルド・キーン日米学生日本文学研究奨励賞（第7回／平成15年―4年制大学の部）

竹内 邦雄　たけうち・くにお
3791　「幻としてわが冬の旅」
◇角川短歌賞（第17回／昭和46年）
◇現代歌人協会賞（第18回／昭和49年）

竹内 久美子　たけうち・くみこ
3792　「そんなバカな！」
◇講談社出版文化賞（第23回／平成4年―科学出版賞）
「そんなバカな！―遺伝子と神について」　文藝春秋　1991.3　227p　19cm　1300円　①4-16-345090-4
「そんなバカな！―遺伝子と神について」　文藝春秋　1994.3　267p　15cm（文春文庫）450円　①4-16-727002-1

竹内 啓　たけうち・けい
3793　「無邪気で危険なエリートたち―現代を支配する技術合理主義を批判する」
◇石橋湛山賞（第6回／昭和60年）
「無邪気で危険なエリートたち―技術合理性と国家」　岩波書店　1984.12　188p　19cm　1200円　①4-00-002215-6

竹内 新　たけうち・しん
3794　「果実集」
◇中日詩賞（第55回／平成27年―中日詩賞）
「果実集」　思潮社　2014.10　127p　20cm　2400円　①978-4-7837-3436-9

武内 進一　たけうち・しんいち
3795　「現代アフリカの紛争と国家」
◇サントリー学芸賞（第31回／平成21年度―政治・経済部門）
「現代アフリカの紛争と国家―ポストコロニアル家産制国家とルワンダ・ジェノサイド」　明石書店　2009.2　462p　21cm　6500円　①978-4-7503-2926-0

竹内 てるよ　たけうち・てるよ
3796　「静かなる愛」
◇文芸汎論詩集賞（第7回／昭和15年）
「詩集 静かなる愛」　第一書房　1940　161p　四六判　1.80円

竹内 真理　たけうち・まり
3797　「女子高生」
◇週刊金曜日ルポルタージュ大賞（第1回/平成9年3月/佳作）

竹内 美智代　たけうち・みちよ
3798　「切通し」
◇日本詩人クラブ新人賞（第16回/平成18年）
「切通し―竹内美智代詩集」　花神社　2005.10　107p　22cm　2300円　①4-7602-1832-7

竹内 みや子　たけうち・みやこ
3799　「夏樹と雅代」
◇読売・日本テレビWoman's Beat大賞カネボウスペシャル21（第3回/平成16年/入選）
「溺れる人―第3回woman's beat大賞受賞作品集」　藤崎麻里, 八木沼笙子, 高橋和子, 竹内みや子, カウマイヤー・香代子著　中央公論新社　2005.2　270p　20cm　1800円　①4-12-003612-X

竹内 靖雄　たけうち・やすお
3800　「正義と嫉妬の経済学」
◇山本七平賞（第1回/平成4年）
「正義と嫉妬の経済学」　講談社　1992.9　363p　19cm　1800円　①4-06-205130-3

竹内 洋　たけうち・よう
3801　「革新幻想の戦後史」
◇読売・吉野作造賞（第13回/平成24年度）
「革新幻想の戦後史」　中央公論新社　2011.10　546p　20cm　2800円　①978-4-12-004300-0

竹内 好　たけうち・よしみ
3802　「中国を知るために」
◇毎日出版文化賞（第24回/昭和45年）
「竹内好全集　第10巻　中国を知るために　第1集, 第2集, 第3集上」　筑摩書房　1981.5　426p　20cm　3200円
「竹内好全集　第11巻　中国を知るために　第3集　下§国交回復の条件」　筑摩書房　1981.6　425p　20cm　3200円
「中国を知るために　第1集」　勁草書房　1985.3　240p　20cm　1800円

竹岡 一郎　たけおか・いちろう
3803　「攝津幸彦、その戦争詠の二重性」
◇現代俳句評論賞（第34回/平成26年度）

竹岡 俊一　たけおか・しゅんいち
3804　「六分儀」
◇日本伝統俳句協会賞（第22回/平成22年度/新人賞）

竹川 弘太郎　たけかわ・こうたろう
3805　「ゲンゲ沢地の歌」
◇横浜詩人会賞（第3回/昭和45年度）

竹澤 美惠子　たけざわ・みえこ
3806　「魔法のことば」
◇随筆にっぽん賞（第4回/平成26年）

竹下 妙子　たけした・たえこ
3807　「十二年目の奇跡」
◇読売「ヒューマン・ドキュメンタリー」大賞（第12回/平成3年―入賞）
「終の夏かは」　古越富美恵, 竹下妙子, 吉沢岩子, 田村明子著　読売新聞社　1992.2　255p　19cm　1300円　①4-643-92006-8

武下 奈々子　たけした・ななこ
3808　「反・都市論」
◇短歌研究新人賞（第26回/昭和58年）

竹島 一希　たけしま・かずき
3809　「宗牧と宗長」
◇柿衞賞（第20回/平成23年）

武田 いずみ　たけだ・いずみ
3810　「風職人」
◇横浜詩人会賞（第45回/平成25年）

武田 克江　たけだ・かつえ
3811　「雪のかけら」
◇感動ノンフィクション大賞（第1回/平成18年/特別賞）
「願いが叶うなら―劇症肝炎と闘った娘・茉奈実の四七〇日間」　幻冬舎　2008.2　208p　16cm　(幻冬舎文庫)　533円

武田 清子 たけだ・きよこ

3812 「天皇観の相剋」
◇毎日出版文化賞（第32回/昭和53年）
「天皇観の相剋――九四五年前後」 岩波書店 1993.7 379,5p 16cm（同時代ライブラリー 154） 1100円 ④4-00-260154-4
「天皇観の相剋―1945年前後」 岩波書店 2001.11 404,6p 15cm（岩波現代文庫） 1300円 ④4-00-600068-5

竹田 朔歩 たけだ・さくほ

3813 「サム・フランシスの恁麼（にんま）」
◇小熊秀雄賞（第41回/平成20年）
「サム・フランシスの恁麼」 書肆山田 2007.9 117p 22cm 2500円 ④978-4-87995-720-7

武田 佐知子 たけだ・さちこ

3814 「古代国家の形成と衣服制」
◇サントリー学芸賞（第7回/昭和60年度―思想・歴史部門）
「古代国家の形成と衣服制―袴と貫頭衣」 吉川弘文館 1984.6 341p 22cm（戊午叢書） 4000円 ④4-642-02016-0

武田 修志 たけだ・しゅうし

3815 「人生の価値を考える」
◇山本七平賞（第7回/平成10年/推薦賞）
「人生の価値を考える―極限状況における人間」 講談社 1998.2 229p 18cm（講談社現代新書JEUNESSE） 660円 ④4-06-149391-4

武田 隆子 たけだ・たかこ

3816 「小鳥のかげ」（詩集）
◇日本詩人クラブ賞（第3回/昭和45年）

武田 太郎 たけだ・たろう

3817 「谷の思想」
◇「短歌」愛読者賞（第2回/昭和50年―評論部門）

竹田 恒泰 たけだ・つねやす

3818 「語られなかった皇族たちの真実」
◇山本七平賞（第15回/平成18年）
「語られなかった皇族たちの真実―若き末裔が初めて明かす「皇室が2000年続いた理由」」 小学館 2006.1 255p 20cm（ダイム・ブックス） 1300円 ④4-09-387625-8

武田 徹 たけだ・とおる

3819 「流行人類学クロニクル」
◇サントリー学芸賞（第22回/平成12年度―社会・風俗部門）
「流行人類学クロニクル」 日経BP社, 日経BP出版センター〔発売〕 1999.7 862p 21cm 3500円 ④4-8222-4147-5

竹田 朋子 たけだ・ともこ

3820 「風の吹く道」
◇日本随筆家協会賞（第55回/平成19年2月）
「風の吹く道」 日本随筆家協会 2007.7 223p 20cm（現代名随筆叢書 89） 1500円 ④978-4-88933-323-7

竹田 友寿 たけだ・ともじゅ

3821 「遠藤周作の世界」
◇亀井勝一郎賞（第2回/昭和45年）
「「沈黙」以後―遠藤周作の世界」 女子パウロ会 1985.6 477p 19cm 2200円 ④4-7896-0200-1

武田 信明 たけだ・のぶあき

3822 「二つの「鏡地獄」―乱歩と牧野信一における複数の「私」」
◇群像新人文学賞〔評論部門〕（第35回/平成4年―評論）

武田 弘之 たけだ・ひろゆき

3823 「声また時」
◇角川短歌賞（第13回/昭和42年）

武田 将明 たけだ・まさあき

3824 「囲われない批評―東浩紀と中原昌也」
◇群像新人文学賞〔評論部門〕（第51回/平成20年―評論当選作）

竹田 真砂子 たけだ・まさこ

3825 「あとより恋の責めくれば 御家人

南畝(なんぽ)先生」
◇新田次郎文学賞（第30回/平成23年）
「あとより恋の責めくれば―御家人南畝先生」 集英社 2010.2 225p 19cm 1700円 ①978-4-08-775392-9
「あとより恋の責めくれば―御家人大田南畝」 集英社 2013.2 276p 15cm（集英社文庫） 540円 ①978-4-08-745039-2
「あとより恋の責めくれば―御家人大田南畝 上」 埼玉福祉会 2015.12 249p 21cm（大活字本シリーズ） 2800円 ①978-4-86596-039-6
「あとより恋の責めくれば―御家人大田南畝 下」 埼玉福祉会 2015.12 229p 21cm（大活字本シリーズ） 2800円 ①978-4-86596-040-2

武田 正倫　たけだ・まさつね

3826 「干潟のカニ・シオマネキ―大きなはさみのなぞ」
◇毎日出版文化賞（第41回/昭和62年）
「大きなはさみのなぞ―干潟のカニ・シオマネキ」 武田正倫著, 金尾恵子絵 文研出版 1986.10 78p 23×20cm（文研科学の読み物） 950円 ①4-580-80428-7
「大きなはさみのなぞ―干潟のカニ・シオマネキ」 武田正倫著, 金尾恵子絵 文研出版 2004.1 78p 23cm（文研科学の読み物） 1200円 ①978-4-580-81384-7

武田 雅哉　たけだ・まさや

3827 「蒼頡たちの宴」
◇サントリー学芸賞（第17回/平成7年度―社会・風俗部門）
「蒼頡たちの宴―漢字の神話とユートピア」 筑摩書房 1994.8 322p 20cm 2200円 ①4-480-82313-1
「蒼頡たちの宴」 筑摩書房 1998.5 390p 15cm（ちくま学芸文庫） 1100円 ①4-480-08423-1

武田 百合子　たけだ・ゆりこ

3828 「犬が星見た―ロシア旅行」
◇読売文学賞（第31回/昭和54年―随筆・紀行賞）
「犬が星見た―ロシア旅行」 中央公論社 1982.1 340p 16cm（中公文庫） 440円
「犬が星見た」 中央公論社 1995.1 349p 19cm（武田百合子全作品 4） 2500円 ①4-12-403257-9

竹田 米吉　たけだ・よねきち

3829 「職人」
◇日本エッセイスト・クラブ賞（第7回/昭和34年）
「職人」 中央公論社 1991.3 289p 15cm（中公文庫） 580円 ①4-12-201793-9
「職人」 改版 中央公論新社 2003.11 309p 15cm（中公文庫） 857円 ①4-12-204290-9

竹中 幸史　たけなか・こうじ

3830 「フランス革命と結社」
◇渋沢・クローデル賞（第22回/平成17年/日本側本賞）
「フランス革命と結社―政治的ソシアビリテによる文化変容」 昭和堂 2005.2 210, 19p 22cm 3400円 ①4-8122-0440-2

竹中 治堅　たけなか・はるかた

3831 「参議院とは何か 1947～2010」
◇大佛次郎論壇賞（第10回/平成22年）
「参議院とは何か1947～2010」 中央公論新社 2010.5 378p 19cm（中公叢書） 2200円 ①978-4-12-004126-6

竹中 平蔵　たけなか・へいぞう

3832 「研究開発と設備投資の経済学」
◇サントリー学芸賞（第6回/昭和59年度―政治・経済部門）
「研究開発と設備投資の経済学―経済活力を支えるメカニズム」 東洋経済新報社 1984.7 240, 12p 22cm 4400円 ①4-492-31151-3

竹村 亜矢子　たけむら・あやこ

3833 「ヴァルトミュラーの光」
◇JTB旅行記賞（第8回/平成11年）

武村 好郎　たけむら・よしろう

3834 「柚子の女」
◇大石りくエッセー賞（第1回/平成9年―特別賞）

竹本 静夫　たけもと・しずお

3835 「古い箸箱」
◇日本随筆家協会賞（第40回/平成11年11月）

「古い箸箱」 日本随筆家協会 2000.2 224p 20cm (現代名随筆叢書 21) 1500円 ⓘ4-88933-239-1

竹本 秀子 たけもと・ひでこ

3836 「孫娘たちと一緒に」
◇日本随筆家協会賞 (第55回/平成19年2月)
「ラブレター」 日本随筆家協会 2007.7 217p 20cm (現代名随筆叢書 90) 1500円 ⓘ978-4-88933-324-4

竹森 俊平 たけもり・しゅんぺい

3837 「経済論戦は甦る」
◇読売・吉野作造賞 (第4回/平成15年)
「経済論戦は甦る」 東洋経済新報社 2002.10 293p 20cm 2200円 ⓘ4-492-39386-2
「経済論戦は甦る」 日本経済新聞出版社 2007.2 361p 15cm (日経ビジネス人文庫) 900円 ⓘ978-4-532-19382-9

竹安 啓子 たけやす・けいこ

3838 「商う日々」
◇荒木暢夫賞 (第19回/昭和60年)

竹山 恭二 たけやま・きょうじ

3839 「報道電報検閲秘史」
◇日本エッセイスト・クラブ賞 (第53回/平成17年)
「報道電報検閲秘史—丸亀郵便局の日露戦争」 朝日新聞社 2004.12 283p 19cm (朝日選書 765) 1300円 ⓘ4-02-259865-4

竹山 広 たけやま・ひろし

3840 「一脚の椅子」
◇ながらみ現代短歌賞 (第4回/平成8年)
「一脚の椅子」 不識書院 1995.4 172p 20cm 2500円

3841 「射禱」
◇迢空賞 (第36回/平成14年)
「竹山広全歌集」 雁書館 2001.12 483p 22cm 7000円

3842 「竹山広全歌集」
◇斎藤茂吉短歌文学賞 (第13回/平成14年)
◇詩歌文学館賞 (第17回/平成14年/短歌)
「竹山広全歌集」 雁書館 2001.12 483p 22cm 7000円
「定本竹山広全歌集」 ながらみ書房 2014.8 545p 22cm 9000円 ⓘ978-4-86023-904-6

3843 「眠つてよいか」
◇現代短歌大賞 (第32回/平成21年)
「眠つてよいか―歌集」 ながらみ書房 2008.11 201p 20cm 2500円 ⓘ978-4-86023-581-9

竹山 道雄 たけやま・みちお

3844 「ヨーロッパの旅」[正] (続)
◇読売文学賞 (第13回/昭和36年—評論・伝記賞)

田子 文章 たご・ふみあき

3845 「青海 音ものがたり」
◇読売「ヒューマン・ドキュメンタリー」大賞 (第19回/平成10年/入選)
「小さな小さなあなたを産んで」 唐木幸子, 高橋靖子, 斉藤紀子, 杉山保子, 田子文章著 読売新聞社 1999.2 301p 19cm 1300円 ⓘ4-643-99002-3

太宰 ありか だざい・ありか

3846 「真夏の夜のできごと」
◇現代詩加美未来賞 (第13回/平成15年—落鮎塾あけぼの賞)

田崎 武夫 たざき・たけお

3847 「鳩時計」
◇福島県俳句賞 (第28回/平成19年—俳句賞)

田沢 拓也 たざわ・たくや

3848 「ムスリム・ニッポン」
◇「週刊ポスト」「SAPIO」21世紀国際ノンフィクション大賞 (第4回/平成9年/優秀賞)
◇小学館ノンフィクション大賞 (第4回/平成9年—優秀賞)
「ムスリム・ニッポン」 小学館 1998.2 223p 19cm 1500円 ⓘ4-09-379216-X

田澤 拓也　たざわ・たくや
3849　「空と山のあいだ」
◇開高健賞（第8回/平成11年）
　「空と山のあいだ―岩木山遭難・大館鳳鳴高生の五日間」　ティビーエス・ブリタニカ　1999.4　198p　20cm　1500円　①4-484-99204-3
　「空と山のあいだ―岩木山遭難・大館鳳鳴高生の五日間」　角川書店　2003.1　200p　15cm（角川文庫）590円　①4-04-368901-2

田島 英三　たじま・えいぞう
3850　「物質―その窮極構造」
◇毎日出版文化賞（第3回/昭和24年）

田島 和生　たじま・かずお
3851　「新興俳人の群像」
◇俳人協会評論賞（第20回/平成17年）
　「新興俳人の群像―「京大俳句」の光と影」　思文閣出版　2005.7　283p　20cm　2300円　①4-7842-1251-5

田島 一彦　たじま・かずひこ
3852　「一揆谷（やつ）」
◇新俳句人連盟賞（第31回/平成15年/作品賞）

田島 安江　たじま・やすえ
3853　「博多湾に霧の出る日は」
◇福岡県詩人賞（第39回/平成15年）
　「博多湾に霧の出る日は、―詩集」　書肆侃侃房　2002.12　109p　22cm　1905円　①4-9980675-9-1

田草川 弘　たそがわ・ひろし
3854　「黒沢明vs.ハリウッド『トラ・トラ・トラ！』その謎のすべて」
◇講談社ノンフィクション賞（第28回/平成18年）
◇大宅壮一ノンフィクション賞（第38回/平成19年）

多田 達代　ただ・たつよ
3855　「青の世界」
◇荒木暢夫賞（第6回/昭和47年）

多田 智満子　ただ・ちまこ
3856　「川のほとりに」
◇現代詩花椿賞（第16回/平成10年）
　「川のほとりに」　書肆山田　1998.4　125p　23cm　2800円　①4-87995-432-2
3857　「蓮喰いびと」
◇現代詩女流賞（第5回/昭和55年）
　「植物」　オスカー・ワイルド, クリスティナ・ロセッティ, ジャン・アンリ・ファーブル, 幸田露伴, 一戸良行ほか著　国書刊行会　1998.5　222p　21cm（書物の王国 5）2100円　①4-336-04005-2

多田 富雄　ただ・とみお
3858　「寡黙なる巨人」
◇小林秀雄賞（第7回/平成20年）
　「寡黙なる巨人」　集英社　2007.7　245p　20cm　1500円　①978-4-08-781367-8
3859　「独酌余滴」
◇日本エッセイスト・クラブ賞（第48回/平成12年）
　「独酌余滴」　朝日新聞社　〔1999〕　250p　22cm　1800円　①4-02-257436-4
　「独酌余滴」　朝日新聞社　2006.6　305p　15cm（朝日文庫）600円　①4-02-264367-6

多田 道太郎　ただ・みちたろう
3860　「クラウン仏和辞典」
◇毎日出版文化賞（第32回/昭和53年）
　「クラウン仏和辞典」　大槻鉄男〔ほか〕共編　三省堂　1981.3　1460p　22cm　6800円
3861　「変身放火論」
◇伊藤整文学賞（第10回/平成11年―評論）
　「変身放火論」　講談社　1998.10　288p　19cm　2500円　①4-06-209301-4

唯木 ルミ子　ただき・るみこ
3862　「希望」
◇詩人会議新人賞（第36回/平成14年/詩/佳作）

只野 幸雄　ただの・ゆきお
3863　「黄楊の花」
◇日本歌人クラブ賞（第19回/平成4年）

多々良 美香　たたら・みか
　3864　「娘たちへ」
　　◇フーコー・エッセイコンテスト（第1回／平成9年／入選）

立川 喜美子　たちかわ・きみこ
　3865　「そこの住人は」
　　◇東海現代詩人賞（第7回／昭和51年）

立川 健治　たちかわ・けんじ
　3866　「競馬の社会史1 文明開化に馬券は舞う―日本競馬の誕生」
　　◇JRA賞馬事文化賞（第23回／平成21年度）
　　「文明開化に馬券は舞う―日本競馬の誕生」世織書房　2008.9　758p　22cm（競馬の社会史 1）8000円　⒤978-4-902163-39-1

橘 市郎　たちばな・いちろう
　3867　「一瞬の静寂」
　　◇優駿エッセイ賞（第10回／平成6年）

橘 逸朗　たちばな・いつろう
　3868　「北に死す」
　　◇北海道ノンフィクション賞（第29回／平成21年―佳作）

橘 上　たちばな・じょう
　3869　「屋上」
　　◇詩人会議新人賞（第39回／平成17年／詩部門／佳作）

立花 隆　たちばな・たかし
　3870　「精神と物質」
　　◇新潮学芸賞（第4回／平成3年）
　　「精神と物質―分子生物学はどこまで生命の謎を解けるか」立花隆, 利根川進著　文藝春秋　1993.10　333p　15cm（文春文庫）500円　⒤4-16-733003-2
　3871　「田中角栄研究―その金脈と人脈」
　　◇新評賞（第5回／昭和50年―第2部門＝社会問題一般（正賞））
　　「田中角栄研究―全記録」講談社　1982.8　2冊　15cm（講談社文庫）各480円　⒤4-06-134168-5
　3872　「日本共産党の研究」
　　◇講談社ノンフィクション賞（第1回／昭和54年）
　　「日本共産党の研究 1」講談社　1983.5　448p　15cm（講談社文庫）480円　⒤4-06-183041-4
　　「日本共産党の研究 2」講談社　1983.6　381p　15cm（講談社文庫）460円　⒤4-06-183042-2
　　「日本共産党の研究 3」講談社　1983.7　362p　15cm（講談社文庫）460円　⒤4-06-183043-0
　3873　「脳死」
　　◇毎日出版文化賞（第41回／昭和62年）
　　「脳死」中央公論社　1988.11　560p　15cm（中公文庫）680円　⒤4-12-201561-8

立花 開　たちばな・はるき
　3874　「一人、教室」
　　◇角川短歌賞（第57回／平成23年）

橘 良一　たちばな・りょういち
　3875　「訪問者たち」
　　◇日本随筆家協会賞（第10回／昭和59.11）
　　「訪問者たち―箏職人のうた」日本随筆家協会　1985.5　220p　20cm（現代随筆選書 52）1500円　⒤4-88933-061-5

橘木 俊詔　たちばなき・としあき
　3876　「家計からみる日本経済」
　　◇石橋湛山賞（第25回／平成16年）
　　「家計からみる日本経済」岩波書店　2004.1　213p　18cm（岩波新書）700円　⒤4-00-430873-9

立原 麻衣　たちはら・まい
　3877　「吹き抜けの階」
　　◇「短歌現代」新人賞（第3回／昭和63年）

立川 昭二　たつかわ・しょうじ
　3878　「歴史紀行 死の風景」
　　◇サントリー学芸賞（第2回／昭和55年度―社会・風俗部門）
　　「死の風景―ヨーロッパ歴史紀行」講談社　1995.8　276p　15cm（講談社学術文庫）800円　⒤4-06-159192-4

辰野 隆　たつの・りゅう
3879　「フィガロの結婚（ボオマルシェ エ著）」
◇毎日出版文化賞（第4回/昭和25年）

辰巳 國雄　たつみ・くにお
3880　「消えた「夏休み帳」」
◇週刊金曜日ルポルタージュ大賞（第15回/平成16年/佳作）

辰巳 寛　たつみ・ひろし
3881　「甲子園を知らない球児たち」
◇「ナンバー」スポーツノンフィクション新人賞（第13回/平成15年）

辰巳 泰子　たつみ・やすこ
3882　「紅い花」
◇現代歌人協会賞（第34回/平成2年）
「紅い花―歌集」　砂子屋書房　1989.9　154p　20cm　1800円
「辰巳泰子集」　邑書林　2008.1　145p　19cm（セレクション歌人 19）　1300円　①978-4-89709-441-0

伊達 聖伸　だて・きよのぶ
3883　「ライシテ、道徳、宗教学―もうひとつの19世紀フランス宗教史」
◇サントリー学芸賞（第33回/平成23年度―思想・歴史部門）
◇渋沢・クローデル賞（第28回/平成23年度/ルイ・ヴィトン ジャパン特別賞）
「ライシテ、道徳、宗教学―もうひとつの19世紀フランス宗教史」　勁草書房　2010.11　536, 50p　21cm　6000円　①978-4-326-10203-7

伊達 得夫　だて・とくお
3884　「ユリイカ抄」
◇藤村記念歴程賞（第1回/昭和38年）
「詩人たちユリイカ抄」　平凡社　2005.11　261p　16cm（平凡社ライブラリー 558）　1200円　①4-582-76558-0
※「詩人たち」（日本エディタースクール出版部1971年刊）の改題

立石 泰則　たていし・やすのり
3885　「覇者の誤算」（上・下）
◇講談社ノンフィクション賞（第15回/平成5年）

立川 談春　たてかわ・だんしゅん
3886　「赤めだか」
◇講談社エッセイ賞（第24回/平成20年）
「赤めだか」　扶桑社　2008.4　283p　20cm　1333円　①978-4-594-05615-5

建畠 晢　たてはた・あきら
3887　「死語のレッスン」
◇萩原朔太郎賞（第21回/平成25年）
「死語のレッスン」　思潮社　2013.7　107p　22cm　2400円　①978-4-7837-3358-4
3888　「余白のランナー」
◇歴程新鋭賞（第2回/平成3年）
「余白のランナー」　思潮社　1991.4　80p　22×15cm　2400円　①4-7837-0355-8
3889　「零度の犬」
◇高見順賞（第35回/平成16年度）
「零度の犬」　書肆山田　2004.11　98p　21cm　2600円　①4-87995-626-0

立松 和平　たてまつ・わへい
3890　「毒―風聞・田中正造」
◇毎日出版文化賞（第51回/平成9年―第1部門（文学・芸術））
「毒―風聞・田中正造」　河出書房新社　2001.3　349p　15cm（河出文庫―文芸コレクション）　840円　①4-309-40622-X

田所 昌幸　たどころ・まさゆき
3891　「「アメリカ」を超えたドル」
◇サントリー学芸賞（第23回/平成13年度―政治・経済部門）
「「アメリカ」を越えたドル―金融グローバリゼーションと通貨外交」　中央公論新社　2001.5　346p　19cm（中公叢書）　1800円　①4-12-003149-7

田中 晶子　たなか・あきこ
3892　「短歌と異文化の接点―『台湾万葉集』をヒントにボーダーレス時代の短歌を考える」
◇現代短歌評論賞（第14回/平成8年/優秀賞）

田中　明彦　　たなか・あきひこ
3893　「新しい「中世」」
◇サントリー学芸賞（第18回/平成8年度―政治・経済部門）
「新しい「中世」―21世紀の世界システム」　日本経済新聞社　1996.5　307p　19cm　2300円　①4-532-14476-0
「新しい中世―相互依存深まる世界システム」　日本経済新聞社　2003.4　362p　15cm（日経ビジネス人文庫）800円　①4-532-19173-4

3894　「ワード・ポリティクス」
◇読売・吉野作造賞（第2回/平成13年）
「ワード・ポリティクス―グローバリゼーションの中の日本外交」　筑摩書房　2000.11　312p　20cm　2400円　①4-480-86328-1

田中　章義　　たなか・あきよし
3895　「キャラメル」
◇角川短歌賞（第36回/平成2年）

田中　彰　　たなか・あきら
3896　「ボラード」
◇野原水嶺賞（第31回/平成27年）

田中　亜美　　たなか・あみ
3897　「液晶」
◇現代俳句新人賞（第24回/平成18年）

田中　綾　　たなか・あや
3898　「アジアにおける戦争と短歌―近・現代思想を手がかりに」
◇現代短歌評論賞（第13回/平成7年）

田中　濯　　たなか・あろう
3899　「地球光」
◇日本歌人クラブ新人賞（第17回/平成23年）
「地球光―歌集」　青磁社　2010.8　202p　20cm（塔21世紀叢書　第170篇）2500円　①978-4-86198-155-5

田中　郁子　　たなか・いくこ
3900　「ナナカマドの歌」（詩集）
◇小野十三郎賞（第10回/平成20年/小野十三郎賞）
「ナナカマドの歌」　思潮社　2007.4　93p　22cm　2200円　①978-4-7837-3009-5

田中　勲　　たなか・いさお
3901　「最も大切な無意味」
◇中日詩賞（第52回/平成24年―中日詩賞）

田中　一光　　たなか・いっこう
3902　「さみしき獏」
◇俳壇賞（第23回/平成20年度）

田中　槐　　たなか・えんじゅ
3903　「ギャザー」
◇短歌研究新人賞（第38回/平成7年）
「ギャザー―田中槐歌集」　短歌研究社　1998.3　194p　20cm　2500円　①4-88551-354-5

田中　和生　　たなか・かずお
3904　「欠落を生きる―江藤淳論」
◇三田文学新人賞〔評論部門〕（第7回（2000年度））
「江藤淳」　慶應義塾大学出版会　2001.7　246p　19cm　2200円　①4-7664-0857-8

田中　聖海　　たなか・きよみ
3905　「雨の降る日」
◇北海道詩人協会賞（第50回/平成25年度）
「雨の降る日―詩集」　緑鯨社　2012.7　95p　22cm　2000円

田中　清光　　たなか・きよみつ
3906　「風の家」
◇日本詩人クラブ賞（第27回/平成6年）
「風の家」　思潮社　1992　2800円
「田中清光詩集」　思潮社　1998（現代詩文庫）1165円

3907　「岸辺にて」
◇詩歌文学館賞（第12回/平成9年/現代詩）
「岸辺にて」　思潮社　1996.8　112p　21cm　2678円　①4-7837-0624-7

3908　「風景は絶頂をむかえ」
◇三好達治賞（第3回/平成20年）
「風景は絶頂をむかえ」　思潮社　2007.5　111p　24cm　2500円　①978-4-7837-3004-0

田中 国男　たなか・くにお
3909　「野の扇」
◇東海現代詩人賞（第14回／昭和58年）

田中 久美子　たなか・くみこ
3910　「記号と再帰」
◇サントリー学芸賞（第32回／平成22年度―思想・歴史部門）
「記号と再帰―記号論の形式・プログラムの必然」　東京大学出版会　2010.6　259p　21cm　3600円　Ⓘ978-4-13-080251-2

田中 敬一　たなか・けいいち
3911　「超ミクロ世界への挑戦」
◇講談社出版文化賞（第21回／平成2年―科学出版賞）
「超ミクロ世界への挑戦―生物を80万倍で見る」　岩波書店　1989.11　213p　18cm（岩波新書 96）550円　Ⓘ4-00-430096-7

田中 圭介　たなか・けいすけ
3912　「草茫茫 海茫茫」
◇福岡県詩人賞（第36回／平成12年）

田中 桜子　たなか・さくらこ
3913　「平和よ永遠に」
◇現代詩人アンソロジー賞（第5回／平成7年／優秀）

田中 祥子　たなか・さちこ
3914　「吉野拾遺」
◇日本伝統俳句協会賞（第25回／平成25年／協会賞）

田中 滋子　たなか・しげこ
3915　「鶴を折る」
◇福島県短歌賞（第21回／平成8年度―短歌賞）

田中 茂二郎　たなか・しげじろう
3916　「有馬敲 ことばの穴を掘りつづける」
◇詩人会議新人賞（第45回／平成23年／評論部門／入選）

田中 純　たなか・じゅん
3917　「アビ・ヴァールブルク 記憶の迷宮」
◇サントリー学芸賞（第24回／平成14年度―思想・歴史部門）
3918　「政治の美学―権力と表象」
◇毎日出版文化賞（第63回／平成21年―人文・社会部門）
「政治の美学―権力と表象」　東京大学出版会　2008.12　556, 64p　21cm　5000円　Ⓘ978-4-13-010109-7

田中 春生　たなか・しゅんせい
3919　「粉雪」
◇朝日俳句新人賞（第1回／平成10年）

田中 菅子　たなか・すがこ
3920　「紅梅町」
◇俳人協会新人賞（第8回／昭和59年度）
「紅梅町―田中菅子句集」　浜発行所　1984.8　173p　20cm（浜叢書 第121篇）2300円

田中 澄江　たなか・すみえ
3921　「花の百名山」
◇読売文学賞（第32回／昭和55年―随筆・紀行賞）
「花の百名山」　文芸春秋　1980.7　362, 12p　20cm　1500円
「花の百名山」　文芸春秋　1983.7　409, 14p　16cm（文春文庫）460円　Ⓘ4-16-731301-4
「花の百名山」　愛蔵版　文藝春秋　1997.6　395p　21cm　2857円　Ⓘ4-16-352790-7

田中 惣五郎　たなか・そうごろう
3922　「北一輝」
◇毎日出版文化賞（第14回／昭和35年）

田中 貴子　たなか・たかこ
3923　「あやかし考」を中心として
◇サントリー学芸賞（第26回／平成16年度―芸術・文学部門）
「あやかし考―不思議の中世へ」　平凡社　2004.3　255p　19cm　2000円　Ⓘ4-582-83214-8

田中 拓也　たなか・たくや
3924　「雲鳥」
◇寺山修司短歌賞（第17回/平成24年）
「雲鳥―田中拓也歌集」　ながらみ書房　2011.11　203p　20cm　2500円　Ⓘ978-4-86023-741-7

3925　「夏引」
◇ながらみ書房出版賞（第9回/平成13年）
「夏引―田中拓也歌集」　ながらみ書房　2000.12　153p　20cm　2500円　Ⓘ4-931201-74-1

3926　「晩夏の川」
◇歌壇賞（第11回/平成11年度）

田中 千禾夫　たなか・ちかお
3927　「劇的文体論序説」（上・下）
◇毎日出版文化賞（第32回/昭和53年）

田中 知子　たなか・ともこ
3928　「グランドキャニオン川下りの旅」
◇日本旅行記賞（第17回/平成2年―佳作）

田中 朋子　たなか・ともこ
3929　「揺れている」
◇現代俳句協会年度作品賞（第12回/平成23年度）

田中 トモミ　たなか・ともみ
3930　「天からの贈り物」
◇日本エッセイスト・クラブ賞（第36回/昭和63年）
「天からの贈り物―「峠の釜めし」誕生秘話」　アドア出版　1988.4　270p　19cm　1200円　Ⓘ4-900511-50-1

田中 虎市　たなか・とらいち
3931　「牛の涎」
◇広島県詩人協会賞（第2回/昭和50年）

田中 直毅　たなか・なおき
3932　「新しい産業社会の構想」
◇石橋湛山賞（第17回/平成8年）
「新しい産業社会の構想」　日本経済新聞社　1996.2　253p　19cm　1600円　Ⓘ4-532-14458-2

田中 ナナ　たなか・なな
3933　「新緑」
◇三越左千夫少年詩賞（第8回/平成16年/特別賞）
「新緑―田中ナナ詩集」　田中ナナ詩,斎藤式子絵　いしずえ　2003.9　91p　21cm（子ども・詩の森）1000円　Ⓘ4-900747-91-2

田中 奈美　たなか・なみ
3934　「北京陳情村」
◇小学館ノンフィクション大賞（第15回/平成20年/優秀賞）
「北京陳情村」　小学館　2009.3　207p　19cm　1300円　Ⓘ978-4-09-389713-6

田中 宣廣　たなか・のぶひろ
3935　「付属語アクセントからみた日本語アクセントの構造」
◇金田一京助博士記念賞（第34回/平成18年）
「付属語アクセントからみた日本語アクセントの構造」　おうふう　2005.10　548p　22cm　19000円　Ⓘ4-273-03395-X

田中 伸尚　たなか・のぶまさ
3936　「大逆事件―死と生の群像」
◇日本エッセイスト・クラブ賞（第59回/平成23年）
「大逆事件―死と生の群像」　岩波書店　2010.5　353,10p　20cm　2700円　Ⓘ978-4-00-023789-5

田中 教子　たなか・のりこ
3937　「乳房雲」
◇中城ふみ子賞（第3回/平成20年）
「乳房雲―田中教子歌集」　短歌研究社　2010.5　213p　20cm　1500円　Ⓘ978-4-86272-175-4

田中 日佐夫　たなか・ひさお
3938　「日本画 繚乱の季節」
◇サントリー学芸賞（第6回/昭和59年度―芸術・文学部門）
「繚乱の季節―日本画」　美術公論社　1983.6　380p　22cm　2800円　Ⓘ4-89330-031-8

田中 英光　たなか・ひでみつ
3939　「オリンポスの果実」
◇池谷信三郎賞（第7回/昭和15年）
「オリンポスの果実」　新潮社　1951　140p（新潮文庫）
「田中英光傑作選―オリンポスの果実/さようなら 他」　田中英光著, 西村賢太編　KADOKAWA　2015.11　374p　15cm（角川文庫）　880円　Ⓘ978-4-04-103454-5

田中 裕明　たなか・ひろあき
3940　「童子の夢」
◇角川俳句賞（第28回/昭和57年）

田中 裕子　たなか・ひろこ
3941　「美しい黒」
◇福田正夫賞（第21回/平成19年）
「美しい黒―田中裕子詩集」　書肆侃侃房　2006.10　91p　22cm　1500円　Ⓘ4-902108-35-6

田中 裕也　たなか・ひろや
3942　「三島由紀夫『サーカス』成立考―執筆時間と改稿原因をめぐって」
◇ドナルド・キーン日米学生日本文学研究奨励賞（第13回/平成21年―4年制大学の部）

田中 冬二　たなか・ふゆじ
3943　「椽の黄葉」
◇文芸汎論詩集賞（第10回/昭和18年―名誉賞）
「田中冬二全集　第1巻　詩 1」　磯村英樹〔ほか〕編集・校訂　筑摩書房　1984.12　375p　21cm　3800円
「日本の詩歌　24　丸山薫・田中冬二・立原道造・田中克己・蔵原伸二郎」　丸山薫〔ほか著〕　新装　中央公論新社　2003.6　434p　21cm　5300円　Ⓘ4-12-570068-0
3944　「晩春の日に」
◇高村光太郎賞（第5回/昭和37年）
「田中冬二全集　第2巻　詩 2」　磯村英樹〔ほか〕編集・校訂　筑摩書房　1985.4　437,25p　21cm　4200円
「日本の詩歌　24　丸山薫・田中冬二・立原道造・田中克己・蔵原伸二郎」　丸山薫〔ほか著〕　新装　中央公論新社　2003.6　434p　21cm　5300円　Ⓘ4-12-570068-0

田中 万貴子　たなか・まきこ
3945　「五季」
◇日本歌人クラブ推薦歌集（第6回/昭和35年）

田中 美知太郎　たなか・みちたろう
3946　「人生論風に」
◇読売文学賞（第21回/昭和44年―評論・伝記賞）
「人生論風に;学問論」　増補版　筑摩書房　1987.11　442,6p　21cm（田中美知太郎全集 第14巻）　5600円　Ⓘ4-480-75414-8
3947　「ロゴスとイデア」
◇毎日出版文化賞（第2回/昭和23年）
「ロゴスとイデア;善と必然のあいだ」　増補版　筑摩書房　1987.3　522p　21cm（田中美知太郎全集 第1巻）　5800円　Ⓘ4-480-75401-6
「ロゴスとイデア」　文藝春秋　2014.6　392p　15cm（文春学藝ライブラリー）　1470円　Ⓘ978-4-16-813019-9

田中 靖子　たなか・やすこ
3948　「劇団きらきら物語」
◇感動ノンフィクション大賞（第1回/平成18年/大賞）
「劇団きらきら物語―障がいのある子もない子も共に演劇を！」　幻冬舎　2006.7　165p　20cm　1300円　Ⓘ4-344-01201-1

田中 弥生　たなか・やよい
3949　「乖離する私―中村文則」
◇群像新人文学賞〔評論部門〕（第49回/平成18年―評論優秀作）

田中 優子　たなか・ゆうこ
3950　「江戸百夢」
◇サントリー学芸賞（第23回/平成13年度―芸術・文学部門）
「江戸百夢―近世図像学の楽しみ」　朝日新聞社　2000.6　167p　21cm　3800円　Ⓘ4-02-258668-0
「江戸百夢―近世図像学の楽しみ」　筑摩書房　2010.5　173p　15cm（ちくま文庫）　880円　Ⓘ978-4-480-42699-4

田中 了　たなか・りょう

3951　「ゲンダーヌ―ある北方少数民族のドラマ」
◇毎日出版文化賞（第32回/昭和53年）
「ゲンダーヌ―ある北方少数民族のドラマ」　田中了, ダーヒンニェニ・ゲンダーヌ著　現代史出版会, 徳間書店〔発売〕　1993.11　303p　19cm　1800円　⑪4-19-801474-4

棚木 恒寿　たなき・こうじゅ

3952　「ガリレオの秋」
◇荒木暢夫賞（第26回/平成4年）

3953　「天の腕」
◇現代歌人協会賞（第51回/平成19年）
◇ながらみ書房出版賞（第15回/平成19年）
「天の腕」　ながらみ書房　2006.12　178p　22cm（音叢書）2600円　⑪4-86023-441-3

棚木 妙子　たなき・たえこ

3954　「検査室」
◇福島県短歌賞（第38回/平成25年度―短歌賞）

田辺 明雄　たなべ・あきお

3955　「真山青果」
◇毎日出版文化賞（第30回/昭和51年）

田辺 郁　たなべ・かおる

3956　「ハナの気配」
◇読売「ヒューマン・ドキュメンタリー」大賞（第15回/平成6年/優秀賞）
「翼をもがれた天使たち」　佐藤尚爾, 佐藤栄子, 田辺郁, 岩森道子, 小島淑子, 矢吹正信著　読売新聞社　1995.2　301p　19cm　1300円　⑪4-643-95004-8

田辺 昭三　たなべ・しょうぞう

3957　「須恵器大成」
◇毎日出版文化賞（第35回/昭和56年―特別賞）
「須恵器大成」　角川書店　1981.7　185, 33p 図版92枚　31cm　14000円

田辺 聖子　たなべ・せいこ

3958　「姥ざかり花の旅笠」
◇蓮如賞（第8回/平成15年）
「姥ざかり花の旅笠―小田宅子の「東路日記」」　集英社　2001.6　381p　20cm　1700円　⑪4-08-774530-9
「姥ざかり花の旅笠―小田宅子の「東路日記」」　集英社　2004.1　462p　16cm（集英社文庫）705円　⑪4-08-747654-5
「田辺聖子全集　22　姥ざかり花の旅笠, 文車日記」　集英社　2005.12　564p　21cm　4300円　⑪4-08-155022-0

3959　「道頓堀の雨に別れて以来なり」
◇読売文学賞（第50回/平成10年―評論・伝記賞）
「道頓堀の雨に別れて以来なり―川柳作家・岸本水府とその時代　上」　中央公論新社　2000.9　575p　15cm（中公文庫）800円　⑪4-12-203709-3
「道頓堀の雨に別れて以来なり―川柳作家・岸本水府とその時代　中」　中央公論新社　2000.10　602p　15cm（中公文庫）819円　⑪4-12-203727-1
「道頓堀の雨に別れて以来なり―川柳作家・岸本水府とその時代　下」　中央公論新社　2000.11　465p　15cm（中公文庫）781円　⑪4-12-203741-7
「田辺聖子全集　20　下　道頓堀の雨に別れて以来なり」　集英社　2006.4　573, 35p　21cm　4300円　⑪4-08-155020-4

田辺 元　たなべ・はじめ

3960　「懺悔道としての哲学」
◇毎日出版文化賞（第1回/昭和22年）
「懺悔道としての哲学―田辺元哲学選2」　藤田正勝編　岩波書店　2010.10　514, 3p　15cm（岩波文庫）1200円　⑪978-4-00-336942-5

棚山 波朗　たなやま・はろう

3961　「之乎路」
◇俳人協会新人賞（第11回/昭和62年度）
「句集 之乎路」　富士見書房　1987.10　233p　19cm（「俳句研究」句集シリーズ 15）2500円　⑪4-8291-7115-4

谷 邦夫　たに・くにお

3962　「野の風韻」
◇日本歌人クラブ賞（第14回/昭和62

年)
「野の風韻―谷邦夫歌集」　短歌新聞社
1986.8　192p　20cm（下野歌人叢書 第33篇）2500円

谷 真介　たに・しんすけ

3963　「台風の島に生きる」
◇ジュニア・ノンフィクション文学賞（第3回/昭和51年）
「台風の島に生きる―石垣島の先覚者・岩崎卓爾の生涯」　偕成社　1982.11
255p　19cm（偕成社文庫）480円
①4-03-850560-X

谷 美穂　たに・みほ

3964　「上野英信の戦後/書かれなかった戦中」
◇週刊金曜日ルポルタージュ大賞（第23回/平成24年/準佳作）

谷 泰　たに・ゆたか

3965　「牧夫フランチェスコの一日」
◇日本ノンフィクション賞（第3回/昭和51年）
「牧夫フランチェスコの一日―イタリア中部山村生活誌」　平凡社　1996.4
293p　16cm（平凡社ライブラリー）1200円　①4-582-76144-5

谷合 規子　たにあい・のりこ

3966　「薬に目を奪われた人々」
◇潮賞（第1回/昭和57年―ノンフィクション）

溪内 謙　たにうち・けん

3967　「現代社会主義の省察」
◇毎日出版文化賞（第32回/昭和53年）

谷内 修三　たにうち・しゅうぞう

3968　「逆さまの花」（詩集）
◇加美現代詩集大賞（第2回/平成14年―いのちの詩賞）
「逆さまの花」　象形文字編集室　2001.9
75p　26cm　1000円

3969　「THE MAGIC BOX」
◇福岡県詩人賞（第19回/昭和58年）
「The magic box―谷内修三詩集」　象形文字編集室　1982.1　44p　26cm　700円

谷岡 亜紀　たにおか・あき

3970　「闇市 谷岡亜紀歌集」
◇寺山修司短歌賞（第12回/平成19年）
◇前川佐美雄賞（第5回/平成19年）
「闇市―谷岡亜紀歌集」　雁書館　2006.8
208p　20cm　2800円
「谷岡亜紀集」　邑書林　2007.5　157p
19cm（セレクション歌人 20）1300円
①978-4-89709-442-7

3971　「ライトヴァースの残した問題」
◇現代短歌評論賞（第5回/昭和62年）

3972　「臨界」
◇現代歌人協会賞（第38回/平成6年）
「臨界―歌集」　雁書館　1993.8　173p
20cm　2200円
「臨界―谷岡亜紀歌集§アジア・バザール―谷岡亜紀歌集」　雁書館　2003.12
169p　20cm（2 in 1シリーズ 8）2500円

谷奥 扶美　たにおく・ふみ

3973　「荒神口逆かもめ」
◇フーコー・エッセイコンテスト（第1回/平成9年/入選）

谷川 恵一　たにがわ・けいいち

3974　「言葉のゆくえ―明治二十年代の文学」
◇やまなし文学賞〔研究・評論部門〕（第2回/平成5年度―研究・評論部門）

谷川 健一　たにがわ・けんいち

3975　「海霊・水の女」
◇短歌研究賞（第37回/平成13年）

谷川 俊太郎　たにがわ・しゅんたろう

3976　「女に」
◇丸山豊記念現代詩賞（第1回/平成4年）
「女に―谷川俊太郎詩集」　谷川俊太郎詩，佐野洋子絵　集英社　2012.12　76p　20×15cm　1400円　①978-4-08-771476-0

3977　「詩に就いて」
◇三好達治賞（第11回/平成27年度）
「詩に就いて」　思潮社　2015.4　91p　21×14cm　1500円　①978-4-7837-3467-3

3978　「世間知ラズ」

◇萩原朔太郎賞（第1回/平成5年）
　「世間知ラズ」　思潮社　1993.5　95p
　22×14cm　1600円　①4-7837-0446-5

3979　「定義」「夜中に台所でぼくはきみに話しかけたかった」
◇高見順賞（第6回/昭和50年度）
　「詩集 谷川俊太郎」　思潮社　2002.1
　523p　19cm　3800円　①4-7837-2314-1

3980　「トロムソコラージュ」
◇鮎川信夫賞（第1回/平成22年/詩集部門）
　「トロムソコラージュ」　新潮社　2009.5
　109p　20cm　1500円　①978-4-10-401805-5
　「トロムソコラージュ」〔点字資料〕
　日本点字図書館（製作）　2011.1　87p
　27cm　1500円
　「トロムソコラージュ」　新潮社　2011.12
　114p　16cm（新潮文庫 た-60-4）430円　①978-4-10-126624-4

3981　「よしなしうた」
◇現代詩花椿賞（第3回/昭和60年）
　「よしなしうた」　青土社　1991.6　81,
　44p　23×15cm　1200円　①4-7917-5129-9

3982　「私」
◇詩歌文学館賞（第23回/平成20年/詩）
　「私―谷川俊太郎詩集」　思潮社　2007.11
　124p　22cm　1500円　①978-4-7837-3043-9

谷川　彰啓　たにがわ・しょうけい

3983　「八月六日」
◇新俳句人連盟賞（第37回/平成21年/作品の部/佳作1位）

3984　「日出生台」
◇新俳句人連盟賞（第39回/平成23年/作品の部（俳句）/入選）

谷川　真一　たにがわ・しんいち

3985　「家の中から吹く風」
◇現代詩人アンソロジー賞（第1回/平成3年―優秀）

谷川　電話　たにかわ・でんわ

3986　「うみべのキャンバス」
◇角川短歌賞（第60回/平成26年）

谷川　昇　たにかわ・のぼる

3987　「喜劇の人 河東碧梧桐」
◇現代俳句評論賞（第14回/平成6年度）

谷川　柊　たにがわ・ひいらぎ

3988　「転生譚ほか」
◇東海現代詩人賞（第8回/昭和52年）

谷口　亜岐夫　たにぐち・あきお

3989　「道」
◇北海道新聞俳句賞（第25回/平成22年）
　「道―句集」　氷原帯俳句会　2010.4
　268p　22cm（氷原帯俳書 第73集）

谷口　吉郎　たにぐち・きちろう

3990　「修学院離宮」
◇毎日出版文化賞（第11回/昭和32年）

谷口　謙　たにぐち・けん

3991　「暖冬」
◇現代詩人アンソロジー賞（第2回/平成4年―最優秀）

谷口　智行　たにぐち・ともゆき

3992　「熊野―山中句抄」
◇朝日俳句新人賞（第7回/平成16年/準賞）

谷口　幸男　たにぐち・ゆきお

3993　「アイスランド サガ」
◇藤村記念歴程賞（第18回/昭和55年）

谷崎　昭男　たにざき・あきお

3994　「記述の国家」
◇群像新人文学賞〔評論部門〕（第29回/昭和61年―評論）
　「谷崎潤一郎」　小学館　1991.5　349p
　19cm（群像 日本の作家 8）1800円
　①4-09-567008-8

谷崎　真澄　たにざき・ますみ

3995　「元植民地」
◇「詩と思想」新人賞（第7回/昭和63年）

3996　「夜間飛行」
◇北海道詩人協会賞（第26回/平成1年

度)

谷沢 永一　たにざわ・えいいち

3997　「紙つぶて 自作自注最終版」
◇毎日書評賞（第4回/平成17年度）
「紙つぶて―書評コラム」自作自注最終版　文藝春秋　2005.12　943, 47p　20cm　5000円　①4-16-367760-7

3998　「完本 紙つぶて」を中心として
◇サントリー学芸賞（第2回/昭和55年度―芸術・文学部門）
「完本・紙つぶて―谷沢永一書評コラム 1969-78」文芸春秋　1978.8　340p　19cm　2000円

3999　「文豪たちの大喧嘩」
◇読売文学賞（第55回/平成15年―研究・翻訳賞）
「文豪たちの大喧嘩―鴎外・逍遙・樗牛」新潮社　2003.5　316p　19cm　1900円　①4-10-384504-X
「文豪たちの大喧嘩」筑摩書房　2012.8　360p　15cm（ちくま文庫）880円　①978-4-480-42976-6

谷沢 迪　たにさわ・ただる

4000　「時の栞」
◇中日詩賞（第24回/昭和59年）
「時の栞―谷沢迪詩集」潮流社　1983.8　71p　22cm　1500円　①4-88665-039-2

4001　「華骨牌」
◇東海現代詩人賞（第8回/昭和52年）

谷本 一之　たにもと・かずゆき

4002　「アイヌ絵を聴く―変容の民族音楽誌」
◇毎日出版文化賞（第54回/平成12年―企画部門）
「アイヌ絵を聴く―変容の民族音楽誌」北海道大学図書刊行会　2000.6　351, 14p　27cm　16000円　①4-8329-6101-2

谷本 州子　たにもと・くにこ

4003　「綾取り」
◇伊東静雄賞（第13回/平成14年/奨励賞）
「綾取り―詩集」土曜美術社出版販売　2006.4　111p　22cm　2000円　①4-8120-1541-3

谷元 益男　たにもと・ますお

4004　「滑車」
◇伊東静雄賞（第24回/平成25年度）

4005　「水源地」
◇小野十三郎賞（第13回/平成23年/小野十三郎賞（詩集））
「水源地―詩集」本多企画　2010.9　119p　21cm　2000円　①978-4-89445-453-8

谷山 茂　たにやま・しげる

4006　「谷山茂著作集第5巻・新古今集とその歌人」
◇角川源義賞（第6回/昭和59年―国文学）
「谷山茂著作集　5　新古今集とその歌人」角川書店　1983.12　460p　22cm　5800円

種村 季弘　たねむら・すえひろ

4007　「ビンゲンのヒルデガルトの世界」
◇斎藤緑雨賞（第3回/平成7年）
「ビンゲンのヒルデガルトの世界」青土社　1994.8　422, 6p　19cm　2800円　①4-7917-5323-2
「ビンゲンのヒルデガルトの世界」青土社　2002.7　424, 6p　19cm　2800円　①4-7917-5978-8

田野倉 康一　たのくら・こういち

4008　「流記」
◇歴程新鋭賞（第13回/平成14年）
「流記」思潮社　2002.6　101p　26cm　2800円　①4-7837-1311-1

多羽田 敏夫　たばた・としお

4009　「〈普遍倫理〉を求めて―吉本隆明「人間の『存在の倫理』」論註」
◇群像新人文学賞〔評論部門〕（第56回/平成25年―評論優秀作）

田畑 まさじ　たばた・まさじ

4010　「共稼ぎ歳月」
◇新俳句人連盟賞（第18回/平成2年―作品賞）

太原 千佳子　たはら・ちかこ

4011　「物たち」

◇現代詩女流賞 （第6回/昭和56年）
「物たち―太原千佳子詩集」 詩学社
1981.3 109p 23cm 2000円

田原 牧 たはら・まき
4012 「ジャスミンの残り香 ―「アラブの春」が変えたもの」
◇開高健ノンフィクション賞（第12回/平成26年）

田原 洋子 たはら・ようこ
4013 「風のはざま」
◇福島県俳句賞（第27回/平成18年―新人賞）

玉井 清弘 たまい・きよひろ
4014 「清漣」
◇日本歌人クラブ賞（第26回/平成11年）
「清漣―玉井清弘歌集」 砂子屋書房
1998.9 229p 23cm 3000円
4015 「屋嶋」
◇詩歌文学館賞（第29回/平成26年/短歌）
◇沼空賞（第48回/平成26年）
「屋嶋―歌集」 角川書店 2013.9 169p 22cm （音叢書）2571円 ⓘ978-4-04-652767-7
4016 「六白」
◇短歌四季大賞（第2回/平成14年）

玉泉 八州男 たまいずみ・やすお
4017 「女王陛下の興行師たち」
◇サントリー学芸賞（第7回/昭和60年度―芸術・文学部門）
「女王陛下の興行師たち―エリザベス朝演劇の光と影」 芸立出版 1984.8 258,9p 21cm 2500円 ⓘ4-87466-035-5

玉置 和子 たまおき・かずこ
4018 「ソウル・ツイン・ブラザーズ」
◇読売「ヒューマン・ドキュメンタリー」大賞（第13回/平成4年―入選）
「ちゃんめろの山里で」 山岸昭枝,吉開若菜,小川弥栄子,玉置和子,沖野智津子著 読売新聞社 1993.2 293p 19cm 1400円 ⓘ4-643-93010-1

玉川 鵬心 たまがわ・ほうしん
4019 「花嫌い神嫌い」
◇小熊秀雄賞（第35回/平成14年）
「花嫌い神嫌い」 思潮社 2001.10 104p 22cm 2200円 ⓘ4-7837-1269-7

玉木 恭子 たまき・きょうこ
4020 「もがり笛」
◇日本随筆家協会賞（第54回/平成18年8月）
「猫たちのバラード」 日本随筆家協会 2006.12 225p 20cm（現代名随筆叢書 83）1500円 ⓘ4-88933-316-9

玉城 徹 たまき・とおる
4021 「香貫」
◇現代短歌大賞（第24回/平成13年）
◇短歌新聞社賞（第8回/平成13年）
「香貫―歌集」 短歌新聞社 2000.10 355p 20cm 3333円 ⓘ4-8039-1030-8
「歌集 香貫」 短歌新聞社 2003.3 150p 15cm 667円 ⓘ4-8039-1121-5
4022 「人麻呂」
◇「短歌」愛読者賞（第4回/昭和52年―評論・エッセイ部門）
4023 「われら地上に」（歌集）
◇沼空賞（第13回/昭和54年）

玉木 英彦 たまき・ひでひこ
4024 「物質―その窮極構造」
◇毎日出版文化賞（第3回/昭和24年）

玉田 忠義 たまだ・ただよし
4025 「夜の作業場」
◇荒木暢夫賞（第7回/昭和48年）

玉蟲 敏子 たまむし・さとこ
4026 「酒井抱一筆 夏秋草図屏風」
◇サントリー学芸賞（第16回/平成6年度―芸術・文学部門）
「酒井抱一筆 夏秋草図屏風 追憶の銀色」 玉虫敏子著 平凡社 1994.1 103p 25×20cm（絵は語る 13）3200円 ⓘ4-582-29523-1

田丸 千種 たまる・ちくさ
4027 「神の火」

◇日本伝統俳句協会賞（第26回/平成27年—協会賞）

田丸 英敏 たまる・ひでとし
4028 「備後表」
◇「短歌現代」歌人賞（第5回/平成4年）

民井 とほる たみい・とほる
4029 「大和れんぞ」
◇角川俳句賞（第20回/昭和49年）

田宮 朋子 たみや・ともこ
4030 「星の供花」
◇角川短歌賞（第48回/平成14年）
「星の供花―田宮朋子歌集」 柊書房 2004.7 183p 20cm（コスモス叢書 第756篇） 2571円 ①4-89975-091-9

田宮 虎彦 たみや・とらひこ
4031 「絵本」
◇毎日出版文化賞（第5回/昭和26年）
「絵本」 田宮虎彦作、久米宏一絵 むぎ書房 1980.9 30p 21cm（雨の日文庫第4集（現代日本文学・戦中戦後編）10）
「落城・足摺岬」 埼玉福祉会 1982.3 244p 31cm（Large print booksシリーズ） 4900円
※原本：新潮社刊新潮文庫
「足摺岬・絵本」 金の星社 1985.10 290p 20cm（日本の文学 33） 900円 ①4-323-00813-9
「足摺岬―田宮虎彦作品集」 講談社 1999.9 286p 15cm（講談社文芸文庫） 1100円 ①4-06-197679-6

田村 明子 たむら・あきこ
4032 「オークウットの丘の上で」
◇読売「ヒューマン・ドキュメンタリー」大賞（第12回/平成3年—入選）
「終の夏かは」 古越富美恵,竹下妙子,吉沢岩子,田村明子著 読売新聞社 1992.2 255p 19cm 1300円 ①4-643-92006-8

田村 京子 たむら・きょうこ
4033 「北洋船団女ドクター航海記」
◇日本エッセイスト・クラブ賞（第34回/昭和61年）
「北洋船団女ドクター航海記」 集英社 1985.12 244p 20cm 1100円 ①4-08-775076-0
「北洋船団 女ドクター航海記」 集英社 1989.3 303p 15cm（集英社文庫） 420円 ①4-08-749437-3

田村 久美子 たむら・くみこ
4034 「あなた色のタピストリー」
◇大石りくエッセー賞（第2回/平成11年—特別賞）

田村 敬子 たむら・けいこ
4035 「アスピリン」
◇俳壇賞（第10回/平成7年）

田村 さと子 たむら・さとこ
4036 「イベリアの秋」
◇現代詩女流賞（第3回/昭和53年）

田村 周平 たむら・しゅうへい
4037 「アメリカの月」
◇福田正夫賞（第12回/平成10年）

田村 哲三 たむら・てつぞう
4038 「潮位」
◇北海道新聞短歌賞（第1回/昭和61年）
「潮位—歌集」 原始林社 1986.9 190p 20cm（原始林叢書 第178篇） 2700円

田村 のり子 たむら・のりこ
4039 「出雲・石見地方詩史五十年」
◇日本詩人クラブ賞（第6回/昭和48年）
「出雲石見地方詩史五十年—草の根の詩人たち」 木犀書房 1972 400p 図地図 22cm 1800円

田村 元 たむら・はじめ
4040 「上唇に花びらを」
◇歌壇賞（第13回/平成13年度）

4041 「北二十二条西七丁目」
◇日本歌人クラブ新人賞（第19回/平成25年）
「北二十二条西七丁目—歌集」 本阿弥書店 2012.7 194p 20cm（りとむコレクション 76） 2600円 ①978-4-7768-0889-3

田村 広志　たむら・ひろし

4042　「旅の方位図」
◇短歌公論処女歌集賞（昭和62年度）
「旅の方位図―田村広志歌集」　角川書店　1986.10　169p　22cm　（かりん叢書 19番）　2800円　①4-04-871205-5

田村 雅之　たむら・まさゆき

4043　「鬼の耳」
◇横浜詩人会賞（第31回/平成11年度）
「鬼の耳―田村雅之詩集」　「花」社　1998.12　114p　23cm　2500円

田村 正之　たむら・まさゆき

4044　「ゆらゆらと浮かんで消えていく王国に」
◇開高健賞（第7回/平成10年）
「ゆらゆらと浮かんで消えていく王国に」　TBSブリタニカ　1998　272p　19cm　1300円　①4-484-98206-4

田村 三好　たむら・みよし

4045　「明石の鯛」
◇「短歌現代」歌人賞（第8回/平成7年）

田村 隆一　たむら・りゅういち

4046　「言葉のない世界」
◇高村光太郎賞（第6回/昭和38年）
「言葉のない世界―詩集」　昭森社　1962　41p　22cm

4047　「詩集1946～1976」
◇無限賞（第5回/昭和52年）
「詩集―1946-1976」　河出書房新社　1976　324p　20cm　1700円

4048　「ハミングバード」
◇現代詩人賞（第11回/平成5年）
「ハミングバード―田村隆一詩集」　青土社　1992.11　110p　23×15cm　2400円　①4-7917-2083-0

為平 澪　ためひら・みお

4049　「売買」
◇「詩と思想」新人賞（第22回/平成25年）

田谷 鋭　たや・えい

4050　「紺匂ふ」
◇角川短歌賞（第18回/昭和47年）

4051　「水晶の座」
◇迢空賞（第8回/昭和49年）
◇日本歌人クラブ賞（第1回/昭和49年）
「水晶の座―田谷鋭歌集」　白玉書房　1973　262p　22cm　（コスモス叢書 第88篇）　1800円

4052　「乳鏡」
◇現代歌人協会賞（第2回/昭和33年）
「乳鏡―田谷鋭歌集」　白玉書房　1957　157p　図版　19cm　（コスモス叢書 第18篇）

ダワー, ジョン

4053　「敗北を抱きしめて」（上・下）
◇大佛次郎論壇賞（第1回/平成13年―特別賞）
「敗北を抱きしめて　上―第二次大戦後の日本人」　ジョン・ダワー著, 三浦陽一, 高杉忠明訳　岩波書店　2001.3　400p　19cm　2200円　①4-00-024402-7
「敗北を抱きしめて　下　第二次大戦後の日本人」　ジョン・ダワー著, 三浦陽一, 高杉忠明, 田代泰子訳　岩波書店　2001.5　498, 11p　21cm　2200円　①4-00-024403-5
「敗北を抱きしめて　上　第二次大戦後の日本人」　ジョン・ダワー著, 三浦陽一, 高杉忠明訳　増補版　岩波書店　2004.1　379p　21cm　2600円　①4-00-024420-5
「敗北を抱きしめて　下　第二次大戦後の日本人」　ジョン・ダワー著, 三浦陽一, 高杉忠明, 田代泰子訳　増補版　岩波書店　2004.1　455, 9p　21cm　2600円　①4-00-024421-3

俵 万智　たわら・まち

4054　「サラダ記念日」
◇現代歌人協会賞（第32回/昭和63年）
「サラダ記念日―俵万智歌集」〔愛蔵版〕　河出書房新社　1988.3　190p　21cm　2800円　①4-309-00500-4
「サラダ記念日」　河出書房新社　1989.10　201p　15cm　（河出文庫―BUNGEI Collection）　360円　①4-309-40249-6

4055　「八月の朝」
◇角川短歌賞（第32回/昭和61年）

4056　「プーさんの鼻」
◇若山牧水賞（第11回/平成18年）
「プーさんの鼻」　文藝春秋　2005.11

152p　20cm　1238円　Ⓘ4-16-367540-X
「プーさんの鼻」文藝春秋　2008.12
161p　16cm（文春文庫）429円
Ⓘ978-4-16-754808-7

団 伊玖磨　だん・いくま
4057　「パイプのけむり（正・続）」
◇読売文学賞（第19回/昭和42年—随筆・紀行賞）

旦 敬介　だん・けいすけ
4058　「旅立つ理由」
◇読売文学賞（第65回/平成25年度—随筆・紀行賞）
「旅立つ理由」岩波書店　2013.3　201p　19cm　2300円　Ⓘ978-4-00-025884-5

檀 ふみ　だん・ふみ
4059　「ああ言えばこう食う」
◇講談社エッセイ賞（第15回/平成11年）
「ああ言えばこう食う—往復エッセイ」阿川佐和子, 檀ふみ著　集英社　1998.9　254p　20cm　1500円　Ⓘ4-08-774357-8
「ああ言えばこう食う」阿川佐和子, 檀ふみ著　集英社　2001.6　270p　16cm（集英社文庫）514円　Ⓘ4-08-747331-7

壇 裕子　だん・ゆうこ
4060　「駅までの距離」
◇歌壇賞（第3回/平成3年）

丹下 仁　たんげ・ひとし
4061　「ぼくの人生」（詩集）
◇銀河・詩のいえ賞（第4回/平成19年）

団藤 重光　だんどう・しげみつ
4062　「刑法紀行」
◇日本エッセイスト・クラブ賞（第16回/昭和43年）

丹野 さきら　たんの・さきら
4063　「真珠採りの詩、高群逸枝の夢」
◇河上肇賞（第3回/平成19年/奨励賞）
「高群逸枝の夢」藤原書店　2009.1　291p　20cm　3600円　Ⓘ978-4-89434-668-0

丹野 茂　たんの・しげる
4064　「札」（私家版）
◇山形県詩賞（第14回/昭和60年）
「札—丹野茂詩集」〔斎藤林太郎〕1984.3　105p　22cm　1500円

【ち】

崔 華国　チェ・ファグク
4065　「猫談義」
◇H氏賞（第35回/昭和60年）
「猫談義—崔華国詩集」花神社　1984.9　126p　22cm　2000円

千明 啓子　ちぎら・けいこ
4066　「海」
◇島田利夫賞（第5回/昭和57年—準入選）

千明 紀子　ちぎら・のりこ
4067　「彼」
◇島田利夫賞（第7回/昭和59年—準入選）

千種 創一　ちくさ・そういち
4068　「砂丘律」
◇日本歌人クラブ新人賞（第22回/平成28年）
「砂丘律—千種創一歌集」青磁社　2015.12　259p　19cm　1400円　Ⓘ978-4-86198-332-0

築野 恵　ちくの・めぐみ
4069　「太郎君」
◇現代詩加美未来賞（第14回/平成16年度—落鮎塾あけぼの賞）

千曲山人　ちくまさんじん
4070　「一茶俳句の民衆性」
◇新俳句人連盟賞（第26回/平成10年/評論/佳作）

筑摩書房　ちくましょぼう
4071　「筑摩世界文学大系（全89巻・91

冊）」
◇毎日出版文化賞（第52回／平成10年—特別賞）

千々和 恵美子　ちじわ・えみこ
4072　「鯛の笛」
◇角川俳句賞（第52回／平成18年）
「鯛の笛—句集」 角川書店，角川グループパブリッシング（発売） 2007.8　247p　20cm　2667円　①978-4-04-621784-4

知名 直子　ちな・なおこ
4073　「四角い街の記憶 ジェット機墜落の恐怖から五十年」
◇週刊金曜日ルポルタージュ大賞（第20回／平成21年／優秀賞）

知念 栄喜　ちねん・えいき
4074　「滂沱」
◇地球賞（第16回／平成3年度）
「滂沱—知念栄喜詩集」　まろうど社　1990.9　103p　26cm　2000円　①4-89612-002-7
4075　「みやらび」
◇H氏賞（第20回／昭和45年）

茅根 知子　ちのね・ともこ
4076　「水の姿に」
◇俳壇賞（第15回／平成12年度）

千葉 香織　ちば・かおり
4077　「鳥」（ほか）
◇ラ・メール新人賞（第8回／平成3年）

千葉 一幹　ちば・かずみき
4078　「文学の位置—森鷗外試論」
◇群像新人文学賞〔評論部門〕（第41回／平成10年—評論）

千葉 謙悟　ちば・けんご
4079　「中国語における東西言語文化交流」
◇金田一京助博士記念賞（第39回／平成23年度）
「中国語における東西言語文化交流—近代翻訳語の創造と伝播」　三省堂　2010.2　263p　22cm　5238円　①978-4-385-36457-5

千葉 皓史　ちば・こうし
4080　「郊外」
◇俳人協会新人賞（第15回／平成3年度）
「郊外—句集」　花神社　1991.9　207p　20cm　2500円　①4-7602-1163-2

千葉 聡　ちば・さとし
4081　「フライング」
◇短歌研究新人賞（第41回／平成10年）

千葉 親之　ちば・ちかゆき
4082　「候鳥のころ」
◇福島県短歌賞（第6回／昭和56年度）

千葉 喜彦　ちば・よしひこ
4083　「生物時計の話」
◇毎日出版文化賞（第29回／昭和50年）

千原 昭彦　ちはら・あきひこ
4084　「古武士のような建物たち」
◇奥の細道文学賞（第4回／平成13年—佳作）

千谷 道雄　ちや・みちお
4085　「秀十郎夜話」
◇読売文学賞（第10回／昭和33年—評論・伝記賞）
「秀十郎夜話—初代吉右衛門の黒衣」　冨山房　1994.9　367p　18cm（冨山房百科文庫 46）　1350円　①4-572-00146-4

仲馬 達司　ちゅうま・たつじ
4086　「『終の住処』考」（紀行文）
◇奥の細道文学賞（第5回／平成16年—優秀賞）

千代 國一　ちよ・くにいち
4087　「水草の川」
◇短歌新聞社賞（第7回／平成12年）
「水草の川—歌集」　短歌新聞社　1999.7　221p　22cm（国民文学叢書 第456篇）　3333円　①4-8039-0973-3
「千代国一全歌集—定本」　短歌新聞社　2003.1　776p　22cm　9524円　①4-8039-1113-4
4088　「冷気湖」
◇日本歌人クラブ推薦歌集（第12回／昭

和41年）
「千代国一全歌集―定本」 千代国一著 短歌新聞社 2003.1 776p 22cm 9524円 ①4-8039-1113-4

張 競　ちょう・きょう
4089　「近代中国と「恋愛」の発見」
◇サントリー学芸賞（第17回/平成7年度―芸術・文学部門）
「近代中国と「恋愛」の発見―西洋の衝撃と日中文学交流」 岩波書店 1995.6 405p 20cm 3200円 ①4-00-002748-4
4090　「恋の中国文明史」
◇読売文学賞（第45回/平成5年―評論・伝記賞）
「恋の中国文明史」 筑摩書房 1997.4 335p 15cm（ちくま学芸文庫） 1050円 ①4-480-08332-4

張 龍妹　ちょう・りゅうまい
4091　「源氏物語の救済」
◇関根賞（第8回/平成12年度）
「源氏物語の救済」 風間書房 2000.8 288, 4p 22cm 9200円 ①4-7599-1213-4

長栄 つや　ちょうえい・つや
4092　「稲田」
◇短歌新聞新人賞（第4回/昭和51年）

長木 誠司　ちょうき・せいじ
4093　「フェッルッチョ・ブゾーニ」
◇吉田秀和賞（第6回/平成8年）
「フェッルッチョ・ブゾーニ―オペラの未来」 みすず書房 1995.11 284p 21cm 5459円 ①4-622-04408-0

千代田 葛彦　ちよだ・くずひこ
4094　「旅人木」
◇俳人協会賞（第4回/昭和39年度）
「現代俳句大系　第13巻　昭和39年～昭和46年」増補 角川書店 1980.12 600p 20cm 2400円

田 月仙　チョン・ウォルソン
4095　「海峡のアリア」
◇小学館ノンフィクション大賞（第13回/平成18年/優秀賞）
「海峡のアリア―a diva who crossed the strait」 小学館 2007.1 268p 20cm 1500円 ①4-09-379745-5

陳 可冉　ちん・かぜん
4096　「岡西惟中と林家の学問」「芭蕉における『本朝一人一首』の受容―『嵯峨日記』『おくの細道』を中心に」
◇柿衞賞（第22回/平成25年）

陳 舜臣　ちん・しゅんしん
4097　「実録アヘン戦争」
◇毎日出版文化賞（第25回/昭和46年）
「実録アヘン戦争」 中央公論社 1985.3 285p 16cm（中公文庫） 380円 ①4-12-201207-4
4098　「茶事遍路」
◇読売文学賞（第40回/昭和63年―随筆・紀行賞）
「茶事遍路」 朝日新聞社 1988.4 237p 21×16cm 1300円 ①4-02-255859-8
「茶の話―茶事遍路」 朝日新聞社 1992.5 281p 15cm（朝日文庫） 480円 ①4-02-260705-X
※『茶事遍路』改題書
「茶事遍路・儒教三千年・風騒集・陳舜臣詩歌選・麒麟の志」 集英社 2001.4 517p 21×16cm（陳舜臣中国ライブラリー 27） 3000円 ①4-08-154027-6

【つ】

築地 正子　ついじ・まさこ
4099　「花綵列島」
◇現代歌人協会賞（第24回/昭和55年）
4100　「菜切川」
◇現代短歌女流賞（第10回/昭和60年）
「菜切川―築地正子歌集」 雁書館 1986.4 203p 19cm 2300円
4101　「みどりなりけり」
◇詩歌文学館賞（第13回/平成10年/現代短歌）
「みどりなりけり―築地正子歌集」 砂子屋書房 1997.3 205p 22cm 3000円

通崎 睦美　つうざき・むつみ

4102　「木琴デイズ」
◇サントリー学芸賞（第26回/平成26年度—社会・風俗部門）
◇吉田秀和賞（第24回/平成26年度）
「木琴デイズ—平岡養一「天衣無縫の音楽人生」」講談社　2013.9　342p　19cm　1900円　Ⓘ978-4-06-218592-9

司 茜　つかさ・あかね

4103　「塩っ辛街道」
◇富田砕花賞（第22回/平成23年）
「塩っ辛街道」思潮社　2010.12　124p　22cm　2600円　Ⓘ978-4-7837-3227-3

司城 志朗　つかさき・しろう

4104　「ひとつぶの砂で砂漠を語れ」
◇開高健賞（第3回/平成6年/奨励賞）
「ひとつぶの砂で砂漠を語れ」ティビーエス・ブリタニカ　1994.6　265p　19cm　1400円　Ⓘ4-484-94212-7

塚田 泰三郎　つかだ・たいざぶろう

4105　「和時計」
◇日本エッセイスト・クラブ賞（第9回/昭和36年）

塚田 高行　つかだ・たかゆき

4106　「声の木」
◇福田正夫賞（第4回/平成2年）
「声の木—塚田高行詩集」詩学社　1989.11　74p　22cm　Ⓘ4-88246-075-0

津上 俊哉　つがみ・としや

4107　「中国台頭」
◇サントリー学芸賞（第25回/平成15年度—政治・経済部門）
「中国台頭—日本は何をなすべきか」日本経済新聞社　2003.1　340p　19cm　1600円　Ⓘ4-532-35029-8

塚本 邦雄　つかもと・くにお

4108　「黄金律」
◇齋藤茂吉短歌文学賞（第3回/平成4年）

4109　「日本人霊歌」
◇現代歌人協会賞（第3回/昭和34年）
「歌集 日本人霊歌」短歌新聞社　1997.1　104p　15cm（短歌新聞社文庫）700円　Ⓘ4-8039-0865-6

4110　「不変律」
◇迢空賞（第23回/平成1年）
「不変律—塚本邦雄歌集」花曜社　1988.3　213p　21cm　3800円　Ⓘ4-87346-073-5

4111　「魔王」
◇現代短歌大賞（第16回/平成5年）

塚本 月江　つかもと・つきえ

4112　「横町からの伝言」
◇栃木県現代詩人会賞（第35回）
「横町からの伝言—詩集」条件グループ　2000.6　115p　22cm　2000円

塚本 哲也　つかもと・てつや

4113　「エリザベート」
◇大宅壮一ノンフィクション賞（第24回/平成5年）
「エリザベート—ハプスブルク家最後の皇女」文藝春秋　1992.4　414p　21cm　2500円　Ⓘ4-16-346330-5
「エリザベート　上—ハプスブルク家最後の皇女」文藝春秋　2003.6　377p　15cm（文春文庫）657円　Ⓘ4-16-757403-9
「エリザベート　下—ハプスブルク家最後の皇女」文藝春秋　2003.6　397p　15cm（文春文庫）657円　Ⓘ4-16-757404-7

4114　「ガンと戦った昭和史」（上・下）
◇講談社ノンフィクション賞（第8回/昭和61年）
「ガンと戦った昭和史—塚本憲甫と医師たち　上」文藝春秋　1986.4　451p　19cm　2000円　Ⓘ4-16-340390-6
「ガンと戦った昭和史—塚本憲甫と医師たち　下」文藝春秋　1986.4　461p　19cm　2000円　Ⓘ4-16-340400-7
「ガンと戦った昭和史—塚本憲甫と医師たち」文藝春秋　1995.6　632p　15cm（文春文庫）700円　Ⓘ4-16-757401-2

塚本 昌則　つかもと・まさのり

4115　「コーヒーの水」
◇渋沢・クローデル賞（第17回/平成12年/ルイ・ヴィトン・ジャパン特別賞）

津川 絵理子　つがわ・えりこ

4116　「はじまりの樹」
◇田中裕明賞（第4回/平成25年）
◇星野立子賞（第1回/平成25年）
　「はじまりの樹―津川絵理子句集」　ふらんす堂　2012.8　175p　19cm　2190円　Ⓘ978-4-7814-0488-2

4117　「春の猫」
◇角川俳句賞（第53回/平成19年）

4118　「和音」
◇俳人協会新人賞（第30回/平成18年度）
　「和音―句集」　文學の森　2006.9　173p　20cm　2476円　Ⓘ4-86173-406-1

継田 龍　つぎた・りゅう

4119　「小さな〈つ〉」
◇銀河詩手帖賞（第1回/昭和56年）

月野 ぽぽな　つきの・ぽぽな

4120　「ハミング」
◇現代俳句新人賞（第28回/平成22年度）

月村 辰雄　つきむら・たつお

4121　「恋の文学誌―フランス文学の原風景を求めて」
◇渋沢・クローデル賞（第10回/平成5年―第10回記念日本側特別賞）
　「恋の文学誌―フランス文学の原風景をもとめて」　筑摩書房　1992.11　246p　19cm　1980円　Ⓘ4-480-81322-5

月村 敏行　つきむら・としゆき

4122　「中野重治論序説」
◇群像新人文学賞〔評論部門〕（第6回/昭和38年―評論）

津久井 通恵　つくい・みちえ

4123　「春の風」
◇島田利夫賞（第3回/昭和55年―準入選）

筑紫 磐井　つくし・ばんせい

4124　「飯田龍太の彼方へ」
◇俳人協会評論賞（第9回/平成6年/新人賞）
　「飯田竜太の彼方へ」　深夜叢書社　1994.3　202p　20cm　2000円

4125　「筑紫磐井集」
◇加美俳句大賞（句集賞）（第9回/平成16年度―スウェーデン賞）
　「筑紫磐井集」　邑書林　2003.10　155p　19cm（セレクション俳人 12）　1300円　Ⓘ4-89709-411-9

4126　「伝統の探求〈題詠文学論〉」
◇俳人協会評論賞（第27回/平成24年度）
　「伝統の探求〈題詠文学論〉―俳句で季語はなぜ必要か」　ウエップ, 三樹書房〔発売〕　2012.9　255p　20cm　2400円　Ⓘ978-4-904800-42-3

佃 陽子　つくだ・ようこ

4127　「通過駅・上大岡」
◇日本随筆家協会賞（第20回/平成1年11月）
　「花あかり」　日本随筆家協会　1990.6　244p　19cm（現代随筆選書 101）　1600円　Ⓘ4-88933-123-9

柘植 史子　つげ・ふみこ

4128　「エンドロール」
◇角川俳句賞（第60回/平成26年）

津坂 治男　つさか・はるお

4129　「石の歌」
◇小熊秀雄賞（第10回/昭和52年）

辻 恵美子　つじ・えみこ

4130　「鵜の唄」
◇角川俳句賞（第33回/昭和62年）
　「鵜の唄―辻恵美子句集」　風発行所　1996.11　206p　20cm　2600円

辻 佐保子　つじ・さほこ

4131　「古典世界からキリスト教世界へ」
◇サントリー学芸賞（第4回/昭和57年度―芸術・文学部門）
　「古典世界からキリスト教世界へ―舗床モザイクをめぐる試論」　岩波書店　1982.4　657, 25p　22cm　12000円

辻 達也　つじ・たつや

4132　「日本の近世 全18巻」

◇毎日出版文化賞（第48回/平成6年—特別賞）

辻 哲夫　つじ・てつお

4133　「日本の科学思想」

◇毎日出版文化賞（第27回/昭和48年）
「日本の科学思想—その自立への模索」辻哲夫著，廣政直彦編・解説　こぶし書房　2013.5　262p　19cm（こぶし文庫—戦後日本思想の原点）2800円　①978-4-87559-275-4

辻 まこと　つじ・まこと

4134　「虫類図譜」

◇藤村記念歴程賞（第2回/昭和39年）
「虫類図譜　全」筑摩書房　1996.12　190p　15cm（ちくま文庫）600円　①4-480-02942-7

辻 美奈子　つじ・みなこ

4135　「真咲」

◇俳人協会新人賞（第28回/平成16年）
「真咲—辻美奈子句集」ふらんす堂　2004.6　207p　19cm（ふらんす堂精鋭俳句叢書）2400円　①4-89402-650-3

辻 征夫　つじ・ゆきお

4136　「ヴェルレーヌの余白に」

◇高見順賞（第21回/平成2年度）
「ヴェルレーヌの余白に」思潮社　1990.9　80p　21cm　2060円　①4-7837-0324-8

4137　「河口眺望」

◇詩歌文学館賞（第9回/平成6年/現代詩）
「河口眺望」書肆山田　1993.11　75p　23cm　2575円

4138　「天使・蝶・白い雲などいくつかの瞑想」「かぜのひきかた」

◇藤村記念歴程賞（第25回/昭和62年）
「かぜのひきかた」書肆山田　1987.5　63p　23cm　1600円
「天使・蝶・白い雲などいくつかの瞑想」書肆山田　1987.5　78p　23cm　1800円

4139　「俳諧辻詩集」

◇現代詩花椿賞（第14回/平成8年）
◇萩原朔太郎賞（第4回/平成8年）
「俳諧辻詩集」思潮社　1996.6　105p　21cm　2400円　①4-7837-0613-1

辻 由美　つじ・ゆみ

4140　「世界の翻訳家たち」

◇日本エッセイスト・クラブ賞（第44回/平成8年）
「世界の翻訳家たち—異文化接触の最前線を語る」新評論　1995.9　285p　19cm　2884円　①4-7948-0270-6
「世界の翻訳家たち—異文化接触の最前線を語る」新評論　2008.5　285p　19cm（Shinhyoron Selection 60）3200円　①978-4-7948-9940-8

辻 喜夫　つじ・よしお

4141　「わかれみち」

◇現代歌人集会賞（第21回/平成7年）
「わかれみち—歌集」ながらみ書房　1995.3　163p　22cm　2500円

辻井 喬　つじい・たかし

4142　「異邦人」

◇室生犀星詩人賞（第2回）
「辻井喬コレクション　7　不確かな朝，異邦人，宛名のない手紙，動乱の時代，誘導体，箱または信号への固執」辻井喬著，『辻井喬コレクション』刊行委員会編　河出書房新社　2003.8　505p　19cm　5400円　①4-309-62147-3

4143　「群青，わが黙示」

◇高見順賞（第23回/平成4年度）
「群青，わが黙示」思潮社　1992.7　156p　22×15cm　3200円　①4-7837-0372-8
「群青，わが黙示—辻井喬詩集」南天子画廊　1995.5　2冊　23cm　全60000円

4144　「群青、わが黙示」「南冥・旅の終り」「わたつみ・しあわせな日日」三部作

◇藤村記念歴程賞（第38回/平成12年）
「群青，わが黙示—詩集」思潮社　1992.7　156p　22cm　3200円　①4-7837-0372-8
「群青，わが黙示—辻井喬詩集」南天子画廊　1995.5　2冊　23cm　全60000円
「南冥・旅の終り」思潮社　1997.10　123p　22cm　2600円　①4-7837-0696-4
「わたつみ・しあわせな日日」思潮社　1999.11　109p　24cm　2400円　①4-7837-1163-1
「わたつみ—三部作」思潮社　2001.8　298p　22cm　3800円　①4-7837-1248-4

4145　「自伝詩のためのエスキース」

◇現代詩人賞（第27回/平成21年）
「自伝詩のためのエスキース」 思潮社 2008.7 107p 24cm 2800円 ⓘ978-4-7837-3071-2
「辻井喬全詩集」 思潮社 2009.5 1421p 23cm 18000円 ⓘ978-4-7837-2355-4

4146 「ようなき人の」
◇地球賞（第15回/平成2年度）
「ようなき人の」 思潮社 1989.12 163p 21cm 2575円 ⓘ4-7837-0301-9

4147 「鷲がいて」
◇現代詩花椿賞（第24回/平成18年）
「鷲がいて」 思潮社 2006.5 119p 24cm 2600円 ⓘ4-7837-2145-9
「辻井喬全詩集」 思潮社 2009.5 1421p 23cm 18000円 ⓘ978-4-7837-2355-4

辻内 京子　つじうち・きょうこ

4148 「蝶生る」
◇俳人協会新人賞（第32回/平成20年度）
「蝶生る―辻内京子句集」 ふらんす堂 2008.8 168p 19cm 2190円 ⓘ978-4-7814-0047-1

辻田 克巳　つじた・かつみ

4149 「オペ記」
◇俳人協会新人賞（第4回/昭和55年度）
「オペ記―辻田克巳集」 辻田克巳著 東京美術 1980.8 119p 17cm（現代俳句俊英30人集 28） 900円

4150 「春のこゑ」
◇俳人協会賞（第51回/平成23年度）
「春のこゑ―辻田克巳句集」 角川書店, 角川グループパブリッシング〔発売〕 2011.7 229p 20cm 2667円 ⓘ978-4-04-652130-9

辻原 登　つじはら・のぼる

4151 「韃靼の馬」
◇司馬遼太郎賞（第15回/平成24年）
「韃靼の馬 上」 集英社 2014.7 445p 15cm（集英社文庫） 800円 ⓘ978-4-08-745209-9
「韃靼の馬 下」 集英社 2014.7 323p 15cm（集英社文庫） 660円 ⓘ978-4-08-745210-5

対島 恵子　つしま・けいこ

4152 「古文花押」

◇現代歌人集会賞（第13回/昭和62年）
「古文花押―歌集」 対馬恵子著 不識書院 1987.5 213p 22cm（原型叢書 第48篇）2500円

辻村 尚子　つじむら・なおこ

4153 「其角『新山家』の方法」「其角と荷兮」「其角『雑談集』と尚白」
◇柿衞賞（第16回/平成19年）

辻村 久枝　つじむら・ひさえ

4154 「陽子とともにケ・セラ・セラ」
◇読売「ヒューマン・ドキュメンタリー」大賞（第17回/平成8年/入選）
「三人姉妹―自分らしく生きること」 小菅みちる, 沢あづみ, 松沢倫子, 野上員行, 辻村久枝著 読売新聞社 1997.2 245p 19cm 1300円 ⓘ4-643-97011-1

辻村 みよ子　つじむら・みよこ

4155 「フランス革命の憲法原理」
◇渋沢・クローデル賞（第7回/平成2年―日本側）
「フランス革命の憲法原理―近代憲法とジャコバン主義」 日本評論社 1989.7 458p 21cm（現代憲法理論叢書）7800円 ⓘ4-535-57819-2

辻元 久美子　つじもと・くみこ

4156 「『母親』の解放」
◇大石りくエッセー賞（第2回/平成11年―特別賞）

辻本 充子　つじもと・みつこ

4157 「黄山帰来不看山」
◇日航海外紀行文学賞（第8回/昭和61年）

都築 直子　つづき・なおこ

4158 「青層圏」
◇現代歌人協会賞（第51回/平成19年）
◇日本歌人クラブ新人賞（第13回/平成19年）
「青層圏―都築直子歌集」 雁書館 2006.12 135p 20cm 2500円

つすきは

続橋 利雄 つずきはし・としお
4159 「碑の詩」
◇北海道ノンフィクション賞（第16回/平成8年―佳作）

鼓 直 つずみ・ただし
4160 「ロルカと二七年世代の詩人たち」
◇日本詩人クラブ詩界賞（第8回/平成20年）
「ロルカと二七年世代の詩人たち」 アルトゥロ・ラモネダ編著, 鼓直, 細野豊編訳　土曜美術社出版販売　2007.7　314p　22cm　2700円　①978-4-8120-1604-6

廿楽 順治 つずら・じゅんじ
4161 「化車」
◇H氏賞（第62回/平成24年）
「化車」 思潮社　2011.4　152p　19cm　2400円　①978-4-7837-3233-4

津田 清子 つだ・きよこ
4162 「無方」
◇蛇笏賞（第34回/平成12年）
「無方―句集」 編集工房ノア　1999.10　213p　20cm　2500円

津田 治子 つだ・はるこ
4163 「津田治子歌集」
◇日本歌人クラブ推薦歌集（第2回/昭和31年）

津田 康 つだ・やすし
4164 「くるまろじい―自動車と人間の狂葬曲」
◇新評賞（第3回/昭和48年―第1部門＝交通問題（正賞））

津田 櫓冬 つだ・ろとう
4165 「ミズバショウの花いつまでも　尾瀬の自然を守った平野長英」
◇毎日出版文化賞（第40回/昭和61年）
「ミズバショウの花いつまでも―尾瀬の自然を守った平野長英」 蜂谷緑作, 津田櫓冬絵　佼成出版社　1985.10　163p　23cm（ノンフィクション・シリーズかがやく心）1200円　①4-333-01193-0

土田 晶子 つちだ・あきこ
4166 「通話音」
◇福岡県詩人賞（第25回/平成1年）

土屋 忠雄 つちや・ただお
4167 「明治前期教育政策史の研究」
◇毎日出版文化賞（第16回/昭和37年）

土屋 文明 つちや・ぶんめい
4168 「自流泉」
◇日本歌人クラブ推薦歌集（第1回/昭和30年）
「自流泉―歌集」 筑摩書房　1953　278p　19cm
4169 「青南後集」
◇現代短歌大賞（第8回/昭和60年）
「青南後集以後―歌集」 石川書房　1991.8　255p　20cm　3000円

土屋 正夫 つちや・まさお
4170 「鳴泉居」
◇日本歌人クラブ賞（第26回/平成11年）
「鳴泉居―土屋正夫第十五歌集」 ながらみ書房　1998.4　243p　22cm（国民文学叢書　第447篇）3000円

筒井 清忠 つつい・きよただ
4171 「西條八十」
◇山本七平賞（第14回/平成17年/特別賞）
◇読売文学賞（第57回/平成17年―評論・伝記賞）
「西條八十」 中央公論新社　2008.12　534p　15cm（中公文庫）1238円　①978-4-12-205085-3

筒井 早苗 つつい・さなえ
4172 「日のある時間」
◇現代歌人集会賞（第16回/平成2年）
「日のある時間―筒井早苗歌集」 石川書房　1990.3　169p　22cm（新月叢書）3000円

塘 健 つつみ・けん
4173 「一期不会」
◇角川短歌賞（第28回/昭和57年）

堤 未果　つつみ・みか
4174　「ルポ 貧困大国アメリカ」
◇日本エッセイスト・クラブ賞（第56回/平成20年）
「ルポ 貧困大国アメリカ」 岩波書店 2008.1　207p　18cm（岩波新書）700円　Ⓘ978-4-00-431112-6

恒成 美代子　つねなり・みよこ
4175　「ひかり凪」
◇ながらみ書房出版賞（第6回/平成10年）
「ひかり凪―歌集」 ながらみ書房　1997.3　157p　22cm　2500円

津野 海太郎　つの・かいたろう
4176　「滑稽な巨人 坪内逍遙の夢」
◇新田次郎文学賞（第22回/平成15年）
「滑稽な巨人―坪内逍遙の夢」 平凡社 2002.12　315p　19cm　2400円　Ⓘ4-582-83137-0

角皆 優人　つのかい・まさひと
4177　「流れ星たちの長野オリンピック―ある選手とあるコーチの物語」
◇潮賞（第17回/平成10年―ノンフィクション）
「流れ星たちの長野オリンピック」 潮出版社　1998.10　238p　19cm　1400円　Ⓘ4-267-01505-8

角田 清文　つのだ・きよふみ
4178　「トラック環礁」
◇伊東静雄賞（第2回/平成3年―奨励賞）

角田 房子　つのだ・ふさこ
4179　「責任―ラバウルの将軍 今村均」
◇新田次郎文学賞（第4回/昭和60年）
「責任―ラバウルの将軍今村均」 新潮社　1987.7　522p　15cm（新潮文庫）520円　Ⓘ4-10-130803-9
「責任 ラバウルの将軍今村均」 筑摩書房　2006.2　552p　15cm（ちくま文庫）950円　Ⓘ4-480-42151-3

4180　「閔妃暗殺」
◇新潮学芸賞（第1回/昭和63年）
「閔妃暗殺―朝鮮王朝末期の国母」 新潮社　1993.7　466p　15cm（新潮文庫）560円　Ⓘ4-10-130804-7

津布久 晃司　つぶく・こうじ
4181　「生きている原点」
◇壺井繁治賞（第4回/昭和51年）

粒来 哲蔵　つぶらい・てつぞう
4182　「孤島記」
◇H氏賞（第22回/昭和47年）

4183　「舌のある風景」
◇晩翠賞（第2回/昭和36年）

4184　「島幻記」
◇現代詩人賞（第20回/平成14年）
「島幻記」 書肆山田　2001.10　117p　23cm　2800円　Ⓘ4-87995-528-0

4185　「望楼」
◇高見順賞（第8回/昭和52年度）

坪井 勝男　つぼい・かつお
4186　「樹のことば」
◇福岡県詩人賞（第37回/平成13年）
「詩集 樹のことば」 梓書院　2000.11　91p　19cm　1500円　Ⓘ4-87035-149-8

坪井 大紀　つぼい・だいき
4187　「エントリーシート」
◇詩人会議新人賞（第40回/平成18年/詩部門/佳作）

坪井 秀人　つぼい・ひでと
4188　「性が語る―二〇世紀日本文学の性と身体」
◇鮎川信夫賞（第4回/平成25年/詩論集部門）
「性が語る―二〇世紀日本文学の性と身体」 名古屋大学出版会　2012.2　666,16p　21cm　6000円　Ⓘ978-4-8158-0694-1

4189　「戦争の記憶をさかのぼる」
◇やまなし文学賞〔研究・評論部門〕（第14回/平成17年度―研究・評論部門）
「戦争の記憶をさかのぼる」 筑摩書房　2005.8　248p　18cm（ちくま新書）740円　Ⓘ4-480-06252-1

坪井 宗康　つぼい・むねやす

4190　「その時のために」
◇壺井繁治賞（第14回/昭和61年）
「その時のために―坪井宗康詩集」手帖舎　1985.5　111p　20cm　900円

坪内 稔典　つぼうち・としのり

4191　「月光の音」
◇加美俳句大賞（句集賞）（第7回/平成14年―スウェーデン賞）
「月光の音―坪内稔典句集」毎日新聞社　2001.12　142p　19cm（毎日俳句叢書）2800円　①4-620-90499-6

4192　「モーロク俳句ますます盛ん　俳句百年の遊び」
◇桑原武夫学芸賞（第13回/平成22年）
「モーロク俳句ますます盛ん―俳句百年の遊び」岩波書店　2009.12　238p　20cm　2200円　①978-4-00-025305-5
「モーロク俳句ますます盛ん―俳句百年の遊び」〔点字資料〕　日本点字図書館（点字版印刷・製本）2011.10　4冊　27cm

坪内 祐三　つぼうち・ゆうぞう

4193　「慶応三年生まれ七人の旋毛曲り」
◇講談社エッセイ賞（第17回/平成13年）
「慶応三年生まれ七人の旋毛曲り―漱石・外骨・熊楠・露伴・子規・紅葉・緑雨とその時代」マガジンハウス　2001.3　552p　20cm　2900円　①4-8387-1206-5

坪倉 優美子　つぼくら・ゆみこ

4194　「砂ばかりうねうねと海に落ちる空」
◇放哉賞（第2回/平成12年）

旋丸 巴　つむじまる・ともえ

4195　「馬映画100選」
◇JRA賞馬事文化賞（第18回/平成16年度）
「馬映画100選」源草社　2004.9　255p　21cm　1900円　①4-906668-43-7

津本 青長　つもと・せいちょう

4196　「二股口の戦闘　土方歳三の戦術」
◇北海道ノンフィクション賞（第29回/平成21年―佳作）

津森 太郎　つもり・たろう

4197　「食えない魚」
◇壺井繁治賞（第21回/平成5年）
「食えない魚―詩集」青磁社　1992.5　101p　22cm　1800円

都留 さちこ　つる・さちこ

4198　「ケイの居る庭」
◇栃木県現代詩人会賞（第32回）
「ケイの居る庭―都留さちこ詩集」地球社　1997.5　103p　22cm　2000円

鶴岡 加苗　つるおか・かなえ

4199　「青鳥」
◇俳人協会新人賞（第38回/平成26年度）
「青鳥―句集」KADOKAWA　2014.7　165p　19cm　2300円　①978-4-04-652863-6

4200　「指」
◇俳句四季大賞（第13回/平成26年/新人賞）

敦賀 敏　つるが・さとし

4201　「悩める管理人　マンション管理の実態」
◇週刊金曜日ルポルタージュ大賞（第6回/平成11年9月/佳作）

鶴ヶ谷 真一　つるがや・しんいち

4202　「書を読んで羊を失う」
◇日本エッセイスト・クラブ賞（第48回/平成12年）
「書を読んで羊を失う」白水社　1999.10　187, 3p　20cm　1800円　①4-560-04927-0

鶴田 俊正　つるた・としまさ

4203　「規制緩和」
◇石橋湛山賞（第19回/平成10年）
「規制緩和―市場の活性化と独禁法」筑摩書房　1997.1　237p　18cm（ちくま新書）680円　①4-480-05696-3

鶴田 玲子　つるた・れいこ

4204　「鶴居村」

◇角川俳句賞　(第34回/昭和63年)

鶴見　和子　つるみ・かずこ

4205　「南方熊楠―日本民俗文化大系　第4巻」
◇毎日出版文化賞　(第33回/昭和54年)

鶴見　俊輔　つるみ・しゅんすけ

4206　「鶴見俊輔書評集成」(全3巻)
◇毎日書評賞　(第6回/平成19年度)
「鶴見俊輔書評集成　1(1946-1969)」　みすず書房　2007.7　498p　20cm　4500円　①978-4-622-07311-6
「鶴見俊輔書評集成　2(1970-1987)」　みすず書房　2007.9　442p　20cm　4500円　①978-4-622-07312-3
「鶴見俊輔書評集成　3(1988-2007)」　みすず書房　2007.11　540, 12p　20cm　4800円　①978-4-622-07313-0

鶴見　祐輔　つるみ・ゆうすけ

4207　「決定版 正伝 後藤新平(全8巻・別巻1)」
◇毎日出版文化賞　(第61回/平成19年―企画部門)
「決定版 正伝・後藤新平　1―前史～1893年　医者時代」　藤原書店　2004.11　699p　19cm　4600円　①4-89434-420-3
「正伝・後藤新平―決定版　2　衛星局長時代―1892～98年」　鶴見祐輔著, 一海知義校訂　藤原書店　2004.12　667p　20cm　(後藤新平の全仕事)　4600円　①4-89434-421-1
「正伝・後藤新平―決定版　3　台湾時代―1898～1906年」　鶴見祐輔著, 一海知義校訂　藤原書店　2005.2　853p　20cm　(後藤新平の全仕事)　4600円　①4-89434-435-1
「決定版 正伝・後藤新平　4―1906～08年　満鉄時代」　藤原書店　2005.4　665p　19cm　6200円　①4-89434-445-9
「正伝・後藤新平―決定版　5　第二次桂内閣時代―1908～16年」　鶴見祐輔著, 一海知義校訂　藤原書店　2005.7　885p　20cm　(後藤新平の全仕事)　6200円　①4-89434-464-5
「決定版 正伝・後藤新平　6――九一六～一八年 後藤新平の全仕事 寺内内閣時代」　鶴見祐輔著, 一海知義校訂　藤原書店　2005.11　613p　19cm　6200円　①4-89434-481-5
「正伝・後藤新平―決定版　7　東京市長時代―1919～23年」　鶴見祐輔著, 一海知義校訂　藤原書店　2006.3　765p　20cm　(後藤新平の全仕事)　6200円　①4-89434-507-2
「正伝・後藤新平―決定版　8　「政治の倫理化」時代―1923～29年」　鶴見祐輔著, 一海知義校訂　藤原書店　2006.7　689p　20cm　(後藤新平の全仕事)　6200円　①4-89434-525-0
「決定版 正伝・後藤新平　別巻　後藤新平大全」　御厨貴編　藤原書店　2007.6　283p　21cm　4800円　①978-4-89434-575-1

鶴見　良行　つるみ・よしゆき

4208　「ナマコの眼」
◇新潮学芸賞　(第3回/平成2年)
「ナマコの眼」　筑摩書房　1990.1　493, 68p　21cm　3990円　①4-480-85522-X
「ナマコの眼」　筑摩書房　1993.6　574, 88p　15cm　(ちくま学芸文庫)　1600円　①4-480-08066-X

【て】

丁　莉　てい・り

4209　「伊勢物語とその周縁 ジェンダーの視点から」
◇第2次関根賞　(第2回/平成19年)
「伊勢物語とその周縁―ジェンダーの視点から」　風間書房　2006.5　348p　22cm　9500円　①4-7599-1531-1

田　原　ティアン・ユアン

4210　「石の記憶」
◇H氏賞　(第60回/平成22年)
「石の記憶」　思潮社　2009.10　112p　24×15cm　2000円　①978-4-7837-3161-0

出口　裕弘　でぐち・やすひろ

4211　「坂口安吾 百歳の異端児」
◇伊藤整文学賞　(第18回/平成19年―評論部門)
◇蓮如賞　(第10回/平成19年)
「坂口安吾 百歳の異端児」　新潮社　2006.7　220p　19cm　1500円　①4-10-

410204-0

出久根 達郎　でくね・たつろう

4212　「本のお口よごしですが」
◇講談社エッセイ賞（第8回／平成4年）

4213　「昔をたずねて今を知る―読売新聞で読む明治」
◇大衆文学研究賞（第17回／平成16年／特別賞）
「昔をたずねて今を知る―読売新聞で読む明治」　中央公論新社　2003.12　353p　20cm　1900円　①4-12-003477-1
「読売新聞で読む明治―昔をたずねて今を知る」　中央公論新社　2007.1　359p　15cm（中公文庫）　895円　①978-4-12-204799-0
※『昔をたずねて今を知る―読売新聞で読む明治』改題書

手塚 富雄　てづか・とみお

4214　「ゲオルゲとリルケの研究」
◇高村光太郎賞（第4回／昭和36年）
「手塚富雄著作集　第3巻　ゲオルゲとリルケの研究　上」　中央公論社　1981.5　326p　22cm　4300円
「手塚富雄著作集　第4巻　ゲオルゲとリルケの研究　下」　中央公論社　1981.6　380, 19p　22cm　4800円

4215　「ファウスト」
◇読売文学賞（第22回／昭和45年―研究・翻訳賞）

「哲学の歴史」編集委員会　てつがくのれきしへんしゅういいんかい

4216　「哲学の歴史（全12巻・別巻1巻）」
◇毎日出版文化賞（第62回／平成20年―特別賞）
「哲学の歴史　第11巻　論理・数学・言語　20世紀2」　飯田隆責任編集　中央公論新社　2007.4　750p　18cm　3200円　①978-4-12-403528-5
「哲学の歴史　第4巻　ルネサンス 15-16世紀」　伊藤博明責任編集　中央公論新社　2007.5　750p　18×13cm　3200円　①978-4-12-403521-6
「哲学の歴史　第6巻―18世紀 人間の科学に向かって　知識・経験・啓蒙」　松永澄夫責任編集　中央公論新社　2007.6　726p　18cm　3200円　①978-4-12-403523-0
「哲学の歴史　第7巻―18・19世紀 カントとドイツ観念論　理性の劇場」　加藤尚武責任編集　中央公論新社　2007.7　718p　18cm　3400円　①978-4-12-403524-7
「哲学の歴史　第9巻　反哲学と世紀末 19-20世紀 マルクス・ニーチェ・フロイト」　須藤訓任責任編集　中央公論新社　2007.8　750p　18×13cm　3500円　①978-4-12-403525-4
「哲学の歴史　第2巻　帝国と賢者 古代2」　内山勝利編　中央公論新社　2007.10　670p　18×13cm　3300円　①978-4-12-403519-3
「哲学の歴史　第8巻（18-20世紀）　社会の哲学―進歩・進化・プラグマティズム」　内山勝利、小林道夫、中川純男、松永澄夫編　中央公論新社　2007.11　750p　18cm　3500円　①978-4-12-403525-4
「哲学の歴史　第5巻（17世紀）　デカルト革命―神・人間・自然」　内山勝利、小林道夫、中川純男、松永澄夫編　中央公論新社　2007.12　766p　18cm　3600円　①978-4-12-403522-3
「哲学の歴史　第3巻―中世 信仰と知の調和　神との対話」　中川純男責任編集　中央公論新社　2008.1　774p　18cm　3600円　①978-4-12-403520-9
「哲学の歴史　第1巻―古代1　哲学誕生」　内山勝利責任編集　中央公論新社　2008.2　742p　18cm　3500円　①978-4-12-403518-6
「哲学の歴史　10―20世紀1　危機の時代の哲学」　野家啓一責任編集　中央公論新社　2008.3　766p　19cm　3500円　①978-4-12-403527-8
「哲学の歴史　第12巻　実存・構造・他者　20世紀3」　鷲田清一編　中央公論新社　2008.4　830p　18×12cm　3700円　①978-4-12-403529-2
「哲学の歴史　別巻　哲学と哲学史」　中央公論新社編集部編　中央公論新社　2008.8　717p　19cm　3500円　①978-4-12-403530-8

寺井 淳　てらい・じゅん

4217　「陸封魚―Inland Fish」
◇短歌研究新人賞（第36回／平成5年）

寺井 龍哉　てらい・たつや

4218　「うたと震災と私」
◇現代短歌評論賞（第32回／平成26年）

寺内 大吉　てらうち・だいきち

4219　「念仏ひじり三国志―法然をめぐる人々 全5巻」
◇毎日出版文化賞（第37回/昭和58年）
「念仏ひじり三国志―法然をめぐる人々 1」　毎日新聞社　1982.11　366p　20cm　1300円
「念仏ひじり三国志―法然をめぐる人々 2」　毎日新聞社　1983.1　311p　20cm　1300円
「念仏ひじり三国志―法然をめぐる人々 3」　毎日新聞社　1983.3　350p　20cm　1300円
「念仏ひじり三国志―法然をめぐる人々 4」　毎日新聞社　1983.5　328p　20cm　1300円
「念仏ひじり三国志―法然をめぐる人々 5」　毎日新聞社　1983.8　389p　20cm　1300円

寺尾 登志子　てらお・としこ

4220　「われは燃えむよ」
◇ながらみ書房出版賞（第12回/平成16年）
「われは燃えむよ―葛原妙子論」　ながらみ書房　2003.8　345p　20cm　2800円　ⓘ4-86023-169-4

寺門 仁　てらかど・じん

4221　「遊女」
◇室生犀星詩人賞（第5回/昭和40年）
「寺門仁全詩集」　砂子屋書房　2000.11　739p　23cm　8000円

寺下 昌子　てらした・まさこ

4222　「峠の魚」
◇伊東静雄賞（第8回/平成9年―奨励賞）

寺島 さだこ　てらじま・さだこ

4223　「鍵っ子」
◇福島県俳句賞（第11回/平成1年）

寺島 実郎　てらしま・じつろう

4224　「新経済主義宣言―政治改革論議を超えて」
◇石橋湛山賞（第15回/平成6年）
「新経済主義宣言」　新潮社　1994.12　204p　20×14cm　1300円　ⓘ4-10-402201-2

寺島 ただし　てらしま・ただし

4225　「浦里」
◇角川俳句賞（第38回/平成4年）

寺田 テル　てらだ・てる

4226　「母と芸居」
◇日本随筆家協会賞（第11回/昭和60.5）

寺田 透　てらだ・とおる

4227　「芸術の理路」
◇毎日出版文化賞（第24回/昭和45年）
「寺田透・評論　第2期 5　詩のありか・芸術の理路」　思潮社　1981.1　566p　22cm　5800円

寺田 ふさ子　てらだ・ふさこ

4228　「黄沙が舞う日」
◇蓮如賞（第7回/平成13年/奨励賞）
「黄沙が舞う日―満州残留婦人、異国の五十年」　河出書房新社　2002.3　201p　20cm　1600円　ⓘ4-309-01457-7

寺田 美由記　てらだ・みゆき

4229　「かんごかてい（看護過程）」
◇小熊秀雄賞（第38回/平成17年）
「かんごかてい―看護過程 寺田美由記詩集」　詩学社　2004.9　97p　22cm　1000円　ⓘ4-88312-236-0

寺戸 淳子　てらど・じゅんこ

4230　「ルルド傷病者巡礼の世界」
◇渋沢・クローデル賞（第23回/平成18年/日本側本賞）
「ルルド傷病者巡礼の世界」　知泉書館　2006.2　556p　23cm　6800円　ⓘ4-901654-67-5

寺西 百合　てらにし・ゆり

4231　「冬木立」
◇北海道新聞短歌賞（第6回/平成3年）

寺山 修司　てらやま・しゅうじ

4232　「チェホフ祭」
◇作品五十首募集（第2回/昭和29年）
「寺山修司詩集」　角川書店　1993.7

256p 18×17cm 1500円 ①4-04-871417-1
「空には本―寺山修司歌集」 覆刻版 沖積舎 2003.9 149p 21×19cm 3500円 ①4-8060-1101-0
「寺山修司全歌集」 講談社 2011.9 349p 15cm (講談社学術文庫) 1100円 ①978-4-06-292070-4

デーリー東北新聞社 でーりーとうほくしんぶんしゃ

4233 「米」
◇新評賞 (第12回/昭和57年―第1部門=農業問題 (正賞))

照井 君子 てるい・きみこ

4234 「天上の風」
◇野原水嶺賞 (第25回/平成21年)

照井 翠 てるい・みどり

4235 「悲母観音」
◇現代俳句新人賞 (第20回/平成14年)

4236 「龍宮」
◇俳句四季大賞 (第12回/平成25年)
「龍宮―句集」 角川書店, 角川グループパブリッシング 〔発売〕 2012.11 249p 20cm 2667円 ①978-4-04-652588-8
「龍宮―句集」 角川書店, KADOKAWA 〔発売〕 2013.7 249p 20cm 2300円 ①978-4-04-652772-1

照井 良平 てるい・りょうへい

4237 「ガレキのことばで語れ」
◇壺井繁治賞 (第41回/平成25年)
「ガレキのことばで語れ―照井良平詩集」 詩人会議出版 2012.11 126p 21cm 1700円

【と】

土居 丈朗 どい・たけろう

4238 「地方債改革の経済学」
◇サントリー学芸賞 (第29回/平成19年度―政治・経済部門)
「地方債改革の経済学」 日本経済新聞出版社 2007.6 296p 19cm 2200円 ①978-4-532-13334-4

土居 忠幸 どい・ただゆき

4239 「ある都市銀行の影―不動産融資総量規制は何だったのか」
◇週刊金曜日ルポルタージュ大賞 (第5回/平成11年3月/佳作)

土居 尚子 どい・なおこ

4240 「進めないベビーカー 子連れ外出の苦労と障害」
◇週刊金曜日ルポルタージュ大賞 (第3回/平成10年3月/報告文学賞)

土居 光知 どい・みつとも

4241 「古代伝説と文学」
◇読売文学賞 (第13回/昭和36年―研究・翻訳賞)

土居 良三 どい・りょうぞう

4242 「咸臨丸海を渡る―曽父・長尾幸作の日記より」
◇和辻哲郎文化賞 (第6回/平成5年―一般部門)
「咸臨丸海を渡る―曽祖父・長尾幸作の日記より」 未来社 1992.11 530p 19cm 4635円 ①4-624-11141-9
「咸臨丸 海を渡る」 中央公論社 1998.12 602p 15cm (中公文庫) 1429円 ①4-12-203312-8

戸井田 道三 といだ・みちぞう

4243 「きものの思想」
◇日本エッセイスト・クラブ賞 (第17回/昭和44年)
「かたち」 筑摩書房 1993.4 564p 19cm (戸井田道三の本 2) 4980円 ①4-480-70072-2

唐 亜明 とう・あめい

4244 「翡翠露」
◇開高健賞 (第8回/平成11年/奨励賞)
「翡翠露」 ティビーエス・ブリタニカ 1999.8 248p 20cm 1600円 ①4-484-99210-8

塔 和子 とう・かずこ

4245 「記憶の川で」

◇高見順賞 （第29回／平成11年）
「記憶の川で―塔和子詩集」 編集工房ノア　1998.3　93p　19cm　1700円

稲花 己桂　とうか・きけい

4246　「カモ狩り」
◇「週刊読売」ノンフィクション賞（第1回／昭和52年）

東金 夢明　とうがね・むめい

4247　「窯変」
◇現代俳句協会年度作品賞（第10回／平成21年）

峠 三吉　とうげ・さんきち

4248　「にんげんをかえせ・峠三吉全詩集」
◇毎日出版文化賞（第25回／昭和46年）
「原爆詩集―にんげんをかえせ」 新装・愛蔵版　合同出版　1995.3　146p　19cm　1300円　①4-7726-0185-6

東郷 克美　とうごう・かつみ

4249　「太宰治という物語」
◇やまなし文学賞〔研究・評論部門〕（第10回／平成13年度―研究・評論部門）
「太宰治という物語」 筑摩書房　2001.3　296p　19cm　3800円　①4-480-82344-1

東郷 豊治　とうごう・とよじ

4250　「良寛」
◇読売文学賞（第9回／昭和32年―研究・翻訳賞）

東郷 隆　とうごう・りゅう

4251　「狙うて候―銃豪村田経芳の生涯」
◇新田次郎文学賞（第23回／平成16年）
「狙うて候　上―銃豪村田経芳の生涯」 実業之日本社　2010.11　427p　15cm（実業之日本社文庫）　686円　①978-4-408-55010-7
「狙うて候　下―銃豪村田経芳の生涯」 実業之日本社　2010.11　428p　15cm（実業之日本社文庫）　686円　①978-4-408-55011-4

東上 高志　とうじょう・たかし

4252　「同和教育入門」
◇毎日出版文化賞（第18回／昭和39年）

東條 陽之助　とうじょう・ようのすけ

4253　「寺田」
◇俳句朝日賞（第7回／平成17年）

ドウス 昌代　どうす・まさよ

4254　「イサム・ノグチ―宿命の越境者」
◇講談社ノンフィクション賞（第22回／平成12年）
「イサム・ノグチ―宿命の越境者　上」 講談社　2000.4　397p　20cm　2000円　①4-06-203235-X
「イサム・ノグチ―宿命の越境者　下」 講談社　2000.4　389p　20cm　2000円　①4-06-210123-8
「イサム・ノグチ―宿命の越境者　上」 講談社　2003.7　461p　15cm（講談社文庫）　752円　①4-06-273690-X
「イサム・ノグチ―宿命の越境者　下」 講談社　2003.7　451p　15cm（講談社文庫）　752円　①4-06-273691-8

4255　「日本の陰謀」
◇大宅壮一ノンフィクション賞（第23回／平成4年）
◇新潮学芸賞（第5回／平成4年）
「日本の陰謀―ハワイオアフ島大ストライキの光と影」 文藝春秋　1991.9　518p　19cm　2200円　①4-16-345620-1
「日本の陰謀―ハワイオアフ島大ストライキの光と影」 文藝春秋　1994.9　574p　15cm（文春文庫）　640円　①4-16-729505-9

藤堂 船子　とうどう・ふねこ

4256　「やくそく」
◇日本随筆家協会賞（第22回／平成2年11月）

藤内 鶴了　とうない・かくりょう

4257　「続・日本近代琵琶の研究」
◇大衆文学研究賞（第12回／平成10年／特別賞）
「続・日本近代琵琶の研究―鳥口・調口を中心とした「さわり」の音響構造」 笠間書院　1998.6　188p　26cm　3300円　①4-305-70178-2

ドゥニ, タヤンディエー

4258　「荒巻義雄の『ブヨブヨ工学』SF、シュルレアリスム、そしてナノテクノロジーのイマジネーション」
◇日本SF評論賞（第8回/平成24年/選考委員特別賞）

堂目 卓生　どうめ・たくお

4259　「アダム・スミス」
◇サントリー学芸賞（第30回/平成20年度―政治・経済部門）
「アダム・スミス―『道徳感情論』と『国富論』の世界」　中央公論新社　2008.3　297p　18×11cm（中公新書）　880円　①978-4-12-101936-3

百目鬼 恭三郎　どうめき・きょうざぶろう

4260　「奇談の時代」
◇日本エッセイスト・クラブ賞（第27回/昭和54年）
「奇談の時代」　朝日新聞社　1981.4　309p　15cm　380円

遠野 真　とおの・まこと

4261　「さなぎの議題」
◇短歌研究新人賞（第58回/平成27年）

遠野 瑞香　とおの・みずか

4262　「うたの始まり」（歌集）
◇北海道新聞短歌賞（第21回/平成18年）
「うたの始まり―遠野瑞香歌集」　短歌研究社　2006.4　180p　22cm　2381円　①4-88551-965-9

遠山 繁夫　とおやま・しげお

4263　「雨の洗える」
◇日本歌人クラブ推薦歌集（第6回/昭和35年）

遠山 茂樹　とおやま・しげき

4264　「世界の歴史・日本」
◇毎日出版文化賞（第3回/昭和24年）

遠山 信男　とおやま・のぶお

4265　「詩の暗誦について―詩の可能性と内面への探検」
◇壺井繁治賞（第27回/平成11年）
「詩の暗誦について―詩の可能性と内面への探検」　日本図書刊行会　1998.12　334p　20cm　2200円　①4-8231-0228-2

遠山 啓　とおやま・ひらく

4266　「数学入門」（上・下）
◇毎日出版文化賞（第15回/昭和36年）
「数学入門　下」　岩波書店　2003.4　231p　18cm（岩波新書）　740円　①4-00-416005-7
「数学入門　上」　岩波書店　2003.7　224p　18cm（岩波新書）　740円　①4-00-416004-9

遠山 光栄　とおやま・みつえ

4267　「褐色の実」
◇現代歌人協会賞（第1回/昭和32年）

冨上 芳秀　とかみ・よしひで

4268　「アジアの青いアネモネ」（詩集）
◇関西詩人協会賞（第4回/平成20年―協会賞）
「アジアの青いアネモネ―冨上芳秀詩集」　詩遊社　2007.4　99p　21cm（詩遊叢書 1）　2000円　①978-4-916139-08-5

十川 信介　とがわ・しんすけ

4269　「島崎藤村」
◇亀井勝一郎賞（第13回/昭和56年）
「島崎藤村」　筑摩書房　1980.11　279p　21cm　1800円

土岐 友浩　とき・ともひろ

4270　「Bootleg」
◇現代歌人集会賞（第41回/平成27年）
「Bootleg」　書肆侃侃房　2015.6　139p　19cm（新鋭短歌 22）　1700円　①978-4-86385-185-6

時里 二郎　ときさと・じろう

4271　「ジパング」
◇晩翠賞（第37回/平成8年）
「ジパング」　思潮社　1995.8　118p　21cm　2678円　①4-7837-0579-8

4272 「星痕を巡る七つの異文」
◇富田砕花賞（第2回/平成3年）

4273 「翅の伝記」
◇現代詩人賞（第22回/平成16年）
「翅の伝記」 書肆山田 2003.5 142p 22cm 2600円 ①4-87995-571-X

時実 利彦　ときざね・としひこ

4274 「脳の話」
◇毎日出版文化賞（第17回/昭和38年）
「脳の話」 岩波書店 2003.5 227p 18cm（岩波新書）740円 ①4-00-416125-8

鴇田 智哉　ときた・ともや

4275 「かなしみのあと」
◇俳句研究賞（第16回/平成13年）

4276 「こゑふたつ」
◇俳人協会新人賞（第29回/平成17年度）
「こゑふたつ—鴇田智哉句集」 木の山文庫 2005.8 168p 19cm 2600円

4277 「凧と円柱」
◇田中裕明賞（第6回/平成27年）
「凧と円柱—句集」 ふらんす堂 2014.9 167p 19cm 2000円 ①978-4-7814-0707-4

時田 則雄　ときた・のりお

4278 「一片の雲」
◇角川短歌賞（第26回/昭和55年）

4279 「凍土漂泊」
◇北海道新聞短歌賞（第2回/昭和62年）

4280 「巴旦杏」
◇短歌研究賞（第35回/平成11年）

4281 「北方論」
◇現代歌人協会賞（第26回/昭和57年）
「北方論—歌集」 現代短歌社 2013.3 127p 15cm（第1歌集文庫）667円 ①978-4-906846-49-8

徳岡 久生　とくおか・くみ

4282 「紫陽花」
◇現代詩加美未来賞（第3回/平成5年—中新田縄文賞）

4283 「私語辞典」
◇晩翠賞（第36回/平成7年）

「私語辞典」 思潮社 1994.10 112p 22cm 2600円 ①4-7837-0538-0

徳岡 孝夫　とくおか・たかお

4284 「五衰の人」
◇新潮学芸賞（第10回/平成9年）
「五衰の人—三島由紀夫私記」 文藝春秋 1996.11 294p 19cm 1600円 ①4-16-352230-1
「五衰の人—三島由紀夫私記」 文藝春秋 2015.10 327p 15cm（文春学藝ライブラリー）1220円 ①978-4-16-813053-3

徳岡 弘之　とくおか・ひろゆき

4285 「芭蕉—その旅と詩」
◇奥の細道文学賞（第2回/平成8年—佳作）

徳永 進　とくなが・すすむ

4286 「死の中の笑み」
◇講談社ノンフィクション賞（第4回/昭和57年）
「死の中の笑み」 ゆみる出版 1982.2 269p 20cm 1500円

徳永 名知子　とくなが・なちこ

4287 「記憶の一ページめ」
◇日本随筆家協会賞（第42回/平成12年11月）
「記憶の一ページめ」 日本随筆家協会 2001.2 216p 20cm（現代名随筆叢書29）1500円 ①4-88933-248-0

徳永 文一　とくなが・ぶんいち

4288 「教育者・歌人 島木赤彦」
◇島木赤彦文学賞新人賞（第4回/平成16年）

徳永 恂　とくなが・まこと

4289 「ヴェニスのゲットーにて 反ユダヤ主義思想史への旅」
◇和辻哲郎文化賞（第10回/平成9年—一般部門）
「ヴェニスのゲットーにて—反ユダヤ主義思想史への旅」 みすず書房 1997.6 426p 19cm（みすずライブラリー）3300円 ①4-622-05014-5

徳永 瑞子　とくなが・みずこ
4290　「ブサ マカシ」
◇読売「ヒューマン・ドキュメンタリー」大賞（第11回/平成2年）
「ブサマカシ―若き助産婦のアフリカ熱中記」読売新聞社　1991.2　328p　19cm　1250円　①4-643-91004-6

徳弘 康代　とくひろ・やすよ
4291　「横浜＝上海」
◇横浜詩人会賞（第28回/平成8年度）

徳淵 富枝　とくぶち・とみえ
4292　「衢羽根」
◇深吉野賞（第6回/平成10年）

徳光 彩子　とくみつ・さいこ
4293　「月夜のできごと」
◇日本随筆家協会賞（第37回/平成10年5月）
「月夜のできごと」日本随筆家協会　1998.6　226p　19cm（現代名随筆叢書）1500円　①4-88933-220-0

都合 ナルミ　とごう・なるみ
4294　「夜神楽」
◇俳句朝日賞（第7回/平成17年/準賞）

戸坂 潤　とさか・じゅん
4295　「戸坂潤全集　全5巻」
◇毎日出版文化賞（第21回/昭和42年）

杜澤 光一郎　とざわ・こういちろう
4296　「宮柊二・人と作品」
◇日本歌人クラブ評論賞（第12回/平成26年）
「宮柊二・人と作品―杜澤光一郎評論集　宮柊二生誕百年記念出版」2013.5　429p　20cm（コスモス叢書　第1018篇）3333円　①978-4-906754-06-9

戸澤 富雄　とざわ・とみお
4297　「大介22歳の軌跡」
◇北海道ノンフィクション賞（第17回/平成9年―特別賞）
「大介・二十二歳の軌跡―「がん」と闘った青春」戸澤富雄著　萌文社　1996.5　231p　19cm　1700円　①4-938631-53-9

戸沢 充則　とざわ・みつのり
4298　「シリーズ「遺跡を学ぶ」」
◇毎日出版文化賞（第65回/平成23年―企画部門）

利沢 行夫　としざわ・ゆきお
4299　「自己救済のイメージ―大江健三郎論」
◇群像新人文学賞［評論部門］（第10回/昭和42年―評論）

戸田 道子　とだ・みちこ
4300　「水鏡」
◇深吉野賞（第7回/平成11年）

戸田 盛和　とだ・もりかず
4301　物理学集書「ゴム弾性」「液体理論」「真空管の物理」の3冊
◇毎日出版文化賞（第1回/昭和22年）
「ゴム弾性」久保亮五著　復刻版　裳華房　1996.6　163p　21cm　2575円　①4-7853-2807-X

戸田 佳子　とだ・よしこ
4302　「前方の坂」
◇「短歌現代」歌人賞（第24回/平成23年）

栩木 伸明　とちぎ・のぶあき
4303　「アイルランドモノ語り」
◇読売文学賞（第65回/平成25年度―随筆・紀行賞）
「アイルランドモノ語り」みすず書房　2013.4　260,8p　21cm　3600円　①978-4-622-07741-1

栃原 哲則　とちはら・てつのり
4304　「『日の丸』、レイテ、憲法」
◇週刊金曜日ルポルタージュ大賞（第11回/平成14年3月/報告文学賞）

百々 登美子　どど・とみこ
4305　「草昧記」
◇現代歌人集会賞（第7回/昭和56年）
「草昧記―歌集」砂子屋書房　1981.6　216p　22cm　2500円

4306　「夏の辻」

◇葛原妙子賞（第10回/平成26年）
「夏の辻―百々登美子歌集」 砂子屋書房 2013.9 191p 20cm 3000円 ①978-4-7904-1474-2

利根川 進 とねがわ・すすむ

4307 「精神と物質」
◇新潮学芸賞（第4回/平成3年）
「精神と物質―分子生物学はどこまで生命の謎を解けるか」 立花隆, 利根川進著 文藝春秋 1993.10 333p 15cm（文春文庫）500円 ①4-16-733003-2

利根川 裕 とねがわ・ゆたか

4308 「歌舞伎ヒロインの誕生」
◇尾崎秀樹記念・大衆文学研究賞（第20回/平成19年/研究・考証部門）
「歌舞伎ヒロインの誕生」 右文院 2007.3 231p 21cm 1800円 ①978-4-8421-0087-6

殿内 芳樹 とのうち・よしき

4309 「断層」
◇H氏賞（第1回/昭和26年）

殿岡 辰雄 とのおか・たつお

4310 「重い虹」
◇中日詩賞（第5回/昭和40年）

4311 「黒い帽子」
◇文芸汎論詩集賞（第8回/昭和16年）
「黒い帽子―詩集」 詩風俗社 昭和16 39p 21cm

外村 繁 とのむら・しげる

4312 「草筏」
◇池谷信三郎賞（第5回/昭和13年）
「外村繁全集 2」 講談社 1962（昭和37年）
「草筏」 新装版 サンライズ出版 2000.8 333p 19cm 2000円 ①4-88325-076-8

殿村 菟絲子 とのむら・としこ

4313 「晩緑」
◇俳人協会賞（第18回/昭和53年度）
「晩緑―句集」 殿村菟糸子著 牧羊社 1978.6 211p 20cm（現代俳句女流シリーズ 4）2000円

外村 文象 とのむら・ぶんしょう

4314 「ある別れ」
◇現代詩人アンソロジー賞（第12回/平成14年/優秀）

鳥羽 欽一郎 とば・きんいちろう

4315 「二つの顔の日本人」
◇日本エッセイスト・クラブ賞（第21回/昭和48年）

土橋 いそ子 どばし・いそこ

4316 「草の穂」（歌集）
◇日本詩歌句大賞（第7回/平成23年/短歌部門/大賞）
「草の穂」 短歌新聞社 2011（花實叢書第140篇）2381円

土橋 治重 どばし・じじゅう

4317 「根」
◇日本詩人クラブ賞（第25回/平成4年）
「根―土橋治重詩集」 土曜美術社 1991.9 67p 21cm 2000円 ①4-88625-321-0

土橋 寛 どばし・ひろし

4318 「万葉開眼」（上・下）
◇毎日出版文化賞（第32回/昭和53年）

トーマ ヒロコ

4319 「ひとりカレンダー」
◇山之口貘賞（第32回/平成21年度）
「ひとりカレンダー―詩集」 トーマ・ヒロコ著 ボーダーインク 2009.3 59p 21cm 1000円 ①978-4-89982-155-7

戸松 泉 とまつ・いずみ

4320 「複数のテクストへ 樋口一葉と草稿研究」
◇やまなし文学賞〔研究・評論部門〕（第19回/平成22年度―研究・評論部門）
「複数のテクストへ―樋口一葉と草稿研究」 翰林書房 2010.3 407p 22cm 3800円 ①978-4-87737-292-7

冨井 穣 とみい・みのる

4321 「南国競馬珍道中」
◇優駿エッセイ賞（第19回/平成15年）

冨岡 悦子　とみおか・えつこ
4322　「パウル・ツェランと石原吉郎」
◇日本詩人クラブ詩界賞（第15回/平成27年）
「パウル・ツェランと石原吉郎」　みすず書房　2014.1　269p　19cm　3600円
①978-4-622-07812-8

冨岡 儀八　とみおか・ぎはち
4323　「日本の塩道―その歴史地理学的研究」
◇毎日出版文化賞（第33回/昭和54年）

冨岡 多恵子　とみおか・たえこ
4324　「西鶴の感情」
◇伊藤整文学賞（第16回/平成17年―評論部門）
「西鶴の感情」　講談社　2009.3　257p　15cm（講談社文芸文庫）　1300円
①978-4-06-290045-4
4325　「釋迢空ノート」
◇毎日出版文化賞（第55回/平成13年―第1部門（文学・芸術））
「釋迢空ノート」　富岡多惠子著　岩波書店　2006.7　375p　15cm（岩波現代文庫）　1100円　①4-00-602106-2
4326　「中勘助の恋」
◇読売文学賞（第45回/平成5年―評論・伝記賞）
「中勘助の恋」　創元社　1993.11　385p　19cm　2500円　①4-422-93026-5
「中勘助の恋」　平凡社　2000.9　432p　16cm（平凡社ライブラリー）　1400円　①4-582-76363-4
4327　「返礼」
◇H氏賞（第8回/昭和33年）
4328　「物語の明くる日」
◇室生犀星詩人賞（第2回）

富坂 聰　とみさか・さとし
4329　「龍の伝人たち」
◇「週刊ポスト」「SAPIO」21世紀国際ノンフィクション大賞（第1回/平成6年/優秀賞）
◇小学館ノンフィクション大賞（第1回/平成6年―優秀賞）
「『龍の伝人』たち―「天安門」後を生きる新中国人の実像」　小学館　1994.11

219p　20×14cm　1400円　①4-09-379501-0

冨沢 宏子　とみざわ・ひろこ
4330　「そんな時が……」
◇年刊現代詩集新人賞（第5回/昭和59年―奨励賞）

富田 栄子　とみた・えいこ
4331　「おじいちゃんの眼」
◇現代少年詩集新人賞（第4回/昭和62年）

富田 祐行　とみた・すけゆき
4332　「北海道爾志郡熊石町」
◇北海道ノンフィクション賞（第18回/平成10年―佳作）

冨田 博之　とみた・ひろゆき
4333　「日本児童演劇史」
◇毎日出版文化賞（第30回/昭和51年）

冨田 正吉　とみた・まさよし
4334　「泣虫山」
◇俳人協会新人賞（第15回/平成3年度）
「泣虫山」　牧羊社　1991.9　136p　21cm（朝句集シリーズ 1）　2000円　①4-8333-1496-7

富田 睦子　とみた・むつこ
4335　「さやの響き」（歌集）
◇現代短歌新人賞（第15回/平成26年度）
「歌集 さやの響き」　本阿弥書店　2013.12　165p　19cm（まひる野叢書）　2500円　①978-4-7768-1034-6

富田 康博　とみた・やすひろ
4336　「辞書になかったキーワード『BEATLES』」（エッセイ）
◇ザ・ビートルズ・クラブ大賞（第6回/平成8年―文学部門）

富田 彌生　とみた・やよい
4337　「薄れ行く夕焼過去が立止まっている」
◇放哉賞（第8回/平成18年）

冨長 覚梁 とみなが・かくりょう
4338 「記憶」
◇中日詩賞（第18回/昭和53年）

4339 「そして秘儀そして」
◇日本詩人クラブ賞（第35回/平成14年）

富永 鳩山 とみなが・きゅうざん
4340 「語りはじめそうな石の横」
◇放哉賞（第9回/平成19年）

富永 たか子 とみなが・たかこ
4341 「シルクハットをかぶった河童」
◇横浜詩人会賞（第24回/平成4年度）
「シルクハットをかぶった河童―富永たか子詩集」 飛天詩社 1991.9 110p 22cm 2000円

富永 真紀子 とみなが・まきこ
4342 「一筋の人」
◇日本随筆家協会賞（第8回/昭和58.11）
「谷間の恋人」 富永謙太郎, 富永真紀子著 日本随筆家協会 1987.1 250p 19cm（現代随筆選書 70）1600円 Ⓘ4-88933-085-2

富永 貢 とみなが・みつぐ
4343 「沼の葦むら」
◇短歌研究賞（第5回/昭和42年）

富小路 禎子 とみのこうじ・よしこ
4344 「泥眼」
◇短歌研究賞（第28回/平成4年）

4345 「白暁」
◇日本歌人クラブ推薦歌集（第17回/昭和46年）

4346 「不穏の華」
◇迢空賞（第31回/平成9年）
「不穏の華―富小路禎子歌集」 砂子屋書房 1996.11 280p 23cm（沃野叢書 第228篇）3000円

富山 太佳夫 とみやま・たかお
4347 「書物の未来へ」
◇毎日書評賞（第3回/平成16年度）
「書物の未来へ」 青土社 2003.10 377, 4p 20cm 2600円 Ⓘ4-7917-6062-X

富山 直子 とみやま・なおこ
4348 「マンモスの窓」
◇福田正夫賞（第24回/平成22年）
「マンモスの窓」 水仁舎 2010.2 60p 20cm

友岡 子郷 ともおか・しきょう
4349 「雲の賦」
◇俳句四季大賞（第6回/平成18年）
「雲の賦―友岡子郷句集」 角川書店 2005.11 177p 20cm 2600円 Ⓘ4-04-876254-0
「友岡子郷俳句集成」 沖積舎 2008.11 573p 22cm 13500円 Ⓘ978-4-8060-1649-6

4350 「友岡子郷俳句集成」
◇詩歌文学館賞（第24回/平成21年/俳句）
「友岡子郷俳句集成」 沖積舎 2008.11 573p 22cm 13500円 Ⓘ978-4-8060-1649-6

4351 「黙礼」
◇小野市詩歌文学賞（第5回/平成25年/俳句部門）
「黙礼―句集」 沖積舎 2012.8 189p 19cm 2500円 Ⓘ978-4-8060-1670-0

友田 多喜雄 ともだ・たきお
4352 「詩法」
◇小熊秀雄賞（第2回/昭和44年）

伴野 小枝 ともの・こえだ
4353 「鶴ケ城址」
◇福島県俳句賞（第6回/昭和59年―準賞）

土門 直子 どもん・なおこ
4354 「エデンより遙か離りて」
◇野原水嶺賞（第11回/平成7年）

外山 覚治 とやま・かくじ
4355 「入換」
◇短歌研究新人賞（第15回/昭和47年）

豊丘 時竹 とよおか・ときたけ
4356 「身から出た錆」

豊田 都峰　とよだ・とほう

4357　「土の唄」
◇俳句四季大賞（第10回/平成22年）
「土の唄―句集」　東京四季出版　2009.11　205p　20cm（21世紀俳句叢書―彩光集6）　2476円　①978-4-8129-0578-4

豊田 正子　とよだ・まさこ

4358　「花の別れ」
◇日本エッセイスト・クラブ賞（第34回/昭和61年）
「花の別れ―田村秋子とわたし」　未来社　1985.7　238p　20cm　1300円

豊永 郁子　とよなが・いくこ

4359　「サッチャリズムの世紀」
◇サントリー学芸賞（第20回/平成10年度―思想・歴史部門）
「サッチャリズムの世紀―作用の政治学へ」　創文社　1998.6　239,50p　19cm（創文社現代自由学芸叢書）　4000円　①4-423-73088-X
「サッチャリズムの世紀―作用の政治学へ」　新版　勁草書房　2010.3　280,63p　21cm　4200円　①978-4-326-30185-0

豊原 清明　とよはら・きよあき

4360　「朝と昼のてんまつ」
◇土井晩翠賞（第41回/平成12年）
「朝と昼のてんまつ―豊原清明詩集」　編集工房ノア　2000.2　96p　22cm　2000円

4361　「夜の人工の木」
◇中原中也賞（山口市）（第1回/平成8年）
「夜の人工の木」　青土社　1996.5　101p　21cm　1200円　①4-7917-5455-7

トランストロンメル，トーマス

4362　「大いなる謎」
◇加美現代詩詩集大賞（第4回/平成16年度―スウェーデン現代詩詩集加美大賞）

鳥居 真里子　とりい・まりこ

4363　「鼬の姉妹」
◇加美俳句大賞（句集賞）（第8回/平成15年―中新田俳句大賞）
「鼬の姉妹―句集」　本阿弥書店　2002.10　207p　20cm　2600円　①4-89373-857-7

4364　「かくれんぼ」
◇俳壇賞（第12回/平成9年）

鳥井 保和　とりい・やすかず

4365　「吃水」
◇朝日俳句新人賞（第5回/平成14年/準賞）
「吃水―鳥井保和句集」　角川書店　2010.2　255p　20cm（星雲叢書 第1篇）　2667円　①978-4-04-652259-7

鳥海 基樹　とりうみ・もとき

4366　「オーダーメイドの街づくり―パリの保全的刷新型「界隈プラン」」
◇渋沢・クローデル賞（第23回/平成18年/ルイ・ヴィトン ジャパン特別賞）
「オーダー・メイドの街づくり―パリの保全的刷新型「界隈プラン」」　学芸出版社　2004.4　302p　21cm　3500円　①4-7615-3120-7

鳥越 信　とりごえ・しん

4367　「日本児童文学史年表 全2巻」
◇毎日出版文化賞（第31回/昭和52年―特別賞）
「講座日本児童文学　別巻1　日本児童文学史年表　1」　編集：猪熊葉子〔等〕鳥越信編　明治書院　1975　345p　22cm　4800円
「講座日本児童文学　別巻2　日本児童文学史年表　2」　鳥越信編　明治書院　1977.8　468p　22cm　4800円

鳥島 あかり　とりしま・あかり

4368　「「偐紫田舎源氏」論」
◇ドナルド・キーン日米学生日本文学研究奨励賞（第6回/平成14年―短大部）

鳥海 昭子　とりのうみ・あきこ
4369　「花いちもんめ」
◇現代歌人協会賞（第29回/昭和60年）
「花いちもんめ―歌集」玄王社　1984.3
217p　19cm（黄鶏叢書 第42篇）
1200円

鳥見 迅彦　とりみ・はやひこ
4370　「けものみち」
◇H氏賞（第6回/昭和31年）

【 な 】

内藤 明　ないとう・あきら
4371　「斧と勾玉」
◇寺山修司短歌賞（第9回/平成16年）
「斧と勾玉―歌集」砂子屋書房　2003.8
228p　22cm（音叢書）3000円　①4-7904-0721-7
4372　「ブリッジ」
◇短歌研究賞（第50回/平成26年）

内藤 喜久子　ないとう・きくこ
4373　「花の迷路」
◇福島県短歌賞（第26回/平成13年度―奨励賞）

内藤 清枝　ないとう・きよえ
4374　「合掌」
◇日本随筆家協会賞（第3回/昭和54年）

内藤 たつ子　ないとう・たつこ
4375　「花の階段 風の道」
◇島木赤彦文学賞新人賞（第7回/平成19年）

内藤 初穂　ないとう・はつほ
4376　「星の王子の影とかたちと」
◇日本エッセイスト・クラブ賞（第54回/平成18年）
「星の王子の影とかたちと」筑摩書房　2006.3　430p　20cm　2800円　①4-480-81826-X

中 糸子　なか・いとこ
4377　「夢掬う匙」
◇短歌新聞社第一歌集賞（第1回/平成16年）

中 寒二　なか・かんじ
4378　「尻取遊び」
◇晩翠賞（第12回/昭和46年）

仲 寒蟬　なか・かんせん
4379　「小海線」
◇角川俳句賞（第50回/平成16年）

那珂 太郎　なか・たろう
4380　「音楽」
◇室生犀星詩人賞（第5回/昭和40年）
「那珂太郎詩集」芸林書房　2002.4
128p　15cm（芸林21世紀文庫）1000円　①4-7681-6106-5
4381　「鎮魂歌」
◇藤村記念歴程賞（第33回/平成7年）
「鎮魂歌」思潮社　1995.7　87p　23×15cm　2678円　①4-7837-0569-0
「続・那珂太郎詩集」思潮社　1996.11
157p　19cm（現代詩文庫）1200円　①4-7837-0913-0
4382　「幽明過客抄」
◇現代詩人賞（第9回/平成3年）
「幽明過客抄」思潮社　1990.5　97p
21cm　2575円　①4-7837-0317-5

中 正敏　なか・まさとし
4383　「ザウルスの車」
◇壺井繁治賞（第10回/昭和57年）

奈賀 美和子　なが・みわこ
4384　「ふたつの耳」
◇現代歌人集会賞（第18回/平成4年）
4385　「細き反り」
◇短歌研究新人賞（第24回/昭和56年）

中井 かず子　なかい・かずこ
4386　「顔」
◇日本伝統俳句協会賞（第15回/平成16年/協会賞）

中井 和子　なかい・かずこ

4387　「庭で」
◇日本随筆家協会賞（第57回/平成20年2月）
「旅は道連れ」日本随筆家協会　2008.8　249p　20cm（現代名随筆叢書99）1500円　ⓘ978-4-88933-337-4

長井 菊夫　ながい・きくお

4388　「天・地・人」
◇北海道詩人協会賞（第23回/昭和61年度）
「天・地・人―詩集」〔長井菊夫〕1986.3　244p　22cm　3700円

ナカイ, ケイト・W.

4389　「新井白石の政治戦略 儒学と史論」
◇和辻哲郎文化賞（第14回/平成13年度/学術部門）
「新井白石の政治戦略―儒学と史論」ケイト・W.ナカイ著, 平石直昭, 小島康敬, 黒住真訳　東京大学出版会　2001.8　288, 8p　22cm　5000円　ⓘ4-13-020132-8

中井 公士　なかい・こうし

4390　「墨絵」
◇深吉野賞（第5回/平成9年―佳作）

永井 貞子　ながい・さだこ

4391　「殉教碑」
◇福島県俳句賞（第13回/平成3年―準賞）

4392　「冬耕」
◇福島県俳句賞（第12回/平成2年―準賞）

4393　「春の潮」
◇福島県俳句賞（第15回/平成6年度）

永井 龍男　ながい・たつお

4394　「わが切抜帖より」
◇読売文学賞（第20回/昭和43年―随筆・紀行賞）
「わが切抜帖より・昔の東京」永井竜男〔著〕講談社　1991.12　281p　16cm（講談社文芸文庫―現代日本のエッセイ）980円　ⓘ4-06-196157-8

中井 信彦　なかい・のぶひこ

4395　「歴史学的方法の基準」
◇毎日出版文化賞（第27回/昭和48年）

中井 久夫　なかい・ひさお

4396　「カヴァフィス全詩集」
◇読売文学賞（第40回/昭和63年―研究・翻訳賞）
「カヴァフィス全詩集」コンスタンディノス・ペトルゥ・カヴァフィス著, 中井久夫訳　みすず書房　1988.9　431p　19cm　6000円　ⓘ4-622-01095-X
「カヴァフィス全詩集」コンスタンディノス・ペトルゥ・カヴァフィス著, 中井久夫訳　第2版　みすず書房　1991.4　474p　19cm　3811円　ⓘ4-622-04543-5
「カヴァフィス全詩集」コンスタンディノス・ペトルゥ・カヴァフィス著, 中井久夫訳　第二版　みすず書房　1997.10　474p　19cm　3700円　ⓘ4-622-04912-0

4397　「家族の深淵」
◇毎日出版文化賞（第50回/平成8年―第2部門（人文・社会））
「家族の深淵」みすず書房　1995.9　389p　19cm　2884円　ⓘ4-622-04593-1

中井 ひさ子　なかい・ひさこ

4398　「思い出してはいけない」
◇日本詩歌句大賞（第8回/平成24年度/詩部門/奨励賞）
「思い出してはいけない―詩集」土曜美術社出版販売　2011.10　112p　22cm　2000円　ⓘ978-4-8120-1915-3

中井 秀明　なかい・ひであき

4399　「変な気持」
◇群像新人文学賞〔評論部門〕（第47回/平成16年―評論優秀作）

永井 真貴子　ながい・まきこ

4400　「きのこの名優たち」
◇渋沢・クローデル賞（第16回/平成11年/ルイ・ヴィトン・ジャパン特別賞）
「きのこの名優たち」ロラン・サバティエ絵, 本郷次雄監修, 永井眞貴子訳　山と溪谷社　1998.10　224p　25cm　2500円　ⓘ4-635-58801-1

永井 ますみ　ながい・ますみ

4401　「愛のかたち」
◇富田砕花賞（第21回／平成22年）
「愛のかたち―詩集」　土曜美術社出版販売　2009.12　105p　22cm（21世紀詩人叢書 第2期 37）2000円　①978-4-8120-1781-4

永井 道雄　ながい・みちお

4402　「日本の大学」
◇毎日出版文化賞（第19回／昭和40年）

中井 幸比古　なかい・ゆきひこ

4403　「高知市方言アクセント小辞典」
◇金田一京助博士記念賞（第27回／平成11年）
「高知市方言アクセント小辞典」　中井幸比古　1997.11　231p　26cm（方言アクセント小辞典 1）

永井 陽子　ながい・ようこ

4404　「てまり唄」
◇河野愛子賞（第6回／平成8年）
「てまり唄―永井陽子歌集」　砂子屋書房　1995.7　182p　20cm　2427円

4405　「なよたけ拾遺」
◇現代歌人集会賞（第4回／昭和53年）

永井 義男　ながい・よしお

4406　「算学奇人伝」
◇開高健賞（第6回／平成9年）
「算学奇人伝」　ティビーエス・ブリタニカ　1997.4　199p　19cm　1200円　①4-484-97203-4
「算学奇人伝」　祥伝社　2000.8　219p　15cm（祥伝社文庫）495円　①4-396-32793-5

中内 治子　なかうち・はるこ

4407　「森はすでに」
◇年刊現代詩集新人賞（第8回／昭和62年―奨励賞）

中内 亮玄　なかうち・りょうげん

4408　「ゲルニカ」
◇現代俳句新人賞（第30回／平成24年度）

永栄 潔　ながえ・きよし

4409　「ブンヤ暮らし三十六年 回想の朝日新聞」
◇新潮ドキュメント賞（第14回／平成27年）
「ブンヤ暮らし三十六年―回想の朝日新聞」　草思社　2015.4　334p　19cm　1800円　①978-4-7942-2118-6

中江 俊夫　なかえ・としお

4410　「語彙集」
◇高見順賞（第3回／昭和47年度）
「語彙集」　思潮社　1972　351p　23×23cm　4800円

4411　「梨のつぶての」
◇丸山薫賞（第3回／平成8年）
「梨のつぶての」　ミッドナイト・プレス，星雲社〔発売〕　1995.8　77p　21cm　2575円　①4-7952-2631-8

4412　「20の詩と鎮魂歌」
◇中日詩賞（第4回／昭和39年）

永方 裕子　ながえ・ひろこ

4413　「麗日」
◇現代俳句女流賞（第13回／昭和63年）
「句集 麗日」　富士見書房　1988.4　234p　19cm（「俳句研究」句集シリーズ 17）2500円　①4-8291-7117-0
「麗日―永方裕子句集」　邑書林　2002.6　107p　15cm（邑書林句集文庫）900円　①4-89709-360-0

永方 ゆか　ながえ・ゆか

4414　「からくり」
◇「詩と思想」新人賞（第21回／平成24年）

長江 幸彦　ながえ・ゆきひこ

4415　「麦酒奉行」
◇短歌研究新人賞（第42回／平成11年）

長尾 和男　ながお・かずお

4416　「地球脱出」
◇中部日本詩人賞（第2回／昭和28年）

中尾 賢吉　なかお・けんきち

4417　「Y先生」
◇日本随筆家協会賞（第46回／平成14年

11月）
「枇杷の花」 日本随筆家協会 2003.4 223p 20cm（現代名随筆叢書 47） 1500円 ①4-88933-270-7

中尾 佐助　なかお・さすけ
4418 「花と木の文化史」
◇毎日出版文化賞（第41回/昭和62年）
「花と木の文化史」 岩波書店 1986.11 216p 18cm（岩波新書 357）480円
4419 「秘境ブータン」
◇日本エッセイスト・クラブ賞（第8回/昭和35年）
「秘境ブータン」 岩波書店 2011.9 314p 15cm（岩波現代文庫）1100円 ①978-4-00-603229-6

長尾 三郎　ながお・さぶろう
4420 「マッキンリーに死す」
◇講談社ノンフィクション賞（第8回/昭和61年）
「マッキンリーに死す―植村直己の栄光と修羅」 講談社 1986.2 301p 19cm 1300円 ①4-06-202582-5
「マッキンリーに死す―植村直己の栄光と修羅」 講談社 1989.5 329p 15cm（講談社文庫）450円 ①4-06-184438-5

長尾 伸一　ながお・しんいち
4421 「ニュートン主義とスコットランド啓蒙」
◇サントリー学芸賞（第24回/平成14年度―思想・歴史部門）
「ニュートン主義とスコットランド啓蒙―不完全な機械の喩」 名古屋大学出版会 2001.2 408, 49p 21cm 6000円 ①4-8158-0402-8

中尾 太一　なかお・たいち
4422 「ファルコン、君と二人で写った写真を僕は今日もってきた」
◇現代詩新人賞（平成18年/詩部門）

中尾 安一　なかお・やすいち
4423 「灯」
◇現代少年詩集秀作賞（第1回/平成3年）

長尾 龍一　ながお・りゅういち
4424 「日本国家思想史研究」
◇サントリー学芸賞（第4回/昭和57年度―政治・経済部門）
「日本国家思想史研究」 創文社 1982.6 277, 9p 22cm 3000円

中岡 淳一　なかおか・じゅんいち
4425 「宙家族」
◇小野十三郎賞（第9回/平成19年/小野十三郎賞）
「宙家族―詩集」 書肆青樹社 2006.10 133p 22cm 2400円 ①4-88374-210-5

中岡 毅雄　なかおか・たけお
4426 「一碧」
◇俳人協会新人賞（第24回/平成12年）
「一碧―句集」 花神社 2000.3 135p 20cm（藍生文庫 11）2600円 ①4-7602-1575-1
4427 「壺中の天地」
◇俳人協会評論賞（第26回/平成23年度）
「壺中の天地―現代俳句の考証と試論」 角川学芸出版, 角川グループパブリッシング〔発売〕 2011.6 403p 20cm 3000円 ①978-4-04-653230-5
4428 「高浜虚子論」
◇俳人協会評論賞（第13回/平成10年度―新人賞）

長岡 鶴一　ながおか・つるいち
4429 「同行二人の一人旅」
◇日本旅行記賞（第10回/昭和58年）

永岡 杜人　ながおか・もりと
4430 「言語についての小説―リービ英雄論」
◇群像新人文学賞〔評論部門〕（第52回/平成21年―評論当選作）

長岡 裕一郎　ながおか・ゆういちろう
4431 「思春期絵画展」
◇現代短歌大系新人賞（昭和47年―次席）

中神 英子　なかがみ・えいこ
　4432「夜の人形」
　◇中日詩賞（第49回/平成21年—中日詩賞）
　　「夜の人形」思潮社　2008.11　105p　21cm　2500円　①978-4-7837-3100-9

中上 哲夫　なかがみ・てつお
　4433「エルヴィスが死んだ日の夜」
　◇高見順賞（第34回/平成16年）
　◇丸山豊記念現代詩賞（第13回/平成16年）
　　「エルヴィスが死んだ日の夜」書肆山田　2003.10　85p　23cm　2000円　①4-87995-588-4
　4434「ジャズエイジ」
　◇詩歌文学館賞（第28回/平成25年/詩）
　4435「スウェーデン美人の金髪が緑色になる理由」
　◇横浜詩人会賞（第23回/平成3年度）
　　「スウェーデン美人の金髪が緑色になる理由」中上哲夫著, 辻征夫編　書肆山田　1991.4　109p　23cm　2266円

中川 一徳　なかがわ・かずのり
　4436「メディアの支配者」(上・下)
　◇講談社ノンフィクション賞（第27回/平成17年）
　◇新潮ドキュメント賞（第4回/平成17年）
　　「メディアの支配者　上」講談社　2005.6　365p　20cm　1800円　①4-06-212452-1
　　「メディアの支配者　下」講談社　2005.6　390p　20cm　1800円　①4-06-213003-3
　　「メディアの支配者　上」講談社　2009.6　452p　15cm（講談社文庫 な79-1）743円　①978-4-06-276383-7
　　「メディアの支配者　下」講談社　2009.6　503p　15cm（講談社文庫 な79-2）790円　①978-4-06-276384-4

中川 清資　なかがわ・きよし
　4437「ほのぼのと」
　◇朝日俳句新人賞（第6回/平成15年/奨励賞）

中川 さや子　なかがわ・さやこ
　4438「じいちゃんの戦争」
　◇現代詩加美未来賞（第1回/平成3年—中新田あけぼの賞）

中川 佐和子　なかがわ・さわこ
　4439「河野愛子論」
　◇河野愛子賞（第10回/平成12年）
　　「河野愛子論—死の思索性、エロスの思想性」砂子屋書房　1999.5　311p　20cm　3000円
　4440「夏木立」
　◇角川短歌賞（第38回/平成4年）
　　「夏木立―句集」中川二毫子著　本阿弥書店　2000.7　185p　20cm（本阿弥現代俳句シリーズ 8）2800円　①4-89373-606-X
　　「中川佐和子歌集」砂子屋書房　2010.1　178p　19cm（現代短歌文庫）1800円　①978-4-7904-1220-5
　4441「春の野に鏡を置けば」
　◇ながらみ書房出版賞（第22回/平成26年）
　　「春の野に鏡を置けば―歌集」ながらみ書房　2013.8　202p　20cm　2500円　①978-4-86023-828-5

中川 真　なかがわ・しん
　4442「平安京 音の宇宙」
　◇サントリー学芸賞（第14回/平成4年度—芸術・文学部門）
　　「平安京 音の宇宙」平凡社　1992.6　387p　19cm　2800円　①4-582-21961-6
　　「平安京音の宇宙—サウンドスケープへの旅」増補　平凡社　2004.7　498p　16cm（平凡社ライブラリー）1600円　①4-582-76508-4

中川 久子　なかがわ・ひさこ
　4443「作業場の詩」
　◇荒木暢夫賞（第24回/平成2年）

中川 裕　なかがわ・ひろし
　4444「アイヌ語千歳方言辞典」
　◇金田一京助博士記念賞（第23回/平成7年度）
　　「アイヌ語千歳方言辞典」〔普及版〕草風館　1995.2　437p　21cm　9800円　①4-88323-078-3

仲川 文子 なかがわ・ふみこ

4445 「青卵」
◇山之口貘賞（第17回／平成6年）
「青卵―詩集」 本多企画 1993.7 88p 21cm 2000円

中川 李枝子 なかがわ・りえこ

4446 「子犬のロクがやってきた」
◇毎日出版文化賞（第34回／昭和55年）
「子犬のロクがやってきた」 中川李枝子作, 中川宗弥画 〔新装版〕 岩波書店 1991.11 99p 21cm （せかいのどうわシリーズ） 1200円 ①4-00-115964-3

中桐 雅夫 なかぎり・まさお

4447 「会社の人事」
◇藤村記念歴程賞（第18回／昭和55年）

4448 「中桐雅夫詩集」
◇高村光太郎賞（第8回／昭和40年）
「中桐雅夫全詩」 思潮社 1990.3 465p 21cm 7800円 ①4-7837-2289-7
「中桐雅夫詩集」 中桐雅夫著, 近藤洋太編 芸林書房 2002.4 127p 15cm （芸林21世紀文庫） 1000円 ①4-7681-6104-9

長久保 鐘多 ながくぼ・しょうた

4449 「部屋」
◇年刊現代詩集新人賞（第7回／昭和61年―奨励賞）

中倉 真知子 なかくら・まちこ

4450 「はばたけニワトリ」
◇学生援護会青年文芸賞（第1回）

永倉 万治 ながくら・まんじ

4451 「アニバーサリー・ソング」
◇講談社エッセイ賞（第5回／平成1年）
「アニバーサリー・ソング」 立風書房 1989.5 256p 19cm 1300円 ①4-651-66038-X
「アニバーサリー・ソング」 新潮社 1992.5 269p 15cm （新潮文庫） 400円 ①4-10-131411-X

長坂 覚 ながさか・さとる

4452 「隣の国で考えたこと」
◇日本エッセイスト・クラブ賞（第26回／昭和53年）

長崎 太郎 ながさき・たろう

4453 「風呂屋」
◇詩人会議新人賞（第39回／平成17年／詩部門／佳作）

中里 純子 なかざと・じゅんこ

4454 「草守」
◇「短歌現代」新人賞（第19回／平成16年）

中里 麦外 なかざと・ばくがい

4455 「現代俳句文体論拶入」
◇現代俳句評論賞（第2回／昭和57年）

中里 茉莉子 なかさと・まりこ

4456 「危うき平安」
◇ラ・メール短歌賞（第4回／平成5年）

中里 友豪 なかざと・ゆうごう

4457 「遠い風」
◇山之口貘賞（第21回／平成10年）
「遠い風―詩集」 ボーダーインク 1998.4 81p 20cm 2000円 ①4-938923-64-5

長沢 一作 ながさわ・いっさく

4458 「首夏」
◇短歌研究賞（第8回／昭和45年）

4459 「松心火」
◇現代歌人協会賞（第4回／昭和35年）
「現代短歌全集 第14巻 昭和34～37年」 五味保義〔ほか〕著 筑摩書房 1981.6 427p 23cm 3800円
「現代短歌全集 第14巻 昭和三十四年～三十七年」 五味保義ほか著 増補版 筑摩書房 2002.7 427p 21cm 6200円 ①4-480-13834-X
「松心火―歌集」 長澤一作著 現代短歌社 2012.11 125p 15cm （第1歌集文庫） 667円 ①978-4-906846-21-4

中沢 三省 なかざわ・さんせい

4460 「医務始」
◇俳句朝日賞（第9回／平成19年／準賞）

中沢 新一 なかざわ・しんいち

4461 「アースダイバー」
◇桑原武夫学芸賞（第9回／平成18年）

「アースダイバー」 講談社 2005.5 252p 21cm 1800円 ⓘ4-06-212851-9

4462 「対称性人類学―カイエ・ソバージュ 5」
◇小林秀雄賞（第3回/平成16年）
「対称性人類学」 講談社 2004.2 302p 19cm（講談社選書メチエ 291―カイエ・ソバージュ 5）1700円 ⓘ4-06-258291-0

4463 「チベットのモーツァルト」
◇サントリー学芸賞（第6回/昭和59年度―思想・歴史部門）
「チベットのモーツァルト」 講談社 2003.4 332p 15cm（講談社学術文庫）1050円 ⓘ4-06-159591-1

4464 「哲学の東北」
◇斎藤緑雨賞（第4回/平成8年）
「哲学の東北」 青土社 1995.5 238p 19cm 1800円 ⓘ4-7917-5368-2
「哲学の東北」 幻冬舎 1998.8 277p 15cm（幻冬舎文庫）495円 ⓘ4-87728-625-X

4465 「フィロソフィア・ヤポニカ」
◇伊藤整文学賞（第12回/平成13年―評論）
「フィロソフィア・ヤポニカ」 集英社 2001.3 375p 19cm 2600円 ⓘ4-08-774513-9
「フィロソフィア・ヤポニカ」 講談社 2011.10 381p 15cm（講談社学術文庫）1150円 ⓘ978-4-06-292074-2

4466 「森のバロック」
◇読売文学賞（第44回/平成4年―評論・伝記賞）
「森のバロック」 せりか書房 1992.10 529p 19cm 3399円 ⓘ4-7967-0171-0
「森のバロック」 講談社 2006.11 419p 15cm（講談社学術文庫）1200円 ⓘ4-06-159791-4

中沢 直人　なかざわ・なおと
4467 「極圏の光」
◇歌壇賞（第14回/平成14年度）
◇日本歌人クラブ新人賞（第16回/平成22年）
「極圏の光―歌集」 本阿弥書店 2009.12 198p 22cm 2800円 ⓘ978-4-7768-0557-1

長沢 美津　ながさわ・みつ
4468 「女人短歌大系」
◇現代短歌大賞（第2回/昭和54年）

4469 「雪」
◇日本歌人クラブ推薦歌集（第2回/昭和31年）

中澤 渉　なかざわ・わたる
4470 「なぜ日本の公教育費は少ないのか」
◇サントリー学芸賞（第26回/平成26年度―政治・経済部門）
「なぜ日本の公教育費は少ないのか―教育の公的役割を問いなおす」 勁草書房 2014.6 369, 25p 19cm 3800円 ⓘ978-4-326-65388-1

中島 梓　なかじま・あずさ
4471 「文学の輪郭」
◇群像新人文学賞〔評論部門〕（第20回/昭和52年―評論）
「文学の輪郭」 講談社 1985.10 222p 15cm（講談社文庫）320円 ⓘ4-06-183601-3
「文学の輪郭」 筑摩書房 1992.5 260p 15cm（ちくま文庫）520円 ⓘ4-480-02617-7

中島 悦子　なかじま・えつこ
4472 「マッチ売りの偽書」
◇H氏賞（第59回/平成21年）
「マッチ売りの偽書」 思潮社 2008.9 95p 21cm 2400円 ⓘ978-4-7837-3075-0

4473 「藁の服」
◇小熊秀雄賞（第48回/平成27年）
「藁の服」 思潮社 2014.10 95p 21×14cm 2400円 ⓘ978-4-7837-3444-4

中島 国彦　なかじま・くにひこ
4474 「近代文学にみる感受性」
◇やまなし文学賞〔研究・評論部門〕（第3回/平成6年度―研究・評論部門）
「近代文学にみる感受性」 筑摩書房 1994.10 834, 22p 21cm 9800円 ⓘ4-480-82307-7

中島 さおり　なかじま・さおり
4475　「パリの女は産んでいる」
◇日本エッセイスト・クラブ賞（第54回/平成18年）
「パリの女は産んでいる—〈恋愛大国フランス〉に子供が増えた理由」　ポプラ社　2005.11　279p　20cm　1500円　①4-591-08974-6
「パリの女は産んでいる—〈恋愛大国フランス〉に子供が増えた理由」　ポプラ社　2008.12　345p　16cm（ポプラ文庫）560円　①978-4-591-10631-0

中島 静美　なかじま・しずみ
4476　「りく女へのメッセージ」
◇大石りくエッセー賞（第1回/平成9年—特別賞）

長嶋 信　ながしま・しん
4477　「真夜中のサーフロー」
◇歌壇賞（第21回/平成21年度）

長島 伸一　ながしま・しんいち
4478　「世紀末までの大英帝国」
◇サントリー学芸賞（第9回/昭和62年度—社会・風俗部門）
「世紀末までの大英帝国—近代イギリス社会生活史素描」　法政大学出版局　1987.4　265, 25p　19cm（叢書・現代の社会科学）2700円

永島 卓　ながしま・たく
4479　「暴徒甘受」
◇中日詩賞（第11回/昭和46年）

中島 琢磨　なかしま・たくま
4480　「沖縄返還と日米安保体制」
◇サントリー学芸賞（第35回/平成25年度—政治・経済部門）
◇毎日出版文化賞（第67回/平成25年—人文・社会部門）
「沖縄返還と日米安保体制」　有斐閣　2012.12　402p　21cm　4800円　①978-4-641-04999-2

中島 岳志　なかじま・たけし
4481　「中村屋のボース—インド独立運動と近代日本のアジア主義」
◇大佛次郎論壇賞（第5回/平成17年）
「中村屋のボース—インド独立運動と近代日本のアジア主義」　白水社　2005.4　340, 6p　19cm　2200円　①4-560-02778-1
「中村屋のボース—インド独立運動と近代日本のアジア主義」　白水社　2012.8　395, 7p　18cm（白水uブックス）1400円　①978-4-560-72125-4

中島 秀人　なかじま・ひでと
4482　「日本の科学/技術はどこへいくのか」を中心として
◇サントリー学芸賞（第28回/平成18年度—思想・歴史部門）
「日本の科学/技術はどこへいくのか」　岩波書店　2006.1　251p　19cm（フォーラム共同通知をひらく）2200円　①4-00-026345-5

長嶋 富士子　ながしま・ふじこ
4483　「牡丹江からの道」
◇日本随筆家協会賞（第38回/平成10年11月）
「牡丹江からの道」　日本随筆家協会　1999.2　226p　19cm（現代名随筆叢書）1500円　①4-88933-227-8

中島 誠　なかじま・まこと
4484　「松本清張の時代小説」
◇大衆文学研究賞（第17回/平成16年/評論・伝記）
「松本清張の時代小説」　現代書館　2003.6　214p　20cm　1800円　①4-7684-6859-4

中島 真悠子　なかしま・まゆこ
4485　「錦繡植物園」
◇日本詩人クラブ新人賞（第24回/平成26年）
「錦繡植物園—詩集」　土曜美術社出版販売　2013.9　93p　22cm　2000円　①978-4-8120-2067-8

中島 三枝子　なかじま・みえこ
4486　「春の胞子」
◇野原水嶺賞（第4回/昭和63年）
◇北海道新聞短歌賞（第9回/平成6年）

中島 みち　なかじま・みち
4487　「クワガタクワジ物語」

◇ジュニア・ノンフィクション文学賞（第1回/昭和49年）
「クワガタクワジ物語」偕成社　2002.8　183p　19cm（偕成社文庫）700円　①4-03-550920-5

長嶋　南子　ながしま・みなこ

4488　「あんぱん日記」
◇小熊秀雄賞（第31回/平成10年）

中嶋　嶺雄　なかじま・みねお

4489　「北京烈烈」
◇サントリー学芸賞（第3回/昭和56年度―政治・経済部門）
「北京烈烈」筑摩書房　1981.8　2冊　20cm　各2400円
「北京烈烈―文化大革命とは何であったか」講談社　2002.5　504p　15cm（講談社学術文庫）1400円　①4-06-159547-4

長島　三芳　ながしま・みよし

4490　「黒い果実」
◇H氏賞（第2回/昭和27年）
「長島三芳詩集」土曜美術社出版販売　2013.10　200p　19cm（新・日本現代詩文庫）1400円　①978-4-8120-2076-0

中嶋　幹起　なかじま・もとき

4491　「現代広東語辞典」
◇新村出賞（第13回/平成6年）
「現代広東語辞典」大学書林　1994.5　801p　26cm　28840円　①4-475-00128-5

4492　「呉語の研究―上海語を中心にして」
◇金田一京助博士記念賞（第11回/昭和58年度）
「呉語の研究―上海語を中心にして」不二出版　1983.2　750p　27cm　25000円

永島　靖子　ながしま・やすこ

4493　「真昼」
◇現代俳句女流賞（第7回/昭和57年）
「真昼―句集」季節社　1982.12　131p　19cm（鷹俳句叢書　第72篇）

中島　由佳利　なかじま・ゆかり

4494　「ジランの「カギ」―難民申請した在日家族～絆を守る闘いへの序章」
◇週刊金曜日ルポルタージュ大賞（第15回/平成16年/優秀賞）

長島　有里枝　ながしま・ゆりえ

4495　「背中の記憶」
◇講談社エッセイ賞（第26回/平成22年）
「背中の記憶」講談社　2009.11　237p　20cm　1500円　①978-4-06-215896-1

中城　ふみ子　なかじょう・ふみこ

4496　「乳房喪失」
◇作品五十首募集（第1回/昭和29年）
「乳房喪失―歌集」短歌新聞社　1992.6　120p　15cm（短歌新聞社文庫）700円　①4-8039-0657-2

中筋　智絵　なかすじ・ともえ

4497　「犀」
◇北海道詩人協会賞（第52回/平成27年度）
「犀―詩集」[中筋智絵]　2014.8　90p　21cm

永積　洋子　ながずみ・ようこ

4498　「近世初期の外交」
◇和辻哲郎文化賞（第3回/平成2年―学術部門）
「近世初期の外交」創文社　1990.3　197,52p　21cm　3914円　①4-423-43027-4

永瀬　清子　ながせ・きよこ

4499　「あけがたにくる人よ」
◇現代詩女流賞（第12回/昭和62年）
◇地球賞（第12回/昭和62年度）

永瀬　十悟　ながせ・とうご

4500　「ふくしま」
◇角川俳句賞（第57回/平成23年）
「橋朧―ふくしま記―永瀬十悟句集」コールサック社　2013.3　271p　16cm　1500円　①978-4-86435-100-3

永田　和広　ながた・かずひろ

4501　「饗庭」
◇若山牧水賞（第3回/平成10年）

「饗庭―永田和宏歌集」 砂子屋書房 1998.9 203p 23cm 3000円

4502 「歌に私は泣くだらう 妻・河野裕子 闘病の十年」
◇講談社エッセイ賞 （第29回／平成25年）
「歌に私は泣くだらう 妻・河野裕子闘病の十年」 新潮社 2012.7 190p 20cm 1300円 ⓘ978-4-10-332641-0

4503 「華氏」
◇寺山修司短歌賞 （第2回／平成9年）
「華氏―永田和宏歌集」 雁書館 1996.12 250p 22cm 3090円

4504 「現代秀歌」
◇日本歌人クラブ評論賞 （第13回／平成27年）
「現代秀歌」 永田和宏著 岩波書店 2014.10 257, 17p 18cm （岩波新書） 840円 ⓘ978-4-00-431507-0

4505 「荒神」
◇日本歌人クラブ賞 （第29回／平成14年）
「荒神―歌集」 再版 砂子屋書房 2002.9 169p 23cm 3000円 ⓘ4-7904-0590-7

4506 「夏・二〇一〇」
◇日本一行詩大賞・日本一行詩新人賞 （第6回／平成25年／大賞）
「夏・二〇一〇―歌集」 青磁社 2012.7 250p 22cm （塔21世紀叢書 第200篇） 2600円 ⓘ978-4-86198-209-5

4507 「後の日々」
◇齋藤茂吉短歌文学賞 （第19回／平成19年）
「後の日々―永田和宏歌集」 角川書店, 角川グループパブリッシング (発売) 2007.10 213p 20cm （角川短歌叢書／塔21世紀叢書 第100篇） 2571円 ⓘ978-4-04-621727-1

4508 「風位」
◇沼空賞 （第38回／平成16年）
「風位―永田和宏歌集」 永田和宏著 短歌研究社 2003.10 174p 22cm （塔21世紀叢書 第40篇） 2800円 ⓘ4-88551-798-2

4509 「メビウスの地平」
◇現代歌人集会賞 （第2回／昭和51年）
「メビウスの地平―歌集」 永田和宏著 現代短歌社 2013.4 121p 15cm （第1歌集文庫） 667円 ⓘ978-4-906846-58-0

永田 紅 ながた・こう

4510 「風の昼」
◇歌壇賞 （第8回／平成8年）

4511 「日輪」
◇現代歌人協会賞 （第45回／平成13年）
「日輪―永田紅歌集」 砂子屋書房 2000.12 196p 22cm 3000円 ⓘ4-7904-0552-4

永田 耕一郎 ながた・こういちろう

4512 「遙か」
◇北海道新聞俳句賞 （第5回／平成2年）
「遥か―句集」 富士見書房 1990.6 201p 20cm 2600円 ⓘ4-8291-7171-5

仲田 定之助 なかだ・さだのすけ

4513 「明治商売往来」
◇日本エッセイスト・クラブ賞 （第18回／昭和45年）
「明治商売往来」 筑摩書房 2003.12 382p 15cm （ちくま学芸文庫） 1300円 ⓘ4-480-08805-9

仲田 サチ子 なかた・さちこ

4514 「娘」
◇日本随筆家協会賞 （第44回／平成13年11月）
「二人の世界」 日本随筆家協会 2002.1 224p 20cm （現代名随筆叢書 40） 1500円 ⓘ4-88933-260-X

永田 淳 ながた・じゅん

4515 「1／125秒―永田淳歌集」
◇現代歌人集会賞 （第35回／平成21年度）
「1／125秒―永田淳歌集」 ふらんす堂 2008.12 221p 22cm （塔21世紀叢書 第131篇） 2667円 ⓘ978-4-7814-0107-2

中田 整一 なかた・せいいち

4516 「トレイシー 日本兵捕虜秘密尋問所」
◇講談社ノンフィクション賞 （第32回／平成22年）
「トレイシー―日本兵捕虜秘密尋問所」 講談社 2010.4 381p 20cm 1800円

①978-4-06-216157-2
「トレイシー―日本兵捕虜秘密尋問所」 講談社 2012.7 460p 15cm (講談社文庫 な86-2) 743円 ①978-4-06-277310-2

4517 「満州国皇帝の秘録」
◇毎日出版文化賞 (第60回/平成18年―人文・社会部門)
「満州国皇帝の秘録―ラストエンペラーと「厳秘会見録」の謎」 幻戯書房 2005.9 335p 19cm 2800円 ①4-901998-14-5
「満州国皇帝の秘録―ラストエンペラーと「厳秘会見録」の謎」 文藝春秋 2012.11 406p 15cm (文春文庫) 800円 ①978-4-16-783832-4

中田 尚子　なかた・なおこ
4518 「主審の笛」
◇俳人協会新人賞 (第27回/平成15年)
「主審の笛―句集」 角川書店 2003.9 207p 20cm (百鳥叢書 第23篇) 2800円 ①4-04-876186-2

中田 雅敏　なかた・まさとし
4519 「芥川龍之介文章修業」
◇俳人協会評論賞 (第10回/平成7年/新人賞)
「芥川龍之介 文章修業―写生文の系譜」 洋々社 1995.4 258p 19cm 2060円 ①4-89674-906-5

永田 万里子　ながた・まりこ
4520 「生きる」
◇読売「ヒューマン・ドキュメンタリー」大賞 (第11回/平成2年―佳作)

中田 美栄子　なかた・みえこ
4521 「遮断機」
◇野原水嶺賞 (第6回/平成2年)

中谷 巌　なかたに・いわお
4522 「責任国家・日本への選択」
◇石橋湛山賞 (第9回/昭和63年)

永谷 悠紀子　ながたに・ゆきこ
4523 「ひばりが丘の家々」
◇中日詩賞 (第29回/平成1年)
「ひばりが丘の家々―詩集」 不動工房 1989.3 100p 22cm 1500円 ①4-89234-045-6

中谷 陽二　なかたに・ようじ
4524 「精神鑑定の事件史」
◇講談社出版文化賞 (第29回/平成10年/科学出版賞)
「精神鑑定の事件史―犯罪は何を語るか」 中央公論社 1997.11 248p 18cm (中公新書) 700円 ①4-12-101389-1

中地 俊夫　なかち・としお
4525 「覚えてゐるか」
◇日本歌人クラブ賞 (第39回/平成24年)
「覚えてゐるか―歌集」 角川書店, 角川グループパブリッシング〔発売〕 2011.11 245p 20cm (角川平成歌人双書) 2571円 ①978-4-04-652425-6

長津 功三良　ながつ・こうざぶろう
4526 「影たちの墓碑銘」
◇小野十三郎賞 (第9回/平成19年/小野十三郎賞)
「影たちの墓碑銘―詩集」 幻棲舎 2006.8 134p 21cm 2000円

中津 昌子　なかつ・まさこ
4527 「風を残せり」
◇「短歌現代」新人賞 (第6回/平成3年)
◇現代歌人集会賞 (第20回/平成6年)
「風を残せり―歌集」 短歌新聞社 1993.9 201p 22cm (かりん叢書 第69篇) 2500円

中津 燎子　なかつ・りょうこ
4528 「なんで英語やるの?」
◇大宅壮一ノンフィクション賞 (第5回/昭和49年)

永塚 幸司　ながつか・こうじ
4529 「梁塵」
◇H氏賞 (第37回/昭和62年)
「梁塵―永塚幸司詩集」 紫陽社 1986.7 100p 19cm 1500円
「梁塵―永塚幸司詩集」 第2版 紫陽社 1987.6 100p 20cm 1500円
「永塚幸司全詩集」 砂子屋書房 1995.10 736p 23cm 7767円

中塚 鞠子　なかつか・まりこ

4530　「駱駝の園」
◇富田砕花賞（第8回/平成9年）
　「駱駝の園」思潮社　1997.5　104p
　22cm　2400円　①4-7837-0653-0

中務 哲郎　なかつかさ・てつお

4531　「ヘシオドス 全作品」
◇読売文学賞（第65回/平成25年度―研究・翻訳賞）
　「ヘシオドス 全作品」京都大学学術出版会　2013.5　504, 35p　19cm（西洋古典叢書）4600円　①978-4-87698-280-6

中辻 理夫　なかつじ・りお

4532　「淡色の熱情 結城昌治論」
◇尾崎秀樹記念・大衆文学研究賞（第26回/平成25年―大衆文学部門）
　「淡色の熱情―結城昌治論」東京創元社　2012.6　204, 4p　19cm　2000円　①978-4-488-01534-3

4533　「ノワール作家・結城昌治」
◇創元推理評論賞（第10回/平成15年）

中坪 達哉　なかつぼ・たつや

4534　「前田普羅」
◇俳人協会評論賞（第25回/平成22年度）
　「前田普羅―その求道の詩魂」桂書房　2010.4　240p　20cm　2000円　①978-4-903351-83-4

長門 洋平　ながと・ようへい

4535　「映画音響論」
◇サントリー学芸賞（第26回/平成26年度―芸術・文学部門）
　「映画音響論―溝口健二映画を聴く」みすず書房　2014.1　391, 19p　21cm　6800円　①978-4-622-07809-8

中堂 けいこ　なかどう・けいこ

4536　「エンジェルバード」
◇「詩と思想」新人賞（第13回/平成16年）

中西 悟堂　なかにし・ごどう

4537　「悟堂歌集」
◇日本歌人クラブ推薦歌集（第14回/昭和43年）
　「定本・野鳥記　第15巻　悟堂歌集」春秋社　1985.5　318p　20cm　2500円

4538　「定本野鳥記」
◇読売文学賞（第17回/昭和40年―研究・翻訳賞）
　「定本・野鳥記　第13巻　思索とエッセイ」春秋社　1980.6　335, 7p　20cm　1500円
　「定本・野鳥記　第10巻　野鳥の観察1」春秋社　1982.12　365, 6p　20cm　2500円
　「定本・野鳥記　第11巻　野鳥の観察2」春秋社　1983.6　401, 11p　20cm　2500円
　「定本・野鳥記　第15巻　悟堂歌集」春秋社　1985.5　318p　20cm　2500円
　「定本・野鳥記　第16巻　悟堂詩集」春秋社　1985.7　333p　20cm　2500円
　「定本・野鳥記　第12巻　野鳥紀行.交誼の花」春秋社　1985.12　389p　20cm　3000円
　「恩顧の人々」春秋社　1986.7　381p　21cm（定本 野鳥記 14）3000円　①4-393-42124-8

4539　「野鳥と生きて」
◇日本エッセイスト・クラブ賞（第5回/昭和32年）

中西 準子　なかにし・じゅんこ

4540　「環境リスク学」
◇毎日出版文化賞（第59回/平成17年―自然科学部門）
　「環境リスク学―不安の海の羅針盤」日本評論社　2004.9　251p　19cm　1800円　①4-535-58409-5

中西 進　なかにし・すすむ

4541　「万葉集の比較文学的研究」
◇読売文学賞（第15回/昭和38年―研究・翻訳賞）
　「万葉集の比較文学的研究　上」講談社　1995.3　520p　21cm（中西進 万葉論集第1巻）9800円　①4-06-252651-4
　「万葉集の比較文学的研究　下」講談社　1995.5　611p　21cm（中西進 万葉論集第2巻）9800円　①4-06-252652-2

4542　「万葉と海彼」
◇和辻哲郎文化賞（第3回/平成2年―一般部門）

「万葉と海彼」 角川書店 1990.4 353p 19cm 3400円 ⓘ4-04-884074-6
「中西進 万葉論集 第3巻」 講談社 1995.7 596p 21cm 9800円 ⓘ4-06-252653-0

中西 竜也 なかにし・たつや

4543 「中華と対話するイスラーム」
◇サントリー学芸賞（第35回/平成25年度―社会・風俗部門）
「中華と対話するイスラーム―17・19世紀中国ムスリムの思想的営為」 京都大学学術出版会 2013.3 426p 21cm （プリミエ・コレクション） 5000円 ⓘ978-4-87698-273-8

中西 照夫 なかにし・てるお

4544 「無限軌道」
◇福岡県詩人賞（第24回/昭和63年）

中西 輝政 なかにし・てるまさ

4545 「大英帝国衰亡史」
◇毎日出版文化賞（第51回/平成9年―第2部門（人文・社会））
◇山本七平賞（第6回/平成10年）
「大英帝国衰亡史」 PHP研究所 1997.2 332p 19cm 1800円 ⓘ4-569-55476-8
「大英帝国衰亡史」 新装版 PHP研究所 2015.3 365,9p 19cm 1600円 ⓘ978-4-569-82396-6

4546 「日米同盟の新しい可能性」
◇石橋湛山賞（第11回/平成2年）

中西 ひふみ なかにし・ひふみ

4547 「峰ん巣」
◇〔新潟〕日報詩壇賞（第19回/昭和53年秋）

中西 弘貴 なかにし・ひろき

4548 「飲食（おんじき）」
◇富田砕花賞（第19回/平成20年）

中西 寛 なかにし・ひろし

4549 「国際政治とは何か」
◇読売・吉野作造賞（第4回/平成15年）
「国際政治とは何か―地球社会における人間と秩序」 中央公論新社 2003.3 294p 18cm （中公新書） 860円 ⓘ4-12-101686-6

長沼 明 ながぬま・あきら

4550 「ノン・リケット」
◇ノンフィクション朝日ジャーナル大賞（第7回/平成3年―時代）

長沼 節夫 ながぬま・せつお

4551 「白を黒といいくるめた日本読書新聞『韓青同インタビュー』43年目の真実」
◇週刊金曜日ルポルタージュ大賞（第24回/平成25年/審査員特別賞）

中根 千枝 なかね・ちえ

4552 「未開の顔・文明の顔」
◇毎日出版文化賞（第13回/昭和34年）
「未開の顔・文明の顔」 中央公論社 1990.7 287p 15cm （中公文庫） 520円 ⓘ4-12-201729-7

中根 誠 なかね・まこと

4553 「境界（シュヴェレ）」
◇日本歌人クラブ賞（第38回/平成23年）
「境界（シュヴェレ）―中根誠歌集」 ながらみ書房 2010.10 183p 22cm （茨城歌人叢書/まひる野叢書 第172篇/第289篇） 2500円 ⓘ978-4-86023-680-9

中根 三枝子 なかね・みえこ

4554 「萬葉植物歌考」
◇島木赤彦文学賞（第13回/平成23年）
「萬葉植物歌考」 渓声出版 2010.4 1119p 22cm 18000円 ⓘ978-4-904002-20-9

中根 実宝子 なかね・みほこ

4555 「疎開学童の日記」
◇毎日出版文化賞（第19回/昭和40年）

中野 昭子 なかの・あきこ

4556 「躓く家鴨」
◇短歌公論処女歌集賞（昭和63年度）
「躓く家鴨―中野昭子歌集」 角川書店 1987.11 202p 19cm 2500円 ⓘ4-04-871246-5

中野 光 なかの・あきら

4557 「大正自由教育の研究」

中野 嘉一　なかの・かいち

4558　「前衛詩運動史の研究」
◇日本詩人クラブ賞（第9回/昭和51年）
「前衛詩運動史の研究―モダニズム詩の系譜」　沖積舎　2003.12　480p　21cm　8000円　①4-8060-4699-X

4559　「春の病歴」
◇中部日本詩人賞（第1回/昭和27年）

中野 菊夫　なかの・きくお

4560　「西南」
◇短歌新聞社賞（第6回/平成11年）
「西南―歌集」　短歌新聞社　1997.12　212p　20cm　2381円　①4-8039-0899-0

4561　「中野菊夫全歌集」
◇現代短歌大賞（第9回/昭和61年）

中野 孝次　なかの・こうじ

4562　「ハラスのいた日々」
◇新田次郎文学賞（第7回/昭和63年）
「中野孝次作品　06　山に遊ぶ心・花下遊楽・ハラスのいた日々」　全面改訂決定版　作品社　2001.9　477p　21×16cm　4800円　①4-87893-743-2

4563　「ブリューゲルへの旅」
◇日本エッセイスト・クラブ賞（第24回）
「昭和文学全集　31」　小学館　1988
「ブリューゲルへの旅」　文藝春秋　2004.5　217p　15cm（文春文庫）　590円　①4-16-752313-2

中野 重治　なかの・しげはる

4564　「日本現代詩大系　全10巻」
◇毎日出版文化賞（第5回/昭和26年）

4565　「むらぎも」
◇毎日出版文化賞（第9回/昭和30年）
「昭和文学全集　6」　室生犀星、堀辰雄、中野重治、佐多稲子著　小学館　1988.6　1129p　21cm　4000円　①4-09-568006-7
「むらぎも」　講談社　1989.5　446p　15cm（講談社文芸文庫）　900円　①4-06-196045-8

◇毎日出版文化賞（第23回/昭和44年）
「大正自由教育の研究」　黎明書房　1998.12　299,5p　21cm（教育名著選集 6）　6000円　①4-654-00016-X

「歌のわかれ・むらぎも」　定本版　筑摩書房　1996.8　410p　21cm（中野重治全集 第5巻）　8446円　①4-480-72025-1

中野 妙子　なかの・たえこ

4566　「愛咬」
◇横浜詩人会賞（第5回/昭和47年度）

中野 剛志　なかの・たけし

4567　「日本思想史新論」
◇山本七平賞（第21回/平成24年/奨励賞）
「日本思想史新論―プラグマティズムからナショナリズムへ」　筑摩書房　2012.2　236p　18cm（ちくま新書 946）　780円　①978-4-480-06654-1

中野 知律　なかの・ちず

4568　「プルースト―感じられる時」
◇渋沢・クローデル賞（第16回/平成11年/フランス大使館・エールフランス特別賞）
「プルースト―感じられる時」　ジュリア・クリステヴァ著, 中野知律訳　筑摩書房　1998.5　496p　22cm　5800円　①4-480-83634-9

中野 照子　なかの・てるこ

4569　「秘色の天」
◇日本歌人クラブ賞（第20回/平成5年）
「歌集 秘色の天」　短歌新聞社　1992.5　172p　21cm（好日叢書 125）　2500円

永野 照子　ながの・てるこ

4570　「桃の世」（句集）
◇北海道新聞俳句賞（第19回/平成16年）
「桃の世―永野照子句集」　ふらんす堂　2004.7　180p　19cm　2400円　①4-89402-646-5

中野 敏男　なかの・としお

4571　「詩歌と戦争」
◇日本詩人クラブ詩界賞（第13回/平成25年）
「詩歌と戦争―白秋と民衆、総力戦への「道」」　NHK出版　2012.5　318p　19cm（NHKブックス 1191）　1200円　①978-4-14-091191-4

中野 利子 なかの・としこ

4572 「父 中野好夫のこと」
◇日本エッセイスト・クラブ賞（第41回/平成5年）
「父 中野好夫のこと」 岩波書店 1992.11 220p 19cm 2200円 ①4-00-001364-5

中野 秀人 なかの・ひでと

4573 「聖歌隊」
◇文芸汎論詩集賞（第5回/昭和13年）
「中野秀人作品集」 福岡市文学館〔福岡〕海鳥社〔発売〕 2015.3 276p 19cm（福岡市文学館選書2） 1800円 ①978-4-87415-937-8

仲埜 ひろ なかの・ひろ

4574 「雑草」
◇現代少年詩集新人賞（第5回/昭和63年―奨励賞）

中野 博子 なかの・ひろこ

4575 「月と魚と女たち」
◇年刊現代詩集新人賞（第2回/昭和56年）

中野 不二男 なかの・ふじお

4576 「カウラの突撃ラッパ―零戦パイロットはなぜ死んだか」
◇日本ノンフィクション賞（第11回/昭和59年）
「カウラの突撃ラッパ―零戦パイロットはなぜ死んだか」 文芸春秋 1984.7 308p 20cm 1200円
「カウラの突撃ラッパ―零戦パイロットはなぜ死んだか」 文芸春秋 1991.10 316p 16cm（文春文庫） 420円 ①4-16-727906-1

4577 「レーザー・メス 神の指先」
◇大宅壮一ノンフィクション賞（第21回/平成2年）
「レーザー・メス 神の指先」 新潮社 1989.8 306p 19cm 1400円 ①4-10-369002-X
「レーザー・メス 神の指先」 新潮社 1992.8 362p 15cm（新潮文庫） 480円 ①4-10-121412-3

中野 三敏 なかの・みつとし

4578 「戯作研究」
◇サントリー学芸賞（第3回/昭和56年度―芸術・文学部門）
◇角川源義賞（第4回/昭和57年―国文学）
「戯作研究」 中央公論社 1981.2 418p 22cm 6800円

4579 「近世子どもの絵本集・江戸篇上方篇」
◇毎日出版文化賞（第39回/昭和60年―特別賞）
「近世子どもの絵本集」 鈴木重三、木村八重子編 岩波書店 1993.2 2冊（セット） 22×31cm 35000円 ①4-00-009816-0

中埜 由季子 なかの・ゆきこ

4580 「町、また水のべ」
◇角川短歌賞（第40回/平成6年）
「町、また水のべ―中埜由季子歌集」 短歌新聞社 1995.8 168p 20cm（運河叢書） 2500円

中野 好夫 なかの・よしお

4581 「シェイクスピアの面白さ」
◇毎日出版文化賞（第21回/昭和42年）
「中野好夫集 5 シェイクスピアの面白さ.イギリス・ルネサンスの明暗」 加藤周一、木下順二編集 筑摩書房 1984.9 451p 19cm 2300円

中畑 智江 なかはた・ともえ

4582 「同じ白さで雪は降りくる」
◇中城ふみ子賞（第5回/平成24年）
「同じ白さで雪は降りくる」 書肆侃侃房 2014.9 144p 19cm（新鋭短歌シリーズ 15） 1700円 ①978-4-86385-159-7

中畑 正志 なかはた・まさし

4583 「魂の変容 心的基礎概念の歴史的構成」
◇和辻哲郎文化賞（第24回/平成23年度/学術部門）
「魂の変容―心的基礎概念の歴史的構成」 岩波書店 2011.6 287, 41p 22cm 5000円 ①978-4-00-023793-2

長浜 勤 ながはま・つとむ

4584 「車座」
◇俳壇賞（第28回/平成25年度）

永原 孝道　ながはら・こうどう
4585　「お伽ばなしの王様―青山二郎論のために」
◇三田文学新人賞〔評論部門〕（第6回（1999年度））

中原 澄子　なかはら・すみこ
4586　「長崎を最後にせんば」
◇福岡県詩人賞（第45回/平成21年）
「詩集 長崎を最後にせんば―原爆被災の記憶」コールサック社　2008.8　207p 21cm 2000円　⓪978-4-903393-33-9

中原 道夫　なかはら・みちお
4587　「蕩児」
◇俳人協会新人賞（第13回/平成1年度）
「中原道夫句集―蕩児」〔新装版〕ふらんす堂　1994.10　219p 19cm 2100円　④4-89402-106-4

4588　「顱頂」
◇俳人協会賞（第33回/平成5年）
「顱頂―句集」角川書店　1993.9　183p 20cm 2600円　④4-04-871420-1

中平 耀　なかひら・よう
4589　「マンデリシュターム読本」
◇小野十三郎賞（第4回/平成14年/特別賞）
「マンデリシュターム読本」群像社　2002.1　494p 20cm（ロシア作家案内シリーズ 3）3000円　④4-905821-09-6

永渕 康之　ながふち・やすゆき
4590　「バリ島」
◇サントリー学芸賞（第21回/平成11年度―芸術・文学部門）
「バリ島」講談社　1998.3　224p 18cm（講談社現代新書）660円　④4-06-149395-7

仲程 悦子　なかほど・えつこ
4591　「蜘蛛と夢子」
◇山之口貘賞（第27回/平成16年）

中丸 明　なかまる・あきら
4592　「京城まで」
◇日本旅行記賞（第11回/昭和59年）

中丸 美絵　なかまる・よしえ
4593　「嬉遊曲、鳴りやまず」
◇日本エッセイスト・クラブ賞（第45回/平成9年）
「嬉遊曲、鳴りやまず―斎藤秀雄の生涯」新潮社　1996.7　363p 20cm 1800円　④4-10-413001-X
「嬉遊曲、鳴りやまず―斎藤秀雄の生涯」新潮社　2002.9　496p 15cm（新潮文庫）667円　④4-10-135431-6

中道 操　なかみち・みさお
4594　「母のことば」
◇渋沢秀雄賞（第5回/昭和55年）

仲嶺 眞武　なかみね・しんぶ
4595　「再会」
◇山之口貘賞（第19回/平成8年）
「再会―詩集」仲嶺真武著　沖積舎　1995.8　108p 22cm 2000円　④4-8060-0590-8

長嶺 千晶　ながみね・ちあき
4596　「今も沖には未来あり 中村草田男句集『長子』の世界」
◇俳人協会評論賞（第28回/平成25年度/俳人協会評論新人賞）
「今も沖には未来あり―中村草田男句集『長子』の世界」本阿弥書店　2013.9　235p 20cm 2800円　④978-4-7768-1002-5

長嶺 力夫　ながみね・りきお
4597　「花の季」
◇福島県短歌賞（第3回/昭和53年度）

仲村 青彦　なかむら・あおひこ
4598　「輝ける挑戦者たち―俳句表現考序説―」
◇俳人協会評論賞（第28回/平成25年度）
「輝ける挑戦者たち―俳句表現考序説」ウエップ　2013.6　283p 20cm 2400円　④978-4-904800-54-6

4599　「予感」
◇俳人協会新人賞（第17回/平成5年）
「予感」牧羊社　1993.8　219p 19cm（平成俳句選集 1-7）2600円　④4-8333-1583-1

中村 安希　なかむら・あき
4600　「バックストリートの星たち―ユーラシア・アフリカ大陸、そこに暮らす人々をめぐる旅―」
◇開高健ノンフィクション賞（第7回/平成21年/優秀作）
「インパラの朝―ユーラシア・アフリカ大陸684日」　集英社　2009.11　283p　20cm　1500円　Ⓘ978-4-08-781434-7

中村 明美　なかむら・あけみ
4601　「ねこごはん」
◇福田正夫賞（第19回/平成17年）

中村 勝雄　なかむら・かつお
4602　「パラダイスウォーカー」
◇小学館ノンフィクション大賞（第8回/平成13年/優秀賞）
「パラダイス・ウォーカー」　小学館　2002.6　233p　20cm　1500円　Ⓘ4-09-389583-X
「パラダイスウォーカー――車イスで挑んだハワイ・香港ひとり旅」　小学館　2011.12　233p　21cm　1200円　Ⓘ978-4-09-388227-9

中村 克子　なかむら・かつこ
4603　「沈黙は距離」
◇現代俳句協会年度作品賞（第13回/平成24年度）

中村 花木　なかむら・かぼく
4604　「変色する流域」
◇詩人会議新人賞（第44回/平成22年/詩部門/佳作）

中村 吉右衛門　なかむら・きちえもん
4605　「吉右衛門日記」
◇毎日出版文化賞（第11回/昭和32年）

中村 桂子　なかむら・けいこ
4606　「自己創出する生命」
◇毎日出版文化賞（第47回/平成5年）
「自己創出する生命―普遍と個の物語」　哲学書房　1993.8　226p　19cm　2200円　Ⓘ4-88679-055-0
「自己創出する生命―普遍と個の物語」　筑摩書房　2006.7　262p　15cm（ちくま学芸文庫）　950円　Ⓘ4-480-09001-0

中村 吾郎　なかむら・ごろう
4607　「金が原オーライ」
◇年刊現代詩集新人賞（第8回/昭和62年）
4608　「褌同盟」
◇年刊現代詩集新人賞（第7回/昭和61年―奨励賞）

中村 智志　なかむら・さとし
4609　「段ボールハウスで見る夢―新宿ホームレス物語」
◇講談社ノンフィクション賞（第20回/平成10年）
「段ボールハウスで見る夢―新宿ホームレス物語」　草思社　1998.3　277p　19cm　1800円　Ⓘ4-7942-0807-3

中村 重義　なかむら・しげよし
4610　「さむい夏」
◇新俳句人連盟賞（第22回/平成6年/作

中村 純　なかむら・じゅん
4611　「草の家」
◇横浜詩人会賞（第37回/平成17年度）
「草の家―詩集」　土曜美術社出版販売　2004.9　157p　22cm　2000円　Ⓘ4-8120-1436-0
4612　「子どものからだの中の静かな深み」
◇「詩と思想」新人賞（第14回/平成17年）
「海の家族―中村純詩集」　土曜美術社出版販売　2008.12　95p　22cm（詩と思想新人賞叢書 4）　2000円　Ⓘ978-4-8120-1707-4

中村 淳悦　なかむら・じゅんえつ
4613　「日月」
◇「短歌現代」新人賞（第12回/平成9年）

中村 俊亮　なかむら・しゅんすけ
4614　「愛なしで」
◇晩翠賞（第6回/昭和40年）

中村 真一郎　なかむら・しんいちろう

4615　「蠣崎波響の生涯」
◇藤村記念歴程賞（第27回/平成1年）
◇読売文学賞（第41回/平成1年―評論・伝記賞）
「蠣崎波響の生涯」　新潮社　1989.10　687p　21cm　5000円　Ⓘ4-10-315513-2

4616　「この百年の小説」
◇毎日出版文化賞（第28回/昭和49年）
「この百年の小説―人生と文学と」　新潮社　1974　271p　19cm（新潮選書）　650円

中村 清次　なかむら・せいじ

4617　「月下氷人」
◇日本随筆家協会賞（第21回/平成2年5月）
「月下氷人」　日本随筆家協会　1990.10　208p　19cm（現代随筆選書104）　1400円　Ⓘ4-88933-126-3

中村 苑子　なかむら・そのこ

4618　「吟遊」
◇詩歌文学館賞（第9回/平成6年/俳句）
◇蛇笏賞（第28回/平成6年）
「吟遊―句集」　角川書店　1993.7　201p　20cm（現代俳句叢書）　Ⓘ4-04-871328-0

4619　「中村苑子句集」
◇現代俳句女流賞（第4回/昭和54年）
「白鳥の歌―中村苑子句集」　ふらんす堂　1996.5　77p　15cm（ふらんす堂文庫）　1000円　Ⓘ4-89402-160-9
「中村苑子句集」　中村苑子著, 髙橋順子編　芸林書房　2002.4　128p　15cm（芸林21世紀文庫）　1000円　Ⓘ4-7681-6207-X

中村 隆　なかむら・たかし

4620　「詩人の商売」
◇日本詩人クラブ賞（第18回/昭和60年）
「中村隆全詩集」　中村隆〔著〕, 中村隆文責任編集　澪標　2001.6　378p　22cm　7000円　Ⓘ4-944164-57-2

中村 達　なかむら・つとむ

4621　「果肉の朱」
◇「短歌現代」歌人賞（第7回/平成6年）

中村 伝三郎　なかむら・でんざぶろう

4622　「明治の彫塑―「像ヲ作ル術」以後」
◇毎日出版文化賞（第45回/平成3年）
「明治の彫塑―「像ヲ作ル術」以後」　文彩社　1991.3　270p　21cm　4120円　Ⓘ4-938361-31-0

中村 敏勝　なかむら・としかつ

4623　「スプリング」
◇野原水嶺賞（第30回/平成26年）

中村 伸郎　なかむら・のぶお

4624　「おれのことなら放っといて」
◇日本エッセイスト・クラブ賞（第34回/昭和61年）
「おれのことなら放つといて」　早川書房　1986.2　234p　19cm　1400円　Ⓘ4-15-203301-0
「おれのことなら放っといて」　早川書房　1989.9　235p　15cm（ハヤカワ文庫NF）　400円　Ⓘ4-15-050161-0

中村 信子　なかむら・のぶこ

4625　「橋を渡る」
◇広島県詩人協会賞（第2回/昭和50年）

中村 紘子　なかむら・ひろこ

4626　「チャイコフスキー・コンクール」
◇大宅壮一ノンフィクション賞（第20回/平成1年）
「チャイコフスキー・コンクール―ピアニストが聴く時代」　中央公論社　1988.11　265p　19cm　1000円　Ⓘ4-12-001742-7
「チャイコフスキー・コンクール―ピアニストが聴く現代」　中央公論社　1991.11　305p　15cm（中公文庫）　560円　Ⓘ4-12-201858-7
「国際化の洗礼」　柳田邦男編　文藝春秋　1993.8　577p　19cm（同時代ノンフィクション選集 第12巻）　2900円　Ⓘ4-16-511320-4
「チャイコフスキー・コンクール―ピアニストが聴く現代」　新潮社　2012.3　373p　15cm（新潮文庫）　630円　Ⓘ978-4-10-138551-7

中村 不二夫　なかむら・ふじお

4627　「コラール」
◇地球賞（第33回/平成20年度）

「詩集 コラール」 土曜美術社出版販売 2007.12 115p 21cm（21世紀詩人叢書 第2期 28） 2000円 Ⓘ978-4-8120-1643-5

4628 「Mets」
◇日本詩人クラブ新人賞（第1回/平成3年）
「Mets」 土曜美術社 1990.12 95p 21cm（21世紀詩人叢書 4） 1900円 Ⓘ4-88525-265-6

中村 文 なかむら・ふみ

4629 「後白河院時代歌人伝の研究」
◇第2次関根賞（第1回/平成18年）
「後白河院時代歌人伝の研究」 笠間書院 2005.6 481, 26p 22cm 14500円 Ⓘ4-305-70296-7

中村 雅樹 なかむら・まさき

4630 「俳人 橋本鶏二」
◇俳人協会評論賞（第27回/平成24年度）
「俳人 橋本鶏二」 本阿弥書店 2012.9 384p 20cm（百鳥叢書 第69篇） 3500円 Ⓘ978-4-7768-0888-6

中村 みづ穂 なかむら・みずほ

4631 「良夜吟」
◇日本詩歌句大賞（第8回/平成24年度/奨励賞）
「良夜吟―句集」 本阿弥書店 2011.12 203p 20cm（本阿弥新現代俳句シリーズ 2期） 2800円 Ⓘ978-4-7768-0853-4

なかむら みちこ

4632 「ねむりのエスキス」
◇中日詩賞（第30回/平成2年）

4633 「夕べの童画」
◇東海現代詩人賞（第12回/昭和56年）

中村 光夫 なかむら・みつお

4634 「二葉亭四迷伝」
◇読売文学賞（第10回/昭和33年―評論・伝記賞）
「二葉亭四迷伝」 日本図書センター 1987.10 399, 8p 図版10枚 22cm（近代作家研究叢書 57） 7000円 Ⓘ4-8205-0686-2
「二葉亭四迷伝―ある先駆者の生涯」 講談社 1993.8 442p 15cm（講談社文芸文庫） 1200円 Ⓘ4-06-196236-1

4635 「二葉亭四迷論」
◇池谷信三郎賞（第1回/昭和11年）
「中村光夫全集 1」 筑摩書房 1971（昭和46年）
「二葉亭四迷論」 日本図書センター 1983.11 241, 10p 22cm（近代作家研究叢書 14） 3500円

中村 稔 なかむら・みのる

4636 「鵜原抄」
◇高村光太郎賞（第10回/昭和42年）
「鵜原抄―詩集」 思潮社 1966 117p 31cm 1200円

4637 「束の間の幻影―銅版画家駒井哲郎の生涯」
◇読売文学賞（第43回/平成3年―評論・伝記賞）
「束の間の幻影―銅版画家駒井哲郎の生涯」 新潮社 1991.11 321p 19cm 2000円 Ⓘ4-10-382801-3

4638 「浮泛漂蕩（ふはんひょうとう）」（詩集）
◇藤村記念歴程賞（第30回/平成4年）
「浮泛漂蕩」 思潮社 1991.10 125p 21cm 2800円 Ⓘ4-7837-0376-0

中村 みや子 なかむら・みやこ

4639 「昭和一桁の頑固さ いっきに師走」
◇放哉賞（第15回/平成25年）

中村 恵美 なかむら・めぐみ

4640 「火よ！」
◇中原中也賞（第8回/平成15年）
「火よ！」 書肆山田 2002.3 93p 22cm 2000円 Ⓘ4-87995-538-8

中村 幸彦 なかむら・ゆきひこ

4641 「此ほとり一夜四歌仙評釈」
◇読売文学賞（第32回/昭和55年―研究・翻訳賞）
「此ほとり一夜四歌仙評釈」 角川書店 1980.8 275p 20cm 1900円

中村 与謝男 なかむら・よさお

4642 「楽浪」

◇俳人協会新人賞（第29回/平成17年度）
「楽浪―句集」 富士見書房 2005.8
251p 20cm 2800円 ⓘ4-8291-7598-2

中村 義雄 なかむら・よしお
4643 「絵巻物詞書の研究」
◇角川源義賞（第5回/昭和58年―国文学）
「絵巻物詞書の研究」 角川書店 1982.2
359p 22cm 14000円

中村 良夫 なかむら・よしお
4644 「風景学入門」
◇サントリー学芸賞（第4回/昭和57年度―思想・歴史部門）
「風景学入門」 中央公論社 1982.5
244p 18cm（中公新書） 500円

中村 美彦 なかむら・よしひこ
4645 「太棹に思いをのせて」
◇北海道ノンフィクション賞（第5回/昭和60年―佳作）
「太棹に思いをのせて―女義太夫・竹本年八の九十年とその背景」 中村美彦 1985.3 55p 26cm

仲本 瑩 なかもと・あきら
4646 「ギンネム林の魂祭」
◇「詩と思想」新人賞（第7回/昭和63年）

中本 道代 なかもと・みちよ
4647 「花と死王」
◇丸山豊記念現代詩賞（第18回/平成21年）
「花と死王」 思潮社 2008.7 94p 22cm 2400円 ⓘ978-4-7837-3062-0

4648 「悪い時刻」
◇ラ・メール新人賞（第2回/昭和60年）

中森 美方 なかもり・みほ
4649 「採集誌・七鬼村津波」
◇「詩と思想」新人賞（第6回/昭和62年）

中山 秋夫 なかやま・あきお
4650 「囲みの中の歳月」

◇壺井繁治賞（第31回/平成15年）

中山 明 なかやま・あきら
4651 「炎禱（えんとう）」
◇短歌研究新人賞（第23回/昭和55年）

長山 あや ながやま・あや
4652 「曽爾原」
◇日本伝統俳句協会賞（第8回/平成9年/協会賞）

仲山 清 なかやま・きよし
4653 「詩編 凶器L調書」
◇横浜詩人会賞（第10回/昭和53年度）

中山 純子 なかやま・じゅんこ
4654 「沙羅」
◇俳人協会賞（第15回/昭和50年度）

中山 士朗 なかやま・しろう
4655 「原爆亭折ふし」
◇日本エッセイスト・クラブ賞（第42回/平成6年）
「原爆亭折ふし」 西田書店 1993.5
209p 21cm 1800円 ⓘ4-88866-194-4

中山 智奈弥 なかやま・ちなみ
4656 「16歳のままの妹」
◇読売「ヒューマン・ドキュメンタリー」大賞（第16回/平成7年/奨励賞）

中山 直子 なかやま・なおこ
4657 「ガラスの中の花」
◇伊東静雄賞（第13回/平成14年/奨励賞）

中山 涙 なかやま・なみだ
4658 「浅草芸人―エノケン、ロッパ、欽ちゃん、たけし、浅草演芸150年史」
◇尾崎秀樹記念・大衆文学研究賞（第25回/平成24年―大衆文化部門）
「浅草芸人―エノケン、ロッパ、欽ちゃん、たけし、浅草演芸150年史」 マイナビ 2011.12 287p 17cm（マイナビ新書） 850円 ⓘ978-4-8399-4040-9

長山 靖生　ながやま・やすお
4659　「偽史冒険世界」
◇大衆文学研究賞（第10回/平成8年/研究・考証）
「偽史冒険世界―カルト本の百年」筑摩書房　1996.6　219p　19cm　1800円　①4-480-82330-1
「偽史冒険世界―カルト本の百年」筑摩書房　2001.8　286p　15cm（ちくま文庫）700円　①4-480-03658-X

中山 洋平　なかやま・ようへい
4660　「戦後フランス政治の実験―第四共和制と「組織政党」1944-1952」
◇渋沢・クローデル賞（第19回/平成14年/日本側本賞）
「戦後フランス政治の実験―第四共和制と「組織政党」1944-1952年」東京大学出版会　2002.3　356,10p　22cm　7800円　①4-13-036208-9

長与 善郎　ながよ・よしろう
4661　「わが心の遍歴」
◇読売文学賞（第11回/昭和34年―評論・伝記賞）

仲村渠 芳江　なかんだかり・よしえ
4662　「パンドルの卵」
◇山之口獏賞（第30回/平成19年）

南木 稔　なぎ・みのる
4663　「雪渓」
◇学生援護会青年文芸賞（第2回/佳作）

名越 康次　なごし・こうじ
4664　「ラジオ体操の旅」
◇日本旅行記賞（第18回/平成3年―佳作）

名古屋 山三　なごや・さんざ
4665　「二十一世紀ポップ歌集「ビートルズ編」五十首」
◇ザ・ビートルズ・クラブ大賞（第17回/平成19年―文学部門）

梨木 香歩　なしき・かほ
4666　「渡りの足跡」
◇読売文学賞（第62回/平成22年度―随筆・紀行賞）
「渡りの足跡」新潮社　2010.4　186p　19cm　1300円　①978-4-10-429906-5
「渡りの足跡」新潮社　2013.3　253p　15cm（新潮文庫）460円　①978-4-10-125340-4

那須野 治朗　なすの・じろう
4667　「目」
◇詩人会議新人賞（第35回/平成13年/詩/佳作）

なだ いなだ
4668　「お医者さん」
◇毎日出版文化賞（第24回/昭和45年）
「なだいなだ全集　6　お医者さん.くるいきちがい考.不眠症諸君！」筑摩書房　1982.11　304p　21cm　2600円

夏井 いつき　なつい・いつき
4669　伊月集
◇加美俳句大賞（句集賞）（第5回/平成12年）
「伊月集―句集」本阿弥書店　1999.9　201p　20cm（藍生文庫 10）2700円　①4-89373-290-0
4670　「ヒヤシンス」
◇俳壇賞（第8回/平成5年度）
「句集 伊月集 龍」新装復刊　朝日出版社　2015.7　190p　15×15cm　2500円　①978-4-255-00845-5

夏石 番矢　なついし・ばんや
4671　「夏石番矢全句集 越境紀行」
◇21世紀えひめ俳句賞（第1回/平成14年―河東碧梧桐賞）
「越境紀行―夏石番矢全句集」沖積舎　2001.10　491p　21cm　9000円　①4-8060-1592-X

夏江 航　なつえ・わたる
4672　「藍のアオテアロア」
◇日航海外紀行文学賞（第3回/昭和56年）

七尾 一央　ななお・いつお
4673　「南蛮の陽」（随筆）
◇奥の細道文学賞（第5回/平成16年―

佳作）

鍋島 幹夫　なべしま・みきお

4674　「あぶりだし」
◇福岡県詩人賞（第18回／昭和57年）

4675　「七月の鏡」
◇H氏賞（第49回／平成11年）
「七月の鏡」思潮社　1998.10　99p　22cm　2400円　①4-7837-1092-9

鍋山 ふみえ　なべやま・ふみえ

4676　「アーケード」
◇福岡県詩人賞（第49回／平成25年）
「詩集 アーケード」梓書院　2012.10　115p　19cm　1524円　①978-4-87035-470-8

生江 有二　なまえ・ゆうじ

4677　「無冠の疾走者たち」
◇日本ノンフィクション賞（第9回／昭和57年）
「無冠の疾走者たち」角川書店　1982.8　273p　19cm　990円
「無冠の疾走者たち」角川書店　1985.10　310p　15cm（角川文庫）380円　①4-04-154902-7

涛岡 寿子　なみおか・ひさこ

4678　「都市の相貌」
◇創元推理評論賞（第1回／平成6年）

並河 万里　なみかわ・ばんり

4679　「イスファハン」
◇毎日出版文化賞（第40回／昭和61年—特別賞）
「イスファハン」グラフィック社　1986.5　193p　36cm　25000円　①4-7661-0380-7

並木 士郎　なみき・しろう

4680　「モルグ街で起こらなかったこと（または起源の不在）」
◇創元推理評論賞（第4回／平成9年）

波汐 國芳　なみしお・くによし

4681　「マグマの歌」
◇日本歌人クラブ賞（第34回／平成19年）
「マグマの歌—波汐國芳歌集」短歌研究社　2006.6　204p　22cm　3048円　①4-88551-980-2

4682　「落日の喝采」
◇福島県短歌賞（第28回／平成15年度—歌集賞）
「落日の喝采—波汐國芳歌集」雁書館　2002.9　221p　22cm　3200円

なみの 亜子　なみの・あこ

4683　「寺山修司の見ていたもの」
◇現代短歌評論賞（第23回／平成17年）

4684　「バード・バード」
◇葛原妙子賞（第9回／平成25年）
「バード・バード—なみの亜子歌集」砂子屋書房　2012.8　177p　20cm（塔21世紀叢書 第216篇）2800円　①978-4-7904-1411-7

波野 千代　なみの・ちよ

4685　「吉右衛門日記」
◇毎日出版文化賞（第11回／昭和32年）

波平 幸有　なみひら・こうゆう

4686　「小（ぐゎあ）の情景」
◇山之口貘賞（第38回／平成27年度）
「小（ぐゎあ）の情景—波平幸有詩集」ブイツーソリューション　2015.2　101p　21cm　1000円　①978-4-86476-288-5

名村 早智子　なむら・さちこ

4687　「鹿のこゑ」
◇深吉野賞（第11回／平成15年）

苗村 吉昭　なむら・よしあき

4688　「オーブの河」
◇富田砕花賞（第17回／平成18年）
「オーブの河—詩集」編集工房ノア　2005.7　133p　21cm　1800円　①4-89271-593-X

4689　「バース」
◇小野十三郎賞（第5回／平成15年）
「バース—詩集」編集工房ノア　2002.12　134p　21cm　1500円　①4-89271-512-3

4690　「武器」
◇福田正夫賞（第13回／平成11年）

行方 克巳 なめかた・かつみ

4691 「知音」
◇俳人協会新人賞（第11回/昭和62年度）
「行方克巳集」 邑書林 2006.6 149p 19cm（セレクション俳人 16） 1300円 ①4-89709-415-1

滑川 道夫 なめかわ・みちお

4692 「桃太郎像の変容」
◇毎日出版文化賞（第35回/昭和56年）
「桃太郎像の変容」 東京書籍 1981.3 622p 図版12枚 22cm 6800円

奈良岡 聰智 ならおか・そうち

4693 「対華二十一ヶ条要求とは何だったのか」
◇サントリー学芸賞〔思想・歴史部門〕（第37回/平成27年度）
「対華二十一ヶ条要求とは何だったのか―第一次世界大戦と日中対立の原点」 名古屋大学出版会 2015.3 445,32p 21cm 5500円 ①978-4-8158-0805-1

奈良迫 ミチ ならさこ・みち

4694 「わたしの中の蝶々夫人」
◇日本随筆家協会賞（第19回）

成相 夏男 なりあい・なつお

4695 「斎藤茂吉論」
◇群像新人文学賞〔評論部門〕（第4回/昭和36年―評論）

成川 順 なりかわ・じゅん

4696 「枯葉剤がカワウソを殺した」
◇週刊金曜日ルポルタージュ大賞（第24回/平成25年/選外期待賞）

成清 正幸 なりきよ・まさゆき

4697 「崩壊」
◇新俳句人連盟賞（第23回/平成7年/作品）

成田 敦 なりた・あつし

4698 「水の発芽」
◇中日詩賞（第33回/平成5年）
「水の発芽」 土曜美術社出版販売 1992.9 96p 22cm（21世紀詩人叢書 12） 1900円 ①4-88625-389-X
「成田敦詩集」 土曜美術社出版販売 2007.9 177p 19cm（新・日本現代詩文庫） 1400円 ①978-4-8120-1612-1

成田 千空 なりた・せんくう

4699 「人日」
◇俳人協会賞（第28回/昭和63年度）
「人日―成田千空句集」 青森県文芸協会出版部 1988.7 225p 19cm（あおもり選書 1） 1500円

4700 「白光」
◇蛇笏賞（第32回/平成10年）
「白光―成田千空句集」 角川書店 1997.1 205p 19cm（今日の俳句叢書 41） 2900円 ①4-04-871541-0
「句集 忘年」 花神社 2000.3 219p 19cm 2700円 ①4-7602-1589-1

4701 「忘年」
◇詩歌文学館賞（第16回/平成13年/俳句）
「忘年―句集」 花神社 2000.3 219p 20cm（花神俳人選） 2700円 ①4-7602-1589-1

成井 惠子 なるい・けいこ

4702 「俳句・その二枚の鏡」
◇現代俳句評論賞（第7回/昭和62年度）
「俳句の美学」 成井惠子著 牧羊社 1992.9 328p 19cm 2600円 ①4-8333-1536-X

成瀬 桜桃子 なるせ・おうとうし

4703 「久保田万太郎の俳句」
◇俳人協会評論賞（第10回/平成7年）
「久保田万太郎の俳句」 ふらんす堂 1995.10 238p 19cm 2900円 ①4-89402-132-3

4704 「風色」
◇俳人協会賞（第13回/昭和48年度）

成瀬 政男 なるせ・まさお

4705 「歯車の話」
◇毎日出版文化賞（第9回/昭和30年）

鳴海 英吉 なるみ・えいきち

4706 「ナホトカ集結地にて」
◇壺井繁治賞（第6回/昭和53年）
「定本ナホトカ集結地にて」 青磁社

1980.2 239p 20cm 2000円

鳴海 邦碩 なるみ・くにひろ
4707 「「アーバン・クライマクス」を中心として」
◇サントリー学芸賞（第10回/昭和63年度―社会・風俗部門）
「アーバン・クライマクス―現象としての生活空間学」 筑摩書房 1987.12 268p 19cm 1900円 ①4-480-86023-1

鳴海 宥 なるみ・ゆう
4708 「BARCAROLLE・バカローレ（舟唄）」
◇現代歌人協会賞（第37回/平成5年）

縄田 一男 なわた・かずお
4709 「捕物帖の系譜」
◇大衆文学研究賞（第9回/平成7年―研究・考証）
「捕物帳の系譜」 中央公論新社 2004.7 265p 15cm（中公文庫）686円 ①4-12-204394-8

南条 岳彦 なんじょう・たけひこ
4710 「家族のおいたち」
◇日本文芸家クラブ大賞（第7回/平成10年―エッセイ・ノンフィクション部門）

なんば みちこ
4711 「蜮（いき）」
◇丸山薫賞（第6回/平成11年）
「「蜮」―詩集」 土曜美術社出版販売 1999.3 90p 22cm 2500円 ①4-8120-0744-5

【に】

仁井 甫 にい・はじめ
4712 「門衛の顔」
◇壺井繁治賞（第9回/昭和56年）

新倉 俊一 にいくら・としかず
4713 「評伝 西脇順三郎」

◇和辻哲郎文化賞（第18回/平成17年度/一般部門）
「評伝西脇順三郎」 慶應義塾大学出版会 2004.11 362p 20cm 3000円 ①4-7664-1114-5

新妻 昭夫 にいづま・あきお
4714 「種の起源をもとめて―ウォーレスの「マレー諸島」探検」
◇毎日出版文化賞（第51回/平成9年―第3部門（自然科学））
「種の起源をもとめて―ウォーレスの「マレー諸島」探検」 朝日新聞社 2007.1 403p 19cm 3900円 ①978-4-86143-070-1

新関 公子 にいぜき・きみこ
4715 「ゴッホ 契約の兄弟 フィンセントとテオ・ファン・ゴッホ」
◇吉田秀和賞（第22回/平成24年度）
「ゴッホ契約の兄弟―フィンセントとテオ・ファン・ゴッホ」 ブリュッケ, 星雲社〔発売〕 2011.11 403p 22cm 4600円 ①978-4-434-16117-9

新妻 香織 にいつま・かおり
4716 「楽園に帰ろう」
◇蓮如賞（第3回/平成8年―優秀作）
「楽園に帰ろう」 河出書房新社 1997.1 186p 19cm 1236円 ①4-309-01117-9

新延 拳 にいのべ・けん
4717 「わが祝日に」
◇地球賞（第27回/平成14年度）
「わが祝日に」 書肆山田 2001.12 123p 21cm 2500円 ①4-87995-534-5

和 秀雄 にぎ・ひでお
4718 「ゴンはオスでノンはメス」
◇毎日出版文化賞（第39回/昭和60年）
「ゴンはオスでノンはメス」 どうぶつ社 1995.12 174p 19cm 1500円 ①4-88622-287-0

西 やすのり にし・やすのり
4719 「田」
◇日本伝統俳句協会賞（第19回/平成19年度/新人賞）

にしうら ひろき

4720　「沖縄無宿, 二人」
◇日本旅行記賞（第17回/平成2年―佳作）

西尾 成子　にしお・しげこ

4721　「科学ジャーナリズムの先駆者 評伝 石原純」
◇桑原武夫学芸賞（第15回/平成24年）
「科学ジャーナリズムの先駆者―評伝 石原純」　岩波書店　2011.9　288, 60p　20cm　3400円　④978-4-00-005213-9

西尾 雄志　にしお・たけし

4722　「散るもよし 今を盛りの桜かな 『らい予防法』廃止10年、国賠訴訟5年。ハンセン病のいま」
◇週刊金曜日ルポルタージュ大賞（第17回/平成18年/優秀賞）

西尾 一　にしお・はじめ

4723　「三寒四温」
◇俳句研究賞（第8回/平成5年）

西岡 研介　にしおか・けんすけ

4724　「マングローブ テロリストに乗っ取られたJR東日本の真実」
◇講談社ノンフィクション賞（第30回/平成20年）
「マングロー―テロリストに乗っ取られたJR東日本の真実」　講談社　2007.6　354, 5p　20cm　1600円　④978-4-06-214004-1

西岡 寿美子　にしおか・すみこ

4725　「杉の村の物語」
◇小熊秀雄賞（第7回/昭和49年）

4726　「へんろみちで」
◇富田砕花賞（第6回/平成7年）
「へんろみちで―西岡寿美子詩集」　二人発行所　1994.8　113p　22cm　2000円

西岡 虎之助　にしおか・とらのすけ

4727　「民衆生活史研究」
◇毎日出版文化賞（第3回/昭和24年）

西岡 光秋　にしおか・みつあき

4728　「詩集・鵜匠」
◇日本詩人クラブ賞（第4回/昭和46年）

西垣 通　にしがき・とおる

4729　「デジタル・ナルシス」
◇サントリー学芸賞（第13回/平成3年度―芸術・文学部門）
「デジタル・ナルシス―情報科学パイオニアたちの欲望」　岩波書店　1991.7　235p　19cm　2100円　④4-00-002702-6
「デジタル・ナルシス―情報科学パイオニアたちの欲望」　岩波書店　1997.1　264p　16cm（同時代ライブラリー　293）　1030円　④4-00-260293-1
「デジタル・ナルシス―情報科学パイオニアたちの欲望」　岩波書店　2008.12　281p　15cm（岩波現代文庫）　1000円　④978-4-00-603176-3

西川 幸治　にしかわ・こうじ

4730　「都市の思想」
◇毎日出版文化賞（第27回/昭和48年）
「都市の思想　上」〔新装版〕　日本放送出版協会　1994.5　252p　19cm（NHKブックス　694）　890円　④4-14-001694-9
「都市の思想　下」〔新装版〕　日本放送出版協会　1994.5　187p　19cm（NHKブックス　695）　800円　④4-14-001695-7

西川 長夫　にしかわ・ながお

4731　「フランスの解体？―もうひとつの国民国家論」
◇渋沢・クローデル賞（第17回/平成12年/現代フランス・エッセー賞）
「フランスの解体？―もうひとつの国民国家論」　人文書院　1999.10　306p　20cm　2400円　④4-409-23032-8

西川 夏代　にしかわ・なつよ

4732　「シーソーゲーム」
◇現代少年詩集秀作賞（第1回/平成3年）

4733　「卒業式の日」
◇現代少年詩集新人賞（第4回/昭和62年―奨励賞）

西川 のりお　にしかわ・のりお

4734　「オカン」

◇読売「ヒューマン・ドキュメンタリー」大賞（第20回/平成11年/優秀賞）
「いちご薄書」　植嶋由衣ほか著　読売新聞社　2000.2　278p　20cm　1300円　Ⓣ4-643-00002-3
「オカン」　徳間書店　2005.5　292p　15cm（徳間文庫）　571円　Ⓣ4-19-892245-4

西川　修子　にしかわ・みちこ

4735　「花を散らさず」
◇日本詩歌句大賞（第4回/平成20年度/短歌部門/大賞）
「花を散らさず―歌集」　短歌新聞社　2007.10　194p　20cm（花實叢書 第121篇）　2381円　Ⓣ978-4-8039-1376-7

西川　恵　にしかわ・めぐみ

4736　「エリゼ宮の食卓」
◇サントリー学芸賞（第19回/平成9年度―社会・風俗部門）
「エリゼ宮の食卓―その饗宴と美食外交」　新潮社　1996.8　254p　21cm　1600円　Ⓣ4-10-413301-9
「エリゼ宮の食卓―その饗宴と美食外交」　新潮社　2001.6　344p　15cm（新潮文庫）　552円　Ⓣ4-10-129831-9

錦　三郎　にしき・さぶろう

4737　「蜘蛛百態」
◇日本エッセイスト・クラブ賞（第12回/昭和39年）

4738　「空を飛ぶクモ」
◇ジュニア・ノンフィクション文学賞（第2回/昭和50年）

西木　正明　にしき・まさあき

4739　「オホーツク諜報船」
◇日本ノンフィクション賞（第7回/昭和55年―新人賞）
「オホーツク諜報船」　角川書店　1980.7　283p　20cm　1100円
「オホーツク諜報船」　角川書店　1985.10　332p　15cm（角川文庫）　420円　Ⓣ4-04-162801-6
「オホーツク諜報船」　社会思想社　1992.12　334p　15cm（現代教養文庫―ベスト・ノンフィクション）　680円　Ⓣ4-390-11454-9

4740　「夢幻の山旅」
◇新田次郎文学賞（第14回/平成7年）
「夢幻の山旅」　中央公論社　1994.9　333p　20×14cm　1800円　Ⓣ4-12-002357-5
「夢幻の山旅」　中央公論新社　1999.6　451p　15cm（中公文庫）　952円　Ⓣ4-12-203438-8

錦　米次郎　にしき・よねじろう

4741　「百姓の死」
◇中日詩賞（第2回/昭和37年）

西倉　一喜　にしくら・かずよし

4742　「中国・グラスルーツ」
◇大宅壮一ノンフィクション賞（第15回/昭和59年）
「中国・グラスルーツ」　めこん　1983.6　184p　21cm　1500円
「中国・グラスルーツ」　文藝春秋　1986.11　300p　15cm（文春文庫）　400円　Ⓣ4-16-743801-1

西崎　みどり　にしざき・みどり

4743　「聖文字の葉」
◇歌壇賞（第5回/平成5年）

西沢　杏子　にしざわ・きょうこ

4744　「ズレる？」
◇丸山豊記念現代詩賞（第15回/平成18年）
「ズレる？―西沢杏子詩集」　てらいんく　2005.8　79p　22cm（子ども詩のポケット 12）　1200円　Ⓣ4-925108-38-7

4745　「虫の恋文」(詩集)
◇三越左千夫少年詩賞（第19回/平成27年）
「虫の恋文―詩集」　花神社　2014.10　80p　20cm　1500円　Ⓣ978-4-7602-2045-8

西沢　爽　にしざわ・そう

4746　「日本近代歌謡史 全3巻」
◇毎日出版文化賞（第45回/平成3年―特別賞）
「日本近代歌謡史」　桜楓社　1990.11　3冊　27cm　全82400円

西嶋 あさ子　にしじま・あさこ
4747 「的礫」
◇星野立子賞（第2回/平成26年/星野立子賞受賞）
「的礫―一句集」　角川書店　2013.1　197p　20cm　2667円　①978-4-04-652686-1

4748 「俳人 安住敦」
◇俳人協会評論賞（第16回/平成13年）
「俳人安住敦」　白鳳社　2001.7　214p　20cm　2000円　①4-8262-6009-1

西田 耕三　にしだ・こうぞう
4749 「主人公の誕生 中世禅から近世小説へ」
◇やまなし文学賞〔研究・評論部門〕（第16回/平成19年度―研究・評論部門）
「主人公の誕生―中世禅から近世小説へ」　ぺりかん社　2007.7　273p　19cm　3200円　①978-4-8315-1173-7

西田 忠次郎　にしだ・ちゅうじろう
4750 「歩行訓練」
◇短歌研究新人賞（第18回/昭和50年）

西田 政史　にしだ・まさし
4751 「ようこそ！猫の星へ」
◇短歌研究新人賞（第33回/平成2年）

西田 美千子　にしだ・みちこ
4752 「青いセーター」
◇短歌研究新人賞（第20回/昭和52年）

西田 吉孝　にしだ・よしたか
4753 「□あるいは■」
◇栃木県現代詩人会賞（第9回）

西田 れいこ　にしだ・れいこ
4754 「蓑虫」
◇朝日俳句新人賞（第6回/平成15年/奨励賞）

西台 恵　にしだい・めぐみ
4755 「ガルボのやうに」
◇短歌公論処女歌集賞（平成7年度）
「ガルボのやうに―西台恵歌集」　雁書館　1994.3　150p　22cm　2500円

西谷 尚　にしたに・たかし
4756 「祈りたかった」
◇健友館ノンフィクション大賞（第6回/平成13年/大賞）
「祈りたかった」　健友館　2002.8　259p　20cm　1700円　①4-7737-0672-4

西出 真一郎　にしで・しんいちろう
4757 「少年たちの四季」
◇俳句朝日賞（第9回/平成19年）

西出 新三郎　にしで・しんざぶろう
4758 「ゴドーを待ちながら」
◇現代短歌大系新人賞（昭和47年―入選）

西出 楓楽　にしで・ふうらく
4759 「天秤座」
◇川柳文学賞（第1回/平成20年）
「天秤座―川柳句集」　川柳塔社　2007.4　177p　22cm　2000円

西野 辰吉　にしの・たつきち
4760 「秩父困民党」
◇毎日出版文化賞（第10回/昭和31年）

西野 徹　にしの・とおる
4761 「風土」
◇広島県詩人協会賞（第1回/昭和49年）

西野 由美子　にしの・ゆみこ
4762 「母の想い」
◇大石りくエッセー賞（第2回/平成11年―特別賞）

西野 嘉章　にしの・よしあき
4763 「十五世紀プロヴァンス絵画研究―祭壇画の図像プログラムをめぐる一試論」
◇渋沢・クローデル賞（第11回/平成6年―日本側）
「十五世紀プロヴァンス絵画研究―祭壇画の図像プログラムをめぐる一試論」　岩波書店　1994.2　320, 49p　26cm　18000円　①4-00-002938-X

西原 邦子　にしはら・くにこ

4764　「硝子の上の日々」
◇時間賞（第4回/昭和32年―新人賞（1位））

西原 裕美　にしはら・ゆみ

4765　「私でないもの」
◇山之口貘賞（第36回/平成25年度）
「私でないもの―詩集」［西原裕美］2012.6　87p　21cm　1000円

西部 邁　にしべ・すすむ

4766　「生まじめな戯れ」を中心として
◇サントリー学芸賞（第6回/昭和59年度―社会・風俗部門）
「生まじめな戯れ―価値相対主義との闘い」筑摩書房　1984.7　246p　20cm　1300円
「生まじめな戯れ―価値相対主義との闘い」筑摩書房　1992.1　317p　15cm（ちくま文庫）620円　①4-480-02594-4

西宮 舞　にしみや・まい

4767　「千木」
◇俳人協会新人賞（第25回/平成13年）
「千木―句集」富士見書房　2001.8　187p　20cm（シリーズ〈平成の俳人〉）2800円　①4-8291-7476-5

西村 章　にしむら・あきら

4768　「最後の王者」
◇小学館ノンフィクション大賞（第17回/平成22年/優秀賞）
「最後の王者―MotoGPライダー・青山博一の軌跡」小学館　2011.3　231p　20cm　1600円　①978-4-09-379820-4
※受賞作「最後の王者」を改題

西村 和子　にしむら・かずこ

4769　「椅子ひとつ」
◇俳句四季大賞（第14回/平成27年）
◇小野市詩歌文学賞（第8回/平成28年/〔俳句部門〕）
「椅子ひとつ―句集」KADOKAWA　2015.1　197p　20cm　2700円　①978-4-04-652906-0

4770　「虚子の京都」
◇俳人協会評論賞（第19回/平成16年）
「虚子の京都」角川学芸出版　2004.10　277p　19cm　2476円　①4-04-651921-5

4771　「心音」
◇俳人協会賞（第46回/平成18年度）
「心音―句集」角川書店　2006.5　219p　20cm　2667円　①4-04-651839-1

4772　「夏帽子」
◇俳人協会新人賞（第7回/昭和58年度）
「夏帽子」牧羊社　1983.5　109p　21cm（現代俳句女流シリーズⅣ・24）1700円

西村 清和　にしむら・きよかず

4773　「遊びの現象学」
◇サントリー学芸賞（第12回/平成2年度―思想・歴史部門）
「遊びの現象学」勁草書房　1989.5　354p　19cm　2890円　①4-326-15218-4

西村 麒麟　にしむら・きりん

4774　「鶉」
◇田中裕明賞（第5回/平成26年）

西村 皎三　にしむら・こうぞう

4775　「遺書」
◇詩人懇話会賞（第3回/昭和15年）

西村 貞　にしむら・さだ

4776　「民家の庭」
◇毎日出版文化賞（第8回/昭和29年）

西村 三郎　にしむら・さぶろう

4777　「地球の海と生命―海洋生物地理学序説」
◇毎日出版文化賞（第35回/昭和56年）
「地球の海と生命―海洋生物地理学序説」海鳴社　1981.4　284p　20cm　2200円

4778　「文明のなかの博物学 西欧と日本」
◇和辻哲郎文化賞（第12回/平成11年度/一般部門）
「文明のなかの博物学―西欧と日本　上」紀伊國屋書店　1999.8　348p　22cm　3200円　①4-314-00850-4
「文明のなかの博物学―西欧と日本　下」紀伊國屋書店　1999.8　p349-732　22cm　3200円　①4-314-00851-2

西村 滋　にしむら・しげる
4779　「雨にも負けて風にも負けて」
◇日本ノンフィクション賞（第2回/昭和50年）
「雨にも負けて風にも負けて―1日だけの名優たち」民衆社　1981.4　266p　20cm　1200円
「雨にも負けて風にも負けて」〔新装版〕主婦の友社　1988.8　253p　19cm　1300円　①4-07-929003-9

西村 準吉　にしむら・じゅんきち
4780　「徒然草序の説」
◇ドナルド・キーン日米学生日本文学研究奨励賞（第1回/平成9年―四大部）

西村 富枝　にしむら・とみえ
4781　「街」
◇横浜詩人会賞（第25回/平成5年度）

西村 虎治　にしむら・とらじ
4782　「みかんの花咲く丘」
◇日本随筆家協会賞（第50回/平成16年9月）
「みかんの花咲く丘」日本随筆家協会　2004.11　226p　20cm（現代名随筆叢書 68）1500円　①4-88933-294-4

西村 梛子　にしむら・なぎこ
4783　「狐火」
◇俳句朝日賞（第6回/平成16年）
4784　「冬菊」
◇深吉野賞（第10回/平成14年―佳作）

西村 肇　にしむら・はじめ
4785　「水俣病の科学」
◇毎日出版文化賞（第55回/平成13年―第3部門（自然科学））
「水俣病の科学」西村肇, 岡本達明著　日本評論社　2001.6　343, 6p　21cm　3300円　①4-535-58303-X
「水俣病の科学」西村肇, 岡本達明著　増補版　日本評論社　2006.7　375, 6p　21cm　3300円　①4-535-58455-9

西村 秀樹　にしむら・ひでき
4786　「北朝鮮の日本人妻に、自由往来を！」
◇週刊金曜日ルポルタージュ大賞（第19回/平成20年/佳作）

西村 満　にしむら・みつる
4787　「もう一つの食糧危機」
◇週刊金曜日ルポルタージュ大賞（第1回/平成9年3月/準佳作）

西村 泰則　にしむら・やすのり
4788　「黒揚羽」
◇伊東静雄賞（第22回/平成23年度）

西村 亘　にしむら・わたる
4789　「ギリシア人の歎き―悲劇に於ける宿命と自由との関係の考察」
◇群像新人文学賞〔評論部門〕（第15回/昭和47年―評論）

西山 卯三　にしやま・うぞう
4790　「これからのすまい」
◇毎日出版文化賞（第2回/昭和23年）
「これからのすまい―住様式の話」西山夘三著　復刻版　相模書房　2011.8　275, 7p　21cm　2200円　①978-4-7824-1101-8
4791　「住み方の記」
◇日本エッセイスト・クラブ賞（第14回/昭和41年）

西脇 千瀬　にしわき・ちせ
4792　「地域と社会史―野蒜築港にみる周縁の自我」
◇河上肇賞（第7回/平成23年）
「幻の野蒜築港―明治初頭、東北開発の夢」藤原書店　2012.12　254p　20cm　2800円　①978-4-89434-892-9
※受賞作「地域と社会史―野蒜築港にみる周縁の自我」を改題

日美 清史　にちび・きよし
4793　「涼意」
◇俳句研究賞（第7回/平成4年）

仁田 昭子　にった・あきこ
4794　「球根」
◇広島県詩人協会賞（第4回/昭和52年）

新田 順子　にった・じゅんこ
4795　「彩・生」
◇読売・日本テレビWoman's Beat大賞カネボウスペシャル21（第2回／平成15年／優秀賞）
「彩・生―第2回woman's beat大賞受賞作品集」　中央公論新社　2004.2　317p　20cm　1800円　①4-12-003499-2

新田 孝子　にった・たかこ
4796　「栄花物語の乳母の系譜」
◇関根賞（第11回／平成15年度）
「栄花物語の乳母の系譜」　風間書房　2003.10　1134p　22cm　32000円　①4-7599-1387-4

新田 富子　にった・とみこ
4797　「キャベツを刻むとき」（詩集）
◇銀河詩手帖賞（第3回／昭和58年）

新田 澪　にった・みお
4798　「ブルーミントンまで」
◇日本旅行記賞（第8回／昭和56年）

新田 祐久　にった・ゆきひさ
4799　「白山」
◇俳人協会新人賞（第6回／昭和57年度）
「白山―新田祐久句集」　風発行所　1982.2　195p　18cm　（風俳句選書5）

新田次郎記念会　にったじろうきねんかい
4800　「新田次郎文学事典」
◇尾崎秀樹記念・大衆文学研究賞（第18回／平成17年／特別賞）
「新田次郎文学事典」　新人物往来社　2005.2　306p　22cm　2800円　①4-404-03237-4

日登 敬子　にっと・けいこ
4801　「正しく泣けない」
◇栃木県現代詩人会賞（第3回）

二沓 ようこ　にとう・ようこ
4802　「火曜サスペンス劇場」（詩集）
◇福岡県詩人賞（第30回／平成6年）

二関 天　にのせき・たかし
4803　「華麗なる断絶」
◇横浜詩人会賞（第5回／昭和47年度）

二ノ宮 一雄　にのみや・かずお
4804　「好意」
◇日本随筆家協会賞（第53回／平成18年2月）
「好意」　日本随筆家協会　2006.4　228p　20cm　（現代名随筆叢書78）　1500円　①4-88933-308-8

二宮 正之　にのみや・まさゆき
4805　「私の中のシャルトル」
◇日本エッセイスト・クラブ賞（第38回／平成2年）
「私の中のシャルトル」　筑摩書房　1990.2　221p　19cm　1850円　①4-480-81283-0
「私の中のシャルトル」　筑摩書房　2000.7　245p　15cm　（ちくま学芸文庫）　950円　①4-480-08569-6

仁平 勝　にひら・まさる
4806　「俳句が文学になるとき」を中心として
◇サントリー学芸賞（第19回／平成9年度―芸術・文学部門）
「俳句が文学になるとき」　五柳書院　1996.7　174p　19cm　（五柳叢書）　2000円　①4-906010-73-3

4807　「俳句の射程」
◇俳人協会評論賞（第21回／平成18年）
「俳句の射程」　富士見書房　2006.10　226p　20cm　2600円　①4-8291-7625-3

庭野 富吉　にわの・とみよし
4808　「男」
◇北川冬彦賞（第4回／昭和44年）

任 展慧　にん・てんけい
4809　「日本における朝鮮人の文学の歴史」
◇毎日出版文化賞（第48回／平成6年―奨励賞）
「日本における朝鮮人の文学の歴史―1945年まで」　法政大学出版局　1994.1　339p　22cm　8034円　①4-588-47002-7

【ぬ】

抜井 諒一　ぬくい・りょういち
4810　「秋ともし」
◇星野立子賞（第1回/平成25年/星野立子新人賞）

4811　「日向ぼこ」
◇日本伝統俳句協会賞（第23回/平成23年度/新人賞）

布目 順郎　ぬのめ・じゅんろう
4812　「目で見る繊維の考古学」
◇毎日出版文化賞（第46回/平成4年—特別賞）
「目で見る繊維の考古学—繊維遺物資料集成」　染織と生活社　1992.5　314p　27cm　15000円　ⓘ4-915374-22-X

沼口 満津男　ぬまぐち・みつお
4813　「京のしだれ桜」
◇日本随筆家協会賞（第43回/平成13年5月）
「踊り子慕情」　日本随筆家協会　2001.10　224p　20cm　（現代名随筆叢書 38）　1500円　ⓘ4-88933-257-X

沼野 充義　ぬまの・みつよし
4814　「徹夜の塊　亡命文学論」
◇サントリー学芸賞（第24回/平成14年度—芸術・文学部門）
「徹夜の塊　亡命文学論」　作品社　2002.2　350p　19cm　3400円　ⓘ4-87893-447-6

4815　「ユートピア文学論」
◇読売文学賞（第55回/平成15年—評論・伝記賞）
「ユートピア文学論—徹夜の塊」　作品社　2003.2　354p　19cm　3800円　ⓘ4-87893-537-5

沼本 克明　ぬもと・かつあき
4816　「日本漢字音の歴史的研究—体系と表記をめぐって」
◇金田一京助博士記念賞（第8回/昭和55年度）

◇新村出賞（第18回/平成11年）
「日本漢字音の歴史的研究—體系と表記をめぐって」　汲古書院　1997.12　1245p　22cm　30583円　ⓘ4-7629-3409-7

【ね】

子川 多栄子　ねがわ・たえこ
4817　「廃車のオブジェ」
◇荒木暢夫賞（第27回/平成5年）

根岸 たけを　ねぎし・たけを
4818　「光陰」
◇日本詩歌句大賞（第6回/平成22年度/俳句部門/特別賞）
「光陰—句集」　根岸たけを発行　2009.12　230p　20cm

根岸 保　ねぎし・たもつ
4819　「思い出の間瀬峠」
◇日本随筆家協会賞（第47回/平成15年5月）
「ふるさと慕情」　日本随筆家協会　2003.8　224p　20cm　（現代名随筆叢書 53）　1500円　ⓘ4-88933-277-4

ねじめ 正一　ねじめ・しょういち
4820　「ふ」
◇H氏賞（第31回/昭和56年）
「ふ 詩集」　梓人出版会　1981　77p　22cm

根深 誠　ねぶか・まこと
4821　「遥かなるチベット」
◇JTB紀行文学大賞（第4回/平成7年度）
「遙かなるチベット—河口慧海の足跡を追って」　山と渓谷社　1994.10　315p　21cm　2600円　ⓘ4-635-28031-4

根布谷 正孝　ねふや・まさたか
4822　「夜光虫」
◇短歌研究新人賞（第5回/昭和37年）

根本 騎兄　ねもと・きよし
　4823　「夫の仕事・妻の仕事」
　　◇大石りくエッセー賞（第1回/平成9年
　　　―特別賞）
　4824　「心の二人三脚」
　　◇大石りくエッセー賞（第2回/平成11
　　　年―特別賞）

根本 惣一　ねもと・そういち
　4825　「稲のつぶやき」
　　◇福島県短歌賞（第4回/昭和54年度）

年刊療養歌集編纂委員会
　　ねんかんりょうようかしゅうへんさんい
　　いんかい
　4826　「試歩路」（年刊療養歌集）
　　◇日本歌人クラブ推薦歌集（第2回/昭
　　　和31年）

【の】

納富 信留　のうとみ・のぶる
　4827　「ソフィストとは誰か？」
　　◇サントリー学芸賞（第29回/平成19年
　　　度―思想・歴史部門）
　　「ソフィストとは誰か？」人文書院
　　2006.9　308p　19cm　2800円　①4-409-
　　04080-4
　　「ソフィストとは誰か？」筑摩書房
　　2015.2　375p　15cm（ちくま学芸文
　　庫）　1300円　①978-4-480-09659-3

能美 顕之　のうみ・けんし
　4828　「月の声」
　　◇日本伝統俳句協会賞（第26回/平成27
　　　年―新人賞）

野江 敦子　のえ・あつこ
　4829　「火山灰原」
　　◇北海道新聞短歌賞（第5回/平成2年）
　　「火山灰原―歌集」短歌新聞社　1989.9
　　340p　20cm（国民文学叢書 第324篇）
　　2500円

野上 員行　のがみ・かずゆき
　4830　「一すじの道―房江夫妻の生」
　　◇読売「ヒューマン・ドキュメンタ
　　　リー」大賞（第17回/平成8年/入
　　　選）
　　「三人姉妹―自分らしく生きること」小
　　菅みちる, 沢あづみ, 松沢倫子, 野上員
　　行, 辻村久枝著　読売新聞社　1997.2
　　245p　19cm　1300円　①4-643-97011-1

野上 丹治　のがみ・たんじ
　4831　「つづり方兄妹」
　　◇毎日出版文化賞（第12回/昭和33年）
　　「つづり方兄妹―野上丹治・洋子・房雄作
　　品集」野上丹治, 野上洋子, 野上房雄著
　　理論社　1960　286p　18cm

野上 房雄　のがみ・ふさお
　4832　「つづり方兄妹」
　　◇毎日出版文化賞（第12回/昭和33年）
　　「つづり方兄妹―野上丹治・洋子・房雄作
　　品集」野上丹治, 野上洋子, 野上房雄著
　　理論社　1960　286p　18cm

野上 洋子　のがみ・ようこ
　4833　「つづり方兄妹」
　　◇毎日出版文化賞（第12回/昭和33年）
　　「つづり方兄妹―野上丹治・洋子・房雄作
　　品集」野上丹治, 野上洋子, 野上房雄著
　　理論社　1960　286p　18cm

野樹 かずみ　のぎ・かずみ
　4834　「路程記」
　　◇短歌研究新人賞（第34回/平成3年）

野木 京子　のぎ・きょうこ
　4835　「ヒムル、割れた野原」
　　◇H氏賞（第57回/平成19年）
　　「ヒムル、割れた野原」思潮社　2006.9
　　93p　21cm　2200円　①4-7837-2162-9

野北 和義　のきた・かずよし
　4836　「山雞」
　　◇日本歌人クラブ賞（第14回/昭和62
　　　年）

野口 あや子　のぐち・あやこ
　4837　「カシスドロップ」

◇短歌研究新人賞（第49回/平成18年）
4838 「くびすじの欠片」
◇現代歌人協会賞（第54回/平成22年）
　「くびすじの欠片―野口あや子歌集」　短歌研究社　2009.3　135p　20cm　1700円　Ⓘ978-4-86272-132-7

野口　武彦　のぐち・たけひこ
4839 「江戸の兵学思想」
◇和辻哲郎文化賞（第4回/平成3年―一般部門）
　「江戸の兵学思想」　中央公論社　1991.2　317p　19cm　2000円　Ⓘ4-12-001999-3
　「江戸の兵学思想」　中央公論新社　1999.5　395p　15cm（中公文庫）952円　Ⓘ4-12-203421-3
4840 「江戸の歴史家」
◇サントリー学芸賞（第2回/昭和55年度―思想・歴史部門）
　「江戸の歴史家」　筑摩書房　1993.10　381p　15cm（ちくま学芸文庫）1100円　Ⓘ4-480-08101-1
4841 「谷崎潤一郎論」
◇亀井勝一郎賞（第5回/昭和48年）
4842 「幕末気分」
◇読売文学賞（第54回/平成14年―評論・伝記賞）
　「幕末気分」　講談社　2002.2　284p　19cm　1900円　Ⓘ4-06-211092-X
　「幕末気分」　講談社　2005.3　351p　15cm（講談社文庫）590円　Ⓘ4-06-275038-4

野口　冨士男　のぐち・ふじお
4843 「わが荷風」
◇読売文学賞（第27回/昭和50年―随筆・紀行賞）
　「わが荷風」　野口冨士男著　中央公論社　1984.11　276p　16cm（中公文庫）420円　Ⓘ4-12-201171-X
　「わが荷風」　講談社　2002.12　324p　15cm（講談社文芸文庫）1300円　Ⓘ4-06-198316-4
　「わが荷風　上」　埼玉福祉会　2004.11　228p　21cm（大活字本シリーズ）2800円　Ⓘ4-88419-300-8
　※原本：集英社刊
　「わが荷風　下」　埼玉福祉会　2004.11　276p　21cm（大活字本シリーズ）2900円　Ⓘ4-88419-301-6

　※原本：集英社刊
　「わが荷風」　岩波書店　2012.3　290, 8p　15cm（岩波現代文庫）1040円　Ⓘ978-4-00-602198-6

埜口　保男　のぐち・やすお
4844 「みかん畑に帰りたかった」
◇小学館ノンフィクション大賞（第9回/平成14年/大賞）
　「みかん畑に帰りたかった―北極点単独徒歩日本人初到達・河野兵市の冒険」　小学館　2003.5　249p　20cm　1600円　Ⓘ4-09-379228-3

野口　弥吉　のぐち・やよし
4845 「農業図説大系」
◇毎日出版文化賞（第8回/昭和29年）

野口　悠紀夫　のぐち・ゆきお
4846 「財政危機の構造」
◇サントリー学芸賞（第2回/昭和55年度―政治・経済部門）
　「財政危機の構造」　野口悠紀雄著　東洋経済新報社　1980.8　245p　19cm（東経選書）1300円

野口　良子　のぐち・よしこ
4847 「シゲは夜間中学生」
◇読売「ヒューマン・ドキュメンタリー」大賞（第16回/平成7年/入選）
　「生きのびて」　松本悦子, 斎藤郁夫, 菊地由夏, 野口良子, 松岡香著　読売新聞社　1996.2　300p　19cm　1300円　Ⓘ4-643-96003-5

野坂　昭如　のさか・あきゆき
4848 「我が闘争 こけつまろびつ闇を撃つ」
◇講談社エッセイ賞（第1回/昭和60年）
　「我が闘争・こけつまろびつ闇を撃つ」　朝日新聞社　1984　203p

野崎　歓　のざき・かん
4849 「赤ちゃん教育」
◇講談社エッセイ賞（第22回/平成18年）
　「赤ちゃん教育」　青土社　2005.7　160p　20cm　1600円　Ⓘ4-7917-6193-6

「赤ちゃん教育」 講談社 2008.5 163p 15cm（講談社文庫） 467円 ⓘ978-4-06-276057-7

4850 「異邦の香り―ネルヴァル『東方紀行』論」
◇読売文学賞（第62回／平成22年度―研究・翻訳賞）
「異邦の香り―ネルヴァル『東方紀行』論」 講談社 2010.4 437p 19cm 2800円 ⓘ978-4-06-216176-3

4851 「ジャン・ルノワール 越境する映画」を中心として
◇サントリー学芸賞（第23回／平成13年度―社会・風俗部門）
「ジャン・ルノワール 越境する映画」 青土社 2001.4 261p 19cm 2400円 ⓘ4-7917-5879-X

野ざらし 延男　のざらし・のぶお
4852 「吐血の水溜り」
◇新俳句人連盟賞（第2回／昭和47年）

能沢 紘美　のざわ・ひろみ
4853 「柔かな雨」
◇野原水嶺賞（第16回／平成12年）

野島 徳吉　のじま・とくよし
4854 「ワクチン」
◇毎日出版文化賞（第26回／昭和47年）

野島 秀勝　のじま・ひでかつ
4855 「迷宮の女たち」
◇亀井勝一郎賞（第13回／昭和56年）
「迷宮の女たち」 ティビーエス・ブリタニカ 1981.7 535p 20cm 2500円
「迷宮の女たち」 河出書房新社 1996.11 454p 15cm（河出文庫） 980円 ⓘ4-309-47308-3

能瀬 英太郎　のせ・えいたろう
4856 「紙のいしぶみ 公害企業に立ち向かったある個人の軌跡」
◇週刊金曜日ルポルタージュ大賞（第10回／平成13年9月／報告文学賞）

野田 賢太郎　のだ・けんたろう
4857 「冬を生く」
◇新俳句人連盟賞（第39回／平成23年／作品の部（俳句）／佳作1位）

野田 知佑　のだ・ともすけ
4858 「日本の川を旅する―カヌー単独行」
◇日本ノンフィクション賞（第9回／昭和57年―新人賞）
「日本の川を旅する―カヌー単独行」 日本交通公社出版事業局 1982.4 290p 19cm 1400円
「日本の川を旅する―カヌー単独行」 新潮社 1985.7 365p 15cm（新潮文庫） 400円 ⓘ4-10-141001-1
「日本の川を旅する―カヌー単独行」 講談社 1989.7 349p 19cm 1200円 ⓘ4-06-204362-9

野田 寿子　のだ・ひさこ
4859 「詩誌歩道」
◇福岡県詩人賞（第2回／昭和41年）

4860 「母の耳」
◇丸山豊記念現代詩賞（第8回／平成11年）
「母の耳―詩集」 土曜美術社出版販売 1998.7 114p 22cm 2000円 ⓘ4-8120-0710-0

野田 紘子　のだ・ひろこ
4861 「麒麟（きりん）の首」（歌集）
◇北海道新聞短歌賞（第11回／平成8年）
「麒麟の首―野田紘子歌集」 雁書館 1996.8 158p 20cm 2428円

野田 正彰　のだ・まさあき
4862 「コンピュータ新人類の研究」
◇大宅壮一ノンフィクション賞（第18回／昭和62年）
「コンピュータ新人類の研究」 文藝春秋 1987.3 422p 19cm 1500円 ⓘ4-16-341340-5
「コンピュータ新人類の研究」 文藝春秋 1994.4 441p 15cm（文春文庫） 540円 ⓘ4-16-744102-0

4863 「喪の途上にて」
◇講談社ノンフィクション賞（第14回／平成4年）
「喪の途上にて―大事故遺族の悲哀の研究」 岩波書店 1992.1 392, 5p 19cm 2400円 ⓘ4-00-002287-3

「喪の途上にて―大事故遺族の悲哀の研究」 岩波書店　2014.4　443, 7p　15cm（岩波現代文庫―社会 269）1280円　ⓘ978-4-00-603269-2

野中　亮介　のなか・りょうすけ
4864　「風の木」
◇俳句研究賞（第10回/平成7年）
◇俳人協会新人賞（第21回/平成9年）

野長瀬　正夫　のながせ・まさお
4865　「大和吉野」
◇文芸汎論詩集賞（第10回/昭和18年）

野根　裕　のね・ゆたか
4866　「季節抄」
◇中日詩賞（第51回/平成23年―中日詩賞）
「季節抄」　樹海社　2010.11　77p　21cm　1800円　ⓘ978-4-901571-45-6

野々山　真輝帆　ののやま・まきほ
4867　「スペイン内戦―老闘士たちとの対話」
◇毎日出版文化賞（第35回/昭和56年）
「スペイン内戦―老闘士たちとの対話」　講談社　1981.1　221p　18cm（講談社現代新書）390円

野原　輝一　のはら・てるかず
4868　「プロレタリア俳句とその周辺」
◇新俳句人連盟賞（第20回/平成4年―評論賞）

信原　和夫　のぶはら・かずお
4869　「幻の都 長岡京発掘物語―夢を掘り続けた男 中山修一」
◇子どものための感動ノンフィクション大賞（第3回/平成22年/優良作品）

延広　真治　のぶひろ・しんじ
4870　「落語はいかにして形成されたか」
◇サントリー学芸賞（第9回/昭和62年度―思想・歴史部門）
「落語はいかにして形成されたか」　平凡社　1986.12　219　21×16cm（叢書 演劇と見世物の文化史）1900円　ⓘ4-582-26014-4

昇　曙夢　のぼり・しょむ
4871　「ロシヤ・ソヴェト文学史」
◇読売文学賞（第7回/昭和30年―文学研究・翻訳賞）
「昇曙夢翻訳・著作選集 著作篇4　ロシヤ・ソヴェト文学史」　昇曙夢〔著〕, 源貴志, 塚原孝編・解説　クレス出版　2011.4　631, 18, 1p　22cm　14000円　ⓘ978-4-87733-581-6, 978-4-87733-582-3
※河出書房1955年刊の複製

野間　光辰　のま・こうしん
4872　「刪補西鶴年譜考証」
◇読売文学賞（第35回/昭和58年―研究・翻訳賞）
「西鶴年譜考証」　刪補　中央公論社　1983.11　641p　22cm　12000円　ⓘ4-12-001246-8

野見山　暁治　のみやま・ぎょうじ
4873　「四百字のデッサン」
◇日本エッセイスト・クラブ賞（第26回/昭和53年）
「四百字のデッサン」　河出書房新社　1982.10　231p　15cm（河出文庫）380円
「四百字のデッサン」　河出書房新社　2005.9　231p　15cm　500円　ⓘ4-309-40038-8
「四百字のデッサン」　新装版　河出書房新社　2012.9　231p　15cm（河出文庫）750円　ⓘ978-4-309-41176-7

野村　亞住　のむら・あずみ
4874　「芭蕉連句の季語と季感試論」
◇柿衞賞（第19回/平成22年）

野村　清　のむら・きよし
4875　「皐月号」
◇日本歌人クラブ賞（第12回/昭和60年）

野村　喜和夫　のむら・きわお
4876　「移動と律動と眩暈と」
◇鮎川信夫賞（第3回/平成24年/詩論集部門）
「移動と律動と眩暈と」　書肆山田　2011.4　213p　20cm　2500円　ⓘ978-4-87995-818-1

4877 「風の配分」
◇高見順賞（第30回/平成12年）
「風の配分」 水声社 1999.11 234p 20cm 2800円 ⓘ4-89176-411-2

4878 「特性のない陽のもとに」
◇歴程新鋭賞（第4回/平成5年）
「特性のない陽のもとに」 思潮社 1993.4 123p 21×14cm 2600円 ⓘ4-7837-0448-1

4879 「ニューインスピレーション」
◇現代詩花椿賞（第21回/平成15年）
「ニューインスピレーション」 書肆山田 2003.1 187p 21cm 2800円 ⓘ4-87995-564-7

4880 「ヌードな日」
◇藤村記念歴程賞（第50回/平成24年）
「ヌードな日」 思潮社 2011.10 97p 20cm 2400円 ⓘ978-4-7837-3270-9

4881 「萩原朔太郎」
◇鮎川信夫賞（第3回/平成24年/詩論集部門）
「萩原朔太郎」 中央公論新社 2011.11 278p 20cm（中公選書 002）1600円 ⓘ978-4-12-110002-3

能村 研三　のむら・けんぞう

4882 「鷹の木」
◇俳人協会新人賞（第16回/平成4年度）
「鷹の木—第三句集」 東京四季出版 2010.9 146p 16cm（俳句四季文庫）952円 ⓘ978-4-8129-0634-7

野村 沙知代　のむら・さちよ

4883 「きのう雨降り 今日は曇り あした晴れるか」
◇潮賞（第4回/昭和60年—ノンフィクション（特別賞））
「きのう雨降り今日は曇りあした晴れるか」 潮出版社 1985.8 202p 19cm 900円

野村 尚吾　のむら・しょうご

4884 「伝記谷崎潤一郎」
◇毎日出版文化賞（第26回/昭和47年）

野村 進　のむら・すすむ

4885 「コリアン世界の旅」
◇大宅壮一ノンフィクション賞（第28回/平成9年）
◇講談社ノンフィクション賞（第19回/平成9年）
「コリアン世界の旅」 講談社 1996.12 372p 19cm 1800円 ⓘ4-06-208011-7
「コリアン世界の旅」 講談社 2009.5 510p 15cm（講談社文庫）819円 ⓘ978-4-06-276362-2

能村 登四郎　のむら・としろう

4886 「天上華」
◇蛇笏賞（第19回/昭和60年）
「天上華—能村登四郎句集」 角川書店 1984.9 253p 20cm 2600円

能村 庸一　のむら・よういち

4887 「実録テレビ時代劇史」
◇大衆文学研究賞（第13回/平成12年/研究・考証）
「実録テレビ時代劇史—ちゃんばらクロニクル1953-1998」 東京新聞出版局 1999.1 485p 22cm 3000円 ⓘ4-8083-0654-9
「実録テレビ時代劇史」 筑摩書房 2014.1 652p 15cm（ちくま文庫）1600円 ⓘ978-4-480-43125-7

野村 良雄　のむら・よしお

4888 「通いなれた道で」
◇北海道詩人協会賞（第43回/平成18年度）

野本 和幸　のもと・かずゆき

4889 「フレーゲ哲学の全貌 論理主義と意味論の原型」
◇和辻哲郎文化賞（第26回/平成25年度/学術部門）
「フレーゲ哲学の全貌—論理主義と意味論の原型」 勁草書房 2012.9 686p 22cm 8500円 ⓘ978-4-326-10218-1

野本 三吉　のもと・さんきち

4890 「裸足の原始人たち」
◇日本ノンフィクション賞（第1回/昭和49年）
「裸足の原始人たち—横浜・寿町の子どもたち」 新宿書房 1996.10 305p 19cm（野本三吉ノンフィクション選集 4）2060円 ⓘ4-88008-225-2

野谷 真治　のや・しんじ
4891　「言葉の花束そろえる陽だまり」
◇放哉賞（第14回/平成24年）

【は】

芳賀 勇　はが・いさみ
4892　「小世界」
◇高見楢吉賞（第8回/昭和48年）

芳賀 順子　はが・じゅんこ
4893　「鶏頭朱し」
◇野原水嶺賞（第7回/平成3年）

芳賀 章内　はが・しょうない
4894　「絆」「ベッド」
◇時間賞（第3回/昭和31年—作品賞）

芳賀 徹　はが・とおる
4895　「藝術の国 日本 画文交響」
◇蓮如賞（第12回/平成23年）
「藝術の国 日本 画文交響」 角川学芸出版, 角川グループパブリッシング〔発売〕　2010.2　612p　22cm　5800円　①978-4-04-621187-3

4896　「平賀源内」
◇サントリー学芸賞（第3回/昭和56年度—芸術・文学部門）
「平賀源内」 朝日新聞社　1989.6　428p　19cm（朝日選書 379）1300円　①4-02-259479-9

芳賀 秀次郎　はが・ひでじろう
4897　「出羽国叙情」
◇山形県詩賞（第2回/昭和48年）

波勝 一廣　はがち・かずひろ
4898　「パキスタンの旅—コーランの祈りに寄せて」
◇たまノンフィクション大賞（第1回/平成9年/佳作）

袴田 茂樹　はかまだ・しげき
4899　「深層の社会主義」
◇サントリー学芸賞（第9回/昭和62年度—社会・風俗部門）
「深層の社会主義—ソ連・東欧・中国こころの探訪」 筑摩書房　1987.4　230p　19cm　1600円　①4-480-85369-3
「深層の社会主義—ソ連・東欧・中国こころの探訪」 筑摩書房　1990.5　402p　15cm（ちくま文庫）720円　①4-480-02437-9

萩野 幸雄　はぎの・ゆきお
4900　「欅」
◇日本伝統俳句協会賞（第11回/平成12年/協会賞）

萩原 貢　はぎわら・みつぎ
4901　「桃」
◇北海道詩人協会賞（第33回/平成8年度）
「桃—詩集」 緑鯨社　1995.7　94p　21cm　2000円

4902　「悪い夏」
◇小熊秀雄賞（第3回/昭和45年）

萩原 葉子　はぎわら・ようこ
4903　「父・萩原朔太郎」
◇日本エッセイスト・クラブ賞（第8回）
「父・萩原朔太郎」 中央公論社　1979　276p（中公文庫）

4904　「木馬館」
◇円卓賞（第1回/昭和39年）
「木馬館」 中央公論社　1991.4　253p　15cm（中公文庫）500円　①4-12-201796-3

萩原 遼　はぎわら・りょう
4905　「北朝鮮に消えた友と私の物語」
◇大宅壮一ノンフィクション賞（第30回/平成11年）
「北朝鮮に消えた友と私の物語」 文藝春秋　1998.11　398p　20cm　1762円　①4-16-354590-5
「北朝鮮に消えた友と私の物語」 文藝春秋　2001.5　433p　16cm（文春文庫）552円　①4-16-726006-9

朴 裕河　パク・ユハ
4906　「和解のために」

はさま

◇大佛次郎論壇賞（第7回／平成19年）
「和解のために―教科書・慰安婦・靖国・独島」朴裕河著，佐藤久訳　平凡社　2011.7　339p　15cm（平凡社ライブラリー）　1300円　①978-4-582-76740-7

硲　杏子　はざま・きょうこ

4907　「水の声」
◇日本詩人クラブ賞（第43回／平成22年）
「水の声―詩集」　土曜美術社出版販売　2009.11　132p　22cm　2000円　①978-4-8120-1757-9

橋　閒石　はし・かんせき

4908　「和栲」
◇蛇笏賞（第18回／昭和59年）
「和栲―橋閒石句集」　湯川書房　1983.2　161p　22cm　4500円

橋　しんご　はし・しんご

4909　「逃走記　戦時朝鮮人強制徴用者柳乗熙の記録」
◇週刊金曜日ルポルタージュ大賞（第18回／平成19年／佳作）

橋浦　洋志　はしうら・ようし

4910　「水俣」
◇日本詩人クラブ新人賞（第8回／平成10年）
「水俣―詩集」　思潮社　1997.4　103p　22cm　2400円　①4-7837-0649-2

橋爪　さち子　はしづめ・さちこ

4911　「手紙」
◇「詩と思想」新人賞（第16回／平成19年）
「乾杯―橋爪さち子詩集」　土曜美術社出版販売　2008.11　93p　22cm（詩と思想新人賞叢書3）　2000円　①978-4-8120-1691-6

橋立　佳央理　はしだて・かおり

4912　「ゆきのようせい」
◇現代詩加美未来賞（第11回／平成13年―中新田若鮎賞）

橋本　栄治　はしもと・えいじ

4913　「麦生」

◇俳人協会新人賞（第19回／平成7年）
「麦生―橋本栄治句集」新装版　ふらんす堂　1996.6　233p　19cm　2300円　①4-89402-162-5

橋本　治　はしもと・おさむ

4914　「宗教なんかこわくない！」
◇新潮学芸賞（第9回／平成8年）
「宗教なんかこわくない！」マドラ出版　1995.7　307p　19cm　1500円　①4-944079-05-2
「宗教なんかこわくない！」筑摩書房　1999.8　296p　15cm（ちくま文庫）680円　①4-480-03495-1

4915　「『三島由紀夫』とはなにものだったのか」
◇小林秀雄賞（第1回／平成14年）
「『三島由紀夫』とはなにものだったのか」新潮社　2002.1　382p　20cm　1800円　①4-10-406104-2
「『三島由紀夫』とはなにものだったのか」新潮社　2005.11　479p　15cm（新潮文庫）　629円　①4-10-105414-2

橋本　勝三郎　はしもと・かつさぶろう

4916　「森の石松の世界」
◇大衆文学研究賞（第4回／平成2年―研究・考証）
「森の石松」の世界」　新潮社　1989.9　245p　19cm（新潮選書）　880円　①4-10-600367-8

橋本　克彦　はしもと・かつひこ

4917　「線路工手の唄が聞えた」
◇大宅壮一ノンフィクション賞（第15回／昭和59年）
「線路工手の唄が聞えた」　JICC出版局　1983.6　318p　20cm　1200円
「線路工手の唄が聞えた」　文藝春秋　1986.11　357p　15cm（文春文庫）　450円　①4-16-743701-5

橋本　勝也　はしもと・かつや

4918　「具体的（デジタル）な指触り（キータッチ）」
◇群像新人文学賞〔評論部門〕（第50回／平成19年―評論優秀作）

橋本 絹子　はしもと・きぬこ
　4919　「カンカン帽」
　　◇福島県俳句賞（第13回/平成3年）

橋本 鶏二　はしもと・けいじ
　4920　「鷹の胸」
　　◇俳人協会賞（第21回/昭和56年度）
　　「鷹の胸」　牧羊社　1982.3　206p　20cm
　　（現代俳句選集Ⅱ・16）2100円

橋本 末子　はしもと・すえこ
　4921　「雪ほとけ」
　　◇北海道新聞俳句賞（第7回/平成4年）
　　「雪ほとけ―句集」　本阿弥書店　1992.3
　　173p　20cm（本阿弥女流俳句叢書Ⅲ）
　　2600円

橋本 周子　はしもと・ちかこ
　4922　「美食家の誕生―グリモと「食」のフランス革命」
　　◇渋沢・クローデル賞（第31回/平成26年度/ルイ・ヴィトン ジャパン特別賞）
　　「美食家の誕生―グリモと〈食〉のフランス革命」　名古屋大学出版会　2014.1
　　322, 73p　22cm　5600円　①978-4-8158-0755-9

橋本 徳寿　はしもと・とくじゅ
　4923　「ララン草房」
　　◇日本歌人クラブ推薦歌集（第2回/昭和31年）
　　「ララン草房―歌集」　橋本徳壽著、青垣会編　現代短歌社　2015.7　214p
　　20cm　2315円　①978-4-86534-102-7

橋本 博之　はしもと・ひろゆき
　4924　「行政法学と行政判例―モーリス・オーリウ行政法学の研究」
　　◇渋沢・クローデル賞（第15回/平成10年―日本側）
　　「行政法学と行政判例―モーリス・オーリウ行政法学の研究」　有斐閣　1998.3
　　264, 4p　21cm　5600円　①4-641-12843-X

橋本 征子　はしもと・まさこ
　4925　「闇の乳房」
　　◇北海道詩人協会賞（第37回/平成12年度）
　　「闇の乳房―橋本征子詩集」　縄文詩劇の会　1999.10　65p　23cm

橋本 喜夫　はしもと・よしお
　4926　「白面」
　　◇加美俳句大賞（句集賞）（第11回/平成18年度―スウェーデン賞）

橋本 喜典　はしもと・よしのり
　4927　「一己」
　　◇短歌四季大賞（第4回/平成16年）
　　「一己―橋本喜典歌集」　短歌新聞社　2003.7　253p　22cm（まひる野叢書 第210篇）2857円　①4-8039-1133-9
　4928　「歌集悲母像」
　　◇短歌新聞社賞（第16回/平成21年度）
　4929　「悲母像」
　　◇詩歌文学館賞（第24回/平成21年/短歌）
　　◇短歌新聞社賞（第15回/平成21年度）
　　「悲母像―歌集」　短歌新聞社　2008.11　228p　22cm（まひる野叢書 第255篇）2571円　①978-4-8039-1427-6
　4930　「無冠」
　　◇日本歌人クラブ賞（第22回/平成7年）
　　「無冠―歌集」　不識書院　1994.11　208p　22cm（まひる野叢書 第135篇）3000円
　4931　「わが歌」31首
　　◇短歌研究賞（第51回/平成27年）

蓮池 薫　はすいけ・かおる
　4932　「半島へ、ふたたび」
　　◇新潮ドキュメント賞（第8回/平成21年）
　　「半島へ、ふたたび」　新潮社　2009.6　252p　20cm　1400円　①978-4-10-316531-6

葉月 詠　はづき・えい
　4933　「月の河」
　　◇中城ふみ子賞（第4回/平成22年）
　　「月の河―葉月詠歌集」　短歌研究社　2011.7　157p　20cm（朔日叢書 第81篇）2000円　①978-4-86272-243-0

蓮實 重彦　はすみ・しげひこ
　4934　「反日本語論」

◇読売文学賞（第29回/昭和52年―評論・伝記賞）
「反＝日本語論」 筑摩書房 1986.3 318p 15cm（ちくま文庫）660円 ①4-480-02043-8
「反＝日本語論」 筑摩書房 2009.7 340p 15cm（ちくま学芸文庫）1200円 ①978-4-480-09224-3

長谷川 堯　はせがわ・あきら
4935　「建築有情」を中心として
◇サントリー学芸賞（第1回/昭和54年度―芸術・文学部門）

長谷川 淳士　はせがわ・あつし
4936　「懺悔」
◇日本随筆家協会賞（第5回/昭和56年）

長谷川 郁夫　はせがわ・いくお
4937　「美酒と革囊 第一書房・長谷川巳之吉」
◇やまなし文学賞〔研究・評論部門〕（第15回/平成18年度―研究・評論部門）

長谷川 櫂　はせがわ・かい
4938　「虚空」
◇21世紀えひめ俳句賞（第1回/平成14年―中村草田男賞）
4939　「俳句の宇宙」
◇俳人協会評論賞（第6回/平成1年度―奨励賞）
◇サントリー学芸賞（第12回/平成2年度―芸術・文学部門）
「俳句の宇宙」 花神社 2001.9 198p 19cm 2200円 ①4-7602-1662-6
「俳句の宇宙」 中央公論新社 2013.7 259p 15cm（中公文庫）724円 ①978-4-12-205814-9

長谷川 銀作　はせがわ・ぎんさく
4940　「夜の庭」
◇日本歌人クラブ推薦歌集（第7回/昭和36年）

長谷川 久々子　はせがわ・くぐし
4941　「水辺」
◇俳人協会新人賞（第11回/昭和62年度）
「句集 水辺（すいへん）」 牧羊社 1987.6 195p 19cm 2300円 ①4-8333-0836-3
「長谷川久々子」 花神社 1995.6 135p 19cm（花神俳句館 3）2000円 ①4-7602-9053-2

長谷川 慶太郎　はせがわ・けいたろう
4942　「世界が日本を見倣う日」
◇石橋湛山賞（第3回/昭和57年）
「世界が日本を見倣う日」 東洋経済新報社 1983.9 222p 20cm 1000円

長谷川 節子　はせがわ・せつこ
4943　「白菊の君へ」
◇大石りくエッセー賞（第1回/平成9年―特別賞）

長谷川 双魚　はせがわ・そうぎょ
4944　「ひとつとや」
◇蛇笏賞（第20回/昭和61年）
「ひとつとや―句集」 牧羊社 1985.4 213p 20cm 2500円

長谷川 堯　はせがわ・たかし
4945　「都市廻廊」
◇毎日出版文化賞（第29回/昭和50年）
「都市廻廊―あるいは建築の中世主義」 長谷川堯著 中央公論社 1985.7 423p 16cm（中公文庫）680円 ①4-12-201238-4

長谷川 千尋　はせがわ・ちひろ
4946　「『連歌提要』に見る里村家の連歌学」「『梵灯庵袖下集』の成立」
◇柿衞賞（第12回/平成15年）

長谷川 毅　はせがわ・つよし
4947　「暗闘 スターリン，トルーマンと日本降伏」
◇読売・吉野作造賞（第7回/平成18年度）
◇司馬遼太郎賞（第10回/平成19年）
「暗闘 上―スターリン、トルーマンと日本降伏」 中央公論新社 2011.7 415p 15cm（中公文庫）1143円 ①978-4-12-205512-4
「暗闘 下―スターリン、トルーマンと日本降伏」 中央公論新社 2011.7 371p

15cm（中公文庫）1048円 ⓘ978-4-12-205513-1

長谷川 知水　はせがわ・ともみ
4948 「千住宿から」
◇奥の細道文学賞（第6回/平成20年—優秀賞）

長谷川 春生　はせがわ・はるお
4949 「約束」
◇日本伝統俳句協会賞（第7回/平成8年/新人賞）

長谷川 秀樹　はせがわ・ひでき
4950 「コルシカの形成と変容―共和主義フランスから多元主義ヨーロッパへ」
◇渋沢・クローデル賞（第20回/平成15年/ルイ・ヴィトン・ジャパン特別賞）
「コルシカの形成と変容―共和主義フランスから多元主義ヨーロッパへ」三元社　2002.8　244, 35p　22cm　3500円　ⓘ4-88303-101-2

長谷川 政美　はせがわ・まさみ
4951 「遺伝子が語る君たちの祖先―分子人類学の誕生」
◇吉村証子記念「日本科学読物賞」（第13回/平成5年）
「遺伝子が語る君たちの祖先―分子人類学の誕生」あすなろ書房　1992.12　197p　19×14cm（科学・技術の最前線 6）1300円　ⓘ4-7515-1616-7

長谷川 まり子　はせがわ・まりこ
4952 「少女売買 インドに売られたネパールの少女たち」
◇新潮ドキュメント賞（第7回/平成20年）
「少女売買―インドに売られたネパールの少女たち」光文社　2007.11　329p　19cm　1600円　ⓘ978-4-334-97529-6

長谷川 三千子　はせがわ・みちこ
4953 「バベルの謎」
◇和辻哲郎文化賞（第9回/平成8年—一般部門）
「バベルの謎―ヤハウィストの冒険」中央公論社　1996.2　458p　19cm　2400円　ⓘ4-12-002535-7
「バベルの謎―ヤハウィストの冒険」中央公論新社　2007.4　437p　15cm（中公文庫）1238円　ⓘ978-4-12-204840-9

長谷川 康夫　はせがわ・やすお
4954 「つかこうへい正伝 1968-1982」
◇新田次郎文学賞（第35回/平成28年）
「つかこうへい正伝 1968‐1982」新潮社　2015.11　559p　19cm　3000円　ⓘ978-4-10-339721-2

長谷川 幸洋　はせがわ・ゆきひろ
4955 「日本国の正体 政治家・官僚・メディア―本当の権力者は誰か」
◇山本七平賞（第18回/平成21年）
「日本国（にっぽんこく）の正体―政治家・官僚・メディア―本当の権力者は誰か」講談社　2009.6　221p　19cm　1300円　ⓘ978-4-06-295050-3

長谷川 ゆりえ　はせがわ・ゆりえ
4956 「素顔」
◇日本歌人クラブ推薦歌集（第4回/昭和33年）

長谷川 龍生　はせがわ・りゅうせい
4957 「詩的生活」
◇高見順賞（第9回/昭和53年度）

4958 「知と愛と」（詩集）
◇藤村記念歴程賞（第24回/昭和61年）
「知と愛と」思潮社　1986.8　151p　21cm　2200円

支倉 隆子　はせくら・たかこ
4959 「酸素31」
◇地球賞（第19回/平成6年度）
「酸素31」思潮社　1994.6　98p　21cm　2600円　ⓘ4-7837-0514-3

長谷部 奈美江　はせべ・なみえ
4960 「もしくは、リンドバーグの畑」
◇中原中也賞（山口市）（第2回/平成9年）
「もしくは、リンドバーグの畑」思潮社　1995.12　95p　22cm　2472円　ⓘ4-7837-0597-6

長谷部 史親　はせべ・ふみちか
4961　「日本ミステリー進化論」
◇大衆文学研究賞（第8回/平成6年/研究・考証）
「日本ミステリー進化論―この傑作を見逃すな」日本経済新聞社　1993.8　438p　19cm　2500円　Ⓘ4-532-16107-X

秦　郁彦　はた・いくひこ
4962　「明と暗のノモンハン戦史」
◇毎日出版文化賞（第68回/平成26年―人文・社会部門）
「明と暗のノモンハン戦史」PHP研究所　2014.7　424, 13p　19cm　2800円　Ⓘ978-4-569-81678-4

畑　和子　はた・かずこ
4963　「白磁かへらず」
◇日本歌人クラブ推薦歌集（第19回/昭和48年）

羽田　敬二　はだ・けいじ
4964　「立亡（りゅうぼう）」
◇伊東静雄賞（第11回/平成12年/奨励賞）

畑　正憲　はた・まさのり
4965　「われら動物みな兄弟」
◇日本エッセイスト・クラブ賞（第16回/昭和43年）

畠山　恵美　はたけやま・えみ
4966　「あたしのしごと」
◇現代詩加美未来賞（第2回/平成4年―中新田縄文賞）

畠山　重篤　はたけやま・しげあつ
4967　「日本〈汽水〉紀行」
◇日本エッセイスト・クラブ賞（第52回/平成16年）
「日本〈汽水〉紀行―「森は海の恋人」の世界を尋ねて」文藝春秋　2003.9　302p　20cm　1714円　Ⓘ4-16-365280-9
「日本〈汽水〉紀行」文藝春秋　2015.10　346p　16cm（文春文庫は24-4）700円　Ⓘ978-4-16-790475-3

肌勢 とみ子　はだせ・とみこ
4968　「そぞろ心」
◇日本詩人クラブ新人賞（第18回/平成20年）
「そぞろ心―詩集」土曜美術社出版販売　2007.11　125p　20cm　2000円　Ⓘ978-4-8120-1652-7

畑田　恵利子　はただ・えりこ
4969　「無数のわたしがふきぬけている」
◇福田正夫賞（第17回/平成15年）
◇中日詩賞（第44回/平成16年―新人賞）
「無数のわたしがふきぬけている」詩学社　2003.5　115p　21cm　1200円　Ⓘ4-88312-213-1

はたち よしこ
4970　「ねこ」
◇現代少年詩集秀作賞（第1回/平成3年）

4971　「もやし」
◇現代少年詩集新人賞（第1回/昭和59年）

畑中 しんぞう　はたなか・しんぞう
4972　「坂本君」
◇現代詩加美未来賞（第4回/平成6年―中新田縄文賞）

畑中　武夫　はたなか・たけお
4973　「宇宙空間への道」
◇毎日出版文化賞（第19回/昭和40年）

畑中　良輔　はたなか・りょうすけ
4974　「オペラ歌手誕生物語」
◇日本エッセイスト・クラブ賞（第55回/平成19年）
「オペラ歌手誕生物語」音楽之友社　2007.3　245p　20cm（繰り返せない旅だから 3）2400円　Ⓘ978-4-276-20190-3

波多野　勤子　はたの・いそこ
4975　「幼児の心理」
◇毎日出版文化賞（第8回/昭和29年）

波多野 完治　はたの・かんち
4976　「教育学全集 全15巻」
◇毎日出版文化賞（第23回/昭和44年—特別賞）

波多野 誼余夫　はたの・ぎよお
4977　「知的好奇心」
◇毎日出版文化賞（第27回/昭和48年）

波多野 健　はたの・けん
4978　「無時間性の芸術へ—推理小説の神話的本質についての試論」
◇創元推理評論賞（第7回/平成12年）

畑野 信太郎　はたの・しんたろう
4979　「巣の記憶」
◇北海道詩人協会賞（第24回/昭和62年度）
　「巣の記憶―詩集」　かばりあ社　1986.9　143p　21cm　1800円

波多野 精一　はたの・せいいち
4980　「波多野精一全集 全5巻」
◇毎日出版文化賞（第3回/昭和24年）

波多野 マリコ　はたの・まりこ
4981　「子供たちの夜の祭り」
◇年刊現代詩集新人賞（第6回/昭和60年—奨励賞）
4982　「白日夢」
◇年刊現代詩集新人賞（第7回/昭和61年）

蜂飼 耳　はちかい・みみ
4983　「いまにもうるおっていく陣地」
◇中原中也賞（第5回/平成12年）
　「いまにもうるおっていく陣地―詩集」　紫陽社　1999.10　83p　20cm　1800円

蜂屋 正純　はちや・まさずみ
4984　「苺のニュース」
◇ザ・ビートルズ・クラブ大賞（第14回/平成16年—文学部門）

蜂矢 真郷　はちや・まさと
4985　「国語重複語の語構成論的研究」
◇新村出賞（第17回/平成10年）
　「国語重複語の語構成論的研究」　塙書房　1998.4　450p　21cm　9800円　①4-8273-0080-1

蜂谷 緑　はちや・みどり
4986　「ミズバショウの花いつまでも 尾瀬の自然を守った平野長英」
◇毎日出版文化賞（第40回/昭和61年）
　「ミズバショウの花いつまでも―尾瀬の自然を守った平野長英」　蜂谷緑作, 津田櫓冬絵　俊成出版社　1985.10　163p　23cm（ノンフィクション・シリーズかがやく心）　1200円　①4-333-01193-0

峰谷 良香　はちや・よしか
4987　「銀の針」
◇読売「ヒューマン・ドキュメンタリー」大賞（第11回/平成2年—佳作）

蜂屋 慶　はちや・よろこ
4988　「子どもらが道徳を創る」
◇毎日出版文化賞（第12回/昭和33年）

初井 しづ枝　はつい・しずえ
4989　「藍の紋」
◇日本歌人クラブ推薦歌集（第3回/昭和32年）
　「藍の紋」　白玉書房　1956　231p　図版19cm（コスモス叢書）

八田 木枯　はった・こがらし
4990　「鏡騒」
◇小野市詩歌文学賞（第3回/平成23年/俳句部門）
　「鏡騒―句集」　ふらんす堂　2010.9　200p　22cm　2857円　①978-4-7814-0289-5

服部 きみ子　はっとり・きみこ
4991　「思惟すべて」
◇福島県俳句賞（第31回/平成22年—俳句賞）
4992　「春を待つ」
◇福島県俳句賞（第26回/平成17年—新人賞）

はつとり

服部 之総 はっとり・しそう
4993 「明治の政治家たち」(上・下)
◇毎日出版文化賞（第9回/昭和30年）

服部 英雄 はっとり・ひでお
4994 「河原ノ者・非人・秀吉」
◇毎日出版文化賞（第66回/平成24年—人文・社会部門）
「河原ノ者・非人・秀吉」 山川出版社 2012.4 711p 19cm 2800円 ⓘ978-4-634-15021-8

服部 正也 はっとり・まさや
4995 「ルワンダ中央銀行総裁日記」
◇毎日出版文化賞（第26回/昭和47年）
「ルワンダ中央銀行総裁日記」 増補版 中央公論新社 2009.11 339p 18cm（中公新書）960円 ⓘ978-4-12-190290-0

服部 真里子 はっとり・まりこ
4996 「行け広野へと」(歌集)
◇現代歌人協会賞（第59回/平成27年）
◇日本歌人クラブ新人賞（第21回/平成27年）
「行け広野へと」 本阿弥書店 2014.9 171p 19×12cm（ホンアミレーベル 11）2000円 ⓘ978-4-7768-1113-8

4997 「湖と引力」
◇歌壇賞（第24回/平成24年度）

服部 友香 はっとり・ゆか
4998 「『小町集』における「あま」の歌の増補について」
◇ドナルド・キーン日米学生日本文学研究奨励賞（第9回/平成17年—4年制大学の部）

服部 龍二 はっとり・りゅうじ
4999 「日中国交正常化—田中角栄、大平正芳、官僚たちの挑戦」
◇大佛次郎論壇賞（第11回/平成23年）
「日中国交正常化—田中角栄、大平正芳、官僚たちの挑戦」 中央公論新社 2011.5 262p 18cm（中公新書）800円 ⓘ978-4-12-102110-6

鳩飼 きい子 はとがい・きいこ
5000 「不思議の薬—サリドマイドの話」
◇潮賞（第20回/平成13年—ノンフィクション）
「不思議の薬—サリドマイドの話」 潮出版社 2001.9 198p 19cm 1200円 ⓘ4-267-01609-7

花崎 育代 はなさき・いくよ
5001 「大岡昇平研究」
◇やまなし文学賞〔研究・評論部門〕（第12回/平成15年度—研究・評論部門）
「大岡昇平研究」 双文社出版 2003.10 312p 22cm 5600円 ⓘ4-88164-556-0

花崎 皐平 はなざき・こうへい
5002 「アイヌモシリの風に吹かれて」
◇小熊秀雄賞（第43回/平成22年）
「アイヌモシリの風に吹かれて 長編物語詩」 小樽詩話会事務所 2009.3 89p 21cm 500円

花田 英三 はなだ・えいぞう
5003 「ピエロタへの手紙」
◇山之口貘賞（第14回/平成3年）
「ピエロタへの手紙」 矢立出版 1991.4 79p 21cm 1800円

花潜 幸 はなむぐり・ゆき
5004 「初めの頃であれば」
◇「詩と思想」新人賞（第23回/平成26年）
「詩集 初めの頃であれば」 土曜美術社出版販売 2015.9 95p 21cm（詩と思想新人賞叢書 09）2000円 ⓘ978-4-8120-2234-4

花森 安治 はなもり・あわじ
5005 「一銭五厘の旗」
◇読売文学賞（第23回/昭和46年—随筆・紀行賞）

花山 周子 はなやま・しゅうこ
5006 「屋上の人屋上の鳥 花山周子第一歌集」
◇ながらみ書房出版賞（第16回/平成20年）

「屋上の人屋上の鳥―花山周子第一歌集」 ながらみ書房　2007.8　213p　20cm（塔21世紀叢書　第97篇）2500円　①978-4-86023-469-0

花山　多佳子　はなやま・たかこ

5007　「胡瓜草」
◇小野市詩歌文学賞（第4回／平成24年／短歌部門）
「胡瓜草―花山多佳子歌集」　砂子屋書房　2011.4　248p　20cm（塔21世紀叢書　第185篇）3000円　①978-4-7904-1316-5

5008　「草舟」
◇ながらみ現代短歌賞（第2回／平成6年）
「草舟―歌集」　花神社　1993.7　199p　20cm　2500円　①4-7602-1262-0

5009　「空合」
◇河野愛子賞（第9回／平成11年）
「空合―花山多佳子歌集」　ながらみ書房　1998.4　187p　20cm　2600円

5010　「木香薔薇」
◇齋藤茂吉短歌文学賞（第18回／平成18年）
「木香薔薇―花山多佳子歌集」　砂子屋書房　2006.7　275p　20cm（塔21世紀叢書　第88篇）3000円　①4-7904-0909-0

5011　「雪平鍋」
◇短歌研究賞（第47回／平成23年）

羽入　辰郎　はにゅう・たつろう

5012　「マックス・ヴェーバーの犯罪―『倫理』論文における資料操作の詐術と「知的誠実性」の崩壊―」
◇山本七平賞（第12回／平成15年）
「マックス・ヴェーバーの犯罪―『倫理』論文における資料操作の詐術と「知的誠実性」の崩壊」　ミネルヴァ書房　2002.9　300, 10p　22cm（Minerva人文・社会科学叢書　70）4200円　①4-623-03565-4

羽生田　俊子　はにゅうだ・としこ

5013　「時のつばさ」
◇短歌公論処女歌集賞（平成5年度）
「時のつばさ―羽生田俊子歌集」　角川書店　1992.10　251p　21cm（醍醐叢書　第108編）2500円　①4-04-871376-0

羽田　節子　はねだ・せつこ

5014　「キャプテン・クックの動物たちすばらしいオセアニアの生きもの」
◇吉村証子記念「日本科学読物賞」（第15回／平成7年）
「キャプテン・クックの動物たち―すばらしいオセアニアの生きもの」　羽田節子著, 今井桂三絵　大日本図書　1994.7　166p　19cm（ノンフィクション・ワールド）1300円　①4-477-00416-8

羽田　竹美　はねだ・たけみ

5015　「人生の振り子」
◇日本詩歌句大賞（第6回／平成22年度／随筆部門／特別賞）
「人生の振り子」　日本随筆家協会　2009.10　205p　20cm（現代名随筆叢書　107）1500円　①978-4-88933-345-9

5016　「風呂焚き」
◇日本随筆家協会賞（第49回／平成16年5月）
「母の日記帳」　日本随筆家協会　2004.6　221p　20cm（現代名随筆叢書　61）1500円　①4-88933-286-3

馬場　あき子　ばば・あきこ

5017　「足結いの小鈴」「花より南に」
◇「短歌」愛読者賞（第4回／昭和52年―作品部門）

5018　「歌よみの眼」
◇日本歌人クラブ大賞（第2回／平成23年）
「歌よみの眼」　日本放送出版協会　2010.1　245p　20cm　1400円　①978-4-14-081373-7

5019　「桜花伝承」
◇現代短歌女流賞（第2回／昭和52年）
「桜花伝承―歌集」　牧羊社　1977.3　195p　21cm　2100円

5020　「世紀」
◇現代短歌大賞（第25回／平成14年）
「世紀―馬場あき子歌集」　梧葉出版　2001.12　233p　22cm（かりん叢書　第152篇）3000円
「舟のやうな葉」　短歌新聞社　2011.11　144p　19cm（新現代歌人叢書）952円　①978-4-8039-1565-5

5021　「鶴かへらず」

◇前川佐美雄賞（第10回/平成24年）
「鶴かへらず―馬場あき子歌集」 角川書店, 角川グループパブリッシング〔発売〕 2011.9 234p 20cm （角川短歌叢書/かりん叢書252篇） 2667円 ①978-4-04-621758-5

5022 「能・よみがえる情念」
◇日本歌人クラブ大賞（第2回/平成23年）
「能・よみがえる情念―能を読む」 檜書店 2010.2 282p 21cm （ひのき能楽ライブラリー） 2000円 ①978-4-8279-0984-5

5023 「飛種」
◇斎藤茂吉短歌文学賞（第8回/平成9年）
「飛種―歌集」 短歌研究社 1996.3 253p 22cm 3200円 ①4-88551-208-5
「馬場あき子全集 第3巻 歌集3」 三一書房 1998.2 559p 22cm 6800円 ①4-380-98541-5

5024 「葡萄唐草」
◇沼空賞（第20回/昭和61年）
「葡萄唐草―歌集」 立風書房 1985.11 231p 23cm 3300円 ①4-651-60028-X
「葡萄唐草―歌集」 短歌新聞社 1994.3 110p 15cm （短歌新聞社文庫） 700円 ①4-8039-0732-3

馬場 移公子　ばば・いくこ

5025 「峡の雲」
◇俳人協会賞（第25回/昭和60年度）
「峡の雲―句集」 東京美術 1985.9 237p 19cm 2500円
「峡に忍ぶ―秩父の女流俳人、馬場移公子」 中嶋鬼谷編著 藤原書店 2013.5 381p 19cm 3800円 ①978-4-89434-913-1

5026 「月出づ」
◇福島県俳句賞（第3回/昭和56年）

馬場 公江　ばば・きみえ

5027 「花心」
◇朝日俳句新人賞（第7回/平成16年/準賞）

5028 「飛沫」
◇星野立子賞（第2回/平成26年/星野立子新人賞受賞）

馬場 忠子　ばば・ただこ

5029 「尾瀬」
◇福島県俳句賞（第33回/平成24年―新人賞）

馬場 三枝子　ばば・みえこ

5030 「北国にて」
◇日本随筆家協会賞（第14回/昭和61.11）
「北国にて」 日本随筆家協会 1987.4 214p 19cm （現代随筆選書72） 1500円 ①4-88933-087-9

馬場 めぐみ　ばば・めぐみ

5031 「見つけだしたい」
◇短歌研究新人賞（第54回/平成23年）

馬場 龍吉　ばば・りゅうきち

5032 「色鳥」
◇角川俳句賞（第49回/平成15年）

浜江 順子　はまえ・じゅんこ

5033 「飛行する沈黙」
◇小熊秀雄賞（第42回/平成21年）
「飛行する沈黙」 思潮社 2008.9 105p 22cm 2400円 ①978-4-7837-3079-8

5034 「闇の割れ目で」
◇日本詩歌句大賞（第9回/平成25年度/詩部門/大賞）
「闇の割れ目で」 思潮社 2012.9 119p 22cm 2400円 ①978-4-7837-3311-9

浜口 恵俊　はまぐち・えしゅん

5035 「間人主義の社会 日本」
◇サントリー学芸賞（第4回/昭和57年度―社会・風俗部門）
「間人主義の社会 日本」 東洋経済新報社 1982.4 240p 19cm （東経選書） 1400円

浜口 美知子　はまぐち・みちこ

5036 「川千鳥」
◇日本歌人クラブ新人賞（第6回/平成12年）
「川千鳥―歌集」 ながらみ書房 1999.12 180p 20cm （国民文学叢書 第463篇） 2500円 ①4-931201-21-0

浜田　啓介　はまだ・けいすけ
5037 「近世小説・営為と様式に関する私見」
◇角川源義賞（第16回/平成6年度/国文学）
「近世小説・営為と様式に関する私見」京都大学学術出版会　1993.12　455p 21cm 5500円　①4-87698-008-X

浜田　尚子　はまだ・なおこ
5038 「リンゴ畑の天使」
◇子どものための感動ノンフィクション大賞（第2回/平成20年/優良作品）

浜田　亘代　はまだ・のぶよ
5039 「黄色い潜水艦」（エッセイ）
◇ザ・ビートルズ・クラブ大賞（第2回/平成4年―文学部門）

濱田　正敏　はまだ・まさとし
5040 「鉄のにほひ」
◇「短歌現代」歌人賞（第14回/平成13年）

浜田　優　はまだ・まさる
5041 「ある街の観察」
◇歴程新鋭賞（第17回/平成18年）
「ある街の観察」思潮社　2006.8　89p 22cm 2200円　①4-7837-2152-1

浜田　康敬　はまだ・やすゆき
5042 「成人通知」
◇角川短歌賞（第7回/昭和36年）
◇現代歌人集会賞（第1回/昭和50年）

浜田　陽子　はまだ・ようこ
5043 「夕紅の書」
◇現代歌人集会賞（第5回/昭和54年）

浜辺　祐一　はまべ・ゆういち
5044 「救命センターからの手紙」
◇日本エッセイスト・クラブ賞（第47回/平成11年）
「救命センターからの手紙―ドクター・ファイルから」集英社　1998.4　267p 20cm 1500円　①4-08-774326-8
「救命センターからの手紙―ドクター・ファイルから」集英社　2001.3　265p 16cm（集英社文庫）457円　①4-08-747304-X

浜谷　浩　はまや・ひろし
5045 「裏日本」
◇毎日出版文化賞（第12回/昭和33年）
「生誕一〇〇年 写真家・濱谷浩」クレヴィス　2015.7　253p 26cm 2223円　①978-4-904845-57-8

早川　一光　はやかわ・いっこう
5046 「わらじ医者京日記」
◇毎日出版文化賞（第34回/昭和55年）

早川　聡　はやかわ・さとし
5047 「背景のない自画像」
◇島田利夫賞（第8回/昭和60年）

早川　志織　はやかわ・しおり
5048 「種の起源」
◇現代歌人協会賞（第38回/平成6年）
「種の起源―早川志織歌集」雁書館　1993.9　202p 20cm 2400円

早川　志津子　はやかわ・しずこ
5049 「甕ひとつ」
◇俳壇賞（第5回/平成2年度）

早川　竜也　はやかわ・たつや
5050 「SOUL BOX―あるボクサーの彷徨」
◇「ナンバー」スポーツノンフィクション新人賞（第9回/平成13年）

早川　良一郎　はやかわ・りょういちろう
5051 「けむりのゆくえ」
◇日本エッセイスト・クラブ賞（第22回/昭和49年）
「早川良一郎のけむりのゆくえ」早川良一郎著, 池内紀編　五月書房　1997.3　203p 19cm（池内紀のちいさな図書館）1650円　①4-7727-0192-3

早坂　暁　はやさか・あきら
5052 「公園通りの猫たち」
◇講談社エッセイ賞（第6回/平成2年）
「公園通りの猫たち」講談社　1989.12

214p　19cm　950円　ⓘ4-06-204761-6
「公園通りの猫たち」　講談社　1992.3　218p　15cm（講談社文庫）380円　ⓘ4-06-185139-X
「公園通りの猫たち」　新装版　ネスコ，文藝春秋〔発売〕　1998.4　221p　19cm　1300円　ⓘ4-89036-972-4
「公園通りの猫たち」　勉誠出版　2009.5　409p　19cm（早坂暁コレクション 14）2400円　ⓘ978-4-585-01192-7

5053　「華日記―昭和いけ花戦国史」
◇新田次郎文学賞（第9回/平成2年）
「華日記―昭和生け花戦国史」　新潮社　1989.10　350p　19cm　1500円　ⓘ4-10-363603-3
「華日記―昭和生け花戦国史」　小学館　1998.1　492p　15cm（小学館文庫）724円　ⓘ4-09-402171-X
「華日記―昭和生け花戦国史」　勉誠出版　2009.12　431p　19cm（早坂暁コレクション 11）2400円　ⓘ978-4-585-01191-0

早坂 彰二　はやさか・しょうじ

5054　「レット・イット・ビー讃歌」（エッセイ）
◇ザ・ビートルズ・クラブ大賞（第4回/平成6年―文学部門）

早坂 隆　はやさか・たかし

5055　「地下生活者たちの情景 ルーマニア・マンホールピープルの記録」
◇週刊金曜日ルポルタージュ大賞（第12回/平成14年9月/優秀賞）

早坂 美咲　はやさか・みさき

5056　「もしもアリだったら」
◇現代詩加美未来賞（第15回/平成17年度―加美若鮎賞）

はやし あい

5057　「柿の木の下に」
◇現代少年詩集新人賞（第2回/昭和60年―奨励賞）

5058　「たのしかった一日」
◇現代少年詩集秀作賞（第2回/平成4年）

林 昭彦　はやし・あきひこ

5059　「おふくろ弁当」
◇日本随筆家協会賞（第50回/平成16年9月）
「天上に咲く花」　日本随筆家協会　2004.10　223p　20cm（現代名随筆叢書 66）1500円　ⓘ4-88933-291-X

林 市江　はやし・いちえ

5060　「消光」
◇短歌研究新人賞（第13回/昭和45年）

林 えり子　はやし・えりこ

5061　「川柳人 川上三太郎」
◇大衆文学研究賞（第11回/平成9年/評論・伝記）
「川柳人 川上三太郎」　河出書房新社　1997.3　349p　19cm　2800円　ⓘ4-309-01130-6

林 和清　はやし・かずきよ

5062　「ゆるがるれ」
◇現代歌人集会賞（第18回/平成4年）

林 喜代三　はやし・きよぞう

5063　「林は繁り林の家族へ」
◇フーコー・エッセイコンテスト（第1回/平成9年/入選）

林 木林　はやし・きりん

5064　「夕焼け」
◇「詩と思想」新人賞（第15回/平成18年）
「植星鉢―林木林詩集」　土曜美術社出版販売　2007.11　95p　22cm（詩と思想新人賞叢書 2）2000円　ⓘ978-4-8120-1639-8

林 舜　はやし・しゅん

5065　「旦過の魚」
◇福岡県詩人賞（第38回/平成14年）
「旦過の魚―林舜詩集」　海鳥社　2001.12　93p　22cm　2000円　ⓘ4-87415-372-0

林 純一　はやし・じゅんいち

5066　「ミトコンドリア・ミステリー」
◇講談社出版文化賞（第34回/平成15年/科学出版賞）

「ミトコンドリア・ミステリー――驚くべき細胞小器官の働き」 講談社 2002.11 297p 18cm（ブルーバックス） 1040円 ①4-06-257391-1

林 翔　はやし・しょう

5067　「光年」
◇詩歌文学館賞（第20回/平成17年/俳句）
「光年―句集」 ふらんす堂 2004.7 253p 20cm 2667円 ①4-89402-663-5

5068　「和紙」
◇俳人協会賞（第10回/昭和45年度）

林 真司　はやし・しんじ

5069　「沖縄シマ豆腐物語」
◇潮アジア・太平洋ノンフィクション賞（第1回/平成25年）
「「沖縄シマ豆腐」物語」 潮出版社 2014.1 222p 19cm 1400円 ①978-4-267-01968-5

林 誠司　はやし・せいじ

5070　「ブリッジ」
◇俳人協会新人賞（第25回/平成13年）

林 竹二　はやし・たけじ

5071　「田中正造の生涯」
◇毎日出版文化賞（第30回/昭和51年）
「田中正造の生涯」 講談社 1976 238p 18cm（講談社現代新書） 390円

林 達夫　はやし・たつお

5072　「林達夫著作集 全6巻」
◇毎日出版文化賞（第26回/昭和47年―特別賞）
「林達夫著作集 1 芸術へのチチェローネ」 平凡社 1971 378p 肖像 19cm 1000円
「林達夫著作集 2 精神史への探究」 平凡社 1971 340p 肖像 19cm 1000円
「林達夫著作集 3 無神論としての唯物論」 平凡社 1971 351p 肖像 19cm 1000円
「林達夫著作集 4 批評の弁証法」 平凡社 1971 420p 肖像 19cm 1000円
「林達夫著作集 5 政治のフォークロア」 平凡社 1971 369p 肖像 19cm 1000円
「林達夫著作集 6 書籍の周囲」 平凡社 1972 457p 肖像 19cm 1000円
「書簡」 平凡社 1987.4 270p 19cm（林達夫著作集 別巻1） 2500円 ①4-582-70607-X

林 徹　はやし・てつ

5073　「飛花」
◇俳人協会賞（第40回/平成12年）
「飛花―句集」 角川書店 2000.2 245p 20cm 2700円 ①4-04-871813-4

林 哲夫　はやし・てつお

5074　「喫茶店の時代」
◇大衆文学研究賞（第15回/平成14年/研究・考証）
「喫茶店の時代―あのときこんな店があった」 編集工房ノア 2002.2 281p 19cm 1900円

林 望　はやし・のぞむ

5075　「イギリスはおいしい」
◇日本エッセイスト・クラブ賞（第39回/平成3年）
「イギリスはおいしい」 文藝春秋 1995.9 267p 15cm（文春文庫） 480円 ①4-16-757002-5
「イギリスはおいしい 2」 文藝春秋 2001.12 199p 15cm（文春文庫） 648円 ①4-16-757008-4
※『リンボウ先生ディープ・イングランドを行く』改題書

5076　「林望のイギリス観察辞典」
◇講談社エッセイ賞（第9回/平成5年）
「林望のイギリス観察辞典」 平凡社 1993.6 277p 19cm 1400円 ①4-582-45213-2
「イギリス観察辞典」 大増補・新編輯 平凡社 1996.11 378p 15cm（平凡社ライブラリー） 780円 ①4-582-76170-4
※『林望のイギリス観察辞典』改題・増補書

早矢仕 典子　はやし・のりこ

5077　「空、ノーシーズン」
◇中日詩賞（第48回/平成20年―新人賞）
「詩集 空、ノーシーズン―早矢仕典子詩集」 ふらんす堂 2007.10 87p 21cm

2571円　①978-4-89402-972-9

5078　「水と交差するスピード」
◇福田正夫賞（第18回/平成16年）
「水と交差するスピード」　詩学社　2003.7　111p　21cm　1900円　①4-88312-215-8

林 克明　はやし・まさあき

5079　「カフカスの小さな国―チェチェン独立運動始末」
◇「週刊ポスト」「SAPIO」21世紀国際ノンフィクション大賞（第3回/平成8年/優秀賞）
◇小学館ノンフィクション大賞（第3回/平成8年―優秀賞）
「カフカスの小さな国―チェチェン独立運動始末」　小学館　1997.5　267p　19cm　1500円　①4-09-389521-X

5080　「ジャーナリストの誕生 チェチェン戦争とメディア」
◇週刊金曜日ルポルタージュ大賞（第9回/平成13年3月/ルポルタージュ大賞）

林 政子　はやし・まさこ

5081　「さくら」（詩集）
◇加美現代詩詩集大賞（第1回/平成13年―いのちの詩賞）

林 美佐子　はやし・みさこ

5082　「鹿ヶ谷かぼちゃ」
◇中日詩賞（第54回/平成26年―新人賞）
「鹿ヶ谷かぼちゃ―詩集」　詩遊社　2013.8　96p　21cm　（詩遊叢書 15）　2000円　①978-4-916139-23-8

林 光雄　はやし・みつお

5083　「無碍光」
◇日本歌人クラブ賞（第19回/平成4年）
「無碍光―歌集」　短歌新聞社　1991.10　260p　20cm　（あけび叢書 第137篇）　2500円

5084　「大和の旅」「幾山河」
◇短歌研究賞（第10回/昭和49年）

林 佑子　はやし・ゆうこ

5085　「昆布刈村」

◇角川俳句賞（第33回/昭和62年）

林 洋子　はやし・ようこ

5086　「藤田嗣治 作品をひらく―旅・手仕事・日本」
◇サントリー学芸賞（第30回/平成20年度―芸術・文学部門）
◇渋沢・クローデル賞（第26回/平成21年/ルイ・ヴィトン ジャパン特別賞）
「藤田嗣治作品をひらく―旅・手仕事・日本」　名古屋大学出版会　2008.5　511,67p　22cm　5200円　①978-4-8158-0588-3

林 吉博　はやし・よしひろ

5087　「身辺拾遺」
◇短歌研究賞（第11回/昭和50年）

林 良一　はやし・りょういち

5088　「シルクロード」
◇日本エッセイスト・クラブ賞（第11回/昭和38年）
「シルクロード」〔愛蔵版〕　時事通信社　1988.4　234p　26cm　5800円　①4-7887-8814-4

林 瑠依　はやし・るい

5089　「風を感じて」
◇優駿エッセイ賞（第4回/昭和63年）

林崎 二郎　はやしざき・じろう

5090　「見えない運河」
◇東海現代詩人賞（第10回/昭和54年）

林田 鈴　はやしだ・すず

5091　「南を指す針」
◇短歌研究新人賞（第11回/昭和43年）
「南を指す針―林田鈴歌集」　短歌新聞社　1979.9　229p　20cm　（形成叢刊）　2000円

林屋 辰三郎　はやしや・たつさぶろう

5092　「光悦」
◇毎日出版文化賞（第18回/昭和39年―特別賞）
「光悦」　第一法規出版　1964　140p　図版136p　はり込原色図版16枚　34cm

早瀬 圭一　はやせ・けいいち
5093　「長い命のために」
◇大宅壮一ノンフィクション賞（第13回/昭和57年）
「長い命のために」　新潮社　1981.8　242p　20cm　950円
「長い命のために」　新潮社　1985.2　313p　15cm　（新潮文庫）　360円　Ⓘ4-10-139001-0

早野 和子　はやの・かずこ
5094　「運河」
◇角川俳句賞（第40回/平成6年）

早藤 貞二　はやふじ・ていじ
5095　「ひめすいれん」
◇日本随筆家協会賞（第23回/平成3年5月）
「ひめすいれん」　日本随筆家協会　1992.1　234p　19cm　（現代随筆選書 117）　1600円　Ⓘ4-88933-139-5

原 朝子　はら・あさこ
5096　「やぶからし」
◇日本詩歌句大賞（第4回/平成20年度/俳句部門/奨励賞）
「やぶからし―原朝子句集」　ふらんす堂　2007.10　198p　19cm　（ふらんす堂精鋭俳句叢書―Série de la fleur）　2400円　Ⓘ978-4-89402-952-1

原 桐子　はら・きりこ
5097　「ほたる火」
◇年刊現代詩集新人賞（第3回/昭和57年―奨励賞）

原 子朗　はら・しろう
5098　「長編詩・石の賦」
◇現代詩人賞（第4回/昭和61年）
「石の賦―長編詩」　青土社　1985.10　142p　22cm　1900円

原 聖樹　はら・せいき
5099　「チョウが消えた!?」
◇吉村証子記念「日本科学読物賞」（第14回/平成6年）
「チョウが消えた!?―昆虫の研究」　原聖樹,青山潤三著　あかね書房　1993.4　62p　25×19cm　1800円　Ⓘ4-251-06403-8

原 大地　はら・たいち
5100　「ロートレアモン―他者へ」
◇渋沢・クローデル賞（第24回/平成19年/本賞）

原 奎一郎　はら・たかし
5101　「原敬日記 全9巻」
◇毎日出版文化賞（第5回/昭和26年）
「原敬日記」　福村出版　1981.9　6冊　23cm　全45000円
「原敬日記」　原奎一郎,林茂編　福村出版　2000.6　6冊（セット）　21cm　72000円　Ⓘ4-571-31530-9

原 武史　はら・たけし
5102　「昭和天皇」
◇司馬遼太郎賞（第12回/平成21年）
「昭和天皇」　岩波書店　2008.1　228p　18×11cm　（岩波新書）　740円　Ⓘ978-4-00-431111-9
5103　「大正天皇」
◇毎日出版文化賞（第55回/平成13年―第2部門（人文・社会））
「大正天皇」　朝日新聞社　2000.11　295,3p　19×13cm　（朝日選書）　1300円　Ⓘ4-02-259763-1
「大正天皇」　朝日新聞出版　2015.4　368,5p　15cm　（朝日文庫）　820円　Ⓘ978-4-02-261827-6
5104　「滝山コミューン 一九七四」
◇講談社ノンフィクション賞（第30回/平成20年）
「滝山コミューン1974」　講談社　2007.5　284p　20cm　1700円　Ⓘ978-4-06-213939-7
5105　「「民都」大阪対「帝都」東京」
◇サントリー学芸賞（第20回/平成10年度―社会・風俗部門）
「「民都」大阪対「帝都」東京―思想としての関西私鉄」　講談社　1998.6　254p　19cm　（講談社選書メチエ）　1500円　Ⓘ4-06-258133-7

原 均　はら・ひとし
5106　「フツー人たちのカクシュ」
◇週刊金曜日ルポルタージュ大賞（第

17回/平成18年/優秀賞）

原 ひろ子　はら・ひろこ

5107　「ヘヤー・インディアンとその世界」
◇新潮学芸賞（第2回/平成1年）
「ヘヤー・インディアンとその世界」 平凡社　1989.2　493p　21cm　4500円　①4-582-48104-3

原 広司　はら・ひろし

5108　「空間＜機能から様相へ＞」
◇サントリー学芸賞（第10回/昭和63年度―芸術・文学部門）
「空間―機能から様相へ」 岩波書店　1987.3　282, 14p　21cm　2200円　①4-00-000435-2
「空間―機能から様相へ」 岩波書店　2007.12　306, 23p　15cm（岩波現代文庫）1200円　①978-4-00-600190-2

原 雅子　はら・まさこ

5109　「季節」
◇現代俳句協会年度作品賞（第3回/平成14年）

5110　「夏が来る」
◇角川俳句賞（第51回/平成17年）

原 道生　はら・みちお

5111　「近松浄瑠璃の作劇法」
◇角川源義賞（第36回/平成26年―文学研究部門）
「近松浄瑠璃の作劇法」 八木書店古書出版部, 八木書店〔発売〕　2013.11　688, 32p　21cm　14000円　①978-4-8406-9687-6

原 幸雄　はら・ゆきお

5112　「白い海」
◇作品五十首募集（第3回/昭和30年）

原 利代子　はら・りよこ

5113　「桜は黙って」
◇伊東静雄賞（第19回/平成20年）

原口 清澄　はらぐち・きよすみ

5114　「雄叫び」
◇北海道ノンフィクション賞（第13回/平成5年）

5115　「北海道開拓に賭けた陸軍中将」
◇北海道ノンフィクション賞（第11回/平成3年―奨励賞）

原子 修　はらこ・おさむ

5116　「鳥影」
◇北海道詩人協会賞（第5回/昭和43年度）
「鳥影―原子修詩集」 北書房　1967　114p　19cm　500円

5117　「未来からの銃声」
◇日本詩人クラブ賞（第28回/平成7年）

原田 暎子　はらだ・えいこ

5118　「月子」
◇福岡県詩人賞（第45回/平成21年）
「月子―原田暎子詩集」 石風社　2008.7　98p　20cm　1800円

原田 治　はらだ・おさむ

5119　「辺鄙を求めて」
◇奥の細道文学賞（第2回/平成8年―佳作）

原田 清　はらだ・きよし

5120　「會津八一 人生と芸術」
◇日本歌人クラブ評論賞（第3回/平成17年）
「會津八一―人生と芸術」 砂子屋書房　2004.12　275p　20cm　3000円　①4-7904-0827-2

原田 信男　はらだ・のぶお

5121　「江戸の料理史」
◇サントリー学芸賞（第11回/平成1年度―社会・風俗部門）
「江戸の料理史―料理本と料理文化」 中央公論社　1989.6　259p　18cm（中公新書 929）640円　①4-12-100929-0

原田 裕介　はらだ・ゆうすけ

5122　「リトル・ダマスカス」
◇週刊金曜日ルポルタージュ大賞（第25回/平成26年―佳作）

原田 泰　はらだ・ゆたか

5123　「日本国の原則」
◇石橋湛山賞（第29回/平成20年）
「日本国の原則—自由と民主主義を問い直す」日本経済新聞出版社　2007.4　317p　19cm　1800円　①978-4-532-35258-5
「日本国の原則—自由と民主主義を問い直す」日本経済新聞出版社　2010.7　374p　15cm（日経ビジネス人文庫）800円　①978-4-532-19546-5

張山 秀一　はりやま・しゅういち

5124　「マチャプチャレへ」
◇日本旅行記賞（第17回/平成2年）

春田 千歳　はるた・ちとせ

5125　「鰐の眼」
◇日本詩歌句大賞（第7回/平成23年/俳句部門/大賞）
「鰐の眼—句集」ふらんす堂　2010.10　155p　20cm　①978-4-7814-0304-5

春月 和佳　はるつき・わか

5126　「春煌いて」
◇北海道ノンフィクション賞（第23回/平成15年—佳作）

春名 徹　はるな・あきら

5127　「にっぽん音吉漂流記」
◇日本ノンフィクション賞（第6回/昭和54年）
◇大宅壮一ノンフィクション賞（第11回/昭和55年）
「にっぽん音吉漂流記」中央公論社　1988.11　374p　15cm（中公文庫）520円　①4-12-201568-5

春山 アイ　はるやま・あい

5128　「萩」
◇福島県短歌賞（第5回/昭和55年度）

ハロラン 芙美子　はろらん・ふみこ

5129　「ワシントンの街から」
◇大宅壮一ノンフィクション賞（第11回/昭和55年）

班 忠義　はん・ちゅうぎ

5130　「曽おばさんの海」
◇ノンフィクション朝日ジャーナル大賞（第7回/平成3年）

バンクス, デニス・J.

5131　「聖なる魂」
◇ノンフィクション朝日ジャーナル大賞（第4回/昭和63年）
「聖なる魂—現代アメリカ・インディアン指導者デニス・バンクスは語る」森田ゆり著　朝日新聞社　1989.7　302p　19cm　1500円　①4-02-256035-5
「聖なる魂—現代アメリカ・インディアン指導者の半生」デニス・バンクス, 森田ゆり共著　朝日新聞社　1993.5　367p　15cm（朝日文庫）650円　①4-02-260766-1

半沢 敏郎　はんざわ・としろう

5132　「童遊文化史 全4巻別巻1」
◇毎日出版文化賞（第34回/昭和55年—特別賞）
「童遊文化史—考現に基づく考証的研究」東京書籍　1980.6　5冊　27cm　全58000円

半藤 一利　はんどう・かずとし

5133　「昭和史 1926-1945」「昭和史 戦後篇」
◇毎日出版文化賞（第60回/平成18年—特別賞）
「昭和史 1926-1945」平凡社　2009.6　546p　16×11cm（平凡社ライブラリー）900円　①978-4-582-76671-4
「昭和史 戦後篇 1945-1989」平凡社　2009.6　612p　16×11cm（平凡社ライブラリー）900円　①978-4-582-76672-1
「B面昭和史 1926 - 1945」平凡社　2016.2　598p　19cm　1800円　①978-4-582-45449-9

5134　「漱石先生ぞな, もし」
◇新田次郎文学賞（第12回/平成5年）
「漱石先生ぞな, もし」文藝春秋　1996.3　302p　15cm（文春文庫）450円　①4-16-748304-1
「続・漱石先生ぞな, もし」文藝春秋　1996.12　324p　15cm（文春文庫）460円　①4-16-748305-X

5135　「ノモンハンの夏」

◇山本七平賞（第7回/平成10年）
「ノモンハンの夏」　文藝春秋　1998.4　357p　19cm　1619円　①4-16-353980-8
「ノモンハンの夏」　文藝春秋　2001.6　471p　15cm（文春文庫）　590円　①4-16-748310-6

坂東 三津五郎　ばんどう・みつごろう
5136　「戯場戯語」
◇日本エッセイスト・クラブ賞（第17回/昭和44年）

般若 一郎　はんにゃ・いちろう
5137　「讃労」
◇啄木賞（第2回/昭和23年—次席）

番場 早苗　ばんば・さなえ
5138　「陸繋砂州」
◇北海道詩人協会賞（第48回/平成23年度）
「詩集 陸繋砂州」　響文社　2010.11　109p　21cm　2000円　①978-4-87799-079-4

伴場 とく子　ばんば・とくこ
5139　「金色の靴」
◇現代俳句協会年度作品賞（第15回/平成26年）

半谷 洋子　はんや・ようこ
5140　「鳶の笛」
◇深吉野賞（第3回/平成7年—佳作）

【ひ】

肥岡 暎　ひおか・えい
5141　「放老記」
◇日本旅行記賞（第9回/昭和57年）
「放老記」　ライブ出版　1997.10　319p　22cm

日置 俊次　ひおき・しゅんじ
5142　「ノートル・ダムの椅子」
◇現代歌人協会賞（第50回/平成18年）
「ノートル・ダムの椅子—歌集」　角川書店　2005.9　205p　20cm（21世紀歌人シリーズ/かりん叢書 第185篇）2571円　①4-04-621802-9

日垣 隆　ひがき・たかし
5143　「そして殺人者は野に放たれる」
◇新潮ドキュメント賞（第3回/平成16年）
「そして殺人者は野に放たれる」　新潮社　2003.12　253p　20cm　1400円　①4-10-464801-9
「そして殺人者は野に放たれる」　新潮社　2006.11　318p　16cm（新潮文庫）476円　①4-10-130051-8

日笠 芙美子　ひかさ・ふみこ
5144　「海と巻貝」
◇富田砕花賞（第18回/平成19年）
「海と巻貝—詩集」　砂子屋書房　2006.10　103p　22cm　2500円　①4-7904-0923-6

東 淳子　ひがし・じゅんこ
5145　「化野行」
◇現代歌人集会賞（第9回/昭和58年）

東 延江　ひがし・のぶえ
5146　「花散りてまぼろし」
◇北海道詩人協会賞（第46回/平成21年度）

東田 愛子　ひがしだ・あいこ
5147　「源氏物語の和歌と人物造型—六条御息所の人物造型」
◇ドナルド・キーン日米学生日本文学研究奨励賞（第8回/平成16年—短期大学の部）

東野 伝吉　ひがしの・でんきち
5148　「生産原点からの発想」
◇横浜詩人会賞（第3回/昭和45年度）

引地 こうじ　ひきじ・こうじ
5149　「冬の河」
◇福島県俳句賞（第34回/平成25年—新人賞）

引野 収　ひきの・おさむ
5150　「冷紅そして冬」

樋口　えみこ　　ひぐち・えみこ

5151　「なにか理由がなければ立っていられないのはなぜなんだろう」
◇横浜詩人会賞（第29回／平成9年度）

樋口　敬二　　ひぐち・けいじ

5152　「地球からの発想」
◇日本エッセイスト・クラブ賞（第21回／昭和48年）
「地球からの発想」　朝日新聞社　1991.8　308p　15cm（朝日文庫）540円　①4-02-260659-2

樋口　智子　　ひぐち・さとこ

5153　「つきさっぷ」
◇日本歌人クラブ新人賞（第15回／平成21年）
◇北海道新聞短歌賞（第24回／平成21年）
「歌集 つきさっぷ」　本阿弥書店　2008.12　216p　19cm（ホンアミレーベル 9―りとむコレクション 65）2300円　①978-4-7768-0549-6

5154　「夕暮れを呼ぶ」
◇歌壇賞（第17回／平成17年度）

樋口　忠彦　　ひぐち・ただひこ

5155　「日本の景観」
◇サントリー学芸賞（第4回／昭和57年度―芸術・文学部門）
「日本の景観―ふるさとの原型」　春秋社　1981.10　269p　20cm　1600円
「日本の景観―ふるさとの原型」　筑摩書房　1993.1　291p　15cm（ちくま学芸文庫）960円　①4-480-08034-1

樋口　てい子　　ひぐち・ていこ

5156　「徒労の人」
◇読売「ヒューマン・ドキュメンタリー」大賞（第15回／平成6年／奨励賞）

樋口　伸子　　ひぐち・のぶこ

5157　「あかるい天気予報」
◇日本詩人クラブ新人賞（第9回／平成11年）

5158　「夢の肖像」
◇福岡県詩人賞（第21回／昭和60年）
「夢の肖像―詩集」　東原正光著　詩の会　1957　77p　20cm

樋口　道三　　ひぐち・みちぞう

5159　「野焼」
◇福島県俳句賞（第2回／昭和55年―準賞）

樋口　みよ子　　ひぐち・みよこ

5160　「会津」
◇福島県俳句賞（第1回／昭和54年―準賞）

樋口　芳麻呂　　ひぐち・よしまろ

5161　「平安・鎌倉時代散逸物語の研究」
◇角川源義賞（第5回／昭和58年―国文学）
「平安・鎌倉時代散逸物語の研究」　ひたく書房　1982.2　582,3p　22cm　12800円　①4-89328-010-4

日暮　吉延　　ひぐらし・よしのぶ

5162　「東京裁判」
◇サントリー学芸賞（第30回／平成20年度―思想・歴史部門）
「東京裁判」　講談社　2008.1　412p　18×11cm（講談社現代新書）1100円　①978-4-06-287924-8

肥後　義弘　　ひご・よしひろ

5163　「アルミ缶の恐怖―缶ビール・缶コーラ等の飲料公害」
◇週刊金曜日ルポルタージュ大賞（第1回／平成9年3月／特ダネ賞）

5164　「沈黙の坑口」
◇週刊金曜日ルポルタージュ大賞（第24回／平成25年／佳作）

彦坂　まり　　ひこさか・まり

5165　「夏の駅」
◇伊東静雄賞（第16回／平成17年）

ひさかた

5166　「夜からの手紙」
◇中日詩賞（第51回/平成23年―新人賞）
「夜からの手紙―彦坂まり詩集」　土曜美術社出版販売　2010.12　111p　21cm　2000円　①978-4-8120-1860-6

久方　寿満子　ひさかた・すまこ
5167　「天涯」
◇日本歌人クラブ推薦歌集（第18回/昭和47年）

久田　恵　ひさだ・めぐみ
5168　「フィリッピーナを愛した男たち」
◇大宅壮一ノンフィクション賞（第21回/平成2年）
「フィリッピーナを愛した男たち」　文藝春秋　1989.10　294p　19cm　1500円　①4-16-343790-8
「フィリッピーナを愛した男たち」　文芸春秋　1992.10　318p　16cm（文春文庫）　420円　①4-16-752902-5

土方　定一　ひじかた・さだいち
5169　「ブリューゲル」
◇毎日出版文化賞（第17回/昭和38年）

菱川　善夫　ひしかわ・よしお
5170　「敗北の抒情」
◇現代短歌評論賞（第1回/昭和29年）

菱山　修三　ひしやま・しゅうぞう
5171　「荒地」
◇文芸汎論詩集賞（第4回/昭和12年）
「定本懸崖・荒地―菱山修三詩集」　青磁社　昭和17　226p　22cm

美術出版社　びじゅつしゅっぱんしゃ
5172　「民家の庭」
◇毎日出版文化賞（第8回/昭和29年）

日高　貢一郎　ひだか・こういちろう
5173　「方言生活30年の変容」（上・下）
◇新村出賞（第12回/平成5年）
「方言生活30年の変容」　松田正義, 糸井寛一, 日高貢一郎著　桜楓社　1993.1　2冊（セット）　26cm　98000円　①4-273-02614-7

日高　堯子　ひだか・たかこ
5174　「樹雨」
◇河野愛子賞（第14回/平成16年）
◇日本歌人クラブ賞（第31回/平成16年）
「樹雨」　北冬舎　2003.10　265p　20cm　2400円　①4-86073-019-4

5175　「睡蓮記」
◇若山牧水賞（第13回/平成20年）
「睡蓮記―日高堯子歌集」　短歌研究社　2008.5　174p　22cm（かりん叢書　第210篇）　3000円　①978-4-86272-094-8

5176　「芙蓉と葛と」
◇短歌研究賞（第43回/平成19年）

日高　敏隆　ひだか・としたか
5177　「チョウはなぜ飛ぶか」
◇毎日出版文化賞（第30回/昭和51年）
「チョウはなぜ飛ぶか」　新版　岩波書店　1998.6　161p　21cm（高校生に贈る生物学　3）　1900円　①4-00-006633-1
「日高敏隆選集　1　チョウはなぜ飛ぶか」　ランダムハウス講談社　2007.12　207p　19cm　2000円　①978-4-270-00289-6
「新編　チョウはなぜ飛ぶか　フォトブック版」　日高敏隆著, 海野和男写真　朝日出版社　2011.6　160p　21cm　1900円　①978-4-255-00584-3

5178　「春の数えかた」
◇日本エッセイスト・クラブ賞（第50回/平成14年）
「春の数えかた」　新潮社　2001.12　197p　19cm　1300円　①4-10-451001-7
「春の数えかた」　新潮社　2005.2　231p　16cm（新潮文庫）　400円　①4-10-116471-1

日高　六郎　ひだか・ろくろう
5179　「戦後思想を考える」
◇毎日出版文化賞（第35回/昭和56年）
「戦後思想を考える」　岩波書店　1980.12　205p　18cm（岩波新書）　380円

日夏　耿之介　ひなつ・こうのすけ
5180　「改定増補明治大正詩史」
◇読売文学賞（第1回/昭和24年―文学研究賞）

5181　「日本現代詩大系　全10巻」

◇毎日出版文化賞（第5回/昭和26年）

日夏 也寸志 ひなつ・やすし
5182 「現代短歌の"危機"と展望」
◇現代短歌評論賞（第2回/昭和59年—特別賞）

ビナード, アーサー
5183 「釣り上げては」
◇中原中也賞（第6回/平成13年）
「釣り上げては—詩集」 アーサー・ビナード著 思潮社 2000.7 109p 22cm 2000円 ①4-7837-1200-X

5184 「日本語ぽこりぽこり」
◇講談社エッセイ賞（第21回/平成17年）
「日本語ぽこりぽこり」 アーサー・ビナード著 小学館 2005.3 221p 20cm 1600円 ①4-09-387554-5

日野 章子 ひの・あきこ
5185 「霧の朝」
◇栃木県現代詩人会賞（第10回）

日野 龍夫 ひの・たつお
5186 「服部南郭伝攷」
◇角川源義賞（第22回/平成12年/国文学）
「服部南郭伝攷」 ぺりかん社 1999.1 550p 22cm 8800円 ①4-8315-0867-5

日野 雅之 ひの・まさゆき
5187 「松江の俳人・大谷繞石」
◇俳人協会評論賞（第24回/平成21年）
「松江の俳人 大谷繞石—子規・漱石・ハーン・犀星をめぐって」 今井出版（発売） 2009.9 284p 19cm 1700円 ①978-4-901951-41-8

檜 きみこ ひのき・きみこ
5188 「クケンナガヤ」
◇三越左千夫少年詩賞（第18回/平成26年）
「クケンナガヤ—詩集」 檜きみこ発行 2013.4 69p 15cm 600円

5189 「ごめんなさい」
◇現代少年詩集新人賞（第2回/昭和60年—奨励賞）

5190 「指さし」
◇現代少年詩集新人賞（第7回/平成2年）

檜 紀代 ひのき・きよ
5191 「呼子石」
◇俳人協会新人賞（第5回/昭和56年度）
「句集 呼子石」 桧紀代著 ウエップ,三樹書房（発売） 2003.4 123p 19cm（ウエップ俳句新書） 1000円 ①4-89522-315-9

日原 傳 ひはら・つたえ
5192 「此君」
◇俳人協会新人賞（第32回/平成20年度）
「此君—日原傳句集」 ふらんす堂 2008.9 171p 19cm（ふらんす堂精鋭俳句叢書—Série de la lune） 2400円 ①978-4-7814-0078-5

日原 正彦 ひはら・まさひこ
5193 「輝き術」
◇東海現代詩人賞（第6回/昭和50年）

5194 「それぞれの雲」「ゆれる葉」
◇中日詩賞（第24回/昭和59年）

日比 勝敏 ひび・かつとし
5195 「物語の外部・構造化の軌跡—武田泰淳論序説」
◇群像新人文学賞〔評論部門〕（第41回/平成10年—評論）

日比野 幸子 ひびの・さちこ
5196 「四万十の赤き蝦」
◇日本詩歌句大賞（第8回/平成24年/短歌部門/奨励賞）
「四万十の赤き蝦—歌集」 砂子屋書房 2012.5 185p 22cm（新かりん百番 62） 3000円 ①978-4-7904-1395-0

日比野 里江 ひびの・さとえ
5197 「稲の花」
◇日本詩歌句大賞（第4回/平成20年度/俳句部門/奨励賞）
「稲の花—句集」 文學の森 2008.3 125p 20cm（文學の森二〇〇句精選シリーズ） 1905円 ①978-4-86173-698-8

ひびの

日比野 士朗 ひびの・しろう
5198 「呉淞クリーク」
◇池谷信三郎賞（第6回/昭和14年）
「呉淞クリーク」 中央公論社 1939 286p
「呉淞クリーク/野戦病院」 中央公論新社 2000.8 183p 15cm（中公文庫） 533円 ①4-12-203697-6
「日中戦争」 胡桃沢耕史ほか著 集英社 2011.12 743p 19cm（コレクション戦争と文学 7） 3800円 ①978-4-08-157007-2

比屋根 薫 ひやね・かおる
5199 「B'zをめぐる冒険」
◇「沖縄文芸年鑑」評論賞（第2回/平成7年）

檜山 哲彦 ひやま・てつひこ
5200 「壺天」
◇俳人協会新人賞（第25回/平成13年）
「壺天―句集」 角川書店 2001.9 204p 20cm 2700円 ①4-04-871959-9

桧山 義夫 ひやま・よしお
5201 「日本水産魚譜」
◇毎日出版文化賞（第15回/昭和36年―特別賞）

兵頭 なぎさ ひょうどう・なぎさ
5202 「この先 海」
◇日本歌人クラブ新人賞（第3回/平成9年）
「この先海―兵頭なぎさ歌集」 ながらみ書房 1996.11 229p 23cm（やまなみ叢書 第63篇） 2600円

兵藤 裕己 ひょうどう・ひろみ
5203 「〈声〉の国民国家・日本」
◇やまなし文学賞〔研究・評論部門〕（第10回/平成13年度―研究・評論部門）
「"声"の国民国家・日本」 日本放送出版協会 2000.11 254p 19cm（NHKブックス） 970円 ①4-14-001900-X
5204 「太平記＜よみ＞の可能性」
◇サントリー学芸賞（第18回/平成8年度―芸術・文学部門）
「太平記「よみ」の可能性―歴史という物語」 講談社 1995.11 278p 19cm（講談社選書メチエ） 1500円 ①4-06-258061-6
「太平記"よみ"の可能性―歴史という物語」 講談社 2005.9 306p 15cm（講談社学術文庫） 1000円 ①4-06-159726-4

平井 康三郎 ひらい・こうざぶろう
5205 「日本のわらべ歌全集」
◇毎日出版文化賞（第47回/平成5年―特別賞）

平井 さち子 ひらい・さちこ
5206 「鷹日和」
◇俳人協会賞（第30回/平成2年度）
「鷹日和―平井さち子句集」 卯辰山文庫 1990.6 203p 20cm 2500円

平井 照敏 ひらい・しょうびん
5207 「かな書きの詩」
◇俳人協会評論賞（第5回/昭和62年度）
「かな書きの詩―蕪村と現代俳句」 明治書院 1987.3 410p 19cm 2800円

平井 千尋 ひらい・ちひろ
5208 「検証『ザ・セイホ』―現代のタコ部屋」
◇週刊金曜日ルポルタージュ大賞（第1回/平成9年3月/準佳作）

平井 芙美子 ひらい・ふみこ
5209 「りく女へのメッセージ」
◇大石りくエッセー賞（第1回/平成9年―特別賞）

平石 佳弘 ひらいし・よしひろ
5210 「廃しつ病床の愛の歌」
◇詩人会議新人賞（第3回/昭和44年）

平出 隆 ひらいで・たかし
5211 「伊良子清白全集」
◇藤村記念歴程賞（第42回/平成16年）
「伊良子清白全集 第1巻（詩歌篇）」 伊良子清白著 岩波書店 2003.6 766p 23cm 20000円 ①4-00-092489-3
「伊良子清白全集 第2巻（散文篇）」 伊良子清白著 岩波書店 2003.6 748p 23cm 20000円 ①4-00-092490-7

5212　「ベルリンの瞬間」
◇JTB紀行文学大賞（第11回/平成14年）
「ベルリンの瞬間」　集英社　2002.4　357p　20cm　2000円　ⓘ4-08-774557-0

平尾　和雄　ひらお・かずお

5213　「ヒマラヤ・スルジェ館物語」
◇講談社ノンフィクション賞（第3回/昭和56年）
「ヒマラヤ・スルジェ館物語」　講談社　1981.5　286p　20cm　1200円
「ヒマラヤ・スルジェ館物語」　講談社　1985.4　283p　15cm（講談社文庫）　420円　ⓘ4-06-183488-6

平岡　直子　ひらおか・なおこ

5214　「光と、ひかりの届く先」
◇歌壇賞（第23回/平成23年度）

平岡　正明　ひらおか・まさあき

5215　「大歌謡論」
◇大衆文学研究賞（第4回/平成2年—評論・伝記）
「大歌謡論」　筑摩書房　1989.8　738, 11p　21cm　5970円　ⓘ4-480-87130-6

5216　「浪曲的」
◇斎藤緑雨賞（第1回/平成5年）
「浪曲的」　青土社　1992.7　332p　19cm　2200円　ⓘ4-7917-5192-2

平岡　泰博　ひらおか・やすひろ

5217　「虎山へ」
◇開高健ノンフィクション賞（第1回/平成15年）
「虎山へ」　集英社　2003.11　262p　20cm　1600円　ⓘ4-08-781302-9

平川　祐弘　ひらかわ・すけひろ

5218　「アーサー・ウェイリー『源氏物語』の翻訳者」
◇日本エッセイスト・クラブ賞（第57回/平成21年）
「アーサー・ウェイリー——『源氏物語』の翻訳者」　白水社　2008.10　480, 20p　20cm　4000円　ⓘ978-4-560-03191-9

5219　「小泉八雲」を中心として
◇サントリー学芸賞（第3回/昭和56年度—社会・風俗部門）

5220　「西洋人の神道観　日本人のアイデンティティーを求めて」
◇蓮如賞（第14回/平成27年）
「西洋人の神道観—日本人のアイデンティティーを求めて」　河出書房新社　2013.5　341p　19cm　2800円　ⓘ978-4-309-02185-0

5221　「ラフカディオ・ハーン—植民地化・キリスト教化・文明開化」
◇和辻哲郎文化賞（第17回/平成16年度/一般部門）
「ラフカディオ・ハーン—植民地化・キリスト教化・文明開化」　ミネルヴァ書房　2004.3　360, 3p　20cm（Minerva歴史・文化ライブラリー 3）　3800円　ⓘ4-623-04044-5

平川　光子　ひらかわ・みつこ

5222　「秋日」
◇俳壇賞（第6回/平成3年度）

平敷　安常　ひらしき・やすつね

5223　「キャパになれなかったカメラマン—ベトナム戦争の語り部たち」（上・下）
◇大宅壮一ノンフィクション賞（第40回/平成21年）
「キャパになれなかったカメラマン—ベトナム戦争の語り部たち　上」　講談社　2008.9　462p　20cm　2400円　ⓘ978-4-06-214965-5
「キャパになれなかったカメラマン—ベトナム戦争の語り部たち　下」　講談社　2008.9　454p　20cm　2400円　ⓘ978-4-06-214966-2

平田　栄一朗　ひらた・えいいちろう

5224　「ドラマトゥルク—舞台芸術を進化/深化させる者」
◇AICT演劇評論賞（第16回/平成23年）
「ドラマトゥルク—舞台芸術を進化/深化させる者」　三元社　2010.11　269p　22cm　2800円　ⓘ978-4-88303-278-5

平田　春一　ひらた・しゅんいち

5225　「象刻集」
◇日本歌人クラブ推薦歌集（第3回/昭

和32年)
「象刻集―歌集」 白楊社 1956 196p
図版(はり込) 19cm

平田 俊子 ひらた・としこ
5226 「詩七日」
◇萩原朔太郎賞 (第12回/平成16年)
「詩七日」 思潮社 2004.7 109p 20cm
1800円 Ⓘ4-7837-1932-2
5227 「ターミナル」
◇晩翠賞 (第39回/平成10年)
「ターミナル―詩集」 思潮社 1997.10
94p 22cm 2200円 Ⓘ4-7837-0695-6
「平田俊子詩集」 思潮社 1999.12
157p 19cm (現代詩文庫) 1165円
Ⓘ4-7837-0927-0
5228 「鼻茸について」
◇現代詩新人賞 (昭和57年)

平田 繭子 ひらた・まゆこ
5229 「星韻」
◇日本詩歌句大賞 (第5回/平成21年度/
俳句部門/大賞)
「星韻―句集」 北溟社 2008.10 153p
19cm 2200円 Ⓘ978-4-89448-581-5

平舘 英明 ひらたて・ひであき
5230 「不登校のはざまで―親、教師た
ちの軌跡」
◇週刊金曜日ルポルタージュ大賞 (第7
回/平成12年3月/佳作)

平塚 晶人 ひらつか・あきひと
5231 「走らざる者たち」
◇「ナンバー」スポーツノンフィクショ
ン新人賞 (第4回/平成8年)
5232 「ビバーク」
◇JTB旅行記賞 (第3回/平成6年度/佳
作)

平塚 幸男 ひらつか・ゆきお
5233 「流れの淵で」
◇栃木県現代詩人会賞 (第22回)

平出 价弘 ひらで・よしひろ
5234 「坊主の不信心」
◇日本随筆家協会賞 (第12回/昭和60.

11)

平出 礼子 ひらで・れいこ
5235 「歯型」
◇福島県短歌賞 (第11回/昭和61年度)

平野 絵里子 ひらの・えりこ
5236 「アース」
◇現代詩加美未来賞 (第8回/平成10年
―中新田若鮎賞)

平野 加代子 ひらの・かよこ
5237 「そうなるよりは」
◇詩人会議新人賞 (第44回/平成22年/
詩部門/佳作)

平野 久美子 ひらの・くみこ
5238 「淡淡有情―『忘れられた日本人』
の物語」
◇「週刊ポスト」「SAPIO」21世紀国際
ノンフィクション大賞 (第6回/平
成11年)
◇小学館ノンフィクション大賞 (第6回
/平成11年)
「淡淡有情」 小学館 2000.3 223p
19cm 1500円 Ⓘ4-09-389591-0

平野 謙 ひらの・けん
5239 「文芸時評」
◇毎日出版文化賞 (第17回/昭和38年)

平野 幸子 ひらの・さちこ
5240 「西山太吉国賠訴訟」
◇週刊金曜日ルポルタージュ大賞 (第
17回/平成18年/佳作)

平野 聡 ひらの・さとし
5241 「清帝国とチベット問題」
◇サントリー学芸賞 (第26回/平成16年
度―思想・歴史部門)
「清帝国とチベット問題―多民族統合の
成立と瓦解」 名古屋大学出版会 2004.
7 322,14p 22cm 6000円 Ⓘ4-8158-
0487-7

平埜 年郎 ひらの・としろう
5242 「開胸手術」

◇福島県短歌賞（第31回/平成18年度―短歌賞）

平野 洋　ひらの・ひろし
5243「『新下級民』にさせられそうな旧東ドイツの人びと」
◇週刊金曜日ルポルタージュ大賞（第4回/平成10年9月/選外期待賞）

平野 雅子　ひらの・まさこ
5244「父の遺したメッセージ」
◇フーコー・エッセイコンテスト（第1回/平成9年/入選）

平野 ゆき子　ひらの・ゆきこ
5245「あけびの里」
◇奥の細道文学賞（第4回/平成13年―優秀賞）

平野 芳子　ひらの・よしこ
5246「無縁仏」
◇日本随筆家協会賞（第46回/平成14年11月）
「仙石原にて」日本随筆家協会　2003.6　224p　20cm（現代名随筆叢書 49）1500円　④4-88933-273-1

平林 敏彦　ひらばやし・としひこ
5247「戦中戦後 詩的時代の証言1935-1955」
◇桑原武夫学芸賞（第12回/平成21年）
「戦中戦後詩的時代の証言―1935-1955」思潮社　2009.1　367p　20cm　3800円　④978-4-7837-1649-5
5248「磔刑の夏」
◇富田砕花賞（第5回/平成6年）
「磔刑の夏―1993」思潮社　1993.8　109p　24cm　2800円　④4-7837-0469-4
5249「ツィゴイネルワイゼンの水邊」（詩集）
◇小野十三郎賞（第17回/平成27年）
「ツィゴイネルワイゼンの水邊」思潮社　2014.7　91p　23×15cm　2600円　④978-4-7837-3427-7
5250「舟歌」
◇現代詩人賞（第23回/平成17年）
「舟歌」思潮社　2004.10　77p　23cm　2400円　④4-7837-1946-2

平原 毅　ひらはら・つよし
5251「英国大使の博物誌」
◇日本エッセイスト・クラブ賞（第37回/平成1年）
「英国大使の博物誌」朝日新聞社　1988.9　302p　19cm　1400円　④4-02-255905-5
「英国大使の博物誌」朝日新聞社　1993.9　317p　15cm（朝日文庫）560円　④4-02-260781-5

平松 剛　ひらまつ・つよし
5252「磯崎新の「都庁」」
◇サントリー学芸賞（第30回/平成20年度―社会・風俗部門）
「磯崎新の「都庁」―戦後日本最大のコンペ」文藝春秋　2008.6　476p　19cm　2190円　④978-4-16-370290-2
5253「光の教会 安藤忠雄の現場」
◇大宅壮一ノンフィクション賞（第32回/平成13年）
「光の教会―安藤忠雄の現場」平松剛著, 石堂威編　建築資料研究社　2000.12　398p　19cm　1900円　④4-87460-696-2

平松 洋子　ひらまつ・ようこ
5254「野蛮な読書」
◇講談社エッセイ賞（第28回/平成24年）
「野蛮な読書」集英社　2011.10　293p　20cm　1600円　④978-4-08-771424-1

平光 善久　ひらみつ・よしひさ
5255「骨の遺書」
◇中日詩賞（第10回/昭和45年）

平安 裕子　ひらやす・ひろこ
5256「牙だるき」
◇新俳句人連盟賞（第35回/平成19年/作品の部/佳作2位）

平山 亜佐子　ひらやま・あさこ
5257「明治 大正 昭和 莫連女と少女ギャング団」
◇河上肇賞（第4回/平成20年/奨励賞）
「明治大正昭和不良少女伝―莫連女と少女ギャング団」河出書房新社　2009.11　221p　20cm　1900円　④978-4-309-24498-3

平山 桂衣 ひらやま・けいい
5258 「ゆき」
◇現代詩加美未来賞（第13回/平成15年―みやぎ少年未来賞）

比留間 典子 ひるま・のりこ
5259 「あこがれ・たそがれ郵便車」
◇読売・日本テレビWoman's Beat大賞 カネボウスペシャル21（第2回/平成15年/入選）
「彩・生―第2回woman's beat大賞受賞作品集」 新田順子ほか著 中央公論新社 2004.2 317p 20cm 1800円 ①4-12-003499-2

ヒレンブランド, ローラ
5260 「シービスケット―あるアメリカ競走馬の伝説」
◇馬事文化賞（第17回/平成15年度）
「シービスケット―あるアメリカ競走馬の伝説」 ローラ・ヒレンブランド著, 奥田祐士訳 ソニー・マガジンズ 2003.7 521p 20cm 1800円 ①4-7897-2074-8
「シービスケット―あるアメリカ競走馬の伝説」 ローラ・ヒレンブランド著, 奥田祐士訳 ソニー・マガジンズ 2005.1 566p 15cm（ヴィレッジブックス） 950円 ①4-7897-2456-5

広井 良典 ひろい・よしのり
5261 「コミュニティを問いなおす―つながり・都市・日本社会の未来」
◇大佛次郎論壇賞（第9回/平成21年）
「コミュニティを問いなおす―つながり・都市・日本社会の未来」 筑摩書房 2009.8 292p 18cm（ちくま新書） 860円 ①978-4-480-06501-8

広石 勝彦 ひろいし・かつひこ
5262 「母の遺産」
◇日本随筆家協会賞（第60回/平成21年8月）

広岡 昌子 ひろおか・まさこ
5263 「河太郎文」
◇年刊現代詩集新人賞（第1回/昭和54年）

ひろがき くに枝 ひろがき・くにえ
5264 「大不二」
◇日本詩歌句大賞（第6回/平成22年度/俳句部門/奨励賞）

廣川 まさき ひろかわ・まさき
5265 「『ウーマン アローン』 WOMAN ALONE」
◇開高健ノンフィクション賞（第2回/平成16年）
「ウーマンアローン」 集英社 2004.11 252p 20cm 1500円 ①4-08-781320-7

広島短歌会 ひろしまたんかかい
5266 「広島」
◇日本歌人クラブ推薦歌集（第1回/昭和30年）

広瀬 明子 ひろせ・あきこ
5267 「嘘」
◇週刊金曜日ルポルタージュ大賞（第11回/平成14年3月/佳作）
「嘘―「浦安」教育者たちの腐敗」 EXP 2002.5 229p 19cm 1400円 ①4-901199-18-8

廣瀬 直人 ひろせ・なおと
5268 「風の空」
◇小野市詩歌文学賞（第1回/平成21年/俳句部門）
◇蛇笏賞（第43回/平成21年）
「風の空―句集」 角川書店, 角川グループパブリッシング（発売） 2008.8 223p 20cm 2667円 ①978-4-04-651845-3

広田 照幸 ひろた・てるゆき
5269 「陸軍将校の教育社会史」
◇サントリー学芸賞（第19回/平成9年度―思想・歴史部門）
「陸軍将校の教育社会史―立身出世と天皇制」 世織書房 1997.6 491p 22cm 5000円 ①4-906388-57-4

広津 和郎 ひろつ・かずお
5270 「年月のあしおと」
◇毎日出版文化賞（第17回/昭和38年）
「年月のあしおと」 講談社 1981.1 461p 15cm（講談社文庫） 520円

「年月のあしおと　上」講談社　1998.3
295p　15cm（講談社文芸文庫）980円
①4-06-197609-5

「年月のあしおと　下」講談社　1998.5
288p　16cm（講談社文芸文庫）980円
①4-06-197617-6

廣中　奈美　ひろなか・なみ

5271　「ミラーハウス」
◇詩人会議新人賞（第38回／平成16年／詩／ジュニア賞）

広部　英一　ひろべ・えいいち

5272　「愛染」
◇中日詩賞（第31回／平成3年）

5273　「苜蓿」
◇富田砕花賞（第9回／平成10年）

5274　「邂逅」
◇地球賞（第2回／昭和52年度）

広渡　敬雄　ひろわたり・たかお

5275　「間取図」
◇角川俳句賞（第58回／平成24年）

日和　聡子　ひわ・さとこ

5276　「びるま」
◇中原中也賞（第7回／平成14年）
「びるま」青土社　2002.5　121p　22cm　1800円　①4-7917-2092-X

【ふ】

フィエーベ, ニコラ

5277　「近代以前の日本の建築と都市―京の町の建築空間と14, 15世紀の将軍の住まい」
◇渋沢・クローデル賞（第14回／平成9年―フランス側）

深井　芳治　ふかい・よしはる

5278　「麦は生ふれど」
◇角川短歌賞（第6回／昭和35年）
「麦は生ふれど―歌集」角川書店　2002.11　207p　22cm　2700円　①4-04-876122-6

深貝　裕子　ふかがい・ひろこ

5279　「母ちゃんの黄色いトラック」
◇読売「ヒューマン・ドキュメンタリー」大賞（第3回／昭和57年―優秀賞）
「母ちゃんの黄色いトラック」読売新聞社　1982.12　223p　20cm　980円

深川　淑枝　ふかがわ・としえ

5280　「鯨墓」
◇俳壇賞（第26回／平成23年度）

深草　昌子　ふかくさ・しょうじ

5281　「真清水」
◇深吉野賞（第6回／平成10年―佳作）

深澤　眞二　ふかざわ・しんじ

5282　「和漢聯句の俳諧的側面―『百物語』所引句をめぐって」
◇柿衞賞（第1回／平成3年）

深澤　了子　ふかざわ・のりこ

5283　「『近世中期の上方俳壇』」
◇柿衞賞（第11回／平成14年）
「近世中期の上方俳壇」深沢了子著　和泉書院　2001.12　365p　21cm（研究叢書）11000円　①4-7576-0135-2

深沢　正雪　ふかさわ・まさゆき

5284　「パラレル・ワールド」
◇潮賞（第18回／平成11年―ノンフィクション）
「パラレル・ワールド」潮出版社　1999.9　203p　19cm　1200円　①4-267-01541-4

深瀬　基寛　ふかせ・もとひろ

5285　「エリオット」
◇読売文学賞（第6回／昭和29年―文学研究賞）

深田　久弥　ふかだ・きゅうや

5286　「日本百名山」
◇読売文学賞（第16回／昭和39年―評論・伝記賞）
「日本百名山」朝日新聞社　1982.7　380p　15cm　400円

「日本百名山」〔新装版〕 新潮社 1991.7 427p 21cm 3000円 ⓘ4-10-318405-1
「日本百名山」 改版 新潮社 2003.4 535p 16cm (新潮文庫) 705円 ⓘ4-10-122002-6

深田 祐介　ふかだ・ゆうすけ

5287　「新西洋事情」
◇大宅壮一ノンフィクション賞 (第7回)
「新西洋事情」 新潮社 1977 216p (新潮文庫)
「新西洋事情」 講談社 1981.5 277p 20cm 1100円

5288　「大東亜会議の真実 アジアの解放と独立を目指して」
◇山本七平賞 (第13回/平成16年/推薦賞)
「大東亜会議の真実―アジアの解放と独立を目指して」 PHP研究所 2004.3 329p 18cm (PHP新書) 800円 ⓘ4-569-63495-8

深津 朝雄　ふかつ・あさお

5289　「石の蔵」
◇富田砕花賞 (第7回/平成8年)
「石の蔵―詩集」 書肆青樹社 1996.4 128p 22cm 2200円

5290　「群鴉」
◇栃木県現代詩人会賞 (第25回)

深津 真澄　ふかつ・ますみ

5291　「近代日本の分岐点」
◇石橋湛山賞 (第30回/平成21年)
「近代日本の分岐点―日露戦争から満州事変前夜まで」 ロゴス 2008.6 238p 22cm 2600円 ⓘ978-4-904350-06-5

深野 まり子　ふかの・まりこ

5292　「漸く春」
◇日本伝統俳句協会賞 (第8回/平成9年/新人賞)

深見 けん二　ふかみ・けんじ

5293　「花鳥来」
◇俳人協会賞 (第31回/平成3年度)
「句集 花鳥来」 角川書店 1991.2 228p 19cm (現代俳句叢書 3・20) 2600円 ⓘ4-04-871330-2

5294　「菫濃く」
◇蛇笏賞 (第48回/平成26年)
「菫濃く―深見けん二句集」 ふらんす堂 2013.9 152p 17cm (ふらんす堂叢書 俳句シリーズ 1) 2000円 ⓘ978-4-7814-0581-0

5295　「日月」
◇詩歌文学館賞 (第21回/平成18年/俳句)
「日月―句集」 ふらんす堂 2005.2 193p 20cm (ふらんす堂現代俳句叢書) 2700円 ⓘ4-89402-697-X

深谷 昭子　ふかや・あきこ

5296　「曼珠沙華」
◇福島県俳句賞 (第15回/平成6年度―新人賞)

深谷 保　ふかや・たもつ

5297　「籾を蒔く」
◇福島県俳句賞 (第5回/昭和58年―準賞)

深谷 雄大　ふかや・ゆうだい

5298　「六合 (りくがふ)」
◇北海道新聞俳句賞 (第26回/平成23年)
「六合―句集」 角川書店 2010.12 167p 20cm 2667円 ⓘ978-4-04-652125-5

福 明子　ふく・あきこ

5299　「渇夏」
◇伊東静雄賞 (第11回/平成12年/奨励賞)

福井 和子　ふくい・かずこ

5300　「始まりはいつも」
◇角川短歌賞 (第45回/平成11年)

5301　「花虻」
◇現代歌人集会賞 (第37回/平成23年度)
「花虻―歌集」 角川書店, 角川グループパブリッシング〔発売〕 2011.5 244p 20cm (21世紀歌人シリーズ/ヤママユ叢書 第99篇) 2381円 ⓘ978-4-04-621857-5

福井 千津子　ふくい・ちずこ
　5302　「無題」
　　◇日本伝統俳句協会賞（第1回/平成2年
　　　―新人賞）

福音館書店　ふくいんかんしょてん
　5303　「落穂ひろい―日本の子どもの文
　　　化をめぐる人びと」（上・下）
　　◇毎日出版文化賞（第36回/昭和57年―
　　　特別賞）

ふくお ひろし
　5304　「たった一人の革命」
　　◇ノンフィクション朝日ジャーナル大賞
　　　（第2回/昭和61年）

福岡 伸一　ふくおか・しんいち
　5305　「生物と無生物のあいだ」
　　◇サントリー学芸賞（第29回/平成19年
　　　度―社会・風俗部門）
　　「生物と無生物のあいだ」　講談社　2007.
　　　5　285p　18cm　（講談社現代新書）　740
　　　円　①978-4-06-149891-4
　5306　「プリオン説はほんとうか？」
　　◇講談社出版文化賞（第37回/平成18年
　　　度/科学出版賞）
　　「プリオン説はほんとうか？―タンパク質
　　　病原体説をめぐるミステリー」　講談社
　　　2005.11　246p　18cm　（ブルーバック
　　　ス B-1504）　900円　①4-06-257504-3

福岡 哲司　ふくおか・てつし
　5307　「深沢七郎ラプソディ」
　　◇開高健賞（第3回/平成6年/奨励賞）
　　「深沢七郎ラプソディ」　ティビーエス・
　　　ブリタニカ　1994.7　265p　19cm
　　　1400円　①4-484-94214-3

福島 勲　ふくしま・いさお
　5308　「梅二月」
　　◇深吉野賞（第2回/平成6年―佳作）
　5309　「閻魔の手形」
　　◇俳句研究賞（第4回/平成1年）
　5310　「憑神」
　　◇日本一行詩大賞・日本一行詩新人賞
　　　（第2回/平成21年/大賞）
　　「憑神―魂の一行詩」　日本一行詩協会
　　　2008.5　203p　16cm　（日本一行詩叢書
　　　8）　1800円

福島 行一　ふくしま・こういち
　5311　「大仏次郎」
　　◇大衆文学研究賞（第9回/平成7年/評
　　　論・伝記）
　　「大仏次郎　上巻」　草思社　1995.4
　　　220p　19cm　2000円　①4-7942-0598-8
　　「大仏次郎　下巻」　草思社　1995.4
　　　269p　19cm　2000円　①4-7942-0599-6

福島 鋳郎　ふくしま・じゅうろう
　5312　「雑誌で見る戦後史」
　　◇大衆文学研究賞（第1回/昭和62年―
　　　研究・考証）
　　「雑誌で見る戦後史」　大月書店　1987.4
　　　191p　26cm　3500円　①4-272-33014-4
　5313　「戦後雑誌発掘」
　　◇毎日出版文化賞（第26回/昭和47年）

福島 瑞穂　ふくしま・みずほ
　5314　「ふゆのさんご」
　　◇北海道詩人協会賞（第34回/平成9年
　　　度）

福島 泰樹　ふくしま・やすき
　5315　「茫漠山日誌」
　　◇若山牧水賞（第4回/平成11年）
　　「福島泰樹全歌集　第1巻」　河出書房新社
　　　1999.6　593p　20cm　①4-309-01281-7

福島 雄一郎　ふくしま・ゆういちろう
　5316　「石」
　　◇詩人会議新人賞（第45回/平成23年/
　　　詩部門/佳作）

福嶌 義宏　ふくしま・よしひろ
　5317　「黄河断流―中国巨大河川をめぐ
　　　る水と環境問題」
　　◇毎日出版文化賞（第62回/平成20年―
　　　自然科学部門）
　　「黄河断流―中国巨大河川をめぐる水と
　　　環境問題」　昭和堂　2008.1　187p
　　　19cm　（地球研叢書）　2300円　①978-4-
　　　8122-0775-8

福嶋 亮大　ふくしま・りょうた

5318　「復興文化論」
◇サントリー学芸賞（第26回/平成26年度—思想・歴史部門）
「復興文化論—日本的創造の系譜」　青土社　2013.10　413,7p　19cm　2200円　①978-4-7917-6733-5

福田 栄一　ふくだ・えいいち

5319　「きさらぎやよひ」
◇日本歌人クラブ推薦歌集（第15回/昭和44年）

5320　「囚れ人の手のごとく」
◇短歌研究賞（第2回/昭和39年）

福田 和也　ふくだ・かずや

5321　「悪女の美食術」
◇講談社エッセイ賞（第22回/平成18年）
「悪女の美食術」　講談社　2006.4　372p　19cm　1500円　①4-06-212872-1
「悪女の美食術」　講談社　2009.6　385p　15cm（講談社文庫 ふ71-1）　676円　①978-4-06-276390-5

5322　「地ひらく—石原莞爾と昭和の夢」
◇山本七平賞（第11回/平成14年）
「地ひらく—石原莞爾と昭和の夢」　文藝春秋　2001.9　773p　20cm　3714円　①4-16-357780-7
「地ひらく—石原莞爾と昭和の夢　上」　文藝春秋　2004.9　458p　16cm（文春文庫）　724円　①4-16-759302-5
「地ひらく—石原莞爾と昭和の夢　下」　文藝春秋　2004.9　487p　16cm（文春文庫）　724円　①4-16-759303-3

福田 紀一　ふくだ・きいち

5323　「おやじの国史とむすこの日本史」
◇サントリー学芸賞（第1回/昭和54年度—社会・風俗部門）
「おやじの国史とむすこの日本史」　中央公論新社　2012.4　253p　15cm（中公文庫）　648円　①978-4-12-205632-9

福田 甲子雄　ふくだ・きねお

5324　「草虱」
◇蛇笏賞（第38回/平成16年）
「草虱—句集」　花神社　2003.5　225p　20cm　2800円　①4-7602-1739-8

福田 昆之　ふくだ・こんし

5325　「満洲語文語辞典」
◇新村出賞（第7回/昭和63年）
「満洲語文語辞典」　FLL　1987.10　931p　22cm　15000円
「満洲語文語辞典」　補訂　FLL　2008.3　931p　22cm　30000円

福田 恆存　ふくだ・つねあり

5326　「シェイクスピア全集」
◇読売文学賞（第19回/昭和42年—研究・翻訳賞）

5327　「私の国語教室」など
◇読売文学賞（第12回/昭和35年—評論・伝記賞）
「私の国語教室」　増補版　中央公論社　1983.3　370p　16cm（中公文庫）　460円
「福田恆存全集　第4巻」　福田恆存著　文藝春秋　1987.8　640p　21cm　5500円　①4-16-363380-4
「私の国語教室」　文藝春秋　2002.3　360p　15cm（文春文庫）　619円　①4-16-725806-4
「福田恆存評論集　第6巻　私の國語教室」　福田恆存著　麗澤大学出版会，（枡）廣池学園事業部〔発売〕　2009.3　372p　19cm　2800円　①978-4-89205-546-1

福田 尚美　ふくだ・なおみ

5328　「父のちち」
◇伊東静雄賞（第2回/平成3年—奨励賞）

福田 はるか　ふくだ・はるか

5329　「匿名〈久保田あら〵ぎ生〉考」
◇三田文学新人賞〔評論部門〕（第1回（1994年度）—佳作）

福田 博則　ふくだ・ひろのり

5330　「谷崎潤一郎—母恋いものに見られる父親の存在」
◇ドナルド・キーン日米学生日本文学研究奨励賞（第6回/平成14年—四大部）

福田 誠　ふくだ・まこと

5331　「'79夏」
◇島田利夫賞（第5回/昭和57年—準入

選)

福田 ますみ　ふくだ・ますみ
5332　「でっちあげ―福岡「殺人教師」事件の真相」
◇新潮ドキュメント賞（第6回/平成19年）
「でっちあげ―福岡「殺人教師」事件の真相」　新潮社　2007.1　253p　20cm　1400円　①4-10-303671-5
「でっちあげ―福岡「殺人教師」事件の真相」　新潮社　2010.1　344p　16cm　（新潮文庫　ふ-41-1）　514円　①978-4-10-131181-4

福田 真人　ふくだ・まひと
5333　「結核の文化史」
◇毎日出版文化賞（第49回/平成7年）
「結核の文化史―近代日本における病のイメージ」　名古屋大学出版会　1995.2　398, 31p　19cm　4635円　①4-8158-0246-7

福田 万里子　ふくだ・まりこ
5334　「夢の内側」
◇東海現代詩人賞（第3回/昭和47年）

福田 美鈴　ふくだ・みすず
5335　「父, 福田正夫―雷雨の日まで」
◇詩人タイムズ賞（第3回/昭和59年）
「父福田正夫―雷雨の日まで」　教育出版センター　1983.7　192p　20cm　1800円

福田 蓼汀　ふくだ・りょうてい
5336　「秋風挽歌」
◇蛇笏賞（第4回/昭和45年）
「秋風挽歌―句集」　角川書店　1970　224p 図　20cm　1000円

福武 直　ふくたけ・ただし
5337　「世界農村の旅」
◇毎日出版文化賞（第17回/昭和38年）

福永 耕二　ふくなが・こうじ
5338　「踏歌」
◇俳人協会新人賞（第4回/昭和55年度）
「福永耕二―俳句・評論・随筆・紀行」　福永耕二著, 水原春郎, 能村登四郎監修,

福永美智子編　安楽城出版　1989.12　293p　21cm　（安楽城出版選書）　2000円
「踏歌―福永耕二句集」　邑書林　1997.11　104p　15cm　（邑書林句集文庫）　900円　①4-89709-246-9

福永 毅彦　ふくなが・たけひこ
5339　「知的障害者更生施設」
◇週刊金曜日ルポルタージュ大賞（第5回/平成11年3月/佳作）

福永 武彦　ふくなが・たけひこ
5340　「ゴーギャンの世界」
◇毎日出版文化賞（第15回/昭和36年）
「随筆・評論 6」　新潮社　1988.6　368p　19cm　（福永武彦全集　第19巻）　3000円　①4-10-644819-X
「ゴーギャンの世界」　講談社　1993.1　451p　15cm　（講談社文芸文庫）　1280円　①4-06-196208-6

福中 都生子　ふくなか・ともこ
5341　「福中都生子全詩集」
◇小熊秀雄賞（第11回/昭和53年）

福永 文夫　ふくなが・ふみお
5342　「日本占領史1945―1952」
◇読売・吉野作造賞（第16回/平成27年度）
「日本占領史1945‐1952―東京・ワシントン・沖縄」　中央公論新社　2014.12　360p　18cm　（中公新書）　900円　①978-4-12-102296-7

福場 ひとみ　ふくば・ひとみ
5343　「シロアリ 復興予算を食った人たち」
◇小学館ノンフィクション大賞（第20回/平成25年/優秀賞）
「国家のシロアリ―復興予算流用の真相」　小学館　2013.12　216p　19cm　1300円　①978-4-09-379856-3
※受賞作「シロアリ 復興予算を食った人たち」を改題

福原 恒雄　ふくはら・つねお
5344　「体の時間」
◇横浜詩人会賞（第19回/昭和62年度）
「体の時間―詩集」　ワニ・プロダクショ

ン　1987.5　84p　22cm　1600円

福原　麟太郎　ふくはら・りんたろう

5345　「チャールズ・ラム伝」
◇読売文学賞（第15回/昭和38年―評論・伝記賞）
「チャールズ・ラム伝」　福武書店　1982.10　410, 21p　20cm　2800円　①4-8288-1042-0
「チャールズ・ラム伝」　講談社　1992.3　452p　15cm（講談社文芸文庫―現代日本のエッセイ）1280円　①4-06-196168-3
「チャールズ・ラム伝」　沖積舎　2000.11　410p　19cm　4800円　①4-8060-4646-9

5346　「トマス・グレイ研究抄」
◇読売文学賞（第12回/昭和35年―研究・翻訳賞）

福間　明子　ふくま・あきこ

5347　「原色都市圏」
◇福岡県詩人賞（第23回/昭和62年）
「原色都市圏―詩集」　石風社　1986.8　88p　22cm　1800円

福間　健二　ふくま・けんじ

5348　「青い家」
◇藤村記念歴程賞（第49回/平成23年）
◇萩原朔太郎賞（第19回/平成23年）
「青い家」　思潮社　2011.7　495p　21cm　4200円　①978-4-7837-3252-5

福本　東希子　ふくもと・ときこ

5349　「花の構図」
◇野ου水嶺賞（第8回/平成4年）

福本　智子　ふくもと・ともこ

5350　「娘へ」
◇フーコー・エッセイコンテスト（第1回/平成9年/入選）

福本　直美　ふくもと・なおみ

5351　「青磁の香合」
◇日本随筆家協会賞（第49回/平成16年5月）
「旅立ちたい午後」　日本随筆家協会　2004.9　226p　20cm（現代名随筆叢書64）1500円　①4-88933-289-8

福谷　美那子　ふくや・みなこ

5352　「母の微笑」
◇日本随筆家協会賞（第35回/平成9年5月）
「母の微笑」　日本随筆家協会　1997.5　225p　19cm（現代随筆選書）1500円　①4-88933-208-1

ふけ　としこ

5353　「鎌の刃」
◇俳壇賞（第9回/平成6年度）
「句集　鎌の刃」　本阿弥書店　1995.9　207p　19cm　2700円

房内　はるみ　ふさうち・はるみ

5354　「座くりをまわす女」
◇現代詩加美未来賞（第11回/平成13年―中新田ロータリー賞）

5355　「秋炎」
◇現代詩加美未来賞（第13回/平成15年―加美縄文賞）

藤　和子　ふじ・かずこ

5356　「待春」
◇日本伝統俳句協会賞（第5回/平成6年/新人賞）

富士　正晴　ふじ・まさはる

5357　「桂春団治」
◇毎日出版文化賞（第22回/昭和43年）
「富士正晴作品集　4」　岩波書店　1988.10　473p　21cm　4530円　①4-00-091394-8
「桂春団治」　講談社　2001.1　356p　15cm（講談社文芸文庫）1400円　①4-06-198244-3

藤　庸子　ふじ・ようこ

5358　「ヘルメスの沓」
◇栃木県現代詩人会賞（第18回）
「ヘルメスの沓―詩集」　竜詩社　1984.12　91p　22cm　1200円

藤　洋子　ふじ・ようこ

5359　「夫」
◇〔新潟〕日報詩壇賞（第27回/昭和57年秋）

不二 陽子　ふじ・ようこ

5360　「『信じがたい（ウングラウブリッヒ）！』は別れの言葉」
◇日航海外紀行文学賞（第7回/昭和60年）

藤井 あかり　ふじい・あかり

5361　「尖塔」
◇北斗賞（第5回/平成26年）

藤井 かなめ　ふじい・かなめ

5362　「あしたの風」
◇三越左千夫少年詩賞（第13回/平成21年/特別賞）
「あしたの風―藤井かなめ詩集」　てらいんく　2008.3　111p　22cm（子ども詩のポケット 26）1200円　①978-4-86261-022-5

藤井 啓子　ふじい・けいこ

5363　「ああ生きてをり」
◇日本伝統俳句協会賞（第6回/平成7年/新人賞）

藤井 貞和　ふじい・さだかず

5364　「神の子犬」
◇現代詩花椿賞（第23回/平成17年）
◇現代詩人賞（第24回/平成18年）
「神の子犬」　書肆山田　2005.8　197p　19cm　2800円　①4-87995-648-1

5365　「源氏物語論」
◇角川源義賞（第23回/平成13年/国文学）
「源氏物語論」　岩波書店　2000.3　720,43p　22cm　14000円　①4-00-022708-4

5366　「言葉と戦争」
◇日本詩人クラブ詩賞（第8回/平成20年）
「言葉と戦争」　大月書店　2007.11　331,7p　20cm　2500円　①978-4-272-43072-7

5367　「ことばのつえ、ことばのつえ」
◇藤村記念歴程賞（第40回/平成14年）
◇高見順賞（第33回/平成15年）
「ことばのつえ、ことばのつえ」　思潮社　2002.4　105p　20cm　2000円　①4-7837-1297-2

5368　「『静かの海』石、その韻き」
◇土井晩翠賞（第40回/平成11年）
「『静かの海』石、その韻き」　思潮社　1998.8　99p　27cm　3200円　①4-7837-1091-0

5369　「春楡の木」
◇鮎川信夫賞（第3回/平成24年/詩集部門）

藤井 五月　ふじい・さつき

5370　「0の子宮」
◇現代詩新人賞（平成18年/詩部門/奨励賞）

藤井 隆　ふじい・たかし

5371　「生物学序説」
◇毎日出版文化賞（第20回/昭和41年）

藤井 孝良　ふじい・たかよし

5372　「マハラバの息吹―もうひとつの1960年代―」
◇週刊金曜日ルポルタージュ大賞（第20回/平成21年/審査員特別賞）

藤井 俊博　ふじい・としひろ

5373　「今昔物語集の表現形成」
◇金田一京助博士記念賞（第32回/平成16年）
「今昔物語集の表現形成」　和泉書院　2003.10　356p　22cm（研究叢書 306）9000円　①4-7576-0234-0

藤井 直敬　ふじい・なおたか

5374　「つながる脳」
◇毎日出版文化賞（第63回/平成21年―自然科学部門）
「つながる脳」　NTT出版　2009.5　275p　19cm　2200円　①978-4-7571-6042-2
「つながる脳」　新潮社　2014.7　337p　15cm（新潮文庫）590円　①978-4-10-125981-9

藤井 則行　ふじい・のりゆき

5375　「友へ」
◇現代少年詩集新人賞（第6回/平成1年―奨励賞）

藤井 令一　ふじい・れいいち

5376　「残照の文化―奄美の島々」

ふしおか

◇山之口貘賞（第22回/平成11年）

藤岡 武雄 ふじおか・たけお
5377 「書簡にみる斎藤茂吉」
◇齋藤茂吉短歌文学賞（第14回/平成14年）
◇日本歌人クラブ評論賞（第1回/平成15年）
「書簡にみる斎藤茂吉」 短歌新聞社 2002.6 437p 22cm 3810円 ⓘ4-8039-1086-3

藤岡 喜愛 ふじおか・よしなる
5378 「イメージと人間」
◇毎日出版文化賞（第28回/昭和49年）

藤川 沙良 ふじかわ・さら
5379 「地球ぎ」
◇現代詩加美未来賞（第14回/平成16年度—加美若鮎賞）

藤川 高志 ふじかわ・たかし
5380 「イカルス志願」
◇現代短歌大系新人賞（昭和47年—次席）

富士川 英郎 ふじかわ・ひでお
5381 「江戸後期の詩人たち」
◇高村光太郎賞（第10回/昭和42年）
◇読売文学賞（第19回/昭和42年—評論・伝記賞）
「江戸後期の詩人たち」 平凡社 2012.1 396p 18cm（東洋文庫） 3100円 ⓘ978-4-582-80816-2

藤倉 榮子 ふじくら・えいこ
5382 「弦楽」
◇北海道新聞俳句賞（第28回/平成25年）
「弦楽—句集」 丹俳句会 2013.7 219p 20cm（丹叢書） 3000円

藤倉 四郎 ふじくら・しろう
5383 「カタクリの群れ咲く頃の」
◇大衆文学研究賞（第13回/平成12年/評論・伝記）
「カタクリの群れ咲く頃の—野村胡堂・あらえびす夫人ハナ」 青蛙房 1999.2

446p 20cm 2800円 ⓘ4-7905-0332-1

藤崎 麻里 ふじさき・まり
5384 「溺れる人」
◇読売・日本テレビWoman's Beat大賞カネボウスペシャル21（第3回/平成16年/大賞）
「溺れる人—第3回woman's beat大賞受賞作品集」 藤崎麻里、八木沼笙子、高橋和子、竹内みや子、カウマイヤー・香代子著 中央公論新社 2005.2 270p 20cm 1800円 ⓘ4-12-003612-X

藤咲 みつを ふじさき・みつを
5385 「芍薬」
◇随筆にっぽん賞（第4回/平成26年）

藤沢 晋 ふじさわ・しん
5386 「あいさつ」
◇現代詩人アンソロジー賞（第11回/平成13年/優秀）

藤島 咲子 ふじしま・さきこ
5387 「細雪」
◇日本詩歌句大賞（第8回/平成24年/随筆評論部門/特別賞）
「細雪」 角川マガジンズ 2011.9 287p 20cm ⓘ978-4-04-731850-2
5388 「雪嶺」
◇日本詩歌句大賞（第9回/平成25年/俳句部門/大賞）
「雪嶺—句集」 本阿弥書店 2012.9 196p 20cm（新女流俳句叢書 7期） 2800円 ⓘ978-4-7768-0912-8

藤島 秀憲 ふじしま・ひでのり
5389 「すずめ」
◇寺山修司短歌賞（第19回/平成26年）
「すずめ—藤島秀憲歌集」 短歌研究社 2013.4 149p 20cm 2000円 ⓘ978-4-86272-346-8
5390 「二丁目通信」
◇現代歌人協会賞（第54回/平成22年）
◇ながらみ書房出版賞（第18回/平成22年）
「二丁目通信—歌集」 ながらみ書房 2009.9 177p 20cm 2500円 ⓘ978-4-86023-595-6

5391　「日本語の変容と短歌―オノマトペからの一考察」
◇現代短歌評論賞（第25回／平成19年）

藤田　紘一郎　ふじた・こういちろう
5392　「笑うカイチュウ」
◇講談社出版文化賞（第26回／平成7年／科学出版賞）
「笑うカイチュウ―寄生虫博士奮闘記」　講談社　1994.9　206p　19cm　1500円　④4-06-207069-3
「笑うカイチュウ―寄生虫博士奮闘記」　講談社　1999.3　243p　15cm　（講談社文庫）467円　④4-06-264511-4

藤田　五郎　ふじた・ごろう
5393　「封建社会の展開過程」
◇毎日出版文化賞（第7回／昭和28年）

藤田　湘子　ふじた・しょうし
5394　「神楽」
◇詩歌文学館賞（第15回／平成12年／俳句）
「神楽―藤田湘子句集」　朝日新聞社　1999.10　241p　20cm　2500円　④4-02-330600-2
「藤田湘子全句集」　藤田湘子著、鷹俳句会編　角川書店　2009.4　2冊（セット）19cm　14286円　④978-4-04-876318-9

藤田　真一　ふじた・しんいち
5395　「蕪村余響 そののちいまだ年くれず」
◇やまなし文学賞〔研究・評論部門〕（第20回／平成23年度―研究・評論部門）
「蕪村余響―そののちいまだ年くれず」　岩波書店　2011.2　358p　19cm　3800円　④978-4-00-024658-3

藤田　民子　ふじた・たみこ
5396　「ゼリービーンズ岬の鳥たち」
◇北海道詩人協会賞（第29回／平成4年度）

藤田　直子　ふじた・なおこ
5397　「ばいばい, フヒタ」
◇読売「ヒューマン・ドキュメンタリー」大賞（第14回／平成5年―優秀賞）
「ばいばい、フヒタ」　藤田直子, 奥田昌美, 藤本仁美, 越宮照代, 田中美奈子著　読売新聞社　1994.2　297p　19cm　1300円　④4-643-94003-4

藤田　直哉　ふじた・なおや
5398　「消失点、暗黒の塔―『暗黒の塔』Ⅴ部、Ⅵ部、Ⅶ部を検討する」
◇日本SF評論賞（第3回／平成19年／選考委員特別賞）

藤田　信勝　ふじた・のぶかつ
5399　「不思議な国イギリス」
◇日本エッセイスト・クラブ賞（第4回／昭和31年）

藤田　晴央　ふじた・はるお
5400　「反歌・この地上で」
◇年刊現代詩集新人賞（第8回／昭和62年―奨励賞）

5401　「夕顔」
◇三好達治賞（第9回／平成25年度）
「夕顔」　思潮社　2013.11　93p　21cm　2200円　④978-4-7837-3397-3

藤田　富美恵　ふじた・ふみえ
5402　「父の背中」
◇潮賞（第8回／平成1年―ノンフィクション）
「父の背中」　潮出版社　1989.9　200p　19cm　1200円　④4-267-01215-6

藤田　美代子　ふじた・みよこ
5403　「青き表紙」
◇俳人協会新人賞（第17回／平成5年）
「青き表紙―句集」　邑書林　1993.6　160p　20cm　（邑・第一句集シリーズ　11）2400円　④4-946407-68-5

藤田　保幸　ふじた・やすゆき
5404　「国語引用構文の研究」
◇金田一京助博士記念賞（第29回／平成13年）
「国語引用構文の研究」　和泉書院　2000.12　660p　22cm　（研究叢書　260）18000円　④4-7576-0082-8

藤富 保男　ふじとみ・やすお
5405　「題名のない詩」
◇時間賞（第4回/昭和32年―作品賞）
5406　「やぶにらみ」
◇日本詩人クラブ賞（第26回/平成5年）
「やぶにらみ」　思潮社　1992.9　77p　21cm　2400円　④4-7837-0423-6
「藤富保男詩集全景」　沖積舎　2008.11　1161p　21cm　18000円　④978-4-8060-0673-2

藤野 武　ふじの・たけし
5407　「山峡」
◇角川俳句賞（第38回/平成4年）

藤原 貞朗　ふじはら・さだお
5408　「オリエンタリストの憂鬱―植民地主義時代のフランス東洋学者とアンコール遺跡の考古学」
◇サントリー学芸賞（第31回/平成21年度―芸術・文学部門）
◇渋沢・クローデル賞（第26回/平成21年/本賞）
「オリエンタリストの憂鬱―植民地主義時代のフランス東洋学者とアンコール遺跡の考古学」　めこん　2008.11　582p　20cm　4500円　④978-4-8396-0218-5

藤原 辰史　ふじはら・たつし
5409　「ナチスのキッチン」
◇河合隼雄学芸賞（第1回/平成25年度）
「ナチスのキッチン―「食べること」の環境史」　水声社　2012.5　450p　20cm　4000円　④978-4-89176-900-0

藤村 志保　ふじむら・しほ
5410　「脳死をこえて」
◇読売「ヒューマン・ドキュメンタリー」大賞（第6回/昭和60年）
「脳死をこえて」　読売新聞社　1985.11　270p　20cm　1100円　④4-643-74180-5

藤村 信　ふじむら・しん
5411　「プラハの春モスクワの冬」
◇毎日出版文化賞（第29回/昭和50年）

藤村 柊　ふじむら・ひいらぎ
5412　「人間が転んだ」
◇〔新潟〕日報詩壇賞（第26回/昭和57年春）

藤村 昌之　ふじむら・まさゆき
5413　「死刑囚の宿」
◇たまノンフィクション大賞（第2回/平成10年/優秀賞）

藤村 真理　ふじむら・まり
5414　「からり」
◇俳句研究賞（第17回/平成14年）
◇加美俳句大賞（句集賞）（第10回/平成17年度―スウェーデン賞）
「句集 からり」　富士見書房　2004.9　175p　19cm　2800円　④4-8291-7572-9

藤本 安騎生　ふじもと・あきお
5415　「深吉野」
◇俳人協会賞（第43回/平成15年）
「深吉野―藤本安騎生句集」　角川書店　2003.5　201p　20cm　2800円　④4-04-876158-7

藤本 恵子　ふじもと・けいこ
5416　「築地にひびく銅鑼―小説・丸山定夫」
◇開高健賞（第10回/平成13年）
「築地にひびく銅鑼―小説丸山定夫」　ティビーエス・ブリタニカ　2001.7　268p　20cm　1600円　④4-484-01211-1

藤本 四八　ふじもと・しはち
5417　「装飾古墳」
◇毎日出版文化賞（第19回/昭和40年）

藤本 瑆　ふじもと・てつ
5418　「非衣」
◇小熊秀雄賞（第19回/昭和61年）

藤元 登四郎　ふじもと・としろう
5419　「『高い城の男』―ウクロニーと『易教』」
◇日本SF評論賞（第6回/平成22年/選考委員特別賞）

藤本 直規　ふじもと・なおき
5420　「別れの準備」

藤本 仁美　ふじもと・ひとみ

5421　「人生の夏休み」
◇読売「ヒューマン・ドキュメンタリー」大賞（第14回/平成5年―優秀賞）
「ばいばい、フヒタ」　藤田直子, 奥田昌美, 藤本仁美, 越宮照代, 田中美奈子著　読売新聞社　1994.2　297p　19cm　1300円　Ⓘ4-643-94003-4

藤本 美和子　ふじもと・みわこ

5422　「跣足」
◇俳人協会新人賞（第23回/平成11年）
「跣足―藤本美和子句集」　ふらんす堂　1999.7　191p　20cm（泉叢書 第81篇）2300円　Ⓘ4-89402-290-7

藤森 栄一　ふじもり・えいいち

5423　「銅鐸」
◇毎日出版文化賞（第18回/昭和39年）
「藤森栄一全集　第10巻　銅鐸・弥生の時代」　学生社　1983.8　321p　22cm　4800円
「銅鐸」　藤森栄一著, 桐原健解説　解説付新装版　学生社　1997.5　286p　19cm　2400円　Ⓘ4-311-20210-5

藤森 照信　ふじもり・てるのぶ

5424　「建築探偵の冒険・東京篇」
◇サントリー学芸賞（第8回/昭和61年度―社会・風俗部門）
「建築探偵の冒険　東京篇」　筑摩書房　1989.12　362p　15cm（ちくま文庫）600円　Ⓘ4-480-02371-2

5425　「建築探偵, 本を伐る」
◇毎日書評賞（第1回/平成14年度）
「建築探偵、本を伐る」　晶文社　2001.2　313p　20cm　2600円　Ⓘ4-7949-6476-5

5426　「明治の東京計画」
◇毎日出版文化賞（第37回/昭和58年）
「明治の東京計画」　岩波書店　2004.11　389p　15cm（岩波現代文庫）1200円　Ⓘ4-00-600133-9

◇H氏賞（第39回/平成1年）
「別れの準備―詩集」　花神社　1988.10　93p　22cm　1800円

藤森 光男　ふじもり・みつお

5427　「板窓」
◇詩人会議新人賞（第19回/昭和60年―詩部門）

藤谷 和子　ふじや・かずこ

5428　「生年月日」
◇北海道新聞俳句賞（第12回/平成9年）
「生年月日―句集」　鮴俳句会　1997.8　221p　19cm（鮴叢書 第1篇）2000円

藤原 章生　ふじわら・あきお

5429　「絵はがきにされた少年」
◇開高健ノンフィクション賞（第3回/平成17年）
「絵はがきにされた少年」　集英社　2005.11　258p　20cm　1600円　Ⓘ4-08-781338-X

藤原 安紀子　ふじわら・あきこ

5430　「ア ナザ ミミクリ」
◇現代詩花椿賞（第31回/平成25年）
「ア ナザ ミミクリ」　書肆山田　2013.1　127p　23cm　2600円　Ⓘ978-4-87995-866-2

5431　「音づれる聲」
◇歴程新鋭賞（第16回/平成17年）
「音づれる聲」　書肆山田　2005.1　133p　22cm　2400円　Ⓘ4-87995-631-7

藤原 帰一　ふじわら・きいち

5432　「平和のリアリズム」
◇石橋湛山賞（第26回/平成17年）
「平和のリアリズム」　岩波書店　2004.8　277p　19cm　2300円　Ⓘ4-00-024706-9
「新編 平和のリアリズム」　岩波書店　2010.4　455p　15cm（岩波現代文庫）1480円　Ⓘ978-4-00-600236-7

藤原 作弥　ふじわら・さくや

5433　「聖母病院の友人たち」
◇日本エッセイスト・クラブ賞（第31回/昭和58年）
「聖母病院の友人たち―肝炎患者の学んだこと」　新潮社　1982.5　255p　20cm　1100円
「聖母病院の友人たち―肝炎患者の学んだこと」　新潮社　1986.5　332p　15cm（新潮文庫）360円　Ⓘ4-10-146901-6

「聖母病院の友人たち―肝炎患者の学んだこと」　社会思想社　1992.12　335p　15cm（現代教養文庫―ベスト・ノンフィクション）720円　Ⓘ4-390-11453-0

藤原 定　ふじわら・さだむ

5434　「環」
◇日本詩人クラブ賞（第13回/昭和55年）
　「藤原定全詩集」　沖積舎　1992.10　536p　22cm　Ⓘ4-8060-0579-7

5435　「言葉」
◇現代詩人賞（第8回/平成2年）
　「詩集 言葉」　沖積舎　1989.10　81p　21cm　2000円　Ⓘ4-8060-0552-5
　「藤原定全詩集」　沖積舎　1992.10　536p　22cm　Ⓘ4-8060-0579-7

藤原 菜穂子　ふじわら・なほこ

5436　「いま私の岸辺を」
◇現代詩女流賞（第7回/昭和57年）

藤原 英城　ふじわら・ひでき

5437　「月尋堂とその周辺―その知られざる活動の一面」
◇柿衞賞（第2回/平成4年）

藤原 弘男　ふじわら・ひろお

5438　「大久野島にて」
◇短歌研究新人賞（第10回/昭和42年）

藤原 房子　ふじわら・ふさこ

5439　「手の知恵」
◇サントリー学芸賞（第1回/昭和54年度―社会・風俗部門）

藤原 正彦　ふじわら・まさひこ

5440　「若き数学者のアメリカ」
◇日本エッセイスト・クラブ賞（第26回/昭和53年）
　「若き数学者のアメリカ」　新潮社　1981.6　283p　15cm（新潮文庫）280円　Ⓘ4-10-124801-X

藤原 美幸　ふじわら・みゆき

5441　「普遍街夕焼け通りでする立ちばなし」
◇晩翠賞（第20回/昭和54年）

藤原 勇次　ふじわら・ゆうじ

5442　「中村憲吉」
◇島木赤彦文学賞（第11回/平成21年）
　「評伝中村憲吉」　青磁社　2008.10　16,343p　20cm（塔21世紀叢書 第123篇）1800円　Ⓘ978-4-86198-092-3

藤原 侊　ふじわら・よう

5443　「doner」
◇中日詩賞（第55回/平成27年―新人賞）

藤原 よし久　ふじわら・よしひさ

5444　「おのれ失うたものさらしている冬の残照」
◇放哉賞（第4回/平成14年）

藤原 龍一郎　ふじわら・りゅういちろう

5445　「ラジオ・デイズ」
◇短歌研究新人賞（第33回/平成2年）

文月 悠光　ふづき・ゆみ

5446　「ちっぽけな肉片」
◇現代詩加美未来賞（第16回/平成18年度―落鮎塾あけぼの賞）

5447　「適切な世界の適切ならざる私」
◇中原中也賞（山口市）（第15回/平成21年）
◇丸山豊記念現代詩賞（第19回/平成22年）
　「適切な世界の適切ならざる私」　思潮社　2009.10　96p　19cm　2000円　Ⓘ978-4-7837-3162-7

布施 杜生　ふせ・もりお

5448　「鼓動短歌抄」
◇啄木賞（第2回/昭和23年―一次席）

二川 幸夫　ふたがわ・ゆきお

5449　「日本の民家」のうち「山陽路」「高山・白川」
◇毎日出版文化賞（第13回/昭和34年）

二木 謙一　ふたき・けんいち

5450　「中世武家儀礼の研究」
◇サントリー学芸賞（第7回/昭和60年度―思想・歴史部門）

「中世武家儀礼の研究」 吉川弘文館 1985.5　483, 17p　22cm　8000円　①4-642-02532-4

渕上 英理　ふちがみ・えり

5451　「『落窪物語』「あこぎ」を通しての長寿者の役割について」
◇ドナルド・キーン日米学生日本文学研究奨励賞（第9回/平成17年—短期大学の部）

淵上 熊太郎　ふちがみ・くまたろう

5452　「パーフェクト・パラダイス」
◇横浜詩人会賞（第27回/平成7年度）
「パーフェクトパラダイス」 書肆山田 1994.12　93p　23cm　2600円

淵脇 護　ふちわき・まもる

5453　「火山地帯」
◇角川俳句賞（第32回/昭和61年）

舟越 健之輔　ふなこし・けんのすけ

5454　「箱族の街」
◇日本ノンフィクション賞（第10回/昭和58年—新人賞）
「箱族の街」 新潮社 1983.7　310p　20cm　1200円　①4-10-347301-0

舟越 保武　ふなこし・やすたけ

5455　「巨岩と花びら」
◇日本エッセイスト・クラブ賞（第31回/昭和58年）
「巨岩と花びら—舟越保武画文集」 筑摩書房 1982.6　209p　22cm　2900円
「巨岩と花びら—舟越保武画文集」 筑摩書房 1998.12　261p　15cm（ちくま文庫）　800円　①4-480-03434-X
「巨岩と花びら ほか—舟越保武全随筆集」 求龍堂 2012.5　388p　19cm　2600円　①978-4-7630-1218-0

船越 義彰　ふなこし・よしあき

5456　「きじなむ物語」
◇山之口貘賞（第5回/昭和57年）

船津 久美子　ふなつ・くみこ

5457　「馬キチ夫婦の牧場開拓記」
◇優駿エッセイ賞（第7回/平成3年）

船橋 弘　ふなばし・ひろし

5458　「不問のこころ」
◇「短歌現代」歌人賞（第2回/平成1年）

船橋 洋一　ふなばし・よういち

5459　「カウントダウン・メルトダウン」（上・下）
◇大宅壮一ノンフィクション賞（第44回/平成25年）
「カウントダウン・メルトダウン　上」 文藝春秋 2012.12　477p　20cm　1600円　①978-4-16-376150-3
「カウントダウン・メルトダウン　下」 文藝春秋 2012.12　475p　20cm　1600円　①978-4-16-376160-2

5460　「同盟漂流」
◇新潮学芸賞（第11回/平成10年）
「同盟漂流」 岩波書店 1997.11　521p　20cm　2600円　①4-00-024105-2
「同盟漂流　上」 岩波書店 2006.2　421p　15cm（岩波現代文庫）　1200円　①4-00-603128-9
「同盟漂流　下」 岩波書店 2006.3　465, 18p　15cm（岩波現代文庫）　1200円　①4-00-603129-7

5461　「内部（neibu）」
◇サントリー学芸賞（第5回/昭和58年度—社会・風俗部門）
「内部—ある中国報告」 朝日新聞社 1988.5　376p　15cm（朝日文庫）　520円　①4-02-260418-2

5462　「冷戦後の世界と日本」「成功物語」
◇石橋湛山賞（第13回/平成4年）

船山 隆　ふなやま・たかし

5463　「ストラヴィンスキー」
◇サントリー学芸賞（第7回/昭和60年度—芸術・文学部門）
「ストラヴィンスキー—二十世紀音楽の鏡像」 音楽之友社 1985.6　323, 51p　22cm　3200円

文挟 夫佐恵　ふはさみ・ふさえ

5464　「青愛鷹」
◇俳句四季大賞（第7回/平成19年）
「青愛鷹—句集」 文挟夫佐恵著 角川書店 2006.8　219p　20cm　2667円　①4-04-651847-2

5465 「白駒」
◇蛇笏賞（第47回/平成25年）
「白駒―句集」角川書店, 角川グループパブリッシング〔発売〕 2012.11 247p 20cm 2667円 ①978-4-04-652681-6

文梨 政幸　ふみなし・まさゆき

5466 「郊外」
◇北海道詩人協会賞（第14回/昭和52年度）

冬木 好　ふゆき・こう

5467 「ゼロの運命」
◇東海現代詩人賞（第12回/昭和56年）
「ゼロの運命―冬木好詩集」栄光出版社 1980.12 183p 22cm 2300円

降籏 学　ふりはた・まなぶ

5468 「残酷な楽園―ライフ・イズ・シット・サンドイッチ」
◇「週刊ポスト」「SAPIO」21世紀国際ノンフィクション大賞（第3回/平成8年/優秀賞）
◇小学館ノンフィクション大賞（第3回/平成8年―優秀賞）
「残酷な楽園―ライフ・イズ・シット・サンドイッチ」小学館 1997.5 299p 19cm 1500円 ①4-09-379214-3

古内 きよ子　ふるうち・きよこ

5469 「鍛冶屋」
◇福島県俳句賞（第16回/平成7年度―新人賞）

古川 薫　ふるかわ・かおる

5470 「花も嵐も　女優・田中絹代の生涯」
◇尾崎秀樹記念・大衆文学研究賞（第15回/平成14年―特別賞）
「花も嵐も―女優・田中絹代の生涯」文藝春秋 2002.2 501p 20cm 2762円 ①4-16-320740-6
「花も嵐も―女優・田中絹代の生涯」文藝春秋 2004.12 575p 16cm（文春文庫）867円 ①4-16-735716-X

古川 隆久　ふるかわ・たかひさ

5471 「昭和天皇」
◇サントリー学芸賞（第33回/平成23年度―政治・経済部門）
「昭和天皇―「理性の君主」の孤独」中央公論新社 2011.4 428p 18cm（中公新書）1000円 ①978-4-12-102105-2

5472 「戦時下の日本映画―人々は国策映画を観たか」
◇尾崎秀樹記念・大衆文学研究賞（第16回/平成16年―研究・考証）
「戦時下の日本映画―人々は国策映画を観たか」吉川弘文館 2003.2 240, 4p 20cm 2800円 ①4-642-07795-2

古川 春雄　ふるかわ・はるお

5473 「極冠慟哭」
◇北海道詩人協会賞（第13回/昭和51年度）

古越 富美恵　ふるこし・ふみえ

5474 「終の夏かは」
◇読売「ヒューマン・ドキュメンタリー」大賞（第12回/平成3年）

古島 敏雄　ふるしま・としお

5475 「山村の構造」
◇毎日出版文化賞（第4回/昭和25年）

5476 「日本農業技術史」（上・下）
◇毎日出版文化賞（第3回/昭和24年）

古瀬 教子　ふるせ・きょうこ

5477 「砂の人形」
◇野原水嶺賞（第31回/平成27年）

古田 海　ふるた・かい

5478 「声のなか」
◇新俳句人連盟賞（第18回/平成2年―作品賞）

古田 博司　ふるた・ひろし

5479 東アジア・イデオロギーを超えて
◇読売・吉野作造賞（第5回/平成16年）
「東アジア・イデオロギーを超えて」新書館 2003.9 283p 20cm 2400円 ①4-403-23097-0

5480 「東アジアの思想風景」を中心として
◇サントリー学芸賞（第21回/平成11年

度—社会・風俗部門）
「東アジアの思想風景」 岩波書店 1998.7 238p 20cm 2200円 ⓘ4-00-001917-1

吉田 拡　ふるた・ひろむ

5481　「源氏物語の英訳の研究」
◇毎日出版文化賞（第34回/昭和55年）
「源氏物語の英訳の研究」 古田拡〔ほか〕共著 教育出版センター 1980.5 278p 23cm （比較文学研究叢書 4） 4800円

古田 亮　ふるた・りょう

5482　「俵屋宗達」
◇サントリー学芸賞（第32回/平成22年度—芸術・文学部門）
「俵屋宗達—琳派の祖の真実」 平凡社 2010.4 227p 18cm （平凡社新書） 780円 ⓘ978-4-582-85518-0

古舘 曹人　ふるたち・そうじん

5483　「砂の音」
◇俳人協会賞（第19回/昭和54年度）

古溝 智子　ふるみぞ・ともこ

5484　「胃の痛み」
◇島田利夫賞（第6回/昭和58年）

古谷 円　ふるや・まどか

5485　「千の家族」
◇日本歌人クラブ新人賞（第14回/平成20年）
「千の家族—歌集」 角川書店, 角川グループパブリッシング（発売） 2007.1 224p 20cm （21世紀歌人シリーズ/かりん叢書 第196篇） 2571円 ⓘ978-4-04-621822-3

ブレイズデル, クリストファー遙盟　ぶれいずでる, くりすとふぁーようめい

5486　「尺八オデッセイ—天の音色に魅せられて」
◇蓮如賞（第6回/平成11年）
「尺八オデッセイ—天の音色に魅せられて」 クリストファー遙盟著 河出書房新社 2000.3 209p 20cm 1600円 ⓘ4-309-01340-6

フロステンソン, カタリーナ

5487　「カルカス」—五行—より—編
◇加美現代詩集大賞（第5回/平成17年度—スウェーデン現代詩詩集加美大賞）

不破 障子　ふわ・しょうじ

5488　「蟹」
◇新俳句人連盟賞（第36回/平成20年/作品の部/佳作1位）

【 へ 】

平敷 武蕉　へしき・ぶしょう

5489　「野ざらし述男序論—現代俳句の新しい地平」
◇新俳句人連盟賞（第41回/平成25年/評論の部/入選）

別所 真紀子　べっしょ・まきこ

5490　「江戸おんな歳時記」
◇読売文学賞（第67回/平成27年度/随筆・紀行賞）
「江戸おんな歳時記」 幻戯書房 2015.9 265p 19cm 2300円 ⓘ978-4-86488-080-0

ベルク, オギュスタン

5491　「地球と存在の哲学 環境倫理を越えて」
◇山片蟠桃賞（第16回/平成9年度）
「地球と存在の哲学—環境倫理を越えて」 オギュスタン・ベルク著, 篠田勝英訳 筑摩書房 1996.9 254p 18cm （ちくま新書） 680円 ⓘ4-480-05683-1

ペルティエ, フィリップ

5492　「ラ・ジャポネジー」
◇渋沢・クローデル賞（第15回/平成10年—フランス大使館・エールフランス特別賞）

ベンダサン, イザヤ

5493　「日本人とユダヤ人」

へんみ

◇大宅壮一ノンフィクション賞（第2回／昭和46年）
「日本人とユダヤ人」イザヤ・ベンダサン〔著〕，渡部昇一解注　新版　研究社出版　1992.9　145p　19cm（研究社現代英文テキスト 13）1400円　①4-327-02013-3
「日本人とユダヤ人」イザヤ・ベンダサン，山本七平著　文藝春秋　1997.10　461p　19cm（山本七平ライブラリー 13）1714円　①4-16-364730-9
「日本人とユダヤ人」山本七平著　角川書店　2004.5　295p　18cm　724円　①4-04-704167-X

逸見　喜久雄　へんみ・きくお

5494　「天心に」
◇島木赤彦文学賞（第7回／平成17年）
「天心に―逸見喜久雄歌集」　短歌新聞社　2004.9　200p　20cm　2500円

辺見　京子　へんみ・きょうこ

5495　「壺屋の唄」
◇角川俳句賞（第15回／昭和44年）

辺見　じゅん　へんみ・じゅん

5496　「収容所から来た遺書」
◇講談社ノンフィクション賞（第11回／平成1年）
◇大宅壮一ノンフィクション賞（第21回／平成2年）
「収容所から来た遺書」　文藝春秋　1989.6　270p　19cm　1500円　①4-16-343270-1
「収容所から来た遺書」　文藝春秋　1992.6　297p　15cm（文春文庫）420円　①4-16-734203-0

5497　「水祭りの桟橋」
◇「短歌」愛読者賞（第6回／昭和54年―作品部門）
「水祭りの桟橋―歌集」　思潮社　1981.4　167p　22cm　2400円

5498　「闇の祝祭」
◇現代短歌女流賞（第12回／昭和62年）

辺見　庸　へんみ・よう

5499　「生首」
◇中原中也賞（第16回／平成23年）
「生首―詩文集」　毎日新聞社　2010.3　171p　22cm　1700円　①978-4-620-31956-8

5500　「眼の海」
◇高見順賞（第42回／平成23年）
「眼の海」　毎日新聞社　2011.11　184p　22cm　1700円　①978-4-620-32073-1

5501　「もの食う人びと」
◇講談社ノンフィクション賞（第16回／平成6年）
◇JTB紀行文学大賞（第3回／平成6年度）
「もの食う人びと」　共同通信社　1994.6　332p　19cm　1500円　①4-7641-0324-9
「もの食う人びと」　角川書店　1997.6　365p　15cm（角川文庫）686円　①4-04-341701-2

【ほ】

帆足　みゆき　ほあし・みゆき

5502　「冬の匣」
◇伊東静雄賞（第6回／平成7年―奨励賞）

5503　「虫を搗（つ）く」
◇伊東静雄賞（第12回／平成13年）

蜂飼耳　ほうしじ

5504　「顔をあらう水」
◇鮎川信夫賞（第7回／平成28年）
「顔をあらう水」　思潮社　2015.10　118p　19cm　2200円　①978-4-7837-3498-7

坊城　俊樹　ぼうじょう・としき

5505　「ぴかぴか」
◇日本伝統俳句協会賞（第9回／平成10年―新人賞）

北条　裕子　ほうじょう・ひろこ

5506　「花眼」
◇中日詩賞（第54回／平成26年―中日詩賞）
「花眼」　思潮社　2014.2　77p　22×15cm　2200円　①978-4-7837-3372-0

放生 充　ほうじょう・みのる
　5507　「40歳からの就職活動、現在24敗中」
　　◇北海道ノンフィクション賞（第28回/平成20年―大賞）

宝守 満　ほうす・まん
　5508　「十勝の広い空の下で」
　　◇優駿エッセイ賞（第27回/平成23年）

外間 守善　ほかま・しゅぜん
　5509　「南島文学論」
　　◇角川源義賞（第18回/平成8年度/国文学）
　　「南島文学論」　角川書店　1995.5　690p　21cm　12000円　①4-04-865050-5

牧水研究会　ぼくすいけんきゅうかい
　5510　「牧水研究 8号」
　　◇前川佐美雄賞（第9回/平成23年）

北藤 徹　ほくどう・とおる
　5511　「メルヘン洋菓子秋田駅前支店」
　　◇現代少年詩集新人賞（第1回/昭和59年―奨励賞）

穂里 かほり　ほさと・かほり
　5512　「子育て列車は各駅停車」
　　◇北海道ノンフィクション賞（第17回/平成9年―佳作）
　5513　""たま"身請けの件―箱館開港異聞」
　　◇北海道ノンフィクション賞（第22回/平成14年―大賞）

保澤 和美　ほさわ・かずみ
　5514　「おかあさんへの置き手紙」
　　◇フーコー・エッセイコンテスト（第1回/平成9年/入選）

星 可規　ほし・かき
　5515　「地図の上から」
　　◇〔新潟〕日報詩壇賞（第20回/昭和54年春）

星 寛治　ほし・かんじ
　5516　「滅びない土」
　　◇山形県詩賞（第5回/昭和51年）

星 源佐　ほし・げんさ
　5517　「せめて吹雪くな」
　　◇福島県短歌賞（第13回/昭和63年度）

星 徹　ほし・とおる
　5518　「最後の認罪」
　　◇週刊金曜日ルポルタージュ大賞（第4回/平成10年9月/報告文学賞）
　5519　「朝鮮人、日本人、そして人間―広島の街を救った朝鮮人『日本兵』」
　　◇週刊金曜日ルポルタージュ大賞（第3回/平成10年3月/佳作）

星 善博　ほし・よしひろ
　5520　「水葬の森」
　　◇日本詩人クラブ新人賞（第15回/平成17年）
　　「水葬の森―詩集」　土曜美術社出版販売　2004.11　95p　22cm　(21世紀詩人叢書第2期 6)　2000円　①4-8120-1461-1

星川 清孝　ほしがわ・きよたか
　5521　「楚辞の研究」
　　◇読売文学賞（第14回/昭和37年―研究・翻訳賞）

星野 丑三　ほしの・うしぞう
　5522　「歳月」
　　◇日本歌人クラブ賞（第19回/平成4年）

星野 きよえ　ほしの・きよえ
　5523　「ロシナンテという馬」
　　◇〔新潟〕日報詩壇賞（第25回/昭和56年秋）

星野 慎一　ほしの・しんいち
　5524　「俳句の国際性」
　　◇日本エッセイスト・クラブ賞（第43回/平成7年）
　　「俳句の国際性―なぜ俳句は世界的に愛されるようになったのか」　博文館新社　1995.2　282p　21cm　2700円　①4-

ほしの

89177-956-X

星野 恒彦 ほしの・つねひこ

5525 「俳句とハイクの世界」
◇俳人協会評論賞（第17回/平成14年）
「俳句とハイクの世界」 早稲田大学出版部 2002.8 314p 22cm 4300円 ①4-657-02719-0

星野 徹 ほしの・とおる

5526 「玄猿」
◇日本詩人クラブ賞（第13回/昭和55年）
「星野徹全詩集」 沖積舎 1990.12 724p 21cm 18000円 ①4-8060-0566-5

星野 透 ほしの・とおる

5527 「父母との細道」
◇奥の細道文学賞（第6回/平成20年—奥野細道文学賞）

星野 麦丘人 ほしの・ばっきゅうじん

5528 「雨滴集」
◇俳人協会賞（第36回/平成8年）
「雨滴集」 梅里書房 1996.5 212p 20cm（梅里俳選書現代の定型）2800円 ①4-87227-112-2

5529 「小椿居」
◇詩歌文学館賞（第25回/平成22年/俳歌）
「小椿居—句集」 角川書店、角川グループパブリッシング〔発売〕 2009.1 211p 20cm 2667円 ①978-4-04-651848-4

星野 博美 ほしの・ひろみ

5530 「転がる香港に苔は生えない」
◇大宅壮一ノンフィクション賞（第32回/平成13年）
「転がる香港に苔は生えない」 情報センター出版局 2000.4 582p 20cm 1900円 ①4-7958-3222-6
「転がる香港に苔は生えない」 文藝春秋 2006.10 623p 15cm（文春文庫）990円 ①4-16-771707-7

5531 「コンニャク屋漂流記」
◇読売文学賞（第63回/平成23年度—随筆・紀行賞）
「コンニャク屋漂流記」 文藝春秋 2011.7 397p 19cm 2000円 ①978-4-16-374260-1
「コンニャク屋漂流記」 文藝春秋 2014.3 485p 15cm（文春文庫）810円 ①978-4-16-790060-1

星野 昌彦 ほしの・まさひこ

5532 「鑑賞の諸相—俳句の本質を求めて」
◇現代俳句評論賞（第5回/昭和60年）

星野 由樹子 ほしの・ゆきこ

5533 「オレは彦っぺだ」
◇読売「ヒューマン・ドキュメンタリー」大賞（第10回/平成1年—優秀賞）
「光れ隻眼0.06」 鈴木月美ほか著 読売新聞社 1989.12 251p 19cm 1200円 ①4-643-89084-3

星野 由美子 ほしの・ゆみこ

5534 「還りたい」
◇栃木県現代詩人会賞（第27回）

細井 啓司 ほそい・けいし

5535 「ある自由主義的俳人の軌跡 高篇三について」
◇現代俳句評論賞（第10回/平成2年度）

5536 「抗瘧期」
◇新俳句人連盟賞（第20回/平成4年—作品賞）

5537 「「戦争」の句とそのリアリズム」
◇新俳句人連盟賞（第19回/平成3年—評論賞）

5538 「俳誌「帆」における三鬼と白泉」
◇現代俳句評論賞（第9回/平成2年—佳作）

細井 輝彦 ほそい・てるひこ

5539 「蚊のいない国」
◇毎日出版文化賞（第7回/昭和28年）

細川 加賀 ほそかわ・かが

5540 「生身魂」
◇俳人協会賞（第20回/昭和55年度）
「生身魂—細川加賀集」 東京美術 1980.5 117p 17cm（鶴叢書 第130篇）900円

細川 謙三　ほそかわ・けんぞう
5541 「楡の下道」
◇現代歌人協会賞（第20回/昭和51年）
「細川謙三初期歌集」　短歌新聞社　1991.11　296p　19cm　2700円

細川 周平　ほそかわ・しゅうへい
5542 「遠きにありてつくるもの」
◇読売文学賞（第60回/平成20年度―研究・翻訳賞）
「遠きにありてつくるもの―日系ブラジル人の思い・ことば・芸能」　みすず書房　2008.7　469, 5p　19cm　5200円　①978-4-622-07379-6

細川 俊夫　ほそかわ・としお
5543 「魂のランドスケープ」
◇日本エッセイスト・クラブ賞（第46回/平成10年）
「魂のランドスケープ」　岩波書店　1997.10　220p　20cm　2000円　①4-00-001283-5

細川 布久子　ほそかわ・ふくこ
5544 「エチケット1994」
◇開高健賞（第4回/平成7年/奨励賞）
「エチケット1994」　ティビーエス・ブリタニカ　1995.4　202p　19cm　1300円　①4-484-95209-2

細川 宗徳　ほそかわ・むねのり
5545 「傷つけられた『飛騨の御嶽』『自然遺産』で進むリゾート開発」
◇週刊金曜日ルポルタージュ大賞（第8回/平成12年9月/佳作）

細川 芳文　ほそかわ・よしふみ
5546 「相撲」
◇日本随筆家協会賞（第21回/平成2年5月）

細田 傳造　ほそだ・でんぞう
5547 「谷間の百合」
◇中原中也賞（第18回/平成25年）
「谷間の百合」　書肆山田　2012.6　112p　22cm　2500円　①978-4-87995-848-8

5548 「水たまり」
◇丸山薫賞（第22回/平成27年）
「水たまり」　書肆山田　2015.1　127p　22cm　2500円　①978-4-87995-908-9

細野 一敏　ほその・かずとし
5549 「反戦」
◇新俳句人連盟賞（第41回/平成25年/作品の部(俳句)/佳作2位）

細野 長年　ほその・ながとし
5550 「象嵌」
◇山形県詩賞（第12回/昭和58年）

細野 豊　ほその・ゆたか
5551 「ロルカと二七年世代の詩人たち」
◇日本詩人クラブ詩界賞（第8回/平成20年）
「ロルカと二七年世代の詩人たち」　アルトゥロ・ラモネダ編著, 鼓直, 細野豊編訳　土曜美術社出版販売　2007.7　314p　22cm　2700円　①978-4-8120-1604-6

細見 綾子　ほそみ・あやこ
5552 「曼陀羅」
◇蛇笏賞（第13回/昭和54年）
「曼陀羅―句集」　立風書房　1978.6　182p　20cm　2300円

細見 和之　ほそみ・かずゆき
5553 「家族の午後」
◇三好達治賞（第7回/平成23年度）
「家族の午後―細見和之詩集」　澪標　2010.12　93p　19cm　1500円　①978-4-86078-175-0

細溝 洋子　ほそみぞ・ようこ
5554 「コントラバス」
◇歌壇賞（第18回/平成18年度）
「コントラバス―歌集」　本阿弥書店　2008.10　195p　20cm　2600円　①978-4-7768-0507-6

細谷 千博　ほそや・ちひろ
5555 「サンフランシスコ講和への道」
◇毎日出版文化賞（第38回/昭和59年）
「サンフランシスコ講和への道」　中央公論社　1984.8　320p　21cm　（叢書国際環境）　2300円　①4-12-001310-3

5556 「日米関係史 全4巻」

◇毎日出版文化賞（第26回/昭和47年—特別賞）
「日米関係史 開戦に至る十年—1931-41年 1 政府首脳と外交機関」 細谷千博、斎藤真、今井清一、蠟山道雄編 新装版 東京大学出版会 2000.7 299p 21cm 4500円 ⓘ4-13-034211-8
「日米関係史 開戦に至る十年—1931-41年 2 陸海軍と経済官僚」 細谷千博、斎藤真、今井清一、蠟山道雄編 新装版 東京大学出版会 2000.7 329p 21cm 4500円 ⓘ4-13-034212-6
「日米関係史 開戦に至る十年—1931-41年 3 議会・政党と民間団体」 細谷千博、斎藤真、今井清一、蠟山道雄編 新装版 東京大学出版会 2000.7 454p 21cm 5500円 ⓘ4-13-034213-4
「日米関係史 開戦に至る十年—1931‐41年 4 マス・メディアと知識人」 細谷千博、斎藤真、今井清一、蠟山道雄編 新装版 東京大学出版会 2000.7 351,22p 21cm 4500円 ⓘ4-13-034214-2

細谷 博 ほそや・ひろし

5557 「凡常の発見 漱石・谷崎・太宰」
◇やまなし文学賞〔研究・評論部門〕（第5回/平成8年度—研究・評論部門）
「凡常の発見—漱石・谷崎・太宰」 明治書院 1996.2 469p 19cm （南山大学学術叢書） 3600円 ⓘ4-625-43072-0

細谷 雄一 ほそや・ゆういち

5558 「戦後国際秩序とイギリス外交」
◇サントリー学芸賞（第24回/平成14年度—政治・経済部門）
「戦後国際秩序とイギリス外交—戦後ヨーロッパの形成1945年〜1951年」 創文社 2001.10 259,61p 21cm 6800円 ⓘ4-423-71050-1

5559 「倫理的な戦争—トニー・ブレアの栄光の挫折」
◇読売・吉野作造賞（第11回/平成22年）
「倫理的な戦争—トニー・ブレアの栄光と挫折」 慶應義塾大学出版会 2009.11 436p 20cm 2800円 ⓘ978-4-7664-1687-9

北海道新聞社社会部 ほっかいどうしんぶんしゃしゃかいぶ

5560 「人間復権シリーズ」
◇新評賞（第5回/昭和50年—第1部門＝交通問題（正賞））

法橋 太郎 ほっきょう・たろう

5561 「山上の舟」
◇歴程新鋭賞（第9回/平成10年）
「山上の舟」 思潮社 1998.7 1冊 22×15cm 2400円 ⓘ4-7837-1089-9

堀田 雅司 ほった・まさし

5562 「りくの告白」
◇大石りくエッセー賞（第1回/平成9年—特別賞）

堀田 稔 ほった・みのる

5563 「金の切片」
◇日本歌人クラブ推薦歌集（第8回/昭和37年）

堀田 善衞 ほった・よしえ

5564 「方丈記私記」
◇毎日出版文化賞（第25回/昭和46年）
「新潮現代文学 29 堀田善衞」 新潮社 1980.5 397p 20cm 1200円
「方丈記私記」 筑摩書房 1988.9 265p 15cm （ちくま文庫） 460円 ⓘ4-480-02263-5
「昭和文学全集 17」 椎名麟三、平野謙、本多秋五、藤枝静男、木下順二、堀田善衞、寺田透著 小学館 1989.7 1124p 23cm 4369円 ⓘ4-09-568017-2
「美しきもの見し人は・方丈記私記・定家明月記私抄」 筑摩書房 1994.2 665p 21cm （堀田善衞全集 10） 8800円 ⓘ4-480-70060-9

5565 「ミシェル城館の人」
◇和辻哲郎文化賞（第7回/平成6年—一般部門）
「ミシェル 城館の人—争乱の時代」 集英社 1991.1 373p 19cm 2400円 ⓘ4-08-772773-4
「ミシェル城館の人—自然 理性 運命」 集英社 1992.4 396p 19cm 2400円 ⓘ4-08-772843-9
「ミシェル 城館の人—精神の祝祭」 集英社 1994.1 377p 19cm 2400円 ⓘ4-08-774047-1

「ミシェル城館の人 第1部 争乱の時代」 集英社 2004.10 466p 15cm （集英社文庫） 838円 ⓘ4-08-747749-5
「ミシェル城館の人 第2部 自然・理性・運命」 集英社 2004.11 494p 15cm （集英社文庫） 838円 ⓘ4-08-747759-2
「ミシェル城館の人 第3部 精神の祝祭」 集英社 2004.12 467p 15cm （集英社文庫） 838円 ⓘ4-08-747772-X

穂村 弘　ほむら・ひろし
5566 「楽しい一日」
◇短歌研究賞（第44回/平成20年）

5567 「短歌の友人」
◇伊藤整文学賞（第19回/平成20年—評論部門）
「短歌の友人」 河出書房新社 2007.12 266p 19cm 1900円 ⓘ978-4-309-01841-6
「短歌の友人」 河出書房新社 2011.2 269p 15cm （河出文庫） 690円 ⓘ978-4-309-41065-4

甫守 哲治　ほもり・てつじ
5568 「積み石の唄」
◇伊東静雄賞（第4回/平成5年—奨励賞）

堀 一郎　ほり・いちろう
5569 「民間信仰」
◇毎日出版文化賞（第6回/昭和27年）
「民間信仰」 岩波書店 2005.6 294, 20p 19cm （岩波全書セレクション） 2700円 ⓘ4-00-021866-2

堀 古蝶　ほり・こちょう
5570 「俳人松瀬青々」
◇俳人協会評論賞（第8回/平成5年）
「俳人松瀬青々」 邑書林 1993.9 338p 22cm 4500円

堀 淳一　ほり・じゅんいち
5571 「地図のたのしみ」
◇日本エッセイスト・クラブ賞（第20回/昭和47年）
「地図のたのしみ」 河出書房新社 1980.8 290p 15cm （河出文庫） 420円
「地図のたのしみ」 新装復版 河出書房新社 2012.3 275p 19cm （河出ルネサンス） 2500円 ⓘ978-4-309-22569-2

堀 雅子　ほり・まさこ
5572 「いのちの織り人」
◇銀河詩手帖賞（第5回/昭和60年）

堀 まどか　ほり・まどか
5573 「「二重国籍」詩人 野口米次郎」
◇サントリー学芸賞（第34回/平成24年度—芸術・文学部門）
「「二重国籍」詩人 野口米次郎」 名古屋大学出版会 2012.2 565, 14p 21cm 8400円 ⓘ978-4-8158-0697-2

堀井 敦　ほりい・あつし
5574 「わしは、あなたに話したい」
◇優駿エッセイ賞（第14回/平成10年）

堀井 美鶴　ほりい・みつる
5575 「火裏（くわり）の蓮華（れんげ）」（歌集）
◇北海道新聞短歌賞（第20回/平成17年）
「火裏の蓮華—堀井美鶴歌集」 短歌研究社 2005.3 220p 22cm 2667円 ⓘ4-88551-881-4

堀池 信夫　ほりいけ・のぶお
5576 「漢魏思想史研究」
◇サントリー学芸賞（第11回/平成1年度—思想・歴史部門）
「漢魏思想史研究」 明治書院 1988.11 613p 21cm 19000円 ⓘ4-625-44017-3

堀内 伸二　ほりうち・しんじ
5577 「仏教の事典」
◇毎日出版文化賞（第68回/平成26年—企画部門）
「仏教の事典」 末木文美士, 下田正弘, 堀内伸二編 朝倉書店 2014.4 561p 21cm 8800円 ⓘ978-4-254-50017-2

堀内 統義　ほりうち・つねよし
5578 「八月の象形文字」
◇伊東静雄賞（第2回/平成3年—奨励賞）

堀内 勝　ほりうち・まさる
5579 「ラクダの文化誌」
◇サントリー学芸賞（第8回/昭和61年

度―社会・風俗部門）
「ラクダの文化誌―アラブ家畜文化考」
リブロポート　1986.3　464p　19cm
2900円　①4-8457-0210-X

堀江 敏幸　ほりえ・としゆき

5580　「正弦曲線」
◇読売文学賞（第61回/平成21年度―随筆・紀行賞）
「正弦曲線」　中央公論新社　2009.9
195p　19cm　1800円　①978-4-12-004037-5
「正弦曲線」　中央公論新社　2013.11
205p　15cm（中公文庫）　590円
①978-4-12-205865-1

5581　「振り子で言葉を探るように」
◇毎日書評賞（第11回/平成24年度）
「振り子で言葉を探るように」　毎日新聞社　2012.3　432,22p　20cm　2800円
①978-4-620-32087-8

堀尾 真紀子　ほりお・まきこ

5582　「画家たちの原風景」
◇日本エッセイスト・クラブ賞（第35回/昭和62年）
「画家たちの原風景―日曜美術館から」〔カラー版〕　日本放送出版協会　1986.9　192p　19cm（NHKブックス C30）900円　①4-14-003030-5
「画家たちの原風景―日曜美術館が問いかけたもの」　清流出版　2012.11　269p　19cm　2300円　①978-4-86029-387-1

堀川 惠子　ほりかわ・けいこ

5583　「原爆供養塔　忘れられた遺骨の70年」
◇大宅壮一ノンフィクション賞（第47回/平成28年）
「原爆供養塔―忘れられた遺骨の70年」
文藝春秋　2015.5　359p　19cm　1750円　①978-4-16-390269-2

5584　「裁かれた命　死刑囚から届いた手紙」
◇新潮ドキュメント賞（第10回/平成23年）
「裁かれた命―死刑囚から届いた手紙」
講談社　2011.4　349p　20cm　1900円
①978-4-06-216836-6

5585　「死刑の基準―「永山裁判」が遺したもの」
◇講談社ノンフィクション賞（第32回/平成22年）
「死刑の基準―「永山裁判」が遺したもの」　日本評論社　2009.11　344p
20cm　2500円　①978-4-535-51722-6

堀川 とし　ほりかわ・とし

5586　「元旦の梅」
◇日本随筆家協会賞（第13回/昭和61.5）
「透明の傘」　日本随筆家協会　1988.7
244p　19cm（現代随筆選書 80）　1300円　①4-88933-100-X

堀切 綾子　ほりきり・あやこ

5587　「まみと学校」
◇日本随筆家協会賞（第60回/平成21年8月）

堀口 定義　ほりぐち・さだよし

5588　「弾道」
◇日本詩人クラブ賞（第11回/昭和53年）

堀口 捨巳　ほりぐち・すてみ

5589　「桂離宮」
◇毎日出版文化賞（第7回/昭和28年）

堀口 星眠　ほりぐち・せいみん

5590　「営巣期」
◇俳人協会賞（第16回/昭和51年度）
「現代俳句大系　第15巻　昭和50年～昭和54年」　増補　角川書店　1981.2
526p　20cm　2400円
「営巣期―句集」　改訂版　揺籃社　1988.4　227p　20cm　2500円　①4-946430-17-2

堀越 綾子　ほりこし・あやこ

5591　「えぷろん」
◇現代詩加美未来賞（第5回/平成7年―中新田若鮎賞）

堀米 庸三　ほりごめ・ようぞう

5592　「西欧精神の探究」
◇毎日出版文化賞（第30回/昭和51年）
「西欧精神の探究―革新の十二世紀　上」
堀米庸三,木村尚三郎編　日本放送出版協会　2001.7　283p　16cm（NHKラ

イブラリー） 920円 ①4-14-084135-4
「西欧精神の探究―革新の十二世紀 下」 堀米庸三，木村尚三郎編 日本放送出版協会 2001.7 301p 16cm （NHKライブラリー） 970円 ①4-14-084136-2

堀場 清子　ほりば・きよこ

5593　「首里」
◇現代詩人賞（第11回/平成5年）
「詩集 首里」 いしゅたる社，ドメス出版〔発売〕 1992.11 96p 25×19cm 1800円 ①4-8107-0352-5

堀本 裕樹　ほりもと・ゆうき

5594　「熊野曼陀羅」
◇北斗賞（第2回/平成23年）
◇俳人協会新人賞（第36回/平成24年度）
「熊野曼陀羅―句集」 文學の森 2012.9 181p 19cm 1714円 ①978-4-86438-109-3

本郷 隆　ほんごう・たかし

5595　「石果集」
◇藤村記念歴程賞（第9回/昭和46年）

本郷 武夫　ほんごう・たけお

5596　「答える者」
◇栃木県現代詩人会賞（第6回）
「答える者―詩集」 国文社 1971 69p 20cm 700円

本城 靖久　ほんじょう・のぶひさ

5597　「グランド・ツアー」
◇サントリー学芸賞（第5回/昭和58年度―思想・歴史部門）
「グランド・ツアー―良き時代の良き旅」 中央公論社 1983.4 230p 18cm （中公新書） 480円
「グランド・ツアー―英国貴族の放蕩修学旅行」 中央公論社 1994.11 309p 15cm （中公文庫） 720円 ①4-12-202180-4

本田 晃子　ほんだ・あきこ

5598　「天体建築論」
◇サントリー学芸賞（第26回/平成26年度―思想・歴史部門）
「天体建築論―レオニドフとソ連邦の紙上建築時代」 東京大学出版会 2014.3 322, 21p 21cm 5800円 ①978-4-13-066854-5

本田 いづみ　ほんだ・いずみ

5599　「床屋の絵」
◇福島県短歌賞（第27回/平成14年度―短歌賞）

本田 一弘　ほんだ・かずひろ

5600　「銀の鶴」
◇日本歌人クラブ新人賞（第7回/平成13年）
「銀の鶴―本田一弘歌集」 雁書館 2000.10 187p 22cm 2800円

5601　「ダイビングトライ」
◇「短歌現代」新人賞（第15回/平成12年）

5602　「磐梯」
◇前川佐美雄賞（第13回/平成27年）
「磐梯―本田一弘歌集」 青磁社 2014.11 191p 22cm 2500円 ①978-4-86198-291-0

5603　「眉月集」
◇寺山修司短歌賞（第16回/平成23年）
◇福島県短歌賞（第36回/平成23年度―歌集賞）
「眉月集―本田一弘歌集」 青磁社 2010.6 241p 22cm 2500円 ①978-4-86198-147-0

本多 勝一　ほんだ・かついち

5604　「戦場の村」
◇毎日出版文化賞（第22回/昭和43年）
「戦場の村」 朝日新聞社 1981.9 334p 15cm 420円
「戦場の村」 朝日新聞社 1994.6 489p 19cm （本多勝一集 10） 3800円 ①4-02-256760-0

本田 成親　ほんだ・しげちか

5605　「佐分利谷の奇遇」
◇奥の細道文学賞（第2回/平成8年）
「星闇の旅路―ドライブ紀行」 自由國民社 1996.11 252p 19cm 1648円 ①4-426-75300-7

本多 秋五　ほんだ・しゅうご

5606　「古い記憶の井戸」

◇読売文学賞（第34回/昭和57年―随筆・紀行賞）
「古い記憶の井戸」 武蔵野書房 1982.5 421p 22cm 2900円
「古い記憶の井戸」 講談社 1992.4 494p 15cm（講談社文芸文庫―現代日本のエッセイ）1380円 ⓘ4-06-196173-X
「秘密」 加賀乙彦編 作品社 1996.11 251p 19cm（日本の名随筆 別巻69）1800円 ⓘ4-87893-889-7

5607 「物語戦後文化史 3巻」
◇毎日出版文化賞（第19回/昭和40年）

本田 進一郎　ほんだ・しんいちろう

5608 「農村に広がる恐怖 特許侵害で告訴される北米の農民」
◇週刊金曜日ルポルタージュ大賞（第14回/平成15年9月/佳作）

本多 寿　ほんだ・ひさし

5609 「海の馬」
◇伊東静雄賞（第1回/平成2年）

5610 「果樹園」
◇H氏賞（第42回/平成4年）
「果樹園―詩集」 本多企画 1991.5 141p 19cm 1800円

譽田 文香　ほんだ・ふみか

5611 「季節とともに」
◇日本伝統俳句協会賞（第24回/平成24年度/新人賞）

本田 昌子　ほんだ・まさこ

5612 「銀河」
◇福島県短歌賞（第10回/昭和60年度）

本多 美也子　ほんだ・みやこ

5613 「塩原まで」（紀行文）
◇奥の細道文学賞（第5回/平成16年―佳作）

本田 靖春　ほんだ・やすはる

5614 「不当逮捕」
◇講談社ノンフィクション賞（第6回/昭和59年）
「不当逮捕」 講談社 1983.7 314p 20cm 1100円 ⓘ4-06-200497-6

「不当逮捕」 講談社 1986.9 392p 15cm（講談社文庫）480円 ⓘ4-06-183837-7
「不当逮捕」 岩波書店 2000.3 433p 15cm（岩波現代文庫 社会）1100円 ⓘ4-00-603010-X
「本田靖春集 5 不当逮捕・警察回り」 旬報社 2002.9 533p 21cm 3800円 ⓘ4-8451-0720-1

本田 由紀　ほんだ・ゆき

5615 「多元化する『能力』と日本社会 ハイパー・メリトクラシー化のなかで」
◇大佛次郎論壇賞（第6回/平成18年―奨励賞）
「多元化する「能力」と日本社会―ハイパー・メリトクラシー化のなかで」 NTT出版 2005.11 286p 19cm（日本の「現代」13）2300円 ⓘ4-7571-4104-1

本田 幸男　ほんだ・ゆきお

5616 「母としてのりくへ」
◇大石りくエッセー賞（第2回/平成11年―特別賞）

本多 陽子　ほんだ・ようこ

5617 「遺跡」
◇現代詩加美未来賞（第12回/平成14年―中新田ロータリー賞）

本多 稜　ほんだ・りょう

5618 「蒼の重力」
◇歌壇賞（第9回/平成9年）
◇現代歌人協会賞（第48回/平成16年）
「蒼の重力―歌集」 本阿弥書店 2003.12 191p 22cm 2800円 ⓘ4-7768-0001-2

5619 「游子」
◇寺山修司短歌賞（第13回/平成20年）
「游子―歌集」 六花書林, 開発社（発売）2007.12 210p 22cm 3000円 ⓘ978-4-903480-18-3

本土 美紀江　ほんど・みきえ

5620 「ファジーの界」
◇現代歌人集会賞（第15回/平成1年）
◇短歌公論処女歌集賞（平成2年度）
「ファジーの界―歌集」 短歌公論社

本間 千枝子　ほんま・ちえこ

5621　「アメリカの食卓」
◇サントリー学芸賞（第4回／昭和57年度―社会・風俗部門）
「アメリカの食卓」　文芸春秋　1982.3　262p　20cm　1100円
「アメリカの食卓」　文芸春秋　1984.10　276p　16cm（文春文庫）340円　①4-16-736401-8

本間 百々代　ほんま・ももよ

5622　「濁流」
◇短歌新聞社第一歌集賞（第3回／平成18年）
「濁流―歌集」　短歌新聞社　2005.11　288p　20cm（歩道叢書）2381円　①4-8039-1248-3

【ま】

米田 一穂　まいた・かずほ

5623　「酸か湯」
◇角川俳句賞（第20回／昭和49年）

前 登志夫　まえ・としお

5624　「縄文紀」
◇迢空賞（第12回／昭和53年）
「歌集 縄文紀」　短歌新聞社　1994.12　126p　15cm（短歌新聞社文庫）700円　①4-8039-0765-X

5625　「鳥獣虫魚（ちょうじゅうちゅうぎょ）」
◇齋藤茂吉短歌文学賞（第4回／平成5年）
「歌集 鳥獣虫魚」　小沢書店　1992.10　236p　21cm　3090円

5626　「童蒙」
◇「短歌」愛読者賞（第3回／昭和51年―作品部門）

5627　「野生の聲」
◇日本一行詩大賞・日本一行詩新人賞（第3回／平成22年／大賞）

1989.7　165p　20cm（好日叢書103篇）2000円

「野生の聲―歌集」　本阿弥書店　2009.11　210p　22cm　3000円　①978-4-7768-0659-2

5628　「流轉」
◇現代短歌大賞（第26回／平成15年）
「流轉―前登志夫歌集」　砂子屋書房　2002.11　274p　23cm（ヤママユ叢書第55篇）3000円　①4-7904-0685-7

前川 健一　まえかわ・けんいち

5629　「アフリカの満月」
◇JTB紀行文学大賞（第9回／平成12年／奨励賞）
「アフリカの満月」　旅行人　2000.4　256p　20cm　1600円　①4-947702-26-5

前川 幸士　まえかわ・こうじ

5630　「終りと始まり」
◇詩人会議新人賞（第47回／平成25年／評論部門／佳作）

5631　「マヤコフスキーの詩」
◇詩人会議新人賞（第44回／平成22年／評論部門／佳作）

前川 紅楼　まえかわ・こうろう

5632　「加藤楸邨論―〈旅と思索〉の果てにあるもの」
◇現代俳句協会評論賞（第13回／平成6年）

前川 佐重郎　まえかわ・さじゅうろう

5633　「彗星記」
◇ながらみ書房出版賞（第6回／平成10年）
「彗星紀―前川佐重郎歌集」　ながらみ書房　1997.9　197p　22cm　3000円

前川 佐美雄　まえかわ・さみお

5634　「白木黒木」
◇迢空賞（第6回／昭和47年）
「白木黒木―歌集」　角川書店　1971　250p　20cm

前川 剛　まえかわ・たけし

5635　「現代俳句原則私論」
◇現代俳句評論賞（第8回／昭和63年）

前川 真佐子 まえかわ・まさこ

5636「時空の迷路」
◇荒木暢夫賞（第25回/平成3年）

前川 優 まえかわ・ゆう

5637「推定有罪 すべてはここから始まった―ある痴漢えん罪事件の記録と記憶」
◇週刊金曜日ルポルタージュ大賞（第19回/平成20年/優秀賞）

前澤 ゆう子 まえざわ・ゆうこ

5638「『認知症』病棟で働く」
◇週刊金曜日ルポルタージュ大賞（第23回/平成24年/佳作）

前田 愛 まえだ・あい

5639「成島柳北」
◇亀井勝一郎賞（第8回/昭和51年）
「成島柳北」 朝日新聞社 1990.12 267p 19cm（朝日選書 415）1060円 ①4-02-259515-9
「成島柳北」 朝日新聞社 2005.6 267p 19cm（朝日選書 415）2900円 ①4-86143-057-7

真栄田 義功 まえた・ぎこう

5640「方言札」
◇壺井繁治賞（第33回/平成17年）
「方言札―真栄田義功詩集」 編集工房ノア 2004.11 125p 22cm 2000円 ①4-89271-566-2

前田 健太郎 まえだ・けんたろう

5641「市民を雇わない国家」
◇サントリー学芸賞〔政治・経済部門〕（第37回/平成27年度）
「市民を雇わない国家―日本が公務員の少ない国へと至った道」 東京大学出版会 2014.9 306p 21cm 5800円 ①978-4-13-030160-2

前田 静良 まえだ・しずよし

5642「ツアー」
◇日本随筆家協会賞（第56回/平成19年8月）
「追憶」 日本随筆家協会 2007.12 222p 20cm（現代名随筆叢書 93）

1500円 ①978-4-88933-328-2

前田 真三 まえだ・しんぞう

5643「奥三河」
◇毎日出版文化賞（第39回/昭和60年―特別賞）
「奥三河―前田真三写真集」 グラフィック社 1985.8 95p 27×30cm 3800円 ①4-7661-0345-9

前田 武 まえだ・たけし

5644「摩周湖」
◇北海道ノンフィクション賞（第32回/平成24年―特別賞）

前田 透 まえだ・とおる

5645「煙樹」
◇日本歌人クラブ推薦歌集（第15回/昭和44年）
「煙樹―歌集」 新星書房 1968 242p 20cm（詩歌叢書）900円

5646「冬すでに過ぐ」
◇沼空賞（第15回/昭和56年）
「冬すでに過ぐ―前田透歌集」 角川書店 1980.7 289p 20cm 2000円

前田 典子 まえだ・のりこ

5647「夏帽子」
◇現代俳句協会年度作品賞（第16回/平成27年）

前田 速夫 まえだ・はやお

5648「余多歩き 菊池山哉の人と学問」
◇読売文学賞（第56回/平成16年―評論・伝記賞）
「余多歩き―菊池山哉の人と学問」 晶文社 2004.8 366p 19cm 2300円 ①4-7949-6629-6

前田 英樹 まえだ・ひでき

5649「沈黙するソシュール」
◇渋沢・クローデル賞（第8回/平成3年―日本側）
「沈黙するソシュール」 書肆山田 1989.12 327p 23cm 3914円
「沈黙するソシュール」 講談社 2010.6 429p 15cm（講談社学術文庫）1250円 ①978-4-06-291998-2

前田 益女　まえだ・ますめ

5650　「鑑賞 市村宏のうた」
◇島木赤彦文学賞新人賞（第15回/平成27年）
「市村宏のうた」 渓声出版　2014.10　264p　21cm（逑水叢書 116篇）2500円　①978-4-904002-45-2

前田 保仁　まえだ・やすひと

5651　「甦ったホタテの浜―猿払村の苦闘のものがたり」
◇北海道ノンフィクション賞（第19回/平成11年―特別賞）

前田 千寸　まえだ・ゆきちか

5652　「むらさきくさ」
◇毎日出版文化賞（第10回/昭和31年）

前原 正治　まえばら・しょうじ

5653　「作品, 緑の微笑」
◇晩翠賞（第9回/昭和43年）

真壁 仁　まかべ・じん

5654　「みちのく山河行」
◇毎日出版文化賞（第36回/昭和57年）
「みちのく山河行」法政大学出版局　1982.7　305p　20cm　1800円

牧 藍子　まき・あいこ

5655　「元禄俳諧における付合の性格～当流俳諧師松春を例として」
◇柿衞賞（第21回/平成24年）

槙 さわ子　まき・さわこ

5656　「蜘蛛の糸」
◇年刊現代詩集新人賞（第3回/昭和57年）

5657　「祝祭」
◇丸山薫賞（第11回/平成16年）
「祝祭―槙さわ子詩集」ふらんす堂　2003.11　104p　23cm　2000円　①4-89402-591-4

5658　「夢屋」
◇現代詩人アンソロジー賞（第1回/平成3年―最優秀）

牧 辰夫　まき・たつお

5659　「机辺」
◇俳句研究賞（第4回/平成1年）
「句集 机辺」富士見書房　1990.9　189p　19cm（「俳句研究」句集シリーズ 2-20）2600円　①4-8291-7166-9

万亀 佳子　まき・よしこ

5660　「祈り」
◇広島県詩人協会賞（第3回/昭和51年）

5661　「夜の中の家族」
◇富田砕花賞（第22回/平成23年）
「夜の中の家族―詩集」花神社　2010.8　107p　22cm　2000円　①978-4-7602-1968-1

真喜志 好一　まきし・よしかず

5662　「密約なかりしか・SACO合意に隠された米軍の長期計画を追う―西山太吉記者へのオマージュ―」
◇週刊金曜日ルポルタージュ大賞（第9回/平成13年3月/特ダネ賞）

蒔田 さくら子　まきた・さくらこ

5663　「紺紙金泥」
◇日本歌人クラブ賞（第9回/昭和57年）
「紺紙金泥―歌集」短歌新聞社　1981.9　202p　20cm　2500円

5664　「標のゆりの樹 蒔田さくら子歌集」
◇現代短歌大賞（第37回/平成26年）

蒔田 実穂　まきた・みほ

5665　「鍵の中」
◇週刊金曜日ルポルタージュ大賞（第10回/平成13年9月/佳作）

蒔田 律子　まきた・りつこ

5666　「風景は翔んだ」
◇現代歌人集会賞（第6回/昭和55年）
「風景は翔んだ―歌集」古径社　1980.2　322p　19cm（長風叢書 第61篇）3000円

牧野 邦昭　まきの・くにあき

5667　「戦時下の経済学者」
◇石橋湛山賞（第32回/平成23年）

まきの

「戦時下の経済学者」 中央公論新社 2010.6 244p 19cm (中公叢書) 2100円 ①978-4-12-004134-1

牧野 純夫　まきの・すみお
5668 「ドルの歴史」
◇毎日出版文化賞（第19回/昭和40年）

牧野 誠義　まきの・まさよし
5669 「ツンサイオカカと旅すれば」
◇日本旅行記賞（第18回/平成3年）

牧野 陽子　まきの・ようこ
5670 「〈時〉をつなぐ言葉―ラフカディオ・ハーンの再話文学」
◇角川源義賞（第34回/平成24年/文学研究部門）
「〈時〉をつなぐ言葉―ラフカディオ・ハーンの再話文学」 新曜社 2011.8 390p 20cm 3800円 ①978-4-7885-1252-8

牧原 出　まきはら・いずる
5671 「内閣政治と「大蔵省支配」」
◇サントリー学芸賞（第25回/平成15年度―政治・経済部門）
「内閣政治と「大蔵省支配」―政治主導の条件」 中央公論新社 2003.7 306p 19cm (中公叢書) 1900円 ①4-12-003418-6

巻渕 寛濃　まきぶち・かんのう
5672 「迷惑細胞になった日」
◇現代詩加美未来賞（第4回/平成6年―落鮎塾若鮎賞）

枕木 一平　まくらぎ・いっぺい
5673 「夜へ」
◇詩人会議新人賞（第6回/昭和47年）

孫崎 享　まごさき・うける
5674 「日本外交 現場からの証言」
◇山本七平賞（第2回/平成5年）
「日本外交 現場からの証言―握手と微笑とイエスでいいか」 中央公論社 1993.6 227p 18cm (中公新書 1134) 720円 ①4-12-101134-1
「日本外交―現場からの証言」 創元社 2015.8 295p 19cm 1400円 ①978-4-422-30066-5

正木 ひろし　まさき・ひろし
5675 「近きより 全5巻」
◇毎日出版文化賞（第33回/昭和54年―特別賞）
「近きより 1 日中戦争勃発 1937～1938」 社会思想社 1991.5 449p 15cm (現代教養文庫) 880円 ①4-390-11371-2
「近きより 2 大陸戦線拡大 1939～1940」 社会思想社 1991.5 418p 15cm (現代教養文庫) 880円 ①4-390-11372-0
「近きより 3 日米開戦前夜 1940～1941」 社会思想社 1991.8 386p 15cm (現代教養文庫) 880円 ①4-390-11373-9
「近きより 4 空襲警戒警報 1941～1943」 社会思想社 1991.9 401p 15cm (現代教養文庫) 880円 ①4-390-11374-7
「近きより 5 帝国日本崩壊 1943～1949」 社会思想社 1991.12 469p 15cm (現代教養文庫) 880円 ①4-390-11375-5

正木 ゆう子　まさき・ゆうこ
5676 「起きて、立って、服を着ること」
◇俳人協会評論賞（第14回/平成11年）
「起きて、立って、服を着ること―俳論集」 深夜叢書社 1999.4 317p 20cm 2600円 ①4-88032-228-8

増井 潤子　ましい・じゅんこ
5677 「私のなかのビートルズ」（エッセイ）
◇ザ・ビートルズ・クラブ大賞（第5回/平成7年―文学部門）

真下 章　ましも・あきら
5678 「神サマの夜」
◇H氏賞（第38回/昭和63年）
「神サマの夜―詩集」 紙鳶社 1988.4 94p 22cm 1500円

真下 宏子　ましも・ひろこ
5679 「天の渚」
◇伊東静雄賞（第15回/平成16年）

増沢 以知子　ますざわ・いちこ
5680　「アリゾナの隕石孔」
◇日本旅行記賞（第2回/昭和50年）

増澤 昭子　ますざわ・しょうこ
5681　「兄の戦死」
◇日本随筆家協会賞（第48回/平成15年9月）
「岡谷郷の丘」　日本随筆家協会　2004.6　188p　20cm（現代名随筆叢書 63）　1500円　①4-88933-288-X

益田 勝実　ますだ・かつみ
5682　「益田勝実の仕事（全5巻）」
◇毎日出版文化賞（第60回/平成18年―企画部門）
「益田勝実の仕事 2　火山列島の思想・歌語りの世界・夢の浮橋再説 ほか」　益田勝実著, 鈴木日出男, 天野紀代子編　筑摩書房　2006.2　607p　15cm（ちくま学芸文庫）　1500円　①4-480-08972-1
「益田勝実の仕事 3　記紀歌謡、そらみつ大和、万葉の海ほか」　益田勝実著, 鈴木日出男, 天野紀代子編　筑摩書房　2006.3　607p　15cm（ちくま学芸文庫）　1500円　①4-480-08973-X
「益田勝実の仕事 4　秘儀の島・神の日本的性格・古代人の心情ほか」　益田勝実著, 鈴木日出男, 天野紀代子編　筑摩書房　2006.4　591p　15cm（ちくま学芸文庫）　1500円　①4-480-08974-8
「益田勝実の仕事 1　説話文学と絵巻・炭焼き翁と学童・民俗の思想ほか」　益田勝実著, 鈴木日出男, 天野紀代子編　筑摩書房　2006.5　591p　15cm（ちくま学芸文庫）　1500円　①4-480-08971-3
「益田勝実の仕事 5」　幸田国広編, 鈴木日出男, 天野紀代子監修　筑摩書房　2006.6　591p　21cm（ちくま学芸文庫）　1500円　①4-480-08975-6

増田 佐和子　ますだ・さわこ
5683　「食物の科学」
◇荒木暢夫賞（第28回/平成6年）

増田 俊也　ますだ・としなり
5684　「木村政彦はなぜ力道山を殺さなかったのか」
◇大宅壮一ノンフィクション賞（第43回/平成24年）

◇新潮ドキュメント賞（第11回/平成24年）
「木村政彦はなぜ力道山を殺さなかったのか」　新潮社　2011.9　701p　20cm　2600円　①978-4-10-330071-7
「木村政彦はなぜ力道山を殺さなかったのか　上巻」　新潮社　2014.3　563p　16cm（新潮文庫 ま-41-1）　790円　①978-4-10-127811-7
「木村政彦はなぜ力道山を殺さなかったのか　下巻」　新潮社　2014.3　616p　16cm（新潮文庫 ま-41-2）　840円　①978-4-10-127812-4

増田 弘　ますだ・ひろし
5685　「石橋湛山研究」
◇石橋湛山賞（第11回/平成2年）
「石橋湛山研究―「小日本主義者」の国際認識」　東洋経済新報社　1990.6　322p　21cm　4000円　①4-492-06053-7

増田 晶文　ますだ・まさふみ
5686　「果てしなき渇望　至高の肉体を求めて」
◇「ナンバー」スポーツノンフィクション新人賞（第6回/平成10年）
5687　「フィリピデスの懊悩」
◇小学館ノンフィクション大賞（第7回/平成12年/優秀賞）
「速すぎたランナー」　小学館　2002.5　253p　20cm　1400円　①4-09-379227-5

増田 まさみ　ますだ・まさみ
5688　冬の楽奏
◇加美俳句大賞（句集賞）（第5回/平成12年―スウェーデン賞・ソニー中新田賞）
「句集 冬の楽奏」　冨岡出版　1999.7　77p　19cm　1700円　①4-924749-09-5

増田 三果樹　ますだ・みかじゅ
5689　「春祭」
◇福島県俳句賞（第17回/平成8年度）

益田 洋介　ますだ・ようすけ
5690　「オペラ座の快人たち」
◇潮賞（第12回/平成5年―ノンフィクション）
「オペラ座の快人たち―青春のロンドン

ますたに

交友録」 潮出版社 1993.10 291p 19cm 1600円 ④4-267-01287-3

枡谷 優　ますだに・ゆう
5691　「猪村」「鳶ケ尾根（とっぴゃご）」（詩集）
◇銀河詩手帖賞（第6回/昭和61年）

益永 涼子　ますなが・りょうこ
5692　「サラダ色の春」
◇福島県俳句賞（第15回/平成6年度—新人賞）

増成 隆士　ますなり・たかし
5693　「思考の死角を視る」
◇サントリー学芸賞（第5回/昭和58年度—思想・歴史部門）
「思考の死角を視る—マグリットのモチーフによる変奏」 勁草書房 1983.5 240p 20cm 2300円

俣木 聖子　またき・せいこ
5694　「花、咲きまっか」
◇読売・日本テレビWoman's Beat大賞 カネボウスペシャル21 （第1回/平成14年）
「花、咲きまっか—第1回Woman's beat大賞受賞作品集」 中央公論新社 2003.2 309p 20cm 1600円 ④4-12-003366-X

又野 京子　またの・きょうこ
5695　「ブランデー・グラスの中で」
◇日本随筆家協会賞（第23回/平成3年5月）
「ブランデー・グラスの中で」 日本随筆家協会 1991.9 233p 19cm （現代随筆選書 114） 1600円 ④4-88933-136-0

町田 康　まちだ・こう
5696　「土間の四十八滝」
◇萩原朔太郎賞（第9回/平成13年）
「土間の四十八滝」 メディアファクトリー 2001.7 125p 20cm 1200円 ④4-8401-0313-5
「土間の四十八滝」 角川春樹事務所 2004.5 143p 16cm （ハルキ文庫） 440円 ④4-7584-3105-1

町田 志津子　まちだ・しずこ
5697　「鏡」
◇北川冬彦賞（第2回/昭和42年—詩）

待鳥 聡史　まちどり・さとし
5698　「首相政治の制度分析」
◇サントリー学芸賞（第34回/平成24年度—政治・経済部門）
「首相政治の制度分析—現代日本政治の権力基盤形成」 千倉書房 2012.6 214p 21cm （叢書21世紀の国際環境と日本） 3900円 ④978-4-8051-0993-9

松井 啓子　まつい・けいこ
5699　「くだもののにおいのする日」（「くだもののにおいのする日」駒込書房）
◇「詩と思想」新人賞（第1回/昭和55年）
「くだもののにおいのする日—松井啓子詩集」 駒込書房 1980.5 81p 22cm 2000円
「くだもののにおいのする日—松井啓子詩集」 ゆめある舎 2014.12 85p 22cm 2400円 ④978-4-9907084-1-2

松井 多絵子　まつい・たえこ
5700　「或るホームレス歌人を探る—響きあう投稿歌」
◇現代短歌評論賞（第28回/平成22年）

松井 孝典　まつい・たかふみ
5701　「地球システムの崩壊」
◇毎日出版文化賞（第61回/平成19年—自然科学部門）
「地球システムの崩壊」 新潮社 2007.8 221p 19cm （新潮選書） 1100円 ④978-4-10-603588-3

松井 正明　まつい・まさあき
5702　「母・りくの悩みは今もなお」
◇大石りくエッセー賞（第2回/平成11年—優秀賞）

松井 満沙志　まつい・まさし
5703　「海」
◇北海道新聞俳句賞（第3回/昭和63年）
「海—松井満沙志句集」 卯辰山文庫

1988.6　223p　20cm　2300円

松浦 一彦　まつうら・かずひこ

5704　「電車ごっこ」
◇日本随筆家協会賞（第16回/昭和62.11）

松浦 初恵　まつうら・はつえ

5705　「窓」
◇日本随筆家協会賞（第30回/平成6年11月）
「風の見える丘」　日本随筆家協会　1995.2（現代随筆選書152）1600円　④4-88933-180-8

松浦 寿輝　まつうら・ひさき

5706　「afterward」
◇鮎川信夫賞（第5回/平成26年/詩集部門）
「afterward」　思潮社　2013.6　93p　20cm　2000円　①978-4-7837-3359-1

5707　「エッフェル塔試論」
◇吉田秀和賞（第5回/平成7年）
「エッフェル塔試論」　筑摩書房　1995.6　410p　21cm　3900円　④4-480-82318-2
「エッフェル塔試論」　筑摩書房　2000.2　540p　15cm（ちくま学芸文庫）1500円　④4-480-08541-6

5708　「吃水都市」
◇萩原朔太郎賞（第17回/平成21年）
「吃水都市」　思潮社　2008.10　158p　20cm　2800円　①978-4-7837-3098-9

5709　「冬の本」
◇高見順賞（第18回/昭和62年度）
「冬の本―松浦寿輝詩集」　青土社　1987.7　169p　19×24cm　2400円

5710　「平面論―1880年代西欧」
◇渋沢・クローデル賞（第13回/平成8年―日本側平山郁夫特別賞）
「平面論―1880年代西欧」　岩波書店　1994.4　223p　20cm（Image collection 精神史発掘）2600円　④4-00-003729-3

松尾 茂夫　まつお・しげお

5711　「ホノルル・スター・ブレテイン」（「ありふれた迷路のむこう」摩耶出版）
◇「詩と思想」新人賞（第1回/昭和55年）
「ありふれた迷路のむこう―詩集」　摩耶出版社　1980.8　88p　20cm（G詩集シリーズ 2）1000円

松尾 静明　まつお・せいめい

5712　「丘」
◇小熊秀雄賞（第33回/平成12年）
「丘―詩集」　三宝社　1999.11　170p　21cm　2000円

5713　「地球の庭先で」
◇富田砕花賞（第19回/平成20年）
「地球の庭先で」　三宝社　2007.11　1500円

5714　「都会の畑」
◇日本詩人クラブ賞（第34回/平成13年）
「都会の畑―詩集」　三宝社　2000.11　88p　22cm　2100円

松尾 匡　まつお・ただす

5715　「商人道！」
◇河上肇賞（第3回/平成19年/奨励賞）
「商人道ノスヽメ」　藤原書店　2009.6　279p　20cm　2400円　①978-4-89434-693-2

鈴木 麗　まつお・ちどり

5716　「土用餅」
◇福島県俳句賞（第16回/平成7年度）

5717　「捩り花」
◇福島県俳句賞（第12回/平成2年―準賞）
「捩り花―俳句とちぎり絵」　松尾千鳥著〔松尾千鳥〕　1999.3　151p　図版21枚　22cm（風俳句通信叢書 第15篇）

松尾 文夫　まつお・ふみお

5718　「銃を持つ民主主義」
◇日本エッセイスト・クラブ賞（第52回/平成16年）
「銃を持つ民主主義」　小学館　2004.3　415p　19cm　1500円　④4-09-389631-3
「銃を持つ民主主義―「アメリカという国」のなりたち」　小学館　2008.3　469p　15cm（小学館文庫）657円　①978-4-09-408257-9

松尾 真由美　まつお・まゆみ
5719　「密約―オブリガート」
◇H氏賞（第52回/平成14年）
「密約―オブリガート」　思潮社　2001.3
93p　21cm　2200円　ⓟ4-7837-1239-5

松岡 香　まつおか・かおり
5720　「恵子のこと」
◇読売「ヒューマン・ドキュメンタリー」大賞（第16回/平成7年/入選）
「生きのびて」　松本悦子、斎藤郁夫、菊地由夏、野口良子、松岡香著　読売新聞社　1996.2　300p　19cm　1300円　ⓟ4-643-96003-5

松岡 正剛　まつおか・せいごう
5721　「ルナティックス」
◇斎藤緑雨賞（第2回/平成6年）
「ルナティックス―月を遊学する」　作品社　1993.8　294p　21cm　2800円　ⓟ4-87893-184-1
「ルナティックス―月を遊学する」　中央公論新社　2005.7　342p　15cm　（中公文庫）　933円　ⓟ4-12-204559-2

松岡 喬　まつおか・たかし
5722　「定年考」
◇渋沢秀雄賞（第7回/昭和57年）

松岡 達英　まつおか・たつひで
5723　「ジャングル」
◇吉村証子記念「日本科学読物賞」（第14回/平成6年）
「ジャングル」　岩崎書店　1993.10　44p　29×23cm　（絵本図鑑シリーズ 14）　1300円　ⓟ4-265-02914-0

松岡 英夫　まつおか・ひでお
5724　「大久保一翁―最後の幕臣」
◇毎日出版文化賞（第33回/昭和54年）

松岡 ひでたか　まつおか・ひでたか
5725　「竹久夢二の俳句」
◇俳人協会評論賞（第11回/平成8年/新人賞）
「竹久夢二の俳句」　天満書房　1996.3　209p　18cm　1800円　ⓟ4-924948-20-9

5726　「天の磐船」
◇日本伝統俳句協会賞（第3回/平成4年―協会賞）

松岡 洋史　まつおか・ひろし
5727　「無花果飛行船」
◇現代短歌大系新人賞（昭和47年―入選）

松岡 政則　まつおか・まさのり
5728　「詩集 金田君の宝物」
◇H氏賞（第54回/平成16年）
「金田君の宝物―松岡政則詩集」　書肆青樹社　2003.10　95p　22cm　2400円　ⓟ4-88374-118-4

松風 爽　まつかぜ・そう
5729　「反逆者たちの挽歌～日本の夜明けはいつ来るのか～」
◇健友館ノンフィクション大賞（第13回/平成15年/大賞）
「反逆者たちの挽歌―日本の夜明けはいつ来るのか」　鳥影社　2005.1　334p　19cm　1600円　ⓟ4-88629-885-0

松川 洋子　まつかわ・ようこ
5730　「聖母月」
◇北海道新聞短歌賞（第3回/昭和63年）
「聖母月―松川洋子歌集」　短歌研究社　1988.8　253p　20cm　2500円

松木 秀　まつき・しゅう
5731　「5メートルほどの果てしなさ」
◇現代歌人協会賞（第50回/平成18年）
「5メートルほどの果てしなさ」　SS-project, Bookpark（発売）　2005.3　131p　22cm（歌葉 28）　1575円

松木 武彦　まつぎ・たけひこ
5732　「列島創世記」
◇サントリー学芸賞（第30回/平成20年度―思想・歴史部門）
「列島創世記―旧石器・縄文・弥生・古墳時代」　小学館　2007.11　366p　21cm　（全集 日本の歴史 第1巻）　2400円　ⓟ978-4-09-622101-3

松木 寛　まつき・ひろし
5733　「蔦屋重三郎」
◇サントリー学芸賞（第10回/昭和63年度―芸術・文学部門）
「蔦屋重三郎―江戸芸術の演出者」　日本経済新聞社　1988.1　213p　19cm　1500円　Ⓘ4-532-09458-5
「蔦屋重三郎―江戸芸術の演出者」　講談社　2002.9　243p　15cm（講談社学術文庫）　960円　Ⓘ4-06-159563-6

松木 博　まつき・ひろし
5734　「朝天虹（ちょうてんにじ）ヲ吐ク―志賀重昂『在札幌農学校第弐年期中日記』」
◇やまなし文学賞〔研究・評論部門〕（第7回/平成10年度―研究・評論部門）
「朝天虹ヲ吐ク―志賀重昂『在札幌農学校第弐年期中日記』」　亀井秀雄, 松木博編著　北海道大学図書刊行会　1998.6　461p　21cm　7500円　Ⓘ4-8329-5961-1

松隈 一輝　まつくま・かずてる
5735　「第二・第三の豊島を許すな！―遠賀川流域における廃車・廃タイヤ活動を通じて」
◇週刊金曜日ルポルタージュ大賞（第2回/平成9年9月/佳作）

松倉 ゆずる　まつくら・ゆずる
5736　「雪解川」（句集）
◇北海道新聞俳句賞（第14回/平成11年）
「雪解川―句集」　本阿弥書店　1999.8　222p　20cm（アカシヤ叢書 第81集）　3000円　Ⓘ4-89373-446-6

松坂 暲政　まつざか・あきまさ
5737　「銭形平次のふるさと」
◇日本随筆家協会賞（第58回/平成20年8月）

松阪 表　まつさか・おもて
5738　「僕の"StrawberryFields"」
◇ザ・ビートルズ・クラブ大賞（第21回/平成23年―文学部門）

松坂 弘　まつざか・ひろし
5739　「定型の力と日本語表現」
◇日本歌人クラブ評論賞（第3回/平成17年）
「定型の力と日本語表現―松坂弘評論集」　雁書舘　2004.9　223p　20cm　2940円

5740　「風月言問ふ」
◇島木赤彦文学賞（第6回/平成16年）
「風月言問ふ―松坂弘歌集」　雁書館　2003.12　203p　22cm（炸叢書 第30篇）　3000円

5741　「夕ぐれに涙を」
◇日本歌人クラブ賞（第35回/平成20年）
「夕ぐれに涙を―松坂弘歌集」　角川書店, 角川グループパブリッシング（発売）　2007.10　233p　20cm（角川短歌叢書）　2571円　Ⓘ978-4-04-621729-5

松崎 次夫　まつざき・つぎお
5742　「聞書水俣民衆史 全5巻」
◇毎日出版文化賞（第44回/平成2年―特別賞）
「村に工場が来た」　岡本達明, 松崎次夫編　草風館　1989.1　248p　21cm（聞書 水俣民衆史 2）　3000円
「村の崩壊」　岡本達明, 松崎次夫編　草風館　1989.7　282p　21cm（聞書水俣民衆史 3）　3090円
「合成化学工場と職工」　岡本達明, 松崎次夫編　草風館　1990.3　316p　21cm（聞書 水俣民衆史 4）　3090円
「植民地は天国だった」　岡本達明, 松崎次夫編　草風館　1990.7　345p　21cm（聞書 水俣民衆史 5）　3090円
「明治の村」　岡本達明, 松崎次夫編　草風館　1990.8　292p　21cm（聞書水俣民衆史 第1巻）　3090円
「聞書水俣民衆史　第3巻 村の崩壊」　岡本達明, 松崎次夫編　2版　草風館　1996.6　282p　21cm　3000円　Ⓘ4-88323-032-5
「聞書水俣民衆史　第2巻 村に工場が来た」　岡本達明, 松崎次夫編　2版　草風館　1996.9　248p　21cm　3000円　Ⓘ4-88323-031-7
「聞書水俣民衆史　第1巻 明治の村」　岡本達明, 松崎次夫編　2版　草風館　1997.2　292p　21cm　3000円　Ⓘ4-88323-030-9
「聞書水俣民衆史　第4巻 合成化学工場

と職工」 岡本達明, 松崎次夫編　2版　草風館　1997.2　316p　21cm　3000円　①4-88323-033-3

「聞書水俣民衆史　第5巻　植民地は天国だった」 岡本達明, 松崎次夫編　2版　草風館　1997.2　345p　21cm　3000円　①4-88323-034-1

松崎 鉄之介　まつざき・てつのすけ

5743　「信篤き国」
◇俳人協会賞（第22回/昭和57年度）
「信篤き国―句集」 浜発行所　1982.5　229p　20cm（浜叢書 第105篇）　2300円

5744　「長江」
◇詩歌文学館賞（第18回/平成15年/俳句）
「長江―句集」 角川書店　2002.2　225p　20cm（濱叢書 第350篇）　3000円　①4-04-871964-5

松沢 和宏　まつざわ・かずひろ

5745　「ギュスターヴ・フローベール『感情教育』草稿の生成批評研究序説―恋愛・金銭・言葉」
◇渋沢・クローデル賞（第10回/平成5年―日本側）

松沢 哲郎　まつざわ・てつろう

5746　「想像するちから」
◇毎日出版文化賞（第65回/平成23年―自然科学部門）
「想像するちから―チンパンジーが教えてくれた人間の心」 岩波書店　2011.2　198p　19cm　1900円　①978-4-00-005617-5

松沢 倫子　まつざわ・りんこ

5747　「岡田嘉子 雪の挽歌」
◇読売「ヒューマン・ドキュメンタリー」大賞（第17回/平成8年）
「三人姉妹―自分らしく生きること」 小菅みちる, 沢あづみ, 松沢倫子, 野上貝行, 辻村久枝著　読売新聞社　1997.2　245p　19cm　1300円　①4-643-97011-1

松下 育男　まつした・いくお

5748　「肴」
◇H氏賞（第29回/昭和54年）

松下 カロ　まつした・かろ

5749　「象を見にゆく 言語としての津沢マサ子論」
◇現代俳句評論賞（第32回/平成24年度）

松下 圭一　まつした・けいいち

5750　「シビル・ミニマムの思想」
◇毎日出版文化賞（第25回/昭和46年）
「シビル・ミニマムの思想」 東京大学出版会　2001.1　393p　21cm　5800円　①4-13-030023-7

松下 幸之助　まつした・こうのすけ

5751　「崩れゆく日本をどう救うか」 PHP研究所
◇新評賞（第6回/昭和51年―第2部門＝社会問題一般（正賞））

松下 千里　まつした・ちさと

5752　「生成する「非在」―古井由吉をめぐって」
◇群像新人文学賞〔評論部門〕（第27回/昭和59年―評論（優秀作））
「生成する「非在」―松下千里評論集」 詩学社　1989.3　258p　19cm　1800円　①4-88246-027-0

まつした とみこ

5753　「あけぼの森の藤」
◇日本随筆家協会賞（第45回/平成14年5月）
「かけはし」 日本随筆家協会　2002.10　224p　20cm（現代名随筆叢書 45）　1500円　①4-88933-267-7

松下 のりお　まつした・のりお

5754　「孤独のポジション」
◇東海現代詩人賞（第3回/昭和47年）
「孤独のポジション―松下のりを詩集」 松下のりを著　不動工房　1971　132p　22cm　800円

松下 裕　まつした・ゆたか

5755　「評伝中野重治」
◇やまなし文学賞〔研究・評論部門〕（第7回/平成10年度―研究・評論部門）

「評伝中野重治」　筑摩書房　1998.10　416p　21cm　4900円　④4-480-82337-9
「評伝中野重治」　増訂版　平凡社　2011.5　623p　15cm　（平凡社ライブラリー）　2200円　①978-4-582-76736-0

松下　由美　まつした・ゆみ
5756　「Kへの手紙」
◇日本一行詩大賞・日本一行詩新人賞（第2回/平成21年/新人賞）
「Kへの手紙―魂の一行詩」　日本一行詩協会　2008.9　221p　16cm（日本一行詩叢書 10）　1800円

松下　龍一　まつした・りゅういち
5757　「ルイズ―父に貰いし名は」
◇講談社ノンフィクション賞（第4回/昭和57年）
「ルイズ―父に貰いし名は」　松下竜一著　講談社　1982.3　301p　20cm　1200円　①4-06-145930-9
「ルイズ―父に貰いし名は」　松下竜一〔著〕　講談社　1985.3　326p　15cm（講談社文庫）　440円　①4-06-183444-4
「松下竜一 その仕事　17―父に貰いし名は　ルイズ」　松下竜一著,『松下竜一 その仕事』刊行委員会編　河出書房新社　2000.3　360p　19cm　2800円　④4-309-62067-1
「ルイズ―父に貰いし名は」　松下竜一著　講談社　2011.9　381p　15cm（講談社文芸文庫）　1500円　①978-4-06-290134-5

松島　栄一　まつしま・えいいち
5758　「日本の国ができるまで」
◇毎日出版文化賞（第4回/昭和25年）

松島　斗志哉　まつしま・としや
5759　「海拉爾和歌山縣人會の皆さんに」
◇フーコー・エッセイコンテスト（第1回/平成9年/入選）

松島　雅子　まつしま・まさこ
5760　「神様の急ぐところ」
◇福田正夫賞（第7回/平成5年）
「神様の急ぐところ」　松島雅子著　詩学社　1992.7　83p　22cm　2060円

松田　悦子　まつだ・えつこ
5761　「シジババ」
◇福田正夫賞（第14回/平成12年）

松田　清　まつだ・きよし
5762　「洋学の書誌的研究」
◇新村出賞（第18回/平成11年）
「洋学の書誌的研究」　臨川書店　1998.9　1冊　23cm　13500円　①4-653-03486-9

松田　宏一郎　まつだ・こういちろう
5763　「江戸の知識から明治の政治へ」
◇サントリー学芸賞（第30回/平成20年度―政治・経済部門）
「江戸の知識から明治の政治へ」　ぺりかん社　2008.2　288,4p　21cm　4800円　①978-4-8315-1198-0

松田　権六　まつだ・ごんろく
5764　「うるしの話」
◇毎日出版文化賞（第19回/昭和40年）
「うるしの話」　岩波書店　2001.4　308p　15cm（岩波文庫）　700円　①4-00-335671-3

松田　ひろむ　まつだ・ひろむ
5765　「白い夏野―高屋正國ときどき窓秋」
◇現代俳句評論賞（第28回/平成20年）

松田　正広　まつだ・まさひろ
5766　「下を向いて歩こう」
◇優駿エッセイ賞（第25回/平成21年/グランプリ（GI））

松田　正義　まつだ・まさよし
5767　「方言生活30年の変容」（上・下）
◇新村出賞（第12回/平成5年）
「方言生活30年の変容」　松田正義, 糸井寛一, 日高貢一郎著　桜楓社　1993.1　2冊（セット）　26cm　98000円　①4-273-02614-7

松田　道雄　まつだ・みちお
5768　「赤ん坊の科学」
◇毎日出版文化賞（第3回/昭和24年）

松田 幸雄　まつだ・ゆきお
5769　「詩集1947―1965」
◇室生犀星詩人賞（第6回/昭和41年）
「詩集―1947-1965」地球社 東京 現代詩工房（発売）1966 227p 肖像 22cm 1000円

5770　「鳥と獣と花」
◇日本詩人クラブ詩界賞（第2回/平成14年）
「鳥と獣と花―Poems」D.H.ロレンス著、松田幸雄訳 彩流社 2001.12 277p 20cm 2800円　①4-88202-725-9

松平 純昭　まつだいら・すみあき
5771　「悲鳴が漏れる管理・警備業界の裏側」
◇週刊金曜日ルポルタージュ大賞（第16回/平成17年/優秀賞）

松平 千秋　まつだいら・ちあき
5772　「クセノポン『アナバシス』」
◇読売文学賞（第37回/昭和60年―研究・翻訳賞）
「アナバシス―キュロス王子の反乱・ギリシア兵一万の遠征」クセノポン〔著〕、松平千秋訳 筑摩書房 1985.3 291,7p 22cm 3500円
「アナバシス―敵中横断6000キロ」クセノポン著、松平千秋訳 岩波書店 1993.6 423,15p 15cm（岩波文庫）720円　①4-00-336032-X

松平 盟子　まつだいら・めいこ
5773　「プラチナ・ブルース」
◇河野愛子賞（第1回/平成3年）
「プラチナ・ブルース―松平盟子歌集」砂子屋書房 1990.11 173p 22cm
「プラチナ・ブルース研究―松平盟子歌集」松平盟子〔著〕、門松清美、中西耀子、中村厚子、名取友紀子共著 プチ★モンド発行所 2012.5 129p 21cm 1000円

5774　「帆を張る父のやうに」
◇角川短歌賞（第23回/昭和52年）

松永 伍一　まつなが・ごいち
5775　「日本農民詩史 上中下」
◇毎日出版文化賞（第24回/昭和45年―特別賞）

松永 正訓　まつなが・ただし
5776　「トリソミー 産まれる前から短命と定まった子」
◇小学館ノンフィクション大賞（第20回/平成25年/大賞）
「運命の子トリソミー――短命という定めの男の子を授かった家族の物語」小学館 2013.12 220p 20cm 1500円
①978-4-09-396527-9
※受賞作「トリソミー 産まれる前から短命と定まった子」を改題

松永 朋哉　まつなが・ともや
5777　「月夜の子守唄」
◇山之口貘賞（第26回/平成15年）

松永 浮堂　まつなが・ふどう
5778　「げんげ」
◇俳人協会新人賞（第28回/平成16年）
「げんげ―句集」文學の森 2004.4 203p 20cm（平成俳人叢書 第1期 第19巻）2700円　①4-902330-42-3

松野 敬子　まつの・けいこ
5779　「『安全』ブランコに殺される」
◇週刊金曜日ルポルタージュ大賞（第5回/平成11年3月/佳作）

松野 苑子　まつの・そのこ
5780　「地球儀」
◇俳句朝日賞（第8回/平成18年/準賞）

松橋 英三　まつはし・えいぞう
5781　「松橋英三全句集」
◇北海道新聞俳句賞（第7回/平成4年）

松林 朝蒼　まつばやし・ちょうそう
5782　「紙漉く谿」
◇角川俳句賞（第8回/昭和37年）

松林 尚志　まつばやし・ひさし
5783　「子規浄土―子規の俳句をめぐって」
◇現代俳句評論賞（第4回/昭和59年）

松原 新一　まつばら・しんいち
5784　「亀井勝一郎論」

◇群像新人文学賞〔評論部門〕（第7回／昭和39年―評論）

松原 敏夫　まつばら・としお

5785 「アンナ幻想」
◇山之口貘賞（第10回／昭和62年）
「アンナ幻想―詩集」　海風社　1987.10　143p　22cm　（南島叢書 27）　2000円

松原 立子　まつばら・りつこ

5786 「白い戦争」MTSSY3号
◇「詩と思想」新人賞（第4回／昭和58年）

松廣 澄世　まつひろ・すみよ

5787 「誰よりも大切な母へ」
◇フーコー・エッセイコンテスト（第1回／平成9年／入選）

松丸 春生　まつまる・はるお

5788 「芭蕉の声を求めて―おくのほそ道の旅への旅」
◇奥の細道文学賞（第6回／平成20年―佳作）

松村 英一　まつむら・えいいち

5789 「松村英一歌集」（2巻）
◇日本歌人クラブ推薦歌集（第5回／昭和34年）

松村 健一　まつむら・けんいち

5790 「タダの人の運動―斑鳩の実験」
◇「週刊読売」ノンフィクション賞（第2回／昭和53年）
「嵐の中のサラリーマン―人間らしさを求めて」　近代文芸社　1996.9　298p　19cm　1700円　④4-7733-5860-2

松村 酒恵　まつむら・さかえ

5791 「小米雪」
◇新俳句人連盟賞（第21回／平成5年／作品賞／佳作）

5792 「西国かすむまで」
◇新俳句人連盟賞（第20回／平成4年―作品賞）

5793 「ひとつぶの行方」
◇新俳句人連盟賞（第19回／平成3年―作品賞）

松村 蒼石　まつむら・そうせき

5794 「雪」
◇蛇笏賞（第7回／昭和48年）
「雪」　竹頭社　1972　235p　19cm　1200円

松村 正直　まつむら・まさなお

5795 「駅へ」
◇ながらみ書房出版賞（第10回／平成14年）
「駅へ―松村正直歌集」　ながらみ書房　2001.11　179p　20cm　（塔21世紀叢書 第5編）　①4-86023-048-5

5796 「短歌は記憶する」
◇日本歌人クラブ評論賞（第9回／平成23年）
「短歌は記憶する」　六花書林, 開発社〔発売〕　2010.11　218p　20cm　（塔21世紀叢書 第174篇）　2200円　①978-4-903480-49-7

松村 緑　まつむら・みどり

5797 「薄田泣菫」
◇日本エッセイスト・クラブ賞（第6回／昭和33年）

松村 由利子　まつむら・ゆりこ

5798 「大女伝説」
◇葛原妙子賞（第7回／平成23年）
「大女伝説―歌集」　短歌研究社　2010.5　173p　20cm　（かりん叢書 第233篇）　2500円　①978-4-86272-199-0

5799 「遠き鯨影」
◇短歌研究賞（第45回／平成21年）

5800 「鳥女」
◇現代短歌新人賞（第7回／平成18年）
「鳥女―歌集」　本阿弥書店　2005.11　177p　20cm　（かりん叢書 第189篇）　2500円　①4-7768-0216-3

5801 「白木蓮の卵」
◇短歌研究新人賞（第37回／平成6年）

松本 茜　まつもと・あかね

5802 「聖母月」
◇日本詩歌句大賞（第7回／平成23年／俳句部門／奨励賞）

「聖母月一句集」東京四季出版　2010.12　189p　19cm（風樹叢書 67）2200円　Ⓘ978-4-8129-0666-8

松本 章男　まつもと・あきお
5803　「西行 その歌その生涯」
◇やまなし文学賞〔研究・評論部門〕（第17回/平成20年度―研究・評論部門）
「西行―その歌その生涯」平凡社　2008.6　339p　19cm　2400円　Ⓘ978-4-582-83404-8

松本 旭　まつもと・あきら
5804　「村上鬼城の研究」
◇俳人協会評論賞（第1回/昭和54年度）

松本 有宙　まつもと・うちゅう
5805　「夢のあと」（ほか）
◇ラ・メール俳句賞（第3回/平成4年）

松本 悦子　まつもと・えつこ
5806　「生きのびて」
◇読売「ヒューマン・ドキュメンタリー」大賞（第16回/平成7年/優秀賞）
「生きのびて」松本悦子、斎藤郁夫、菊地由夏、野口良子、松岡香著　読売新聞社　1996.2　300p　19cm　1300円　Ⓘ4-643-96003-5

松本 円平　まつもと・えんぺい
5807　「一打黄葉」
◇新俳句人連盟賞（第2回/昭和47年）

松本 克平　まつもと・かつへい
5808　「日本新劇史」
◇読売文学賞（第18回/昭和41年―研究・翻訳賞）

松本 邦吉　まつもと・くによし
5809　「発熱頌」
◇土井晩翠賞（第42回/平成13年）
「発熱頌」書肆山田　2000.8　134p　23cm　2800円　Ⓘ4-87995-488-8

松本 圭二　まつもと・けいじ
5810　「アストロノート」
◇萩原朔太郎賞（第14回/平成18年）

松本 健一　まつもと・けんいち
5811　「評伝 北一輝」
◇司馬遼太郎賞（第8回/平成17年）
◇毎日出版文化賞（第59回/平成17年―人文・社会部門）
「評伝北一輝 1 若き北一輝」中央公論新社　2014.7　389p　15cm（中公文庫）1000円　Ⓘ978-4-12-205985-6
「評伝 北一輝 2 明治国体論に抗して」中央公論新社　2014.8　348p　15cm（中公文庫）1000円　Ⓘ978-4-12-205996-2
「評伝 北一輝 3 中国ナショナリズムのただなかへ」中央公論新社　2014.9　377p　15cm（中公文庫）1000円　Ⓘ978-4-12-206012-8
「評伝 北一輝 4 二・二六事件へ」中央公論新社　2014.10　399p　15cm（中公文庫）1100円　Ⓘ978-4-12-206031-9
「評伝 北一輝 5 北一輝伝説」中央公論新社　2014.12　339p　15cm（中公文庫）1000円　Ⓘ978-4-12-206043-2

松本 孝太郎　まつもと・こうたろう
5812　「急須の弦」
◇現代俳句新人賞（第17回/平成11年）

松本 重治　まつもと・しげはる
5813　「上海時代」（上・中・下）
◇日本エッセイスト・クラブ賞（第23回/昭和50年）
「上海時代―ジャーナリストの回想 上」中央公論社　1989.3　369p　15cm（中公文庫）540円　Ⓘ4-12-201601-0
「上海時代―ジャーナリストの回想 中」中央公論社　1989.4　362p　15cm（中公文庫）560円　Ⓘ4-12-201607-X
「上海時代―ジャーナリストの回想 下」中央公論社　1989.5　374p　15cm（中公文庫）560円　Ⓘ4-12-201614-2
「上海時代 上―ジャーナリストの回想」改版　中央公論新社　2015.6　470p　15cm（中公文庫プレミアム）1400円　Ⓘ978-4-12-206132-3
「上海時代 下―ジャーナリストの回想」改版　中央公論新社　2015.6　476p　15cm（中公文庫プレミアム）1400円　Ⓘ978-4-12-206133-0

松本 純　まつもと・じゅん
5814　「三草子」
◇日本一行詩大賞・日本一行詩新人賞（第5回/平成24年/新人賞）
「松本純句集―三草子」　すずしろ会　2011.3.3　140p

松本 仁一　まつもと・じんいち
5815　「アフリカで寝る」
◇日本エッセイスト・クラブ賞（第45回/平成9年）
「アフリカで寝る」　朝日新聞社　1996.10　238p　19cm　1800円　Ⓣ4-02-256997-2
「アフリカで寝る」　朝日新聞社　1998.8　251p　15cm（朝日文庫）　540円　Ⓣ4-02-261238-X
「アフリカを食べる/アフリカで寝る」　朝日新聞出版　2008.11　462p　15cm（朝日文庫）　1000円　Ⓣ978-4-02-261603-6

松本 建彦　まつもと・たけひこ
5816　「匂い水」
◇北川冬彦賞（第7回/昭和47年）

松本 知沙　まつもと・ちさ
5817　「八重桜」
◇伊東静雄賞（第9回/平成10年）
「八重桜―詩集」　本多企画　1999.3　143p　22cm　2381円　Ⓣ4-89445-049-6

松本 典子　まつもと・のりこ
5818　「いびつな果実」
◇角川短歌賞（第46回/平成12年）
◇現代短歌新人賞（第4回/平成15年）
「いびつな果実―歌集」　角川書店　2003.9　223p　20cm（かりん叢書　第165篇）　2667円　Ⓣ4-04-651711-5

松本 英雄　まつもと・ひでお
5819　「わが糖尿病戦記」
◇たまノンフィクション大賞（第2回/平成10年/佳作）

松元 雅和　まつもと・まさかず
5820　「平和主義とは何か―政治哲学で考える戦争と平和」
◇石橋湛山賞（第35回/平成26年）
「平和主義とは何か―政治哲学で考える戦争と平和」　中央公論新社　2013.3　244p　18cm（中公新書）　820円　Ⓣ978-4-12-102207-3

松本 ミチ子　まつもと・みちこ
5821　「解けない闇」
◇栃木県現代詩人会賞（第45回―新人賞）

松本 ヤチヨ　まつもと・やちよ
5822　「手」
◇角川俳句賞（第39回/平成5年）

松本 侑子　まつもと・ゆうこ
5823　「恋の蛍」
◇新田次郎文学賞（第29回/平成22年）
「恋の蛍―山崎富栄と太宰治」　光文社　2009.10　363p　19cm　1800円　Ⓣ978-4-334-92685-4
「恋の蛍―山崎富栄と太宰治」　光文社　2012.5　445p　15cm（光文社文庫）　743円　Ⓣ978-4-334-76406-7

松本 勇二　まつもと・ゆうじ
5824　「夏野」
◇現代俳句新人賞（第21回/平成15年）

松本 黎子　まつもと・れいこ
5825　「私の旅　墓のある風景」
◇奥の細道文学賞（第3回/平成10年―佳作）

松森 奈津子　まつもり・なつこ
5826　「野蛮から秩序へ」
◇サントリー学芸賞（第31回/平成21年度―思想・歴史部門）
「野蛮から秩序へ―インディアス問題とサラマンカ学派」　名古屋大学出版会　2009.5　354, 36p　21cm　5000円　Ⓣ978-4-8158-0612-5

松山 巖　まつやま・いわお
5827　「うわさの遠近法」
◇サントリー学芸賞（第15回/平成5年度―社会・風俗部門）
「うわさの遠近法」　青土社　1993.2　448p　19cm　2800円　Ⓣ4-7917-5218-X
「うわさの遠近法」　講談社　1997.7

450p 15cm（講談社学術文庫）1070円 ①4-06-159289-0
「うわさの遠近法」 松山巖著 筑摩書房 2003.8 494p 15cm（ちくま学芸文庫）1500円 ①4-480-08784-2

5828 「群衆」
◇読売文学賞（第48回／平成8年―評論・伝記賞）
「群衆―機械のなかの難民」 松山巖著 中央公論新社 2009.11 515p 15cm（中公文庫）1333円 ①978-4-12-205230-7

松山 豊顕 まつやま・とよあき

5829 「まひるの星」
◇山形県詩賞（第9回／昭和55年）

松山 幸雄 まつやま・ゆきお

5830 「国際対話の時代」
◇石橋湛山賞（第7回／昭和61年）
「国際対話の時代」 朝日新聞社 1985.10 256p 20cm 1100円 ①4-02-255408-8
「国際対話の時代」 朝日新聞社 1989.9 252p 15cm（朝日文庫）460円 ①4-02-260569-3

万里小路 譲 までのこうじ・ゆずる

5831 「海は埋もれた涙のまつり」
◇山形県詩賞（第13回／昭和59年）

まど みちお

5832 「うめぼしリモコン」
◇丸山豊記念現代詩賞（第11回／平成14年）
「うめぼしリモコン」 まど・みちお詩, 元永定正絵 理論社 2001.9 105p 19cm 1300円 ①4-652-07702-5

間中 ケイ子 まなか・けいこ

5833 「かさぶた」
◇現代少年詩集新人賞（第7回／平成2年―奨励賞）

5834 「猫町五十四番地 間中ケイ子詩集」
◇三越左千夫少年詩賞（第12回／平成20年）
「猫町五十四番地―間中ケイ子詩集」 てらいんく 2007.2 83p 22cm（子ども詩のポケット 24）1200円 ①978-4-86261-002-7

真中 朋久 まなか・ともひさ

5835 「雨裂」
◇現代歌人協会賞（第46回／平成14年）
「雨裂―真中朋久歌集」 雁書館 2001.10 205p 22cm 3000円

5836 「重力」
◇寺山修司短歌賞（第15回／平成22年）
「重力―真中朋久歌集」 青磁社 2009.2 198p 22cm（塔21世紀叢書 第135篇）2667円 ①978-4-86198-113-5

眞鍋 呉夫 まなべ・くれお

5837 「月魄」
◇蛇笏賞（第44回／平成22年）
◇日本一行詩大賞・日本一行詩新人賞（第3回／平成22年／大賞）
「月魄（つきしろ）―句集」 邑書林 2009.1 227p 23cm 3333円 ①978-4-89709-618-6

5838 「雪女」（句集）
◇藤村記念歴程賞（第30回／平成4年）
「定本雪女―眞鍋呉夫句集」 邑書林 1998.5 106p 15cm（邑書林句集文庫）900円 ①4-89709-280-9
「眞鍋呉夫句集」 眞鍋呉夫著, 宗左近編 芸林書房 2002.4 128p 15cm（芸林21世紀文庫）1000円 ①4-7681-6208-8

真部 照美 まなべ・てるみ

5839 「わが内の花壺に水を」
◇荒木暢夫賞（第8回／昭和49年）

真鍋 正男 まなべ・まさお

5840 「雲に紛れず」
◇現代歌人協会賞（第30回／昭和61年）
「雲に紛れず―真鍋正男歌集」 短歌新聞社 1985.12 126p 20cm（昭和歌人集成 37）1400円

真鍋 美恵子 まなべ・みえこ

5841 「羊歯は萌えゐん」
◇日本歌人クラブ推薦歌集（第17回／昭和46年）
「真鍋美恵子全歌集」 沖積舎 1983.11 441p 22cm 8500円

5842 「玻璃」
◇現代歌人協会賞（第3回／昭和34年）

「現代短歌全集　第13巻　昭和31～33年」生方たつゑ〔ほか〕著　筑摩書房　1980.11　417p　23cm　3600円
「真鍋美恵子全歌集」　沖積舎　1983.11　441p　22cm　8500円
「現代短歌全集　第13巻　昭和三十一年～三十三年」　生方たつゑほか著　筑摩書房　2002.6　417p　21cm　6200円　①4-480-13833-1

間鍋 三和子　まなべ・みわこ

5843 「二月の坂」
◇現代歌人集会賞（第17回/平成3年）

万波 歌保　まなみ・かほ

5844 「たった1人の大リーグ」
◇報知ドキュメント大賞（第2回/平成10年/優秀作）

馬渕 明子　まぶち・あきこ

5845 「美のヤヌス」
◇サントリー学芸賞（第15回/平成5年度―芸術・文学部門）
「美のヤヌス―テオフィール・トレと19世紀美術批評」　馬淵明子著　スカイドア　1992.12　285p　21cm　3300円　①4-915879-07-0

真渕 勝　まぶち・まさる

5846 「大蔵省統制の政治経済学」
◇サントリー学芸賞（第16回/平成6年度―政治・経済部門）
「大蔵省統制の政治経済学」　中央公論社　1994.5　392p　19cm（中公叢書）2450円　①4-12-002326-5

繭 かなり　まゆ・かなり

5847 「階段の途中で」
◇詩人会議新人賞（第32回/平成10年/詩）

黛 執　まゆずみ・しゅう

5848 「野面積」
◇俳人協会賞（第43回/平成15年）
「野面積―句集」　本阿弥書店　2003.3　197p　20cm（新世紀俳句叢書　第3期）2900円　①4-89373-910-7

黛 まどか　まゆずみ・まどか

5849 「B面の夏」
◇角川俳句賞（第40回/平成6年/奨励賞）
「B面の夏」　角川書店　1994.9　209p　20cm　980円　①4-04-871463-5
「B面の夏」　角川書店　1996.12　227p　15cm（角川文庫）560円　①4-04-340801-3

黛 元男　まゆずみ・もとお

5850 「ぼくらの地方」
◇中日詩賞（第9回/昭和44年）

丸岡 秀子　まるおか・ひでこ

5851 「お母さんから先生への百の質問　正・続」
◇毎日出版文化賞（第10回/昭和31年）

5852 「日本婦人問題資料集成　全10巻」
◇毎日出版文化賞（第35回/昭和56年―特別賞）
◇群像新人文学賞〔評論部門〕（第40回/平成9年―評論）
「日本婦人問題資料集成　第1巻～第10巻」　ドメス出版　22cm

丸野 きせ　まるの・きせ

5853 「無音の地球のへりを歩いていたい」
◇銀河詩手帖賞（第1回/昭和56年）
「無音の地球のへりを歩いていたい―詩集」〔丸野きせ〕　1981.12　91p　22cm

丸本 明子　まるもと・あきこ

5854 「破れ凧」
◇現代詩人アンソロジー賞（第9回/平成11年/優秀）

丸谷 才一　まるや・さいいち

5855 「後鳥羽院」
◇読売文学賞（第25回/昭和48年―評論・伝記賞）
「後鳥羽院」　第二版　筑摩書房　2013.3　462p　15cm（ちくま学芸文庫）1500円　①978-4-480-09532-9
「丸谷才一全集　第7巻」　文藝春秋　2014.5　606p　19cm　5400円　①978-4-

5856 「若い藝術家の肖像」
◇読売文学賞（第61回/平成21年度―研究・翻訳賞）
「若い藝術家の肖像」 ジェイムズ・ジョイス著, 丸谷才一訳　集英社　2009.10　542p　21cm　3800円　Ⓘ978-4-08-773426-3
「若い藝術家の肖像」 ジェイムズ・ジョイス著, 丸谷才一訳　集英社　2014.7　685p　15cm（集英社文庫ヘリテージシリーズ）1200円　Ⓘ978-4-08-761033-8

丸安　隆和　まるやす・たかかず
5857 「日本の衛星写真」
◇毎日出版文化賞（第28回/昭和49年―特別賞）

丸山　薫　まるやま・かおる
5858 「幼年」
◇文芸汎論詩集賞（第1回/昭和10年上）
「日本の詩歌　24　丸山薫・田中冬二・立原道造・田中克己・蔵原伸二郎」　丸山薫〔ほか著〕　新装　中央公論新社　2003.6　434p　21cm　5300円　Ⓘ4-12-570068-0
「新編丸山薫全集　1」　丸山薫著, 桑原武夫, 井上靖, 吉村正一郎, 竹中郁, 八木憲爾編　角川学芸出版　2009.8　578p　19cm　Ⓘ978-4-04-621371-6, 978-4-04-621370-9

丸山　乃里子　まるやま・のりこ
5859 「葦」
◇詩人会議新人賞（第30回/平成8年/詩）

丸山　真男　まるやま・まさお
5860 「日本政治思想史研究」
◇毎日出版文化賞（第7回/昭和28年）
「日本政治思想史研究」　東京大学出版会　1983.6　406, 5p　22cm　2800円

丸山　美沙夫　まるやま・みさお
5861 「沖縄の拳」
◇新俳句人連盟賞（第24回/平成8年/作品）

万造寺　ようこ　まんぞうじ・ようこ
5862 「うしろむきの猫」
◇現代歌人集会賞（第27回/平成13年）
「うしろむきの猫―万造寺ようこ歌集」　青磁社　2001.8　169p　22cm（塔21世紀叢書　第1編）2500円　Ⓘ4-901529-02-1

【み】

三浦　篤　みうら・あつし
5863 「近代芸術家の表象」
◇サントリー学芸賞（第29回/平成19年度―芸術・文学部門）
「近代芸術家の表象―マネ、ファンタン＝ラトゥールと1860年代のフランス絵画」　東京大学出版会　2006.9　445, 55p　21cm　7800円　Ⓘ4-13-080207-0

三浦　和子　みうら・かずこ
5864 「芋の露」
◇福島県俳句賞（第29回/平成20年―新人賞）

三浦　佑之　みうら・すけゆき
5865 「口語訳　古事記」
◇角川財団学芸賞（第1回/平成15年）
「古事記―口語訳　完全版」　文藝春秋　2002.6　494p　22cm　3333円　Ⓘ4-16-321010-5
「口語訳　古事記―神代篇」　文藝春秋　2006.12　313p　15cm（文春文庫）600円　Ⓘ4-16-772501-0
「口語訳　古事記―人代篇」　文藝春秋　2006.12　521p　15cm（文春文庫）686円　Ⓘ4-16-772502-9

三浦　澄子　みうら・すみこ
5866 「花はどこへいった」
◇日本随筆家協会賞（第56回/平成19年8月）
「やさしい予感」　日本随筆家協会　2007.10　224p　20cm（現代名随筆叢書　91）1500円　Ⓘ978-4-88933-326-8

三浦　武　みうら・たけし
5867 「小名木川」
◇日本歌人クラブ賞（第3回/昭和51年）

三浦　英之　みうら・ひでゆき
5868　「五色の虹〜満州建国大学卒業生たちの戦後〜」
◇開高健ノンフィクション賞（第13回/平成27年）
「五色の虹―満州建国大学卒業生たちの戦後」　集英社　2015.12　327p　19cm　1700円　⓵978-4-08-781597-9

三浦　雅士　みうら・まさし
5869　「身体の零度」
◇読売文学賞（第47回/平成7年―評論・伝記賞）
「身体の零度―何が近代を成立させたか」　講談社　1994.11　284p　19cm（講談社選書メチエ 31）　1500円　⓵4-06-258031-4
5870　「小説という植民地」（評論集）
◇藤村記念歴程賞（第29回/平成3年）
「小説という植民地」　福武書店　1991.7　248p　19cm　1800円　⓵4-8288-2389-1
5871　「青春の終焉」
◇伊藤整文学賞（第13回/平成14年―評論）
「青春の終焉」　講談社　2001.9　484p　19cm　2800円　⓵4-06-210780-5
「青春の終焉」　講談社　2012.4　539p　15cm（講談社学術文庫）　1500円　⓵978-4-06-292104-6
5872　「メランコリーの水脈」を中心として
◇サントリー学芸賞（第6回/昭和59年度―芸術・文学部門）
「メランコリーの水脈」　福武書店　1984.4　281p　20cm　1400円　⓵4-8288-2116-3
「メランコリーの水脈」　講談社　2003.5　337p　15cm（講談社文芸文庫）　1400円　⓵4-06-198331-8

三浦　みち子　みうら・みちこ
5873　「あなたを忘れない」
◇フーコー・エッセイコンテスト（第1回/平成9年/入選）

三浦　由巳　みうら・よしみ
5874　「すばれすね」
◇日本随筆家協会賞（第28回/平成5年11月）

三浦　玲子　みうら・れいこ
5875　「何もしない日」
◇年刊現代詩集新人賞（第7回/昭和61年―奨励賞）

彌榮　浩樹　みえ・こうき
5876　「1％の俳句――一挙性・露呈性・写生」
◇群像新人文学賞〔評論部門〕（第54回/平成23年―評論当選作）

水尾　比呂志　みお・ひろし
5877　「デザイナー誕生」
◇毎日出版文化賞（第16回/昭和37年）

三上　史郎　みかみ・しろう
5878　「冬雲雀」
◇新俳句人連盟賞（第32回/平成16年/作品の部/佳作1位）

三上　次男　みかみ・つぎお
5879　「陶磁の道」
◇毎日出版文化賞（第23回/昭和44年）
「陶磁の道―東西文明の接点をたずねて」　復刻版　中央公論美術出版　2000.5　265p　21cm　2500円　⓵4-8055-0385-8

三神　真彦　みかみ・まさひこ
5880　「わがままいっぱい名取洋之助」
◇講談社ノンフィクション賞（第10回/昭和63年）
「わがままいっぱい名取洋之助」　筑摩書房　1988.4　432p　19cm　2200円　⓵4-480-82243-7
「わがままいっぱい名取洋之助」　筑摩書房　1992.5　523p　15cm（ちくま文庫）　1030円　⓵4-480-02618-5

美柑　みつはる　みかん・みつはる
5881　「亥子餅」
◇俳句朝日賞（第1回/平成11年）
「句集 亥子餅」　ふらんす堂　2007.9　187p　19cm（泉叢書）　2571円　⓵978-4-89402-940-8

三木　卓　みき・たく
5882　「北原白秋」
◇藤村記念歴程賞（第43回/平成17年）

◇蓮如賞（第9回/平成17年）
「北原白秋」　筑摩書房　2005.3　416p
20cm　2800円　ⓘ4-480-88521-8

5883　「東京午前三時」
◇H氏賞（第17回/昭和42年）
「東京午前三時—三木卓詩集」　思潮社
1966　132p　20cm　600円

5884　「わがキディ・ランド」（詩集）
◇高見順賞（第1回）
「わがキディ・ランド」　思潮社　1970
184p　23cm　1500円

三木　基史　みき・もとし
5885　「少年」
◇現代俳句新人賞（第26回/平成20年）

三国　一朗　みくに・いちろう
5886　「肩書きのない名刺」
◇日本エッセイスト・クラブ賞（第28回/昭和55年）
「肩書きのない名刺」　自由現代社　1980.2　238p　20cm　1200円
「肩書きのない名刺」　中央公論社　1984.6　257p　16cm（中公文庫）　360円　ⓘ4-12-201130-2

三国　玲子　みくに・れいこ
5887　「鏡壁」
◇現代短歌女流賞（第11回/昭和61年）
「三国玲子全歌集」　三国玲子著, 三国玲子全歌集刊行委員会編　短歌新聞社　2005.3　398p　21cm（群緑叢書）　4762円　ⓘ4-8039-1189-4

5888　「永久にあれこそ」
◇短歌研究賞（第15回/昭和54年）

御厨　貴　みくりや・たかし
5889　「政策の総合と権力」を中心として
◇サントリー学芸賞（第18回/平成8年度—政治・経済部門）
「政策の総合と権力—日本政治の戦前と戦後」　東京大学出版会　1996.4　250p　21cm　5150円　ⓘ4-13-030102-0

岬　多可子　みさき・たかこ
5890　「ここから」ほか
◇ラ・メール新人賞（第7回/平成2年）

5891　「桜病院周辺」
◇高見順賞（第37回/平成18年度）
「桜病院周辺」　書肆山田　2006.8　103p　22cm　2400円　ⓘ4-87995-679-1

5892　「静かに、毀れている庭」
◇小野市詩歌文学賞（第4回/平成24年/詩部門）
「静かに、毀れている庭」　書肆山田　2011.7　131p　22cm　2500円　ⓘ978-4-87995-823-5

御沢　昌弘　みさわ・まさひろ
5893　「カバラ氏の首と愛と」
◇中日詩賞（第4回/昭和39年）

三澤　正道　みさわ・まさみち
5894　「朽ちた墓標～シベリア捕虜体験と墓参の旅～」
◇北海道ノンフィクション賞（第21回/平成13年—佳作）
「朽ちた墓標—シベリア捕虜体験と墓参の旅」　旭図書刊行センター　2000.12　130p　図版11枚　21cm　ⓘ4-900878-63-4

三澤　吏佐子　みさわ・りさこ
5895　「遺構」（歌集）
◇北海道新聞短歌賞（第16回/平成13年）

5896　「無菌飼育」
◇野原水嶺賞（第15回/平成11年）

三島　英子　みしま・えいこ
5897　「乳房再建」
◇「週刊ポスト」「SAPIO」21世紀国際ノンフィクション大賞（第2回/平成7年）
◇小学館ノンフィクション大賞（第2回/平成7年）
「乳房再建」　小学館　1995.10　218p　19cm　1200円　ⓘ4-09-379211-9
「乳房再建」　小学館　1998.3　238p　15cm（小学館文庫）　514円　ⓘ4-09-402251-1

三島　久美子　みしま・くみこ
5898　「雨の手紙」
◇「詩と思想」新人賞（第12回/平成15

三嶋 忠　みしま・ただし
5899　「風に誘われ…」
◇奥の細道文学賞（第1回/平成5年度—優秀賞）

水牛 健太郎　みずうし・けんたろう
5900　「過去メタファー中国—ある『アフターダーク』論」
◇群像新人文学賞〔評論部門〕（第48回/平成17年—評論優秀作）

水落 博　みずおち・ひろし
5901　「出発以後」
◇現代歌人集会賞（第3回/昭和52年）

みずかみ かずよ
5902　「みずかみかずよ全詩集 いのち」
◇丸山豊記念現代詩賞（第5回/平成8年）
「いのち—みずかみかずよ全詩集」 石風社　1995.7　503,7p　21cm　3605円

水上 弧城　みずかみ・こじょう
5903　「月夜」
◇俳壇賞（第16回/平成13年度）

水上 文雄　みずかみ・ふみお
5904　「谷中部落」
◇短歌新聞新人賞（第5回/昭和52年）

水月 りの　みずき・りの
5905　「人魚姫のトウシューズ」
◇加美俳句大賞（句集賞）（第8回/平成15年—スウェーデン賞）
「人魚姫のトゥシューズ」 ふらんす堂　2002.3　101p　19cm（小熊座叢書）　2000円　①4-89402-452-7

水月 りら　みずき・りら
5906　「エジソンのシンバル」
◇詩人会議新人賞（第45回/平成23年/詩部門/佳作）

水沢 遙子　みずさわ・ようこ
5907　「時の扉へ」
◇現代歌人集会賞（第9回/昭和58年）

水品 彦平　みずしな・ひこへい
5908　「ぬくもりの原点」
◇日本随筆家協会賞（第54回/平成18年8月）
「ぬくもりの原点」 日本随筆家協会　2007.1　206p　20cm（現代名随筆叢書 84）　1500円　①978-4-88933-317-6

水島 伸敏　みずしま・のぶとし
5909　「ハイチ地震の傷跡」
◇週刊金曜日ルポルタージュ大賞（第21回/平成22年/佳作）

水島 英己　みずしま・ひでみ
5910　「今帰仁で泣く」
◇山之口貘賞（第27回/平成16年）
「今帰仁で泣く」 思潮社　2003.7　127p　20×14cm　2000円　①4-7837-1368-5

水島 美津江　みずしま・みつえ
5911　「冬の七夕」
◇小熊秀雄賞（第39回/平成18年）
「冬の七夕—詩集」 土曜美術社出版販売　2005.11　105p　22cm（21世紀詩人叢書 第2期 13）　2000円　①4-8120-1530-8

水谷 清　みずたに・きよし
5912　「忍び跫の詩篇」
◇日本詩人クラブ詩界賞（第4回/平成16年）
「忍び跫の詩篇—クロード・ロワ詩集」 クロード・ロワ著,水谷清訳　舷燈社　2003.9　236p　24cm　2000円　①4-87782-042-6

水谷 竹秀　みずたに・たけひで
5913　「日本を捨てた男たち —フィリピンでホームレス—」
◇開高健ノンフィクション賞（第9回/平成23年）
「日本を捨てた男たち—フィリピンに生きる「困窮邦人」」 集英社　2011.11　288p　20cm　1500円　①978-4-08-781485-9
※受賞作「日本を捨てた男たち —フィリピンでホームレス—」を改題
「日本を捨てた男たち—フィリピンに生

きる「困窮邦人」」集英社　2013.11　303p　16cm（集英社文庫　み49-1）600円　ⓘ978-4-08-745138-2

水谷　真人　みずたに・まさと
5914　「批評と文芸批評と」
◇群像新人文学賞〔評論部門〕（第42回/平成11年―評論優秀作）
「批評と文芸批評と―小林秀雄「感想」の周辺」　試論社　2007.7　251p　20cm　2800円　ⓘ978-4-903122-08-3

水谷　由美子　みずたに・ゆみこ
5915　「大津祭」
◇俳句朝日賞（第7回/平成17年）

水根　義雄　みずね・よしお
5916　「雪の慟哭」
◇北海道ノンフィクション賞（第3回/昭和58年―佳作）

水野　祥太郎　みずの・しょうたろう
5917　「ヒトの足―この謎にみちたもの」
◇毎日出版文化賞（第38回/昭和59年）
「ヒトの足―この謎にみちたもの」　創元社　1984.5　271p　22cm　3000円　ⓘ4-422-43004-1

水野　隆　みずの・たかし
5918　「水野隆詩集」
◇中日詩賞（第20回/昭和55年）
「水野隆詩集」　沖積舎　1979.7　269p　23cm　7000円

水野　千依　みずの・ちより
5919　「イメージの地層」
◇サントリー学芸賞（第34回/平成24年度―芸術・文学部門）

水野　紀子　みずの・のりこ
5920　「神の眉目」
◇深吉野賞（第5回/平成9年―佳作）

水野　裕隆　みずの・ひろたか
5921　「反旗の行方　大阪市環境局・改革への内部告発」
◇週刊金曜日ルポルタージュ大賞（第18回/平成19年/佳作）

水野　雅子　みずの・まさこ
5922　「お花畑」
◇朝日俳句新人賞（第3回/平成12年/準賞）

水野　真由美　みずの・まゆみ
5923　「陸封譚」
◇加美俳句大賞（句集賞）（第6回/平成13年―中新田俳句大賞）
「陸封譚―句集」　七月堂　2000.8　125p　20cm　3000円　ⓘ4-87944-034-5

水野　翠　みずの・みどり
5924　「サーカスの魔術師」
◇現代詩加美未来賞（第11回/平成13年―落鮎塾あけぼの賞）

水野　るり子　みずの・るりこ
5925　「ヘンゼルとグレーテルの島」
◇H氏賞（第34回/昭和59年）
「ヘンゼルとグレーテルの島―詩集」　現代企画室　1983.4　90p　22cm　1800円
5926　「ユニコーンの夜に」
◇小野市詩歌文学賞（第3回/平成23年/詩部門）
「ユニコーンの夜に―詩集」　土曜美術社出版販売　2010.11　102p　22cm　2500円　ⓘ978-4-8120-1858-3

水野　露草　みずの・ろそう
5927　「夏炉」
◇深吉野賞（第9回/平成13年―佳作）
5928　「朴の花」
◇深吉野賞（第8回/平成12年―佳作）

水橋　晋　みずはし・すすむ
5929　「大象を夫にもった曾祖母」
◇現代詩人賞（第15回/平成9年）
「大象を夫にもった曾祖母―詩集」　成巧社　1996.11　102p　21cm　2000円
5930　「蛮亭」
◇横浜詩人会賞（第22回/平成2年度）
「詩集　蛮亭」　沖積舎　1989.12　88p　21×14cm　2000円　ⓘ4-8060-0553-3

水原　紫苑　みずはら・しおん
5931　「あかるたへ」

◇若山牧水賞　（第10回／平成17年）
　「あかるたへ」　河出書房新社　2004.11
　227p　20cm　1900円　Ⓘ4-309-01670-7

5932　「くわんおん」
◇河野愛子賞　（第10回／平成12年）
　「くわんおん（観音）―水原紫苑歌集」　河出書房新社　1999.7　193p　20cm　1600円　Ⓘ4-309-01302-3

5933　「びあんか」
◇現代歌人協会賞　（第34回／平成2年）
　「びあんか・うたうら　決定版―水原紫苑歌集」　深夜叢書社　2014.12　2冊（セット）　19cm　2000円　Ⓘ978-4-88032-417-3

水原　一　みずはら・はじめ

5934　「延慶本平家物語論考」
◇角川源義賞　（第2回／昭和55年―国文学）

水間　摩遊美　みずま・まゆみ

5935　「いのちの約束」
◇潮賞　（第12回／平成5年―ノンフィクション）
　「いのちの約束」　潮出版社　1993.9　286p　19cm　1200円　Ⓘ4-267-01217-2

三角　とおる　みすみ・とおる

5936　「たべる」
◇現代詩人アンソロジー賞　（第2回／平成4年―優秀）

三角　みづ紀　みすみ・みづき

5937　「オウバアキル」
◇中原中也賞　（第10回／平成17年）
　「オウバアキル」　思潮社　2004.10　96p　19cm　1800円　Ⓘ4-7837-1957-8

5938　「カナシヤル」
◇歴程新鋭賞　（第18回／平成19年）
　「カナシヤル」　思潮社　2006.10　112p　21cm　（新しい詩人　4）　1900円　Ⓘ4-7837-2163-7

5939　「隣人のいない部屋」
◇萩原朔太郎賞　（第22回／平成26年）
　「隣人のいない部屋」　思潮社　2013.9　139p　19cm　2200円　Ⓘ978-4-7837-3379-9

5940　「連詩・悪母島の魔術師（マジシャン）」
◇藤村記念歴程賞　（第51回／平成25年）
　「連詩・悪母島の魔術師（マジシャン）」　新藤涼子,河津聖恵,三角みづ紀著　思潮社　2013.4　106p　21cm　2000円　Ⓘ978-4-7837-3351-5

水村　美苗　みずむら・みなえ

5941　「日本語が亡びるとき　英語の世紀の中で」
◇小林秀雄賞　（第8回／平成21年）
　「日本語が亡びるとき―英語の世紀の中で」　筑摩書房　2008.10　330p　20cm　1800円　Ⓘ978-4-480-81496-8

水本　光　みずもと・ひかる

5942　「残照の野に」
◇「短歌現代」歌人賞　（第22回／平成21年）

三瀬　教世　みせ・のりよ

5943　「川は生きてゐる」
◇日本伝統俳句協会賞　（第10回／平成11年／新人賞）

溝口　章　みぞぐち・あきら

5944　「'45年ノート残欠」
◇中日詩賞　（第40回／平成12年）
　「'45年ノート残欠」　土曜美術社出版販売　1999.12　123p　22×15cm　2500円　Ⓘ4-8120-1215-5

溝口　敦　みぞぐち・あつし

5945　「食肉の帝王　巨富をつかんだ男　浅田満」
◇講談社ノンフィクション賞　（第25回／平成15年）
　「食肉の帝王―巨富をつかんだ男浅田満」　講談社　2003.5　261p　20cm　1600円　Ⓘ4-06-211880-7
　「食肉の帝王―同和と暴力で巨富を摑んだ男」　講談社　2004.11　338p　16cm　（講談社＋α文庫）　838円　Ⓘ4-06-256890-X

三田　きえ子　みた・きえこ

5946　「日暮」
◇俳句研究賞　（第9回／平成6年）

三田　公美子　みた・くみこ
5947　「空飛ぶ母子企業」
◇読売「ヒューマン・ドキュメンタリー」大賞（第9回/昭和63年）
「空飛ぶ母子企業」読売新聞社　1988.12　245p　20cm　1100円　ⓘ4-643-88094-5

三田　博雄　みた・ひろお
5948　「山の思想史」
◇毎日出版文化賞（第27回/昭和48年）

三田　洋　みた・ひろし
5949　「回漕船」
◇壺井繁治賞（第4回/昭和51年）
「回漕船―三田洋詩集」思潮社出版　1975　102p　22cm　900円

三田　麻里　みた・まり
5950　「人とうさぎと白文鳥」
◇詩人会議新人賞（第37回/平成15年/詩/佳作）

見田　宗介　みた・むねすけ
5951　「定本 見田宗介著作集 全10巻」
◇毎日出版文化賞（第66回/平成24年―企画部門）
「定本 見田宗介著作集 1　現代社会の理論」岩波書店　2011.11　192p　19cm　2100円　ⓘ978-4-00-028481-3
「定本 見田宗介著作集 6　生と死と愛と孤独の社会学」岩波書店　2011.11　183p　19cm　2100円　ⓘ978-4-00-028486-8
「定本 見田宗介著作集 2　現代社会の比較社会学」見田宗介,小阪修平著　岩波書店　2011.12　180p　19cm　2100円　ⓘ978-4-00-028482-0
「定本 見田宗介著作集 3　近代化日本の精神構造」岩波書店　2012.1　225p　19cm　2100円　ⓘ978-4-00-028483-7
「定本 見田宗介著作集 5　現代化日本の精神構造」岩波書店　2012.3　405p　19cm　3000円　ⓘ978-4-00-028485-1
「定本 見田宗介著作集 7　未来展望の社会学」岩波書店　2012.4　203p　19cm　2100円　ⓘ978-4-00-028487-5
「定本 見田宗介著作集 8　社会学の主題と方法」岩波書店　2012.5　187p　19cm　2100円　ⓘ978-4-00-028488-2
「定本 見田宗介著作集 9―存在の祭りの中へ　宮沢賢治」岩波書店　2012.6　311p　19cm　2600円　ⓘ978-4-00-028489-9
「定本 見田宗介著作集 10―短篇集　晴風万里」岩波書店　2012.7　236p　19cm　2200円　ⓘ978-4-00-028490-5
「定本 見田宗介著作集 4　近代日本の心情の歴史」岩波書店　2012.8　333p　19cm　2700円　ⓘ978-4-00-028484-4

三谷　晃一　みたに・こういち
5952　「河口まで」
◇丸山薫賞（第10回/平成15年）
「河口まで―詩集」宇宙塵詩社　2002.11　127p　21cm

三谷　博　みたに・ひろし
5953　「明治維新とナショナリズム」
◇サントリー学芸賞（第19回/平成9年度―思想・歴史部門）
「明治維新とナショナリズム―幕末の外交と政治変動」山川出版社　1997.1　364,22p　21cm　6800円　ⓘ4-634-61180-5
「明治維新とナショナリズム―幕末の外交と政治変動」並製版　山川出版社　2009.3　364,22p　21cm　6605円　ⓘ978-4-634-61181-8

三田村　泰助　みたむら・たいすけ
5954　「宦官」
◇毎日出版文化賞（第17回/昭和38年）
「宦官―側近政治の構造」中央公論社　1983.11　241p　16cm（中公文庫）380円　ⓘ4-12-201074-8
「宦官―側近政治の構造」改版　中央公論新社　2003.3　252p　15cm（中公文庫BIBLIO）914円　ⓘ4-12-204186-4
「宦官―側近政治の構造」改版　中央公論新社　2012.10　239p　18cm（中公新書）840円　ⓘ978-4-12-180007-7

三田村　博史　みたむら・ひろし
5955　「過去への旅」
◇日航海外紀行文学賞（第4回/昭和57年）

三田村　雅子　みたむら・まさこ
5956　「記憶の中の源氏物語」
◇蓮如賞（第11回/平成21年）

「記憶の中の源氏物語」 新潮社 2008.12 508p 22cm 3800円 ⓘ978-4-10-311011-8

道浦 母都子 みちうら・もとこ

5957 「無援の抒情」
◇現代歌人協会賞（第25回/昭和56年）
「無援の抒情」 岩波書店 1990.3 301p 16cm（同時代ライブラリー 6） 780円 ⓘ4-00-260006-8
「無援の抒情」 岩波書店 2000.7 261p 15cm（岩波現代文庫） 900円 ⓘ4-00-602016-3
「現代短歌全集 第17巻 昭和五十五年〜六十三年」 阿木津英, 道浦母都子, 今野寿美, 竹山広, 稲葉京子ほか著 増補版 筑摩書房 2002.10 500p 21cm 6800円 ⓘ4-480-13837-4
「道浦母都子全歌集」 河出書房新社 2005.4 2冊（セット） 19cm 9800円 ⓘ4-309-01706-1
「無援の抒情—道浦母都子歌集」 新装版 ながらみ書房 2015.10 188p 20cm 1852円 ⓘ978-4-86023-968-8
「無援の抒情—道浦母都子歌集」 日新装版再版 ながらみ書房, はる書房〔発売〕 2015.11 181p 19cm 1852円 ⓘ978-4-89984-156-2

道下 匡子 みちした・きょうこ

5958 「ダスビダーニャ、我が樺太」
◇蓮如賞（第2回/平成7年—優秀作）
「ダスビダーニャ、わが樺太」 河出書房新社 1996.1 188p 19cm 1300円 ⓘ4-309-01037-7

三井 修 みつい・おさむ

5959 「歌集 海図」
◇島木赤彦文学賞（第16回/平成26年）
「海図—歌集」 KADOKAWA 2013.12 227p 22cm（塔21世紀叢書 第239篇） 3000円 ⓘ978-4-04-652807-0

5960 「砂の詩学」
◇現代歌人協会賞（第37回/平成5年）
「砂の詩学—三井修歌集」 雁書館 1992.10 206p 21cm 2700円

5961 「風紋の島」
◇日本歌人クラブ賞（第31回/平成16年）
「風紋の島—歌集」 砂子屋書房 2003.11 231p 22cm（塔21世紀叢書 第41篇） 3000円 ⓘ4-7904-0744-6

三井 淳一 みつい・じゅんいち

5962 「かざぐるま」
◇新俳句人連盟賞（第38回/平成22年/作品の部(俳句)/佳作2位）

5963 「八十八夜」
◇新俳句人連盟賞（第39回/平成23年/作品の部(俳句)/佳作2位）

三井 喬子 みつい・たかこ

5964 「牛ノ川湿地帯」
◇中日詩賞（第45回/平成17年—中日詩賞）
「牛ノ川湿地帯」 思潮社 2005.3 92p 21cm 2200円 ⓘ4-7837-1963-2

5965 「青天の向こうがわ」
◇小野十三郎賞（第12回/平成22年/小野十三郎賞（詩集））
「青天の向こうがわ」 思潮社 2009.9 117p 23cm 2600円 ⓘ978-4-7837-3149-8

三井 治枝 みつい・はるえ

5966 「全国萬葉集歌碑」
◇島木赤彦文学賞新人賞（第6回/平成18年）

三井 マリ子 みつい・まりこ

5967 「世界で最も住みやすい町」
◇週刊金曜日ルポルタージュ大賞（第22回/平成23年/佳作）

三井 ゆき みつい・ゆき

5968 「天蓋天涯」
◇日本歌人クラブ賞（第35回/平成20年）
「天蓋天涯—三井ゆき歌集」 角川書店, 角川グループパブリッシング（発売） 2007.10 167p 20cm（21世紀歌人シリーズ） 2100円 ⓘ978-4-04-621826-1

5969 「能登往還」
◇ながらみ現代短歌賞（第5回/平成9年）
「能登往還—三井ゆき歌集」 短歌新聞社 1996.3 119p 19cm（現代女流短歌全集 9） 1800円 ⓘ4-8039-0816-8

三井 葉子　みつい・ようこ

5970　「浮舟」
◇現代詩女流賞（第1回/昭和51年）
「三井葉子詩集」　思潮社　2015.7　160p　19cm（現代詩文庫）1300円　①978-4-7837-0993-0

5971　「草のような文字」
◇詩歌文学館賞（第14回/平成11年/現代詩）
「草のような文字」　深夜叢書社　1998.5　77p　22cm　2400円　①4-88032-219-9

5972　「句まじり詩集 花」
◇小野市詩歌文学賞（第1回/平成21年/詩部門）
「句まじり詩集 花」　深夜叢書社　2008.5　122p　22cm　2800円　①978-4-88032-283-4

三方 克　みつかた・かつ

5973　「ビール」
◇現代詩人アンソロジー賞（第6回/平成8年/最優秀）

光城 健悦　みつぎ・けんえつ

5974　「人名伝」
◇北海道詩人協会賞（第18回/昭和56年度）

三越 あき子　みつこし・あきこ

5975　「目が合った」
◇千葉随筆文学賞（第7回/平成24年度）

光冨 郁也　みつとみ・いくや

5976　「サイレント・ブルー」
◇横浜詩人会賞（第33回/平成13年度）
「詩集 サイレント・ブルー」　土曜美術社出版販売　2001.5　93p　21cm　2000円　①4-8120-1291-0

三橋 敏雄　みつはし・としお

5977　「畳の上」
◇蛇笏賞（第23回/平成1年）
「句集 畳の上」　立風書房　1988.12　145p　21cm　3500円　①4-651-60038-7

三星 慶子　みつぼし・けいこ

5978　「青首大根」
◇福島県短歌賞（第32回/平成19年度—短歌賞）

5979　「ジャガ芋の花」
◇福島県短歌賞（第38回/平成25年度—短歌賞）

三星 睦子　みつぼし・むつこ

5980　「雛村の日」
◇福島県俳句賞（第30回/平成21年—俳句賞）

光森 忠勝　みつもり・ただかつ

5981　「伝統芸能に学ぶ—躾と父親」
◇大衆文学研究賞（第17回/平成16年/研究・考証）
「伝統芸能に学ぶ—躾と父親」　恒文社21　2003.4　245p　20cm　2500円　①4-7704-1091-3

光森 裕樹　みつもり・ゆうき

5982　「鈴を産むひばり」
◇現代歌人協会賞（第55回/平成23年）
「鈴を産むひばり」　港の人　2010.8　189p　20cm　2200円　①978-4-89629-224-4

5983　「空の壁紙」
◇角川短歌賞（第54回/平成20年）

三戸 公　みと・ただし

5984　「公と私」
◇毎日出版文化賞（第31回/昭和52年）

御供 平佶　みとも・へいきち

5985　「神流川」
◇日本歌人クラブ賞（第20回/平成5年）
「神流川—歌集」　短歌新聞社　1992.8　205p　20cm（国民文学叢書 第366篇）2000円

緑 はな　みどり・はな

5986　「あの車が走っていなければ」
◇北海道ノンフィクション賞（第11回/平成3年—奨励賞）

緑川 春男　みどりかわ・はるお

5987　「命綱」
◇福島県短歌賞（第35回/平成22年度—短歌賞）

皆川 二郎　みながわ・じろう
- *5988*「遺言」
  ◇福島県短歌賞（第30回/平成17年度―短歌賞）

皆川 盤水　みながわ・ばんすい
- *5989*「寒靄」
  ◇俳人協会賞（第33回/平成5年）
  「寒靄―句集」　白鳳社　1993.6　208p　20cm　2500円
  「寒靄―皆川盤水句集」　邑書林　1998.3　106p　15cm（邑書林句集文庫）　900円　①4-89709-266-3

美奈川 由紀　みながわ・ゆき
- *5990*「終わりなき旅路～安住の地を求めて」
  ◇週刊金曜日ルポルタージュ大賞（第9回/平成13年3月/佳作）

水無川 理子　みながわ・りこ
- *5991*「哀海」
  ◇北海道詩人協会賞（第10回/昭和48年度）

皆木 信昭　みなぎ・のぶあき
- *5992*「ごんごの渕」
  ◇富田砕花賞（第14回/平成15年）
  「ごんごの渕―詩集」　書肆青樹社　2002.12　2730円　①4-88374-097-8

水口 純一　みなくち・じゅんいち
- *5993*「凝る」
  ◇日本随筆家協会賞（第3回/昭和54年）
  「凝る―凝り性男の生活と意見 随筆集」　日本随筆家協会　1981.9　208p　20cm（現代随筆選書 26）　1500円　①4-88933-031-3

水無田 気流　みなした・きりう
- *5994*「音速平和 sonic peace」
  ◇中原中也賞（山口市）（第11回/平成18年）
  「音速平和」　思潮社　2005.10　93p　19cm　1800円　①4-7837-1991-8
- *5995*「Z境（ぜっきょう）」
  ◇晩翠賞（第49回/平成20年）
  「Z境」　思潮社　2008.5　95p　21cm（新しい詩人 12）　1900円　①978-4-7837-3065-1

港 千尋　みなと・ちひろ
- *5996*「記憶」
  ◇サントリー学芸賞（第19回/平成9年度―社会・風俗部門）
  「記憶―「創造」と「想起」の力」　講談社　1996.12　283p　19cm（講談社選書メチエ）　1500円　①4-06-258093-4

湊 正雄　みなと・まさお
- *5997*「湖の一生」
  ◇毎日出版文化賞（第6回/昭和27年）

水俣病研究会　みなまたびょうけんきゅうかい
- *5998*「水俣病事件資料集 1926-1968 全2巻」
  ◇毎日出版文化賞（第50回/平成8年―企画部門）
  「水俣病事件資料集―1926-1968」　葦書房　1996.7　2冊　27cm　全64890円　①4-7512-0629-X

南 うみを　みなみ・うみお
- *5999*「丹後」
  ◇俳人協会新人賞（第24回/平成12年）
  「丹後―句集」　花神社　2000.9　165p　19cm（花神俊英叢書）　2300円　①4-7602-1616-2

南 鏡子　みなみ・きょうこ
- *6000*「山雨」
  ◇ながらみ書房出版賞（第23回/平成27年）
  「山雨―南鏡子歌集」　ながらみ書房　2014.2　183p　20cm　2500円　①978-4-86023-869-8

南 卓志　みなみ・たかし
- *6001*「下萌」
  ◇新俳句人連盟賞（第34回/平成18年/作品の部/佳作2位）
- *6002*「少子高齢」
  ◇新俳句人連盟賞（第36回/平成20年/作品の部/佳作4位）
- *6003*「麦青む」

◇新俳句人連盟賞（第38回/平成22年/作品の部(俳句)/入選）

南 信雄　みなみ・のぶお
6004　「漁村」
◇東海現代詩人賞（第6回/昭和50年）

6005　「長靴の音」
◇中日詩賞（第7回/昭和42年）

南 博　みなみ・ひろし
6006　「社会心理学」
◇毎日出版文化賞（第4回/昭和25年）

源 陽子　みなもと・ようこ
6007　「透過光線」
◇現代歌人集会賞（第15回/平成1年）
◇短歌公論処女歌集賞（平成1年度）
「透過光線―源陽子歌集」 砂子屋書房 1988.12　157p　22cm　2300円

皆吉 爽雨　みなよし・そうう
6008　「三露」
◇蛇笏賞（第1回/昭和42年）
「三露」 牧羊社 1966　175p 図版 20cm　800円

峰岸 明　みねぎし・あきら
6009　「平安時代古記録の国語学的研究」
◇新村出賞（第5回/昭和61年）
◇角川源義賞（第9回/昭和62年―国学）
「平安時代古記録の国語学的研究」 東京大学出版会 1986.2　959p　22cm　16000円　①4-13-086026-7

峯澤 典子　みねさわ・のりこ
6010　「ひかりの途上で」
◇H氏賞（第64回/平成26年）
「ひかりの途上で」 七月堂 2013.8　92p　19cm　1200円　①978-4-87944-209-3

峯島 正行　みねじま・まさゆき
6011　「荒野も歩めば径になる ロマンの猟人・尾崎秀樹の世界」
◇尾崎秀樹記念・大衆文学研究賞（第23回/平成22年/特別賞）
「荒野も歩めば径になる―ロマンの猟人・尾崎秀樹の世界」 実業之日本社 2009.9　446p　20cm　1900円　①978-4-408-53559-3

6012　「ナンセンスに賭ける」
◇大衆文学研究賞（第6回/平成4年―評論・伝記）
「ナンセンスに賭ける」 青蛙房 1992.6　266p　19cm　2500円　①4-7905-0375-5

美濃 千鶴　みの・ちずる
6013　「要求」
◇関西詩人協会賞（第2回/平成14年―協会賞）

見延 典子　みのべ・のりこ
6014　「頼山陽」
◇新田次郎文学賞（第27回/平成20年）
「頼山陽　上」 徳間書店 2011.7　651p　15cm　(徳間文庫)　752円　①978-4-19-893403-3
「頼山陽　中」 徳間書店 2011.8　592p　15cm　(徳間文庫)　743円　①978-4-19-893423-1
「頼山陽　下」 徳間書店 2011.9　535pp　15cm　(徳間文庫)　724円　①978-4-19-893436-1

美濃部 亮吉　みのべ・りょうきち
6015　「苦悶するデモクラシー」
◇毎日出版文化賞（第13回/昭和34年）

箕輪 いづみ　みのわ・いずみ
6016　「黒板の蛇」
◇現代詩加美未来賞（第3回/平成5年―落鮎塾若鮎賞）

美馬 清子　みま・きよこ
6017　「一羽のツグミ」
◇日本随筆家協会賞（第47回/平成15年5月）
「母ゆずり」 日本随筆家協会 2003.10　210p　20cm　(現代名随筆叢書 55)　1500円　①4-88933-279-0

三村 純也　みむら・じゅんや
6018　「常行」
◇俳人協会新人賞（第26回/平成14年）
「常行―句集」 角川書店 2002.8　211p　20cm　2800円　①4-04-876106-4

みもと けいこ

6019　「花を抱く」
◇壺井繁治賞（第17回/平成1年）
　「花を抱く―詩集」　視点社　1988.5　94p　19cm　1700円

三森 創　みもり・つくる

6020　「現代日本の『心ない』若者たち」
◇週刊金曜日ルポルタージュ大賞（第1回/平成9年3月/準佳作）

宮 柊二　みや・しゅうじ

6021　「独石馬」
◇沼空賞（第10回/昭和51年）
　「歌集 3」　岩波書店　1990.3　421p　19cm（宮柊二集 3）4000円　①4-00-091473-1
　「歌集 独石馬」　短歌新聞社　1994.12　166p　15cm（短歌新聞社文庫）700円　①4-8039-0764-1

6022　「宮柊二全歌集」
◇毎日出版文化賞（第11回/昭和32年）
　「定本宮柊二全歌集」　東京創元社　1956　395p 図版　20cm

宮 英子　みや・ひでこ

6023　「青銀色」
◇現代短歌大賞（第36回/平成25年）
　「青銀色（あをみづがね）―宮英子歌集」　短歌研究社　2012.11　229p　22cm（コスモス叢書 第1111篇）3000円　①978-4-86272-317-8

6024　「西域更紗」
◇詩歌文学館賞（第20回/平成17年/短歌）
　「西域更紗―宮英子歌集」　柊書房　2004.12　181p　22cm（コスモス叢書 第766篇）2476円　①4-89975-104-4

6025　「南欧の若夏」
◇短歌研究賞（第36回/平成12年）

宮井 里佳　みやい・りか

6026　「金蔵論 本文と研究」
◇新村出賞（第30回/平成23年度）
　「金蔵論―本文と研究」　宮井里佳, 本井牧子編著　臨川書店　2011.2　831, 10p　22cm 15000円　①978-4-653-04120-7

宮内 勝典　みやうち・かつすけ

6027　「焼身」
◇読売文学賞（第57回/平成17年）
　「焼身」　集英社　2005.7　267p　19cm　2000円　①4-08-774764-6

宮内 憲夫　みやうち・のりお

6028　「地球にカットバン」
◇富田砕花賞（第26回/平成27年）
　「地球にカットバン」　思潮社　2014.9　107p　21cm 2600円　①978-4-7837-3428-4

宮内 徳男　みやうち・のりお

6029　「惣中記」
◇東海現代詩人賞（第16回/昭和60年）
　「惣中記―詩集」　白地社　1984.5　141p　22cm 2000円

宮内 豊　みやうち・ゆたか

6030　「ある殉死, 花田清輝論」
◇亀井勝一郎賞（第11回/昭和54年）

6031　「大岡昇平論」
◇群像新人文学賞〔評論部門〕（第10回/昭和42年―評論）
　「檸檬と爆弾」　小沢書店　1986.12　355p　19cm（小沢コレクション 16）1800円

宮尾 節子　みやお・せつこ

6032　「私を渡る」
◇ラ・メール新人賞（第10回/平成5年）

宮岡 伯人　みやおか・おさひと

6033　「エスキモー」を中心として
◇サントリー学賞賞（第9回/昭和62年度―芸術・文学部門）
　「エスキモー―極北の文化誌」　岩波書店　1987.2　216p　18cm（岩波新書）480円
　「エスキモー―極北の文化誌」　岩波書店　1993.3　216p　18cm（岩波新書 364）580円　①4-00-420364-3

宮岡 昇　みやおか・のぼる

6034　「黒き葡萄」
◇角川短歌賞（第19回/昭和48年）

みやおか 秀　みやおか・ひで
　6035　「とひちのうた 2」
　◇日本詩歌句大賞（第9回/平成25年/俳句部門/奨励賞）

宮川　康雄　みやかわ・やすお
　6036　「島木赤彦論」
　◇島木赤彦文学賞（第10回/平成20年）
　　「島木赤彦論」　おうふう　2007.3　367p　21cm　12000円　①978-4-273-03465-8

宮川　葉子　みやかわ・ようこ
　6037　「三条西実隆と古典学」
　◇関根賞（第3回/平成7年度）
　　「三条西実隆と古典学」　風間書房　1995.12　1082p　21cm　38110円　①4-7599-0955-9
　　「三条西実隆と古典学」　改訂新版　風間書房　1999.4　1165p　21cm　38000円　①4-7599-1151-0

宮城　英定　みやぎ・えいてい
　6038　「実存の苦き泉」
　◇山之口貘賞（第23回/平成12年）
　　「実存の苦き泉―詩集」　伊集舎　1999.11　201p　22cm　2000円

宮城　大蔵　みやぎ・たいぞう
　6039　「戦後アジア秩序の模索と日本」
　◇サントリー学芸賞（第27回/平成17年度―政治・経済部門）
　　「戦後アジア秩序の模索と日本―「海のアジア」の戦争史 1957～1966」　創文社　2004.10　288,6p　21cm　4200円　①4-423-71059-5

宮城　隆尋　みやぎ・たかひろ
　6040　「盲目」
　◇山之口貘賞（第22回/平成11年）
　　「盲目―詩集」　宮城松隆　1998.7　97p　21cm　953円

宮城　直子　みやぎ・なおこ
　6041　「魅せられて」
　◇優駿エッセイ賞（第2回/昭和61年）

宮城　レイ　みやぎ・れい
　6042　「桜花」
　◇日本随筆家協会賞（第18回/昭和63.11）
　　「雨あがり」　日本随筆家協会　1989.6　243p　19cm（現代随筆選書 91）1600円　①4-88933-111-6

宮岸　泰治　みやぎし・やすはる
　6043　「木下順二論」
　◇やまなし文学賞〔研究・評論部門〕（第4回/平成7年度―研究・評論部門）
　　「木下順二論」　岩波書店　1995.5　245p　19cm　2800円　①4-00-002746-8

宮城谷　昌光　みやぎたに・まさみつ
　6044　「天空の舟」
　◇新田次郎文学賞（第10回/平成3年）
　　「天空の舟　上　小説 伊尹伝」　文藝春秋　2000.8　394p　19cm　1762円　①4-16-319370-7
　　「天空の舟　下　小説 伊尹伝」　文藝春秋　2000.8　373p　19cm　1762円　①4-16-319450-9
　　「宮城谷昌光全集　第4巻　天空の舟」　文藝春秋　2003.6　700p　19cm　4571円　①4-16-641140-3

三宅　勝久　みやけ・かつひさ
　6045　「債権回収屋"G" 野放しの闇金融・ある司法書士の記録」
　◇週刊金曜日ルポルタージュ大賞（第12回/平成14年9月/優秀賞）

三宅　霧子　みやけ・きりこ
　6046　「黄金井川」
　◇現代歌人集会賞（第13回/昭和62年）

三宅　千代　みやけ・ちよ
　6047　「冬のかまきり」
　◇日本歌人クラブ賞（第17回/平成2年）
　　「冬のかまきり―三宅千代歌集」　短歌研究社　1989.10　199p　22cm（礁叢書 第2篇）2500円　①4-924363-01-4

三宅　奈緒子　みやけ・なおこ
　6048　「桂若葉」
　◇島木赤彦文学賞（第9回/平成19年）
　　「桂若葉―三宅奈緒子歌集」　短歌新聞社　2006.7　128p　19cm（新現代歌人叢書

35）952円　Ⓘ4-8039-1289-0

三宅　勇介　みやけ・ゆうすけ
6049　「抑圧され、記号化された自然─機会詩についての考察」
◇現代短歌評論賞（第30回／平成24年）

宮坂　静生　みやさか・しずお
6050　「語りかける季語　ゆるやかな日本」
◇読売文学賞（第58回／平成18年度─随筆・紀行賞）
「語りかける季語　ゆるやかな日本」　岩波書店　2006.10　201, 7p　19cm　2100円　Ⓘ4-00-022472-7
6051　「雛土蔵」
◇俳句四季大賞（第11回／平成24年）
「雛土蔵─宮坂静生句集」　角川書店, 角川グループパブリッシング〔発売〕　2011.6　245p　20cm　2667円　Ⓘ978-4-04-652128-6

宮崎　郁子　みやざき・いくこ
6052　「雨の皮膜」
◇ラ・メール短歌賞（第3回／平成3年）

宮崎　勇　みやざき・いさむ
6053　「陽はまた昇る─経済力の活用と国際的な貢献」
◇石橋湛山賞（第5回／昭和59年）

宮崎　清　みやざき・きよし
6054　「詩人の抵抗と青春─槇村浩ノート」
◇壺井繁治賞（第8回／昭和55年）
「詩人の抵抗と青春─槇村浩ノート」　新日本出版社　1979.10　254p　19cm　（新日本選書）　900円

宮崎　健三　みやざき・けんぞう
6055　「類語」
◇日本詩人クラブ賞（第16回／昭和58年）
「類語─宮崎健三詩集」　国文社　1982.5　110p　22cm　2000円

宮崎　斗士　みやざき・とし
6056　「尺取虫」
◇現代俳句新人賞（第27回／平成21年）

宮崎　信義　みやざき・のぶよし
6057　「地方系」
◇短歌研究賞（第31回／平成7年）

宮崎　法子　みやざき・のりこ
6058　「花鳥・山水画を読み解く」
◇サントリー学芸賞（第25回／平成15年度─芸術・文学部門）
「花鳥・山水画を読み解く─中国絵画の意味」　角川書店　2003.6　255p　19cm　（角川叢書）　2900円　Ⓘ4-04-702124-5

宮崎　ミツ　みやざき・みつ
6059　「旅に出たひと」
◇銀河詩手帖賞（第8回／昭和63年）

宮崎　義一　みやざき・よしかず
6060　「世界経済をどう見るか」
◇毎日出版文化賞（第40回／昭和61年）
「世界経済をどう見るか」　岩波書店　1986.7　264p　18cm　（岩波新書）　530円

宮崎　竜介　みやざき・りゅうすけ
6061　「宮崎滔天全集　全5巻」
◇毎日出版文化賞（第31回／昭和52年─特別賞）

宮沢　章夫　みやざわ・あきお
6062　「時間のかかる読書」
◇伊藤整文学賞（第21回／平成22年─評論部門）
「時間のかかる読書─横光利一『機械』を巡る素晴らしきぐずぐず」　河出書房新社　2009.11　290p　19cm　1600円　Ⓘ978-4-309-01944-4
「時間のかかる読書」　河出書房新社　2014.12　349p　15cm　（河出文庫）　920円　Ⓘ978-4-309-41336-5

宮澤　淳一　みやざわ・じゅんいち
6063　「グレン・グールド論」
◇吉田秀和賞（第15回／平成17年）
「グレン・グールド論」　春秋社　2004.12　478, 19p　20cm　4000円　Ⓘ4-393-93757-0

宮沢 一　みやざわ・はじめ
　6064　「寝台列車」
　　◇詩人会議新人賞（第24回/平成2年―詩部門）

宮沢 肇　みやざわ・はじめ
　6065　「鳥の半分」
　　◇中日詩賞（第32回/平成4年）
　　「鳥の半分―宮沢肇詩集」土曜美術社　1991.7　92p　22cm　2060円　①4-88625-300-8

宮地 伝三郎　みやじ・でんざぶろう
　6066　「アユの話」
　　◇毎日出版文化賞（第14回/昭和35年）
　　「アユの話」岩波書店　1994.7　308p　16cm（同時代ライブラリー 192）950円　①4-00-260192-7

宮治 誠　みやじ・まこと
　6067　「カビ博士奮闘記」
　　◇講談社出版文化賞（第33回/平成14年/科学出版賞）
　　「カビ博士奮闘記―私、カビの味方です」講談社　2001.7　229p　20cm　1600円　①4-06-210592-5

宮地 玲子　みやじ・れいこ
　6068　「十一番坂へ」
　　◇日本伝統俳句協会賞（第5回/平成6年/協会賞）

宮下 規久朗　みやした・きくろう
　6069　「カラヴァッジョ」
　　◇サントリー学芸賞（第27回/平成17年度―芸術・文学部門）
　　「カラヴァッジョ―聖性とヴィジョン」名古屋大学出版会　2004.12　300, 126p　21cm　4800円　①4-8158-0499-0

宮下 志朗　みやした・しろう
　6070　「ガルガンチュアとパンタグリュエル（全5巻）」
　　◇読売文学賞（第64回/平成24年度―研究・翻訳賞）

宮下 誠　みやした・まこと
　6071　「上政治の青春―ある農民詩人の虚と実」
　　◇詩人会議新人賞（第45回/平成23年/評論部門/佳作）

宮下 洋一　みやした・よういち
　6072　「産めない先進国―世界の不妊治療現場を行く」
　　◇小学館ノンフィクション大賞（第21回/平成26年/優秀賞）

宮下 隆二　みやした・りゅうじ
　6073　「詩人・河上肇」
　　◇詩人会議新人賞（第37回/平成15年/評論/佳作）
　　「一海知義著作集　5　漢詩人河上肇」一海知義著　藤原書店　2008.9　585p　19cm　6500円　①978-4-89434-647-5

宮島 志津江　みやじま・しずえ
　6074　「讃歌」
　　◇〔新潟〕日報詩壇賞（第30回/昭和59年春）

宮田 澄子　みやた・すみこ
　6075　「籾の話」
　　◇中日詩賞（第26回/昭和61年）
　　「籾の話―宮田澄子詩集」潮流社　1985.12　93p　22cm　1500円　①4-88665-049-X

宮田 智恵子　みやた・ちえこ
　6076　「古大島」
　　◇日本随筆家協会賞（第13回/昭和61.5）
　　「幸福ゆき」日本随筆家協会　1986.8　227p　19cm（現代随筆選書）1500円　①4-88933-078-X

宮田 正和　みやた・まさかず
　6077　「伊賀雑唱」
　　◇角川俳句賞（第21回/昭和50年）

宮田 毬栄　みやた・まりえ
　6078　「忘れられた詩人の伝記　父・大木惇夫の軌跡」
　　◇読売文学賞（第67回/平成27年度/評論・伝記賞）
　　「忘れられた詩人の伝記―父・大木惇夫の

宮地 伸一　みやち・しんいち

6079「海山」
◇短歌研究賞（第7回/昭和44年）

6080「続葛飾」
◇短歌新聞社賞（第12回/平成17年度）
「歌集 続葛飾」 短歌新聞社　2004.11
　221p　20cm　2500円　Ⓘ4-8039-1176-2

宮地 正典　みやち・まさのり

6081「まほろばのみち―人類永久の平和理念」
◇たまノンフィクション大賞（第1回/平成9年/佳作）

宮津 昭彦　みやつ・あきひこ

6082「遠樹」
◇俳人協会賞（第37回/平成9年）
「遠樹―句集」 梅里書房　1997.8　232p　20cm（梅里俳句選書・現代の定型）2720円　Ⓘ4-87227-117-3

宮野 きくゑ　みやの・きくゑ

6083「死者よ月光を」
◇日本歌人クラブ推薦歌集（第13回/昭和42年）

宮野 由梨香　みやの・ゆりか

6084「光瀬龍『百億の昼と千億の夜』小論 旧ハヤカワ文庫版「あとがきにかえて」の謎」
◇日本SF評論賞（第3回/平成19年）

宮原 誠一　みやはら・せいいち

6085「教育学事典 全6巻」
◇毎日出版文化賞（第11回/昭和32年）

宮本 忍　みやもと・しのぶ

6086「気胸と成形」
◇毎日出版文化賞（第1回/昭和22年）

宮本 善一　みやもと・ぜんいち

6087「郭公抄」
◇小熊秀雄賞（第26回/平成5年）
「郭公抄―宮本善一詩集」 能登印刷・出版部　1992.6　115p　22cm　2500円　Ⓘ4-89010-176-4

宮本 苑生　みやもと・そのお

6088「なめくじ」
◇現代詩加美未来賞（第9回/平成11年―中新田縄文賞）

宮本 瀧夫　みやもと・たきお

6089「幻の花」
◇日本随筆家協会賞（第49回/平成16年5月）
「夢と幻のなか」 日本随筆家協会　2004.9　224p　20cm（現代名随筆叢書65）1500円　Ⓘ4-88933-290-1

宮本 常一　みやもと・つねいち

6090「日本の離島」
◇日本エッセイスト・クラブ賞（第9回/昭和36年）
「宮本常一 旅の手帖―愛しき島々」 八坂書房　2011.10　213p　19cm　2000円　Ⓘ978-4-89694-983-4

宮本 輝昭　みやもと・てるあき

6091「大湖」
◇俳句朝日賞（第2回/平成12年/準賞）

宮本 徳蔵　みやもと・とくぞう

6092「力士漂泊」
◇読売文学賞（第38回/昭和61年―随筆・紀行賞）
「力士漂泊―相撲のアルケオロジー」 小沢書店　1985.12　156p　20cm　1200円
「力士漂泊」 筑摩書房　1994.1　204p　15cm（ちくま学芸文庫）780円　Ⓘ4-480-08112-7
※『力士漂泊―相撲のアルケオロジー』改題書
「力士漂泊―相撲のアルケオロジー」 講談社　2009.7　190p　15cm（講談社文芸文庫）1300円　Ⓘ978-4-06-290056-0

宮本 利緒　みやもと・としお

6093「足音」
◇日本随筆家協会賞（第16回/昭和62.11）
「円い関係」 日本随筆家協会　1989.1　234p　19cm（現代随筆選書86）1500

円　①4-88933-106-9

宮本　又次　みやもと・またじ

6094 「関西と関東」
◇日本エッセイスト・クラブ賞（第15回/昭和42年）
「関西と関東」　文藝春秋　2014.4　453p　15cm（文春学藝ライブラリー）1580円　①978-4-16-813016-8

宮本　まどか　みやもと・まどか

6095 「風の旋律」
◇読売「ヒューマン・ドキュメンタリー」大賞（第15回/平成6年/奨励賞）

宮本　道　みやもと・みち

6096 「宮本道作品集」
◇福田正夫賞（第4回/平成2年―特別賞）
「山野抄―宮本道作品集」　福田正夫詩の会　1990.1　110p　21cm（焰選書）1500円

宮森　繁　みやもり・しげる

6097 「日本の国ができるまで」
◇毎日出版文化賞（第4回/昭和25年）

宮脇　昭　みやわき・あきら

6098 「植物と人間―生物社会のバランス」
◇毎日出版文化賞（第24回/昭和45年）
「植物と人間―生物社会のバランス」　日本放送出版協会　1970　228p 図版　19cm（NHKブックス）360円

宮脇　俊三　みやわき・しゅんぞう

6099 「韓国・サハリン鉄道紀行」
◇JTB紀行文学大賞（第1回/平成4年度）
「韓国・サハリン鉄道紀行」　文藝春秋　1991.9　181p　19cm　1200円　①4-16-345540-X
「韓国・サハリン鉄道紀行」　文芸春秋　1994.9　193p　16cm（文春文庫）380円　①4-16-733105-5

6100 「時刻表2万キロ」
◇日本ノンフィクション賞（第5回）
◇新評賞（第9回/昭和54年―第1部門＝交通問題（正賞））
「時刻表2万キロ」　河出書房新社　1980　264p（河出文庫）
「時刻表2万キロ」　角川書店　1984.11　297p　15cm（角川文庫）380円　①4-04-159801-X

宮脇　真彦　みやわき・まさひこ

6101 「昌琢における発句の方法」
◇柿衞賞（第5回/平成8年）

6102 「芭蕉の方法―連句というコミュニケーション―」
◇角川財団学芸賞（第1回/平成15年/奨励賞）
「芭蕉の方法―連句というコミュニケーション」　角川書店　2002.4　238p　19cm（角川選書 338）1500円　①4-04-703338-3

三好　達治　みよし・たつじ

6103 「艸千里」「春の岬」
◇詩人懇話会賞（第2回/昭和14年）
「測量船・艸千里」　ほるぷ出版　1985.2　383p　20cm（日本の文学 57）

6104 「日本現代詩大系 全10巻」
◇毎日出版文化賞（第5回/昭和26年）

三好　智之　みよし・ともゆき

6105 「18年目のアンソロジー」（エッセイ）
◇ザ・ビートルズ・クラブ大賞（第8回/平成10年―文学部門）

三好　豊一郎　みよし・とよいちろう

6106 「夏の淵」
◇高見順賞（第14回/昭和58年度）
「夏の淵―詩集」　小沢書店　1983.6　126p　21cm　2800円
「三好豊一郎詩集」　土曜美術社出版販売　2015.4　187p　19cm（新・日本現代詩文庫）1400円　①978-4-8120-2211-5

6107 「三好豊一郎詩集」
◇無限賞（第3回/昭和50年）

三吉　みどり　みよし・みどり

6108 「蜻蛉の翅」
◇俳壇賞（第20回/平成17年度）

美和 澪　みわ・みお

6109　「つづれさせ こおろぎ」
◇詩人会議新人賞（第38回/平成16年/詩）

【む】

向井 敏　むかい・さとし

6110　「虹をつくる男たち」
◇サントリー学芸賞（第5回/昭和58年度—社会・風俗部門）
「虹をつくる男たち—コマーシャルの30年」文芸春秋　1983.2　264p　22cm　1500円

向井 ちはる　むかい・ちはる

6111　「OVER DRIVE」
◇フーコー短歌賞（第2回/平成11年/大賞）〈受賞時〉ちはる
「Over drive」フーコー　2000.8　1冊（ページ付なし）19cm（詩歌句双書）1400円　①4-434-00302-X

向井 万起男　むかい・まきお

6112　「謎の1セント硬貨 真実は細部に宿る in USA」
◇講談社エッセイ賞（第25回/平成21年）
「謎の1セント硬貨—真実は細部に宿るin USA」講談社　2009.2　287p　19cm　1300円　①978-4-06-215268-6

武川 忠一　むかわ・ちゅういち

6113　「窪田空穂研究」
◇現代短歌大賞（第30回/平成19年）
「窪田空穂研究」雁書館　2006.10　455p, 図版1枚　22cm　7000円
「窪田空穂研究」再版　雁書館　2007.6　454p　22cm　7000円

6114　「秋照」
◇迢空賞（第16回/昭和57年）

6115　「翔影」
◇詩歌文学館賞（第12回/平成9年/現代短歌）
「翔影—武川忠一歌集」雁書房　1996　222p　22cm　2912円

6116　「氷湖」
◇日本歌人クラブ推薦歌集（第6回/昭和35年）
「氷湖—武* 忠一歌集」新星書房　1959　190p　19cm（まひる野叢書 第8篇）

麦田 穣　むぎた・ゆずる

6117　「新しき地球」
◇東海現代詩人賞（第20回/平成1年）
「新しき地球—麦田穣詩集」沖積舎　1989.8　102p　22cm　2500円　①4-8060-0541-X

椋 誠一朗　むくのき・せいいちろう

6118　「あそび歌」
◇日本伝統俳句協会賞（第18回/平成18年度）

六車 由実　むぐるま・ゆみ

6119　「神、人を喰う」
◇サントリー学芸賞（第25回/平成15年度—思想・歴史部門）
「神、人を喰う—人身御供の民俗学」新曜社　2003.3　273p　19cm　2500円　①4-7885-0842-7

武藤 尚樹　むとう・なおき

6120　「少年期」
◇俳壇賞（第2回/昭和62年度）

武藤 紀子　むとう・のりこ

6121　「春の露」
◇深吉野賞（第4回/平成8年—佳作）

宗像 和重　むなかた・かずしげ

6122　「投書家時代の森鷗外 草創期活字メディアを舞台に」
◇やまなし文学賞〔研究・評論部門〕（第13回/平成16年度—研究・評論部門）
「投書家時代の森鷗外—草創期活字メディアを舞台に」岩波書店　2004.7　331p　19cm　3800円　①4-00-024129-X

宗像 哲夫　むなかた・てつお

6123　「阿武隈から津軽へ」
◇奥の細道文学賞（第7回/平成25年—

奥の細道文学賞）
- 6124 「小さな三十五年目の旅」
  ◇奥の細道文学賞（第6回/平成20年—佳作）

宗像 博子 むなかた・ひろこ
- 6125 「看護帽」
  ◇福島県俳句賞（第17回/平成8年度—新人賞）

村井 章介 むらい・しょうすけ
- 6126 「日本中世境界史論」
  ◇角川源義賞（第36回/平成26年—歴史研究部門）
  「日本中世境界史論」 岩波書店 2013.3 406,12p 19cm 8500円 ①978-4-00-024295-0

村井 吉敬 むらい・よしのり
- 6127 「アジアを考える本 全7巻」
  ◇毎日出版文化賞（第49回/平成7年—特別賞）
  「かわりゆく農村のくらし」 福家洋介編著 岩崎書店 1995.4 70p 26cm（アジアを考える本4） 2800円 ①4-265-04444-1
  「はたらくアジアの子どもたち」 佐竹庸子編著 岩崎書店 1995.4 66p 26cm（近くて遠い国アジアを考える本3） 2800円 ①4-265-04443-3
  「ゆたかな森と海のくらし」 藤林泰編著 岩崎書店 1995.4 70p 26cm（近くて遠い国アジアを考える本5） 2800円 ①4-265-04445-X
  「アジアってなに？」 岩崎書店 1995.4 69p 26cm（アジアを考える本1） 2800円 ①4-265-04441-7
  「アジアとどうつきあうか？」 岩崎書店 1995.4 66p 26cm（近くて遠い国アジアを考える本7） 2800円 ①4-265-04447-6
  「モノ・カネ・ヒトがうごく」 藤林泰編著 岩崎書店 1995.4 69p 26cm（近くて遠い国アジアを考える本6） 2800円 ①4-265-04446-8
  「東南アジアってどこ？」 福家洋介編著 岩崎書店 1995.4 70p 26cm（アジアを考える本2） 2800円 ①4-265-04442-5

村井 良太 むらい・りょうた
- 6128 「政党内閣制の成立 一九一八～二七年」
  ◇サントリー学芸賞（第27回/平成17年度—思想・歴史部門）
  「政党内閣制の成立 一九一八～二七年」 有斐閣 2005.1 346,6p 21cm 6000円 ①4-641-07688-X

村尾 イミ子 むらお・いみこ
- 6129 「サラサバテイラ」
  ◇伊東静雄賞（第14回/平成15年）

村上 昭夫 むらかみ・あきお
- 6130 「動物哀歌」
  ◇晩翠賞（第8回/昭和42年）
  ◇H氏賞（第18回/昭和43年）
  「動物哀歌—村上昭夫詩集」 思潮社 1968 205p 20cm 900円

村上 恭介 むらかみ・きょうすけ
- 6131 「大阪路上生活報告—拡散する経済難民」
  ◇週刊金曜日ルポルタージュ大賞（第5回/平成11年3月/報告文学賞）

村上 喜代子 むらかみ・きよこ
- 6132 「雪き降れ降れ」
  ◇俳人協会新人賞（第15回/平成3年度）

村上 草彦 むらかみ・くさひこ
- 6133 「橋姫」
  ◇日本詩人クラブ賞（第7回/昭和49年）

村上 国治 むらかみ・くにじ
- 6134 「村上国治詩集」
  ◇壺井繁治賞（第1回/昭和48年）
  「村上国治詩集」 日本青年出版社 1972 222p 肖像 19cm

村上 しゅら むらかみ・しゅら
- 6135 「北辺有情」
  ◇角川俳句賞（第5回/昭和34年）

村上 淳 むらかみ・じゅん
- 6136 「摩天楼のレストランにて」
  ◇福岡県詩人賞（第20回/昭和59年—奨

励賞）

村上 敬明　むらかみ・たかあき
6137　「われも花」（歌集）
◇北海道新聞短歌賞（第22回/平成19年）
「われも花―村上敬明歌集」　短歌研究社　2007.2　242p　22cm　2700円　①978-4-86272-037-5

村上 千恵子　むらかみ・ちえこ
6138　「覚悟の絆」
◇大石りくエッセー賞（第1回/平成9年―優秀賞）

村上 輝行　むらかみ・てるゆき
6139　「遠い接近―父と小笠原丸遺骨引上げ」
◇北海道ノンフィクション賞（第7回/昭和62年―奨励賞）

村上 信彦　むらかみ・のぶひこ
6140　「高群逸枝と柳田国男」
◇毎日出版文化賞（第31回/昭和52年）
「高群逸枝と柳田国男」　大和書房　1985.5　230p　20cm（大和選書）1400円　①4-479-80017-4

村上 春樹　むらかみ・はるき
6141　「小澤征爾さんと、音楽について話をする」
◇小林秀雄賞（第11回/平成24年）
「小澤征爾さんと、音楽について話をする」　小澤征爾, 村上春樹著　新潮社　2011.11　375p　20cm　1600円　①978-4-10-353428-0
「小澤征爾さんと、音楽について話をする」　小澤征爾, 村上春樹著　2014.7　467p　16cm（新潮文庫　む-5-34）710円　①978-4-10-100166-1

6142　「約束された場所で」
◇桑原武夫学芸賞（第2回/平成11年）
「約束された場所で―Underground 2」　文藝春秋　1998.11　268p　20cm　1524円　①4-16-354600-6
「約束された場所で―Underground 2」　文藝春秋　2001.7　332p　16cm（文春文庫）476円　①4-16-750204-6
「村上春樹全作品1990〜2000　7」　講談社　2003.11　395p　21cm　3000円　①4-06-187947-2

村川 堅太郎　むらがわ・けんたろう
6143　「地中海からの手紙」
◇日本エッセイスト・クラブ賞（第7回/昭和34年）

村川 英　むらかわ・ひで
6144　「エリア・カザン自伝」（上・下）
◇毎日出版文化賞（第53回/平成11年―第1部門（文学・芸術））
「エリア・カザン自伝　上」　エリア・カザン著, 佐々田英則, 村川英訳　朝日新聞社　1999.4　581p　21cm　5000円　①4-02-257122-5
「エリア・カザン自伝　下」　エリア・カザン著, 佐々田英則, 村川英訳　朝日新聞社　1999.4　558, 22p　21cm　5000円　①4-02-257123-3

村越 化石　むらこし・かせき
6145　「山間」
◇角川俳句賞（第4回/昭和33年）
6146　「端坐」
◇蛇笏賞（第17回/昭和58年）
6147　「山国抄」
◇俳人協会賞（第14回/昭和49年度）

紫 圭子　むらさき・けいこ
6148　「アクリル」
◇年刊現代詩集新人賞（第3回/昭和57年―奨励賞）
6149　「ストーン・サークル」
◇年刊現代詩集新人賞（第4回/昭和58年）
6150　「紫圭子詩集」
◇東海現代詩人賞（第11回/昭和55年）

紫 みほこ　むらさき・みほこ
6151　「編む」
◇日本随筆家協会賞（第12回/昭和60.11）
「夕顔の咲くとき」　日本随筆家協会　1986.5　225p　19cm（現代随筆選書64）1500円　①4-88933-074-7

村沢 夏風　むらさわ・かふう
6152　「独坐」
◇俳人協会賞（第29回/平成1年度）

村瀬 和子　むらせ・かずこ
6153　「永見のように」
◇現代詩女流賞（第13回/昭和63年）
◇中日詩賞（第28回/昭和63年）

村瀬 保子　むらせ・やすこ
6154　「窓をひらいて」
◇三越左千夫少年詩賞（第10回/平成18年）
「窓をひらいて」てらいんく　2005.3　101p　22cm（愛の詩集1）1400円　①4-925108-18-2

村田 晃嗣　むらた・こうじ
6155　「大統領の挫折」
◇サントリー学芸賞（第21回/平成11年度—政治・経済部門）
「大統領の挫折—カーター政権の在韓米軍撤退政策」有斐閣　1998.12　320p　21cm　3400円　①4-641-04970-X

村田 治郎　むらた・じろう
6156　「桂離宮」
◇毎日出版文化賞（第36回/昭和57年—特別賞）
「桂離宮」毎日新聞社　1982.8　345p　38cm　55000円

村田 まさる　むらた・まさる
6157　「セザンヌの色」
◇現代俳句協会年度作品賞（第10回/平成21年）

村中 燈子　むらなか・とうこ
6158　「桐の花」
◇深吉野賞（第12回/平成16年—佳作）
6159　「龍の玉」
◇俳句朝日賞（第1回/平成11年・準賞）

村永 大和　むらなが・やまと
6160　「第三の戦後」
◇「短歌」愛読者賞（第2回/昭和50年—評論部門）

村野 四郎　むらの・しろう
6161　「体操詩集」
◇文芸汎論詩集賞（第6回/昭和14年）
「体操詩集」日本図書センター　2004.3　205p　19cm　2500円　①4-8205-9600-4

村野 美優　むらの・みゆう
6162　「はぐれた子供」
◇横浜詩人会賞（第26回/平成6年度）
「はぐれた子供—詩集」花神社　1993.12　109p　21cm　2000円　①4-7602-1282-5

村松 暎　むらまつ・えい
6163　「色機嫌—村松梢風の生涯」
◇大衆文学研究賞（第3回/平成1年—評論・伝記）
「色機嫌 女・おんな、また女—村松梢風の生涯」彩古書房　1989.5　256p　19cm　1400円　①4-915612-26-0

村松 彩石　むらまつ・さいせき
6164　「道と物「不易流行」に関する試論」
◇現代俳句評論賞（第8回/昭和63年度）

村松 定孝　むらまつ・さだたか
6165　「あぢさゐ供養頌—わが泉鏡花」
◇大衆文学研究賞（第2回/昭和63年—評論・伝記）
「あぢさゐ供養頌—わが泉鏡花」新潮社　1988.6　187p　20cm　1200円　①4-10-369101-8

村松 喬　むらまつ・たかし
6166　「教育の森 全12巻」
◇毎日出版文化賞（第22回/昭和43年）

村松 貞次郎　むらまつ・ていじろう
6167　「大工道具の歴史」
◇毎日出版文化賞（第27回/昭和48年）

村松 友次　むらまつ・ともつぐ
6168　「芭蕉の手紙」
◇俳人協会評論賞（第4回/昭和60年度）
「芭蕉の手紙」大修館書店　1985.6　262p　20cm　1700円　①4-469-22033-7

村松 岐夫　むらまつ・みちお
6169　「戦後日本の官僚制」
◇サントリー学芸賞　（第3回/昭和56年度—政治・経済部門）
「戦後日本の官僚制」　東洋経済新報社　1981.1　343,13p　22cm　4900円

村本 浩平　むらもと・こうへい
6170　「無制限一本勝負」
◇「ナンバー」スポーツノンフィクション新人賞　（第1回/平成5年）
「Sports Graphic Number ベスト・セレクション 1」スポーツ・グラフィック・ナンバー編　文藝春秋　1998.3　315p　21cm　1619円　Ⓘ4-16-353890-9
「Sports Graphic Numberベスト・セレクション 1」スポーツ・グラフィック・ナンバー編　文藝春秋　2003.4　365p　15cm　（文春文庫PLUS）619円　Ⓘ4-16-766801-7

村山 精二　むらやま・せいじ
6171　「帰郷」
◇横浜詩人会賞　（第39回/平成19年度）
「帰郷」　土曜美術社出版販売　2006.12　89p　21cm　（21世紀詩人叢書・第2期26）2000円　Ⓘ4-8120-1592-8

村山 元英　むらやま・もとふさ
6172　「わが家の日米文化合戦」
◇新評賞　（第10回/昭和55年—第2部門＝社会問題一般（正賞））
「わが家の日米文化合戦—アメリカ人妻vs.日本人亭主」　講談社　1984.9　270p　15cm　（講談社文庫）380円　Ⓘ4-06-183335-9

牟礼 慶子　むれ・けいこ
6173　「鮎川信夫—路上のたましい」
◇やまなし文学賞〔研究・評論部門〕　（第1回/平成4年度—研究・評論部門）
「鮎川信夫—路上のたましい」　思潮社　1992.10　338,6p　19cm　3200円　Ⓘ4-7837-1549-1

室井 光広　むろい・みつひろ
6174　「零の力—JLボルヒスをめぐる断章」
◇群像新人文学賞〔評論部門〕　（第31回/昭和63年—評論）
「零の力」　講談社　1996.3　261p　19cm　2000円　Ⓘ4-06-208138-5

室生 犀星　むろお・さいせい
6175　「我が愛する詩人の伝記」
◇毎日出版文化賞　（第13回/昭和34年）
「我が愛する詩人の伝記」改版　中央公論新社　2005.9　261p　16cm　（中公文庫）1429円　Ⓘ4-12-204591-6

室岡 和子　むろおか・かずこ
6176　「子規山脈の人々」
◇俳人協会評論賞　（第4回/昭和60年度）
「子規山脈の人々」　花神社　1985.6　284p　20cm　2500円

室伏 信助　むろふし・しんすけ
6177　「王朝物語史の研究」
◇角川源義賞　（第18回/平成8年度/国文学）
「王朝物語史の研究」　角川書店　1995.6　625p　23×17cm　18000円　Ⓘ4-04-865049-1

室山 敏昭　むろやま・としあき
6178　「「ヨコ」社会の構造と意味—方言性向語彙に見る」
◇新村出賞　（第21回/平成14年）
「「ヨコ」社会の構造と意味—方言性向語彙に見る」　和泉書院　2001.5　314p　22cm　（いずみ昴そうしょ 1）3500円　Ⓘ4-7576-0108-5

【め】

目黒 哲朗　めぐろ・てつろう
6179　「つばさを奪ふ」
◇歌壇賞　（第4回/平成4年）

目黒 裕佳子　めぐろ・ゆかこ
6180　「二つの扉」
◇歴程新鋭賞　（第20回/平成21年）
「二つの扉」　思潮社　2008.11　93p　22cm　2200円　Ⓘ978-4-7837-3101-6

目崎 徳衛　めざき・とくえ

6181　「西行の思想史的研究」
◇角川源義賞（第1回/昭和54年）
「西行の思想史的研究」　吉川弘文館　1978.12　438, 16p　22cm　5800円

6182　「南城三余集私抄」
◇やまなし文学賞〔研究・評論部門〕（第3回/平成6年度―研究・評論部門）
「南城三余集私抄」　藍沢南城〔著〕, 目崎徳衛編著　小沢書店　1994.5　670p　22cm　14420円

校條 剛　めんじょう・つよし

6183　「ぬけられますか―私漫画家 滝田ゆう」
◇尾崎秀樹記念・大衆文学研究賞（第20回/平成19年/評論・伝記部門）
「ぬけられますか―私漫画家滝田ゆう」　河出書房新社　2006.10　289p　20cm　2100円　④4-309-01786-X

【も】

毛里 和子　もうり・かずこ

6184　「日中関係―戦後から新時代へ」
◇石橋湛山賞（第28回/平成19年）
「日中関係―戦後から新時代へ」　岩波書店　2006.6　232p　18cm（岩波新書）740円　④4-00-431021-0

毛利 子来　もうり・たねき

6185　「ひとりひとりのお産と育児の本」
◇毎日出版文化賞（第41回/昭和62年）
「ひとりひとりのお産と育児の本」　平凡社　1987.4　775p　21cm　3000円　④4-582-51304-2
「ひとりひとりのお産と育児の本」　改訂版　平凡社　1992.11　775p　21cm　3200円　④4-582-51310-7
「ひとりひとりのお産と育児の本」　三訂版　平凡社　1997.2　775p　21cm　3200円　④4-582-51319-0

毛利 衛　もうり・まもる

6186　「宇宙連詩」
◇藤村記念歴程賞（第49回/平成23年/特別賞）
「宇宙連詩」　宇宙航空研究開発機構監修　メディアパル　2008.10　122p　22cm　1524円　①978-4-89610-086-0

最上 二郎　もがみ・じろう

6187　「おーい山ん子」
◇三越左千夫少年詩賞（第17回/平成25年）
「おーい山ん子―ものがたり詩」　最上二郎詩, 大塚雅春絵　らくだ出版　2012.9　111p　19cm　1400円　①978-4-89777-511-1

茂木 健一郎　もぎ・けんいちろう

6188　「今、ここからすべての場所へ」
◇桑原武夫学芸賞（第12回/平成21年）
「今、ここからすべての場所へ」　筑摩書房　2009.2　251p　20cm　1600円　①978-4-480-84287-9

6189　「脳と仮想」
◇小林秀雄賞（第4回/平成17年）
「脳と仮想」　新潮社　2004.9　222p　20cm　1500円　④4-10-470201-3
「脳と仮想」　新潮社　2007.4　264p　16cm（新潮文庫）438円　①978-4-10-129952-5

木目 夏　もくめ・なつ

6190　「植民地的息」
◇詩人会議新人賞（第37回/平成15年/詩）

望月 育子　もちずき・いくこ

6191　「類聚名義抄の文献学的研究」
◇関根賞（第1回/平成5年度）
「類聚名義抄の文献学的研究」　望月郁子著　笠間書院　1992.2　887p　22cm　22660円

望月 周　もちずき・しゅう

6192　「春雷」
◇角川俳句賞（第56回/平成22年）

6193　「白月」
◇俳人協会新人賞（第38回/平成26年度）
「白月―句集」　文學の森　2014.9　182p　19cm（百鳥叢書　第80篇）2500円

①978-4-86438-359-2

望月 信成　もちずき・のぶしげ
6194　「仏像―心とかたち」
◇毎日出版文化賞（第19回/昭和40年）

望月 遊馬　もちずき・ゆま
6195　「水辺に透きとおっていく」
◇歴程新鋭賞（第26回/平成27年）
「水辺に透きとおっていく」　思潮社　2015.5　92p　19cm　2000円　①978-4-7837-3472-7

望月 洋子　もちずき・ようこ
6196　「ヘボンの生涯と日本語」
◇読売文学賞（第39回/昭和62年―評論・伝記賞）
「ヘボンの生涯と日本語」　新潮社　1987.4　248p　19cm（新潮選書）　830円　①4-10-600329-5

持田 季未子　もちだ・きみこ
6197　「絵画の思考」
◇吉田秀和賞（第2回/平成4年）
「絵画の思考」　岩波書店　1992.4　221,6p　19cm　2800円　①4-00-002803-0

持田 叙子　もちだ・のぶこ
6198　「荷風へ、ようこそ」
◇サントリー学芸賞（第31回/平成21年度―社会・風俗部門）
「荷風へ、ようこそ」　慶應義塾大学出版会　2009.4　328p　19cm　2800円　①978-4-7664-1609-1

本井 牧子　もとい・まきこ
6199　「金蔵論 本文と研究」
◇新村出賞（第30回/平成23年度）
「金蔵論―本文と研究」　宮井里佳, 本井牧子編著　臨川書店　2011.2　831,10p　22cm　15000円　①978-4-653-04120-7

本川 達雄　もとかわ・たつお
6200　「ゾウの時間ネズミの時間」
◇講談社出版文化賞（第24回/平成5年―科学出版賞）
「ゾウの時間 ネズミの時間―サイズの生物学」　中央公論社　1992.8　230p　18cm（中公新書1087）　660円　①4-12-101087-6

本島 マスミ　もとじま・ますみ
6201　「焼き芋」
◇日本随筆家協会賞（第25回/平成4年5月）

本林 勝夫　もとばやし・かつお
6202　「斎藤茂吉の研究―その生と表現」
◇齋藤茂吉短歌文学賞（第2回/平成3年）
「斎藤茂吉の研究―その生と表現」　桜楓社　1990.5　545p　21cm　9000円　①4-273-02377-6

本宮 哲郎　もとみや・てつろう
6203　「日本海」
◇俳人協会賞（第40回/平成12年）
「日本海―本宮哲郎句集」　ふらんす堂　2000.7　214p　20cm（ふらんす堂俳句叢書―現代俳句12人集）　2600円　①4-89402-351-2
6204　「雪国雑唱」
◇俳句研究賞（第1回/昭和61年）

本宮 八重子　もとみや・やえこ
6205　「みょうとなか」
◇随筆にっぽん賞（第3回/平成25年/随筆にっぽん賞）

本村 敏雄　もとむら・としお
6206　「傷痕と回帰―＜月とかがり火＞を中心に」
◇群像新人文学賞〔評論部門〕（第16回/昭和48年―評論）

本村 凌二　もとむら・りょうじ
6207　「薄闇のローマ世界」
◇サントリー学芸賞（第16回/平成6年度―思想・歴史部門）
「薄闇のローマ世界―嬰児遺棄と奴隷制」　東京大学出版会　1993.8　218p　21cm　4635円　①4-13-021056-4
6208　「馬の世界史」
◇馬事文化賞（第15回/平成13年度）
「馬の世界史」　講談社　2001.7　269p　18cm（講談社現代新書）　700円　①4-06-149562-3
「馬の世界史」　中央公論新社　2013.11

もみやま

　　307p　15cm　（中公文庫）　743円
　　①978-4-12-205872-9

樅山 尋　もみやま・ひろ
6209　「針の道」
◇福島県俳句賞（第1回/昭和54年）

百瀬 靖子　ももせ・やすこ
6210　「裸」
◇俳句朝日賞（第2回/平成12年）

桃谷 容子　ももたに・ようこ
6211　「黄金の秋」
◇福田正夫賞（第3回/平成1年）

モラスキー，マイク
6212　「戦後日本のジャズ文化」
◇サントリー学芸賞（第28回/平成18年度—社会・風俗部門）
「戦後日本のジャズ文化—映画・文学・アングラ」　マイク・モラスキー著　青土社　2005.8　384p　19cm　2400円　①4-7917-6201-0

森 朝男　もり・あさお
6213　「古歌に尋ねよ」
◇ながらみ書房出版賞（第20回/平成24年）
「古歌に尋ねよ」　竹柏会『心の花』　2011.8　234p　19cm　1905円　①978-4-86023-727-1

森 一郎　もり・いちろう
6214　「死と誕生　ハイデガー・九鬼周造・アーレント」
◇和辻哲郎文化賞（第21回/平成20年度/学術部門）
「死と誕生—ハイデガー・九鬼周造・アーレント」　東京大学出版会　2008.1　353, 9p　22cm　5800円　①978-4-13-016028-5

森 蘊　もり・おさむ
6215　「庭ひとすじ」
◇毎日出版文化賞（第28回/昭和49年）

森 一歩　もり・かずほ
6216　「骨壺」
◇伊東静雄賞（第6回/平成7年—奨励賞）

森 健　もり・けん
6217　「祈りと経営」
◇小学館ノンフィクション大賞（第22回/平成27年）
「小倉昌男　祈りと経営—ヤマト「宅急便の父」が闘っていたもの」　森健著　小学館　2016.1　270p　19cm　1600円　①978-4-09-379879-2

森 滋樹　もり・しげき
6218　「物語のジェットマシーン—探偵小説における速度と遊びの研究」
◇創元推理評論賞（第7回/平成12年/佳作）

森 シズヱ　もり・しずえ
6219　「観劇」
◇日本随筆家協会賞（第19回/平成1.5）
「川岸から」　森シズヱ著　日本随筆家協会　1989.10　242p　19cm　（現代随筆選書 94）　1600円　①4-88933-115-8

母利 司朗　もり・しろう
6220　「〈候〉字の俳諧史」
◇柿衞賞（第4回/平成6年）

森 水晶　もり・すいしょう
6221　「星の夜」
◇日本一行詩大賞・日本一行詩新人賞（第2回/平成21年/新人賞）
「星の夜—歌集」　ながらみ書房　2008.12　143p　20cm　（響叢書 第21篇）　2500円　①978-4-86023-569-7

森 澄雄　もり・すみお
6222　「四遠」
◇蛇笏賞（第21回/昭和62年）
6223　「蒼茫」
◇日本一行詩大賞・日本一行詩新人賞（第4回/平成23年/大賞）
「蒼茫—句集」　角川学芸出版, 角川グループパブリッシング〔発売〕　2010.8　171p　20cm　2667円　①978-4-04-652295-5

森 銑三　もり・せんぞう

6224　「森銑三著作集」
◇読売文学賞（第23回/昭和46年―研究・翻訳賞）
「人物篇 1」〔新装愛蔵版〕　中央公論社　1988.10　534p　21cm（森銑三著作集 第1巻）3200円　Ⓘ4-12-402771-0
「人物篇 2」〔新装愛蔵版〕　中央公論社　1988.11　505p　21cm（森銑三著作集 第2巻）3200円　Ⓘ4-12-402772-9
「人物篇 3」〔新装愛蔵版〕　中央公論社　1988.12　546p　21cm（森銑三著作集 第3巻）3200円　Ⓘ4-12-402773-7
「人物篇 4」〔新装愛蔵版〕　中央公論社　1989.1　499p　21cm（森銑三著作集 第4巻）3200円　Ⓘ4-12-402774-5
「森銑三著作集　第5巻」　野間光辰〔ほか〕編　中央公論社　1989.2　512p　22cm　3200円　Ⓘ4-12-402775-3
「森銑三著作集　第6巻」　野間光辰〔ほか〕編　中央公論社　1989.3　523p　22cm　3200円　Ⓘ4-12-402776-1
「人物篇 7」〔新装愛蔵版〕　中央公論社　1989.4　527p　21cm（森銑三著作集 第7巻）3300円　Ⓘ4-12-402777-X
「人物篇 8」〔新装愛蔵版〕　中央公論社　1989.5　532p　21cm（森銑三著作集 第8巻）3300円　Ⓘ4-12-402778-8
「人物篇 9」〔新装愛蔵版〕　中央公論社　1989.6　518p　21cm（森銑三著作集 第9巻）3300円　Ⓘ4-12-402779-6
「森銑三著作集　第10巻」　野間光辰〔ほか〕編　中央公論社　1989.7　525p　22cm　3300円　Ⓘ4-12-402780-X
「典籍篇 2」〔新装愛蔵版〕　中央公論社　1989.8　522p　21cm（森銑三著作集 第11巻）3300円　Ⓘ4-12-402781-8
「森銑三著作集　第12巻」　野間光辰〔ほか〕編　中央公論社　1989.9　516p　22cm　3300円　Ⓘ4-12-402782-6
「索引」〔新装愛蔵版〕　中央公論社　1989.10　534p　21cm（森銑三著作集 別巻）3300円　Ⓘ4-12-402783-4

森 孝雅　もり・たかまさ

6225　「「豊饒の海」あるいは夢の折り返し点」
◇群像新人文学賞〔評論部門〕（第33回/平成2年―評論）

森 達也　もり・たつや

6226　「A3」

◇講談社ノンフィクション賞（第33回/平成23年）
「A3」　集英社インターナショナル，集英社〔発売〕　2010.11　531p　19cm　1900円　Ⓘ978-4-7976-7165-0
「A3 上」　集英社　2012.12　356p　16cm（集英社文庫 も30-1）700円　Ⓘ978-4-08-745015-6
「A3 下」　集英社　2012.12　349p　16cm（集英社文庫 も30-2）700円　Ⓘ978-4-08-745016-3

森 哲弥　もり・てつや

6227　「幻想思考理科室」
◇H氏賞（第51回/平成13年）
「幻想思考理科室―森哲弥詩集」　編集工房ノア　2001.3　125p　22cm　2000円

森 富男　もり・とみお

6228　「杣部落」
◇短歌研究新人賞（第8回/昭和40年）

森 洋　もり・ひろし

6229　「木明りは夏」
◇新俳句人連盟賞（第19回/平成3年―作品賞）

6230　「定時の十指」
◇新俳句人連盟賞（第20回/平成4年―作品賞）

森 博達　もり・ひろみち

6231　「古代の音韻と日本書紀の成立」
◇金田一京助博士記念賞（第20回/平成4年度）
「古代の音韻と日本書紀の成立」　大修館書店　1991.7　392p　22cm　5665円

6232　「日本書紀の謎を解く―述作者は誰か」
◇毎日出版文化賞（第54回/平成12年―第2部門（人文・社会））
「日本書紀の謎を解く―述作者は誰か」　中央公論新社　1999.10　238p　18cm（中公新書）780円　Ⓘ4-12-101502-9

森 真佐枝　もり・まさえ

6233　「沙羅の椅子」
◇東海現代詩人賞（第9回/昭和53年）

森 まゆみ　もり・まゆみ
6234「即興詩人のイタリア」
◇JTB紀行文学大賞（第12回/平成15年）
「「即興詩人」のイタリア」　講談社　2003.6　302p　20cm　1900円　Ⓒ4-06-211869-6
「「即興詩人」のイタリア」　筑摩書房　2011.5　410p　15cm（ちくま文庫）950円　Ⓒ978-4-480-42825-7

森 茉莉　もり・まり
6235「父の帽子」
◇日本エッセイスト・クラブ賞（第5回）
「森茉莉・エッセー　1」　新潮社　1982（昭和57年）
「父の帽子」　講談社　1991.11　225p　16cm（講談社文芸文庫—現代日本のエッセイ）800円　Ⓒ4-06-196151-9
「父の帽子・濃灰色の魚」　筑摩書房　1993.7　660p　21cm（森茉莉全集 1）6400円　Ⓒ4-480-70081-1

もり まりこ
6236「ゼロ・ゼロ・ゼロ」
◇フーコー短歌賞（第1回/平成9年/大賞）
「ゼロ・ゼロ・ゼロ」　フーコー，星雲社〔発売〕　1999.4　1冊　19cm　1000円　Ⓒ4-7952-8745-7

森 美沙　もり・みさ
6237「急に放り出された気分やわ」
◇詩人会議新人賞（第41回/平成19年/詩部門/佳作）

杜 みち子　もり・みちこ
6238「象の時間」（詩集）
◇加美現代詩詩集大賞（第5回/平成17年度—いのちの詩賞）
「象の時間」　書肆山田　2004.10　123p　22cm　2500円　Ⓒ4-87995-621-X

森 泰宏　もり・やすひろ
6239「日本のロックとビートルズ（サザンオールスターズを例にして）」
◇ザ・ビートルズ・クラブ大賞（第15回/平成17年—研究・評論部門）

森 悠紀　もり・ゆうき
6240「ポップ（ル）2006—来るべき民衆詩」
◇現代詩新人賞（平成18年/評論部門/奨励賞）
6241「汀の、後に来る街」
◇現代詩新人賞（平成18年/詩部門/奨励賞）

森 洋子　もり・ようこ
6242「ブリューゲルの「子供の遊戯」」
◇サントリー学芸賞（第11回/平成1年度—芸術・文学部門）
「ブリューゲルの「子供の遊戯」—遊びの図像学」　未来社　1989.2　478p　21cm　7500円　Ⓒ4-624-71052-5

森 陽香　もり・ようこ
6243「カムムスヒの資性」
◇ドナルド・キーン日米学生日本文学研究奨励賞（第10回/平成18年—4年制大学の部）

森 羅一　もり・らいち
6244「青春恒久彷徨歌」
◇栃木県現代詩人会賞（第2回）

森 亮　もり・りょう
6245「森亮訳詩集 晩国仙果 1〜3」
◇読売文学賞（第43回/平成3年—研究・翻訳賞）
「イスラム世界」　小沢書店　1990.7　259p　21cm（晩国仙果 1—森亮訳詩集）4120円
「中国古典期」　小沢書店　1990.12　233p　21cm（晩国仙果 2—森亮訳詩集）4120円
「近代イギリス」　小沢書店　1991.3　343p　21cm（晩国仙果 3—森亮訳詩集）4120円

森 玲子　もり・れいこ
6246「こひぶみ」
◇大石りくエッセー賞（第1回/平成9年—特別賞）

盛合 要道　もりあい・ようどう
6247「寒い部屋」「静かな天地」
◇時間賞（第5回/昭和33年）

森井 マスミ　もりい・ますみ
6248「インターネットからの叫び―「文学」の延長線上に」
◇現代短歌評論賞（第22回/平成16年）

森井 美知代　もりい・みちよ
6249「鮎供養」
◇深吉野賞（第10回/平成14年―佳作）

森尾 仁子　もりお・じんこ
6250「山河澄み」
◇深吉野賞（第1回/平成5年―佳作）

森岡 貞香　もりおか・さだか
6251「夏至」
◇斎藤茂吉短歌文学賞（第12回/平成13年）
「夏至―森岡貞香歌集」砂子屋書房　2000.12　280p　20cm　3000円　①4-7904-0542-7
6252「定本 森岡貞香歌集」
◇現代短歌大賞（第23回/平成12年）
「森岡貞香歌集」砂子屋書房　2016.3　217p　19cm（現代短歌文庫 124）2000円　①978-4-7904-1593-0
6253「百乳文」
◇迢空賞（第26回/平成4年）
「百乳文」砂子屋書店　1991.11　267p　19cm　3000円

森賀 まり　もりが・まり
6254「瞬く」
◇俳人協会新人賞（第33回/平成21年度）
「瞬く―森賀まり句集」ふらんす堂　2009.9　204p　19cm（ふらんす堂精鋭俳句叢書/百鳥叢書 59―Série de la neige）2400円　①978-4-7814-0194-2

森垣 岳　もりがき・たけし
6255「遺伝子」
◇「短歌現代」新人賞（第23回/平成20年）

森川 久　もりかわ・ひさ
6256「冬街」
◇短歌研究新人賞（第11回/昭和43年）

森川 平八　もりかわ・へいはち
6257「北に祈る」
◇啄木賞（第2回/昭和23年―次席）

森健と被災地の子どもたち
もりけんとひさいちのこどもたち
6258「「つなみ」の子どもたち―作文に書かれなかった物語」
◇大宅壮一ノンフィクション賞（第43回/平成24年）
「「つなみ」の子どもたち―作文に書かれなかった物語」森健著　文藝春秋　2011.12　286p　20cm　1400円　①978-4-16-374680-7

森崎 和江　もりさき・かずえ
6259「ささ笛ひとつ」
◇丸山豊記念現代詩賞（第14回/平成17年）
「ささ笛ひとつ」思潮社　2004.10　96p　22cm　2000円　①4-7837-1940-3

森下 郁子　もりした・いくこ
6260「川の健康診断」
◇毎日出版文化賞（第31回/昭和52年）

森田 エレーヌ　もりた・えれーぬ
6261「仏訳「銀河鉄道の夜」」
◇渋沢・クローデル賞（第7回/平成2年―フランス側）

森田 勝昭　もりた・かつあき
6262「鯨と捕鯨の文化史」
◇毎日出版文化賞（第48回/平成6年）
「鯨と捕鯨の文化史」名古屋大学出版会　1994.7　421, 24p　22cm　3914円　①4-8158-0237-8
「日本食肉史基礎資料集成　第478輯　鯨と捕鯨の文化史」〔栗田奏二編〕　森田勝昭〔著〕　栗田〔1995〕　1冊　19×26cm

森田 進　もりた・すすむ
6263「在日コリアン詩選集 1916～

04年」
　◇地球賞（第30回/平成17年度）
6264　「夏」開花期29集
　◇「詩と思想」新人賞（第2回/昭和56年）

森田 磧子　もりた・せきこ
6265　「姥捨て」
　◇日本随筆家協会賞（第34回/平成8年11月）

森田 峠　もりた・とうげ
6266　「葛の崖」
　◇詩歌文学館賞（第19回/平成16年/俳句部門）
　　「葛の崖―句集」本阿弥書店　2003.7　186p　20cm（かつらぎ双書）2700円　①4-89373-956-5
6267　「逆瀬川」
　◇俳人協会賞（第26回/昭和61年度）
　　「逆瀬川―森田峠句集」邑書林　1997.11　112p　15cm（邑書林句集文庫）900円　①4-89709-245-0

もりた なるお
6268　「山を貫く」
　◇新田次郎文学賞（第12回/平成5年）
　　「山を貫く」文藝春秋　1992.11　290p　19cm　1600円　①4-16-313610-X

森田 ゆり　もりた・ゆり
6269　「聖なる魂」
　◇ノンフィクション朝日ジャーナル大賞（第4回/昭和63年）
　　「聖なる魂―現代アメリカ・インディアン指導者デニス・バンクスは語る」朝日新聞社　1989.7　302p　19cm　1500円　①4-02-256035-5
　　「聖なる魂―現代アメリカ・インディアン指導者デニス・バンクスの半生」デニス・バンクス，森田ゆり共著　朝日新聞社　1993.5　367p　15cm（朝日文庫）650円　①4-02-260766-1

森田 良子　もりた・りょうこ
6270　「栗の木」
　◇「短歌現代」歌人賞（第4回/平成3年）

森高 多美子　もりたか・たみこ
6271　「逃げる男」
　◇「ナンバー」スポーツノンフィクション新人賞（第12回/平成16年）

森戸 克美　もりと・かつみ
6272　「赤色彗星倶楽部」
　◇栃木県現代詩人会賞（第18回）

森永 寿征　もりなが・じゅせい
6273　「杣人」
　◇「短歌現代」歌人賞（第9回/平成8年）

守中 高明　もりなか・たかあき
6274　「未生譚」
　◇歴程新鋭賞（第3回/平成4年）

森村 浅香　もりむら・あさか
6275　「五季」
　◇日本歌人クラブ推薦歌集（第6回/昭和35年）

森村 敏己　もりむら・としみ
6276　「名誉と快楽―エルヴェシウスの功利主義」
　◇渋沢・クローデル賞（第11回/平成6年―藤田亀太郎特別賞）
　　「名誉と快楽―エルヴェシウスの功利主義」法政大学出版局　1993.9　291,23p　21cm　5150円　①4-588-15018-9

森本 平　もりもと・たいら
6277　「『戦争と虐殺』後の現代短歌」
　◇現代短歌評論賞（第19回/平成13年）

森本 孝徳　もりもと・たかのり
6278　「零余子回報」
　◇H氏賞（第66回/平成28年）
　　「零余子回報」思潮社　2015.10　83p　21×14cm　2000円　①978-4-7837-3504-5

森本 多岐子　もりもと・たきこ
6279　「『奥の細道』蘇生と創作の旅」
　◇奥の細道文学賞（第7回/平成25年―奥の細道文学賞）

森本 哲郎　もりもと・てつろう
6280　「旅の半空」
◇JTB紀行文学大賞（第6回/平成9年度）
「旅の半空」　新潮社　1997.5　273p　19cm　1500円　Ⓘ4-10-337207-9

守谷 茂泰　もりや・しげやす
6281　「帰郷」
◇現代俳句新人賞（第19回/平成13年）
6282　「高屋窓秋 俳句の時空」
◇現代俳句評論賞（第21回/平成13年）
6283　「水の種子」
◇歌壇賞（第14回/平成14年度）

守屋 毅　もりや・たけし
6284　「近世芸能興行史の研究」
◇サントリー学芸賞（第8回/昭和61年度―芸術・文学部門）
「近世芸能興行史の研究」　弘文堂　1985.9　515, 17p　22cm　6800円　Ⓘ4-335-25014-2
「近世芸能興行史の研究」　オンデマンド版　弘文堂　2014.3　515, 17p　21cm　9800円　Ⓘ978-4-335-25066-8

森山 晴美　もりやま・はるみ
6285　「月光」
◇ながらみ現代短歌賞（第7回/平成11年）
「月光―歌集」　花神社　1998.11　216p　22cm（「新暦」叢書 第33篇）3000円　Ⓘ4-7602-1535-2
「森山晴美歌集」　砂子屋書房　2003.2　169p　19cm（現代短歌文庫 44）1600円　Ⓘ4-7904-0703-9

森山 祐吾　もりやま・ゆうご
6286　「至誠に生きた男―実業家新田長次郎の生涯」
◇北海道ノンフィクション賞（第32回/平成24年―準大賞）
6287　「太平洋戦争秘話 珊瑚礁に散った受刑者たち」
◇北海道ノンフィクション賞（第30回/平成22年―佳作）
6288　「彫る、彫る、僕の生命を彫る―版画に祈りをこめた阿部貞夫の生涯」
◇北海道ノンフィクション賞（第31回/平成23年―佳作）
6289　「リンゴ侍と呼ばれた開拓者―汚名を返上した会津藩士の軌跡」
◇北海道ノンフィクション賞（第33回/平成25年―大賞）

森山 良太　もりやま・りょうた
6290　「闘牛の島」
◇角川短歌賞（第51回/平成17年）

諸岡 卓真　もろおか・たくま
6291　「九〇年代本格ミステリの延命策」
◇創元推理評論賞（第10回/平成15年/佳作）

もろさわ ようこ
6292　「信濃のおんな」（上・下）
◇毎日出版文化賞（第23回/昭和44年）
「信濃のおんな 上」〔新装版〕　未来社　1989.11　322p　19cm　1854円　Ⓘ4-624-50007-5
「信濃のおんな 下」〔新装版〕　未来社　1989.11　314, 16p　19cm　1854円　Ⓘ4-624-50008-3

両角 良彦　もろずみ・よしひこ
6293　「**1812年の雪**」
◇日本エッセイスト・クラブ賞（第29回/昭和56年）
「1812年の雪―モスクワからの敗走」　講談社　1985.2　262p　15cm（講談社文庫）380円　Ⓘ4-06-183446-0

【 や 】

八重 洋一郎　やえ・よういちろう
6294　「孛彗（ばず）」
◇山之口貘賞（第9回/昭和61年）
6295　「夕方村」
◇小野十三郎賞（第3回/平成13年）
「夕方村―詩集」　檸檬新社　2001.2　114p　20cm（日本全国詩人シリーズ）1600円　Ⓘ4-947763-42-6

八重樫 克羅　やえがし・かつら

6296　「しのたまご」
◇伊東静雄賞（第25回/平成26年度―部門 奨励賞）

やえがし なおこ

「雪の林」　やえがしなおこ著, 菅野由貴子絵　ポプラ社　2004.12　110p　22cm　1200円　④4-591-08356-X

八重野 充弘　やえの・みつひろ

6297　「「三角池」探検記」
◇日本旅行記賞（第3回/昭和51年）

八百板 洋子　やおいた・ようこ

6298　「ソフィアの白いばら」
◇日本エッセイスト・クラブ賞（第48回/平成12年）
「ソフィアの白いばら」　福音館書店　1999.6　421p　21cm　1600円　④4-8340-1622-6
「ソフィアの白いばら」　福音館書店　2005.6　445p　17×13cm（福音館文庫）　800円　④4-8340-2104-1

矢神 史子　やがみ・ふみこ

6299　「寺町通り」
◇日本詩歌句大賞（第8回/平成24年/奨励賞）
「寺町通り―句集」　東京四季出版　2011.4　205p　20cm（Shiki collection 2010-6）　2667円　④978-4-8129-0653-8

矢木 彰子　やぎ・あきこ

6300　「古びたる『どくとるマンボウ』手にとりて高校生の父と出逢ひぬ」
◇河野裕子短歌賞（第2回/平成25年/河野裕子賞/青春の歌）

八木 忠栄　やぎ・ちゅうえい

6301　「雲の縁側」
◇現代詩花椿賞（第22回/平成16年）
「雲の縁側」　思潮社　2004.4　99p　22cm　2000円　④4-7837-1925-X

6302　「雪、おんおん」
◇現代詩人賞（第33回/平成27年）
「雪、おんおん」　思潮社　2014.6　133p　21cm　2400円　①978-4-7837-3410-9

八木 博信　やぎ・ひろのぶ

6303　「琥珀」
◇短歌研究新人賞（第45回/平成14年）

八木 真央　やぎ・まお

6304　「うそつき わたし もっと」
◇福田正夫賞（第29回/平成27年）

八木 幹夫　やぎ・みきお

6305　「野菜畑のソクラテス」
◇現代詩花椿賞（第13回/平成7年）
「野菜畑のソクラテス―八木幹夫詩集」　ふらんす堂　1995.7　89p　21cm　2300円　④4-89402-126-9

八木澤 高明　やぎさわ・たかあき

6306　「マオキッズ 毛沢東のこどもたちを巡る旅」
◇小学館ノンフィクション大賞（第19回/平成24年/優秀賞）
「マオキッズ―毛沢東のこどもたちを巡る旅」　小学館　2013.4　287p　19cm　1500円　①978-4-09-379845-7

八木沼 笙子　やぎぬま・しょうこ

6307　「夜はこれから」
◇読売・日本テレビWoman's Beat大賞　カネボウスペシャル21（第3回/平成16年/優秀賞）
「溺れる人―第3回woman's beat大賞受賞作品集」　藤崎麻里, 八木沼笙子, 高橋和子, 竹内みや子, カウマイヤー・香代子著　中央公論新社　2005.2　270p　20cm　1800円　④4-12-003612-X

柳生 じゅん子　やぎゅう・じゅんこ

6308　「静かな時間」
◇伊東静雄賞（第4回/平成5年―奨励賞）
◇福岡県詩人賞（第31回/平成7年）
「静かな時間―柳生じゅん子詩集」　本多企画　1994.10　109p　21cm　2000円

柳生 純次　やぎゅう・じゅんじ

6309　「ああ、日本人」
◇週刊金曜日ルポルタージュ大賞（第7

回/平成12年3月/異色特別賞）

柳生 正名　やぎゅう・まさな
6310　「さすらう言葉としての俳句＝素十・耕衣の「脱構築」的読解─その通底性を巡って」
◇現代俳句評論賞（第25回/平成17年）

矢口 哲男　やぐち・てつお
6311　「仮に迷宮と名付けて」
◇山之口貘賞（第6回/昭和58年）
「仮に迷宮と名付けて─詩集」 矢立出版 1982.12　60p　25cm　1800円

矢口 以文　やぐち・よりふみ
6312　「にぐろの大きな女」
◇北海道詩人協会賞（第9回/昭和47年度）

矢後 和彦　やご・かずひこ
6313　「フランスにおける公的金融と大衆貯蓄　預金供託金庫と貯蓄金庫1816-1944」
◇渋沢・クローデル賞（第17回/平成12年/日本側本賞）
「フランスにおける公的金融と大衆貯蓄─預金供託金庫と貯蓄金庫1816─1944」 東京大学出版会 1999.7　355p　22cm　8000円　①4-13-046064-1

矢沢 昭郎　やざわ・あきお
6314　「「吉備の国原」に古代ロマンを訪ねて」
◇奥の細道文学賞（第3回/平成10年─佳作）

矢島 渚男　やじま・なぎさお
6315　「延年」
◇俳句四季大賞（第3回/平成15年）
「延年─句集」 富士見書房 2002.7　173p　22cm　2700円　①4-8291-7497-8
6316　「冬青集」
◇蛇笏賞（第50回/平成28年）
「冬青集─矢島渚男句集」 ふらんす堂 2015.9　139p　22×16cm　3000円　①978-4-7814-0815-6

矢島 恵　やじま・めぐみ
6317　「桜貝」
◇俳壇賞（第19回/平成16年度）

矢代 東村　やしろ・とうそん
6318　「矢代東村遺歌集」
◇日本歌人クラブ推薦歌集（第1回/昭和30年）

八代 尚宏　やしろ・なおひろ
6319　「日本的雇用慣行の経済学」
◇石橋湛山賞（第18回/平成9年）
「日本的雇用慣行の経済学─労働市場の流動化と日本経済」 日本経済新聞社 1997.1　264p　19cm　1854円　①4-532-13134-0

矢代 廸彦　やしろ・みちひこ
6320　「葬年式」
◇年刊現代詩集新人賞（第6回/昭和60年─奨励賞）

屋代 葉子　やしろ・ようこ
6321　「五季」
◇日本歌人クラブ推薦歌集（第6回/昭和35年）

安英 晶　やすえ・あきら
6322　「極楽鳥」
◇北海道詩人協会賞（第20回/昭和58年度）
「極楽鳥─詩集」 パンと薔薇の会 1982.7　86p　22cm　（パンと薔薇双書 6）　1000円

安江 俊明　やすえ・としあき
6323　「銀さん帰還せず─タイ残留元日本兵の軌跡」
◇週刊金曜日ルポルタージュ大賞（第25回/平成26年─佳作）

安岡 章太郎　やすおか・しょうたろう
6324　「果てもない道中記」
◇読売文学賞（第47回/平成7年─随筆・紀行賞）
「果てもない道中記　上」 講談社 2002.6　446p　15cm　（講談社文芸文庫）　1400円　①4-06-198298-2

「果てもない道中記　下」講談社　2002.7　425p　15cm（講談社文芸文庫）1400円　①4-06-198299-0
6325　「幕が下りてから」
◇毎日出版文化賞（第21回/昭和42年）

安田　章生　やすだ・あきお
6326　「明日を責む」
◇日本歌人クラブ推薦歌集（第13回/昭和42年）
6327　「心の色」
◇短歌研究賞（第14回/昭和53年）

安田　浩一　やすだ・こういち
6328　「ネットと愛国 在特会の『闇』を追いかけて」
◇講談社ノンフィクション賞（第34回/平成24年）
「ネットと愛国―在特会の「闇」を追いかけて」講談社　2012.4　366p　19cm（g2 book）1700円　①978-4-06-217112-0

安田　順子　やすだ・じゅんこ
6329　「ラインの川底へ」
◇随筆にっぽん賞（第4回/平成26年）

安田　壽賀子　やすだ・すがこ
6330　「ナース・ファイル」
◇短歌新聞社第一歌集賞（第6回/平成21年）
「ナース・ファイル―安田壽賀子歌集」短歌新聞社　2008.12　315p　22cm　2381円　①978-4-8039-1441-2

安田　純生　やすだ・すみお
6331　「でで虫の歌」
◇短歌四季大賞（第3回/平成15年）
「でで虫の歌―安田純生歌集」青磁社　2002.7　155p　22cm（白珠叢書 第196篇）2500円　①4-901529-17-X

安田　徳子　やすだ・のりこ
6332　「中世和歌研究」
◇関根賞（第6回/平成10年度）
「中世和歌研究」和泉書院　1998.3　879p　22cm（研究叢書 222）22000円　①4-87088-915-3

安田　富士郎　やすだ・ふじろう
6333　「日本水産魚譜」
◇毎日出版文化賞（第15回/昭和36年―特別賞）

安田　雅博　やすだ・まさひろ
6334　「遠島記4」
◇〔新潟〕日報詩壇賞（第22回/昭和55年春）

やすたけ　まり
6335　「ナガミヒナゲシ」
◇短歌研究新人賞（第52回/平成21年）

安永　俊国　やすなが・としくに
6336　「安永俊国詩集」
◇福岡県詩人賞（第14回/昭和53年）

安永　蕗子　やすなが・ふきこ
6337　「朱泥」
◇現代短歌女流賞（第4回/昭和54年）
「安永蕗子全歌集」河出書房新社　2000.3　2冊（資料篇とも）20cm　全9800円　①4-309-01331-7
6338　「棕梠の花」
◇角川短歌賞（第2回/昭和31年）
6339　「冬麗」
◇迢空賞（第25回/平成3年）
「冬麗―歌集」短歌新聞社　1994.4　96p　15cm（短歌新聞社文庫）700円　①4-8039-0737-4
6340　「花無念」
◇短歌研究賞（第23回/昭和62年）

安場　保吉　やすば・やすきち
6341　「経済成長論」
◇サントリー学芸賞（第3回/昭和56年度―政治・経済部門）

安松　京三　やすまつ・きょうぞう
6342　「原色昆虫大図鑑 3巻」
◇毎日出版文化賞（第19回/昭和40年―特別賞）
「新訂 原色昆虫大圖鑑　第1巻　蝶・蛾篇」北隆館　2007.1　27, 220, 460p　27cm　25000円　①978-4-8326-0825-2
「新訂 原色昆虫大圖鑑　第2巻　甲虫篇」

北隆館　2007.5　526p　27cm　25000円　①978-4-8326-0826-9
「新訂 原色昆虫大圖鑑　第3巻　トンボ目・カワゲラ目・バッタ目・カメムシ目・ハエ目・ハチ目 他」　北隆館　2008.1　654p　27cm　25000円　①978-4-8326-0827-6

安水 稔和　やすみず・としかず

6343　「秋山抄」
◇丸山豊記念現代詩賞（第6回/平成9年）
「秋山抄」　編集工房ノア　1996　146p　21cm　2000円

6344　「生きているということ」
◇土井晩翠賞（第40回/平成11年）
「生きているということ―安水稔和詩集」　編集工房ノア　1999.3　264p　22cm　2400円

6345　「蟹場まで」
◇藤村記念歴程賞（第43回/平成17年）
「蟹場まで―安水稔和詩集」　編集工房ノア　2004.10　195p　22cm　2400円　①4-89271-130-6

6346　「記憶めくり」
◇地球賞（第14回/平成1年度）

6347　「椿崎や見なんとて」
◇詩歌文学館賞（第16回/平成13年/現代詩）
「椿崎や見なんとて」　編集工房ノア　2000.3　194p　22cm　2300円

安森 敏隆　やすもり・としたか

6348　「沈黙の塩」
◇現代歌人集会賞（第5回/昭和54年）
「沈黙の塩―歌集」　現代短歌社　2015.3　138p　15cm（第1歌集文庫）667円　①978-4-86534-084-6

6349　「百卒長」
◇日本歌人クラブ賞（第36回/平成21年）
「百卒長―歌集」　青磁社　2008.10　211p　22cm（ポトナム叢書　第450篇）3000円　①978-4-86198-104-3

矢田部 美幸　やたべ・みゆき

6350　「鹿火屋」
◇深吉野賞（第7回/平成11年―佳作）

6351　「吉野川」
◇深吉野賞（第12回/平成16年）

矢地 由紀子　やち・ゆきこ

6352　「白嶺」
◇俳人協会新人賞（第37回/平成25年度）
「白嶺―句集」　角川書店　2013.3　231p　20cm　2667円　①978-4-04-652707-3

谷戸 冽子　やと・きよこ

6353　「明易」
◇深吉野賞（第5回/平成9年）

矢内 賢二　やない・けんじ

6354　「明治キワモノ歌舞伎 空飛ぶ五代目菊五郎」
◇サントリー学芸賞（第31回/平成21年度―芸術・文学部門）
「明治キワモノ歌舞伎 空飛ぶ五代目菊五郎」　白水社　2009.4　253p　19cm　2500円　①978-4-560-09404-4

柳内 祐子　やない・ゆうこ

6355　「束の間の昼」
◇野原水嶺賞（第19回/平成15年）

矢内原 伊作　やないはら・いさく

6356　「ジャコメッティとともに」
◇毎日出版文化賞（第23回/昭和44年）
「ジャコメッティ」　矢内原伊作著, 宇佐見英治, 武田昭彦編　みすず書房　1996.4　341p　21cm　4944円　①4-622-04414-5

屋中 京子　やなか・きょうこ

6357　「オホーツクブルー」
◇北海道新聞短歌賞（第18回/平成15年―佳作）
「オホーツクブルー―屋中京子歌集」　雁書館　2003.5　213p　20cm　2700円

柳川 貴之　やながわ・たかゆき

6358　「推理小説の形式的構造論」
◇創元推理評論賞（第8回/平成13年/佳作）

柳河 勇馬　やながわ・ゆうま

6359　「ビリトン・アイランド号物語」

◇潮賞（第7回/昭和63年―ノンフィクション）
「ビリトン・アイランド号物語―ハレー彗星の下で」潮出版社　1988.9　202p　19cm　1000円　ⓘ4-267-01190-7

柳 照雄　やなぎ・てるお

6360 「精霊舟」
◇「短歌現代」歌人賞（第3回/平成2年）

柳 宗玄　やなぎ・むねもと

6361 「ロマネスク美術」
◇毎日出版文化賞（第26回/昭和47年）
「ロマネスク美術」八坂書房　2009.5　401p　23×16cm（柳宗玄著選集 4）5800円　ⓘ978-4-89694-756-4

柳内 やすこ　やなぎうち・やすこ

6362 「夢宇宙論」
◇日本詩歌句大賞（第9回/平成25年/詩部門/特別賞）
「夢宇宙論―詩集」土曜美術社出版販売　2012.9　91p　21cm（新詩集）2000円　ⓘ978-4-8120-1964-1

柳澤 嘉一郎　やなぎさわ・かいちろう

6363 「ヒトという生きもの」
◇日本エッセイスト・クラブ賞（第52回/平成16年）
「ヒトという生きもの」草思社　2003.12　214p　20cm　1500円　ⓘ4-7942-1265-8

柳沢 桂子　やなぎさわ・けいこ

6364 「卵が私になるまで」
◇講談社出版文化賞（第25回/平成6年/科学出版賞）
「卵が私になるまで―発生の物語」新潮社　1993.5　190p　19cm（新潮選書）950円　ⓘ4-10-600437-2

6365 「二重らせんの私」
◇日本エッセイスト・クラブ賞（第44回/平成8年）
「二重らせんの私―生命科学者の生まれるまで」早川書房　1995.12　210p　19cm　1600円　ⓘ4-15-207986-X
「二重らせんの私―生命科学者の生まれるまで」早川書房　1998.5　224p　15cm（ハヤカワ文庫NF）560円　ⓘ4-15-050223-4

柳澤 美晴　やなぎさわ・みはる

6366 「硝子のモビール」
◇歌壇賞（第19回/平成19年度）

6367 「一匙の海」
◇現代短歌新人賞（第12回/平成23年度）
◇北海道新聞短歌賞（第26回/平成23年）
◇現代歌人協会賞（第56回/平成24年）
「一匙の海―歌集」本阿弥書店　2011.8　143p　19cm　1800円　ⓘ978-4-7768-0812-1

柳田 泉　やなぎだ・いずみ

6368 「座談会・明治文学史」
◇毎日出版文化賞（第15回/昭和36年）
「明治文学史―座談会」柳田泉、勝本清一郎、猪野謙二編　岩波書店　1961　551p　図版　19cm

6369 「明治初期の文学思想」
◇読売文学賞（第17回/昭和40年―評論・伝記賞）
「明治文学研究　第4巻　明治初期の文学思想　上巻」春秋社　1965　482p　22cm

ヤナギダ カンジ

6370 「プラシーボ」
◇フーコー短歌賞（第7回/平成16年/大賞）
「プラシーボ」新風舎　2006.5　127p　16×13cm　1400円　ⓘ4-289-00576-4

柳田 邦男　やなぎだ・くにお

6371 「ガン回廊の光と影」
◇講談社ノンフィクション賞（第1回/昭和54年）

6372 「マッハの恐怖」
◇大宅壮一ノンフィクション賞（第3回/昭和47年）
「マッハの恐怖」新潮社　1986.5　495p　15cm（新潮文庫）600円　ⓘ4-10-124905-9
「続・マッハの恐怖」新潮社　1986.11　561p　15cm（新潮文庫）600円　ⓘ4-10-124906-7

柳田 聖山　やなぎだ・せいざん
　6373「一休—『狂雲集』の世界」
　◇読売文学賞（第32回/昭和55年—研究・翻訳賞）
　「一休—「狂雲集」の世界」 人文書院 1980.9　250p　20cm　1700円

柳田 征司　やなぎだ・せいじ
　6374「詩学大成抄の国語学的研究」
　◇金田一京助博士記念賞（第4回/昭和51年度）
　「詩学大成抄の国語学的研究」 清文堂出版　1975　3冊（影印篇上、下2冊共）22cm　全24000円

柳田 一　やなぎだ・はじめ
　6375「あざなえる縄」
　◇日本随筆家協会賞（第37回/平成10年5月）
　「あざなえる縄」 日本随筆家協会　1998.6　226p　19cm　（現代名随筆叢書）1500円　Ⓘ4-88933-221-9

柳原 和平　やなぎはら・かずへい
　6376「葬儀は踊る」
　◇ノンフィクション朝日ジャーナル大賞（第7回/平成3年—日常の冒険）

柳瀬 和美　やなせ・かずみ
　6377「終章」
　◇詩人会議新人賞（第33回/平成11年/詩）

矢野 晶子　やの・あきこ
　6378「つばなの旅路」
　◇奥の細道文学賞（第4回/平成13年—奥の細道文学賞）
　「矢野晶子短編集」 文芸社　2002.12　146p　19cm　1000円　Ⓘ4-8355-4824-8

矢野 憲一　やの・けんいち
　6379「私の旅はサメの旅」
　◇日本旅行記賞（第6回/昭和54年）

矢野 誠一　やの・せいいち
　6380「戸板康二の歳月」
　◇大衆文学研究賞（第10回/平成8年/評論・伝記）
　「戸板康二の歳月」 文藝春秋　1996.6　258p　19cm　1600円　Ⓘ4-16-351720-0
　「戸板康二の歳月」 筑摩書房　2008.9　365p　15cm　（ちくま文庫）880円　Ⓘ978-4-480-42472-3

矢野 孝久　やの・たかひさ
　6381「象の飼い方」
　◇現代詩加美未来賞（第14回/平成16年度—加美縄文賞）

矢野 利裕　やの・としひろ
　6382「自分ならざる者を精一杯に生きる—町田康論」
　◇群像新人文学賞〔評論部門〕（第57回/平成26年—評論優秀作）

矢野 牧夫　やの・まきお
　6383「ソ連潜水艦L-19号応答なし・・・—留萌沖三船遭難、もうひとつの悲劇」
　◇北海道ノンフィクション賞（第24回/平成16年—佳作）
　6384「北海道北部を占領せよ—1945年夏、スターリンの野望」
　◇北海道ノンフィクション賞（第26回/平成18年—大賞）

矢野 峰人　やの・みねと
　6385「日本現代詩大系 全10巻」
　◇毎日出版文化賞（第5回/昭和26年）

矢萩 麗好　やはぎ・れいこ
　6386「鯨のむこうの」
　◇野原水嶺賞（第18回/平成14年）

薮内 久　やぶうち・ひさし
　6387「シャンソンのアーティストたち」
　◇毎日出版文化賞（第47回/平成5年—特別賞）
　「シャンソンのアーティストたち」 松本工房　1993.7　726p　21cm　9800円　Ⓘ4-944055-02-1

藪内 亮輔　やぶうち・りょうすけ
　6388「花と雨」
　◇角川短歌賞（第58回/平成24年）

矢吹 正信 やぶき・まさのぶ

6389 「もう一つの俘虜記」
◇読売「ヒューマン・ドキュメンタリー」大賞（第15回/平成6年/入選）
「翼をもがれた天使たち」佐藤尚爾, 佐藤栄子, 田辺郁, 岩森道子, 小島淑子, 矢吹正信著　読売新聞社　1995.2　301p　19cm　1300円　ⓝ4-643-95004-8

矢吹 遼子 やぶき・りょうこ

6390 「豆を煮る」
◇福島県俳句賞（第16回/平成7年度─新人賞）

矢部 雅之 やべ・まさゆき

6391 「死物におちいる病─明治期前半の歌人による現実志向の歌の試み」
◇現代短歌評論賞（第21回/平成15年）

6392 「友達ニ出会フノハ良イ事」
◇現代歌人協会賞（第48回/平成16年）
◇日本歌人クラブ新人賞（第10回/平成16年）

山内 いせ子 やまうち・いせこ

6393 「夢運び人」
◇日本随筆家協会賞（第27回/平成5年5月）
「夢運び人」日本随筆家協会　1993.9　226p　19cm　（現代随筆選書 138）1600円　ⓝ4-88933-163-8

やまうち かずじ

6394 「わ音の風景」
◇中日詩賞（第55回/平成27年─新人賞）
「わ音の風景」思潮社　2014.8　109p　19cm　2400円　ⓝ978-4-7837-3431-4

山内 清 やまうち・きよし

6395 「せかいの片側」（詩集）
◇銀河詩手帖賞（第2回/昭和57年）

山内 功一郎 やまうち・こういちろう

6396 「マイケル・パーマー─オルタナティヴなヴィジョンを求めて」
◇鮎川信夫賞（第7回/平成28年/詩論集部門）
「マイケル・パーマー─オルタナティヴなヴィジョンを求めて」思潮社　2015.12　279p　19cm　3000円　ⓝ978-4-7837-2629-6

山内 進 やまうち・すすむ

6397 「北の十字軍」を中心として
◇サントリー学芸賞（第20回/平成10年度─思想・歴史部門）
「北の十字軍─「ヨーロッパ」の北方拡大」講談社　1997.9　326p　19cm　（講談社選書メチエ）1553円　ⓝ4-06-258112-4
「北の十字軍─「ヨーロッパ」の北方拡大」講談社　2011.1　381p　15cm　（講談社学術文庫）1150円　ⓝ978-4-06-292033-9

山内 昶 やまうち・ひさし

6398 「「食」の歴史人類学─比較文化論の地平」
◇和辻哲郎文化賞（第7回/平成6年─一般部門）
「「食」の歴史人類学─比較文化論の地平」人文書院　1994.5　363p　20cm　2987円　ⓝ4-409-53015-1

山内 昌之 やまうち・まさゆき

6399 「スルタンガリエフの夢」
◇サントリー学芸賞（第9回/昭和62年度─思想・歴史部門）
「スルタンガリエフの夢─イスラム世界とロシア革命」東京大学出版会　1986.12　366, 17p　19cm　（新しい世界史 2）2000円　ⓝ4-13-025066-3
「スルタンガリエフの夢─イスラム世界とロシア革命」山内冒之著　岩波書店　2009.1　432, 35p　15cm　（岩波現代文庫）1500円　ⓝ978-4-00-600201-5

6400 「瀕死のリヴァイアサン」
◇毎日出版文化賞（第44回/平成2年）
「瀕死のリヴァイアサン─ペレストロイカと民族問題」ティビーエス・ブリタニカ　1990.2　381p　19cm　2200円　ⓝ4-484-90202-8
「瀕死のリヴァイアサン─ロシアのイスラムと民族問題」講談社　1995.6　443p　15cm　（講談社学術文庫）1000円　ⓝ4-06-159181-9

山内　美恵子　　やまうち・みえこ
6401　「誕生日の贈り物」
◇日本随筆家協会賞（第42回/平成12年11月）
「優しい眼差し」　日本随筆家協会　2001.3　223p　20cm（現代名随筆叢書 31）1500円　①4-88933-250-2

山内　由紀人　　やまうち・ゆきひと
6402　「生きられた自我―高橋たか子論」
◇群像新人文学賞〔評論部門〕（第27回/昭和59年―評論（優秀作））
「神と出会う―高橋たか子論」　書肆山田　2002.3　356p　19cm　2800円　①4-87995-537-X

山岡　頼弘　　やまおか・よりひろ
6403　「中原中也の「履歴」」
◇群像新人文学賞〔評論部門〕（第42回/平成11年―評論優秀作）

山折　哲雄　　やまおり・てつお
6404　「愛欲の精神史」
◇和辻哲郎文化賞（第14回/平成13年度/一般部門）
「愛欲の精神史」　小学館　2001.7　590p　20cm　4700円　①4-09-626127-0
「愛欲の精神史　1　性愛のインド」　角川学芸出版, 角川グループパブリッシング〔発売〕　2010.3　300p　15cm（角川ソフィア文庫）857円　①978-4-04-409418-8
「愛欲の精神史　2　密教的エロス」　角川学芸出版, 角川グループパブリッシング〔発売〕　2010.3　263p　15cm（角川ソフィア文庫）819円　①978-4-04-409419-5
「愛欲の精神史　3　王朝のエロス」　増補新訂版　角川学芸出版, 角川グループパブリッシング〔発売〕　2010.3　205p　15cm（角川ソフィア文庫）705円　①978-4-04-409420-1

山形　彩美　　やまがた・あやみ
6405　「三宅嘯山の芭蕉神聖化批判―『莠亭画讃集』『芭蕉翁讃』をめぐって」
◇奥の細道文学賞（第7回/平成25年―ドナルド・キーン賞）

山形　孝夫　　やまがた・たかお
6406　「砂漠の修道院」
◇日本エッセイスト・クラブ賞（第36回/昭和63年）
「砂漠の修道院」　新潮社　1987.10　260p　19cm（新潮選書）830円　①4-10-600336-8
「砂漠の修道院」　平凡社　1998.1　270p　16cm（平凡社ライブラリー）900円　①4-582-76229-8

山形　照美　　やまがた・てるみ
6407　「ムーン・アクアリウム」
◇栃木県現代詩人会賞（第39回）
「ムーン・アクアリウム―山形照美詩集」　書肆青樹社　2004.2　101p　22cm　2200円　①4-88374-128-1

山形　治江　　やまがた・はるえ
6408　「ギリシャ劇大全」
◇AICT演劇評論賞（第16回/平成23年）
「ギリシャ劇大全」　論創社　2010.5　415p　21cm　3200円　①978-4-8460-0956-4

山上　樹実雄　　やまがみ・きみお
6409　「四時抄」
◇俳句四季大賞（第3回/平成15年）
「四時抄―句集」　花神社　2002.7　215p　20cm（花神俳人選）2700円　①4-7602-1703-7
6410　「翠微」
◇俳人協会賞（第35回/平成7年）
「翠微―山上樹実雄句集」　花神社　1995.7　178p　20cm　2800円　①4-7602-1362-7

山川　静夫　　やまかわ・しずお
6411　「大向うの人々　歌舞伎座三階人情ばなし」
◇講談社エッセイ賞（第26回/平成22年）
「大向うの人々―歌舞伎座三階人情ばなし」　講談社　2009.9　231p　20cm　1700円　①978-4-06-215636-3
6412　「名手名言」
◇日本エッセイスト・クラブ賞（第38回/平成2年）

やまかわ

「名手名言」 文藝春秋 1992.11 270p 15cm（文春文庫）450円 ⓘ4-16-742403-7

山川　純子　やまかわ・じゅんこ

6413 「凍天の牛」
◇北海道新聞短歌賞（第18回/平成15年―佳作）
「凍天の牛―歌集」 ながらみ書房 2003.6 204p 22cm 2600円 ⓘ4-86023-164-3

山川　奈々恵　やまかわ・ななえ

6414 「波」
◇現代詩加美未来賞（第15回/平成17年度―落鮎塾あけぼの賞）

山川　文太　やまがわ・もんた

6415 「げれんサチコーから遠く」
◇山之口貘賞（第24回/平成13年）
「げれんサチコーから遠く―詩集」 ニライ社 2001.4 87p 22cm 2000円 ⓘ4-931314-47-3

山木　礼子　やまき・れいこ

6416 「目覚めればあしたは」
◇短歌研究新人賞（第56回/平成25年）

山岸　昭枝　やまぎし・あきえ

6417 「ちゃんめろの山里で」
◇読売「ヒューマン・ドキュメンタリー」大賞（第13回/平成4年―入賞）
「ちゃんめろの山里で」 山岸昭枝, 吉開若菜, 小川弥栄子, 玉置和子, 沖野智津子著 読売新聞社 1993.2 293p 19cm 1400円 ⓘ4-643-93010-1

山岸　由佳　やまぎし・ゆか

6418 「仮想空間」
◇現代俳句新人賞（第33回/平成27年）

山際　淳司　やまぎわ・じゅんじ

6419 「スローカーブを、もう一球」
◇日本ノンフィクション賞（第8回/昭和56年）
「スローカーブを、もう一球」 角川書店 1981.8 247p 20cm 990円
「スローカーブを、もう一球」 角川書店 1985.2 254p 15cm（角川文庫）340円 ⓘ4-04-154002-X
「スローカーブを、もう一球」 全国学校図書館協議会 1993.1 45p 19cm（集団読書テキスト 第2期 B110）194円 ⓘ4-7933-8110-3
「山際淳司―スポーツ・ノンフィクション傑作集成」 文藝春秋 1995.10 796p 19cm 4800円 ⓘ4-16-350720-5
「スローカーブを、もう一球」 埼玉福祉会 2002.10 2冊 22cm（大活字本シリーズ）3200円;3300円 ⓘ4-88419-172-2, 4-88419-173-0
「スローカーブを、もう一球」 改版 角川書店, 角川グループパブリッシング〔発売〕 2012.6 285p 15cm（角川文庫）552円 ⓘ978-4-04-100327-5

山口　明子　やまぐち・あきこ

6420 「さくらあやふく」
◇ながらみ書房出版賞（第21回/平成25年）
「さくらあやふく―歌集」 ながらみ書房 2012.8 215p 20cm 2500円 ⓘ978-4-86023-782-0

山口　晃　やまぐち・あきら

6421 「ヘンな日本美術史」
◇小林秀雄賞（第12回/平成25年）
「ヘンな日本美術史」 祥伝社 2012.11 252p 19cm 1800円 ⓘ978-4-396-61437-9

山口　英二　やまぐち・えいじ

6422 「古書守り」
◇角川俳句賞（第10回/昭和39年）

山口　剛　やまぐち・ごう

6423 「手紙」
◇新俳句人連盟賞（第32回/平成16年/作品の部/佳作3位）

山口　恒治　やまぐち・こうじ

6424 「真珠出海」
◇山之口貘賞（第23回/平成12年）
「真珠出海―山口恒治詩集」 榕樹書林 2000.3 87p 16×22cm 2500円 ⓘ4-947667-64-8

山口 瑞鳳　やまぐち・ずいほう
6425　「チベット」(上・下)
◇毎日出版文化賞（第42回/昭和63年）
「チベット　上」　東京大学出版会　1987.6　33p　19cm（東洋叢書 3）2600円　①4-13-013033-1
「チベット　下」　東京大学出版会　1988.3　372, 24p　19cm（東洋叢書 4）2800円　①4-13-013034-X
「チベット　下」改訂版　東京大学出版会　2004.6　378, 25p　20cm（東洋叢書 4）4200円　①4-13-013049-8

山口 宗一　やまぐち・そういち
6426　「聴け!!南海の幽鬼の慟哭を　最後の一兵痛恨の記録」
◇週刊金曜日ルポルタージュ大賞（第17回/平成18年/特別賞）

山口 草堂　やまぐち・そうどう
6427　「四季蕭嘯」
◇蛇笏賞（第11回/昭和52年）
「四季蕭嘯―句集」　牧羊社　1977.5　185p　20cm　2000円

山口 都茂女　やまぐち・ともじょ
6428　「面打」
◇俳句研究賞（第3回/昭和63年）

山口 仲美　やまぐち・なかみ
6429　「日本語の歴史」
◇日本エッセイスト・クラブ賞（第55回/平成19年）
「日本語の歴史」　岩波書店　2006.5　230p　18cm（岩波新書）740円　①4-00-431018-0
6430　「平安文学の文体の研究」
◇金田一京助博士記念賞（第12回/昭和59年度）
「平安文学の文体の研究」　明治書院　1984.2　566p　22cm　8800円

山口 春樹　やまぐち・はるき
6431　「象牙の塔の人々」
◇小野十三郎賞（第11回/平成21年/特別奨励賞(詩集)）
「象牙の塔の人々―山口春樹詩集」　澪標　2009.5　105p　21cm　1600円　①978-4-86078-144-6

山口 仁奈子　やまぐち・ひなこ
6432　「旅の途上で」
◇奥の細道文学賞（第3回/平成10年―佳作）

山口 裕之　やまぐち・ひろゆき
6433　「コンディヤックの思想―哲学と科学のはざまで」
◇渋沢・クローデル賞（第20回/平成15年/日本側本賞）
「コンディヤックの思想―哲学と科学のはざまで」　勁草書房　2002.11　306, 5p　22cm　6000円　①4-326-10142-3

山口 富士雄　やまぐち・ふじお
6434　「いまさら…」
◇日本随筆家協会賞（第24回/平成3年11月）

山口 文子　やまぐち・ふみこ
6435　「初神籤」
◇福島県俳句賞（第31回/平成22年―新人賞）

山口 雅子　やまぐち・まさこ
6436　「春の風車」
◇短歌研究新人賞（第2回/昭和34年）

山口 真澄　やまぐち・ますみ
6437　「先生VSコンバイン」
◇現代詩加美未来賞（第3回/平成5年―中新田若鮎賞）

山口 康子　やまぐち・やすこ
6438　「今昔物語集の文章研究―書きとめられた「ものがたり」」
◇新村出賞（第19回/平成12年）
「今昔物語集の文章研究―書きとめられた「ものがたり」」　おうふう　2000.3　793p　22cm　28000円　①4-273-03119-1

山口 優夢　やまぐち・ゆうむ
6439　「投函」
◇角川俳句賞（第56回/平成22年）

山口 幸洋　やまぐち・ゆきひろ
6440　「新居町の方言体系」

◇新村出賞 （第4回/昭和60年）
「新居町史　第3巻　風土編」　新居町　1985.3　953p　22cm

山口　由美　やまぐち・ゆみ

6441　「R130—#34 封印された写真—ユージン・スミスの『水俣』」
◇小学館ノンフィクション大賞（第19回/平成24年/大賞）
「ユージン・スミス 水俣に捧げた写真家の1100日」　小学館　2013.4　237p　19cm　1600円　①978-4-09-379844-0
※受賞作「R130—#34 封印された写真—ユージン・スミスの『水俣』」を改題

山口　佳紀　やまぐち・よしのり

6442　「古代日本語文法の成立の研究」
◇新村出賞（第4回/昭和60年）
「古代日本語文法の成立の研究」　有精堂出版　1985.1　652p　22cm　15000円　①4-640-30571-0

山崎　栄治　やまざき・えいじ

6443　「聚落」
◇高村光太郎賞（第7回/昭和39年）

山崎　一穎　やまざき・かずひで

6444　「森鷗外・歴史文学研究」
◇やまなし文学賞〔研究・評論部門〕（第11回/平成14年度—研究・評論部門）
「森鷗外・歴史文学研究」　おうふう　2002.10　379p　21cm　8800円　①4-273-03242-2

山崎　聡子　やまざき・さとこ

6445　「死と放埒な君の目と」
◇短歌研究新人賞（第53回/平成22年）
「手のひらの花火—山崎聡子歌集」　短歌研究社　2013.5　160p　20cm　1800円　①978-4-86272-319-2

6446　「手のひらの花火」
◇現代短歌新人賞（第14回/平成25年度）
「手のひらの花火—山崎聡子歌集」　短歌研究社　2013.5　160p　20cm　1800円　①978-4-86272-319-2

山崎　純治　やまさき・じゅんじ

6447　「異本にまた曰く」
◇福岡県詩人賞（第51回/平成27年）
「異本にまた曰く」　書肆侃侃房　2014.6　102p　19cm　2000円　①978-4-86385-148-1

山嵜　高裕　やまざき・たかひろ

6448　「HOMEANDHOME-WORK」
◇現代詩新人賞（平成18年—詩部門）

山崎　千津子　やまざき・ちづこ

6449　「ボートピア騒動始末記—ボートピア建設阻止を勝ち取るまで」
◇週刊金曜日ルポルタージュ大賞（第13回/平成15年3月/優秀賞）

山崎　柄根　やまさき・つかね

6450　「鹿野忠雄—台湾に魅せられたナチュラリスト」
◇日本エッセイスト・クラブ賞（第40回/平成4年）
「鹿野忠雄—台湾に魅せられたナチュラリスト」　平凡社　1992.2　335p　19cm　2700円　①4-582-37381-X

山崎　朋子　やまざき・ともこ

6451　「サンダカン八番娼館」
◇大宅壮一ノンフィクション賞（第4回/昭和48年）
「サンダカン八番娼館」　新装版　文藝春秋　2008.1　438p　15cm（文春文庫）　714円　①978-4-16-714708-2

山崎　夏代　やまざき・なつよ

6452　「松之山・大島村、棚田茅屋根ロケハン行」
◇JTB旅行記賞（第7回/平成10年度/佳作）

山崎　ひさを　やまざき・ひさお

6453　「龍土町」
◇日本詩歌句大賞（第5回/平成21年度/俳句部門/大賞）
「龍土町—句集」　文學の森　2008.9　181p　20cm（青山叢書 第100集—心に残る現代の俳句作家）　①978-4-86173-

748-0

山崎　章郎　やまざき・ふみお

6454　「病院で死ぬということ」
◇日本エッセイスト・クラブ賞（第39回/平成3年）
「病院で死ぬということ」　文藝春秋　1996.5　269p　15cm（文春文庫）480円　Ⓘ4-16-735402-0
「続 病院で死ぬということ─そして今、僕はホスピスに」　文藝春秋　1996.8　251p　15cm（文春文庫）450円　Ⓘ4-16-735403-9

山崎　正和　やまざき・まさかず

6455　「鷗外、闘う家長」
◇読売文学賞（第24回/昭和47年─評論・伝記賞）
「鷗外─闘う家長」　新潮社　1980.7　289p　15cm（新潮文庫）320円

6456　「病みあがりのアメリカ」
◇毎日出版文化賞（第29回/昭和50年）
「山崎正和著作集　10　病みあがりのアメリカ」　中央公論社　1982.6　437p　20cm　3500円

山崎　正子　やまさき・まさこ

6457　「りく様のごとく」
◇大石りくエッセー賞（第1回/平成9年─優秀賞）

山崎　方代　やまさき・まさよ

6458　「めし」
◇「短歌」愛読者賞（第1回/昭和49年─作品部門）

山崎　摩耶　やまざき・まや

6459　「やさしき長距離ランナーたち」
◇潮賞（第3回/昭和59年─ノンフィクション）
「やさしき長距離ランナーたち」　潮出版社　1984.9　243p　20cm　1000円

山崎　光夫　やまさき・みつお

6460　「藪の中の家─芥川自死の謎を解く」
◇新田次郎文学賞（第17回/平成10年）
「藪の中の家─芥川自死の謎を解く」　中央公論新社　2008.7　312p　15cm（中公文庫）　838円　Ⓘ978-4-12-205093-8

山崎　睦男　やまざき・むつお

6461　詩「無花果（いちぢく）」，エッセイ「吉増剛造さん・マリリアさん・ジャン＝フランソワ・ポーヴロスさんを銀河詩のいえにお迎えして」
◇銀河・詩のいえ賞（第5回/平成20年）

6462　「白鯨」
◇現代詩人アンソロジー賞（第3回/平成5年/最優秀）

山崎　祐子　やまざき・ゆうこ

6463　「点睛」
◇俳人協会新人賞（第28回/平成16年）
「点睛─句集」　角川書店　2004.7　207p　20cm　2700円　Ⓘ4-04-876210-9

山崎　るり子　やまざき・るりこ

6464　「風ぼうぼうぼう」
◇土井晩翠賞（第45回/平成16年）
「風ぼうぼうぼう」　思潮社　2004.5　102p　22cm　2000円　Ⓘ4-7837-1920-9

6465　「だいどころ」
◇現代詩花椿賞（第18回/平成12年）
「だいどころ」　思潮社　2000.6　109p　22cm　2400円　Ⓘ4-7837-1202-6

山崎　和賀流　やまさき・わがる

6466　「奥羽山系」
◇角川俳句賞（第19回/昭和48年）

山下　泉　やました・いずみ

6467　「光の引用」
◇現代歌人集会賞（第31回/平成17年度）
「光の引用─歌集」　砂子屋書房　2005.6　228p　20cm（塔21世紀叢書　第64篇）2800円　Ⓘ4-7904-0844-2

山下　喜美子　やました・きみこ

6468　「約束」
◇日本歌人クラブ推薦歌集（第7回/昭和36年）

山下 喜巳子 やました・きみこ
6469 「わが額に雪降るとき」
◇荒木暢夫賞（第5回/昭和46年）

山下 徹 やました・とおる
6470 「黙礼」（詩集）（自家版）
◇銀河詩手帖賞（第4回/昭和59年）

山下 雅人 やました・まさと
6471 「現代短歌とロマンチシズム」
◇現代短歌評論賞（第2回/昭和59年—特別賞）
6472 「現代短歌における"私"の変容」
◇現代短歌評論賞（第3回/昭和60年）

山下 雅之 やました・まさゆき
6473 「コントとデュルケームのあいだ—1870年代のフランス社会学」
◇渋沢・クローデル賞（第13回/平成8年—日本側特別賞（ルイ・ヴィトン・ジャパン特別賞））
「コントとデュルケームのあいだ—1870年代のフランス社会学」木鐸社 1996.2 303,6p 21cm 4635円 ①4-8332-2225-6

山下 陸奥 やました・むつ
6474 「生滅」
◇日本歌人クラブ推薦歌集（第9回/昭和38年）

山下 由佳 やました・ゆか
6475 「徒然憲法草子～生かす法の精神～」「修復的正義は機能しないのか」～高知県警白バイ事件の真相究明を求める～」
◇週刊金曜日ルポルタージュ大賞（第20回/平成21年/佳作）

山下 柚実 やました・ゆみ
6476 「ショーン—横たわるエイズ・アクティビスト」
◇「週刊ポスト」「SAPIO」21世紀国際ノンフィクション大賞（第1回/平成6年/優秀賞）
◇小学館ノンフィクション大賞（第1回/平成6年—優秀賞）

「ショーン—横たわるエイズ・アクティビスト」小学館 1994.11 266p 20×14cm 1500円 ①4-09-379511-8

山科 喜一 やましな・きいち
6477 「何時ものように」
◇新俳句人連盟賞（第36回/平成20年/作品の部/佳作2位）

山城 むつみ やましろ・むつみ
6478 「小林批評のクリティカル・ポイント」
◇群像新人文学賞〔評論部門〕（第35回/平成4年—評論）
6479 「ドストエフスキー」
◇毎日出版文化賞（第65回/平成23年—文学・芸術部門）
「ドストエフスキー」講談社 2015.12 661p 15cm（講談社文芸文庫）2500円 ①978-4-06-290296-0

山城屋 哲 やましろや・さとし
6480 「心が疲れ果てるまで」
◇ザ・ビートルズ・クラブ大賞（第14回/平成16年—文学部門）
6481 「復活祭の朝に」（エッセイ）
◇ザ・ビートルズ・クラブ大賞（第1回/平成3年—文学部門）

山田 明希 やまだ・あき
6482 「父娘チャリダー（自転車族）、白夜のアラスカを行く」
◇JTB旅行記賞（第12回/平成15年）

小名木 綱夫 やまだ・あき
6483 「太鼓」
◇啄木賞（第3回/昭和24年）
「現代短歌全集 第11巻 昭和25年～27年」山田あき〔ほか〕著 筑摩書房 1981.2 512p 23cm 4000円
「現代短歌全集 第11巻 昭和二十五年～二十七年」山田あき著者代表 筑摩書房 2002.4 512p 21cm 6600円 ①4-480-13831-5

山田 塊也 やまだ・かいや
6484 「マリファナとヘンプの最後進国」
◇週刊金曜日ルポルタージュ大賞（第

16回/平成17年/佳作）

山田 和　やまだ・かず

6485　「インド ミニアチュール幻想」
◇講談社ノンフィクション賞（第19回/平成9年）
「インド ミニアチュール幻想」 山田和著, 横尾忠則造本　平凡社　1996.7　422p　21cm　3400円　Ⓘ4-582-48122-1
「インド ミニアチュール幻想」 文藝春秋　2009.11　511p　15cm（文春文庫）876円　Ⓘ978-4-16-777319-9

6486　「知られざる魯山人」
◇大宅壮一ノンフィクション賞（第39回/平成20年）
「知られざる魯山人」 文藝春秋　2007.10　541p　20cm　2857円　Ⓘ978-4-16-369570-9

山田 克哉　やまだ・かつや

6487　「宇宙のからくり 人間は宇宙をどこまで理解できるか？」
◇講談社出版文化賞（第30回/平成11年/科学出版賞）
「宇宙のからくり―人間は宇宙をどこまで理解できるか？」 講談社　1998.6　270p　18cm（ブルーバックス）980円　Ⓘ4-06-257220-6
「宇宙のからくり――一からわかる宇宙論」 第2版　講談社　2005.4　234p　18cm（ブルーバックス）880円　Ⓘ4-06-257476-4

山田 公子　やまだ・きみこ

6488　「平成の大三郎」
◇大石りくエッセー賞（第2回/平成11年―特別賞）

山田 茂　やまだ・しげる

6489　「赤坂真理」
◇群像新人文学賞〔評論部門〕（第48回/平成17年―評論優秀作）

山田 正太郎　やまだ・しょうたろう

6490　「活断層」
◇新俳句人連盟賞（第41回/平成25年/作品の部（俳句）/佳作1位）

山田 進輔　やまだ・しんすけ

6491　「乾ける土」
◇高見楢吉賞（第8回/昭和48年）

山田 征司　やまだ・せいし

6492　「渡辺白泉私論『支那事変群作』を巡って」
◇現代俳句評論賞（第33回/平成25年度）

山田 太一　やまだ・たいち

6493　「月日の残像」
◇小林秀雄賞（第13回/平成26年）
「月日の残像」 新潮社　2016.6　312p　15cm（新潮文庫）550円　Ⓘ978-4-10-101827-0

山田 隆昭　やまだ・たかあき

6494　「うしろめた屋」
◇H氏賞（第47回/平成9年）
「うしろめた屋」 土曜美術社出版販売　1996.6　95p　21cm（21世紀詩人叢書）1900円　Ⓘ4-8120-0589-2

6495　「鬼を言う」
◇年刊現代詩集新人賞（第5回/昭和59年）

6496　「仮構の部屋」
◇年刊現代詩集新人賞（第4回/昭和58年―佳作）

山田 たかし　やまだ・たかし

6497　「有明物語」
◇奥の細道文学賞（第3回/平成10年）

山田 智彦　やまだ・ともひこ

6498　「水中庭園」
◇毎日出版文化賞（第31回/昭和52年）
「水中庭園」 福武書店　1989.7　350p　15cm（福武文庫）700円　Ⓘ4-8288-3104-5

山田 はま子　やまだ・はまこ

6499　「木の匙」
◇日本歌人クラブ推薦歌集（第3回/昭和32年）
「木の匙―山田はま子歌集」 白玉書房　1955　158p　19cm（未来・歌集シリーズ 第4篇）

山田 弘子　やまだ・ひろこ

6500　「去年今年」
◇日本伝統俳句協会賞（第2回/平成3年―協会賞）

6501　「残心」
◇日本詩歌句大賞（第3回/平成19年度/俳句部門/大賞）
「残心―句集」　角川書店　2006.2　217p　20cm　2667円　①4-04-651855-3

6502　「十三夜」
◇日本伝統俳句協会賞（第19回/平成19年度）

山田 富士郎　やまだ・ふじろう

6503　「アビー・ロードを夢見て」
◇角川短歌賞（第33回/昭和62年）
◇現代歌人協会賞（第35回/平成3年）
「歌集 アビーロードを夢見て」　雁書館　1991.11　240p　21cm　2200円

6504　「羚羊譚」
◇短歌四季大賞（第1回/平成13年）
◇寺山修司短歌賞（第6回/平成13年）

山田 まさ子　やまだ・まさこ

6505　「面影の旅」
◇JTB旅行記賞（第12回/平成15年/佳作）

山田 真砂年　やまだ・まさとし

6506　「西へ出づれば」
◇俳人協会新人賞（第19回/平成7年）
「西へ出づれば―句集」　花神社　1995.9　175p　20cm　（未来図叢書 第59篇）　2500円　①4-7602-1375-9

山田 みさ子　やまだ・みさこ

6507　「サト子さんの花」
◇日本随筆家協会賞（第51回/平成17年2月）
「わたしの城」　日本随筆家協会　2005.9　223p　20cm　（現代名随筆叢書 73）　1500円　①4-88933-300-2

山田 みづえ　やまだ・みづえ

6508　「梶の花」
◇角川俳句賞（第14回/昭和43年）

6509　「木語」
◇俳人協会賞（第15回/昭和50年度）
「定本木語」　邑書林　1996.5　197p　18cm　（木語叢書 第90篇）　2400円　①4-89709-166-7

山田 稔　やまだ・みのる

6510　「ああ、そうかね」
◇日本エッセイスト・クラブ賞（第45回/平成9年）
「ああ、そうかね」　京都新聞社　1996.10　223p　19cm　1600円　①4-7638-0402-2

山田 よう　やまだ・よう

6511　「虚構の中へ」
◇詩人会議新人賞（第38回/平成16年/詩/佳作）

山田 佳乃　やまだ・よしの

6512　「水の声」
◇日本伝統俳句協会賞（第21回/平成21年度）

山田 航　やまだ・わたる

6513　「さよならバグ・チルドレン」
◇北海道新聞短歌賞（第27回/平成24年）
◇現代歌人協会賞（第57回/平成25年）
「さよならバグ・チルドレン―山田航歌集」　ふらんす堂　2012.8　132p　19cm　2200円　①978-4-7814-0403-5

6514　「樹木を詠むという思想」
◇現代短歌評論賞（第27回/平成21年）

6515　「夏の曲馬団」
◇角川短歌賞（第55回/平成21年）

山地 美登子　やまち・みとこ

6516　「ウォーク号の金メダル」
◇読売「ヒューマン・ドキュメンタリー」大賞（第16回/平成7年/奨励賞）
「ウォーク号の金メダル」　栗山直博　1997.5　52p　19cm

大和 史郎　やまと・しろう

6517　「今甦る白鳥の沼」
◇北海道ノンフィクション賞（第14回/平成6年―佳作）

6518 「夏休みの長い一日」
◇北海道ノンフィクション賞（第13回/平成5年—奨励賞）

山戸 則江　やまと・のりえ

6519 「祈り」
◇現代俳句新人賞（第25回/平成19年）

山名 康郎　やまな・やすろう

6520 「冬の骨」
◇日本歌人クラブ賞（第33回/平成18年）
「冬韻集—山名康郎歌集」　短歌新聞社　2006.1　130p　19cm（新現代歌人叢書24）952円　①4-8039-1262-9

山中 純枝　やまなか・すみえ

6521 「生協の姿勢を問う—人工甘味料・アスパルテーム使用食品取り扱いをめぐって」
◇週刊金曜日ルポルタージュ大賞（第4回/平成10年9月/選外期待賞）

山中 智恵子　やまなか・ちえこ

6522 「青章」
◇現代短歌女流賞（第3回/昭和53年）
「青章—歌集」　国文社　1978.8　224p　22cm　2500円
「山中智恵子全歌集」　砂子屋書房　2007　622p　23cm　12000円　①978-4-7904-1009-6

6523 「星肆」
◇迢空賞（第19回/昭和60年）
「星肆 歌集」　砂子屋書房　1984　204p　20cm
「山中智恵子全歌集」　砂子屋書房　2007　622p　23cm　12000円　①978-4-7904-1009-6

6524 「星物語」
◇短歌研究賞（第20回/昭和59年）

6525 「玲瓏之記」
◇前川佐美雄賞（第3回/平成17年）
「玲瓏之記—歌集」　砂子屋書房　2004.5　222p　20cm　3000円　①4-7904-0777-2

山中 勉　やまなか・つとむ

6526 「宇宙連詩」
◇藤村記念歴程賞（第49回/平成23年/特別賞）
「宇宙連詩」　宇宙航空研究開発機構監修　メディアパル　2008.10　122p　22cm　1524円　①978-4-89610-086-0

山中 利子　やまなか・としこ

6527 「だあれもいない日」
◇三越左千夫少年詩賞（第3回/平成11年）
「だあれもいない日—わたしのおじいちゃんおばあちゃん」　山中利子詩、やまわきゆりこ絵　リーブル　1998.7　101p　19cm　952円　①4-947581-19-0

山中 弘　やまなか・ひろし

6528 「春の雪」
◇深吉野賞（第4回/平成8年—佳作）

山中 六　やまなか・むつ

6529 「見えてくる」
◇山之口貘賞（第16回/平成5年）
「見えてくる—詩集」　本多企画　1992.11　59p　19cm　1200円

山中 律雄　やまなか・りつゆう

6530 「変遷」
◇日本詩歌句大賞（第5回/平成21年度/短歌部門/大賞）
「変遷—山中律雄歌集」　角川書店　2009.1　165p　20cm（運河叢書）2571円　①978-4-04-652060-9

山根 千恵子　やまね・ちえこ

6531 「風の扉 水の扉 そっとたたく白い手」
◇北海道詩人協会賞（第32回/平成7年度）

山根 真矢　やまね・まや

6532 「少年の時間」
◇俳句研究賞（第15回/平成12年）

山埜井 喜美枝　やまのい・きみえ

6533 「はらりさん」
◇詩歌文学館賞（第19回/平成16年/短歌部門）
「はらりさん—山埜井喜美枝歌集」　砂子屋書房　2003.8　215p　22cm　3000円

①4-7904-0730-6

山之内 朗子　やまのうち・あきこ

6534　「鎮魂の旅の歌」
◇奥の細道文学賞（第3回/平成10年―佳作）

山内 喜美子　やまのうち・きみこ

6535　「世界で一番売れている薬」
◇小学館ノンフィクション大賞（第13回/平成18年/優秀賞）
「世界で一番売れている薬」　小学館　2007.1　251p　20cm　1600円　①4-09-389700-X

山之口 貘　やまのくち・ばく

6536　「定本山之口貘詩集」
◇高村光太郎賞（第2回/昭和34年）
「定本 山之口貘詩集」　新装版　原書房　2010.12　212p　19cm　2800円　①978-4-562-04662-1

山宮 允　やまみや・まこと

6537　「日本現代詩大系 全10巻」
◇毎日出版文化賞（第5回/昭和26年）

山村 勝子　やまむら・かつこ

6538　「父の願い」
◇日本随筆家協会賞（第53回/平成18年2月）
「父の願い」　日本随筆家協会　2006.8　210p　20cm（現代名随筆叢書 80）1500円　①4-88933-310-X

山村 美恵子　やまむら・みえこ

6539　「軍手」
◇深吉野賞（第10回/平成14年）

6540　「夢の淵」
◇深吉野賞（第6回/平成10年―佳作）

山村 泰彦　やまむら・やすひこ

6541　「歌集 日日の庭」
◇島木赤彦文学賞（第15回/平成25年）
「日日の庭―歌集」　角川書店　2012.11　277p　20cm（角川平成歌人双書§朝霧叢書 第66篇）2571円　①978-4-04-652443-0

山室 恭子　やまむろ・きょうこ

6542　「中世のなかに生まれた近世」
◇サントリー学芸賞（第13回/平成3年度―思想・歴史部門）
「中世のなかに生まれた近世」　吉川弘文館　1991.6　361,5p　19cm（中世史研究選書）2900円　①4-642-02663-0
「中世のなかに生まれた近世」　講談社　2013.5　419p　15cm（講談社学術文庫）1250円　①978-4-06-292170-1

山室 静　やまむろ・しずか

6543　「アンデルセンの生涯」
◇毎日出版文化賞（第29回/昭和50年）
「アンデルセンの生涯」　社会思想社　1993.8　341p　15cm（現代教養文庫）720円　①4-390-11496-4
「アンデルセンの生涯」　改版14刷　新潮社　2005.12　278p　20cm（新潮選書）1300円　①4-10-600173-X

山室 信一　やまむろ・しんいち

6544　「憲法9条の思想水脈」
◇司馬遼太郎賞（第11回/平成20年）
「憲法9条の思想水脈」　朝日新聞社　2007.6　289p　19cm（朝日選書）1300円　①978-4-02-259923-0

6545　「法制官僚の時代」
◇毎日出版文化賞（第39回/昭和60年）
「法制官僚の時代―国家の設計と知の歴程」　木鐸社　1984.12　426,21p　22cm　4000円

山本 市朗　やまもと・いちろう

6546　「北京三十五年」（上・下）
◇毎日出版文化賞（第34回/昭和55年）
「北京三十五年―中国革命の中の日本人技師 上」　岩波書店　1980.7　192p　18cm（岩波新書）380円
「北京三十五年―中国革命の中の日本人技師 下」　岩波書店　1980.8　203p　18cm（岩波新書）380円

山本 一生　やまもと・いっしょう

6547　「恋と伯爵と大正デモクラシー」
◇日本エッセイスト・クラブ賞（第56回/平成20年）
「恋と伯爵と大正デモクラシー―有馬頼寧日記1919」　日本経済新聞出版社　2007.9　365p　20cm　2000円　①978-4-

532-16636-6

山本 一歩　やまもと・いっぽ
6548　「耳ふたつ」
◇俳人協会新人賞（第23回/平成11年）

6549　「指」
◇角川俳句賞（第42回/平成8年）

山本 沖子　やまもと・おきこ
6550　「朝のいのり」
◇現代詩女流賞（第4回/昭和54年）

山本 和夫　やまもと・かずお
6551　「戦争」
◇文芸汎論詩集賞（第6回/昭和14年）
「戦争―山本和夫作品集」　不確定性ペーパ刊行会　昭和13　1冊（頁付なし）23cm

山本 和之　やまもと・かずゆき
6552　「樹氷群」
◇「短歌現代」新人賞（第21回/平成18年）

山本 かね子　やまもと・かねこ
6553　「月夜見」
◇日本歌人クラブ賞（第13回/昭和61年）
「月夜見―歌集」　不識書院　1985.9　182p　20cm（沃野叢書 第151篇）2500円

6554　「山本かね子全歌集」
◇日本歌人クラブ大賞（第5回/平成26年）
「山本かね子全歌集」　本阿弥書店　2013.5　707p　22cm（沃野叢書 第300篇）8500円　①978-4-7768-0983-8

山本 寛太　やまもと・かんた
6555　「真菰」
◇日本歌人クラブ賞（第25回/平成10年）
「真菰―歌集」　短歌新聞社　1997.6　240p　20cm（青垣叢書 第218篇）2500円

山本 希久子　やまもと・きくこ
6556　「イヤリング」
◇川柳文学賞（第6回/平成25年―準賞）
「イヤリング―川柳句集」　川柳塔社　2012.5　203p　19cm

山本 くに子　やまもと・くにこ
6557　「一隅の秋」
◇日本随筆家協会賞（第29回/平成6年5月）
「白牡丹」　日本随筆家協会　1994.7　224p　19cm（現代随筆選書 147）1600円　①4-88933-173-5

やまもと くみこ
6558　「赤と黒と緑の地にて」
◇小学館ノンフィクション大賞（第10回/平成15年/優秀賞）
「中国人ムスリムの末裔たち―雲南からミャンマーへ」　小学館　2004.6　318p　19cm（Sapio選書）1400円　①4-09-389537-6

6559　「"私"の存在」
◇潮賞（第4回/昭和60年―ノンフィクション）

山本 圭子　やまもと・けいこ
6560　「菩提樹の種」
◇福島県短歌賞（第33回/平成20年度―短歌賞）

山本 健吉　やまもと・けんきち
6561　「柿本人麻呂」
◇読売文学賞（第14回/昭和37年―評論・伝記賞）
「柿本人麻呂」　河出書房新社　1990.11　300p　15cm（河出文庫）680円　①4-309-40288-7

6562　「古典と現代文学」
◇読売文学賞（第7回/昭和30年―文芸評論賞）
「昭和文学全集　9」　小林秀雄,河上徹太郎,中村光夫,山本健吉著　小学館　1987.11　1134p　21cm　4000円　①4-09-568009-1
「古典と現代文学」　講談社　1993.4　270p　15cm（講談社文芸文庫―現代日本のエッセイ）940円　①4-06-196221-3

6563　「最新俳句歳時記」
◇読売文学賞（第24回/昭和47年―研究・翻訳賞）

山本 源太　やまもと・げんた
　6564　「蛇苺」
　　◇福岡県詩人賞（第43回/平成19年）

山本 耕一路　やまもと・こういちろ
　6565　「山本耕一路全詩集」
　　◇小熊秀雄賞（第18回/昭和60年）
　　「山本耕一路全詩集　〔第1巻〕」野獣詩話会　1984.10　482p　22cm

山本 左門　やまもと・さもん
　6566　「直立」
　　◇現代俳句新人賞（第17回/平成11年）

山元 志津香　やまもと・しずか
　6567　「極太モンブラン」
　　◇日本詩歌句大賞（第6回/平成22年度/俳句部門/奨励賞）
　　「極太モンブラン―山元志津香句集」本阿弥書店　2009.4　200p　20cm（平成の100人叢書 3）　2700円　①978-4-7768-0589-2

山本 周五郎　やまもと・しゅうごろう
　6568　「樅ノ木は残った」（上・下）
　　◇毎日出版文化賞（第13回/昭和34年）
　　「山本周五郎全集　第9巻　樅の木は残った　上」新潮社　1982.11　294p　20cm　1500円
　　「山本周五郎全集　第10巻　樅ノ木は残った　下」新潮社　1982.12　338p　20cm　1600円
　　「樅の木は残った」講談社　1986.7　662p　19cm（日本歴史文学館）　2300円　①4-06-193017-6
　　「樅ノ木は残った　上巻」新潮社　2003.2　448p　16cm（新潮文庫）　629円　①4-10-113464-2
　　「樅ノ木は残った　中巻」新潮社　2003.2　416p　16cm（新潮文庫）　590円　①4-10-113465-0
　　「樅ノ木は残った　下巻」新潮社　2003.2　464p　16cm（新潮文庫）　629円　①4-10-113466-9
　　「樅ノ木は残った　上」新潮社　2013.6　549p　19cm（山本周五郎長篇小説全集第1巻）　1700円　①978-4-10-644041-0
　　「樅ノ木は残った　下」新潮社　2013.6　631p　19cm（山本周五郎長篇小説全集第2巻）　1800円　①978-4-10-644042-7

山本 淳子　やまもと・じゅんこ
　6569　「源氏物語の時代」
　　◇サントリー学芸賞（第29回/平成19年度―芸術・文学部門）
　　「源氏物語の時代――一条天皇と后たちのものがたり」朝日新聞社　2007.4　290p　19cm（朝日選書）　1300円　①978-4-02-259920-9

山本 純子　やまもと・じゅんこ
　6570　「あまのがわ」
　　◇H氏賞（第55回/平成17年）
　　「あまのがわ―詩集」花神社　2004.3　92p　22cm　1600円　①4-7602-1763-0

山本 丞　やまもと・じょう
　6571　「家系のいらだち」
　　◇北海道詩人協会賞（第4回/昭和42年度）

山本 譲司　やまもと・じょうじ
　6572　「獄窓記」
　　◇新潮ドキュメント賞（第3回/平成16年）
　　「獄窓記」ポプラ社　2003.12　391p　20cm　1500円　①4-591-07935-X
　　「獄窓記」新潮社　2008.2　533p　15cm（新潮文庫）　743円　①978-4-10-133871-2
　　「続 獄窓記」ポプラ社　2008.2　375p　19cm　1600円　①978-4-591-10180-3

山本 真吾　やまもと・しんご
　6573　「平安鎌倉時代における表白・願文の文体の研究」
　　◇新村出賞（第25回/平成18年）
　　「平安鎌倉時代に於ける表白・願文の文体の研究」汲古書院　2006.1　1174p　22cm　28000円　①4-7629-3529-8

山本 素竹　やまもと・そちく
　6574　「秋から冬へ」
　　◇日本伝統俳句協会賞（第23回/平成23年度/協会賞）
　6575　「凍湖」
　　◇日本伝統俳句協会賞（第2回/平成3年―新人賞）
　6576　「有鱗目ヘビ亜目」

◇日本伝統俳句協会賞（第4回/平成5年—協会賞）

山本 高治郎 やまもと・たかじろう
6577「母乳」
◇毎日出版文化賞（第37回/昭和58年）
「母乳」 岩波書店 1983.5 233p 18cm（岩波新書）430円
「母乳」 岩波書店 1994.2 233p 18cm（岩波新書 230）620円 ⓘ4-00-420230-2

山本 太郎 やまもと・たろう
6578「ゴリラ」
◇高村光太郎賞（第4回/昭和36年）
「ゴリラ」 ユリイカ 1960 111p 22cm

山本 千代子 やまもと・ちよこ
6579「基督者田川飛旅子—内なる迫害、そして鎮魂」
◇現代俳句評論賞（第24回/平成16年）
6580「楸邨・飛旅子の六十代—老・死・エロス—」
◇新俳句人連盟賞（第33回/平成17年/評論の部/佳作）

山本 司 やまもと・つかさ
6581「カザルスの鳥」（歌集）
◇北海道新聞短歌賞（第19回/平成16年）
「カザルスの鳥—山本司歌集」 ながらみ書房 2003.10 226p 20cm 2800円 ⓘ4-86023-195-3
6582「初評伝 坪野哲久」
◇日本歌人クラブ評論賞（第6回/平成20年）
「初評伝・坪野哲久—人間性と美の探究者」 角川書店, 角川グループパブリッシング（発売） 2007.9 639p 20cm 4000円 ⓘ978-4-04-621559-8

山本 哲也 やまもと・てつや
6583「夜の旅」
◇福岡県詩人賞（第4回/昭和43年）

山本 十四尾 やまもと・としお
6584「葬花」
◇横浜詩人会賞（第18回/昭和61年度）

「詩集 葬花」 勁草書房 1986.3 121p 26cm 2000円 ⓘ4-326-93067-5
6585「雷道」
◇現代詩人賞（第17回/平成11年）
「雷道—詩集」 書肆青樹社 1998.8 107p 27cm 2400円 ⓘ4-88374-013-7

山本 友一 やまもと・ともいち
6586「九歌」
◇日本歌人クラブ推薦歌集（第14回/昭和43年）
6587「日の充実」「続・日の充実」
◇現代短歌大賞（第6回/昭和58年）
「日の充実—歌集」 新星書房 1982.5 278p 20cm（地中海叢書 第145篇）2700円
「日の充実—歌集 続」 新星書房 1982.7 253p 20cm（地中海叢書 第151篇）2700円

山本 夏彦 やまもと・なつひこ
6588「無想庵物語」
◇読売文学賞（第41回/平成1年—評論・伝記賞）
「無想庵物語」 文藝春秋 1993.9 413p 15cm（文春文庫）530円 ⓘ4-16-735207-9

山本 博道 やまもと・はくどう
6589「パゴダツリーに降る雨」
◇丸山薫賞（第13回/平成18年）
「パゴダツリーに降る雨」 書肆山田 2005.10 115p 22cm 2500円 ⓘ4-87995-653-8

山本 博文 やまもと・ひろふみ
6590「江戸お留守居役の日記」
◇日本エッセイスト・クラブ賞（第40回/平成4年）
「江戸お留守居役の日記—寛永期の萩藩邸」 講談社 2003.10 371p 15cm（講談社学術文庫）1150円 ⓘ4-06-159620-9

山本 房子 やまもと・ふさこ
6591「春の力」
◇野原水嶺賞（第2回/昭和61年）

山本 まさみ　やまもと・まさみ

6592　「発見、発掘、土の中に眠る夢とロマン―発掘にすべてをかけた"とがり石の鬼"宮坂英弌」
◇子どものための感動ノンフィクション大賞（第3回/平成22年/最優秀作品）〈受賞時〉山本 政己
「宮坂英弌物語―発見！発掘！とがり石の縄文先生」　山本まさみ文、うめだふじお絵　学研教育出版, 学研マーケティング〔発売〕　2013.8　115p　22cm（ヒューマンノンフィクション）1400円　①978-4-05-203356-8
※受賞作「発見、発掘、土の中に眠る夢とロマン―発掘にすべてをかけた"とがり石の鬼"宮坂英弌」を改題

山本 真理　やまもと・まり

6593　「オサム」
◇フーコー・エッセイコンテスト（第1回/平成9年/特選）

山本 美重子　やまもと・みえこ

6594　「一次元のココロ」
◇福岡県詩人賞（第51回/平成27年）
「一次元のココロ―詩集」　梓書院　2014.5　78p　21cm　1200円　①978-4-87035-526-2

山本 みち子　やまもと・みちこ

6595　「夕焼け買い」
◇日本詩歌句大賞（第7回/平成23年/奨励賞）
◇丸山薫賞（第18回/平成23年）
「夕焼け買い―詩集」　土曜美術社出版販売　2010.11　97p　19cm　2000円　①978-4-8120-1837-8

山本 美穂　やまもと・みほ

6596　「たこの天ぷら」
◇優駿エッセイ賞（第16回/平成12年）

山本 美代子　やまもと・みよこ

6597　「西洋梨そのほか」
◇富田砕花賞（第12回/平成13年）

6598　「人魚」
◇年刊現代詩集新人賞（第1回/昭和54年）

山本 萠　やまもと・もえ

6599　「椅子の上の時間」(随筆集)
◇日本詩歌句大賞（第8回/平成24年/随筆評論部門/大賞）
「椅子の上の時間」　書肆夢々　160p　1600円

6600　「天河まで」
◇日本詩歌句大賞（第7回/平成23年/奨励賞大賞）

山本 悠　やまもと・ゆう

6601　「探偵小説論批判」
◇創元推理評論賞（第9回/平成14年/佳作）

山本 楡美子　やまもと・ゆみこ

6602　「森へ行く道」
◇小野市詩歌文学賞（第2回/平成22年/詩部門）
「森へ行く道」　書肆山田　2009.11　141p　22cm　2600円　①978-4-87995-778-8

山本 洋子　やまもと・ようこ

6603　「木の花」
◇現代俳句女流賞（第12回/昭和62年）
「木の花」　牧羊社　1987.5　107p　22cm（現代俳句女流シリーズ Ⅵ・39）1700円　①4-8333-0508-9

6604　「夏木」
◇俳人協会賞（第51回/平成23年度）
「夏木―山本洋子句集」　ふらんす堂　2011.9　174p　20cm　2667円　①978-4-7814-0401-1

山本 吉宣　やまもと・よしのぶ

6605　「帝国の国際政治学」
◇読売・吉野作造賞（第8回/平成19年度）
「「帝国」の国際政治学―冷戦後の国際システムとアメリカ」　東信堂　2006.10　441p　22cm　4700円　①4-88713-705-2

鎗田 清太郎　やりた・せいたろう

6606　「思い川の馬」
◇丸山薫賞（第9回/平成14年）
「思い川の馬―鎗田清太郎詩集」　書肆青樹社　2001.9　157p　22cm　2500円　①4-88374-064-1

6607 「氷雨の日々」
◇時間賞（第4回/昭和32年―新人賞（2位））

【ゆ】

湯浅 誠　ゆあさ・まこと
6608 「反貧困―『すべり台社会』からの脱出」
◇大佛次郎論壇賞（第8回/平成20年）
「反貧困―『すべり台社会』からの脱出」 岩波書店　2008.4　224,2p　18cm（岩波新書）740円　①978-4-00-431124-9

湯浅 光朝　ゆあさ・みつとも
6609 「科学文化史年表」
◇毎日出版文化賞（第4回/昭和25年）
6610 「自然科学の名著」
◇毎日出版文化賞（第8回/昭和29年）

悠紀 あきこ　ゆうき・あきこ
6611 「手をひらくとき」
◇東海現代詩賞（第18回/昭和62年）
「手をひらくとき―詩集」 詩の会・裸足　1987.8　87p　22cm　2000円

結城 千賀子　ゆうき・ちかこ
6612 「系統樹」
◇日本歌人クラブ新人賞（第8回/平成14年）
「系統樹―歌集」 角川書店　2001.6　235p　22cm（表現叢書　第73篇）2900円　①4-04-871911-4

結城 英雄　ゆうき・ひでお
6613 「「ユリシーズ」の謎を歩く」
◇サントリー学芸賞（第21回/平成11年度―社会・風俗部門）
「「ユリシーズ」の謎を歩く」 集英社　1999.6　455p　19cm　2800円　①4-08-774387-X

紫 水菜　ゆかり・みずな
6614 「夏」
◇詩人会議新人賞（第46回/平成24年/詩部門/佳作）

湯川 雅　ゆかわ・みやび
6615 「片隅に」
◇日本伝統俳句協会賞（第3回/平成4年―新人賞）
6616 「窓」
◇日本伝統俳句協会賞（第7回/平成8年/協会賞）

湯川 豊　ゆかわ・ゆたか
6617 「須賀敦子を読む」
◇読売文学賞（第61回/平成21年度―評論・伝記賞）
「須賀敦子を読む」 新潮社　2009.5　205p　19cm　1600円　①978-4-10-314931-6
「須賀敦子を読む」 新潮社　2011.12　238p　15cm（新潮文庫）460円　①978-4-10-136756-9
「須賀敦子を読む」 集英社　2016.3　231p　15cm（集英社文庫）500円　①978-4-08-745425-3

柚木 紀子　ゆぎ・のりこ
6618 「嘆きの壁」
◇角川俳句賞（第37回/平成3年）

幸松 栄一　ゆきまつ・えいいち
6619 「居住区」
◇福岡県詩人賞（第27回/平成3年）

行宗 登美　ゆきむね・とみ
6620 「十勝野の空は青い」
◇読売「ヒューマン・ドキュメンタリー」大賞（第11回/平成2年―入選）
「ブサマカシ―若き助産婦のアフリカ熱中記」 徳永瑞子ほか著　読売新聞社　1991.2　328p　19cm　1250円　①4-643-91004-6

ゆきゆき亭 こやん　ゆきゆきてい・こやん
6621 「日本語と押韻（ライミング）」
◇詩人会議新人賞（第35回/平成13年/評論）

湯沢 和民　ゆざわ・かずたみ
　6622　「あおみどろのよるのうた」
　　◇栃木県現代詩人会賞　（第37回）

湯沢 英彦　ゆざわ・ひでひこ
　6623　「クリスチャン・ボルタンスキー
　　　　　死者のモニ」
　　◇吉田秀和賞　（第14回/平成16年）
　　　「クリスチャン・ボルタンスキー―死者の
　　　モニュメント」　水声社　2004.7　328p
　　　22cm　4500円　①4-89176-519-4

柚木 圭也　ゆずき・けいや
　6624　「心音」
　　◇日本歌人クラブ新人賞　（第15回/平成
　　　21年）
　　　「心音（ノイズ）―柚木圭也歌集」　本阿弥
　　　書店　2008.12　162p　22cm　2800円
　　　①978-4-7768-0536-6

ユスフザイ, U.D.カーン
　6625　「私のアラブ・私の日本」
　　◇新評賞　（第11回/昭和56年―第2部
　　　門＝社会問題一般（正賞））
　　　「私のアラブ・私の日本―在日アラブ特派
　　　員が語るイスラムの心と行動」　U.D.
　　　カーン・ユスフザイ著　CBS・ソニー出
　　　版　1980.10　245p　19cm　（CBS/sony
　　　books）780円

湯田 克衛　ゆだ・かつえ
　6626　「海の街から」
　　◇北海道詩人協会賞　（第49回/平成24年
　　　度）

弓田 弓子　ゆみた・ゆみこ
　6627　「大連」
　　◇小熊秀雄賞　（第22回/平成1年）
　6628　「面遊び」
　　◇横浜詩人会賞　（第10回/昭和53年度）

櫻本 佳余子　ゆもと・かよこ
　6629　「夕焼け道を歩きたい」
　　◇読売「ヒューマン・ドキュメンタ
　　　リー」大賞　（第11回/平成2年―入
　　　選）
　　　「ブサマカシ―若き助産婦のアフリカ熱
　　　中記」　德永瑞子ほか著　読売新聞社

　　　1991.2　328p　19cm　1250円　①4-643-
　　　91004-6

由本 陽子　ゆもと・ようこ
　6630　「複合動詞・派生動詞の意味と
　　　　　統語」
　　◇新村出賞　（第24回/平成17年）
　　　「複合動詞・派生動詞の意味と統語―モ
　　　ジュール形態論から見た日英語の動詞
　　　形成」　ひつじ書房　2005.7　376p
　　　22cm　（ひつじ研究叢書 言語編 第40
　　　巻）6800円　①4-89476-261-7

湯本 龍　ゆもと・りゅう
　6631　「光陰」
　　◇北海道新聞短歌賞　（第27回/平成24
　　　年）
　　　「光陰―歌集」　湯本竜著　本阿弥書店
　　　2012.8　219p　22cm　（原始林叢書 第
　　　297篇）2857円　①978-4-7768-0922-7

由利 俊　ゆり・しゅん
　6632　「ひかりによる吹奏を」
　　◇東海現代詩人賞　（第4回/昭和48年）

百合山 羽公　ゆりやま・うこう
　6633　「寒雁」
　　◇蛇笏賞　（第8回/昭和49年）
　　　「寒雁」　海坂発行所　1973　301p　肖像
　　　19cm　1500円

尹 相仁　ユン・サンイン
　6634　「世紀末と漱石」
　　◇サントリー学芸賞　（第16回/平成6年
　　　度―芸術・文学部門）
　　　「世紀末と漱石」　岩波書店　2010.12
　　　414, 7p　19cm　（岩波人文書セレクショ
　　　ン）3000円　①978-4-00-028433-2

【よ】

瑶 いろは　よう・いろは
　6635　「マリアマリン」
　　◇山之口貘賞　（第33回/平成22年度）
　　　「マリアマリン―詩集」　ボーダーインク
　　　2009.11　62p　15×21cm　952円

①978-4-89982-167-0

楊 海英　よう・かいえい

6636　「墓標なき草原」(上・下)
◇司馬遼太郎賞（第14回/平成23年）
「墓標なき草原　下―内モンゴルにおける文化大革命・虐殺の記録」岩波書店　2009.12　261, 28p　19cm　3000円　①978-4-00-024772-6
「墓標なき草原　上―内モンゴルにおける文化大革命・虐殺の記録」岩波書店　2009.12　276p　19cm　3000円　①978-4-00-024771-9
「続　墓標なき草原―内モンゴルにおける文化大革命・虐殺の記録」岩波書店　2011.8　323, 12p　19cm　3200円　①978-4-00-024778-8

陽 美保子　よう・みほこ

6637　「遥かなる水」
◇俳壇賞（第22回/平成19年度）

養護施設協議会　ようごしせつきょうぎかい

6638　「作文集　泣くものか―子どもの人権10年の証言」
◇毎日出版文化賞（第32回/昭和53年）

養老 孟司　ようろう・たけし

6639　「からだの見方」
◇サントリー学芸賞（第11回/平成1年度―社会・風俗部門）
「からだの見方」筑摩書房　1988.7　249p　19cm　1400円　①4-480-86026-6
「からだの見方」筑摩書房　1994.12　263p　15cm　（ちくま文庫）　620円　①4-480-02912-5

6640　「バカの壁」
◇毎日出版文化賞（第57回/平成15年―特別賞）
「バカの壁」新潮社　2003.4　204p　18cm（新潮新書）　680円　①4-10-610003-7
「超バカの壁」新潮社　2006.1　190p　18cm（新潮新書）　680円　①4-10-610149-1
「バカの壁のそのまた向こう」かまくら春秋社　2013.12　181p　19cm　1400円　①978-4-7740-0614-7

横井 清　よこい・きよし

6641　「的と胞衣―中世人の生と死」
◇毎日出版文化賞（第42回/昭和63年）
「的と胞衣―中世人の生と死」平凡社　1988.8　247p　21cm　2200円　①4-582-47430-6
「的と胞衣（えな）―中世人の生と死」平凡社　1998.2　310p　15cm（平凡社ライブラリー）　1000円　①4-582-76233-6

横井 新八　よこい・しんぱち

6642　「葦の根拠」
◇北川冬彦賞（第3回/昭和43年―詩）

6643　「物活説」
◇中日詩賞（第19回/昭和54年）

横井 哲也　よこい・てつや

6644　「不良少年のままで～放蕩のフリータ白書～」
◇健友館ノンフィクション大賞（第2回/平成12年/大賞）
「不良少年のままで―放蕩のフリーター白書」健友館　2000.11　255p　19cm　1300円　①4-7737-0506-X

横井 遥　よこい・はるか

6645　「男坐り」
◇俳人協会新人賞（第32回/平成20年度）
「男坐り―句集」ふらんす堂　2008.9　183p　20cm　2476円　①978-4-7814-0079-2

横尾 裕　よこお・ゆたか

6646　「銭湯で」
◇〔新潟〕日報詩壇賞（第14回/昭和51年春）

横瀬 浜三　よこせ・はまぞう

6647　「化学症」
◇毎日出版文化賞（第32回/昭和53年）

横関 丈司　よこぜき・じょうじ

6648　「ラビリントスのために」
◇北海道詩人協会賞（第44回/平成19年度）

よこた

横田 順彌　よこた・じゅんや
6649　「近代日本奇想小説史 明治篇」
◇尾崎秀樹記念・大衆文学研究賞（第24回/平成23年―大衆文学部門）
「近代日本奇想小説史」　PILAR PRESS　2011.1　1218p　19cm　12000円　Ⓟ978-4-86194-016-3
「近代日本奇想小説史 入門篇」　PILAR PRESS　2012.3　282p　19cm　1900円　Ⓟ978-4-86194-042-2

横田 一　よこた・はじめ
6650　「漂流者たちの楽園」
◇ノンフィクション朝日ジャーナル大賞（第6回/平成2年）
「漂流者たちの楽園」　朝日新聞社　1991.12　314p　19cm　1800円　Ⓟ4-02-256379-6

ヨコタ村上 孝之　よこたむらかみ・たかゆき
6651　「色男の研究」
◇サントリー学芸賞（第29回/平成19年度―社会・風俗部門）
「色男の研究」　角川学芸出版, 角川グループパブリッシング〔発売〕　2007.1　291p　19cm（角川選書）　1500円　Ⓟ978-4-04-703406-8

横溝 養三　よこみぞ・ようぞう
6652　「朼の部落」
◇角川俳句賞（第17回/昭和46年）

横道 仁志　よこみち・ひとし
6653　「『鳥姫伝』評論―断絶に架かる一本の橋」
◇日本SF評論賞（第1回/平成17年）

横山 七郎　よこやま・しちろう
6654　「第二詩集」
◇山形県詩賞（第1回/昭和47年）

横山 昭作　よこやま・しょうさく
6655　「針と糸」
◇渋沢秀雄賞（第4回/昭和54年）

横山 美加　よこやま・みか
6656　「万馬券が当たるとき」
◇優駿エッセイ賞（第20回/平成16年）

横山 未来子　よこやま・みきこ
6657　「花の線画」
◇葛原妙子賞（第4回/平成20年）
「花の線画―歌集」　青磁社　2007.4　257p　20cm　2500円　Ⓟ978-4-86198-057-2
6658　「啓かるる夏」
◇短歌研究新人賞（第39回/平成8年）

横山 代枝乃　よこやま・よしの
6659　「冬の渚」
◇荒木暢夫賞（第10回/昭和51年）

横山 隆一　よこやま・りゅういち
6660　「勇気（横山隆一漫画集）」
◇毎日出版文化賞（第20回/昭和41年―特別賞）

好井 由江　よしい・よしえ
6661　「紙風船」
◇現代俳句協会年度作品賞（第8回/平成19年）

吉岡 逸夫　よしおか・いつお
6662　「漂泊のルワンダ」
◇開高健賞（第5回/平成8年/奨励賞）
「漂泊のルワンダ」　ティビーエス・ブリタニカ　1996.4　229p　19cm　1500円　Ⓟ4-484-96211-X
「漂泊のルワンダ」　牧野出版　2006.3　234p　19cm　1500円　Ⓟ4-89500-089-3

吉岡 忍　よしおか・しのぶ
6663　「墜落の夏」
◇講談社ノンフィクション賞（第9回/昭和62年）
「墜落の夏―日航123便事故全記録」　新潮社　1986.8　291p　19cm　1200円　Ⓟ4-10-363001-9
「墜落の夏―日航123便事故全記録」　新潮社　1989.7　342p　15cm（新潮文庫）　400円　Ⓟ4-10-116311-1

吉岡 太朗　よしおか・たろう
6664　「六千万個の風鈴」
◇短歌研究新人賞（第50回/平成19年）

吉岡 実　よしおか・みのる
6665　「薬玉」
◇藤村記念歴程賞（第22回/昭和59年）

6666　「サフラン摘み」
◇高見順賞（第7回/昭和51年度）
「サフラン摘み―吉岡実詩集」　青土社　1977.2　208p　23cm　1800円

6667　「僧侶」
◇H氏賞（第9回/昭和34年）

吉岡 良一　よしおか・りょういち
6668　「暴風前夜」
◇晩翠賞（第21回/昭和55年）

吉貝 甚蔵　よしがい・じんぞう
6669　「夏至まで」
◇福岡県詩人賞（第46回/平成22年）
「夏至まで―詩集」　書肆侃侃房　2009.10　133p　20cm　2000円　①978-4-86385-011-8

吉開 若菜　よしかい・わかな
6670　「殴られる人」
◇読売「ヒューマン・ドキュメンタリー」大賞（第13回/平成4年―優秀賞）
「殴られる人―再戦」　読売新聞社　1993.11　228p　19cm　1300円　①4-643-93079-9

吉川 逸治　よしかわ・いつじ
6671　「中世の美術」
◇毎日出版文化賞（第3回/昭和24年）

吉川 潮　よしかわ・うしお
6672　「江戸前の男　春風亭柳朝一代記」
◇新田次郎文学賞（第16回/平成9年）
「江戸前の男―春風亭柳朝一代記」　新潮社　1999.4　564p　15cm（新潮文庫）　743円　①4-10-137621-2
「江戸前の男―春風亭柳朝一代記」　ランダムハウス講談社　2007.11　596p　15cm（ランダムハウス講談社文庫―吉川潮芸人小説セレクション　第1巻）840円　①978-4-270-10138-4

6673　「流行歌―西條八十物語」
◇尾崎秀樹記念・大衆文学研究賞（第18回/平成17年/評論・伝記部門）

「流行歌―西條八十物語」　新潮社　2004.9　342p　20cm　1800円　①4-10-411804-4

吉川 さちこ　よしかわ・さちこ
6674　「デカダンス―それでも私は行く（織田作之助の苦悩）」
◇週刊金曜日ルポルタージュ大賞（第25回/平成26年―佳作）

吉川 順子　よしかわ・じゅんこ
6675　「詩のジャポニスム―ジュディット・ゴーチエの自然と人間」
◇渋沢・クローデル賞（第30回/平成25年度/日本側 本賞）
「詩のジャポニスム―ジュディット・ゴーチエの自然と人間」　京都大学学術出版会　2012.7　374, 105p　22cm（プリミエ・コレクション 21）6000円　①978-4-87698-229-5

吉川 庄一　よしかわ・しょういち
6676　「核融合への挑戦」
◇毎日出版文化賞（第28回/昭和49年）
「新・核融合への挑戦―いよいよ核融合実験炉へ」　狐崎晶雄, 吉川庄一著　講談社　2003.3　244p　18cm（ブルーバックス）900円　①4-06-257404-7

吉川 千鶴　よしかわ・ちずる
6677　「胡蝶の棲家」
◇感動ノンフィクション大賞（第3回/平成20年/大賞）
「胡蝶の灯り―昭和の花街で生きた母と娘」　幻冬舎　2009.3　222p　19cm　1400円　①978-4-344-01649-1

よしかわ つねこ
6678　「女ひとりのアルジェリア」
◇日本文芸家クラブ大賞（第1回/平成4年―評論部門）
「女ひとりのアルジェリア」　三一書房　1991.7　250p　19cm　1800円　①4-380-91222-1

吉川 伸幸　よしかわ・のぶゆき
6679　「詩集 こどものいない夏」
◇福田正夫賞（第28回/平成26年）
「詩集 こどものいない夏」　土曜美術社出

版販売 2014.3 126p 21cm 2000円 ①978-4-8120-2127-9

吉川 宏志　よしかわ・ひろし

6680　「青蟬」
◇現代歌人協会賞（第40回／平成8年）
「青蟬―歌集」　砂子屋書房　1995.8　224p　22cm　2427円

6681　「燕麦」
◇前川佐美雄賞（第11回／平成25年）
「燕麦―吉川宏志歌集」　砂子屋書房　2012.8　209p　20cm（塔21世紀叢書　第207篇）3000円　①978-4-7904-1404-9

6682　「海雨」（歌集）
◇寺山修司短歌賞（第11回／平成18年）
「海雨―吉川宏志歌集」　砂子屋書房　2005.1　204p　22cm（塔21世紀叢書　第62篇）3000円　①4-7904-0832-9

6683　「死と塩」
◇短歌研究賞（第41回／平成17年）

6684　「妊娠・出産をめぐる人間関係の変容―男性歌人を中心に」
◇現代短歌評論賞（第12回／平成6年）

6685　「夜光」
◇ながらみ現代短歌賞（第9回／平成13年）
「夜光―吉川宏志歌集」　砂子屋書房　2000.5　204p　22cm　3000円　①4-7904-0491-9
「吉川宏志集」　邑書林　2005.2　160p　19cm（セレクション歌人 32）1300円　①4-89709-454-2

吉川 洋　よしかわ・ひろし

6686　「転換期の日本経済」
◇読売・吉野作造賞（第1回／平成12年）
「転換期の日本経済」　岩波書店　1999.8　246p　20cm（シリーズ現代の経済）2300円　①4-00-026264-5

6687　「マクロ経済学研究」
◇サントリー学芸賞（第6回／昭和59年度―政治・経済部門）
「マクロ経済学研究」　東京大学出版会　1984.6　282p　22cm　3600円　①4-13-046027-7

吉川 良　よしかわ・まこと

6688　「血と知と地―馬・吉田善哉・社台」
◇馬事文化賞（第13回／平成11年度）
「血と知と地と―馬・吉田善哉・社台」ミデアム出版社　1999.2　485p　20cm　2000円　①4-944001-59-2
「血と知と地と―馬・吉田善哉・社台　上」　毎日コミュニケーションズ　2003.10　293p　15cm（Mycom競馬文庫 4）700円　①4-8399-1297-1
「血と知と地と―馬・吉田善哉・社台　下」　毎日コミュニケーションズ　2003.10　309p　15cm（Mycom競馬文庫 5）700円　①4-8399-1298-X

吉川 真実　よしかわ・まみ

6689　「白き一日」
◇現代俳句新人賞（第18回／平成12年）

吉川 雄三　よしかわ・ゆうぞう

6690　「971日の慟哭」
◇北海道ノンフィクション賞（第16回／平成8年―特別賞）

吉沢 章　よしざわ・あきら

6691　「たのしいおりがみ」
◇毎日出版文化賞（第17回／昭和38年）

吉沢 岩子　よしざわ・いわこ

6692　「カリーライス屋一代記」
◇読売「ヒューマン・ドキュメンタリー」大賞（第12回／平成3年―入選）
「終の夏かは」　古越富美恵, 竹下妙子, 吉沢岩子, 田村明子著　読売新聞社　1992.2　255p　19cm　1300円　①4-643-92006-8

吉沢 譲治　よしざわ・じょうじ

6693　「競馬の血統学―サラブレッドの進化と限界」
◇馬事文化賞（第12回／平成10年度）
「競馬の血統学―サラブレッドの進化と限界」　日本放送出版協会　1997.12　277p　20cm　1600円　①4-14-080350-9
「競馬の血統学―サラブレッドの進化と限界」　日本放送出版協会　2001.10　315p　16cm（NHKライブラリー）970円　①4-14-084141-9
「競馬の血統学―サラブレッドの進化と限界」　新版　NHK出版　2012.4　293p

19cm 1500円　①978-4-14-081540-3

吉沢 英成　よしざわ・ひでなり

6694　「貨幣と象徴」
◇サントリー学芸賞（第3回/昭和56年度―思想・歴史部門）
「貨幣と象徴―経済社会の原型を求めて」日本経済新聞社　1981.4　248, 18p　22cm　3200円
「貨幣と象徴―経済社会の原型を求めて」筑摩書房　1994.10　345, 21p　15cm（ちくま学芸文庫）1200円　①4-480-08157-7

吉沢 昌実　よしざわ・まさみ

6695　「風天使」
◇角川短歌賞（第26回/昭和55年）

吉田 章子　よしだ・あきこ

6696　「小さな考古学」
◇福田正夫賞（第11回/平成9年）

吉田 敦彦　よしだ・あつひこ

6697　「ギリシャ文化の深層」を中心として
◇サントリー学芸賞（第6回/昭和59年度―芸術・文学部門）
「ギリシャ文化の深層」国文社　1984.5　268p　20cm　2000円

吉田 篤弘　よしだ・あつひろ

6698　「らくだこぶ書房21世紀古書目録」
◇講談社出版文化賞（第32回/平成13年/ブックデザイン賞）
「らくだこぶ書房21世紀古書目録」クラフト・エヴィング商會著, 坂本真典写真　筑摩書房　2000.12　157p　22cm　2000円　①4-480-87326-0
「らくだこぶ書房21世紀古書目録」クラフト・エヴィング商會著, 坂本真典写真　筑摩書房　2012.4　157p　15cm（ちくま文庫）1000円　①978-4-480-42933-9

吉田 加南子　よしだ・かなこ

6699　「定本 闇」
◇高見順賞（第24回/平成5年度）
「定本闇―見ること闇が光となるまで」思潮社　1993.10　229p　24cm　3800円　①4-7837-0485-6

吉田 欣一　よしだ・きんいち

6700　「わが射程」
◇中日詩賞（第15回/昭和50年）

吉田 詣子　よしだ・けいこ

6701　「祝婚歌」
◇福岡県詩人賞（第49回/平成25年）
「祝婚歌―詩集」書肆侃侃房　2012.5　101p　21cm　2000円　①978-4-86385-074-3

吉田 慶治　よしだ・けいじ

6702　「あおいの記憶」
◇晩翠賞（第5回/昭和39年）

吉田 健一　よしだ・けんいち

6703　「シェイクスピア」
◇読売文学賞（第8回/昭和31年―文芸評論賞）
「批評　1」新潮社　1993.11　415p　21cm（吉田健一集成 1）5000円　①4-10-645601-X

吉田 憲司　よしだ・けんじ

6704　「文化の「発見」」
◇サントリー学芸賞（第22回/平成12年度―芸術・文学部門）
「文化の「発見」―驚異の部屋からヴァーチャル・ミュージアムまで」岩波書店　1999.5　267p　19cm（現代人類学の射程）2800円　①4-00-026372-2
「文化の「発見」―驚異の部屋からヴァーチャル・ミュージアムまで」岩波書店　2014.1　277p　19cm（岩波人文書セレクション）2600円　①978-4-00-028681-7

吉田 鴻司　よしだ・こうじ

6705　「頃日」
◇俳人協会賞（第34回/平成6年）
「句集 頃日」角川書店　1993.10　201p　19cm（現代俳句叢書 3 - 25）2600円　①4-04-871335-3

吉田 佐紀子　よしだ・さきこ

6706　「冬」
◇荒木暢夫賞（第1回/昭和42年）

吉田 漱　よしだ・すすぐ

6707　「『白き山』全注釈」
◇斎藤茂吉短歌文学賞（第9回/平成10年）
「『白き山』全注釈」　短歌新聞社　1997.6　452p　20cm　3810円　Ⓘ4-8039-0877-X

6708　「バスティーユの石」
◇短歌研究賞（第31回/平成7年）

吉田 節子　よしだ・せつこ

6709　「雛遊」
◇日本伝統俳句協会賞（第10回/平成11年/協会賞）

吉田 司　よしだ・つかさ

6710　「下下戦記」
◇大宅壮一ノンフィクション賞（第19回/昭和63年）
「下下戦記」　白水社　1987.12　412p　19cm　2600円　Ⓘ4-560-04258-6
「下下戦記」　文藝春秋　1991.9　430p　15cm（文春文庫）530円　Ⓘ4-16-734102-6

吉田 利子　よしだ・としこ

6711　「カンダタ」
◇福岡県詩人賞（第28回/平成4年）

吉田 敏浩　よしだ・としひろ

6712　「森の回廊」
◇大宅壮一ノンフィクション賞（第27回/平成8年）
「森の回廊―ビルマ辺境民族開放区の1300日」　日本放送出版協会　1995.9　294p　19cm　2500円　Ⓘ4-14-080233-2
「森の回廊　上　ビルマ辺境に生きる山地民の心根にふれる」　日本放送出版協会　2001.2　308p　17cm（NHKライブラリー）970円　Ⓘ4-14-084131-1
※『森の回廊―ビルマ辺境、民族解放区の一、三〇〇日』改題書
「森の回廊　下　山の民と精霊の道を辿る」　日本放送出版協会　2001.2　306p　17cm（NHKライブラリー）970円　Ⓘ4-14-084132-X
※『森の回廊―ビルマ辺境、民族解放区の一、三〇〇日』改題書

吉田 隼人　よしだ・はやと

6713　「忘却のための試論」
◇角川短歌賞（第59回/平成25年）
◇現代歌人協会賞（第60回/平成27年）

佳田 翡翠　よしだ・ひすい

6714　「木挽町」
◇日本伝統俳句協会賞（第22回/平成22年度/協会賞）
「木挽町―句集」　角川書店　2011.12　209p　20cm　2667円　Ⓘ978-4-04-652502-4

吉田 秀和　よしだ・ひでかず

6715　「マネの肖像」
◇読売文学賞（第44回/平成4年―評論・伝記賞）
「マネの肖像」　白水社　1993.2　131p　22cm　1700円　Ⓘ4-560-03850-3

吉田 寛　よしだ・ひろし

6716　「『絶対音楽の美学と分裂する〈ドイツ〉―十九世紀』を中心として」
◇サントリー学芸賞〔芸術・文学部門〕（第37回/平成27年度）
「絶対音楽の美学と分裂する"ドイツ"十九世紀」　青弓社　2015.1　332p　21cm（"音楽の国ドイツ"の系譜学 3）2600円　Ⓘ978-4-7872-7368-0

吉田 博哉　よしだ・ひろや

6717　「愛妻」
◇現代詩人アンソロジー賞（第5回/平成7年/最優秀）

6718　「屋根裏の少年」
◇年刊現代詩集新人賞（第7回/昭和61年―奨励賞）

吉田 文憲　よしだ・ふみのり

6719　「原子野」
◇晩翠賞（第43回/平成14年）
「原子野―詩集」　砂子屋書房　2001.6　90p　27cm　3000円　Ⓘ4-7904-0577-X

6720　「生誕」
◇高見順賞（第44回/平成25年）
「生誕」　思潮社　2013.10　115p　22cm　2600円　Ⓘ978-4-7837-3381-2

吉田 正俊　よしだ・まさとし
6721　「朝の霧」
◇迢空賞（第22回/昭和63年）
「朝の霧―歌集」石川書房　1987.6　169p　20cm　3000円

6722　「くさぐさの歌」
◇日本歌人クラブ推薦歌集（第11回/昭和40年）
「くさぐさの歌」白玉書房　1964　239p　20cm（アララギ新集　第2篇）

吉田 松四郎　よしだ・まつしろう
6723　「忘暦集」
◇日本歌人クラブ賞（第1回/昭和49年）

吉田 真弓　よしだ・まゆみ
6724　「のちは雨」
◇野原水嶺賞（第11回/平成7年）

吉田 洋一　よしだ・よういち
6725　「数学の影絵」
◇日本エッセイスト・クラブ賞（第1回/昭和28年）
「数学の影絵」河出書房新社　1982.4　254p　15cm（河出文庫）380円

吉田 義昭　よしだ・よしあき
6726　「ガリレオが笑った」
◇日本詩人クラブ新人賞（第14回/平成16年）
「ガリレオが笑った」書肆山田　2003.4　109p　22cm　2500円　①4-87995-572-8

吉田 竜宇　よしだ・りゅう
6727　「ロックン・エンド・ロール」
◇短歌研究新人賞（第53回/平成22年）

吉富 宜康　よしとみ・よしやす
6728　「构の村」（私家版）
◇中日詩賞（第14回/昭和49年）

良永 勢伊子　よしなが・せいこ
6729　「赤い夕日の大地で」
◇読売「ヒューマン・ドキュメンタリー」大賞（第7回/昭和61年―優秀賞）
「赤い夕日の大地で」読売新聞社　1986.12　301p　19cm　1100円　①4-643-74680-7

吉永 素乃　よしなが・その
6730　「未完の神話」
◇中日詩賞（第34回/平成6年）

吉永 みち子　よしなが・みちこ
6731　「気がつけば騎手の女房」
◇大宅壮一ノンフィクション賞（第16回/昭和60年）
「気がつけば騎手の女房」草思社　1984.10　245p　20cm　1200円
「気がつけば騎手の女房」集英社　1989.3　274p　15cm（集英社文庫）400円　①4-08-749436-5

6732　「私の競馬、二転、三転」
◇優駿エッセイ賞（第1回/昭和58年）

吉永 良正　よしなが・よしまさ
6733　「数学・まだこんなことがわからない」
◇講談社出版文化賞（第22回/平成3年―科学出版賞）
「数学・まだこんなことがわからない―素数の謎から森理論まで」講談社　1990.11　275p　18cm（ブルーバックス B-845）700円　①4-06-132845-X
「数学・まだこんなことがわからない―難問から見た現代数学入門」新装版　講談社　2004.9　254p　18cm（ブルーバックス）900円　①4-06-257455-1

吉野 鉦二　よしの・しょうじ
6734　「山脈遠し」
◇日本歌人クラブ推薦歌集（第3回/昭和32年）

吉野 せい　よしの・せい
6735　「洟をたらした神」
◇大宅壮一ノンフィクション賞（第6回/昭和50年）
「家族の物語」松田哲夫編　あすなろ書房　2011.1　275p　22×14cm（中学生までに読んでおきたい日本文学 5）1800円　①978-4-7515-2625-5
「洟をたらした神」中央公論新社　2012.11　233p　15cm（中公文庫）629円　①978-4-12-205727-2

吉野 孝雄　よしの・たかお
6736「宮武外骨」
◇日本ノンフィクション賞（第7回/昭和55年）
「宮武外骨」河出書房新社　1980.7　303p　20cm　2200円
「宮武外骨」河出書房新社　1985.3　319p　15cm（河出文庫）500円　④4-309-40108-2
「宮武外骨」改訂版　河出書房新社　1992.9　308p　15cm（河出文庫）580円　④4-309-40345-X
「宮武外骨」埼玉福祉会　1995.5　2冊　22cm（大活字本シリーズ）各3605円
※原本：河出文庫
「宮武外骨伝」河出書房新社　2012.3　405p　15cm（河出文庫）950円　①978-4-309-41135-4

吉野 治夫　よしの・はるお
6737「手記」
◇G氏賞（第2回）

吉野 秀雄　よしの・ひでお
6738「やわらかな心」「心のふるさと」
◇沼空賞（第1回/昭和42年）
「心のふるさと」筑摩書房　1981.11　213p　22cm　2500円
「やわらかな心」講談社　1996.1　311p　16cm（講談社文芸文庫—現代日本のエッセイ）980円　④4-06-196355-4

吉野 昌夫　よしの・まさお
6739「これがわが」（歌集）
◇短歌新聞社賞（第4回/平成9年度）
「これがわが—吉野昌夫歌集」短歌新聞社　1996.9　234p　20cm　2500円　④4-8039-0848-6

吉野 義子　よしの・よしこ
6740「流水」
◇俳句四季大賞（第1回/平成13年）
「流水—句集」角川書店　2000.8　210p　20cm　2700円　④4-04-871870-3

吉野 令子　よしの・れいこ
6741「歳月、失われた蕾の真実」
◇日本詩人クラブ賞（第37回/平成16年）
「歳月、失われた蕾の真実」思潮社　2003.12　152p　20cm　2600円　①4-7837-1900-4

吉原 幸子　よしはら・さちこ
6742「オンディーヌ」「昼顔」
◇高見順賞（第4回/昭和48年度）
「吉原幸子全詩 1」思潮社　2012.11　391p　21cm　4000円　①978-4-7837-2359-2

6743「発光」
◇萩原朔太郎賞（第3回/平成7年）
「発光」思潮社　1995.5　104p　21cm　2472円　④4-7837-0558-5
「吉原幸子全詩 3」思潮社　2012.11　509p　21cm　5500円　①978-4-7837-2361-5

6744「幼年連禱」
◇室生犀星詩人賞（第4回/昭和39年）
「幼年連禱—吉原幸子詩集」思潮社　1976　157p　19cm　1500円

吉平 たもつ　よしひら・たもつ
6745「男ゆび」
◇新俳句人連盟賞（第30回/平成14年/作品賞）

吉増 剛造　よします・ごうぞう
6746「黄金詩篇」
◇高見順賞（第1回/昭和45年度）
「黄金詩篇」思潮社　2008.7　225p　22×14cm（思潮ライブラリー・名著名詩選）3000円　①978-4-7837-3061-3

6747「オシリス」「石ノ神」
◇現代詩花椿賞（第2回/昭和59年）
「オシリス、石ノ神」思潮社　1984.8　81p　27cm　2400円

6748「熱風 A Thousand steps」（詩集）
◇藤村記念歴程賞（第17回/昭和54年）
「熱風—a thousand steps」中央公論社　1979.3　214p　18cm　1800円

吉見 道子　よしみ・みちこ
6749「黄のキリスト」
◇歌壇賞（第5回/平成5年）
「黄のキリスト—吉見道子歌集」本阿弥書店　1996.8　197p　22cm（礫叢書 第43篇）2800円

吉村 典子　よしむら・のりこ

6750　「お産と出会う」
◇毎日出版文化賞（第39回/昭和60年）
「お産と出会う」　勁草書房　1985.5　276p　20cm　2200円

吉村 睦人　よしむら・むつひと

6751　「吹雪く尾根」（歌集）
◇短歌公論処女歌集賞（昭和59年度）
「吹雪く尾根―歌集」　短歌新聞社　1983.8　263p　20cm　2300円
「歌集 吹雪く尾根」　短歌新聞社　1998.6　144p　15cm（短歌新聞社文庫）667円　ⓘ4-8039-0937-7

吉村 玲子　よしむら・れいこ

6752　「冬の城」
◇日本伝統俳句協会賞（第11回/平成12年/新人賞）
「冬の城―吉村玲子句集」　富士見書房　2005.9　196p　19cm　2800円　ⓘ4-8291-7596-6

吉本 隆明　よしもと・たかあき

6753　「夏目漱石を読む」
◇小林秀雄賞（第2回/平成15年）
「夏目漱石を読む」　筑摩書房　2002.11　258p　20cm　1800円　ⓘ4-480-82349-2
「夏目漱石を読む」　筑摩書房　2009.9　287p　15cm（ちくま文庫）800円　ⓘ978-4-480-42642-0

6754　「吉本隆明全詩集」
◇藤村記念歴程賞（第41回/平成15年）
「吉本隆明全詩集」　思潮社　2003.7　1811p　23cm　25000円　ⓘ4-7837-2321-4

吉行 和子　よしゆき・かずこ

6755　「どこまで演れば気がすむの」
◇日本エッセイスト・クラブ賞（第32回/昭和59年）
「どこまで演れば気がすむの」　潮出版社　1983.11　191p　20cm　980円
「どこまで演れば気がすむの」　潮出版社　1985.1　263p　15cm（潮文庫）470円

吉行 淳之介　よしゆき・じゅんのすけ

6756　「人工水晶体」
◇講談社エッセイ賞（第2回/昭和61年）
「人工水晶体」　講談社　1988.9　184p　15cm（講談社文庫）280円　ⓘ4-06-184296-X
「淳之介養生訓」　中央公論新社　2003.6　241p　15cm（中公文庫）762円　ⓘ4-12-204221-6

吉行 理恵　よしゆき・りえ

6757　「私は冬枯れの海にいます」
◇円卓賞（第2回/昭和40年）

与田 亜紀　よだ・あき

6758　「音楽教室のイエスタディ」
◇ザ・ビートルズ・クラブ大賞（第14回/平成16年―文学部門）

依田 新　よだ・あらた

6759　「心理学事典」
◇毎日出版文化賞（第12回/昭和33年）
「心理学事典」　新版　平凡社　1981.11　980p　27cm　12000円

依田 義賢　よだ・よしかた

6760　「溝口健二の人と芸術」
◇毎日出版文化賞（第19回/昭和40年）
「溝口健二の人と芸術」　社会思想社　1996.3　347p　15cm（現代教養文庫）800円　ⓘ4-390-11588-X

四元 康祐　よつもと・やすひろ

6761　「噤みの午後」
◇萩原朔太郎賞（第11回/平成15年）
「噤みの午後」　思潮社　2003.7　143p　21cm　2400円　ⓘ4-7837-1367-7

6762　「日本語の虜囚」
◇鮎川信夫賞（第4回/平成25年/詩集部門）
「日本語の虜囚」　思潮社　2012.8　148p　20cm　2400円　ⓘ978-4-7837-3304-1

四ツ谷 龍　よつや・りゅう

6763　「渡辺白泉とその時代」
◇現代俳句評論賞（第2回/昭和58年度）

与那覇 幹夫　よなは・みきお

6764　「赤土の恋」
◇山之口貘賞（第7回/昭和59年）

6765　「ワイド―沖縄」

◇小熊秀雄賞（第46回/平成25年）
◇小野十三郎賞（第15回/平成25年/小野十三郎賞〔詩集〕）
「ワイド―沖縄―与那覇幹夫詩集」　あすら舎,琉球プロジェクト〔発売〕　2012.12　90p　21cm　1500円　①978-4-9906511-1-4

与那原　恵　よなはら・けい

6766　「首里城への坂道：鎌倉芳太郎と近代沖縄の群像」
◇河合隼雄学芸賞（第2回/平成26年度）
「首里城への坂道―鎌倉芳太郎と近代沖縄の群像」　筑摩書房　2013.7　412p　20cm　2900円　①978-4-480-81836-2

米川　千嘉子　よねかわ・ちかこ

6767　「あやはべる」
◇迢空賞（第47回/平成25年）
「あやはべる―歌集」　短歌研究社　2012.7　190p　20cm　（かりん叢書 第258篇）　3000円　①978-4-86272-291-1

6768　「一夏」
◇河野愛子賞（第4回/平成6年）
「一夏」　河出書房新社　1993.9　196p　19cm　1500円　①4-309-00856-9

6769　「滝と流星」
◇若山牧水賞（第9回/平成16年）
「滝と流星―米川千嘉子歌集」　短歌研究社　2004.8　235p　20cm　（かりん叢書 第178篇）　2667円　①4-88551-857-1

6770　「夏樫の素描」
◇角川短歌賞（第31回/昭和60年）

6771　「夏空の櫂」
◇現代歌人協会賞（第33回/平成1年）
「夏空の櫂―米川千嘉子歌集」　砂子屋書房　1988.10　157p　22cm　（かりん叢書 28）

6772　「吹雪の水族館」
◇小野市詩歌文学賞（第8回/平成28年/〔短歌部門〕）
「吹雪の水族館―歌集」　角川文化振興財団　2015.11　169p　20cm　（新かりん百番 no.81）　2600円　①978-4-04-876343-1

6773　「三崎の棕櫚の木」
◇短歌研究賞（第46回/平成22年）
「あやはべる―歌集」　短歌研究社　2012.7　190p　20cm　（かりん叢書 第258篇）　3000円　①978-4-86272-291-1

米沢　嘉博　よねざわ・よしひろ

6774　「戦後エロマンガ史」
◇尾崎秀樹記念・大衆文学研究賞（早乙女貢基金）（第24回/平成23年/大衆文化部門）
「戦後エロマンガ史」　青林工藝舎　2010.4　317p　21cm　1800円　①978-4-88379-258-0

米田　明美　よねだ・あけみ

6775　「『風葉和歌集』の構造に関する研究」
◇関根賞（第4回/平成8年度）
「『風葉和歌集』の構造に関する研究」　笠間書院　1996.2　547p　21cm　（笠間叢書）　17000円　①4-305-10290-0

米田　綱路　よねだ・こうじ

6776　「モスクワの孤独」
◇サントリー学芸賞（第32回/平成22年度―社会・風俗部門）
「モスクワの孤独―『雪どけ』からプーチン時代のインテリゲンツィア」　現代書館　2010.3　624p　19cm　4000円　①978-4-7684-5622-4

米原　万里　よねはら・まり

6777　「嘘つきアーニャの真っ赤な真実」
◇大宅壮一ノンフィクション賞（第33回/平成14年）
「嘘つきアーニャの真っ赤な真実」　角川書店　2001.6　283p　20cm　1400円　①4-04-883681-1
「嘘つきアーニャの真っ赤な真実」　角川書店　2004.6　301p　15cm　（角川文庫）　552円　①4-04-375601-1

6778　「不実な美女か貞淑な醜女か」
◇読売文学賞（第46回/平成6年―随筆・紀行賞）
「不実な美女か貞淑な醜女か」　新潮社　1998.1　326p　15cm　（新潮文庫）　514円　①4-10-146521-5

6779　「魔女の1ダース」
◇講談社エッセイ賞（第13回/平成9年）
「魔女の1ダース―正義と常識に冷や水を浴びせる13章」　読売新聞社　1996.8　281p　19cm　1400円　①4-643-96055-8

「魔女の1ダース―正義と常識に冷や水を浴びせる13章」 新潮社 2000.1 294p 15cm（新潮文庫） 476円 ⓘ4-10-146522-3

米満 英男　よねみつ・ひでお
6780　「遊歌の巻」
◇現代歌人集会賞（第22回/平成8年）

米本 昌平　よねもと・しょうへい
6781　「遺伝管理社会―ナチスと近未来」
◇毎日出版文化賞（第43回/平成1年）
「遺伝管理社会―ナチスと近未来」 弘文堂 1989.3 212p 19cm（叢書 死の文化 4） 1500円 ⓘ4-335-75006-4

米屋 猛　よねや・たける
6782　「家系」
◇小熊秀雄賞（第13回/昭和55年）

米谷 恵　よねや・めぐみ
6783　「姉妹」
◇現代詩加美未来賞（第4回/平成6年―中新田あけぼの賞）

米谷 祐司　よねや・ゆうじ
6784　「北さ美学さ」
◇北海道詩人協会賞（第25回/昭和63年度）

米山 高仁　よねやま・たかひと
6785　「御衣黄櫻」
◇福島県短歌賞（第35回/平成22年度―短歌賞）

呼子 丈太郎　よぶこ・じょうたろう
6786　「さびしき人工」
◇日本歌人クラブ推薦歌集（第5回/昭和34年）

読売新聞大阪社会部　よみうりしんぶんおおさかしゃかいぶ
6787　「警官汚職」
◇日本ノンフィクション賞（第11回/昭和59年）
「警官汚職」 角川書店 1984.8 317p 20cm 980円 ⓘ4-04-883163-1

蓬田 紀枝子　よもぎだ・きえこ
6788　「葉柳に…」
◇俳人協会評論賞（第14回/平成11年）

四方田 犬彦　よもた・いぬひこ
6789　「映画史への招待」を中心として
◇サントリー学芸賞（第20回/平成10年度―社会・風俗部門）
「映画史への招待」 岩波書店 1998.4 242p 19cm 2400円 ⓘ4-00-000215-5
6790　「ソウルの風景」
◇日本エッセイスト・クラブ賞（第50回/平成14年）
「ソウルの風景―記憶と変貌」 岩波書店 2001.9 212p 18cm（岩波新書） 700円 ⓘ4-00-430749-X
6791　「月島物語」
◇斎藤緑雨賞（第1回/平成5年）
「月島物語」 集英社 1999.5 346p 15cm（集英社文庫） 571円 ⓘ4-08-747052-0
「月島物語ふたたび」 工作舎 2007.1 400p 21×13cm 2500円 ⓘ978-4-87502-399-9
6792　「日本のマラーノ文学」
◇桑原武夫学芸賞（第11回/平成20年）
「日本のマラーノ文学―Dulcinea roja」 人文書院 2007.12 233p 20cm 2000円 ⓘ978-4-409-16091-6
6793　「翻訳と雑神」
◇桑原武夫学芸賞（第11回/平成20年）
「翻訳と雑神―Dulcinea blanca」 人文書院 2007.12 225p 20cm 2000円 ⓘ978-4-409-16092-3
6794　「モロッコ流謫」
◇伊藤整文学賞（第11回/平成12年―評論）
◇講談社エッセイ賞（第16回/平成12年）
「モロッコ流謫」 筑摩書房 2014.7 376p 15cm（ちくま文庫） 950円 ⓘ978-4-480-43185-1

依光 陽子　よりみつ・ようこ
6795　「朗朗」
◇角川俳句賞（第44回/平成10年）

【ら】

頼 圭二郎　らい・けいじろう
6796　「白い夏の散歩」
◇伊東静雄賞（第20回/平成21年/奨励賞）

ラフルーア, ウィリアム・R.
6797　「廃墟に立つ理性─戦後合理性論争における和辻哲郎学の位相」
◇和辻哲郎文化賞（第1回/昭和63年─学術部門）

ラムザイヤー, J.マーク
6798　「法と経済学」
◇サントリー学芸賞（第12回/平成2年度─政治・経済部門）
「法と経済学─日本法の経済分析」 マーク・ラムザイヤー著　弘文堂　1990.7　184p　21cm　3300円　①4-335-35103-8

【り】

李 宇玲　り・うれい
6799　「古代宮廷文学論─中日文化交流史の視点から」
◇第2次関根賞（第7回・通算19回/平成24年度）
「古代宮廷文学論─中日文化交流史の視点から」　勉誠出版　2011.6　300, 23cm　10000円　①978-4-585-29017-9

李 錦玉　リ・クムオク
6800　「いちど消えたものは 李錦玉詩集」
◇三越左千夫少年詩賞（第9回/平成17年）
「いちど消えたものは─李錦玉詩集」　てらいんく　2004.7　79p　22cm（子ども詩のポケット 7）　1200円　①4-925108-97-2

李 長波　り・ちょうは
6801　「日本語指示体系の歴史」
◇金田一京助博士記念賞（第31回/平成15年）
「日本語指示体系の歴史」　京都大学学術出版会　2002.5　462p　23cm　5200円　①4-87698-446-8

李 登輝　り・とうき
6802　「台湾の主張」
◇山本七平賞（第8回/平成11年）
「台湾の主張」　PHP研究所　1999.6　229p　22cm　1524円　①4-569-60640-7
「新・台湾の主張」　PHP研究所　2015.1　202p　18cm（PHP新書）　780円　①978-4-569-82364-5

李 芳世　リ・パンセ
6803　「こどもになったハンメ」
◇三越左千夫少年詩賞（第6回/平成14年/特別賞）
「こどもになったハンメ─李芳世詩集」　遊タイム出版　2001.7　77p　19cm　1500円　①4-86010-010-7

力身 康子　りきみ・やすこ
6804　「石の眼」
◇現代歌人集会賞（第14回/昭和63年）

陸丸 敦子　りくまる・あつこ
6805　「なんじゃこりゃ、フィリピン」
◇たまノンフィクション大賞（第2回/平成10年/佳作）

リー小林　りーこばやし
6806　「ダブル」
◇報知ドキュメント大賞（第1回/平成9年/優秀作）
6807　「マイ ライト フット」
◇「ナンバー」スポーツノンフィクション新人賞（第5回/平成9年）

龍 泉　りゅう・いずみ
6808　「佐々城信子とその周辺の群像」
◇北海道ノンフィクション賞（第8回/昭和63年）

劉 香織　りゅう・かおり
6809　「断髪」
◇サントリー学芸賞（第12回/平成2年度―社会・風俗部門）
「断髪―近代東アジアの文化衝突」　朝日新聞社　2003.6　224p　19cm（朝日選書 397）　2200円　①4-925219-74-X

劉 岸偉　りゅう・がんい
6810　「周作人伝 ある知日派文人の精神史」
◇和辻哲郎文化賞（第25回/平成24年度/一般部門）
「周作人伝―ある知日派文人の精神史」　ミネルヴァ書房　2011.10　498, 32p　22cm（シリーズ・人と文化の探究 7）　8000円　①978-4-623-05950-8

6811　「東洋人の悲哀」
◇サントリー学芸賞（第14回/平成4年度―社会・風俗部門）
「東洋人の悲哀―周作人と日本」　河出書房新社　1991.8　378p　19cm　3900円　①4-309-00705-8

劉 岸麗　りゅう・がんれい
6812　「風雲北京」
◇蓮如賞（第4回/平成9年）
「風雲北京」　河出書房新社　1998.2　234p　19cm　1300円　①4-309-01199-3

龍 秀美　りゅう・ひでみ
6813　「花象譚」
◇福岡県詩人賞（第22回/昭和61年）
「花象譚―詩集」　竜秀美著　詩学社　1985.10　79p　22cm　1500円

6814　「TAIWAN」
◇H氏賞（第50回/平成12年）
「詩集TAIWAN」　詩学社　2000.3　92p　21×13cm　2000円　①4-88312-155-0

流星　りゅうせい
6815　「私と僕が生きた道」
◇感動ノンフィクション大賞（第4回/平成21年/大賞）〈受賞時〉勢川輝樹
「私と僕が生きた道―性同一性障害と向き合った29年」　幻冬舎　2010.2　182p　19cm　1200円　①978-4-344-01786-3

りょう 城　りょう・じょう
6816　「体」
◇詩人会議新人賞（第41回/平成19年/詩部門/佳作）
「はるつぼ―詩集」　土曜美術社出版販売　2008.11　93p　19cm（現代詩の新鋭 5）　1800円　①978-4-8120-1698-5

林 淑美　りん・しゅくび
6817　「中野重治―連続する転向」
◇やまなし文学賞〔研究・評論部門〕（第2回/平成5年度―研究・評論部門）

リンズィー, ドゥーグル・J.
6818　「むつごろう」
◇加美俳句大賞（句集賞）（第7回/平成14年―中新田俳句大賞）

【る】

ルオフ, ケネス
6819　「国民の天皇―戦後日本の民主主義と天皇制」
◇大佛次郎論壇賞（第4回/平成16年）
「国民の天皇―戦後日本の民主主義と天皇制」　ケネス・ルオフ著, 高橋紘監修, 木村剛久, 福島睦男訳　岩波書店　2009.4　503, 17p　15cm（岩波現代文庫）　1400円　①978-4-00-600214-5

ルーシュ, バーバラ
6820　「もう一つの中世像」
◇山片蟠桃賞（第18回/平成11年度）
「もう一つの中世像―比丘尼・御伽草子・来世」　バーバラ・ルーシュ著　思文閣出版　1991.6　272, 11p　22cm　3914円　①4-7842-0663-9

【れ】

零石 尚子 れいせき・なおこ
6821 「ある恐怖」
◇時間賞(第5回/昭和33年―新人賞)

麗呑 れいどん
6822 「リアルなフィクション『サージェント』」(エッセイ)
◇ザ・ビートルズ・クラブ大賞(第5回/平成7年―文学部門)

【ろ】

蠟山 政道 ろうやま・まさみち
6823 「日本における近代政治学の発達」
◇毎日出版文化賞(第3回/昭和24年)
「日本における近代政治学の発達」 ぺりかん社 1968 426p 図版 20cm (叢書名著の復興 7) 1600円

六嶋 由岐子 ろくしま・ゆきこ
6824 「ロンドン骨董街の人びと」
◇講談社エッセイ賞(第14回/平成10年)
「ロンドン骨董街の人びと」 新潮社 1997.12 269p 19cm 1800円 ①4-10-421001-3
「ロンドン骨董街の人びと」 新潮社 2001.3 320p 15cm (新潮文庫) 514円 ①4-10-149127-3

ローズラン, エマニュエル
6825 「1912年から1921年の森鷗外・林太郎」
◇渋沢・クローデル賞(第13回/平成8年―フランス側審査員特別賞)

ローゼンフィルド, ジョン
6826 「近世畸人の芸術」
◇山片蟠桃賞(第19回/平成12年度)

【わ】

和井田 勢津 わいだ・せつ
6827 「南ばん漬けの作り方」
◇伊東静雄賞(第23回/平成24年度/奨励賞)

和賀 士郎 わが・しろう
6828 「たった一人の叛旗―宗森喬之と苫田ダムの42年」
◇週刊金曜日ルポルタージュ大賞(第7回/平成12年3月/報告文学賞)

和賀 正樹 わが・まさき
6829 「新大阪・被差別ブルース」
◇週刊金曜日ルポルタージュ大賞(第17回/平成18年/佳作)

若井 菊生 わかい・きくお
6830 「千年杉」
◇深吉野賞(第1回/平成5年)

若井 新一 わかい・しんいち
6831 「早苗饗」
◇角川俳句賞(第43回/平成9年)
6832 「雪形」
◇俳人協会賞(第54回/平成26年度)
「雪形―句集」 KADOKAWA 2014.3 201p 20cm 2700円 ①978-4-04-652819-3

若尾 儀武 わかお・よしたけ
6833 「流れもせんで、在るだけの川」
◇丸山豊記念現代詩賞(第24回/平成27年)
「詩集 流れもせんで、在るだけの川」 ふらんす堂 2014.6 120p 19cm 2200円 ①978-4-7814-0692-3

若栗 清子 わかぐり・きよこ
6834 「アレクセイ」
◇詩人会議新人賞(第33回/平成11年/詩/佳作)

6835 「変声期」
◇現代詩加美未来賞（第6回/平成8年—中新田縄文賞）

若桑 みどり　わかくわ・みどり
6836 「寓意と象徴の女性像」を中心として
◇サントリー学芸賞（第2回/昭和55年度—芸術・文学部門）
「全集美術のなかの裸婦 7 寓意と象徴の女性像 1」座右宝刊行会編集 若桑みどり責任編集 集英社 1980.6 131p 38cm 4300円
「全集美術のなかの裸婦 8 寓意と象徴の女性像 2」座右宝刊行会編集 中山公男,高階秀爾責任編集 集英社 1981.4 131p 38cm 4300円

若島 正　わかしま・ただし
6837 「乱視読者の英米短篇講義」
◇読売文学賞（第55回/平成15年—随筆・紀行賞）
「乱視読者の英米短篇講義」 研究社 2003.7 253p 19cm 1900円　①4-327-37690-6

若城 希伊子　わかしろ・きいこ
6838 「小さな島の明治維新—ドミンゴ松次郎の旅」
◇新田次郎文学賞（第2回/昭和58年）
「小さな島の明治維新—ドミンゴ松次郎の旅」 新潮社 1982.9 233p 20cm 1200円

若杉 朋哉　わかすぎ・ともや
6839 「一秋四冬」
◇星野立子賞（第2回/平成26年/星野立子新人賞受賞）

若田部 昌澄　わかたべ・まさずみ
6840 「危機の経済政策—なぜ起きたのか，何を学ぶのか」
◇石橋湛山賞（第31回/平成22年）
「危機の経済政策—なぜ起きたのか，何を学ぶのか」 日本評論社 2009.8 314p 19cm 2300円　①978-4-535-55574-7

若林 克典　わかばやし・かつのり
6841 「地図の上で」
◇横浜詩人会賞（第16回/昭和59年度）
「地図の上で—詩集」 国文社 1983.8 92p 22cm 1800円

若林 敏夫　わかばやし・としお
6842 「戦争未亡人、大石りく」
◇大石りくエッセー賞（第2回/平成11年—優秀賞）

若林 正丈　わかばやし・まさひろ
6843 「蔣経国と李登輝」を中心として
◇サントリー学芸賞（第19回/平成9年度—政治・経済部門）
「蔣経国と李登輝—「大陸国家」からの離陸？」 岩波書店 1997.6 259,5p 20cm（現代アジアの肖像 5）2500円　①4-00-004400-1

若林 光江　わかばやし・みつえ
6844 「沈黙」
◇年刊現代詩集新人賞（第3回/昭和57年—奨励賞）

若松 英輔　わかまつ・えいすけ
6845 「越知保夫とその時代—求道の文学」
◇三田文学新人賞〔評論部門〕（第14回(2007年)）
「神秘の夜の旅」 トランスビュー 2011.8 229p 19cm 2400円　①978-4-901510-99-8

若松 丈太郎　わかまつ・じょうたろう
6846 「海のほうへ海のほうから」
◇福田正夫賞（第2回/昭和63年）
「海のほうへ海のほうから—詩集」 花神社 1987.10 241p 22cm 3000円

若宮 明彦　わかみや・あきひこ
6847 「貝殻幻想」
◇北海道詩人協会賞（第35回/平成10年度）
「貝殻幻想—若宮明彦詩集」 土曜美術社出版販売 1997.8 79p 22×15cm（叢書新世代の詩人たち）1650円　①4-8120-0670-8

若宮 啓文　わかみや・ひろふみ
6848 「戦後70年 保守のアジア観」

わかみや

◇石橋湛山賞（第36回/平成27年）
「戦後70年 保守のアジア観」 朝日新聞出版 2014.12 444、11p 19cm（朝日選書）1800円 ⓘ978-4-02-263027-8

若宮 道子　わかみや・みちこ

6849「メキシコにラカンドン族を尋ねて」
◇日本旅行記賞（第5回/昭和53年）

若山 紀子　わかやま・のりこ

6850「夜が眠らないので」
◇中日詩賞（第53回/平成25年―中日詩賞）
「夜が眠らないので―詩集」 土曜美術社出版販売 2012.10 93p 22cm 2000円 ⓘ978-4-8120-2018-0

若山 三千彦　わかやま・みちひこ

6851「リアル・クローン―クローンが当たり前になる日」
◇「週刊ポスト」「SAPIO」21世紀国際ノンフィクション大賞（第6回/平成11年/優秀賞）
◇小学館ノンフィクション大賞（第6回/平成11年―優秀賞）
「リアル・クローン」 小学館 2000.3 285p 20cm 1500円 ⓘ4-09-389581-3

脇川 郁也　わきかわ・ふみや

6852「露切橋」
◇福岡県詩人賞（第36回/平成12年）
「露切橋―詩集」 本多企画 1999.8 115p 21cm 1905円 ⓘ4-89445-047-X

涌羅 由美　わくら・ゆみ

6853「わんぱく」
◇日本伝統俳句協会賞（第15回/平成16年/新人賞）

和氣 康之　わけ・やすゆき

6854「夢夢」
◇栃木県現代詩人会賞（第36回）

和合 亮一　わごう・りょういち

6855「AFTER」
◇中原中也賞（第4回/平成11年）
「After」 思潮社 1998.3 96p 22cm 2200円 ⓘ4-7837-1070-8

6856「地球頭脳詩篇」
◇晩翠賞（第47回/平成18年）
「地球頭脳詩篇」 思潮社 2005.10 135p 24cm 2500円 ⓘ4-7837-2109-2

輪座 鈴枝　わざ・すずえ

6857「拝啓 伊藤桂一様」
◇日本随筆家協会賞（第29回/平成6年5月）

鷲尾 酵一　わしお・こういち

6858「ゴーガン忌」
◇角川短歌賞（第9回/昭和38年）

鷲巣 繁男　わしす・しげお

6859「行為の歌」
◇高見順賞（第12回/昭和56年度）
「行為の歌―詩集」 小沢書店 1981.4 275p 22cm 4500円

6860「定本鷲巣繁男詩集」
◇藤村記念歴程賞（第10回/昭和47年）

鷲田 清一　わしだ・きよかず

6861「『聴く』ことの力―臨床哲学試論」
◇桑原武夫学芸賞（第3回/平成12年）
「『聴く』ことの力―臨床哲学試論」 ティビーエス・ブリタニカ 1999.7 269p 20cm 2000円 ⓘ4-484-99203-5
「『聴く』ことの力―臨床哲学試論」 筑摩書房 2015.4 277p 15cm（ちくま学芸文庫）1000円 ⓘ978-4-480-09668-5

6862「『ぐずぐず』の理由」
◇読売文学賞（第63回/平成23年度―評論・伝記賞）
「『ぐずぐず』の理由」 角川学芸出版,角川グループパブリッシング〔発売〕2011.8 246p 19cm（角川選書）1600円 ⓘ978-4-04-703494-5

6863「分散する理性」および『モードの迷宮』
◇サントリー学芸賞（第11回/平成1年度―思想・歴史部門）
「分散する理性―現象学の現象」 勁草書房 1989.4 264p 19cm 2580円 ⓘ4-326-15215-X
「モードの迷宮」 筑摩書房 1996.1

230p　15cm（ちくま学芸文庫）900円
①4-480-08244-1

鷲谷 七菜子　わしたに・ななこ

6864　「晨鐘」
◇蛇笏賞（第39回/平成17年）
「晨鐘―句集」本阿弥書店　2004.5
175p　20cm（新世紀俳句叢書 第3期）
2900円　①4-7768-0052-7

6865　「花寂び」
◇現代俳句女流賞（第2回/昭和52年）
「花寂び―句集」牧羊社　1978.6　214p
20cm（現代俳句女流シリーズ 6）
2000円

6866　「游影」
◇俳人協会賞（第23回/昭和58年度）

鷲谷 峰雄　わしたに・みねお

6867　「幼年ノート」
◇北海道詩人協会賞（第12回/昭和50年度）

和嶋 勝利　わじま・かつとし

6868　「天文航法」
◇ながらみ書房出版賞（第5回/平成9年）
「天文航法―和嶋勝利歌集」ながらみ書房　1996.11　199p　22cm（りとむコレクション no.19）2600円

和嶋 忠治　わじま・ちゅうじ

6869　「月光街」（歌集）
◇北海道新聞短歌賞（第15回/平成12年）
「月光街―和嶋忠治歌集」短歌新聞社　1999.10　200p　22cm　2500円

輪島 裕介　わじま・ゆうすけ

6870　「創られた「日本の心」神話」
◇サントリー学芸賞（第33回/平成23年度―芸術・文学部門）
「創られた「日本の心」神話―「演歌」をめぐる戦後大衆音楽史」光文社　2010.10　358p　18cm（光文社新書）950円
①978-4-334-03590-7

和田 京子　わだ・きょうこ

6871　「御伽草子「清水冠者物語」の一考察」
◇ドナルド・キーン日米学生日本文学研究奨励賞（第5回/平成13年―四大部）

和田 茂俊　わだ・しげとし

6872　「汽車に乗る中野重治」
◇群像新人文学賞〔評論部門〕（第47回/平成16年―評論優秀作）

和田 徹三　わだ・てつぞう

6873　「和田徹三全詩集」
◇日本詩人クラブ賞（第12回/昭和54年）
「新編 和田徹三全詩集」沖積舎　1999.7
749p　21cm　7000円　①4-8060-0609-2

和田 とみ子　わだ・とみこ

6874　「思い」
◇〔新潟〕日報詩壇賞（第4回/昭和45年秋）

和田 肇　わだ・はじめ

6875　「日本の名随筆(全200巻)」
◇毎日出版文化賞（第53回/平成11年―企画部門）

和田 英子　わだ・ひでこ

6876　「点景」
◇小熊秀雄賞（第15回/昭和57年）
「点景―和田英子詩集」摩耶出版社　1981.9　102p　20cm　1000円

和田 真季　わだ・まき

6877　「「孤高の歌声」―源氏物語の独詠歌」
◇ドナルド・キーン日米学生日本文学研究奨励賞（第1回/平成9年―短大部）

和田 誠　わだ・まこと

6878　「銀座界隈ドキドキの日々」
◇講談社エッセイ賞（第9回/平成5年）

6879　「ビギン・ザ・ビギン―日本ショウビジネス楽屋」
◇日本ノンフィクション賞（第9回/昭和57年）

「ビギン・ザ・ビギン―日本ショウビジネス楽屋口」 文芸春秋 1986.2 340p 16cm（文春文庫）400円 ①4-16-738502-3

和田 真由 わだ・まゆ
6880 「夏草をばっさばっさと踏み倒しふった男に会いに行く。明日」
◇河野裕子短歌賞（第2回/平成25年/河野裕子賞/恋の歌・愛の歌）

和田 みき子 わだ・みきこ
6881 「1920年代の都市における巡回産婆事業―経済学者、猪間驥一の調査研究を通して」
◇河上肇賞（第4回/平成20年/奨励賞）

和田 通郎 わだ・みちお
6882 「『おくりびと』の先に―ある火葬労働者の死が問うもの」
◇週刊金曜日ルポルタージュ大賞（第21回/平成22年/佳作）

和田 律子 わだ・りつこ
6883 「藤原頼通の文化世界と更級日記」
◇第2次関根賞（第4回/平成21年）
「藤原頼通の文化世界と更級日記」 新典社 2008.12 594p 22cm（新典社研究叢書 195）18000円 ①978-4-7879-4195-4

渡瀬 夏彦 わたせ・なつひこ
6884 「銀の夢」
◇講談社ノンフィクション賞（第14回/平成4年）
「銀の夢―オグリキャップに賭けた人々」 講談社 1996.5 675p 15cm（講談社文庫）820円 ①4-06-263239-X

渡辺 昭子 わたなべ・あきこ
6885 「万愚節」
◇福島県俳句賞（第11回/平成1年）
6886 「文鳥」
◇福島県俳句賞（第5回/昭和58年―準賞）

渡辺 鮎太 わたなべ・あゆた
6887 「十一月」
◇加美俳句大賞（句集賞）（第4回/平成11年）
「十一月―渡辺鮎太句集」 ふらんす堂 1998.9 138p 19cm 2400円 ①4-89402-256-7

渡辺 をさむ わたなべ・おさむ
6888 「非戦」
◇新俳句人連盟賞（第38回/平成22年/作品の部（俳句）/入選）

渡辺 己 わたなべ・おのれ
6889 「スライアモン語形態法記述―統語法概説―」
◇新村出賞（第24回/平成17年）

渡辺 一民 わたなべ・かずたみ
6890 「岸田国士論」
◇亀井勝一郎賞（第14回/昭和57年）
「岸田国士論」 岩波書店 1982.2 307p 19cm 1800円

渡辺 一史 わたなべ・かずふみ
6891 「北の無人駅から」
◇サントリー学芸賞（第34回/平成24年度―社会・風俗部門）
「北の無人駅から」 渡辺一史著, 並木博夫写真 北海道新聞社 2011.10 791p 19cm 2500円 ①978-4-89453-621-0
6892 「こんな夜更けにバナナかよ 筋ジス・鹿野靖明とボランティアたち」
◇講談社ノンフィクション賞（第25回/平成15年）
◇大宅壮一ノンフィクション賞（第35回/平成16年）
「こんな夜更けにバナナかよ―筋ジス・鹿野靖明とボランティアたち」 北海道新聞社 2003.3 463p 19cm 1800円 ①4-89453-247-6
「こんな夜更けにバナナかよ―筋ジス・鹿野靖明とボランティアたち」 文藝春秋 2013.7 558p 15cm（文春文庫）760円 ①978-4-16-783870-6

渡部 京子 わたなべ・きょうこ
6893 「雪国のたより」
◇読売・日本テレビWoman's Beat大賞 カネボウスペシャル21（第1回/平

成14年/入選)
「花、咲きまっか―第1回Woman's beat 大賞受賞作品集」俣木聖子ほか著　中央公論新社　2003.2　309p　20cm　1600円　④4-12-003366-X

渡辺　京二　わたなべ・きょうじ
6894 「北一輝」
◇毎日出版文化賞（第33回/昭和54年）
6895 「逝きし世の面影」
◇和辻哲郎文化賞（第12回/平成11年度/一般部門）
「逝きし世の面影」葦書房　1998.9　487, 6p　22cm（日本近代素描 1）4200円　④4-7512-0718-0
「逝きし世の面影」平凡社　2005.9　604p　16cm（平凡社ライブラリー）1900円　④4-582-76552-1

渡辺　玄英　わたなべ・げんえい
6896 「水道管のうえに犬は眠らない」
◇福岡県詩人賞（第28回/平成4年）

渡辺　幸一　わたなべ・こういち
6897 「霧降る国で」
◇角川短歌賞（第41回/平成7年）

渡辺　萩風　わたなべ・しゅうふう
6898 「角切会（つのきりえ）」
◇日本伝統俳句協会賞（第12回/平成13年/協会賞）

渡部　昇一　わたなべ・しょういち
6899 「腐敗の時代」
◇日本エッセイスト・クラブ賞（第24回/昭和51年）
「腐敗の時代」PHP研究所　1992.12　249p　15cm（PHP文庫）540円　④4-569-56510-7

渡辺　祥子　わたなべ・しょうこ
6900 「ヒコウキ雲」
◇現代詩加美未来賞（第9回/平成11年―落鮎塾あけぼの賞）

渡辺　真也　わたなべ・しんや
6901 「おにぎり」
◇現代詩加美未来賞（第1回/平成3年―中新田若鮎賞）

渡辺　誠一郎　わたなべ・せいいちろう
6902 「地祇」
◇俳句四季大賞（第14回/平成27年）
「地祇―句集」銀蛾舎　2014.10　209p　19cm（小熊座叢書 96）1851円

渡辺　惣樹　わたなべ・そうき
6903 「日米衝突の萌芽 1898―1918」
◇山本七平賞（第22回/平成25年/奨励賞）
「日米衝突の萌芽―1898-1918」草思社　2013.6　564p　20cm　3500円　④978-4-7942-1986-2

渡辺　宗子　わたなべ・そうこ
6904 「ああ蠣がいっぱい」
◇北海道詩人協会賞（第17回/昭和55年度）

渡辺　卓爾　わたなべ・たくじ
6905 「夢景」
◇年刊現代詩集新人賞（第5回/昭和59年―奨励賞）

渡辺　保　わたなべ・たもつ
6906 「昭和の名人豊竹山城少掾」
◇吉田秀和賞（第4回/平成6年）
「昭和の名人 豊竹山城少掾―魂をゆさぶる浄瑠璃」新潮社　1993.9　273p　19cm　2000円　④4-10-394101-4
6907 「娘道成寺」
◇読売文学賞（第38回/昭和61年―研究・翻訳賞）
「娘道成寺」改訂版　駸々堂出版　1992.6　499p　19cm　3800円　④4-397-50362-1
「身体は幻」幻戯書房　2014.12　230p　19cm　2400円　④978-4-86488-062-6
6908 「黙阿弥の明治維新」
◇読売文学賞（第49回/平成9年―評論・伝記賞）
「黙阿弥の明治維新」岩波書店　2011.9　380, 7p　15cm（岩波現代文庫）1160円　④978-4-00-602190-0

渡辺 千絵　わたなべ・ちえ
6909　「ぼくらは雨をためてみた」
◇子どものための感動ノンフィクション大賞（第2回/平成20年/優良作品）

渡辺 千尋　わたなべ・ちひろ
6910　「石榴（ざくろ）身をむき澄み行く空」
◇蓮如賞（第1回/平成6年）
6911　「マルチルの刻印」
◇小学館ノンフィクション大賞（第8回/平成13年/優秀賞）
「殉教の刻印」　小学館　2001.11　242p　20cm　1500円　④4-09-389582-1
「殉教の刻印」　長崎文献社　2013.11　269p　21cm（長崎文献社名著復刻シリーズ）1600円　④978-4-88851-204-6

渡辺 つぎ　わたなべ・つぎ
6912　「マフラー」
◇日本随筆家協会賞（第27回/平成5年5月）
「花筏」　日本随筆家協会　1993.10　228p　19cm（現代随筆選書 137）1600円　④4-88933-162-X

渡辺 利夫　わたなべ・としお
6913　「神経症の時代―森田正馬とその弟子たち」
◇開高健賞（第5回/平成8年）
「神経症の時代―わが内なる森田正馬」　ティビーエス・ブリタニカ　1996.4　233p　19cm　1500円　④4-484-96210-1
「神経症の時代―わが内なる森田正馬」　学陽書房　1999.11　250p　15cm（学陽文庫）660円　④4-313-72079-0

渡邊 利道　わたなべ・としみち
6914　「独身者たちの宴　上田早夕里『華竜の宮』論」
◇日本SF評論賞（第7回/平成23年/優秀賞）

渡辺 喜子　わたなべ・のぶこ
6915　「歌集 花に手を」
◇島木赤彦文学賞新人賞（第10回/平成22年）
「花に手を―歌集」　短歌新聞社　2009.6　194p　20cm　2381円

渡辺 一　わたなべ・はじめ
6916　「東山水墨画の研究」
◇毎日出版文化賞（第2回/昭和23年）
「東山水墨画の研究」　増補版　中央公論美術出版　1985.6　363p　31cm　14000円

渡辺 広士　わたなべ・ひろし
6917　「三島由紀夫と大江健三郎」
◇群像新人文学賞〔評論部門〕（第8回/昭和40年―評論）

渡辺 裕　わたなべ・ひろし
6918　「聴衆の誕生」
◇サントリー学芸賞（第11回/平成1年度―芸術・文学部門）
「聴衆の誕生―ポスト・モダン時代の音楽文化」　春秋社　1989.3　249, 3p　19cm　1600円　④4-393-93405-9
「聴衆の誕生―ポスト・モダン時代の音楽文化」　新装増補版　春秋社　1996.11　271, 3p　19cm　2060円　④4-393-93440-7
「聴衆の誕生―ポスト・モダン時代の音楽文化」　新装版　春秋社　2004.3　271, 3p　19cm　2000円　④4-393-93481-4
「聴衆の誕生―ポスト・モダン時代の音楽文化」　中央公論新社　2012.2　325p　15cm（中公文庫）857円　④978-4-12-205607-7

渡辺 洋　わたなべ・ひろし
6919　「漁火」
◇年刊現代詩集新人賞（第6回/昭和60年―奨励賞）
6920　「うつろい」
◇年刊現代詩集新人賞（第8回/昭和62年）

渡辺 啓貴　わたなべ・ひろたか
6921　「ミッテラン時代のフランス」
◇渋沢・クローデル賞（第9回/平成4年―日本側）
「ミッテラン時代のフランス」　芦書房　1991.6　391p　20cm（RFP叢書 11）3500円　④4-7556-1075-3
「ミッテラン時代のフランス」　増補版　芦書房　1993.6　402p　19cm（RFP叢

書 11）3500円　①4-7556-1098-2

渡辺 正清　わたなべ・まさきよ
6922「ミッション・ロード―証言・アメリカを生きる日本人」
◇潮賞（第10回/平成3年―ノンフィクション）
「ミッション・ロード―証言、アメリカを生きる日本人。」潮出版社　1992.1　230p　19cm　1200円　①4-267-01276-8

渡辺 昌子　わたなべ・まさこ
6923「海辺の町から」
◇千葉随筆文学賞（第1回/平成19年）

渡辺 勝　わたなべ・まさる
6924「比較俳句論 日本とドイツ」
◇俳人協会評論賞（第12回/平成9年）
「比較俳句論―日本とドイツ」　角川書店　1997.9　211p　2600円　①4-04-883500-9

渡辺 松男　わたなべ・まつお
6925「歩く仏像」
◇寺山修司短歌賞（第8回/平成15年）
「歩く仏像―渡辺松男歌集」　雁書館　2002.6　206p　22cm（かりん叢書 no.156）3000円

6926「泡宇宙の蛙」
◇ながらみ現代短歌賞（第8回/平成12年）
「泡宇宙の蛙―渡辺松男歌集」　雁書館　1999.8　220p　22cm（かりん叢書 no.130）2800円

6927「寒気氾濫」
◇現代歌人協会賞（第42回/平成10年）
「寒気氾濫―歌集」　本阿弥書店　1997.12　170p　22cm（かりん叢書 第112篇）2500円　①4-89373-256-0

6928「蝶」
◇迢空賞（第46回/平成24年）
「蝶―歌集」　ながらみ書房　2011.8　247p　20cm（かりん叢書 第247篇）2600円　①978-4-86023-724-0

6929「睫はうごく」
◇歌壇賞（第6回/平成6年）

渡辺 護　わたなべ・まもる
6930「現代演奏家事典」

◇毎日出版文化賞（第10回/昭和31年）

渡辺 真理子　わたなべ・まりこ
6931「あなたと私の穴について」
◇年刊現代詩集新人賞（第4回/昭和58年―佳作）
6932「ザリガニ飼う後めたさは」
◇年刊現代詩集新人賞（第5回/昭和59年）

渡辺 美佐子　わたなべ・みさこ
6933「ひとり旅一人芝居」
◇日本エッセイスト・クラブ賞（第35回/昭和62年）
「ひとり旅一人芝居」　講談社　1987.4　218p　19cm　1200円　①4-06-203285-6

渡辺 通枝　わたなべ・みちえ
6934「心のページ」
◇日本随筆家協会賞（第28回/平成5年11月）
「心のページ」　日本随筆家協会　1994.3　218p　19cm（現代随筆選書 143）1600円　①4-88933-169-7

渡邊 美保　わたなべ・みほ
6935「けむり茸」
◇俳壇賞（第29回/平成26年度）

渡辺 めぐみ　わたなべ・めぐみ
6936「恐らくそれは赦しということ」
◇「詩と思想」新人賞（第11回/平成14年）
6937「内在地」
◇日本詩人クラブ新人賞（第21回/平成23年）
「内在地」　思潮社　2010.7　141p　24cm　2600円　①978-4-7837-3193-1

渡部 保夫　わたなべ・やすお
6938「刑事裁判ものがたり」
◇潮賞（第6回/昭和62年―ノンフィクション（特別賞））
「刑事裁判ものがたり」　潮出版社　1987.9　197p　19cm　1000円　①4-267-01166-4
「刑事裁判ものがたり」　渡部保夫著, 日弁連法務研究財団編　日本評論社

2014.6　196p　19cm　(JLF選書)　900円　ⓘ978-4-535-52035-6

渡辺　靖　わたなべ・やすし

6939　「アフター・アメリカ」
◇サントリー学芸賞（第26回/平成16年度―社会・風俗部門）
「アフター・アメリカ―ボストニアンの軌跡と"文化の政治学"」慶應義塾大学出版会　2004.5　373, 19p　19cm　2500円　ⓘ4-7664-1078-5

渡辺　佑基　わたなべ・ゆうき

6940　「ペンギンが教えてくれた物理のはなし」
◇毎日出版文化賞（第68回/平成26年―自然科学部門）
「ペンギンが教えてくれた物理のはなし」河出書房新社　2014.4　246p　19cm（河出ブックス）1400円　ⓘ978-4-309-62470-9

渡邉　裕美子　わたなべ・ゆみこ

6941　「最勝四天王院障子和歌全釈」
◇第2次関根賞（第3回/平成20年）
「最勝四天王院障子和歌全釈」風間書房　2007.10　548p　22cm（歌合・定数歌全釈叢書 10）16000円　ⓘ978-4-7599-1646-1

6942　「新古今時代の表現方法」
◇角川源義賞（第33回/平成23年/文学研究部門）
「新古今時代の表現方法」笠間書院　2010.10　670p　22cm　14000円　ⓘ978-4-305-70514-3

渡辺　力　わたなべ・りき

6943　「地衣類」
◇中日詩賞（第36回/平成8年）

渡辺　諒　わたなべ・りょう

6944　「異邦の友への手紙―ロラン・バルト「記号の帝国」再考」
◇群像新人文学賞〔評論部門〕（第34回/平成3年―評論）

渡部　潤一　わたべ・じゅんいち

6945　「冬の山陰・灯台紀行」
◇日本旅行記賞（第14回/昭和62年）

渡部　セリ子　わたべ・せりこ

6946　「蕎麦の花」
◇福島県俳句賞（第30回/平成21年―新人賞）

渡部　良子　わたべ・よしこ

6947　「梅雨山河」
◇福島県俳句賞（第14回/平成4年―準賞）

渡部　柳春　わたべ・りゅうしゅん

6948　「癌に死す」
◇福島県俳句賞（第6回/昭和59年）

渡会　圭子　わたらい・けいこ

6949　「スノーボール・アース」
◇毎日出版文化賞（第58回/平成16年―第3部門（自然科学））
「スノーボール・アース―生命大進化をもたらした全地球凍結」ガブリエル・ウォーカー著，川上紳一監修，渡会圭子訳　早川書房　2011.10　365p　15cm（ハヤカワ・ノンフィクション文庫）800円　ⓘ978-4-15-050375-8

渡会　やよい　わたらい・やよい

6950　「洗う理由」
◇北海道詩人協会賞（第28回/平成3年度）

渡　英子　わたり・ひでこ

6951　「アクトレス」
◇歌壇賞（第11回/平成11年度）

6952　「詩歌の琉球」
◇前川佐美雄賞（第7回/平成21年/特別賞）
「詩歌の琉球」砂子屋書房　2008.6　278p　20cm（弧琉球叢書 7）3000円　ⓘ978-4-7904-1104-8

6953　「みづを搬ぶ」
◇現代短歌新人賞（第3回/平成14年）
◇現代歌人協会賞（第47回/平成15年）
「みづを搬ぶ―歌集」本阿弥書店　2002.6　215p　22cm　2800円　ⓘ4-89373-808-9

6954　「メロディアの笛」
◇日本歌人クラブ評論賞（第10回/平成24年）

「メロディアの笛―白秋とその時代」　ながらみ書房　2011.12　333p　20cm　2700円　ⓘ978-4-86023-748-6

渡 ひろこ　わたり・ひろこ

6955　「メール症候群」
◇福田正夫賞（第23回／平成21年）
「メール症候群―詩集」　土曜美術社出版販売　2008.11　109p　19cm　（現代詩の新鋭 8）　1800円　ⓘ978-4-8120-1701-2

和辻 哲郎　わつじ・てつろう

6956　「鎖国」
◇読売文学賞（第2回／昭和25年―文学研究賞）
「鎖国」　岩波書店　1990.7　577p　21cm　（和辻哲郎全集 第15巻）　3800円　ⓘ4-00-091455-3
「鎖国　上・下―日本の悲劇」　岩波書店　2011.4　15cm　（岩波文庫）　各900円

6957　「日本倫理思想史」（上・下）
◇毎日出版文化賞（第7回／昭和28年）
「日本倫理思想史　1」　岩波書店　2011.4　372p　15cm　（岩波文庫）　1080円　ⓘ978-4-00-381105-4
「日本倫理思想史　2」　岩波書店　2011.6　526p　15cm　（岩波文庫）　1200円　ⓘ978-4-00-381106-1
「日本倫理思想史　3」　岩波書店　2011.8　426p　15cm　（岩波文庫）　1020円　ⓘ978-4-00-381107-8
「日本倫理思想史　4」　岩波書店　2012.2　392, 31p　15cm　（岩波文庫）　1020円　ⓘ978-4-00-381108-5

藁科 れい　わらしな・れい

6958　「ウィーンのバレエの物語」
◇報知ドキュメント大賞（第4回／平成12年）

作品名索引

【あ】

「ああ言えばこう食う」(阿川佐和子) 0079
「ああ言えばこう食う」(檀ふみ) 4059
「ああ生きてをり」(藤井啓子) 5363
「ああ蠣がいっぱい」(渡辺宗子) 6904
「ああ、そうかね」(山田稔) 6510
「ああ、日本人」(柳生純次) 6309
「愛占い」(伊藤ユキ子) 0640
「あいおいの季」(佐藤貞明) 2923
「哀海」(水無川理子) 5991
「藍甕(あいがめ)」(斎藤梅子) 2693
「愛犬王 平岩米吉伝」(片野ゆか) 1676
「愛咬」(中野妙子) 4566
「愛、ゴマフアザラ詩」(佐相憲一) 2903
「愛妻」(吉田博哉) 6717
「あいさつ」(藤沢晋) 5386
「愛山渓」(大屋研一) 1269
「会津」(樋口みよ子) 5160
「会津磐梯父子(ちちこ)旅」(浅沼義則)
 0150
「會津八一 人生と芸術」(原田清) 5120
「アイスランド サガ」(谷口幸男) 3993
「愛染」(広部英一) 5272
「空いたままの指定席が春を乗せている」
 (黒崎渓水) 2351
「愛と別れ」(河合紗良) 1872
「愛なしで」(中村俊亮) 4614
「逢いに行く」(河村啓子) 1984
「藍に寄す」(砂古口聡) 2855
「アイヌ絵を聴く─変容の民族音楽誌」
 (谷本一之) 4002
「アイヌ語静内方言文脈つき語彙集」(奥
 田統己) 1420
「アイヌ語千歳方言辞典」(中川裕) 4444
「アイヌ神謡集」(切替英雄) 2205
「アイヌ童話集」(金田一京助) 2214
「アイヌ童話集」(荒木田家寿) 0277
「アイヌの戦い」(斧二三夫) 1526
「アイヌモシリの風に吹かれて」(花崎皋
 平) 5002

「藍のアオテアロア」(夏江航) 4672
「愛のかたち」(永井ますみ) 4401
「藍の紋」(初井しづ枝) 4989
「愛馬物語」(市来宏) 0570
「愛欲の精神史」(山折哲雄) 6404
「アイルランドモノ語り」(栩木伸明) 4303
「アインシュタイン・ショック」(金子
 務) 1795
「アウシュビッツトレイン」(赤山勇) 0078
「饗庭」(永田和広) 4501
「青愛鷹」(文挾夫佐恵) 5464
「青い家」(福間健二) 5348
「青い馬」(滝口雅子) 3767
「青い馬のかたち」(荒船健次) 0282
「青い蝦夷」(駒走鷹志) 2620
「青いセーター」(西田美千子) 4752
「青い閃光」(岡崎万寿) 1310
「青い猫」(川本千栄) 1996
「あおいの記憶」(吉田慶治) 6702
「青紙…豊之助の馬」(おおむらたかじ)
 1253
「青き蜥蜴」(佐藤弘子) 2957
「青き表紙」(藤田美代子) 5403
「青首大根」(三星慶子) 5978
「青石榴」(青城翼) 0026
「あおざめた鬼の翳」(相田謙三) 0009
「青蟬」(吉川宏志) 6680
「あをぞら」(井上弘美) 0704
「あおによし」(鈴木砂紅) 3371
「蒼の重力」(本多稜) 5618
「青野季吉日記」(青野季吉) 0042
「青の世界」(多田達代) 3855
「青銀色」(宮英子) 6023
「あおみどろのよるのうた」(湯沢和民)
 6622
「青柳瑞穂の生涯 真贋のあわいに」(青柳
 いづみこ) 0047
「紅い花」(辰巳泰子) 3882
「赤い花の咲く島」(大瀬孝和) 1141
「赤い夕日の大地で」(良永勢伊子) 6729
「赤い雪」(川口ますみ) 1891
「赤色彗星倶楽部」(森戸克美) 6272
「赤坂真理」(山田茂) 6489
「明石の鯛」(田村三好) 4045

「赤染衛門とその周辺」(斎藤熙子) ……… 2724
「赤ちゃん教育」(野崎歓) ……………… 4849
「赤ちゃんシベリア→サハラを行く」(賀曽利洋子) ……………………………… 1665
「アカツカトヨコ詩集」(赤塚豊子) ……… 0070
「赤土の恋」(与那覇幹夫) ……………… 6764
「アカデミック・キャピタリズムを超えて —アメリカの大学と科学研究の現在」(上山隆大) ………………………………… 0910
「赤と黒と緑の地にて」(やまもとくみこ) ……………………………………… 6558
「赤とんぼ」(小町よしこ) ……………… 2608
「赤とんぼ」(川下喜人) ………………… 1910
「赤めだか」(立川談春) ………………… 3886
「あかりのない夜」(上坂高生) ………… 0861
「あかるい天気予報」(樋口伸子) ……… 5157
「あかるたへ」(水原紫苑) ……………… 5931
「赤ん坊の科学」(松田道雄) …………… 5768
「秋」(川崎展宏) ………………………… 1903
「明香(あきか)ちゃんの心臓〈検証〉東京女子医大病院事件」(鈴木敦秋) …… 3397
「秋から冬へ」(山本素竹) ……………… 6574
「秋田蘭画の近代 小田野直武「不忍池図」を読む」(今橋理子) …………………… 0762
「秋ともし」(抜井諒一) ………………… 4810
「商う日々」(竹安啓子) ………………… 3838
「秋の顔」(石田郷子) …………………… 0493
「秋の茱萸坂 小高賢歌集」(小高賢) … 2508
「秋の気配」(高橋甲四郎) ……………… 3661
「空壜ながし」(蒼井杏) ………………… 0015
「秋穂積」(小関秀夫) …………………… 2506
「秋山抄」(安水稔和) …………………… 6343
「握手」(磯貝碧蹄館) …………………… 0539
「悪女の美着術」(福田和也) …………… 5321
「芥川龍之介とその時代」(関口安義) … 3485
「芥川龍之介文章修業」(中田雅敏) …… 4519
「悪党芭蕉」(嵐山光三郎) ……………… 0278
「アクトレス」(渡英子) ………………… 6951
「「悪魔祓い」の戦後史」(稲垣武) …… 0654
「悪友」(金谷信夫) ……………………… 1786
「悪霊」(川辺義洋) ……………………… 1975
「悪霊」(詩集)(粕谷栄市) …………… 1656
「アクリル」(紫圭子) …………………… 6148
「アグルーカの行方」(角幡唯介) ……… 1589
「あけがたにくる人よ」(永瀬清子) …… 4499

「アーケード」(鍋山ふみえ) …………… 4676
「あけびの里」(平野ゆき子) …………… 5245
「あけほの森の藤」(まつしたとみこ) … 5753
「揚げる」(柴善之助) …………………… 3097
「あこがれ・たそがれ郵便車」(比留間典子) …………………………………………… 5259
「あこがれて,大学」(佐藤香代子) …… 2919
「朝」(岡本眸) …………………………… 1373
「浅い緑、深い緑」(小網恵子) ………… 2392
「アーサー・ウェイリー 『源氏物語』の翻訳者」(平川祐弘) …………………… 5218
「浅草芸人—エノケン、ロッパ、欽ちゃん、たけし、浅草演芸150年史」(中山涙) ………………………………………… 4658
「朝空に」(神谷由里) …………………… 1837
「朝と昼のてんまつ」(豊原清明) ……… 4360
「あざなえる縄」(柳田一) ……………… 6375
「朝のいのり」(山本沖子) ……………… 6550
「朝の霧」(吉田正俊) …………………… 6721
「朝の舟」(大串章) ……………………… 1098
「朝の宿」(飯田義忠) …………………… 0342
「葦」(丸山乃里子) ……………………… 5859
「亜細亜」(高橋修宏) …………………… 3686
「アジアを考える本 全7巻」(村井吉敬) …………………………………………… 6127
「アジア海道紀行」(佐々木幹郎) ……… 2881
「アジア間貿易の形成と構造」(杉原薫) …………………………………………… 3327
「アジアにおける戦争と短歌—近・現代思想を手がかりに」(田中綾) ………… 3898
「アジアの青いアネモネ」(詩集)(冨上芳秀) ……………………………………… 4268
「アジアの砂」(歌集)(大家増三) …… 1272
「足音」(宮本利緒) ……………………… 6093
「あしおと」(鈴木美智子) ……………… 3420
「足形のレリーフ」(麻生直子) ………… 0176
「紫陽花」(徳岡久生) …………………… 4282
「あぢさゐ供養頌—わが泉鏡花」(村松定孝) ……………………………………… 6165
「あぢさゐの夜」(梅内美華子) ………… 0981
「明日」(佐々木幹郎) …………………… 2882
「あしたのあたしはあたらしいあたし」(石津ちひろ) …………………………… 0487
「あしたの風」(藤井かなめ) …………… 5362
「あしたのこと」(佐伯紺) ……………… 2751

作品名	番号
「葦の根拠」(横井新八)	6642
「葦のなかで」(秋山陽子)	0125
「葦舟」(河野裕子)	1954
「アシモフの二つの顔」(石和義之)	0528
「足結いの小鈴」(馬場あき子)	5017
「アシンメトリー」(遠藤由季)	1052
「アース」(平野絵里子)	5236
「明日を責む」(安田章生)	6326
「アースダイバー」(中沢新一)	4461
「アストロノート」(松本圭二)	5810
「あすの都市交通」(熊本日日新聞社社会部)	2297
「アスピリン」(田村敬子)	4035
「アソシアシオンへの自由―〈共和国〉の論理」(高村学人)	3728
「阿蘇春秋」(荒木精子)	0272
「あそび歌」(椋誠一朗)	6118
「遊びの現象学」(西村清和)	4773
「遊びの四季」(加古里子)	1602
「遊ぶ子の」(大石悦子)	1067
「与へられたる現在に」(磯貝碧蹄館)	0540
「あたしの家族」(丘村里美)	1361
「化粧行」(東淳子)	5145
「あたしのしごと」(畠山恵美)	4966
「アダム・スミス」(堂目卓生)	4259
「新しい浮子 古い浮子」(佐々木安美)	2887
「新しい産業社会の構想」(田中直毅)	3932
「新しい「中世」」(田中明彦)	3893
「新しき地球」(麦田穣)	6117
「暑い夏」(今業平)	0733
「貴椿」(神蔵器)	1830
「あとむ」(鈴木亜斗武)	3361
「あとより恋の責めくれば 御家人南畝(なんぽ)先生」(竹田真砂子)	3825
「ア ナザ ミミクリ」(藤原安紀子)	5430
「あなた色のタピストリー」(田村久美子)	4034
「あなたを忘れない」(三浦みち子)	5873
「あなたがおおきくなったとき」(滝いく子)	3756
「あなたが最期の最期まで生きようと、むき出しで立ち向かったから」(須藤洋平)	3444
「あなたが迷いこんでゆく街」(岩木誠一郎)	0800
「あなたと私の穴について」(渡辺真理子)	6931
「あなたなら大丈夫」(植林真由)	0893
「あなたなる不器男の郷・放哉の海を訪ねて」(太田かほり)	1145
「貴方へ」(高橋文)	3700
「兄」(井上寛治)	0688
「兄の戦死」(増澤昭子)	5681
「アニバーサリー・ソング」(永倉万治)	4451
「姉の島」(高橋睦郎)	3703
「アネモネ」(飯沼鮎子)	0343
「あの車が走っていなければ」(緑はな)	5986
「あの戦争から遠く離れて 私につながる歴史をたどる旅」(城戸久枝)	2133
「あのときの老犬に」(青柳悠)	0054
「あの日」(金森三千雄)	1785
「あの日から」(金沢憲仁)	1774
「あの人へ伝えたい」(内田正子)	0946
「あの日の海」(染野太朗)	3532
「畦放」(金堀則夫)	1780
「アーバン・クライマクス」を中心として(鳴海邦碩)	4707
「アビ・ヴァールブルク 記憶の迷宮」(田中純)	3917
「あびて あびて」(清水恵子)	3170
「アビー・ロードを夢見て」(山田富士郎)	6503
「アフガニスタン潜入記」(川崎けい子)	1901
「アフガン今」(飯田史朗)	0340
「阿武隈から津軽へ」(宗像哲夫)	6123
「AFTER」(和合亮一)	6855
「アフター・アメリカ」(渡辺靖)	6939
「afterward」(松浦寿輝)	5706
「アフリカで寝る」(松本仁一)	5815
「アフリカにょろり旅」(青山潤)	0057
「アフリカの満月」(前川健一)	5629
「あぶりだし」(鍋島幹夫)	4674
「安部磯雄の生涯」(井口隆史)	0367
「雨音」(詩集)(渋谷卓男)	3131
「甘粕正彦 乱心の曠野」(佐野眞一)	2987
「あまのがわ」(山本純子)	6570
「天の川」(柴田八十一)	3115

作品名	番号
「海女の島」(千田一路)	3507
「天野忠詩集」(天野忠)	0229
「編む」(紫みほこ)	6151
「雨上がり世界を語るきみとゐてつづきは家族になつて聞かうか」(太田宣子)	1151
「雨にも負けて風にも負けて」(西村滋)	4779
「雨の洗える」(遠山繁夫)	4263
「雨の思い出」(岡本一道)	1364
「雨の樹」(清水径子)	3169
「雨の時代」(鈴木六林男)	3424
「雨の手紙」(三島久美子)	5898
「雨の皮膜」(宮崎郁子)	6052
「雨の降る日」(田中聖海)	3905
「雨森芳洲」(上垣外憲一)	1828
「アメリカ」(坂井修一)	2770
「アメリカ」(飯島耕一)	0329
「「アメリカ」を超えたドル」(田所昌幸)	3891
「アメリカ音楽史」(大和田俊之)	1277
「アメリカからきたなんぱ船」(井上たかひこ)	0695
「アメリカ教育通信」(稲垣忠彦)	0655
「アメリカ国家反逆罪」(下嶋哲朗)	3208
「アメリカにおける秋山真之」(島田謹二)	3148
「アメリカニッポン」(赤尾良二)	0062
「アメリカの食卓」(本間千枝子)	5621
「アメリカの月」(田村周平)	4037
「アメリカン・ナルシス」(柴田元幸)	3118
「あやうい微笑」(白井知子)	3238
「危うき平安」(中里茉莉子)	4456
「あやかし考」を中心として(田中貴子)	3923
「あやかしの贄―京極ミステリーのルネッサンス」(鷹城宏)	3575
「綾取り」(谷本州子)	4003
「あやはべる」(米川千嘉子)	6767
「鮎川信夫―路上のたましい」(牟礼慶子)	6173
「鮎川義介と経済の国際主義」(井口治夫)	0370
「鮎供養」(森井美知代)	6249
「アユの話」(宮地伝三郎)	6066
「新居町の方言体系」(山口幸洋)	6440
「新井白石の政治戦略 儒学と史論」(ナカイ、ケイト・W.)	4389
「洗う理由」(渡会やよい)	6950
「あらかじめ裏切られた革命」(岩上安身)	0798
「荒川楓谷全句集」(荒川楓谷)	0266
「「あらくれ」論」(大杉重男)	1139
「嵐の前」(井坂洋子)	0427
「曠野から」(川田順造)	1932
「曠野の花」(石光真清)	0517
「あらばしり」(久々湊盈子)	2222
「荒巻義雄の『ブヨブヨ工学』SF、シュルレアリスム、そしてナノテクノロジーのイマジネーション」(ドゥニ、タヤンディエー)	4258
「アララギの脊梁」(大辻隆弘)	1196
「現れるものたちをして」(白石かずこ)	3239
「有明海の魚介類は『安全』というまやかし 『風評被害』おそれてダイオキシン汚染かくし」(岡部博圀)	1355
「有明まで」(尾花仙朔)	1534
「有明物語」(山田たかし)	6497
「アリア、この夜の裸体のために」(河津聖恵)	1923
「有島武郎 世間に対して真剣勝負をし続けて」(亀井俊介)	1842
「アリゾナの隕石孔」(増沢以知子)	5680
「有馬敲 ことばの穴を掘りつづける」(田中茂二郎)	3916
「□あるいは■」(西田吉孝)	4753
「或いは取るに足りない小さな物語」(大城貞俊)	1134
「あるがままに」(進藤剛至)	3285
「ある恐怖」(零石尚吉)	6821
「歩く」(河野裕子)	1955
「歩く仏像」(渡辺松男)	6925
「ある自由主義的俳人の軌跡 高篤三について」(細井啓司)	5535
「ある殉死、花田清輝論」(宮内豊)	6030
「ある昭和史」(色川大吉)	0789
「ある新聞奨学生の死」(黒藪哲哉)	2376
「ある総合商社の挫折」(NHK経済部取材班)	1020
「ある追跡記―前進座事件」(小馬谷秀吉)	2607

「ある都市銀行の影―不動産融資総量規制は何だったのか」(土居忠幸) …… 4239
「ある年の年頭の所感」(伊藤桂一) …… 0596
「或る無頼派の独白」(大野誠夫) …… 1225
「あるべきものが…」(大森健司) …… 1259
「アルベール・カミュ その光と影」(白井浩司) …… 3236
「或るホームレス歌人を探る―響きあう投稿歌」(松井多絵子) …… 5700
「アルボラーダ」(入沢康夫) …… 0781
「ある翻訳家の雑記帖」(新庄哲夫) …… 3281
「ある街の観察」(浜田優) …… 5041
「アルミ缶の恐怖―缶ビール・缶コーラ等の飲料公害」(肥後義弘) …… 5163
「ある別れ」(外村文象) …… 4314
「アレクセイ」(若栗清子) …… 6834
「アレゴリーの織物」(川村二郎) …… 1980
「荒地」(菱山修三) …… 5171
「あれもサイン、これもサイン」(小林あゆみ) …… 2554
「泡宇宙の蛙」(渡辺松男) …… 6926
「粟津則雄著作集」(全7巻)(粟津則雄) …… 0298
「合わせ鏡」(押田ゆき子) …… 1493
「泡となった日本の土地」(アヴリンヌ,ナターシャ) …… 0014
「泡も一途」(岩田正) …… 0824
「アングラ演劇論―叛乱する言葉、偽りの肉体、運動する躰」(梅山いつき) …… 0988
「旧制度(アンシャンレジーム)」(高島裕) …… 3598
「『安全』ブランコに殺される」(松野敬子) …… 5779
「アンダーグラウンド」(菊池裕) …… 2045
「アンデルセンの生涯」(山室静) …… 6543
「暗闘 スターリン、トルーマンと日本降伏」(長谷川毅) …… 4947
「安東次男著作集」(安東次男) …… 0308
「アンナ幻想」(松原敏夫) …… 5785
「あんぱん日記」(長嶋南子) …… 4488
「暗喩の夏」(安西均) …… 0304

【い】

「飯島耕一詩集」(飯島耕一) …… 0330
「飯島春敬全集 全12巻」(飯島春敬) …… 0333
「飯田蛇笏」(石原八束) …… 0513
「飯田龍太の彼方へ」(筑紫磐井) …… 4124
「家」(加藤かな文) …… 1712
「家」(青木幹枝) …… 0034
「家」(大野新) …… 1219
「家の中から吹く風」(谷川真一) …… 3985
「伊織ちゃんはなぜ死んだか」(杉山春) …… 3344
「異界の海―芳翠・清輝・天心における西洋」(高階絵里加) …… 3586
「異客」(沢田英史) …… 3015
「医学の歴史」(小川鼎三) …… 1395
「伊賀雑唱」(宮田正和) …… 6077
「逝かない身体―ALS的日常を生きる」(川口有美子) …… 1896
「伊賀の奥」(北村保) …… 2112
「斑鳩の白い道のうえに―聖徳太子論」(上原和) …… 0894
「イカルス志願」(藤川高志) …… 5380
「蟻(いき)」(なんばみちこ) …… 4711
「息」(柏崎驍二) …… 1638
「行きかふ年」(風越みなと) …… 1608
「生きている貝」(鈴木ユリイカ) …… 3433
「生きている原点」(津布久晃司) …… 4181
「生きているということ」(安水稔和) …… 6344
「生きて帰ってきた男―ある日本兵の戦争と戦後」(小熊英二) …… 1437
「生きてるって楽しいよ」(菊地由夏) …… 2044
「生きの足跡」(君島夜詩) …… 2149
「生きのびて」(松本悦子) …… 5806
「生身魂」(細川加賀) …… 5540
「生きもの燦と」(岩永佐保) …… 0836
「生きものたち」(秋村宏) …… 0106
「生きゆく」(坂井光代) …… 2789
「生きようと生きるほうへ」(白井明大) …… 3235
「異郷の歌」(岡松和夫) …… 1360
「異郷のセレナーデ」(遠藤昭己) …… 1038

作品	番号
「生きられた自我—高橋たか子論」（山内由紀人）	6402
「イギリス近代詩法」（高松雄一）	3724
「イギリス帝国の歴史」（秋田茂）	0090
「イギリスの議会」（木下広居）	2138
「イギリスはおいしい」（林望）	5075
「イギリス美術」（高橋裕子）	3698
「生きる」（永田万里子）	4520
「生きる」（諫山仁恵）	0431
「生きるとは」（小森香子）	2629
「生きる水」（高塚かず子）	3618
「戦傷（いくさきず）」（後藤蕉村）	2527
「藺草田の四季」（小倉保子）	1451
「幾山河」（林光雄）	5084
「X—述懐スル私」（岡井隆）	1288
「生野幸吉詩集」（生野幸吉）	0373
「行け広野へと」（歌集）（服部真里子）	4996
「池澤夏樹＝個人編集 世界文学全集（第Ⅰ・Ⅱ期）」（池澤夏樹）	0398
「遺構」（歌集）（三澤吏佐子）	5895
「異国の歳輪」（姜素美）	2000
「往馬」（茨木和生）	0724
「已哉微吟」（清水房雄）	3186
「いざというときに」（赤松愛子）	0075
「イサム・ノグチ—宿命の越境者」（ドウス昌代）	4254
「漁火」（河合俊郎）	1876
「漁火」（新井正人）	0261
「漁火」（渡辺洋）	6919
「石」（福島雄一郎）	5316
「石臼の詩」（岡村津太夫）	1362
「石鰈」（木村恭子）	2157
「石川雅望研究」（粕谷宏紀）	1660
「〈意識〉と〈自然〉—漱石試論」（柄谷行人）	1855
「＜意識＞とは何だろうか」を中心として（下條信輔）	3209
「意識と本質」（井筒俊彦）	0529
「異質への情熱」（上田三四二）	0876
「石の歌」（津坂治男）	4129
「石の影」（佐藤平）	2936
「石ノ神」（吉増剛造）	6747
「石の記憶」（田原）	4210
「石の蔵」（深津朝雄）	5289
「石の章」（渋田耕一）	3129
「石のつばさ」（恩田光基）	1555
「石の眼」（力身康子）	6804
「石橋湛山研究」（増田弘）	5685
「石橋湛山の思想的研究」（姜克実）	3216
「碑の詩」（続橋利雄）	4159
「石牟礼道子全句集 泣きなが原」（石牟礼道子）	0519
「遺書」（西村皎三）	4775
「衣裳哲学」（沖ななも）	1409
伊月集（夏井いつき）	4669
「椅子の上の時間」（随筆集）（山本萠）	6599
「椅子ひとつ」（西村和子）	4769
「イスファハン」（並河万里）	4679
「泉朗の闘い〜奄美復帰運動の父」（大山勝男）	1273
「出雲・石見地方詩史五十年」（田村のり子）	4039
「出雲俳壇の人々」（桑原視草）	2379
「イスラーム世界の論じ方」（池内恵）	0390
「イスラーム文化」（井筒俊彦）	0530
「遺跡」（本多陽子）	5617
「イセのマトヤのヒヨリヤマ」（随筆）（久野陽子）	2269
「伊勢物語とその周縁 ジェンダーの視点から」（丁莉）	4209
「磯崎新の「都庁」」（平松剛）	5252
「鼬の姉妹」（鳥居真里子）	4363
「板の間」（遠藤蕉魚）	1045
「イタリア・ユダヤ人の風景」（河島英昭）	1919
「一行詩三題」（佐々木城）	2870
「一去集」（清水房雄）	3187
「一隅の秋」（山本くに子）	6557
「一夏」（米川千嘉子）	6768
「苺のニュース」（蜂屋正純）	4984
「いちご薄書」（植嶋由衣）	0863
「一期不会」（塘健）	4173
「いちじく」（栗原暁）	2329
「無花果（いちぢく）」（山崎睦男）	6461
「無花果飛行船」（松岡洋史）	5727
「一次元のココロ」（山本美重子）	6594
「一日一言」北海タイムス主筆の「1日1言」夕刊（市川謙一郎）	0564
「一秋四冬」（若杉朋哉）	6839

作品名	著者	番号
「一打黄葉」	(松本円平)	5807
「いちど消えたものは 李錦玉詩集」	(李錦玉)	6800
「一年」	(遠藤時雄)	1048
「1％の俳句——挙性・露呈性・写生」	(彌榮浩樹)	5876
「一番線」	(涼ультي海音)	3435
「一木一草」	(黒田杏子)	2361
「一夜」	(片山由美子)	1684
「一羽のツグミ」	(美馬清子)	6017
「いつか、やってくる日…。」	(宇喜田けい)	0916
「いつか別れの日のために」	(高階杞一)	3587
「一脚の椅子」	(竹山広)	3840
「一撓谷(やつ)」	(田島一彦)	3852
「一休一『狂雲集』の世界」	(柳田聖山・橋本喜典)	6373
「己」	(橋本喜典)	4927
「一茶全集 全8巻別巻1」	(信濃教育会)	3076
「一茶俳句の民衆性」	(千曲山人)	4070
「一瞬」	(清岡卓行)	2192
「一瞬の静寂」	(橘市郎)	3867
「一瞬の夏」	(沢木耕太郎)	3007
「一銭五厘たちの横丁」	(児玉隆也)	2515
「一銭五厘の旗」	(花森安治)	5005
「一艘のカヌー、未来へ戻る」	(白石かずこ)	3240
「一直心」	(岡山たづ子)	1382
「逝ってしまったマイ・フレンド」	(大塚香緒里)	1184
「一点鐘」	(岡部桂一郎)	1352
「一碧」	(中岡毅雄)	4426
「一片の雲」	(時田則雄)	4278
「一本の向日葵と海を見ている」	(木下草風)	2142
「一本のピン」	(岩崎明)	0810
「いつも行く場所」	(泉美樹)	0533
「いつものように」	(菊地貞三)	2036
「何時ものように」	(山科喜一)	6477
「いつも見る死」	(財部鳥子)	3750
「遺伝管理社会——ナチスと近未来」	(米本昌平)	6781
「遺伝子」	(森垣岳)	6255
「遺伝子が語る君たちの祖先——分子人類学の誕生」	(長谷川政美)	4951
「伊藤整」	(桶谷秀昭)	1454
「移動と律動と眩暈と」	(野村喜和夫)	4876
「伊藤博文」	(瀧井一博)	3761
「伊藤博文と明治国家形成」	(坂本一登)	2813
「いとしき者たち」	(児玉洋子)	2518
「異都憧憬 日本人のパリ」	(今橋映子)	0760
「稲垣達郎学芸文集」	(稲垣達郎)	0656
「田舎の食卓」	(木下夕爾)	2144
「稲作文化の世界観 『古事記』神代神話を読む」	(嶋田義仁)	3161
「稲田」	(長栄つや)	4092
「稲虫送り歌」	(瀬谷耕作)	3498
「犬」	(小泉周二)	2415
「犬が星見た——ロシア旅行」	(武田百合子)	3828
「犬と旅した遙かな国」	(織本瑞子)	1554
「稲のつぶやき」	(根本惣一)	4825
「稲の花」	(大竹武雄)	1160
「稲の花」	(日比野里江)	5197
「胃の痛み」	(古溝智子)	5484
「井上成美」	(井上成美伝記刊行会)	0713
「井上ひさしの劇世界」	(扇田昭彦)	3506
「亥子餅」	(美柑みつはる)	5881
「猪村」	(枡谷優)	5691
「命を隠す」	(飯島章友)	0327
「命綱」	(緑川春男)	5987
「いのちの織り人」	(堀雅子)	5572
「いのちの約束」	(水間摩遊美)	5935
「祈り」	(山戸則江)	6519
「祈り」	(万亀佳子)	5660
「祈りたかった」	(西谷尚)	4756
「祈りと経営」	(森健)	6217
「いびつな果実」	(松本典子)	5818
「息吹」	(高柳克弘)	3733
「イベリアの秋」	(田村さと子)	4036
「異邦人」	(辻井喬)	4142
「異邦の香り——ネルヴァル『東方紀行』論」	(野崎歓)	4850
「異邦の友への手紙——ロラン・バルト「記号の帝国」再考」	(渡辺諒)	6944
「異本にまた曰く」	(山崎純治)	6447
「今、ここからすべての場所へ」	(茂木健一郎)	6188
「今、この砂浜で生きてます」	(大森知…)	

佳）...................................	1264
「いまさら…」（山口富士雄）...........	6434
「今 何かを摑みかけて」（内山弘紀）.....	0959
「いまにもうるおっていく陣地」（蜂飼耳）..................................	4983
「いまは誰もいません」（黒部節子）.....	2371
「今、ぼくが死んだら」（金井雄二）.....	1767
「今も沖には未来あり 中村草田男句集『長子』の世界」（長嶺千晶）.............	4596
「今甦る白鳥の沼」（大和史郎）.........	6517
「いま私の岸辺を」（藤原菜穂子）.......	5436
「医務始」（中沢三省）.................	4460
「イメージと人間」（藤岡喜愛）.........	5378
「イメージの地層」（水野千依）.........	5919
「藷植える」（板倉三郎）...............	0553
「芋の露」（三浦和子）.................	5864
「癒しの可能性―キリスト教と短歌」（岩井兼一）..............................	0793
「いやらしい神」（北川冬彦）...........	2095
「イヤリング」（山本希久子）...........	6556
「伊良子清白全集」（平出隆）...........	5211
「イラン人の心」（岡田恵美子）.........	1327
「入会の研究」（戒能通孝）.............	1571
「イーリアス」（呉茂一）...............	2333
「刺青天使」（大塚寅彦）...............	1185
「色男の研究」（ヨコタ村上孝之）.......	6651
「色機嫌―村松梢風の生涯」（村松暎）...	6163
「「色」と「愛」の比較文化史」（佐伯順子）....................................	2752
「色鳥」（馬場龍吉）...................	5032
「いろはにほへとちりぬるを」（木村迪夫）..................................	2185
「巖のちから」（阿木津英）.............	0091
「岩田正全歌集」（岩田正）.............	0825
「岩田宏全詩集」（岩田宏）.............	0830
「岩魚」（小林昌子）...................	2582
「岩波茂雄伝」（安倍能成）.............	0222
「石笛」（青沼ひろ子）.................	0041
「インカの祖先たち」（泉靖一）.........	0531
「印象」（石倉夏生）...................	0480
「インターネットからの叫び―「文学」の延長線上に」（森井マスミ）...........	6248
「院長日記」（島村喜久治）.............	3163
「インド ミニアチュール幻想」（山田和）..................................	6485

「インドネシア 国家と政治」（白石隆）...	3247
「インドの美術」（上野照夫）...........	0889
「印旛沼素描」（石井とし夫）...........	0441
「韻律私考」（坂口沢）.................	2795
「引力とのたたかい―とぶ」（佐貫亦男）..................................	2984

【う】

「ヴァルトミュラーの光」（竹村亜矢子）..................................	3833
「ヴィヨン詩研究」（佐藤輝夫）.........	2947
「ウィルキー・コリンズから大西巨人へ―「探偵小説」再定義の試み」（石橋正孝）..................................	0502
「ウイルスちゃん」（暁方ミセイ）.......	0134
「ウインズのある村」（式守漱子）.......	3063
「Windy day」（雁屋颯子）.............	1861
「ウィーンのバレエの物語」（藁科れい）..................................	6958
「ヴェニスのゲットーにて 反ユダヤ主義思想史への旅」（徳永恂）...........	4289
「上野英信の戦後/書かれなかった戦中」（谷美穂）............................	3964
「上政治の青春―ある農民詩人の虚と実」（宮下誠）............................	6071
「ヴェルレーヌの余白に」（辻征夫）.....	4136
「ウォーク号の金メダル」（山地美登子）..................................	6516
「雨下」（大河原惇行）.................	1095
「浮かぶ箱」（宇佐美孝二）.............	0918
「浮舟」（三井葉子）...................	5970
「動きはじめた小さな窓から」（金井雄二）..................................	1768
「兎の庭」（高橋睦郎）.................	3704
「潮の庭から」（加島祥造）.............	1631
「潮の庭から」（新川和江）.............	3270
「牛と土 福島、3.11その後。」（眞並恭介）..................................	3291
「失ったもの」（熊崎博一）.............	2293
「失われた線路を辿って」（伊藤純子）...	0605
「牛ノ川湿地帯」（三井喬子）...........	5964
「牛の涎」（田中虎市）.................	3931

「牛の連作」(大河原巖)	1093
「牛守」(太田土男)	1149
「雨情」(石原舟月)	0506
「有情」(大石悦子)	1068
「うしろむきの猫」(万造寺ようこ)	5862
「うしろめた屋」(山田隆昭)	6494
「ウスケボーイズ―日本ワインの革命児たち」(河合香織)	1871
「淡墨桜」(大野比呂志)	1229
「埋み火」(荻原鹿声)	1417
「薄闇のローマ世界」(本村凌二)	6207
「鶉」(西村麒麟)	4774
「薄れ行く夕焼過去が立止まっている」(富田彌生)	4337
「呉淞クリーク」(日比野士朗)	5198
「嘘」(広瀬明子)	5267
「嘘つきアーニャの真っ赤な真実」(米原万里)	6777
「うそつき わたし もっと」(八木真央)	6304
「嘘とエァーポケット」(隅さだ子)	3451
「歌ひつくさばゆるされむかも―歌人三ヶ島葭子の生涯」(秋山佐和子)	0116
「宴」(在間洋子)	2749
「歌と詩のあいだ―和漢比較文学論攷」(大谷雅夫)	1173
「うたと震災と私」(寺井龍哉)	4218
「歌に私は泣くだらう 妻・河野裕子 闘病の十年」(永田和宏)	4502
「詩の位置」(詩評)(有田忠郎)	0289
「詩の根源へ」(飯塚数人)	0336
「歌の蘇生」(岩田正)	0826
「うたの動物記」(小池光)	2399
「うたの始まり」(歌集)(遠野瑞香)	4262
「うたのゆくへ」(斎藤史)	2727
「歌よみの眼」(馬場あき子)	5018
「内田百閒―『冥途』の周辺」(内田道雄)	0947
「内田百閒論」(川村二郎)	1981
「打ち出の小づち」(青柳静枝)	0052
「宇宙開発と国際政治」(鈴木一人)	3366
「宇宙空間への道」(畑中武夫)	4973
「宇宙塵」(大峯あきら)	1247
「宇宙のからくり 人間は宇宙をどこまで理解できるか?」(山田克哉)	6487
「宇宙連詩」(山中勉)	6526
「宇宙連詩」(毛利衛)	6186
「美しい黒」(田中裕子)	3941
「美しき日本の残像」(カー,アレックス)	1557
「美しく愛しき日本」(岡野弘彦)	1347
「うつつみ」(石下典子)	0452
「うつろい」(渡辺洋)	6920
「移ろいのなかで」(榎並掬水)	1016
「雨滴集」(星野麦丘人)	5528
「ウデヘ語テキスト 4」(風間伸次郎)	1612
「鰻屋闇物語」(小野連司)	1530
「ウナザーレーィ」(詩集)(米須盛祐)	2626
「鵜の唄」(辻恵美子)	4130
「姥ざかり花の旅笠」(田辺聖子)	3958
「姥捨て」(森田碩子)	6265
「姨捨山」(小堀紀子)	2599
「鵜原抄」(中村稔)	4636
「馬映画100選」(旋丸巴)	4195
「馬キチ夫婦の牧場開拓記」(船津久美子)	5457
「首苜」(広部英一)	5273
「馬の世界史」(本村凌二)	6208
「『ウーマン アローン』WOMAN ALONE」(廣川まさき)	5265
「海」(松井満沙志)	5703
「海」(千明啓子)	4066
「海をすする」(清岳こう)	2199
「海と風」(そらやまたろう)	3536
「海と巻貝」(日笠芙美子)	5144
「海鳴り」(河村静香)	1979
「海鳴り星」(今井杏太郎)	0734
「海の馬」(本多寿)	5609
「海のエチュード」(大湾雅常)	1279
「海の学校『えひめ丸』指導教員たちの航跡」(北健一)	2076
「海の群列」(川口昌男)	1890
「海の帝国」(白石隆)	3248
「海の伝説」(桜井さざえ)	2848
「海のトンネル」(市原千佳子)	0574
「海の中を流るる河」(小崎碇之介)	1464
「海のほうへ海のほうから」(若松丈太郎)	6846
「海の街から」(湯田克衛)	6626
「海の都の物語」(塩野七生)	3057

「海の闇」(石井道子) ……………… 0446
「海の誘惑」(薩摩忠) ……………… 2908
「海の領分」(黒岩隆) ……………… 2336
「海は埋もれた涙のまつり」(万里小路譲) ……………… 5831
「海へ」(高橋順子) ……………… 3663
「海辺日常」(樫井礼子) ……………… 1623
「うみべのキャンバス」(谷川電話) ……………… 3986
「海辺の町から」(渡辺昌子) ……………… 6923
「海辺の熔岩」(曽宮一念) ……………… 3531
「海町」(岩佐なを) ……………… 0806
「海曜日の女たち」(阿部日奈子) ……………… 0214
「産めない先進国―世界の不妊治療現場を行く」(宮下洋一) ……………… 6072
「梅二月」(福島勲) ……………… 5308
「うめぼしリモコン」(まどみちお) ……………… 5832
「烏有の人」(財部鳥子) ……………… 3751
「浦上四番崩れ」(片岡弥吉) ……………… 1672
「浦里」(寺島ただし) ……………… 4225
「裏日本」(浜谷浩) ……………… 5045
「裏町どしらそふぁみれど」(掛布知伸) ……………… 1598
「ウランと白鳥」(岡井隆) ……………… 1289
「うりずん戦記」(上江洲安克) ……………… 0865
「うるしの話」(松田権六) ……………… 5764
「ウルチャ口承文芸原文集4」(風間伸次郎) ……………… 1613
「ウルトラ」(高山れおな) ……………… 3746
「ウルルとエアーズロック」(荒木有希) ……………… 0275
「雨裂」(真中朋久) ……………… 5835
「上唇に花びらを」(田村元) ……………… 4040
「うわさの遠近法」(松山巌) ……………… 5827
「噂の耳」(鈴木豊志夫) ……………… 3395
「運河」(早野和子) ……………… 5094
「雲外蒼天―ハンセン病の壁を超えて」(樫田秀樹) ……………… 1625
「雲天」(岡部文夫) ……………… 1356
「運動する写生―映画の時代の子規」(坂口周) ……………… 2794
「雲夢」(高山利三郎) ……………… 3745

【え】

「営為」(近藤芳美) ……………… 2667
「永遠なるものパドック」(河内淳) ……………… 1939
「永遠に来ないバス」(小池昌代) ……………… 2408
「永遠まで」(高橋睦郎) ……………… 3705
「映画音響論」(長門洋平) ……………… 4535
「映画史への招待」を中心として(四方田犬彦) ……………… 6789
「映画字幕五十年」(清水俊二) ……………… 3175
「映画人・菊池寛」(志村三代子) ……………… 3201
「映画とは何か」(加藤幹郎) ……………… 1745
「栄花物語の乳母の系譜」(新田孝子) ……………… 4796
「永久運動」(嶋岡晨) ……………… 3138
「英国大使の博物誌」(平原毅) ……………… 5251
「英国鉄道物語」(小池滋) ……………… 2398
「永日」(小原啄葉) ……………… 1538
「エイズ犯罪 血友病患者の悲劇」(櫻井よしこ) ……………… 2851
「英世の川」(兼子澄江) ……………… 1793
「営巣期」(堀口星眠) ……………… 5590
「永続敗戦論―戦後日本の核心」(白井聡) ……………… 3237
「栄養の世界―探検図鑑」(足立己幸) ……………… 0188
「エウェン語テキスト2」(風間伸次郎) ……………… 1614
「エウェン語テキスト2(B)」(風間伸次郎) ……………… 1615
「駅へ」(松村正直) ……………… 5795
「液晶」(田中亜美) ……………… 3897
「液体理論」(久保亮五) ……………… 2271
「液体理論」(戸田盛和) ……………… 4301
「駅程」(島田幸典) ……………… 3159
「駅までの距離」(壇裕子) ……………… 4060
「エクウス」(梅内美華子) ……………… 0982
「エクソシストとの対話」(島村菜津) ……………… 3164
「えごの花」(阿部綾) ……………… 0196
「A3」(森達也) ……………… 6226
「エジソンのシンバル」(水月りら) ……………… 5906
「エス」(一色真理) ……………… 0583
「エスキス」(鎌田喜八) ……………… 1815

作品名	番号
「エスキモー」を中心として（宮岡伯人）	6033
「S先生のこと」（尾崎俊介）	1462
「エスニシティと社会変動」（梶田孝道）	1624
「枝の記憶」（秋元倫）	0111
「エチケット1994」（細川布久子）	5544
「越境」（浅井薫）	0139
「越境人たち 六月の祭」（姜誠）	2001
「越境する宗教 モンゴルの福音派」（滝澤克彦）	3768
「エッフェル塔試論」（松浦寿輝）	5707
「エデンより遙か離りて」（土門直子）	4354
「江戸お留守居役の日記」（山本博文）	6590
「江戸おんな歳時記」（別所真紀子）	5490
「江戸絵画史論」（小林忠）	2573
「江戸後期の詩人たち」（富士川英郎）	5381
「江戸座の解体―天明から寛政期の江戸座管見」（井田太郎）	0548
「江戸詩歌論」（揖斐高）	0728
「江戸時代辞典」（尾形仂）	1333
「江戸時代辞典」（穎原退蔵）	1028
「江戸女流文学の発見―光ある身こそくるしき思ひなれ」（門玲子）	1705
「江戸日本の転換点‐水田の激増は何をもたらしたか」（武井弘一）	3787
「江戸の女俳諧師「奥の細道」を行く」（金森敦子）	1781
「江戸の花鳥画」（今橋理子）	0763
「江戸の知識から明治の政治へ」（松田宏一郎）	5763
「江戸のデザイン」（草森紳一）	2239
「江戸の兵学思想」（野口武彦）	4839
「江戸の料理史」（原田信男）	5121
「江戸の歴史家」（野口武彦）	4840
「江戸百夢」（田中優子）	3950
「江戸ふしぎ草子」（海野弘）	0995
「江戸文学掌記」（石川淳）	0469
「江戸前の男 春風亭柳朝一代記」（吉川潮）	6672
「画になる女」（高沢圭一）	3583
「絵はがきにされた少年」（藤原章生）	5429
「夷歌」（相澤史郎）	0006
「エピタフ」（坂井信夫）	2784
「えぷろん」（堀越綾子）	5591
「F1地上の夢」（海老沢泰久）	1031
「絵本」（田宮虎彦）	4031
「絵巻物詞書の研究」（中村義雄）	4643
「エリア・カザン自伝」（上・下）（カザン,エリア）	1622
「エリア・カザン自伝」（上・下）（佐々田英則）	2900
「エリア・カザン自伝」（上・下）（村川英）	6144
「エリオット」（深瀬基寛）	5285
「エリザベート」（塚本哲也）	4113
「エリゼ宮の食卓」（西川恵）	4736
「エリック・サティ覚え書」（秋山邦晴）	0115
「エルヴィスが死んだ日の夜」（中上哲夫）	4433
「ゑるとのたいわ」（相良蒼生夫）	2830
「エルミタージュの緞帳」（小林和男）	2558
「絵蠟燭」（小林万年青）	2557
「遠郭公」（内野浅茅）	0954
「演歌の明治大正史」（添田知道）	3519
「遠景」（大野敏）	1218
「延慶本平家物語論考」（水原一）	5934
「エンジェルバード」（中堂けいこ）	4536
「エンジェルフライト―国際霊柩送還士」（佐々涼子）	2858
「遠日点」（田口義弘）	3780
「エンジニア・エコノミスト―フランス公共経済学の成立」（栗田啓子）	2325
「遠樹」（宮津昭彦）	6082
「煙樹」（前田透）	5645
「円周率」（私家版）（河afar之介）	1869
「槐の傘」（稲葉京子）	0665
「エンゼルトランペット」（斎藤淳子）	2709
「炎天の楽器」（岩瀬正雄）	0819
「炎禱（えんとう）」（中山明）	4651
「遠島記4」（安田雅博）	6334
「遠藤周作の世界」（武田友寿）	3821
「エントリーシート」（坪井大紀）	4187
「エンドロール」（柘植史子）	4128
「延年」（矢島渚男）	6315
「燕麦」（吉川宏志）	6681
「遠花火」（大塚陽子）	1191
「鉛筆部隊の子どもたち―書いて、歌って、戦った」（きむらけん）	2159

「エンブリオロジスト――いのちの素を生み出す人たち」（須藤みか） ………… 3443
「遠望」（古藤みづ絵） ………… 2541
「閻魔の手形」（福島勲） ………… 5309
「遠嶺」（大嶽青児） ………… 1158

【お】

「及川均詩集」（及川均） ………… 1060
「お医者さん」（なだいなだ） ………… 4668
「老いと看取りの社会史」を中心として（新村拓） ………… 3296
「老に来る夏」（鈴木忠次） ………… 3392
「おーい山ん子」（最上二郎） ………… 6187
「老いゆくふたり」（鷹沢のり子） ………… 3585
「おいらん草」（池部ちゑ） ………… 0421
「奥羽山系」（山崎和賀流） ………… 6466
「桜花」（宮城レイ） ………… 6042
「鷗外、闘う家長」（山崎正和） ………… 6455
「鷗外と近代劇」（金子幸代） ………… 1791
「桜花伝承」（馬場あき子） ………… 5019
「桜花の記憶」（河野裕子） ………… 1956
「扇畑忠雄著作集」（扇畑忠雄） ………… 1063
「王国の構造」（高橋睦郎） ………… 3706
「黄金詩篇」（吉増剛造） ………… 6746
「黄金の秋」（桃谷容子） ………… 6211
「黄金律」（塚本邦雄） ………… 4108
「王者の道」（川野里子） ………… 1951
「奥州浅川騒動」（瀬谷耕作） ………… 3499
「王朝物語史の研究」（室伏信助） ………… 6177
「王朝歴史物語の生成と方法」（加藤静子） ………… 1720
「嘔吐」（小松弘愛） ………… 2616
「桜桃とキリスト もう一つの太宰治伝」（長部日出雄） ………… 1475
「黄土の風」（坂本つや子） ………… 2822
「オウバアキル」（三角みづ紀） ………… 5937
「王墓の春」（古賀博次） ………… 2465
「逢魔が時」（佐野雪） ………… 2991
「青海 音ものがたり」（田子文章） ………… 3845
「オウムの子どもに対する一時保護を検証する――改めて問われる日本社会の有り様」（木附千晶） ………… 2073
「往友」（大塚栄一） ………… 1180
「王留根の根は絶えた――山西省の毒ガス戦」（相馬一成） ………… 3513
「黄燐と投げ縄」（清水哲男） ………… 3177
「お魔魑」（木田千女） ………… 2077
「大石りく様へ」（鈴木みのり） ………… 3423
「大石りくさんへ」（小埜寺禮子） ………… 1533
「大石りくへのメッセージ」（笠谷茂） …… 1610
「大いなる謎」（トランストロンメル, トーマス） ………… 4362
「大岡昇平研究」（花崎育代） ………… 5001
「大岡昇平論」（宮内豊） ………… 6031
「大女伝説」（松村由利子） ………… 5798
「狼」（浅野秋穂） ………… 0151
「狼の嘘」（江川英親） ………… 1001
「狼・私たち」（石川逸子） ………… 0457
「大き手の平」（高橋成子） ………… 3685
「大きなマル」（上間啓子） ………… 0898
「大久野島にて」（藤原弘男） ………… 5438
「大久保一翁――最後の幕臣」（松岡英夫） ………… 5724
「大蔵省統制の政治経済学」（真渕勝） ………… 5846
「大阪」（砂原庸介） ………… 3448
「大阪路上生活報告――拡散する経済難民」（村上恭介） ………… 6131
「大津事件の再評価」（田岡良一） ………… 3548
「大津祭」（水谷由美子） ………… 5915
「大手が来る」（甲田四郎） ………… 2436
「大手拓次論――詩の根源と『幽霊的』な詩について」（佐原怜） ………… 2995
「大梟を夫にもった曾祖母」（水橋晋） …… 5929
「大不二」（ひろがきくに枝） ………… 5264
「大向うの人々 歌舞伎座三階人情ばなし」（山川静夫） ………… 6411
「大森界隈職人往来」（小関智弘） ………… 2505
「大森実の直撃インタビュー」週刊現代48年1月3日号より連載（大森実） ………… 1266
「大和田盛衰記」（近藤明美） ………… 2646
「丘」（松尾静明） ………… 5712
「おかあさん」（久貝清次） ………… 2220
「おかあさんへの置き手紙」（保澤和美） ………… 5514
「お母さんから先生への百の質問 正・続」（丸岡秀子） ………… 5851

作品	番号
「お母さんから先生への百の質問 正・続」（国分一太郎）	2470
「お母さんから先生への百の質問 正・続」（勝田守一）	1689
「お母さんとぼく」（高井俊宏）	3552
「お母ちゃんへ」（摂待美佐子）	3490
「お蚕讃」（小松菜生子）	2615
「岡井隆コレクション」（岡井隆）	1290
「岡井隆全歌集」（全4巻）（岡井隆）	1291
「岡倉天心」（大久保喬樹）	1108
「岡崎清一郎詩集」（岡崎清一郎）	1304
「岡田嘉子 雪の挽歌」（松沢倫子）	5747
「岡西惟中と林家の学問」（陳可冉）	4096
「岡本太郎の仮面」（貝瀬千里）	1568
「オカン」（西川のりお）	4734
「起きて、立って、服を着ること」（正木ゆう子）	5676
「"沖縄学"の誕生」（興儀秀武）	2426
「沖縄最終戦場地獄巡礼行」（黒羽英二）	2367
「沖縄島」（霜多正次）	3211
「沖縄島」（大崎二郎）	1112
「沖縄シマ豆腐物語」（林真司）	5069
「オキナワ的な、あまりに、オキナワ的な―東峰夫の〈方法〉」（鈴木次郎）	3381
「沖縄独立を夢見た伝説の女傑 照屋敏子」（高木凛）	3579
「沖縄に生きて」（池宮城秀意）	0422
「沖縄の拳」（丸山美沙夫）	5861
「沖縄の反核イモ」（芝憲子）	3098
「沖縄返還と日米安保体制」（中島琢磨）	4480
「沖縄無宿、二人」（にしうらひろき）	4720
「沖縄物語」（古波蔵保好）	2551
「沖縄問題の起源」（エルドリッチ, ロバート・D.）	1035
「沖は弯曲」（坂本玄々）	2817
「オークウットの丘の上で」（田村明子）	4032
「屋上」（橘上）	3869
「屋上への誘惑」（小池昌代）	2409
「屋上の人屋上の鳥 花山周子第一歌集」（花山周子）	5006
「奥能勢」（楠本義雄）	2249
「『奥の細道』蘇生と創作の旅」（森本多岐子）	6279
「『奥の細道』の展開―曽良本墨訂前後」（小林孔）	2563
「小熊秀雄全集 全5巻」（小熊秀雄）	1439
「奥三河」（前田真三）	5643
「奥村土牛」（近藤啓太郎）	2653
「『おくりびと』の先に―ある火葬労働者の死が問うもの」（和田通郎）	6882
「奢る電」（鈴木正治）	3414
「オサム」（山本真理）	6593
「大仏次郎」（福島行一）	5311
「小澤征爾さんと、音楽について話をする」（小澤征爾）	1480
「小澤征爾さんと、音楽について話をする」（村上春樹）	6141
「お産と出会う」（吉村典子）	6750
「叔父」（金井健一）	1762
「おじいさんの台所」（佐橋慶女）	2994
「おじいちゃんの眼」（富田栄子）	4331
「押し花」（佐川亜紀）	2833
「汚辱の日」（小原武雄）	1541
「オシリス」（吉増剛造）	6747
「小津安二郎と茅ケ崎館」（石坂昌三）	0484
「尾瀬」（馬場忠夫）	5029
「恐らくそれは赦しということ」（渡辺めぐみ）	6936
「雄叫び」（原口清澄）	5114
「小田富弥さしえ画集」（資延勲）	3353
「おだまきの花」（及川貞四郎）	1059
「苧環論」（鷹田愛）	2628
「オーダーメイドの街づくり―パリの保全の刷新型「界隈プラン」」（鳥海基樹）	4366
「緩やかな季節」（菅野拓也）	2015
「小樽は雪」（井上喜一郎）	0689
「『落窪物語』「あこぎ」を通しての長寿者の役割について」（渕上英理）	5451
「落ち葉の季節」（柴田裕巳）	3116
「落穂ひろい―日本の子どもの文化をめぐる人びと」（上・下）（福音館書店）	5303
「越知保夫とその時代―求道の文学」（若松英輔）	6845
「夫」（藤洋子）	5359
「夫の仕事・妻の仕事」（根本騎兄）	4823
「お父さんが話してくれた宇宙の歴史」（小野かおる）	1516

「お父さんが話してくれた宇宙の歴史」（池内了）………	0393
「御伽草子「清水冠者物語」の一考察」（和田京子）………	6871
「お伽話」（木原佳子）………	2146
「お伽ばなしの王様―青山二郎論のために」（永原孝道）………	4585
「男」（庭野富吉）………	4808
「男坐り」（横井遥）………	6645
「男の選択」（金森久雄）………	1784
「男ゆび」（吉平たもつ）………	6745
「落としたのはだれ？」（叶内拓哉）………	1809
「落としたのはだれ？」（高田勝）………	3613
「落し文」（金尾律子）………	1773
「音づれる聲」（藤原安紀子）………	5431
「囮鮎」（田口紅子）………	3778
「小名木川」（三浦武）………	5867
「同じ白さで雪は降りくる」（中畑智江）………	4582
「鬼を言う」（山田隆昭）………	6495
「おにぎり」（渡辺真也）………	6901
「鬼の舞」（酒井一吉）………	2767
「鬼の耳」（田村雅之）………	4043
「鬼火」（清水マサ）………	3194
「おのづから」（来嶋靖生）………	2060
「斧と勾玉」（内藤明）………	4371
「おのれ失うたものさらしている冬の残照」（藤原よし久）………	5444
「己が部屋」（柴田佐知子）………	3103
「叔母さんの家」（小柳玲子）………	2634
「OVER DRIVE」（向井ちはる）………	6111
「お花畑」（水野雅子）………	5922
「帯」（鈴木八重子）………	3426
「おひさまのパレット」（いとうゆうこ）………	0637
「おふくろ弁当」（林昭彦）………	5059
「オーブの河」（苗村吉昭）………	4688
「オペ記」（辻田克巳）………	4149
「オペラ歌手誕生物語」（畑中良輔）………	4974
「オペラ座の快人たち」（益子洋介）………	5690
「オペラの運命」（岡田暁生）………	1323
「覚えてゐるか」（中地俊夫）………	4525
「オホーツク諜報船」（西木正明）………	4739
「オホーツクブルー」（屋中京子）………	6357
「溺れる人」（藤崎麻里）………	5484
「おまえは競馬にグッドバイ」（アタマでコンカイ！）………	0192
「おまけのおまけの汽車ポッポ」（小川弥栄子）………	1402
「オマージュ」（詩）（国斗純）………	2468
「おめん売り」（大江豊）………	1084
「思い」（和田とみ子）………	6874
「思い川の馬」（鎗田清太郎）………	6606
「思川の岸辺」（小池光）………	2400
「思い出してはいけない」（中井ひさ子）………	4398
「思い出さがし」（菅野正人）………	2018
「思い出の間瀬峠」（根岸保）………	4819
「重い虹」（殿岡辰雄）………	4310
「思う存分」（小豆澤裕子）………	0168
「面影の旅」（山田まさ子）………	6505
「重き扉を開けて―日系ブラジル人と日本人労働者の現状」（仙石英司）………	3504
「おもろの産土」（飽浦敏）………	0129
「おやじ」（高橋輝雄）………	3675
「おやじの国史とむすこの日本史」（福田紀一）………	5323
「親馬鹿サッカー奮戦記」（菊地友則）………	2039
「霊山 OYAMA」（杉谷昭人）………	3321
「オラドゥールへの旅」（草間真一）………	2235
「オリエンタリストの憂鬱―植民地主義時代のフランス東洋学者とアンコール遺跡の考古学」（藤原貞朗）………	5408
「折口信夫」（安藤礼二）………	0317
「折口信夫伝 その思想と学問」（岡野弘彦）………	1348
「おりこうさんのキャシィ」（長田典子）………	1468
「おりづる」（池田いずみ）………	0404
「おりづる、空に舞え」（尾köp みどり）………	1502
「オリンポスの果実」（田中英光）………	3939
「オルガン」（江口節）………	1002
「お礼肥」（安慶名一郎）………	0136
「俺とあいつ」（毛越寺）（佐山啓）………	2999
「おれのことなら放っといて」（中村伸郎）………	4624
「オレは彦っぺだ」（星野由樹子）………	5533
「オレンジ」（井野口慧子）………	0718
「堕された嵐」（木村宙平）………	2170
「終りと始まり」（前川幸士）………	5630

「終わりなき旅路〜安住の地を求めて」
（美奈川由紀）……… 5990
「終わらない伝言ゲーム」（千街晶之）…… 3503
「音楽」（那珂太郎）……… 4380
「音楽が聞える—詩人たちの楽興のとき」
（高橋英夫）……… 3691
「音楽教室のイエスタデイ」（与田亜紀）
……… 6758
「音楽の聴き方」（岡田暁生）……… 1324
「Å（オングストローム）」（おのさとし）
……… 1519
「飲食（おんじき）」（中西弘貴）……… 4548
「温泉王国はお熱いのがお好き」（池上正子）
……… 0395
「音速平和 sonic peace」（水無田気流）… 5994
「恩地孝四郎一つの伝記」（池内紀）……… 0386
「オンディーヌ」（吉原幸子）……… 6742
「女と蛇—表徴の江戸文学誌」（高田衛）
……… 3614
「女に」（谷川俊太郎）……… 3976
「女にさよなら」（鈴木文子）……… 3412
「女ひとり原始部落に入る」（桂ユキ子）
……… 1701
「女ひとりのアルジェリア」（よしかわつ
ねこ）……… 6678
「音盤考現学・音盤博物誌」（片山杜秀）
……… 1681

【か】

「蛾」（逆瀬川とみ子）……… 2799
「蛾」（江崎紀和子）……… 1004
「母ちゃんの黄色いトラック」（深貝裕子）……… 5279
「階」（鈴木操）……… 3418
「貝色の電車」（井村愛美）……… 0771
「海雨」（歌集）（吉川宏志）……… 6682
「開花期」（岩淵一也）……… 0843
「開化の浮世絵師 清親」（酒井忠康）……… 2783
「絵画の思考」（持田季未子）……… 6197
「絵画の黄昏」（稲賀繁美）……… 0650
「絵画の東方」（稲賀繁美）……… 0651
「貝殻幻想」（若宮明彦）……… 6847

「海岸線」（芝憲子）……… 3099
「海峡を越えたホームラン」（関川夏央）
……… 3478
「開胸手術」（平埜年郎）……… 5242
「海峡のアリア」（田月仙）……… 4095
「海光」（栗田やすし）……… 2326
「邂逅」（広部英一）……… 5274
「外国人になった日本人」（斉藤広志）… 2725
「（海）子、ニライカナイのうたを織った」
（佐藤洋子）……… 2978
「海山」（宮地伸一）……… 6079
「海山のあいだ」（池内紀）……… 0387
「海市帖」（笹沢美明）……… 2899
「会社の人事」（中桐雅夫）……… 4447
「会社はこれからどうなるのか」（岩井克人）
……… 0791
「街上」（高安国世）……… 3731
「外食流民はクレームを叫ぶ—大手外食
産業お客様相談室実録」（ガンガーラ田
津美）……… 2002
「海図」（佐藤郁良）……… 2910
「凱旋門」（篠弘）……… 3079
「階層化日本と教育危機」（苅谷剛彦）…… 1862
「回漕船」（三田洋）……… 5949
「回想の文学座」（北見治一）……… 2110
「懈怠者Ar」（川島晴夫）……… 1918
「階段の途中で」（繭かなり）……… 5847
「海底」（岡井隆）……… 1292
「改定増補明治大正詩史」（日夏耿之介）
……… 5180
「廻転木馬」（大森久慈夫）……… 1258
「峡の雲」（馬場移公子）……… 5025
「貝の砂」（いのうえかつこ）……… 0687
「貝の砂」（今村妙子）……… 0768
「海馬逍遙」（鈴木諄三）……… 3378
「海漂林」（小熊一人）……… 1438
「海浜」（大坪三郎）……… 1199
「解放への闘い」（高知新聞社）……… 2440
「壊滅地帯」（万葉太郎）……… 1653
「外野席」（金川雄二）……… 1769
「乖離する私—中村文則」（田中弥生）… 3949
「海霊・水の女」（谷川健一）……… 3975
「廻廊」（渋沢孝輔）……… 3125
「カウラの突撃ラッパ—零戦パイロット
はなぜ死んだか」（中野不二男）……… 4576

「カウンセリング室」(佐藤きよみ)	2920	「隠された十字架」(梅原猛)	0986
「カウントダウン・メルトダウン」(上・下)(船橋洋一)	5459	「革新幻想の戦後史」(竹内洋)	3801
「帰らぬオオワシ」(遠藤公男)	1040	「楽人の都・上海—近代中国における西洋音楽の受容」(榎本泰子)	1022
「還りたい」(星野由美子)	5534	「客地黄落」(柏木義雄)	1635
「かへり水」(今野寿美)	2674	「角度」(柴田三吉)	3105
「火炎忌」(門田照子)	1756	「確認のダイアローグ」(淡波悟)	0301
「顔」(中井かず子)	4386	「角筆文献の国語学的研究」(小林芳規)	2591
「顔をあらう水」(蜂飼耳)	5504	「額縁」(梅田卓夫)	0979
「科学アカデミーと「有用な科学」」(隠岐さや香)	1406	「核兵器と日米関係」(黒崎輝)	2350
「科学ジャーナリズムの先駆者 評伝 石原純」(西尾成子)	4721	「核融合への挑戦」(吉川庄一)	6676
「化学症」(横瀬浜三)	6647	「神楽」(藤田湘子)	5394
「科学する詩人 ゲーテ」(石原あえか)	0504	「神楽坂ホン書き旅館」(黒川鍾信)	2341
「科学の考え方・学び方」(池内了)	0394	「かくれ里」(白洲正子)	3253
「科学文化史年表」(湯浅光朝)	6609	「かくれんぼ」(鳥居真里子)	4364
「画家たちの原風景」(堀尾真紀子)	5582	「家系」(米屋猛)	6782
「鏡」(大槻弘)	1195	「家計からみる日本経済」(橘木俊詔)	3876
「鏡」(町田志津子)	5697	「家系のいらだち」(山本丞)	6571
「鏡のなかの薄明」(苅部直)	1864	「影たちの墓碑銘」(長津功三良)	4526
「輝いて」(高浜礼子)	3720	「火口」(久保山敦子)	2285
「輝き術」(日原正彦)	5193	「河口眺望」(辻征夫)	4137
「かがやく日本語の悪態」(川崎洋)	1905	「仮構の部屋」(山田隆昭)	6496
「輝ける挑戦者たち—俳句表現考序説—」(仲村青彦)	4598	「河口まで」(三谷晃一)	5952
「輝ける日」(杉山保子)	3350	「河口まで」(新井豊美)	0258
「輝ける貧しき旅』」(紀行文)(風越みなと)	1609	「過去への旅」(三田村博史)	5955
「輝ける闇」(開高健)	1564	「囲みの中の歳月」(中山秋夫)	4650
「係り結びの研究」(大野晋)	1220	「過去メタファー中国—ある『アフターダーク』論」(水牛健太郎)	5900
「香川進全歌集」(香川進)	1575	「囲われない批評—東浩紀と中原昌也」(武田将明)	3824
「赤黄男と三鬼」(白石司子)	3249	「化祭」(篠崎勝己)	3084
「描きかけの雨」(佐々木良子)	2896	「花綵列島」(築地正子)	4099
「蠣崎波響の生涯」(中村真一郎)	4615	「風音」(神田あき子)	2006
「鍵っ子」(寺島さだこ)	4223	「かざぐるま」(三井淳一)	5962
「鍵無くしている鍵の穴の冷たさ」(木村健治)	2160	「かささぎ」(稲富義明)	0663
「柿の木の下で」(木村しづ子)	2164	「風花の視野」(上月大輔)	2431
「柿の木の下に」(はやしあい)	5057	「かさぶた」(間中ケイ子)	5833
「柿の朱を」(池田義弘)	0417	「カサブランカ」(紀川しのろ)	2025
「鍵の中」(蒔田実穂)	5665	「カザルスの鳥」(歌集)(山本司)	6581
「柿本人麻呂」(山本健吉)	6561	「火山地帯」(淵脇護)	5453
「覚悟の絆」(村上千恵子)	6138	「火山灰地」(市川葉)	0567
「隠された思考」(佐伯啓思)	2750	「火山灰原」(野江敦子)	4829
		「華氏」(永田和広)	4503

作品名	番号
「樫」(笠松久子)	1618
「カシオペア旅行」(小杉山基昭)	2502
「河鹿」(万葉太郎)	1654
「カシスドロップ」(野口あや子)	4837
「果実集」(竹内新)	3794
「构の村」(私家版)(吉富宜康)	6728
「梶の花」(山田みづえ)	6508
「鹿島海岸」(佐藤志満)	2927
「鍛冶屋」(古内きよ子)	5469
「化車」(廿楽順治)	4161
「歌集 海図」(三井修)	5959
「歌集 花に手を」(渡辺喜子)	6915
「歌集 日日の庭」(山村泰彦)	6541
「歌集悲母像」(橋本喜典)	4928
「果樹園」(本多寿)	5610
「嘉祥」(石蔦岳)	0486
「花象譚」(龍秀美)	6813
「花信」(国弘三恵)	2265
「花心」(馬場公江)	5027
「霞が関が震えた日」(塩田潮)	3054
「風」(佐藤美文)	2979
「ガーゼ」(池田はるみ)	0411
「風」(木下幸江)	2145
「河西回廊のペンフレンド」(内田和浩)	0939
「風を感じて」(林瑠依)	5089
「風を裁く。」(小堀隆司)	2600
「風を残せり」(中津昌子)	4527
「風があるいて春を充電する」(佐藤智恵)	2944
「風職人」(武田いずみ)	3810
「風立つ」(佐藤輝子)	2948
「風遠く」(倉林美千子)	2312
「風と鏡いし」(瀬木草子)	3464
「風に誘われ…」(三嶋忠)	5899
「風の家」(田中清光)	3906
「風の音」(岡沢康司)	1312
「風のおはなし」(秋野かよ子)	0095
「風の木」(野中亮介)	4864
「風の旋律」(宮本まどか)	6095
「風の空」(廣瀬直人)	5268
「風の扉 水の扉 そっとたたく白い手」(山根千恵子)	6531
「風のにほひ」(清水良郎)	3198
「風の配分」(野村喜和夫)	4877
「風のはざま」(田原洋子)	4013
「かぜのひきかた」(辻征夫)	4138
「風の昼」(永田紅)	4510
「風の吹く道」(竹田朋子)	3820
「風宮」(小橋扶沙世)	2552
「風の縁」(岡本高明)	1365
「風の余韻」(内山晶太)	0957
「風の夜」(高良留美子)	2457
「風光る」(太田正一)	1148
「風ぼうぼうぼう」(山崎るり子)	6464
「仮想空間」(山岸由佳)	6418
「家族」(河草之介)	1870
「花族」(高田真)	3605
「家族のおいたち」(南条岳彦)	4710
「家族の回転扉」(高橋靖子)	3712
「家族の午後」(細見和之)	5553
「家族の深淵」(中井久夫)	4397
「化体」(粕谷栄市)	1657
「固い卵」(北園克衛)	2103
「固い薔薇」(宇宿一成)	0932
「肩書きのない名刺」(三国一朗)	5886
「片々」(後藤綾子)	2521
「カタカナキャピタリズム」(赤井良二)	0063
「カタクリの群れ咲く頃の」(藤倉四郎)	5383
「片隅に」(湯川雅)	6615
「形の科学百科事典」(形の科学会)	1675
「蝸牛の詩―ある障害児教育の実践」(植田昭一)	0871
「片羽登呂平詩集」(片羽登呂平)	1677
「片翅の蝶」(高木佳子)	3577
「形見草」(大塚布見子)	1187
「語られなかった皇族たちの真実」(竹田恒泰)	3818
「語りかける季語 ゆるやかな日本」(宮坂静生)	6050
「語りかける花」(志村ふくみ)	3200
「語りかける風景」(鈴木喜一)	3368
「語りの自己現場」(高原英理)	3721
「語りはじめそうな石の横」(富永鳩山)	4340
「語る女たちの時代―一葉と明治女性表現」(関礼子)	3476

作品名	番号
「ガダルカナル戦記」（亀井宏）	1845
「傍らの男」（髙木敏次）	3574
「火中蓮」（春日真木子）	1646
「花鳥・山水画を読み解く」（宮崎法子）	6058
「花鳥風月の日本史」（高橋千劒破）	3673
「花鳥来」（深見けん二）	5293
「渇夏」（福明子）	5299
「学級革命」（小西健二郎）	2549
「学校」（詩集）（たかとう匡子）	3623
「郭公抄」（宮本善一）	6087
「喝采」（高瀬一誌）	3600
「喝采」（白濱一羊）	3262
「月山への遠い道」（紀行文）（黒澤彦治）	2352
「滑車」（谷元益男）	4004
「合掌」（斎藤昌哉）	2734
「合掌」（内藤清枝）	4374
「褐色の実」（遠山光栄）	4267
「勝田守一著作集 全7巻」（勝田守一）	1690
「活断層」（山田正太郎）	6490
「桂春団治」（富士正晴）	5357
「桂離宮」（岡本茂男）	1367
「桂離宮」（佐藤辰三）	2941
「桂離宮」（村田治郎）	6156
「桂離宮」（堀口捨巳）	5589
「活力の造型」（佐野金之助）	2986
「勝連敏男詩集1961〜1978」（勝連敏男）	1702
「家庭生活」（秋山基夫）	0124
「画展にて」（今井肖子）	0739
「加藤郁乎俳句集成」（加藤郁乎）	1707
「加藤克巳全歌集」（加藤克巳）	1710
「加藤楸邨―その父と『内部生命論』」（神田ひろみ）	2009
「加藤楸邨論―〈旅と思索〉の果てにあるもの」（前川紅楼）	5632
「加藤淑子著作集」（全4巻）（加藤淑子）	1749
「角を曲がるとき」（上山しげ子）	0909
「金石淳彦歌集」（金石淳彦）	1770
「かな書きの詩」（平井照敏）	5207
「かなかな」（菊田守）	2028
「金沢へ行った日」（青木娃耶子）	0418
「哀しき主（ヘル）―小林秀雄と歴史」（紺野馨）	2670
「哀しみに満ちた村」（舌間信夫）	3070
「かなしみのあと」（鴇田智哉）	4275
「カナシヤル」（三角みづ紀）	5938
「仮名表記論攷」（今野真二）	2673
「かなぶん」（清水ひさし）	3184
「カナンまで」（郷原宏）	2453
「蟹」（浅田杏子）	0148
「蟹」（不破障子）	5488
「果肉の朱」（中村達）	4621
「蟹場まで」（安水稔和）	6345
「カニは横に歩く 自立障害者たちの半世紀」（角岡伸彦）	1750
「香貫」（玉城徹）	4021
「金が原オーライ」（中村吾郎）	4607
「金子光晴『寂しさの歌』の継承―金井直・阿部謹也への系譜」（坂本正博）	2824
「金子光晴の戦時期―桜本冨雄論への一考察」（石原靖）	0512
「蚊のいない国」（細井輝彦）	5539
「彼女の名はラビット」（斎藤博子）	2723
「鹿野忠雄―台湾に魅せられたナチュラリスト」（山崎柄根）	6450
「カノン」（五十嵐仁美）	0360
「カバラ氏の首と愛と」（御沢昌弘）	5893
「河畔の書」（犬塚堯）	0679
「カビ博士奮闘記」（宮治誠）	6067
「鹿火屋」（矢田部美幸）	6350
「荷風へ、ようこそ」（持田叙子）	6198
「荷風私鈔」（小池光）	2403
「荷風と東京」（川本三郎）	1992
「カフカスの小さな国―チェチェン独立運動始末」（林克明）	5079
「歌舞伎ヒロインの誕生」（利根川裕）	4308
「火粉」（髙勢祥子）	3601
「壁」（周田幹雄）	3440
「貨幣と象徴」（吉沢英成）	6694
「貨幣論」（岩井克人）	0792
「壁になった少女 虐待―子どもたちのその後」（黒川祥子）	2342
「壁の日録」（くにさだきみ）	2263
「鎌倉時代語研究」（鎌倉時代語研究会）	1813
「鎌の刃」（ふけとしこ）	5353
「窯守の唄」（柴崎佐вида男）	3101

作品名	番号
「神々の闘争―折口信夫論」(安藤礼二)	0318
「神々の汚れた手 旧石器捏造・誰も書かなかった真相」(奥野正男)	1432
「かみさま Ⅰ」(加藤千香子)	1730
「神様の急ぐところ」(松島雅子)	5760
「神様のサジ加減」(秋葉佳助)	0104
「神様のメッセージ」(小野正之)	1528
「神サマの夜」(真下章)	5678
「神様はいる」(斉藤郁夫)	2692
「紙漉く谿」(松林朝蒼)	5782
「紙つぶて 自作自注最終版」(谷沢永一)	3997
「紙のいしぶみ 公害企業に立ち向かったある個人の軌跡」(能瀬英太郎)	4856
「神の親指」(歌集)(日下淳)	2224
「神の子犬」(藤井貞和)	5364
「神の人事」(北川朱実)	2086
「紙の刃」(菊池敏子)	2038
「神の火」(田丸千種)	4027
「神の眉目」(水野紀子)	5920
「紙のフォルム」(尾川宏)	1398
「髪の環」(田久保英夫)	3783
「神、人を喰う」(六車由実)	6119
「紙風船」(好井由江)	6661
「神への問い」(川中子義勝)	1944
「神も仏もありませぬ」(佐野洋子)	2992
「カムムスヒの資性」(森陽香)	6243
「亀井勝一郎論」(松原新一)	5784
「亀のピカソ 短歌日記2013」(坂井修一)	2771
「甕ひとつ」(早川志津子)	5049
「かめれおんの時間」(奥田春美)	1423
「仮面の声」(高良留美子)	2458
「カモ狩り」(稲花白桂)	4246
「寡黙な家」(大野直子)	1223
「寡黙なる巨人」(多田富雄)	3858
「寡黙なる日々」(礒幾造)	0536
「萱野茂のアイヌ神話集成(全10巻)」(萱野茂)	1850
「通いなれた道で」(野村良雄)	4888
「花揺(かよう)」(句集)(清水道子)	3196
「火曜サスペンス劇場」(詩集)(二杳ようこ)	4802
「カラヴァッジョ」(宮下規久朗)	6069
「からくり」(永方ゆか)	4414
「ガラス」(鵜沢覚)	0922
「硝子の上の日々」(西原邦子)	4764
「硝子の駒」(大森静佳)	1260
「ガラスの中の花」(中山直子)	4657
「硝子のモビール」(柳澤美晴)	6366
「硝子壊」(奥山和子)	1447
「体」(りょう城)	6816
「身体のいいなり」(内澤旬子)	0938
「体の時間」(福原恒雄)	5344
「からだの読本 全2巻」(暮しの手帖社)	2304
「からだの見方」(養老孟司)	6639
「身体の零度」(三浦雅士)	5869
「カラハリ砂漠」(木村重信)	2163
「からり」(藤村真理)	5414
「カリスマ装蹄師 西内荘の競馬技術」(城崎哲)	3225
「仮に迷宮と名付けて」(矢口哲男)	6311
「仮の場所から」(佐合五十鈴)	2853
「カリーライス屋一代記」(吉沢岩子)	6692
「ガリレオが笑った」(吉田義昭)	6726
「ガリレオの秋」(棚木恒寿)	3952
「ガリレオの迷宮」(高橋憲一)	3660
「カルカス」―五行―より―一編(フロステンソン、カタリーナ)	5487
「ガルガンチュアとパンタグリュエル(全5巻)」(宮下志朗)	6070
「ガルボのやうに」(西台恵)	4755
「カルル橋」(小川博三)	1399
「彼」(千明紀子)	4067
「華麗なる断絶」(二関天)	4803
「ガレキのことばで語れ」(照井良平)	4237
「枯葉剤がカワウソを殺した」(成川順)	4696
「枯れ逝く人 ドキュメント介護」(栗生守)	2332
「彼等の昭和」(川崎賢子)	1902
「夏炉」(高橋とも子)	3681
「夏炉」(水野露草)	5927
「花郎」(入田一慧)	0787
「川あかり」(斉藤美和子)	2741
「川を渡る」(相澤正史)	0007
「革靴とスニーカー」(鈴木加成太)	3367
「乾ける土」(山田進輔)	6491

「川鷺」(大屋正吉)	1271
「河太郎文」(広岡昌子)	5263
「川千鳥」(浜口美知子)	5036
「川について」(孤源和之)	2476
「川の畔の工場にて」(菅家誠)	2003
「川の健康診断」(森下郁子)	6260
「川の子ども」(井村愛美)	0772
「川のほとりに」(多田智満子)	3856
「河東碧梧桐の基礎的研究」(栗田靖)	2324
「河骨川」(高野公彦)	3627
「河原荒草」(伊藤比呂美)	0622
「河原ノ者・非人・秀吉」(服部英雄)	4994
「川は生きてゐる」(三瀬教世)	5943
「環」(藤原定)	5434
「寒靄」(皆川盤水)	5989
「棺一基 大道寺将司全句集」(大道寺将司)	3545
「眼花」(佐野貴美子)	2985
「寛海」(大屋達治)	1270
「ガン回廊の光と影」(柳田邦男)	6371
「考える子供たち」(高森敏夫)	3730
「宦官」(三田村泰助)	5954
「寒雁」(百合山羽公)	6633
「カンカン帽」(橋本絹子)	4919
「漢魏思想史研究」(堀池信夫)	5576
「寒気氾濫」(渡辺松男)	6927
「環境リスク学」(中西準子)	4540
「観劇」(森シズエ)	6219
「鹹湖」(会田綱雄)	0012
「寒鯉」(北村保)	2113
「眼光」(下坂速穂)	3204
「かんごかてい(看護過程)」(寺田美由記)	4229
「韓国・サハリン鉄道紀行」(宮脇俊三)	6099
「監獄裏の詩人たち」(伊藤信吉)	0607
「韓国現代詩選」(茨木のり子)	0727
「韓国における「権威主義的」体制の成立」(木村幹)	2155
「看護帽」(宗像博子)	6125
「かんころもちの島で」(柴田亮子)	3120
「関西と関東」(宮本又次)	6094
「欅」(萩野幸雄)	4900
「漢字のかんじ」(杉本深由起)	3340
「含羞」(石川桂郎)	0465
「寒嶋」(坂田信雄)	2801
「鑑賞 市村宏のうた」(前田益女)	5650
「鑑賞の諸相―俳句の本質を求めて」(星野昌彦)	5532
「間人主義の社会 日本」(浜口恵俊)	5035
「罐製同棲又は陥穽への逃亡」(鈴木志郎康)	3382
「眼前」(沢木欣一)	3004
「乾燥季」(倉地与年子)	2308
「寒村自伝」(荒畑寒村)	0281
「カンダタ」(吉田利子)	6711
「元旦の梅」(堀川とし)	5586
「勘違い」(市川廉)	0568
「旱天」(秋山卓三)	0121
「関東地方域方言事象分布地図第一巻音声篇」(大橋勝男)	1236
「関東地方域の方言についての方言地理学的研究序説(5)」(大橋勝男)	1236
「ガンと戦った昭和史」(上・下)(塚本哲也)	4114
「カントと神 理性信仰・道徳・宗教」(宇都宮芳明)	0962
「カント『判断力批判』と現代―目的論の新たな可能性を求めて―」(佐藤康邦)	2974
「がんと向き合って」(上野創)	0890
「神流川」(御供平佶)	5985
「癌に死す」(渡部柳春)	6948
「寒の水」(桑原立生)	2381
「雁の世」(川田絢音)	1929
「乾杯」(嶋岡晨)	3139
「蒲原有明論」(渋沢孝輔)	3126
「寒鰤の来る夜」(田井三重子)	3544
「漢文スタイル」(齋藤希史)	2737
「漢文と東アジア―訓読の文化圏」(金文京)	2212
「漢文脈の近代」(齋藤希史)	2738
「カンボジア―歴史の犠牲者たち」(後藤勝)	2540
「完本 紙つぶて」を中心として(谷沢永一)	3998
「雁道」(斎藤玄)	2700
「冠島のオオミズナギドリ」(岡本文良)	1377
「寒木」(奥名春江)	1429

「換喩詩学」(阿部嘉昭)	0200
「咸臨丸海を渡る―曽父・長尾幸作の日記より」(土居良三)	4242
「雁渡し」(伊藤雅昭)	0625
「カーヴァーが死んだことなんてだあれも知らなかった―極小主義者たちの午後」(風丸良彦)	1619
「カヴァフィス全詩集」(中井久夫)	4396

【 き 】

「木明りは夏」(森洋)	6229
「黄色い潜水艦」(エッセイ)(浜田亘代)	5039
「黄色いみずのなかの杭」(尾形俊雄)	1335
「消えた天才騎手 最年少ダービージョッキー・前田長吉の奇跡」(島田明宏)	3146
「消えた『夏休み帳』」(辰巳國雄)	3880
「消えたヤルタ密約緊急電」(岡部伸)	1354
「消えた琉球競馬」(梅崎晴光)	0974
「記憶」(宇多喜代子)	0934
「記憶」(港千尋)	5996
「記憶」(冨長覚梁)	4338
「記憶絵本」(佐藤球子)	2943
「記憶する水」(新川和江)	3271
「記憶の一ページめ」(徳永名知子)	4287
「記憶の遠近法」(市川清)	0563
「記憶の川で」(塔和子)	4245
「記憶の切り岸」(うえじょう晶)	0864
「記憶の種子」(岡部定勝)	1366
「記憶のつくり方」(長田弘)	1469
「記憶の中の源氏物語」(三田村雅子)	5956
「記憶のメカニズム」(高木貞敬)	3570
「記憶めくり」(安水稔和)	6346
「議会お茶出し物語」(佐藤道子)	2971
「其角『新山家』の方法」(辻村尚子)	4153
「其角『雑談集』と尚白」(辻村尚子)	4153
「其角と荷兮」(辻村尚子)	4153
「飢渇」私家版(金井直)	1764
「気がつけば騎手の女房」(吉永みち子)	6731
「饑餓と毒」(詩集)(崎村久邦)	2839
「木々を渡る風」(小塩節)	1488
「聞書水俣民衆史 全5巻」(岡本達明)	1369
「聞書水俣民衆史 全5巻」(松崎次夫)	5742
「危機の経済政策―なぜ起きたのか, 何を学ぶのか」(若田部昌澄)	6840
「希求」(近藤芳美)	2668
「帰郷」(守谷茂泰)	6281
「帰郷」(村山精二)	6171
「帰郷手帖」(片岡文雄)	1669
「気胸と成形」(宮本忍)	6086
「『聴く』ことの力―臨床哲学試論」(鷲田清一)	6861
「菊池庫郎全歌集」(菊池庫郎)	2033
「喜劇の人 河東碧梧桐」(谷川昇)	3987
「聴け!!南海の幽鬼の慟哭を 最後の一兵痛恨の記録」(山口宗一)	6426
「危険な下り坂」(岩辺進)	0837
「紀行・お茶の時間」(伊藤ユキ子)	0641
「紀行『お伊勢まいり』」(奥村せいち)	1442
「寄港する夫に届ける子の写真ばんそうこうの訳を書き足す」(下町あきら)	3071
「記号と再帰」(田中久美子)	3910
「ギーコの青春」(栗山佳子)	2331
「季語の底力」(櫂未知子)	1558
「戯作研究」(中野三敏)	4578
「貴様いつまで女子でいるつもりだ問題」(ジェーン・スー)	3050
「樹雨」(日高堯子)	5174
「きさらぎやよひ」(福田栄一)	5319
「岸田国士論」(渡辺一民)	6890
「きじなむ物語」(船越義彰)	5456
「雉子の尾」(関口祥子)	3482
「雉子の声」(角川源義)	1752
「岸辺にて」(田中清光)	3907
「偽史冒険世界」(長山靖生)	4659
「汽車に乗る中野重治」(和田茂俊)	6872
「記述の国家」(谷崎昭男)	3994
「騎手の卵を作る法」(小林常浩)	2576
「戯場戯語」(坂東三津五郎)	5136
「傷痕と回帰―<月とかがり火>を中心に」(本村敏雄)	6206
「傷つけられた『飛騨の御嶽』『自然遺産』で進むリゾート開発」(細川宗徳)	5545
「絆」(芳賀章内)	4894

作品名	番号
「規制緩和」(鶴田俊正)	4203
「『奇跡』の一角」(佐藤康智)	2975
「季節」(原雅子)	5109
「季節抄」(野根裕)	4866
「季節とともに」(譽田文香)	5611
「季節についての試論」(入沢康夫)	0782
「貴族」(櫂未知子)	1559
「帰属と彷徨—芥川龍之介論」(高橋勇夫)	3644
「貴族の徳、商業の精神—モンテスキューと専制批判の系譜」(川出良枝)	1941
「木曽路・文献の旅」(北小路健)	2097
「北一輝」(田中惣五郎)	3922
「北一輝」(渡辺京二)	6894
「帰宅した頬に涙の跡があり汗というから汗にしておく」(澤邊裕栄子)	3028
「北国にて」(馬場三枝子)	5030
「北さ美学さ」(米谷祐司)	6784
「北朝鮮に消えた友と私の物語」(萩原遼)	4905
「北朝鮮の日本人妻に、自由往来を!」(西村秀樹)	4786
「北に祈る」(森川平八)	6257
「北に死す」(橘逸朗)	3868
「北二十二条西七丁目」(田村元)	4041
「北の儀式」(小坂太郎)	2478
「北の四季」(小原祥子)	1542
「北の十字軍」を中心として(山内進)	6397
「北の蜻蛉」(北畑光男)	2107
「北の無人駅から」(渡辺一史)	6891
「北原白秋」(三木卓)	5882
「北埠頭シリーズ」(鈴木召平)	3380
「北向きの家」(黒部節子)	2372
「喜多村緑郎日記」(喜多村緑郎)	2121
「喜多流の成立と展開」(表章)	1548
「奇談の時代」(百目鬼恭三郎)	4260
「吉右衛門日記」(中村吉右衛門)	4605
「吉右衛門日記」(波野千代)	4685
「気違い部落周游紀行」(きだみのる)	2080
「喫茶店の時代」(林哲夫)	5074
「吃水」(鳥井保和)	4365
「吃水都市」(松浦寿輝)	5708
「啄木鳥」(菊田守)	2029
「きつつきの路」(内田亨)	0944
「狐啼く」(晏梛みや子)	0306
「キツネノカミソリ」(佐原琴)	3038
「狐火」(西村梛子)	4783
「帰途」(井上敬二)	0692
「木という字には」(小野ちとせ)	1524
「冬日々」(大西民子)	1203
「木戸幸一日記」(上・下)(木戸幸一)	2130
「木戸幸一日記」(上・下)(木戸日記研究会)	2135
「木に会う」(高田宏)	3609
「記念樹」(金沢憲仁)	1775
「木の椅子」(黒田杏子)	2362
「きのう雨降り 今日は曇り あした晴れるか」(野村沙知代)	4883
「樹の海」(栗城永好)	2323
「黄のキリスト」(吉見道子)	6749
「樹のことば」(坪井勝男)	4186
「きのこの名優たち」(永井真貴子)	4400
「木の匙」(山田はま子)	6499
「木下順二論」(宮岸泰治)	6043
「紀貫之」(大岡信)	1086
「木の花」(山本洋子)	6603
「牙だるき」(平安裕子)	5256
「騎馬民族国家」(江上波夫)	0997
「貴妃の脂」(黒木三千代)	2346
「『吉備の国原』に古代ロマンを訪ねて」(矢沢昭郎)	6314
「吉備の旅」(蒲倉琴子)	1810
「義父を語れば、馬がいる」(加藤エイ)	1709
「机辺」(牧辰夫)	5659
「希望」(小島ゆかり)	2492
「希望」(杉山平一)	3345
「希望」(唯木ルミ子)	3862
「キホーテの海馬」(近藤達子)	2662
「生まじめな戯れ」を中心として(西部邁)	4766
「君と」(岸田祐子)	2059
「きみの国」(倉地宏光)	2307
「キムラ」(佐々木洋一)	2894
「木村政彦はなぜ力道山を殺さなかったのか」(増田俊也)	5684
「決められた以外のせりふ」(芥川比呂志)	0131
「きものの思想」(戸井田道三)	4243

作品名	著者	番号
「逆説について」	(斎藤礎英)	2715
「逆転」	(伊佐千尋)	0426
「ギャザー」	(田中槐)	3903
「逆光の径」	(伊東廉)	0645
「キャパになれなかったカメラマン—ベトナム戦争の語り部たち」(上・下)	(平敷安常)	5223
「キャパの十字架」	(沢木耕太郎)	3008
「キャプテン・クックの動物たち すばらしいオセアニアの生きもの」	(羽田節子)	5014
「キャベツを刻むとき」(詩集)	(新田富子)	4797
「キャベツのくに」	(鈴木正枝)	3413
「キャラコの草履」	(下林昭司)	3213
「キャラメル」	(田中章義)	3895
「九歌」	(山本友一)	6586
「嬉遊曲、鳴りやまず」	(中丸美絵)	4593
「旧国道にて」	(草野信子)	2229
「球根」	(仁田昭子)	4794
「'90年」	(斉藤ジュン)	2706
「九〇年代本格ミステリの延命策」	(諸岡卓真)	6291
「急須の弦」	(松本孝太郎)	5812
「球体」	(加藤克巳)	1711
「泣虫山」	(冨田正吉)	4334
「急に放り出された気分やわ」	(森美沙)	6237
「971日の慟哭」	(吉川雄三)	6690
「救命センターからの手紙」	(浜辺祐一)	5044
「旧約における超越と象徴—解釈学的経験の系譜」	(関根清三)	3486
「胡瓜草」	(花山多佳子)	5007
「ギュスターヴ・フローベール『感情教育』草稿の生成批評研究序説—恋愛・金銭・言葉」	(松沢和宏)	5745
「御衣黄櫻」	(米山高仁)	6785
「教育学事典 全6巻」	(海後宗臣)	1561
「教育学事典 全6巻」	(宮原誠一)	6085
「教育学事典 全6巻」	(沢田慶輔)	3017
「教育学全集 全15巻」	(海後宗臣)	1562
「教育学全集 全15巻」	(大河内一男)	1110
「教育学全集 全15巻」	(波多野完治)	4976
「教育者・歌人 島木赤彦」	(徳永文一)	4288
「『教育の世紀』を中心として」	(苅谷剛彦)	1863
「教育の森 全12巻」	(村松喬)	6166
「教科書密輸事件〜奄美教育秘史」	(大山勝男)	1274
「狂気の左サイドバック—日の丸ニッポンはなぜ破れたか」	(一志治夫)	0581
「京劇」	(加藤徹)	1731
「郷國」	(阿部知雄)	0206
「共生の作法」	(井上達夫)	0697
「共生波動」	(鈴木俊輔)	3377
「行政法学と行政判例—モーリス・オーリウ行政法学の研究」	(橋本博之)	4924
「狂泉物語」	(小松弘愛)	2617
「鏡騒」	(八田木枯)	4990
「競争社会の二つの顔」	(猪木武徳)	0714
「京都の美術史」	(赤井達郎)	0061
「京のしだれ桜」	(沼口満津男)	4813
「峡のふる里」	(佐藤文一)	2964
「鏡壁」	(三国玲子)	5887
「京舞井上流の誕生」	(岡田万里子)	1340
「巨岩と花びら」	(舟越保武)	5455
「きよき みたまよ—唱歌『ふるさと』『おぼろ月夜』の作曲者岡野貞一の生涯」	(岩城由榮)	0803
「極限のなかの人間」	(尾川正二)	1400
「極圏の光」	(中沢直人)	4467
「極光の下に」	(大内与五郎)	1081
「虚構の中へ」	(山田よう)	6511
「清沢洌」	(北岡伸一)	2085
「虚子の京都」	(西村和子)	4770
「居住区」	(幸松栄一)	6619
「漁村」	(南信雄)	6004
「極冠慟哭」	(古川春雄)	5473
「綺羅」	(栗木京子)	2317
「ギリシア人の歎き—悲劇に於ける宿命と自由との関係の考察」	(西村亘)	4789
「ギリシャ劇大全」	(山形治江)	6408
「ギリシャ文化の深層」を中心として	(吉田敦彦)	6697
「切り捨てSONY リストラ部屋は何を奪った」	(清武英利)	2201
「基督者田川飛旅子—内なる迫害、そして鎮魂」	(山本千代子)	6579
「基督の足」	(今川美幸)	0749

作品	番号
「キリストの誕生」(遠藤周作)	1042
「切通し」(竹内美智代)	3798
「霧の朝」(日野章子)	5185
「桐の一葉」(三瓶弘次)	3045
「桐の木」(神尾久美子)	1827
「桐の花」(赤坂とし子)	0065
「桐の花」(村中燈子)	6158
「霧降る国で」(渡辺幸一)	6897
「寄留地」(うちだ優)	0948
「麒麟(きりん)の首」(歌集)(野田紘子)	4861
「キリンの洗濯」(高階杞一)	3588
「キリンの涙」(白川松子)	3252
「儀礼の象徴性」(青木保)	0025
「棄老病棟」(桑原正紀)	2382
「銀色に海の膨らむ」(歌集)(木村早苗)	2162
「金色の靴」(伴場とく子)	5139
「銀色の月 小川国夫との日々」(小川恵)	1388
「銀河」(本田昌子)	5612
「銀河を産んだように」(大滝和子)	1153
「銀河系」(坂野信彦)	2809
「銀河系」(柏柳明子)	1641
「銀河の水 駒田晶子歌集」(駒田晶子)	2604
「銀河の道 虹の架け橋」(大林太良)	1240
「銀河列車」(荒井哲夫)	0257
「銀漢」(伊藤伊那男)	0588
「禁忌と好色」(岡井隆)	1293
「「キング」の時代」(佐藤卓己)	2938
「金婚式にワルツを」(高田郁)	3603
「銀座界隈ドキドキの日々」(和田誠)	6878
「銀さん帰還せず―タイ残留元日本兵の軌跡」(安江俊明)	6323
「銀耳」(魚村晋太郎)	0914
「錦繍植物園」(中島真悠子)	4485
「近所」(小川軽舟)	1389
「近世畸人の芸術」(ローゼンフィルド、ジョン)	6826
「近世芸能興行史の研究」(守屋毅)	6284
「近世子どもの絵本集・江戸篇上方篇」(中野三敏)	4579
「近世子どもの絵本集・江戸篇上方篇」(木村八重子)	2188
「近世子どもの絵本集・江戸篇上方篇」(鈴木重三)	3374
「近世小説・営為と様式に関する私見」(浜田啓介)	5037
「近世初期の外交」(永積洋子)	4498
「『近世中期の上方俳壇』」(深澤了子)	5283
「近世の朝廷と宗教」(高埜利彦)	3633
「近世文学の境界―個我と表現の変容」(揖斐高)	0729
「金属プレス工場」(石原光久)	0510
「近代以前の日本の建築と都市―京の町の建築空間と14, 15世紀の将軍の住まい」(フィエーベ、ニコラ)	5277
「近代欧州経済史序説」(大塚久雄)	1186
「近代学問理念の誕生」(佐々木力)	2874
「近代家族の成立と終焉」(上野千鶴子)	0888
「近代経済学史」(杉本栄一)	3330
「近代芸術家の表象」(三浦篤)	5863
「近代小説の表現機構」(安藤宏)	0311
「近代短歌論争史 昭和編」(篠弘)	3080
「近代短歌論争史 明治・大正編」(篠弘)	3080
「近代中国と「恋愛」の発見」(張競)	4089
「「近代的家族」の誕生―二葉幼稚園の事例から」(大石茜)	1066
「近代都市パリの誕生」(北河大次郎)	2088
「「近代」に対する不機嫌な身振り」(江里昭彦)	1006
「近代日本奇想小説史 明治篇」(横田順彌)	6649
「近代日本の数学」(小倉金之助)	1448
「近代日本の分岐点」(深津真澄)	5291
「近代文学にみる感受性」(中島国彦)	4474
「銀に耀ふ」(井上明子)	0685
「ギンネム林の魂祭」(仲本瑩)	4646
「金の切片」(堀田稔)	5563
「銀の鶴」(本田一弘)	5600
「銀の針」(峰谷良香)	4987
「銀の夢」(渡瀬夏彦)	6884
「ぎんやんま」(高野公彦)	3628
「吟遊」(中村苑子)	4618
「金融デフレ」を中心として(高尾義一)	3559

作品名索引　くまの

【く】

「「食道楽」の人　村井弦斎」（黒岩比佐子）……… 2337
「「寓意と象徴の女性像」を中心として（若桑みどり）……… 6836
「クウェート」（黒木三千代）……… 2347
「空海頌」（佐藤一英）……… 2917
「空間＜機能から様相へ＞」（原広司）……… 5108
「空気集め」（貞久秀紀）……… 2906
「空想する耳」（幸田和俊）……… 2434
「空洞」（高橋新吉）……… 3670
「空洞化を超えて」を中心として（関満博）……… 3470
「空白の軌跡」（後藤正治）……… 2536
「空白の五マイル　人跡未踏のチベット・ツアンポー峡谷単独行」（角幡唯介）… 1590
「食えない魚」（津森太郎）……… 4197
「九月の森」（井上弘美）……… 0705
「九月沛然として驟雨」（石川敬大）…… 0470
「矩形の空」（酒井佑子）……… 2790
「鵠沼・東屋旅館物語」（高三啓輔）…… 3725
「クケンナガヤ」（檜きみこ）……… 5188
「草」（熊谷とき子）……… 2292
「草筏」（外村繁）……… 4312
「草色気流」（笠井朱実）……… 1606
「草かんむりの訪問者」（東直子）……… 0169
「草木国土」（島田修二）……… 3150
「くさぐさの歌」（吉田正俊）……… 6722
「草虱」（福田甲子雄）……… 5324
「岬千里」（三好達治）……… 6103
「草たち、そして冥界」（新城兵一）…… 3280
「草地」（植木正三）……… 0858
「草のある空」（加藤正明）……… 1742
「草の家」（中村純）……… 4611
「草の快楽」（髙嶋健一）……… 3591
「草の庭」（小池光）……… 2401
「草の上」（重清良吉）……… 3064
「草の花」（太田土男）……… 1150
「草の穂」（歌集）（土橋いそ子）……… 4316
「草のような文字」（三井葉子）……… 5971

「草花丘陵」（新井豊美）……… 0259
「草舟」（花山多佳子）……… 5008
「草茫茫　海茫茫」（田中圭介）……… 3912
「『草枕』の那美と辛亥革命」（安住恭子）……… 0173
「草守」（中里純子）……… 4454
「九十九里浜」（今野金哉）……… 2671
「鯨と捕鯨の文化史」（森田勝昭）…… 6262
「鯨のアタマが立っていた」（青木はるみ）……… 0029
「鯨の骨」（亀井雉子男）……… 1841
「鯨のむこうの」（矢萩麗好）……… 6386
「『ぐずぐず』の理由」（鷲田清一）…… 6862
「薬玉」（吉岡実）……… 6665
「葛の崖」（森田峠）……… 6266
「薬喰」（茨木和生）……… 0725
「薬に目を奪われた人々」（谷合規子）…… 3966
「九頭竜川」（大島昌宏）……… 1132
「崩れゆく日本をどう救うか」PHP研究所（松下幸之助）……… 5751
「クセノポン『アナバシス』」（松平千秋）……… 5772
「くだもののにおいのする日」（「くだもののにおいのする日」駒込書房）（松井啓子）……… 5699
「朽ちた墓標～シベリア捕虜体験と墓参の旅～」（三澤正道）……… 5894
「グチの秋」（小根山トシ）……… 1513
「唇の微熱」（伊東健二）……… 0600
「朽ちゆく花々」（大谷従二）……… 1175
「靴下」（高石正八）……… 3556
「グッドモーニング」（最果タヒ）…… 2747
「工藤写真館の昭和」（工藤美代子）…… 2261
「クニオとベニマシコ」（島﨑輝雄）…… 3142
「くにざかいの歌」（宗昇）……… 3511
「くにたちの」（金沢憲仁）……… 1776
「くびすじの欠片」（野口あや子）…… 4838
「クビライの挑戦」（杉山正明）……… 3348
「狗賓童子の島」（飯嶋和一）……… 0328
「窪田空穂研究」（武川忠一）……… 6113
「窪田章一郎全歌集」（窪田章一郎）…… 2275
「久保田万太郎の俳句」（成瀬桜桃子）…… 4703
「熊啄木鳥」（岩田秀夫）……… 0829
「句まじり詩集　花」（三井葉子）…… 5972
「熊野—山中句抄」（谷口智行）……… 3992

「熊野中国語大辞典・新装版」(熊野正平) ………… 2295
「熊野曼陀羅」(堀本裕樹) ………… 5594
「汲み取り始末記」(田口龍造) ………… 3782
「蜘蛛」(板橋スミ子) ………… 0556
「雲ヶ畑まで」(近藤かすみ) ………… 2651
「雲と天人」(随筆集)(宇佐美英治) ………… 0917
「蜘蛛と夢子」(仲程悦子) ………… 4591
「雲鳥」(田中拓也) ………… 3924
「雲に紛れず」(真鍋正男) ………… 5840
「蜘蛛の糸」(佐々木勢津子) ………… 2871
「蜘蛛の糸」(槇さわ子) ………… 5656
「雲の縁側」(八木忠栄) ………… 6301
「雲の座」(押野裕) ………… 1494
「雲の賦」(友岡子郷) ………… 4349
「雲の峰」(川越歌澄) ………… 1899
「雲の輪郭」(ささきあゆみ) ………… 2863
「蜘蛛百態」(錦三郎) ………… 4737
「雲間からの光」(佐藤和也) ………… 2918
「苦悶するデモクラシー」(美濃部亮吉) ………… 6015
「クラウン仏和辞典」(多田道太郎) ………… 3860
「暗き操舵室」(小林高雄) ………… 2571
「グラッドストン」(上・下)(神川信彦) ………… 1829
「グラフィティ」(岡本啓) ………… 1376
「ぐらべりま」(池谷敦子) ………… 0419
「鞍馬天狗と憲法—大佛次郎の「個」と「国民」」(小川和也) ………… 1385
「グランド・ツアー」(本城靖久) ………… 5597
「グランドキャニオン川下りの旅」(田中知子) ………… 3928
「クリスチャン・ボルタンスキー 死者のモニ」(湯沢英彦) ………… 6623
「栗の木」(森田良子) ………… 6270
「栗の実」(宇佐美幸) ………… 0919
「栗ふたつ」(唐橋秀子) ………… 1859
「栗生楽泉園の詩人たち—その詩と生活」(久保田穣) ………… 2283
「車椅子雑唱」(坂田正晴) ………… 2803
「車座」(長浜勤) ………… 4584
「くるまろじい—自動車と人間の狂葬曲」(津田康) ………… 4164
「胡桃ポインタ」(鈴木志郎康) ………… 3383
「廓のおんな」(井上雪) ………… 0709

「グレッグ・イーガンとスパイラルダンスを『適切な愛』『祈りの海』『しあわせの理由』に読む境界解体の快楽」(海老原豊) ………… 1033
「クレヨンの屑」(有我祥吉) ………… 0286
「紅蓮華」(苔口万寿子) ………… 2475
「グレン・グールド論」(宮澤淳一) ………… 6063
「黒揚羽」(西村泰則) ………… 4788
「黒い果実」(長島三芳) ………… 4490
「黒い帽子」(殿岡辰雄) ………… 4311
「黒い本」(滝沢勇一) ………… 3770
「黒岩涙香—探偵小説の元祖」(伊藤秀雄) ………… 0620
「黒き葡萄」(宮岡昇) ………… 6034
「黒沢明vs.ハリウッド『トラ・トラ・トラ！』その謎のすべて」(田草川弘) ………… 3854
「「黒塚」の梟」(佐久間豊史) ………… 2842
「黒っぽい風景」(山海清二) ………… 3042
「時間(クロノス)の矢に始めはあるか」(久木田真紀) ………… 2221
「黒豹」(近藤芳美) ………… 2669
「黒松内つくし園遺稿集 漣(さざなみ)日記」(工藤しま) ………… 2255
「小(ぐぁあ)の情景」(波平幸有) ………… 4686
「クワガタクワジ物語」(中島みち) ………… 4487
「火裏(くわり)の蓮華(れんげ)」(歌集)(堀井美鶴) ………… 5575
「くわんおん」(水原紫苑) ………… 5932
「軍港」(石原武) ………… 0507
「群衆」(松山巖) ………… 5828
「群青、わが黙示」(辻井喬) ………… 4143
「群生海」(大峯あきら) ………… 1248
「群青—日本海軍の礎を築いた男」(植松三十里) ………… 0901
「群青、わが黙示」(辻井喬) ………… 4144
「軍手」(山村美恵子) ………… 6539
「軍手」(北原千代) ………… 2109
「軍手の創」(かわにし雄策) ………… 1947
「群島渡り」(高橋渉二) ………… 3667
「群萌」(大石悦子) ………… 1069
「群黎」(佐佐木幸綱) ………… 2889

【け】

「慶応三年生まれ七人の旋毛曲り」(坪内祐三) ……… 4193
「経過一束」(田井安曇) ……… 3541
「警官汚職」(読売新聞大阪社会部) ……… 6787
「敬語」(菊地康人) ……… 2043
「恵子のこと」(松岡香) ……… 5720
「経済思想」(猪木武徳) ……… 0715
「経済成長論」(安場保吉) ……… 6341
「経済の時代の終焉」(井手英策) ……… 0585
「経済論戦は甦る」(竹森俊平) ……… 3837
「警察」(佐藤功) ……… 2911
「刑事裁判ものがたり」(渡部保夫) ……… 6938
「形而情学」(加藤郁乎) ……… 1708
「頃日」(吉田鴻司) ……… 6705
「傾斜した縮図」(綾部清隆) ……… 0245
「芸者論 神々に扮することを忘れた日本人」(岩下尚史) ……… 0816
「芸術的な握手」(清岡卓行) ……… 2193
「藝術の国 日本 画文交響」(芳賀徹) ……… 4895
「芸術の理路」(寺田透) ……… 4227
「京城まで」(中丸明) ……… 4592
「系図」(荒井千佐代) ……… 0255
「芸づくし忠臣蔵」(関容子) ……… 3471
「鶏頭朱し」(芳賀順子) ……… 4893
「系統樹」(結城千賀子) ……… 6612
「ケイの居る庭」(都留さちこ) ……… 4198
「競馬の血統学—サラブレッドの進化と限界」(吉沢譲治) ……… 6693
「競馬の社会史1 文明開化に馬券は舞う—日本競馬の誕生」(立川健治) ……… 3866
「鯨墓」(深川淑枝) ……… 5280
「刑法紀行」(団藤重光) ……… 4062
「刑法講話」(滝川幸辰) ……… 3765
「刑務所—禁断の一六〇冊」(暮山悟郎) ……… 2335
「桂若葉」(三宅奈緒子) ……… 6048
「Kへの手紙」(松下由美) ……… 5756
「ゲオルゲとリルケの研究」(手塚富雄) ……… 4214
「怪我の子」(岩田由美) ……… 0832
「劇作家ハロルド・ピンター」(喜志哲雄) ……… 2053
「劇団きらきら物語」(田中靖子) ……… 3948
「劇的文体論序説」(上・下)(田中千禾夫) ……… 3927
「下下戦記」(吉田司) ……… 6710
「今朝の一徳」(榎並掬水) ……… 1017
「けさの陽に」(新川和江) ……… 3272
「夏至」(森岡貞香) ……… 6251
「罌粟坊主」(権藤義隆) ……… 2666
「夏至まで」(吉貝甚蔵) ……… 6669
「仮生」(柿本多映) ……… 1585
「化身」(倉橋健一) ……… 2310
「消せない坑への道」(杉本一男) ……… 3331
「結核の正しい知識」(隈部英雄) ……… 2296
「結核の文化史」(福田真人) ……… 5333
「月下の一群」(池井昌樹) ……… 0381
「月下美人」(阿部みどり女) ……… 0219
「月下美人」(澤和江) ……… 3002
「月下氷人」(中村稔次) ……… 4617
「欠陥車に乗る欠陥者」(近藤武) ……… 2656
「月経」(坂口直美) ……… 2796
「孑孑」(鎌田恭輔) ……… 1816
「月光」(佐藤精一) ……… 2934
「月光」(森山晴美) ……… 6285
「月光街」(歌集)(和嶋忠治) ……… 6869
「月光の遠近法」(高柳誠) ……… 3737
「月光の音」(坪内稔典) ……… 4191
「月光浴」(高田流子) ……… 3616
「月食」(大下一真) ……… 1123
「決心」(高倉和子) ……… 3580
「月尋堂とその周辺—その知られざる活動の一面」(藤原英城) ……… 5437
「決定版 正伝 後藤新平(全8巻・別巻1)」(一海知義) ……… 0578
「決定版 正伝 後藤新平(全8巻・別巻1)」(鶴見祐輔) ……… 4207
「血統樹林」(江畑実) ……… 1025
「月曜日の席」(上滝和洋) ……… 1832
「欠落を生きる—江藤淳論」(田中和生) ……… 3904
「月齢」(下坂速穂) ……… 3205
「ゲーテさんこんばんは」(池内紀) ……… 0388
「けむり水晶」(栗木京子) ……… 2318
「けむり茸」(渡邊美保) ……… 6935

作品	番号
「けむりのゆくえ」(早川良一郎)	5051
「煙る鯨影」(駒村吉重)	2621
「けもの水」(高木秋尾)	3568
「けものみち」(鳥見迅彦)	4370
「欅しぐれ」(岡本光夫)	1379
「ゲランドの塩物語—未来の生態系のために」(コリン・コバヤシ)	2639
「ゲルニカ」(中内亮玄)	4408
「げれんサチコーから遠く」(山川文太)	6415
「幻影の足」(有働薫)	0964
「検閲と文学 1920年代の攻防」(紅野謙介)	2444
「玄猿」(星野徹)	5526
「幻華—小樽花魁道中始末記」(川嶋康男)	1922
「限界集落 吾の村なれば」(曽根英二)	3526
「限界の文学」(川村二郎)	1982
「弦楽」(藤倉榮子)	5382
「研究開発と設備投資の経済学」(竹中平蔵)	3832
「幻魚記」(柏木恵美子)	1632
「げんげ」(松永浮堂)	5778
「幻化」(梅崎春生)	0973
「原形式に抗して」(池田雄一)	0415
「ゲンゲ沢地の歌」(竹川弘太郎)	3805
「兼好伝と芭蕉」(川平敏文)	1970
「言語起源論の系譜」(互盛央)	3554
「言語についての小説—リービ英雄論」(永岡杜人)	4430
「言語の脳科学—脳はどのようにことばを生みだすか」(酒井邦嘉)	2768
「言語表現法講義—三島由紀夫私記」(加藤典洋)	1733
「検査室」(棚木妙子)	3954
「現実感喪失の危機— 離人症的短歌」(高橋啓介)	3659
「原子野」(吉田文憲)	6719
「源氏の恋文」(尾崎左永子)	1459
「源氏物語写本の書誌学的研究」(岡嶌偉久子)	1320
「源氏物語の英訳の研究」(吉田拡)	5481
「源氏物語の救済」(張龍妹)	4091
「源氏物語の宮廷文化 後宮・雅楽・物語世界」(植田恭二)	0883
「源氏物語の時代」(山本淳子)	6569
「源氏物語の淵源」(大津直子)	1179
「源氏物語の喩と王権」(川添房江)	1928
「源氏物語の風景と和歌」(清水婦久子)	3185
「源氏物語の和歌と人物造型—六条御息所の人物造型」(東田愛子)	5147
「源氏物語論」(藤井貞和)	5365
「虔十の里通信」(小川輝芳)	1396
「検証『ザ・セイホ』—現代のタコ部屋」(平井千尋)	5208
「原色昆虫大図鑑 3巻」(安松京三)	6342
「原色都市圏」(福間明子)	5347
「原子力損害賠償制度の研究 東京電力福島原発事故からの考察」(遠藤典子)	1051
「原子力ムラと学校—教育という名のプロパガンダ」(川原茂雄)	1968
「献水」(髙典子)	3551
「懸垂」(齋藤朝比古)	2691
「玄霜」(小林康治)	2565
「幻想思考理科室」(森哲弥)	6227
「幻想のかなたに」(入江隆則)	0778
「幻想の重量—葛原妙子の戦後短歌」(川野里子)	1952
「現代アフリカの紛争と国家」(武内進一)	3795
「現代アラブの社会思想—終末論とイスラーム主義」(池内恵)	0391
「現代演奏家事典」(渡辺護)	6930
「献体を志願して」(石井勲)	0434
「現代広東語辞典」(中嶋幹起)	4491
「現代芸術のエポック・エロイク」(金関寿夫)	1777
「現代建築・アウシュヴィッツ以後」を中心として(飯島洋一)	0335
「現代史資料 全45巻」(内川芳美)	0937
「現代詩の社会性—アラン再考」(高村昌憲)	3729
「現代社会主義の省察」(渓内謙)	3967
「現代秀歌」(永田和広)	4504
「現代シルクロード詩集」(秋吉久紀夫)	0126
「現代ソ連の労働市場」(大津定美)	1177
「現代短歌とロマンチシズム」(山下雅人)	6471
「現代短歌における"私"の変容」(山下雅人)	6472

「現代短歌の"危機"と展望」(日夏也寸志) 5182
「現代中国の政治と官僚制」を中心として(国分良成) 2472
「現代中東とイスラーム政治」(小杉泰) 2501
「現代日本経済政策論」(植草一秀) 0860
「現代日本経済論」(奥村洋彦) 1443
「現代日本語ムード・テンス・アスペクト論」(工藤真由美) 2260
「現代日本の『心ない』若者たち」(三森創) 6020
「現代日本の政治権力経済権力」(大嶽秀夫) 1162
「現代日本文芸総覧 全4巻」(小田切進) 1507
「現代の企業」(青木昌彦) 0033
「現代の記録・動物の世界 全6巻」(浦本昌紀) 0993
「現代の乞食」(島田勇) 3147
「現代俳句原則私論」(前川剛) 5635
「現代俳句との対話」(片山由美子) 1685
「現代俳句の山河」(大串章) 1099
「現代俳句文体論捗入」(中里麦外) 4455
「現代文学論」(青野季吉) 0043
「現代文学論大系 全8巻」(青野季吉) 0044
「ゲンダーヌ―ある北方少数民族のドラマ」(ゲンダーヌ、ダーヒンニェニ) 2389
「ゲンダーヌ―ある北方少数民族のドラマ」(田中了) 3951
「建築有情」を中心として(長谷川堯) 4935
「建築探偵の冒険・東京篇」(藤森照信) 5424
「建築探偵、本を伐る」(藤森照信) 5425
「厳冬」(後藤たづる) 2530
「原爆供養塔 忘れられた遺骨の70年」(堀川惠子) 5583
「原爆亭折ふし」(中山士朗) 4655
「原爆ドーム」(衣川次郎) 2641
「原発危機の経済学―社会科学者として考えたこと」(齊藤誠) 2732
「原発のコスト―エネルギー転換への視点」(大島堅一) 1126
「憲法9条の思想水脈」(山室信一) 6544
「憲法で読むアメリカ史」(上・下)(阿川尚之) 0080

「元禄俳諧における付合の性格～当流俳諧師松春を例として」(牧藍子) 5655

【こ】

「鯉」(岡部文夫) 1358
「小池亮夫詩集」(小池亮夫) 2394
「語彙集」(中江俊夫) 4410
「小泉八雲」を中心として(平川祐弘) 5219
「御一新とジェンダー」(関口すみ子) 3483
「恋と伯爵と大正デモクラシー」(山本一生) 6547
「子犬のロクがやってきた」(中川李枝子) 4446
「恋の中国文明史」(張競) 4090
「恋の文学誌―フランス文学の原風景を求めて」(月村辰雄) 4121
「恋の蛍」(松本侑子) 5823
「こいびと」(小守有里) 2630
「こいびとになってくださいますか」(大西泰世) 1210
「こひぶみ」(森玲子) 6246
「好意」(二ノ宮一雄) 4804
「行為の歌」(鷲巣繁男) 6859
「光陰」(根岸たけを) 4818
「光陰」(湯本龍) 6631
「香雨」(片山由美子) 1686
「光悦」(林屋辰三郎) 5092
「公園通りの猫たち」(早坂暁) 5052
「郊外」(千葉皓史) 4080
「郊外」(文梨政幸) 5466
「公開自主講座・公害原論第2学期 全4巻」(宇井純) 0854
「黄河断流―中国巨大河川をめぐる水と環境問題」(福嶌義宏) 5317
「黄冠(こうかん)」(鈴木光彦) 3421
「抗癌期」(細井啓司) 5536
「光響」(橡原聡) 2268
「高原抄」(春日井建) 1648
「こうこいも」(江﨑マス子) 1005
「庚甲その他の詩」(衣更着信) 2137
「口語訳 古事記」(三浦佑之) 5865

作品	番号
「光厳院御集全釈」(岩佐美代子)	0809
「黄沙」(池田純義)	0409
「黄沙が舞う日」(寺田ふさ子)	4228
「黄山帰来不看山」(辻本充子)	4157
「甲子園」(阿波野青畝)	0302
「甲子園を知らない球児たち」(辰巳寛)	3881
「〈候〉字の俳諧史」(母利司朗)	6220
「甲州百目」(三枝昂之)	2682
「絞首刑台からの手紙 戦場を盥廻しされ戦後生活苦に喘ぎ彼が死刑台から送った愛の辞世句は…」(有馬光男)	0295
「劫初の胎」(斎藤すみ子)	2714
「荒神」(伊藤通明)	0633
「荒神」(永田和広)	4505
「荒神口逆かもめ」(谷奥扶美)	3973
「鉱石」(葛原りょう)	2246
「幸田露伴」(塩谷賛)	3055
「光弾」(岩井謙一)	0796
「高知市方言アクセント小辞典」(中井幸比古)	4403
「紅茶を飲んだら」(上田文子)	0873
「候鳥のころ」(千葉親之)	4082
「工程」(綾部健二)	0246
「鋼鉄の足」(滝口雅子)	3767
「荒東雑詩」(高山れおな)	3747
「口頭伝承論」(川田順造)	1933
「公と私」(三戸公)	5984
「光年」(林翔)	5067
「河野愛子論」(中川佐和子)	4439
「紅梅町」(田中菅子)	3920
「幸福」(井川博年)	0362
「幸福な葉っぱ」(高橋順子)	3664
「工房の四季」(小平田史穂)	2595
「小海線」(仲寒蟬)	4379
「虹滅記」(足立巻一)	0181
「曠野の記録」(堺誠一郎)	2777
「荒野も歩めば径になる ロマンの猟人・尾崎秀樹の世界」(峯島正行)	6011
「甲陽軍鑑大成 全4巻」(酒井憲二)	2769
「香林院のアロマセラピー」(大西貴子)	1202
「行路往来」(近藤飛佐夫)	2658
「声」(評論集)(川田順造)	1934
「声をなくした『紙芝居屋さん』への贈りもの」(関朝之)	3466
「声に出して読みたい日本語」(齋藤孝)	2716
「声の木」(塚田高行)	4106
「声の記憶を辿りながら」(熊谷ユリヤ)	2290
「声の生地」(鈴木志郎康)	3384
「〈声〉の国民国家・日本」(兵藤裕己)	5203
「声のなか」(古田海)	5478
「こゑふたつ」(鴇田智哉)	4276
「声また時」(武田弘之)	3823
「古大島」(宮田智恵子)	6076
「氷の棘」(小野順子)	1523
「五月の夜」(詩集)(木村孝)	2168
「古歌に尋ねよ」(森南男)	6213
「黄金井川」(三宅霧子)	6046
「木枯らしの果て」(佐柄郁子)	2829
「木枯しの道」(小石薫)	2414
「ゴーガン忌」(鷲尾酵一)	6858
「五季」(屋代葉子)	6321
「五季」(篠尾美恵子)	2860
「五季」(森村浅香)	6275
「五季」(田中万貴子)	3945
「五季」(鈴木治子)	3401
「ゴーギャンの世界」(福永武彦)	5340
「故郷の牛乳」(高橋一子)	3649
「故郷の灯」(鹿児島寿蔵)	1604
「故郷の水へのメッセージ」(大岡信)	1087
「古今和歌集声点本の研究」(秋永一枝)	0094
「虚空」(長谷川櫂)	4938
「国語引用構文の研究」(藤田保幸)	5404
「国語重複語の語構成論的研究」(蜂矢真郷)	4985
「「国語」という思想」(イ・ヨンスク)	0323
「国際安全保障の構想」(鴨武彦)	1848
「国際政治経済の構図」(猪口孝)	0719
「国際政治史」(岡義武)	1286
「国際政治とは何か」(中西寛)	4549
「国際対話の時代」(松山幸雄)	5830
「国際マクロ経済学と日本経済」(植田和男)	0868
「国字の位相と展開」(笹原宏之)	2901
「獄窓記」(山本譲司)	6572
「国鉄は生き残れるか」(大谷健)	1167

作品名	ページ
「黒板の蛇」(箕輪いづみ)	6016
「黒風」(岸本マチ子)	2068
「極太モンブラン」(山元志津香)	6567
「国民の教育権」(兼子仁)	1792
「国民の創世―〈第三次世界大戦〉後における〈宇宙の戦士〉の再読」(磯部剛喜)	0546
「国民の天皇―戦後日本の民主主義と天皇制」(ルオフ、ケネス)	6819
「黒耀宮」(黒瀬珂瀾)	2353
「黒羅」(河野愛子)	2442
「極楽石」(岡崎純)	1302
「極楽鳥」(安英晶)	6322
「語形成と音韻構造」(窪薗晴夫)	2273
「苔の花」(佐藤豊子)	2950
「苔桃」(歌集)(島崎栄一)	3141
「子孝行」(石橋愛子)	0500
「「孤高の歌声」―源氏物語の独詠歌」(和田真季)	6877
「孤高の桜」(井上佳子)	0691
「ここから」ほか(岬多可子)	5890
「湖国・如幻」(小沢隆明)	1481
「ここに生きる」(古庄ゆき子)	2499
「ここに薔薇あらば」(菊地貞三)	2037
「午後の椅子」(岡本眸)	1374
「呉語の研究―上海語を中心にして」(中嶋幹起)	4492
「午後の章」(今野寿美)	2675
「小米雪」(松村酒恵)	5791
「ココロ医者、ホンを診る―本のカルテ10年分から」(小西聖子)	2550
「心が疲れ果てるまで」(山城屋哲)	6480
「心の色」(安田章生)	6327
「こころの家族」(雨宮敬子)	0239
「心の傷を癒すということ」(安克昌)	0303
「心の故郷」(小野公子)	1517
「心の蝉」(紀行文)(大舘勝治)	1164
「こころの壺」(井川京子)	0361
「心の天秤」(菅原武志)	3313
「心の咎」(佐々倉洋一)	2898
「心の中にもっている問題」(長田弘)	1470
「心の二人三脚」(根本騎兒)	4824
「心のふるさと」(吉野秀雄)	6738
「心のページ」(渡辺通枝)	6934
「心の闇と星のしずく」(川口明子)	1888
「ここは夏月夏曜日」(佐藤羽美)	2912
「誤差」(今瀬一博)	0752
「コザ中の町ブルース」(岸本マチ子)	2069
「虎山へ」(平岡泰博)	5217
「五色の虹〜満州建国大学卒業生たちの戦後〜」(三浦英之)	5868
「ゴシックとは何か」(酒井健)	2781
「五十一」(有澤榠樝)	0288
「湖十系点印付嘱の諸問題―〈其角正統〉という演出」(稲葉有祐)	0672
「小正月」(滝川ふみ子)	3764
「弧状の島々―ソクーロフとネフスキー」(金子遊)	1802
「古書守り」(山口英二)	6422
「後白河院時代歌人伝の研究」(中村文)	4629
「五衰の人」(徳岡孝夫)	4284
「梢にて」(江代充)	1008
「牛頭天王と蘇民将来伝説」(川村湊)	1987
「コス・プレ」(キクチアヤコ)	2030
「コスモス海岸」(斉藤征義)	2736
「コスモスの知慧」(加藤弘一)	1715
「瞽女」(斎藤真一)	2711
「〈孤絶―角〉」(岸田将幸)	2058
「午前3時のりんご」(岡田喜代子)	1329
「午前午後」(安住敦)	0171
「ご先祖様はどちら様」(高橋秀実)	3696
「語族」(詩集)(添田馨)	3517
「去年今年」(山田弘子)	6500
「子育て列車は各駅停車」(穂里かほり)	5512
「古代宮廷文学論―中日文化交流史の視点から」(李宇玲)	6799
「古代国家の形成と衣服制」(武田佐知子)	3814
「古代さきたま紀行」(荻野進一)	1412
「古代伝説と文学」(土居光知)	4241
「古代日本語文法の成立の研究」(山口佳紀)	6442
「古代の音韻と日本書紀の成立」(森博達)	6231
「五代の民」(里見弴)	2980
「古代悲筎」(岡田行雄)	1342
「古代和歌史論」(鈴木日出男)	3404
「答える者」(本郷武夫)	5596

作品	番号
「子宝と子返し―近世農村の家族生活と子育て」(太田素子)	1152
「壺中の天地」(中岡毅雄)	4427
「胡蝶」(鍵和田秞子)	1586
「胡蝶飛ぶ」(池崇一)	0380
「胡蝶の棲家」(吉川千鶴)	6677
「こちら川口地域新聞」(岸田鉄也)	2057
「「国家主権」という思想」(篠田英朗)	3090
「国家と音楽」(奥中康人)	1430
「国家と情報」(岡崎久彦)	1309
「国家の罠」(佐藤優)	2969
「国境完全版」(黒川創)	2343
「国境線上で考える」(犬養道子)	0678
「滑稽な巨人 坪内逍遙の夢」(津野海太郎)	4176
「骨壺」(森一歩)	6216
「ゴッホ 契約の兄弟 フィンセントとテオ・ファン・ゴッホ」(新関公子)	4715
「ゴッホの手紙」(小林秀雄)	2579
「虎擲龍拏」(金田弘)	1778
「壺天」(檜山哲彦)	5200
「古典世界からキリスト教世界へ」(辻佐保子)	4131
「古典と現代文学」(山本健吉)	6562
「孤島」(掛井広通)	1596
「悟堂歌集」(中西悟堂)	4537
「孤島記」(粒来哲蔵)	4182
「鼓動短歌抄」(布施杜生)	5448
「孤島の土となるとも―BC級戦犯裁判」(岩川隆)	0799
「ゴドーを待ちながら」(西出新三郎)	4758
「孤独なる歌人たち」(鈴木竹志)	3391
「孤独のポジション」(松下のりお)	5754
「琴柱」(髙橋敏子)	3677
「ゴドー氏の村」(川島完)	1912
「言問いとことほぎ」(金田久璋)	1804
「古都に燃ゆ」(乾谷敦子)	0677
「言葉」(藤原定)	5435
「後鳥羽院」(丸谷才一)	5855
「枯土橋」(石川文子)	0477
「言葉と戦争」(藤井貞和)	5366
「言葉にできなかったたくさんのありがとう」(秋葉真理子)	0103
「言葉の海へ」(髙田宏)	3610
「言葉の河」(髙橋秀明)	3690
「言葉の国のアリス―あなたにもわかる言語学」(青柳悦子)	0050
「言葉の権力への挑戦」(加藤孝男)	1728
「ことばのつえ、ことばのつえ」(藤井貞和)	5367
「言葉のない世界」(田村隆一)	4046
「言葉の花束そろえる陽だまり」(野谷真治)	4891
「言葉のゆくえ―明治二十年代の文学」(谷川恵一)	3974
「子どもからの自立」(伊ból雅子)	0628
「子供時代」(里柳沙季)	2982
「子供たちの夜の祭り」(波多野マリコ)	4981
「こどもになったハンメ」(李芳世)	6803
「子どものからだの中の静かな深み」(中村純)	4612
「子どものころ戦争があった」(あかね書房)	0071
「子どもの涙」(徐京植)	3508
「子供の見る眼」(情野晴一)	3232
「子供より古書が大事と思いたい」(鹿島茂)	1627
「子どもらが道徳を創る」(宇野登)	0967
「子どもらが道徳を創る」(蜂屋慶)	4988
「異様(ことやう)なるものをめぐって―徒然草論」(川村湊)	1988
「子盗り」(髙橋冨美子)	3701
「小鳥のかげ」(詩集)(武田隆子)	3816
「粉雪」(田中春生)	3919
「この命、今果てるとも―ハンセン病『最後の闘い』に挑んだ90歳」(入江秀子)	0779
「この命、義に捧ぐ―台湾を救った陸軍中将根本博の奇跡」(門田隆将)	1758
「この梅生ずべし」(安立スハル)	0185
「この先 海」(兵頭なぎさ)	5202
「この壮大なる茶番 和歌山カレー事件『再調査』報告プロローグ」(片岡健)	1666
「この場所で」(今宮信吾)	0766
「この百年の小説」(中村真一郎)	4616
「此はひとり一夜四歌仙評釈」(中村幸彦)	4641
「この町」(いがらしのりこ)	0357
「この道を歩く」(橘高浩気)	2128
「この世この生」(上田三四二)	0877

「この世の秋」(大橋千恵子)	1237
「古俳諧の異国観—南蛮・黒船・いぎりす・おらんだ考」(河村瑛子)	1976
「琥珀」(八木博信)	6303
「小蓮の恋人」(井田真木子)	0549
「小林秀雄」(秋山駿)	0117
「小林秀雄の昭和」(神山睦美)	1838
「小林批評のクリティカル・ポイント」(山城むつみ)	6478
「湖畔」(牛島敦子)	0925
「木挽町」(佳田翡翠)	6714
「後美術論」(椹木野衣)	3041
「Go, Hitch, Go！」(阪西敦子)	2807
「コーヒーの水」(塚本昌則)	4115
「500円の指定席券」(河村清明)	1977
「昆布刈村」(林佑子)	5085
「こぶしの花」(大日方妙子)	1244
「古武士のような建物たち」(千原昭彦)	4084
「古文押」(対島恵子)	4152
「『小町集』における「あま」の歌の増補について」(服部友香)	4998
「コミュニティを問いなおす—つながり・都市・日本社会の未来」(広井良典)	5261
「コムカラ峠〜雲に架ける小さな橋〜」(萱場利通)	1851
「ゴム弾性」(久保亮五)	2271
「ゴム弾性」(戸田盛和)	4301
「米」(デーリー東北新聞社)	4233
「米作りプロ」(沢田欣子)	3025
「5メートルほどの果てしなさ」(松木秀)	5731
「ごめんなさい」(桧きみこ)	5189
「隠国」(小黒世茂)	1453
「古文書の面白さ」(北小路健)	2098
「ゴヤのファースト・ネームは」(飯島耕一)	0331
「コラール」(中村不二夫)	4627
「コリアン世界の旅」(野村進)	4885
「ゴリラ」(山本太郎)	6578
「凝る」(水口純一)	5993
「コルカタ」(小池昌代)	2410
「コルシカの形成と変容—共和主義フランスから多元主義ヨーロッパへ」(長谷川秀樹)	4950
「コールド・スリープ」(小川三郎)	1391
「これからのすまい」(西山卯三)	4790
「これからの文化人類学研究のために」(ヴィークグレン, ダーヴィッド)	0857
「これがわが」(歌集)(吉野昌夫)	6739
「これはあなたの母」(小坂井澄)	2479
「転がる香港に苔は生えない」(星野博美)	5530
「五六川」(小林峯夫)	2586
「怖い瞳」(筧槇二)	1594
「強霜」(佐藤通雅)	2972
「コンクリートが危ない」(小林一輔)	2559
「ごんごの渕」(皆木信昭)	5992
「滾滾」(小原啄葉)	1539
「紺紙金泥」(蒔田さくら子)	5663
「今昔物語集の表現形成」(藤井俊博)	5373
「今昔物語集の文章研究—書きとめられた「ものがたり」」(山口康子)	6438
「昏睡のパラダイス」(加藤治郎)	1723
「金蔵論 本文と研究」(宮井里佳)	6026
「金蔵論 本文と研究」(本井牧子)	6199
「コンディヤックの思想—哲学と科学のはざまで」(山口裕之)	6433
「コントとデュルケームのあいだ—1870年代のフランス社会学」(山下雅之)	6473
「コントラバス」(細溝洋子)	5554
「こんな夜更けにバナナかよ 筋ジス・鹿野靖明とボランティアたち」(渡辺一史)	6892
「紺匂ふ」(田谷鋭)	4050
「コンニャク屋漂流記」(星野博美)	5531
「ゴンはオスでノンはメス」(和秀雄)	4718
「コンピュータ新人類の研究」(野田正彰)	4862
「こんぶ干す女(ひと)」(北川典子)	2094
「こんぺいとう」(玄原冬子)	2370

【さ】

「犀」(高岡修)	3560
「犀」(中筋智絵)	4497
「西域更紗」(宮英子)	6024

「菜園」（遠藤進夫）	1050
「サイエンス・ウォーズ」（金森修）	1782
「再会」（仲嶺眞武）	4595
「再会」（末広由紀）	3305
「西鶴の感情」（富岡多恵子）	4324
「西行 その歌その生涯」（松本章男）	5803
「西行・兼好の伝説と芭蕉の画賛句」（金田房子）	1779
「西行の思想史的研究」（目崎徳衛）	6181
「西行の和歌の世界」（稲田利徳）	0662
「西行・芭蕉の詩学」（伊藤博之）	0624
「三枝博音著作集 全12巻」（三枝博音）	2759
「歳月」（星野丑三）	5522
「歳月、失われた蕾の真実」（吉野令子）	6741
「債権回収屋"G" 野放しの闇金融・ある司法書士の記録」（三宅勝久）	6045
「西国かすむまで」（松村酒恵）	5792
「最後の王者」（西村章）	4768
「最後の認罪」（星徹）	5518
「最後の冒険家」（石川直樹）	0472
「サイゴンから来た妻と娘」（近藤紘一）	2654
「サイゴン日本語学校始末記」（神田憲行）	2008
「祭詩」（榎本好宏）	1023
「採集誌・七鬼村津波」（中森美方）	4649
「最勝四天王院障子和歌全釈」（渡邉裕美子）	6941
「宰相鈴木貫太郎」（小堀桂一郎）	2597
「西條八十」（筒井清忠）	4171
「最新俳句歳時記」（山本健吉）	6563
「彩・生」（新田順子）	4795
「財政赤字の正しい考え方」（井堀利宏）	0732
「財政改革の論理」（石弘光）	0432
「財政危機の構造」（野口悠紀夫）	4846
「再生する光」（高貝弘也）	3562
「財政法理論の展開とその環境—モーリス・オーリウの公法総論研究」（木村琢麿）	2169
「在地」（鈴木八駛郎）	3428
「斎藤喜博全集 全15巻別巻2」（斎藤喜博）	2744
「西東三鬼試論—日本語の『くらやみ』をめぐって」（小野裕三）	1529
「斎藤秀三郎伝」（大村喜吉）	1251
「斎藤史全歌集 1928-1993」（斎藤史）	2728
「斎藤茂吉 異形の短歌」（品田悦一）	3075
「斎藤茂吉―あかあかと一本の道とほりたり」（品田悦一）	3074
「斎藤茂吉から塚本邦雄へ」（坂井修一）	2772
「斎藤茂吉伝」（柴生田稔）	3134
「斎藤茂吉と土屋文明」（清水房雄）	3188
「斎藤茂吉の研究—その生と表現」（本林勝夫）	6202
「斎藤茂吉論」（成相夏男）	4695
「斎藤緑雨論」（小林広一）	2564
「斎藤林太郎詩集」私家版（斎藤林太郎）	2745
「在日コリアン詩選集 1916～04年」（佐川亜紀）	2834
「在日コリアン詩選集 1916～04年」（森田進）	6263
「在日のはざまで」（金時鐘）	2150
「再燃する短歌滅亡論―短歌における日本語と外来語」（岩井兼一）	0794
「祭髪」（高橋栄子）	3645
「細氷塵」（大柄輝久江）	1092
「細胞律」（鈴木有美子）	3431
「サイレント・ブルー」（光冨郁也）	5976
「幸いなるかな本を読む人」（長田弘）	1471
「ザウルスの車」（中正敏）	4383
「酒井抱一筆 夏秋草図屏風」（玉蟲敏子）	4026
「坂をのぼる女の話」（沢田敏子）	3020
「坂口安吾 百歳の異端児」（出口裕弘）	4211
「坂口安吾と中上健次」（柄谷行人）	1856
「さかさの木」（柴田三吉）	3106
「逆さまの花」（詩集）（谷内修三）	3968
「サーカスが来た」（亀井俊介）	1843
「サーカスの魔術師」（水野翠）	5924
「逆瀬川」（森田峠）	6267
「逆立ち」（酒井和男）	2766
「サカナ」（加藤万知）	1744
「肴」（松下育男）	5748
「さかなの食事」（佐原雄二）	3039
「魚の泪」（駒込毅）	2603
「坂本君」（畑中しんぞう）	4972
「坂本龍馬と明治維新」（ジャンセン, マリウス）	3217

作品	番号
「坐臥流転」(小檜山繁子)	2594
「座棺土葬」(石井利明)	0440
「砂丘律」(千種創一)	4068
「作業場の詩」(中川久子)	4443
「作者の家」(河竹登志夫)	1938
「作庭の記」(笠原なおみ)	1611
「作品, 緑の微笑」(前原正治)	5653
「作文」(梅田文子)	0980
「作文集 泣くものか――子どもの人権10年の証言」(養護施設協議会)	6638
「さくら」(詩集)(林政子)	5081
「さくらあやふく」(山口明子)	6420
「さくら鮎」(竹居巨秋)	3786
「さくらあんぱん」(大口玲子)	1101
「桜貝」(矢島恵)	6317
「サクラ――日本から韓国へ渡ったゾウたちの物語」(キム・ファン)	2153
「桜病院周辺」(岬多可子)	5891
「桜まいり」(鈴木東海子)	3379
「桜南風(まじ)に吹かれて」(城山記井子)	3266
「桜森」(河野裕子)	1957
「桜は黙って」(原利代子)	5113
「座くりをまわす女」(房内はるみ)	5354
「柘榴の記憶」(神内八重)	1826
「石榴(ざくろ)身をむき澄み行く空」(渡辺千尋)	6910
「鎖国」(和辻哲郎)	6956
「佐々城信子とその周辺の群像」(龍泉)	6808
「笹の葉」(岩崎まさえ)	0813
「ささ笛ひとつ」(森崎和江)	6259
「細雪」(藤島咲子)	5387
「ささやかな日本発掘」(青柳瑞穂)	0053
「山茶花梅雨」(軽部やす子)	1866
「砂嘴」(稲葉育子)	0664
「挿絵入新聞「イリュストラシオン」にたどる19世紀フランス夢と創造」(小倉孝誠)	1449
「授りて」(奥村里)	1441
「さすらう言葉としての俳句――素十/耕衣の「脱構築」的読解――その通底性を巡って」(柳生正名)	6310
「砂族」(白石かずこ)	3241
「さだすぎりてて」(熊谷優枝)	2289
「佐太郎秀歌私見」(尾崎左永子)	1460
「座談会・明治文学史」(勝本清一郎)	1697
「座談会・明治文学史」(猪野謙二)	0682
「座談会・明治文学史」(柳田泉)	6368
「殺」(浅井薫)	0140
「皐月号」(野村清)	4875
「雑誌で見る戦後史」(福島鋳郎)	5312
「サッシャ・ギトリ―都市・演劇・映画」(梅本洋一)	0987
「殺人犯との対話」(小野一光)	1514
「殺人犯はそこにいる」(清水潔)	3167
「雑草」(仲埜ひろ)	4574
「サッチャリズムの世紀」(豊永郁子)	4359
「佐藤佐太郎全歌集」(佐藤佐太郎)	2924
「佐藤佐太郎短歌の研究」(今西幹一)	0757
「砂糖壺」(金子敦)	1789
「佐渡行」(岸田雅魚)	2054
「佐渡玄冬」(上田三四二)	0878
「サト子さんの花」(山田みさ子)	6507
「聖の青春」(大崎善生)	1115
「サドにおける言葉と物」(秋吉良人)	0128
「佐渡の冬」(金子のぼる)	1799
「さなぎの議題」(遠野真)	4261
「早田饗」(若井新一)	6831
「サニー・サイド・アップ」(加藤治郎)	1724
「サバイバルゲーム」(岩渕欽哉)	0847
「裁かれた命 死刑囚から届いた手紙」(堀川惠子)	5584
「砂漠」(井野場靖)	0722
「砂漠の修道院」(山形孝夫)	6406
「砂漠のミイラ」(秋谷豊)	0112
「さびさび唄」(柴谷武之祐)	3123
「淋しいアメリカ人」(桐島洋子)	2206
「さびしい男この指とまれ」(大村陽子)	1256
「さびしき人工」(呼子丈太郎)	6786
「さぶ」(鈴木萬里代)	3417
「サーフィン―水平線の彼方へ ヘラクレイトスと共に」(下川敬明)	3202
「サフラン摘み」(吉岡実)	6666
「佐分利谷の奇遇」(本田成親)	5605
「さまよい雀」(岩下夏)	0815
「さみしい桃太郎」(小松静江)	2612
「さみしき獏」(田中一光)	3902

「さむい夏」(中村重義)	4610	「サンクチュアリ＝聖域」(坂本登美)	2823
「寒い部屋」(盛合要道)	6247	「懺悔」(長谷川淳士)	4936
「サム・フランシスの恁麼(にんま)」(竹田朔歩)	3813	「懺悔道としての哲学」(田辺元)	3960
「鮫角灯台」(加藤憲曠)	1714	「暫紅新集」(小暮政次)	2473
「さやの響き」(歌集)(富田睦子)	4335	「残酷な楽園―ライフ・イズ・シット・サンドイッチ」(降簱学)	5468
「さよなら、サイレント・ネイビー――地下鉄に乗った同級生」(伊東乾)	0599	「産後思春期症候群」(片岡直子)	1668
「さよなら三角」(青山かつ子)	0056	「サンサンサン」(自費出版)(上原紀善)	0895
「さよなら日本」(宇佐美承)	0920	「サン・ジュアンの木」(久保田穣)	2284
「さよならの季節に」(小玉春歌)	2517	「38度線」(佐々木祝雄)	2875
「さよならバグ・チルドレン」(山田航)	6513	「残照」(小日向みちぞう)	2593
「沙羅」(中山純子)	4654	「三条西実隆と古典学」(宮川葉子)	6037
「サラサバテイラ」(村尾イミ子)	6129	「山上の蜘蛛」(季村敏夫)	2172
「サラダ色の春」(益永涼子)	5692	「残照の野に」(水本光)	5942
「サラダ記念日」(俵万智)	4054	「山上の舟」(法橋太郎)	5561
「沙羅の椅子」(森真佐枝)	6233	「残照の文化―奄美の島々」(藤井令一)	5376
「さらば胃袋」(遠藤昭二郎)	1037	「残心」(山田弘子)	6501
「さらば財務省！官僚すべてを敵にした男の告白」(髙橋洋一)	3716	「散人」(小門勝二)	1343
「沙羅紅葉」(後藤比奈夫)	2534	「三聖会談の地」(大瀬久男)	1143
「ザリガニ飼う後めたさは」(渡辺真理子)	6932	「サンセットレッスン」(飯沼鮎子)	0344
「猿楽」(あざ蓉子)	0138	「酸素31」(支倉隆子)	4959
「サルサ・ガムテープ」(織口ノボル)	1553	「残像」(大竹照子)	1161
「百日紅」(岩本松平)	0849	「三草子」(松本純)	5814
「さるびあ街」(松田さえこ)	1458	「山村の構造」(古島敏雄)	5475
「さるやんまだ」(佐々木安美)	2888	「サンダカン八番娼館」(山崎朋子)	6451
「爽(さわ)やかに」(伊東法子)	0619	「サンチョ・パンサの帰郷」(石原吉郎)	0514
「散逸した物語世界と物語史」(神野藤昭夫)	2019	「刪定集(さんていしゅう)」(郡司正勝)	2386
「山雨」(南鏡子)	6000	「三人姉妹―自分らしく生きること」(小菅みちる)	2504
「讃歌」(宮島志津江)	6074	「三人姉妹―自分らしく生きること」(沢あづみ)	3001
「「三角池」探検記」(八重野充弘)	6297	「山王林だより」(綾部仁喜)	0248
「算学奇人伝」(永井義男)	4406	「サンバ」(岸本マチ子)	2070
「山河澄み」(森尾仁子)	6250	「サンフランシスコ講和への道」(細谷千博)	5555
「三月の川辺」(金子たんま)	1794	「山羲」(及川和子)	1057
「三月の火」(佐藤康二)	2922	「刪補西鶴年譜考証」(野間光辰)	4872
「山間」(村越化石)	6145	「山脈遠し」(吉野鉦二)	6734
「三寒四温」(西尾一)	4723	「山谷崖っぷち日記」(大山史朗)	1275
「参観日」(たかはしけいこ)	3657	「三輪車」(伊藤まさ子)	0627
「参議院とは何か 1947〜2010」(竹中治堅)	3831	「讃労」(般若一郎)	5137
「山峡」(菫野武)	5407		

「三露」(皆吉爽雨) ……………… 6008

【し】

「幸せを、ありがとう」(斉藤秀世) …… 2722
「詩歌と戦争」(中野敏男) ………… 4571
「詩歌の琉球」(渡英子) …………… 6952
「四時抄」(山上樹実雄) …………… 6409
「思惟すべて」(服部きみ子) ……… 4991
「じいちゃんの戦争」(中川さや子) … 4438
「シェイクスピア」(吉田健一) …… 6703
「シェイクスピア全集」(福田恆存) … 5326
「シェイクスピアのアナモルフォーズ」
 (蒲池美鶴) ……………………… 1823
「シェイクスピアの面白さ」(中野好夫)
 …………………………………… 4581
「四遠」(森澄雄) …………………… 6222
「潮風の吹く街で」(佐々木薫) …… 2865
「潮騒」(句文集)(後藤軒太郎) …… 2525
「之乎路」(棚山波朗) ……………… 3961
「塩っ辛街道」(司茜) ……………… 4103
「塩原まで」(紀行文)(本多美也子) … 5613
「ジオラマ論」(伊藤俊治) ………… 0606
「栞ひも」(河内静魚) ……………… 1880
「シオンがさいた」(尾上尚子) …… 1531
「死海」(神津不可思) ……………… 2430
「自壊する帝国」(佐藤優) ………… 2970
「四角い街の記憶 ジェット機墜落の恐怖
 から五十年」(知名定直) ……… 4073
「詩学大成抄の国語学的研究」(柳田征
 司) ……………………………… 6374
「四月歌」(小市巳世司) …………… 2420
「志賀直哉」(高橋英夫) …………… 3692
「志賀直哉」(上・下)(阿川弘之) … 0081
「地金」(相原左義長) ……………… 0013
「鹿のこゑ」(名村早智子) ………… 4687
「私家版・ユダヤ文化論」(内田樹) … 0943
「鹿笛」(鈴木厚子) ………………… 3360
「四賀光子全歌集」(四賀光子) …… 3062
「じかん」(白鳥創) ………………… 3256
「時間を超える視線」(川本千栄) … 1997

「時間と自我」(大森荘蔵) ………… 1262
「時間のかかる読書」(宮沢章夫) … 6062
「時間の分子生物学」(粂和彦) …… 2298
「時間の本性」(植村恒一郎) ……… 0905
「子規山脈の人々」(室岡和子) …… 6176
「四季蕭蕭」(山口草堂) …………… 6427
「子規浄土―子規の俳句をめぐって」(松
 林尚志) ………………………… 5783
「子規の近代 俳句の成立を巡って」(秋尾
 敏) ……………………………… 0086
「時空蒼茫」(高橋英夫) …………… 3693
「時空の迷路」(前川真佐子) ……… 5636
「ジグソーパズル」(木村セツ子) … 2167
「此君」(日原傳) …………………… 5192
「死刑囚監房のジャーナリスト ムミア・
 アブ・ジャマール」(今井恭平) …… 0735
「死刑囚の宿」(藤村昌之) ………… 5413
「死刑の基準―「永山裁判」が遺したも
 の」(堀川惠子) ………………… 5585
「シゲは夜間中学生」(野口良于) … 4847
「試験の社会史」(天野郁夫) ……… 0228
「しご」(川口泰子) ………………… 1895
「思考の死角を視る」(増成隆士) … 5693
「自己救済のイメージ―大江健三郎論」
 (利沢行夫) ……………………… 4299
「〈地獄〉にて」(天沢退二郎) …… 0224
「時刻表2万キロ」(宮脇俊三) …… 6100
「四国遍路を歩いてみれば」(高田京子)
 …………………………………… 3604
「私語辞典」(徳岡久生) …………… 4283
「しこづま抄」(川辺きぬ子) ……… 1973
「自己創出する生命」(中村桂子) … 4606
「自己組織性」(今田高俊) ………… 0754
「仕事のなかの曖昧な不安」(玄田有史)
 …………………………………… 2387
「死語のレッスン」(建畠晢) ……… 3887
「自殺」(末井昭) …………………… 3298
「鹿ヶ谷かぼちゃ」(林美佐子) …… 5082
「獅子の伝説」(神津不可思) ……… 2430
「シジババ」(松田悦子) …………… 5761
「シジフォスの朝」(島田修三) …… 3153
「詩誌歩道」(野田寿子) …………… 4859
「死者を再び孕む夢」(佐川亜紀) … 2835
「死者たちの群がる風景」(入沢康夫) … 0783
「死者よ月光を」(宮野きくゑ) …… 6083

作品名	番号
「詩集1946〜1976」(田村隆一)	4047
「詩集・魚」(北一平)	2075
「詩集1947—1965」(松田幸雄)	5769
「詩集・鵜匠」(西岡光秋)	4728
「詩集 金田君の宝物」(松岡政則)	5728
「詩集 こどものいない夏」(吉川伸幸)	6679
「思春期絵画展」(長岡裕一郎)	4431
「四旬節まだ」(生野俊子)	0374
「市場・道徳・秩序」(坂本多加雄)	2819
「史上最高の投手はだれか」(佐山和夫)	2998
「私小説8(曲馬団異聞)」(佐久間章孔)	2843
「私小説千年史 日記文学から近代文学まで」(勝又浩)	1693
「私小説論の成立をめぐって」(小笠原克)	1319
「市場と権力—「改革」に憑かれた経済学者の肖像」(佐々木実)	2886
「市場のための紙上美術館—19世紀フランス、画商たちの複製イメージ戦略」(陳岡めぐみ)	3269
「市場の秩序学」(塩沢由典)	3053
「自叙伝」(河上肇)	1884
「辞書になかったキーワード『BEATLES』」(エッセイ)(富田康博)	4336
「辞書になった男—ケンボー先生と山田先生」(佐々木健一)	2868
「詩人・河上肇」(宮下隆二)	6073
「詩人偽証」(そらやまたろう)	3537
「詩人たち」(粟津則雄)	0299
「詩人中野鈴子の生涯」(稲木信夫)	0661
「詩人の肖像」(白石かずこ)	3242
「詩人の商売」(中村隆)	4620
「詩人の戦争責任についての意見」(大河原巌)	1094
「詩人の妻」(郷原宏)	2454
「詩人の抵抗と青春—横村浩ノート」(宮崎清)	6054
「地震予報に挑む」(串田嘉男)	2240
「静かな時間」(柳生じゅん子)	6308
「静かな天地」(盛合要道)	6247
「しずかな日々を」(井奥行彦)	0351
「静かなる愛」(竹内てるよ)	3796
「静かなるシステム」(佐飛通俊)	2996
「静かに、毀れている庭」(岬多可子)	5892
「『静かの海』石、その韻き」(藤井貞和)	5368
「自生した菜の花」(伊集田ヨシ)	0527
「至誠に生きた男—実業家新田長次郎の生涯」(森山祐吾)	6286
「市井の包み」(沢田敏子)	3021
「自然が教えてくれる」(黒川明子)	2340
「自然科学の名著」(湯浅光朝)	6610
「自然詩の系譜」(神品芳夫)	2429
「詩想の泉をもとめて」(井上輝夫)	0700
「思想兵・岡井隆の軌跡」(大野道夫)	1231
「持続の志—岡部文夫論」(坂出裕子)	2805
「シーソーゲーム」(西川夏代)	4732
「時代小説盛衰史」(大村彦次郎)	1254
「時代の明け方」(詩集)(秋谷豊)	0113
「下を向いて歩こう」(松田正広)	5766
「したたる太陽」(磯村英樹)	0547
「舌のある風景」(粒来哲蔵)	4183
「羊歯の化石と学徒兵」(城千枝)	3223
「羊歯は萌えゐん」(真鍋美恵子)	5841
「地球(jidama)の上で」(暮尾淳)	2334
「下萌」(南卓志)	6001
「七月の鏡」(鍋島幹夫)	4675
「七月の猫」(安藤まさみ)	0312
「実存の苦き泉」(宮城英定)	6038
「実録アヘン戦争」(陳舜臣)	4097
「実録テレビ時代劇史」(能村庸一)	4887
「詩的間伐—対話2002-2009」(稲川方人)	0658
「詩的間伐—対話2002-2009」(瀬尾育生)	3456
「詩的言語と俳諧の言語」(大橋嶺夫)	1238
「詩的生活」(長谷川龍生)	4957
「自伝詩のためのエスキース」(辻井喬)	4145
「自転始まる」(菅野蚊家子)	3311
「自動車の社会的費用」(宇沢弘文)	0923
「自動車は永遠の乗物か」(岡並木)	1285
「死と塩」(吉川宏志)	6683
「死と誕生 ハイデガー・九鬼周造・アーレント」(森一郎)	6214
「死と放埒な君の目と」(山崎聡子)	6445
「詩七日」(平田俊子)	5226
「信濃のおんな」(上・下)(もろさわようこ)	6292

作品名	頁
「詩に就いて」(谷川俊太郎)	3977
「詩にみる〈日本身体〉の変容―萩原朔太郎を中心に」(小野絵里華)	1515
「詩の暗誦について―詩の可能性と内面への探検」(遠山信男)	4265
「詩の空間」(粟津則雄)	0299
「詩のジャポニスム―ジュディット・ゴーチエの自然と人間」(吉川順子)	6675
「しのたまご」(八重樫克羅)	6296
「死の中の笑み」(徳永進)	4286
「ジーノの家 イタリア10景」(内田洋子)	0951
「忍び凳の詩篇」(水谷清)	5912
「詩の風景」(白石かずこ)	3242
「芝居小屋から飛び出した人形師」(新井由己)	0262
「柴の折戸」(大木実)	1097
「縛られた巨人―南方熊楠の生涯」(神坂次郎)	2428
「司馬遼太郎とエロス」(碓井昭雄)	0928
「司馬遼太郎の風音」(磯貝勝太郎)	0538
「ジパング」(時里二郎)	4271
「シービスケット―あるアメリカ競走馬の伝説」(ヒレンブランド, ローラ)	5260
「シービスケット―あるアメリカ競走馬の伝説」(奥田祐士)	1427
「シビル・ミニマムの思想」(松下圭一)	5750
「至福の旅びと」(篠弘)	3081
「死物におちいる病―明治期前半の歌人による現実志向の歌の試み」(矢部雅之)	6391
「事物の声 絵画の詩」(杉田英明)	3319
「澁谷道俳句集成」(澁谷道)	3133
「自分を信じて」(カウマイヤー香代子)	1574
「自分ならざる者を精一杯に生きる―町田康論」(矢野利裕)	6382
「自分に嘘はつかない―普通学級を選んだ私」(樫田秀樹)	1626
「シベリア」(河邨文一郎)	1985
「シベリア・午後・十時」(市川賢司)	0565
「シベリア紀行」(久保田登)	2280
「詩編 凶器L調書」(仲山清)	4653
「詩法」(友田多喜雄)	4352
「試歩路」(年刊療養歌集)(年刊療養歌集編纂委員会)	4826
「志保ちゃん」(河野由美子)	2452
「島」(児島孝顯)	2486
「姉妹」(糸屋和恵)	0647
「姉妹」(畔柳二美)	2375
「姉妹」(米谷恵)	6783
「島木赤彦」(上田三四二)	0879
「島木赤彦論」(宮川康雄)	6036
「島崎藤村」(十川信介)	4269
「島津忠夫著作集」(全15巻)(島津忠夫)	3143
「島においでよ」(佐藤誠二)	2935
「四万十の赤き蝦」(日比野幸子)	5196
「市民を雇わない国家」(前田健太郎)	5641
「市民参加」(篠原一)	3094
「湿った黒い土について」(菅野仁)	2017
「標のゆりの樹 蒔田さくら子歌集」(蒔田さくら子)	5664
「紫木蓮」(鈴木真砂女)	3415
「紫木蓮まで」(阿木津英)	0092
「シモーヌ・ヴェイユ晩年における犠牲の観念をめぐって」(鈴木順子)	3376
「霜夜しんしん」(工藤克巳)	2253
「社会心理学」(南博)	6006
「じゃがいもの歌」(落合けい子)	1509
「ジャガ芋の花」(三星慶子)	5979
「寂光」(岡崎純)	1303
「借耕牛の道」(関貞美)	3462
「尺取虫」(宮崎斗士)	6056
「釋迢空ノート」(富岡多恵子)	4325
「尺八オデッセイ―天の音色に魅せられて」(ブレイズデル, クリストファー遙盟)	5486
「芍薬」(藤咲みつを)	5385
「しゃくりしゃっくり」(高橋忠治)	3672
「ジャコメッティとともに」(矢内原伊作)	6356
「邪宗門」(高橋和巳)	3652
「写真美術館へようこそ」(飯沢耕太郎)	0326
「ジャズエイジ」(中上哲夫)	4434
「ジャスパーは呻く―インデギルガ号遭難の顛末」(菅忠淳)	3309
「ジャスミンの残り香―「アラブの春」が変えたもの」(田原牧)	4012
「斜線の旅」(管啓次郎)	3308

作品	番号
「車窓」(内山利恵)	0961
「遮断機」(中田美栄子)	4521
「社長と呼ばないで」(河原有伽)	1969
「ジャックの種子」(坂井修一)	2773
「尺骨」(糸屋鎌吉)	0648
「射禱」(竹山広)	3841
「ジャーナリストの誕生 チェチェン戦争とメディア」(林克明)	5080
「シャルル・ボードレール 現代性(モデルニテ)の成立」(阿部良雄)	0221
「シャーロック・ホームズの履歴書」(河村幹夫)	1986
「ジャン・ルノワール 越境する映画」を中心として」(野崎歓)	4851
「ジャングル」(松岡達英)	5723
「ジャングル・ジム」(奥平麻里子)	1428
「シャンソンのアーティストたち」(薮内久)	6387
「人工血管(シャントー)の音」(近藤和正)	2650
「上海時代」(上・中・下)(松本重治)	5813
「十一月」(渡辺鮎太)	6887
「11時間 お腹の赤ちゃんは『人』ではないのですか」(江花優子)	1027
「十一番坂へ」(宮地玲子)	6068
「境界(シュヴェレ)」(中根誠)	4553
「秋炎」(房内はるみ)	5355
「終焉からの問い」(小笠原賢二)	1315
「銃を持つ民主主義」(松尾文夫)	5718
「十月会作品」(十月会)	3218
「週刊100名馬」(週刊Gallop編集部)	3219
「19世紀アメリカのポピュラー・シアター―国民的アイデンティティの形成」(齋藤偕子)	2719
「秋興」(石田勝彦)	0492
「宗教なんかこわくない!」(橋本治)	4914
「宗教の深層」(阿満利麿)	0223
「十五世紀プロヴァンス絵画研究―祭壇画の図像プログラムをめぐる一試論」(西野嘉章)	4763
「十五峯」(鷹羽狩行)	3639
「十五夜お月さん―本居長世 人と作品」(金田一春彦)	2215
「十五夜の一日」(伊波信光)	0723
「周五郎伝 虚空巡礼」(齋藤慎爾)	2713
「周作人伝 ある知日派文人の精神史」(劉岸偉)	6810
「十三番目の男」(閻田真太郎)	2439
「十三夜」(山田弘子)	6502
「秋日」(平川光子)	5222
「十姉妹」(杉野久男)	3325
「秋序」(柴英美子)	3096
「柊二よ」(鈴木英夫)	3402
「終章」(後藤一夫)	2522
「秋照」(武川忠一)	6114
「終章」(柳瀬和美)	6377
「自由人 佐野碩の生涯」(岡村春彦)	1346
「縦走砂丘」(江流馬三郎)	1036
「重装備病棟の矛盾~7年目の司法精神医療~」(浅野詠子)	0152
「楸邨・飛旅子の六十代―老・死・エロス―」(山本千代子)	6580
「自由帳」(石田美穂)	0498
「終点オクシモロン」(嶋岡晨)	3140
「秋天瑠璃」(斎藤史)	2729
「自由という牢獄―責任・公共性・資本主義」(大澤真幸)	1120
「自由と秩序 競争社会の二つの顔」(猪木武徳)	0716
「姑の気くばり」(佐藤幸子)	2926
「十二月感泣集」(小山正孝)	1550
「十二月八日」(市川花風)	0562
「12年目の記憶」(河野優司)	2451
「十二年目の奇跡」(竹下妙子)	3807
「18年目のアンソロジー」(エッセイ)(三好智之)	6105
「秋風挽歌」(福田蓼汀)	5336
「収容所から来た遺書」(辺見じゅん)	5496
「14階段 検証 新潟少女9年2ヵ月監禁事件」(窪田順生)	2281
「重力」(真中朋久)	5836
「16歳のままの妹」(中山智奈弥)	4656
「樹影」(桂信子)	1699
「首夏」(長沢一作)	4458
「修学院離宮」(佐藤辰三)	2942
「修学院離宮」(谷口吉郎)	3990
儒学殺人事件」(小川和也)	1386
「樹下逍遙」(柴田典昭)	3112
「樹下の二人」(蒲倉琴子)	1811
「手記」(吉野治夫)	6737

作品	番号
「狩行俳句の現代性」(足立幸信)	0183
「祝婚歌」(吉田詣子)	6701
「祝祭」(横さわ子)	5657
「縮図」(尾花仙朔)	1535
「宿題」(青山由美子)	0060
「熟年夫婦の特訓ステイ」(内山弘紀)	0960
「宿命―『よど号』亡命者たちの秘密工作」(高沢皓司)	3584
「主君「押込(おしこめ)」の構造」(笠谷和比古)	1620
「絑間抄」(清水房雄)	3189
「種子がまだ埋もれているような」(詩集)(鈴木八重子)	3427
「首相政治の制度分析」(待鳥聡史)	5698
「樹神」(江連博)	1011
「主人公の誕生 中世禅から近世小説へ」(西田耕三)	4749
「主審の笛」(中田尚子)	4518
「出発」(高橋英司)	3646
「出発以後」(水落博)	5901
「朱泥」(安永蕗子)	6337
「シュトラウス晴れ」(高橋悦子)	3647
「種の起源をもとめて―ウォーレスの「マレー諸島」探検」(新妻昭夫)	4714
「朱の棺」(小松瑛子)	2610
「樹氷群」(山本和之)	6552
「樹木を詠むという思想」(山田航)	6514
「須臾の間に」(黒羽英二)	2368
「聚落」(山崎栄治)	6443
「『ジュラシック・パーク』のフラクタル」(進藤洋介)	3286
「ジュラルミンの都市樹」(香川ヒサ)	1577
「首里」(堀場清子)	5593
「首里城への坂道:鎌倉芳太郎と近代沖縄の群像」(与那原恵)	6766
「朱霊」(葛原妙子)	2244
「棕梠の花」(安永蕗子)	6338
「手話の世界へ」(サックス,オリバー)	2907
「手話の世界へ」(佐野正信)	2989
「舜」(岸本尚毅)	2065
「春夏秋冬帖」(安住敦)	0172
「瞬間」(小沢実)	1485
「春帰家」(随筆)(清水ひさ子)	3182
「春暁に」(川口ますみ)	1892
「殉教碑」(永井貞子)	4391
「春宵十話」(岡潔)	1281
「純粋病」(一色真理)	0584
「春天の樹」(小暮政次)	2474
「純白光 短歌日記2012」(小島ゆかり)	2493
「純白の意志 大滝安吉詩篇詩論集」(大滝安吉)	1157
「春雷」(古閑忠通)	2463
「春雷」(望月周)	6192
「攘夷の韓国 開国の日本」(呉善花)	1056
「翔影」(武川忠一)	6115
「上映中」(川嶋一美)	1911
「女王陛下の興行師たち」(玉泉八州男)	4017
「笙歌(しょうか)」(大嶽青児)	1159
「場外乱闘! エクセル田無!」(川合茂美)	1873
「城下の人」(石光真清)	0517
「生姜湯」(北岡淳子)	2083
「将棋の子」(大崎善生)	1116
「常行」(三村純也)	6018
「将軍と側用人の政治」(大石慎三郎)	1071
「蒋経国と李登輝」を中心として(若林正丈)	6843
「象形文字」(大野誠夫)	1226
「消光」(林市江)	5060
「小航海26」(小長谷清実)	2546
「定山坊行不明の謎」(合田一道)	2435
「少子高齢」(南卓志)	6002
「消失点、暗黒の塔―『暗黒の塔』V部、Ⅵ部、Ⅶ部を検討する」(藤田直哉)	5398
「庄司直人詩集」(庄司直人)	3227
「小詩無辺」(嵯峨信之)	2764
「上州おたくら―私の方言詩集」(伊藤信吉)	0608
「『少女の友』創刊100周年記念号」(実業之日本社)	3073
「少女売買 インドに売られたネパールの少女たち」(長谷川まり子)	4952
「焼身」(宮内勝典)	6027
「松心火」(長沢一作)	4459
「子葉声韻」(高貝弘也)	3563
「小世界」(芳賀勇)	4892
「小説家夏目漱石」(大岡昇平)	1085
「小説という植民地」(評論集)(三浦雅士)	5870

「小説の未来」(加藤典洋)	1734
「小説渡辺華山」(上・下)(杉浦明平)	3317
「正体不明の子守唄」(小平田史穂)	2596
「昌琢における発句の方法」(宮脇真彦)	6101
「小椿居」(星野麦丘人)	5529
「小児病棟」(江川晴)	1000
「商人道!」(松尾匡)	5715
「少年」(三木基史)	5885
「少年期」(武藤尚樹)	6120
「少年少女のための論理学」(沢田允茂)	3024
「少年そして」(今川美幸)	0750
「少年たちの四季」(西出真一郎)	4757
「少年の時間」(山根真矢)	6532
「少年美と男色における美意識について―『男色大鑑』巻三―四「薬はきかぬ房枕」を通して」(鈴木明日香)	3359
「少年マサ鬼面に会う」(えぬまさたか)	1018
「少年は洪水を待ち望む」(加藤思何理)	1716
「蒸発」(倉島久子)	2305
「情報人間の時代」(菊池誠)	2040
「賞味期限」(大島史洋)	1127
「生滅」(山下陸奥)	6474
「抄物の世界と禅林の文学」(朝倉尚)	0147
「縄文紀」(前登志夫)	5624
「精霊舟」(柳照雄)	6360
「昭和が明るかった頃」(関川夏央)	3479
「昭和考」(工藤博司)	2258
「昭和史 1926-1945」(半藤一利)	5133
「昭和史 戦後篇」(半藤一利)	5133
「昭和精神史」(桶谷秀昭)	1455
「昭和短歌の精神史」(三枝昂之)	2683
「昭和天皇」(原武史)	5102
「昭和天皇」(古川隆久)	5471
「昭和天皇伝」(伊藤之雄)	0639
「昭和の名人豊竹山城少掾」(渡辺保)	6906
「昭和俳句の青春」(沢木欣一)	3005
「昭和一桁の頑固さ いっきに師走」(中村みや子)	4639
「昭和文学盛衰史 1, 2」(高見順)	3726
「昭和陸軍の軌跡」(川田稔)	1936
「『女王丸』牛窓に消ゆ」(内海彰子)	0963
「書を読んで羊を失う」(鶴ヶ谷真一)	4202
「書簡にみる斎藤茂吉」(藤岡武雄)	5377
「初期『荒地』の思想について」(上手宰)	1833
「初期俳諧から芭蕉時代へ」(今榮藏)	2642
「食塩―減塩から適塩へ」(足立己幸)	0189
「食塩―減塩から適塩へ」(木村修一)	2165
「織詩・十月十日, 少女が」(阿部岩夫)	0197
「食肉の帝王 巨富をつかんだ男 浅田満」(溝口敦)	5945
「職人」(竹田米吉)	3829
「職人暮らし二題」(今西孝司)	0759
「「食」の歴史人類学―比較文化論の地平」(山内昶)	6398
「植物誌」(佐藤達夫)	2940
「植物体」(石毛拓郎)	0482
「植物地誌」(関富士子)	3468
「植物と人間―生物社会のバランス」(宮脇昭)	6098
「植物人間」(河北新報社報道部)	1812
「食味風々録」(阿川弘之)	0082
「植民市の地形」(阿部日奈子)	0215
「植民地的息」(木目夏)	6190
「食物小屋」(川崎洋)	1906
「食物の科学」(増田佐和子)	5683
「女子高生」(竹内真理)	3797
「諸子百家」(貝塚茂樹)	1566
「触感の解析学」(高柳誠)	3738
「初冬の中国で」(清岡卓行)	2194
「書の終焉」(石川九楊)	0462
「書物について―その形而下学と形而上学」(清水徹)	3180
「書物の運命」(池内恵)	0392
「書物の未来へ」(富山太佳夫)	4347
「女優二代」(大笹吉雄)	1117
「ジョン・レディ・ブラック―近代日本ジャーナリズムの先駆者」(奥武則)	1418
「ショーン―横たわるエイズ・アクティビスト」(山下柚実)	6476
「ジョン・ケージ 混沌ではなくアナーキー」(白石美雪)	3251
「ジョン・ミューア・トレイルを行く バックパッキング340キロ」(加藤則芳)	1737
「白菊の君へ」(長谷川節子)	4943

「白木黒木」(前川佐美雄)	5634
「白洲次郎 占領を背負った男」(北康利)	2081
「白玉の木」(植松寿樹)	0900
「不知火海考」(青砥幸介)	0040
「知られざる虚子」(栗林圭魚)	2327
「知られざる魯山人」(山田和)	6486
「ジランの「カギ」―難民申請した在日家族〜絆を守る闘いへの序章」(中島由佳利)	4494
「シリーズ・戦争の証言 全20巻」(太平出版社)	3547
シリーズ「遺跡を学ぶ」(戸沢充則)	4298
「尻取遊び」(中寒二)	4378
「自流泉」(土屋文明)	4168
「シルクハットをかぶった河童」(富永たか子)	4341
「シルクロード」(林良一)	5088
「シルクロード詩篇」(小林登茂子)	2578
「シロアリ 復興予算を食った人たち」(福場ひとみ)	5343
「白い馬がいる川のほとりで」(髙嶋英夫)	3597
「白い海」(原幸雄)	5112
「白い雲と鉄条網」(佐藤栄作)	2914
「白い耕地」(杉浦盛雄)	3318
「白い戦争」MTSSY3号(松原立子)	5786
「白い夏の散歩」(頼圭二郎)	6796
「白い夏野―高屋正國ときどき窓秋」(松田ひろむ)	5765
「白い布」(木村美紀子)	2184
「素人庖丁記」(嵐山光三郎)	0279
「白を黒といいくるめた日本読書新聞『韓青同インタビュー』43年目の真実」(長沼節夫)	4551
「白き一日」(吉川真実)	6689
「白き路」(大谷雅彦)	1174
「『白き山』全注釈」(吉田漱)	6707
「白駒」(文挟夫佐恵)	5465
「白南風」(角screen栄児)	1592
「白V字 セルの小径」(江代充)	1009
「城へゆく道」(北森彩子)	2122
「詩論の現在」(北川透)	2091
「死は誰のものか」(尾高亭)	1504
「信篤き国」(松崎鉄之介)	5743
「新大阪・被差別ブルース」(和賀正樹)	6829
「心音」(西村和子)	4771
「心音」(柚木圭也)	6624
「心音」(句集)(飯野遊汀子)	0345
「新懐胎抄」(倉内佐知子)	2299
『「新下級民」にさせられそうな旧東ドイツの人びと』(平野洋)	5243
「人格知識論の生成 ジョン・ロックの瞬間」(一ノ瀬正樹)	0571
「しんがり 山一證券 最後の12人」(清武英利)	2202
「真贋」(白崎秀雄)	3265
「新・観光立国論」(アトキンソン, デービッド)	0193
「心気功」(北山悦史)	2123
「しんきろう」(加藤治郎)	1725
「真空管の物理」(久保亮五)	2271
「真空管の物理」(戸田盛和)	4301
「シングル・ルームとテーマパーク―綾辻行人『館』論」(円堂都司昭)	1049
「新経済主義宣言―政治改革論議を超えて」(寺島実郎)	4224
「神経症の時代―森田正馬とその弟子たち」(渡辺利夫)	6913
「神経と夢想 私の『罪と罰』」(秋山駿)	0118
「新月の蜜」(伊藤一彦)	0590
「新光」(秋葉四郎)	0099
「人工水晶体」(吉行淳之介)	6756
「新興俳人の群像」(田島和生)	3851
「新古今時代の表現方法」(渡邉裕美子)	6942
「塵沙」(北沢郁子)	2099
『「信じがたい(ウングラウプリッヒ)!」は別れの言葉』(不二陽子)	5360
「人日」(成田千空)	4699
「紳士トリストラム・シャンディの生涯と意見」(朱牟田夏雄)	3220
「信州の土」(信濃毎日新聞文化部)	3077
「「心中庚申」考―そのイメージ追求を軸に」(倉元優子)	2315
「真珠婚」(高橋兼吉)	3653
「真珠出海」(山口恒治)	6424
「真珠採りの詩、高群逸枝の夢」(丹野さきら)	4063

「晨鐘」(鷲谷七菜子) 6864
「浸蝕」(晋樹隆彦) 3279
「しんしんと山桃の実は落ち」(池谷敦子) 0420
「神聖帝国」(岡田智行) 1332
「人生どんとこい」(高橋和子) 3650
「新青年読本」(新青年研究会) 3282
「人生の価値を考える」(武田修志) 3815
「人生の検証」(秋山駿) 0119
「人生の夏休み」(藤本仁美) 5421
「人生の振り子」(羽田竹美) 5015
「新西洋事情」(深田祐介) 5287
「人生論風に」(田中美知太郎) 3946
「新世界・光と影―オリジナルフォトグラフ」(詩集)(近藤摩耶) 2660
「新世界交響楽」(岡崎清一郎) 1305
「深層の社会主義」(袴田茂樹) 4899
「身体感覚を取り戻す―腰・ハラ文化の再生」(齋藤孝) 2717
「寝台列車」(宮沢一) 6064
「新潮日本古典集成 全82巻」(新潮社) ... 3284
「清帝国とチベット問題」(平野聡) 5241
「死んでしまう系のぼくらに」(最果タヒ) 2748
「神道の逆襲」(菅野覚明) 2014
「新南島風土記」(新川明) 0264
「陣場金次郎洋品店の夏」(甲田四郎) 2437
「新・文化産業論」(日下公人) 2223
「新聞小説史年表」(高木健夫) 3571
「新聞小説の時代―メディア・読者・メロドラマ」(関肇) 3467
「新聞の来ない日」(鎌田宏) 1822
「身辺」(歌集)(佐藤志満) 2928
「身辺拾遺」(林吉博) 5087
「身辺抄」(北村寿子) 2117
「神馬」(加瀬かつみ) 1661
「人名伝」(光城健悦) 5974
「深夜警備の夫を待つに」(大西はな) 1206
「深夜特急 第三便 飛光よ、飛光よ」(沢木耕太郎) 3009
「森羅通信」(木沢豊) 2051
「心理」(荒川洋治) 0267
「心理学事典」(依田新) 6759
「心理学事典」(海津八三) 1565
「心理学事典」(相良守次) 2832

「新緑」(桂信子) 1700
「新緑」(田中ナナ) 3933
「人類のヴァイオリン」(大滝和子) 1154
「親和力」(岡井隆) 1294

【す】

「素足のジュピター」(小守有里) 2631
「水域から」(岩佐なを) 0807
「水駅」(荒川洋治) 0268
「水苑」(高野公彦) 3629
「水幻記」(大野誠夫) 1227
「水源地」(谷元益男) 4005
「水郷」(新井章夫) 0251
「水滸伝と日本人―江戸から昭和まで」(高島俊男) 3594
「水晶の座」(田谷鋭) 4051
「彗星記」(前川佐重郎) 5633
「水仙の章」(栗木京子) 2319
「水葬の森」(星善博) 5520
「水中庭園」(山田智彦) 6498
「推定有罪 すべてはここから始まった―ある痴漢えん罪事件の記録と記憶」(前川優) 5637
「水道管のうえに犬は眠らない」(渡辺玄英) 6896
「翠微」(山上樹実雄) 6410
「水瓶の母」(高橋明子) 3643
「酔芙蓉」(大塚陽子) 1192
「推理小説の形式的構造論」(柳川貴之) 6358
「睡蓮記」(日高堯子) 5175
「スウェーデン美人の金髪が緑色になる理由」(中上哲夫) 4435
「数学・まだこんなことがわからない」(吉永良正) 6733
「数学入門」(上・下)(遠山啓) 4266
「数学の影絵」(吉田洋一) 6725
「須恵器大成」(田辺昭三) 3957
「季の間(あはひ)に」(鈴木恵美子) 3364
「葉紀甫漢詩詞集1, 2」(私家版)(葉紀甫) 3297

作品名	番号
「須賀敦子を読む」(湯川豊)	6617
「菅江真澄 みちのく漂流」(簾内敬司)	3449
「素顔」(栗山政子)	2330
「素顔」(長谷川ゆりえ)	4956
「酸か湯」(米田一穂)	5623
「スカラベ紀行」(海古渡)	1563
「杉田久女」(坂本宮尾)	2826
「透きてくずれず」(すみさちこ)	3452
「杉の村の物語」(西岡寿美子)	4725
「杉苗」(猪口節子)	0365
「過ぎゆく」(今井千鶴子)	0742
「救沢(すくいざわ)まで」(北畑光男)	2108
「すこしゆっくり」(征矢泰子)	3534
「スサノオの泣き虫」(加藤英彦)	1739
「『図書寮本日本書紀』研究篇」(石塚晴通)	0489
「鈴を産むひばり」(光森裕樹)	5982
「薄田泣菫」(松村緑)	5797
「鈴木六林男―その戦争俳句の展開」(高橋修宏)	3687
「鈴木茂三郎―二大政党制のつくりかた」(佐藤信)	2933
「すずめ」(藤島秀憲)	5389
「進めないベビーカー 子連れ外出の苦労と障害」(土居尚子)	4240
「雀百まで悪女に候」(内田聖子)	0941
「裾花」(杉本真維子)	3338
「スターライト」(井上洋子)	0710
「スタンダード和仏辞典」(鈴木信太郎)	3386
「『『捨て子』たちの民俗学―小泉八雲と柳田國男―」(大塚英志)	1182
「ステーション・エデン」(杉本徹)	3333
「ステファヌ・マラルメ」(菅野昭正)	2012
「ステファヌ・マラルメ詩集考」(鈴木信太郎)	3387
「捨てようとすれば途端に調子よく火のつくライター君にそっくり」(王生令子)	0379
「ストラヴィンスキー」(船山隆)	5463
「ストリートの歌―現代アフリカの若者文化」(鈴木裕之)	3411
「ストロベリー・ロード」(石川好)	0479
「ストーン・サークル」(紫圭子)	6149
「砂」(鵜沢覚)	0922
「砂時計の七不思議粉粒体の動力学」(田口善弘)	3781
「砂の王メイセイオペラ」(佐藤次郎)	2932
「砂の音」(古舘晴人)	5483
「砂の川」(石井春香)	0443
「砂の声」(佐々木朝子)	2862
「砂の詩学」(三井修)	5960
「砂の人形」(古瀬教子)	5477
「砂ばかりうねうねと海に落ちる空」(坪倉優美子)	4194
「巣の記憶」(畑野信太郎)	4979
「スノーボール・アース」(ウォーカー, ガブリエル)	0912
「スノーボール・アース」(渡会圭子)	6949
「素のまま」(大野素郎)	1221
「素晴らしい海岸生物の観察」(小笠原鳥類)	1317
「すばれすね」(三浦由巳)	5874
「スプリング」(中村敏勝)	4623
「スペイン内戦―老闘士たちとの対話」(野々山真輝帆)	4867
「すまいの四季」(清水一)	3181
「墨いろ」(篠田桃紅)	3089
「墨絵」(中井公士)	4390
「住み方の記」(西山夘三)	4791
「菫濃く」(深見けん二)	5294
「相撲」(細川芳文)	5546
「スモールトーク」(加藤治郎)	1726
「スライアモン語形態法記述―統語法概説―」(渡辺己)	6889
「ズリ山と市長選 過ぎてゆく夕張」(河野啓)	2445
「スリーパー」(上野修嗣)	0886
「スリランカでの一日『総裁』体験記」(筋原章博)	3354
「スルタンガリエフの夢」(山内昌之)	6399
「ズレる?」(西沢杏子)	4744
「スローカーブを,もう一球」(山際淳司)	6419

【せ】

「世阿弥の中世」(大谷節子) 1171
「聖遺物崇敬の心性史」(秋山聰) 0114
「青韻」(句集)(久保田哲子) 2279
「星韻」(平田繭子) 5229
「青雨記」(高木佳子) 3578
「西欧精神の探究」(堀米庸三) 5592
「性が語る―二〇世紀日本文学の性と身体」(坪井秀人) 4188
「聖―歌章」(稲川方人) 0659
「聖歌隊」(中野秀人) 4573
「西夏文字」(今辻和典) 0755
「星間の採譜術」(高柳誠) 3739
「世紀」(馬場あき子) 5020
「正義と嫉妬の経済学」(竹内靖雄) 3800
「世紀末と漱石」(尹相仁) 6634
「世紀末の桃」(今野寿美) 2676
「世紀末までの大英帝国」(長島伸一) 4478
「生業」(小貫信子) 1512
「聖狂院抄」(大内登志子) 1078
「生協の姿勢を問う―人工甘味料・アスパルテーム使用食品取り扱いをめぐって」(山中純枝) 6521
「星気流」(石本隆一) 0523
「正弦曲線」(堀江敏幸) 5580
「成功する読書日記」(鹿島茂) 1628
「成功物語」(船橋洋一) 5462
「星痕を巡る七つの異文」(時里二郎) 4272
「青昏抄」(楠誓英) 2242
「星槎」(明隅礼子) 0135
「政策協調の経済学」(石井菜穂子) 0442
「「政策の総合と権力」を中心として(御厨貴) 5889
「青山」(かわにし雄策) 1948
「生産原点からの発想」(東野伝吉) 5148
「政治哲学へ―現代フランスとの対話」(宇野重規) 0965
「青磁の香合」(福本直美) 5351
「政治の美学―権力と表象」(田中純) 3918
「星宿」(佐藤佐太郎) 2925

「青春を過ぎてこそ」(エッセイ)(近藤菜穂子) 2657
「青春恒久彷徨歌」(森羅一) 6244
「青春の軌跡」(木村恵子) 2158
「青春の終焉」(三浦雅士) 5871
「青章」(山中智恵子) 6522
「青粧」(生方たつゑ) 0971
「精神医学から臨床哲学へ」(木村敏) 2180
「精神鑑定の事件史」(中谷陽二) 4524
「成人通知」(浜田康敬) 5042
「精神と物質」(利根川進) 4307
「精神と物質」(立花隆) 3870
「精神について」(岡昭雄) 1280
「西陣集」(下村ひろし) 3214
「生成する「非在」―古井由吉をめぐって」(松下千里) 5752
「青層圏」(都築直子) 4158
「清掃工場から」(須田紅楓) 3438
「生存の技法―ALSの人工呼吸療法を巡る葛藤」(川口有美子) 1897
「生誕」(吉田文憲) 6720
「青鳥」(鶴岡加苗) 4199
「性転換する魚たち」(桑村哲生) 2385
「青天の向こうがわ」(三井喬子) 5965
「政党内閣制の成立 一九一八～二七年」(村井良太) 6128
「姓と性 近代文学における名前とジェンダー」(高田知波) 3607
「制度と自由―モーリス・オーリウによる修道会教育規制法律批判をめぐって」(小島慎司) 2487
「聖なる淫者の季節」(白石かずこ) 3243
「聖なる魂」(バンクス,デニス・J.) 5131
「聖なる魂」(森田ゆり) 6269
「西南」(中野菊夫) 4560
「青南後集」(土屋文明) 4169
「青年」(大島雄作) 1133
「生年月日」(藤谷和子) 5428
「青年霊歌」(荻原裕幸) 1416
「生の谺」(高貝弘也) 3564
「生物学序説」(藤井隆) 5371
「生物時計の話」(千葉喜彦) 4083
「生物と無生物のあいだ」(福岡伸一) 5305
「聖母月」(松川洋子) 5730
「聖母月」(松本茜) 5802

作品名	番号
「聖母のいない国」(小谷野敦)	2637
「聖母病院の友人たち」(藤原作弥)	5433
「生命を探る」(江上不二夫)	0998
「生命と分子」(今堀和友)	0764
「聖文字の葉」(西崎みどり)	4743
「晴夜」(池井昌樹)	0382
「西游記」(財部鳥子)	3752
「西洋化の構造」(園田英弘)	3528
「西洋人の神道観 日本人のアイデンティティーを求めて」(平川祐弘)	5220
「西洋梨そのほか」(山本美代子)	6597
「西洋の夢幻能―イェイツとパウンド」(成恵卿)	3538
「青卵」(仲川文子)	4445
「青麗」(高田正子)	3611
「清冽 詩人茨木のり子の肖像」(後藤正治)	2537
「清漣」(玉井清弘)	4014
「ゼウスの左足」(雁部貞夫)	1860
「世界を駆けるゾ！20代編」(賀曽利隆)	1664
「世界を知る101冊―科学から何が見えるか」(海部宣男)	1573
「世界音楽全集・ピアノ編」(井口基成)	0372
「世界が土曜の夜の夢ならーヤンキーと精神分析」(斎藤環)	2718
「世界が日本を見倣う日」(長谷川慶太郎)	4942
「世界教育史大系 全40巻」(梅根悟)	0985
「世界経済をどう見るか」(宮崎義一)	6060
「世界昆虫記」(今森光彦)	0770
「世界大博物図鑑 第2巻 魚類」(荒俣宏)	0283
「世界大百科事典 全32巻」(下中弥三郎)	3212
「世界で一番売れている薬」(山内喜美子)	6535
「世界で最も住みやすい町」(三井マリ子)	5967
「世界と日本」(上・下)(飯塚浩二)	0337
「『世界内戦』とわずかな希望―伊藤計劃『虐殺器官』へ向き合うために」(岡和田晃)	1405
「世界農村の旅」(福武直)	5337
「せかいの片側」(詩集)(山内清)	6395
「世界の構造」(粕谷栄市)	1658
「世界のどこかで天使がなく」(沢村光博)	3036
「世界の広場と彫刻」(現代彫刻懇談会)	2388
「世界の翻訳家たち」(辻由美)	4140
「世界の歴史・日本」(遠山茂樹)	4264
「世界の歴史・日本」(高橋磌一)	3668
「世界の歴史・日本」(石母田正)	0522
「世界はうつくしいと」(長田弘)	1472
「瀬頭(せがしら)」(佐藤鬼房)	2915
「石果集」(本郷隆)	5595
「積雪」(大野誠夫)	1228
「責任―ラバウルの将軍 今村均」(角田房子)	4179
「責任国家・日本への選択」(中谷巌)	4522
「鶺鴒一冊」(薄井瀟)	0929
「世間知ラズ」(谷川俊太郎)	3978
「セザンヌの色」(村田まさる)	6157
「雪華」(甲斐由起子)	1560
「Z境(ぜっきょう)」(水無田気流)	5995
「説教ゲーム」(黒藪哲哉)	2377
「説教と話芸」(関山和夫)	3488
「雪渓」(南木稔)	4663
「石工の唄」(石橋林石)	0503
「雪前雪後」(木俣修)	2148
「『絶対音楽の美学と分裂する〈ドイツ〉―十九世紀』を中心として」(吉田寛)	6716
「絶対音感」(最相葉月)	2687
「切断荷重」(伊藤眞司)	0611
「切断の時代」(河本真理)	2455
「播磨幸彦、その戦争詠の二重性」(竹岡一郎)	3803
「説得―エホバの証人と輸血拒否事件」(大泉実成)	1075
「雪曼陀羅」(阿部静雄)	0207
「雪嶺」(相馬遷子)	3514
「雪嶺」(藤島咲子)	5388
「背中の記憶」(長島有里枝)	4495
「銭形平次のふるさと」(松坂暲政)	5737
「背番号「1」への途中」(梅田明宏)	0976
「背広の坑夫」(郷武夫)	2424
「横断歩道(ゼブラ・ゾーン)」(梅内美華子)	0983

作品	番号
「狭き蔭に」(小市巳世司)	2421
「蟬」(金子鋭一)	1790
「蟬の木」(石川仁木)	0478
「蟬の松明」(鈴木哲雄)	3393
「蟬の話」(大野忠春)	1222
「セミパラチンクスの少年」(高鶴礼子)	3622
「せめて吹雪くな」(星源佐)	5517
「セラフィタ氏」(柴田千晶)	3110
「ゼリービーンズ岬の鳥たち」(藤田民子)	5396
「せりふの構造」(佐々木健一)	2869
「セルフクライシス」(坂口みさこ)	2797
「ゼロ・ゼロ・ゼロ」(もりまりこ)	6236
「ゼロの運命」(冬木好)	5467
「ゼロの季節」(高橋和子)	3651
「0の子宮」(藤井五月)	5370
「千一夜物語」(岡部正孝)	1359
「前衛詩運動史の研究」(中野嘉一)	4558
「1912年から1921年の森鷗外・林太郎」(ローズラン、エマニュエル)	6825
「1920年代の都市における巡回産婆事業—経済学者、猪間驥一の調査研究を通して」(和田みき子)	6881
「1968」(上・下)(小熊英二)	1434
「浅峡」(大原良夫)	1242
「戦後アジア秩序の模索と日本」(宮城大蔵)	6039
「戦後エロマンガ史」(米沢嘉博)	6774
「戦後関西詩壇回想」(杉山平一)	3346
「全国萬葉集歌碑」(三井治枝)	5966
「戦後国際秩序とイギリス外交」(細谷雄一)	5558
「戦後雑誌発掘」(福島鋳郎)	5313
「戦後思想を考える」(日高六郎)	5179
「戦後70年 保守のアジア観」(若宮啓文)	6848
「戦後日本の官僚制」(村松岐夫)	6169
「戦後日本の君主制と民主主義」(セイズレ、エリック)	3455
「戦後日本のジャズ文化」(モラスキー、マイク)	6212
「戦後フランス政治の実験—第四共和制と「組織政党」1944-1952」(中山洋平)	4660
「戦後まんがの表現空間」(大塚英志)	1183
「戦後和解」(小菅信子)	2503
「センサーの影」(大島史洋)	1128
「戦時下の経済学者」(牧野邦昭)	5667
「戦時下の日本映画—人々は国策映画を観たか」(古川隆久)	5472
「千住宿から」(長谷川知水)	4948
「仙丈岳とスーパー林道」(葛山朝三)	1698
「戦場の精神史—武士道という幻影—」(佐伯真一)	2754
「戦場の村」(本多勝一)	5604
「戦場の林檎」(草野信子)	2230
「千女随筆集」(木田千女)	2078
「先進国・韓国の憂鬱」(大西裕)	1211
「蟬声」(河野裕子)	1958
「先生VSコンバイン」(山口真澄)	6437
「潺潺集」(大野林火)	1232
「戦争」(山本和夫)	6551
「戦争詩論 1910-1945」(瀬尾育生)	3457
「『戦争と虐殺』後の現代短歌」(森本平)	6277
「戦争の記憶をさかのぼる」(坪井秀人)	4189
「『戦争』の句とそのリアリズム」(細井啓司)	5537
戦争の日本中世史—「下剋上」は本当にあったのか」(呉座勇一)	2477
「戦争未亡人、大石りく」(若林敏夫)	6842
「先端で、さすわ ささされるわ そらええわ」(川上未映子)	1886
「戦中戦後 詩的時代の証言1935-1955」(平林敏彦)	5247
「尖塔」(藤井あかり)	5361
「戦闘機」(蔵原伸二郎)	2313
「銭湯で」(横尾裕)	6646
「仙人の桜、俗人の桜」(赤瀬川原平)	0068
「千年」(阿部昭)	0195
「千年」(鈴木鷹夫)	3390
「千年紀」(宇井十間)	0855
「千年紀地上」(田井安曇)	3542
「千年杉」(若井菊生)	6830
「千年の家」(高取美保子)	3625
「千の家族」(古谷円)	5485
「1812年の雪」(両角良彦)	6293
「千匹の僕ら」(荒木勇三)	0274
「ぜんぶ馬の話」(木下順二)	2139

「前方の坂」(戸田佳子)	4302
「千夜一夜」(須賀栄)	3439
「千里丘陵」(小林信也)	2568
「前略 九〇歳を迎えた母上様―老人保健施設の実態」(古賀正之)	2466
「川柳人 川上三太郎」(林えり子)	5061
「禅林画賛―中世水墨画を読む」(入矢義高)	0788
「線路工手の唄が聞えた」(橋本克彦)	4917

【 そ 】

「象」(宇多喜代子)	0935
「爽」(小島健)	2485
「宗因顕彰とその時代 西山宗因年譜考」(尾崎千佳)	1463
「曽おばさんの海」(班忠義)	5130
「象を見にゆく 言語としての津沢マサ子論」(松下カロ)	5749
「葬花」(山本十四尾)	6584
「雑歌」(足立巻一)	0182
「象嵌」(細野長年)	5550
「葬儀は踊る」(柳原和平)	6376
「蒼頡たちの宴」(武田雅哉)	3827
「象牙の塔の人々」(山口春樹)	6431
「象刻集」(平田春一)	5225
「「喪失」の系譜―江藤淳の変遷と現代文学の「喪失感」」(川崎秋光)	1900
「早春のチトラル―辺境へのビジネス特急」(庄司晴彦)	3228
「装飾古墳」(小林行雄)	2588
「装飾古墳」(藤本四八)	5417
「送信」(甲田四郎)	2438
「漱石先生ぞな、もし」(半藤一利)	5134
「漱石の夏やすみ」(高島俊男)	3595
「漱石の『猫』とニーチェ 稀代の哲学者に震撼した近代日本の知性たち」(杉田弘子)	3320
「漱石俳句評釈」(小室善弘)	2625
「想像するちから」(松沢哲郎)	5746
「惣中記」(宮内徳男)	6029
「そうなるよりは」(平野加代子)	5237

「葬年式」(矢代廸彦)	6320
「象の飼い方」(矢野孝久)	6381
「象の時間」(詩集)(杜みち子)	6238
「ゾウの時間ネズミの時間」(本川達雄)	6200
「蒼茫」(森澄雄)	6223
「蒼氓の大地」(高橋幸春)	3714
「宗牧と宗長」(竹島一希)	3809
「草昧記」(百々登美子)	4305
「相聞」(柏木義雄)	1636
「相聞の社会性―結婚を接点として」(久真八志)	2286
「贈与の歴史学―儀礼と経済のあいだ」(桜井英治)	2844
「僧侶」(吉岡実)	6667
「ソウル・ツイン・ブラザーズ」(玉置和子)	4018
「ソウルの風景」(四方田犬彦)	6790
「SOUL BOX―あるボクサーの彷徨」(早川竜也)	5050
「滄浪歌」(岡野弘彦)	1349
「疎開学童の日記」(中根実宝子)	4555
「続天野忠詩集」(天野忠)	0230
「続葛飾」(宮地伸一)	6080
「続関西名作の風土」(大谷晃一)	1168
「続斎藤茂吉伝」(柴生田稔)	3134
「続・日本近代琵琶の研究」(藤内鶴了)	4257
「続・日の充実」(山本友一)	6587
「俗名の詩集」(佐藤博信)	2959
「そこだけが磨かれた」(石田京)	0499
「そこの住人は」(立川喜美子)	3865
「祖さまの草の邑」(石牟礼道子)	0520
「そして殺人者は野に放たれる」(日垣隆)	5143
「そして手斧も」(天野暢子)	0231
「そして秘儀そして」(冨長覚梁)	4339
「楚辞の研究」(星川清孝)	5521
「素心蘭」(倉地与年子)	2309
「素心臘梅」(窪田章一郎)	2276
「そぞろ神の木偶廻し」(紀行文)(清水ひさ子)	3183
「そぞろ心」(肌勢とみ子)	4968
「足下」(大下一真)	1124
「卒業式の日」(西川夏代)	4733

「即興詩人のイタリア」(森まゆみ) ……	6234
「属国と自主のあいだ」(岡本隆司) ……	1368
「即今」(大下一真) ……………………	1125
「そっと耳を澄ませば」(三宮麻由子) …	3044
「袖口の動物」(杉本真維子) ……………	3339
「曽爾原」(長山あや) ……………………	4652
「その時のために」(坪井宗康) …………	4190
「その名に魅せられて―金湯・銀湯」(小田周行) ………………………………	1501
「その名は『現』」(石井美智子) ………	0447
「その人を知らず」(北沢郁子) …………	2100
「その眼、俳人につき」(青木亮人) ……	0030
「蕎麦の花」(大塚正路) …………………	1189
「蕎麦の花」(渡部セリ子) ………………	6946
「ソフィアの白いばら」(八百板洋子) …	6298
「ソフィストとは誰か？」(納富信留) …	4827
「祖母, わたしの明治」(志賀かう子) …	3061
「杣の部落」(横溝養三) …………………	6652
「杣人」(角和) ……………………………	3450
「杣人」(森永寿征) ………………………	6273
「杣部落」(森富男) ………………………	6228
「空」(岩瀬雄一) …………………………	0820
「空合」(花山多佳子) ……………………	5009
「空への質問」(高階杞一) ………………	3589
「空を飛ぶクモ」(錦三郎) ………………	4738
「宙家族」(中岡淳一) ……………………	4425
「「空ぞ忘れぬ」〈わたしの式子内親王抄〉」(久高幸子) …………………………	2250
「空飛ぶ母子企業」(三田公美子) ………	5947
「空と山のあいだ」(田澤拓也) …………	3849
「宙に風花」(高松秀明) …………………	3723
「空の入り口」(海沼松世) ………………	1570
「空の壁紙」(光森裕樹) …………………	5983
「空、ノーシーズン」(早矢仕典子) ……	5077
「空のなみだ」(菅原優子) ………………	3314
「空の庭、時の径」(須永紀子) …………	3447
「空へ落ちる」(酒見直子) ………………	2812
「それから, それから」(詩集)(小野静枝) ……………………………………	1521
「それぞれの雲」(日原正彦) ……………	5194
「それでも、日本人は『戦争』を選んだ」(加藤陽子) ………………………………	1748
「それとは別に」(右原厖) ………………	0970
「それについて」(下地ヒロユキ) ………	3207

「それも気のせいでありますように」(岩城伸子) ………………………………	0801
「ソ連潜水艦L-19号応答なし・・・―留萌沖三船遭難, もうひとつの悲劇」(矢野牧夫) ………………………………	6383
「ソ連抑留俳句一人と作品」(阿部誠文) ……………………………………	0211
「存在論的、郵便的」(東浩紀) …………	0170
「そんな時が……」(冨沢宏子) …………	4330
「そんなバカな！」(竹内久美子) ………	3792
「存命」(高嶋健一) ………………………	3592

【た】

「田」(西やすのり) ………………………	4719
「だあれもいない日」(山中利子) ………	6527
「ダイアリー」(板見陽子) ………………	0558
「大英帝国衰亡史」(中西輝政) …………	4545
「大英図書館蔵日本古版本目録」(ガードナー, ケネス) ……………………	1759
「対華二十一ヶ条要求とは何だったのか」(奈良岡聰智) ………………………	4693
「大河の一滴」(大森黎) …………………	1268
「大歌謡論」(平岡正明) …………………	5215
「タイガーリリー」(尾崎朗子) …………	1457
「大逆事件―死と生の群像」(田中伸尚) ………………………………………	3936
「大工道具の歴史」(村松貞次郎) ………	6167
「大君の通貨―幕末『円ドル戦争』」(佐藤雅美) ………………………………	2968
「大系日本歴史と芸能 全14巻」(大隅和雄) ………………………………………	1140
「大湖」(宮本輝昭) ………………………	6091
「太鼓」(小名木綱夫) ……………………	6483
「太古のばんさん会」(高崎乃理子) ……	3582
「第三の男」(阪本高士) …………………	2820
「第三の戦後」(村永大和) ………………	6160
「大樹」(今橋眞知子) ……………………	0761
「大衆化時代の短歌の可能性」(柴田典昭) ………………………………………	3113
「大衆文学の歴史」(尾崎秀樹) …………	1465
「待春」(藤和子) …………………………	5356
「大正歌壇史私稿」(来嶋靖生) …………	2061

作品名	ページ
「大正期新興美術運動の研究」(五十殿利治)	1545
「大正幻影」(川本三郎)	1993
「大正自由教育の研究」(中野光)	4557
「大正政治史」(信夫清三郎)	3095
「対称性人類学―カイエ・ソバージュ5」(中沢新一)	4462
「大正天皇」(原武史)	5103
「大介22歳の軌跡」(戸澤富雄)	4297
「体操詩集」(村野四郎)	6161
「大地」(大串章)	1100
「大地の一隅」(風山瑕生)	1621
「大地の咆哮」(杉本信行)	3335
「大東亜会議の真実 アジアの解放と独立を目指して」(深田祐介)	5288
「大統領の挫折」(村田晃嗣)	6155
「だいどころ」(山崎るり子)	6465
「第二・第三の豊島を許すな!―遠賀川流域における廃車・廃タイヤ活動を通じて」(松隈一輝)	5735
「第二詩集」(横山七郎)	6654
「第二次世界大戦外交史」(芦田均)	0164
「『だいのさか』と流行歌謡―ある盆踊り唄の変遷過程」(神南葉子)	2010
「鯛の笛」(千々和恵美子)	4072
「ダイビングトライ」(本田一弘)	5601
「台風」(菊永謙)	2048
「台風の島に生きる」(谷真介)	3963
「大仏建立」(杉山二郎)	3341
「大仏破壊」(高木徹)	3572
「太平記<よみ>の可能性」(兵藤裕己)	5204
「太平洋戦争」(上・下)(児島襄)	2490
「太平洋戦争と短歌という『制度』」(猪熊健一)	0720
「太平洋戦争秘話 珊瑚礁に散った受刑者たち」(森山祐吾)	6287
「太平洋の生還者」(上前淳一郎)	0899
「太平洋のラスプーチン」(春日直樹)	1645
「題名のない詩」(藤原保男)	5405
「太陽の壺」(川野里子)	1953
「太陽へ」(小泉周二)	2416
「体力」(河野裕子)	1959
「大連」(弓田弓子)	6627
「対話と寓意がある風景」(鈴木蚊都夫)	3365
「TAIWAN」(龍秀美)	6814
「台湾の主張」(李登輝)	6802
「台湾の歴史」(喜安幸夫)	2190
「田植」(大槻一郎)	1193
「doner」(藤原伴)	5443
「ダウン・タウンへ」(沖野智津子)	1413
「たおやかに風の中」(古賀ウタ子)	2460
「倒れたコスモス夕焼けをみている」(井上敬雄)	0712
「高い自己調整力をもつ日本経済」(飯田経夫)	0341
「『高い城の男』―ウクロニーと『易教』」(藤元登四郎)	5419
「高崎山のサル(日本動物記2)」(伊谷純一郎)	0555
「高崎山のサル(日本動物記2)」(今西錦司)	0758
「鷹の木」(能村研三)	4882
「鷹の巣掛岩」(大久保和子)	1107
「鷹の胸」(橋本鶏二)	4920
「高橋新吉全集」(高橋新吉)	3671
「高橋元吉詩集」(高橋元吉)	3710
「高浜虚子 俳句の力」(岸本尚毅)	2066
「高浜虚子論」(中岡毅雄)	4428
「鷹日和」(平井さち子)	5206
「高群逸枝と柳田国男」(村上信彦)	6140
「高屋窓秋 俳句の時空」(守谷茂泰)	6282
「高柳重信―俳句とロマネスク」(近藤栄治)	2649
「滝」(杉浦圭祐)	3316
「滝と流星」(米川千嘉子)	6769
「瀧の音」(草間時彦)	2237
「滝の時間」(佐佐木幸綱)	2890
「滝山コミューン 一九七四」(原武史)	5104
「啄木を愛した女たち―釧路時代の石川啄木」(佐々木信恵)	2877
「啄木―ふるさとの空遠みかも」(三枝昂之)	2684
「濁流」(本間百々代)	5622
「竹」(麻生哲彦)	0175
「武田泰淳伝」(川西政明)	1946
「竹の異界」(木津川昭夫)	2124
「竹の声を聴く」(鮮一孝)	3501
「筍流し」(岸田雅魚)	2055
「竹の時間」(後藤直二)	2531

「竹久夢二の俳句」(松岡ひでたか) ……	5725
「竹山広全歌集」(竹山広) ………………	3842
「多元化する『能力』と日本社会 ハイパー・メリトクラシー化のなかで」(本田由紀) ………………………………………	5615
「蛸」(池田作之助) ………………………	0406
「凧と円柱」(鍋田智哉) …………………	4277
「たこの天ぷら」(山本美穂) ……………	6596
「打坐」(倉橋羊村) ………………………	2311
「太宰治という物語」(東郷克美) ………	4249
「太宰治『皮膚と心』のレトリック―方法としての身体」(久保明恵) ………	2270
「他者の在処―芥川の言語論」(伊藤氏貴) ………………………………………	0589
「ダスビダーニャ、我が樺太」(道下匡子) ………………………………………	5958
「黄昏流る」(袖岡華子) …………………	3524
「黄昏のロンドンから」(木村治美) ……	2176
「ただ今診察中」(片桐英治) ……………	1673
「正しく泣けない」(日登敬子) …………	4801
「タダの人の運動―斑鳩の実験」(松村健一) ………………………………………	5790
「畳の上」(三橋敏雄) ……………………	5977
「漂う岸」(片岡文雄) ……………………	1670
「漂ふ舟」(入沢康夫) ……………………	0784
「ダッカへ帰る日―故郷を見失ったベンガル人」(駒村吉重) ………………	2622
「磔刑の夏」(平林敏彦) …………………	5248
「たった一つのリンゴ」(高橋昭雄) ……	3642
「たった一人の革命」(ふくおひろし) …	5304
「たった1人の大リーグ」(万波歌保) …	5844
「たった一人の叛旗―宗森喬之と苫田ダムの42年」(和賀士郎) ………………	6828
「韃靼の馬」(辻原登) ……………………	4151
「竪琴」(古賀まり子) ……………………	2467
「田中角栄研究―その金脈と人脈」(立花隆) ………………………………………	3871
「田中正造の生涯」(林竹二) ……………	5071
「谷崎潤一郎―散文家の執念」(五味渕典嗣) ………………………………………	2624
「谷崎潤一郎―母恋いものに見られる父親の存在」(福田博則) ………………	5330
「谷崎潤一郎論」(野口武彦) ……………	4841
「谷崎文学と肯定の欲望」(河野多恵子) ………………………………………	2448
「谷の思想」(武田太郎) …………………	3817
「谷間の百合」(細田傳造) ………………	5547
「谷山茂著作集第5巻・新古今集とその歌人」(谷山茂) ………………………	4006
「狸ビール」(伊藤礼) ……………………	0644
「種の起源」(早川志織) …………………	5048
「楽しい一日」(穂村弘) …………………	5566
「たのしいおりがみ」(吉沢章) …………	6691
「楽しい終末」(池澤夏樹) ………………	0399
「たのしかった一日」(はやしあい) ……	5058
「楽しき熱帯」(奥本大三郎) ……………	1444
「ダバオ国の末裔たち」(天野洋一) ……	0232
「旅する巨人」(佐野眞一) ………………	2988
「出発(たびだち)」(佐藤秀子) ………	2956
「旅立つ理由」(旦敬介) …………………	4058
「旅日記」(ゾペティ、デビット) ………	3530
「旅に出たひと」(宮崎ミツ) ……………	6059
「旅の絵」(高橋睦郎) ……………………	3707
「旅の途上で」(山口仁奈子) ……………	6432
「旅の花嫁」(随筆)(大舘勝治) ………	1165
「旅の半空」(森本哲郎) …………………	6280
「旅の方位図」(田村広志) ………………	4042
「旅人」(佐佐木幸綱) ……………………	2891
「ダブル」(リー小林) ……………………	6806
「たべる」(三角とおる) …………………	5936
「玉串」(井上弘美) ………………………	0706
「卵が私になるまで」(柳沢桂子) ………	6364
「魂を燃焼し尽くした男―松本十郎の生涯」(奥田静夫) ………………………	1421
「タマシイ・ダンス」(新井高子) ………	0254
「魂の緒」(貝塚津音魚) …………………	1567
「魂の古代学―問いつづける折口信夫」(上野誠) ………………………………	0891
「魂の変容 心的基礎概念の歴史的構成」(中畑正志) ………………………	4583
「魂のランドスケープ」(細川俊夫) ……	5543
「玉手箱」(嵯峨根鈴子) …………………	2808
「"たま"身請けの件―箱館開港異聞」(穂里かほり) ………………………………	5513
「民と神の住まい」(川添登) ……………	1927
「ターミナル」(平田俊子) ………………	5227
「ためらい」(近恵) ………………………	2643
「たらちね」(小柴温子) …………………	2482
「椽の黄葉」(田中冬二) …………………	3943
「誰かいますか」(熊井三郎) ……………	2287

作品名索引　　　　　　　　　　　　　　　ちきゆ

「誰も書かなかったソ連」(鈴木俊子) …… 3396
「誰よりも大切な母へ」(松廣澄世) …… 5787
「太郎君」(築野恵) …………………… 4069
「俵屋宗達」(古田亮) ………………… 5482
「暖愛光」(木幡八重子) ……………… 2553
「単一民族神話の起源」(小熊英二) …… 1435
「単位の進化」(高田誠二) …………… 3606
「短歌散文化の性格」(秋村功) ……… 0105
「短歌と異文化の接点―『台湾万葉集』を
　ヒントにボーダーレス時代の短歌を考
　える」(田中晶子) …………………… 3892
「短歌と神との接点」(河路由佳) …… 1909
「短歌と病」(岩井兼一) ……………… 0795
「旦過の魚」(林舜) …………………… 5065
「短歌の口語化がもたらしたもの―歌の
　『印象』からの考察」(梶原さい子) …… 1642
「短歌の友人」(穂村弘) ……………… 5567
「短歌は記憶する」(松村正直) ……… 5796
「丹後」(南うみを) …………………… 5999
「端坐」(村越化石) …………………… 6146
「単純なひかり」(遠藤由樹子) ……… 1054
「誕生」(小柴節子) …………………… 2483
「誕生」(鷹羽狩行) …………………… 3640
「誕生日の贈り物」(山内美恵子) …… 6401
「淡色の熱情 結城昌治論」(中辻理夫) …… 4532
「断層」(殿内芳樹) …………………… 4309
「淡淡有情―『忘れられた日本人』の物
　語」(平野久美子) …………………… 5238
「探偵小説論批判」(山本悠) ………… 6601
「暖冬」(谷口謙) ……………………… 3991
「弾道」(堀口定義) …………………… 5588
「段戸山村」(児玉輝代) ……………… 2516
「断髪」(劉香織) ……………………… 6809
「段ボールハウスで見る夢―新宿ホーム
　レス物語」(中村智志) ……………… 4609
「暖流の幅」(かわにし雄策) ………… 1949

【ち】

「地域言語の社会言語学的研究」(真田信
　治) …………………………………… 2983
「地域再生の経済学―豊かさを問い直す」

(神野直彦) …………………………… 3292
「地域と社会史―野蒜築港にみる周縁の
　自我」(西脇千瀬) …………………… 4792
「地域のための『お産学』 長野県のすて
　きなお産をめざして」(宇敷香津美) …… 0924
「小さき宴」(稲葉京子) ……………… 0666
「小さな考古学」(吉田章子) ………… 6696
「小さなさようなら」(青戸かいち) …… 0039
「小さな三十五年目の旅」(宗像哲夫) …… 6124
「小さな島の明治維新―ドミンゴ松次郎
　の旅」(若城希伊子) ………………… 6838
「小さな小さなあなたを産んで」(唐木幸
　子) …………………………………… 1852
「小さな〈つ〉」(継田龍) ……………… 4119
「地衣類」(渡辺力) …………………… 6943
「知音」(行方克巳) …………………… 4691
「チェーザレ・ボルジア あるいは優雅な
　る冷酷」(塩野七生) ………………… 3058
「チェシチ！―うねるポーランドへ」(今
　井一) ………………………………… 0744
「チェーホフ戯曲集」(神西清) ……… 3278
「チェホフ祭」(寺山修司) …………… 4232
「チェーホフの猟銃」(安西均) ……… 0305
「近きより 全5巻」(正木ひろし) …… 5675
「地下生活者たちの情景 ルーマニア・マ
　ンホールピープルの記録」(早坂隆) …… 5055
「近松浄瑠璃の作劇法」(原道生) …… 5111
「近松の世界」(信多純一) …………… 3087
「千木」(西宮舞) ……………………… 4767
「地祇」(渡辺誠一郎) ………………… 6902
「地球からの発想」(樋口敬二) ……… 5152
「地球環境報告」(石弘之) …………… 0433
「地球儀」(松野苑子) ………………… 5780
「地球ぎ」(藤川沙良) ………………… 5379
「地球光」(田中澤) …………………… 3899
「地球システムの崩壊」(松井孝典) …… 5701
「地球頭脳詩篇」(和合亮一) ………… 6856
「地球脱出」(長尾和男) ……………… 4416
「地球と存在の哲学 環境倫理を越えて」
　(ベルク, オギュスタン) …………… 5491
「地球にカットバン」(宮内憲夫) …… 6028
「地球の海と生命―海洋生物地理学序説」
　(西村三郎) …………………………… 4777
「地球の庭先で」(松尾静明) ………… 5713
「地球の腹と胸の内」(島村英紀) …… 3165

文学賞受賞作品総覧 ノンフィクション・随筆・詩歌篇　　　541

作品名	番号
「地球の水辺」(以倉紘平)	0475
「筑紫磐井集」(筑紫磐井)	4125
「竹酔日」(春日真木子)	1647
「筑摩世界文学大系(全89巻・91冊)」(筑摩書房)	4071
「萵苣(ちしゃ)」(相子智恵)	0002
「地上がまんべんなく明るんで」(井坂洋子)	0428
「地上で」(草野信子)	2231
「地上の闇」(飴本登之)	0243
「地図の上から」(星可規)	5515
「地図の上で」(若林克典)	6841
「地図のたのしみ」(堀淳一)	5571
「千鶴さんの脚」(高階杞一)	3590
「父」(高井俊宏)	3553
「父 中野好夫のこと」(中野利子)	4572
「父・萩原朔太郎」(萩原葉子)	4903
「父阿部次郎」(大平千枝子)	1245
「父ありて」(阿部周平)	0208
「父親のような雨に打たれて」(石井僚一)	0450
「父帰る」(柏木茂)	1634
「父娘チャリダー(自転車族)、白夜のアラスカを行く」(山田明希)	6482
「父・西條八十の横顔」(西條八束)	2689
「父と、来た」(杉本登志子)	3334
「父に逢いたい」(越次倶子)	1013
「父の故郷」(高畑浩平)	3719
「父の背中」(藤田富美恵)	5402
「父のちち」(福田尚美)	5328
「父の涙」(上田謙二)	0869
「父の願い」(山村勝子)	6538
「父の遺したメッセージ」(平野雅子)	5244
「父の箸」(瀬間陽子)	3497
「父の帽子」(森茉莉)	6235
「父の『りく女』」(池田淑子)	0416
「秩父行」(天路悠一郎)	0226
「父, 福田正夫—雷雨の日まで」(福田美鈴)	5435
「秩父困民党」(西野辰吉)	4760
「父へのレクイエム」(野上照代)	3121
「父・矢代東村」(小野弘子)	1525
「地中海からの手紙」(村川堅太郎)	6143
「地中海帝国の片影」(工藤晶人)	2252
「父よ母よ」(共同通信社社会部)	2191
「ちっぽけな肉片」(文月悠光)	5446
「知的好奇心」(稲垣佳世子)	0652
「知的好奇心」(波多野誼余夫)	4977
「知的障害者更生施設」(福永毅彦)	5339
「知と愛と」(詩集)(長谷川龍生)	4958
「血と知と地—馬・吉田善哉・社台」(吉川良)	6688
「千鳥ケ淵へ行きましたか」(石川逸子)	0458
「茅渟の地車(だんじり)」(熊岡悠子)	2288
「血のたらちね」(古賀忠昭)	2461
「地ひらく—石原莞爾と昭和の夢」(福田和也)	5322
「乳房再建」(三島英子)	5897
「乳房喪失」(中城ふみ子)	4496
「チプサンケ 1997年」(青木茂)	0021
「チベット」(上・下)(山口瑞鳳)	6425
「チベットのモーツァルト」(中沢新一)	4463
「地方系」(宮崎信義)	6057
「地方債改革の経済学」(土居丈朗)	4238
「粽結ぶ」(浅井陽子)	0142
「血まみれの男」(秋元炯)	0108
「チャイコフスキー・コンクール」(中村紘子)	4626
「茶色い瞳」(今井聰)	0738
「茶事遍路」(陳舜臣)	4098
「チャップリンとヒトラー」(大野裕之)	1230
「チャールズ・ラム伝」(福原麟太郎)	5345
「ちゃんめろの山里で」(山岸昭枝)	6417
「注解する者」(岡井隆)	1295
「中型製氷器についての連続するメモ」(岩成達也)	0838
「中華帝国の構造と世界経済」(黒田明伸)	2357
「中華と対話するイスラーム」(中西竜也)	4543
「中国・グラスルーツ」(西倉一喜)	4742
「中国を知るために」(竹内好)	3802
「中国共産党に消された人々」(相馬勝)	3516
「中国近代外交の形成」(川島真)	1917
「中国語における東西言語文化交流」(千葉謙悟)	4079

「中国台頭」(津上俊哉)	4107
「中国の革命思想」(小島祐馬)	2491
「中国の草の根を探して」(麻生晴一郎)	0174
「中国文学歳時記 全7巻」(黒川洋一)	2344
「中国返還後の香港」(倉田徹)	2306
「中国料理の迷宮」(勝見洋一)	1696
「仲秋」(楾木啓子)	3040
「中世イタリア商人の世界」(清水廣一郎)	3172
「中世を旅する人びと」(阿部謹也)	0202
「中世地中海世界とシチリア王国」(高山博)	3742
「中世のことばと絵」を中心として(五味文彦)	2623
「中世のなかに生まれた近世」(山室恭子)	6542
「中世の美術」(吉川逸治)	6671
「中世の文学」(唐木順三)	1853
「中世武家儀礼の研究」(二木謙一)	5450
「中世文献の表現論的研究」(小林千草)	2574
「中世和歌研究」(安田徳子)	6332
「中世和歌論」(川平ひとし)	1972
「中東欧音楽の回路」(伊東信宏)	0617
「中ぶる自転車」(織田三乗)	1500
「虫類図譜」(辻まこと)	4134
「蝶」(渡辺松男)	6928
「潮位」(田村哲三)	4038
「蝶生る」(辻内京子)	4148
「チョウが消えた!?」(原聖樹)	5099
「チョウが消えた!?」(青山潤三)	0058
「『鳥姫伝』評論―断絶に架かる一本の橋」(横道仁志)	6653
「長江」(松崎鉄之介)	5744
「鳥獣戯画」(鈴木栄子)	3363
「鳥獣虫魚(ちょうじゅうちゅうぎょ)」(前登志夫)	5625
「聴衆の誕生」(渡辺裕)	6918
「朝鮮漢字音研究」(伊藤智ゆき)	0614
「朝鮮人、日本人、そして人間―広島の街を救った朝鮮人『日本兵』」(星徹)	5519
「挑戦する流通」(伊藤元重)	0636
「朝鮮の海へ―日本特別掃海隊の軌跡」(城内康伸)	3264
「朝鮮鮒」(渋谷卓男)	3132
「鳥葬の子どもたち」(今辻和典)	0756
「超大国の回転木馬」(関場誓子)	3487
「ちょうちんあんこう」(白根厚子)	3257
「朝天虹(ちょうてんにじ)ヲ吐ク 志賀重昂『在札幌農学校第弐年期中日記』」(亀井秀雄)	1844
「朝天虹(ちょうてんにじ)ヲ吐ク 志賀重昂『在札幌農学校第弐年期中日記』」(松木博)	5734
「蝶の系譜―言語の変容にみるもうひとつの現代俳句史」(高岡修)	3561
「蝶の爪」(こしのゆみこ)	2480
「チョウはなぜ飛ぶか」(日高敏隆)	5177
「長風」(鈴木幸輔)	3370
「長編詩・石の賦」(原子朗)	5098
「超ミクロ世界への挑戦」(田中敬一)	3911
「直面」(上田操)	0875
「直立」(山本左門)	6566
「直立歩行」(斎藤紘二)	2726
「ちり紙交換回収日」詩と思想22号(坂本京子)	2815
「ちりん」(詩集)(笹木一重)	2866
「散る桜」(大塚布見子)	1188
「散るぞ悲しき―硫黄島総指揮官・栗林忠道」(梯久美子)	1597
「散るもよし 今を盛りの桜かな 『らい予防法』廃止10年、国賠訴訟5年。ハンセン病のいま」(西尾雄志)	4722
「地霊遊行」(相良平八郎)	2831
「鎮魂歌」(那珂太郎)	4381
「鎮魂の旅の歌」(山之内朗子)	6534
「沈黙」(綾部仁喜)	0249
「沈黙」(若林光江)	6844
「沈黙するソシュール」(前田英樹)	5649
「沈黙の坑口」(肥後義弘)	5164
「沈黙の塩」(安森敏隆)	6348
「沈黙の骨」(猪野睦)	0683
「沈黙は距離」(中村克子)	4603

【つ】

「ツアー」(前田静良) ・・・・・・・・・・・・・・・・・・・ 5642
「ツィゴイネルワイゼンの水邊」(詩集)
　(平林敏彦) ・・・・・・・・・・・・・・・・・・・・・・・・・・ 5249
「『終の住処』考」(紀行文)(仲馬達司) ・・・ 4086
「終の夏かは」(古越富美恵) ・・・・・・・・・・・・ 5474
「終のワインを」(滝下恵子) ・・・・・・・・・・・・ 3772
「墜落の夏」(吉岡忍) ・・・・・・・・・・・・・・・・・・ 6663
「通過駅・上大岡」(佃陽子) ・・・・・・・・・・・・ 4127
「通過して行った」(斎藤俊一) ・・・・・・・・・・ 2707
「通天閣」(酒井隆史) ・・・・・・・・・・・・・・・・・・ 2780
「通話音」(土田晶子) ・・・・・・・・・・・・・・・・・・ 4166
「杖」(板宮清治) ・・・・・・・・・・・・・・・・・・・・・・ 0559
「つかこうへい正伝 1968-1982」(長谷川
　康夫) ・・・・・・・・・・・・・・・・・・・・・・・・・・・・・・ 4954
「束の間の幻影―銅版画家駒井哲郎の生
　涯」(中村稔) ・・・・・・・・・・・・・・・・・・・・・・・・ 4637
「束の間の昼」(柳内祐子) ・・・・・・・・・・・・・・ 6355
「塚本邦雄と三島事件―身体表現に向か
　う時代のなかで」(小林幹也) ・・・・・・・・・ 2584
「塚本邦雄の青春」(楠見朋彦) ・・・・・・・・・・ 2247
「津軽雪譜」(浅野如水) ・・・・・・・・・・・・・・・・ 0155
「月」(佐土井智津子) ・・・・・・・・・・・・・・・・・・ 2909
「つぎ合わせの器は、ナイフで切られた
　果物となりえるか?」(生田武志) ・・・・・・ 0364
「月出づ」(馬場移公子) ・・・・・・・・・・・・・・・・ 5026
「憑神」(福島勲) ・・・・・・・・・・・・・・・・・・・・・・ 5310
「月子」(原田暎子) ・・・・・・・・・・・・・・・・・・・・ 5118
「つきさっぷ」(樋口智子) ・・・・・・・・・・・・・・ 5153
「築地にひびく銅鑼―小説・丸山定夫」(藤
　本恵子) ・・・・・・・・・・・・・・・・・・・・・・・・・・・・ 5416
「月島物語」(四方田犬彦) ・・・・・・・・・・・・・・ 6791
「月しるべ」(市原千佳子) ・・・・・・・・・・・・・・ 0575
「月魄」(眞鍋呉夫) ・・・・・・・・・・・・・・・・・・・・ 5837
「月と魚と女たち」(中野博子) ・・・・・・・・・・ 4575
「月の宴」(佐多稲子) ・・・・・・・・・・・・・・・・・・ 2904
「次の駅まで」(詩集)(大原鮎美) ・・・・・・・・ 1241
「月の河」(葉月詠) ・・・・・・・・・・・・・・・・・・・・ 4933
「月の声」(能美顕之) ・・・・・・・・・・・・・・・・・・ 4828
「ツギ之助か,ツグ之助か―長岡藩総督,
　河井継之助をめぐる旅」(小川与次郎)

・・・・・・・・・・・・・・・・・・・・・・・・・・・・・・・・・・・・ 1404
「次の楽しみ」(黒瀬長生) ・・・・・・・・・・・・・・ 2355
「月の笛」(柴田白葉女) ・・・・・・・・・・・・・・・・ 3114
「月の夜声」(伊藤一彦) ・・・・・・・・・・・・・・・・ 0591
「月日の残像」(山田太一) ・・・・・・・・・・・・・・ 6493
「月夜」(水上弘城) ・・・・・・・・・・・・・・・・・・・・ 5903
「月夜の子守唄」(松永朋哉) ・・・・・・・・・・・・ 5777
「月夜のできごと」(徳光彩子) ・・・・・・・・・・ 4293
「衝羽根」(徳淵富枝) ・・・・・・・・・・・・・・・・・・ 4292
「噤みの午後」(四元康祐) ・・・・・・・・・・・・・・ 6761
「月夜見」(山本かね子) ・・・・・・・・・・・・・・・・ 6553
「つくられた桂離宮神話」を中心として
　(井上章一) ・・・・・・・・・・・・・・・・・・・・・・・・・ 0693
「創られた「日本の心」神話」(輪島裕
　介) ・・・・・・・・・・・・・・・・・・・・・・・・・・・・・・・・ 6870
「黄楊の花」(只野幸雄) ・・・・・・・・・・・・・・・・ 3863
「辻俳諧」(斎淵夏風) ・・・・・・・・・・・・・・・・・・ 2697
「対馬暖流」(五島高資) ・・・・・・・・・・・・・・・・ 2528
「つづり方兄妹」(野上丹治) ・・・・・・・・・・・・ 4831
「つづり方兄妹」(野上房雄) ・・・・・・・・・・・・ 4832
「つづり方兄妹」(野上洋子) ・・・・・・・・・・・・ 4833
「つづれさせ こおろぎ」(美和澪) ・・・・・・・・ 6109
「津田梅子」(大庭みな子) ・・・・・・・・・・・・・・ 1233
「津田治子歌集」(津田治子) ・・・・・・・・・・・・ 4163
「蔦屋重三郎」(松木寛) ・・・・・・・・・・・・・・・・ 5733
「土の唄」(豊田都峰) ・・・・・・・・・・・・・・・・・・ 4357
「ツッツッと」(木坂涼) ・・・・・・・・・・・・・・・・ 2050
「つながる脳」(藤井直敬) ・・・・・・・・・・・・・・ 5374
「繋ぐ」(川口ますみ) ・・・・・・・・・・・・・・・・・・ 1893
「「つなみ」の子どもたち―作文に書かれ
　なかった物語」(森健と被災地の子ども
　たち) ・・・・・・・・・・・・・・・・・・・・・・・・・・・・・・ 6258
「角切り会(つのきりえ)」(渡辺萩風) ・・・・ 6898
「椿崎や見なんとて」(安水稔和) ・・・・・・・・ 6347
「椿の館 稲葉京子歌集」(稲葉京子) ・・・・・ 0667
「椿夜」(江戸雪) ・・・・・・・・・・・・・・・・・・・・・・ 1015
「つばさを奪ふ」(目黒哲朗) ・・・・・・・・・・・・ 6179
「翼を広げて」(斉藤紀子) ・・・・・・・・・・・・・・ 2721
「翼をもがれた天使たち」(佐藤栄子) ・・・・ 2913
「翼をもがれた天使たち」(佐藤尚爾) ・・・・ 2930
「翼のはえた指―評伝安川加寿子」(青柳
　いづみこ) ・・・・・・・・・・・・・・・・・・・・・・・・・・ 0048
「つばな野」(鬼頭文子) ・・・・・・・・・・・・・・・・ 2134
「つばなの旅路」(矢野晶子) ・・・・・・・・・・・・ 6378
「壺」(阿部恭子) ・・・・・・・・・・・・・・・・・・・・・・ 0220

作品名	番号
「壺屋の唄」(辺見京子)	5495
「蹲く家鴨」(中野昭子)	4556
「積み上げて」(江口節)	1003
「積み石の唄」(甫守哲治)	5568
「積もった雪の上で」(下条ひとみ)	3210
「露切橋」(脇川郁也)	6852
「つゆ玉になる前のことについて」(岡島弘子)	1321
「つり」(一戸隆平)	0572
「釣り上げては」(ビナード, アーサー)	5183
「釣人知らず」(川端進)	1964
「鶴居村」(鶴田玲子)	4204
「鶴を折る」(田中滋子)	3915
「鶴ケ城址」(伴野小枝)	4353
「鶴かへらず」(馬場あき子)	5021
「蔓草の海を渡って」(浅野牧子)	0157
「鶴田錦史伝 大正、昭和、平成を駆け抜けた男装の天才琵琶師の生涯」(佐宮圭)	2997
「鶴鳴く」(岸本由香)	2071
「鶴見俊輔書評集成」(全3巻)(鶴見俊輔)	4206
「徒然草」(杉本秀太郎)	3336
「徒然草序の説」(西村準吉)	4780
「徒然草の十七世紀 近世文芸思潮の形成」(川平敏文)	1971
「徒然憲法草子〜生かす法の精神〜「修復的正義は機能しないのか」〜高知県警察白バイ事件の真相究明を求める〜」(山下由佳)	6475
「ツンサイオカカと旅すれば」(牧野誠義)	5669

【て】

作品名	番号
「手」(松本ヤチヨ)	5822
「DNAのパスポート」(香川紘子)	1582
「泥眼」(富小路禎子)	4344
「定義」(谷川俊太郎)	3979
「定型の力と日本語表現」(松坂弘)	5739
「定型の土俵」(窪田章一郎)	2277
「帝国の国際政治学」(山本吉宣)	6605
「定時の十指」(森洋)	6230
「ディスタンクシオン」(石井洋二郎)	0448
「ディスポの看護婦にはなりたくない」(奥田昌美)	1426
「ディドロ 限界の思考―小説に関する試論―」(田口卓臣)	3777
「定年考」(松岡喬)	5722
「定本 見田宗介著作集 全10巻」(見田宗介)	5951
「定本草野天平詩集」(草野天平)	2228
「定本 森岡貞香歌集」(森岡貞香)	6252
「定本野鳥記」(中西悟堂)	4538
「定本山之口貘詩集」(山之口貘)	6536
「定本 闇」(吉田加南子)	6699
「定本鷲巣繁男詩集」(鷲巣繁男)	6860
「デオダ・ド・セヴラック―南仏の風、郷愁の音画」(椎名亮輔)	3047
「手をひらくとき」(悠紀あきこ)	6611
「テオフィル・ド・ヴィオー」(井田三夫)	0551
「デカダンス―それでも私は行く(織田作之助の苦悩)」(吉川さちこ)	6674
「手紙」(橋爪さち子)	4911
「手紙」(山口剛)	6423
「てがみって てのかみさま」(木村信子)	2175
「手紙は私を運べない」(河本佐恵子)	1991
「デカルト哲学とその射程」(小林道夫)	2585
「適切な世界の適切ならざる私」(文月悠光)	5447
「滴滴集」(小池光)	2402
「滴滴集6」(小池光)	2403
「的礫」(西嶋あさ子)	4747
「テクストから遠く離れて」(加藤典洋)	1735
「テクネー」(香川ヒサ)	1578
「テクノクラットのなかに」(鵜飼康東)	0915
「テクノクラットの世界とナチズム」(小野清美)	1518
「デザイナー誕生」(水尾比呂志)	5877
「デジタル・ナルシス」(西垣通)	4729
「具体的(デジタル)な指触り(キータッチ)」(橋本勝也)	4918
「手塚治虫=ストーリーマンガの起源」(竹内一郎)	3788

「鉄を生みだした帝国―ヒッタイト発掘」（大村幸弘）	1252
「哲学の使命―ヘーゲル哲学の精神と世界」（加藤尚武）	1732
「哲学の東北」（中沢新一）	4464
「哲学の歴史（全12巻・別巻1巻）」（「哲学の歴史」編集委員会）	4216
「でっちあげ―福岡「殺人教師」事件の真相」（福田ますみ）	5332
「鉄道踏切」（斎藤健一）	2701
「鉄のにほひ」（濱田正敏）	5040
「徹夜の塊 亡命文学論」（沼野充義）	4814
「でで虫の歌」（安田純生）	6331
「手にのせて」（渋川京子）	3124
「テネシーワルツ」（小笠原和幸）	1313
「掌の上の小さい国」（木津川昭夫）	2125
「手の知恵」（藤原房子）	5439
「てのひら」（今岡貴江）	0748
「てのひらをあてる」（大西美千代）	1207
「てのひらを燃やす」（大森静佳）	1261
「手のひらの花火」（山崎聡子）	6446
「デパガの位置」（荒川純子）	0265
「手花火」（石田比呂志）	0496
「デプス」（大辻隆弘）	1197
「テーブルの上のひつじ雲 テーブルの下のミルクティーという名の犬」（相沢正一郎）	0004
「デフレ繁栄論―日本を強くする逆転の発想」（唐津一）	1858
「てまり唄」（永井陽子）	4404
「寺田」（東條陽之助）	4253
「寺町通り」（矢神史子）	6299
「寺山修二「五月の鷹」考補遺」（澤田和弥）	3016
「寺山修司の見ていたもの」（なみの亜子）	4683
「寺山修司俳句論―私の墓は、私のことば―」（五十嵐秀彦）	0358
「寺山修司・遊戯の人」（杉山正樹）	3349
「テロリストより愛をこめて」（園田理恵）	3529
「テロルの決算」（沢木耕太郎）	3010
「出羽国叙情」（芳賀秀次郎）	4897
「転」（菊地隆三）	2046
「天為」（有馬朗人）	0291
「田園」（上田五千石）	0870
「天涯」（久方寿満子）	5167
「天蓋天涯」（三井ゆき）	5968
「澱河歌の周辺」（安東次男）	0309
「天河まで」（山本萌）	6600
「天からの贈り物」（田中トモミ）	3930
「転換期の安保」への寄与を中心として（斎藤明）	2690
「転換期の日本経済」（吉川洋）	6686
「転換期の和歌表現 院政期和歌文学の研究」（家永香織）	0347
「伝記谷崎潤一郎」（野村尚吾）	4884
「天泣」（高野公彦）	3630
「天空の越後路…芭蕉は「荒海」を見たか」（高野公一）	3631
「天空の舟」（宮城谷昌光）	6044
「点景」（和田英子）	6876
「天鼓」（一丸章）	0577
「天国へ行ける靴」（須田洋子）	3441
「天災から日本史を読みなおす」（磯田道史）	0543
「天才と異才の日本科学史―開国からノーベル賞まで、150年の軌跡」（後藤秀機）	2533
「天使・蝶・白い雲などいくつかの瞑想」（辻征夫）	4138
「点字日記」（高橋富里）	3699
「天使のいたずら」（三条嘉子）	3043
「天使の涎」（北大路翼）	2082
「電車ウサギ」（小林雅次）	2581
「電車ごっこ」（松浦一彦）	5704
「天井」（木川陽子）	2026
「天上華」（能村登四郎）	4886
「天上の風」（照井君子）	4234
「天職」（落合洋子）	1510
「天心に」（逸見喜久雄）	5494
「天水」（大河原惇行）	1096
「点睛」（山崎祐子）	6463
「転生譚ほか」（谷川柊）	3988
「天体建築論」（本田晃子）	5598
「天・地・人」（長井菊夫）	4388
「伝統芸能に学ぶ―躾と父親」（光森忠勝）	5981
「伝統の探求〈題詠文学論〉」（筑紫磐井）	4126
「天南星の食卓から」（清岳こう）	2200

「「天然ノ秩序」の「連想」―正岡子規と
　心理学」(青木亮人) ………………… 0031
「天の鴉片」(阿木津英) ………………… 0093
「天の磐船」(松岡ひでたか) …………… 5726
「天皇観の相剋」(武田清子) …………… 3812
「天の腕」(棚木恒寿) …………………… 3953
「天皇の世紀 全10巻」(大仏次郎) …… 1477
「天の渚」(真下宏子) …………………… 5679
「天秤座」(西出楓楽) …………………… 4759
「点滅」(榮猿丸) ………………………… 2791
「天文航法」(和嶋勝利) ………………… 6868
「電話からの花束」(白根厚子) ………… 3258

【と】

「戸板康二の歳月」(矢野誠一) ………… 6380
「ドイツ 傷ついた風景」(足立邦夫) … 0180
「ドイツとの対話」(伊藤光彦) ………… 0616
「凍」(沢木耕太郎) ……………………… 3011
「逃―異端の画家・曹勇の中国大脱出」(合
　田彩) ………………………………… 2433
「投影風雅」(鈴木漠) …………………… 3398
「冬鷗」(稲暁) …………………………… 0681
「棹歌」(佐野美智) ……………………… 2990
「踏歌」(福永耕二) ……………………… 5338
「冬街」(森川久) ………………………… 6256
「透過光線」(源陽子) …………………… 6007
「桃花水を待つ」(齋藤芳生) …………… 2743
「燈火節」(片山広子) …………………… 1680
「投函」(山口優夢) ……………………… 6439
「冬季」(阿部静枝) ……………………… 0205
「唐黍の花」(小池かつ) ………………… 2397
「闘牛の島」(森山良太) ………………… 6290
「同居」(うちだ優) ……………………… 0949
「東京」(佐々木麻由) …………………… 2880
「東京ぐらし」(安立恭彦) ……………… 0191
「東京午前三時」(三木卓) ……………… 5883
「東京裁判」(日暮吉延) ………………… 5162
「東京時代」(小木新造) ………………… 1407
「東京二十四時」(秋葉四郎) …………… 0100
「同行二人の一人旅」(長岡鶴一) ……… 4429

「東京の空間人類学」(陣内秀信) ……… 3290
「東京の「地霊(ゲニウス・ロキ)」」を中
　心として(鈴木博之) ……………… 3409
「東京プリズン」(赤坂真理) …………… 0067
「東京路上探険記」(尾辻克彦) ………… 1511
「峠の魚」(寺下昌子) …………………… 4222
「島幻記」(粒来哲蔵) …………………… 4184
「凍湖」(山本素竹) ……………………… 6575
「冬耕」(永井貞子) ……………………… 4392
「統合の終焉 EUの実像と論理」(遠藤
　乾) …………………………………… 1041
「東国抄」(金子兜太) …………………… 1796
「童子」(池井昌樹) ……………………… 0383
「蕩児」(中原道夫) ……………………… 4587
「闘蟋(とうしつ)」(瀬川千秋) ………… 3459
「どうして僕はきょうも競馬場に」(亀和
　田武) ………………………………… 1847
「蕩児の家系」(大岡信) ………………… 1088
「陶磁の道」(三上次男) ………………… 5879
「童子の夢」(田中裕明) ………………… 3940
「投書家時代の森鷗外 草創期活字メディ
　アを舞台に」(宗像和重) …………… 6122
「童女記」(進一男) ……………………… 3436
「冬青集」(矢島渚男) …………………… 6316
「逃走記 戦時朝鮮人強制徴用者柳乗熙の
　記録」(橋しんご) …………………… 4909
「藤村のパリ」(河盛好蔵) ……………… 1998
「銅鐸」(藤森栄一) ……………………… 5423
「とうちゃん」(たかはしけいこ) ……… 3658
「饕餮の家」(高島裕) …………………… 3599
「凍天の牛」(山川純子) ………………… 6413
「冬濤」(稲垣きくの) …………………… 0653
「凍土を掘る」(宍戸ひろゆき) ………… 3069
「凍土漂泊」(時田則雄) ………………… 4279
「道頓堀の雨に別れて以来なり」(田辺聖
　子) …………………………………… 3959
「塔の見える道」(余戸義雄) …………… 0234
「登攀」(柴田三吉) ……………………… 3107
「豆腐」(高橋三郎) ……………………… 3662
「動物哀歌」(村上昭夫) ………………… 6130
「動物と太陽とコンパス」(桑原万寿太
　郎) …………………………………… 2383
「逃亡 「油山事件」戦犯告白録」(小林弘
　忠) …………………………………… 2580
「東北」(工藤博司) ……………………… 2259

作品名	番号
「東北」（大口玲子）	1102
「透明海岸から鳥の島まで」（秋亜綺羅）	0083
「同盟漂流」（船橋洋一）	5460
「童蒙」（前登志夫）	5626
「童遊文化史 全4巻別巻1」（半沢敏郎）	5132
「東洋人の悲哀」（劉岸偉）	6811
「東洋の秋」（島田修三）	3154
「動乱の原油航路—あるタンカー船長の悲哀」（小山田正）	1551
「冬麗」（安永蕗子）	6339
「冬麗」（木村照子）	2171
「同和教育入門」（東上高志）	4252
「遠いあし音」（小林勇）	2555
「遠いうた 拾遺集」（石原武）	0508
「遏い宴楽」（入沢康夫）	0785
「遠い馬」（岩泉晶夫）	0797
「遠い風」（中里友豪）	4457
「遠い川」（粕谷栄市）	1659
「遠い宮殿—幻のホテルへ」（稲葉なおと）	0670
「遠い接近—父と小笠原丸遺骨引上げ」（村上輝行）	6139
「トオイと正人」（瀬戸正人）	3493
「遠い日」（江原律）	1029
「とおいまひる」（末永逸）	3300
「遠い稜線」（佐藤公咸）	2921
「遠いリング」（後藤正治）	2538
「遠き鯨影」（松村由利子）	5799
「遠きにありてつくるもの」（細川周平）	5542
「遠き日の霧」（五島茂）	2526
「通り過ぎる女たち」（清岡卓行）	2195
「渡河」（油本達夫）	0194
「都会の畑」（松尾静明）	5714
「都会の果て、秘境の外れ—無印辺境に来てみれば」（金井恵美）	1761
「十勝野の空は青い」（行宗登美）	6620
「十勝の広い空の下で」（宝守満）	5508
「〈時〉をつなぐ言葉—ラフカディオ・ハーンの再話文学」（牧野陽子）	5670
「ドキドキ中国一人旅—南寧まで」（酒井牧子）	2788
「時に岸なし」（岡田博彦）	1330
「時の栞」（谷沢迅）	4000
「時のつばさ」（羽生田俊子）	5013
「時の扉へ」（水沢遙子）	5907
「時のむこうへ」（佐波洋子）	2993
「時のめぐりに」（小池光）	2404
「朱鷺の遺言」（小林照幸）	2577
「ドキュメント戦争広告代理店 情報操作とボスニア紛争」（高木徹）	3573
「常盤潭北論序説—俳人の庶民教化」（飯倉洋一）	0325
「毒—風聞・田中正造」（立松和平）	3890
「トクヴィルの憂鬱」（高山正喜）	3744
「徳川イデオロギー」（オームス，ヘルマン）	1546
「独坐」（村沢夏風）	6152
「独酌余滴」（多田富雄）	3859
「「読者」とのコミュニケーション/作者の介入—谷崎潤一郎大正期の〈語り〉」（瀬崎圭二）	3489
「独身者たちの宴 上田早夕里『華竜の宮』論」（渡邊利道）	6914
「特性のない陽のもとに」（野村喜和夫）	4878
「独石馬」（宮柊二）	6021
「独仏関係と戦後ヨーロッパ国際秩序 ドゴール外交とヨーロッパの構築 1959-1963」（川嶋周一）	1916
「匿名〈久保田あらゝぎ生〉考」（福田はるか）	5329
「トクヴィル 平等と不平等の理論家」（宇野重規）	0966
「時計草」（高野裕子）	3637
「吐血の水溜り」（野ざらし延男）	4852
「解けない闇」（松本ミチ子）	5821
「とげ抜き 新巣鴨地蔵縁起」（伊藤比呂美）	0623
「溶ける、目覚まし時計」（北川透）	2092
「どこか偽者めいた」（小松弘愛）	2618
「ドコダッテイツモト同ジ秋ノ日ダネ」（五十嵐俊之）	0355
「どこにもない系図」（さき登紀子）	2837
「どこまで行ったら嘘は嘘？」（伊藤芳博）	0843
「どこまで演れば気がすむの」（吉行和子）	6755
「床屋の絵」（本田いづみ）	5599
「戸坂潤全集 全5巻」（戸坂潤）	4295

「都市を生きぬくための狡知」(小川さやか) ………… 1392	「トラック環礁」(角田清文) ………… 4178
「都市廻廊」(長谷川尭) ………… 4945	「ドラマトゥルク―舞台芸術を進化/深化させる者」(平田栄一朗) ………… 5224
「都市幻想」(上林猷夫) ………… 2022	「ドラマの世界」(木下順二) ………… 2140
「都市生命」(高橋正義) ………… 3702	「囚れ人の手のごとく」(福田栄一) ………… 5320
「都市の思想」(西川幸治) ………… 4730	「トランジスタ」(菊池誠) ………… 2041
「都市の肖像」(高柳誠) ………… 3740	「トランス・アフリカン・レターズ」(岡崎がん) ………… 1301
「都市の相貌」(涛岡寿子) ………… 4678	「鳥」(小松弘愛) ………… 2619
「途上国のグローバリゼーション」を中心として(大野健一) ………… 1217	「鳥」(ほか)(千葉香織) ………… 4077
「ドストエフスキー」(山城むつみ) ………… 6479	「鳥居峠にて」(塩原恒子) ………… 3060
「渡世」(荒川洋治) ………… 0269	「鳥女」(松村由利子) ………… 5800
「土地の名―人間の名」(嵯峨信之) ………… 2765	「鳥影」(原子修) ………… 5116
「土地よ痛みを負え」(岡井隆) ………… 1296	「鳥影」(秋篠光広) ………… 0089
「獨孤意尚吟」(清水房雄) ………… 3190	「トリサンナイタ」(歌集)(大口玲子) ………… 1103
「鳶ヶ尾根(とっびゃご)」(詩集)(枡谷優) ………… 5691	「トリソミー 産まれる前から短命と定まった子」(松永正訓) ………… 5776
「届かない住民の声―"民主的"な中部新国際空港計画」(梅沢広昭) ………… 0975	「トリックスター群像 中国古典小説の世界」(井波律子) ………… 0674
「ドナウ河紀行」(加藤雅彦) ………… 1743	「鳥と獣と花」(松田幸雄) ………… 5770
「隣の国で考えたこと」(長坂覚) ………… 4452	「鳥の足につれていかれそうになった夜」(坂井のぶこ) ………… 2786
「「利根川図志」吟行」(清水候鳥) ………… 3173	「鳥の歌」(朝倉勇) ………… 0145
「飛び立つ鳥の季節に」(阿部正路) ………… 0217	「鳥の重さ」(井越芳子) ………… 0425
「とひちのうた 2」(みやおか秀) ………… 6035	「鳥の半分」(宮沢肇) ………… 6065
「鳶鳴けり」(片山貞美) ………… 1678	「鳥の町」(会田千衣子) ………… 0010
「鳶の笛」(半谷洋子) ………… 5140	「鳥はどこでなくのか」(島瀬信博) ………… 3145
「飛ぶ病院」(岩淵恵) ………… 0848	「鳥まばたけば」(北岡淳子) ………… 2084
「トマス・アクィナスの神学」(稲垣良典) ………… 0657	「捕物帖の系譜」(縄田一男) ………… 4709
「トマス・グレイ研究抄」(福原麟太郎) ………… 5346	「トルコ語辞典」(竹内和夫) ………… 3789
「土間の四十八滝」(町田康) ………… 5696	「ドルの歴史」(牧野純夫) ………… 5668
「友へ」(藤井則行) ………… 5375	「ドルフィンの愛」(笹本正樹) ………… 2902
「友への詫び状」(海老原英子) ………… 1032	「トレイシー 日本兵捕虜秘密尋問所」(中田整一) ………… 4516
「友岡子郷俳句集成」(友岡子郷) ………… 4350	「徒労の人」(樋口てい子) ………… 5156
「共稼ぎ歳月」(田畑まさじ) ………… 4010	「泥家族」(古賀忠昭) ………… 2462
「友子」(高橋揆一郎) ………… 3654	「泥と青葉」(小島ゆかり) ………… 2494
「灯」(中尾安一) ………… 4423	「泥の勲章」(白岩憲次) ………… 3263
「友達」(佐藤悠樹) ………… 2976	「トロムソコラージュ」(谷川俊太郎) ………… 3980
「友達」(「紫あげは」所収)(井奥行彦) ……… 0352	「永久にあれこそ」(三国玲子) ………… 5888
「友達ニ出会フノハ良イ事」(矢部雅之) ………… 6392	「ドン・ジュアン」(小川和夫) ………… 1384
「友の書」(春日井建) ………… 1649	「呑牛」(佐々木幸綱) ………… 2892
「土用餅」(鈴木麗) ………… 5716	「ドント・ルック・バック」(桑原憂太郎) ………… 2384
「とよたま」(鹿児島寿蔵) ………… 1605	「どんなねむりを」(坂多瑩子) ………… 2762

「蜻蛉座」(川上明日夫) …… 1881
「蜻蛉の翅」(三吉みどり) …… 6108
「陸繋砂州」(番場早苗) …… 5138

【な】

「内閣政治と「大蔵省支配」」(牧原出) … 5671
「内角の和」(関春翠) …… 3463
「内在地」(渡辺めぐみ) …… 6937
「内臓空間」(金子秀夫) …… 1800
「内部(neibu)」(船橋洋一) …… 5461
「直木三十五伝」(植村鞆音) …… 0906
「長い命のために」(早瀬圭一) …… 5093
「永井荷風」(磯田光一) …… 0541
「永井荷風巡歴」(菅野昭正) …… 2013
「永井荷風伝」(秋庭太郎) …… 0102
「中川村図書館にて」(赤羽浩美) …… 0074
「中勘助の恋」(富岡多恵子) …… 4326
「中桐雅夫詩集」(中桐雅夫) …… 4448
「長靴の音」(南信雄) …… 6005
「ナガサキ生まれのミュータント—ペリー・ローダンシリーズにおける日本語固有名詞に関する論考 および 命名者は長崎におけるオランダ人捕虜被爆者であったとする仮説」(鼎元亨) …… 1771
「長崎を最後にせんば」(中原澄子) …… 4586
「中島敦の遍歴」(勝又浩) …… 1694
「仲直り」(高瀬美代子) …… 3602
「中庭幻灯片」(財部鳥子) …… 3753
「中野菊夫全歌集」(中野菊夫) …… 4561
「中野重治—連続する転向」(林淑美) …… 6817
「中野重治論序説」(月村敏行) …… 4122
「中原中也」(佐々木幹郎) …… 2883
「中原中也の「履歴」」(山岡頼弘) …… 6403
「中原中也論集成」(北川透) …… 2093
「永見のように」(村瀬和子) …… 6153
「ナガミヒナゲシ」(やすたけまり) …… 6335
「中村憲吉」(藤原勇次) …… 5442
「中村苑子句集」(中村苑子) …… 4619
「中村屋のボース—インド独立運動と近代日本のアジア主義」(中島岳志) …… 4481
「中山義秀の生涯」(清原康正) …… 2203

「流れ」(佐伯裕子) …… 2756
「流れの淵で」(平塚幸男) …… 5233
「流れ星たちの長野オリンピック—ある選手とあるコーチの物語」(角皆優人) …… 4177
「流れもせんで、在るだけの川」(若尾儀武) …… 6833
「流れる家」(片岡文雄) …… 1671
「泣き言、詫び言、独り言」(木章) …… 2154
「渚の日日」(島田修二) …… 3151
「今帰仁で泣く」(水島英己) …… 5910
「菜切川」(築地正子) …… 4100
「失くした季節」(金時鐘) …… 2151
「殴られる人」(吉開若菜) …… 6670
「嘆きの壁」(柚木紀子) …… 6618
「嘆きよ、僕をつらぬけ」(小沢美智恵) …… 1484
「梨のつぶての」(中江俊夫) …… 4411
「梨(なし)の花」(句集)(金箱戈止夫) … 1805
「ナショナリズムの夕立」(大口玲子) …… 1104
「ナショナリズムの由来」(大澤真幸) …… 1121
「ナースの日々」(国分衣麻) …… 2469
「ナース・ファイル」(安田壽賀子) …… 6330
「なぜ中国から離れると日本はうまくいくのか」(石平) …… 3469
「なぜ日本の公教育費は少ないのか」(中澤渉) …… 4470
「謎解き「張作霖爆殺事件」」(加藤康男) …… 1747
「謎とき『罪と罰』」(江川卓) …… 0999
「謎の1セント硬貨 真実は細部に宿る in USA」(向井万起男) …… 6112
「謎の独立国家ソマリランド」(高野秀行) …… 3634
「ナチスのキッチン」(藤原辰史) …… 5409
「夏」(紫水菜) …… 6614
「夏・二〇一〇」(永田和広) …… 4506
「夏石番矢全句集 越境紀行」(夏石番矢) …… 4671
「夏」開花期29集(森田進) …… 6264
「夏が来る」(原雅子) …… 5110
「懐かしき子供の遊び歳時記」(榎本好宏) …… 1024
「夏樫の素描」(米川千嘉子) …… 6770
「夏鴨」(摂津よしこ) …… 3491
「夏鴉」(澤村斉美) …… 3032

作品名	番号
「夏鴉」(澤村斉美)	3033
「夏木」(山本洋子)	6604
「夏樹と雅代」(竹内みや子)	3799
「夏草をばっさばっさと踏み倒しふった男に会いに行く。明日」(和田真由)	6880
「ナツコ 沖縄密貿易の女王」(奥野修司)	1431
「夏木立」(中川佐和子)	4440
「夏白波」(伊藤淳子)	0604
「夏空の櫂」(米川千嘉子)	6771
「夏怒涛」(太田きえ)	1146
「夏野」(松本勇二)	5824
「夏のうしろ」(栗木京子)	2320
「夏の駅」(彦坂まり)	5165
「夏の終わり」(河津聖恵)	1924
「夏の終わり」(長田清子)	1467
「夏の曲馬団」(山田航)	6515
「夏の辻」(百々登美子)	4306
「夏の読点」(駒田晶子)	2605
「夏の淵」(三好豊一郎)	6106
「夏の山に」(押久保千鶴子)	1491
「夏の落葉」(桜井登世子)	2849
「夏は夕方―五才の風」(安楽健次)	0321
「夏引」(田中拓也)	3925
「夏帽子」(西村和子)	4772
「夏帽子」(前田典子)	5647
「夏目漱石を読む」(吉本隆明)	6753
「夏目漱石 眼は識る東西の字」(池田美紀子)	0414
「夏休みの長い一日」(大和史郎)	6518
「ナーナイの民話と伝説 11」(風間伸次郎)	1616
「七竈」(石井辰彦)	0439
「ナナカマドの歌」(詩集)(田中郁子)	3900
「7歳の先行馬」(新間達夫)	3295
「ななさと私抄(冬)」(遠藤純子)	1043
「'79夏」(福田誠)	5331
「なにか理由がなければ立っていられないのはなぜなんだろう」(樋口えみこ)	5151
「何もしない日」(三浦玲子)	5875
「那の津の先輩たち」(荒木力)	0273
「ナホトカ集結地にて」(鳴海英吉)	4706
「なほ走るべし」(大山敏夫)	1276
「名まえ」(たかはしとしみお)	3679
「生首」(辺見庸)	5499
「ナマコの眼」(鶴見良行)	4208
「生半可な学者」(柴田元幸)	3119
「波」(安倍真理子)	0218
「波」(山川奈々恵)	6414
「波からころがる陽に足跡がはずむ」(高田弄山)	3617
「なみだみち」(瀬野とし)	3496
「なめくじ」(宮本苑生)	6088
「悩む力 べてるの家の人びと」(斉藤道雄)	2739
「悩める管理人 マンション管理の実態」(敦賀敏)	4201
「なよたけ拾遺」(永井陽子)	4405
「成島柳北」(前田愛)	5639
「南欧の若夏」(宮英子)	6025
「南海漂蕩 ミクロネシアに魅せられた土方久功・杉浦佐助・中島敦」(岡谷公二)	1380
「南極」(犬塚堯)	0680
『南京大虐殺』のまぼろし」(鈴木明)	3358
「南国競馬珍道中」(冨井穣)	4321
「汝自身のために泣け」(関岡英之)	3477
「なんじゃこりゃ、フィリピン」(陸丸敦子)	6805
「南城三余集私抄」(目崎徳衛)	6182
「ナンセンスに賭ける」(峯島正行)	6012
「難聴―それを克服するために」(岡本途也)	1378
「なんで英語やるの?」(中津燎子)	4528
「南島文学論」(外間守善)	5509
「南ばん漬けの作り方」(和井田勢津)	6827
「南蛮の陽」(随筆)(七尾一央)	4673
「南部めくら暦」(加藤文男)	1740
「南冥・旅の終り」(辻井喬)	4144

【に】

作品名	番号
「にいちゃんの木」(池田夏子)	0410
「新居浜にて」(風ус旅人)	1663
「匂い水」(松本建彦)	5816
「二月」(笠間由紀子)	1617

「二月の坂」(間鍋三和子) ………… 5843
「和栲」(橋闢石) ………… 4908
「肉塊」(倉原ヒロ) ………… 2314
「肉体輝燿」(岡崎清一郎) ………… 1306
「にぐろの大きな女」(矢口以文) ………… 6312
「逃げそびれた靴音」(斉藤新一) ………… 2712
「逃げ水のこゑ」(小川真理子) ………… 1401
「逃げる」(大石雄鬼) ………… 1073
「逃げる男」(森高多美子) ………… 6271
「逃げる民」(鎌田慧) ………… 1818
「二冊の『鹿火屋』―原石鼎の憧憬」(岩淵喜代子) ………… 0845
「虹」(坂本京子) ………… 2816
「虹仰ぐ」(佐藤南山寺) ………… 2951
「虹をつくる男たち」(向井敏) ………… 6110
「西の季語物語」(茨木和生) ………… 0726
「西へ出づれば」(山田真砂年) ………… 6506
「西山太吉国賠訴訟」(平野幸子) ………… 5240
「二十一世紀の『私』」(久保田耕平) ………… 2274
「二十一世紀ポップ歌集「ビートルズ編」五十首」(名古屋山三) ………… 4665
「「二重国籍」詩人 野口米次郎」(堀まどか) ………… 5573
「20の詩と鎮魂歌」(中江俊夫) ………… 4412
「二重らせんの私」(柳沢桂子) ………… 6365
「二条良基研究」(小川剛生) ………… 1394
「「修紫田舎源氏」論」(鳥島あかり) ………… 4368
「にせもの」(大江麻衣) ………… 1083
「『仁勢物語』における「浮世」観」(小出千恵) ………… 2422
「2000光年のコノテーション」(稲川方人) ………… 0660
「日月」(深見けん二) ………… 5295
「日月」(中村淳悦) ………… 4613
「日常」(金子兜太) ………… 1797
「日常」(高嶋健一) ………… 3593
「日常の問い」(岡たすく) ………… 1284
「日米「愛憎」関係 今後の選択」(天谷直弘) ………… 0227
「日米関係史 全4巻」(細谷千博) ………… 5556
「日米衝突の萌芽 1898―1918」(渡辺惣樹) ………… 6903
「日米同盟の新しい可能性」(中西輝政) ………… 4546
「日米同盟の絆」(坂元一哉) ………… 2814

「二丁目通信」(藤島秀憲) ………… 5390
「日輪」(永田紅) ………… 4511
「日韓歴史認識問題とは何か」(木村幹) ………… 2156
「日系アメリカ人」(大谷勲) ………… 1166
「日光月光」(黒田杏子) ………… 2363
「日商岩井が汚染したマタネコ・クリーク―熱帯雨林破壊とヒ素汚染―」(清水靖子) ………… 3197
「新田次郎文学事典」(新田次郎記念会) ………… 4800
「日中関係―戦後から新時代へ」(毛里和子) ………… 6184
「日中国交正常化―田中角栄、大平正芳、官僚たちの挑戦」(服部龍二) ………… 4999
「日中国交正常化の政治史」(井上正也) ………… 0707
「にっぽん音吉漂流記」(春名徹) ………… 5127
「日本―ヒロヒトの時代」(グラヴロー、ジャック) ………… 2301
「日本を愛した科学者」(加藤恭子) ………… 1713
「日本を愛したティファニー」(久我なつみ) ………… 2218
「日本を捨てた男たち ―フィリピンでホームレス―」(水谷竹秀) ………… 5913
「日本画 繚乱の季節」(田中日佐夫) ………… 3938
「日本海」(本宮哲郎) ………… 6203
「日本外交 現場からの証言」(孫崎享) ………… 5674
「日本漢字音の歴史的研究―体系と表記をめぐって」(沼本克明) ………… 4816
「日本〈汽水〉紀行」(畠山重篤) ………… 4967
「日本共産党の研究」(立花隆) ………… 3872
「日本近代歌謡史 全3巻」(西沢爽) ………… 4746
「日本近代象徴詩の研究」(佐藤伸宏) ………… 2952
「日本国の原則」(原田泰) ………… 5123
「日本軍のインテリジェンス なぜ情報が活かされないのか」(小谷賢) ………… 2511
「「日本経済展望」への寄与を中心として(香西泰) ………… 2427
「日本経済の罠」(加藤創太) ………… 1727
「日本経済の罠」(小林慶一郎) ………… 2562
「日本現代演劇史 明治・大正篇」(大笹吉雄) ………… 1118
「日本現代詩大系 全10巻」(三好達治) ………… 6104
「日本現代詩大系 全10巻」(山宮允) ………… 6537
「日本現代詩大系 全10巻」(中野重治) ………… 4564

「日本現代詩大系 全10巻」(日夏耿之介) 5181
「日本現代詩大系 全10巻」(矢野峰人) 6385
「日本語アクセント史の諸問題」(添田建治郎) 3518
「日本語が亡びるとき 英語の世紀の中で」(水村美苗) 5941
「日本語記述文法の理論」(近藤泰弘) 2665
「日本国の正体 政治家・官僚・メディア—本当の権力者は誰か」(長谷川幸洋) 4955
「日本語指示詞の歴史的研究」(岡﨑友子) 1308
「日本語指示体系の歴史」(李長波) 6801
「日本語修飾構造の語用論的研究」(加藤重広) 1717
「日本語存在表現の歴史」(金水敏) 2213
「日本国家思想史研究」(長尾龍一) 4424
「日本語と押韻(ライミング)」(ゆきゆき亭こやん) 6621
「日本語の語頭閉鎖音の研究」(髙田三枝子) 3615
「日本語の変容と短歌—オノマトペからの一考察」(藤島秀憲) 5391
「日本語の虜囚」(四元康祐) 6762
「日本語の歴史」(山口仲美) 6429
「日本語ぽこりぽこり」(ビナード, アーサー) 5184
「日本産業社会の「神話」—経済自虐史観をただす」(小池和男) 2395
「日本詩歌の伝統」(川本皓嗣) 1990
「日本史—侍からソフト・パワーへ」(ヴァンドゥワラ, ウィリー・F.) 0453
「日本詩人」(詩誌)100号発行(河西新太郎) 1945
「日本思想史新論」(中野剛志) 4567
「日本児童演劇史」(冨田博之) 4333
「日本児童文学史年表 全2巻」(鳥越信) 4367
「日本資本主義の思想像」(内田義彦) 0952
「日本資本主義の農業問題」(大内力) 1077
「日本書紀の謎を解く—述作者は誰か」(森博達) 6232
「日本書史」(石川九楊) 0463
「日本女性史」(井上清) 0690
「日本新劇史」(松本克平) 5808

「日本人とすまい」(上田篤) 0866
「日本人とユダヤ人」(ベンダサン, イザヤ) 5493
「日本人の病気観」(大貫恵美子) 1213
「日本人霊歌」(塚本邦雄) 4109
「日本神話」(上田正昭) 0874
「日本水産魚譜」(安田富士郎) 6333
「日本水産魚譜」(桧山義夫) 5201
「日本政治思想史研究」(丸山真男) 5860
「日本占領下のジャワ農村の変容」(倉沢愛子) 2302
「日本占領史1945—1952」(福永文夫) 5342
「日本中世境界史論」(村井章介) 6126
「日本的雇用慣行の経済学」(八代尚宏) 6319
「日本動物図鑑」(内田清之助) 0942
「日本童謡事典」(上笙一郎) 1824
「日本における近代政治学の発達」(蠟山政道) 6823
「日本における朝鮮人の文学の歴史」(任展慧) 4809
「日本の陰謀」(ドウス昌代) 4255
「日本農業技術史」(上・下)(古島敏雄) 5476
「日本農民運動史 全5巻」(青木恵一郎) 0019
「日本農民詩史 上中下」(松永伍一) 5775
「日本の漆」(伊藤清三) 0613
「日本の衛星写真」(丸安隆和) 5857
「日本の鶯」(関容子) 3472
「日本の科学/技術はどこへいくのか」を中心として(中島秀人) 4482
「日本の科学思想」(辻哲夫) 4133
「日本のガット加入問題」(赤根谷達雄) 0072
「日本の川を旅する—カヌー単独行」(野田知佑) 4858
「日本の近世 全18巻」(朝尾直弘) 0143
「日本の近世 全18巻」(辻達也) 4132
「日本の国ができるまで」(宮森繁) 6097
「日本の国ができるまで」(高橋碵一) 3669
「日本の国ができるまで」(松島栄一) 5758
「日本の景観」(樋口忠彦) 5155
「日本の工業化と鉄鋼産業」(岡崎哲二) 1307
「日本の考古学 全7巻」(杉原荘介) 3328

「日本の塩道―その歴史地理学的研究」（富岡儀八）	4323
「日本の資源問題」（安芸皎一）	0084
「日本の小説の1世紀」（ゴトリーブ, ジョルジュ）	2545
「日本の食と農」（神門善久）	2441
「日本の政治と言葉」（石田雄）	0494
「日本の大学」（永井道雄）	4402
「日本の大衆文学」（サカイ, セシル）	2778
「日本の中世 全12巻」（石井進）	0437
「日本の彫刻 全6巻」（今泉篤男）	0746
「日本の統治構造―官僚内閣制から議院内閣制へ」（飯尾潤）	0324
「日本の農業」（近藤康男）	2663
「日本の風土病」（佐々学）	2857
「日本の不平等」（大竹文雄）	1163
「日本の放浪芸」（小沢昭一）	1478
「日本のマラーノ文学」（四方田犬彦）	6792
「日本の万葉集」（金思燁）	2209
「日本の民家」のうち「山陽路」「高山・白川」（伊藤ていじ）	0615
「日本の民家」のうち「山陽路」「高山・白川」（二川幸夫）	5449
「日本の名随筆（全200巻）」（和田肇）	6875
「日本の唯物論者」（三枝博音）	2760
「日本の夢信仰」（河東仁）	1943
「日本の幼稚園」（上笙一郎）	1825
「日本の離島」（宮本常一）	6090
「日本の路地を旅する」（上原善広）	0897
「日本のロックとビートルズ（サザンオールスターズを例にして）」（森泰宏）	6239
「日本のわらべ歌全集」（浅野建二）	0153
「日本のわらべ歌全集」（平井康三郎）	5205
「日本版レコードジャケット写真の検証」（木村秀樹）	2177
「『日本百名山』の背景―深田久弥・二つの愛」（安宅夏夫）	0178
「日本百名山」（深田久弥）	5286
「日本婦人問題資料集成 全10巻」（丸岡秀子）	5852
「日本文化史 全8巻」（家永三郎）	0348
「日本文壇史」（瀬沼茂樹）	3495
「日本方言詩集」（川崎洋）	1907
「日本ミステリー進化論」（長谷部史親）	4961
「日本倫理思想史」（上・下）（和辻哲郎）	6957
「日本歴史大辞典 全20巻」（河出書房新社）	1942
「日本労働組合運動史」（末弘厳太郎）	3304
「ニューインスピレーション」（野村喜和夫）	4879
「入換」（外山滋比古）	4355
「乳鏡」（田谷鋭）	4052
「乳房雲」（田中教子）	3937
「ニュートン主義とスコットランド啓蒙」（長尾伸一）	4421
「ニューロン人間」（新谷昌宏）	3283
「女人説話」（沢田敏子）	3022
「女人短歌大系」（長沢美津）	4468
「女犯不動」（打田早苗）	0940
「楡の下道」（細川謙三）	5541
「2（6乗）＝64／窓の分割」（浅野言朗）	0154
「庭」（湖東紀子）	2532
「庭で」（中井和子）	4387
「庭の世界」（今井由子）	0745
「庭ひとすじ」（森蘊）	6215
「人魚」（山本美代子）	6598
「人魚姫のトウシューズ」（水月りの）	5905
「にんげんをかえせ・峠三吉全詩集」（峠三吉）	4248
「人間オグリの馬遍歴」（小栗康之）	1452
「人間を撮る―ドキュメンタリーがうまれる瞬間（とき）―」（池谷薫）	0423
「人間を脱ぐと海がよく光る」（篠原和子）	3092
「人間が転んだ」（藤村柊）	5412
「人間でよかった」（金井広）	1766
「人間の生活」（杉谷昭人）	3322
「人間の由来」（上・下）（河合雅雄）	1878
「人間復権シリーズ」（北海道新聞社社会部）	5560
「妊娠・出産をめぐる人間関係の変容―男性歌人を中心に」（吉川宏志）	6684
「『認知症』病棟で働く」（前澤ゆう子）	5638
「認知と指示 定冠詞の意味論」（小田涼）	1503
「忍冬文」（須藤若江）	3446
「忍冬文」（鈴木英夫）	3403

【ぬ】

「ぬくもりの原点」(水晶彦平) ………… 5908
「脱けがら狩り」(小長谷清実) ………… 2547
「ぬけられますか―私漫画家 滝田ゆう」
　(校條剛) ……………………………… 6183
「ヌードな日」(野村喜和夫) …………… 4880
「沼の葦むら」(富永貢) ………………… 4343
「沼の道」(東風谷利男) ………………… 2519
「濡れて路上いつまでもしぶき」(泉谷
　明) ……………………………………… 0535
「ヌンサヤーム」(会津泰成) …………… 0008

【ね】

「根」(土橋治重) ………………………… 4317
「婦負野」(滝口英子) …………………… 3766
「葱の精神性」(桜井勝美) ……………… 2845
「ねこ」(はたちよしこ) ………………… 4970
「ねこごはん」(中村明美) ……………… 4601
「ねこたちの夜」(さわださちこ) ……… 3018
「猫談義」(崔華国) ……………………… 4065
「猫町五十四番地 間中ケイ子詩集」(間中
　ケイ子) ………………………………… 5834
「捩り花」(鈴木麗) ……………………… 5717
「ねじれ 医療の光と影を越えて」(志治美
　世子) …………………………………… 3068
「ネズ・パース民話集」(青木晴夫) …… 0028
「熱情ソナタ」(新川克之) ……………… 3276
「熱帯の風と人と」(鈴木博) …………… 3406
「ネットと愛国 在特会の『闇』を追いか
　けて」(安田浩一) ……………………… 6328
「熱のある夢」(篠崎京子) ……………… 3085
「熱風 A Thousand steps」(詩集)(吉増
　剛造) …………………………………… 6748
「ねにもつタイプ」(岸本佐知子) ……… 2063
「ネパール浪漫釣行」(小林和彦) ……… 2560
「ネフスキイ」(岡井隆) ………………… 1297
「寝惚け始末記」(石川起観雄) ………… 0461

「寝ぼけてでんしゃに」(清水耕一) …… 3171
「眠つてよいか」(竹山広) ……………… 3843
「眠り」(たかはしとみお) ……………… 3680
「眠りの祈り」(北村太郎) ……………… 2114
「ねむりのエスキス」(なかむらみちこ)
　…………………………………………… 4632
「眠れぬ夜」(岩崎太郎) ………………… 0811
「眠れる旅人」(池井昌樹) ……………… 0384
「眠れる美女」(川端康成) ……………… 1966
「狙うて候―銃豪村田経芳の生涯」(東郷
　隆) ……………………………………… 4251
「年金大崩壊」(岩瀬達哉) ……………… 0817
「年金の悲劇―老後の安心はなぜ消えた
　か」(岩瀬達哉) ………………………… 0818
「年月のあしおと」(広津和郎) ………… 5270
「粘土」(伊藤正斉) ……………………… 0630
「年々の翠」(小山そのえ) ……………… 2638
「念仏ひじり三国志―法然をめぐる人々
　全5巻」(寺内大吉) …………………… 4219

【の】

「ノー！」(おぎぜんた) ………………… 1408
「能管」(猪口節子) ……………………… 0366
「農業革命を展望する」(叶芳和) ……… 1808
「農業図説大系」(野口弥吉) …………… 4845
「脳死」(立花隆) ………………………… 3873
「脳死をこえて」(藤村志保) …………… 5410
「農場」(詩集)(杉谷昭人) ……………… 3323
「農村社会科カリキュラムの実践」(今井
　誉次郎) ………………………………… 0741
「農村に広がる恐怖 特許侵害で告訴され
　る北米の農民」(本田進一郎) ………… 5608
「農地改革の諸問題」(近藤康男) ……… 2664
「農地解放」(瀬谷よしの) ……………… 3500
「脳と仮想」(茂木健一郎) ……………… 6189
「農鳥」(三枝昂之) ……………………… 2685
「脳の話」(時実利彦) …………………… 4274
「農婦・母」(上野健夫) ………………… 0887
「濃霧の里―あの子たちはいま」(阿部信
　一) ……………………………………… 0209
「能面」(白洲正子) ……………………… 3254

作品名	番号
「能・よみがえる情念」(馬場あき子)	5022
「野川」(岡島弘子)	1322
「残すべき歌論―二十世紀の短歌論」(篠弘)	3082
「野ざらし述男序論―現代俳句の新しい地平」(平敷武蕉)	5489
「のさりの山河」(島一春)	3136
「野面積」(黛執)	5848
「野田秀樹」(内田洋一)	0950
「後の日々」(永田和広)	4507
「のちは雨」(吉田真弓)	6724
「能登往還」(三井ゆき)	5969
「能登の月」(今泉協子)	0747
「ノートル・ダムの椅子」(日置俊次)	5142
「野中の一樹」(高萩あや子)	3641
「野中広務 差別と権力」(魚住昭)	0913
「野にかかる虹」(井上俊夫)	0701
「野に咲く」(内原弘美)	0955
「no news」(島田幸典)	3160
「野の異類」(阪森郁代)	2828
「野の扇」(田中国男)	3909
「野の琴」(藺草慶子)	0363
「野の風韻」(谷邦夫)	3962
「野原の詩」(金時鐘)	2152
「野薔薇のカルテ」(大塚ミユキ)	1190
「信長」(秋山駿)	0120
「信長の首」(角川春樹)	1754
「野辺の花火」(小柳なほみ)	2633
「ノミトビヒヨシマルの独言」(季村敏夫)	2173
「ノモンハン桜」(猪野睦)	0684
「ノモンハンの夏」(半藤一利)	5135
「野焼」(樋口道三)	5159
「野良になった猫」(菊池きみ)	2032
「呪われた詩人 尾崎放哉」(見目誠)	2390
「のろまそろま狂言集成」(信多純一)	3088
「野分のやうに」(生方たつゑ)	0972
「ノワール作家・結城昌治」(中辻理夫)	4533
「ノン・リケット」(長沼明)	4550

【は】

作品名	番号
「梅雨山河」(渡部良子)	6947
「ハイエナ」(高野義裕)	3638
「バイオコンピュータ」(甘利俊一)	0233
「俳諧辻詩集」(辻征夫)	4139
「俳諧のこころ 支考「虚実」論を読む」(岩倉さやか)	0804
「廃墟に立つ理性―戦後合理性論争における和辻哲郎学の位相」(ラフルーア, ウィリアム・R.)	6797
「俳句を読むということ」(片山由美子)	1687
「俳句が文学になるとき」を中心として(仁平勝)	4806
「俳句初心」(川崎展宏)	1904
「俳句・その二枚の鏡」(成井恵子)	4702
「俳句とハイクの世界」(星野恒彦)	5525
「俳句における女歌」(綾野道江)	0244
「俳句の宇宙」(長谷川櫂)	4939
「俳句の国際性」(星野慎一)	5524
「俳句の射程」(仁平勝)	4807
「俳句の世界は洋々と広い」(石田つとむ)	0495
「俳句のはじまる場所」(小沢実)	1486
「俳句の力学」(岸本尚毅)	2067
「拝啓 伊藤桂一様」(輪座鈴枝)	6857
「背景のない自画像」(早川聡)	5047
「廃しつ病床の愛の歌」(平石佳弘)	5210
「俳誌「帆」における三鬼と白泉」(細井啓司)	5538
「廃車のオブジェ」(子川多栄子)	4817
「俳人青木月斗」(角光雄)	1704
「俳人 安住敦」(西嶋あさ子)	4748
「俳人 橋本鶏二」(中村雅樹)	4630
「俳人風狂列伝」(石川桂郎)	0466
「俳人松瀬青々」(堀古蝶)	5570
「はいすくーる落書」(多賀たかこ)	3550
「敗戦後論」(加藤典洋)	1736
「ハイチ地震の傷跡」(水島伸敏)	5909
「売買」(為平澪)	4049
「ばいばい, フヒタ」(藤田直子)	5397

作品名	番号
「パイプのけむり（正・続）」（団伊玖磨）	4057
「敗北を抱きしめて」（上・下）（ダワー、ジョン）	4053
「敗北の抒情」（菱川善夫）	5170
「貝母 上村典子歌集」（上村典子）	0908
「海拉爾和歌山縣人會の皆さんに」（松島斗志哉）	5759
「海量（ハイリャン）」（大口玲子）	1105
「ハウス・グーテンベルクの夏」（大和田暢子）	1278
「パウル・ツェランと石原吉郎」（冨岡悦子）	4322
「バウルを探して―地球の片隅に伝わる秘密の歌」（川内有緒）	1879
「墓を数えた日」（瀧克則）	3758
「葉風」（楠誓英）	2243
「歯型」（平出礼子）	5235
「博多湾に霧の出る日は」（田島安江）	3853
「鋼の花束」（坂本稔）	2825
「鋼の水」（尾堤輝義）	1496
「バカの壁」（養老孟司）	6640
「儚々」（飯島晴子）	0334
「BARCAROLLE・バカローレ（舟唄）」（鳴海宥）	4708
「萩」（春山アイ）	5128
「パキスタンの旅―コーランの祈りに寄せて」（波勝一廣）	4898
「萩原朔太郎」（伊藤信吉）	0609
「萩原朔太郎」（野村喜和夫）	4881
「白雨」（春日井建）	1650
「白炎」（篠原霧子）	3093
「白雁」（楠田立身）	2241
「白球の叙事詩」（大滝和子）	1155
「白暁」（富小路禎子）	4345
「白蛍」（稲葉京子）	0668
「白鯨」（山崎睦男）	6462
「白月」（望月周）	6193
「白山」（新田祐久）	4799
「白磁かへらず」（畑和子）	4963
「白日光」（池田はるみ）	0412
「白日夢」（波多野マリコ）	4982
「白もくれん」（石川のり子）	0473
「白秋望景」（川本三郎）	1994
「白色」（金原知典）	2217
「バグダッド燃ゆ」（岡野弘彦）	1350
「白鳥」（沢木欣一）	3006
「白鳥の歌」（滝沢亘）	3771
「白桃」（伊藤通明）	0634
「博物館」（柴田千秋）	3109
「幕末気分」（野口武彦）	4842
「薄明行」（大谷良太）	1176
「白面」（橋本喜夫）	4926
「白木蓮の卵」（松村由利子）	5801
「剝落する青空」（杉橋陽一）	3326
「はぐるま太鼓」（大内雅恵）	1079
「歯車の話」（成瀬政男）	4705
「白嶺」（矢地由紀子）	6352
「はぐれた子供」（村野美優）	6162
「馬喰者の話」（鈴木素直）	3388
「化け野」（大野直子）	1224
「派遣村」（万葉太郎）	1655
「箱入豹」（井坂洋子）	0429
「箱族の街」（舟越健之輔）	5454
「パゴダツリーに降る雨」（山本博道）	6589
「羽衣」（清水啓子）	3168
「稲架」（絵鳩恭子）	1026
「馬産地80話 日高から見た日本競馬」（岩崎徹）	0812
「橋を渡る」（中村信子）	4625
「箸の文化史―世界の箸・日本の箸」（一色八郎）	0582
「橋姫」（村上草彦）	6133
「はじまりの樹」（津川絵理子）	4116
「始まりはいつも」（福井和子）	5300
「初めての空」（葵生川玲）	0017
「はじめての雪」（佐佐木幸綱）	2893
「本のお口よごしですが」（出久根達郎）	4212
「初めの頃であれば」（花潜幸）	5004
「馬車が買いたい！」（鹿島茂）	1629
「覇者の誤算」（上・下）（立石泰則）	3885
「場所」（高良留美子）	2459
「芭蕉―その旅と詩」（徳岡弘之）	4285
「芭蕉、その後」（楠元六男）	2248
「芭蕉における『本朝一人一首』の受容―『嵯峨日記』『おくの細道』を中心に」（陳可冉）	4096
「芭蕉の声を求めて―おくのほそ道の旅への旅」（松丸春生）	5788

作品名	ページ
「芭蕉の手紙」（村松友次）	6168
「芭蕉の風景 文化の記憶」（シラネ, ハルオ）	3259
「芭蕉の方法―連句というコミュニケーション―」（宮脇真彦）	6102
「芭蕉の誘惑」（嵐山光三郎）	0280
「芭蕉連句の季語と季感試論」（野村亞住）	4874
「場所の記憶」（小林幸子）	2589
「走らざる者たち」（平塚晶人）	5231
「走り者」（大崎二郎）	1113
「字彗（ばず）」（八重洋一郎）	6294
「パース」（苗村吉昭）	4689
「恥ずかしいくらい手を振る母がいてバンクーバーへ僕は旅立つ」（澤邊稜）	3029
「パスカル考」（塩川徹也）	3052
「蓮喰いびと」（多田智満子）	3857
「蓮喰ひ人の日記」（黒瀬珂瀾）	2354
「バスティーユの石」（吉田漱）	6708
「パースの宇宙論」（伊藤邦武）	0595
「Perspective」（香川ヒサ）	1579
「支倉常長 慶長遣欧使節の真相 肖像画に秘められた実像」（大泉光一）	1074
「裸」（百瀬靖之）	6210
「裸の大将一代記―山下清の見た夢」（小沢信男）	1482
「跣足」（藤本美和子）	5422
「裸足の原始人たち」（野本三吉）	4890
「パターソン」（沢崎順之助）	3014
「波多野精一全集 全5巻」（波多野精一）	4980
「はたはたと頁がめくれ…」（新川和江）	3273
「巴旦杏」（時田則雄）	4280
「八月の朝」（俵万智）	4055
「八月の子供」（斎藤健一）	2702
「八月の子守唄」（小嶋和香代）	2498
「八月の象形文字」（堀内統義）	5578
「八月の小さな旅」（須賀千鶴子）	3310
「八月六日」（谷川彰啓）	3983
「八十八夜」（三井淳一）	5963
「八丈方言動詞の基礎研究」（金田章宏）	1803
「ハチの生活」（岩田久二雄）	0822
「蜂蜜採り」（佐々木幹郎）	2884
「パチンコ別れ旅」（澤淳一）	3003
「初秋空」（大城鎮基）	1136
「葉つき柚子」（池田義弘）	0418
「バックストリートの星たち―ユーラシア・アフリカ大陸、そこに暮らす人々をめぐる旅―」（中村安希）	4600
「発見、発掘、土の中に眠る夢とロマン―発掘にすべてをかけた"とがり石の鬼"宮坂英弌」（山本まさみ）	6592
「発語」（岡野絵里子）	1344
「初恋の女性」（葦乃原光晴）	0165
「発光」（吉原幸子）	6743
「白光」（成田千空）	4700
「服部南郭伝攷」（日野龍夫）	5186
「発熱頌」（松本邦吉）	5809
「ハッピーアイランド」（鈴木博太）	3408
「初評伝 坪野哲久」（山本司）	6582
「初神籤」（山口文子）	6435
「果て」（佐伯多美子）	2755
「果てしなき渇望 至高の肉体を求めて」（増田晶文）	5686
「果てもない道中記」（安岡章太郎）	6324
「ハテルマシキナ」（桜井信夫）	2850
「バテレン追放令」（安野眞幸）	0320
「波動」（川島喜代詩）	1914
「鳩子」（石川不二子）	0474
「鳩時計」（田崎武夫）	3847
「鳩の影」（詩集）（青柳悠）	0055
「鳩の鳴く朝」（浅野富美江）	0156
「波止場・夏」（えつぐまもる）	1014
「バード・バード」（なみの亜子）	4684
「花虻」（福井和子）	5301
「花行脚」（角川照子）	1753
「花いちもんめ」（鳥海昭子）	4369
「花を抱く」（みもとけいこ）	6019
「涙をたらした神」（吉野せい）	6735
「花を散らさず」（西川修子）	4735
「桜鬼」（大掛史子）	1091
「花を踏む」（小谷奈央）	2513
「花筐」（小野雅子）	1527
「華骨牌」（谷沢迪）	4001
「花嫌い神嫌い」（玉川鵬心）	4019
「花首」（志野暁子）	3078
「花恋」（金子皆子）	1801

作品名	番号
「花咲爺」(角川春樹)	1755
「花、咲きまっか」(俣木聖子)	5694
「花石榴」(滝春一)	3759
「花寂び」(鷲谷七菜子)	6865
「花詩集」(小出ふみ子)	2423
「花呪文」(坂巻純子)	2811
「花ずおう」(高野岩夫)	3626
「鼻茸について」(平田俊子)	5228
「花束」(岩田由美)	0833
「花散りてまぼろし」(東延江)	5146
「バーナード・リーチの生涯と芸術」(鈴木禎宏)	3373
「花と雨」(藪内亮輔)	6388
「花と木の文化史」(中尾佐助)	4418
「花と死王」(中本道代)	4647
「花泥棒は象に乗り」(秋川久紫)	0088
「華日記―昭和いけ花戦国史」(早坂暁)	5053
「花のあとさき」(伊藤雅水)	0631
「花の雨」(加古宗也)	1603
「花の渦」(篠弘)	3083
「花の階段 風の道」(内藤たつ子)	4375
「花の季」(長嶺力夫)	4597
「花の形態」(埋田昇二)	0977
「ハナの気配」(田辺郁)	3956
「花の構図」(福本東希子)	5349
「花野星」(阿部慧月)	0203
「花の線画」(横山未来子)	6657
「花のなかの先生」(柏木恵美子)	1633
「花の百名山」(田中澄江)	3921
「花の迷路」(内藤喜久子)	4373
「花の夕張岳に魅せられた人々」(新井喜美子)	0253
「花の裸身」(石下典子)	0453
「花の別れ」(豊田正子)	4358
「花の脇役」(関容子)	3473
「花鋏」(朝倉和江)	0146
「花万朶」(志摩みどり)	3137
「花冷え」(荻原恵子)	1415
「花一日(ひとひ)」(今井肖子)	0740
「花火の星」(島田修二)	3152
「花房の翳」(神野孝子)	1835
「花まいらせず」(高橋順子)	3665
「花まぼろし」(木川陽子)	2027
「花実」(髙田正子)	3612
「花若荷」(阿部清子)	0201
「花無念」(安永蕗子)	6340
「花眼」(北条裕子)	5506
「花も嵐も 女優・田中絹代の生涯」(古川薫)	5470
「花森安治の仕事」(酒井寛)	2787
「花より南に」(馬場あき子)	5017
「離れ象」(石原武)	0509
「花はどこへいった」(三浦澄子)	5866
「埴輪の庭」(石岡チイ)	0451
「翅」(鈴木満)	3422
「羽地大川は死んだ―ダムに沈む"ふるさと"と反対運動の軌跡」(浦島悦子)	0992
「翅の伝記」(時里二郎)	4273
「母」(金井健一)	1763
「母・りくの悩みは今もなお」(松井正明)	5702
「『母親』の解放」(辻久美子)	4156
「妣が国大阪」(池田はるみ)	0413
「はばたけニワトリ」(中倉真知子)	4450
「母と芸居」(寺田テル)	4226
「母としてのりくへ」(本田幸男)	5616
「母なる自然のおっぱい」(池澤夏樹)	0400
「母なるもの―近代文学と音楽の場所」(高橋英夫)	3694
「母の遺産」(広石勝彦)	5262
「母の想い」(西野由美子)	4762
「母の黒髪」(岩本紀子)	0850
「母のことば」(中道操)	4594
「母の微笑」(福谷美那子)	5352
「母の目蓋」(小泉誠志)	2417
「母の繭」(青木美保子)	0035
「母の耳」(野田寿子)	4860
「ババ、バサラ、サラバ」(詩集)(小池昌代)	2411
「母不敬」(柴田恭子)	3102
「パーフェクト・パラダイス」(淵上熊太郎)	5452
「バベルの謎」(長谷川三千子)	4953
「バーボン・ストリート」(沢木耕太郎)	3012
「ハミング」(月野ぽぽな)	4120
「ハミングバード」(田村隆一)	4048
「ハムレットは太っていた！」(河合祥一	

郎）……………………… 1874	「遥かなるチベット」（根深誠）……… 4821
「林達夫著作集 全6巻」（林達夫）……… 5072	「遥かなる水」（陽美保子）…………… 6637
「林望のイギリス観察辞典」（林望）…… 5076	「春煌いて」（春月和佳）……………… 5126
「林美美子の昭和」（川本三郎）………… 1995	「春ごと」（上島清子）………………… 0862
「林は繁り林の家族へ」（林喜代三）…… 5063	「バルサの翼」（小池光）……………… 2405
「葉柳に…」（蓬田紀枝子）……………… 6788	「春障子」（後藤兼志）………………… 2523
「流行歌―西條八十物語」（吉川潮）…… 6673	「バルトーク～民謡を「発見」した辺境
「薔薇色のカモメ」（新藤凉子）………… 3287	の作曲家」（伊東信宏）……………… 0618
「ばら色のバラ」（阿部孝）……………… 0212	「パルナッソスへの旅」（相沢正一郎）… 0005
「薔薇園」（久保井信夫）………………… 2272	「春楡の木」（藤井貞和）……………… 5369
「薔薇を焚く」（高倉レイ）……………… 3581	「春の鱗」（高橋百代）………………… 3711
「はらからの花」（板垣好樹）…………… 0552	「春の風車」（山口雅子）……………… 6436
「ハラスのいた日々」（中野孝次）……… 4562	「春の風」（津久井通恵）……………… 4123
「パラダイスウォーカー」（中村勝雄）… 4602	「春の数えかた」（日高敏隆）………… 5178
「原敬日記 全9巻」（原奎一郎）………… 5101	「春の鐘」（おくだ菜摘）……………… 1422
「原っぱの虹」（菊永謙）………………… 2049	「春の雁」（木内彰志）………………… 2023
「バラのあいつ」（浅野明信）…………… 0158	「春の距離」（岸本節子）……………… 2064
「薔薇（ばら）の鬼ごっこ」（末永直海）… 3302	「春の樟」（唐沢南海子）……………… 1854
「薔薇の苗」（窪田章一郎）……………… 2278	「春のこゑ」（辻田克巳）……………… 4150
「薔薇のはなびら」（境節）……………… 2779	「春の鼓笛」（伊藤佐喜雄）…………… 0602
「薔薇ふみ」（新藤凉子）………………… 3288	「春の潮」（永井貞子）………………… 4393
「薔薇窓」（句集）（小田幸子）………… 1499	「春の潮」（上村佳与）………………… 0903
「薔薇物語」（篠田勝英）………………… 3086	「春のじかん」（川地雅世）…………… 1940
「はらりさん」（山埜井喜美枝）………… 6533	「春の僧主」（島村章子）……………… 3162
「パラレル・ワールド」（深沢正雪）…… 5284	「春の卵」（小島熱子）………………… 2484
「玻璃」（真鍋美恵子）…………………… 5842	「春の力」（山本房子）………………… 6591
「バリでパパイア」（大橋礁）…………… 1234	「春の土」（清水房雄）………………… 3191
「針と糸」（横山昭作）…………………… 6655	「春の露」（武藤紀子）………………… 6121
「バリ島」（永渕康之）…………………… 4590	「春の独白」（江上栄子）……………… 0996
「パリの女は産んでいる」（中島さおり）	「春の謎」（高垣憲正）………………… 3567
……………………………………………… 4475	「春の猫」（津川絵理子）……………… 4117
「パリの5月に」（清岡卓行）…………… 2196	「春の野に鏡を置けば」（中川佐和子）… 4441
「巴里のシャンソン」（芦原英了）……… 0166	「春の光」（清崎進一）………………… 2197
「巴里の空の下オムレツのにおいは流れ	「春の日差し」（木戸京子）…………… 2129
る」（石井好子）………………………… 0449	「春の病歴」（中野嘉一）……………… 4559
「針の道」（樅山尋）……………………… 6209	「春の胞子」（中島三枝子）…………… 4486
「パリ風俗」（鹿島茂）…………………… 1630	「春の岬」（三好達治）………………… 6103
「パリンプセスト」（草野理恵子）……… 2233	「春の水」（斎藤耕心）………………… 2704
「春 少女に」（詩集）（大岡信）……… 1089	「春の雪」（山中弘）…………………… 6528
「春を待つ」（服部きみ子）……………… 4992	「春祭」（増田三果樹）………………… 5689
「春を待つ枝」（白石真佐子）…………… 3250	「春は吉野の」（後藤兼志）…………… 2524
「遙か」（永田耕一郎）…………………… 4512	「馬鈴薯の花」（鈴木紘子）…………… 3405
「遙かなるナイルの旅」（島田浩治）…… 3149	「パレオマニア 大英博物館からの13の旅」
「遙かな土手」（李美子）………………… 0322	（池澤夏樹）…………………………… 0401

「ハワイイ紀行」(池澤夏樹) ………… 0402
「反・都市論」(武下奈々子) ………… 3808
「反音楽史―さらば、ベートーヴェン」(石井宏) ………… 0444
「晩夏光幻視」(小川アンナ) ………… 1383
「反歌・この地上で」(藤田晴央) ………… 5400
「晩夏の川」(田中拓也) ………… 3926
「反旗の行方 大阪市環境局・改革への内部告発」(水野裕隆) ………… 5921
「反逆者たちの挽歌〜日本の夜明けはいつ来るのか〜」(松風爽) ………… 5729
「泮丘歌編」(片山貞美) ………… 1679
「万愚節」(渡辺昭子) ………… 6885
「万国旗」(近藤東) ………… 2647
「反骨―鈴木天民の生涯」(鎌田慧) ………… 1819
「半七は実在した―半七捕物帳江戸めぐり」(今井金吾) ………… 0736
「晩春の日に」(田中冬二) ………… 3944
「晩鐘」(尾花仙朔) ………… 1536
「反照」(礒幾造) ………… 0537
「晩翠橋を渡って」(大出京子) ………… 1076
「半世記」(髙貝弘也) ………… 3565
「反戦」(細野一敏) ………… 5549
「反戦記者父と女子挺身隊員の記録」(小林エミル) ………… 2556
「伴奏」(工藤重信) ………… 2254
「板窓」(藤森光男) ………… 5427
「磐梯」(本田一弘) ………… 5602
「パンチョッパリのうた」(辛鐘生) ………… 3268
「蛮亭」(水橋晋) ………… 5930
「晩冬」(岡部文夫) ………… 1357
「半島へ、ふたたび」(蓮池薫) ………… 4932
「パンとペン 社会主義者・堺利彦と『売文社』の闘い」(黒岩比佐子) ………… 2338
「パンドルの卵」(仲村渠芳江) ………… 4662
「反日本語論」(蓮実重彦) ………… 4934
「反貧困―『すべり台社会』からの脱出」(湯浅誠) ………… 6608
「斑猫の宿」(奥本大三郎) ………… 1445
「万里」(網谷厚子) ………… 0235
「晩緑」(殿村莵絲子) ………… 4313

【ひ】

「ピアノと女」(伊藤幸也) ………… 0642
「びあんか」(水原紫苑) ………… 5933
「非衣」(藤本瑲) ………… 5418
「柊の花」(石丸正) ………… 0516
「ピエタの夜」(川島完) ………… 1913
「冷えゆく耳」(後藤由紀恵) ………… 2543
「ピエール・クロソウスキー 伝達のドラマトゥルギー」(大森晋輔) ………… 1263
「ピエロタへの手紙」(花田英三) ………… 5003
「檜扇の花」(市来勉) ………… 0569
「飛花」(林徹) ………… 5073
「比較俳句論 日本とドイツ」(渡辺勝) ………… 6924
「日傘来る」(勝又民樹) ………… 1692
東アジア・イデオロギーを超えて(古田博司) ………… 5479
「東アジアの思想風景」を中心として(古田博司) ………… 5480
「東トルキスタン共和国研究」(王柯) ………… 1062
「東山水墨画の研究」(渡辺一) ………… 6916
「干潟のカニ・シオマネキ―大きなはさみのなぞ」(金尾恵子) ………… 1772
「干潟のカニ・シオマネキ―大きなはさみのなぞ」(武田正倫) ………… 3826
「ぴかぴか」(坊城俊樹) ………… 5505
「『ひかり』で月見」(青木正) ………… 0024
「光りて眠れ」(岸本由紀) ………… 2072
「光と陰」(大図清隆) ………… 1138
「光と影―ソル・イ・ソンブラ」(隠田友子) ………… 1556
「光と、ひかりの届く先」(平岡直子) ………… 5214
「ひかり凪」(恒成美代子) ………… 4175
「光に向って」(詩集)「五采」(詩誌)(岡村民) ………… 1363
「光に向って咲け―斎藤百合の生涯」(粟津キヨ) ………… 0297
「ひかりによる吹奏を」(由利俊) ………… 6632
「光の引用」(山下泉) ………… 6467
「光の教会 安藤忠雄の現場」(平松剛) ………… 5253
「光の翼」(下沢風子) ………… 3206
「ひかりの途上で」(峯澤典子) ………… 6010

「光の春」(高安国世)	3732
「光の曼陀羅 日本文学論」(安藤礼二)	0319
「光は灰のように」(有田忠郎)	0290
「光る朝」(木村迪夫)	2186
「ひがん花幻想」(鈴木操)	3419
「彼岸人」(禿慶子)	1839
「秘境ブータン」(中尾佐助)	4419
「ひきわり麦抄」(新川和江)	3274
「ビギン・ザ・ビギン―日本ショウビジネス楽屋」(和田誠)	6879
「低き椅子」(吉良保子)	2204
「ピグミーチンパンジー」(黒田末寿)	2359
「日暮」(三田きえ子)	5946
「眉月集」(本田一弘)	5603
「P-5インマイライフ」(鈴木やえ)	3425
「飛行絵本」(足立公平)	0184
「ヒコウキ雲」(渡辺祥子)	6900
「飛行する沈黙」(浜江順子)	5033
「飛行論」(綾部健二)	0247
「氷雨の日々」(鎗田清太郎)	6607
「ピサロ/砂の記憶―印象派の内なる闇」(有木宏二)	0287
「肘ゑくぼ」(鈴木虚峰)	3369
「飛種」(馬場あき子)	5023
「日出生台」(谷川彰啓)	3984
「美術という見世物」(木下直之)	2143
「美酒と革嚢 第一書房・長谷川巳之吉」(長谷川郁夫)	4937
「飛翔」(圻たけお)	0132
「微笑の空」(伊藤一彦)	0592
「非情のバンク」(志村恭吾)	3199
「美食家の誕生―グリモと「食」のフランス革命」(橋本周子)	4922
「秘色の天」(中野照子)	4569
「美女とネズミと神々の島」(秋吉茂)	0127
「『美人写真』のドラマトゥルギー――『にごりえ』における〈声〉の機能」(笹尾佳代)	2859
「翡翠露」(唐亜県)	4244
「B'zをめぐる冒険」(比屋根薫)	5199
「ビスケットの空カン」(川崎洋)	1908
「非戦」(渡辺をさむ)	6888
「日高川水游」(坂出裕子)	2806
「ひたかみ」(大口玲子)	1106
「ひたくれなゐ」(斎藤史)	2730

「日溜りの場所」(薄上才子)	0931
「羊飼の食卓」(太田愛人)	1144
「羊雲離散」(小野茂樹)	1520
「秀十郎夜話」(千谷道雄)	4085
「一重帯」(江見渉)	1034
「日時計」(沙羅みなみ)	3000
「一匙の海」(柳澤美晴)	6367
「一筋の人」(富永真紀子)	4342
「一すじの道―房江夫妻の生」(野上貞行)	4830
「ひとつとや」(長谷川双魚)	4944
「ひとつぶの砂で砂漠を語れ」(司城志朗)	4104
「ひとつぶの行方」(松村酒恵)	5793
「ヒトという生きもの」(柳澤嘉一郎)	6363
「人とうさぎと白文鳥」(三田マリ)	5950
「ヒトの足―この謎にみちたもの」(水野祥太郎)	5917
「ヒトの発見」(尾本恵市)	1549
「人は放射線になぜ弱いか」(近藤宗平)	2655
「人麻呂」(玉城徹)	4022
「人生(ひとよ)を謳ひし」(浦上昭一)	0989
「一生(ひとよ)のうちの」(齊藤英子)	2694
「ひとりカレンダー」(トーマヒロコ)	4319
「一人、教室」(立花開)	3874
「独り信ず」(大澤恒保)	1119
「ひとり旅一人芝居」(渡辺美佐子)	6933
「ひとりの女に」(黒田三郎)	2358
「ひとりの旅」(秋葉雄愛)	0098
「ひとりの灯」(大森理恵)	1267
「ひとりひとりのお産と育児の本」(毛利子来)	6185
「ビートルズが"あなたの街にやってくる"～およびビートルズメンバーの来日検証～」(木村秀樹)	2178
「雛遊」(吉田節子)	6709
「日向ぼこ」(抜井諒一)	4811
「雛土蔵」(宮坂静生)	6051
「雛村の日」(三星睦子)	5980
「微熱」(瀬戸優理子)	3494
「微熱海域」(尾崎まゆみ)	1466
「微熱抄」(高橋修宏)	3688
「日のある時間」(筒井早苗)	4172
「火の家」(鈴木亨)	3394

作品名	頁
「日の浦曲・抄」(金丸桝一)	1806
「陽のかげった牧場」(滝葉子)	3760
「日の哀しみ」(貝原昭)	1572
「陽の仕事」(岡野絵里子)	1345
「日の充実」(山本友一)	6587
「日野先生」(河村透)	1983
「美の存立と生成」(今道友信)	0765
「桧原村紀聞」(瓜生卓造)	0994
「火の分析」(沢村光博)	3037
「『日の丸』、レイテ、憲法」(栃原哲則)	4304
「日の門」(以倉紘平)	0376
「美のヤヌス」(馬渕明子)	5845
「ビバーク」(平塚晶人)	5232
「火花」(高山文彦)	3743
「ひばりが丘の家々」(永谷悠紀子)	4523
「日比谷公園」(かんなみやすこ)	2011
「批評と文芸批評と」(水谷真人)	5914
「批評の精神」(高橋英夫)	3695
「日々は過ぐ」(佐々木フミヱ)	2879
「碑文 花の生涯」(秋元藍)	0107
「悲母観音」(照井翠)	4235
「悲母像」(橋本喜典)	4929
「飛沫」(馬場公江)	5028
「火祭り」(勝連繁雄)	1703
「蓖麻の記憶」(石本隆一)	0524
「ヒマラヤ・スルジェ館物語」(平尾和雄)	5213
「ヒムル、割れた野原」(野木京子)	4835
「悲鳴が漏れる管理・警備業界の裏側」(松平純昭)	5771
「ひめすいれん」(早藤貞二)	5095
「B面の夏」(黛まどか)	5849
「白毫」(赤松惠子)	0076
「百歳人 加藤シヅヱ 生きる」(加藤シヅヱ)	1718
「百歳の藍」(佐々木時子)	2876
「百姓入門記」(小松恒夫)	2614
「百姓の死」(錦米次郎)	4741
「百卒長」(安森敏隆)	6349
「百代の過客」(キーン, ドナルド)	2210
「百たびの雪」(柏崎驍二)	1639
「1/125秒―永田淳歌集」(永田淳)	4515
「百乳文」(森岡貞香)	6253
「百人力」(加藤静夫)	1719
「百年杉」(赤峰ひろし)	0077
「百年目の帰郷」(鈴木洋史)	3407
「142号室」(加野ヒロ子)	1807
「ヒヤシンス」(夏井いつき)	4670
「百回忌」(佐々木六戈)	2897
「百景」(浅井一志)	0141
「日向」(河合照子)	1875
「ヒューマンウェアの経済学」(島田晴雄)	3158
「ヒューマンサイエンス 全5巻」(石井威望)	0438
「ヒュームの文明社会」(坂本達哉)	2821
「火よ！」(中村恵美)	4640
「病院で死ぬということ」(山崎章郎)	6454
「氷菓とカンタータ」(財部鳥子)	3754
「氷湖」(武川忠一)	6116
「表札など」(石垣りん)	0454
「評伝 壷井栄」(鷺只雄)	2836
「評伝 西脇順三郎」(新倉俊一)	4713
「評伝 長谷川時雨」(岩橋邦枝)	0842
「評伝 花咲ける孤独―詩人・尾崎喜八 人と時代」(重本恵津子)	3066
「評伝 北一輝」(松本健一)	5811
「評伝 ジャン・デュビュッフェ アール・ブリュットの探求者」(末永照和)	3301
「評伝D・H・ロレンス」(井上義夫)	0711
「評伝中野重治」(松下裕)	5755
「評伝 野上彌生子―迷路を抜けて森へ」(岩橋邦枝)	0841
「評伝 パウル・ツェラン」(詩評論書)(関口裕昭)	3484
「漂泊家族」(大寺龍雄)	1200
「漂泊のルワンダ」(吉岡逸夫)	6662
「漂流者たちの楽園」(横田一)	6650
「漂流物」(城戸朱理)	2131
「氷輪」(神蔵器)	1831
「比翼塚」(今野金哉)	2672
「平賀源内」(芳賀徹)	4896
「啓かるる夏」(横山未来子)	6658
「展く」(五島茂)	2526
「閃の秋」(遠藤隼治)	1044
「ビリトン・アイランド号物語」(柳河勇馬)	6359
「ビール」(三方克)	5973

「昼顔」(吉原幸子) ……………… 6742
「昼顔の譜」(雨宮雅子) ……………… 0240
「ひるがほ」(河野裕子) ……………… 1960
「麦酒奉行」(長江幸彦) ……………… 4415
「びるま」(日和聡子) ……………… 5276
「ビルマ戦記」(筧槇二) ……………… 1595
「昼も夜も」(久谷雄) ……………… 2251
「広島」(広島短歌会) ……………… 5266
「広島第二県女二年西組」(関千枝子) …… 3465
「広野の兵村」(遠藤知里) ……………… 1047
「火はわが胸中にあり—忘れられた近衛兵士の叛乱・竹橋事件」(沢地久枝) …… 3026
「枇杷の花」(伊藤雅昭) ……………… 0626
「陽はまた昇る—経済力の活用と国際的な貢献」(宮崎勇) ……………… 6053
「ビンゲンのヒルデガルトの世界」(種村季弘) ……………… 4007
「備後表」(田丸英敏) ……………… 4028
「瀕死のリヴァイアサン」(山内昌之) …… 6400
「旻天何人吟」(清水房雄) ……………… 3192
「貧乏な椅子」(高橋順子) ……………… 3666

【ふ】

「ふ」(ねじめ正一) ……………… 4820
「ファウスト」(手塚富雄) ……………… 4215
「ファジーの界」(本土美紀江) ……………… 5620
「ファルコン、君と二人で写った写真を僕は今日もってきた」(中尾太一) …… 4422
「ファルスの複層—小島信夫論」(千石英世) ……………… 3505
「ファンタジア」(朝比奈克子) …… 0160
「不安定な車輪」(茂山忠茂) …… 3067
「不安と遊撃」(黒田喜夫) ……………… 2365
「不安の海の中で〜JCO臨界事故と中絶の記録」(葛西文子) ……………… 1607
「フィガロの結婚(ボオマルシェエ著)」(辰野隆) ……………… 3879
「フィリッピーナを愛した男たち」(久田恵) ……………… 5168
「フィリップ・マーロウの拳銃」(以倉紘平) ……………… 0377

「フィリピデスの懊悩」(増田晶文) …… 5687
「フィリピン発"ジャパンマネーによる環境破壊"」(神林毅彦) ……………… 2021
「フィールド・ノート」(泉靖一) …… 0532
「フィルハーモニーの風景」(岩城宏之) ……………… 0802
「フィルムを前に」(石原昭彦) …… 0505
「フィロソフィア・ヤポニカ」(中沢新一) ……………… 4465
「風位」(永田和広) ……………… 4508
「封印」(大島史洋) ……………… 1129
「風雲北京」(劉岸麗) ……………… 6812
「風化」(大庭新之助) ……………… 1212
「風景学入門」(中村良夫) ……………… 4644
「風景論」(阿部弘一) ……………… 0204
「風景は絶頂をむかえ」(田中清光) …… 3908
「風景は翔んだ」(蒔田律子) ……………… 5666
「風月言問ふ」(松坂弘) ……………… 5740
「諷刺の文学」(池内紀) ……………… 0389
「風祝」(加倉井秋を) ……………… 1593
「風色」(成瀬桜桃子) ……………… 4704
「風食」(北村真) ……………… 2119
「風水」(大西民子) ……………… 1204
「風鐸」(伊藤真理子) ……………… 0632
「風鐸の音」(稲村恒次) ……………… 0675
「風天使」(吉沢昌実) ……………… 6695
「風土」(西野徹) ……………… 4761
「風土の意志」(新井章夫) ……………… 0252
「風媒花」(斎藤純子) ……………… 2710
「夫婦像・抄」(大瀬孝和) ……………… 1142
「風紋の島」(三井修) ……………… 5961
「『風葉和歌集』の構造に関する研究」(米田明美) ……………… 6775
「フェッルッチョ・ブゾーニ」(長木誠司) ……………… 4093
「フェニックス」(会田千衣子) …… 0011
「フェノロサと魔女の町」(久我なつみ) ……………… 2219
「フェルディナン・ド・ソシュール—〈言語学〉の孤独、『一般言語学』の夢」(互盛央) ……………… 3555
「フェルメールの世界—17世紀オランダ風俗画家の軌跡」(小林頼子) …… 2592
「不穏の華」(富小路禎子) ……………… 4346
「富岳百景」(埋田昇二) ……………… 0978

作品名	頁
「深沢七郎 この面妖なる魅力」(相馬庸郎)	3515
「深沢七郎ラプソディ」(福岡哲司)	5307
「不可知について―純粋俳句論と現代」(宇井十間)	0856
「不可能性としての〈批評〉―批評家 中村光夫の位置」(木村友彦)	2174
「武器」(苗村吉昭)	4690
「不稀」(有馬朗人)	0292
「不羈者」(阿部岩夫)	0198
「吹き抜けの階」(立原麻衣)	3877
「不況を乗り越えて」(高橋俊彦)	3678
「複合動詞・派生動詞の意味と統語」(由本陽子)	6630
「ふくしま」(永瀬十悟)	4500
「「フクシマ」論」(開沼博)	1569
「福寿草」(大西恵)	1209
「複数のテクストへ 樋口一葉と草稿研究」(戸松泉)	4320
「福中都生子全詩集」(福中都生子)	5341
「伏流水」(沖正子)	1410
「ふくろう」(大島史洋)	1131
「不在」(岩淵一也)	0844
「プサ マカシ」(徳永瑞子)	4290
「プーさんの鼻」(俵万智)	4056
「藤」(高田敏子)	3608
「星昼間(ぷしぃぴろーま)」(飽浦敏)	0130
「富士遠近」(須藤常央)	3442
「不思議な関係」(称原雅子)	3233
「不思議な国イギリス」(藤田信勝)	5399
「不思議の薬―サリドマイドの話」(鳩飼きい子)	5000
「プーシキン伝」(池田健太郎)	0405
「藤沢周平 負を生きる物語」(高橋敏夫)	3676
「藤田嗣治 作品をひらく―旅・手仕事・日本」(林洋子)	5086
「藤田嗣治『異邦人』の生涯」(近藤史人)	2659
「不実な美女か貞淑な醜女か」(米原万里)	6778
「武士の家計簿―『加賀藩御算用者』の幕末維新」(磯田道史)	0544
「藤の花」(伊与田茂)	0775
「藤の花」(宗左近)	3509
「プシュパ・ブリシュティ」(以倉紘平)	0378
「浮上する家」(佐藤経雄)	2945
「不条理のかなたに」(遠藤誉)	1243
「藤原定家研究」(佐藤恒雄)	2946
「藤原頼通の文化世界と更級日記」(和田律子)	6883
「付属語アクセントからみた日本語アクセントの構造」(田中宣廣)	3935
「不揃いのシルバーたち」(大森テルエ)	1265
「蕪村自筆句帳」(尾形仂)	1334
「蕪村余響 そののちいまだ年くれず」(藤田真一)	5395
「札」(私家版)(丹野茂)	4064
「ふたごもり」(小谷陽子)	2514
「不確カナ記憶」(小笠原和幸)	1314
「札所紀行『閻魔の笑い』」(古賀信夫)	2464
「二つの顔の日本人」(鳥羽欽一郎)	4315
「二つの「鏡地獄」―乱歩と牧野信一における複数の「私」」(武田信明)	3822
「二つの祖国」(国本憲明)	2267
「二つの扉」(目黒裕佳子)	6180
「ふたつの耳」(奈賀美和子)	4384
「豚の胃と腸の料理」(城侑)	3222
「ブタの丸かじり」(東海林さだお)	3226
「二葉亭四迷伝」(中村光夫)	4634
「二葉亭四迷の明治四十一年」(関川夏央)	3480
「二葉亭四迷論」(中村光夫)	4635
「二股口の戦闘 土方歳三の戦術」(津本青長)	4196
「補陀落 観音信仰への旅」(川村湊)	1989
「二人連れ」(神栄作)	3267
「二人の『りく女』」(池田伸一)	0408
「ぶち猫のドジ幽閉の五日間」(えぬまさたか)	1019
「"ふつう"は、やらない?」(雨宮清子)	0238
「復活祭の朝に」(エッセイ)(山城屋哲)	6481
「復活祭のためのレクイエム」(新井千裕)	0256
「物活説」(横井新八)	6643
「仏教の事典」(堀内伸二)	5577
「仏教の事典」(末木文美士)	3299

作品	番号
「復興文化論」(福嶋亮大)	5318
「物質―その窮極構造」(玉木英彦)	4024
「物質―その窮極構造」(田島英三)	3850
「フツー人たちのカクシュ」(原均)	5106
「仏像―心とかたち」(望月信成)	6194
「仏陀」(喜谷繁暉)	2104
「仏訳「銀河鉄道の夜」」(森田エレーヌ)	6261
「舞踏・ほか」(市川愛)	0561
「葡萄唐草」(馬場あき子)	5024
「不登校のはざまで―親、教師たちの軌跡」(平舘英明)	5230
「葡萄木立」(葛原妙子)	2245
「不当逮捕」(本田靖春)	5614
「埠頭にて」(斎藤俊一)	2708
「太棹に思いをのせて」(中村美彦)	4645
「舟歌」(平林敏彦)	5250
「ふなひき太良」(儀間比呂志)	2147
「負の領域」(河田忠)	1935
「腐敗の時代」(渡部昇一)	6899
「浮泛漂蕩(ふはんひょうとう)」(詩集)(中村稔)	4638
「吹雪の水族館」(米川千嘉子)	6772
「吹雪く尾根」(歌集)(吉村睦人)	6751
「不文の掟」(大西民子)	1205
「普遍街夕焼け通りでする立ちばなし」(藤原美幸)	5441
「不変律」(塚本邦雄)	4110
「〈普遍倫理〉を求めて―吉本隆明「人間の『存在の倫理』」論註」(多羽田敏夫)	4009
「〈父母との細道〉」(星野透)	5527
「父母の絶叫」(菊池興安)	2034
「不眠の都市」(到津伸子)	0646
「婦命伝承」(岡田武雄)	1331
「不問のこころ」(船橋弘)	5458
「冬」(岡部桂一郎)	1353
「冬」(吉田佐紀子)	6706
「浮遊家族」(国峰照子)	2266
「浮遊する母、都市」(白石かずこ)	3244
「冬海のいろ」(大谷多加子)	1172
「冬を生く」(野田賢太郎)	4857
「冬オリオン」(佐伯律子)	2758
「冬木」(青木ゆかり)	0036
「冬菊」(西村梛子)	4784
「冬銀河」(赤坂とし子)	0066
「冬木立」(寺西百合)	4231
「冬すでに過ぐ」(前田透)	5646
「冬解雫」(柏倉清子)	1637
「冬の雨」(宝譲)	3749
「冬の海」(扇畑忠雄)	1064
「冬の鍵」(駒谷茂勝)	2606
冬の楽奏(増田まさみ)	5688
「冬の果樹園」(岩井礼子)	0790
「冬の家族」(岡野弘彦)	1351
「冬のかまきり」(三宅千代)	6047
「冬の河」(引地こうじ)	5149
「冬の工事場」(池口功)	0396
「冬の桜」(沢野紀美子)	3027
「冬の山陰・灯台紀行」(渡部潤一)	6945
「ふゆのさんご」(福島瑞穂)	5314
「冬の城」(吉村玲子)	6752
「冬の童」(武井綾子)	3785
「冬の星図」(伊波真人)	0673
「冬の空」(小原麻衣子)	1543
「冬の七夕」(水島美津江)	5911
「冬の蝶」(高橋波)	3684
「冬の動物園」(草野信子)	2232
「冬の渚」(横山代枝乃)	6659
「冬の虹」(沖田佐久子)	1411
「冬の匣」(帆足みゆき)	5502
「冬の花火」(皇邦子)	3454
「冬の花火」(佐藤博美)	2961
「冬の火」(田口綾子)	3773
「冬のポスト」(川口和弓)	1898
「冬の骨」(山名康郎)	6520
「冬の本」(松浦寿輝)	5709
「冬の実」(上野道雄)	0892
「冬の虫」(内山かおる)	0956
「冬の稜線」(井上正一)	0694
「冬雲雀」(三上史郎)	5878
「冬街」(川島喜代詩)	1915
「冬山」(白石昂)	3246
「芙蓉と葛と」(日高堯子)	5176
「不来方抄」(城戸朱理)	2132
「フライング」(千葉聡)	4081
「フラクタルな回転運動と彼の信念」(尾世川正明)	1497
「プラシーボ」(ヤナギダカンジ)	6370

「プラチナ・ブルース」(松平盟子) …… 5773
「ブラック企業 日本を食いつぶす妖怪」
　(今野晴貴) ………………………… 2679
「フラット」(そらしといろ) …………… 3535
「プラトンの呪縛」(佐々木毅) ………… 2872
「フラノの杣」(苑翠子) ………………… 3527
「プラハの春モスクワの冬」(藤村信) … 5411
プラムディヤ・アナンタ・トゥール「人
　間の大地」4部作(「プラムディヤ選集
　2～7」)(押川典昭) ………………… 1490
「フランス科学認識論の系譜—カンギレ
　ム, ダゴニエ, フーコー」(金森修) …… 1783
「フランス革命と結社」(竹中幸史) …… 3830
「フランス革命の憲法原理」(辻村みよ
　子) …………………………………… 4155
「フランス企業の経営戦略とリスクマネ
　ジメント」(亀井克之) ……………… 1840
「フランスにおける公的金融と大衆貯蓄
　預金供託金庫と貯蓄金庫1816-1944」
　(矢後和彦) …………………………… 6313
「フランスにおけるルソーの『告白』」(仏
　文)(桑瀬章二郎) …………………… 2378
「フランスの解体？—もうひとつの国民
　国家論」(西川長夫) ………………… 4731
「フランス文壇史」(河盛好蔵) ………… 1999
「ブランデー・グラスの中で」(又野京
　子) …………………………………… 5695
「プラントハンター」(白幡洋三郎) …… 3261
「プリオン説はほんとうか？」(福岡伸
　一) …………………………………… 5306
「ブリキのバケツ」(沢村俊輔) ………… 3031
「振り子で言葉を探るように」(堀江敏
　幸) …………………………………… 5581
「ブリッジ」(内藤明) …………………… 4372
「ブリッジ」(林誠司) …………………… 5070
「ブリューゲル」(土方定一) …………… 5169
「ブリューゲルへの旅」(中野孝次) …… 4563
「ブリューゲルの『子供の遊戯』」(森洋
　子) …………………………………… 6242
「不良志願」(掛布知伸) ………………… 1599
「不良少年のままで～放蕩のフリータ白
　書～」(横井哲也) …………………… 6644
「浮力」(岡田一実) ……………………… 1328
「浮力」(小池昌代) ……………………… 2412
「古い記憶の井戸」(本多秋五) ………… 5606
「古い箸箱」(竹本静夫) ………………… 3835

「古里珊内村へ」(坂本孝一) …………… 2818
「プルースト—感じられる時」(中野知
　律) …………………………………… 4568
「ブルースマーチ」(佐藤文夫) ………… 2963
「プルターク英雄伝」(河野与一) ……… 1963
「ブルックリン」(宋敏鎬) ……………… 3539
「ブルーノ・シュルツ全集」(工藤幸雄)
　………………………………………… 2262
「古びたる『どくとるマンボウ』手にと
　りて高校生の父と出逢ひぬ」(矢木彰
　子) …………………………………… 6300
「ブルペンから見える風景」(木村公一)
　………………………………………… 2161
「ブルーミントンまで」(新田澪) ……… 4798
「フレーゲ哲学の全貌 論理主義と意味論
　の原型」(野本和幸) ………………… 4889
「ブレストかけて」(香川不二子) ……… 1583
「ブレスロボット」(石原光久) ………… 0511
「フレベヴリイ・ヒツポポウタムスの唄」
　(岩成達也) …………………………… 0839
「フロイトとユング」(上山安敏) ……… 0911
「フロイトのイタリア」(岡田温司) …… 1325
「風呂焚き」(羽田竹美) ………………… 5016
「プロト工業化の時代」(斎藤修) ……… 2696
「風呂屋」(長崎太郎) …………………… 4453
「プロレス少女伝説」(井田真木子) …… 0550
「プロレタリア俳句とその周辺」(野原輝
　一) …………………………………… 4868
「文化遺産としての中世—近代フランス
　の知・制度・感性に見る過去の保存」
　(泉美知子) …………………………… 0534
「文学を〈凝視する〉」(阿部公彦) ……… 0216
「文学五十年」(青野季吉) ……………… 0045
「文学の位置—森鷗外試論」(千葉一幹)
　………………………………………… 4078
「文学の輪郭」(中島梓) ………………… 4471
「文化の『発見』」(吉田憲司) ………… 6704
「文芸時評」(平野謙) …………………… 5239
「文芸時評という感想」(荒川洋治) …… 0270
「文芸にあらわれた日本の近代」(猪木武
　徳) …………………………………… 0717
「文献方言史研究」(迫野虔徳) ………… 2856
「文豪たちの大喧嘩」(谷沢永一) ……… 3999
「文庫本」(角千鶴) ……………………… 3453
「『分散する理性』および『モードの迷宮』
　(鷲田清一) …………………………… 6863

「文章読本さん江」(斎藤美奈子) ……… 2740
「分譲ヒマラヤ杉」(相場きぬ子) ……… 3512
「文壇栄華物語」(大村彦次郎) ………… 1255
「文鳥」(渡辺昭子) …………………… 6886
「褌同盟」(中村吾郎) ………………… 4608
「文法と語形成」(影山太郎) …………… 1601
「文明史のなかの明治憲法」(瀧井一博)
　……………………………………… 3762
「文明史のなかの明治憲法―この国のかたちと西洋体験」(瀧井一博) ……… 3763
「『文明の裁き』をこえて」(牛村圭) …… 0927
「文明のなかの博物学 西欧と日本」(西村三郎) ………………………………… 4778
「ブンヤ暮らし三十六年 回想の朝日新聞」(永栄潔) ……………………………… 4409

【へ】

「平安・鎌倉時代散逸物語の研究」(樋口芳麻呂) ……………………………… 5161
「平安鎌倉時代における日本漢音の研究 研究篇・資料篇」(佐々木勇) ……… 2864
「平安鎌倉時代における表白・願文の文体の研究」(山本真吾) ……………… 6573
「平安貴族の婚姻慣習と源氏物語」(胡潔) ……………………………………… 2391
「平安京 音の宇宙」(中川真) ………… 4442
「平安時代古記録の国語学的研究」(峰岸明) ……………………………………… 6009
「平安文学の文体の研究」(山口仲美) … 6430
「平気」(こしのゆみこ) ……………… 2481
「平曲譜本による近世京都アクセントの史的研究」(上野和昭) ……………… 0884
「米国の日本占領政策」(五百旗頭真) … 0349
「兵士に聞け」(杉山隆男) …………… 3342
「米寿」(鈴木康文) …………………… 3429
「米寿万歳」(佐藤正二) ……………… 2967
「平心」(小原啄葉) …………………… 1540
「平成の大三郎」(山田公子) ………… 6488
「兵隊を持ったアブラムシ」(青木重幸)
　……………………………………… 0020
「平面論―1880年代西欧」(松浦寿輝) … 5710
「ペイルグレーの海と空」(嵯峨直樹) … 2763

「平和・開発・人権」(坂本義和) ……… 2827
「平和行進」(高平佳典) ……………… 3722
「平和構築と法の支配」(篠田英朗) …… 3091
「平和主義とは何か―政治哲学で考える戦争と平和」(松元雅和) ……………… 5820
「平和のリアリズム」(藤原帰一) ……… 5432
「平和よ永遠に」(田中桜子) ………… 3913
「北京三十五年」(上・下)(山本市朗) … 6546
「北京陳情村」(田中奈美) …………… 3934
「北京烈烈」(中嶋嶺雄) ……………… 4489
「ベーゲット氏」(阿部岩夫) ………… 0199
「ヘーゲルにおける理性・国家・歴史」(権左武志) ……………………………… 2644
「ヘシオドス 全作品」(中務哲郎) …… 4531
「ペチャブル詩人」(鈴木志郎康) ……… 3385
「ベッド」(芳賀章内) ………………… 4894
「紅の花」(齊藤昌子) ………………… 2733
「蛇苺」(山本源太) …………………… 6564
「ヘブライ暦」(小島ゆかり) ………… 2495
「ヘボンの生涯と日本語」(望月洋子) … 6196
「部屋」(長久保鐘多) ………………… 4449
「部屋」(麻生秀顕) …………………… 0177
「ヘヤー・インディアンとその世界」(原ひろ子) ……………………………… 5107
「ベラフォンテも我も悲しき―島田修二の百首―」(青木春枝) ………………… 0027
「ベラルーシの林檎」(岸恵子) ……… 2052
「ペリカン」(井上広雄) ……………… 0703
「ヘルパー奮戦の記―お年寄りとともに」(井上千津子) ………………………… 0699
「ヘルメスの杳」(藤庸子) …………… 5358
「ベルリンの瞬間」(平出隆) ………… 5212
「ヘレンの水」(大城さよみ) ………… 1135
「ペン・フレンドを訪ねて」(磯部映次)
　……………………………………… 0545
「ペンギンが教えてくれた物理のはなし」(渡辺佑基) …………………………… 6940
「編集者国木田独歩の時代」(黒岩比佐子) ……………………………………… 2339
「変色する流域」(中村花木) ………… 4604
「変身」(西東三鬼) …………………… 2705
「変身放火論」(多田道太郎) ………… 3861
「変声期」(若栗清子) ………………… 6835
「ヘンゼルとグレーテルの島」(水野るり子) ……………………………………… 5925

「変遷」(山中律雄) 6530
「変な気持」(中井秀明) 4399
「ヘンな日本美術史」(山口晃) 6421
「辺鄙を求めて」(原田治) 5119
「返礼」(富岡多恵子) 4327
「へんろみちで」(西岡寿美子) 4726

【ほ】

「棒を捨てた男の話」(川島洋) 1920
「崩壊」(成清正幸) 4697
「放か後」(井村愛美) 0773
「忘却のための試論」(吉田隼人) 6713
「望郷」(大崎瀬都) 1114
「望郷と海」(石原吉郎) 0515
「抱月のベル・エポック」(岩佐壯四郎) 0805
「法源・解釈・民法学―フランス民法総論研究」(大村敦志) 1250
「方言学的日本語史の方法」(小林隆) 2572
「封建社会の展開過程」(藤田五郎) 5393
「方言生活30年の変容」(上・下)(糸井寛一) 0487
「方言生活30年の変容」(上・下)(松田正義) 5767
「方言生活30年の変容」(上・下)(日高貢一郎) 5173
「方言札」(真栄田義功) 5640
「芳香族」(川杉敏夫) 1926
「蓬歳断想録」(島田修三) 3155
「宝珠」(小谷心太郎) 2512
「方丈記私記」(堀田善衞) 5564
「「豊饒の海」あるいは夢の折り返し点」(森孝雅) 6225
「蜂場の譜」(城島久子) 3229
「坊主の不信心」(平出价弘) 5234
「法制官僚の時代」(山室信一) 6545
「宝石の文学」(足立康) 0190
「忘筌(ぼうせん)」(句集)(高橋遙火) 3674
「滂沱」(知念栄喜) 4074
「法という企て」(井上達夫) 0698
「報道写真初体験」(菊地忠雄) 2035

「報道電報検閲秘史」(竹山恭二) 3839
「暴徒甘受」(永島卓) 4479
「法と経済学」(ラムザイヤー、J.マーク) 6798
「忘年」(成田千空) 4701
「法の執行停止―森鷗外の歴史小説」(青木純一) 0022
「茫漠山日誌」(福島泰樹) 5315
「暴風前夜」(吉岡良一) 6668
「訪問者たち」(橘良一) 3875
「亡羊」(奥田亡羊) 1424
「抱擁」(門田照子) 1757
「抱擁韻」(大辻隆弘) 1198
「抱卵」(岩森道子) 0851
「忘暦集」(吉田松四郎) 6723
「望楼」(粒来哲蔵) 4185
「放老記」(肥岡暎) 5141
「望楼の春」(坂井修一) 2774
「酸漿」(浦川ミヨ子) 0991
「朴の花」(水野露草) 5928
「朴葉鮓」(小野淳子) 1522
「帆を張る父のやうに」(松平盟子) 5774
「母郷」(柴田佐知子) 3104
「北緯43度の雪」(河野啓) 2446
「樸簡」(綾部仁喜) 0250
「北限」(栗木京子) 2321
「朴散華」(大垣千枝子) 1090
「僕、死ぬんですかね」(佐藤忠広) 2939
「北針」(大野芳) 1216
「ボクシング中毒者(ジャンキー)」(高橋直人) 3683
「北陲羈旅」(黒木野雨) 2348
「牧水研究8号」(牧水研究会) 5510
「北窓集」(柏崎驍二) 1640
「ぼくたちは なく」(内田麟太郎) 0953
「ぼくの人生」(詩集)(丹下仁) 4061
「僕の"StrawberryFields"」(松阪表) 5738
「ぼくの旅」(鎌田さち子) 1817
「牧夫フランチェスコの一日」(谷泰) 3965
「北辺有情」(村上しゆら) 6135
「ぼくもいくさに征くのだけれど」(稲泉連) 0649
「北洋船団女ドクター航海記」(田村京子) 4033

「僕らの足」(草間真一)	2236
「ぼくらの時代には貸本屋があった—戦後大衆小説考」(菊池仁)	2042
「ぼくらの地方」(黛元男)	5850
「ぼくらは雨をためてみた」(渡辺千絵)	6909
「母系」(岡本眸)	1375
「母系」(河泉裕子)	1961
「歩行訓練」(西田忠次郎)	4750
「星肆」(山中智恵子)	6523
「星状六花」(紺野万里)	2680
「星新一 一〇〇一話をつくった人」(最相葉月)	2688
「ほしづき草」(伊藤雅子)	0629
「星亨」(有泉貞夫)	0284
「星と切符」(黒田雪子)	2364
「星の王子の影とかたちと」(内藤初穂)	4376
「星のかけら」(木村雅子)	2183
「星の火事」(上手宰)	1834
「星の供花」(田宮朋子)	4030
「星の砂」(あきの理絵)	0096
「星の灰」(こたきこなみ)	2510
「星の方途」(大城鎮基)	1137
「星の夜」(森水晶)	6221
「星々」(佐々木洋一)	2895
「星物語」(山中智恵子)	6524
「母性のありか」(喜多昭夫)	2074
「細き反り」(奈賀美和子)	4385
「菩提樹の種」(山本圭子)	6560
「ボタニカル・ライフ」(いとうせいこう)	0612
「螢を放つ」(瀬戸哲郎)	3492
「螢童子」(対中いずみ)	3546
「ほたる火」(原桐子)	5097
「螢袋に灯をともす」(岩淵喜代子)	0846
「ボタン」(今川洋子)	0751
「牡丹江からの道」(長嶋富士子)	4483
「ボタンについて」(桜井勝美)	2846
「牧歌」(石川不二子)	0475
「北海」(歌集)(高昭宏)	3549
「北海道開拓に賭けた陸軍中将」(原口清澄)	5115
「北海道爾志郡熊石町」(富田祐行)	4332
「北海道北部を占領せよ—1945年夏、スターリンの野望」(矢野牧夫)	6384
「ホッケー'69」(曽我部司)	3521
「ボーっと言って船が空に向かう」(遠藤多満)	1046
「ポップフライもしくは凡庸な打球について」(川端隆之)	1965
「ポップ(ル)2006—来るべき民衆詩」(森悠紀)	6240
「北方果樹」(小関祐子)	2507
「北方沙漠」(川田靖子)	1937
「北方領土問題 4でも0でも、2でもなく」(岩下明裕)	0814
「北方論」(時田則雄)	4281
「ボートピア騒動始末記—ボートピア建設阻止を勝ち取るまで」(山崎千津子)	6449
「ボードレール雑話」(佐藤正彰)	2965
「母乳」(山本高治郎)	6577
「骨と灰」(川島睦子)	1921
「骨の遺書」(平光善久)	5255
「ほのかたらい」(詩集)(外崎ひとみ)	3525
「ほのぼのと」(中川清資)	4437
「ホノルル・スター・ブレテイン」(「ありふれた迷路のむこう」摩耶出版)(松尾茂夫)	5711
「墓標なき草原」(上・下)(楊海英)	6636
「歩兵銃」(大友麻楠)	1201
「微笑みに似る」(飯田彩乃)	0339
「ほぼ完走、やや無謀 しまなみ海道自転車旅行記」(浅見ゆり)	0163
「HOME AND HOMEWORK」(山嵜高裕)	6448
「ホームランに夢をのせて」(北野いなほ)	2105
「ボラード」(田中彰)	3896
「堀口大学聞き書き」(関容子)	3474
「彫る、彫る、僕の生命を彫る—版画に祈りをこめた阿部貞夫の生涯」(森山祐吾)	6288
「滅びない土」(星寛治)	5516
「凡」(清崎敏郎)	2198
「本が好き、悪口言うのはもっと好き」(高島俊男)	3596
「梵漢和対照・現代語訳 法華経」(上・下)(植木雅俊)	0859
「梵鐘」(五十嵐仲)	0356

作品名	頁
「凡常の発見 漱石・谷崎・太宰」(細谷博)	5557
「本所両国」(小高賢)	2509
「ホンダ神話 教祖のなき後で」(佐藤正明)	2966
「盆地の空」(坂田満)	2804
「盆点前」(草間時彦)	2238
「『梵灯庵袖下集』の成立」(長谷川千尋)	4946
「ほんとうのこと いうけど」(田井伸子)	3543
「ほんとうの夢は誰にも言いません 正しいだけの空の青にも」(佐々木遥)	2878
「翻訳と雑神」(四方田犬彦)	6793
「本屋風情」(岡茂雄)	1283

【ま】

作品名	頁
「マイケル・パーマー――オルタナティヴなヴィジョンを求めて」(山内功一郎)	6396
「舞鶴港」(鈴木映)	3357
「マイ ライト フット」(リー小林)	6807
「前田普羅」(中坪達哉)	4534
「魔王」(塚本邦雄)	4111
「マオキッズ 毛沢東のこどもたちを巡る旅」(八木澤高明)	6306
「勾玉」(大橋敦子)	1235
「マカロニの穴にスパゲッティを通して」(小川勢津子)	1393
「幕が下りてから」(安岡章太郎)	6325
「マグマの歌」(波汐國芳)	4681
「マグリットの空」(秋元進一郎)	0109
「マクロ経済学研究」(吉川洋)	6687
「まぐろ土佐船 にわかコック奮戦記」(斎藤健士)	2703
「負け犬の遠吠え」(酒井順子)	2776
「真心を差し出されてその包装を開いてゆく処」(宋敏鎬)	3540
「孫娘たちと一緒に」(竹本秀子)	3836
「真菰」(山本寛太)	6555
「正岡子規」(粟津則雄)	0300
「正岡子規、従軍す」(末延芳晴)	3303
「正岡子規と俳句分類」(柴田奈美)	3111
「真咲」(辻美奈子)	4135
「摩擦の話」(曽田範宗)	3522
「正宗白鳥」(後藤亮)	2544
「マサリクとチェコの精神」(石川達夫)	0471
「マジックアワー」(佐藤モニカ)	2973
「真清水」(深草昌子)	5281
「摩周湖」(前田武)	5644
「魔女の1ダース」(米原万里)	6779
「麻酔科医の歌」(小松永日)	2611
「麻酔科日誌」(小松昶)	2609
「益田勝実の仕事(全5巻)」(益田勝実)	5682
「また あした」(鈴木初江)	3400
「瞬く」(森賀まり)	6254
「マダム・ハッセー」(絹川早苗)	2136
「街」(西村富枝)	4781
「待ち時間」(伊藤一彦)	0593
「街並みの美学」(芦原義信)	0167
「街の音」(内田弘)	0945
「町、また水のべ」(中埜由季子)	4580
「マチャプチャレへ」(張山秀一)	5124
「待つ」(鈴木博之)	3410
「松江の俳人・大谷繞石」(日野雅之)	5187
「マッカーサーの二千日」(袖井林二郎)	3523
「松風」(石塚友二)	0488
「マッキンリーに死す」(長尾三郎)	4420
「マックス・ヴェーバーの犯罪―『倫理』論文における資料操作の詐術と「知的誠実性」の崩壊―」(羽入辰郎)	5012
「睫はうごく」(渡辺松男)	6929
「まつさをに」(椿文惠)	0579
「マッチ売りの偽書」(中島悦子)	4472
「マッチ箱の中のマッチ棒」(安里正俊)	0149
「松と日本人」(有岡利幸)	0285
「松之山・大島村、棚田茅屋根ロケハン行」(山崎夏代)	6452
「松橋英三全句集」(松橋英三)	5781
「マッハの恐怖」(柳田邦男)	6372
「松村英一歌集」(2巻)(松村英一)	5789
「松本清張 時代の闇を見つめた作家」(権田萬治)	2645

「松本清張の時代小説」(中島誠) ………	4484
「松は松」(青柳志解樹) ………………	0051
「マテシス」(香川ヒサ) ………………	1580
「摩天楼のレストランにて」(村上淳) …	6136
「窓」(松浦初恵) ………………………	5705
「窓」(湯川雅) …………………………	6616
「窓をひらいて」(村瀬保子) …………	6154
「窓ぎわのトットちゃん」(黒柳徹子) …	2374
「窓、その他」(内山晶太) ……………	0958
「的と胞衣―中世人の生と死」(横井清) ………………………………………	6641
「マドモアゼルKに」(川田京子) ……	1931
「間取図」(広渡敬雄) …………………	5275
「マトリョーシカ」(浦河奈々) ………	0990
「まどろみの島」(石田瑞穂) …………	0497
「真中」(高千夏子) ……………………	2425
「真中」(高橋智子) ……………………	3682
「まなざし」(河原朝子) ………………	1967
「真夏の夜のできごと」(太宰ありか) …	3846
「マネの肖像」(吉田秀和) ……………	6715
「まばゆいばかりの」(朝吹亮二) ……	0161
「マハラバの息吹―もうひとつの1960年代―」(藤井孝良) …………………	5372
「真昼」(永島靖子) ……………………	4493
「まひるの星」(松山豊顕) ……………	5829
「魂魄風」(網谷厚子) …………………	0236
「真冬の漏斗」(遠藤由季) ……………	1053
「マフラー」(渡辺つぎ) ………………	6912
「魔法のことば」(竹澤美惠子) ………	3806
「まぼろし戸」(黒部節子) ……………	2373
「幻としてわが冬の旅」(竹内邦雄) …	3791
「幻の木の実」(阿部はるみ) …………	0213
「まぼろしの鹿」(加藤楸邨) …………	1721
「幻の詩集 西原正春の青春と詩」(草倉哲夫) ………………………………	2225
「幻の花」(宮本瀧夫) …………………	6089
「幻の巫島」(伊良波盛男) ……………	0777
「幻の都 長岡京発掘物語―夢を掘り続けた男 中山修一」(信原和夫) ………	4869
「幻の木製戦闘機キ〜106」(佐々木農) …	2885
「幻の楽園」(高橋幸春) ………………	3715
「まほろばのみち―人類永久の平和理念」(宮地正典) ………………………	6081
「まみと学校」(堀切綾子) ……………	5587
「まみの選択」(坂上富志子) …………	2793
「豆を煮る」(矢吹遼子) ………………	6390
「磨滅」(安藤一郎) ……………………	0307
「まもろう スイゲンゼニタナゴ―『もの言わぬ小さき命』をまもりつづける先生と生徒と住民たちの物語」(秋川イホ) ………………………………………	0087
「マヤコフスキー事件」(小笠原豊樹) …	1318
「マヤコフスキーの詩」(前川幸士) …	5631
「マヤ文明」(石田英一郎) ……………	0491
「真山青果」(田辺明雄) ………………	3955
「繭」(佐合五十鈴) ……………………	2854
「繭」(木内怜子) ………………………	2024
「真夜中のサーフロー」(長嶋信) ……	4477
「真夜中のパルス」(倉本侑未子) ……	2316
「マリアエネルギー」(池沢美明) ……	0403
「マリアマリン」(瑤いろは) …………	6635
「マリファナとヘンプの最後進国」(山田塊也) ………………………………	6484
「マルクスその可能性の中心」(柄谷行人) ………………………………………	1857
「マルチルの刻印」(渡辺千尋) ………	6911
「マルメロの香り」(帯川千) …………	1544
「丸山眞男」を中心として(苅部直) …	1865
「丸山真男論」(鎌田哲哉) ……………	1821
「芒克(マンク)詩集」(是永駿) ……	2640
「マングローブ テロリストに乗っ取られたJR東日本の真実」(西岡研介) …	4724
「マンゴー幻想」(相澤啓三) …………	0003
「万座」(秋元不死男) …………………	0110
「満州国皇帝の秘録」(中田整一) ……	4517
「満洲語文語辞典」(福田昆之) ………	5325
「満洲難民 三八度線に阻まれた命」(井上卓弥) ………………………………	0696
「曼珠沙華」(深谷昭子) ………………	5296
「まんじゅしゃげ電車」(北村守) ……	2120
「マンションラッシュ宴のあと」(加藤譲二) ………………………………………	1722
「曼陀羅」(細見綾子) …………………	5552
「曼陀羅薄荷考」(桜川郁) ……………	2852
「マンデリシュターム読本」(中平耀) …	4589
「萬の翅」(高野ムツオ) ………………	3636
「万馬券親子」(澁谷浩一) ……………	3130
「万馬券が当たるとき」(横山美加) …	6656
「マンモスの窓」(富山直子) …………	4348
「万葉開眼」(上・下)(土橋寛) ……	4318

「万葉集抜書」(佐竹昭広) ……………… 2905
「万葉集の比較文学的研究」(中西進) …… 4541
「萬葉植物歌考」(中根三枝子) …………… 4554
「万葉と海彼」(中西進) …………………… 4542

【み】

「見えてくる」(山中六) …………………… 6529
「見えない運河」(林崎二郎) ……………… 5090
「未開の顔・文明の顔」(中根千枝) ……… 4552
「若月祭」(梅内美華子) …………………… 0984
「ミカドの肖像」(猪瀬直樹) ……………… 0721
「身から出た錆」(豊丘時竹) ……………… 4356
「三河での日々」(熊沢佳子) ……………… 2294
「未完成アレルギーっ子行進曲」(佐藤のり子) …………………………………… 2953
「未完の神話」(吉永素乃) ………………… 6730
「未完の手紙」(佐伯裕子) ………………… 2757
「みかんの花咲く丘」(西村虎治) ………… 4782
「未完のファシズム─「持たざる国」日本の運命」(片山杜秀) ……………… 1682
「未完の領分」(伊藤勝行) ………………… 0594
「みかん畑に帰りたかった」(埜口保男) ……………………………………………… 4844
「右手」(神保千恵子) ……………………… 3293
「汀の、後に来る街」(森悠紀) …………… 6241
「水草の川」(千代國一) …………………… 4087
「岬」(高良勉) ……………………………… 3748
「三崎の棕櫚の木」(米川千嘉子) ………… 6773
「ミシェル城館の人」(堀田善衞) ………… 5565
「短夜」(大峯あきら) ……………………… 1249
「三島由紀夫『暁の寺』、その戦後物語─覗き見にみるダブルメタファー」(武内佳代) ……………………………… 3790
「三島由紀夫『サーカス』成立考─執筆時間と改稿原因をめぐって」(田中裕也) ………………………………………… 3942
「三島由紀夫と大江健三郎」(渡辺広士) ……………………………………………… 6917
「『三島由紀夫』とはなにものだったのか」(橋本治) ………………………………… 4915
「未生譚」(守中高明) ……………………… 6274
「見知らぬ戦場」(長部日出雄) …………… 1476

「水」(ほか)(高塚かず子) ………………… 3619
「水明り越ゆ」(上総和子) ………………… 1652
「水色の風」(大槻制子) …………………… 1194
「湖と引力」(服部真里子) ………………… 4997
「湖の一生」(湊正雄) ……………………… 5997
「湖の凍らない場所」(草野理恵子) ……… 2234
「水音」(伊藤啓子) ………………………… 0598
「みづを搬ぶ」(渡英子) …………………… 6953
「水鏡」(戸田道子) ………………………… 4300
「みずかみかずよ全詩集 いのち」(みずかみかずよ) …………………………… 5902
「水が見ていた」(小川佳世子) …………… 1387
「水瓶」(川上未映子) ……………………… 1887
「水甕座の水」(清水哲男) ………………… 3178
「『みずき』と金木犀」(石橋勇喜) ………… 0501
「水ぢから」(米田靖子) …………………… 2627
「水しぶき」(高野太郎) …………………… 3632
「水たまり」(細田傳造) …………………… 5548
「水たまりのなかの空」(池田順子) ……… 0407
「見すてられた島の集団自決」(石上正夫) ……………………………………… 0456
「水と交差するスピード」(早矢仕典子) ……………………………………………… 5078
「水の位置」(いわたとしこ) ……………… 0828
「水の上まで」(高橋則子) ………………… 3689
「水の声」(山田佳乃) ……………………… 6512
「水の声」(砂杏子) ………………………… 4907
「水の残像」(江島その美) ………………… 1007
「水の種子」(守谷茂泰) …………………… 6283
「水の姿に」(茅根知子) …………………… 4076
「水野隆詩集」(水野隆) …………………… 5918
「水の地図」(鈴木有美子) ………………… 3432
「水の中の歳月」(安藤元雄) ……………… 0313
「水の中のフリュート」(井辻朱美) ……… 0580
「水の匂ひ」(川口真理) …………………… 1894
「水の音」(大塚栄一) ……………………… 1181
「水の覇権」(三枝昂之) …………………… 2686
「水の発芽」(成田敦) ……………………… 4698
「水の花」(雨宮雅子) ……………………… 0241
「みずの炎」(青柳晶子) …………………… 0046
「水の向う」(小津はるみ) ………………… 1495
「水の村 沈む目」(井上尚美) …………… 0702
「水の物語」(大西美千代) ………………… 1208
「水の誘惑」(遠藤昭己) …………………… 1039

「水のゆくへ」(黒田瞳) …………… 2360
「ミズバショウの花いつまでも 尾瀬の自然を守った平野長英」(津田櫓冬) …… 4165
「ミズバショウの花いつまでも 尾瀬の自然を守った平野長英」(蜂谷緑) …… 4986
「水湶」(北野平八) ………………… 2106
「水辺」(伊藤賢三) ………………… 0601
「水辺」(佐藤志満) ………………… 2929
「水辺」(長谷川久々子) …………… 4941
「水辺逆旅歌」(詩集)(入沢康夫) … 0786
「水辺に透きとおっていく」(望月遊馬) ……………………………… 6195
「水祭りの桟橋」(辺見じゅん) …… 5497
「三角寛『サンカ小説』の誕生」(今井照容) ……………………………… 0743
「水惑星」(栗木京子) ……………… 2322
「水は襤褸に」(生沼義朗) ………… 1061
「魅せられて」(宮城直子) ………… 6041
「溝口健二の人と芸術」(依田義賢) … 6760
「道」(谷口亜岐夫) ………………… 3989
「みちくさ生物哲学—フランスからよせる『こころ』のイデア論」(大谷悟) … 1170
「道と物『不易流行』に関する試論」(村松彩石) ……………………………… 6164
「みちのく山河行」(真壁仁) ……… 5654
「みちのく鉄砲店」(須藤洋平) …… 3445
「みちのくのこいのうた」(小笠原茂介) ……………………………… 1316
「道、はるかに遠く」(こっこ) …… 2520
「見つけだしたい」(馬場めぐみ) … 5031
「ミッション・ロード—証言・アメリカを生きる日本人」(渡辺正清) …… 6922
「光瀬龍『百億の昼と千億の夜』小論 旧ハヤカワ文庫版「あとがきにかえて」の謎」(宮野由梨香) ……………… 6084
「ミッテラン時代のフランス」(渡辺啓貴) ……………………………… 6921
「ミッドウェーのラブホテル」(くにさだきみ) ……………………………… 2264
「密約—オブリガート」(松尾真由美) … 5719
「密約なかりしか・SACO合意に隠された米軍の長期計画を追う—西山太吉記者へのオマージュ」(真喜志好一) … 5662
「満つる月の如し 仏師・定朝」(澤田瞳子) ……………………………… 3019
「みてゐてとわれがたのめばうなづきてだきつくやうに荷物まもれり」(足立訓子) ……………………………… 0187
「水戸」(今瀬剛一) ………………… 0753
「未踏」(高柳克弘) ………………… 3734
「ミトコンドリア・ミステリー」(林純一) ……………………………… 5066
「見とどける者」(白石小瓶) ……… 3245
「みどり、その日々を過ぎて。」(岩成達也) ……………………………… 0840
「みどりなりけり」(築地正子) …… 4101
「緑のテーブル」(石井瑞穂) ……… 0445
「水唱(みなうた)」(石村通泰) …… 0518
「南方熊楠—日本民俗文化大系 第4巻」(鶴見和子) ……………………… 4205
「水底の寂かさ」(清水茂) ………… 3174
「港のある町」(長田雅道) ………… 1474
「水俣」(橘浦洋志) ………………… 4910
「水俣病—20年の研究と今日の課題」(有馬澄雄) ……………………………… 0294
「水俣病事件資料集 1926-1968 全2巻」(水俣病研究会) ……………… 5998
「水俣病の科学」(岡本達明) ……… 1370
「水俣病の科学」(西村肇) ………… 4785
「南を指す針」(林田鈴) …………… 5091
「南から来た人々」(黒野美ől子) … 2366
「南十字星の下に」(詫間孝) ……… 3784
「南太平洋物語—キャプテン・クックは何を見たか」(石川栄吉) ……… 0460
「ミニSL"トテッポ"の光と影—異色の私鉄・十勝鉄道裏面史」(笹川幸震) … 2861
「峰ん巣」(中西ひふみ) …………… 4547
「ミノトオルの指環」(岡崎功) …… 1299
「蓑虫」(西田れいこ) ……………… 4754
「農の座標」(高辻郷子) …………… 3621
「身分帳」(佐木隆三) ……………… 2838
「見舞籠」(石田あき子) …………… 0490
「見守られて」(石井岳祥) ………… 0435
「耳掻き」(河野裕子) ……………… 1962
「耳の島」(詩集)(小網恵子) …… 2393
「耳ふたつ」(山本一歩) …………… 6548
「三宅嘯山の芭蕉神聖化批判—『葎亭画讃集』『芭蕉翁讃』をめぐって」(山形彩美) ……………………………… 6405
「宮崎兄弟伝 日本篇 全2巻」(上村希美雄) ……………………………… 0904
「宮崎滔天全集 全5巻」(宮崎竜介) …… 6061

「宮崎滔天全集 全5巻」(小野川秀美) 1532
「宮崎駿の＜世界＞」(切通理作) 2207
「宮沢賢治 透明な軌道の上から」(栗原敦) 2328
「宮沢賢治とその展開―氷窒素の世界」(評論)(斎藤文一) 2731
「宮柊二全歌集」(宮柊二) 6022
「宮柊二・人と作品」(杜澤光一郎) 4296
「宮武外骨」(吉野孝雄) 6736
「宮本道作品集」(宮本道) 6096
「みやらび」(知念栄喜) 4075
「ミュンヘンの小学生」(子安美知子) 2632
「明恵上人―鎌倉時代・華厳宗の一僧」(ジェラール，フレデリック) 3049
「明恵夢を生きる」(河合隼雄) 1877
「明星」(池井昌樹) 0385
「みょうとなか」(本宮八重子) 6205
「三好豊一郎詩集」(三好豊一郎) 6107
「深吉野」(藤本安騎生) 5415
「未来からの銃声」(原子修) 5117
「未来図」(鍵和田秞子) 1587
「ミラクル・ボイス」(小泉史昭) 2418
「ミラノ 霧の風景」(須賀敦子) 3306
「ミラーハウス」(廣中奈美) 5271
「未了」(沢田敏子) 3023
「魅了する詩型―現代俳句私論」(小川軽舟) 1390
「見る脳・描く脳―絵画のニューロサイエンス」(岩田誠) 0831
「みわたせば」(草野貴代子) 2226
「民家の庭」(西村貞) 4776
「民家の庭」(美術出版社) 5172
「民間信仰」(堀一郎) 5569
「民衆生活史研究」(西岡虎之助) 4727
「〈民主〉と〈愛国〉」(小熊英二) 1436
「民族音楽研究ノート」を中心として(小泉文夫) 2419
「民族探検の旅・第2集東南アジア」(岩田慶治) 0823
「明朝体」(岡田ユアン) 1341
「「民都」大阪対「帝都」東京」(原武史) 5105
「みんなも科学を」(緒方富雄) 1336
「閔妃暗殺」(角田房子) 4180

【 む 】

「無援の抒情」(道浦母都子) 5957
「無縁仏」(平野芳子) 5246
「無音」(今村嘉孝) 0769
「無音界」(石川さだ子) 0467
「無音の地球のへりを歩いていたい」(丸野きせ) 5853
「迎え坂」(清水まち子) 3195
「零余子回報」(森本孝徳) 6278
「昔をたずねて今を知る―読売新聞で読む明治」(出久根達郎) 4213
「昔の戦火」(かわにし雄策) 1950
「昔の私みたいな人へ」(澤村まりこ) ... 3035
「無冠」(橋本喜典) 4930
「無冠の疾走者たち」(生江有二) 4677
「麦青む」(南卓志) 6003
「麦茶」(仙とよえ) 3502
「麦と砲弾」(奥田亡羊) 1425
「麦の庭」(柴生田稔) 3135
「麦の花」(小杉茂樹) 2500
「麦生」(橋本栄治) 4913
「麦は生ふれど」(深用芳治) 5278
「無菌飼育」(三澤吏佐子) 5896
「夢景」(渡辺卓爾) 6905
「無碍光」(林光雄) 5083
「無月となのはな」(斎藤恵子) 2699
「無限軌道」(中西照夫) 4544
「無限軌道」(木下順二) 2141
「無限氏」(柴田基典) 3117
「夢幻の山旅」(西木正明) 4740
「《無限》の地平の《彼方》へ～チェーホフのリアリズム」(岩月悟) 0834
「無言歌」(河野美砂子) 2449
「武蔵野のローレライ」(城島充) 3230
「虫送」(青山丈) 0059
「虫を搗(つ)く」(帆足みゆき) 5503
「無時間性の芸術へ―推理小説の神話的本質についての試論」(波多野健) ... 4978
「無実の歌」(金井直) 1765
「虫の宇宙誌」(奥本大三郎) 1446

「虫の恋文」(詩集)(西沢杏子)	4745
「虫のつぶやき聞こえたよ」(沢口たかみ)	3013
「無邪気で危険なエリートたち―現代を支配する技術合理主義を批判する」(竹内啓)	3793
「無人駅の窓口は 風の音売ります」(高木和子)	3569
「無数のわたしがふきぬけている」(畑田恵利子)	4969
「息子」(北村蔦子)	2116
「娘」(仲田サチ子)	4514
「娘へ」(福本智子)	5350
「娘たちへ」(多々良美香)	3864
「娘道成寺」(渡辺保)	6907
「ムスリム・ニッポン」(田沢拓也)	3848
「無制限一本勝負」(村本浩平)	6170
「無想庵物語」(山本夏彦)	6588
「無題」(牛島敦子)	0926
「無題」(福井千津子)	5302
「鞭を持たない馭者」(寒河江真之助)	2792
「むつごろう」(リンズィー, ドゥーグル・J.)	6818
「ムッソリーニを逮捕せよ」(木村裕主)	2179
「陸奥の冬」(木附沢麦青)	2127
「無敵のハンディキャップ―障害者がプロレスラーになった日」(北島行徳)	2102
「六・七日の尋ね人」(新垣汎子)	0263
「無伴奏」(佐久間慧子)	2841
「無方」(津田清子)	4162
「無明長夜」(五島茂)	2526
「むら」(島田奈都子)	3157
「村上鬼城の研究」(松本旭)	5804
「村上国治詩集」(村上国治)	6134
「村上霽月の転向吟について 「文人」俳句最後の光芒」(池澤一郎)	0397
「群鴉」(深津朝雄)	5290
「むらぎも」(中野重治)	4565
「むらさきくさ」(前田千寸)	5652
「紫圭子詩集」(紫圭子)	6150
「むらさき橋」(三本木昇)	3046
「村の恋人たち」(太田清)	1147
「むらの再生」(安達生恒)	0179
「むらは今」(すずきいさむ)	3362
「無量」(五十嵐秀彦)	0359
「群れなす星とともに」(小島淑子)	2488
「室生犀星」(新保千代子)	3294
「室生寺」(北川桃雄)	2096
「ムーン・アクアリウム」(山形照美)	6407

【め】

「目」(那須野治朗)	4667
「眼・アングル」(大貫喜也)	1214
「明暗」(斎藤昌哉)	2735
「明易」(谷戸冽子)	6353
「冥王に逢ふ―返歌」(紺野万里)	2681
「迷宮の女たち」(野島秀勝)	4855
「明治 大正 昭和 莫連女と少女ギャング団」(平山亜佐子)	5257
「明治維新とナショナリズム」(三谷博)	5953
「明治維新の分析視点」(上山春平)	1836
「明治期における日本新聞史」(セギ, クリスチャンヌ)	3461
「明治期における俳句革新「写生」の内実について」(青木亮人)	0032
「明治キワモノ歌舞伎 空飛ぶ五代目菊五郎」(矢内賢二)	6354
「明治国家と近代美術」(佐藤道信)	2949
「明治商売往来」(仲田定之助)	4513
「明治初期の文学思想」(柳田泉)	6369
「明治前期教育政策史の研究」(土屋忠雄)	4167
「明治草」(相生垣瓜人)	0001
「明治天皇」(上・下)(キーン, ドナルド)	2211
「明治天皇」(上・下)(角地幸男)	1588
「明治ニュース事典 全8巻索引」(枝松茂之)	1012
「明治の政治家たち」(上・下)(服部之総)	4993
「明治の彫塑―「像ヲ作ル術」以後」(中村伝三郎)	4622
「明治の東京計画」(藤森照信)	5426
「明治の翻訳ディスクール 坪内逍遙・森田思軒・若松賤子」(高橋修)	3648

| 「明治文学全集 全99巻」(臼井吉見) …… 0930
「明治文壇外史」(巖谷大四) ………… 0852
「名手名言」(山川静夫) ……………… 6412
「明小華」(明本美貴) ………………… 0137
「鳴泉居」(土屋正夫) ………………… 4170
「明と暗のノモンハン戦史」(秦郁彦) …… 4962
「冥府の蛇」(坂井信夫) ……………… 2785
「名優・滝沢修と激動昭和」(滝沢荘一)
　………………………………………… 3769
「名誉と快楽―エルヴェシウスの功利主
　義」(森村敏己) ……………………… 6276
「迷路」(小田鮎子) …………………… 1498
「迷路の闇」(木津川昭夫) …………… 2126
「迷惑細胞になった日」(巻渕寛濃) …… 5672
「メインバンク資本主義の危機」(シェ
　アード, ポール) ……………………… 3048
「目が合った」(三越あき子) ………… 5975
「眼鏡屋は夕ぐれのため」(佐藤弓生) … 2977
「メキシコにラカンドン族を尋ねて」(若
　宮道子) ………………………………… 6849
「めぐりあうものたちの群像」(青木深)
　………………………………………… 0023
「めぐりの歌」(安藤元雄) …………… 0314
「目覚めればあしたは」(山木礼子) …… 6416
「めし」(山崎方代) …………………… 6458
「めし代」(稲葉哲栄) ………………… 0669
「メディアの興亡」(杉山隆男) ……… 3343
「メディアの支配者」(上・下)(中川一
　徳) ……………………………………… 4436
「目で見る繊維の考古学」(布目順郎) … 4812
「眼の海」(辺見庸) …………………… 5500
「眼の神殿」(北澤憲昭) ……………… 2101
「目のみえぬ子ら」(赤座憲久) ……… 0064
「メビウスの地平」(永田和宏) ……… 4509
「眩暈を鎮めるもの」(上田三四二) … 0880
「メメント・モリ ―死を想え―」(黒川利
　一) ……………………………………… 2345
「『メランコリーの水脈』を中心として」(三
　浦雅士) ………………………………… 5872
「メルカトル図法」(内川吉男) ……… 0936
「メール症候群」(渡ひろこ) ………… 6955
「メルトダウン ドキュメント福島第一原
　発事故」(大鹿靖明) ………………… 1122
「メルヘン 洋菓子秋田駅前支店」(北藤
　徹) ……………………………………… 5511

「メロディアの笛」(渡英子) ………… 6954
「めろんぱん」(今村恵子) …………… 0767
「面遊び」(弓田呂子) ………………… 6628
「面打」(山口都茂女) ………………… 6428
「めんない千鳥」(後藤比奈夫) ……… 2535

【も】

「妄想の森」(岸田今日子) …………… 2056
「毛越寺二十日夜祭」(佐藤秀昭) …… 2955
「もう一つの食糧危機」(西村満) …… 4787
「もう一つの中世像」(ルーシュ, バーバ
　ラ) ……………………………………… 6820
「もう一つの俘虜記」(矢吹正信) …… 6389
「盲目」(宮城隆尋) …………………… 6040
「炎える母」(宗左近) ………………… 3510
「『も』『かも』の歌の試行―小池光歌集
　『草の庭』をめぐって」(小沢正邦) … 1483
「もがり笛」(玉木恭子) ……………… 4020
「茂吉を読む 五十代五歌集」(小池光) … 2406
「茂吉 幻の歌集『萬軍』―戦争と齋藤茂
　吉」(秋葉四郎) ……………………… 0101
「黙阿弥の明治維新」(渡辺保) ……… 6908
「木語」(山田みづえ) ………………… 6509
「木根跡(もくこんせき)」(大朝暁子) … 1065
「黙示録」(神庭泰) …………………… 2020
「木犀の秋」(石川恭子) ……………… 0464
「モクセイの咲くとき」(神坂春美) … 2004
「木馬館」(萩原葉子) ………………… 4904
「黙秘の庭」(澤村斉美) ……………… 3034
「黙礼」(詩集)(自家版)(山下徹) …… 6470
「黙礼」(友岡子郷) …………………… 4351
「もくれんの舟」(河村敬子) ………… 1978
「文字」(斉藤礼子) …………………… 2746
「もしくは、リンドバーグの畑」(長谷部
　奈美江) ………………………………… 4960
「文字のないSF―スフェークを探して」
　(高槻真樹) …………………………… 3620
「文字のゆくへ」(倉沢寿子) ………… 2303
「もしもアリだったら」(早坂美咲) … 5056
「モー将軍」(田口犬男) ……………… 3774
「モスクワの孤独」(米田綱路) ……… 6776

「モダニストの矜持―勝本清一郎論」(岡本英敏) ……………………………… 1372
「モーツァルト 心の軌跡」(井上和雄) …… 0686
「木琴デイズ」(通崎睦美) …………… 4102
「木香薔薇」(花山多佳子) …………… 5010
「もっとも官能的な部屋」(小池昌代) … 2413
「最も大切な無意味」(田中勲) ……… 3901
「元植民地」(谷崎真澄) ……………… 3995
「求められる現代の言葉」(今井恵子) … 0737
「ものいふ道具」(蔦田岳人) ………… 3156
「ものいわぬ農民」(大牟羅良) ……… 1257
「物語 フィリピンの歴史」(鈴木静夫) … 3375
「物語芸術論」(佐伯彰一) …………… 2753
「ものがたり 芸能と社会」(小沢昭一) … 1479
「物語戦後文化史 3巻」(本多秋五) … 5607
「物語の明くる日」(富岡多恵子) …… 4328
「物語の外部・構造化の軌跡―武田泰淳論序説」(日比勝敏) ……………… 5195
「物語の身体―中上健次論」(井口時男) …………………………………… 0368
「物語のジェットマシーン―探偵小説における速度と遊びの研究」(森滋樹) … 6218
「もの食う人びと」(辺見庸) ………… 5501
「モノクロ・クロノス」(財部鳥子) … 3755
「物たち」(太原千佳子) ……………… 4011
「ものたちの言葉」(境忠一) ………… 2782
「喪の途上にて」(野田正彰) ………… 4863
「物と眼 明治文学論集」(オリガス,ジャン・ジャック) ………………………… 1552
「Mobile・愛」(鈴木ユリイカ) ……… 3434
「籾を蒔く」(深谷保) ………………… 5297
「樅ノ木は残った」(上・下)(山本周五郎) ………………………………………… 6568
「紅絹のくれなゐ」(大久保千鶴子) … 1109
「籾の話」(宮田澄子) ………………… 6075
「桃」(萩原貢) ………………………… 4901
「桃を食べる」(塩野とみ子) ………… 3056
「桃栗三年」(小熊捍) ………………… 1440
「桃太郎像の変容」(滑川道夫) ……… 4692
「桃の木の冬」(菅原優子) …………… 3315
「桃の世」(句集)(永野照子) ………… 4570
「桃の実」(板宮清治) ………………… 0560
「桃の湯」(河邉由紀恵) ……………… 1974
「もやし」(はたちよしこ) …………… 4971
「玲瓏之記」(山中智恵子) …………… 6525

「モランディとその時代」(岡田温司) … 1326
「森へ行く道」(山本楡美子) ………… 6602
「森鷗外」(高橋義孝) ………………… 3717
「森鷗外・歴史文学研究」(山崎一穎) … 6444
「森銑三著作集」(森銑三) …………… 6224
「森の石松の世界」(橋本勝三郎) …… 4916
「森の回廊」(吉田敏浩) ……………… 6712
「森の形森の仕事」(稲本正) ………… 0676
「森の形 森の仕事」(岡崎良一) …… 1311
「森のたまご」(島村木綿子) ………… 3166
「森のバロック」(中沢新一) ………… 4466
「森広の軌跡―新渡戸稲造と片山潜」(秋庭功) ……………………………… 0097
「森亮訳詩集 晩国仙果 1〜3」(森亮) … 6245
「森はすでに」(中内治子) …………… 4407
「モルグ街で起こらなかったこと(または起源の不在)」(並木士郎) ………… 4680
「脆き足もと」(佐藤弘美) …………… 2960
「モーロク俳句ますます盛ん 俳句百年の遊び」(坪内稔典) ………………… 4192
「モロッコ流謫」(四方田犬彦) ……… 6794
「門衛の顔」(仁井甫) ………………… 4712
「問答雲」(春日いづみ) ……………… 1644

【や】

「八重桜」(松本知沙) ………………… 5817
「八重山賛歌」(大石直樹) …………… 1072
「夜学生」(杉山平一) ………………… 3347
「やかん」(詩作品集)(赤野貴子) …… 0073
「夜間飛行」(谷崎真澄) ……………… 3996
「焼き芋」(本島マスミ) ……………… 6201
「八木三日女 小論」(大畑等) ……… 1239
「野球に憑かれた男・日本大学野球部監督鈴木博識」(岡邦行) ……………… 1282
「焼く」(小林陽子) …………………… 2590
「訳詩集・リンゲルナッツ詩集」(板倉鞆音) ………………………………… 0554
「約束」(山下喜美子) ………………… 6468
「約束」(長谷川春生) ………………… 4949
「やくそく」(藤堂船子) ……………… 4256
「約束された場所で」(村上春樹) …… 6142

「夜光」(吉川宏志)	6685
「夜光虫」(根布谷正孝)	4822
「野菜畑のソクラテス」(八木幹夫)	6305
「やさしき長距離ランナーたち」(山崎摩耶)	6459
「やさしさを」(田口兵)	3779
「屋嶋」(玉井清弘)	4015
「「夜色楼台雪万家図」巡礼」(江連晴生)	1010
「矢代東村遺歌集」(矢代東村)	6318
「安永俊国詩集」(安永俊国)	6336
「野生馬を追う」(木村李花子)	2189
「野生の聲」(前登志夫)	5627
「野性の戦列」(近野十志夫)	2678
「野鳥と生きて」(中西悟堂)	4539
「やっちゃんと お蚕さん」(上村和子)	0902
「谷中部落」(水上文雄)	5904
「柳田国男と近代文学」(井口時男)	0369
「やなぎにわれらの琴を」(片瀬博子)	1674
「柳宗悦とウィリアム・ブレイク 環流する「肯定の思想」」(佐藤光)	2954
「屋根裏の少年」(吉田博哉)	6718
「ヤノマミ」(国分拓)	2471
「野蛮から秩序へ」(松森奈津子)	5826
「野蛮な読書」(平松洋子)	5254
「やぶからし」(原朝子)	5096
「やぶにらみ」(藤富保男)	5406
「藪の中の家—芥川自死の謎を解く」(山崎光夫)	6460
「破れ凧」(丸本明子)	5854
「山を貫く」(もりたなるお)	6268
「山男になった日」(岡安信幸)	1381
「山国抄」(村越化石)	6147
「山鳴」(大野誠夫)	1226
「ヤマツバキ」(飯田浅子)	0338
「山寺や石にしみつく蟬の声」(杉本員博)	3332
「大和絵史論」(小林太市郎)	2570
「大和の旅」(林光雄)	5084
「大和吉野」(野長瀬正夫)	4865
「山靏」(野北角義)	4836
「大和れんぞ」(民井とほる)	4029
「ヤマトンチュー」(市川靖人)	0566
「山に許しを求めて—エベレスト登頂への道のり」(小林佑三)	2587

「山のある町」(蒲生直英)	1849
「山の上の学校」(板橋のり枝)	0557
「山の思想史」(三田博雄)	5948
「山の祝灯」(芝谷幸子)	3122
「山の相」(高木瓔子)	3576
「山の光」(小林千史)	2575
「山鳩集」(小池光)	2407
「四照花(やまぼうし)」(高橋曉吉)	3718
「山本かね子全歌集」(山本かね子)	6554
「山本耕一路全詩集」(山本耕一路)	6565
「病みあがりのアメリカ」(山崎正和)	6456
「闇市 谷岡亜紀歌集」(谷岡亜紀)	3970
「闇に出会う旅」(随筆)(高野文生)	3635
「闇の男 野坂参三の百年」(加藤昭)	1706
「闇の男 野坂参三の百年」(小林峻一)	2567
「闇の祝祭」(辺見じゅん)	5498
「闇の乳房」(橋本征子)	4925
「闇の割れ目で」(浜江順子)	5034
「闇へどうんと島が目の前」(伊藤夢山)	0635
「闇は我を阻まず—山本覚馬伝」(鈴木由紀子)	3430
「耶々」(大石悦子)	1070
「柔かな雨」(能沢紘美)	4853
「やわらかな心」(吉野秀雄)	6738
「柔の恩人 『女子柔道の母』ラスティ・カノコギが夢見た世界」(小倉孝保)	1450

【ゆ】

「遺言」(皆川二郎)	5988
「游影」(鷲谷七菜子)	6866
「夕顔」(藤田晴央)	5401
「夕方村」(八重洋一郎)	6295
「遊歌の巻」(米満英男)	6780
「勇気(横山隆一漫画集)」(横山隆一)	6660
「夕霧峠」(尾崎左永子)	1461
「夕暮れ」(田口映)	3775
「夕暮れを呼ぶ」(樋口智子)	5154
「夕紅の書」(浜田陽子)	5043
「夕ぐれに涙を」(松坂弘)	5741

「夕ぐれの雪」(小林和之)	2561
「夕螢」(鈴木真砂女)	3416
「游子」(本多稜)	5619
「憂春」(小島ゆかり)	2496
「遊女」(寺門仁)	4221
「友情の反乱」(蟹江緋沙)	1787
「夕星の歌」(雨宮雅子)	0242
「夕鶴の住む島」(荒木有希)	0276
「夕映え」(朝日敏子)	0159
「夕日を濯ぐ」(黒羽由紀子)	2369
「夕陽魂」(川上明日夫)	1882
「夕陽に赤い帆」(清水哲男)	3179
「夕雲雀」(鈴木台蔵)	3389
「融風区域」(桜井健司)	2847
「夕べの童画」(なかむらみちこ)	4633
「幽明過客抄」(那珂太郎)	4382
「夕焼」(及川貞)	1058
「夕焼け」(林木林)	5064
「夕焼け買い」(山本みち子)	6595
「夕焼け 小焼け」(菊地隆三)	2047
「夕焼け道を歩きたい」(榎本佳余子)	6629
「有鱗目ヘビ亜目」(山本素竹)	6576
「湯川秀樹論」(高内壮介)	3557
「雪」(高祖保)	2432
「雪」(松村蒼石)	5794
「雪」(長沢美津)	4469
「ゆき」(平山桂衣)	5258
「ゆきあひの空」(石川不二子)	0476
「雪安居」(市堀玉宗)	0576
「雪男は向こうからやって来た」(角幡唯介)	1591
「雪、おんおん」(八木忠栄)	6302
「雪女」(句集)(眞鍋呉夫)	5838
「雪形」(若井新一)	6832
「行き方知れず抄」(渋沢孝輔)	3127
「雪国雑唱」(本宮哲郎)	6204
「雪国動物記」(高橋喜平)	3656
「雪国のたより」(渡部京子)	6893
「雪解川」(句集)(松倉ゆずる)	5736
「雪」(岡野文夫)	1358
「逝きし世の面影」(渡辺京二)	6895
「雪のかけら」(武田克江)	3811
「雪の慟哭」(水根義雄)	5916
「雪のはての火」(斎藤庸一)	2742
「ゆきのようせい」(橋立佳央理)	4912
「雪のラストカード」(合浦千鶴子)	1691
「雪平鍋」(花山多佳子)	5011
「雪ふりいでぬ」(石黒清介)	0481
「雪き降れ降れ」(村上喜代子)	6132
「雪ほとけ」(橋本末子)	4921
「遊行」(高橋睦郎)	3708
「遊行」(上田三四二)	0881
「ゆくゆくものは戸をあけて」(奥原盛雄)	1433
「柚子の女」(武村好郎)	3834
「ゆつくりと」(菅野忠夫)	2016
「ユートピア文学論」(沼野充義)	4815
「ユニコーンの夜に」(水野るり子)	5926
「指」(山本一歩)	6549
「指」(鶴岡加苗)	4200
「指さし」(檜きみこ)	5190
「指差すことができない」(大崎清夏)	1111
「指さす人」(彼末れい子)	1868
「指輪」(井上ミツ)	0708
「由美ちゃんとユミヨシさん―庄司薫と村上春樹の『小さき母』」(川田宇一郎)	1930
「ゆめいらんかね―やしきたかじん伝」(角岡伸彦)	1751
「夢宇宙論」(柳内やすこ)	6362
「夢掬う匙」(中糸子)	4377
「夢と数」(河野美砂子)	2450
「夢のあと」(ほか)(松本有宙)	5805
「夢の浮橋―『源氏物語』の詩学」(シラネ, ハルオ)	3260
「夢の内側」(福田万里子)	5334
「夢の肖像」(樋口伸子)	5158
「夢の半ば」(句集)(佐藤尚輔)	2931
「夢の淵」(山村美恵子)	6540
「夢運び人」(山内いせ子)	6393
「夢分析」を中心として(新宮一成)	3277
「夢屋」(槇さわ子)	5658
「夢夢」(和氣康之)	6854
「ゆらゆらと浮かんで消えていく王国に」(田村正之)	4044
「ユリイカ抄」(伊達得夫)	3884
「ゆり椅子のあなたに」(鎌田文子)	1814
「ゆりかごのうた」(大松達知)	1246
「ゆりかごの死」(阿部寿美代)	0210

「「ユリシーズ」の謎を歩く」(結城英雄) ………… 6613
「ゆるがるれ」(林和清) ………………………… 5062
「緩みゆく短歌形式―同時代を歌う方法の推移」(小塩卓哉) ……………… 1489
「揺れている」(田中朋子) ……………………… 3929
「揺れやまず」(駒木根淳子) …………………… 2602
「ゆれる葉」(日原正彦) ………………………… 5194

【よ】

「『夜遊び』議員の辞職を求めた長い道のり」(小高真由美) ………………… 1505
「用意された食卓」(カニエ・ナハ) …………… 1788
「洋学の書誌的研究」(松田清) ………………… 5762
「要求」(美濃千鶴) ……………………………… 6013
「ようこそ！猫の星へ」(西田政史) …………… 4751
「陽子とともにケ・セラ・セラ」(辻村久枝) ………………………… 4154
「幼児の心理」(波多野勤子) …………………… 4975
「幼獣図譜」(斎藤邦男) ………………………… 2698
「羊蹄山麓」(下山光雄) ………………………… 3215
「ようなき人の」(辻井喬) ……………………… 4146
「幼年」(丸山薫) ………………………………… 5858
「幼年ノート」(鶯谷峰雄) ……………………… 6867
「幼年連禱」(吉原幸子) ………………………… 6744
「窯変」(東金夢明) ……………………………… 4247
「漸く春」(深野まり子) ………………………… 5292
「瓔珞」(大谷櫻) ………………………………… 1169
「夜神楽」(都合ナルミ) ………………………… 4294
「予感」(垣花恵子) ……………………………… 1584
「予感」(仲村青彦) ……………………………… 4599
「抑圧され、記号化された自然―機会詩についての考察」(三宅勇介) ……… 6049
「欲望の世紀と俳句」(五島高資) ……………… 2529
「「ヨコ」社会の構造と意味―方言性向語彙に見る」(室山敏昭) ……………… 6178
「横町からの伝言」(塚本月江) ………………… 4112
「横浜＝上海」(徳弘康代) ……………………… 4291
「横光利一さんと私の子」(北川多紀) ………… 2089
「与謝野鉄幹」(青井史) ………………………… 0016
「吉田さんの話」(加瀬雅子) …………………… 1662

「よしなしうた」(谷川俊太郎) ………………… 3981
「吉野川」(矢田部美幸) ………………………… 6351
「吉野拾遺」(田中祥子) ………………………… 3914
「よぢ登る」(池谷秀子) ………………………… 0424
「吉増剛造さん・マリリアさん・ジャン＝フランソワ・ポーヴロスさんを銀河詩のいえにお迎えして」(山崎睦男) …… 6461
「吉本隆明全詩集」(吉本隆明) ………………… 6754
「寄席の人たち 現代寄席人物列伝」(秋山真志) ………………………… 0123
「余多歩き 菊池山哉の人と学問」(前田速夫) ………………………… 5648
「夜中に台所でぼくはきみに話しかけたかった」(谷川俊太郎) ………… 3979
「与那覇湾―ふたたびの海よ―」(かわかみまさと) ……………………… 1885
「四人姉妹」(笹木一重) ………………………… 2867
「四人の兵士」(茂見義勝) ……………………… 3065
「余白が訴える響き―「こだまでしょうか」」(小川南美) ……………… 1397
「余白のランナー」(建畠哲) …………………… 3888
「呼子石」(檜紀代) ……………………………… 5191
「甦ったホタテの浜―猿払村の苦闘のものがたり」(前田保仁) ……………… 5651
「よみがえる山」(亀井真理子) ………………… 1846
「黄泉草子形見祭文(よみそうしかたみさいもん)」(尾花仙朔) ……………… 1537
「黄泉のうさぎ」(小柳玲子) …………………… 2635
「夜へ」(枕木一平) ……………………………… 5673
「夜を夢想する小太陽の独言」(飯島耕一) ………………………… 0332
「夜が眠らないので」(若山紀子) ……………… 6850
「夜からの手紙」(彦坂まり) …………………… 5166
「夜の歌」(佐藤博) ……………………………… 2958
「夜の音」(安藤元雄) …………………………… 0315
「夜のくだもの」(新井豊美) …………………… 0260
「夜の作業場」(玉田忠義) ……………………… 4025
「夜の人工の木」(豊原清明) …………………… 4361
「夜の旅」(山本哲也) …………………………… 6583
「夜の小さな標」(小柳玲子) …………………… 2636
「夜の中の家族」(万亀佳子) …………………… 5661
「夜の庭」(長谷川銀作) ………………………… 4940
「夜の人形」(中神英子) ………………………… 4432
「夜の岬」(鈴江幸太郎) ………………………… 3356
「夜はこれから」(八木沼笙子) ………………… 6307

「ヨーロッパ見聞」(北川多紀)	2090
「ヨーロッパ政治思想の誕生」(将基面貴巳)	3224
「ヨーロッパ手帖」(小島亮一)	2497
「ヨーロッパとの対話」(木村尚三郎)	2166
「ヨーロッパの精神と現実」(高柳先男)	3736
「ヨーロッパの旅」[正][続](竹山道雄)	3844
「弱法師」(尾形平八郎)	1338
「40歳からの就職活動、現在24敗中」(放生充)	5507
「'45年ノート残欠」(溝口章)	5944
「四百字のデッサン」(野見山暁治)	4873

【ら】

「ラ・ジャポネジー」(ペルティエ, フィリップ)	5492
「雷」(来嶋靖生)	2062
「ライオンの夢―コンデ・コマ=前田光世伝」(神山典士)	2456
「頼山陽」(見延典子)	6014
「ライシテ、道徳、宗教学―もうひとつの19世紀フランス宗教史」(伊達聖伸)	3883
「雷道」(山本十四尾)	6585
「ライトヴァースの残した問題」(谷岡亜紀)	3971
「来訪者」(伊与部恭子)	0776
「ラインの川底へ」(安田順子)	6329
「ラインの神話」(大滝清雄)	1156
「楽園喪失者の行方―村上春樹「ノルウェイの森」」(添田理恵子)	3520
「楽園に帰ろう」(新妻香織)	4716
「落語はいかにして形成されたか」(延広真治)	4870
「落日」(五十嵐善一郎)	0354
「落日の喝采」(波汐國芳)	4682
「落日論」(宇佐美斉)	0921
「らくだこぶ書房21世紀古書目録」(吉田篤弘)	6698
「駱駝の園」(中塚鞠子)	4530

「ラクダの文化誌」(堀内勝)	5579
「洛中生息」(杉本秀太郎)	3337
「楽浪」(中村与謝男)	4642
「ラジオ体操の旅」(名越康次)	4664
「ラジオ・デイズ」(藤原龍一郎)	5445
「ラジオと背中」(斎藤恵美子)	2695
「らせん階段」(勝倉美智子)	1688
「落花」(神崎崇)	2005
「ラビュリントスの日々」(坂井修一)	2775
「ラビリントスのために」(横関丈司)	6648
「ラフカディオ・ハーン―植民地化・キリスト教化・文明開化」(平川祐弘)	5221
「ラムネの瓶、錆びた炭酸ガスのばくはつ」(北川朱実)	2087
「ラランの草房」(橋本徳寿)	4923
「卵宇宙」(小林小夜子)	2566
「卵宇宙/水晶宮/博物誌」(高柳誠)	3741
「乱視読者の英米短篇講義」(若島正)	6837
「濫觴」(石母田星人)	0521
「ランドセル」(木村富美子)	2182
「ランドセルの苦情」(工藤大輝)	2257
「乱反射」(小島なお)	2489
「ランボーとアフリカの8枚の写真」(鈴村和成)	3437

【り】

「リアス 椿」(歌集)(梶原さい子)	1643
「リアル・クローン―クローンが当たり前になる日」(若山三千彦)	6851
「リアルなフィクション『サージェント』」(エッセイ)(麗呑)	6822
「籬雨荘雑歌」(筏井嘉一)	0353
「リカ先生の夏」(里見佳保)	2981
「力士漂泊」(宮本徳蔵)	6092
「利休」(宇野雅詮)	0968
「陸軍将校の教育社会史」(広田照幸)	5269
「六合(りくがふ)」(深谷雄二)	5298
「りく様へ」(石山孝子)	0526
「りく様のごとく」(山崎正子)	6457
「りく賛歌」(石川悟)	0468
「りく女へのメッセージ」(中島静美)	4476

作品名	番号
「りく女へのメッセージ」(平井芙美子)	5209
「りく女からのメッセージ」(岡善博)	1287
「りく女に学ぶ」(小林祐道)	2569
「りく女の光と影」(杉村栄子)	3329
「りくという名の母」(小崎愛子)	1456
「理玖になれなかった母より」(黒木由紀子)	2349
「りくの告白」(堀田雅司)	5562
「りくのようでありたい」(岡崎英子)	1300
「陸封魚―Inland Fish」(寺井淳)	4217
「陸封譚」(水野真由美)	5923
「利助つるいも」(神田哲男)	2007
「リズムと抒情の詩学」(呉世宗)	1055
「リターンマッチ」(後藤正治)	2539
「立春」(菅原関也)	3312
「立像」(小沢実)	1487
「リトル・ダマスカス」(原田裕介)	5122
「リハビリの夜」(熊谷晋一郎)	2291
「離別の四十五年―戦争とサハリンの朝鮮人」(宇野淑子)	0969
「略歴」(石垣りん)	0455
「流」(安東次男)	0310
「琉球語史研究」(石崎博志)	0485
「琉球の民謡」(金井喜久子)	1760
「龍宮」(照井翠)	4236
「流行人類学クロニクル」(武田徹)	3819
「流水」(吉野義子)	6740
「龍笛」(今野寿美)	2677
「流灯」(歌集)(石本隆一)	0525
「龍土町」(山崎ひさを)	6453
「流年」(荻原欣子)	1414
「龍の玉」(佐藤和枝)	2916
「龍の玉」(村中燈子)	6159
「龍の伝人たち」(富坂聰)	4329
「立亡(りゅうぼう)」(羽田敬二)	4964
「流木」(小田切敬子)	1506
「流民の都市とすまい」(上田篤)	0867
「流紋」(鐸静枝)	3355
「涼意」(日美清史)	4793
「良寛」(東郷豊治)	4250
「良寛の村」(井口光雄)	0371
「量子力学の世界」(片山泰久)	1683
「梁塵」(永塚幸司)	4529
「両神」(金子兜太)	1798
「稜線」(加藤八郎)	1738
「良夜」(須賀一恵)	3307
「良夜吟」(中村みづ穂)	4631
「緑地帯曜日」(近藤摩耶)	2661
「虜囚」(上野邦彦)	0885
「虜人日記」(小松真一)	2613
「旅人木」(千代田葛彦)	4094
「リリヤンの笠飾」(河野愛子)	2443
「履歴書」(青倉人士)	0038
「臨界」(谷岡亜紀)	3972
「梨花をうつ」(関口篤)	3481
「リンゴ侍と呼ばれた開拓者―汚名を返上した会津藩士の軌跡」(森山祐吾)	6289
「リンゴ畑の天使」(浜田尚子)	5038
「隣居(リンジュイ)―お隣さん」(田口佐紀子)	3776
「臨床哲学論文集」(木村敏)	2181
「隣人のいない部屋」(三角みづ紀)	5939
「凛然たる青春」(高柳克弘)	3735
「倫理的な戦争―トニー・ブレアの栄光の挫折」(細谷雄一)	5559

【る】

作品名	番号
「類語」(宮崎健三)	6055
「類聚名義抄の文献学的研究」(望月育子)	6191
「ルイズ―父に貰いし名は」(松下龍一)	5757
「流記」(田野倉康一)	4008
「ルソー研究」(桑原武夫)	2380
「ルソーと音楽」を中心として(海老沢敏)	1030
「ルソーの教育思想―利己的情念の問題をめぐって」(坂倉裕治)	2798
「流謫の思想」(高橋喜久晴)	3655
「流轉」(前登志夫)	5628
「流轉」(有馬朗人)	0293
「ルドルフの複勝を200円」(江島新)	1021
「ルナティックス」(松岡正剛)	5721
「ルノー家の人びと」(岡固一美)	1298

「ルポ 貧困大国アメリカ」(堤未果) …… 4174
「ルーマニア演劇に魅せられて」(七字英輔) ………………………… 3072
「瑠璃行」(網谷厚子) ……………… 0237
「ルルド傷病者巡礼の世界」(寺戸淳子) ……………………………… 4230
「ルワンダ中央銀行総裁日記」(服部正也) ……………………………… 4995

【れ】

「霊異の凌霄花(のうぜんかずら)」(大江武夫) ……………………………… 1082
「霊岸」(岩佐なを) ………………… 0808
「冷気湖」(千代國一) ……………… 4088
「麗月」(鈴木貞雄) ………………… 3372
「冷紅そして冬」(引野収) ………… 5150
「麗日」(永方裕子) ………………… 4413
「冷戦後の世界と日本」(船橋洋一) …… 5462
「冷蔵庫」(桐原祐子) ……………… 2208
「零度の犬」(建畠晢) ……………… 3889
「零の力―JLボルヒスをめぐる断章」(室井光広) ……………………… 6174
「羚羊」(岡田昌寿) ………………… 1339
「羚羊譚」(山田富士郎) …………… 6504
「レエニンの月夜」(近藤東) ……… 2648
「玲音の予感―『serial experiments lain』の描く未来」(関竜司) ………… 3475
「歴史」(高橋秀郎) ………………… 3697
「歴史学的方法の基準」(中井信彦) …… 4395
「歴史紀行 死の風景」(立川昭二) …… 3878
「歴史的省察の新対象」(上原専禄) …… 0896
「歴史としての現代日本 五百旗頭真書評集成」(五百旗頭真) …………… 0350
「歴史と文明のなかの経済摩擦」(大沼昭) ……………………………… 1215
「歴史の教師 植村清二」(植村鞆音) …… 0907
「鎮魂歌(レクイエム)」(下川敬明) …… 3203
「レーザー・メス 神の指先」(中野不二男) ……………………………… 4577
「レジーム間競争の思想史―通貨システムとデフレーションの関連、そしてアジア主義の呪縛」(安達誠司) …… 0186

「列車ダイヤの話」(阪田貞之) …… 2800
「レッスン」(近藤起久子) ………… 2652
「列柱」(奥坂まや) ………………… 1419
「レット・イット・ビー讃歌」(エッセイ)(早坂彰二) ……………………… 5054
「列島創世記」(松木武彦) ………… 5732
「『連歌提要』に見る里村家の連歌学」(長谷川千尋) ……………………… 4946
「連歌と和歌注釈書」(鈴木元) …… 3399
「連翹の帯」(伊藤桂一) …………… 0597
「連詩・悪母島の魔術師(マジシャン)」(河津聖恵) ……………………… 1925
「連詩・悪母島の魔術師(マジシャン)」(三角みづ紀) …………………… 5940
「連詩・悪母島の魔術師(マジシャン)」(新藤凉子) ……………………… 3289
「連帯の哲学 Ⅰ―フランス社会連帯主義」(重田園江) ……………………… 1547
「恋母記」(倉内佐知子) …………… 2300
「連嶺」(岡田日郎) ………………… 1337

【ろ】

「浪曲的」(平岡正明) ……………… 5216
「朧銀集」(加藤三七子) …………… 1746
「陋巷」(染谷信次) ………………… 3533
「老師」(大津七郎) ………………… 1178
「労使関係論」(加藤文男) ………… 1741
「老人」(岩手日報社報道部) ……… 0835
「老人力」(赤瀬川原平) …………… 0069
「老世紀界隈で」(伊藤信吉) ……… 0610
「ろうそく町」(伊藤悠子) ………… 0638
「労働者の経営参加」を中心として(小池和男) ……………………………… 2396
「朗読者」(シュリンク, ベルンハルト) …… 3221
「臘梅」(高浦銘子) ………………… 3558
「老耄章句」(清水房雄) …………… 3193
「朗朗」(依光陽子) ………………… 6795
「老々介護」(木田千女) …………… 2079
「ローカル航空(エア)ショーの裏方達」(村主次郎) ……………………… 3351
「六十億本の回転する曲がつた棒」(関悦

史）……………………………… 3460
「六千万個の風鈴」(吉岡太朗)………… 6664
「六分儀」(竹岡俊一)………………… 3804
「肋木」(杉野一博)…………………… 3324
「鹿鳴館の系譜」(磯田光一)………… 0542
「ろくろ首の食事」(井村愛美)……… 0774
「露光」(高貝弘也)…………………… 3566
「ロゴスとイデア」(田中美知太郎)… 3947
「路地」(菖蒲あや)…………………… 3234
「ロシアについて」(司馬遼太郎)…… 3100
「ロシナンテという馬」(星野きよえ)… 5523
「ロシヤ・ソヴェト文学史」(昇曙夢)… 4871
「ロダン」(菊池一雄)………………… 2031
「顱頂」(中原道夫)…………………… 4588
「六ヶ所村の記録」(上・下)(鎌田慧)… 1820
「ロックン・エンド・ロール」(吉田竜宇)
　　　………………………………… 6727
「ロッテルダムの灯」(庄野英二)…… 3231
「六白」(玉井清弘)…………………… 4016
「六本指のゴルトベルク」(青柳いづみ
　　　こ)………………………………… 0049
「路程記」(野樹かずみ)……………… 4834
「ロートレアモン─他者へ」(原大地)… 5100
「ロバータさあ歩きましょう」(佐々木た
　　　づ)………………………………… 2873
「驢馬つれて」(井出野浩貴)………… 0586
「ローマ人の物語1 ローマは一日にして
　　　成らず」(塩野七生)…………… 3059
「ロマネスク美術」(柳宗玄)………… 6361
「ローマの秋・その他」(新川和江)… 3275
「ロルカと二七年世代の詩人たち」(鼓
　　　直)………………………………… 4160
「ロルカと二七年世代の詩人たち」(細野
　　　豊)………………………………… 5551
「ロールレタリング～手を洗う私～」(大
　　　島千代子)………………………… 1130
「ロンゲラップの森」(石川逸子)…… 0459
「ロンドン骨董街の人びと」(六嶋由岐
　　　子)………………………………… 6824

【わ】

「Y先生」(中尾賢吉)………………… 4417
「ワイド─沖縄」(与那覇幹夫)……… 6765
「和韻」(岩田正)……………………… 0827
「和音」(上田日差子)………………… 0872
「和音」(津川絵理子)………………… 4118
「わ音の風景」(やまうちかずじ)…… 6394
「和音羅読─詩人が読むラテン文学」(高
　　　橋睦郎)…………………………… 3709
「我が愛する詩人の伝記」(室生犀星)… 6175
「若い看護婦の肖像」(宇宿一成)…… 0933
「若い藝術家の肖像」(丸谷才一)…… 5856
「和解のために」(朴裕河)…………… 4906
「わが歌」31首(橋本喜典)…………… 4931
「わが内の花壺に水を」(真部照美)… 5839
「わが荷風」(野口冨士男)…………… 4843
「若き数学者のアメリカ」(藤原正彦)… 5440
「わがキディ・ランド」(詩集)(三木卓)
　　　………………………………… 5884
「若き日の森鷗外」(小堀桂一郎)…… 2598
「わが切抜帖より」(永井龍男)……… 4394
「我が国の経済政策はどこに向かうのか
　　　─「失われた10年」以降の日本経済」
　　　(片岡剛士)………………………… 1667
「わが久保田万太郎」(後藤杜三)…… 2542
「わが光太郎」(草野心平)…………… 2227
「わが心の遍歴」(長与善郎)………… 4661
「わが小林一三─清く正しく美しく」(阪
　　　田寛夫)…………………………… 2802
「わが射程」(吉田欣一)……………… 6700
「わが師・山本周五郎」(早乙女貢)… 2761
「わが祝日に」(新延拳)……………… 4717
「わが昭和史・暗黒の記録─軍国、官僚
　　　主義に反抗した青春の軌跡」(有馬光
　　　男)………………………………… 0296
「わが津軽街道」(香川弘夫)………… 1581
「わが罪 わが謝罪」(岩瀬正雄)…… 0821
「我が闘争 こけつまろびつ闇を撃つ」(野
　　　坂昭如)…………………………… 4848
「わが糖尿病戦記」(松本英雄)……… 5819
「わが友、泥ん人」(小長谷清実)…… 2548

| わかな | 作品名索引 |

- 「我が名はエリザベス」(入江曜子) …… 0780
- 「わがノルマンディー」(安藤元雄) …… 0316
- 「わが八月十五日」(木村迪夫) ………… 2187
- 「わが額に雪降るとき」(山下喜巳子) … 6469
- 「わがひとに与ふる哀歌」(伊東静雄) … 0603
- 「和歌文学史の研究 和歌編・短歌編」(島津忠夫) ………………………………… 3144
- 「わがままいっぱい名取洋之助」(三神真彦) ………………………………………… 5880
- 「我が家のショーンコネリー」(佐藤貴典) ………………………………………… 2937
- 「わが家の日米文化合戦」(村山元英) … 6172
- 「別れの準備」(藤本直規) ……………… 5420
- 「わかれみち」(辻喜夫) ………………… 4141
- 「和漢聯句の俳諧的側面―『百物語』所引句をめぐって」(深澤眞二) ………… 5282
- 「湧井(わくい)」(上田三四二) ……… 0882
- 「『惑星ソラリス』理解のために―『ソラリス』はどう伝わったのか」(忍澤勉) ………………………………………… 1492
- 「ワクチン」(野島徳吉) ………………… 4854
- 「鷲」(枯木虎夫) ………………………… 1867
- 「和紙」(林翔) …………………………… 5068
- 「鷲尾雨工の生涯」(塩浦林也) ………… 3051
- 「鷲がいて」(辻井喬) …………………… 4147
- 「わしは、あなたに話したい」(堀井敦) ………………………………………… 5574
- 「ワシントンの街から」(ハロラン美美子) ………………………………………… 5129
- 「ワシントンハイツ―GHQが東京に刻んだ戦後」(秋尾沙戸子) ………………… 0085
- 「忘れ形見」(髙橋郁子) ………………… 3713
- 「忘れられた詩人の伝記 父・大木惇夫の軌跡」(宮田毬栄) …………………… 6078
- 「忘れられた日本」(岡本太郎) ………… 1371
- 「忘れられる過去」(荒川洋治) ………… 0271
- 「早稲田の森」(井伏鱒二) ……………… 0731
- 「和船 全2巻」(石井謙治) ……………… 0436
- 「私を抱いてそしてキスして」(家田荘子) ………………………………………… 0346
- 「私をジャムにしたなら」(河野小百合) ………………………………………… 2447
- 「私だけの母の日」(佐藤二三江) ……… 2962
- 「"私"の存在」(やまもとくみこ) …… 6559
- 「私」(谷川俊太郎) ……………………… 3982
- 「わたしを調律する」(柴田三吉) ……… 3108
- 「私を渡る」(宮尾節子) ………………… 6032
- 「私が生きた朝鮮 一九二二年植民地朝鮮に生まれる」(佐久間慶子) ………… 2840
- 「私でないもの」(西原裕美) …………… 4765
- 「私と僕が生きた道」(流星) …………… 6815
- 「私の浅草」(沢村貞子) ………………… 3030
- 「私のアラブ・私の日本」(ユスフザイ, U. D. カーン) ……………………………… 6625
- 「わたしの家のぴいちゃん」(大内みゆ) ………………………………………… 1080
- 「私のいた場所」(斎藤なつみ) ………… 2720
- 「私の競馬、二転、三転」(吉永みち子) ………………………………………… 6732
- 「私の競馬昔物語」(久保田将照) ……… 2282
- 「私の国語教室」など(福田恒存) …… 5327
- 「私の四季」(駒木根慧) ………………… 2601
- 「私の詩と真実」(河上徹太郎) ………… 1883
- 「私の旅 墓のある風景」(松本黎子) … 5825
- 「私の旅はサメの旅」(矢野憲一) ……… 6379
- 「わたしの渡世日記」(高峰秀子) ……… 3727
- 「私の中のシャルトル」(二宮正之) …… 4805
- 「わたしの中の蝶々夫人」(奈良迫ミチ) ………………………………………… 4694
- 「私のなかのビートルズ」(エッセイ)(増井潤子) ………………………………… 5677
- 「私の夏は」(たかとう匡子) …………… 3624
- 「私の名前」(黒瀬長生) ………………… 2356
- 「私の二十世紀書店」(長田弘) ………… 1473
- 「私のみたこと聞いたこと」(秋山ちえ子) ………………………………………… 0122
- 「私の見た昭和の思想と文学の五十年」(上・下)(小田切秀雄) ……………… 1508
- 「私は冬枯れの海にいます」(吉行理恵) ………………………………………… 6757
- 「私は」(伊藤浩子) ……………………… 0621
- 「わたつみ」(青木由弥子) ……………… 0037
- 「わたつみ・しあわせな日日」(辻井喬) ………………………………………… 4144
- 「和田徹三全詩集」(和田徹三) ………… 6873
- 「渡辺白泉私論『支那事変群作』を巡って」(山田征司) ……………………… 6492
- 「渡辺白泉とその時代」(四ツ谷龍) …… 6763
- 「綿雪」(稲葉範子) ……………………… 0671
- 「渡りの足跡」(梨木香歩) ……………… 4666
- 「渡る」(滝勝子) ………………………… 3757
- 「和辻哲郎」(坂部恵) …………………… 2810

「和時計」(塚田泰三郎) ……………… 4105
「ワード・ポリティクス」(田中明彦) …… 3894
「鰐の眼」(春田千歳) ………………… 5125
「笑いと身体」(石毛拓郎) ……………… 0483
「笑いの成功」(詩集)(北村太郎) ……… 2115
「笑いのユートピア―『吾輩は猫である』の世界」(清水孝純) ……………… 3176
「笑うカイチュウ」(藤田紘一郎) ……… 5392
「わらじ医者京日記」(早川一光) ……… 5046
「藁の匂い」(北見幸雄) ………………… 2111
「藁の服」(中島悦子) …………………… 4473
「悪い時刻」(中本道代) ………………… 4648
「悪い夏」(萩原貢) ……………………… 4902
「ワルシャワ猫物語」(工藤久代) ……… 2256
「われアルカディアにもあり」(渋沢孝輔) ………………………………… 3128
「我思う、ゆえに我あり」(小川善照) …… 1403
「我を求めて―中島敦による私小説論の試み」(勝又浩) ……………… 1695
「我、ものに遭う」(菅野盾樹) ………… 3352
「われも花」(歌集)(村上敬明) ………… 6137
「われよりほかに―谷崎潤一郎最後の十二年」(伊吹和子) ……………… 0730
「われら地上に」(歌集)(玉城徹) ……… 4023
「われら動物みな兄弟」(畑正憲) ……… 4965
「われは燃えむよ」(寺尾登志子) ……… 4220
「湾」(香川進) …………………………… 1576
「わんぱく」(涌羅由美) ………………… 6853

【 ABC 】

「BIRD LIVES ――鳥は生きている」(白滝まゆみ) ……………………… 3255
「Bootleg」(土岐友浩) ………………… 4270
「DEEP PURPLE」(瀬尾育生) ………… 3458
「GIGI」(井坂洋子) ……………………… 0430
「Les invisibles」(天沢退二郎) ……… 0225
「Lessons from History」(アクロイド, ジョイス) ……………………………… 0133
「Long Long Long」(市原琢哉) ……… 0573
「LT」(加藤喬) …………………………… 1729
「Mets」(中村不二夫) …………………… 4628
「ONE FINE MESS」(景山民夫) ……… 1600
「OPUS」(朝吹亮二) …………………… 0162
「R130―#34 封印された写真―ユージン・スミスの『水俣』」(山口由美) …… 6441
「SURF RESCUE」(金原以苗) ………… 2216
「Texts and Grammar of Malto」(小林正人) ………………………………… 2583
「THE CROSS OF GUNS」(朝霧圭梧) ………………………………………… 0144
「THE MAGIC BOX」(谷内修三) …… 3969
「Tiger is here.」(川口晴美) ………… 1889

文学賞受賞作品総覧
ノンフィクション・随筆・詩歌篇

2016年8月25日　第1刷発行

発　行　者／大高利夫
編集・発行／日外アソシエーツ株式会社
　　　　　　〒140-0013 東京都品川区南大井6-16-16鈴中ビル大森アネックス
　　　　　　電話 (03)3763-5241(代表)　FAX(03)3764-0845
　　　　　　URL http://www.nichigai.co.jp/
発　売　元／株式会社紀伊國屋書店
　　　　　　〒163-8636 東京都新宿区新宿 3-17-7
　　　　　　電話 (03)3354-0131(代表)
　　　　　　ホールセール部(営業)　電話 (03)6910-0519

　　　　　　電算漢字処理／日外アソシエーツ株式会社
　　　　　　印刷・製本／光写真印刷株式会社

不許複製・禁無断転載　　《中性紙三菱クリームエレガ使用》
〈落丁・乱丁本はお取り替えいたします〉
ISBN978-4-8169-2620-4　　*Printed in Japan, 2016*

本書はディジタルデータでご利用いただくことができます。詳細はお問い合わせください。

文学賞受賞作品総覧 小説篇
A5・690頁　定価（本体16,000円＋税）　2016.2刊
明治期から2015年までに実施された主要な小説の賞338賞の受賞作品7,500点の目録。純文学、歴史・時代小説、SF、ホラー、ライトノベルまで、幅広く収録。受賞作品が収録されている図書1万点の書誌データも併載。「作品名索引」付き。

ノンフィクション・評論・学芸の賞事典
A5・470頁　定価（本体13,500円＋税）　2015.6刊
国内のルポルタージュ、ドキュメンタリー、旅行記、随筆、評論、学芸に関するさまざまな賞151賞を収録した事典。各賞の概要と歴代の全受賞者記録を掲載。

小説の賞事典
A5・540頁　定価（本体13,500円＋税）　2015.1刊
国内の純文学、ミステリ、SF、ホラー、ファンタジー、歴史・時代小説、経済小説、ライトノベルなどの小説に関する賞300賞を収録した事典。各賞の概要と歴代の全受賞者記録を掲載。

詩歌・俳句の賞事典
A5・530頁　定価（本体13,500円＋税）　2015.12刊
国内の詩、短歌、俳句、川柳に関する265賞を収録した事典。各賞の概要と歴代の受賞情報を掲載。

読んでおきたい「世界の名著」案内
A5・920頁　定価（本体9,250円＋税）　2014.9刊

読んでおきたい「日本の名著」案内
A5・850頁　定価（本体9,250円＋税）　2014.11刊
国内で出版された解題書誌に収録されている名著を、著者ごとに記載した図書目録。文学・歴史学・社会学・自然科学など幅広い分野の名著がどの近刊書に収録され、どの解題書誌に掲載されているかを、著者名の下に一覧することができる。

データベースカンパニー
日外アソシエーツ
〒140-0013　東京都品川区南大井6-16-16
TEL.(03)3763-5241　FAX.(03)3764-0845　http://www.nichigai.co.jp/